कथा विराट

राष्ट्र–निर्माता सरदार पटेल

(उपन्यास)

कथा विराट

राष्ट्र–निर्माता सरदार पटेल

सुधाकर अदीब

लोकभारती प्रकाशन

लोकभारती प्रकाशन
पहली मंजिल, दरबारी बिल्डिंग, महात्मा गाँधी मार्ग
इलाहाबाद-211 001
वेबसाइट : www.lokbhartiprakashan.com
ईमेल : info@lokbhartiprakashan.com
शाखाएँ : 1-बी, नेताजी सुभाष मार्ग, दरियागंज
नयी दिल्ली-110 002
अशोक राजपथ, साइंस कॉलेज के सामने
पटना-800 006 (बिहार)
36-ए, शेक्सपियर सरणी
कोलकाता-700 017

प्रथम संस्करण : 2018

आवरण : अनुज श्रीवास्तव
भीतरी रेखाचित्र : परमात्मा प्रसाद श्रीवास्तव

जे.के. आर्ट प्रेस
इलाहाबाद द्वारा मुद्रित

KATHA VIRAAT
(Hindi Novel)
by Sudhakar Adeeb

ISBN : 978-93-88211-25-3

मूल्य : ₹ 995

भारतवासियों की वर्तमान एवं
आने वाली पीढ़ियों के नाम
ताकि सभी जान सकें
कि जिस स्वतंत्रता का उपभोग
आज हम इतनी उन्मुक्तता के साथ कर रहे हैं
उसे प्राप्त करने के लिए
हमारे पूर्वजों ने कैसे-कैसे और कितने-कितने
कठिन संघर्ष किए एवं बलिदान दिए।

इधर कुछ दिनों से मेरा मन बहुत अशान्त था। मैं विगत तीन वर्ष, भारतीय राजनीति एवं इतिहास के 'लौह पुरुष' के विषय में अनेकानेक पुस्तकों के अध्ययन और उन पर चिन्तन करते हुए, व्यतीत कर चुका था। बीच-बीच में उन पर लिखने की चेष्टा करता तो किसी-न-किसी कारण से गाड़ी अटक जाती। सोचा कि नये वर्ष के आरम्भ के साथ इस बार सरदार वल्लभभाई पटेल पर उपन्यास प्रारम्भ कर उसे सम्पन्न करूँ। मन में दृढ़ संकल्प लिया और स्वयं को छह महीने का समय दिया। विगत तीन वर्षों से भाड़ झोंक ही रहा था।

नये वर्ष की नयी सुबह होने को थी। हड़बड़ाकर उठा और 01 जनवरी, 2018 की सुबह अँधेरे शयनकक्ष में अपने स्लीपर पैरों से टटोलकर तलाशे। कुछ देर बाद तैयार होकर मैं सबसे पहले अपने मित्र बसन्तलाल वर्मा के घर टहलकर पहुँच गया। सर्वप्रथम उन्हें नव-वर्ष की शुभकामना देने। घण्टी मारकर वर्मा जी को जगाया।

थोड़ी देर में बसन्तलाल वर्मा अपने बैठके में बैठकर मुझे बता रहे थे - "डॉ. राजेन्द्रप्रसाद ने अपनी किताब 'खण्डित भारत' में लिखा है कि - यह ऐतिहासिक तथ्य है कि ब्रिटिश शासन के आरम्भिक युग में हिन्दुओं की अपेक्षा मुसलमानों पर शासकों की कड़ी निगाह रहती थी और उन्हें सन्देह की दृष्टि से देखा जाता था। कुछ वर्षों तक अंग्रेज़ों द्वारा हिन्दुओं की अपेक्षा उन्हें अधिक सताया और तंग भी किया गया। लेकिन जब ब्रिटिश अधिकारियों ने यह देखा कि हिन्दुओं ने उनकी शक्ति का मुकाबला करना आरम्भ कर दिया है, तब उन्होंने यह तय किया कि समय आ गया है जब हिन्दुओं की पीठ ठोंकना बन्द कर दिया जाना चाहिए और उनके स्थान पर मुसलमानों की पीठ ठोंकना आरम्भ कर देना चाहिए। ब्रिटिश अधिकारियों के इस नीति-परिवर्तन का फल यह हुआ कि हिन्दू तथा मुसलमान एक दूसरे को अविश्वास और सन्देह की दृष्टि से देखने लगे और इस तरह तीसरे दल के हाथों में अपने समस्त अधिकार निर्विघ्न छोड़ दिये।"

मैंने वर्मा जी से पूछा कि - "यह तीसरा दल कौन?"

वे बोल - "अंग्रेज़। और कौन?'

मेरे मुँह से निकला - "ओह हाँ... सो तो है" - और अब मैं कहने लगा - "खान-पान और दैनिक व्यवहार में हिन्दुओं के अति-शुद्धतावादी परंपरागत दृष्टिकोण के कारण हिन्दुओं को अंग्रेज़ों ने वैसे भी अपने से काफ़ी दूर पाया। फलतः उन्हें मुसलमान अपने ज्यादा क़रीब लगे। भारतीय इतिहास के मुताबिक हज़ारों साल भारत में हिन्दुओं का राज रहा। फिर कुछ सौ साल के लिए मुस्लिम-राज स्थापित हुआ। अठारवीं शताब्दी के मध्य में प्लासी की लड़ाई के बाद मुसलमानों से ही अंग्रेज़ों ने सर्वप्रथम सत्ता हथियायी। अतएव मुसलमानों पर अंग्रेज़ों का प्रारम्भिक सन्देह स्वाभाविक था। सौ वर्ष होते-होते 'ईस्ट इण्डिया कम्पनी' का झण्डा भारत के विभिन्न कोनों में फहराने लगा। लॉर्ड डलहौजी की 'डॉक्टरिन ऑफ लैप्स' की कूटनीति के चलते, सन्तान-विहीन देशी शासकों के राजपाट अंग्रेज़ कम्पनी-बहादुर जबरन हड़पने लगे। क्योंकि उनको सत्ताधारियों के दत्तक-पुत्र स्वीकार नहीं थे। ऐसे में क्या हिन्दू-राजा? और क्या मुसलमान-नवाब? विद्रोह तो होना ही था। जिनकी गद्दी छिनी वे सब-के-सब एक हो गये। अतः जो विद्रोह सन् 1857 में भड़का उसे अपने प्रति गद्दारी मानकर अंग्रेज़ों ने 'ग़दर' की संज्ञा दी जबकि भारतवासियों ने उस संघर्ष को 'प्रथम स्वतंत्रता संग्राम' का नाम दिया। हिन्दू और मुस्लिम उस संग्राम में भाइयों की तरह कन्धे-से-कन्धा मिलाकर लड़े थे। अंग्रेज़ों के लिए यह स्थिति असह्य थी। इसलिए उन्होंने फिर 'फूट डालो और राज करो' की नीति का आविष्कार किया।"

बसन्तलाल वर्मा जी ने यहाँ मुझे टोका - "मगर सुधाकर जी!... स्वतन्त्रता का वह पहला संग्राम पूरी तरह से जन-आन्दोलन नहीं था। अगर यह जन-आन्दोलन होता तो अंग्रेज़ इतनी शीघ्रता और सफलता से इसे कुचलने में कामयाब न होते। यह कुल मिलाकर देश के असन्तुष्ट राजाओं और बिगड़े नवाबों का अंग्रेज़ों के ख़िलाफ़ एकजुट संघर्ष था जो दिल्ली के नाममात्र के मुग़ल बादशाह बहादुरशाह जफ़र को अपना मुखिया घोषित कर लड़ा गया, जिसमें विद्रोही राजवाड़ों और रियासतों का साथ उन्हीं के अनेक भाई-बन्धुओं और दूसरे राज्यों ने नहीं दिया। बल्कि उनमें से कई एक तो अंग्रेज़ों से मिल गए। जबकि आम जनता की कमोबेश मान्यता उस समय तक यही थी कि - कोऊ नृप होय हमैं का हानी?"

मैंने कहा - "आप ठीक कहते हैं वर्मा जी।.... अंग्रेज़ों ने उस सामन्ती विद्रोह को भारी दमन शक्ति से दबा दिया। हज़ारों बाग़ियों को गिरफ्तार कर उन्हें पेड़ों से लटकाकर फाँसियाँ दी गयीं। लाखों लोग लड़ाई के विभिन्न मुचैटों में मौत के घाट उतारे गये। असंख्य अंग्रेज़ भी मारे गये। 'ईस्ट-इण्डिया कम्पनी' के सैकड़ों ने प्रतिशोध में सैनिकों गाँव-घर जलाकर राख कर दिए। परिस्थितियों पर क़ाबू पाने के बाद एक तरफ़ तो अंग्रेज़ों ने 'ईस्ट इण्डिया कम्पनी' का शासन समाप्त किया और भारत में बाकायदा महारानी

विक्टोरिया के नाम पर 'ब्रिटिश शासन' स्थापित किया। एक सौ साल का व्यापारिक चोला उतारकर अंग्रेज़ अब भारत में औपनिवेशिक सत्ता स्थापित कर औपचारिक रूप से राज करने लगे। वे तब यह न जानते होंगे कि भारत में अगले नब्बे वर्ष ही उन्हें और राज करना है, हिन्दुओं और मुसलमानों के मध्य धार्मिक और सांस्कृतिक विभेद को लगातार गहरा करके।''

इस तरह नव वर्ष 2018 के प्रथम दिवस की चाय मैंने सुबह-सुबह अपने मित्र वर्मा जी के घर पी और हमेशा की तरह उनसे इतिहास और राजनीति के अनेक अनुभव साझा किये। चलते समय वर्मा जी जब मुझे गेट पर छोड़ने आये तो वे कह रहे थे - ''जन-आन्दोलन की शक्ति सर्वप्रथम बाल गंगाधर तिलक ने समझी। फिर उसे अपने दक्षिण अफ्रीका के असहयोग-आन्दोलन के अनुभवों से जोड़कर महात्मा गाँधी ने भारत भर में विस्तार दिया।''

वर्मा जी के घर से लौटते समय मुझे 2018 के नव वर्ष-दिवस की इस ठिठुरन-भरी सुबह में लन्दन की 1947 की वह नये साल की पहली सुबह भी स्मरण हो आयी, जिसका जिक्र लेरी कॉलिन्स और डामनिक लापीयर ने अपने नाटकीय उपन्यास - 'फ्रीडम एट मिडनाइट' में किया है। वह सर्द सुबह जब लॉर्ड माउण्टबेटन भारत के अन्तिम वायसराय बनाये जाने से पूर्व ब्रिटिश प्रधानमन्त्री क्लीमेण्ट एटली से मिलने उनके निवास पर गये थे।

वापस लौटते समय मेरा मन अतीत और वर्तमान के मध्य घड़ी के पेण्डुलम की भाँति दोलित हो रहा था।...

आज हम ऐसे भारतीय हैं जो स्वदेशी वस्तुओं को छोड़कर विदेशी परिधानों और परम्पराओं को अपनाने में गर्व का अनुभव करते हैं, जबकि महात्मा गांधी, सरदार वल्लभभाई पटेल, पण्डित जवाहरलाल नेहरू और उस ज़माने के लाखों स्वतन्त्रता संग्राम-सेनानियों ने स्वदेशी के हित में विदेशी वेशभूषा और विदेशी वस्तुओं को हमेशा के लिए त्याग दिया था। एक वह समय था जबकि विदेशी वस्त्रों की होली जलाना और ''वन्दे मातरम्'' कहना युग-गौरव माना जाता था।....

मौलाना अबुल कलाम आज़ाद यद्यपि तुर्की टोपी पहनते थे, पर दिल उनका भी हिन्दुस्तानी था, पाकिस्तानी नहीं। पाकिस्तान की रट लगानेवाले तो थे - मोहम्मद अली जिन्ना, जिन्होंने 'कांग्रेस' को त्याग 'मुस्लिम लीग' का दामन थामा और फिर देश का बँटवारा कराकर पाकिस्तान के जनक और 'क़ायदे आज़म' बनकर पाकिस्तान में अन्तिम साँस ली।...

मज़े की बात यह कि गाँधी, नेहरू, जिन्ना और पटेल ये सभी इंगलैण्ड-रिटर्न बैरिस्टर रह चुके थे, जिन्होंने कालान्तर में स्वाधीनता की लड़ाई लड़ी।...

घर वापस लौटते समय मैं अपने शहर लखनऊ और आज के भारत के बारे में भी बहुत-कुछ सोच रहा था। मैं सोच रहा था कि लखनऊ में इन दिनों मेट्रो का निर्माण कार्य जोरों पर है। ऐसे में जगह-जगह सड़कों पर ट्रैफिक-जाम के मंज़र आम हैं। कारों, मोटर

साइकिलों, ऑटो और ई-रिक्शों की भीड़ इतनी बढ़ गयी है कि आटा डालने पर अब कहीं उतनी चींटियाँ भी नज़र नहीं आतीं। आज देश में 'जातिवाद बनाम विकास' की लड़ाई है। कभी यह 'साम्प्रदायिकता बनाम गरीबी-हटाओ' की लड़ाई हुआ करती थी। अन्तरर्राष्ट्रीय मंच पर 'बाज़ारवाद बनाम आतंकवाद' की रस्साकशी अलग चल रही है।...

एक दिन आनन्द मिश्र 'अभय' जी कह रहे थे - "श्यामाप्रसाद मुखर्जी न होते तो कलकत्ता सहित अधिकांश बंगाल पूर्वी पाकिस्तान में निकल गया होता। पंजाब का लाहौर तो पश्चिमी पाकिस्तान में निकल ही गया, कलकत्ता भी चला जाता। विभाजन के प्रश्न पर श्यामाप्रसाद मुखर्जी अड़ गये। उन्होंने भारत के विभाजन की स्थिति में बंगाल और पंजाब के भी समुचित विभाजन की माँग रखी और उस सूरत में ही 'पाकिस्तान' को स्वीकार करने की बात कही थी। भारत का विभाजन यदि जिन्ना ने कराया तो पाकिस्तान बनने से पूर्व उसकी वृहद्-परिकल्पना का विभाजन कराया-श्यामाप्रसाद मुखर्जी ने। अन्त में तो उन्होंने कश्मीर में भारतवासियों को बिना कोटा-परिमिट प्रवेश दिलाने के अधिकार के लिए कश्मीर जाकर राष्ट्रहित में अपना बलिदान ही दे दिया।"...

स्वाधीनता की लड़ाई की इस विराट कथा में प्रायः सभी प्रमुख ऐतिहासिक घटनाओं और उनके मंच और नेपथ्य के अनेक प्रमुख और साधारण पात्रों की भूमिकाओं को यथासम्भव ईमानदारी से प्रस्तुत करने का एक प्रयास मैंने किया है जो गहन अध्ययन-मन्थन एवं शोध पर आधारित है। इसमें जो कुछ भी श्रेष्ठ है वह अनेक विद्वान् लेखकों और इतिहासकारों की पुस्तकों के आशीर्वाद की बदौलत है। जो कुछ छूट गया है उसे मेरी अपनी अल्पज्ञता ही समझा जाये।

इस सम्बन्ध में जिन कलमकारों का मैं ऋणी हूँ वे हैं - सर्वश्री मोहनदास करमचन्द गाँधी, पण्डित जवाहरलाल नेहरू, डॉ. राजेन्द्रप्रसाद, मौलाना अबुल कलाम आज़ाद, पट्टाभि सीतारमैया, मणिबेन पटेल, सरदार खुशवन्त सिंह, यशपाल, भीष्म साहनी, कुलदीप नैय्यर, विष्णु प्रभाकर, प्रियंवद, राजमोहन गांधी, महादेव देसाई, नरहरि पारिख, आई.जे.पटेल, विश्वप्रकाश गुप्त एवं मोहिनी गुप्त, रावजीभाई एम. पटेल, एम.एन. चाँद एडवोकेट, रफ़ीक ज़करिया, पी.एन. चोपड़ा, डॉ. प्रभा चोपड़ा, राजेन्द्र मोहन भटनागर, डॉ. दिनकर जोशी, मोहनदास नैमिशराय, सुधीर कक्कड़, इन्द्र विद्यावाचस्पति, पं. श्रीराम शर्मा आचार्य, नीरजा सिंह, लेरी कॉलिन्स एवं डामनिक लापीयर, रोम्यां रोलां, लुई फिशर, लिओनार्ड मोसले आदि।

सरदार पटेल इस उपन्यास के महानायक हैं। अन्य अनेक समकालीन राजनीतिक व्यक्तियों की भाँति सरदारश्री को लेखन अथवा आत्मकथा - लेखन में कोई रुचि नहीं थी। वे मात्र कर्म में विश्वास रखते थे। आत्मश्लाघा से कोसों दूर थे। यही कारण है कि सरदार पटेल के पत्रों और भाषणों के अनेक वृहद संकलन तो उपलब्ध हैं परन्तु उनकी लिखी कोई पुस्तक सुलभ नहीं है। स्वाधीनता आन्दोलन के दौरान और उसके पश्चात् सरदारश्री ने गुरुवर दायित्वों का निर्वाह किया। स्वातन्त्योत्तर काल में मात्र सवा-तीन वर्ष

का ही जीवन उन्हें मिल सका। उस अत्यल्प कार्यावधि में उन्होंने राष्ट्र-निर्माण के इतने कार्य किये जितने दूसरे नेतागण कई दशकों में भी नहीं कर सकते।

परमपूज्य गुरुदेव पं. रामकृष्ण पाण्डेय 'आमिल' जी की कृपा से 'कथा विराट' उपन्यास के सृजन के दौरान अनेक विद्वानों, मित्रों एवं आत्मीयजन का परामर्श और सहयोग मुझे किसी-न-किसी रूप में प्राप्त हुआ। उनमें सर्वश्री सुशील पण्डित, आनन्द मिश्र 'अभय', राघवेन्द्र विक्रम सिंह, रहीस सिंह, बसन्तलाल वर्मा, दयानंद पांडेय, राम नगीना मौर्य, अनुज श्रीवास्तव, परमात्मा प्रसाद श्रीवास्तव, श्यामकृष्ण सक्सेना, रामजनम दिवाकर, समीर पाण्डेय, प्रदीप कुमार दुबे के अतिरिक्त डॉ. अमिता दुबे का मैं विशेष आभारी हूँ।

मेरे लेखन के जुनून में मेरे द्वारा की गई लापरवाहियों और मेरे अस्तव्यस्त जीवन में हरदम मेरा साथ निभाने वाली और मेरा मनोबल बढ़ानेवाली मेरी स्नेहमयी पत्नी श्रीमती शोभा कौल अदीब के लिए मेरे पास कृतज्ञता ज्ञापित करने के लिए समुचित शब्द नहीं हैं। मेरा यह उपन्यास उन्हें विशेष रूप से समर्पित है।

अनेक झंझावातों, दुःख-कष्ट-बीमारियों-कारावासों, आलोचनाओं, मान-अपमान को सहन करते हुए राष्ट्र-अभियान में दृढ़ता से क़दम बढ़ाते हुए सरदार वल्लभभाई पटेल ने 31 अक्टूबर, 1875 से 15 दिसम्बर, 1950 के अपने 75 वर्ष के जीवनकाल में एक निःस्पृह कर्मयोगी का नितान्त साधारण, किन्तु उपलब्धियों की दृष्टि से, असाधारण एवं अनुपम जीवन जिया।

यह कम आश्चर्य का विषय नहीं कि सरदार पटेल के जीवनकाल में मौलाना आज़ाद, आचार्य कृपलानी, जयप्रकाश नारायण, मधुलिमये आदि जो उनके प्रमुख आलोचक हुआ करते थे, उन्होंने उनके महाप्रयाण के बाद न सिर्फ उनके बारे में अपनी राय बदली और उनकी भरपूर प्रशंसा की, बल्कि सरदार पटेल के विषय में अपनी पूर्व धारणाओं को लेकर पश्चात्ताप भी किया। इस सम्बन्ध में एक ही उदाहरण पर्याप्त होगा। अपनी युवा अवस्था में उनके सर्वाधिक मुखर विरोधी हुआ करते थे - लोकनायक जयप्रकाश नारायण। भारतीय विद्याभवन द्वारा प्रकाशित 'भवन्स जर्नल' में जयप्रकाश जी सरदार पटेल को प्रतिक्रियावादी मानने की अपनी बड़ी भूल पर प्रायश्चित् करते हुए इस प्रकार लिखते हैं - ''सरदार को हमने गलत समझा। मेरे अन्दर आज प्रधान भावना आत्म-भर्त्सना की है क्योंकि उनके जीवनकाल में मैं महान् सरदार का केवल एक आलोचक ही नहीं बल्कि एक प्रतिपक्षी भी रहा।''

अपने विरोधी वामपन्थियों को सरदार पटेल ने चुनौती देते हुए अनेक बार निरुत्तर किया था। जहाँ तक स्वयं पर व्यक्तिगत प्रहार का प्रश्न है, उसके उत्तर में उन्होंने ओजस्विता के साथ एक बार कहा था कि - ''मुझे किसी से सोशलिज़्म सीखने की ज़रूरत नहीं। मैंने वर्षों पहले ही फ़ैसला किया था कि यदि पब्लिक लाइफ़ में काम करना हो, तो अपनी मिल्कियत नहीं रखनी चाहिए। तब से आज तक मैंने अपनी कोई चीज़ नहीं

रखी। न मेरा कोई बैंक एकाउण्ट है, न मेरे पास कोई ज़मीन है और न मेरे पास अपना कोई मकान है।"

आज के राजनीतिक और सामाजिक वातावरण पर यदि हम दृष्टि डालें तो सरदार पटेल के सूर्य-सम व्यक्तित्व के आगे क्या किसी कीट-पतंग के टिके रहने की कोई गुंजाइश शेष रह जाती है? पाठक स्वयं निर्णय करें।

लखनऊ

- सुधाकर अदीब

बुधवार, 1 अगस्त, 2018 ई.

कथाक्रम

कथा विराट

1

फिर क्या हुआ?

और वे गिर पड़े। टूट गये थे वे। अपने और परायों की आलोचना, कटूक्तियों और भाषणों ने उन्हें मर्मान्तक चोट पहुँचायी थी। हार्ट अटैक तो होना ही था। हार्ट फेल न हुआ यही क्या कम था। हार्ट फेल तो ख़ैर हो भी कैसे सकता था? मित्रों के अनुसार फ़ौलाद का जो बना था उनका दिल। लोगों को जी कड़ा करना होता है। उनका तो जन्म से ही था। अनेक आँधियों और झंझावातों में जो न टूटा वह मनुष्य अब जाकर अचानक जर्जर हो गया।

यह 1948 का दर्दनाक वर्ष था। स्वतन्त्रता-प्राप्ति के बाद छह माह के भीतर ही 30 जनवरी, 1948 को महात्मा गाँधी की हत्या हो चुकी थी।

सरदार वल्लभभाई पटेल भारतीय राजनीति के एक मज़बूत स्तम्भ थे। फिर भी अब स्वयं को गाँधी जी के बिना अनाथ-सा महसूस कर रहे थे। गाँधी गोडसे की गोलियों के शिकार हुए थे। जब यह त्रासदी घटित हुई समूचे देश में शोक की लहर दौड़ गयी। राजनीतिक हल्कों में रोष का संचार हुआ। सरदार पटेल उपप्रधानमन्त्री एवं गृहमन्त्री थे। अतः कई लोग सरदार पर उनकी अक्षमता और काम करने के तौर-तरीक़ों पर टीका-टिप्पणी करने लगे।

मौलाना आज़ाद सरदार पटेल के आलोचकों में से थे, परन्तु अपेक्षाकृत शालीन। उनके विरोध का स्वर इतना मुखर नहीं था। परन्तु जयप्रकाश नारायण ने गाँधी जी की हत्या के बाद सरदार पटेल की खुले शब्दों में निन्दा की। उन्होंने दिल्ली में बुलायी एक-शोक सभा में साफ़-साफ़ कहा कि-हिन्द सरकार के गृहमन्त्री इस हत्याकाण्ड के उत्तरदायित्व से बच नहीं सकते। उन्होंने सरदार पटेल से यह सवाल किया कि गाँधी जी की सुरक्षा के विशेष उपाय क्यों नहीं किये गये? जबकि उनकी हत्या करने के लिए लोगों को काफ़ी समय से उकसाया जा रहा था। गाँधी जी पर उनकी हत्या से कुछ ही दिन पूर्व सचमुच एक बम भी फेंका जा चुका था, जिसमें वे और उनकी प्रार्थना-सभावाले नयी दिल्ली के बिड़ला-भवन के अहाते में बाल-बाल बचे थे।

कलकत्ते में प्रफुल्लचन्द्र घोष ने इसी तरह के गम्भीर आरोप सरदार पटेल पर लगाये थे और कहा कि गाँधी जी ने ही सरदार पटेल को राजनीतिक प्रतिष्ठा दिलायी थी। दूसरे शब्दों में उन्हें अयोग्य के साथ-साथ कृतघ्न भी ठहराया। अनेक लोगों ने हाय-हाय की उनके लिए बुरा-भला कहा। सरदार को इन बातों से गहरा सदमा लगा और वे गम्भीर रूप से अस्वस्थ हो गये। बिस्तर से जा लगे। डॉक्टरों ने उन्हें पूर्ण विश्राम की सलाह दी और उपचार होने लगा।

ऐसे समय, सदा से उनकी छाया-सम पुत्री मणिबेन पटेल उनके साथ थीं। मणिबेन अपने पिता की दुःख-सुख की साथी थीं। उनका नैतिक बल भी थीं। अल्पभाषी सरदार अपने मन की बात शीघ्रता से किसी से नहीं कहते थे। अब पुत्री निरन्तर उनके सामने थी। थोड़ा स्वस्थ होने पर वे पुत्री से अपने मन की तहें खोलने लगे। स्मृतियाँ उन्हें विचलित भी करतीं। सहारा भी देतीं।

लेटे-लेटे सरदार की आँखों से दो मोटे-मोटे अश्रु ढुलक पड़े। भिंचे कण्ठ से शयनकक्ष की छत को ताकते हुए बोले-

"मणिबेन!... मैं अब जीना नहीं चाहता... बापू गये। मैं क्यों न चला गया उनके साथ?" मणिबेन ने कहा - "ऐसा नहीं कहते बापू!... बापू जी चले गये पर उनका कार्य तो अभी अधूरा है। उसे पूरा भी तो करना है आप ही को..." यह कहकर पुत्री ने दोनों हाथों से पिता के आँसू पोंछे।

कमरे में कुछ देर सन्नाटा रहा। वल्लभभाई नेत्र मूँदकर चुप लेटे रहे। मणिबेन ने उन्हें ठीक से चादर ओढ़ा दी। फिर कुछ सोचकर बोलीं - "बापू!... एक बात बताइये।"

"हूँ... क्या?" - सरदार पटेल नेत्र मूँदे-मूँदे ही बोले।

"आपने बापू जी से अपनी पहली मुलाक़ात के बारे में मुझे कभी नहीं बताया?" - मणिबेन जानती थीं कि महात्मा गाँधी उनके पिता के मस्तिष्क में इन दिनों बुरी तरह छाये हुए हैं। उनकी यादें उन्हें सुख के स्थान पर कष्ट दे रही हैं। मन अवसाद से भरा हुआ है। यदि वह हल्का न हुआ तो उन्हें और पीड़ित करेगा। इसी से उन्होंने रुग्ण पिता की स्मृतियों को जान-बूझकर कुरेदा। एक तरह से ख़तरा मोल लेकर भी।

महात्मा गाँधी से आकस्मिक बिछोह का दर्द, उन्हें भली-भाँति याद किये बिना, भला कहाँ जानेवाला था। सरदार पटेल एक दीर्घ निःश्वास भरकर बोले-"बेटी तुम! तो जानती ही हो कितना पुराना साथ था हमारा। अनेक अवसरों की तुम स्वयं साक्षी रही हो। फिर क्यों पूछती हो?"

"नहीं बापू। मैं बहुत-सी बातें नहीं जानती।"-मणिबेन ने मनुहार-सी करते हुए कहा-"परन्तु अब आपसे जानना चाहती हूँ। बताइये न मुझे। आपकी महात्मा जी से हुई सबसे पहली भेंट?"

सरदार मुस्कुराये। थोड़ा कठिनाई से। कहने लगे - "पहली भेंट तो ख़ैर बाद में हुई। यह कहो कि गाँधी जी के प्रथम दर्शन मुझे कब और कैसे हुए?" मणिबेन सरदार पटेल के पलँग के निकट बैठ गयीं। सरदार पलँग पर उठकर बैठ गये। दूर क्षितिज पर निगाहें डाले से कहने लगे-"बेटी! पुरुषार्थ और प्रारब्ध जीवन रूपी सिक्के के दो पहलू हैं। मनुष्य पुरुषार्थ करता है। उसका प्रतिफल उसे क्या मिलता है? यह अलग बात है। बहुत-कुछ प्रारब्ध पर भी निर्भर करता है। कहते हैं पूर्व जन्मों के संस्कार इस जन्म के कर्मों पर भी प्रभाव डालते हैं। यही प्रारब्ध है। परन्तु प्रारब्ध के भय से हमें पुरुषार्थ नहीं त्यागना चाहिए।"

"ठीक कहते हैं बापू! गीता में योगेश्वर श्रीकृष्ण ने भी कहा है कि बिना फल की चिन्ता किये अपना कर्म करते रहो।"

"बिल्कुल... कर्मण्येवाधिकारस्ते मा फलेषु कदाचन" कहकर सरदार हँसे और कहने लगे यरवदा जेल के दिनों में मेरी संस्कृत खूब अच्छी हो गयी थी। गीता-महाभारत-रामायण सब खूब पढ़ता था उन दिनों...गाँधी जी भी मेरी ख़ूब चुटकी लिया करते थे... महादेव भाई के कहने से हा-हा-"

"वह सब ठीक। पर बापू... आज तो मुझे आपसे बापू जी के प्रथम दर्शन का प्रसंग सुनना है।"

सरदार पटेल के सामने कुछ देर को मणिबेन जैसे एक छोटी बच्ची-सी बन गयीं थीं।

सरदारश्री यरवदा जेल की स्मृतियों में जाते-जाते तब और पीछे सन् 1916 में चले गये। उन्हें याद आया कि वह मई का महीना था। गर्मियों के भभकते दिन। उन दिनों बड़े-बड़े डैने फैलाकर चलनेवाले सीलिंग फ़ैन भी कम ही राहत दे पाते थे। ऐसे में शाम को गुजरात क्लब की हँसी-खेल की ज़िन्दगी ही दिन-भर की कोर्ट-कचहरी की मशक्कत

के बाद थोड़ी राहत देती थी। अभी एक बरस पहले ही तो मोहनदास करमचन्द गाँधी, जो बैरिस्टर भी थे, दक्षिण अफ्रीका से लौटे थे। गोरों के ख़िलाफ़ सफल वकालत और संघर्ष करके। उससे भी ज्यादा 20 साल के अपने सफल गिरमिटिया आन्दोलन के झण्डे गाड़कर। गाँधी जी अपने गुजराती भाई ही तो थे। बड़ी चर्चा थी उनकी। दक्षिण अफ्रीका से लौटकर गाँधी जी ने पहला साल तो भारत-भ्रमण में ही ख़र्च कर दिया था। वह भी, ज़्यादातर आम लोगों के लिए बने थर्ड क्लास के रेल कम्पार्टमेण्ट्स में बैठकर। लोग कहते थे कि वे आम लोगों के बीच रहकर भारत को ठीक से जानना चाहते थे।

''मणिबेन वे सन् 1916 के गर्मियों के दिन थे। तब तुम कोई 13 बरस की रही होगी और तुम्हारा छोटा भाई डाह्याभाई भी यही कोई 10 बरस का। उन दिनों मेरी वकालत बहुत बढ़िया चल रही थी। रुपये-पैसे की कोई कमी नहीं थी। इतना कमाता था कि अपने गाँव के घर करमसद को भी पैसे भेजता रहता और कुछ बचत भी कर लेता था।''

''उन दिनों मैं किसी अंग्रेज़ बहादुर से कम न था। इंग्लैण्ड से बैरिस्ट्री पढ़कर आया था और अहमदाबाद में अपनी वकालत का सिक्का जमाया था। पैण्ट-क़मीज़-कोट-टाई-बो इत्यादि मेरे पाश्चात्य परिधान थे। मांस-मदिरा तो ख़ैर मुझे घर के ही संस्कारों में नहीं मिले थे। परन्तु सिगरेट की लत मुझे विलायत से लग गयी थी। बैरिस्ट्री की पढ़ाई के दौरान मेरे एक अंग्रेज़ मित्र ने यह सौगात मुझे दी थी। वह सिगार पीता था। एक बार मुझे भी बड़ा इसरार करके टेस्ट कराया। सिगार मुझे कड़ा लगा तो उसने मुझे एक सिगरेट पिलायी। वह सिगरेट मैंने क्या पी कि मैं सिगरेट का शौकीन बन गया। एक समय तो वह था जबकि मैं चेन-स्मोकर हो गया था। शाम को क्लब में ब्रिज खेलते समय ताश के पत्ते बाँटते हुए भी सिगरेट मेरे होंठों में दबी होती। वह तो कहो ग़नीमत यह थी कि मैं किसी काम में लापरवाही शुरू से पसन्द नहीं करता था। सिगरेट की राख को कभी इधर-उधर गिरने न देता। उसे पास रखी ऐश-ट्रे में ही झाड़ता।

''गुज़रात क्लब अहमदाबाद में उन दिनों एक ही आदमी की चर्चा थी। महात्मा गाँधी। यह महात्मा सम्बोधन गाँधी जी को भारत आने के कुछ ही दिन बाद मिल चुका था। जब गाँधी जी मार्च, 1915 में गुरुदेव रवीन्द्रनाथ टैगोर से उनके शान्ति निकेतन में मिले तभी उन्होंने उनकी प्रशंसा में 'महात्मा' की उपाधि उन्हें दी थी। हमारे क्लब के कुछ साथी गाँधी जी से कुछ दिन पूर्व उनके आश्रम में मिल भी आये थे। अहमदाबाद में कोचरब नामक स्थान पर उन्होंने अपना पहला सत्याग्रह आश्रम बनाया था। क्लब के उन मित्रों ने बताया कि विचित्र इन्सान है गाँधी। वे सत्याग्रह नामक हथियार में विश्वास रखते हैं। सत्याग्रह मतलब ऐसा विरोध जिसमें सत्य का आग्रह हो और हिंसा की जगह पूर्णतः अहिंसा का आश्रय हो। गाँधी अपने सत्याग्रह को दक्षिण अफ्रीका में आजमा चुके थे। उनका विश्वास था कि विदेशी राज से भारत को मुक्ति भी सत्य और अहिंसा के इन्हीं अभिनव अस्त्रों से मिलेगी।''

वापस 1948 में...

मणिबेन सरदार पटेल को एकटक देख रही थीं। इस समय उनके पिता की उम्र 72 साल की थी और स्वयं मणिबेन की भी 45 साल। पर पिता के संस्मरण उनके श्रीमुख से सुनते हुए जैसे वह पुनः एक छोटी बालिका बन गयीं थीं। उस बालिका के मन में यह एहसास भी था कि पिता की दवा का वक़्त हो रहा है। इसलिए वह उठीं। पास की छोटी टेबिल की दराज़ से दवा निकाली। एक टैबलेट और एक कैपसूल। टेबिल पर जग से पानी गिलास में लिया। पिता को दवा खिलायी। उसके अनन्तर पिता-पुत्री का वार्त्तालाप चलता रहा।

''क्लब के मित्र यह भी चर्चा करते कि गाँधी जी के विचार बहुत अलग हटकर हैं। वे मामूली-से-मामूली बातों में न जाने कौन-सी ख़ूबी देखते हैं। मैंने उनसे पूछा मसलन? बोले कि गाँधी लोगों को चक्की पीसने और शौचालय साफ़ करने की शिक्षा देना चाहते हैं। यह सुनकर मैं ठठाकर हँस पड़ा। मेरे साथ हमारी मित्र-मण्डली ने भी क़हक़हा लगाया।

''अब मुझे ठीक से याद नहीं। हम में से किसी ने कहा-''जानते हैं वे दक्षिण अफ्रीका में इस तरह के ऊलजलूल प्रयोग कर चुके हैं। और तो और, वहाँ भी उन्होंने अपने बनाये आश्रमों में सण्डासों से पहले तो खुद पाख़ाना साफ़ किया और फिर आश्रमवासियों से भी करवाया। नित्य किसी-न-किसी का नम्बर लगता था। इस काम के लिये।''

''क्या? सच में?'' किसी ने इस पर आश्चर्य व्यक्त किया।

''और क्या। इतना ही नहीं। उन्होंने अपनी पत्नी कस्तूरबा को भी नहीं बख़्शा। उनसे भी सण्डास साफ़ कराते थे। शुरू-शुरू में तो कस्तूरबा नहीं मानीं तो ये महाशय कई दिन रूठे रहे।''

इस पर पुनः लोग ठठाकर हँस पड़े। मैं भी अपनी हँसी रोक न सका। बोला-''यार! क्या सनकी है यह आदमी?'' लोग फिर हँसे। मैंने कहा-''चक्की पीसो। सण्डास धो।.. ओह आन्दोलन के ज़ोरदार तरीक़े।''

''इस पर तो हमारे गुजरात क्लब का वह बराण्डा जहाँ हम ब्रिज खेल रहे थे मनमौजी मित्रों के समवेत क़हक़हों से और ज़ोरों से गूँज उठा।... इसके कुछ दिन बाद एक दिन गाँधी जी हमारे गुजरात क्लब पधारे। उनके आने की ख़बर पहले से थी। मित्रों में सुगबुगाहट थी। पर मुझे उनमें कोई ख़ास दिलचस्पी न थी। उस शाम हम क्लब के बराण्डे में अपनी पसन्दीदा टेबिल पर जमे हुए थे और ब्रिज खेल रहे थे। गाँधी जी के आने का समय हो रहा था। बाहर लॉन में बैठने की विशेष व्यवस्था हुई थी। कुर्सियाँ-वुर्सियाँ जमायी गयी थीं। उनके सामने कुछ मेजों को जोड़कर सफेद चादरें बिछाकर उनके ऊपर दो फ्लावर पॉट मालियों ने लगा दिये थे। चार-पाँच कुर्सियाँ क्लब के अध्यक्ष, सचिव और गाँधी जी वगैरह के लिए वहाँ रख दी गयी थीं।''

''इतना सब तो याद है बापू आपको।'' - मणिबेन ने सरदार से कहा।

वे बोले - ''हाँ भाई। भले ही मेरा तब गाँधी जी से परिचय न था पर वे एक जानी-मानी शख़्सियत तो तब थे ही।... अब महात्मा गाँधी क्लब में बोलने आ रहे थे

तो उसके सदस्यों में उत्सुकता कैसे न होती? गाँधी जी आये। हमारे बराण्डे से होकर लॉन की तरफ़ गये। तेज चाल से। मैंने देखा एक साधारण शक्ल-सूरत वाला सामान्य-सा धोती-कुर्ता पहले पाँच फुट पाँच इंच कद का दुबला-पतला आदमी। पैरों में स्लीपर डाले सामने से गया। कई क्लब मेम्बर उसके पीछे-पीछे। क्लब के मुखिया भी। यही गाँधी हैं? मैंने सोचा। पर उनके आते ही लॉन में लोगों का एक चुम्बकीय आकर्षण-सा पैदा हो गया। मैंने स्वयं को उस आकर्षण से भरसक बचाने का प्रयत्न किया।..."

यह कहकर सरदार पटेल मन-ही-मन कुछ सोचने लगे। उन्होंने दीवार की तरफ़ अपना मुँह फेर लिया। मणिबेन समझ गयीं। पिता भावुक हो रहे हैं। झट से बोलीं-"हाँ तो बापू। फिर क्या हुआ?"

सरदार बोले - "होना क्या था। मेरे देवता मेरे सामने थे और मैं अपने प्रमाद में उन्हें पहचान न सका।... बापू एक़दम मेरे सामने से लॉन में चले गये। मैं उनके स्वागत में उठा तक नहीं। हमारे बीच से मावलंकर सबसे पहले उठा और वह गाँधी जी की तरफ़ लपका। मैंने मावलंकर से कहा-कहाँ जा रहे हो? तुम उठ क्यों गये? बोला-देखो तो गाँधी जी... मैंने कहा-तो क्या? अरे यार तू खेल में अपना ध्यान लगा। इधर बैठ। वहाँ क्या देखेगा? मैं तुम्हें बताता हूँ वे क्या कहेंगे। यही कुछ कि जानते हो- गेहूँ से कंकड़ किस तरह चुने जाते हैं? आज़ादी लाने के लिए यह सब जानना बहुत ज़रूरी है।

"कहने को तो यह कह गया मैं। पर मेरा मन गाँधी जी के आगमन से विचलित अवश्य हो गया था। मावलंकर किन्तु नहीं माना। वह गाँधी जी को सुनने बैठक स्थल तक गया। मैं शेष मित्रों के साथ ताश खेलता रहा। उधर नहीं गया। अपनी अकड़ में ही रहा। मणिबेन जानती हो गाँधी उस ज़माने में काफ़ी चर्चित हो चुके थे अहमदाबाद में। उनके पास अनेक ख़ास-ख़ास लोग एकत्र हो चले थे। डी.बी. कालेलकर, स्वामी आनन्द, के.जी. मशरूवाला, महादेव भाई देसाई और नरहरि पारिख जैसे लोग। इनमें से महादेव और नरहरि से तो मेरी अदालतों में अक्सर मुलाक़ात होती रहती थी। क्योंकि ये दोनों भी वकील थे। पर समझो कि ऐसे अनेक पढ़े-लिखे विद्वान् जन महात्मा जी के करीबी बन चुके थे तब-तक। और एक मैं था। बैरिस्टर साहब... हा-हा-हा।"

- पटेल मणिबेन के समक्ष एक वेदना-मिश्रित हँसी हँसे। धीरे से।

सरदार वल्लभभाई पटेल का सोचना गलत नहीं था। तब के पटेल और गाँधी जी के सम्पर्क में आने के पश्चात् के पटेल में ज़मीन-आसमान का अन्तर था।

लगभग ढाई वर्ष बैरिस्टरी की शिक्षा हेतु लन्दन प्रवास कर 13 फरवरी, 1913 को स्वदेश लौटे वल्लभभाई पूरी तरह से पश्चिमी सभ्यता के रंग में रँग चुके थे। जब गये थे तो सीधे-सादे भारतीय व्यक्ति थे। लौटे तो वहाँ से बहुत बढ़िया-बढ़िया सूट-नेकटाई विदेशी परफ़्यूम्स वग़ैरह लेकर आये। साथ में उम्दा क़िस्म का फ़ेल्ट हैट भी लाये जिसे

विलायत में सभ्रान्त वर्ग के लोग पहनते थे। सिगरेट और कभी-कभी क़ीमती सिगार भी पीने का शौक भी ले आये। मांस का सेवन तो वल्लभभाई ने नहीं किया परन्तु कभी-कभार दोस्तों के साथ व्हिस्की पीने से उन्हें परहेज़ नहीं रह गया था। जबकि उन दिनों गुजरातियों में, विशेषकर पटेल बिरादरी में, मांस-मदिरा का सेवन बिल्कुल भी प्रचलित नहीं था।'

पानी का जहाज़ जब कई हफ़्तों की यात्रा के बाद बम्बई के बन्दरगाह पर लगा तो मौसम खुला और आरामदायक था। वल्लभभाई पटेल जहाज़ के डेक पर झुके दूसरे यात्रियों के साथ बन्दरगाह का नज़ारा प्रसन्नतापूर्वक, अपने सूटेड-बूटेड वेश में, ले रहे थे। उसी जहाज़ से कोई बड़ा अंग्रेज़ अफ़सर भी लन्दन से भारत आया था, जिसके स्वागत में एक सजा-धजा बैण्ड अंग्रेज़ी धुनें बजा रहा था। नीचे काफ़ी चहल-पहल थी।

37 वर्ष के युवा वल्लभभाई ने नीचे भीड़ में प्रतीक्षारत अपने बड़े भाई विट्ठलभाई पटेल को पहचान लिया, जो उन्हें बम्बई बन्दरगाह पर लेने आये थे। वल्लभभाई से पहले ही लन्दन जाकर विट्ठलभाई वल्लभभाई के द्वारा जमा किये गये पैसों से बैरिस्टरी की पढ़ाई पढ़ आये थे और बम्बई में अपनी वकालत जमा चुके थे। इससे पहले कि पोर्टर्स सामान उतारते वल्लभभाई तेज़ी से जहाज़ से उतरने के रास्ते से नीचे उतरे और उन्होंने लपककर बड़े भाई के पाँव छू लिए। वल्लभभाई अपने अग्रज विट्ठलभाई का बड़ा सम्मान करते थे। सामान उतरा तो दोनों भाई एक टैक्सी से विट्ठलभाई के घर रवाना हो गये।

समुद्र किनारे बसी बम्बई नगरी। एक विशाल नगरी। ऊँची-इमारतें। सड़कों पर कारों-टैक्सियों की आवाज़ाही। आज की तरह उतनी भीड़ नहीं। मज़े का ट्रैफिक। जिसमें ड्राइविंग-प्लेजर विद्यमान था। मार्ग में वल्लभभाई ने विट्ठलभाई से सभी घरवालों के कुशल क्षेम पूछे। पहले भाभी के बारे में पूछा। फिर करमसद गाँव में पिता झवेरभाई पटेल, माता लाडबा और अन्य दो बड़े भाइयों नरसिंहभाई और सोमाभाई के बारे में फिर अपने से छोटे भाई काशीभाई और इकलौती बहन डाहीबा का हालचाल पूछा। वल्लभभाई को सभी की फिकर रहती थी।... मुम्बई में उन्हें कुछ ही दिन रूकना था। सर्वाधिक ललक उन्हें अपने दोनों बच्चों पुत्री मणिबहन और पुत्र डाह्याभाई से मिलने की थी। पत्नी झवेरबा का 1908 में ही आँतों की बीमारी से निधन हो चुका था। 1910 में विलायत जाते समय वल्लभभाई ने अपनी पुत्री मणि और पुत्र डाहया को एक अंग्रेज़ी स्कूल के बोर्डिग हाउस में रखना ही उचित समझा था। विट्ठलभाई उनके मोटा काका तो खैर मुम्बई में उनके लोकल-गार्जियन थे ही।...

वल्लभभाई पटेल को एक पत्र लन्दन में उनके मुख्य परीक्षक ने बम्बई में कार्यरत अपने रिश्तेदार सर बेसिल स्कॉट, जो बम्बई हाईकोर्ट के चीफ़ जस्टिस थे, को देने हेतु दिया था। मुख्य परीक्षक वल्लभभाई से बहुत प्रभावित थे क्योंकि उन्होंने रोमन लॉ की परीक्षा प्रथम श्रेणी में उत्तीर्ण की थी। उसमें भी अपनी अन्तिम परीक्षा उन्होंने आनर्स में पास की थी। वे चाहते थे कि इस प्रतिभावान इण्डियन बैरिस्टर को चीफ़ जस्टिस स्कॉट किसी सुयोग्य पद पर लगा लेने का कष्ट करें।...

अगली सुबह बड़े भाई के घर से पटेल बच्चों के स्कूल गये। वह 9 वर्ष की मणिबेन और 6 वर्ष के डाहयाभाई से मिले और दोनों को गले से लगा लिया। उस दिन बच्चों को स्कूल से अवकाश दिलाकर वे उन्हें बम्बई घुमाने ले गये। समुद्र तट की सैर कराई। पिता-पुत्री-पुत्र ने एक साथ बाहर ही किसी होटल में खाना खाया। पुत्र डाहया तो पिता के प्रश्नों का बालसुलभ उत्तर देता रहा और चहकता रहा। परन्तु पटेल ने नोटिस किया कि पुत्री मणि पहले की अपेक्षा कुछ गम्भीर हो चली थी और कम बोलने लगी थी। छोटे भाई डाहया के अधिक बोलने पर मणि उसे किसी संरक्षिका की भाँति बीच-बीच में टोक देती थी। मातृविहीन बच्चों को देखकर पटेल की आँखें भर आयी थीं, जिसे उन्होंने बच्चों पर जाहिर नहीं होने दिया।'... अगले दिन पटेल सर बेसिल स्कॉट से मिले। मुख्य न्यायाधीश को उन्होंने अपने मुख्य परीक्षक का वह निजी-पत्र दिया। स्कॉट ने उन्हें न्याय विभाग में ही नौकरी देने अथवा राजकीय विधि महाविद्यालय में प्रोफेसरी देने की पेशकश की। परन्तु पटेल को लगा कि स्वतन्त्र-रूप से वकालत ही उनके लिए बेहतर होगी। उन्हें अपने मुख्य परीक्षक की हाथ की लिखी चिट्ठी आदरपूर्वक उनके सम्बन्धी तक तो पहुँचानी ही थी, सो वल्लभभाई ने स्वयं को वहीं तक सीमित रखा। अगले दिन वल्लभभाई अपने गाँव करमसद चले गये। अपने माता-पिता दूसरे भाइयों आदि से मिलने।...

वल्लभभाई पटेल बैरिस्टरी पास कर चुके थे। उनके बड़े भाई विट्ठलभाई बम्बई में पहले से ही बैरिस्टरी पास कर वकालत करते थे। अतः बम्बई उनकी वकालत के लिए भी उपयुक्त हो सकती थी। यदि वे चाहते तो बम्बई में ही रहकर वकालत कर सकते थे। परन्तु उन्होंने अपना कर्मक्षेत्र बम्बई के बजाय अहमदाबाद को चुना। वल्लभभाई ने सोचा कि अहमदाबाद से उनका अपना खेड़ा ज़िला और उसमें स्थित पैतृक गाँव करमसद लगभग 50 मील की दूरी पर ही था। खेड़ा की सेशन अदालत भी अहमदाबाद में ही हुआ करती थी। उन्हें इसी बहाने खेड़ा ज़िला के निवासियों को अपनी क़ानून की सेवाएं देने का अवसर यहाँ सुलभ था। इसके अलावा उनकी मुख़्तारी के जमाने के पुराने अनेक मुवक्किल भी आस-पास के इलाकों से ही थे। इससे उन्हें अहमदाबाद में अपनी प्रैक्टिस जमाने में मदद मिलती। इसलिए वल्लभभाई ने अहमदाबाद को चुना।

सरदार पटेल अपनी विश्राम शैय्या पर अधलेटी अवस्था में पुत्री मणिबेन से कह रहे थे -

"उन दिनों मैं बड़ी ऊँची नाक वाला था। विलायत रहके आया था। दो साल से ऊपर। अपने को अफ़लातून समझता था। ... मणि! तुम तो जानती हो कम बोलने का अपना पुराना स्वभाव है। पिता जी से मैंने सीखा था कम बोलो। जो कुछ बोलो नाप-तोलकर बोलो। कमान से निकला तीर और मुँह से निकला शब्द कभी वापस नहीं आता।"

मणिबेन ने पिता से कहा - " बापू! आप कम बोलते थे तो फिर अदालत में बहस कैसे करते थे?"

"अदालत में बहस के समय मुझपर सरस्वती जी की कृपा हो जाती। वहाँ चाहे जितना बुलवा लो। जीभ कभी थकती न थी। मुक़दमे में बहस के समय अदालत में अक्सर भीड़ लग जाती। अनेक परिचित-अपरिचित वकील साथी मेरी बहस सुनने कोर्ट में इकट्ठा हो जाते। फ़ौजदारी के मुक़दमे ही मैं अधिकतर करता था। कोई मर्डर का केस होता तब तो आर्ग्यूमेंट्स के समय अदालती कक्ष खचाखच भर जाता। बोलने में मैं पूरा दबंग था उन दिनों भी। कई बार तो जज का भी लिहाज न करता। घुमा फिराके उन्हें भी सुना देता।..."

सरदार पटेल पूरी तैयारी के साथ कचहरी जाते थे। उन्होंने अहमदाबाद में कीमती साज-समान से अपना दफ्तर सजा रखा था। वहाँ वे क़ानून की किताबों के साथ केसेज का गम्भीरता से अध्ययन करते और अपने मुवक्किलों से बात कर उन्हें मुक़दमों के लिए तैयार करते। वह दूसरे वकीलों से अधिक फीस लेते। मगर उनकी योग्यता, परिश्रम और मुक़दमों में सफलता के अधिक प्रतिशत के कारण उनके मुवक्किल उन्हें अधिक फीस देकर भी निश्चिंत रहते! फ़ौजदारी की प्रैक्टिस में अहमदाबाद में कुल छह-सात बैरिस्टर ही थे। उनमें भी आधे बैरिस्टरों की ही ज्यादा चलती थी। युवा पटेल जल्दी ही अपनी आत्मविश्वास भरी दृढ़ता और परिश्रम से अर्जित की गयीं एक के बाद एक सफलताओं के बल पर अहमदाबाद की क़ानून की दुनिया में छा गये। गवाहों से वे तीखी जिरह करते। पुलिस की तफ्तीश में झोल ढूँढ निकालते। प्रतिपक्षी सरकारी वकील के पसीने छुड़ा देते।

सरदार पटेल के पैतृक खेड़ा ज़िले की सेशन्स की अदालतें अहमदाबाद महानगर में ही थीं। सरकारी अधिकारियों का इस ज़िले के प्रति रूख काफ़ी पूर्वाग्रह युक्त था। वे बातों-बातों में कहा करते थे कि खेड़ा के लोग बड़े बदमाश होते हैं। यहाँ से अपराधी प्रवृत्ति के लोग क़ानून से खेलने में ज़रा भी नहीं हिचकिचाते हैं।

एक हत्या के आरोप में दो भाई गिरफ़्तार हुए। यद्यपि उनके विरुद्ध प्रारम्भिक साक्ष्य ना के बराबर थे। फिर भी उन्हें निचली अदालत से जमानत नहीं मिली और मामला सीधे सेशन कोर्ट के हवाले कर दिया गया। अभियुक्तों की ओर से बैरिस्टर वल्लभभाई को रख लिया गया। सेशन जज ने शुरू में ही अभियुक्तों को जमानत पर छोड़ने से इनकार कर दिया और उनकी जमानत अर्जी खारिज करने को हुए।

इस पर वल्लभभाई पटेल अपनी पूर्ण तेजस्विता के साथ सेशन जज से ही उलझ गये। उन्होंने कहा कि - "अभियुक्तों की जमानत किसलिए नामंजूर की जा रही है? महज इसलिए कि पुलिस की तरफ से वही घिसीपिटी दलील दी गयी है कि ये लड़के आज़ाद होंगे तो अपने ख़िलाफ़ सबूतों में गड़बड़ी मचायेंगे और यह कि क्योंकि यह मामला खेड़ा ज़िला का है जो अपराधों के लिए बदनाम है इसलिए इन अभियुक्तों को भी भयंकर अपराधी माना जाना चाहिए। मुझे बड़े अफ़सोस के साथ कहना पड़ रहा है योर ऑनर! कि इस अदालत में खेड़ा के किसी भी मुल्जिम को उचित न्याय नहीं मिलता। उसके ख़िलाफ़ ज़रा सा सबूत मिल जाये तो उस अपर्याप्त सबूत पर ही उसे सज़ा हो जाती है।

इसके पीछे शायद विचार यह रहता है कि क्योंकि मुल्जिम खेड़ा ज़िले का रहने वाला है इसलिए उसने सबूतों के साथ जरूर छेड़छाड़ की होगी। आख़िर यह कहाँ का न्याय है कि गवाही और सबूत ठीक हों अथवा नहीं, खेड़ा ज़िला अपराधों के लिए बदनाम है इसलिए किसी भी आरोपी को सजा मिलनी ही मिलनी चाहिए? ज़रा इस केस पर गौर तो किया जाये। इन अभियुक्तों के विरुद्ध जरा भी प्रारम्भिक सबूत नहीं हैं। ऐसे में इनकी जमानत आख़िर क्यों नहीं मंजूर की जाये?''

कोर्ट उस दिन काले कोट पहने वकीलों से भरी पड़ी थी। जमानत की अर्जी पर वल्लभभाई पटेल कड़क आवाज़ में बहस कर रहे थे। उनकी मुखमुद्रा एक़दम निर्भीक थी। सेशन जज भी ऐसे में किंचित हतप्रभ हुआ। मुक़दमे की कमज़ोरी का भान उसके मन में अवश्य रहा होगा। सफ़ाई पक्ष के बैरिस्टर को इस तरह साफ़-साफ़ बोलते देखकर जज इतना ही बोला- '' मिस्टर पटेल! आप उत्तेजना में अदालत के विरुद्ध गम्भीर आक्षेप कर रहे हैं। मैं फिलहाल अदालत को आधे घण्टे के लिए स्थगित करता हूँ।'' यह कहकर न्यायाधीश उठकर अपने चैम्बर में चले गये। परिणाम यह निकला कि अभियुक्तों की जमानत आख़िरकार मंजूर हो गयी। बाद में वे दोनों अभियुक्त सरदार पटेल की पैरवी से निर्दोष छूटे।

इसी तरह न्याय दिलाने में ही नहीं, गलत राह पर चलने वाली अदालतों को सुधारने में भी वल्लभभाई पटेल विख्यात होते गये। अदालत के भीतर और बाहर पटेल का बेबाक और सधा हुआ व्यवहार उन्हें दूसरे वकीलों से अलग करता था। फलतः कोर्ट कचहरियों में उनका आकर्षण दिनों दिन बढ़ता गया। उनका विरल व्यक्तित्व और व्यवहार उन्हें आदर भी दिलाता था और कइयों को आतंकित भी करता था। पटेल की अनोखी तर्कशक्ति और निर्भीक शैली के किन्तु सब कायल थे।

इसी तरह का एक और किस्सा सरदार को याद आ गया। मणिबेन को सुनाते हुए बोले - ''एक गोरा मजिस्ट्रेट था मिस्टर फोक्स। अजीब झक्की। वह दिन के बजाये रात में 9 बजे से 12 बजे तक अदालत लगाता। बेचारे वकील और मुवक्किल भी क्या करते? उन्हें मज़बूरन उस अवधि में रात के बेवक्त अदालत में पेश होना पड़ता। एक दिन मेरा एक केस भी मिस्टर फोक्स की अदालत में फँस गया। मैंने सोचा आज इसे सबक सिखा दिया जाये। अपने केस में मैंने तब ऐसी लम्बी और लगातार जिरह की कि वह कई रोज सुबह होने तक चलती रही। मैं प्रतिपक्ष के गवाहों से जिरह करता जाता। पेशकार लिखता जाता। मैं जिरह करता जाता और पेशकार लिखता ही जाता। इस तरह कई दिन देर सुबह ब्रहम मुहूर्त तक अदालती कार्रवाही जारी रही। मणि... फोक्स के छक्के छूट गये। वह मुझसे कहता भी तो क्या कहता? कोई अप्रासंगिक बात तो मैं कर नहीं रहा था। पूरी गम्भीरता से जिरह ही तो करता था। आख़िर उस मजिस्ट्रेट ने हथियार डाल दिये। आगे से अपनी अदालत का रात का समय बदलकर कचहरी की दूसरी अदालतों की भाँति दिन का कर दिया।''

मणिबेन ने पूछा- "ये कैसा मजिस्ट्रेट था? क्या उस पर अदालती समय का कोई नियम नहीं था?"

पटेल बोले - "वही तो बेटी! अंग्रेज़ था न। कौन पूछता अंग्रेज़ी राज में? समरथ को नहिं दोस गुसाईं।"

मणिबेन हँसी। कहने लगीं कि - "वह भूल गया होगा कि उसका पाला मेरे बापू से पड़ा है।"

पटेल जिन दिनों की चर्चा कर रहे थे वे उनके परम उत्कर्ष, वैभव और आर्थिक सम्पन्नता के दिन थे। बैरिस्टरी से उनकी अच्छी-खासी कमाई हो जाती थी। वे काफ़ी धन अपने परिजनों को भी गाँव भेजते। ख़ुद भी ठाठ से रहते। वे कचहरी जाते समय जो कॉलर-बैण्ड गले में पहनते थे उन्हें अहमदाबाद से धुलाई के लिए बम्बई भेजते थे। ऐसी 250 झख-सफ़ेद कॉलर बैंड्स उनकी कपड़ों की अलमारी में रहती थीं। शाम को जब वे क्लब जाते तो विदेशी परिधान के साथ सिर पर अंग्रेज़ी कैप होती और होठों में दबा 555 ब्राण्ड का मँहगा सिगरेट। गुजरात क्लब वही जगह थी जहाँ पटेल ने गाँधी जी को पहले-पहल देखा था। गाँधी जो उम्र में सरदार पटेल से मात्र छह वर्ष ही बड़े थे, किन्तु दक्षिण अफ्रीका से लौटने के बाद भारत से जिनका अनोखा व्यक्तित्व किसी परिचय का मोहताज नहीं रह गया था। कम-से-कम पढ़े-लिखे तबकों में तो कतई नहीं।

गाँधी जी जब दक्षिण अफ्रीका के अपने प्रवास के बाद स्वदेश लौटे तो उन्होंने अपने राजनीतिक गुरु गोपालकृष्ण गोखले की एक सीख पर गम्भीरता से अमल किया। गोखले ने उनसे भारत लौटने पर सर्वप्रथम एक वर्ष तक भारत-भ्रमण करने और वास्तविक भारत का निकट से परिचय प्राप्त करने, दूसरे शब्दों में आम देशवासियों से जनसम्पर्क करने को कहा था। गाँधी जी ने सन् 1915 में देश का व्यापक भ्रमण किया। रेल-बसों-कारों की खिड़कियों से उन्हें वृहद भारत के दर्शन होते। उस वक्त गाँधी जी की निगाहें खेतों और खलिहानों में काम करते कृषकों और उनके फटेहाल स्त्री-बच्चों, जीविका के लिए भागदौड़ करते असंख्य इन्सानों, बड़ी-बड़ी इमारतों में निवास कर रहे धनाढ्य लोगों और दूसरी ओर घोर दरिद्रता में पलते झोंपड़ों में रह रहे लोगों, सभी पर पड़ती। जहाँ-जहाँ वे जाते सामान्य लोगों से घुलमिल कर बातें करते। देशवासियों के दुःख-सुख एवं उनकी समस्याओं को समझते। गाँधी भारतीय जनजीवन को निकट से महसूस करने का प्रयत्न करते।

जनवरी, 1915 में दक्षिण अफ्रीका से लौटकर जब महात्मा गाँधी ने अपना प्रारम्भिक भारत भ्रमण किया तो उन्हें स्वदेश में अपना आश्रम बनाने के अनेक प्रस्ताव मिले। स्वामी श्रद्धानन्द जी ने उन्हें हरिद्वार में आश्रम बनाने को कहा। कलकत्ते के उनके एक मित्र ने उनसे वैद्यनाथ धाम में बसने का आग्रह किया। तो इधर अनेक गुजराती महानुभावों

और मित्रों ने मोहनदास करमचन्द गाँधी से अहमदाबाद में आश्रम बनाकर निवास करने का निवेदन किया। इस सिलसिले में कुछ ने तो उनसे आश्रम की व्यवस्थाओं और उसका खर्च उठाने की भी पेशकश की।

गाँधी जी अहमदाबाद में बसने को तैयार हो गये। आश्रम के लिए कोचरब में एक बैरिस्टर का बंगला किराये पर लिया गया। मई, 1915 में स्थापित भारत में गाँधी जी के इस प्रथम आश्रम का नाम पड़ा-सत्याग्रह आश्रम। सत्य और अहिंसा के पुजारी के आश्रम का यह नामकरण स्वयं ही बहुत कुछ कहता था। प्रारम्भ में सत्याग्रह आश्रम में 25 स्त्री पुरुष रहते थे। धीरे-धीरे आश्रमवासियों की संख्या बढ़ी। अहमदाबाद में परोपकारी सेठों की कमी न थी।

एक धनी सज्जन आश्रम का व्ययभार वहन करने को प्रस्तुत हो गये। गाँधी जी अपना सारा कार्य अपने हाथ से करने में विश्वास करते थे। गार्डनिंग और आश्रम परिसर की सफ़ाई इत्यादि उनकी प्रातःकालीन दिनचर्या में शामिल थी। सुबह-शाम प्रार्थना, सादा भोजन और प्रकृति तथा मानव सेवा आश्रमवासियों का धर्म था। गाँधी जो-कुछ दूसरों से अपेक्षा करते, वह कार्य पहले वे स्वयं करते। शौचालयों की दिन में सफ़ाई करने का नियम। प्रत्येक दिन सभी आश्रमवासियों की क्रम से ड्यूटी लगती। अपना क्रम आने पर गाँधी जी भी शौचालयों की सफ़ाई कार्य सहज ढ़ंग से करते। कुछ ही समय बाद गाँधी जी के एक मुम्बई के मित्र की सलाह पर सत्याग्रह आश्रम में एक ज़रूरत मन्द अछूत परिवार को भी रख लिया गया। उन दिनों अस्पृश्यता का ज़हर हिन्दू समाज में कुछ अधिक ही व्याप्त था।

एक अछूत परिवार के दाखिले से गाँधी जी के आश्रम में भी हंगामा तो मचना ही था। आश्रम की स्त्रियों ने अछूत स्त्री को अपनाने से इन्कार कर दिया। कस्तूरबा तक को इस विचार से असहजता हुई कि वह स्त्री-दानीबहन आश्रम की रसोई में भोजन बनाने और जूठे बरतन साफ करने में हाथ लगाये। गाँधी जी ने समझा-बुझाकर कस्तूरबा को राजी किया। कुछ ही समय बाद महात्मा गाँधी ने अछूत-कन्या लक्ष्मी को अपनी बेटी बना लेने की घोषणा कर दी। गाँधी अस्पृश्यता को हिन्दू धर्म की सबसे बड़ी बुराई मानते थे। इस बुराई के विरुद्ध उन्होंने आजीवन मनसा-वाचा-कर्मणा संघर्ष किया।

एक ही कुँआ था आश्रम के हाते में, जिससे सभी आश्रमवासी जल लेते थे और उससे बँगले का स्वामी भी अपने लिए जल भरवाता था। निम्न जाति के अछूत परिवार के आ जाने से उनके जल लेने में सबसे पहले तो गृहस्वामी ही आपत्ति करने लगा। गाँधी जी नहीं माने। कुछ आश्रमवासी भी नाक-भौं सिकोड़ते थे। अछूतों द्वारा गाँधी जी के समर्थन से कूँए से जल लेने के कारण दूर खड़े इन आपत्तिकर्त्ताओं के वस्त्रों पर यदि उन अन्त्यजों के निकाले जल की एक बँद भी पड़ जाती, तो वे मानो धर्मभ्रष्ट हो जाते।

उधर आश्रम का ख़र्चा उठाने वाला वह धन्नासेठ भी और आगे मदद कर पाने से इन्कार करने लगा। सीधी आपत्ति तो नहीं बतायी। पर अपनी आर्थिक तंगी का बहाना

बनाकर आश्रम के लिए एक-दो माह में कोई अन्य व्यय-व्यवस्था हेतु उसने गाँधी जी के अनुयायियों से कह दिया। गाँधी जी किन्तु इस किस्म के किसी दबाव के आगे नहीं झुके। अन्ततः कोई अन्य सेठ खड़ा हो गया जिसने इतनी धनराशि एक मुश्त महात्मा गाँधी को दान स्वरूप दे दी जिससे आश्रम का एक पूरे वर्ष का किराया-खर्चा अदा होना सम्भव हो गया।

सत्याग्रह आश्रम की पवित्रता और गाँधी जी का निराला व्यक्तित्व जन सामान्य के अतिरिक्त उन लोगों के लिए भी आकर्षण का विषय था जो देश, समाज और राजनीति में रुचि रखते थे। जो समाज-सेवा से जुड़ना चाहते थे। ऐसे बहुत-से पढ़े-लिखे व्यक्ति गाँधी जी को देखने-सुनने उनके आश्रम में आया-जाया करते थे। गाँधी का दरबार खुला दरबार था। लोग बहुत कौतूहल और जिज्ञासा के साथ गाँधी जी से मिलने जाते। उनसे तरह-तरह के प्रश्न पूछते।

गाँधी जी के आश्रम में गुजरात क्लब के कई सदस्य और कुछ वल्लभभाई पटेल के मित्रगण भी आया-जाया करते थे। उनमें से जब कोई आश्रम होकर आता तो कोई-न-कोई नया क़िस्सा लेकर अवश्य हाज़िर होता। आश्रम की व्यवस्थाओं में उतार-चढ़ाव, आश्रमवासियों की दिनचर्या और उन सबके केन्द्र में विद्यमान महात्मा गाँधी की बातें-सुननेवालों के लिए-दिलचस्पी का विषय होतीं।

एक दिन आश्रम में अक्सर जानेवाले एक मित्र ने वल्लभभाई पटेल से कहा कि- ''गाँधी दिखने में चाहे कितने साधारण हों...मामूली चीज़ों को करते-कराते हों...पर उनके निकट बैठने से अपार आत्मिक सुख की प्राप्ति होती है। जीवन की कृत्रिमता से वितृष्णा-सी जागती है। भौतिक उन्नति की होड़ से मोहभंग होता है। गाँधी जितने धार्मिक हैं... उतने ही संसारी भी। वे जो कुछ कहते हैं... सुननेवाला होता है। उसे स्वीकार करने में ही भलाई महसूस होती है। गाँधी जी की बातों पर सहज ही विश्वास करने का दिल होता है। जानते हो क्यों?''

पटेल ने पूछा-''क्यों? तुम्हीं बताओ।''

''क्योंकि गाँधी की 'कथनी और करनी' में कोई अन्तर नहीं। वे आजकल के अन्य राजनेताओं अथवा तमाम पढ़े-लिखे नामी व्यक्तियों से एक़दम भिन्न हैं।''

वल्लभभाई पटेल की रुचि, गाँधी जी को निकट से देखने की, मन में उत्पन्न हुई। जो कि दिनोदिन बलवती होती गयी और वे अपने उसी मित्र के साथ एक दिन 'सत्याग्रह आश्रम' चले ही गये। यह सोचकर कि देखें ऐसी क्या ख़ासियत है इस आदमी में कि शहर के हर आम और खास की जुबान पर आजकल इसी का नाम है।

सरदार पटेल पुत्री मणिबेन को बता रहे थे - ''मेरा दोस्त पोरवाल आख़िर मुझे गाँधी जी से मिलवाने अपने साथ ले ही गया। उस दिन हल्की बारिश हुई थी। सुबह-सुबह। उससे अहमदाबाद में मौसम भी ख़ुशनुमा हो गया था। मैं आश्रम गया। मैंने उस दिन पहली बार बापू को उनके आश्रम में बैठे देखा। जिस कमरे में बापू फ़र्श पर आसन जमाये

बैठे थे वह काफ़ी बड़ा था। एक साथ बीस-पच्चीस जन उनके आस-पास फ़र्श पर बैठ सकते थे। दरियाँ बिछी थीं। लोग तीन ओर से बापू को घेरकर बैठे थे। धोती के ऊपर आधी बाँह की गंजी पहने बापू अपनी डेस्क पर रखे चश्में को उठाकर एक कपड़े से साफ़ कर रहे थे। उनके आस-पास कुछ चिट्ठियाँ काग़ज़ात बिखरे पड़े थे।

मैं जाकर दरवाज़े के पास ही एक तरफ पीछे बैठ गया। पोरवाल मेरे साथ ही बैठ गया। मैंने देखा बापू के कमरे में कई राजनेता, सेठ आदि दूसरे लोगों के साथ बैठे थे। कुछ स्त्रियाँ भी वहाँ थीं।...

बापू किसी को समझा रहे थे - " आश्रम तो एक पाठशाला है। यहाँ कोई शिक्षक नहीं, सब विद्यार्थी हैं। सब अपना काम करते हैं। उससे भी पहले दूसरों का। यहाँ का सीधा-सा नियम है। जल्दी सोना और प्रातः सूर्योदय से पहले उठना। पहले घर साफ़ करो फिर तन साफ़ करो। पीछे मन की सफ़ाई हो। सारी स्वच्छता उसी क्रम से होती है। ऐसे नहीं कि छुआछूत की भावना मन में... मनुष्य और मनुष्य में भेदभाव और दक़ियानूसी विचार... फिर सोचो तुम शुद्ध हो जाओगे। कभी नहीं हो सकते... कब्भी नहीं।"

गाँधी जी के शब्द उखड़े-उखड़े-से होते जिन्हें समझने में वक़्त लगता था थोड़ा। परन्तु गाँधी जी की चमकीली काली आँखों का गहरापन सामनेवाले को बहुत-कुछ समझा देता।

गुजरात सभा के एक राजनेता भी वहाँ बैठे थे। हाथ जोड़कर गाँधी जी से बोले कि-"हम चाहते हैं कि आप कभी गुजरात सभा में भी पधारें। इस पर गाँधी जी हँसे। उन्होंने कुछ देर को अपनी कमर सीधी कर पीठ पीछे दीवार से टेक दी -

"मुझ फ़क़ीर आदमी का सभा-सोसाइटी में क्या काम?" वे सज्जन बोले - "अरे कैसी बात करते हैं सर आप? आपने तो दुनिया देखी है। सुधारी भी है।"

गाँधी जी और ज़ोर से हँसे। बोले कि-"सुधारी है या लोगों को बिगाड़ा है? यह तो राम ही जानें।"

वे सज्जन पुनः बोले - "अरे नहीं-नहीं सर! सबको सुधारा है... अब हम चाहते हैं कि आप हम लोगों को भी मार्गदर्शन दें।"

इस पर बापू गम्भीर हो गये। उस व्यक्ति से कहने लगे कि - "मैं चाहता हूँ कि जैसा सीधा-सरल जीवन हमारे आश्रमवासियों का है वैसा देशवासियों का भी बने। बल्कि एक दिन सारा विश्व इस भौतिकता की अन्धी दौड़ से यदि ख़ुद को अलग कर ले तो इस धरती के हर ग़रीब का कल्याण हो जाये।"

"जी महात्मा जी। पर देश की जो दशा है इस अंग्रेज़ी राज में वह तो आप सब जानते ही हैं। लोग वैसे ही कितने लाचारी में जी रहे हैं। साधनहीन हैं। अधिकारों से हीन हैं। गुजरात सभा में पधारकर यदि आप हमें सम्बोधित करेंगे तो हमें बड़ा बल मिलेगा। आप यथाशीघ्र आयें ज़रूर।"

"आऊँगा-आऊँगा जरूर..." गाँधी जी ने कहा पर मेरे भाई! एक शर्त है।"

"जी सर! आदेश करें।"

''आदेश नहीं विनती समझें इसे। बस इतना ध्यान रहे कि गुजरात सभा प्रजा को सत्ताधारियों से भीख माँगने को न बोले। बल्कि लोगों को ऐसी शिक्षा दे कि जिससे उनमें अपने उचित अधिकारों को प्राप्त करने की शक्ति ख़ुद-ब-ख़ुद पैदा हो।''

गाँधी के ऐसे मर्दानगी-भरे कथन को सुनकर मेरे मन में उनमें पहली बार श्रद्धा जगी।'' - वल्लभभाई ने कहा।

मणिबेन ने पूछा - ''तो फिर उस दिन आपने भी बापू जी से कुछ बातचीत की?''

सरदार पटेल ने कहा -

''नहीं, उस दिन मेरी उनसे कोई बात नहीं हुई। मैं देर तक चुपचाप बैठा गाँधी जी को दूर से निहारता रहा। जब मैंने पोरवाल को संकेत किया तो हम दोनों फ़र्श से उठकर खड़े हुए। पोरवाल ने दूर खड़े-खड़े ही जाने की अनुमति चाही और दूर ही से मेरा बापू जी से परिचय कराया। मेरा नाम बताया, कहा कि अहमदाबाद में वकालत करते हैं। पैण्ट-शर्ट पहने मुझ अजनबी को गाँधी जी ने गहरी निगाहों से देखा और फिर मेरे नमस्कार की मुद्रा में जुड़े दोनों हाथों का जवाब बापू ने दोनों हाथ जोड़कर दिया। बोले कुछ नहीं। हल्का-सा मुस्कुराये भर। और हम आश्रम के उस कक्ष से तेज़ी से बाहर आ गये।''

अहमदाबाद उन दिनों भी समृद्धि, नेकनीयती और राग-रंग से भरा-पूरा शहर था। आज की तरह तब भी सम्भ्रान्त घरों की स्त्रियाँ वहाँ रात्रि में जेवर-गहने पहनकर बेख़ौफ़ घर से बाहर निकल सकती थीं। तीज-त्योहारों के अवसर पर उत्साह के साथ गरबा नृत्य खेला जाता था। गुजराती ढोकला, पोहा, ठेपला, चूर्मा, खाण्डवी आदि व्यंजन तब भी उतने ही चाव से खाये-खिलाये जाते थे।

बैरिस्टर वल्लभभाई पटेल की ज़िन्दगी कितनी वैभवपूर्ण रही होगी इसका सहज अनुमान उस रिहाइशी इलाक़े से लगाया जा सकता है, जहाँ वे रहा करते थे। उनका किराये का दो मंज़िला छह कमरोंवाला आलीशान भवन मध्य अहमदाबाद में भद्रा कॉलोनी में पड़ता था। उसके दोनों ओर सड़कें थीं। बहुत खुला-खुला पॉश एरिया था। पटेल के क़रीबी मित्र गणेश वासुदेव मावलंकर एक सड़क पर पटेल के निवास से दूसरी तरफ़ रहते थे। वहीं पास में गुजरात-क्लब स्थित था। उस क्लब के बाद शहर की कुछ प्रमुख अदालतें स्थापित थीं।

मावलंकर से भी कहीं अधिक आत्मीय यदि कोई था वल्लभभाई के लिए तो वह थे डॉ. बलवन्तराय क़ानूनगो। बहुत अच्छे और मशहूर चिकित्सक। पटेल अक्सर डॉ. क़ानूनगो के घर आते-जाते। कई बार वहाँ भोजन भी करते। बलवन्तराय की पत्नी विजया कुमारी वल्लभभाई की बड़ी ख़ातिर करती थीं। उनका दूसरा नाम नन्दूबहन था। पटेल इसी नाम को अधिक पसन्द करते। अपनी नन्दूबहन से फ़र्माइश करके अपने लिये कुछ-न-कुछ पकवान बनवाते और बेतकल्लुफ़ी से खाते।

क़ानूनगो परिवार से सरदार पटेल का यह नैकट्य उनके जीवनपर्यन्त रहा। पटेल अगर अपने दुःख-सुख को यदि किसी के साथ अत्यन्त बेबाकी से बाँटते थे तो वह यही

एकमात्र परिवार था। बलवन्तराय और नन्दूबहन सरदार पटेल के मन के तहख़ाने में छिपी जाने कितनी कही-अनकही बातों के जानकार थे। तीनों की मित्रता, आत्मीयता और घनिष्ठता ऐसी थी जो तीनों के जीवन के अन्त तक निभी। यह भी संयोग कहा जाये या सच्ची मित्रता की मिसाल कि-आगे चलकर-तीनों की मृत्यु भी चौदह महीने के अन्तराल के भीतर हुई।

वल्लभभाई पटेल एक बैरिस्टर से जनसेवक कैसे बने? यह परिवर्तन तो केवल चमत्कारी व्यक्तित्व के धनी महापुरुष महात्मा गाँधी के उनके जीवन में पदार्पण से ही सम्भव हो सका। एक ऐसा आमूलचूल परिवर्तन जिसकी कल्पना किसी ने न की होगी। स्वयं पटेल ने भी नहीं।

2

चम्पारन का मोर्चा

स्वतन्त्र भारत के गृहमन्त्री और उपप्रधानमन्त्री बनने के बाद सरदार पटेल ने दिल्ली में 1- औरंगजेब रोड नामक बँगले को अपना 'निवास' बनाया। नयी दिल्ली में उन दिनों आज की तरह मन्त्रीगण के लिए सुव्यवस्थित सरकारी आवास नहीं थे। न ही आज की तरह आलीशान सुविधाएँ थीं। पटेल का कोई अपना घर भी दिल्ली में नहीं था। जब वे इससे पूर्व अन्तरिम सरकार में गृहमन्त्री थे तब घनश्यामदास बिड़ला के 'बिड़ला हाउस' के गेस्टहाउस में अतिथि की भाँति रहते थे।

अहमदाबाद में वह प्रायः अपने अभिन्न मित्र डॉ. क़ानूनगो के घर ठहरते। कभी-कभी मित्र मावलंकर के घर भी ठहर जाते। बम्बई में उनके एकमात्र पुत्र डाह्याभाई पटेल का घर था। बम्बई जाते तो पुत्र के घर ठहरते। दिल्ली में समस्या थी। स्वाधीनता आन्दोलन के चलते घनश्यामदास बिड़ला का अतिथि बनना अलग बात थी परन्तु स्वतन्त्र भारत में भारत सरकार के गृहमन्त्री के रूप में बिड़ला हाउस के अतिथिगृह में निवास करना किसी भी दृष्टि से उचित न था। बड़ा स्थान भी चाहिए था। जहाँ से वह अपने मन्त्रालय

का कामकाज भी देख सकें और आनेवाले अनेकानेक आगन्तुकों से भी भेंट वार्त्ता कर सकें।

वल्लभभाई के दिवंगत बड़े भाई विट्ठलभाई के निकट मित्र बनवारीलाल वल्लभभाई पटेल को बहुत मानते थे। यह आदर श्रद्धा भाव तक पहुँचा हुआ था। सरदार पटेल की उलझन को देखकर उन्होंने ही अपना औरंगजेब रोड स्थित बँगला नं.-1 ऑफर किया। कहा कि "जब तक सरकारी आवास की समुचित व्यवस्था न हो आप इस बँगले में रहें। वहाँ चौड़ी सड़क है। राजधानी दिल्ली का सबसे महत्त्वपूर्ण और नजदीकी खुला एरिया है। बँगले में बाग़-बग़ीचा-लॉन सब-कुछ है।"

इस नये आवास में रहना स्वीकार कर सरदार पटेल ने सर्वप्रथम अपनी पुत्री मणिबेन पटेल को वहाँ भेजा। एक कार से जब वहाँ मणिबेन उतरीं तो उनके साथ मात्र दो टीन के बक्से और मामूली सामान था। सफ़ेद रंग की खादी की मामूली धोती पहने इस स्त्री को देखकर बँगले के चौकीदार और माली सब आश्चर्यचकित रह गये। इतने बड़े आदमी की बेटी और इतनी साधारण। सामान भी उनका इत्ता-सा?

इनके आने की ख़बर तो दस दिन पूर्व हो चुकी थी। बनवारीलाल जी के आदमियों ने इस बीच बँगले की सफ़ाई-पुताई करवा दी थी। सरदार पटेल का निजी सचिव विद्याशंकर भी इस बीच दो बार आकर बँगले की प्रगति देख गया था।

मालियों ने बाहर बाग़ और लॉन की भी सफ़ाई-कटाई-छँटाई और फुलवारी दुरस्त कर डाली थी।

कार से उतरते ही मणिबेन ने सभी कर्मचारियों को हाथ जोड़कर शालीनता से नमस्कार किया। सबने झुककर उन्हें प्रणाम किया। एक-दो ने उनके पाँव भी छूने चाहे। मणिबेन ने कहा-"बस-बस। यह न करें।"

साथ आया सामान ही कितना था। सबने मिनटों में सारा सामान बँगले के भीतर पहुँचा दिया। मणिबेन ने भीतर के विशालगृह का मुआयना किया। कई कमरे, बड़ा-सा सहन, सुसज्जित ड्राइंग रूम। बाहर घूमकर बँगले के अहाते को भी अच्छी तरह देखा। फिर अपने और पिता के लिए दो साथ के कमरे निश्चित किये। उसके दो दिन बाद सरदार पटेल 1- औरंगजेब रोड में पधारे। उनके आते ही सूनसान बँगले में चहल-पहल हो गयी।

प्रातः तड़के ही बँगले से निकलकर सरदार सैर को जाते। कांग्रेस के कार्यकर्त्तागण के लिए यह सबसे अच्छा अवसर होता सरदार से मिलने का। तेजी से टहलते हुए ही सरदार आगन्तुकों से बात करते। उनकी कुशलक्षेम पूछते उनकी सुनते। किसी को आवश्यकता होती तो अस्पताल में भर्ती की सुविधा, कहीं कोई जायज़ सिफ़ारिश का आश्वासन आदि देते। पश्चात् मदद भी करते। कांग्रेस संगठन में क्या चल रहा है? कई महत्त्वपूर्ण जानकारियाँ भी मिलतीं।...

सवेरे सरदार जल्दी तैयार हो जाते। उन दिनों 7.30 बजे या 8.00 बजे से ही लोग, विभिन्न प्रतिनिधि-मण्डल, राजा-रजवाड़े-नवाब, राजनेता इत्यादि भेंट के लिए आने लगते। निजी सचिव शंकर सरदार की आज्ञा से फ़ोन पर लोगों को मुलाक़ात हेतु समय देता। असेम्बली हाउस के कार्यालय से भी मिलनेवाली सूचनाओं से गृहमन्त्री महोदय को अवगत कराते। प्रातः 10.00 बजे असेम्बली का समय होता। सरदार सरकारी कार से निकलते। यदि कहीं दिल्ली के बाहर का दौरा होता तो एयरपोर्ट आदि के लिए प्रस्थान करते।

स्वाधीनता से पूर्व अधिकतर यात्राएँ रेलगाड़ी अथवा सड़क मार्ग से होती थीं। अब मन्त्री पद का भार सम्भालने के बाद समयाभाव को देखते हुए हवाई यात्राएँ ही प्रमुख थीं। सरदार पटेल के जीवन में इतना ही परिवर्तन आया था। अन्यथा वही सादा खान-पान। सिगरेट बरसों पूर्व छूट ही चुकी थी। धीर-गम्भीर मुख मुद्रावाले सरदार पटेल कठिनाई से मुस्कुराते थे। मगर अगर कभी अरसे बाद हँसे तो उनका क़हक़हा भवन की छत को हिला देने में आज भी सक्षम था।

मणिबेन घर में पिता का पूरा ध्यान रखतीं। शंकर यदि सरदार के आज्ञाकारी निजी सचिव थे तो मणिबेन भी किन्हीं अर्थों में पिता की निजी सचिव से कम न थीं। पूरी टाइमकीपर थीं। वे सरदार पटेल के उठने-बैठने-विश्राम और मीटिंगों का पूरा ध्यान रखतीं। आने-जानेवालों से भेंट का समय कितना और कब है? इसकी जानकारी मणिबेन भी अपने पास रखतीं। किसी से वार्त्तालाप हो रहा हो तो मणिबेन समय पूरा होने पर घड़ी की ओर देखतीं। आगन्तुक इसे समझ न पाता तो वे हाथघड़ी उठाकर पिता की ओर बढ़ा देतीं। पिता बात समेट देते। कभी-कभी सरदार पटेल ही संकेत के बावजूद यदि मुलाक़ाती व्यक्ति से कुछ देर और वार्त्ता जारी रखते तो यह और बात थी। पिता को कब नाश्ता करना है, कब और क्या भोजन देना है, उनकी दवा उनके पहनने के वस्त्र सबका मणिबेन ख़याल रखतीं। वह पिता की एक पुत्री ही नहीं, उनकी एक छाया ही नहीं, उनकी माँ सरीखी थीं। मणिबेन अंग्रेजी शिक्षा प्राप्त एक विदुषी महिला थीं। उनमें राजनीति की भी गहरी समझ थी। स्वाधीनता आन्दोलन के दिनों में उन्होंने अनेक बार सत्याग्रह में भाग लिया था। इतना ही नहीं, मणिबेन भी कस्तूरबा, सुशीला नैयर आदि अनेक आन्दोलनकारी महिलाओं की भाँति जेल गयी थीं। मणिबेन डायरी भी लिखती थीं। उन्होंने 1936 से 1950 तक डायरी लिखी। पिता वल्लभभाई पटेल के देहावसान तक। मणिबेन पटेल की डायरी से उस कालखण्ड के सरदार के जीवन के अनेक पहलू उजागर होते हैं।

सरदार पटेल और जवाहरलाल नेहरू के बीच मतभेद जगज़ाहिर थे। प्रधानमन्त्री नेहरू गृहमन्त्री पटेल के कामकाज में कई बार हस्तक्षेप कर बैठते। यह बात सरदार पटेल को पसन्द नहीं थी। 3 मार्च, 1948 के दिन स्वर्गीय महात्मा गाँधी के पुत्र देवदास गाँधी सरदार पटेल से मिलने उनके निवास पर आये। उस दिन गाँधी जी की मृत्यु से तीन माह पूर्व की बातें सरदार पटेल ने देवदास गाँधी को बतायी। कहा कि -

"बापू ने मुझसे जवाहर से बढ़ते मतभेदों के बीच एक दिन कहा कि तुम दोनों एक साथ काम नहीं कर सकते। तुम्हारी लोकप्रियता को देखते हुए उचित होगा कि अब तुम ही बाग़डोर सँभाल लो। इस पर मैंने उन्हें साफ इनकार कर दिया। मैंने बापू से कहा कि कुछ समाजवादी नेता और मौलाना आज़ाद कुप्रचार कर रहे हैं कि मैं जवाहरलाल को प्रधानमन्त्री पद से हटाना चाहता हूँ। जवाहर मुझसे अधिक जवान हैं और अन्तरराष्ट्रीय जगत में विख्यात हैं। इसलिए उन्हें ही बने रहना चाहिए। मेरे लिए ऐसा सोचना भी घातक होगा। यह तो कुप्रचार करनेवाले मेरे विरोधियों को सही साबित करने जैसा होगा।"

उस दिन देर तक सरदार पटेल, देवदास गाँधी और मणिबेन के मध्य चर्चा होती रही। उस समय की सूरते हाल यह थी कि नेहरू और मौलाना आज़ाद में काफ़ी निकटता थी। मौलाना आज़ाद 1947 की खण्डित आज़ादी के बाद जहाँ एक ओर देश का बँटवारा करानेवाले जिन्ना और उनके अनुयायी मुसलमानों से नफरत करते थे, वहीं दूसरी ओर उनका यह मानना था कि सरदार वल्लभभाई पटेल बँटवारे के बाद देश में हो रहे दंगों में मुसलमानों के साथ अपेक्षित न्याय नहीं करते। उनका झुकाव हिन्दुओं की ओर है। पीड़ित अल्पसंख्यक मुस्लिमों के शरणार्थी-स्वरूप की समस्या हो अथवा दंगों में उनके मारे जाने की, मौलाना की निगाहों में पटेल का बर्ताव बेरुख़ीपूर्ण था।

जबकि सरदार पटेल ने अनेक बार अपने मन की व्यथा पुत्री मणिबेन और कुछ अपने निकटस्थ लोगों से कही थी। यह कि - ऐसा बिल्कुल नहीं है। शान्तिप्रिय मुसलमान और हिन्दू उन्हें उतना ही पसन्द हैं जितने नापसन्द हैं हिंसावादी हिन्दू अथवा मुसलमान। परन्तु वे एक गृहमन्त्री के रूप में अपनी तटस्थ भूमिका अदा करते हैं। उन्हें दुःख इस बात का ज़रूर है कि मौलाना आज़ाद और पण्डित नेहरू के कुछ जयप्रकाश नारायण और अरुणा आसफ़ अली जैसे दोस्त अक्सर उनके विरुद्ध प्रधानमन्त्री नेहरू का कान भरते हैं और नेहरू उन्हीं की बातों का विश्वास भी अधिक करते हैं।

इन दिनों नौबत यहाँ तक आ गयी थी कि सरदार पटेल के विरोधियों के मध्य अन्दरख़ाने में यह चर्चा थी कि पण्डित नेहरू सरदार पटेल को हटाकर उनकी जगह जयप्रकाश नारायण को लाना चाहते हैं। अर्थात् गृहमन्त्री बनाने की सोच रहे हैं। दरअसल सरदार पटेल की कांग्रेस पार्टी संगठन पर शुरू से गहरी पकड़ थी। जब सन् 1946 में कांग्रेस कार्य समिति का अध्यक्ष चुने जाने के अवसर पर प्रदेश अध्यक्षों के मत लिये गये। भारत की आज़ादी क़रीब आती जा रही थी। आज़ादी से पूर्व देश में भारतीयों की अन्तरिम सरकार का गठन होना था। अन्तरिम सरकार का प्रधानमन्त्री कौन हो? इसलिए यह फार्मूला कांग्रेस में तय हुआ कि जो भी नया कांग्रेस अध्यक्ष होगा वही देश की अन्तरिम सरकार का प्रधानमन्त्री बनेगा। अतः कांग्रेस अध्यक्ष का चुनाव इस बार अत्यन्त महत्त्वपूर्ण हो गया था। पटेल और नेहरू उन दिनों अपनी लोकप्रियता के शिखर पर थे। नेहरू का व्यक्तित्व आकर्षक था और वे भावुक व्यक्ति थे। पटेल अपनी गम्भीरता, दृढ़ता

और संगठन क्षमता के लिए विख्यात थे। अपनी अनेक योग्यताओं यथा- पार्टी के लिए फण्ड इकट्ठा करने, त्वरित निर्णय लेने आदि के कारण कांग्रेस संगठन पर पटेल का गहरा प्रभाव था।

29 अप्रैल, 1946 चुनाव का दिन था। तीन नाम कांग्रेस अध्यक्ष पद पर चुनाव हेतु लिये गये- सरदार वल्लभभाई पटेल, पण्डित जवाहरलाल नेहरू तथा आचार्य जे.बी. कृपलानी। 15 कांग्रेस प्रदेश कमेटियाँ थी। सबका एक-एक मत था। इन 15 में से 12 ने सरदार पटेल के नाम का प्रस्ताव किया। तीन ने आचार्य कृपलानी का नाम लिया। पण्डित नेहरू के नाम का एक भी प्रस्ताव नहीं आया। मगर गाँधी जी के इशारे पर नेहरू के पक्ष में कृपलानी ने अपना नाम वापस ले लिया। गाँधी जी की मध्यस्थता से घटनाचक्र विपरीत दिशा में मुड़ गया।

गाँधी जी क्या चाहते थे? यह तो उनका अन्तर्मन ही जानता होगा। कदाचित् वह पटेल के नाम की मोहर लगाकर स्वयं पर एक गुजराती बिरादर के प्रति पक्षपात के आक्षेप से बचना चाहते हों अथवा वे पटेल की बढ़ती उम्र के आगे देश की बाग़डोर थामने के लिए अपेक्षाकृत युवा नेहरू को अधिक उपयुक्त समझते रहे हों। नेहरू पटेल से 14 वर्ष छोटे थे। स्वस्थ, फुर्तीले और जोशीले थे। बोलने-चालने में भी वे पटेल की भाँति उतने कठोर नहीं थे। गाँधी जी अपने से 20 वर्ष छोटे होने के नाते भी शायद जवाहरलाल में अपने पुत्र की छवि देखते रहे हों। इसके अतिरिक्त किसी ज़माने में स्वर्गीय मोतीलाल नेहरू ने भी अपने पुत्र जवाहर को राजनीति में आगे बढ़ाने के लिए महात्मा गाँधी से वचन लिया था।

इस अवसर पर गाँधी जी ने पहले ही, वर्षों कांग्रेस अध्यक्ष रहे मौलाना अबुल कलाम आज़ाद को तैयार कर रखा था कि वह जवाहरलाल नेहरू के हक में माहौल बनायें। गाँधी जी ने आचार्य कृपलानी को भी साथ रखा था। जवाहर के हक़ में अध्यक्ष पद के चुनाव का गणित गड़बड़ा गया था। ऐसे में आचार्य कृपलानी ने जवाहरलाल नेहरू के नाम के प्रस्ताव का एक ब्रह्मास्त्र रूपी पत्र गाँधी जी की ओर बढ़ाया। गाँधी ने वह पत्र सरसरी निगाहों से देखा और सरदार पटेल की ओर बढ़ाया। कहा -

"इसे देखो ज़रा।"

पटेल ने वह पत्र पढ़ा। समझ गये कि महात्मा गाँधी क्या चाहते हैं। वल्लभ भाई पटेल ने अपनी जेब से कलम निकाला। कृपालानी के हस्ताक्षर के नीचे एक शब्द लिखा - "सहमत" और उसके नीचे अपने हस्ताक्षर करके उसे गाँधी जी को वापस कर दिया। इस प्रकार सरदार पटेल ने महात्मा गाँधी के 'मानस पुत्र' पण्डित नेहरू के मार्ग से हटकर अपनी महत्त्वाकांक्षा का सर्वोच्च बलिदान दिया। यह सर्वोच्च बलिदान अब भारतीय इतिहास के पन्नों में गुम हो चुका है। आगे चलकर जिसे देश का प्रधानमन्त्री बनना था, वह अपने से कनिष्ठ का उपप्रधानमन्त्री बनकर रह गया। साथ में गृह मन्त्री बना। ऐसा

गृहमन्त्री जिसे अपने प्रधानमन्त्री का अनुचित हस्तक्षेप अक्सर हताश और विक्षुब्ध कर देता था।

उदाहरण के लिए जब अजमेर में दंगे हुए तो नेहरू ने पटेल को बिना बताये अपने विश्वस्त गोपालस्वामी आयंगर को अजमेर के हालात का जायज़ा लेने और वहाँ की रिपोर्ट उन्हें सीधे देने के लिए अलग से तत्काल भेज दिया। सरदार पटेल को इस पर बहुत बुरा लगा। उन्होंने एतराज़ जताते हुए पण्डित नेहरू को एक पत्र लिखा। उसमें उन्होंने इस क़दम को स्वयं पर तथा अजमेर के स्थानीय प्रशासन पर अविश्वास का प्रतीक बताया। नेहरू ने पटेल के पत्र का उतनी ही कड़ाई से उत्तर लिखा कि-प्रधानमन्त्री होने के नाते वे अपनी ज़िम्मेदारियों से पीछे नहीं हट सकते। इसी तरह बातों के सिलसिले में सरदार पटेल देवदास और मणिबेन से बोले - "मैं 55 करोड़ रुपये पाकिस्तान को दिये जाने के प्रस्ताव को सुनकर हक्का बक्का रह गया था। यह 55 करोड़ का भुगतान भी गाँधी जी की हत्या का एक और बड़ा कारण बना।"

देवदास गाँधी ने पूछा - "यह रक़म आख़िर क्यों दी जानी थी पाकिस्तान को?"

सरदार बोले-"बँटवारे के समय संसाधनों का हिसाब-किताब लगाया गया था। पाकिस्तान को जितने साज-सामान बँटवारे में हस्तान्तरित होने थे वह 55 करोड़ रुपये मूल्य के कम आँके गये। माउण्टबेटन उस हिसाब को लेकर सीधे महात्मा जी से मिले। मुझे तो ये मालूम ही न चला। जवाहर को पता नहीं मालूम था अथवा नहीं? बहरहाल मुझे जिस दिन मालूम पड़ा मैं बापू से मिलने गया। बापू जी रात्रि का भोजन कर रहे थे। मैंने उनसे कहा कि वायसराय को मुझे 55 करोड़ के बारे में बताना चाहिए था। यह तो अपमानजनक है।" जवाहरलाल ने इस पर असेम्बली में घोषणा की यह पैसा देकर हम पाकिस्तान को युद्ध के लिए नासूर नहीं मुहैया करायेंगे। मैंने भी इसी आशय का बयान अगले दिन असेम्बली में दिया कि यह रक़म हरगिज़ नहीं दी जायेगी पाकिस्तान को। बापू जी से मिलने के बाद मैं वायसराय से मिला। उनसे कहा कि- "हमसे विचार-विमर्श के बिना अपने इस रक़म के बारे में बापू को बताया यह हमारे लिये अपमानजनक है। इस तरह तो आपने अपनी कैबिनेट को नीचा दिखाया है। आपने उन्हें सारे काग़ज़ात तक दिखा दिये।" माउण्टबेटन ने तब माफ़ी माँगी। नेहरू इस पर कुछ विचलित हुए। बोले- "क्या है यह एक तुच्छ धनराशि ही तो है।" मुझे हैरत हुई। मैंने कैबिनेट मीटिंग में कह दिया कि-"कर दीजिये 55 करोड़ का भुगतान मंजूर। परन्तु इसके बाद मैं काम नहीं कर सकूँगा। अब इस उम्र में मुझे सत्ता की कोई चाह दरकार नहीं।" इसीलिए बम्बई जाने से पहले मैंने गाँधी जी को पत्र लिखा कि मुझे मुक्त कर दिया जाये। मौलाना आज़ाद भी मुझे बने रहना देखना नहीं चाहते थे। वे बोले - "बापू ने आपको रोका तो?" देवदास बोले- "अच्छा। ऐसा?" सरदार पटेल कुछ क्षण मौन रहे। फिर बोले-

"हाँ। यह मणिबेन भी गवाह है। बापू से उनके जीवन के उस अन्तिम दिन जब हम लोग मिले तो उन्होंने हमसे यही कहा कि तुम और जवाहर दोनो मेरे अपने हो। तुम

दोनों को ही छोड़ा नहीं जा सकता। तुम दोनों को साथ रहना होगा। जब हम कल मिलेंगे तो मिलकर इसे हल कर लेंगे।''

मणिबेन के मुख से निकला - ''और वह कल फिर कभी नहीं आया।'' - यह कहते हुए मणिबेन की आँखें भर आयीं। अपने आँचल से उन्होंने नेत्र पोंछे।

पटेल ने कहा - ''दो-तीन दिन बाद राजघाट से लौटकर जवाहरलाल जी ने मुझे एक पत्र लिखा। पत्र बहुत अच्छे शब्दों में था। यही कि जो बीत गया सो बीत गया। उसे भुलाकर हम एक होकर काम करेंगे।... लेकिन जयप्रकाश जनसभाओं में मुझ पर हमला करता रहा और अच्युत पटवर्धन यह कहता फिरा कि सरदार को आज या कल में निकाला जा रहा है और उनकी जगह जयप्रकाश नारायण अवश्य शामिल कर लिये जायेंगे।... कुछ दिन बीतने पर मौलाना भी मुझसे समय लेकर मिले। कहने लगे - ''बीते वक़्त की बाते भूल जाइये। अब हमें मिल जुलकर काम करना चाहिए। गाँधी जी भी यही चाहते थे।'' इस पर मैंने मौलाना से साफ़-साफ़ शब्दों में कहा कि - ''जवाहरलाल और जयप्रकाश ने तो मुझे बाहर करने का फैसला कर लिया था।'' इस पर मौलाना ख़ामोश रहे। मैंने कहा कि - ''आपके ख़ासुलख़ास बृज किशन और अरुणा आसफ अली भी इस सब में शामिल हैं। जयप्रकाश तो अब बम्बई और सूरत की सभाओं में अपने अत्यन्त कटु भाषणों द्वारा मुझ पर हमले शुरू कर चुके हैं।'' 19 मार्च, 1948 को सरदार पटेल को जब अपनी तबीयत में काफ़ी सुधार मालूम हुआ तो उन्होंने डॉ. सुशीला नैयर की सेवा-शुश्रूषा की प्रशंसा करते हुए कहा - ''मैं तो बापू के साथ जाने को तैयार था, मगर इसने मुझे रोक लिया। यहे सुशीला समझती है जैसे मुझे इस बात की कोई ख़बर ही नहीं।'' - कहकर सरदार हँसे।

डॉ. सुशीला नैयर ने उनकी सलामती की दुआ की। उसी दिन राजकुमारी अमृत कौर ने मणिबेन पटेल को बताया था कि - ''अरुणा आसफ़ अली के सरदार के विषय में विचार ये हैं कि वे अपने निजी सचिव विद्याशंकर के हाथों के एक मोहरे भर हैं। इस पर मैंने अरुणा से कहा कि यह सफ़ेद झूठ है। शंकर तो कभी उनके सामने जल्दी मुँह तक नहीं खोलता। वह तो उनके आदेशों का अक्षरशः पालन करता है। शंकर सरदार पटेल का अपने पिता की भाँति सम्मान करता है।''

मणिबेन ने यह बात अपने पिता से नहीं कही। मगर अपनी डायरी में लिखी। अरुणा आसफ़ अली नेहरू जी की बहुत मुँहलगी थीं। मणिबेन ने महसूस किया कि उनके पिता को बदनाम करने के लिए कितने घटिया दर्जे के प्रयास हो रहे हैं।

सुशीला नैयर का भी इन दिनों सरदार पटेल के घर आना-जाना था। वह पेशे से डॉक्टर थीं। सत्याग्रही भी थीं। 1942 में भारत छोड़ो आन्दोलन में कुछ अरसे वह भी जेल गयी थीं। जब वह 25 वर्ष की युवा थीं तब महात्मा गाँधी के सम्पर्क में आयी थीं उनके स्वास्थ्य की देख-भाल करती थीं। सुशीला नैयर ने सेवाश्रम में एक दवाख़ाना खोला था। वह दवाख़ाना इतना चला कि वहाँ भीड़ लगने लगी। इससे सेवाग्राम की शान्ति भंग होने

लगी। इस पर डॉ. सुशीला को वह अपना दवाख़ाना वर्धा में शिफ़्ट करना पड़ा। वर्धा में हैज़ा फैल गया। डॉ. सुशीला नैयर ने इस महामारी में लोगों की बड़ी सेवा की और उपचार के साथ ही हैज़ा फैलने से रोकने में लोगों को जागरूक किया। तब से गाँधी उनसे बड़े प्रभावित हुए और उनकी चिकित्सा सेवाएँ उन्होंने भी लीं।

5 मार्च, 1948 को कार्य के बोझ और विरोधियों द्वारा निरन्तर कुप्रचार से व्यथित सरदार पटेल पर दिल का दौरा पड़ा था। डॉक्टर्स ने उपचार के साथ, उनको कुछ दिन पूर्ण विश्राम की सलाह दी। मणिबेन तो सरदार के साथ थीं ही। सुशीला नैयर भी नियमित रूप से सरदार को देखने और उनकी चिकित्सकीय देख-भाल हेतु आने लगीं। सरदार पटेल को प्रातःकालीन सैर करने से मना कर दिया गया। आगन्तुकों के आने-जाने में कुछ प्रतिबन्ध लगा दिये गये। पर सरदार कहाँ माननेवाले थे। साम्प्रदायिक दंगों, अपहृत स्त्रियों, शरणार्थियों की समस्याओं, कश्मीर-हैदराबाद-जूनागढ़ और कुछ अन्य देशी राज्यों के कुछ अनसुलझे मसलों को लेकर राजा, नवाब, उनके दीवान आदि तथा नेता और अफ़सर उनसे मिलने आते ही रहते।

इनके अलावा जवाहरलाल, लॉर्ड माउण्टबेटन, लेडी एडवीना माउण्टबेटन जैसी हस्तियों को कैसे मना किया जा सकता था? शंकर निजी सचिव आदि को सरदार के ज़रूरी निर्देश अपनी विश्राम शय्या से जारी रहते।

18 अप्रैल, 1948 को एक गार्डन पार्टी में लेडी एडविना माउण्टबेटन मणिबेन पटेल को एक कोने में ले गयी और उनसे कहा कि - "मिस्टर पटेल का स्वास्थ्य ठीक नहीं रहता। अगर मिस्टर पटेल गवर्नर जनरल का पद स्वीकार कर लें तो वे अधिक समय तक देश की सेवाएँ करेंगे।"

मणिबेन ने कहा कि-"जहाँ तक मुझे जानकारी है यह प्रस्ताव पहले ही राजा जी अर्थात् सी. राजगोपालाचारी के लिए हो चुका है, जिसकी वह कदाचित् स्वीकृति भी दे चुके हैं।"

इस बातचीत से मणिबेन को लगा कि किसी ने लेडी माउण्टबेटन को अपनी उस योजना में फँसाया है जिसका एकमात्र उद्देश्य उनके पिता सरदार पटेल से केन्द्रीय कैबिनेट से आसानी से छुटकारा पा लेना था। षड्यन्त्र अपने चरम पर थे।

18 अप्रैल, 1948 को जब सरदार पटेल के बँगले में यह गार्डन पार्टी शाम 5.30 बजे से 7.00 बजे के मध्य आयोजित हुई उस दिन तक थोड़ा स्वस्थ होने पर गृहमन्त्री के रूप में पटेल की व्यस्तताएँ काफ़ी बढ़ चुकी थीं। यह इससे जाहिर होता है कि यदि मात्र इस एक दिन की दिनचर्या को देखें तो मणिबेन ने अपनी डायरी में लिखा है कि -

आज ग्वालियर और इन्दौर के प्रधानमन्त्री बापू (अर्थात् उनके पिता) से मिलने आये। उल्लेखनीय है उन दिनों राज्यों के मुख्यमन्त्री प्रधानमन्त्री कहलाते थे। ऐसा प्रतीत होता है कि लेडी माउण्टबेटन और सुशीला नैयर भी उस दिन 1-औरंगजेब रोड पर पधारी हुई थीं। मणिबेन लिखती हैं - 2.30 बजे यह दोनों महिलाएँ किसी मीटिंग के लिए चली

गयीं। कुछ देर बाद लॉर्ड माउण्टबेटन भी चले गये। कश्मीर के महाराजा और रानी ड्राइंग रूम में हमारे साथ इन्तज़ार करते थे। शाम 3.30 बजे ग्वालियर के शासक आये। फिर 4.00 बजे इन्दौर के शासक का आगमन हुआ। चाय के साथ कश्मीर के शासक बापू से वार्त्ता करते रहे। उसके बाद वह डेढ़ घण्टे की गार्डन पार्टी हुई जिसमें कश्मीर के महाराजा हरिसिंह और उनकी रानी, उनके अलावा ग्वालियर, इन्दौर, देवास, उदयपुर, नवानगर, रीवां, मालवा के शासक, कुछ राजदूत तथा लॉर्ड एवं लेडी माउण्टबेटन इस पार्टी में शामिल हुए।

उन्हीं दिनों की बात है। सरदार रात्रि में गहरी नींद में विश्राम कर रहे थे। सुशीला मणिबेन के आग्रह पर उस शाम उनके साथ ही रुक गयीं। दोनों जनी दूसरे कक्ष में आपस में धीमे स्वर में वार्त्तालाप कर रही थीं। सरदार कई दिन बाद इस तरह सोये थे। शाम को उनकी तबीयत कुछ ढीली थी। इसलिए मणिबेन ने डॉ. सुशीला नैयर को बुलवा लिया था।

बाहर मौसम ख़राब था। तेज़ बारिश हो रही थी। दिल्ली का मौसम। वैसे भी उसके मिजाज का कोई ठिकाना नहीं रहता। गर्मियों में प्रचण्ड गर्मी पड़ती है। जाड़ों में कँपकँपानेवाली सर्दी। बारिश का कोई ठिकाना नहीं कब झमाझम बरसे? और कब बरसात के दिनों में भी दिल्लीवासी बूँदबूँद को तरसें?

बहरहाल मणिबेन को उस दिन की बारिश में नगर क्षेत्रों में होनेवाले जलभरावों का स्मरण हो गया। कहने लगीं-'सुशीला! जानती हो अहमदाबाद में हमारे सरदार साहब ने नगरपालिका में भी बड़ा काम किया। उन्हीं दिनों जब वे वकालत करते थे।''

''हाँ सुना है ये तो कमिश्नर प्रैट से भी भिड़ गये थे।''-सुशीला ने कहा।

''अरे मेरे बापू स्वयं बताते हैं कि उन्होंने उन दिनों एक के बाद कई आई.सी.एस. अफ़सरों से टकराव मोल लिया। तुम तो जानती हो कि आम जनता की परेशानी की कोई बात हो तो ये आन्दोलन के दिनों में किसी भी हद तक जाने को तैयार हो जाते थे। चीज़ों को खुद क़रीब से देखना, जाँच-परख करना और फिर काम पर लग जाना इनकी पुरानी आदत...''

बाहर पानी बरसता रहा। सरदार पटेल गहरी नींद लेते रहे। दोनों सहेलियों में अहमदाबाद म्यूनिसिपैलिटी की 1915-16 के दिनों की चर्चा चलती रही। डॉ. सुशीला मणिबेन से लगभग दस वर्ष छोटी थीं। वे उनका बड़ा सम्मान करती थीं। बड़ी बहन-सम उनको मानती थीं। मणिबेन ने बताया कि-

ब्रिटिश शासन ने अपने हिसाब से 1914 में एक म्यूनिसिपैलिटी ऐक्ट पारित किया। इसमें यह व्यवस्था दी गयी कि अधिक जनसंख्यावाले नगरों में एक म्यूनिसिपल कमिश्नर रखा जायेगा जो कि एक तरह सर्वोच्च अधिकारी तैनात करने का प्रबन्ध करेगा। इसके पीछे स्थानीय स्वशासन के अधिकारों में कटौती कर सरकार का नियन्त्रण बढ़ाने का इरादा था।

अहमदाबाद म्यूनिसिपैलिटी पर भी 1914 का यह ऐक्ट लागू कर दिया गया। इससे म्यूनिसिपैलिटी में पार्षदों के स्वायत्तता के अधिकारों में कटौती हो गयी। अब नगर में पानी, सड़क, नाला-नाली सफ़ाई आदि सभी नागरिक कार्यों में म्यूनिसिपल कमिश्नर पद पर सरकार द्वारा नियुक्त किये आई.सी.एस. अधिकारी जॉन शिल्डी का सारा दख़ल हो गया। यह अंग्रेज़ अफ़सर शिल्डी महाभ्रष्ट और पूरा तानाशाह साबित हुआ।

इससे अहमदाबादवासियों को तो असुविधा हुई ही, गुजरात-क्लब के कई वल्लभभाई पटेल के वकील मित्र भी विक्षुब्ध हुए। उनमें से एक सर रमनभाई नीलकण्ठ उन दिनों म्यूनिसिपैलिटी के अध्यक्ष हुआ करते थे। एक अन्य राव साहब हरिलाल भाई म्यूनिसिपैलिटी की प्रबन्धकारिणी समिति के प्रमुख हुआ करते थे। अंग्रेज़ अधिकारी शिल्डी ने आते ही इन दोनों हिन्दुस्तानी पदाधिकारियों के पर कतर दिये। वह हर बात में अपनी मनमानी करने लगा।

इस पर इन मित्रों ने वल्लभभाई से कहा कि - "इस कम्बख़्त को दुरुस्त करना जरूरी है। इससे तुम जैसा मज़बूत इच्छाशक्ति और कड़े व्यक्तित्व का आदमी ही निबट सकता है। अतः क्यों न तुम सिटी बोर्ड की सदस्यता ले लो।"

पटेल ने कहा - "और मेरी वकालत का क्या होगा?"

मित्रों ने कहा - "कोई फ़र्क़ नहीं पड़ेगा। नगरपालिका की ज़िम्मेदारियाँ तुम्हारी वकालत के आड़े नहीं आयेंगी। बस उसके लिए थोड़ा अतिरिक्त समय तुम्हें अवश्य देना होगा।"

पटेल जब मान गये तो एक उपचुनाव में नगरपालिका सदस्य की एक खाली सीट से चुनाव लड़े और जीत गये। परन्तु तकनीकी कारणों से उनका चुना जाना रद्द कर दिया गया। वल्लभभाई दोबारा चुनाव लड़े और इस बार निर्विरोध चुन लिये गये। वे 1917 की गर्मियों में न केवल सिटी बोर्ड के सदस्य बने बल्कि वह स्वच्छता समिति के प्रमुख भी नियुक्त हो गये। अब तो अहमदाबाद की म्यूनिसिपैलिटी के वातावरण में भी गर्मी आनी ही आनी थी।

उधर गुजरात से बहुत दूर बिहार के चम्पारन ज़िले में 1917 में ही एक दूसरा इतिहास घटित होने जा रहा था। उसके नायक थे महात्मा गाँधी। दक्षिण अफ्रीका की कीर्ति दोहराये जाने का अवसर उन्हें सर्वप्रथम चम्पारन ज़िले के नील की खेती करनेवाले किसानों ने प्रदान किया। गोरे नील व्यापारियों से शोषित एवं त्रस्त कुछ किसान महात्मा गाँधी के पास अपनी व्यथा लेकर गये और सहायता की फ़रियाद की। इन किसानों के अगुआ थे राजकुमार शुक्ल। उन्होंने गाँधी जी को बताया कि चम्पारन ज़िले में 'तीन कठिया' खेती की कुप्रथा प्रचलित है। वहाँ के किसान अपनी खेती की ज़मीन के 3/20 हिस्से में नील के गोरे व्यापारियों के लिए नील की खेती करने के लिए क़ानूनी तौर पर बाध्य थे। यह नील उन्हें उन अंग्रेज़ों की नील की कोठियों में बतौर बेग़ार जमा करानी पड़ती थी। इस अन्याय के फलस्वरूप किसानों को अपने परिवार का पेट काटना पड़ता

था। दिसम्बर, 1916 में कांग्रेस के लखनऊ अधिवेशन में यह किसान दल गांधी जी से मिला था। गाँधी जी यह सुनकर द्रवित हुए और उन्होंने उस किसान राजकुमार शुक्ल से एक तिथि देकर कहा कि वे उन दिनों कलकत्ता में होंगे। वह किसान वहाँ आकर उनसे मिले और उन्हें अपने साथ ले कर चम्पारन चले।

राजकुमार शुक्ल गाँधी जी से निर्धारित तिथि पर कलकत्ता में मिले। अपने साथ महात्मा गाँधी को रेल में बैठाकर पटना ले गये। पटना में ट्रेन से उतरकर राजकुमार उन्हें बाबू राजेन्द्रप्रसाद के घर ले गये, जो कि उन दिनों वकालत किया करते थे। यही राजेन्द्रप्रसाद जी बाद में स्वतन्त्र भारत के प्रथम राष्ट्रपति हुए।

गाँधी जी वहाँ से चम्पारन के मार्ग में पड़नेवाले मुजफ़्फ़रपुर गये। मुजफ़्फ़रपुर में जे. बी. कृपलानी आर्ट्स कॉलेज के प्रोफ़ेसर। गाँधी जी ने उन्हें तार द्वारा मुजफ़्फ़रपुर ट्रेन से पहुँचने की इत्तला दी। स्टेशन पर प्रो. कृपलानी लेने आये। गाँधी जी के आने की ख़बर बिहार में बिजली की गति से चारों ओर फैल गयी। साथ ही गाँधी जी के आने का कारण भी कि वे निलहे गोरों के आतन्क से किसानों को मुक्त कराने चम्पारन आये हैं। गाँधी जी का सत्याग्रह आन्दोलन अब तक भारत की हवाओं में ही सीमित था। अब उसे लोग ज़मीन पर पहली बार देखनेवाले थे। फलतः चम्पारन के 'तीन कठिया' खेतिहर ठठ-के-ठठ गाँधी जी के दर्शन हेतु आने लगे।

नील की जबरन खेती करानेवाले अंग्रेज़ तब तक एक जानकारी यह भी पा गये थे कि जर्मनी में नक़ली नील बनाने का आविष्कार हो चुका है। अतः आगे नील की खेती की आवश्यकता नहीं रह जायेगी। इस पर चालाक निलहे गोरों ने चम्पारन के किसानों से धोखे से इस आशय के इक़रारनामे लिखवा लिये कि मुआवज़ा दे देने पर किसानों को तीन कठिया के बन्धन से मुक्त कर दिया जायेगा। अनेक भोले-भाले किसानों ने ऐसे इक़रानामों पर हस्ताक्षर अथवा अँगूठे लगाकर मुआवज़ा भी भर दिया था।

चम्पारन पहुँचकर महात्मा गाँधी मामले की प्रारम्भिक जाँच करने लगे। वह निलहे गोरों के एसोशिएशन के एक पदाधिकारी से भी मिले। उसने गाँधी जी से पूछताछ में कोई सहयोग नहीं दिया। गाँधी ने किसानों की एकतरफ़ा सुनवायी की। गाँधी उस डिवीज़न के अंग्रेज़ कमिश्नर से मिले। गाँधी मोतीहारी पहुँचे। वहाँ उन्हें सरकारी आदेश मिला कि वे मोतीहारी छोड़कर चले जायें और चम्पारन का रुख़ न करें। गाँधी जी नहीं गये। बल्कि ज़िला मजिस्ट्रेट डब्लू.बी. हेकोक के आदेश पर उन्होंने जो लिखा वह उत्तर 'सविनय अवज्ञा आन्दोलन' का मानो भारत में प्रथम शंखनाद था। गाँधी जी ने लिखा - "मैं यह कहने को अपना कर्त्तव्य महसूस करता हूँ कि मैं यह ज़िला छोड़ने में असमर्थ हूँ। मैं इस आदेश की अवज्ञा के लिए दण्ड सहने को प्रस्तुत हूँ। मैं स्वयं पर तामील आदेश की अवहेलना इसलिए कर रहा हूँ ताकि मैं अपनी अन्तरात्मा की आवाज़, जो हमारे अस्तित्व से भी ऊपर है, का अनुपालन कर सकूँ।" इस पर गाँधी को मजिस्ट्रेट

ने अदालत में हाज़िर होने का सम्मन भेजा। इसके बाद मोतीहारी ज़िला आन्दोलनरत कृषकों के विशाल समूहों से भर गया। अंग्रेज़ सरकार हिल गयी।

गाँधी जी तो यह चाहते ही थे। वह मजिस्ट्रेट की अदालत में हाज़िर हुए। मजिस्ट्रेट के समक्ष निलहे गोरों के अत्याचार के विरुद्ध किसानों के समर्थन में आने की बात उन्होंने कही और अपना ज़िला न छोड़ने का अपराध स्वीकार किया। मजिस्ट्रेट ने गाँधी जी से ज़मानत माँगी। गाँधी जी ने ज़मानत देने से भी इनकार किया। अन्ततः भारी दबाव में उस अदालत ने गाँधी जी को बिना जमानत के ही छोड़ दिया।

बाबू राजेन्द्रप्रसाद, ब्रजकिशोर, मौलाना मज़हरुल हक जैसे कई वकील इस ऐतिहासिक अवसर के साक्षी थे। अदालत से निकलकर गाँधी ने उनसे कहा कि- ''मुक़दमा अभी ख़त्म नहीं हुआ है। अगर मुझे आगे चलकर चम्पारन मामले में जेल हो जाती है तो आप लोग क्या करेंगे?'

तब सभी ने गाँधी जी को आश्वासन दिया कि किसानों के हित में गाँधी के पीछे वे भी जेल जाने को तैयार हैं। गाँधी जी सन्तुष्ट होकर चम्पारन आन्दोलन का प्रथम चरण पूरा कर अप्रैल, 1917 में अहमदाबाद वापस लौटे।

इधर गाँधी जी के चम्पारन में उनके शौर्यपूर्ण कार्य और सविनय क़ानूनभंग की ख़बर जब गुजरात पहुँची तो वल्लभभाई पटेल के मन में गाँधी जी के प्रति भारी श्रद्धा का परिपाक हुआ। पटेल और उनके साथियों में विचार-विमर्श हुआ कि सही अर्थों में महात्मा गाँधी ही गुजरात सभा के अध्यक्ष बनाये जाने योग्य हैं। सभी को उनसे इसके लिए अनुरोध करना चाहिए। यहीं से घटनाक्रम इस प्रकार चला कि पटेल-गाँधी के रिश्ते न सिर्फ़ पनपे बल्कि सकारात्मक दिशा में परवान चढ़ते गये।

जून, 1917 में ही बिहार के लेफ़्टीनेण्ट गवर्नर सर एडवर्ड गेट ने गाँधी जी को वार्त्ता के लिए आमन्त्रित किया। उनसे महात्मा गाँधी भेंट करने गये। बातचीत में तय हुआ कि नील की खेती करनेवाले किसानों की दशा की जाँच हो। एक कमीशन नियुक्त हुआ। किसानों की गवाहियाँ हुईं। परिणाम यह निकला कि जो रक़म मुआवज़े के रूप में निलहे गोरों ने किसानों से जमा करा ली थी उसे किसानों को वापस किया जाये, किसानों की उस माँग को जायज़ माना गया।

आगे चलकर निलहे गोरों ने जमा धनराशि का एक चौथाई वापस करने की ही पेशकश की। विवाद को हल करने के लिए गाँधी जी के संकेत पर उसे मान लिया गया। निलहे गोरों को नील की खेती की प्रथा समाप्त करनी पड़ी और चम्पारन के किसानों ने अन्ततः चैन की साँस ली। गाँधी का सत्याग्रह देश में पहली बार कामयाब हुआ। इसके बाद अब उनके नाम की दक्षिण अफ्रीका के बाद स्वदेश में भी धूम मच गयी।

अहमदाबाद के म्यूनिसिपल बोर्ड का सदस्य चुने जाने के बाद वल्लभभाई पटेल के समक्ष म्यूनिसिपल कमिश्नर जॉन शिल्डी तो एक चुनौती था ही उसके अलावा भी अनेक चुनौतियाँ थीं। चुने हुए सदस्यों और नगरपालिका के कर्मचारियों के मध्य रिश्ते बहुत

सन्तोषजनक नहीं थे। नगरपालिका सदस्य अपने क्षेत्रों के प्रति उदासीन थे। क्योंकि नयी व्यवस्था के अन्तर्गत कमिश्नर सर्वेसर्वा था। सदस्यों के कोई अधिकार न थे। नागरिकों की कोई समुचित सुनवायी न थी।

पटेल ने सभी पक्षों से संवाद क़ायम किया। नगरपालिका क्षेत्र का भ्रमण शुरू किया। नागरिकों की समस्या को उनके गली-मुहल्लों में समझकर उन्हें हल करने के लिए म्यूनिसिपल कमिश्नर शिल्डी को लिखना-कहना शुरू किया। इसका प्रभाव दूसरे सदस्यों पर भी पड़ा। कर्मचारियों में भी अपने कर्त्तव्यों के प्रति चेतना जगी।

वल्लभभाई ने अपना ध्यान सर्वाधिक अहमदाबाद नगर के उस क्षेत्र पर सर्वप्रथम केन्द्रित किया जो कि एक निचला जलभराव का इलाक़ा था। जहाँ बारिश के दिनों में मोहल्लों में पानी भर जाता। नाले-नालियों की सफ़ाई न होने के कारण जलभराव की समस्या और विकट होती। बीमारियाँ फैलतीं। नागरिक चाहते थे कि वहाँ विकास कार्य कराया जाये। नालियों की मरम्मत, सफ़ाई की व्यवस्था दुरुस्त करायी जाये।

स्वच्छता समिति के प्रमुख होने के नाते पटेल ने अपनी सीमाओं में रहकर कर्मचारियों को प्रेरित कर जलभराव के उस इलाक़े में स्वच्छता सुधार के कार्य कराये। परन्तु कमिश्नर शिल्डी ने उस ख़ाली जगह को सार्वजनिक हित में विकसित कराने के बजाय एक किसी कारोबारी को दियासलाई फैक्ट्री लगाने हेतु पट्टे पर देने का निर्णय कर लिया। वल्लभभाई ने इस बात की शिकायत ऊपर शासन में की। अभिलेख जुटाकर सप्रमाण यह शिकायत ऊपर तक पहुँचायीं कि उक्त पट्टे की मंजूरी हेतु शिल्डी ने भ्रामक तथ्यों को शासन के समक्ष अपनी रिपोर्ट में रखकर मंजूरी चाही थी। बैरिस्टर वल्लभभाई पटेल की बैरिस्टरी का दाँव नगरपालिका अहमदाबाद पर भी चल गया। जॉन शिल्डी को सरकार ने म्यूनिसिपल कमिश्नर पद से हटा दिया। इससे नगरपालिका पर पटेल का सिक्का क़ायम हो गया।

शिल्डी के बाद जिस दूसरे अंग्रेज़ म्यूनिसिपल कमिश्नर अल्फ्रेड मास्टर की नियुक्ति हुई वह भी भ्रष्ट साबित हुआ। उसने अधिक वेतन- भत्तों की भी माँग की। पटेल उसके भी पीछे पड़ गये। फलतः उसे जनविरोध का सामना करना पड़ा और उसे भी कुछ समय बाद हटना पड़ा।

अहमदाबाद में महात्मा गाँधी से गुजरात सभा की अध्यक्षता का आग्रह किया गया, जिसे उन्होंने स्वीकार कर लिया। परन्तु क्योंकि गाँधी जी को देश भर का दौरा करना पड़ता था इसीलिए उन्होंने अपनी ओर से कामकाज देखने के लिए किसी सक्षम व्यक्ति की माँग की। मित्रों के आग्रह पर वल्लभभाई पटेल ने स्वयं को प्रस्तुत किया। महात्मा गाँधी ने उन्हें गुजरात सभा में अपना सचिव नियुक्त किया। और इस तरह गाँधी-पटेल परस्पर सीधे सम्पर्क में आये।

अब वल्लभभाई पटेल अपनी लोकप्रियता और योग्यता की बदौलत एक साथ तीन-नावों पर सवार थे और उनका बुद्धिमत्तापूर्वक कुशल संचालन भी कर रहे थे- (1) निजी वकालत (2) नगरपालिका अहमदाबाद के दायित्व और (3) गुजरात सभा।

नये म्यूनिसिपल कमिश्नर बने फ्रेड्रिक प्रैट। प्रैट ने आते ही सरकार को लिखकर भेजा कि म्यूनिसिपल इंजीनियर और स्वास्थ्य अधिकारी के पदों पर अंग्रेज़ अफ़सर नियुक्त किये जाने चाहिए। अहमदाबाद की नगरपालिका में उन दिनों इंजीनियर का पद ख़ाली था। प्रैट के अनुरोध पर ब्रिटिश सरकार ने मेकासे नाम के एक अंग्रेज़ को बतौर इंजीनियर तैनात कर दिया। अहमदाबाद में कुछ ऊँचाईवाले रिहाइशी इलाक़ों में पेयजल आपूर्ति की विकट समस्या चल ही रही थी। स्थानीय पार्षद, नगरपालिका के जूनियर इंजीनियर और सेनेटरी कमेटी के चेयरमैन वल्लभभाई पटेल स्थानीय समस्याओं से भली-भाँति परिचित थे। परन्तु वह अंग्रेज़ इंजीनियर उनके सुझावों के बावजूद पानी की सप्लाई को दुरुस्त करने में अक्षम साबित हुआ। इस पर वल्लभभाई ने म्यूनिसिपल कमिश्नर प्रैट से कड़ा प्रतिवाद किया। उनके तर्कों के आगे प्रैट को झुकना पड़ा और वल्लभभाई को पेयजल आपूर्ति, सफ़ाई व्यवस्था आदि में सुधार हेतु उनकी इच्छानुकूल छूट देनी पड़ी। तब सेनेटरी कमेटी के प्रमुख के अधिकारों का प्रयोग कर वल्लभभाई ने अहमदाबाद म्यूनिसिपल एरिया में अभूतपूर्व सुधार किये और शहर की उन समस्याओं से नागरिकों को छुटकारा दिलाया।

गुजरात सभा का राजनीतिक सम्मेलन गाँधी जी की अध्यक्षता में नवम्बर, 1917 में गोधरा में आयोजित हुआ। इसमें वल्लभभाई ने सचिव की भूमिका अदा की।

वल्लभभाई ने देखा कि उस सम्मेलन में गाँधी जी ने कुछ लीक से हटकर काम किये। उन दिनों ऐसी किसी भी सभा अथवा बैठक में सर्वप्रथम ब्रिटिश सम्राट् के प्रति राजभक्ति का एक संकल्प-पत्र पढ़ा जाता था, जिसकी समस्त उपस्थित समुदाय शपथ लेता था। महात्मा गाँधी ने सम्मेलन के आरम्भ में ही उस संकल्प-पत्र को सार्वजनिक रूप से फाड़कर टुकड़े कर दिये। कहा कि- "जब अंग्रेज़ खुद अपनी बैठकों में संकल्प-पत्र नहीं पढ़ते तो हम क्यों पढ़ें? राजभक्ति की शपथ लेने की कोई आवश्यकता नहीं जब तक हम स्वयं को ख़ुद ही बाग़ी घोषित नहीं कर देते।"

गाँधी जी का यह बोल्ड-व्यवहार वल्लभभाई को बहुत भाया। गाँधी जी ने सार्वजनिक रूप से कहा कि -"स्वराज किसानों के व्यापक समर्थन पर ही निर्भर करता है। अगर हमें अपने आन्दोलन से किसानों को जोड़ना है तो हमें अंग्रेज़ी के बजाय जनसाधारण की बोलियों में ही बात करनी होगी।"

गाँधी जी ने सभी वक्ताओं से अंग्रेज़ी के बजाये हिन्दी अथवा गुजराती में बात करने की अपील की। इस पर लोकमान्य बालगंगाधर तिलक ने मातृभाषा मराठी में भाषण किया। अंग्रेज़ीदाँ मोहम्मद अली जिन्ना ने थोड़ी नाक भौं सिकोड़ी। पर उन्हें भी टूटी-फूटी गुजराती में बोलना पड़ा। दादाभाई नौरोज़ी, अब्बास अली तैय्यब जी, महादेव देसाई जैसे अनेक महत्त्वपूर्ण नेता गोधरा के इस तीन-दिवसीय सम्मेलन में सम्मिलित हुए थे। गाँधी जी हिन्दी में बोले। अहमदाबाद के वकील महादेव देसाई इसी सम्मेलन से गाँधी जी के भक्त बन गये और उनसे अभिन्न रूप से जुड़ गये। एक निजी-सचिव की भाँति। महादेव

भाई देसाई ने गाँधी जी और वल्लभभाई पटेल से यह जुड़ाव आगे अपनी मृत्यु तक निभाया।

मोहम्मद अली जिन्ना को इस सम्मेलन में इंग्लैण्ड से पधारे सर एडविन सेमुअल माण्टेग्यू से भेंट करनेवाले कांग्रेस-मुस्लिमलीग के संयुक्त प्रतिनिधिमण्डल के नेतृत्व की ज़िम्मेदारी सौंपी गयी थी। सर माण्टेग्यू ब्रिटेन में इस समय भारत मामलों के सचिव थे जोकि भारत के राजकाज में सुधार की सम्भावनाएँ तलाशने हेतु भारत आये थे। उनसे इस भारतीय प्रतिनिधिमण्डल को भारतीयों से आन्तरिक स्वराज के दर्ज़े पर बातचीत करनी थी।

इस बात का अन्दाज़ा इस बात से लगाया जा सकता है कि तब हिन्दू-मुस्लिम नेताओं में परस्पर आदरभाव कितना अधिक रहा होगा कि यदि लोकमान्य तिलक के स्वागत में यह गीत सभामंच से गाया गया कि-

"भारत भुव ने तिलक समान
लोक मान्य नू करे सम्मान..."

- तो जिन्ना के सम्मान में भी गीत गाया, जो कि इस प्रकार था-

"हाँ रे आवो जिन्ना
पधारो प्रिय जिन्ना
श्रीराम-रहमान एक मानता
मुस्लिम-हिन्दू एक जानी..."

इसी सम्मेलन में अब्बास अली तैय्यब जी ने हिन्दुओं में छुआछूत की कुपरम्परा की ओर महात्मा गाँधी का ध्यान आकर्षित किया। अस्पृश्यता से जीवन पर्यन्त लड़ने का गाँधी जी ने स्वयं बीड़ा उठाया। इसी तरह गुजरात के देहातों में सरकारी अधिकारियों के दौरों के समय ग्रामीणों से उक्त दौरों का ख़र्च वहन करने के लिए अनेक प्रकार से बेग़ार लेने का बुरा चलन था। इस पर ख़ूब चर्चा हुई। गोधरा सम्मेलन में ही देहातों से बेग़ार समाप्त करने हेतु भी प्रस्ताव पारित किया गया। गाँधी जी ने इसका जिम्मा वल्लभभाई पटेल को सौंपा और उन्हें मार्गदर्शन दिया। अब क्या शहर क्या देहात, पटेल के सेवा-कार्य-क्षेत्र का व्यापक विस्तार हो गया।

गुजरात सभा के गोधरा में हुए उस सम्मेलन में इस प्रकार एक संवेदनशील मुद्दा यह आया कि जब गुजरात के विभिन्न ग्रामों में सरकारी अफ़सर दौरे पर जाते हैं तो ग्रामवासियों से तरह-तरह की बेग़ार ली जाती है। गाँवों में विभिन्न पेशों के लोग बसते हैं। उनसे उसी के अनुसार अफ़सरों की खान-पान रहन-सहन की सुविधाओं हेतु बेग़ार ली जाती है। उदाहरण के लिए कुम्हार लोग सरकारी अमले को मुफ़्त में मिट्टी के बर्तन सुलभ कराते हैं। बढ़ई अफ़सरों के टेण्ट के लिए लकड़ी के खूँटे बनाकर देते हैं, घसियारे घोड़ों के लिए घास, गाँव का बनिया अनाज-पानी मुहैया कराता है, मछुआरे मछली और ग्रामप्रधान वगैरह मुर्ग़ा-मुर्ग़ी आदि। मतलब सब-कुछ मुफ़्त। भारतीय नेताओं ने इस पर विचार किया। इस 'बेग़ार' का क्या औचित्य है? यह तो आम लोगों और निर्धन ग्रामीणों का सीधा-सीधा शोषण ही है। प्रशासन तन्त्र की निरंकुशता बन्द

होनी चाहिए। अतः गोधरा सम्मेलन में बेग़ार की कुप्रथा के विरुद्ध बाक़ायदा प्रस्ताव पारित हो गया।

महात्मा गाँधी के निर्देश पर वल्लभभाई पटेल ने बम्बई प्रेसीडेन्सी के उत्तरी डिवीजन के कमिश्नर को पत्र लिखा। गुजरात का यह सारा इलाक़ा अब कमिश्नर फ्रेड्रिक प्रैट के अधीन आता था। पत्र में पटेल ने गुजरात सभा के प्रस्ताव को संलग्न किया, जिसमें ग्रामवासियों से बेग़ार लेने की सरकारी तन्त्र के रवैये को अनुचित और ग़ैर क़ानूनी मानते हुए इस कुप्रथा को बन्द करने की माँग की गयी थी। यह भी कहा गया था कि यह देखा जायेगा कि सरकार इसे ग़ैरक़ानूनी मानती है अथवा नहीं?

कमिश्नर प्रैट को जब पटेल का यह पत्र मिला तो वह आग बबूला हो गया। उसने वह पत्र फाड़कर रद्दी की टोकरी में फेंक दिया और गुजरात सभा के प्रस्ताव पर कोई कार्यवाही नहीं की।

जब काफ़ी अरसे तक प्रैट का कोई उत्तर नहीं आया तो वल्लभभाई ने गाँधी जी को अवगत कराया। इस पर गाँधी जी ने उस प्रैट को दूसरा पत्र लिखने को कहा। इस पर वल्लभभाई ने गाँधी जी से कहा -

''ये अंग्रेज़ लोग इतनी आसानी से नहीं माननेवाले। कोई बड़ा क़दम उठाना चाहिए...''

गाँधी जी हँसे। अपने एक हाथ से पटेल के कन्धे का उन्होंने मानो जादुई स्पर्श किया और कहा -

''वल्लभभाई! दूसरा क़दम चलने से पहले पहला क़दम तो उठाना ही पड़ता है।''

''जी बापू... पर पहला क़दम तो हम उठा ही चुके। प्रैट को भेजा था न हमने वह पत्र गुजरात सभा के प्रस्ताव के साथ?''

''हाँ वह तो ठीक है। पर वह पत्र तो हमारी माँग थी। अब जो पत्र भेजोगे वह उसकी याद दिहानी के लिए होगा। दूसरा क़दम अभी हमने चला कहाँ है?''

वल्लभभाई समझ गये कि गाँधी जी की बात में दम है और उनके संकल्प में दृढ़ता। वल्लभभाई ने कमिश्नर प्रैट को दूसरा पत्र लिखा। वह पत्र भी रद्दी की टोकरी का मेहमान बना।

गाँधी जी उन दिनों चम्पारन आन्दोलन के द्वितीय चरण में अहमदाबाद से बाहर बिहार गये हुए थे। वहाँ वे चम्पारन के गाँवों में शिक्षा, स्वास्थ्य और स्वच्छता के प्रचार-प्रसार के मिशन पर लगे हुए थे।

पटेल ने गाँधी जी को तत्कालीन परिस्थितियों की सूचना भेजी। अपने दूसरे पत्र का भी हश्र बताया। इस पर महात्मा गाँधी ने वल्लभभाई पटेल को कमिश्नर प्रैट को एक तीसरा पत्र भेजने को कहा।

वल्लभभाई ने कान में तेल डाले बैठे प्रैट को तीसरा पत्र भी लिखा। मगर इस बार चेतावनी के साथ कि - ''अगर आपका कोई जवाब दस दिन के भीतर नहीं मिला तो

गुजरात सभा जनता को बता देगी कि बेग़ार लिया जाना ग़ैरक़ानूनी है और किसी भी परिस्थिति में किसी को बेग़ार न दी जाये।"

बेहद नाराज़ प्रैट ने पटेल को अपने कार्यालय में विचार-विमर्श हेतु तलब किया। उन्हें मिलने की तिथि और समय से भी अवगत कराया। इस पर पटेल ने गाँधी जी से सलाह किये बिना ही जो क़दम उठाया वह बहुत दुस्साहसिक एवं अभूतपूर्व था। वल्लभभाई ने प्रैट को अपने पिछले दो पत्रों के सन्दर्भ में सीधे-सीधे लिखा कि-"इसमें विचार-विमर्श का कोई औचित्य प्रतीत नहीं होता। परन्तु यदि बेग़ार के पक्ष में कोई क़ानूनी नज़ीर हो तो उसके बारे में अवगत कराने पर हमें प्रसन्नता होगी। फिर भी कमिश्नर अगर स्वयं भेंट करना चाहें, तो वे गुजरात सभा के कार्यालय में पधारें। उनसे मिलकर प्रसन्नता होगी।"

पटेल का यह क़दम ब्रिटिश राज की प्रतिष्ठा पर एक तमाचा था। परन्तु पत्र की भाषा इतनी सधी हुई थी और दो पत्र इससे पूर्व प्रैट को इसी सन्दर्भ में काफ़ी समय देकर औपचारिक रूप से लिखे जा चुके थे कि प्रैट बिलबिलाकर रह गया और अपनी ही लापरवाही के फन्दे में उलझ गया। वह पटेल के विरुद्ध कोई आरोप लगाने की स्थिति में ही नहीं था।

वल्लभभाई पटेल ने बाक़ायदा पत्र के उत्तर की मियाद का 10 दिन इन्तज़ार किया। उत्तर नहीं ही आना था। फिर एक पम्फ़लेट जारी किया, जिसमें आम जनता से सरकारी कारिन्दों को कोई बेग़ार न अदा करने का आग्रह किया गया था। यह पम्फ़लेट गुजरात के गाँव-गाँव बँटवाया गया। गुजरात सभा के कई वालण्टियर भी लोगों को बेग़ार प्रथा के विरुद्ध शिक्षित करने के लिए निकल पड़े। इससे बेग़ार भले ही तुरन्त समाप्त न हुई हो पर उसके पीछे की सरकारी तन्त्र की मानसिकता को जबर्दस्त चोट पहुँची। शहर से लेकर देहातों तक। गली-मुहल्लों-चौपालों में बेग़ार की कुप्रथा पर लोगों में चर्चा चल पड़ी। सरकारी तन्त्र की आलोचना आम लोगों में होने लगी। वल्लभभाई पटेल गाँधी जी के दिशा निर्देश पर सार्वजनिक रूप से अब चलकर प्रकाश में आ चुके थे। उनमें एक शक्तिशाली आन्दोलनकारी का प्रादुर्भाव हो रहा था। यद्यपि अभी पटेल का परिधान विदेशी ही था। कोट, पैण्ट, कमीज़, टाईवाला। गाँधी जी ने उन्हें शुरूआत में देखकर स्वदेशी अपनाने का दबाव नहीं डाला। विचित्र दृष्टि से अवश्य निहारा था। पर गाँधी जी शायद जानते थे कि यह व्यक्ति होनहार है। उनके काम का है। एक दिन स्वयं ही उनके रंग में रँग जायेगा।

सन् 1948 में वापस लौटते हैं -

उम्रदराज़ सरदार वल्लभभाई पटेल अपने सरकारी आवास पर बाहर वराण्डे में एक आरामकुर्सी पर अधलेटे थे। धोती-कुर्ता पहने। कन्धे पर एक शॉल डाले। किसी आगन्तुक की प्रतीक्षा में थे, जिसके आने में अभी कुछ देर थी। पुत्री मणिबेन एक ओर भूमि पर

आसन डाले चरखा चला रही थीं। मणिबेन अपने और पिता के वस्त्रों के लिए मतलब भर का सूत कात लेती थीं। सूत खादी भण्डार में जमा करने पर नये वस्त्र प्राप्त किये जा सकते थे।

सरदार पटेल पुत्री मणिबेन से खेड़ा आन्दोलन की चर्चा कर रहे थे-

"खेड़ा ज़िला प्राकृतिक आपदाओं की मार से त्रस्त रहता था। कभी सूखा तो कभी भारी वर्षा। चूहों और कीड़ों का प्रकोप सो अलग। वर्ष 1917 के अन्त में बेमौसम भारी बरसात से खेड़ा के गाँवों में तमाम फ़सलें चौपट हो गयीं। भारी नुकसान हुआ किसानों को। क़ायदे से सरकार को लगान माफ़ी कर देनी चाहिए थी। मगर सरकारी तन्त्र नहीं माना। फ़सलों की हानि की मात्रा की ग़लत रिपोर्टिंग की, नीचे के कारकुनों और ज़मीदारों ने।" मणिबेन ने पूछा - "फ़सल का नुक़सान कितना हो तो सरकारी लगान माफ़ होता था?"

"मालगुज़ारी क़ानून के मुताबिक़ अगर फ़सल दैवी आपदा में चार आने से भी कम रह जाये तो उस साल पूरा लगान छोड़ा जाना चाहिए था। अगर छह आने से कम फ़सल आँकी जाती तो आधा लगान भरना पड़ता।"

"फिर समस्या क्या हुई?"

सरदार पटेल ने कहा कि - "ज़िला खेड़ा के कलेक्टर ने यह स्वीकार ही नहीं किया कि फ़सल पूरी तरह बर्बाद हो गयी। छह आना या अधिक के ग़लत आँकड़ों पर उसने विश्वास किया। इसलिए ग़रीबी की मार झेल रहे किसानों को कोई राहत नहीं दी गयी। आधा लगान देने को किसान बाध्य थे।"

उन दिनों जब खेड़ा संकट चल रहा था, वल्लभभाई ने पुत्री मणिबेन को अपने पास अहमदाबाद बुलवा लिया था। मणि उन्हीं के पास रहकर गवर्नमेण्ट गर्ल्स हाई स्कूल में शिक्षा प्राप्त कर रही थी। छोटा बेटा डाह्याभाई अपने ताऊ जी विट्ठलभाई पटेल की देख-रेख में बम्बई में ही था। वह जॉन कानन स्कूल, बांद्रा में पढ़ता था। प्रारम्भ में दोनों बैरिस्टर भाइयों विट्ठलभाई और वल्लभभाई पटेल में एक समझौता हुआ था। यह कि एक भाई राजनीति और सार्वजनिक जीवन में सेवाएँ देगा तो दूसरा भाई वकालत करके सभी भाइयों और परिजन का भरण-पोषण करेगा। वल्लभभाई ने बड़े भाई को उनकी इच्छानुसार राजनीति करने हेतु स्वतन्त्र कर खुद को अब तक सार्वजनिक जीवन से मुक्त रखने का वायदा किया था। काला कोट पहनकर वल्लभभाई पटेल ने तब से बड़े परिश्रम से अहमदाबाद में वकालत की थी और विट्ठलभाई सहित सभी परिवारजन की आर्थिक सहायता की थी। परन्तु जैसे-जैसे वे गाँधी जी से सम्पर्क के बाद उनके निकट होते गये सार्वजनिक जीवन का स्वतः हिस्सा बनते गये। नियति को भविष्य में उनसे इतने बड़े-बड़े कार्य लेने थे जो उन्होंने कभी सोचे न होंगे।

गुजरात सभा से जुड़ने के बाद से वल्लभभाई पटेल की व्यस्तताएँ बढ़ती गयीं। अहमदाबाद में कपड़ा मिल मज़दूरों में कम पारिश्रमिक मिलने से घोर असन्तोष था।

अक्टूबर, 1917 में रूस में क्रान्ति हुई थी। साम्यवादी विचारधारा ने इस क्रान्ति के फलस्वरूप व्यावहारिक रूप धारण कर लिया था। उसका प्रभाव विश्व के दूसरे देशों में भी पड़ रहा था। इधर अहमदाबाद के मिल मज़दूर मज़दूरी की दर 35 प्रतिशत बढ़ाने के लिए मिल मालिकों से अनेक बार माँग कर चुके थे। मज़दूरों के नेता गाँधी जी से मिले और उन्हें अपने कष्ट बताये। गाँधी जी ने साबरमती नदी के किनारे मज़दूरों की सभा एक वृक्ष के नीचे की। उन्होंने मज़दूरों से हड़ताल का आह्‌वाहन किया और उन्हें स्वयं उपवास रखकर नैतिक समर्थन देने की बात की। शर्त यह थी कि हड़ताल चाहे जितनी लम्बी खिंचे मज़दूर शान्ति बनाये रखेंगे। कोई हिंसा या तोड़-फोड़ नहीं करेंगे। मिलमालिक सेठ भी गाँधी जी को जानते थे। अतः गाँधी जी को विश्वास था कि अन्ततः पंच-समझौते से हड़ताल का हल निकल आयेगा।

सरदार पटेल ने गाँधी जी को उन दिनों निरन्तर निकट से देखा। हड़ताल लम्बी खिंचने पर अन्ततः जब गाँधी जी को लगा कि श्रमिकगण कुछ ढीले पड़ने लगे हैं तो उनमें जोश भरने के लिए गाँधी जी ने श्रमिकों के हक़ में स्वयं उपवास रखने की घोषणा की। अभी महात्मा गाँधी का उपवास तीन दिन ही चला था कि उनके उपवास से मिलमालिक घबरा गये। इस प्रकार आख़िरकार हड़ताल के इक्कीसवें दिन मज़दूरों की हड़ताल सफ़ल हो गयी।

पंच-समझौते के फलस्वरूप मज़दूरों का पारिश्रमिक 35 प्रतिशत तो नहीं बढ़ा, यह वृद्धि 27 प्रतिशत तय हुई। इस पर गाँधी जी के संकेत पर मज़दूर मान गये और काम पर लौट गये।

उन्हीं दिनों खेड़ा ज़िले के देहातों में किसानों में भी हाहाकार था। खेड़ा के किसान भी चम्पारन में कीर्ति अर्जित कर लौटे महात्मा गाँधी से आकर मिले और उनसे अपना दुखड़ा रोया।

वल्लभभाई पटेल ने इधर के सभी समाचारों से बड़े भाई विट्‌ठलभाई पटेल को पत्र भेजकर बम्बई में अवगत कराया। और कहा कि - "मैं अब महात्मा गाँधी के साथ सेवा-कार्य में लग गया हूँ। इसलिए आपके साथ जो वायदा मैंने किया था उससे अब मुझे बाहर निकलना होगा। इधर गाँधी जी ने खेड़ा के किसानों की समस्या का काम अपने हाथ में लिया है। मुझे भी उसमें लगना है।"

3

खेड़ा सत्याग्रह

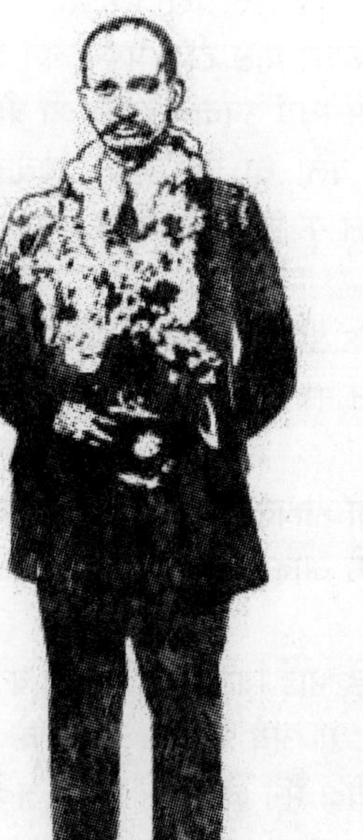

वस्तुतः खेड़ा ज़िले के किसानों की विपत्ति महात्मा गाँधी तक पहुँचानेवाले लोगों में सर्वप्रमुख थे मोहनलाल पाण्ड्या। वे खेड़ा ज़िले के एक गाँव के रहनेवाले थे। गाँव का नाम था कठलाल। मोहनलाल पाण्ड्या एक पढ़े-लिखे व्यक्ति थे। वे बड़ौदा राज्य सेवा से सन् 1911 में इसलिए निकाल दिये गये थे क्योंकि उनका झुकाव और सम्पर्क कुछ क्रान्तिकारियों से था। सेवा से हटाये जाने के बाद मोहनलाल पाण्ड्या अपने गाँव कठलाल

लौट आये और पूर्णकालिक समाजसेवी बनकर रहने लगे। जब ज़िला पंचमहाल के गोधरा शहर में गुजरात सभा का वह विशेष अधिवेशन हुआ तो वे गोधरा भी गये थे। वहाँ गाँधी जी के विचार सुनकर मोहनलाल पाण्ड्या बहुत प्रभावित हुए। ख़ासकर महात्मा गाँधी की किसानों के प्रति अभिनव दृष्टि और स्वेदशी भाषा में ही नेताओं से भाषण करने का गाँधी जी का आग्रह, जिससे किसान और आम जन सीधे उन विचारों को ग्रहण कर सकें, उस बात से।

गोधरा की वह जनसभाएँ मोहनलाल पाण्ड्या के साथ उनके मित्र गोधरा के ही शंकरलाल पारिख ने भी देखी थीं। अतः 1917 में आयोजित इन जनसभाओं की यादें अभी धूमिल भी नहीं पड़ी थीं कि खेड़ा ज़िले में उसी वर्ष के अन्त में भयंकर बरसात के फलस्वरूप ख़रीफ की फ़सल बुरी तरह मारी गयी। जो थोड़ी-बहुत फ़सल बची थी और काटकर खलिहानों में पड़ी थी, वह भी तीन दिन की लगातार वर्षा से विनष्ट हो गयी। ग़रीब किसानों के घर में तो खाने भर के लाले पड़ गये।

पाण्ड्या और पारिख ने देखा कि उनके गाँव कठलाल में फ़सलों को इतना भारी नुक़सान हुआ है कि मुश्किल से दो आना भर फ़सल बची होगा। किसान क़र्ज़ में डूबे त्राहि-त्राहि कर रहे थे। वे लगान भरने की स्थिति में नहीं थे। नियमतः चार आने से कम फ़सल होने पर पूरा लगान एक वर्ष तक स्थगित करने का प्राविधान था, परन्तु भूराजस्व माफ़ या स्थगित करना तो दूर, तहसील से लेकर ज़िले तक कोई अमीन, कोई तहसीलदार अथवा ज़िला कलेक्टर कोई कुछ भी सुनने को तैयार न था। पूरा शासकीय अमला भूराजस्व की ज़बरन वसूली पर आमादा था।

मोहनलाल पाण्ड्या और शंकरलाल पारिख ने अपने गाँव कठलाल के फ़सल नुक़सान का हवाला देकर एक प्रत्यावेदन सरकार के नाम तैयार किया, जिसमें उनके गाँव का लगान एक वर्ष के लिए स्थगित करने की प्रार्थना की गयी। यह प्रत्यावेदन जब कुछ अन्य किसान भाइयों ने पढ़ा तो कहा कि यही हाल खेड़ा ज़िले के अन्य तमाम ग्रामों का है। इसलिये यह माँगपत्र केवल कठलाल गाँव तक सीमित न रखकर समूचे खेड़ा ज़िले के लिए होना चाहिए।

तब यह लगान वसूली स्थगन का माँगपत्र ज़िले भर के किसानों की तरफ से तैयार कराकर उस पर हज़ारों किसानों के हस्ताक्षर व अँगूठे निशान लिये गये और सरकार को बम्बई भेजा गया। सरकार की ओर से वह माँगपत्र खेड़ा ज़िले के कलेक्टर वी.के. नामजोशी, जो एक महाराष्ट्र निवासी भारतीय थे, समुचित कार्यवाही हेतु भेज दिया गया।

पाण्ड्या और पारिख कलक्टर साहब से भी मिले। उन्होंने फ़सल नुकसान की जाँच पड़ताल का आश्वासन-कर इन किसान प्रतिनिधियों को चलता किया। मोहनलाल पाण्ड्या महात्मा गाँधी जी से भी जाकर मिले। अपने साथ वे शंकरलाल पारिख और कुछ अन्य किसानों को भी ले गये।

जब पाण्ड्या गाँधी जी से मिले और उनसे अतिवृष्टि से उत्पन्न किसानों की दुर्दशा और सरकार की हृदयहीनता की कथा कही तो गाँधी जी द्रवित हो गये। उन्होंने अपनी सहानुभूति इस किसान दल से व्यक्त की। गाँधी जी ने कहा - "आपने किसानों के हित में सोचा। उनके दुःख-दर्द को लिखकर सरकार तक पहुँचाया। बड़ी बात है। ऐसे ही सेवाभाव से गाड़ी आगे बढ़ती है।"

पाण्ड्या ने कहा कि - "क्या कहें बापू! सेवा तो बहुत करना चाहता हूँ पर पुलिस पीछे लगी रहती है। जब देखो तब निगरानी। जब देखो निगरानी..."

"क्यों?" - गाँधी जी ने गोल चश्मे के फ्रेमों से झाँकते हुए प्रश्नवचाक मुद्रा में पूछा।

पाण्ड्या थोड़ा हिचकिचाये। तो उनके मित्र पारिख बोल पड़े - "वहे क्या है महात्मा जी।... पाण्ड्या जी के कभी नज़दीकी ताल्लुकात कुछ क्रान्तिकारियों से रहे थे। उनकी ये मदद वगैरह।..."

"ओह!" - गाँधी जी बोले - "समझा। भाई उन लोगों का तो विश्वास हिंसा में रहता है। उद्देश्य बुरा भले ही न हो पर तरीका गलत है। और मैं ठहरा अहिंसा को माननेवाला आदमी। मेरे साथ तो वह सब नहीं चल सकेगा।"

इस पर मोहनलाल पाण्ड्या ने गाँधी जी के चरण छूकर कहा - "नहीं बापू! अब वह सब नहीं। मैं तो ख़ुद वर्षों से शान्ति से रहता हूँ। आप जो राह चले हैं उसी पर चलना चाहता हूँ। मैं क्या बल्कि हम सब।.."

पाण्ड्या ने यह कहकर अपने सभी साथियों की ओर देखा। सभी ने पाण्ड्या की हाँ में हाँ मिलाते हुए, स्वीकारोक्ति में अपना सिर हिलाये। गाँधी जी ने कहा - "तो फिर प्रतिज्ञा करो कि हमेशा हर हाल में सत्य और अहिंसा के मार्ग पर ही तुम सब चलोगे।"

सब बोले - "हम प्रतिज्ञा करते हैं।" गाँधी जी ने कहा - "तो फिर आज से मैं तुम्हारे साथ हूँ।" फिर कहा - "भाई पाण्ड्या जी। फिकर न करें। बस आपको मेरी एक ही सलाह है। आप अपनी तमाम हलचलें अब से पुलिस की खुली निगरानी में करें। इससे होगा यह कि जो परेशानी अब तक होती आयी है, वह न होगी।"

गाँधी जी के संकेत पर उसके बाद अनेक सार्वजनिक सभाओं में लगान की वसूली को स्थगित करने के प्रस्ताव पारित किये गये। बम्बई की विधानसभा में प्रश्न उठाये गये। परन्तु सरकार पर कोई प्रभाव न पड़ा।

गाँधी जी का गुजरात से बिहार का दौरा होता रहता था। इस बीच गाँधी पुनः चम्पारन गये हुए थे। खेड़ा की समस्या और नवीनतम हालात की जानकारी उन्हें दी जाती रही। गाँधी जी ने अपना सन्देश वल्लभभाई पटेल के माध्यम से खेड़ावासियों तक इस प्रकार का पहुँचाया कि - "राजस्व वसूली स्थगन को लेकर जो भी जनसभाएँ हों वे पूरी तरह मर्यादित भाषा में हो और किसी भी हालत में हिंसा न होने पाये।"

खेड़ा ज़िले के किसानों ने गाँधी जी के सन्देश पर, स्थानीय नेताओं के संकेत पर एकजुट होकर सरकारी कारिन्दों को लगान देना बन्द कर दिया।

बम्बई की विधानसभा के तत्कालीन सदस्य गोकुलदास पारिख और वल्लभभाई के अग्रज विट्ठलभाई पटेल ने भी किसानों के बुलावे पर बम्बई से आकर अनेक गाँवों का दौरा किया और जनता के कष्टों को महसूस किया। वे दोनों सरकारी अफ़सरों से भी मिले। कहा कि हमने स्वयं खेड़ा के अनेक गाँवों में घूमकर बर्बाद हो चुकी फ़सलों का जायज़ा लिया है और 409 कृषकों से गवाही ली है। सभी जगह दो आना भर अधिकतम फ़सल बच सकी है। इसलिए इस साल का लगान एक साल के लिए मुल्तवी कर दिया जाना चाहिए। तालुक़ा अथवा तहसील स्तर के अधिकारियों ने उनकी एक न सुनी। इस पर ये विधानसभा सदस्य गोकुलदास और विट्ठलभाई 15 दिसम्बर, 1917 को जाकर ज़िला कलक्टर वी.के. नामजोशी से मिले।

एक हफ्ता बाद कलक्टर ने सभी सरकारी ग़ैर-सरकारी रिपोर्टों पर ग़ौर करके स्व विवेक से यह निर्णय लिया कि ज़िले के चार तालुक़ों में सर्वाधिक प्रभावित जो 104 गाँव उसके हिसाब से थे उनमें लगान की आधी रक़म की वसूली एक साल के लिए स्थगित करने का आदेश पारित कर दिया। परन्तु निचले अफ़सर स्थगन आदेश को दबाकर लगान वसूली में और भी सख़्ती पर आमादा हो गये। किसानों की गिरफ़्तारी, चल-अचल सम्पत्तियों की वसूली, उन्हें धमकाना, अकेले मिल जाने पर मुर्ग़ा बना देना, मवेशी खोल लेना, बर्तन-भाँडे तक उठा ले जाना और नीलाम कर देना जैसे सभी हथकण्डे अपनाये जाने लगे।

गाँधी जी की सम्मति से सरकारी अफ़सरों और उनके कर्मचारियों के अत्याचारों तथा किसानों की दयनीय दशा की स्थिति की ख़बरें समाचारों में प्रकाशित की जाने लगीं। यह ब्रिटिश हुकूमत के लिए बड़ी असहज स्थिति थी।

अनेक समाजसेवक किसानों के बुलावे पर और स्वतः प्रेरणा से भी खेड़ा ज़िले के गाँव-गाँव में घूमकर किसानों का हालचाल जानने लगे और विभिन्न सभाओं, अख़बारों आदि में आवाज़ उठाने लगे। भारत सेवक समाज के समाजसेवी अमृतलाल ठक्कर, जिन्होंने आगे चलकर अछूतोद्धार और जनजातियों के कल्याण में अपना सारा जीवन दे दिया और जो 'ठक्कर बापा' के नाम से सुविख्यात हुए, ने भी खेड़ा के अनेक गाँवों का पैदल भ्रमण किया। उन्होंने 'टाइम्स ऑफ इण्डिया' को तब पत्र लिखा और इन शब्दों में खेड़ा के किसानों की दुर्दशा का मार्मिक चित्रण किया -

"मैं दस गाँवों में घूमा और मैंने वसूली कर्मचारियों की ज़्यादतियों की शिकायत की गहराई से जाँच की। किसान इतने उत्पीड़ित हैं कि एक किसान को अपना खेत बेचना पड़ा। दो अछूतों को मुर्ग़ा बनकर दो घण्टों तक खड़ा रहना पड़ा और वे तभी छोड़े गये जब उन्होंने राजस्व देयों को शीघ्र जमा करने का वचन दिया। इन आदमियों को उसके लिए साढ़े 37 प्रतिशत ब्याज पर क़र्ज़ देकर महाजनों ने कृतार्थ किया...एक मुस्लिम कृषक को अपनी एक 10 वर्ष की मासूम बेटी का अपने दामाद से, 15 रुपये का उधार लेने के एवज़ में, निकाह करना पड़ा।"

स्थितियाँ जब बिगड़ने लगीं तो गाँव के पुरुषों ने सरकारी कारिन्दों के आगमन पर गाँव में छिप जाना, अपने मवेशियों को इधर-उधर छिपा देना और लगान से बचने के लिए अनेक, प्रकार के उपक्रम शुरू कर दिये। वल्लभभाई पटेल सारी परिस्थितियों की जानकारी गुजरात से चम्पारन में दौरा कर रहे महात्मा गाँधी को भेजते रहते।

चम्पारन में अपना कार्य पूर्ण कर जनवरी, 1918 को गाँधी जी अहमदाबाद लौटे। अब साबरमती के तट पर उनका नया आश्रम स्थापित हो चला था। गाँधी जी ने गुजरात सभा को खेड़ा आन्दोलन में सक्रिय भूमिका के लिए तैयार किया। इसके अनेक सदस्य सत्याग्रह हेतु स्वयंसेवक के रूप में आगे आये। इनमें अनेक पढ़े-लिखे लोग, व्यवसायी, बैरिस्टर आदि शामिल थे। गुजरात सभा के सचिव वल्लभभाई पटेल गाँधी जी के आदेशों का पालन करते ही रहते थे। वे अहमदाबाद नगरपालिका में भी समय देते और अपनी वकालत में भी इस समय शीर्ष पर थे।

गाँधी जी ने एक दिन सभी उपस्थित लोगों के समक्ष यह माँग रखी कि - "अगर हमें खेड़ा ज़िले में लड़ाई छेड़नी है तो गुजरात सभा के प्रौढ़ कार्यकर्त्ताओं में से किसी एक को मेरे साथ आकर खेड़ा ज़िले में ही लड़ाई खत्म होने तक बैठ जाना चाहिए। वहाँ से वकालत और दूसरे कामों के लिए अगर आते-जाते रहे तो काम नहीं चल सकता। इसके लिए बीड़ा उठाने को यदि कोई तैयार हो तो मुझे बताये।"

वल्लभभाई पटेल पर अब तक मोहनदास करमचन्द गाँधी का रंग पूरी तरह चढ़ चुका था। उन्होंने विदेशी परिधान छोड़कर स्वदेशी वेशभूषा भी धारण कर ली थी। गाँधी जी के आह्वान पर धोती-कुर्ता पहने पटेल हाथ ऊँचाकर आगे आये। बोले - "मैं प्रस्तुत हूँ। आदेश करें।"

गाँधी जी पटेल को यों संकल्पित देखकर अत्यन्त प्रसन्न हुए। उस दिन से वल्लभभाई पटेल ने वकालत और दूसरे समस्त कार्य छोड़ दिये और जनहित में सर्वोच्च त्याग के लिए अपना जीवन अर्पित कर दिया। अब गाँधी उनके गुरु थे और वे उनके प्रिय शिष्य।

पटेल महात्मा गाँधी को बहुत गम्भीरता से देखते थे। उनका लोगों से बात करने का ढ़ंग। उनका पत्र लेखन। उनके भाषण में आम जनता से सीधा संवाद। सीधे-सादे शब्दों में भी श्रोताओं को बाँध लेने की कला। गाँधी का उन्मुक्त हास। उनकी भावुकता। उनकी शालीनता। विरोधियों से भी सम्मान के दायरे में बात करना। उनका सादा जीवन। उनकी प्रार्थनाएँ। सब कुछ वल्लभभाई के लिए एक पाठशाला सरीखा था। गाँधी एक ऐसी पहेली थे जिसका हर दिन एक नया अर्थ निकलता था। वे दूर से जितने रहस्यमय थे निकट जाने पर उतने ही खुलते जानेवाले एक साधारण-से इंसान नज़र आते। यह और बात है कि ईश्वर ने उन्हें विलक्षण असाधारणता प्रदान की थी।

गाँधी जी ने खेड़ा ज़िले के किसानों को राहत देने के लिए अंग्रेज़ हुकूमत को अनेक पत्र लिखे। अनेक छोटे-बड़े अफ़सरों से भेंट की। गाँधी जी कई-कई दिन उस ग्रामीण अंचल के दौरे पर रहे। वे वल्लभभाई और अन्य सहयोगियों के साथ वडताल, उत्तरसण्डा,

नवाग्राम, बोरसद, करमसद, आकिआचा आदि अनेक गाँवों में गये। गाँधी ग्रामवासियों से भेंट कर उन्हें सान्त्वना देते और उन्हें हिम्मत बँधाते। सरकारी कर्मचारियों के दुर्व्यवहार के किस्से गाँववालों से सुनते। परन्तु उन्हें शान्त और संयत रहने की ही सलाह देते। कहते कि ईश्वर कभी-कभी हमारी परीक्षा लेता है। उस समय हमें अपनी भीतर की मज़बूती और मर्यादा नहीं त्यागनी चाहिए। जब गाँधी जी किसी गाँव में जाते उन्हें सैकड़ों और कभी-कभी आस-पास के गाँवों के भी हज़ारों लोग सुनने के लिए एकत्रित हो जाते।

ग्रामों का व्यापक दौरा कर ग्रामों में फ़सलों के नुक़सान की वास्तविक हालत की जाँच-पड़ताल गाँधी जी ने की। अपने सहयोगियों की सहायता से गाँधी ने अपने प्रत्यक्ष अध्ययन की रिपोर्ट तैयार की। इसी क्रम में गाँधी जी ने 22 मार्च, 1918 को सायंकाल एक विशाल जनसभा नडियाड-क़स्बे में बुलायी। नडियाड में ही वल्लभभाई का ननिहाल था, जहाँ 1875 ई. में उनका जन्म हुआ था। करमसद ग्राम उनके पिता का स्थान था। वह भी खेड़ा ज़िले में ही था।

नडियाड की जनसभा में दूर-दूर से आकर हज़ारों किसान इकट्ठे हुए। इस सभा में गाँधी जी ने सत्याग्रह की औपचारिक घोषणा कर दी। गाँधी जी के सत्याग्रह की शपथ पर हज़ारों लोगों ने हस्ताक्षर किये। वल्लभभाई पहले हस्ताक्षरकर्त्ता थे। गाँधी जी ने ओजस्वी भाषण दिया। अपने भाषण में उन्होंने जनसभा में एकत्रित जनसमूह से कहा - "आगे क्या दुःख पड़नेवाला है, इसकी कल्पना हमें अभी से कर लेनी चाहिए। सरकार हमारे ढोर-डंगर और सामान-असबाब बेचकर लगान वसूली कर सकती है। चौथाई दण्ड वसूल कर सकती है। सनद में मिली खेती की ज़मीनें ज़ब्त कर सकती है। और यह कहकर कि लोग नंगापन करते हैं, उन्हें कैद में डाल सकती है।... याद रहे कि सत्याग्रह में प्रतिज्ञा सबसे क़ीमती है। ईश्वर के नाम पर ली हुई शपथ कदापि भंग नहीं की जा सकती।.. . प्रतिज्ञा तोड़नेवाला इंसान न देश के काम का है, न सरकार के काम का और न ही ईश्वर के काम का।"

गाँधी जी का यही करिश्मा था कि वे अपनी वाणी से मनुष्य के मर्म को छूते थे। उसके मनमानस में बसी ईश्वर की छवि का उसे वास्ता देकर उसे धर्म के मार्ग पर चलने की प्रेरणा देते थे। गाँधी स्वयं परम आस्थावान् थे और सनातन धर्म को माननेवाले थे। यद्यपि अपनी प्रार्थना सभाओं में वे गीता के श्लोक, कुरान की आयतों, गुरूवाणी और बाइबिल सभी धार्मिक ग्रन्थों का पाठ कराकर हिन्दू-मुस्लिम-सिख-ईसाई सभी धर्मों के प्रति सम्मान प्रकट करते-कराते थे।

उस दिन गाँधी जी ने अख़बारों में खेड़ा सत्याग्रह की आवश्यकता और उद्देश्यों पर एक विस्तृत वक्तव्य भी प्रकाशित करवाया। महात्मा गाँधी के इस वक्तव्य के महत्त्वपूर्ण अंश इस प्रकार थे-

"लगान का क़ानून सरकारी अधिकारियों को अमर्यादित बना देता है। राजस्व विभाग के अधिकारियों के फैसले के ख़िलाफ़ लोगों को फरियाद करने का भी हक नहीं है। ऐसी

परिस्थिति में लोग इधर सिद्धान्त के लिए लड़ाई लड़ते हैं और उधर अधिकारीगण अपनी प्रतिष्ठा के लिए लड़ते हैं।...

''खेड़ा के किसानों ने न्याय और सत्य की लड़ाई लड़ने का साहस किया है। उन्हें मदद देने के लिए मैं पत्रकारों और जन नेताओं से प्रार्थना करने की इजाजत चाहता हूँ। लोगों को यह याद करना चाहिए कि खेड़ा ज़िले की जनता को इस वर्ष प्लेग की महामारी से भी संघर्ष करना पड़ा है। ऊपर से भारी वर्षा से उनकी फ़सलें बर्बाद हो गयीं। बची-खुची क़सर चूहों और कीड़ों ने पूरी कर दी। किसानों का दम निकल गया है। इस समय भी आप ज़रा गाँवों में जाकर देखिये। लोग गाँव के बाहर, खेतों में ख़ासतौर पर खड़े किये गये, छप्परों में रहते हैं।...''

वैश्विक स्तर पर यह प्रथम विश्वयुद्ध का काल था। यूरोप और आस-पास के देशों में अभी भी विश्वयुद्ध चल रहा था। इसके फलस्वरूप भारत में भी अनाज, तेल, नमक और दूसरी आवश्यकता की वस्तुओं की कीमतों में भारी वृद्धि हो गयी थी। गाँधी जी ने उसी परिप्रेक्ष्य में यह भी कहा कि -

''भाव बढ़ गये हैं परन्तु इस बार कोई पैदावार नहीं हुई। इसलिए किसानों को बढ़े हुए भावों का कोई लाभ नहीं मिल रहा है। उल्टे इन्हें महँगाई की सारी मुसीबतें झेलनी पड़ रही हैं। फिर भी उन्हें रुपयों की मदद की ज़रूरत नहीं। केवल सारी जनता का वे एकजुट समर्थन और सहानुभूति चाहते हैं।''

महात्मा गाँधी इसके बाद कुछ दिन के लिए इन्दौर चले गये। वहाँ वे 'हिन्दी साहित्य सम्मेलन' की अध्यक्षता हेतु आमन्त्रित थे। अपनी अनुपस्थिति में खेड़ा आन्दोलन को संचालित करते रहने की ज़िम्मेदारी गाँधी जी वल्लभभाई पटेल को सौंप गये। नडियाड में 30 मार्च, 1918 को खेड़ा ज़िले के किसानों की एक विशाल सभा हुई। इस सभा में अध्यक्ष पद से भाषण करते हुए वल्लभभाई ने कहा कि -

''आपकी इस लड़ाई में देश के महान नेता हमारे गाँधी जी हमारे साथ है। यह लड़ाई सत्य अहिंसा और न्याय की लड़ाई है। हमें याद रखना है हम पर चाहे जितने भी जुल्म हों हाथ नहीं उठाना है। सभी किसान भाइयों को एकता और दृढ़ता से साथ देना है। लगान कोई नहीं देगा। जो भाई अदा करने में समर्थ हों उन्हें भी अपने कमज़ोर भाइयों की मदद करने के लिहाज से किसी सरकारी कारकुन को लगान की एक पायी देनी उचित नहीं होगी।... इस लड़ाई से सारे देश में आग लग जायेगी। दुःख सहन किये बिना सुख नहीं मिलता। और मिल जाये तो वह लम्बे समय तक नहीं टिकता।

''मज़बूत और दृढ़ विचारों की जनता हो, इसी में राज्य की शोभा है। नालायक और डरपोक प्रजा की वफ़ादारी में सार नहीं। निडर और स्वाभिमान की रक्षा करनेवाली वफ़ादार प्रजा ही सरकार को शोभा देती है।''

पूरा जनसमूह मन्त्रमुग्ध होकर वल्लभभाई पटेल को सुन रहा था। सफेद धोती-कुर्ता पहने मंच से मातृभाषा गुजराती में बोलते हुए गठे हुए कदकाठी के वल्लभभाई पटेल किसी

देवदूत सरीखे दिखते थे। श्रोता कम-से-कम एक महात्मा के दूत के रूप में तो उन्हें जानते ही थे। जनसभा नडियाड में हो रही थी। अतः नडियाड के स्थानीय लोग भी अपने यहाँ जन्मे इस 'माटी के लाल' को पहली बार उस सार्वजनिक मंच से सुन रहे थे और उन्हें मन ही मन सराह रहे थे।

"भारत माता की जय"

"महात्मा गाँधी की जय!"

के गगनभेदी नारों के साथ "वल्लभभाई पटेल की जय!" के नारे भी उस जनसभा के अन्त में अनेक लोगों ने लगाये।

अप्रैल का महीना आया। गाँधी जी लौट आये। वे भीषण गर्मी के दिन थे। गाँवों के दौरे फिर से तीव्र गति से चलने लगे। आन्दोलन के प्रचार-प्रसार हेतु गाँधी जी, वल्लभभाई और उनके सहयोगी अधिकतर पैदल ही चलते थे। इन दौरों में बिहार से पधारे बाबू राजेन्द्रप्रसाद भी गाँधी जी के साथ रहे। राजेन्द्र बाबू और वल्लभभाई के मध्य मैत्री सम्बन्ध और आत्मीयता के भाव इन्हीं दिनों सर्वप्रथम पनपे। दोनों ने ही अपना वकालत का फलता-फूलता व्यवसाय छोड़कर जनसेवा के लिए गाँधी जी का नेतृत्व स्वीकार किया था। इसलिए दोनों का परस्पर-आकर्षण, उस तीन-दिन के चौबीसों-घण्टे के साथ में, बढ़ जाना स्वाभाविक था।

खेड़ा आन्दोलन में अनेक उतार-चढ़ाव आये। कमिश्नर प्रैट ने भी एक बैठक में किसानों को सीधे-सीधे धमकाया। उन्हें गाँधी और पटेल के झाँसे में नहीं आने को कहते हुए कठोर दण्ड का भागी होने की खुली चेतावनी दी। यहाँ तक कहा कि गाँधी ने अहमदाबाद में क्या कर लिया जब मिल मज़दूरों ने हड़ताल की? जितनी रक़म की वेतनवृद्धि मज़दूर चाहते थे उससे कहीं कमतर रकम पर उनको समझौता करना पड़ा।

उसके बाद खेड़ा ज़िले के राजस्व अधिकारियों और कर्मचारियों ने किसानों का मनोबल तोड़ने की हर सम्भव कोशिश की। परन्तु गाँधी एवं पटेल के निकट समर्थन से किसानों का हौसला क़ायम रहा और वे लगान न देने की अपनी प्रतिज्ञा पर डटे रहे।

18 अप्रैल, 1918 को रास गाँव में किसानों के आगे वल्लभभाई पटेल ने अपने सम्बोधन में ललकारते हुए कहा कि - "पीछे हटना कायरों का काम है। लिहाजा पीछे हटने का सवाल ही पैदा नहीं होता।... हमारी लड़ाई का मुख्य उद्देश्य यही है कि जनता के मन से भय निकाल दिया जाये। हमारी लड़ाई में धर्म का अंश ज्यादा है।... खेड़ा ज़िले का नाम हिन्दुस्तान के इतिहास में प्रथम स्थान पर लिखा जायेगा। सारे हिन्दुस्तान की आँखें आप पर लगी हैं। रैयत जो इन्साफ़ चाहती है उसे सरकार को देना ही पड़ेगा।"

खेड़ा आन्दोलन के दौरान गाँधी जी ने भी वल्लभभाई पटेल की प्रतिबद्धता और उनके व्यवहार को निकट से देखा-परखा। पटेल में छिपी नेतृत्व क्षमता को गाँधी जी ने सराहा। पटेल का एक गुण यह भी था कि वे अनावश्यक नहीं बोलते थे। या यों कहें कि - काम अधिक करते थे बोलते कम थे। आन्दोलन के दौरान ही गाँधी जी ने पटेल से प्रभावित

होकर उनकी सार्वजनिक रूप से अनेक बार प्रशंसा की। एक अवसर पर कहा कि - "यह समय वल्लभभाई की परीक्षा का समय है। भविष्य में उन्हें और बड़े काम करने हैं। मुझे विश्वास है कि आगे वे आग में तपकर कुन्दन बनकर निकलेंगे।"

खेड़ा सत्याग्रह की आवाज़ देश भर में सुनायी देने लगी। अख़बारों में अग्रलेख लिखे जाने लगे। लोग आपसी बैठक में गाँधी और पटेल के प्रयासों और खेड़ा के कृषकों के संघर्ष की प्रमुखता से चर्चा करने लगे। खेड़ा जनमानस में आम चर्चा का विषय हो चला था।

इसी सत्याग्रह के समर्थन में 23 अप्रैल, 1918 को बम्बई में विधानसभा सदस्य विट्ठलभाई पटेल की अध्यक्षता में एक जनसभा हुई। लोकमान्य बाल गंगाधर तिलक सभा के विशिष्ट अतिथि थे। तिलक ने मुख्य प्रस्ताव प्रस्तुत किया जिसमें खेड़ा के किसानों के प्रति सहानुभूति व्यक्त की गयी थी और सरकार से निष्पक्ष जाँच कराने और जाँच परिणाम निकलने तक फौरी तौर पर लगान वसूली मुल्तवी करने की प्रार्थना की गयी थी। इस सभा में गाँधी जी भी शामिल हुए थे।

बम्बई की इस सभा के बाद गाँधी जी दिल्ली चले गये। वायसराय चेम्सफ़ोर्ड ने प्रथम विश्वयुद्ध में भारतीय सैनिकों की भरती हेतु महात्मा गाँधी की सहायता चाही थी। वे जानते थे कि जन साधारण में गाँधी का कितना प्रभाव है। इसी प्रभाव को अपने हित में भुनाने के लिए अंग्रेज़ गाँधी जी से वार्त्ता के लिए इच्छुक थे।

इधर वल्लभभाई के नेतृत्व में खेड़ा ज़िले में सत्याग्रह आन्दोलन ज़ोर पकड़ता गया। ग्रामीण स्त्रियाँ भी पुरुषों का साथ देने घरों से निकलकर बाहर आने लगीं। इस सुखद परिवर्तन की भी सूचना पटेल ने गाँधी जी को तार द्वारा दी। ब्रिटिश सरकार पर सत्याग्रह का दबाव बढ़ता गया।

आख़िरकार 6 जून, 1918 को खेड़ा के ज़िला कलेक्टर ने गाँधी जी की बात मान ली और किसानों की लगान वसूली एक वर्ष के लिए स्थगित कर दी। किसान ख़ुशी से झूम उठे। सर्वत्र गाँधी और पटेल की जोड़ी की जय-जयकार होने लगी। एक महापुरुष उनका नायक था, तो दूसरा उन्हीं का सहायक सहनायक।

29 जून, 1918 को नडियाड में खेड़ा आन्दोलन की सफलता का उत्सव मनाया गया। और एक सभा का आयोजन हुआ। इस सभा में गांधी जी ने अपने सहायक के रूप में वल्लभभाई पटेल की भूरि-भूरि प्रशंसा की। गाँधी बहुत प्रसन्नापूर्वक पटेल के बारे में बोले। कहा कि - "सेनापति की चतुराई अपनी कार्यसमिति चुनने में होती है। बहुत लोग मेरी सलाह मानने को तैयार थे। परन्तु मुझे विचार हुआ कि उपसेनापति कौन हो? इतने में मेरी नजर भाई वल्लभभाई पर गयी। मुझे स्वीकार करना चाहिए कि मेरी भाई वल्लभभाई से जब पहली मुलाक़ात हुई थी तब मुझे ख़्याल हुआ था कि यह अकड़ वाला आदमी कौन है? यह क्या काम करेगा? परन्तु ज्यों-ज्यों मैं इनके अधिक सम्पर्क में आया, त्यों-त्यों मुझे महसूस हुआ कि मुझे वल्लभाभाई तो अवश्य चाहिए।"

गाँधी जी इतने पर ही नहीं रुके। उन्होंने पटेल की त्याग भावना और देश के प्रति समर्पण की भी प्रशंसा इन शब्दों में आगे की -

"वल्लभभाई ने भी माना कि उनकी वकालत तो ज़बरदस्त चलती है और म्यूनिसिपैलिटी में भी बड़ा काम कर रहा हूँ, परन्तु यह काम उससे भी बड़ा है। धन्धा तो आज है कल न रहे। रुपया कल चला जाये। वारिस लोग उसे उड़ा दें। इसलिए मैं उनके लिए रुपये से ऊँची विरासत छोड़ जाऊँ। इन विचारों से वे इस लड़ाई में शरीक हो गये। वल्लभभाई मुझे न मिले होते तो जो काम हुआ है वह हरगिज न होता। मुझे इस बात का इतना शुभ अनुभव हुआ है।"

वल्लभभाई गाँधी जी के इस स्नेह सम्भाषण के आगे नतमस्तक हो गये। उन्होंने उस सार्वजनिक मंच से खेड़ा की लड़ाई का श्रेय महात्मा गांधी के आशीर्वाद और किसानों के ज़ोरदार संघर्ष को दिया। वल्लभभाई अब चर्चित राजनेता हो चुके थे। खेड़ा ने गुजरात के इस सपूत को अब समस्त भारत में प्रकाश में ला दिया था।

जिन दिनों गाँधी जी अपने अनुयायियों के साथ खेड़ा ज़िले के ग्रामों का दौरा कर रहे थे बाबू राजेन्द्रप्रसाद भी उनके साथ दो-तीन दिन गाँव-गाँव घूमे थे। अप्रैल का महीना था। काफ़ी गर्मी पड़ रही थी। धूप दिन में बड़ी कड़ी हुआ करती थी। उस गर्मी में भी गाँधी जी इस गाँव से उस गाँव घूमा करते थे। उन दिनों वह जूता नहीं पहना करते थे। इसलिए ज़मीन तप जाने पर नंगे पाँव चलने में गाँधी जी को बहुत तकलीफ होती। एक दिन जिस गाँव में गाँधी जी गये वहाँ बलुही मिट्टी अधिक थी। रेत अंगारों की तरह जल रही थी। और लोग तो जूता-चप्पल पहने थे। उन्हें पैरों में कष्ट नहीं हुआ। परन्तु गाँधी जी को बहुत कष्ट हुआ।

एक स्थान पर राजेन्द्र बाबू ने एक चादर बिछा देनी चाही जिससे गाँधी जी के पैरों को थोड़ा आराम मिल जाये। परन्तु उन्होंने उन्हें ऐसा करने नहीं दिया।

अहमदाबाद के साबरमती आश्रम में राजेन्द्र बाबू कुछ दिन से ठहरे हुए थे और ये बातें राजेन्द्र बाबू ही एक वृक्ष के नीचे चबूतरे पर बैठे कुछ आश्रमवासियों को बता रहे थे।

साबरमती आश्रम अभी पूरी तरह निर्मित नहीं था। यह आश्रम अपनी शैशव अवस्था में था। पर जैसा भी था, महात्मा गाँधी का पावन आश्रम था। गाँधी जी इन दिनों काफ़ी अस्वस्थ थे। इस समय वे आश्रम के अपने एक छोटे कक्ष में एक चारपायी पर गहरी नींद में सो रहे थे। किसी को भी उनके पास जाकर उन्हें नींद से जगाने की इजाजत न थी। गाँधी जी की पत्नी कस्तूरबा गाँधी महात्मा गाँधी के कक्ष के निकट बराण्डे में बैठी कुछ स्त्रियों के साथ चरखे पर सूत कात रही थीं। दोपहर का समय था। रसोई का कामकाज निबट चुका था।

उधर राजेन्द्र बाबू कह रहे थे -

"उसी यात्रा में मुझे वल्लभभाई के गाँव करमसद जाने का सुअवसर मिला। वहाँ मैंने उनका पैतृक मकान देखा। गाँधी जी तो हम सबके मार्गदर्शक और संरक्षक हैं। पर सच पूछो तो खेड़ा सत्याग्रह के नेता एक प्रकार से अपने वल्लभभाई ही थे। हाँ खेड़ा से ही गाँधी जी के साथ वल्लभभाई का अटूट नेह-नाता क़ायम हुआ।"

एक आश्रमवासी ने पूछा कि - "खेड़ा सत्याग्रह के दिनों में ही बापू को वायसराय ने भी निमन्त्रण भेजा था। सिपाही भर्ती के लिए सुना है। उसमें क्या हुआ?"

राजेन्द्र बाबू ने कहा कि - "अपने बापू जी तो बड़े उदार हैं न। बर्तानिया सरकार को सहायता देने के लिए सहमत हो गये। जैसे ही खेड़ा में किसानों की समस्या हल हुई गाँधी जी फ़ौज में भर्ती होने की सलाह देते हुए फिर से गाँवों का दौरा करने लगे। अपनी आदत के मुताबिक़ वे बड़े ज़ोरों से इस काम में लग गये। पर किसानों के बीच भर्ती को लेकर बहुत उत्साह नहीं दिखा। उल्टे गाँधी जी की जीतोड़ मेहनत का यह कुफल अवश्य हुआ जो कि देख ही रहे हो। बापू कितने गम्भीर रूप से बीमार और अशक्त हो चले हैं।"

शासन सुधार हेतु माण्टेग्यू-चेम्सफोर्ड रिपोर्ट पर विचार करने हेतु बम्बई में पिछले दिनों कांग्रेस का एक विशेष अधिवेशन सैयद हसन इमाम के सभापतित्व में हुआ। गाँधी जी की बीमारी तब इतनी बढ़ गयी कि वे चाहकर भी उस अधिवेशन में भाग लेने नहीं जा सके। राजेन्द्र बाबू उस अधिवेशन में बम्बई गये थे और वहीं से अहमदाबाद आये थे।

इस समय राजेन्द्रप्रसाद जी साबरमती आश्रम के मेहमान थे। वे आश्रमवासियों को बता रहे थे - "जब मैं इस बार अहमदाबाद पहुँचा तो मैंने देखा कि गाँधी जी अहमदाबाद में मिर्जापुर मुहल्ले में सेठ अम्बालाल साराभाई के महलनुमा भवन में ठहरे हैं। सेठ जी अपने एक दूसरे निवास में रहते थे और यह मकान खाली था। गाँधी जी की तबीयत बहुत ख़राब थी। डाक्टर लोग उन्हें नित्यप्रति देखा तो करते। परन्तु इनकी ज़िद तो आप सब जानते हैं। यह कोई दवा खाते नहीं हैं। उन्हें पेचिश हो गयी थी। ज्वर का भी ज़ोर था। गाँधी जी प्राकृतिक उपचार से ही स्वयं को ठीक करना चाहते थे। परन्तु स्वास्थ्य सुधर नहीं रहा था। दिन-प्रतिदिन गिरता ही जाता था। एक दिन मैं अहमदाबाद के सुप्रसिद्ध स्थान देखने निकला था। सेठ अम्बालाल साराभाई के उस महल में मैं भी ठहरा था। शाम को शहर घूमकर लौटा तो देखा गाँधी जी और उनकी देखभाल करनेवाले कोई वहाँ नहीं थे। बा भी नहीं। तब एक चौकीदार ने बताया कि गाँधी जी को दिन में ज्वर बहुत तेज हो गया। उन्होंने कहा कि अब वे यहाँ नहीं ठहरेंगे। कहा कि मुझे साबरमती आश्रम ले चलो। साथ के लोगों ने बहुत समझाया। पर गाँधी जी नहीं माने। अभी थोड़ी देर पहले ही तो सब-के- सब आश्रम को चले गये हैं। यह सुनकर मैं भी यहाँ साबरमती आश्रम चला आया।"

एक आश्रमवासी बोला - ''जी हाँ, बापू जब से यहाँ लौटे हैं उनका ज्वर काफ़ी उतर गया है। सिर पर पानी की पट्टी रखी गयी रात भर। आपने तो देखा ही है।''

राजेन्द्र बाबू उसके बाद कस्तूरबा से मिले और आश्रम में अपनी ठहरने की जगह पर चले गये। बापू को डिस्टर्ब करना उस दिन उन्हें उचित नहीं लगा।

अगले दिन स्वयं गाँधी जी ने बड़े सवेरे नित्यक्रिया और प्रार्थना के बाद राजेन्द्र बाबू को बुलवा भेजा। राजेन्द्रप्रसाद गाँधी जी से भेंट करने शीघ्रतापूर्वक उनके कक्ष में गये। बम्बई अधिवेशन के समाचार गाँधी जी राजेन्द्र बाबू से पहले ही सुन चुके थे। इसलिए उस पर कोई चर्चा नहीं हुई। उस दिन आश्रम में जो दृश्य राजेन्द्र बाबू ने देखा वह उनके लिए अकल्पनीय था जिसे कभी भी भुलाया नहीं जा सकता। विराट व्यक्तित्व के व्यक्ति भी कभी-कभी भीतर से इतना हिल जाते हैं कि कुछ पलों को एक़दम निरीह हो जाते हैं। उन एकान्त क्षणों में यदि कोई उन्हें देखे तभी समझ सकता है कि भावुकता आख़िर क्या चीज़ है?

सवेरे राजेन्द्र बाबू गाँधी जी की चारपायी के निकट जाकर एक चटाई पर बैठ गये। गाँधी जी ने एक स्वयंसेवक से मगनलाल गाँधी को बुलवाया। गाँधी जी मगनलाल से गुजराती में बातें करने लगे। मगनलाल गाँधी जी के भतीजे थे जो साबरमती आश्रम की व्यवस्थाएँ देखते थे। बिहार के रहनेवाले राजेन्द्र बाबू गुजराती कम समझते थे। पर गाँधी जी इतने आवेश में बोल रहे थे कि शब्दों का सार राजेन्द्र बाबू को मिल ही गया। महात्मा गाँधी व्यथित अन्दाज़ में मगनलाल गाँधी से कह रहे थे - ''जब ज्वर का बहुत वेग था मैंने ज़िद करके यहाँ चले आने को कहा। मैं समझता था कि यहाँ पहुँचने पर ही ज्वर का वेग कम होगा। यह ताप तो शरीर में था परन्तु वहाँ उस बड़े-से महल में पड़े-पड़े मेरे हृदय में उससे भी बड़ी ज्वाला जल रही थीं। मैं सोच रहा था - गाँधी! तेरा इतने बड़े महल में क्या काम? तू यहाँ क्यों ठहरा है? तेरी जगह तो ग़रीब के झोपड़ों में है। आश्रम में है। यहाँ से तुरन्त चला जा। तू जब तक ऐसा नहीं करता तुझे चैन नहीं मिलेगा। इसी कारण मैंने इतनी ज़िद की। जो तुम में से कुछ को बुरी लगी होगी।''

इसके बाद गाँधी जैसे स्वयं से ही बातें करने लगे - ''वहाँ से आकर क्या मैं रात भर सो सका? सारी रात इस शय्या पर पड़ा-पड़ा जाने क्या-क्या सोचता रहा? अपने से पूछता रहा कि क्या तेरी जिन्दगी इसी तरह बिना कुछ सफलता पाये ही बीत जायेगी।...

''जब से दक्षिण अफ्रीका से हिन्दुस्तान आया, एक-पर-एक काम मैंने हाथ में लिए, पर किसी को भी पूरा न कर सका। सबको अधूरा ही छोड़ता गया।...

''मिल मज़दूरों में हड़ताल का काम हुआ। हड़ताल इस मायने में कामयाब हुई कि उनकी माँगें काफ़ी हद तक मंजूर हो गयीं। परन्तु मज़दूरों में अभी भी बहुत-सी ऐसी ख़राबियाँ है जैसे शराब और नशे की आदतें वगैरह जिन्हें दूर करना चाहिए। इच्छा थी कि उनके बीच इन त्रुटियों को दूर करने का काम कर सकूँगा। परन्तु कर न सका। चम्पारन से बुलावा आ गया। वहाँ चला गया।...

"चम्पारन में भी जहाँ तक नीलवरों का सवाल है वह सब तो एक तरह से समाप्त हुआ पर, अभी भी वहाँ के किसानों के बीच बहुत काम करने की ज़रूरत है। इसलिए वहाँ पर कुछ पाठशालाएँ तो खोली गयीं। और काम करना चाहता था। राजेन्द्र बाबू! आप जैसे बहुत-से सहयोगी और त्यागी लोग भी वहाँ मुझे मिले। पर कहाँ कुछ कर पाया?"

गाँधी जी यह कहते हुए राजेन्द्र बाबू की ओर घूमे और करवट लेकर उनकी आँखों में झाँकने लगे। राजेन्द्र बाबू ने देखा बापू का चेहरा तमतमाया हुआ था और उनके नेत्र सजल थे।

राजेन्द्र बाबू ने कहा - "आप ऐसा क्यों सोचते हैं बापू? इतना कुछ तो करते हैं और देश के लिए कर ही रहे हैं।"

गाँधी जी एक कराह-सी भरकर बोले - "क्या ख़ाक कुछ कर पा रहा हूँ? सब आधा-अधूरा ही रह जाता है। पता नहीं किन ग्रह नक्षत्रों में जन्मा हूँ। जो स्वप्न जागी आँखों से देखता हूँ वह पूरी तरह से पूरा कहाँ होने पाता है? चम्पारन में जो कार्य हाथ में लिए वे वहीं छूट गये और मुझे खेड़े के सत्याग्रह में लग जाना पड़ा। खेड़े के किसानों का काम पूरा हुआ कि फ़ौज की भर्ती के काम में लग जाना पड़ा। खेड़े में भी किसानों के बीच बहुत काम की ज़रूरत है। उनके जीवन में कई सुधार लाने होंगे। पर वह भी पूरा न हो सका।..

"इतने में मैं इस तरह बीमार पड़ गया। मालूम नहीं इस बीमारी से बचकर फिर से खड़ा हो पाऊँगा या नहीं। हो भी सका तो क्या पता कब तक?"

फिर महात्मा गाँधी भतीजे मगनलाल गाँधी से कहने लगे - "तुम तो दक्षिण अफ्रीका से मेरे साथ काम करते आ रहे हो। स्वास्थ्य के हाथों लाचार हो गया हूँ। कुछ भी ठीक से कर नहीं पाता। मेरी इस दशा के कारण तुम सब भी सेवा के किसी कार्य को जमकर नहीं कर पाते हो।

गाँधी जी इसके बाद चित्त लेट गये। उनके डबडबाये नेत्रों से दोनों और मोटे-मोटे आँसू लुढ़क पड़े। उसके बाद वह जैसे फिर से अपने-आप से संवाद करने लगे -

"मोहनदास!... इस साबरमती आश्रम को तूने बड़ी आशा और मनसूबे के साथ बनवाया था। पर इसको भी तू कितना वक़्त दे पाया? जब उद्घाटन हुआ तो ख़ुद आ भी न सका। चम्पारन से ही आश्रमवासियों को सन्देश भेजना पड़ा। तब से किसी-न-किसी काम में बझकर आश्रम से दूर ही रहा। अब आज तेरी ये हालत है। न मालूम ईश्वर को क्या मंजूर है?" और कहते-कहते गाँधी जी फूट-फूटकर रोने लगे। किसी बच्चे की भाँति बिलख-बिलखकर रोते रहे कुछ देर। राजेन्द्र बाबू और मगनलाल दो ही लोग तब उनके निकट मौजूद थे। कोई गाँधी जी को चुप कराये तो कैसे? गाँधी के हृदय की ज्वाला अब आँसुओं के रूप में उमड़ पड़ी थी। भाप बनकर उड़ने को। राजेन्द्र बाबू और मगनलाल दोनों हतप्रभ थे। पर मन-ही-मन सोच रहे थे - ज्वालामुखी फट पड़ने पर लावे का बह जाना ही श्रेयस्कर होता है।

4

काला क़ानून

सरदार पटेल और मणिबेन अपने आवास पर बैठे परस्पर स्वाधीनता आन्दोलन के दिनों की चर्चा कर रहे थे। सरदार पटेल कह रहे थे "यह नवम्बर, 1918 की बात है। यूरोप में विगत चार वर्षों से छिड़ा पहला विश्वयुद्ध समाप्त हो गया। जर्मनी और उसके समर्थक देशों की पराजय हुई और ब्रिटेन के साथी देशों फ्रान्स, रूस इत्यादि की जीत हुई। उससे भारत समेत अनेक उपनिवेशों पर राज करनेवाले साम्राज्यवादी अंग्रेज़ और भी मदान्ध हो चले। भारत में अंग्रेज़ों का रवैया पहले से अधिक सख्त हो गया। अंग्रेज़ शासकों में जो सज्जनता का भाव दिखायी पड़ता था उसका बड़ा हिस्सा दम्भ और भारतीयों के प्रति उपेक्षा में बदल गया।

"अंग्रेज़ों के हिमायती भी मिथ्या गर्वानुभूति के शिकार हुए बिना नहीं रह सके। उन्हीं दिनों प्रयाग से निकलने वाले एक ऐंग्लो-इण्डियन अख़बार 'पायनियर' के सम्पादकीय

में भारतीयों को चेताती ये पंक्तियाँ छपीं - "क्या ये लोग समझते हैं कि वह ब्रिटिश सम्राट् जो अभी-अभी संसार के सबसे बड़े युद्ध में से विजयी होकर निकला है, ऐसी फ़िज़ूल धमकियों से डर जायेगा।"

सरदार पटेल कह रहे थे -

"1919 में आया काला क़ानून-रोलेट ऐक्ट। अंग्रेज़ों के अत्याचारों और उपेक्षाओं से उभर रहे राष्ट्रीय असन्तोष को कुचलने के लिए अंग्रेज़ शासकों ने इस काले क़ानून को ईजाद किया था। यह सर सिडनी रोलेट की अध्यक्षतावाली समिति की सिफारिशों पर आधारित था। इस क़ानून के लागू हो जाने का अर्थ था अंग्रेज़ी शासन के हाथों में भारत के लोगों की नागरिक-स्वतन्त्रता को कुचलने के लिए असीमित-शक्तियों का आ जाना। किसी भी भारतीय को शक के आधार पर बिना मुक़दमा चलायं बिना सुनवाई जेल में बन्द कर देने की शक्ति। दूसरी ओर अपराधी ठहराये जानेवाले व्यक्ति को उसके विरुद्ध शिकायत करनेवाले का नाम तक जानने का अधिकार रोलेट ऐक्ट के तहत समाप्त कर दिया गया था।

"भारत के पढ़े-लिखे समाज में इस काले क़ानून के विरुद्ध तीव्र प्रतिक्रिया हुई। गाँधी जी भी इसके विरोध में खड़े हो गये। उन्होंने 24 फरवरी, 1919 को सत्याग्रह करने की घोषणा कर दी। इससे पूर्व भारत के अनेक नेताओं ने रोलेट बिलों का डटकर विरोध किया था और सरकार ने एक न सुनी थी। इन राजनैतिक प्रतिनिधियों में पं. मदनमोहन मालवीय, मेरे बड़े भाई विट्ठल भाई पटेल, मोहम्मद अली जिन्ना, श्रीनिवास शास्त्री आदि प्रमुख थे।

"सत्याग्रह की गाँधी जी की घोषणा केवल हवाई नारा न थी। थे तो आख़िर वे भी एक बैरिस्टर ही, जिन्होंने दक्षिण अफ्रीका के रंगभेदी गोरों को धूल चटाई थी, चम्पारन के अत्याचारी निलहे गोरों को अपने चमत्कारी आन्दोलन से घुटनों के बल ला दिया था। अब एक काले क़ानून से जिसका असर देशव्यापी होना था, गाँधी जी काग़ज़-क़लम से भी दुरुस्त होकर उस लड़ाई की शुरुआत करना चाहते थे।"

गाँधी जी ने 18 मार्च, 1919 को सत्याग्रहियों के लिए निम्न मजबून का एक प्रतिज्ञा-पत्र प्रकाशित किया -

"सच्चे हृदय से मेरा यह मत है कि इण्डियन क्रिमिनल अमेण्डमेण्ट बिल सं. 1 और क्रिमिनल अमेण्डमेण्ट बिल सं. 2 अन्यायपूर्ण हैं और न्याय तथा स्वाधीनता के सिद्धान्तों के लिए विघातक हैं। इनसे व्यक्ति के उन मौलिक अधिकारों का हनन होता है जिन पर भारत की और स्वयं अंग्रेज़ी राज की रक्षा निर्भर है। अतः मैं शपथपूर्वक प्रतिज्ञा करता हूँ कि यदि इन बिलों को क़ानून का रूप दिया गया तो जब तक उन्हें वापस न लिया जायेगा, तब तक मैं इन तथा ऐसे क़ानूनों को भी, जिसे इसके बाद नियुक्त की जानेवाली सत्याग्रह कमेटी उचित समझेगी, मानने से नम्रतापूर्वक इनकार कर दूँगा। मैं इस बात की प्रतिज्ञा करता हूँ कि इस युद्ध में ईमानदारी के साथ, सत्य का अनुसरण करूँगा और किसी की जानमाल को हानि नहीं पहुँचाऊंगा।"

यह एक ऐसी प्रतिज्ञा थी। जो लोगों को काले क़ानून की अवज्ञा करने का सात्त्विक संकल्प दिलाती थी। संकल्प भी ऐसा जो सविनय अवज्ञा को वाणी देता था। यह एक ऐसे आन्दोलन की शपथ थी जिसमें आन्दोलनकारी से अन्त में सत्य और अहिंसा का मार्ग अपनाने की गारंटी ली गयी थी। ग़ौर से देखें तो गाँधी जी के प्रायः सभी सिद्धान्तों की झलक इस प्रतिज्ञा-पत्र के अक्षर-अक्षर में विद्यमान दिख जाती थी। यह प्रतिज्ञा व्यक्तिगत रूप से भी ली जा सकती थी और सामूहिक रूप से भी। अपने बनाये शपथ-पत्र पर महात्मा गाँधी ने सर्वप्रथम हस्ताक्षर किये। उनके ठीक बाद मैंने बापू के हस्ताक्षर के नीचे अपने हस्ताक्षर किये और इस तरह यह सिलसिला चल निकला। चारों ओर सत्याग्रह की चर्चाएँ। गाँधी जी के आह्वान की चर्चा। काले क़ानून को समझने की जिज्ञासाएँ और उन पर चर्चा। एक दिन एक पार्क में सुबह-सुबह कुछ लोगों ने श्रीनिवास शास्त्री जी को घेर लिया और उनसे सवालों की झड़ी लगा दी-सरदार पटेल बता रहे-

एक व्यक्ति ने शास्त्री जी से पूछा - "आख़िर यह रोलेट महाशय हैं कौन और हमारे देश के मामले में कहाँ से टपक पड़े ?"

शास्त्री जी ने कहा - "यह एक अंग्रेज़ जज हैं। ब्रिटिश सरकार ने इन जस्टिस रोलेट के सभापतित्व में एक कमेटी नियुक्त की है। इस कमेटी की स्थापना की घोषणा यों तो 10 दिसम्बर, 1917 में ही हो गयी थी। इस कमेटी ने लगभग चार महीनों तक बंगाल और पंजाब दो प्रान्तों में जाकर देश की परिस्थितियों और वहाँ के निवासियों की मनःस्थिति का जायज़ा लिया। फिर अपनी रिपोर्ट ब्रिटेन के भारत मन्त्री की सेवा में प्रस्तुत की।"

"किस दिन प्रस्तुत की रिपोर्ट ?" - दूसरे व्यक्ति ने पूछा।

"15 अप्रैल, 1918 के दिन।"

"अपने देश में यह कब प्रकाशित हुई ?"

"उसी दिन।"

"इस रिपोर्ट को किस नाम से जाना गया ?"

"इसे रोलेट कमेटी की रिपोर्ट के नाम से ख्याति मिली।"

"अजी साहब...ख्याति नहीं कुख्याति कहिये। सुना है कि क्रान्तिकारियों की उग्र गतिविधियों का गला घोंटने के नाम पर सीधे-सादे आन्दोलनकारी भारतवासियों को दबाने और सताने का हथियार है यह रोलेट रिपोर्ट। अगर इस पर 'काला क़ानून' भी बन गया तो समझिये हमारी तबाही।"

"सही कह रहे हैं।"

"शास्त्री सर! ज़रा इस प्रस्तावित रिपोर्ट के तहत सुझाये गये क़ानूनों के बारे में कुछ बताइये।"

"इसमें दो प्रकार के परामर्श दिये गये हैं। पहला परामर्श तो यह कि एक ऐसा क़ानून बने जो विश्वयुद्ध समाप्त हो जाने के बाद भी नागरिक अधिकारों की बहाली रोकने के लिए भारत रक्षा क़ानून की ही तरह काम कर सके। दूसरा परामर्श था कि वर्तमान में

प्रचलित जो फ़ौजदारी क़ानून है उसे और अधिक सख्त बना दिया जाये ताकि भारत में राजनीतिक आन्दोलनों को आसानी से दबाया जा सके।''

''अच्छा... तभी जो दो तरह के रोलेट बिल इन सिफ़ारिशों के आधार पर बने हैं वे इतने घातक हैं।''

''हाँ बिल्कुल। हम लोगों ने सरकार से इनके विरोध में बहुत पैरवी की मगर ब्रिटिशर्स टस-से-मस न हुए। अब तो महात्मा जी के सत्याग्रह से ही शायद कुछ हो सके।'' श्रीनिवास शास्त्री जी ने सुबह-सुबह स्वास्थ्य लाभ के लिए, निकले उन बुज़ुर्गों से कहा।

यह कठिन काल था अंग्रेज़ों के दिमाग़ शातिर ढंग से काम कर रहे थे। वे जानते थे कि जब तक ब्रिटेन यूरोप के उस विश्वयुद्ध में उलझा था और भारतीय सैनिकों का उपयोग अपने पक्ष में कर रहा था, जब तक भारतीय कृषकों के जवान बेटे हथियार लेकर विदेशी मोर्चों पर लड़ रहे थे, तब तक यहाँ चौपट होती कृषि और लघु उद्योग धन्धों के कारण बढ़ती महँगाई के बावजूद एवं संयमित भारतवासियों की आकांक्षाएँ काफ़ी हद तक शान्त थीं। परन्तु युद्ध के बादल छँटते ही भारतवासियों की तन्द्रा पुनः भंग होगी और वे अपने अधिकारों की नित नयी माँगों को लेकर फिर से सिर उठाने लगेंगे। कांग्रेस अपने 1885 में गठन के बाद से यही तो करती आयी थी। इसलिए राजनीतिक गतिविधियों पर लगाम कसी जानी शातिर अंग्रेज़ हुकमरानों को आवश्यक लगी। इस रोलेट कमेटी के प्रस्ताव उनको तब इसलिए और भी बड़े काम के लगने लगे। इस क्रम में दो बिल लाए गये।

प्रथम बिल में यह प्रावधान था कि क्रान्तिकारियों के मुक़दमे हाईकोर्ट के तीन न्यायाधीशों की अदालत में पेश हों। इन मुक़दमों की शीघ्र सुनवायी और त्वरित गति से फ़ैसले हों। क्रान्तिकारियों के मामले निचली अदालतों में जायें ही न। ताकि अपील की कोई गुंजाइश ही न रहे। राजद्रोह के सन्दिग्ध आरोपियों से ज़मानत लेने और उनको किसी विशेष स्थान पर जाने से प्रतिबन्धित करने का भी इसमें प्रावधान था। सन्दिग्ध व्यक्ति की गिरफ़्तारी, नज़रबन्दी यदि वह पहले से जेल में हो तो उसे वहीं निरुद्ध रखने की विशेष शक्तियाँ इस काले क़ानून के बिल में निहित थीं।

द्वितीय बिल में प्रचलित फ़ौजदारी क़ानून में कतिपय सख़्त परिवर्तन प्रस्तावित थे। राजद्रोह भड़कानेवाली सन्दिग्ध सामग्री के प्रकाशन पर जेल की सजा। सरकारी गवाह बन जानेवाले की सुरक्षा की विशेष व्यवस्था भी थी। सज़ायाफ्ता व्यक्तियों से नेकचलनी पर दो वर्ष तक की ज़मानत लेने का अधिकार अधिकारियों को दिया गया था। एक प्रकार से न्यायिक व्यवस्था में प्रशासनिक हस्तक्षेप बढ़ा दिया गया था। क़ानून के जानकार समझते थे कि सरकारी तन्त्र को अत्यधिक अधिकार मिलने से उनके सदुपयोग की जगह दुरुपयोग की सम्भावनाएँ अधिक थी। विशेषकर जब भारत एक स्वतन्त्र देश नहीं था, ब्रिटिश साम्राज्य का एक गुलाम उपनिवेश मात्र था।

बहरहाल महात्मा गाँधी की रोलेट के सुझाये काले क़ानून के विरुद्ध सत्याग्रह घोषणा का देश भर में बिजली दौड़ाने जैसा असर हुआ। मगर गाँधी जी के इस अनोखे अहिंसक सत्याग्रह का होमरूल लीग की संस्थापक श्रीमती एनी बिसेण्ट ने उपहास करते हुए अपने एक लेख में गाँधी जी को 'राजनीतिक बच्चा' करार दिया। लोकमान्य तिलक, जो उस समय देश के सबसे बड़े और वरिष्ठ नेता थे, ने किन्तु एनी बिसेण्ट के इस लेख की धज्जियाँ उड़ाते हुए एक चार स्तम्भों का अग्रलेख अपने पत्र 'केसरी' में लिखा। उन्होंने गाँधी जी के सत्याग्रह-आन्दोलन का हार्दिक स्वागत किया। सहस्रों देशवासी तब जैसे सोते से जगे।

गाँधी जी की यह सत्याग्रह-घोषणा कोई मामूली घोषणा न थी। इसमें कष्ट सहकर भी अहिंसक बने रहने का तप निहित था। अन्याय का शालीनता से प्रतिरोध का अभूतपूर्व मन्त्र था। महात्मा गाँधी की सत्याग्रह घोषणा ने सुप्रसिद्ध आर्यसमाजी सन्त स्वामी श्रद्धानन्द को भी राष्ट्रीय आन्दोलन में ला खड़ा किया। स्वामी जी जिनका राजनीति से दूर-दूर का वास्ता नहीं था गाँधी जी की सत्याग्रह घोषणा से खिंचे चले आये। उन्होंने तत्काल सत्याग्रह की प्रतिज्ञा पर हस्ताक्षर किये और गाँधी जी को तार भेजकर इसकी सूचना देते हुए कहा कि वे इस धर्मयुद्ध में सम्मिलित होने से बहुत प्रसन्नता का अनुभव कर रहे हैं।

आर्यसमाजी हिन्दू और सनातनी हिन्दू राष्ट्रवादी मुस्लिम और मजहबी मुसलमान प्रायः सभी गाँधी जी के इस सत्याग्रह आन्दोलन के साथ थे। तुर्की की पराजय के कारण बहुत-से मज़हबी मुसलमान अंग्रेज़ों के ख़िलाफ़ हो चले थे। क्योंकि तुर्की में ख़लीफ़ा की शक्ति को समाप्त कर दिया गया था, मित्र राष्ट्रों के द्वारा। मित्र राष्ट्र, जिनका मुखिया ग्रेट ब्रिटेन था।

सत्याग्रह की शुरुआत इस घोषणा से हुई कि 30 मार्च, 1919 के दिन देश भर में हड़ताल होगी। बाज़ार बन्द रहेंगे और कारख़ानों में भी हड़ताल रहेगी। देशवासी एक दिन का उपवास भी रखेंगे और अपने मन को शुद्ध करेंगें।

बाद में किसी कारण से इस सम्पूर्ण हड़ताल की तारीख़ बदलकर 30 मार्च की जगह 6 अप्रैल कर दी गयी। परिवर्तन की सूचना समाचार- पत्रों में विलम्ब से छपी। अतः अनेक जगह लोगों को जानकारी समय से नहीं मिल सकी।

खासकर दिल्ली की सत्याग्रह कमेटी में परिवर्तन सूचना प्रकाशित होने से पूर्व 30 मार्च के कार्यक्रमों के अनुसार निर्देश त्वरित गति से जारी हो चुके थे। इसलिए दिल्ली में भारत के अन्य स्थानों से एक सप्ताह पूर्व 30 मार्च को ही सत्याग्रह का शंखनाद हो गया।

दिल्ली में 30 मार्च, 1919 के दिन जुलूस निकला और सम्पूर्ण हड़ताल हो गयी। जुलूस का नेतृत्व स्वामी श्रद्धानन्द ने किया। रास्ते में गोरे सिपाहियों ने जुलूस को रोका

और श्रद्धानन्द जी और उनके साथ जुलूस के अग्रभाग में चल रहे सत्याग्रहियों को गोली मारने की धमकी दी। श्रद्धानन्द जी ने अपनी छाती खोल दी और धमकी देनेवाले पुलिस बल के अफ़सर से निर्भीकतापूर्वक कहा - "लो, मारो गोली।"

एक भारतीय स्वामी के तमतमाये तेजस्वी चेहरे के आगे सशस्त्र पुलिस बल में शामिल उन गोरों के चेहरों का रंग उड़ गया और वे पीछे हट गये। जुलूस वहाँ से "भारत माता की जय", "गाँधी जी की जय" के नारे लगाता आगे बढ़ गया।

परन्तु रेलवे स्टेशन पर तैनात एक पुलिस टुकड़ी से कुछ लोगों की कहा-सुनी हो गयी पुलिस लाठियाँ भाँजने लगी, लाठी चार्ज से बेक़ाबू भीड़ ने तब पुलिस बल पर पथराव किया जिस पर पुलिस ने गोली चला दी। उसमें पाँच लोग मारे गये और अनेक आन्दोलनकारी जख्मी हो गये। हताहत होनेवालों में हिन्दू और मुसलमान दोनों शामिल थे। इस घटना ने दोनों क़ौमों में अभूतपूर्व एकता का सूत्रपात किया। पुलिस और जनता ने अगले दिन दिल्ली में एक अनोख़ा नज़ारा देखा। जब हिन्दू शहीद की अर्थी निकली तो उसे हक़ीम अज़मल ख़ाँ ने कन्धा दिया और जब मुसलमान शहीद का जनाजा निकला तब कब्रिस्तान तक उसके पीछे स्वामी श्रद्धानन्द भी अनेक हिन्दुओं की भीड़ के साथ-साथ सम्मान प्रकट करने को गये।

लोगों में आन्दोलन का उत्साह इतना था कि लोग दिल्ली की सड़कों पर इधर-उधर इकट्ठा होते। आपस में अंग्रेज़ों के शासन के हठधर्मी पूर्ण रवैये की चर्चा करते। स्वदेश वासियों के सुख-दुःख की बातें करते।

एक दिन दिल्ली के अंग्रेज़ चीफ़ कमिश्नर मिस्टर बैटन ने हिन्दू और मुसलमानों के प्रमुख नेताओं को टाउनहाल में शान्ति स्थापना की बैठक में बुलाया। उनमें स्वामी श्रद्धानन्द और हक़ीम अज़मल ख़ाँ भी थे। तब शहर में एक अफ़वाह यह उड़ी कि टाउनहाल से ही इन दोनों बड़े नेताओं को प्रशासन द्वारा गिरफ़्तार करके किसी अज्ञात स्थान पर ले जाया जायेगा। बस फिर क्या था? लोगों की भीड़ घण्टाघर के नीचे जमा होने लगी। टाउनहाल में प्रशासन की बुलायी शान्ति बैठक चल रही थी और बाहर उत्तेजित हिन्दू जाट और मुस्लिम कुरैशी लोगों के मुखिया एक-दूसरे के हाथ-में-हाथ लिये हुंकार रहे थे कि - अगर हमारे नेता गिरफ़्तार किये गये तो हम शासन-प्रशासन की ईंट-से-ईंट बजा देंगे। परन्तु अफ़सरों के बीच-बचाव से अनहोनी टल गयी। किसी को अन्दर-बाहर छुआ तक नहीं गया।

वर्ष 1919 के ही आरम्भ में दिल्ली से पहला राष्ट्रीय पत्र 'विजय' निकलना प्रारम्भ हो चुका था। सत्याग्रह आन्दोलन में जान फूँकने का उसकी ख़बरों ने भी काफ़ी काम किया। जनता और प्रशासन के मध्य अविश्वास का वातावरण उन दिनों गहराने लगा था। आन्दोलन की संशोधित तिथि 6 अप्रैल जैसे-जैसे निकट आती जाती थी लोगों में बेचैनी बढती जाती थी। रोलेट ऐक्ट के विरुद्ध 'काला दिवस' मनाने की असली तारीख़ वही थी।

महात्मा गाँधी के आह्वान पर लोग विरोध के लिए कमर कस रहे थे। जनता में उत्साह अपने चरम पर था।

6 अप्रैल, 1919 को रोलेट ऐक्ट के विरोध में भारत के अन्य हिस्सों की तरह गुजरात में भी 'काला दिवस' मनाया गया। अहमदाबाद में 6 अप्रैल के दिन वल्लभभाई पटेल के नेतृत्व में एक विशाल जुलूस निकाला गया तथा एक जनसभा हुई। जनसभा में अपने वक्तव्य में वल्लभभाई पटेल ने कहा कि - "यह व्यक्ति की स्वतन्त्रता को जड़मूल से नष्ट करनेवाला क़ानून है।" उन्होंने रोलेट क़ानून की तीव्र आलाचना की। उन्होंने सरकार द्वारा ज़ब्त की गयी गाँधी जी की पुस्तकें 'हिन्द स्वराज' और 'सर्वोदय' सार्वजनिक रूप से बेचीं तथा सरकार को पूर्व अनुमति लिए बग़ैर गुजराती भाषा ने 'सर्वोदय पत्रिका' भी प्रकाशित की।

दिल्ली में जो हिंसा स्वामी श्रद्धानन्द के नेतृत्व में निकले जुलूस के बाद हुई थी, उससे उत्पन्न परिस्थितियों को शान्त करने के उद्देश्य से गाँधी जी ट्रेन द्वारा बम्बई से दिल्ली रवाना हो गये। महादेवभाई देसाई गाँधी जी के साथ थे। सरकारी तन्त्र के ख़ुफ़िया विभाग को इसकी ख़बर लग गयी। सरकारी हुक्म से गाँधी जी दिल्ली पहुँचने से पहले ही पलवल स्टेशन पर उतार लिए गये और हिरासत में किसी अज्ञात स्थल को भेज दिये गये। महादेवभाई लाचारी में वहाँ से अकेले बम्बई की ओर वापस रवाना हुए। उन्होंने रास्ते से राजेन्द्र बाबू को तार भेजा कि -

"गाँधी जी गिरफ़्तार होकर अनजान स्थान को भेज दिये गये हैं। आप तुरन्त बम्बई पहुँचकर मुझसे मिलें।"

महादेवभाई का तार मिलते ही राजेन्द्र बाबू बम्बई के लिए रवाना हो गये। उन्हें रास्ते में जो अख़बार मिले उनसे ज्ञात हुआ कि गाँधी जी की गिरफ़्तारी और उनके लापता होने की ख़बर फैलते ही देश में कई स्थानों पर बलवा हो गया। इनमें पंजाब के कई शहर तथा अहमदाबाद और बम्बई प्रमुख थे। राजेन्द्र बाबू जब दो दिन बाद बम्बई पहुँचे तो पता चला कि सरकार ने गाँधी जी को रिहा करके उन्हें बम्बई पहुँचाकर छोड़ दिया था। उनके बम्बई आ जाने से बलवा ज़ोर नहीं पकड़ सका और शान्त हो गया।

परन्तु उधर अहमदाबाद से हिंसा की ख़बरें मिल रही थीं। गाँधी जी बम्बई से महादेवभाई के साथ अहमदाबाद चल पड़े। गाँधी जी की गिरफ़्तारी का जो समाचार अहमदाबाद पहुँचा था उसके विरोध में अहमदाबाद में हिंसक दंगे हुए। पुलिस से झड़पें हुईं। सार्वजनिक सम्पत्तियों की तोड़फोड़ और आगजनी से क्षति। यद्यपि इन दंगों को शान्त कराने के वल्लभभाई और डॉ. क़ानूनगो ने अथक प्रयास किये। परन्तु फिर भी सरकार ने उन्हें दोषी ठहराया। वल्लभभाई सहित अनेक वकीलों को, जिन्होंने सत्याग्रह-शपथपत्र पर हस्ताक्षर किये थे नोटिस दिया गया कि क्यों न उन्हें वकालत से वंचित कर दिया जाये। इस पर हाईकोर्ट में एक याचिका दायर की गयी। तब चेतावनी देकर वकीलों को क्षमा किया गया। उधर राजेन्द्र बाबू को बम्बई पहुँचकर पता चला कि दोनों लोग

अहमदाबाद निकल लिये हैं तब उसी सन्ध्या की गाड़ी से राजेन्द्र बाबू भी अहमदाबाद को चल पड़े।

पंजाब के लोग बहुत मेहनती, दिलदार मगर गर्म खून के होते हैं। जब वे आवेश में होते हैं तो उन्हें नियन्त्रित करना आसान नहीं होता। परन्तु सद्व्यवहार से वे बहुत जल्दी मान भी जाते हैं। पंजाबियों में भी सिख समुदाय एक योद्धा कौम है। अपने स्वाभिमान की रक्षा के लिए वे कभी शीश कटाने से भी पीछे नहीं हटते। शत्रु पर टूट पड़ने की दशा में उनका शौर्य अनेक अवसरों पर इतिहास में दर्ज़ है।

ब्रिटिश हुकूमत के सिपहसालार पंजाबियों की इन चारित्रिक विशेषताओं से परिचित थे। अतः जब 1918 का काला क़ानून आया तो पंजाब में बहुत पहले ही मार्शल लॉ लागू कर दिया गया। जनता पर तरह-तरह के प्रतिबन्ध लागू कर दिये गये। ज़रा-सी कहीं तनाव की स्थिति दिखी, बाज़ारों में हड़ताल हुई अथवा छोटा-मोटा बलवा हुआ तो पुलिस-प्रशासन द्वारा लाठीचार्ज, गोली चलाने, कर्फ्यू, गिरफ़्तारियाँ और जेल में लोगों पर अमानुषिक अत्याचार हुए। ट्रेनों में बिना आज्ञा सफर की मनाही हो गयी। राह चलते लोगों को शक के बिना पर उनकी तलाशी लेना अथवा हिरासत में लिया जाना आम हो गया। अंग्रेज़ों के आवास वाले और सैनिक छावनी के कई पॉश इलाक़े थे जिन पर से आम जन को गुजरना प्रतिबन्धित था। अगर बहुत ज़रूरी होता तो संगीन की नोक पर उन्हें वहाँ की सड़कों पर से घुटनों के बल चौपायों की तरह रेंगकर ही गुज़रना होता।

जब पंजाब पर मार्शल-लॉ इस तरह क़हर बरसा रहा था तो समाचार एवं संचार तन्त्रों पर कड़ा सेन्सर लागू था। न कोई ऐसा-वैसा समाचार ज़िलों से बाहर आ सकता था न कोई बाहर का नेता या पत्रकार भीतर का जायज़ा लेने वहाँ आ सकता था। अतः जब मार्शल-लॉ हटा तो शेष भारत के निवासी पंजाब के दमनचक्र के समाचारों को सुनकर स्तब्ध रह गये। औपनिवेशिक शासन की क्रूरता के अनेक किस्से उछलकर सामने आते गये। सार्वजनिक स्थानों पर पुरुषों को नंगा करके पीटने, उन्हें कोड़े लगाने के किस्से। बिना मुक़दमा अनेक सम्भ्रान्त लोगों को जेल में डालने के किस्से। फरार व्यक्तियों की जायदाद जब्त करने के अलावा उनके सम्बन्धियों को बन्धक बनाकर यातना देने के किस्से। नागरिकों के घरों से पानी तथा बिजली काटने के किस्से तो आम बात थी। पुलिस थाने जुल्म और लूट के अड्डे बन गये थे उन दिनों।

अतः भारतवासियों की भारी माँग के आगे सरकार को एक जाँच कमीशन बैठाना पड़ा था। जस्टिस जी.सी. हण्टर के नाम से यह 'हण्टर कमीशन' कहलाया। कांग्रेस की ओर से भी एक जाँच कमेटी का गठन किया गया जिसमें पण्डित मदनमोहन मालवीय,

मोतीलाल नेहरु, महात्मा गाँधी, देशबन्धु चितरंजनदास, अब्बास तैयबजी और जयकर सदस्य थे।

सरकारी कमीशन और कांग्रेस के जाँच दल दोनों ने ही स्वतन्त्र रूप से पंजाब प्रान्त का दौरा करके लोगों के बयान लिए और अपनी-अपनी रिपोर्ट प्रकाशित की। दृष्टिकोण और निष्कर्षों में भले ही दोनों जाँच रिपोर्टों में विभेद रहे हों, जो घटनाएँ पंजाब में मार्शल लॉ के दौरान घटीं उनसे सरकारी-गैरसरकारी जाँच एजेंसियाँ प्रायः एकमत थीं।

पंजाब का प्रशासक लेफ्टीनेण्ट गवर्नर जनरल सर माइकेल ओ डायर बहुत घमण्डी और सख़्त आदमी था। उसे हड़ताल के नाम पर बाज़ारों में अपनी दुकानें बन्द करके शान्तिपूर्वक विरोध करना भी गवारा न था। ज़रा-ज़रा-सी बात पर उसके अधीन अंग्रेज़ अधिकारी-मजिस्ट्रेट और पुलिस अफ़सर अपना आपा खो बैठते थे। मार्शल-लॉ की छाया में वे पूर्णतः निरंकुश हो चले थे। जिनका सर्वोच्च कमाण्डर माइकेल ओ डायर जैसा जिद्दी आदमी हो, वे मातहत भला जन आन्दोलन के समय अपेक्षित धैर्य कैसे धारण कर सकते थे। भले ही वह आन्दोलन सत्याग्रह और अहिंसा पर आधारित हो। आम जनता का विरोध स्वयं में ही उनके लिए 'ब्रिटिश-क्राउन' की तौहीन था और राजसत्ता के लिए चुनौती सरीखा। कहाँ तो वे स्थानीय नेताओं और व्यापारियों को धमका-समझाकर हड़ताल से विरत कर रहे थे, कहाँ 6 अप्रैल, को प्रातः काल से उनके प्रयासों को धता बताकर पंजाब के सभी बड़े-बड़े नगरों में शान्तिपूर्वक हड़ताल हो गयी। अनेक गाँवों में भी लोग गाँधी बाबा के आह्वान पर धरने पर बैठ गये।

शहर-कस्बों-देहातों के बाज़ार बन्द हो गये। दूकानों पर ताले जो विगत रात्रि से बन्द थे वे 6 अप्रैल, के दिन खुले ही नहीं। सड़कों पर पुलिस बेचैनी से गश्त करती रही। लोग शान्तिपूर्वक विरोध प्रदर्शन करते रहे। यूरोपियन लोग बिना किसी रोक-टोक के अमृतसर की सड़कों पर भीड़ में भी घूमते रहे। कोई अप्रिय घटना नहीं घटने पायी।

6 अप्रैल, को लाहौर भी बन्द रहा। उस दिन एक विराट जुलूस निकला और बड़ी जनसभा हुई जो अभूतपूर्व थी। जुलूस जब माल रोड पर जाने लगा तो पुलिस ने उसे रोका। लाला दुनीचन्द और डॉ. गोकुलचन्द नारंग ने मौके पर जुलूस के लोगों को समझा-बुझाकर आगे न जाने हेतु मना लिया। अतः पुलिस-प्रशासन से नागरिकों का टकराव टल गया। शान्ति कायम रही।

प्रायः सभी शहरों में 6 अप्रैल, का दिन विरोध प्रदर्शनों के बावजूद बिना किसी दंगे-फसाद के बीत गया। पर यह ज़ोरदार सत्याग्रह सर माइकेल ओ डायर को बड़ा अपमानजनक लगा। ऐसी सरकशी, ये मजाल इन लोगों की? ओ डायर को याद आयी जालन्धर के मशहूर बैरिस्टर रायजादा भगतराम की वह बात जो उनके प्रश्न पर रायजादा ने फोन पर कही थी- "यह शान्तिपूर्ण हड़ताल गाँधी जी के आत्मबल का प्रताप है।" लेफ्टीनेण्ट गवर्नर ओ डायर बदले की भावना से भर गया।

अमृतसर सर्वाधिक संवेदनशील शहर था। रोलेट बिलों के विरोध में वहाँ हिन्दू, मुसलमान और सिखों में भारी एकता देखी गयी। यह जन विरोध 6 अप्रैल तो सफलतापूर्वक पूर्ण हुआ ही। आगे 7 और 8 अप्रैल के दिन भी शान्ति से गुज़र गये।

9 अप्रैल, 1919 को रामनवमी का दिन था। त्योहार का उत्सव तो हर साल ही मनाया जाता था। पर इस बार की रामनवमी अमृतसर वासियों ने कुछ ज़्यादा ही धूमधाम से मनायी। उसे मानो एक राष्ट्रीय पर्व का स्वरूप दे दिया। अमृतसर नगर में एक जुलूस निकला। उसमें हिन्दू-सिखों का साथ बड़ी संख्या में मुसलमानों ने भी दिया। जुलूस का नेतृत्व डॉ. सत्यपाल और डॉ. किचलू जैसे अमृतसर के गणमान्य नेता कर रहे थे। लम्बा जुलूस होने के बावजूद पूर्णतः मर्यादित था। उसमें "महात्मा गाँधी की जय" "डॉ. सत्यपाल की जय" "डॉ. किचलू की जय" "हिन्दू-मुस्लिम भाई-भाई" के गगनभेदी नारे लग रहे थे। जुलूस भारी पुलिस बल से घिरा चल रहा था। स्वयं अमृतसर के डिप्टी कमिश्नर और पुलिस कप्तान आस-पास मँडराकर जुलूस की निगरानी कर रहे थे। यह जुलूस भी शान्ति से सम्पन्न हो गया। जनता का धैर्य बना रहा। सो सरकारी मशीनरी का धैर्य कैसे टूटता? परन्तु जन नेताओं की कामयाबी को देखकर ब्रिटिश अफ़सरान जल-भुनकर रह गये। उन्हें लगा कि अमृतसर में जनता का मनोबल बहुत बढ़ गया है। कहीं आनेवाले दिनों में पानी सर से ऊपर न निकल जाये।

चार दिन बाद स्थानीय प्रशासन का धैर्य जाता रहा। डिप्टी कमिश्नर ने 10 अप्रैल को प्रातः 10.00 बजे डॉ. सत्यपाल और डॉ. किचलू को वार्त्ता हेतु अपने सरकारी बँगले पर बुलाया और इन नेताओं को वहीं से गिरफ़्तार करवा कर उन्हें ज़िले से बाहर भेज दिया।

जब यह दोनों नेताओं को लेकर सरकार वाहन बीसियों मील दूर निकल चुके थे तब लोगों के बीच इस आकस्मिक गिरफ़्तारी का समाचार फैल गया। फैला क्या? शहर भर में मानो बिजली-सी कौंध गयी। जनता को कुछ नहीं सूझा तो वह एक बड़े जनसमूह में इकट्ठी हो गयी। यह जनसमूह डिप्टी कमिश्नर से नेताओं की रिहाई की माँग करने एक जुलूस की शक्ल में उनके बँगले की ओर चल पड़ा। अभी ये लोग फ़रियादी की शक्ल में थे। जुलूस शहर के मुख्य बाज़ार से गुजरता हुआ बढ़ रहा था। जुलूस मुख्य बाज़ार से भी गुज़र गया। नेशनल बैंक, टाउन हाल, क्रिश्चियन मिशन हाल आदि स्थानों पर पुलिस अधिकारियों ने लोगों को रोका। पूछा किसलिए जा रहे हैं? भीड़ में से आवाज़ें आयीं "हम डिप्टी कमिश्नर से दोनों नेताओं की रिहाई की माँग करेंगे।"

मार्ग में रेल का पुल आया। जब जुलूस उस पर पहुँचा तो सिपाहियों ने रास्ता रोक दिया। अफ़सरों ने यहाँ भी जुलूस का नेतृत्व कर रहे लोगों से उनके आगे जाने का कारण पूछा। भीड़ ने वही उत्तर दिया। अफ़सर और सिपाही जुलूस के सामने अड़े रहे। तनाव चरम पर था। दो स्थानीय वकील सलारिया एवं मक़बूल महमूद वहाँ आ गये और वे लोगों को पीछे हटने को समझाने लगे। इससे पहले कि कोई बात बनती अफ़सरों ने फायरिंग

के आदेश दे दिये। मौक़े पर मौजूद गोरे-सिपाहियों ने तीन या चार राउण्ड गोलियाँ चलायीं। कुछ नागरिक मारे गये और कुछ घायल होकर गिर पड़े। इसके बाद जनसमूह में भगदड़ मच गयी।

पीछे भागती भीड़ सहसा पगला गयीं। जो जनसमूह अहिंसक ढंग से डिप्टी कमिश्नर से फ़रियाद करने जा रहा था वह अपने निहत्थे कई साथियों को उस गोली चालन के फलस्वरूप मरते एवं लहूलुहान हालत में गिरते देखकर पूरी तरह से बेकाबू हो गया। फिर तो मार्ग में जो सार्वजनिक सम्पत्ति, सरकारी आदमी अथवा गोरा लोगों को नजर आया वह उनके आक्रोश का निशाना बना। अमृतसर शहर देखते-ही-देखते दंगों की भीषण हिंसा की चपेट में आ गया।

लाठी-लकड़ी, ईंटा-पत्थर हाथ में जिसके जो आया उसे लेकर दंगाई फिर से आगे की ओर बढ़े। पत्थर बरसाते हुए। हवा में लाठियाँ लहराते।

इस पर सामने से पुलिस बल ने उन पर दूसरी बार गोली चलायी। इस बार की फायरिंग और खुलकर हुई। इसमें 20 आदमी जान से मारे गये और सैंकड़ों घायल हो गये। भीड़ तितर-बितर होकर रेलवे पुल के इलाक़े से पीछे हटकर शहर की ओर दौड़ पड़ी। लोगों की आँखों में अब रक्त उतर आया था। वे अंग्रेज़ों के ख़ून के प्यासे हो गये थे। पगलायी भीड़ ने तब अनेकानेक हिंसक घटनाओं को अंजाम दे डाला।

भीड़ ने नेशनल बैंक पर आक्रमण करके उसके अंग्रेज़ मैनेजर और सहायक मैनेजर को मौत के घाट उतार दिया। इतना ही नहीं क्रूरता की सारी हदें पार करके अपनी विक्षिप्तता का भी परिचय दिया। कुछ लोगों ने बैंक के सहन में मेजें और कुर्सियाँ इकट्ठी कीं और दोनों मारे गये आदमियों की लाशों को उनपर डालकर वहाँ आग लगा दी।

उसके बाद भीड़ एक अन्य बैंक पर चढ़ दौड़ी। उसके मैनेजर मिस्टर रायसन ने रिवाल्वर से फ़ायर कर भीड़ को डराना चाहा। परन्तु वह भी घेरकर मार डाला गया। उसकी लाश भी जला दी गयी। बैंक का मकान एक भारतीय का था। अतः उसे नहीं जलाया गया।

हिंसक भीड़ को देखकर कई सार्वजनिक कार्यालयों के लोग अब तक भाग-भूग चुके थे। टाउन हॉल, समीप का सब-पोस्ट आफ़िस और तारघर सभी सूने हो चुके थे। भीड़ ने टाउन हॉल और सब-पोस्ट आफ़िस को आग लगा दी। तारघर तोड़-फोड़ डाला गया।

भीड़ का एक हिस्सा रेलवे स्टेशन की ओर चला गया। उन्होंने एक अंग्रेज़ गार्ड को मार डाला और स्टेशन सुपरिण्टेण्डेण्ट को पीट-पीटकर घायल कर दिया।

सार्जेण्ट रौलेण्ड्स शहर से क़िले की ओर जा रहा था। उसकी भी हत्या कर दी गयी। एक मिस शेरवुड नाम की पादरी महिला मिशन स्कूल की तरफ़ जा रही थी। क्रोध में उन्मत्त लोगों ने उसे भी नहीं बक्शा। उस अंग्रेज़ महिला की भी निर्मम हत्या सरेआम कर दी गयी।

इण्डियन क्रिश्चियन चर्च, रिलिजस बुक सोसायटी के मकान जला दिये गये और अनेक सब-पोस्ट आफ़िस लूट लिए गये। पुलिस और मिलिटरी उस रात अमृतसर की सड़कों से हट गयी। सारी रात सन्नाटे में गुजरी। दूसरे दिन अधिकारियों से अनुमति लेकर मृतकों का उनके परिजनों ने अन्तिम संस्कार किया।

इस तरह 11 अप्रैल, के दिन अमृतसर पर मनहूसियत का साया पड़ चुका था। शहर की घेराबन्दी पुलिस और मिलिट्री ने हर दिशा में बाहर की ओर से कर दी थी- जैसे पुराने ज़माने में दुश्मन का क़िला घेरा जाता था। स्थान-स्थान पर सशत्र बल तो तैनात थे ही। कई जगह तो तोपें भी खड़ी थीं। शहर में आने-जाने पर पूर्ण प्रतिबन्ध था। कर्फ्यू कड़ाई से लागू कर दिया गया था। शहर भर की पानी की सप्लाई रोक दी गयी थी और विद्युत् सप्लाई भी बन्द कर दी गयी थी। नागरिकों के लिए न पानी था न बिजली। यह दण्डात्मक प्रतिबन्ध अगले कई दिन के लिए लागू किया गया था।

12 अप्रैल, को हंसराज नाम के एक व्यक्ति ने, जो आगे चलकर सरकारी गवाह बन गया था, अमृतसर में बात फैला दी कि 13 अप्रैल, को बैसाखी के दिन सायंकाल जलियाँवाला बाग़ में आम सभा होगी। सभी भाई बहन वहाँ इकट्ठे हों। इसमें सरकार के कार्यों पर रोष प्रकट किया जायेगा और पिछले दिनों हिंसा में मारे गये नागरिकों की शहादत पर उन्हें श्रद्धांजलि दी जायेगी।

अमृतसर के सिविल प्रशासन के तो 10 तारीख़ के जनाक्रोश के आगे होश फाक्ता हो चले थे। जलियाँवाला बाग़ की जनसभा की बात सुनकर प्रशासन ने शहर की क़ानून व्यवस्था को सेना के हवाले कर दिया।

13 अप्रैल, को प्रातःकाल जनरल डायर अपनी फ़ौज के साथ अमृतसर शहर में दाख़िल हुआ। उसने उसी दिन शहर के कुछ थोड़े-से इलाकों में मुनादी करायी कि कोई भी जुलूस शहर के भीतर या बाहर नहीं निकलने दिया जायेगा। पाँच या पाँच से अधिक आदमी किसी सार्वजनिक स्थान पर एकत्र नहीं होंगे। अगर एक साथ इतने लोग पाये गये तो ऐसी सभा, जुलूस आदि को ग़ैरक़ानूनी मानते हुए गोली चलाकर तितर-बितर किया जायेगा। यह मुनादी अथवा ढोल की आवाज़ अधिकतर शहरी इलाकों में लोगों ने नहीं सुनी। और शाम होते-होते अनेक मोहल्लों से अनेक अमृतसरवासी निकलकर जलियाँवाला बाग़ के लिए चल पड़े, जो कि स्वर्णमन्दिर के काफ़ी निकट स्थित है।

दरअसल जनरल डायर को दिन के 12 बजे के लगभग ही यह समाचार मिल गया था कि जलियाँवाला बाग़ में सायंकाल के समय एक जलसा होने वाला है। अगर जनरल डायर चाहता तो जलियाँवाला बाग़ की ओर जानेवाले रास्तों को रोककर वह आम सभा रुकवा सकता था। परन्तु उसने ऐसा नहीं किया। वह तो अमृतसर की बाग़ी जनता को सबक़ सिखाना चाहता था। इसके लिए वह अपने मन में जैसे ठान कर ही उस दिन काम पर आया था। उसने बाद में, जाँच कार्यवाही के दौरान 'हण्टर कमीशन' के सामने यह कबूल भी किया था कि - "अमृतसर का जलियाँवाला बाग़ कोई दूसरे बाग़ों अथवा पार्कों

की भाँति चारों ओर से खुली छोटी बाउण्ड्री से घिरा, कोई सामान्य हरा-भरा बाग़ नहीं था। यह तीन ओर से इमारतों से घिरा एक ऐसा ख़ाली भूभाग था जिसमें पाँच फुट ऊँची दीवार थी, जिसमें एक कुआँ था, एक पुरानी समाधि थी और कुल मिलाकर तीन पेड़ थे। उसमें जाने का केवल एक गलीनुमा रास्ता था। तीन तरफ से घिरे जलियाँवाला बाग़ में कुछ इतनी तंग गलियाँ थीं जिनमें से एक ही आदमी एक समय में मुश्किल से निकल सकता था।" यदि इसे यूं कहा जाय तो अतिशयोक्ति नहीं होगी कि जलियाँवाला बाग़ मनुष्यों की भीड़ के लिए एक किसी बड़ी-सी चूहेदानी जैसा था।

यदि जनरल डायर चाहता तो जलियाँवाला बाग़ के उस एकमात्र प्रवेश के रास्ते पर सिपाहियों का पहरा लगाकर और उन दो-एक गलियों को भी सील करके आम लोगों की आवाज़ाही पहले ही बन्द करना सुनिश्चित कर सकता था। परन्तु उसने ऐसा भी नहीं किया। क्योंकि आज 13 अप्रैल, 1919 के दिन उसका इरादा कुछ और ही था।

शाम को नियत समय पर आमसभा प्रारम्भ हो गयी। लगभग 10 हज़ार से अधिक आदमी इकट्ठा हो चुके थे। अनेक स्त्रियां भी थीं। कुछ माता-पिता की गोद में छोटे बच्चे भी थे, भीड़ में हर उम्र के लोग उपस्थित थे। वही हंसराज, जिसने यह सभा बुलायी थी, भाषण दे रहा था। उसी समय जनरल डायर लगभग सौ सिपाहियों और दो आर्म्डकारों के साथ जलियाँवाला बाग़ में उस एकमात्र प्रवेश के रास्ते से घुसा। सभी सिपाही हथियारबन्द थे।

ज्यों ही जनरल डायर बाग़ में घुसा, उसने आगमन के रास्ते के दोनो ओर 25-25 सिपाही खड़े कर दिये। फिर भीड़ को बिना कोई चेतावनी दिये, उसने अपने सिपाहियों को सामने एकत्र जनसमूह पर फ़ायर करने के सीधे आदेश दे दिये। सिपाहियों की रायफलें आग उगलने लगीं। सशस्त्र बल की ओर से ज्यों ही अन्धाधुन्ध गोलियाँ चलनी शुरू हुईं भीड़ में भगदड़ मच गयी। मगर लोग अचानक गोली चालन से उस चारों ओर से घिरे बाग़ में जायें तो जायें कहाँ? उनके पीछे के एकमात्र निकास के रास्ते को तो सेना की टुकड़ी ने घेर रखा था। जिसकी तरफ़ से लगातार फ़ायर आ रहा था। शेष तीनों ओर इधर-उधर भागे लोग मगर वे इमारतों के जाल में फँस गये। कुछ एक व्यक्ति सँकरी गलियों से निकलने में कामयाब होते दिखे तो भीड़ का दबाव, उन सँकरी गलियों पर भी ऐसा पिला कि वहाँ से भी अधिकांश का निकल पाना असम्भव हो गया। गोलियां चलती रहीं। लोग मर-मरकर और घायल होकर जलियाँवाला बाग़ में गिरते रहे। बाग़ में वह जो एक कुआँ था। कुछ एक स्त्री-पुरुष जान बचाने के लिए उस कुएँ में भी अपने छोटे बच्चों सहित कूदे। फिर तो भेड़चाल में आतंकित अनेक लोग उस कुंए में ही कूदने लगे। वह कुंआ देखते-ही-देखते निर्दोष लोगों की लाशों से पट गया।

क्रूरता की सारी सीमा पार कर चुका था जनरल डायर। कुल मिलाकर 1650 गोलियाँ छोड़ गयीं। गोलियाँ भी एक दिशा में भीड़ को तितर-बितर करने से नहीं चल रही थीं। जिधर-जिधर लोग भागकर जाते अथवा दीवाल से चिपकते उधर-उधर राइफ़लें घुमाकर

लोगों को ताक-ताककर निशाना लगाकर गोलियां चलायी गयीं। इस दुर्दान्त गोली काण्ड में सैंकड़ों निरपराध स्त्री-पुरुष और बच्चे गोलियों से भून दिये गये। घायलों को अस्पताल पहुँचने का भी सरकार ने कोई प्रबन्ध नहीं किया। अतएव सैकड़ों ने तो उपचार के अभाव में ही आहत अवस्था में दम तोड़ दिया। जलियाँवाला बाग़, पंजाब में बैसाखी के दिन, जो रबी की फ़सल पकने के बाद ख़ुशी का त्योहार होता है, ऐसा रक्तरंजित हुआ कि पूरा पंजाब ही नहीं, समस्त भारत शोक और सदमे में डूब गया।

ख़ूनख़राबा करके जनरल डायर जलियाँवाला बाग़ से अपने सैनिकों के साथ उल्टे पाँव लौट गया। बाद में नृशंस जनरल डायर ने हण्टर कमीशन के समक्ष अपने बयान में, माथे पर शिकन लाए बिना, कहा था कि - "यदि गोली बारुद ख़त्म न होती तो गोली कुछ देर और चलती।" यह पूछे जाने पर कि क्या गोली चलाया जाना ही उस वक़्त एकमात्र विकल्प था? जनरल डायर का निर्लज्जतापूर्वक कहना था कि - "गोली चलाये बिना भी साधारण बल प्रयोग द्वारा भीड़ को तितर-बितर किया जा सकता था, पर उसका उपहास उड़ाते हुए वे फिर इकट्ठा हो जाते। अतः गोली इसलिए चलायी कि सारे प्रान्त की जनता पर उसका ऐसा प्रभाव पड़े कि फिर सिर उठाने की उनकी हिम्मत ही न हो और फिर मुझे या किसी दूसरे को गोली चलाना ही न पड़े।"

उस अभूतपूर्व भीषण नरसंहार में एक अनुमान के अनुसार लगभग 379 व्यक्ति मारे गये और 1000 से ऊपर लोग जख़्मी हुए। 13 अप्रैल, 1919 को जलियाँवाला बाग़ नरसंहार में 379 हिन्दुस्तानी शहीदों की सूची में मरने वालों में हिन्दू और सिख स्त्री-पुरुषों के अलावा 55 मुसलमान भी थे। इनमें अब्दुल करीम पुत्र पीर बख़्श, बरकत अली पुत्र इलाही बख़्श, हसन मुहम्मद पुत्र फ़ज़ल दीन, मुहम्मद इस्माइल पुत्र करमदीन उर्फ़ कालू कश्मीरी, मुहम्मद शरीफ़ पुत्र मुहम्मद रमज़ान, शरर दीन पुत्र जमाल दीन आदि तमाम मुस्लिम-नौजवानों के नाम शामिल थे। इस महात्रासदी से ठीक तीन दिन पूर्व अमृतसर में रेलवे पुल पर भी पुलिस ने निहत्थी भीड़ पर गोली चलायी थी। उसमें भी अनेक नागरिकों का बलिदान हुआ। उनमें तीन मुस्लिमों-शाहजहाँ, शेर खाँ और शेर बाज ने भी अपने प्राण न्योछावर किये थे। हिन्दू-मुस्लिम एकता उन दिनों देखते बनती थीं। मरने वालों की संख्या इससे कहीं अधिक भी हो सकती है। संख्या जो भी रही हो। इससे ब्रिटिश राज का अत्यन्त निर्दयी, क्रूर, घनघोर शोषक एवं अत्याचारी चेहरा पूरी दुनिया में अब उजागर हो गया।

यही वह समय था जब पूरा देश जलियाँवाला बाग़ की इस जघन्य आपराधिक घटना को लेकर अंग्रेज़ों के विरुद्ध उठ खड़ा हुआ। अंग्रेज़ों की सर्वाधिक आपत्तिजनक बात यह थी कि ब्रिटिश सरकार ने एक अध्यादेश के तहत पंजाब में उन मार्शल-लॉ के दिनों में ड्यूटी पर रहे सभी सरकारी कर्मचारियों को गुनाहगार ठहराये जाने से बचाने हेतु, उन्हें किसी भी प्रकार के अभियोग से क़ानूनी तौर पर संरक्षण प्रदान कर दिया।

जलियाँवाला हत्याकाण्ड के दोषी जनरल डायर के सम्बन्ध में ब्रिटिश लॉर्ड सभा में हुए वाद-विवाद के समाचार पढ़कर वल्लभभाई पटेल ने कटाक्ष करते हुए कहा कि-

''एक कायर और कमीने गोरे अफ़सर की इज़्ज़त रखने के लिए सैकड़ों निरपराध मनुष्यों की हत्या को भुला दिया गया। उसे बहादुर बताया और निर्दोष मारे गये लोगों को विद्रोही ठहराया गया। इतना होने के बाद ब्रिटिश न्याय में विश्वास कैसे किया जा सकता है? लॉर्डसभा ने हिन्दुस्तान के स्वाभिमान पर जो सख्त चोट की, उससे सारा हिन्दुस्तान मूर्च्छित हो गया।''

इस प्रकार पटेल की स्पष्ट अवधारणा यह कहती थी कि -'ब्रिटिश न्याय' के लिए जो कशमकश अब तक कांग्रेस के जननायकों में चलती आयी थी, बात उससे कहीं आगे बढ़ चुकी थी। अब यह जन-जन के 'स्वाभिमान की लड़ाई' में परिणत होने जा रही थी। यही वह समय था, जब अप्रतिम भविष्य के क्रान्तिकारी बालक, सरदार भगत सिंह ने इस त्रासदी के कुछ दिन बाद जलियाँवाला बाग़ जाकर, सहस्रों भारतवासियों की भाँति शहीदों के रक्त से सनी वहाँ की माटी अपने मस्तक पर लगायी और इस अमानुषिक अत्याचार का बदला लेने की कसम खायी। देशभक्त नौजवानों का ख़ून खौला और वातावरण में यह उत्कट् देशभक्ति का तराना गूँजा कि-

''सरफ़रोशी की तमन्ना अब हमारे दिल में है,
देखना है ज़ोर कितना बाजुए क़ातिल में है।''

5

अहिंसा की कसौटी

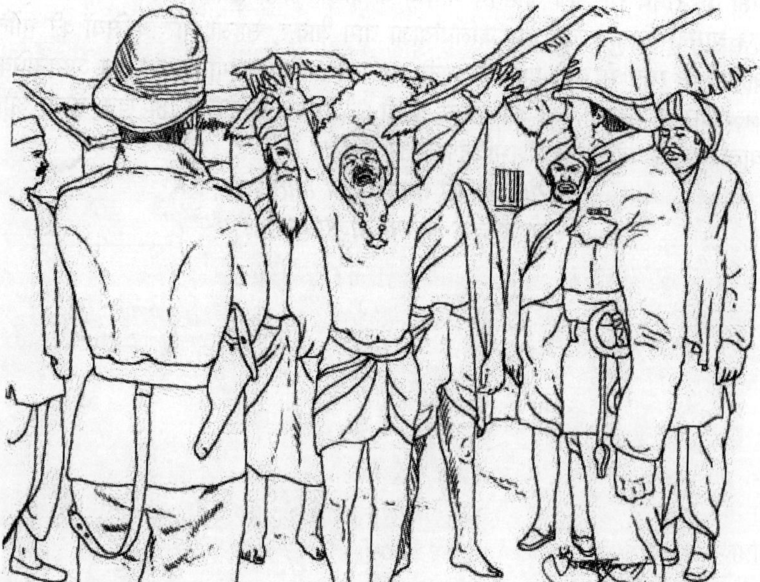

जिन्हें हिंसा में विश्वास था, जलियाँवाला बाग़ नरसंहार उनके लिए अंग्रेज़ों की क्रूरता की पराकाष्ठा था, जिसका बदला क्रान्तिकारी क़दमों से ही सम्भव था। 'आँख के बदले आँख' और 'जान के बदले जान' हिंसावादियों का सीधा सिद्धान्त था। परन्तु जिन्हें गाँधी जी के अहिंसा और सत्याग्रह के मार्ग में यकीन था और जो अब तक साम्राज्यवादी ब्रिटिश हुकूमत की सज्जनता और न्यायप्रियता में थोड़ा या बहुत विश्वास रखते आये थे, उनका यकीन भी अब बुरी तरह हिल गया। वे भी यह जान गये कि 1885 में ए.ओ. ह्यूम द्वारा स्थापित की गयी कांग्रेस पार्टी को आवेदन-प्रतिवेदन के जरिए अपनी माँगें मनवाने की

अपनी पुरानी नीति छोड़ने पड़ेगी। क्योंकि सुधारवाद का ढोंग करनेवाली भारत की अंग्रेज़ हुकूमत अब हठधर्मी पर आमादा है। इसलिए सीधी उँगली से घी नहीं निकलनेवाला है। उँगली टेढ़ी करने का समय आ गया है।

जनता, नेताओं और बुद्धिजीवियों के भारी दबाव के आगे ब्रिटिश सरकार ने जलियाँवाला बाग़ काण्ड की जाँच के लिए हण्टर कमीशन की अक्टूबर, 1919 में नियुक्ति की। इस जाँच कमीशन ने मार्च, 1920 में अपनी रिपोर्ट प्रस्तुत की। इस जाँच रिपोर्ट में लीपापोती की गयी और यह निष्कर्ष दिया गया कि जनरल डायर ने अपने कर्त्तव्य को ठीक से समझने में भूल की। लेकिन उन्होंने जो कुछ भी जलियाँवाला बाग़ में किया, ईमानदारी से किया था।

ज़ाहिर-सी बात है कि कांग्रेस को हण्टर कमीशन की रिपोर्ट एकतरफ़ा एवं पक्षपातपूर्ण लगी। पं. मदनमोहन मालवीय कांग्रेस की जाँच समिति के अध्यक्ष थे। समिति के सदस्यों में पण्डित मोतीलाल नेहरू और महात्मा गाँधी भी थे। मालवीय समिति का निष्कर्ष था कि हण्टर कमीशन ने जनमत की आँखों में धूल झोंकने और अपने दोषी अफ़सरों को बचाने का प्रयास किया है। इस कमेटी ने सरकार से जलियाँवाला बाग़ और पंजाब के विभिन्न हिस्सों में मार्शल लॉ के दौरान मारे गये और घायल लोगों के परिवारजन को मुआवज़ा दिये जाने की सिफ़ारिश की। सरकार ने मालवीय समिति की रिपोर्ट की पूर्णतः उपेक्षा कर दी।

प्रथम विश्वयुद्ध में टर्की अर्थात् तुर्किस्तान ने ब्रिटेन और उसके मित्र राष्ट्रों के विरुद्ध जर्मनी का साथ दिया था। अंग्रेज़ इस बात को समझते थे कि तुर्किस्तान के ख़लीफ़ा को मुसलमान इस्लाम का सर्वोच्च प्रतिनिधि मानते थे। उसकी ख़िलाफ़त क़ायम रहने में ही भारतीय-मुस्लिम अपना गौरव बना रहने का गुमान रखते थे। अतः इंग्लैण्ड के प्रधानमन्त्री ने भारतीय मुसलमानों को आश्वासन दे रखा था कि हमारी जीत होने के बाद दूसरे शत्रु देशों के साथ चाहे जैसा बर्ताव किया जाये, टर्की साम्राज्य के साथ छेड़छाड़ नहीं की जायेगी। परन्तु विश्वयुद्ध के समापन के उपरान्त इंग्लैण्ड और उसके मित्र राष्ट्रों ने तुर्की साम्राज्य का विभाजन कर दिया। तुर्की का कुछ भूभाग इटली ने और कुछ भाग ग्रीस ने परस्पर मिल-बाँट लिया। जो भाग बचा उसमें तुर्किस्तान के ख़लीफ़ा को अपदस्थ कर कमाल अतातुर्क के हाथों सत्ता सौंप दी गयी।

यह बात भारत के मुसलमानों को बड़ी नागवार गुजरी। मुस्लिम उलेमाओं अली बन्धुओं-मौलाना मोहम्मद अली और मौलाना शौकत अली- ने ख़िलाफ़त को दोबारा क़ायम किये जाने और ब्रिटेन की सरकार की तथाकथित हठधर्मी के विरुद्ध मुस्लिम समुदाय की अनेक बैठकें कीं। मौलाना अबुल कलाम आज़ाद भी इस अभियान में शामिल रहे। महात्मा गाँधी को उस समय अपने असहयोग-आन्दोलन के नवीन विचार में ख़िलाफ़त की माँग के समर्थन का मुद्दा जोड़ लेने से हिन्दू-मुस्लिम एकता का लक्ष्य भीसधने का स्वप्न पूरा होता नज़र आया। वे अली बन्धुओं के अभियान से जुड़ गये।

हालाँकि बैरिस्टर मोहम्मद अली जिन्ना को, जो उन दिनों आधुनिक विचारों के थे, जो मौलानाओं को दक़ियानूस समझते थे - उनसे चिढ़ते थे, 'ख़िलाफ़त आन्दोलन' का गाँधी जी का ये 'आइडिया' यह पसन्द नहीं आया और वे मौलाना लोगों के इस तमाशे से अलग ही रहे। परन्तु ख़िलाफ़त आन्दोलन का समर्थन करते हुए असहयोग का मन्त्र मुसलमानों को भी देते हुए महात्मा गाँधी ने अली बन्धुओं के साथ देश के विभिन्न अंचलों का दौरा किया। उनकी सभाओं में हिन्दू जन के साथ-साथ मुस्लिम जनसमूह भी अब बड़े उत्साह से जुटने लगे।

इस प्रकार गाँधी जी ने राष्ट्रीय आन्दोलन में भारतीय-मुसलमानों का सक्रिय सहयोग प्राप्त करने के विचार से ख़िलाफ़त के मुद्दे को समूचे देश की प्रतिष्ठा का प्रश्न बना दिया। गाँधी जी ने मार्च, 1920 में मुस्लिम उलेमाओं की एक सभा के बाद ब्रिटिश सरकार के विरुद्ध असहयोग-आन्दोलन चलाने के लिए तीन प्रमुख मुद्दे निर्धारित किये-

1. ख़िलाफ़त के बारे में मुसलमानों के साथ न्याय, 2. पंजाब के अत्याचार और 3. स्वराज।

गाँधी जी ने असहयोग-आन्दोलन किस तरह देश भर में चलाया जाना है उसके बारे में देशवासियों का आह्वान करते हुए अपने सत्याग्रह को नयी धार देते हुए अभूतपूर्व क़दम उठाने का दिशा निर्देश दिया। मोटे अर्थों में आन्दोलन के चलते भारत के शासन और शोषण में कोई मदद सरकार को अब नहीं दी जानी थी। उसके विपरीत विदेशी शासन द्वारा दिये गये खिताबों और मेडल आदि पुरस्कारों को लौटाना, सरकारी उत्सवों, अदालतों, स्कूल-कॉलेजों का बहिष्कार, विदेशी कपड़ों का बहिष्कार करना तथा सार्वजनिक स्थलों पर विदेशी वस्त्रों एवं सामानों की होली जलाना और स्वदेशी को अपनाने, टैक्सों की अदायगी रोक देने जैसे क्रान्तिकारी क़दम असहयोग-आन्दोलन में शामिल थे। परन्तु शर्त केवल एक ही थी सारा विरोध शान्तिपूर्वक अहिंसक तौर-तरीकों से ही किया जाना था। सारा देश गाँधी जी की पुकार पर असहयोग-आन्दोलन की तैयारी में जी जान से जुट गया।

इस सम्बन्ध में गाँधी जी ने घोषणा की कि 1 अगस्त, 1920 को असहयोग-आन्दोलन प्रारम्भ होगा। उससे पूर्व 31 जुलाई, उपवास एवं प्रार्थना का दिन होगा। तदनुसार देश भर में धरना, जुलूस, प्रदर्शन, विदेशी कपड़ों-सामानों की होली, भारत माता की जय और महात्मा गाँधी की जय के नारे जनसामान्य की दिनचर्या के अंग बन गये।

गाँधी जी ने 1 अगस्त, 1920 को अपने सभी तमगे-बोअर वार मेडल, जुलू वार मैण्डल और 'कैसरे हिन्द' गोल्ड मेडल वायसराय को लौटा दिये। 1 अगस्त, 1920 को ही लोकमान्य तिलक की मृत्यु हो गयी। उसके बाद से महात्मा गाँधी कांग्रेस के निर्विवाद नेता बन गये।

इसी माह के अन्त में एक तीन दिविसीय बैठक गुजरात राजनीतिक परिषद् की अहमदाबाद में हुई। अब्बास तैयब जी ने अध्यक्षता की। वल्लभभाई पटेल को स्वागत-समिति

का अध्यक्ष चुना गया। पटेल ने सबसे अपील की कि वे असहयोग के पक्ष और विपक्ष में अपने विचार खुलकर प्रकट करें।

वल्लभभाई पटेल ने स्वयं अपना भाषण गुजराती में दिया और उसमें असहयोग आन्दोलन की पृष्ठभूमि, मुद्दों और अन्तर्निहित ख़तरों का उल्लेख किया। उन्होंने कहा कि- "असहयोग प्रचलित मार्ग के विपरीत दिशा का मार्ग है। असहयोग जनता और राजा के बीच नीति, नियम और मर्यादा में रहकर चलाया जानेवाला महान युद्ध है। इस युद्ध में दोनों के बल की परीक्षा होती है। ...आज़ादी दुनिया के किस देश को आसानी से मिली है ? चुपचाप बैठे रहने में क्या कम खतरा है ? वर्तमान परिस्थितियों में अगर हम हाथ-पर-हाथ रखकर बैठे रहेंगे तो आत्मघात के सिवा हमें कुछ नहीं मिलेगा। हमें अपने महान् नेता गाँधी जी के सुझाए कठिन मार्ग पर चलना है।...नश्तर लगाये बिना जान बचाना सम्भव न हो तो अच्छा डॉक्टर थोड़ा बहुत खतरा उठाकर भी नश्तर लगाने की सलाह देगा।"

यह कहते समय वल्लभभाई पटेल का संकेत महात्मा गाँधी की ओर था। गाँधी जी परतन्त्र देश की गुलामी के उपचार के लिए अब सबसे बड़े चिकित्सक बनकर उभरे थे। कदाचित् नश्तर का जिक्र करते समय पटेल अपने अतीत में चले गये होंगे...। एक बार किशोरावस्था में वल्लभभाई के बगल में काँख में एक भयंकर फोड़ा निकल आया था। उसको चिरवाने के लिए वह एक नीम हकीम जर्राह के पास गये। उस देसी चिकित्सक ने एक नोकदार चाकू को आग में गर्म करके उससे वल्लभभाई का फोड़ा दागना चाहा। परन्तु अन्तिम क्षण पर उस किशोर की कम उम्र देखकर वह हिचकिचाकर रुक गया। वल्लभभाई बचपन से कठोर एवं दृढ़ स्वभाव के थे। उन्होंने गर्म चाकू स्वयं लेकर अपने फोड़े में उसकी नोक घुसा दी और पीड़ा को सहकर सारा पीप फोड़े से बाहर निकाल दिया था।

तत्कालीन वायसराय लॉर्ड चेम्सफोर्ड ने असहयोग आन्दोलन को "सब मूर्खतापूर्ण योजनाओं में सर्वाधिक मूर्खतापूर्ण क़दम" बताया। जनता के असहयोग को कुचलने के लिए ब्रिटिश सरकार का दमन चक्र भी चल पड़ा। बड़े पैमाने पर राजनीतिक नेताओं और उनके अनुयायियों की गिरफ़्तारी का दौर प्रारम्भ हो गया। देशबन्धु चितरंजनदास, पण्डित मोतीलाल नेहरू, लाला लाजपत राय आदि सैकड़ों कांग्रेसी सदस्य गिरफ़्तार कर लिए गये। शान्तिपूर्ण प्रदर्शनों पर भी अंग्रेज़ों की गुलाम पुलिस और मजिस्ट्रेट देश के विभिन्न भागों में बल प्रयोग और अनेक प्रकार की ज़्यादतियाँ करने लगे।

4 सितम्बर, 1920 का दिन। कलकत्ता में कांग्रेस महासमिति का अधिवेशन हुआ। इसकी अध्यक्षता पंजाब केसरी लाला लाजपत राय ने की। इस अधिवेशन में भारत में विदेशी

शासन के विरुद्ध 'सीधी कार्यवाही' का निर्णय लिया गया। विधान परिषदों के बहिष्कार का निर्णय लिया गया। असहयोग के अलावा, सविनय-अवज्ञा आन्दोलन प्रारम्भ करने का निर्णय लिया गया। कलकत्ता कांग्रेस अधिवेशन में गाँधी जी ने प्रस्ताव रखते हुए कहा -

"अंग्रेज़ सरकार शैतान है, जिसके साथ सहयोग सम्भव नहीं। अंग्रेज़ सरकार को अपनी भूलों पर कोई दुःख नहीं है। अतः हम यह कैसे स्वीकार कर सकते हैं कि नवीन व्यवस्थापिकाएँ हमारे स्वराज का मार्ग प्रशस्त करेंगी? स्वराज की प्राप्ति के लिए हमारे द्वारा प्रगतिशील अहिंसात्मक असहयोग की नीति अपनायी जानी चाहिए।"

कलकत्ता के इस कांग्रेस अधिवेशन में तीन दिन वाद-विवाद चला। उन दिनों कांग्रेस पार्टी में आन्तरिक लोकतन्त्र काफ़ी प्रबल था। गाँधी जी के असहयोग-प्रस्ताव का सुरेन्द्रनाथ बनर्जी, मदनमोहन मालवीय, देशबन्धु चितरंजनदास, विपिनचन्द्र पाल, मुहम्मद अली जिन्ना, शंकर नायर, सर नारायण चन्द्रावरकर आदि अनेक नेताओं ने विरोध किया। स्वयं अध्यक्ष लाल लाजपतराय भी दुविधा की स्थिति में थे। ये लोग गवर्नमेण्ट ऑफ इण्डिया ऐक्ट 1919 के अन्तर्गत, जो माण्टेग्यू-चेम्सफोर्ड सुधारों के अनुक्रम में बना था, चुनावों में भाग लेकर विधान सभाओं में सक्रियता के हिमायती थे। जबकि महात्मा गाँधी देश की तत्कालीन परिस्थितियों में निरंकुश ब्रिटिश सरकार से टक्कर लेने के पक्षधर थे।

गाँधी जी को भारत में बसी आयरिश महिला ऐनी बेसेण्ट, जो इण्डियन होम रूल लीग की संस्थापक थीं, शुरू से नापसन्द करती थीं। जब शुरू-शुरू में महात्मा गाँधी को दक्षिण अफ्रीका से भारत लौटे अभी साल भर ही हुआ था 4 फरवरी, के दिन बनारस के हिन्दू विश्वविद्यालय के एक कार्यक्रम में फ़क़ीराना भेस में आये गाँधी जी का खरा-खरा भाषण उन्हें बड़ा नागवार गुज़रा था। एनी बेसेंट उस सभा की अध्यक्षता कर रही थीं। गाँधी जी ने छात्रों के समूह को सम्बोधित करते हुए मंच पर बैठे राजाओं और बड़े लोगों के वैभव और भारत देश के सुदूर अंचलों में व्याप्त घनघोर ग़रीबी की तुलना करते हुए कटाक्ष करते हुए उपस्थित जनमानस को झकझोर दिया था। अनेक राजा और रईस तो मंच से उठकर चले गये थे। क्योंकि गाँधी जी कह रहे थे -

"हमारी कल की मन्त्रणाओं का सभापतित्व करनेवाले महाराजा ने भारत की ग़रीबी का ज़िक्र किया था। अन्य वक्ताओं ने भी उस पर ख़ूब ज़ोर दिया। परन्तु जिस पन्डाल में वायसराय ने शिलान्यास का संस्कार सम्पन्न किया वहाँ हमने क्या देखा? निश्चय ही एक बड़ा भारी भड़कदार तमाशा और रत्नाभूषण की एक वह प्रदर्शनी थी, जो पेरिस से आने का कष्ट उठानेवाले बड़े-से-बड़े जौहरी की आँखों के लिए भी तृप्ति का भव्य दृश्य बनी हुई थी।"

गाँधी जी अपने शब्दों में बनारस हिन्दू विश्वविद्यालय के उस कार्यक्रम में बेहद मुखर थे। वे बिना किसी लाग लपेट अथवा उपस्थित बड़े-बड़े मंचस्थ लोगों की परवाह किये बिना नौजवान छात्रों से कह रहे थे - "बहुमूल्य वस्त्राभूषणों से सजे सजाये इन रईसों के साथ मैं करोड़ों ग़रीबों की तुलना करता हूँ। मुझे इन रईसों से कहने की आन्तरिक इच्छा

होती है कि जब तक आप लोग इन आभूषणों को बिल्कुल उतार न देंगे और इन्हें भारत के अपने देशवासियों की अमानत के रूप में नहीं रखेंगे तब तक भारत का निस्तार नहीं।''

तब गाँधी जी फर्राटेदार इंग्लिश बोलते थे। उस दिन भी उनका भाषण अंग्रेज़ी में ही था। फिर भी उनका कहना था - ''हमारे लिये यह घोर अपमान और लज्जा की बात है कि आज मुझे इस महान् कॉलेज की छाया में और इस पवित्र नगर में अपने देशवासियों को ऐसी भाषा में सम्बोधित करना पड़ रहा है, जो मेरे लिये विदेशी है।'' इसके बाद उन्होंने मातृभाषा की वकालत की। गाँधी जी का कहना था - ''कोई भी काग़ज़ी लेख हमको स्वराज्य नहीं दे सकता। कितने भी भाषण हमको स्वराज्य के योग्य नहीं बना सकते। केवल हमारा आचरण ही हमको उसके योग्य बनायेगा।''

गाँधी जी ने अपने उस ओजस्वी भाषण में अनेक बिन्दुओं को स्पर्श किया था। स्वच्छता, सुरक्षा व्यवस्था, विप्लववादियों के तौर-तरीकों और उनका स्वयं का अहिंसा और ईश्वर में विश्वास आदि। उस सभा की अध्यक्षता कर रही श्रीमती एनी बेसेन्ट ने गाँधी जी को पुकारकर कहा- ''कृपा करके इसे बन्द कीजिये।'' उन्होंने गाँधी जी का भाषण बन्द कराना चाहा था। ऐनी बेसेन्ट ने शोर शराबे के बीच बनारस की वह सभा फिर गाँधी जी के अधूरे-भाषण के मध्य ही स्थगित कर दी थी।

आज कलकत्ता के अधिवेशन में श्रीमती ऐनी बेसेण्ट ने गाँधी जी के असहयोग प्रस्ताव का विरोध करते हुए उसे 'भारतीय स्वतन्त्रता को सबसे बड़ा धक्का' बताया। इसके विपरीत मोतीलाल नेहरू, वल्लभभाई पटेल, अली बन्धुओं आदि ने महात्मा गाँधी का साथ दिया। उनके असहयोग के प्रस्ताव पर जब मतगणना हुई तो प्रस्ताव के पक्ष में 1852 मत आये जबकि विरोध में 908 मत पड़े। और यहीं से भारतीय राजनीति में गाँधी-युग की शुरूआत हुई। अनेक विरोधियों ने कांग्रेस छोड़ दी। दिसम्बर, 1920 में गवर्नमेण्ट ऑफ इण्डिया एक्ट, 1919 के अनुसार नये चुनाव हुए। गाँधी जी के असहयोग प्रस्ताव के विरोधी अनेक नेताओं ने इन चुनावों में भाग लिया और असेम्बलियों में प्रवेश किया।

जो असहयोग का प्रस्ताव कलकत्ता कांग्रेस में विस्तृत रूप में 'ख़िलाफ़त' के प्रश्न पर, पंजाब की रक्तरंजित घटनाओं और स्वराज के स्वप्न पर आधारित गाँधी जी ने विस्तृत रूप से प्रस्तुत किया था वह देशवासियों के लिए अभिनव रूप से दिशावाहक था। इसमें सरकारी नौकरियों इत्यादि से त्यागपत्र, सरकारी समारोहों का बहिष्कार, अंग्रेज़ी पढ़ाईवाले सरकारी स्कूलों से बच्चों को निकालने और विभिन्न प्रान्तों में राष्ट्रीय स्कूलों और कॉलेजों की स्थापना, ब्रिटिश अदालतों का बहिष्कार और पंचायती अदालतों की स्थापना कर सुलह-समझौते से विवादों को तय करने, नयी कौन्सिलों की उम्मीदवारी से नाम वापसी और विदेशी माल का बहिष्कार जैसे क़दम उठाने हेतु भारतवासियों को प्रेरित किया गया था। क्रमिक अहिंसात्मक असहयोग की नीति अपनाने पर बल दिया गया था।

प्रस्ताव के अन्त में कहा गया था- "और क्योंकि असहयोग को अनुशासन और आत्मत्याग के साधन के रूप में पेश किया गया है, जिसके बिना कोई राष्ट्र सच्ची उन्नति नहीं कर सकता, और क्योंकि असहयोग के सबसे पहले दौर में ही, हर स्त्री या पुरुष तथा बालक को इस प्रकार के अनुशासन और आत्मत्याग का अवसर मिलना चाहिए, यह कांग्रेस सलाह देती है कि बड़े पैमाने पर स्वदेशी वस्त्रों को अपनाया जाय और क्योंकि भारतीय श्रम तथा प्रबन्ध से चलनेवाली भारत की वर्तमान मिलें देश की आवश्यकताओं के लिए पर्याप्त सूत और कपड़ा तैयार नहीं कर सकतीं और न ही इस बात की कोई सम्भावना है कि एक लम्बे समय तक वे ऐसा कर सकें, अतः यह कांग्रेस सलाह देती है कि हरेक घर में हाथ की कताई को फिर से, और देश के उन असंख्य जुलाहों द्वारा, जिन्होंने पुराने तथा सम्मानित पेशे को उत्साह न मिलने के कारण छोड़ दिया था, हाथ की बुनाई को पुनः जीवित करके बड़े-पैमाने पर वस्त्रों की उत्पत्ति को तुरन्त ही बढ़ाया जाये।"

7 दिसम्बर, 1920 में नागपुर में भी कांग्रेस का भव्य अधिवेशन हुआ। इसमें साढ़े चौदह हजार सदस्यों ने भाग लिया। गाँधी जी का असहयोग प्रस्ताव यहाँ भी पेश हुआ। यहाँ पर लाला लाजपत राय और चितरंजनदास ने अपना विरोध वापस ले लिया। इस प्रकार गाँधी जी का प्रस्ताव नागपुर में प्रायः सर्वसम्मति से पास हुआ। परन्तु मुहम्मद अली जिन्ना ने पहले की ही भाँति इस प्रस्ताव का कड़ा विरोध किया। अलग-थलग पड़ जाने के कारण से जिन्ना इतने विक्षुब्ध हुए कि नागपुर अधिवेशन के बाद वे कांग्रेस से अलग ही हो गये। वस्तुतः जिन्ना प्रस्ताव पर मतदान से पूर्व ही नागपुर अधिवेशन से उठकर चल दिये थे। एनी बेसेन्ट ने नागपुर अधिवेशन में भाग ही नहीं लिया। मालवीय जी नागपुर में होते हुए भी बीमार होने के कारण अधिवेशन में नहीं आये। तथापि उन्होंने सन्देशा भेजकर 'असहयोग' और 'कांग्रेस के लक्ष्य परिवर्तन' दोनों के प्रति अपना विरोध जताया। कलकत्ता कांग्रेस तक कांग्रेस पार्टी का जो लक्ष्य 'ब्रिटिश साम्राज्य के अधीन स्वशासन' का लक्ष्य था वह अपने नये रूप में नागपुर कांग्रेस में 'स्वराज' शब्द पर केन्द्रित हो गया।

नागपुर अधिवेशन में उत्तेजित जिन्ना ने कहा था कि - "अगर हम स्वराज के साथ जुड़ी-उपनिवेश के अधीन-उक्ति को हटा देंगे तो यह पूर्ण स्वतन्त्रता के रास्ते में असवैधानिकता का द्योतक होगा।"

इस पर वल्लभभाई पटेल ने हस्तक्षेप करते हुए कहा था कि -"कुछ लोगों का कहना है कि हम ब्रिटिश उपनिवेश को छोड़ना चाहते हैं। हम उसमें रहें अथवा उसे छोड़ें यह अंग्रेज़ों तथा उनकी नीयत पर ही पूर्णतः निर्भर करता है। हम इसमें तभी तक रहना स्वीकार सकते हैं जब तक हम पूर्ण स्वतन्त्रता का अनुभव करते रहें। परन्तु यदि यह सम्भव नहीं होता, हम अवश्य ही ब्रिटिश उपनिवेश से विलग होने के लिए बाध्य हो जायेंगे।"

महात्मा गाँधी ने नागपुर में यह भी चेताया कि असहयोग की चरम परिणति, सरकार के द्वारा हमारी माँगें न मानने की दशा में, 'करों' की अदायगी पर रोक में बदल सकती है।

गुजरात सभा को गुजरात प्रदेश कांग्रेस कमेटी के रूप में मान्यता प्रदान की गयी। वल्लभभाई पटेल वर्ष 1920 के अन्त में गुजरात कांग्रेस के प्रथम अध्यक्ष चुन लिए गये। वे 1946 तक इस पद पर निरन्तर चुने जाते रहे। उनमें अद्भुत संगठन क्षमता और नेतृत्व के गुण साथी कांग्रेस जन ने पाये जिनके कारण उनमें लोगों का विश्वास उत्तरोत्तर दृढ़तर होता गया। "स्वराज मेरा जन्मसिद्ध अधिकार है और उसे मैं लेकर रहूँगा।" - यह नारा देनेवाले लोकमान्य बाल गंगाधर तिलक दिवंगत हो चुके थे, परन्तु उनका राष्ट्रवादी व्यक्तित्व लोगों की स्मृतियों में गहरा बैठा था। इसलिए कांग्रेस ने 'तिलक स्वराज कोष' के लिए समूचे देश से 1 करोड़ रुपया जमा करने का भी प्रस्ताव पारित किया। यह लक्ष्य 30 जून, 1921 तक पूरा किया जाना था। गुजरात को 10 लाख रुपये जमा करने का लक्ष्य निर्धारित किया गया था। गुजरात कांग्रेस के मुखिया वल्लभभाई ने चन्दे के द्वारा 10 लाख की जगह 15 लाख रुपये समय से पहले ही एकत्रित कर उक्त कोष में जमा कराकर अपने प्रबन्धन कौशल का परिचय दिया।

10 मई, और 1 जून, 1921 को गुजरात राजनीतिक परिषद् की बैठक में अध्यक्षीय भाषण में पटेल के शब्द इस प्रकार थे - "हम ऐसा स्वराज चाहते हैं कि जिसमें सूखी रोटी न मिलने के कारण सैकड़ों मनुष्य मरते न हों, पसीना बहाकर पैदा किया हुआ अनाज किसानों के बच्चों के मुँह में से छीनकर विदेश में न ले जाया जाता हो, जिसमें लोगों को कपड़े के लिए पराये मुल्कों पर आश्रित न रहना पड़ता हो, थोड़े-से विदेशियों की ख़ातिर राजकाज विदेशी भाषा में न चलता हो, शिक्षा का माध्यम विदेशी भाषा न हो, राज्य का शासन जमीन और आसमान के बीच पृथ्वीतल से सात हजार फुट की ऊँचाई से न होता हो और महान् देशभक्तों की स्वतन्त्रता तो खतरे में हो परन्तु शराबियों की रक्षा करने की ख़ास तौर पर चिन्ता रखी जाती हो, ऐसी स्थिति स्वराज में नहीं हो सकती..."

ऐसा कहते हुए पटेल का तात्पर्य अंग्रेज़ शासकों की ग्रीष्मकालीन राजधानी शिमला से रहा होगा जिसकी समुद्रतल से ऊँचाई लगभग 7000 फिट है, जो एक ठण्डा और रमणीक पहाड़ी शहर है। 'शराबियों की रक्षा की चिन्ता' से तात्पर्य अंग्रेज़ हुकमरानों का भारत की विभिन्न रियासतों के राजाओं और नवाबों के भोग-विलासमय जीवन के प्रति झुकाव और उनसे मैत्री को लेकर था।

उन्हीं दिनों अपने एक भाषण में वल्लभभाई पटेल ने अपनी विगत सोच के बारे में निश्छल भाव से यह भी बताया कि - "जो अंग्रेज़ सात हजार मील दूर के देश से भारत

में राज करने आते हैं उनका देश कैसा होगा, यह देखने और जानने के लिए मैं बचपन से ही तड़प रहा था। मैं तो सामान्य परिवार का था। मेरे पिता मंदिर में ही जीवन बिताते थे और वहीं उन्होंने अपना जीवन पूरा किया। मेरी यह इच्छा पूरी करने के लिए उनके पास पैसा नहीं था। मुझे पता चला कि दस-पन्द्रह हज़ार रुपये हों, तो विलायत जाने का मौका मिल सकता है। मुझे कोई इतने रुपये दे, यह सम्भव नहीं था। मेरे एक मित्र ने कहा कि ईडर स्टेट के दरबार से ब्याज पर रुपये मिलने की सम्भावना है। इस आशा से मैं और मेरा मित्र दोनों ईडर गये। शेखचिल्ली के मनसूबे बाँधकर गये और गाँव की प्रदक्षिणा करके लौट आये।...

"अन्त में मैंने निर्णय किया कि विलायत जाना हो तो पैसे कमाकर ही जाना चाहिए। इसके बाद मैंने क़ानून का अध्ययन किया और वकालत का धन्धा करके विलायत के खर्च जितनी रकम कमाने के बाद वहाँ जाने का निश्चय किया। परन्तु जिस कम्पनी के द्वारा विलायत जाने की व्यवस्था करने के लिए मैंने पत्र व्यवहार किया, उसका मेरे नाम आया पत्रोत्तर मेरे बड़े भाई को मिल गया। क्योंकि विट्ठल भाई और मैं अंग्रेज़ी में वी.जे. पटेल कहे जाते हैं। पत्र पढ़कर मोटा भाई ने मुझसे कहा-मैं तुमसे बड़ा हूँ। मुझे विलायत जाने दो। मेरे लौटने के बाद तुम्हें जाने का मौका मिलेगा। लेकिन तुम्हारे लौटने के बाद मैं विलायत नहीं जा सकूँगा। मैंने मोटा भाई को 15 दिन का समय दिया। पंद्रहवें दिन वे विलायत के लिए रवाना हो गये। उनके जाने के बाद मुझे गृह कलह सहना पड़ा। तीन वर्ष में वे क़ानून की पढ़ाई कर वापस आये। उसके बाद मैं विलायत गया।"

इस प्रकार एक छोटे भाई का अपने बड़े भाई के लिए यह अनोखा त्याग था। वल्लभभाई की इस अनुपम त्याग भावना का फ़ायदा उनके अग्रज विट्ठलभाई से लेकर भविष्य में उनके अनुजवत् राजनीतिज्ञ पं. जवाहरलाल नेहरू तक ने उठाया।

वल्लभभाई पटेल महात्मा गाँधी के सन्देश के सच्चे संवाहक थे। वे जब लोगों को सम्बोधित करते तो उनके मन-मस्तिष्क में गाँधी जी और उनकी विचारधारा कहीं-न-कहीं सजीव रहती। पटेल राष्ट्रवाद के समर्थक थे और पश्चिम से आयातित साम्राज्यवादी और साम्यवादी दोनों तरह के आधुनिक विचारों के विरोधी थे। सनातन परंपरा को माननेवाले भारत के मान्य आदर्शों के विपरीत जानेवाले विचारों को पटेल अपने राजनीतिक गुरु महात्मा गाँधी की भाँति सहजता से स्वीकार नहीं करते थे। उन्होंने अपने अभिभाषण में साफ़-साफ़ कहा - "कुछ लोग पाश्चात्य सुधारों के पुजारी हैं। उन्हें चरखे में डेढ़ सौ वर्ष पीछे ले जाने का डर दिखायी दे रहा है। वे यह नहीं देख सकते कि पश्चिमी सुधार जगत की अशान्ति की जड़ है। राजा-प्रजा के बीच कलह करानेवाला, बड़ी-बड़ी सल्तनतों का नाश करानेवाला, महान् राज्यों को ग्रहों की तरह टकराकर पृथ्वी पर प्रलय करानेवाला और मालिकों तथा मज़दूरों के बीच गृहयुद्ध मचवाने वाला पश्चिमी सुधार शैतानी शस्त्रों और सामग्री से निर्मित है। इस सुधार का फंदा सारी दुनिया पर ज़ोर के साथ फैलता जा रहा

है। ऐसे समय अकेला हिन्दुतान उसके विद्ध अचल रहकर अपना और, सम्भव हो तो, जगत् का बचाव करना चाहता है। पाश्चात्य सुधार हिन्दुस्तान में जारी करने की इच्छा रखनेवालों के पास उस सुधार को पचाने की क्या सामग्री है?''

वल्लभभाई ने महात्मा गाँधी के अन्य रचनात्मक कार्यों का समर्थन करते हुए छुआछूत को हिन्दू समाज का कलंक बताया और लोगों से कहा कि - ''यह धर्म की आड़ में चलनेवाला एक ढोंग है। हमें इसे खत्म करना ही होगा।''

महात्मा गाँधी के असहयोग कार्यक्रम में देश भर के शहरों और गाँवों में विदेशी वस्त्रों की होली जलाने का कार्यक्रम चल पड़ा। इधर भारत में विदेशी कपड़ों का बहिष्कार शुरू हुआ उधर इंग्लैण्ड के लंकाशायर और मानचेस्टर शहरों में खलबली मच गयी। क्योंकि भारतवर्ष में विदेशी कपड़ा वहीं की मिलों से तैयार होकर बिक्री हेतु आता था। सरदार वल्लभभाई पटेल की प्रेरणा से अहमदाबाद के चौराहे और सड़कों पर भी विदेशी कपड़ों की बड़ी-बडी होलियाँ जलायी जाने लगीं। इसी क्रम में वल्लभभाई ने अपने बैरिस्टरी के काले चोंगे, महँगे सूट, नेकटाइयाँ और अन्य विदेशी वस्त्र और बूट सब-कुछ आग के हवाले कर दिये। विदेशी कपड़ों की दुकानों और शराबख़ानों पर भी कांग्रेस कार्यकर्त्ताओं द्वारा धरने का कार्यक्रम चल निकला। पुलिस प्रशासन इन धरना-प्रदर्शनों पर लाठी चार्ज करती। परन्तु गाँधी जी द्वारा फूँके गये स्वदेशी आन्दोलन की अज्ञात बिगुल ध्वनि कार्यकर्त्ताओं का मनोबल किसी भाँति टूटने न देती। वह सरकार के बल प्रयोग की चोट को सहकर भी सत्याग्रह और अहिंसा के पथ से विचलित न होते।

सरदार पटेल, जो आगे जाकर वास्तव में 'सरदार' कहलाये, ने 1921 की गर्मियों से खादी के वस्त्र पहनना प्रारम्भ किया। अपनी पुत्री मणिबहन के हाथों चरखे से काते सूत के बदले खादी भण्डार से प्राप्त वस्त्रों को सिलवाकर वे और उनकी प्रिय पुत्री पहना करते। यह क्रम पटेल के जीवन भर चला।

यह वह समय था जब अनेक सम्भ्रान्त लोग त्याग और तपस्या को अपनाने हेतु देश के स्वाधीनता आन्दोलन में तमाम भोग-विलास से मुख मोड़कर, सम्मिलित हुए थे। उनमें विभिन्न व्यवसायों और नौकरियों से जुड़े लोग तो थे ही। स्वराज को पाने की लालसा में अनेक कला-संस्कृति कर्मी और साहित्यकार भी कूद पड़े थे। सुभद्रा कुमारी चौहान सरीखी सुप्रसिद्ध कवयित्री जिनकी 'झाँसी की रानी' लक्ष्मीबाई के शौर्य उत्सर्गमय जीवन पर रचित कविता हिन्दी काव्य-जगत् में अत्यन्त लोकप्रिय है, इसका एक उल्लेखनीय उदाहरण हैं। सन् 1920-21 में सुभद्रा जी और उनके पति लक्ष्मण सिंह कांग्रेस कमेटी के सदस्य थे। उन्होंने भी नागपुर कांग्रेस अधिवेशन में अपनी उपस्थिति दर्ज करायी और सत्याग्रह का प्रचार किया। त्याग और सादगी की दृष्टि से सुभद्रा कुमारी जी सफेद खादी की बिना किनारी की धोती पहनती थीं। गहनों और कपड़ों का बहुत शौक होते हुए भी वह चूड़ी और बिन्दी का प्रयोग नहीं करती थीं।

कांग्रेस के नागपुर अधिवेशन में जब सुभद्रा जी गयीं तो उनकी आयु 16, 17 वर्ष की रही होगी। जब वे गाँधी जी से मिलीं तो गाँधी जी ने उनसे पूछा- "बेन! तुम्हारा ब्याह हो गया है?"

सुभद्रा जी ने कहा - "जी बापू! मेरे पति भी साथ आये हैं। लक्ष्मण सिंह ने झुककर गाँधी जी को प्रणाम किया।

गाँधी जी मुस्कुराये। फिर किंचित् कृत्रिम रोष की मुद्रा में सुभद्रा जी से गाँधी जी ने कहा -"तुम्हारे माथे पर सिन्दूर क्यों नहीं है और तुमने चूड़ियाँ क्यों नहीं पहनीं ?"

सुभद्रा जी क्या कहतीं ? संकोच से चुप रहीं। गाँधी जी ने कहा -"जाओ, कल से किनारीवाली साड़ी पहनकर आना। और सिन्दूर और चूड़ियाँ भी।"

सुभद्रा कुमारी चौहान ने अपने अपने कर्मक्षेत्र जबलपुर में आगे चलकर 'झण्डा आन्दोलन' का नेतृत्व किया। अनेक बार जेल गयीं। और हाँ, अनेक मार्मिक कविताएँ रचीं। जिनमें उनकी सर्वाधिक सुप्रसिद्ध रचना है- 'झाँसी की रानी' जिसके कुछ शब्द हैं-

"सिंहासन हिल उठे राजवंशों ने भृकुटी तानी थी
बूढ़े भारत में आयी फिर से नयी जवानी थी
गुमी हुई आज़ादी की कीमत सबने पहचानी थी
दूर फिरंगी को करने की सबने मन में ठानी थी
चमक उठी सन सत्तावन में वह तलवार पुरानी थी
बुन्देले हरबोलों के मुँह हमने सुनी कहानी थी
ख़ूब लड़ी मर्दानी वह तो झाँसी वाली रानी थी।"

इस तरह सन् 1858 में भारतीय नरेशों के विद्रोह और उनकी लड़ाई से उत्पन्न प्रथम स्वतन्त्रता संग्राम सन् 1920-21 आते-आते महात्मा गाँधी के नेतृत्व में आम भारतीय नागरिकों के संघर्ष के रूप में तब्दील हो गया। यह एक ऐसा अनोखा युद्ध था जो भारतवासियों द्वारा बहुतायत में, तीर-तलवार अथवा बारूद-बन्दूक की जगह, सत्य-अहिंसा-त्याग और आत्म बलिदान की भावना से लड़ा जाना था। सारा विश्व गाँधी के उस नये भारत और उनके अभियान को टकटकी लगाये देख रहा था। इधर गाँधी जी भी समूचे देश को अपनी अहिंसा की कसौटी पर रखकर परख रहे थे।

1921 में कांग्रेस का वार्षिक अधिवेशन अहमदाबाद में हुआ। इस अधिवेशन के अध्यक्ष देशबंधु चितरंजन दास निर्वाचित हुए थे। मगर वे अधिवेशन प्रारम्भ होने से कुछ अरसा पूर्व जेल जा चुके थे। अतः उन्होंने जेल से ही अपना लिखित भाषण भेज दिया। अहमदाबाद अधिवेशन चलाने हेतु दिल्ली के हकीम अजमल ख़ाँ को कार्यवाहक अध्यक्ष बनाया गया। स्वागत समिति के अध्यक्ष वल्लभभाई पटेल और उसके मन्त्री जी.वी.

मावलंकर थे। इस अधिवेशन में कांग्रेस के 6000 प्रतिनिधियों ने भाग लिया। वल्लभभाई के कुशल प्रबन्धन में प्रतिनिधियों के ठहरने और खाने की बहुत अच्छी व्यवस्था की गयी थी। मण्डप में कुर्सियों के बजाय जमीन पर दरी-गद्‌दे बिछाकर बैठने का प्रबन्ध किया गया था। नेताओं के लिए गावतकियों की भी व्यवस्था थी। गाँधी जी को सारे इन्तज़ाम बहुत पसन्द आये और उन्होंने इसकी बड़ी प्रशंसा की। गाँधी जी ने कहा कि - "गुजरात ने प्रशंसनीय कार्य किया। साढ़े तीन लाख रुपये की खादी के तम्बू तने, मण्डप बनाये गये, बिजली की बत्तियाँ लगायी गयीं, सुन्दर प्रदर्शनी हुई, भजन-कीर्तन किये गये, हिन्दुस्तानी संगीत की महिमा दिखायी गयी। हिन्दू मुसलमान साथ-साथ घर बना कर रहे। किसी ने एक शब्द भी ऊँची आवाज़ से एक दूसरे को नहीं कहा। गुजराती लड़कियाँ स्वयंसेविकाएं बनीं। गुजराती नौजवानों ने भंगी का भी काम करके प्रतिनिधियों की सेवा की। औरतों की विराट सभा हुई, व्याख्यान हुए और कांग्रेस के मण्डप में किफ़ायत के नियमों का पालन करके सभी लोग जितना चाहिए उतना ही बोले। लम्बे भाषण किसी ने भी नहीं दिये और सरकार की शुरू की हुई दमन-नीति का जवाब देनेवाला, सरकार को चौंका देनेवाला, सचोट किन्तु मर्यादापूर्ण प्रस्ताव पास किया।"

अहमदाबाद कांग्रेस ने जो प्रस्ताव पारित किया उसके अनुसार सामूहिक सत्याग्रह के लिए बारडोली तालुका चुना गया। महात्मा गाँधी और उनके परम अनुयायी वल्लभभाई पटेल ने स्वयं बारडोली जाकर वहाँ के जनमानस को सत्याग्रह के लिए तैयार किया। उन्होंने आम लोगों को विस्तार से समझाया कि सत्याग्रह का अर्थ क्या है ? यह कितना कष्टप्रद किन्तु नैतिक-बल संयुक्त विरोध का अनोखा तरीक़ा है। इसके लिए क्या-क्या करना होगा? सत्याग्रह के अपने जोख़िम हैं। गाँधी जी ने स्पष्ट कहा है कि - सिर्फ हाथ उठा देने भर से स्वराज नहीं मिलेगा। इसके लिए पहले लोगों को स्वयं कष्ट उठाने होंगे। कुर्बानियाँ देनी होंगी। पटेल ने उपस्थित जनसमूह से पूछा - "मेरे बेन-भाइयो क्या तुम सब इसके लिए तैयार हो?"

जनसमूह से हुंकार उठी -"हाँ हम तैयार हैं।"

इसी के साथ नारे बुलन्द हुए-

"भारत माता की...जय!!!"

"महात्मा गाँधी की...जय!!!"

अनेक नारे लगे और सभा विसर्जित हो गयी। सामने खड़े लोग लपक कर गाँधी जी से मिलने लगे। लोगों में बापू के पैर छूने की होड़ लग गयी। वल्लभभाई ने मना किया। बापू को कहीं चोट न लग जाये। पुलिस ने आगे बढ़कर लोगों को नियन्त्रित किया। बापू ने अपनी चिर परिचित मोहिनी मुस्कान लोगों पर फेंकी। और वे मुड़कर अपने लिए लाए गये वाहन की ओर चल दिये। वल्लभभाई पटेल भी गाँधी जी की छाया-सम उनके साथ चले।

और फिर सत्याग्रह आन्दोलन के चलते एक अनहोनी घट ही गयी जो कि गाँधी जी की अहिंसा की परिकल्पना और उनके मूलभूत सिद्धान्त-सत्याग्रह के नितान्त विरुद्ध थी।

इधर महात्मा गाँधी बारडोली में सत्याग्रह के शुभारम्भ की तैयारी कर रहे थे, उधर उत्तर प्रदेश के गोरखपुर ज़िले में चौरीचौरा कस्बे में जनता ने 5 फरवरी, 1922 को एक भयंकर काण्ड कर डाला। चौरीचौरा में सत्याग्रह हेतु एक जुलूस निकला था। जुलूस के पीछे चल रहे प्रदर्शनकारियों को पुलिस ने सताया और गालियाँ दीं, जब जुलूस का वह अन्तिम सिरा वहाँ के थाने के सामने से गुजर रहा था। जुलूस के कुछ आदमी पुलिसवालों के उकसावे में चिढ़ गये। वे चिल्लाए। अपने साथियों की पुकार पर आगे निकल गयी भीड़ वापस लौट पड़ी।

इसके पश्चात् उन्मादी भीड़ ने थाने पर पथराव कर दिया। पुलिस वाले जान बचाकर थाने में भीतर भागे। उन्होंने कार्यालय कक्षों के दरवाजे भीतर से बन्द कर लिए। भीड़ ने जमकर तोड़फोड़ की और फिर थाने में आग लगा दी। इस अचानक की गयी आगजनी में थाने में बन्द सभी पुलिस वाले जिन्दा जल गये। अहिंसक लोग उत्तेजना के पागलपन में ऐसे हिंसक और क्रूर हो गये जो सविनय-अवज्ञा आन्दोलन में एक़दम अप्रत्याशित था। गाँधी जी इस समाचार के मिलने से तड़प उठे। उन्हें लगा कि देशवासी अभी सत्याग्रह के लिए तैयार नहीं हैं। यद्यपि कांग्रेस ने महत्त्वपूर्ण निर्णय लेने के लिए सर्वोच्च अधिकार गाँधी जी को सौंप रखे थे। अतः यदि गाँधी जी चाहते तो सविनय अवज्ञा आन्दोलन को स्वयं ही स्थगित कर सकते थे। तथापि, उन्होंने कांग्रेस कार्यसमिति के सदस्यों को सूचित कर 11 फरवरी, 1922 को बारडोली में एक बैठक बुलायी और उनकी स्वीकृति लेकर जन आन्दोलन को स्थगित कर दिया।

असहयोग आन्दोलन को स्थगित करने के निर्णय के बारे में महात्मा गाँधी ने 12 फरवरी, 1922 के 'यंग इण्डिया' में लिखा कि - "आन्दोलन को हिंसक होने से बचाने के लिए मैं हर एक अपमान, हर एक यातनापूर्ण बहिष्कार, यहाँ तक कि मृत्यु को भी सहन करने को तैयार हूँ।"

देश में गाँधी जी द्वारा असहयोग आन्दोलन को वापस लिए जाने के इस अचानक क़दम की तीव्र प्रतिक्रिया हुई। आन्दोलनकारियों को अचम्भा हुआ और उनके मनोबल में अभूतपूर्व गिरावट देखी गयी। अनेक नेताओं ने गाँधी जी की हर प्रकार से आलोचना की। मोतीलाल नेहरू ने कहा -"यदि कन्याकुमारी के एक गाँव ने अहिंसा का पालन नहीं किया तो इसकी सजा हिमालय के एक गाँव को क्यों मिलनी चाहिये ?"

सुभाषचन्द्र बोस ने अफ़सोस जताते हुए कहा कि -"ठीक इस समय जबकि जनता का उत्साह चरम सीमा पर था, वापस लौटने का आदेश देना राष्ट्रीय दुर्भाग्य से कम नहीं।"

देशबन्धु चितरंजन दास तो यह समाचार सुनकर आग बबूला हो गये। उन्होंने आन्दोलन वापसी को राष्ट्रीय दुर्घटना की संज्ञा दी और कहा - "गाँधी जी किसी आन्दोलन को शुरू अच्छे ढंग से करते हैं, वे धीरे-धीरे सफलता की सीढ़ियाँ भी चढ़ते हैं, लेकिन जब वे सफलता की चोटी पर पहुँचते हैं तभी उनके पाँव डगमगा जाते हैं।"

देश के लाखों नौजवानों को गाँधी जी के आन्दोलन वापसी से घोर निराशा हुई। क्रान्तिकारियों को खासकर बहुत धक्का लगा यह सोचकर कि इस तरह तो सत्य और अहिंसा के इस पुजारी ने अंग्रेज़ों के सामने अपने सैद्धान्तिक हथियार भी उनके चरणों में डाल दिये हैं। ऐसे में रामप्रसाद बिस्मिल, अशफाक उल्ला ख़ाँ और राजेन्द्रनाथ लाहिड़ी जैसे अनेक युवाओं के मन में विप्लव ही एकमात्र रास्ता अंग्रेज़ों के ख़िलाफ़ नज़र आया। चन्द्रशेखर आज़ाद और भगतसिंह आदि क्रान्तिकारियों ने सशस्त्र प्रतिरोध और आत्मबलिदान के मार्ग पर आगे चलकर और भी मज़बूती से क़दम बढ़ाये।

यद्यपि चौरीचौरा की घटना के बाद महात्मा गाँधी फरवरी, 1922 में ही बारडोली आन्दोलन स्थगित कर दिया था, यही नहीं भारत में हर जगह सरकार विरोधी आन्दोलन स्थगित कर दिया था और 'यंग इण्डिया' में बाकायदा स्थगन की घोषणा भी प्रकाशित कर दी थी, परन्तु तत्कालीन वायसराय लॉर्ड रीडिंग को इतने भर से ही राहत महसूस नहीं हुई। उसे लगा कि - ''गाँधी ही सारे फसाद की जड़ है। उसने बम्बई और मद्रास के गवर्नरों से परामर्श किया और गाँधी जी की गिरफ़्तारी का हुक्म दे दिया।

महात्मा गाँधी अपने साबरमती आश्रम में 10 मार्च, 1922 को रात्रि दस बजे गिरफ़्तार कर लिए गये। गिरफ़्तारी के अगले दिन जब गाँधी जी को मजिस्ट्रेट के सामने पेश किया गया तो उन्होंने बताया कि उनकी आयु 53 साल है पेशा बुनकर और किसानी है। गाँधी जी ने अपना अपराध भी स्वीकार कर लिया। यह गाँधी जी का पुराना तरीका था। प्रचलित क़ानून के अनुसार वे यदि दोषी माने जाते तो उससे कभी इन्कार नहीं करते थे, भले ही वह क़ानून उन जैसे सिद्धान्तवादी व्यक्ति के लिए स्वयं में कितना अन्यायपूर्ण क्यों न हो। गाँधी को जूडीशियल कस्टडी में भेज दिया गया। जमानत लेने अथवा देने का प्रश्न ही नहीं उठता था, क्योंकि गाँधी जी पर राजद्रोह का मुक़दमा चलाया गया था।

यह मुक़दमा अहमदाबाद के ज़िला मजिस्ट्रेट ब्रूमफील्ड की अदालत में चला। ब्रूमफील्ड और गाँधी जी दोनों ने ही अदालती कार्यवाही के दौरान अत्यन्त गरिमा का परिचय दिया। मुक़दमा मोहनदास करमचन्द गाँधी और शंकरलाल बैंकर के ऊपर चला था। गाँधी जी 'यंग इण्डिया' समाचार पत्र के सम्पादक थे और शंकरलाल उसके प्रकाशक एवं मुद्रक। मुक़दमा भारतीय दण्ड संहिता की धारा 124क के आधार पर चला था। गाँधी जी पर आरोप था कि उन्होंने अपने तीन लेखों, जो अंग्रेज़ी में थे, जिनके हिन्दी शीर्षक इस प्रकार होंगे- राजभक्ति में दरार, पहेली अैर उसका समाधान, जागरण का मन्त्र द्वारा जनता में असन्तोष उत्पन्न किया। गाँधी जी के ये लेख 'यंग इण्डिया' में क्रमशः 29 सितम्बर, 1921, 15 दिसम्बर, 1921 और 23 फरवरी, 1922 के अंकों में प्रकाशित हुए थे। गाँधी जी ने न्यायाधीश ब्रूमफील्ड और ज्यूरी के सम्मानित सदस्यों के समक्ष अपना अपराध स्वीकार किया और बताया कि वे किस प्रकार राजभक्त से राजद्रोही बने?

वस्तुतः 18 मार्च, 1922 को जब न्यायाधीश ब्रूमफील्ड ने महात्मा गाँधी से पूछा कि क्या वे अपनी सफ़ाई में कुछ कहना चाहेंगे तो गाँधी जी ने एक परचा पढ़ा, जिसे वह

जेल से लिखकर लाये थे। वह परचा क्या था? उसमें गाँधी जी का वक्तव्य ही नहीं, उनके अब तक के जीवन इतिहास का एक संक्षिप्त लेखा जोखा भी था। सारा अदालती कक्ष कान लगाये गांधी जी के एक-एक शब्द को पी रहा था। महात्मा गाँधी अत्यन्त शान्त परन्तु धीर-गम्भीर स्वर में कह रहे थे -

"मैंने अपना सार्वजनिक जीवन दक्षिण अफ्रीका में 1893 में आरम्भ किया था। उस देश में ब्रिटिश सरकार से मेरा सम्पर्क सुखद न था। क्योंकि मैं एक भारतीय था, अतः मनुष्य के नाते मुझे कुछ भी अधिकार प्राप्त नहीं थे। फिर भी, मेरा विचार था कि मूलतः ब्रिटिश सरकार अच्छी है। यदि उसमें कोई दोष है तो वह व्यवस्था का दोष है। प्रयत्न करने पर ये दोष दूर किये जा सकते हैं। इसलिए मैंने ब्रिटिश सरकार के दोषों की आलोचना करते हुए भी उसे पूरा सहयोग दिया।

"जब 1899 में बोअर युद्ध के समय ब्रिटिश सरकार के सामने संकट आया, तब मैंने स्वयंसेवकों की एक टुकड़ी एकत्रित करके युद्ध में घायलों की सेवा की। इसी प्रकार 1906 के जुलू विद्रोह के समय भी मैं वहाँ की सरकार के काम आया। मुझे दोनों अवसरों पर सरकार की ओर से पदक और प्रशंसा मिली। दक्षिण अफ्रीका में किये गये कामों के लिए मुझे वायसराय लॉर्ड हार्डिंग ने 'कैसरे हिन्द' के स्वर्ण पदक से सम्मानित किया।

"1914 में जब जर्मनी और इंग्लैण्ड के बीच युद्ध आरम्भ हुआ तो मेरे द्वारा प्रवासी भारतीयों, जिनमें बहुत से भारतीय विद्यार्थी शामिल थे, की एक स्वयंसेवक सेना एकत्रित कर युद्ध पीड़ितों की मदद की गयी।"

यह युद्ध प्रथम विश्वयुद्ध के रूप में 1918 में अपने समापन के दिनों में जब गुज़र रहा था तथा युद्ध में ब्रिटेन के पक्ष की सहायता के लिए रंगरूटों की भर्ती में गाँधी जी ने गाँव-गाँव जाकर अपने स्वास्थ्य को भी दाँव पर लगा दिया था। गाँधी जी ने अपने वक्तव्य में उसका भी जिक्र किया और कहा कि-

"इन सारी सेवाओं का लक्ष्य था कि हमारे देशवासियों को राजकाज में बराबरी की हिस्सेदारी मिले। परन्तु हमारे ये मनोरथ पूरे नहीं हो सके। रोलेट-एक्ट पहला आघात था। इसके बाद पंजाब में जलियाँवाला हत्याकाण्ड हुआ। लोगों को तरह-तरह की यातनाएँ दी गयीं। ब्रिटिश सरकार ने तुर्की की अखण्डता के बारे में भारत के मुसलमानों से जो वायदे किये थे, उनका पालन नहीं किया। इन सबके बावजूद 1919 की अमृतसर कांग्रेस में मैंने माण्टेग्यू-चेम्सफ़ोर्ड सुधारों पर अमल करने की सिफ़ारिश की। क्योंकि मुझे आशा थी कि ब्रिटिश हुकूमत पंजाब के घावों पर मलहम लगायेगी और माण्टेग्यू-चेम्सफ़ोर्ड सुधारों की कमियों को दूर करेगी। परन्तु मेरी सारी आशाएँ धूल में मिल गयीं। सरकार ने ख़िलाफ़त के बारे में अपना वायदा नहीं निभाया। पंजाब के क्रूर काण्ड पर भी लीपापोती करने की कोशिश की गयी। अपराधियों को दण्ड देने के बजाय पुरस्कार दिये गये। संवैधानिक सुधारों की कमियाँ ज्यों-की-त्यों बनी रहीं।"

गाँधी जी का अन्त में कहना था कि-''सारे अनुभवों के बाद में इस निष्कर्ष पर पहुँचा हूँ कि कि अंग्रेज़ों ने भारत को राजनीतिक और आर्थिक दोनों ही दृष्टियों से नितान्त असहाय बना दिया है। भारत पूर्णतः निःशस्त्र हो चला है। यदि उस पर बाहर से कोई हमला हो तो वह उसका मुकाबला नहीं कर सकता है। अंग्रेज़ों ने भारत के कुटीर उद्योगों को नष्ट कर दिया है। शहरों और गाँवों के बीच विभेद की दीवारें खड़ी हो गयी हैं। भारतीय अदालतें आज वे स्थान हैं जहाँ यूरोपीयों के मुकाबले भारतीयों को न्याय नहीं मिलता है।''

गाँधी जी ने यह भी कहा कि -''अहिंसा मेरे जीवन एवं आन्दोलन का मूलमन्त्र है। असहयोग आन्दोलन द्वारा हमने ब्रिटिश सरकार की सेवा ही की है और उसे उसकी त्रुटियों का ज्ञान करा दिया है। ऐसी परिस्थिति में, न्यायाधीश महोदय और माननीय जूरी के सदस्यगण! आपके सामने मेरे मामले में दो ही विकल्प शेष बचते हैं। यदि आप मुझे बेगुनाह मानते हैं और इस क़ानून को दोषपूर्ण पाते हों, जिसके लिए आप न्याय हेतु यहाँ मौजूद हैं, तो अपने पद से त्यागपत्र दे दें। अन्यथा आपका विश्वास यदि इसी व्यवस्था और क़ानून में सन्निहित हो और आप मानते हों कि ये जनहित में हैं तथा मेरी कारगुजारी जनता के लिए हानिकारक हैं, तो आप मुझे कठोर-से-कठोर दण्ड दें।''

जिस समय गाँधी जी ने अदालत में अपना यह लिखित वक्तव्य पढ़ा उस समय ऐसा प्रतीत हुआ कि राजद्रोह का मुक़दमा उनपर नहीं चल रहा है बल्कि सम्पूर्ण ब्रिटिश सरकार ही कुछ देर के लिए कठघरे में खड़ी है। न्यायाधीश ब्रूमफील्ड गाँधी जी के व्यक्तित्व और उनकी वक्तृता से अभिभूत होकर रह गया। फिर भी उसे क़ानून के अनुसार फैसला तो सुनाना ही था। उसने गाँधी जी के विरुद्ध ही फैसला सुनाया। परन्तु अपने निर्णय में उसने जो कहा वह भी कोई कम दिलचस्प नहीं था। न्यायाधीश ब्रूमफील्ड ने महात्मा गाँधी को सजा सुनाते समय उन्हें असाधारण सम्मान देते हुए कहा-

''क़ानून मनुष्य के व्यक्तित्व पर ध्यान नहीं देता। परन्तु मैंने आज तक जिनके मुक़दमे सुने या भविष्य में सुनने होंगे, उन सबसे आप भिन्न कोटि के पुरुष हैं। आपके करोड़ों देशवासी आपको पूज्य मानते हैं और राजनीतिक मामलों में आपसे मतभेद रखनेवाले भी आपको उच्च आदर्शों वाला सन्त पुरुष मानते हैं, यह बात मैं भूल नहीं सकता। परन्तु इस समय मेरा फ़र्ज़ तो आपके बारे में विचार एक ऐसे क़ानून के अधीन मनुष्य के तौर पर ही करना है, जिसने अपना अपराध स्वीकार कर लिया है। इसलिए बारह बरस पहले इसी धारा के अनुसार मिस्टर बालगंगाधर तिलक को जो छह वर्षों की सादी क़ैद की सजा दी गयी थी उतनी ही सजा आपको उनकी पंक्ति में मानकर मैं आपको भी देता हूँ। हाँ...इतना साथ में कहना चाहूँगा कि भविष्य में परिस्थिति बदलने पर यदि सरकार आपको जल्दी छोड़ देगी तो मेरे बराबर आनन्द और किसी को नहीं हो सकता।''

इस प्रकार गाँधी जी को छह वर्ष के कारावास की सज़ा सुनायी गयी। वह भी राजद्रोह का दोषी मानते हुए। जिस समय अदालत में गाँधी को यह सज़ा सुनायी गयी उस समय अनेक उपस्थितजन रो पड़े। उनमें सेठ जमनालाल बजाज, सरोजिनी नायडू और डॉ.

राजेन्द्रप्रसाद भी भावातिरेक में रो रहे थे। गाँधीजी सजा सुनकर मुस्कुरा रहे थे और सबको हाथ उठाकर आश्वस्त कर रहे थे। अदालत उठ चुकी थी। बाहर पुलिस बल गाँधी जी को कारागार ले जाने को तैयार था।

न्यायालय परिसर में रोती-बिलखती भारी भीड़ खड़ी अपने नेता के दर्शनों हेतु खड़ी थी। वल्लभभाई पटेल भीड़ को धैर्य रखने और शान्त रहने के लिए समझा-बुझा रहे थे।

गाँधी आज किसी के लिए सुकरात-जैसे थे, जिसने सत्य की ख़ातिर विष का प्याला पिया। किसी के लिए वे ईसा मसीह की भाँति कोई मसीहा थे जिन्हें लोक कल्याण के जुर्म में सलीब पर चढ़ा दिया गया। किसी के लिए वे ऐसे त्यागी महापुरुष थे जो आज उसके लिए प्रसन्नतापूर्वक जेल जा रहे थे। कुल मिलाकर महात्मा गाँधी ऐसे जननायक थे जो जनता को भविष्य में अंग्रेज़ी राज से आज़ादी दिलाने की अपार क्षमता रखते थे, परन्तु अभी भारतीय जनता को ही उसकी आशाओं और आकांक्षाओं के अनुरूप बनना था।

6

नागपुर और बोरसद के सत्याग्रह

1920-22 का सत्याग्रह आन्दोलन स्थगित हो गया। महात्मा गाँधी राजद्रोही करार दिये गये और जेल चले गये। इससे कांग्रेस कार्यकर्त्ताओं में ही नहीं समूचे देश में निराशा छा गयी। गाँधी की गिरफ़्तारी सरकार के विरुद्ध जनाक्रोश में परिणत हो, लोगों का ध्यान अपने उस महान् नेता में लगा रहे, लोग हर-दिन हर-रात उनके बारे में ही सोचते रहें, ये सब ब्रिटिश सरकार के लिए अच्छा नहीं होता। इसलिए अंग्रेज़ों ने भीतर-ही- भीतर हिन्दू-मुस्लिम दंगों को भड़काने के प्रयत्न प्रारम्भ कर दिये। लोगों का ध्यान महात्मा गाँधी और स्वराज पर केन्द्रित होने के बजाय उनकी शक्ति आपस में ही लड़ने-कटने में लग जाये, ऐसी साज़िशें रची गयीं। फलतः देश में जगह-जगह दंगे शुरू हो गये। साम्प्रदायिकता की आग देश के विभिन्न भागों में भड़कने लगी। ख़िलाफ़त के सवाल को लेकर गांधी जी ने जो हिन्दू-मुस्लिम एकता का अपने हिसाब से मास्टर-स्ट्रोक चला था, उसे अंग्रेज़ों ने विफल कर दिया।

गाँधी जी ने कांग्रेस और मुस्लिम लीग में समझौता कराने के भी हर सम्भव प्रयास किये थे। ख़िलाफ़त के मुद्दे पर हिन्दू-मुसलमानों को एक दूसरे से जोड़ना

और ख़िलाफ़त को 'मुसलमानों की गाय' बताना और प्रकारान्तर से गाय को लेकर हिन्दुओं के मन में जो आस्था है उसके प्रति मुसलमान भाइयों के मन में भी सहानुभूति जागे। ऐसे प्रयास गाँधी जी की रणनीति का हिस्सा रहे थे, जो देश में साम्प्रदायिक सौहार्द के हित में थे।

अब गाँधी जी जेल में थे और देश में जगह-जगह साम्प्रदायिक सौहार्द छिन्न-भिन्न हो रहा था। अंग्रेज़ों के शातिर दिमाग की चाल कामयाब हो रही थी। कट्टरपन्थी हिन्दू-मुस्लिम तत्त्वों की फितरत रंग ला रही थी।

साम्प्रदायिक उपद्रव गाँधी जी के असहयोग आन्दोलन के पूर्व काल के दंगों से कहीं अधिक भयावह एवं रक्तरंजित थे। ख़िलाफ़त आन्दोलन को कांग्रेस का समर्थन प्राप्त होने से देश के मुसलमान अब असाधारण ढंग से संगठित हो चले थे। उनमें कौमी एकता इस्लाम मजहब को लेकर इस क़दर बढ़ गयी थी जिसने राष्ट्र की सीमाओं को लाँघकर तुर्की के ख़लीफ़ा में अपने मुस्तक़बिल को तलाशना शुरू कर दिया था। कच्ची उम्र के मुस्लिम नौजवानों ने इस्लाम के गूढ़ार्थ को अधकचरे मौलवियों के ज़रिये जानना और समझना शुरू कर दिया था। उनमें असामान्य भटकाव की बढ़ोत्तरी हो चली थी।

साम्प्रदायिक दंगों की पहली लहर दक्षिण के मालाबार प्रदेश में आयी। देश के दूसरे हिस्सों की तरह मालाबार में रहनेवाले मुसलमानों में भी ख़िलाफ़त आन्दोलन ने ज़ोर पकड़ा परन्तु मोपला मुसलमान गाँधी जी के अहिंसा सिद्धान्त से अपरिचित थे। जब वहाँ ख़िलाफ़त का बुख़ार बढ़ने लगा तब अंग्रेज़ सरकार ने प्रभावित ज़िलों में दफा 144 लागू कर दी। अगस्त, 1921 में मोपला मुसलमान पूरी तरह से बाग़ी हो गये। दरअसल वे पुलिस-प्रशासन के अपनी मस्जिदों में बार-बार हस्तक्षेप और मौलवियों के अपमान से विक्षुब्ध हो चले थे। उन्होंने पुलिस-प्रशासन के विरुद्ध मारकाट प्रारम्भ कर दी। मालाबार प्रदेश में जगह-जगह हिंसा फैल गयी।

मोपलों के पास बन्दूकें तो गिनती की थीं। परन्तु तलवारों और छुरियों की क्या कमी थी। उनसे भी सरकारी लोगों पर वार करना शुरू कर दिया। जब सिविल के बजाय मालाबार में फ़ौजी शासन लागू हो गया तो मोपला मुसलमानों ने लुक-छिपकर धावा बोलने की गोरिल्ला पद्यति अपना ली। हरे-भरे जंगलों से पटे प्रदेश में इस तरह की युद्ध पद्धति बड़ी कारगर होती है। मोपलों ने अंग्रेजों, उनके सैनिकों और मुखबिरों को अपना निशाना बनाना जारी रखा।

अक्टूबर के महीने में पहले की अपेक्षा और अधिक कठोर फ़ौजी क़ानून लागू हो गया। मोपले और अधिक उग्र हो गये। वे जितनी संख्या में मारे जाते अथवा गिरफ़्तार होते उससे कहीं अधिक तबाही मचाते। हत्याएँ, लूट, आगजनी, बलात्कार करते।

प्रारम्भ में जो उपद्रव ब्रिटिश सरकार के विरुद्ध शुरू हुआ था उसे मोपला मुसलमानों ने आम हिन्दुओं को सरकार का हिमायती मानकर, हिन्दुओं के विरुद्ध जिहाद में परिणत कर दिया। अनेक मन्दिर तोड़े गये। हिन्दुओं की चोटयाँ काटकर उनकी बलपूर्वक सुन्नत

करके असंख्य हिन्दुओं को मोपला विद्रोही मुसलमान बनाने लगे। हिन्दू स्त्रियों के अपहरण और उनका शीलहरण भी दंगे-फसाद के दौरान ख़ूब हुआ।

मालाबार के दंगों की ख़बर देश के दूसरे भागों में भी छन-छनकर पहुँची। सरकार के दमन का बदला उन दिनों मुसलमानों के संगठित गिरोहों द्वारा हिन्दुओं की दुकानें लूटने या हिन्दुओं की मारकाट से लिया जाता था। मुल्तान, कोहाट आदि अनेक स्थानों पर समय-समय पर साम्प्रदायिक दंगे हुए।

आगरा-मथुरा के आस-पास कुछ जातियाँ ऐसी थीं जिन्हें मूले अथवा मलकाने आदि नामों से पुकारा जाता था। ये लोग किसी समय जाट अथवा गूज़र लोग थे जिन्होंने मुस्लिम शासन के दौरान कभी इस्लाम कबूल कर लिया था, परन्तु उनके बहुत-से रीति-रिवाज़ हिन्दुओं से मिलते-जुलते थे। इनका झुकाव हिन्दू धर्म के प्रति देखकर 1920-21 के वर्षों में राजा रामपाल सिंह आदि क्षत्रिय नेता ने उन लोगों को फिर से हिन्दू धर्म में लाने के लिए शुद्धि-सभा का गठन किया। आर्य समाज पहले से ही शुद्धि के काम का समर्थक था। शुद्धि कार्य के चालू होने पर मुसलमान उलेमाओं में खलबली मच गयी। उन्होंने इसे इस्लाम पर आक्रमण माना। मुसलमानों के शुद्धि कार्य पर आपत्तियों पर शुद्धि समर्थकों का कहना था जैसे इस्लाम में तबलीग करने और धर्म परिवर्तन कराने और ईसाई धर्म में ग़ैर-ईसाइयों को बपतिस्मा करके ईसाई धर्म में शामिल करने का अधिकार है, वैसे ही हिन्दू धर्म के प्रचारकों को शुद्धि करके अन्य धर्मों में गये हिन्दुओं को हिन्दू धर्म से वापस जोड़ने का पूरा अधिकार होना चाहिए। धर्म परिवर्तन के मुद्दे को लेकर भी हिन्दू-मुसलमानों के मध्य साम्प्रदायिक सद्भाव तिरोहित हुआ और वे दंगा और हिंसा की राह पर चल पड़े। आगे चलकर गुलबर्गा, नागपुर, लखनऊ, शाहजहाँपुर, इलाहाबाद, जबलपुर और दिल्ली जैसे बड़े शहर भी दंगों की चपेट में आये।

उधर अन्तरराष्ट्रीय मंच पर ख़िलाफ़त का मसला अब उस सीमा पर पहुँच गया था जहाँ से ख़िलाफ़त की दोबारा वापसी असम्भव थी। इन समस्त कारणों से 1922 का अन्त होते-होते मुसलमानों का कांग्रेस के प्रति झुकाव मन्द पड़ गया। अंग्रेज़ मुसलमानों को कहीं-न-कहीं उनके मज़हब और क़ौम के प्रति हिन्दुओं के सम्भावित राज का भय दिखाकर, और भी एकजुट बनाने में सफल हो गये। एक देश में दो राष्ट्रीयताएँ अदृश्य रूप से तैरने लगीं।

गाँधी जी की गिरफ़्तारी के बाद से गुजरात में राजनीतिक जागृति बनाये रखने की ज़िम्मेदारी अब वल्लभभाई पटेल पर आ गयी थी। देश में भले ही अभी उनकी गिनती बड़े नेताओं में न होती हो, परन्तु गुजरात के वह सर्वप्रमुख नेता थे। वल्लभभाई चाहते थे कि महात्मा गाँधी की अनुपस्थिति में भी गाँधी जी के रचनात्मक कार्यक्रमों की ऊष्मा बनी

रहे। अपने लेखों और भाषणों द्वारा वल्लभभाई ने इस कार्य को आगे बढ़ाया। उनकी इच्छा थी कि अन्य प्रान्तों में चाहे कुछ भी होता रहे, गुजरात को गाँधी जी के बताये मार्ग पर ही चलते रहना चाहिये।

गाँधी जी की गिरफ़्तारी के अगले दिन वल्लभभाई पटेल ने गुजरात के जनसाधारण के लिए अपना एक सन्देश प्रकाशित किया। इस सन्देश में उन्होंने लिखा था कि -

"ब्रिटिश सिंह को आज तक हिन्दुस्तान ने अनेक शिकार भेंट किये हैं। परन्तु ऐसा पवित्र शिकार मिलने का सौभाग्य तो उसके लिए पहला ही है। इसे पचाना कोई आसान बात नहीं है। अप्रैल, 1919 में पहले एक बार उसने इस शिकार के लिए अपना पंजा फैलाया था, परन्तु जैसे फैलाया वैसे ही छोड़ देना पड़ा था। इस बार तो हमने सिंह को अच्छी तरह छेड़ा है। उसकी आँखें गुस्से से विकराल हैं। कुछ दिन से वह अपने अयाल को फड़फड़ा रहा है। परन्तु हिन्दुस्तान के ऋषि-मुनियों ने अपने तपोबल से सैकड़ों विकराल सिंहों को भेड़ों से भी ग़रीब बना दिया है। इसी तरह यह सिंह भी जल्दी या देर से इस महापुरुष के तपोबल के सामने बकरी बनकर रहेगा, इस बारे में शंका नहीं है।"

एक अवसर पर वल्लभभाई ने विदेशी कपड़ों की दुकानों पर धरना देने के लिए कार्यकर्त्ताओं से अपील करते हुए हुंकार भरी और कहा- "गुजरात की लाज रखनी चाहते हो तो आलस्य छोड़ दो। वर्ना समय निकल जायेगा। पीछे बात रह जायेगी कि जिसे दुनिया ने पहचाना, उस महात्मा गाँधी को गुजरात ही नहीं पहचान सका। गुजरात को महात्मा गांधी के कार्यक्रम में श्रद्धा है। गुजरात के पास रुपया है। व्यवस्था शक्ति है और विवेक भी। मगर गुजरात के पास स्वयंसेवकों की कमी है। यदि हमारे बारे में किसी ने यह सोचा तो यह कितने दुःख की बात होगी।"

वल्लभभाई की प्रेरणा ने गुजरात के कांग्रेस कार्यकर्त्ताओं पर गहरा असर किया, परन्तु देश के अन्य प्रदेशों में विशेषकर महाराष्ट्र और बंगाल में भारी मतभेद हो गये। वहाँ विधानसभा में चुनाव के जरिये प्रवेश किया जाये अथवा प्रवेश न करके गाँधी जी के बताये मार्ग पर ही चला जाये? उसे लेकर दो मत हो गये। जो लोग कांग्रेस के कार्यक्रम में परिवर्तन करके विधानसभाओं में जाने का समर्थन करते थे वे 'परिवर्तनवादी' कहलाए-जिनमें मोतीलाल नेहरू, हकीम अजमल ख़ाँ, वल्लभभाई के बड़े-भाई विट्ठलभाई पटेल आदि कांग्रेसी नेता प्रमुख थे। इनके विपरीत जो लोग चुनाव बहिष्कार करके विधानसभाओं से बाहर रहकर गाँधी जी के रचनात्मक कार्यक्रमों को ही पूरा करना चाहते थे - उन्हें 'अपरिवर्तनवादी' कहा गया। इन अपरिवर्तनवादियों में वल्लभभाई पटेल, चक्रवर्ती राजगोपालाचारी, डॉ. एम.ए. अंसारी और एस. कस्तूरीरंगा अय्यर-जैसे नेता प्रमुख थे। वल्लभभाई सहित समस्त अपरिवर्तनवादी नेताओं का यह दृढ़ मत था कि स्वराज की माँग को प्रभावी बनाने के लिए विधानसभाओं से दूर रहना अधिक सही है। क्योंकि इससे ब्रिटिश हुकूमत को उनकी माँग स्वीकार करने के लिए मज़बूर होना पड़ेगा।

1922 का वर्ष भारतवासियों के लिए अधिकांश रूप में राजनीतिक आन्दोलनों की दृष्टि से किंकर्त्तव्यविमूढ़ता का वर्ष था। एक तरफ़ देश में यत्र-तत्र साम्प्रदायिक दंगे, दूसरी ओर सरकार के दमन के तेज़ होते तौर-तरीक़े।

1919 में एक ट्रेन में सफर के दौरान पं. मोतीलाल नेहरू के बेटे जवाहरलाल नेहरू ने जलियाँवाला बाग़ में जनरल डायर के हाथों घटित किये गये भीषण नरसंहार पर लोगों को बातें करते सुना। अपार वैभव में पले-बढ़े और विदेशों से अंग्रेज़ी शिक्षा और वकालत पढ़कर आये युवा जवाहरलाल उस चर्चा से बहुत विचलित हुए। तब तक राजनीति में आने की उन्होंने सोची न होगी। मगर जलियाँवाला हत्याकाण्ड की ख़बर ने लाखों नवयुवकों के मानस की भाँति उन्हें भी झकझोरकर रख दिया। बैरिस्टर बनने की राह पर चलने के बजाये जवाहरलाल ने अपने पिता मोतीलाल की भाँति 1919 में ही कांग्रेस की सदस्यता ग्रहण कर सक्रिय राजनीति में प्रवेश किया। ब्रिटिश सरकार अब से जवाहरलाल की गतिविधियों पर भी पुराने कांग्रेसी नेताओं की भाँति नज़र रखने लगी। मई 1922 में प्रिन्स ऑफ वेल्स भारत यात्रा पर आये। कांग्रेस ने उनके बहिष्कार का निर्णय किया। इस कारण से अनेक कांग्रेसी नेता गिरफ़्तार हुए। पण्डित जवाहरलाल नेहरू उनमें से एक थे।

अपनी इस गिरफ़्तारी के बाद अभियोग के अवसर पर जवाहरलाल ने एक लम्बा वक्तव्य दिया। उन्होंने इसमें बताया कि 10 वर्ष पूर्व वह किस तरह से हैरो और कैम्ब्रिज में पढ़कर अंग्रेज़ों की तरह बन गये थे। और फिर किस तरह भारत में सरकार की अन्यायपूर्ण नीति ने उन्हें विद्रोही बना दिया था। नेहरू जी ने इस अवसर पर अन्त में अदालत को बताया कि -

"मुझे अपने सौभाग्य पर स्वयं ही आश्चर्य होता है। स्वतन्त्रता के युद्ध में भारत की सेवा करना बड़े सौभाग्य की बात है और यदि वह सेवा महात्मा गाँधी जैसे महापुरुष के नेतृत्व में करने का अवसर मिले तो उसे दुगना सौभाग्य मानता हूँ। यदि देश की सेवा में किसी भारतीय के प्राण भी चले जायें तो उससे बढ़कर सौभाग्य हो ही क्या सकता है ?"

नेहरू जी ने इस 'असहयोग के प्रचार' के अभियोग में इलाहाबाद की जेल में 10 दिन की सजा भुगती। अभी वे 20 मई, 1922 तक यह सज़ा भुगतकर बाहर आये ही थे कि अगले दिन उन्हें फिर से गिरफ़्तार करके 'धमकाने और रुपया वसूल करने का' नया अभियोग लगाकर पुनः जेल की लम्बी सजा सुनायी गयी। जवाहरलाल ने यह 256 दिनों की सज़ा लखनऊ जेल में काटी। जेल जाना उन दिनों राजनेताओं के लिए आम बात थी। पण्डित नेहरू आगे भी अनेक बार जेल गये।

दिसम्बर 1922 में बिहार के गया ज़िले में कांगेस का वार्षिक अधिवेशन हुआ। गया कांग्रेस की अध्यक्षता देशबन्धु चितरंजनदास ने की। वह विधानसभाओं पर अधिकार जमाने के कट्टर समर्थक थे, जिसका विचार पं. मोतीलाल नेहरू की देन था। देशबन्धु जी का प्रारम्भिक भाषण विद्वत्ता और बेहतरीन तर्कपूर्ण शैली का एक उदाहरण था। उनका

कहना था कि - "विधानसभाएँ वस्तुतः अंग्रेज़ी सरकार के गढ़ हैं। हमें सरकार के इन गढ़ों को तोड़ना है। इसके लिए इनमें घुसकर इनकी कुर्सियों पर क़ब्ज़ा करना अत्यन्त आवश्यक है। विधानसभाओं अथवा धारा सभाओं में घुसकर विरोध द्वारा सरकार से असहयोग करना भी असहयोग का ही एक अंग है।"

देशबन्धु के भाषण की धार काफ़ी तीक्ष्ण थी। परन्तु उनके विरोधी भी कम नहीं थे। चक्रवर्ती राजगोपालाचारी ने भी अपनी तर्क की महीन कैंची से चितरंजनदास जी की युक्तियाँ इतनी ख़ूबी से काटीं कि देशवासियों के सामने राजा जी की प्रतिभा भी बख़ूबी प्रकट हो गयी।

वल्लभभाई पटेल जब अधिवेशन में खड़े हुए तो उन्होंने परिवर्तनवादियों के कौन्सिल प्रवेश प्रस्ताव की धज्जियाँ उड़ा दीं। भारी और गम्भीर आवाज़ में पटेल ने विरोध में बोलते हुए कहा - "धारासभाओं में नित्यप्रति अड़ंगे डालनेवालों में से आज तक किसी को सरकार ने बन्द नहीं किया, परन्तु धारासभा का बहिष्कार करनेवाले महात्मा जी को क़ैद में डाल दिया।...धारासभाओं का समर्थन कांग्रेस के लिए विनाशकारी सिद्ध होगा तथा धारासभाओं के पक्ष में चलते हुए आन्दोलन सौ वर्ष तक चलाने पर भी स्वराज नहीं मिलेगा।...इसलिए अगर देश को आज़ाद कराना है तो पहले कौन्सिल प्रवेश की चर्चा को कूड़ा-करकट की तरह आँगन से बाहर फेंक देना होगा।"

बाबू राजेन्द्रप्रसाद ने भी वल्लभभाई पटेल के अभिमत का समर्थन कर कौन्सिल प्रवेश के प्रस्ताव का विरोध किया। मोतीलाल नेहरू ने फिर भी अपने परिवर्तनवादी प्रस्ताव पर मतदान कराया। कांग्रेस में बहुमत गाँधी जी के समर्थकों का अर्थात् अपरिवर्तनवादियो का था। वे गाँधी जी जो इन दिनों जेल के मेहमान बने बैठे थे, जिनका असाधारण व्यक्तित्व ज़्यादातर कांग्रेसियों के मन-मस्तिष्क में छाया हुआ था, जिनके रचनात्मक कार्यों में जनशक्ति को प्रबल करने के बीज छिपे थे। ये रचनात्मक कार्य इस प्रकार निर्दिष्ट थे-

1. कांग्रेस के एक करोड़ सदस्य बनाये जायें,
2. चर्खे और खद्दर का प्रचार किया जाये,
3. राष्ट्रीय विद्यालय खोले जायें,
4. शराब पीना निषिद्ध किया जाये,
5. ग्रामों में पंचायतें बनायी जायें।

मोतीलाल नेहरू का प्रस्ताव बहुमत से गिर गया। आगे फिर सन् 1923 में चितरंजन दास और मोतीलाल नेहरू ने स्वराज दल का गठन किया। इसमें बहुत से समान विचार के कांग्रेसी सम्मिलित हुए। सितम्बर, 1923 में मौलाना अबुल कलाम की अध्यक्षता में कांग्रेस का एक विशेष अधिवेशन हुआ। गाँधी जी अभी भी जेल में थे। मौलाना आज़ाद की अध्यक्षता में कांग्रेस ने स्वराज दल को और उसके कौन्सिल प्रवेश कार्यक्रम को

मान्यता प्रदान कर दी। अब स्वराज दल कांग्रेस के विधायी अंग की तरह काम करने लगा।

महात्मा गाँधी को यों तो छह वर्षों की जेल की सजा मिली थी। परन्तु जेल में गम्भीर बीमार पड़ने के कारण सरकार ने गाँधी जी को फरवरी, 1924 में मुक्त कर दिया। गाँधी जी जेल से बाहर आये। उन्होंने भी स्वराज दल के कार्यक्रम से इस बार सहमति जता दी। परन्तु गाँधी जी और उनके अनुयायी रचनात्मक कार्यों में ही संलग्न रहे। किसी असहयोग-आन्दोलन से विरत रहकर। गाँधी जी अपनी लाठी लेकर साबरमती आश्रम में चलें गये। जहाँ उन्हें अब कुछ अवधि तक राजनीति से हटकर एक समाज-सुधारक सन्त की भूमिका अदा करनी थी। वल्लभभाई पटेल ने गाँधी जी की अनुपस्थिति में नागपुर के झण्डा-सत्याग्रह और बोरसद सत्याग्रह में सक्रिय और महती भूमिकाएँ अदा कीं।

इसी पृष्ठभूमि में वल्लभभाई ने महात्मा गाँधी को 30 अप्रैल, 1924 को एक पत्र लिखा, जब गाँधी जी जेल से छूटकर कुछ दिनों के लिए बम्बई प्रवास कर स्वास्थ्य लाभ कर रहे थे। वल्लभभाई की पुत्री मणिबहन की आयु उस समय 21 वर्ष की रही होगी। लड़कियाँ अपनी शारीरिक और मानसिक कष्टों और स्थितियों को जितना माँ से कह सकती हैं, पिता से नहीं कह पाती हैं। वल्लभभाई के परिवार में भी बड़ों और छोटों के मध्य संवाद की एक परम्परागत खाई रहती थी। उन दिनों जब नागपुर के आन्दोलन में वल्लभभाई पटेल 2-3 माह बहुत सक्रिय रहे, मणिबेन उनके अहमदाबाद के आवास पर अकेली रहतीं और पिता की अनुपस्थिति में काफ़ी अवसादग्रस्त रहतीं। प्रायः वह एकान्त में रोती रहतीं। महादेव भाई देसाई और अन्य लोगों से जब वल्लभभाई को पुत्री की इस दशा का पता चला तो उन्होंने मणिबहन को पत्र लिखे। महादेव भाई और देवदास गाँधी से पुत्री का हालचाल लेते रहने का अनुरोध किया। गाँधी जी को बम्बई लिखकर भेजे पत्र में भी उन्होंने पुत्री के अवसाद और उसके अश्रुओं का जिक्र किया।

पत्र में उन्होंने आगे लिखा कि -"नेता आपके पास पहुँचे हैं। उनके साथ की बातचीत से आपको आपके जेल जाने के बाद के हमारे दुख का पता लग सकेगा। आपके साथ तो उन्हें खुशामद से ही काम लेना है। हमारी क्या हालत होती होगी, इसे आप समझ सकेंगे। ईश्वर की कृपा या हमारे सौभाग्य से आप जेल से छूटकर आये हैं। नहीं तो कांग्रेस के वर्तमान अध्यक्ष हमारी क्या दशा करते सो तो राम ही जाने!"

यहाँ 'नेता' से वल्लभभाई का तात्पर्य कांग्रेस के इन विरोधी नेतागण से था जिन्होंने गाँधी जी से बम्बई में भेंटकर उनके साथ विधानसभाओं में प्रवेश के विषय में विचार-विमर्श कर उनकी सैद्धान्तिक सहमति प्राप्त की थी। यह परिवर्तनवादी नेता थे- पं. मदनमोहन मालवीय, लाला लाजपत राय और पं. मोतीलाल नेहरू। गाँधी जी के अपरिवर्तनवादी सोच पर, उनकी अनुपस्थिति में दृढ़ता से कायम रहने के कारण वल्लभभाई को इन नेताओं के हाथों काफ़ी तिरस्कार और कुप्रचार सहन करने पड़े थे। फिर भी कहना होगा कि कांग्रेस के शीर्ष पर महात्मा गाँधी जैसी क़द्दावर शख़्सियत के होते हुए भी जैसा आन्तरिक

लोकतन्त्र पार्टी में उन दिनों था, वह दुर्लभ था। सहमति, असहमति, आलोचना, अलग राहों पर चल पड़ना, फिर कभी विपरीत राहों का परस्पर साथ-साथ चलना, कभी रेल की पटरियों की तरह अलग-अलग होकर पुनः एकमेव हो जाना-पार्टी-लोक-तन्त्र का ही परिचायक था।

मणिबेन ने सरदार पटेल से पूछा - ''बापू! आज मुझे झण्डा-सत्याग्रह के बारे में बताइये। आप उससे कैसे जुड़े?'' ''बताता हूँ बेटी! पहले ज़रा फ़ोन करके शंकर को बुलवा लो...'' सरदार ने अपने निजी सचिव से मिलने की इच्छा जाहिर की।

''जी बापू!...'' कहकर मणिबेन बाहर के कक्ष में जाने लगीं। ''और हाँ...उससे कहना कि आने से पहले कल के सभी डिक्टेशन्स पूरे कर लेगा, तब आयेगा।''

मणिबेन पिता के निजी सचिव को फोन करने चली गयीं। शय्या पर लेटे हुए सरदार पटेल शयन-कक्ष की ऊँची छत की कड़ियाँ गिनने लगे। वह अब 1922-23 के झण्डा-सत्याग्रह के दिन याद करने लगे।...

प्रमुख झण्डा-सत्याग्रह तो नागपुर में हुआ था जो गाँधी जी के मित्र जमनालाल बजाज के नेतृत्व में चला था। बाद में अंग्रेज़ सरकार के जुल्मों से उत्तेजित होकर वल्लभभाई पटेल भी उससे जुड़ गये। यह सत्याग्रह अनेक दिन चला। प्रत्येक दिन चला। बार-बार चला। जैसे-जैसे ब्रिटिश नौकरशाही का दमन बढ़ता गया। सत्याग्रहियों की पिटाई और सामूहिक गिरफ्तारियां बढ़ती गयीं, नित नये स्वयंसेवक उस स्वाधीनता-आन्दोलन में देश भर से आते गये। गुजरात, महाराष्ट्र, मद्रास, कर्नाटक और उत्तर भारत से आज़ादी के दीवाने लोग जत्थे-के-जत्थे आते गये और तिरंगा लहराते, जुलूस की शक्ल में नागपुर की सिविल लाइन्स की दिशा में दिन के समय बढ़ते और गिरफ्तारियां देते गये। जब नागपुर की जेल भर गयी तो गिरफ़्तार सत्याग्रहियों को अकोला जेल में भरा जाने लगा। नागपुर उन दिनों सेण्ट्रल प्राविंस की राजधानी था। नागपुर शहर झण्डा-सत्याग्रह के दिनों में भारतीय स्वाभिमान और स्वराज की आकांक्षा के प्रकटीकरण हेतु मानो एक राष्ट्रीय तीर्थ स्थल बन गया था। सबसे बड़ी बात उस झण्डा-सत्याग्रह की यह थी कि सत्याग्रहियों ने इस बार गाँधी जी की अहिंसा का पाठ अच्छी तरह आत्मसात करने की मानो कसम खा ली थी। गाँधी जेल में थे और उनके अनुयायी सड़कों पर झण्डा छीने जाने पर, बेतों और डण्डों से पिटने, बूट की ठोकरों से अपमानित होने पर भी गोरे सार्जेण्टों और पुलिस के सिपाहियों पर हाथ नहीं उठाते थे। माथे से रक्त बहाते, कराहते हुए भी 'भारत माता की जय', 'महात्मा गाँधी की जय' के नारे लगाते गिरफ्तारियाँ देते, पुलिस के वाहनों में भरकर बन्दी ग्रहों के लिए प्रस्थान करते।

इधर एक जत्था गिरफ़्तारी देता उधर अगला जत्था निकल पड़ता हाथ में तिरंगे को ऊँचा उठाये। अद्‌भुत रोमांच के दिन थे वे। जो आस-पास के लोग, इन स्वाधीनता सेनानियों को निःशस्त्र हालत में क़दम -से-क़दम मिलाते सड़कों पर चलते-फिरते देखते उनकी आँखों में आँसू आ जाते। बड़ी-बड़ी कोठियों के भी निवासी स्त्री-पुरुष जो दूर से

इस सत्याग्रह का नज़ारा देखते, उनका ज़मीर भी उन्हें धिक्कारता कि इस राष्ट्रवादी जुलूस में हम क्यों शामिल नहीं ? उन गुलामी के दिनों में जिन किन्हीं अंग्रेज़परस्त भारतीय लोगों की निष्ठा ब्रिटिश फ्लैग यूनियन जैक के प्रति रंच मात्र को भी रही होगी, वह निष्ठा भी झण्डा सत्याग्रहियों पर हो रहे अंग्रेज़ अधिकारियों के अत्याचारों और अपमानजनक व्यवहार से ड़गमगाने लगी।

सरदार पटेल मणिबेन को बता रहे थे कि - ''नागपुर झण्डा-सत्याग्रह तो 1923 में शुरू हुआ था। उसके बीज जबलपुर में 1922 में ही बो गये थे। हुआ यों कि अगस्त, 1922 में कांग्रेस की सविनय आज्ञा-भंग जाँच समिति जब जबलपुर पहुँची तो वहाँ की म्यूनिसिपैलिटी ने एक प्रस्ताव पास कर उन्हें मानपत्र भेंट किया और म्यूनिसिपल हॉल पर कांग्रेस का तिरंगा झण्डा लहराया। वह झण्डा जिस पर, गाँधी के स्वदेशी आन्दोलन का प्रतीक, चरखा बना होता था।''

मणिबेन ने पिता से पूछा- ''क्या इसे अंग्रेज़ों ने बर्दाश्त कर लिया?''

सरदार पटेल ने कहा - ''सवाल ही पैदा नहीं होता था। ब्रिटिश अफ़सरों को यह बात अच्छी नहीं लगी। उन्होंने वार्निंग दी जबलपुर म्यूनिसिपल अथार्टीज को।''...

इसके बाद दूसरा अवसर तब आया जब मार्च, 1923 में कांग्रेस कार्यसमिति के कुछ सदस्य जबलपुर गये। इन सदस्यों में चितरंजनदास, राजेन्द्रप्रसाद, देवदास गाँधी, राजगोपालाचारी शामिल थे। जबलपुर म्यूनिसिपैलिटी इन नेताओं को भी मानपत्र देना और म्यूनिसिपल हॉल पर तिरंगा ध्वज फहराना चाहती थी। इसके लिए इस बार ज़िला मजिस्ट्रेट से पूर्व अनुमति माँगी गयी। परन्तु उसने इसकी अनुमति नहीं दी।

नागरिकों ने इस प्रतिबन्ध का विरोध किया। परन्तु वे कामयाब नहीं हो सके क्योंकि टाउन हाल को जबरदस्त पुलिस फोर्स के घेरे में ले लिया गया था। चितरंजनदास ने इस स्थिति को देखा और उन्होंने 'यंग इण्डिया' में लिखा कि - ''कांग्रेस एक साफ़-सुथरे और ख़ूबसूरत लड़ाई के मैदान में लड़खड़ा गयी।''

मगर यह लड़खड़ाहट न केवल निकट भविष्य में आन्दोलन का मार्ग प्रशस्त कर गयी, सत्याग्रह का एक अभिनव-मुद्दा दिशाविहीन भारतीय राजनीतिज्ञों के हाथों में थमा गयी। जनभावनाओं को यदि बलपूर्वक कुचला जाता है तो वे और तेजी से उभरती हैं। फिर वह तो एक परतन्त्र देश के सोये हुए स्वाभिमान को ठोकर देने जैसा अंग्रेज़ों का हठपूर्ण रवैया था। उसका विपरीत परिणाम निकलना ही था। अपरिवर्तनवादी कांग्रेसियों में मन्त्रणा हुई और झण्डा-सत्याग्रह की रूपरेखा बनी।

18 मार्च, 1923 को पण्डित सुन्दरलाल ने तिरंगे झण्डे के साथ एक जुलूस का नेतृत्व किया। इस बार नागपुर में निकले इस जुलूस के समय गाँधी जी के बन्दीजीवन का एक वर्ष पूरा होने जा रहा था। इसीलिए यह तारीख़ झण्डा-सत्याग्रह के प्रारम्भ हेतु चुनी गयी थी।

प्रशासन ऐसे किसी आयोजन को कैसे बर्दाश्त करता। उसे ख़ुफ़िया विभाग से 18 मार्च के इस सत्याग्रह कार्यक्रम की पूर्व सूचना मिली थी। अतः इस सत्याग्रह पर बैन लागू किया गया। पुलिस बल को आदेश दिया गया कि वह आन्दोलनकारियों का नेतृत्व करनेवाले नेता को गिरफ़्तार करे और जुलूस को तितर-बितर कर दे। पण्डित सुन्दरलाल झण्डा लेकर जब जुलूस के आगे चले तो उन्हें पुलिस-प्रशासन ने गिरफ़्तार कर लिया और जुलूस में शामिल लोगों को वापस जाने को कहा गया। जब लोग नहीं माने तो उन्हें लाठी मारकर मौक़े से खदेड़ दिया गया। सुन्दरलाल को पुलिस पकड़कर ले गयी। उन पर अभियोग लगाकर उन्हें छह माह के कारावास का दण्ड दिया गया।

इसकी प्रतिक्रिया होनी थी। सुन्दरलाल को दण्ड दिये जाने के विरोधस्वरूप तिरंगे ध्वज सहित एक और जुलूस निकालने का निर्णय लिया गया। इस बार तारीख़ चुनी गयी 13 अप्रैल, 1923 जो कि जलियाँबाला बाग़ काण्ड की तिथि थी। उक्त तिथि पर पुनः एक विशाल जुलूस नागपुर शहर में निकाला गया। कांग्रेसी ध्वज अब राष्ट्रीय ध्वज का प्रतीक बन चुका था। पुलिस बल तो पहले ही जुलूस को रोकने के लिए तैनात था। यह जुलूस जैसे ही शहर के सिविल लाइन्स के निकट पहुँचा, जहाँ अधिकतर अंग्रेज़ अधिकारियों के आवास थे, उसे रोक दिया गया। पुलिस ने जुलूस का नेतृत्व करनेवालों के हाथों से तिरंगे झण्डे छीन लिए गये। नेताओं को बेंतों से पीटा गया। उन्हें गिरफ़्तार कर लिया गया। साथ ही शान्तिपूर्ण ढंग से जुलूस में चल रहे लोगों पर लाठीचार्ज किया गया। मार-पीटकर आन्दोलनकारियों को तितर-बितरकर दिया गया।

इसके बाद सिविल लाइन्स के इलाक़े सहित समूचे नागपुर पर धारा 144 लागू कर दी गयी। एक ऐसा प्रतिबन्ध जिसमें 5 या 5 से अधिक लोगों को किसी सार्वजनिक स्थल पर एकत्र होने के लिए मनाही थी। परन्तु इस बार दो आदमी भी अगर आगे-पीछे चलते पाये जाते तो वे भी अवैध समूह का हिस्सा माने जाते। तिरंगा झण्डा लेकर चलना तो गुनाह था ही सरकार ने जुलूस की परिभाषा को ही बदल दिया था- "एक व्यक्ति के हाथ में अगर झण्डा हो, ऐसे दो व्यक्ति साथ में या आगे-पीछे चलते हों तो उसे जुलूस मान लिया जायेगा।"

फ़ौज़दारी क़ानून में पुलिस को किसी भी व्यक्ति को क़ानून एवं व्यवस्था भंग करने की आशंका में तत्काल गिरफ़्तार कर लेने की शक्ति तो प्राप्त थी ही। अतः बड़े पैमाने पर गिरफ्तारियाँ हुईं। अनेक सम्भ्रान्त लोग भी जेल गये। बन्दी बनाये गये लोगों में नेताओं के अतिरिक्त वकील, यूनिवर्सिटी के प्राध्यापक, किसान और व्यापारी आदि सभी तरह के लोग शामिल थे। महात्मा गाँधी के शिष्य विनोबा भावे और रविशंकर महाराज जैसे लोगों की गिरफ़्तारी भी इस 'दफा-सरपट' में पुलिस ने की थी। विनोबा जी को अकोला के कारागार में बन्दी बनाया गया। कड़ी धूप में घण्टों पत्थर तोड़ने का काम उनसे लिया जाता। नागपुर के कारावास की सज़ा भोग रहे रविशंकर महाराज से बाक़ायदा चक्की पिसवायी जाती थी।

बन्दी बनाये गये लोगों को धूल और कंकड़ मिला भोजन दिया जाता। बिना द्वार के सण्डास में क़ैदियों को जाना पड़ता। वार्डन उन्हें जल्दी निपटने की धमकियाँ देते। तरह-तरह की फब्तियाँ कसते। सत्याग्रही शान्तिपूर्वक सब जुल्म सहते। क्योंकि वे गाँधी के अहिंसक सिपाही थे और उनका सुप्रीम कमाण्डर स्वयं जेल में था, उन्हीं की तरह।

अब नागपुर की प्रान्तीय कांग्रेस कमेटी ने निश्चय किया कि 1 मई, 1923 से राष्ट्रीय झण्डा लेकर चलने के भारतीयों के अधिकार की रक्षा के लिए नियमित सत्याग्रह-आन्दोलन अंग्रेज़ों के विरुद्ध चलाया जाये। जमनालाल बज़ाज़ ने 1 मई के झण्डा-सत्याग्रह के जुलूस का नेतृत्व किया इसमें लगभग 1800 व्यक्ति सम्मिलित हुए। वे जमनालाल बज़ाज़ के साथ बन्दी बना लिए गये।

अब से एक सिलसिला चल पड़ा। प्रतिदिन 10 कार्यकर्त्ता अपनी गिरफ़्तारी देते। पुलिस झण्डे छीनती। सत्याग्रहियों को पीटती। उन्हें नालियों में ढकेल देती। गिरफ़्तार कर जेल भेज देती। निर्ममतापूर्वक सत्याग्रहियों से निबटा जाता। सत्य और अहिंसा के मार्ग पर गाँधी के सिपाही अब दृढ़ता से, बिना डिगे चलना सीख गये थे।

नागपुर में स्वयंसेवक कम पड़ने लगे-तो वल्लभभाई पटेल ने गुजरात प्रदेश कांग्रेस कमेटी की राय से 75 स्वयंवेकों की टोली झण्डा-सत्याग्रह में भाग लेने के लिए अहमदाबाद से नागपुर भेजी। 25 मई, 1923 को बम्बई में कांग्रेस महासमिति की बैठक हुई। उसमें सारे देश से सत्याग्रहियों को नागपुर भेजने की अपील की गयी।

नागपुर का कमिश्नर चार्ल्स ए. क्लार्क था। उसने एक क़ानून व्यवस्था की अपनी बैठक में सत्याग्रहियों के लिए सीधे धमकी दे दी कि अगर कोई जुलूस उसकी सिविल लाइन्स स्थित कोठी के सामने से गुजरा तो वह उस पर गोली चला देगा। यह सुनकर जूनियर आफीसर्स के हाथ-पाँव फूल गये। एक अफ़सर ने क्लार्क से विनती की कि - "सर! ऐसा न कहें। ऐसे तो सिचुएशन और बिगड़ जायेगी।"

क्लार्क ने उस हिन्दुस्तानी अफ़सर को घूरकर देखा और कहा -"डैम इट!...देन कण्ट्रोल योर इण्डियन डॉग्स...एण्ड रिमेम्बर हेयर इज ओनली वन नेशनल फ्लैग ऑफ आवर्स-यूनियन जैक।"

क्लार्क आई.सी.एस. अफ़सरों के संघ का मन्त्री था। इसके अलावा वह बम्बई से निकलने वाले दो प्रमुख समाचार पत्रों 'टाइम्स ऑफ इण्डिया' और 'स्टेट्समैन' में भी लिखा करता था। उसने झण्डा-सत्याग्रह के विरोध में कुछ भ्रामक समाचार प्रकाशित किये और लिखा कि "यह सारी लड़ाई बनावटी है। इसका लक्ष्य केवल क़ानून तोड़ना, यूरोपियन समुदाय को तंग करना और बस आये दिन दंगा-फ़साद मचाना मात्र है।" उन्हीं दिनों वल्लभभाई पटेल ने अहमदाबाद से 24 जून, 1923 को अपने एक मित्र मथुरादास विक्रमजी के नाम बम्बई एक पत्र भेजा। पत्र उन दिनों नागपुर के सत्याग्रह के वातावरण की एक वास्तविक झलक देता है। वल्लभभाई ने लिखा-

"नागपुर में सब गिरफ़्तार हो चुके हैं। वहाँ का काम सँभालनेवाला कोई रहा नहीं। गुजरात के स्वयंसेवकों को पहुँचाने के लिए गये हुए भाइयों ने आज तक वहाँ का काम सम्भाला। गुजरात की बहनें स्वयंसेवक के रूप में गयी थीं। उन्होंने रसोई का काम सँभाल लिया था। अब वहाँ बाहर का कोई नहीं रहा। यहाँ के दो अच्छे काम करने वालों को वहाँ के ऑफिस का काम सँभाल लेने के लिए भेज रहा हूँ। चार बहनों को रसोई का काम सँभालने के लिए भेज रहा हूँ। जो दो भाई जानेवाले हैं, उन्हें 'रिपोर्टर' के रूप में भेजूँगा। नहीं तो हो सकता है कि वहाँ उन्हें भी गिरफ़्तार कर लिया जाये। भड़ौंच के पचास सैनिकों की टुकड़ी अहमदाबाद आकर, गुजरात के ख़ास-ख़ास शहरों में कुछ समय के लिए रुककर, 28 तारीख़ को सूरत रहेगी और 29 या 30 तारीख़ को सुबह में नागपुर के लिए रवाना होगी।"

वल्लभभाई पटेल उन दिनों अस्वस्थ थे। उसी हालत में नागपुर- आन्दोलन का वे अहमदाबाद से संचालन कर रहे थे। उन्होंने पत्र में आगे लिखा-"नागपुर के काम का रंग जम रहा है। झण्डों के साथ जुलूस निकालने में अब कोई अड़चन नहीं रही। लेकिन उससे कुछ लाभ नहीं होगा। जहाँ आपस के झगड़े हैं, वहाँ कुछ काम होगा ही नहीं। जिस प्रान्त में झगड़े नहीं होते, वहाँ बहुत काम हो सकता है। जुलूस निकालकर भी शान्ति रखी जा सकती है।"

झगड़ों से तात्पर्य गाँधी के मतानुयायियों और मोतीलाल नेहरू आदि के स्वराज दलवालों के मध्य पारस्परिक मतभेदों से था। उन दिनों नागपुर की प्रान्तीय कांग्रेस समिति पर स्वराज दल के नेताओं का वर्चस्व था, जो नागपुर सत्याग्रह के विरोधी थे। इन नेतागण का विचार था कि झण्डा-सत्याग्रह उनके कौन्सिल प्रवेश कार्यक्रम को नीचा दिखलाने के लिए अपरिवर्तनवादियों का महज एक स्वाँग है। विचित्र बात थी। आख़िर अंग्रेज़ कमिश्नर भी यही कहता था। वल्लभभाई पटेल को उनका कोई सहयोग प्राप्त नहीं था। जिससे वे काफ़ी दुःखी रहते थे। जब बड़े पैमाने पर सामूहिक गिरफ्तारियां हुईं तो सत्याग्रह को क्रमशः लम्बा चलाने के लिए यह निर्णय लिया गया कि नागपुर में हर रोज़ छह स्वयंसेवकों को सत्याग्रह करना होगा। जवाहरलाल नेहरू ने उस पर आलोचनात्मक टिप्पणी प्रकाशित की थी। वल्लभभाई पटेल ने पत्र में लिखा- "मात्र छह स्वयंसेवकों को भेजने का क्या कारण है ? जवाहरलाल ने ऐसी सूचना निकाली है। मुझे यह पसन्द नहीं है। नागपुर के रास्ते से या नागपुर से सैकड़ों लोगों को एक के बाद एक बराबर गिरफ़्तार किया जाये, तभी हम देश का दिल हिला सकेंगे। जमनालाल जी की गिरफ़्तारी का लाभ उठाना हो तो ज़ोरदार आन्दोलन चलाना चाहिए। गुजरात से जितने लोगों को भेजा जा सके, भेजने की व्यवस्था करने का विचार है। तबीयत अच्छी होने पर मैं नागपुर जाऊँगा। वल्लभभाई के वन्देमातरम्"

जुलाई, 1923 में कांग्रेस की कार्यसमिति ने नागपुर झण्डा-सत्याग्रह के संचालन की ज़िम्मेदारी वल्लभभाई पटेल को सौंप दी। अब तक गुजरात तक सीमित रहे पटेल के लिए

अपने प्रदेश से बाहर आन्दोलन का काम करने का यह पहला अवसर था। वे 23 जुलाई 1923 को नागपुर पहुँचे। स्वराज दल के लोग, जिसके नेता मोतीलाल नेहरू थे इस प्रकार के संघर्ष के पहले ही ख़िलाफ़ थे। उनसे सहयोग मिलना तो दूर उलटे वल्लभभाई को अपने विरुद्ध मिथ्या-प्रचार के कटु अनुभव हुए। इस सत्याग्रह को हतोत्साहित करने के अन्दरूनी प्रयास हुए। प्रत्यक्षतः अंग्रेज़ों का गुलाम प्रशासन जो ज़ुल्म-ज़्यादतियां सत्याग्रहियों पर कर रहा था उससे भी उनके मनोबल में काफ़ी गिरावट होती गयी। नागपुर में पटेल ने इन बातों को वहाँ पर जाने पर निकट से देखा।

अतः 1 अगस्त, 1923 को उन्होंने जवाहरलाल नेहरू को पत्र लिखकर बताया कि - ''नागपुर में कोई उत्साह नहीं दिख रहा है। अर्थाभाव में आन्दोलन चलाने में कठिनाई है और मुझे बाहरी सहायता पर निर्भर रहना पड़ रहा है। मेरे भाई विट्ठलभाई पटेल यहाँ 25 जुलाई को आये थे और हमने अनुभव किया कि यदि आन्दोलन को सक्रिय नहीं किया गया तो यह सफल नहीं हो सकेगा। बहुत हानि उठानी पड़ेगी।'' जवाहरलाल जी ने भी अपने पिता मोतीलाल नेहरू की भाँति वल्लभभाई पटेल की बात में कोई रुचि नहीं दिखायी। उनकी ओर से वल्लभभाई को निराशा ही हाथ लगी।

वल्लभभाई पटेल दबाव में और भी परिश्रम करते थे। विपरीत धारा में तैरने से वे कभी नहीं घबराते थे। कांग्रेस के विरोधी धड़े से रंचमात्र सहायता नहीं मिलने पर वह स्वयंसेवकों को जुटाने और धन की व्यवस्था करने हेतु स्वयं निकल पड़े। नागपुर की निगरानी का काम कुछ दिनों के लिए अपने बड़े भाई विट्ठलभाई पटेल को सौंपकर वे कलकत्ता गये। विट्ठलभाई यद्यपि स्वराज दल से सम्बन्धित थे, पर उन्होंने अपने अनुज वल्लभभाई की बात मानी। वल्लभभाई ने पटना से राजेन्द्र बाबू को भी नागपुर बुलाया।

कलकत्ता में कांग्रेस के सदस्यों से उन्होंने नागपुर सत्याग्रह का महत्त्व समझाते हुए गहन चर्चा की। उन्होंने आन्दोलन के लिए कलकत्ता में चन्दे की धनराशि तो जुटायी ही स्वयंसेवकों की भी माँग की। इस कार्य में भी वल्लभभाई को सफलता मिली। तय हुआ कि बंगाल और बिहार से स्वयंसेवकों के जत्थे तैयार किये जायेंगे। वहाँ से एक माह तक प्रतिदिन 20 स्वयंसेवक नागपुर भेजे जायेंगे।

वल्लभभाई नागपुर वापस लौट आये। उनकी भागदौड़ और योजना रंग लाई। बंगाल, बिहार और देश के उत्तर-दक्षिण के सभी प्रान्तों से सत्याग्रही नागपुर कूच करने लगे। वल्लभभाई पटेल के कुशल संचालन में झण्डा-सत्याग्रह अपने चरम पर पहुँचने लगा। बीच-बीच में राजेन्द्र बाबू ने भी पटना से जाकर वल्लभभाई का साथ दिया। गुजरात से महात्मा गाँधी की पत्नी कस्तूरबा गाँधी ने भी स्त्रियों के एक दल के साथ आकर नागपुर 'झण्डा-सत्याग्रह' में भाग लिया। बा को अपने मध्य पाकर नागपुर की बहुत सी स्त्रियाँ उनके साथ हो लीं। कस्तूरबा और उस स्त्री समूह ने भी जुलूस में भाग लिया। परन्तु तब तक यह सत्याग्रह बहुत आगे बढ़ चुका था। पुलिस ने इन महिलाओं को गिरफ़्तार करने की गलती नहीं की।

ब्रिटिश सरकार की पेशानी पर अब जाकर चिन्ता की गहरी लकीरें उभरीं। पूरे देश को झण्डा-सत्याग्रह की ओर प्रेरित होता देखकर सरकार को यह समझ में आने लगा कि गाँधी के चरखे के चिह्न को अपने मध्य लहराता यह तिरंगा ध्वज अब मात्र एक कपड़े का टुकड़ा नहीं रह गया है, यह स्वाधीनता प्रेमी भारतीय जनमानस में राष्ट्रीय चेतना का संवाहक बनता जा रहा है। लोग इसे राष्ट्रीय ध्वज जैसा सम्मान देने लगे हैं। लोगों के झण्डा लेकर जुलूस निकालने के प्रतिबन्ध को अगर देर तक लागू रखा गया तो यह देशवासियों का उत्तरोत्तर ध्यान खींचेगा। अतः सरकार ने झण्डा जुलूस के प्रतिबन्ध को आख़ीरकार समाप्त ही कर दिया, कि न रहेगा बाँस न बजेगी बाँसुरी।

सरकार के निहितार्थ को समझते हुए भी आन्दोलनकारी सरकार के झुकने से अत्यन्त उत्साहित हुए। वल्लभभाई सहित गाँधी जी के अहिंसक सिपाहियों की यह एक बहुत बड़ी जीत थी। इससे उनमें और देशवासियों की आशा और विश्वास को बहुत बल मिला। जमनालाल बज़ाज़ और उनके बाद वल्लभभाई पटेल ने जिस तरह नागपुर झण्डा-सत्याग्रह का नेतृत्व कर उसे सफलता की मंज़िल तक पहुँचाया था, उसकी ख़बर पर जेल में बैठे महात्मा गाँधी, अपने अनुयायियों के प्रिय बापू, आनन्द से मुस्कुराये बिना न रह सके। जो काम वे जेल के बाहर रहकर पूरा न कर सके थे, उसे उनके साथियों ने अत्यन्त सुन्दरता और शान्ति के साथ अनेक कष्ट सहकर भी उनकी अनुपस्थिति में हँसते-हँसते पूरा कर दिखाया था। यह सफल आन्दोलन गाँधी जी के सिद्धान्तों की स्पष्ट विजय थी। इसने देशवासियों का आत्मगौरव तो जगाया ही उनमें राष्ट्रीयता की भावना का भी जबर्दस्त संचार किया।

18 अगस्त, 1923 को लोगों को उनका राष्ट्रीय झण्डा लेकर जुलूस निकालने की आज़ादी मिल गयी। वल्लभभाई ने इसे गाँधी जी के सत्य, अहिंसा के सिद्धान्तों और जनसाधारण के तप की विजय माना। सुप्रसिद्ध हिन्दी कवि माखनलाल चतुर्वेदी के नेतृत्व में 100 स्वयंसेवकों का एक जुलूस प्रतिबन्ध समाप्ति के बाद नागपुर की सिविल लाइन्स क्षेत्र में निकाला गया। तिरंगे झण्डे के साथ। 'भारत माता', 'महात्मा गाँधी' की जय बुलाता हुआ जुलूस अंग्रेज़ कमिश्नर की कोठी के सामने से भी शान से गुजरा। कोठी के बुलडॉग जुलूस के नारों की आवाज़ सुनकर रह-रहकर भीतर से भौंकते रहे और विजय जुलूस में चलनेवाले नवयुवक गरदन उचकाकर, कोठी के भीतर झाँकते, आगे को बढ़ते चले गये।

उल्लेखनीय है कि तिरंगा झण्डा फहराने पर ब्रिटिश हुकूमत के बैन के बावजूद 'झण्डा-सत्याग्रह' 4 माह चला था। इसे दबाने के लिए ब्रिटिश नौकरशाही ने कोई कोर कसर न छोड़ी। लगभग 1700 सत्याग्रही जेल गये। बर्बरता झेली। लाठियाँ खायीं। सिर फटे, हाथ-पाँव टूटे। लाठीचार्ज में एक सत्याग्रही नेता सीताराम जाधव के तो दाँत तक टूट गये। वो और उनके साथी नागपुर टाउन हॉल में झण्डा फहराने गये थे।

नागपुर का झण्डा-सत्याग्रह चार माह बाद समाप्त हो गया, परन्तु उसकी गूँज सारे भारत में वर्षों तक कायम रही। देश के विभिन्न भागों में लोगों ने तिरंगे झण्डे को राष्ट्रीय ध्वज का मान देकर उसे फहराने के उपक्रम होते रहे।

वल्लभभाई पटेल के लिए नागपुर के झण्डा-सत्याग्रह के बाद अगला मोर्चा था-बोरसद सत्याग्रह।

अंग्रेज़ी राज की भी अदा निराली थी। लगान वसूली में निर्ममता तो अपनी जगह थी ही। अगर किसी इलाक़े में बलवा, लूट और डकैती जैसी घटनाएँ अधिक घटतीं तो स्थानीय जनता को जुर्माना द्वारा पुलिस फोर्स की उस इलाक़े में अधिक समय तक बने रहने की स्थिति में भी हर्जे-खर्चे की भरपायी करनी पड़ती। ईस्ट इण्डिया कंपनी के जमाने की यह रवायत ब्रिटिश राज के इन बाद के दिनों में भी एक बार गुजरात के खेड़ा ज़िले के बोरसद तालुक़ा निवासियों को भुगतनी पड़ी।

हुआ यों कि - गुजरात में बोरसद तालुका अपराध और अपराधियों के लिए बदनाम था। एक समय ऐसा आया जब डकैतियों और हत्याओं की घटनाओं में बहुत वृद्धि हो चली। बोरसद में दो डकैतों बाबर देवा और आलिया नाम के दो डकैतों का भारी आतंक व्याप्त हो चला था। बाबर देवा एक हिन्दू व्यक्ति था, जिसने इलाक़े में कई हत्याएँ और डकैती की घटनाएँ अंजाम दी थीं। आलिया नामक अपराधी मुसलमान था, जिसने जमीन-जायदाद के कुछ झगड़ों में एक वकील को दिन दहाड़े मार डाला था। फिर ये दोनों अपराधी परस्पर मिलकर यहाँ-वहाँ डकैती डालने लगे। बोरसद के गाँवों और क़स्बों में त्राहि-त्राहि मच गयी। इसलिए ज़िला प्रशासन को बोरसद तालुक़े में अतिरिक्त पुलिसिंग की व्यवस्था करनी पड़ी।

ऐसे में सितम्बर, 1923 में ब्रिटिश सरकार ने बोरसद तालुके के निवासियों पर 2.5 लाख रुपये का 'सामूहिक-कर' लगा दिया। तदनुसार 16 वर्ष की आयु के ऊपर प्रत्येक व्यक्ति को तत्कालीन मुद्रा के अनुसार 2 रुपये और 7 आने 'कर' देना था। ग़रीब लोगों के लिए यह बहुत बड़ी धनराशि थी उन दिनों। इसके पीछे अंग्रेज़ों की यह सोच थी कि बोरसद की जनता उन बदमाशों को प्रश्रय देती है, इसी कारण वे दहशत फैलाते घूम रहे हैं। लिहाजा जनता को दण्डस्वरूप अतिरिक्त पुलिस बल की व्यवस्थाओं का भार उठाना पड़ेगा।

इस प्रकार का करारोपण बोरसदवासियों के लिए अत्यन्त कष्टकर था। साथ ही निर्दोष जनता के साथ अन्याय भी। ऐसी स्थिति में बोरसद के कुछ व्यक्ति जाकर वल्लभभाई पटेल से मिले। उन्होंने उनसे अपनी व्यथा कही। वल्लभभाई ने अपने एक भाई काशीभाई पटेल तथा कुछ मित्रों मोहललाल पाण्ड्या और रविशंकर महाराज आदि की सहायता से इस विषय में क्षेत्रीय भ्रमण द्वारा जाँच पड़ताल करायी। उन्हें विदित हुआ कि जनता के लोग नहीं, बल्कि स्थानीय पुलिस डाकुओं से मिली हुई है। उसे डाकुओं को बचाने में बाबर देवा और आलिया गिरोह के सदस्यों से रिश्वत मिलती

है। इतना ही नहीं जिन पुलिसवालों की डाकुओं से मिलीभगत है वे उन्हें बदले में कारतूस भी मुहैया कराते हैं और कभी-कभी तो बन्दूकें भी।

दरअसल बोरसद में कलक्टर गैरट ज़िला प्रशासन की ज़िम्मेदारी देख रहा था उसने गुप्त रूप से पता लगाया कि कुछ पाटणवाड़िया और बौरिया जाति के लोग डकैतों को छिपाने-बचाने का कार्य करते थे। क्योंकि बाबर देवा और उसके साथी इन्हीं जातियों से आते थे। ऐतिहासिक तथ्य यह था कि बोरसद की दो अपराधी जातियाँ पाटणवाड़िया और बौरिया अपने को क्षत्रिय बताती थीं। कभी इन निर्धन जातियों के लोग वर्षों पूर्व बोरसद के एक बड़े भूभाग के ज़मींदार थे। विलासिता और कुकर्मों के कारण ये आर्थिक रूप से विपन्न होते गये। इतनी गिरावट हुई इनमें कि उन्हें मज़बूरी में अपनी ज़मीनें महाजनों और पाटीदारों को बेचनी पड़ी। पाटणवाड़िया और बौरिया जाति के लोग धीरे-धीरे अन्य मेहनतकश और समृद्ध किसानों और व्यवसाइयियों के समक्ष घृणा के पात्र बन गये। वक़्त की मार से इन निर्धन जातियों ने चोरी और डकैती जैस गर्हित पेशे अपना लिए। पहले गुण्डे-बदमाश बने। फिर चोर-लुटेरे। आगे चलकर इन्हीं में हत्यारों, फिरौतीबाजों और डकैतों की पीढ़ी पनपने लगी। बोरसद की दो तहसीलों बोरसद तथा आणन्द, जहाँ इन अपराधी जातियों का बाहुल्य था, वहाँ के चुनिन्दा गाँवों की जनता पर कलक्टर गैरेट के आदेश पर वह 'मुँडकर' अर्थात् सामूहिक अर्थदण्ड लगाया गया था।

इस प्रकार जहाँ स्थानीय जनता के कुछ लोग डकैतों के सहायक थे फिर भी समूची ग्रमीण जनता पर वह अन्यायपूर्ण 'मुँडकर' थोपा गया था, वहीं बहुत से स्थानीय पुलिसवाले डकैतों के मददगार थे। प्रशासन उनकी ओर से आँखें मूंदे हुए था। सारी परिस्थितियों से वाकिफ होकर वल्लभभाई पटेल जनता के पक्षधर बने।

1 दिसम्बर, 1923 को वल्लभभाई पटेल ने बोरसद में गुजरात कांग्रेस समिति की बैठक आयोजित की। दूसरे दिन तालुके के लगभग 6000 किसानों की एक सभा हुई। उसमें वल्लभभाई ने ऐलान किया कि- "मुँडकर अन्यायपूर्ण है। मुट्ठीभर लोगों के गलत कार्यों का ख़मियाज़ा गाँवों की सारी ग़रीब जनता क्यों भुगते? हम सच्चाई के मार्ग पर हैं। इसलिए हम सत्याग्रह करेंगे। गाँधी जी के सुझाये रास्ते पर चलेंगे। इस अन्यायपूर्ण कर को हर्गिज अदा नहीं करेंगे। इसके एवज में सरकार चाहे जितना ज़ोर-जुल्म करे उसे शान्ति से सहन करना होगा।"

9 दिसम्बर, 1923 को 'नवजीवन' अख़बार में वल्लभभाई ने एक वक्तव्य प्रकाशित करके सारे गुजरात को उस स्थानीय समस्या से परिचित कराया और सहायता की अपील की। इन शब्दों में -

"बोरसद और आणन्द तहसील की निर्दोष जनता पर सरकार ने 2 लाख 50 हजार रुपए का जुर्माना लगा दिया है। इसके साथ ही लगभग 500 गाँवों में पुलिस बल तैनात कर दिया गया है। इसका प्रतिरोध करते हुए जनता ने सत्याग्रह करने का निर्णय लिया

है।...प्रत्येक गाँव में बाहर से बुलायी गयी पुलिस तैनात की गयी है। उनमें से कुछ पुलिसवालों ने लोगों पर तरह-तरह के अत्याचार करने आरम्भ कर दिये हैं। लुटेरों के आतंक से त्रस्त जनता अब पुलिस के आतंक में फँसी है।...स्त्रियों की इज़्ज़त पर भी हाथ डाला जा रहा है।...पटवारियों को आदेश दिये गये हैं कि वे तुरन्त जब्ती करें। ज़ब्ती वसूली करनेवालों को लालच दिया जा रहा है।...ऐसी कष्टप्रद स्थिति में लोगों को आश्वस्त करने और उनके दुःख में सहभागी बनने की बहुत आवश्यकता है। गुजरात के नवयुवकों के लिए जनता की सेवा करने का यह सुनहरा अवसर हाथ आया है। जो बोरसद में सेवा करने के इच्छुक हों, वे प्रान्तीय समिति के मन्त्री के नाम अपना आवेदन तुरन्त भेजें।...इस लड़ाई में धन की आवश्यकता पड़ेगी। मुझे आशा है कि गुजरात स्वयं बोरसद के आन्दोलन के लिए पर्याप्त धन दे सकता है। सहायता करने के इच्छुक गुजरात प्रान्तीय समिति को चन्दा भेज सकते हैं। -वल्लभभाई झबेरभाई पटेल।"

इस तरह बोरसद आन्दोलन की शुरूआत वल्लभभाई पटेल के नेतृत्व में उनके सार्वजनिक वक्तव्य से वर्ष 1923 के अन्त में आरम्भ हुआ। गाँव-गाँव में प्रभात फेरियाँ निकलने लगीं। इनमें कीर्त्तन गाते स्त्री-पुरुषों को देखकर ग्रामीण अंचलों में तैनात पुलिसवाले भी दंग रह जाते।

वल्लभभाई ने बोरसद में आन्दोलन का प्रधान कार्यालय स्थापित किया था। इसके मुख्य कर्त्ताधर्ता दरबार गोपालदास बनाये गये। मोहनलाल पाण्ड्या ने गाँवों के लिए सूचनापत्र तथा समाचारों के लिए बुलेटिन निकालने का कार्य सँभाला। समाज के सभी वर्गों ने बोरसद सत्याग्रह में खुलकर भाग लिया। रविशंकर महाराज का पाटणवाड़ियों और बौरियों के ऊपर अच्छा प्रभाव था। उन्होंने गाँव-गाँव घूमकर लोगों को सत्याग्रह के लिए तैयार किया।

सरकार ने तब ग्रामीणों के ख़िलाफ़ सख़्त क़दम उठाये। ज़ब्ती के हुक्मनामे जारी हुए। राजस्व कर्मचारियों ने लोगों की ज़मीन-जायदाद ढोर-डंगर कुर्क करने की कोशिशें कीं, पर बहुतेरे प्रयत्नों के बावजूद जनता की एकता के कारण, वे कोशिशें कामयाब न हो सकीं। उनके नेता वल्लभभाई पटेल ने लोगों को इस तरह से प्रशिक्षित किया कि वे स्वयं की रक्षा करते और अपने सामान को कुर्की-ज़ब्ती से प्रायः बचा ले जाते थे। दिन में जब सरकारी अमला कुर्की-ज़ब्ती हेतु किसी गाँव में पहुँचता तो किसान अपने घरों में ताले डालकर अपने मवेशियों के साथ जंगलों में छिप जाते। गाँव की गलियों का साँय-साँय करता सन्नाटा सरकारी लोगों को हताश कर देता। गाँववाले नित नयी रणनीति अपनाते। औरतों ने अपने ताँबे-पीतल के बरतन छिपा लिए और वे मिट्टी के बरतनों में भोजन पकाने लगीं। आन्दोलन में वे भी पुरुषों से पीछे न रहीं। पकड़-धकड़ से बचने के लिए लोगों ने और भी तरीक़े ईज़ाद किये। बाज़ार दिन के समय लगते तो लोगों की पकड़-धकड़ आसान हो जाती। अतः बाज़ार दिन के बजाये रात्रि में लगने लगे। गैसबत्ती की रोशनी में।

ऐसे शान्त और अहिंसक असहयोग आन्दोलन को देखकर दो महीने में ही सरकार परेशान हो गयी। वल्लभभाई पटेल जहाँ एक ओर जनसामान्य को शान्ति और सच्चाई पर अडिग रहने का मन्त्र देते वहीं जरायम-पेशा लोगों के लिए भी उनका सन्देश था कि -"यह तो एक यज्ञ है। शुद्धि का यज्ञ। कोई इसे बुरे कर्मों से भ्रष्ट न करे। जो भाई शराब या कोई भी नशा करते हों उन्हें उसे छोड़ देना चाहिए। जो भाई अपराध के रास्ते चलकर जनता को पीड़ा देने के कार्य में लगे हैं उन्हें यह काम भी छोड़ देना चाहिए। उन्हें भी शुद्धि के साथ इस महायज्ञ में साथ देना चाहिए। जो ऐसा न कर सके उन्हें सत्याग्रही-गाँवों को छोड़कर चले जाना चाहिए।"

पटेल की भाषण सभाओं में डाकू और दूसरे अपराधी भी इस महापुरुष को चुपचाप सुनते और उसका उन पर गहरा असर होता। धीरे-धीरे उन गाँवों में रहनेवाले डाकू अथवा उनके साथी बोरसद तालुक़ों को छोड़ने लगे और जनता राहत की सांस लेने लगी। सत्याग्रह के उन्हीं दिनों में एक बार किसी गाँव में रात के समय ठहरे वल्लभभाई से एक अपरिचित व्यक्ति एकान्त में आकर मिला।

लालटेन की रोशनी उस छप्परवाले घर में जल रही थी। जहाँ एक चारपायी पर गद्दा तकिया बिछा था। वल्लभभाई लेट चुके थे और चादर ओढ़कर सोने की तैयारी कर रहे थे। उनके साथी अन्य छप्परों के नीचे सो चुके थे।

तभी एक लम्बे-से व्यक्ति ने सिर झुकाकर वल्लभभाई पटेल की मढ़ई में प्रवेश किया। उसने सिर पर एक पगड़ी पहनी हुई थी और अपना आधा चेहरा एक चादर से ढक रखा था।

"सर! सो गये क्या ?" -वह व्यक्ति बोला। कहते-कहते - वह व्यक्ति भीतर आ गया और वल्लभभाई पटेल के पाँव छूकर भूमि पर बैठ गया। पटेल चौंके। बोले - "कौन हो भाई इतनी रात।"

वह बोला - "सर! आपसे क्या छिपाना। मैं बाबर देवा हूँ।"

पटेल उठकर बैठ गये। कहा-"तुम! कैसे आये?"

"बस चला आया। आपसे मिलने की बड़ी इच्छा थी। सो आना पड़ा।" कहकर उस व्यक्ति ने अपने चेहरे के निचले भाग से वह चादर सरका दी।

वल्लभभाई ने देखा कि एक पैंतीस-सैंतीस वर्ष का घनी दाढ़ी-मूँछ वाला दुबला-पतला साँवले रंग का सामान्य-सा युवक उनके सामने बैठा था। जिसकी आँखों में चमक तो थी, पर चेहरे पर उदासी की एक परत- सी लिपटी हुई थी।

वल्लभभाई ने कहा- "मुझे मालूम है सरकार की गलत नीतियों के कारण अनेक भले-आदमी डाकू बन जाते हैं। तुम्हारी भी अपनी कोई कहानी जरूर होगी।"

"जी वकील साब!"

"तो तुम मेरे बारे में भी जानते हो?" -वल्लभभाई के कठोर चेहरे पर उनकी दुर्लभ मुस्कान कुछ क्षण को नाची।

"आपको सर कौन नहीं जानता? अहमदाबाद के नामी वकील रहे हैं आप और यह खेड़ा ज़िला भी तो आपका है।"

"वह सब तो ठीक है। अब आये हो तो मुझे अपने बारे में बताओ।" -कहते हुए एक पल को वल्लभभाई को अहसास हुआ मानों उनके भीतर का बैरिस्टर एक बार फिर जाग गया हो और जैसे वह किसी मोवक्किल का मुक़दमा तैयार करने के लिए उससे पूछताछ कर रहे हों।

किसी तरह पुलिस से छिपता-छिपाता आया डकैत बाबर देवा भी जैसे भरा-बैठा था। उसने अपने अतीत की गठरी की गांठ वल्लभभाई पटेल के सामने तत्काल खोल दी। कहने लगा-

"मेरे गाँव का नाम है-गोरैल। वहाँ पाटणवाड़िया जाति के लोग ही ज़्यादातर हैं। मैं भी इसी जाति में पैदा हुआ। हम बहुत ग़रीब घर के थे। पिता हमारे छुटपन में ही मर गये। यों समझें किसी बदमाश ने दुश्मनी में उन्हें मार दिया। घर में मेरे अलावा मेरे तीन भाई और थे। हमारी देखभाल करनेवाला कोई था तो बस हमारी माँ थी। ग़रीबी ने हम चारों भाइयों को चोरी करना और लूटपाट करना सिखा दिया। एक बार पास के किसी गाँव में चोरी हुई। पुलिस आयी। मेरे और सब भाई तो घर से भाग-भूग गये। मैं पकड़ा गया। हवालात में मुझे पुलिसवालों ने बहुत बेरहमी से मारा-कूटा। पीछे गाँव का पुलिस-पटेल भी मेरी माँ को सताने लगा। आख़िर एक दिन मैं जेल से छूटकर आया। माँ ने बड़े प्रेम से मेरे लिये भात-साग बनाया। जब मैं खाने लगा तो माँ अपने आँचल में मुँह छिपाकर रोने लगी। मुझसे अधिक खाते न बना। पूछा क्या बात है? तू रोती क्यों है? तब माँ ने रोते-रोते मुझे पुलिस-पटेल की गालियों और ज़्यादतियों के बारे में बताया। बाल पकड़कर घसीटने, पीटने और माँ-बहन की गालियाँ देने के बारे में बताया। अभी वह कुछ और भी कहती कि मेरा ख़ून खौल गया। मैंने घर में पड़ा गँड़ासा उठाया और गाँव में दिनदहाड़े निकल पड़ा। मैंने पुलिस पटेल के घर में घुसकर मेरी माता का अपमान करनेवाले उस कुत्ते के शरीर के उसी गंडासे से टुकड़े-टुकड़े कर दिये और फ़रार हो गया। तभी से सर, मैं एक बाग़ी हूँ।"

"हम्म...सुना है कि तुमने कई बार सरकारी ख़ज़ाने भी लूटे हैं ?"

"सही सुना है सर! मैं सिर्फ़ सरकारी ख़ज़ाने और सेठों को ही लूटता हूँ, कभी किसी ग़रीब को नहीं। इसी से कोई भले ही मुझे डकैत कहे मैं ख़ुद को बाग़ी ही कहता हूँ।"

"सेठों को लूटना भी क्या बगावत कहलाती है? यह तो डकैती ही कही जायेगी।"

"छोड़िए, वकील साहब...आप भी क्या कहते हैं? सेठ तो ख़ुद ही डकैत हैं। ग़रीबों को लूटकर अपना घर भरते हैं । उन्हें लूटना डकैती कैसी ?"

"और तुम्हारा दूसरा साथी। वह आलिया?"

"आलिया मेरे साथ नहीं है।"

"क्यों ? सब कहते हैं कि तुम्हारा और उसका पक्का संग-साथ है।"

"कभी था। बहुत पहले। अब हमारे रास्ते अलग हैं।

पटेल ने कहा-"मगर तुम लोग जो भी कर रहे हो उसका दण्ड तो तुम्हारी पूरी बिरादरी भुगत रही है। बताओ तो ? लाखों रुपयों का मुँडकर हज़ारों गाँववालों के सिर पर तलवार की तरह लटक गया है।"

इस पर बाबर देवा डकैत ने हाथ जोड़कर वल्लभभाई से कहा-"तो फिर आप ही बतायें मैं क्या करूँ?" वल्लभभाई पटेल ने कहा-"मुक्त कर दो गाँववालों को अपने ख़ौफ़ से। चाहे वह तुम्हारे नातेदार हों या ग़ैर नातेदार। बोरसद क्या इस पूरे खेड़ा ज़िले का इलाका छोड़कर चले जाओ। तुम और तुम्हारे साथी अगर ज़रा भी तुममें इन्सानियत हो... लूटपाट की ज़िन्दगी भी छोड़ सको तो और बेहतर।"

बाबर देवा उठा। उसने झुककर वल्लभभाई के पैर छुए और रात के अँधेरे में जैसे चुपचाप आया था उन्हीं अँधेरों में उसी तरह गुम हो गया। इसके बाद डकैती की वारदातें पूरी तरह खेड़े और आस-पास के इलाकों में थम गयी। कहीं भी डकैत और उनके हमदर्द लोग आम लोगों को दिखना बन्द हो गये। डाकुओं ने खेड़ा ज़िला स्वयं छोड़ दिया।

बोरसद सत्याग्रह का वल्लभभाई पटेल ने कुशल संचालन किया। यह सत्याग्रह पाँच सप्ताह चला। तभी सर लेज़्ली विल्सन बम्बई के नये गवर्नर बनकर आये। वल्लभभाई ने कांग्रेस समिति द्वारा करायी गयी जाँच रिपोर्ट तथा समाचार-पत्रों की कतरनें अपने एक पत्र के साथ नत्थी करके गवर्नर विल्सन को भेजीं। विल्सन ने मामले को गम्भीरता से लिया। उन्होंने समाचार कतरनों में वल्लभभाई के भाषणों के वे अंश भी पढ़े जिनमें कहा गया था कि पुलिस की डकैतों से मिलीभगत एक गुप्त सर्कुलर से ही जाहिर हो जाती है। गवर्नर ने वास्तविकता जानने के लिए गृह सचिव मौरिस हेवर्ड को बोरसद भेजा। उन्होंने क्षेत्रीय दौरा करके स्थान-स्थान पर खास और आम से बातचीत की और तथ्यों की छानबीन की। बम्बई लौटकर गृह सचिव ने गवर्नर को रिपोर्ट दी। इसके अनुसार पटेल के द्वारा लगाये आरोप सही पाये। गवर्नर ने तुरन्त कार्यवाही करते हुए 8 जनवरी, 1924 को जनता पर लगाया अनुचित कर अथवा 'मुण्डकर' वापस ले लिया। वल्लभभाई ने इस न्यायसंगत कार्यवाही के लिए एक धन्यवाद का पत्र गवर्नर को लिखा और बोरसद सत्याग्रह समाप्त हो गया।

सरकार इसके बाद हरकत में आयी। पुलिस की लगाम कसी गयी। वह सक्रिय हुई। एक एक करके आलिया और बाबर देवा डकैत पकड़े गये। उन्हे क्रमशः फाँसी दे दी गयी। बोरसद और आस-पास के ग्रामीण अंचलों से अतिरिक्त पुलिस बल हटा लिए गये।

बोरसद आन्दोलन की सफलता को बड़े हर्ष एवं उल्लास के साथ मनाया गया। पटेल और उनके साथियों को जनसामान्य द्वारा फूल मालाओं से सम्मानित किया गया।

इस अवसर पर वल्लभभाई का कहना था कि -"यह सत्याग्रह गाँधी जी के सपनों का सवेरा है। सही मायनों में यह न किसी की जीत है न हार। हमने सत्य और अहिंसा की लड़ाई मिल-जुलकर लड़ी। माताओं बहनों ने भी किसान भाइयों का साथ दिया। बहुत धैर्य के साथ सबने तप किया। सरकार ने भी आख़िर में न्याय का परिचय दिया। हम उनके भी धन्यवादी हैं।"

इन्हीं दिनों महात्मा गाँधी पूना में अपेंडीसाइटिस के ऑपरेशन के लिए अस्पताल में भर्ती थे। बॉम्बे प्रेसीडेन्सी के बड़े सर्जन कर्नल मेडोक ने गाँधी जी का ऑपरेशन किया। आपरेशन के दौरान बिजली चली गयी। तब सर्जन मेडोक ने टॉर्च की रोशनी में भी बापू का ऑपरेशन कुशलता पूर्वक सम्पन्न किया।

कुछ दिनों बाद लोगों को गाँधी जी को देखने की अनुमति दी गयी। महादेव देसाई और वल्लभभाई गाँधी को देखने पूना के हॉस्पिटल गये। गाँधी जी शय्या पर लेटे थे। उनकी जैसे ही वार्ड में प्रवेश करते हुए वल्लभभाई पर दृष्टि पड़ी वे उनके स्वागत में बोल पड़े-"जिन्दाबाद ओ बोरसद के राजा।"

वल्लभभाई प्रणाम की मुद्रा में गाँधी जी के समक्ष झुके। गाँधी अपनी टुटही दँतपंक्ति दिखाते हुए खुशी से मुस्कुराये और पटेल की पीठ थपथपाकर बोले-"बोरसद में तो तुमने वास्तव में कमाल कर दिया।"

फिर महात्मा जी ने महादेव भाई की ओर देखा और कहा-"मैंने सुना है कि इन दिनों तुम वही करते हो जो वल्लभभाई तुमसे करने को बोलते हैं। अगर अँधेरी रात में यह तुम्हें सूरज देखने का इशारा करें तो तुम कहोगे हाँ ऐसा ही है। और अगर कहें कि दिन में तारे निकले हुए हैं तो तुम कहोगे कि वे तारे तुम्हे दिखायी दे रहे हैं।"

महादेव सकपकाए और गाँधी जी खिलखिलाकर हँस पड़े। नर्स ने आगन्तुकों को बाहर जाने को कहा। गाँधी जी को कहा-"शान्त हो जाइये। ज्यादा हँसने से पेट पर ज़ोर पड़ता है।"

1924 में ही अहमदाबाद म्यूनिसिपैलिटी के चुनाव हुए। वल्लभभाई के समर्थकों ने 48 में से 35 स्थानों पर क़ब्ज़ा कर लिया। इससे पहले वल्लभभाई पटेल 1917 से 1922 तक म्यूनिसिपैलिटी के सदस्य रह चुके थे। उन्होने सेनेटरी कमेटी के अध्यक्ष के रूप में अहमदाबाद महानगर के लिए अनेक उपयोगी कार्य किये थे। इस बार वे म्यूनिसपैलिटी के अध्यक्ष निर्वाचित किये गये, जिस पर वे 1928 तक रहे। अपने इस कार्यकाल में पटेल ने म्यूनिसिपल अध्यापकों की स्थिति सुधारने और स्थानीय निकाय के वातावरण को बेहतर बनाने, नगर में स्वच्छता लाने, जलापूर्ति और प्रकाश व्यवस्था को दुरुस्त करने और नगर नियोजन की दिशा में कई ठोस कार्य सुनिश्चित किये। वर्ष 1927 की जुलाई में अहमदाबाद में कई दिन भारी वर्षा हुई। जिसके चलते नगर में कई इलाकों में जल भराव से बाढ़ आ गयी। उन दिनों वल्लभभाई पटेल ने पानी में भीगते हुए भी म्यूनिसिपल स्टाफ से कन्धे-से-कन्धा मिलाकर दिन-रात जल-निकासी

के लिए प्रबन्ध किये और नगरवासियों को अनेक प्रकार से राहत पहुँचायी।

वल्लभभाई पटेल जिस कार्य को भी हाथ में लेते उसके लिए निरन्तर संघर्ष करते और उसे अंजाम तक पहुँचाकर ही दम लेते थे। वे नागरिक हित के कार्यों में अपने स्वास्थ्य और जान की जोखम उठाने में भी कभी संकोच नहीं करते थे। गाँधी जी ने उनके इन्हीं गुणों के कारण उनको सदैव अपना बायाँ हाथ माना।

7

साबरमती का सन्त

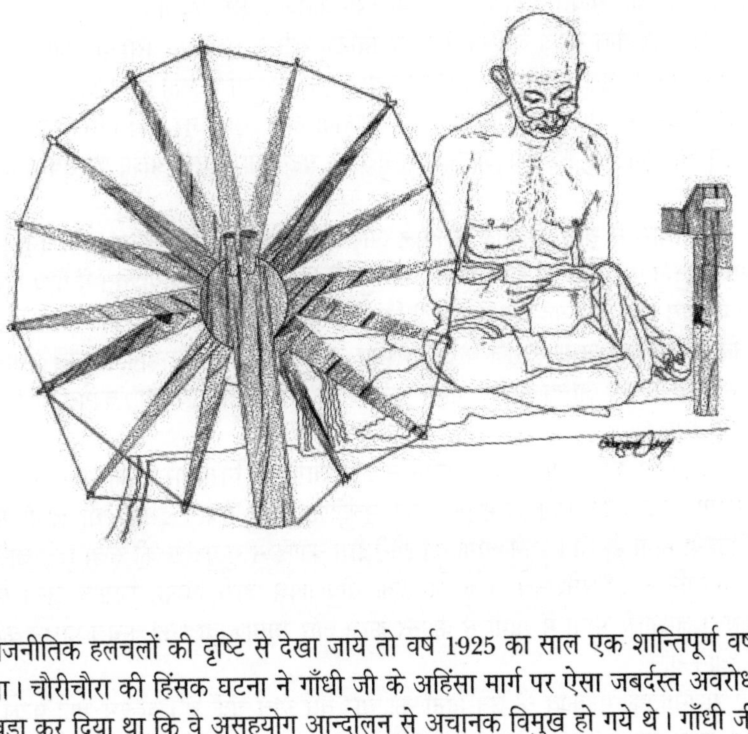

राजनीतिक हलचलों की दृष्टि से देखा जाये तो वर्ष 1925 का साल एक शान्तिपूर्ण वर्ष था। चौरीचौरा की हिंसक घटना ने गाँधी जी के अहिंसा मार्ग पर ऐसा जबर्दस्त अवरोध खड़ा कर दिया था कि वे असहयोग आन्दोलन से अचानक विमुख हो गये थे। गाँधी जी का अधिकांश जीवन या तो साबरमती आश्रम में बीतता अथवा वह जेल में व्यतीत हुआ। इस बीच उन्होंने राजनीति को दरकिनार कर सामाजिक और नैतिक उत्थान के लक्ष्य को चुन लिया था। गांधी जी देश की स्वाधीनता से पहले देशवासियों को उसके लिए तैयार

करना चाहते थे। गाँधी जी चाहते थे कि सत्ता प्राप्त करने से पहले लोग सभ्य होना सीखें। अनुशासित होना सीखें। विदेशी चमक-दमक के बजाय स्वदेशी की गरिमा को समझें।

1925 का वर्ष और आनेवाले अभी कुछ और वर्ष महात्मा गाँधी के लिए एक सन्त की भाँति तपस्या के वर्ष थे। देशवासियों के लिए आत्मशुद्धि के वर्ष थे। इन दिनों में गाँधी जी ने राजनीतिक सक्रियता का रास्ता छोड़कर जिस नये रास्ते का चयन किया था और अपने अनुयायियों को भी जिस राह पर वे ले जा रहे थे, उसे देखकर अंग्रेज़ काफ़ी हद तक ग़फ़लत में आ गये थे। परन्तु घायल शेर से भी डर तो लगता ही है।

अंग्रेज़ शासकों को बहरहाल यह लगने लगा था कि राजनैतिक रूप से गाँधी अब शायद एक चुकी हुई ताक़त थे। अंग्रेज़ों को गाँधी जी के रचनात्मक कार्यों में ब्रिटिश साम्राज्य को कोई बहुत बड़ा ख़तरा नज़र नहीं आता था। अपने आश्रम में चरखा कातते गाँधी अथवा जेल की दीवारों के पीछे कुछ लिखते-पढ़ते अर्धनग्न तनवाले गाँधी अंग्रेज़ों को एक दयनीय-आदमी-से नजर आते। लगता नहीं था कि हज़ारों लाखों की भीड़ जुटानेवाला यह व्यक्ति दोबारा फिर कभी वैसा करिश्मा कर पायेगा।

पाँच वर्ष बीत रहे थे जब गाँधी जी के ब्रिटिश राज के ख़िलाफ़ असहयोग-आन्दोलन के आहवान पर पूरा भारत उठ खड़ा हुआ था। ऐसी अभूतपूर्व ऊर्जा का संचार जन-जन में हुआ था कि लगने लगा जैसे देश की आज़ादी अब ज़्यादा दूर नहीं। परन्तु बम्बई, मद्रास और ख़ासकर उत्तर प्रदेश के चौरीचौरा की घटनाओं ने उस आशा पर तुषारापात कर दिया।

चौरीचौरा में थाने पर भीड़ के हमले और 21 पुलिसवालों को ज़िन्दा जला देने की निर्मम घटना पर गाँधी जी इतने हताश और दुःखी हुए कि उन्होने प्रायश्चित में पाँच दिन का उपवास रखा और यह घोषणा कर दी कि हिंसा की घटनाओं ने उन्हें यक़ीन दिला दिया है कि हमारा देश अभी स्वराज के लिए तैयार नहीं हो सका है। उन्होंने तत्काल प्रभाव से सविनय-अवज्ञा आन्दोलन को वापस लेने को भी ऐलान कर दिया था। कांग्रेस दो गुटों में बँट गयी थी।

चौरीचौरा की घटना के बाद शासन ने 228 लोगों को गिरफ़्तार किया था। उन पर मुक़दमा चला और 172 अभियुक्तों को मृत्युदण्ड दिया गया। इसकी भी लोगों में प्रतिक्रिया होनी ही थी। इतने लोगों को चौरीचौरा काण्ड में मृत्युदण्ड की सजा दिये जाने पर कम्यूनिस्ट इण्टरनेशनल ने अपना एक घोषणापत्र जारी किया, जिसके अन्त में अत्यन्त जोशीली भाषा में लोगों से क्रान्ति करने और साम्राज्यवाद को कुचल डालने का आह्वान था।

राजनीतिक भटकाव के उन दिनों को चार वर्ष बीत चुके थे। वल्लभ भाई पटेल, जमनालाल बज़ाज़, बाबू राजेन्द्रप्रसाद आदि ने नागपुर सत्याग्रह और बोरसद आन्दोलनों द्वारा गाँधी जी की लगायी उस सात्त्विक आग को यद्यपि पूरी तरह बुझने नहीं दिया था। परन्तु वह आग सीमित क्षेत्रों में ही प्रज्ज्वलित हुई, फिर भी उस आग से हवा में उठती

चिंगारियों का थोड़ा -बहुत ताप देश के कोने-कोने तक गया। पद्यपि लक्ष्य से चूका तीर किसी निर्णायक परिणाम तक तो नहीं ही पहुँच पाता है।

यद्यपि गाँधी जी अब बार-बार कहने लगे थे कि स्वराज के लिए आन्दोलन ने नया रूप ले लिया है और यह कि अब चरखा कातने, हिन्दू समाज से अस्पृश्यता मिटाने और हिन्दू-मुस्लिम साम्प्रदायिक एकता के लिए काम करने की नैतिकतावादी राजनीति हम करेंगे। आगे स्वराज इसी रास्ते आयेगा। परन्तु गाँधी जी के इन विचारों को देश में बहुत-से लोग हास्यास्पद अथवा अव्यावहारिक मानते थे। स्वयं कांग्रेस में ही गाँधी जी का एक विरोधी-दल खड़ा हो गया था जो असेम्बलियों में प्रवेश कर अंग्रेज़ी राज की जड़ें खोदने का हिमायती था।

गली-मोहल्ले-चौपालों-कॉफी हाउसों में लोग देश के हालात पर बहस करते। गांधी जी के ठण्डे रवैये के प्रति अगर उनके बहुतेरे आलोचक थे तो बड़ी संख्या में लोग अब भी उनके समर्थक थे।

शर्मा जी दिल्ली काफ़ी हाउस में बैठे गुप्ता जी से अक्सर शाम को भिड़ जाते-''भारत स्वराज के लिए अभी तैयार नहीं है। यह क्या वाहियात बात हुई?''

''अरे... क्या बात कर रहे हैं आप?'' - गुप्ता जी ने बेचैन होकर कहा।

''क्यों-क्यों न कहूँ।'' असहयोग-आन्दोलन में जो पब्लिक ने इतना ख़ून-पसीना बहाया। नौजवानों ने स्कूल-कॉलेज छोड़े। उनके माँ-बाप ने नौकरी और घर-द्वार छोड़े। कितने ही लोग जेल गये। ज़ोर-ज़ुल्म सहे। उसे एक झटके में निरर्थक कर दिया आपके महात्मा जी ने।''

''ठीक ही तो किया बापू ने। जब हम ही अभी इस लायक़ नहीं कि संगठित और अनुशासित-होकर अंग्रेज़ों के ख़िलाफ़ लड़ सकें। जात-पाँत छुआछूत का भूत सवार है हम पर और वह क्या है?''...

''गुप्ता जी!...शायद कौमी-दंगों से मतलब है आपका'' - आवाज़ को तनिक दबाकर शर्मा जी ने कहा।

''हाँ-हाँ वही। तो भइया अब बैठकर कुछ साल या महीने चरखा-कातो, भाईचारा लाने और छुआछूत मिटाने के काम में लगो। यही तो कहते हैं बापू।''

''तो भइये। क्या चरखे से सूत कातने से स्वराज आ जायेगा? या फिर प्रार्थना सभाओं में हिन्दुओं के भजनों के साथ मुसलमानों, क्रिस्तानों के मजहबी-घालमेल से साम्प्रदायिक और जातीय वैमनस्य दूर हो जायेगा?''

''क्यों नहीं दूर होगा? क्यों नही होगा? आयें...'' गुप्ता जी बोले।

''क्या यार गुप्ता जी! ... आप भी किस दुनिया में रहते हैं। ये समस्याएँ तो सैकड़ों सालों से मुल्क में चली आ रही हैं। इतने जल्दी तो खत्म होने से रहीं।'' शर्मा जी ने किलसते हुए कहा।

"परन्तु महात्मा जी ने उनको समाप्त करने के लिए एक अच्छी शुरुआत तो कर ही दी है। वे सोचते हैं कि हिन्दू समाज की एकता के लिए सवर्ण और हरिजन के मध्य भेदभाव का समाप्त होना अनिवार्य है। देश की अखण्डता के लिए हिन्दू-मुस्लिम की समस्या का हल होना भी उतना ही जरूरी है।" गुप्ता जी कहते।

इस पर शर्मा जी एक ख़ौफ़नाक क़हक़हा लगाते हुए उठ खड़े हुए यह कहते-"भजते रहिये फिर अपने गाँधी बाबा को। इस तरह तो यह देश अगले सौ साल तक आज़ाद नहीं होने वाला। चलता हूँ। आज रात 8.00 बजे हमारी कॉलोनी के पार्क में आचार्य रामकृपालु जी महाराज का प्रवचन है।"

देश में अनेक नौजवान इन दिनों गाँधी जी के राजनीतिक पटल पर अप्रासंगिक होते जाने की बात से पूरी तरह सहमत थे। ऐसे लोग पंजाब और बंगाल के उन युवा क्रान्तिकारियों से उम्मीद लगा रहे थे जो ब्रिटिश हुकूमत को उखाड़ने के लिए हिंसक तौर-तरीकों के पक्षधर थे।

यद्यपि 1925 का साल राजनीतिक रूप से अपेक्षाकृत शान्त साल था परन्तु इस साल देश का वातावरण अन्य कई प्रकार से अशांत हुआ। बंगाल और असम ने बाढ़ की विभीषिकाएँ झेलीं। वहीं दूसरी तरफ मद्रास प्रेसीडेन्सी के कुछ ज़िलों और राजपूताना की बहुत-सी रियासतों में सूखा पड़ा। त्रावणकोर शहर के अनेक गाँवों में जातीय-हिंसा का तांडव हुआ और भारत के कुछ दूसरे इलाक़ों में हिन्दू-मुस्लिम दंगे हुए। महात्मा गाँधी दोनो समुदायों में शान्ति कायम करने की अपील करते। साल की शुरूआत में ही रावलपिण्डी के कोहाट इलाक़े में मुस्लिम-बहुल इलाक़ों में भी अनेक हिन्दुओं के साथ मारकाट की गयी। हिन्दू परिवार भागकर जिन पड़ोसियों के घरों में अथवा मन्दिरों में शरणागत हुए वहाँ भी दंगाइयों ने उन पर हमले किये। गाँधी जी ने उन दंगाग्रस्त क्षेत्रों में जाने की अनुमति माँगी, जिसे ब्रिटिश सरकार ने ठुकरा दिया। जुलाई, 1925 में गाँधी जी कलकत्ता गयें थे। वहाँ पर बकरीद पर हाल ही में दंगे हुए थे। दंगों के बाद महात्मा गाँधी वहाँ अपनी देखरेख में शान्ति समितियों का गठन करवा रहे थे। गजब का जीवट था इस सन्तनुमा नेता का। जहाँ आग लगी देखी फ़ौरन पानी लेकर दौड़ पड़े। वे कहते कि-"आग से आग नहीं बुझती। पानी से बुझती है। नफ़रत को प्रेम से ही जीता जाना सम्भव है।"

गाँधी जी ने साम्प्रदायिक वातावरण को शान्त करने की चेतावनी दी। उनकी चेतावनी कोरी धमकी नहीं होती थी। न ही उनका उपवास दिखावे का अनशन। यह स्वास्थ्य-घातक और कभी-कभी तो लगभग प्राण-घातक किस्म का हुआ करता था।

गाँधी जी ने विगत वर्ष 1924 में दिल्ली में हुए दंगों के बाद एक 21 दिन का लम्बा उपवास किया। इस उपवास ने महात्मा जी को अधमरा कर दिया था, परन्तु वे शान्ति और भाईचारे की बहाली के अपने दृढ़ निश्चय से नहीं डिगे। पचास-पार की उम्र के गाँधी। कठिन परिश्रम और लम्बी-लम्बी यात्राएँ करनेवाले गाँधी। ट्रेन, मोटरगाड़ी की यात्राओं के अलावा थकान भरी लम्बी-पदयात्राएँ करनेवाले गाँधी। भोजन के नाम पर अत्यन्त सादा

और सूक्ष्म भोजन करनेवाले गाँधी। 21 दिन का इतना लम्बा उपवास तो किसी अच्छे-खासे हृष्ट-पुष्ट व्यक्ति को भी तोड़ने के लिए पर्याप्त है। गाँधी जी को उसने मृत्यु की कगार पर पहुँचा दिया। भारत के समाचार-पत्रों में गाँधी जी के उपवास की ख़बरें उनके गिरते स्वास्थ्य के साथ छपतीं। उसकी गूँज विदेशों तक जा पहुँची। 'गार्जियन' आदि अख़बारों ने उसे प्रमुखता से छापा। आख़िरकार हिन्दू-मुस्लिम दंगो की आग दिल्ली में शान्त हुई और दोनों समुदाय के लोगों ने गाँधी जी को हिंसा से दूर रहने और परस्पर अमन से रहने के वचन दिये। तब गाँधी जी ने उपवास छोड़ा था।

1925 में गाँधी जी ने जब पुनः अपने उपवास के विनिश्चय को दोहराया तो उनके प्रशंसकों और साथियों में चिन्ता की लहर दौड़ गयी। पर इस बार गाँधी जी की पूर्व-चेतावनी ही काम कर गयी। देश की शान्ति और सौहार्द के वातावरण में सुधार हुआ। गाँधी जी को अनशन नहीं करना पड़ा। इस साल गाँधी जी का साबरमती आश्रम अहमदाबाद में स्थापित हुए छह वर्ष पुराना हो चला था।

आश्रम की जमीन पर गारा, ईटों और लकड़ी की सहायता से कई कुटियाँ बनायी गयी थीं जिनकी छतें खपरैल वाली थीं। साबरमती नदी के किनारे एक ऊँचे भूभाग पर स्थित था यह आश्रम। इसमें नदी की दिशा में गाँधी जी कुटिया थी। उस कुटिया में तीन कमरे, एक रसोईघर और एक भण्डारकक्ष था। कस्तूरबा पीछे के एक कमरे में रहतीं। दूसरा कमरा अतिथि का था। गाँधी जी सामनेवाले बायीं ओर के एक कमरे में रहते थे, जिसके साथ एक बड़ा सा बरामदा था। गाँधी जी के कमरे और बरामदे का रूख नदी की तरफ था। गाँधी जी अपने इसी 200 वर्गफुट के छोटे से स्थान से साबरमती आश्रम की समस्त गतिविधियों का संचालन करते और देश को मार्गदर्शन देते। इस कमरे के कोने पर भूमि पर बिछी एक चटाई पर खादी की चद्दर बिछाये गाँधी अपनी डेस्क पर लिखा-पढ़ी करते। लोगों से मिलते-जुलते। दुनिया भर के लोग जब साबरमती के सन्त से मिलने आते तो इसी कक्ष में जमीन की बिछावन पर बैठकर उस फ़क़ीरनुमा इन्सान से मिलते। एक ऐसा अनोखा फ़क़ीर जिसके हाड़-मांस के दुबले-पतले शरीर में मानो हज़ार हाथियों का बल था। वह बल वस्तुतः उनकी आत्मशक्ति का ही बल था और कुछ दूसरा नहीं।

कांग्रेस के नेतागण भी इसी कक्ष में महात्मा गाँधी से मिलते और उनसे मन्त्रणा करते। व्यापारी, छात्र, वकील, नेता, अभिनेता, पत्रकार, लेखक, विदेशी लोग सभी उस कक्ष में महात्मा गाँधी के दर्शन को आते। गाँधी सबसे प्रेमपूर्वक मिलते और बातें करते। गम्भीर वार्त्तालाप करते और प्रसन्न होने पर खिलखिलाकर हँसते भी। अगर कोई दिन गाँधी जी के मौनव्रत का दिन होता, तो वह आगन्तुको की बातों का जवाब काग़ज़ की स्लिप पर लिखकर दिया करते थे। गाँधी जी की वह बैठक उनका शयनकक्ष भी थी और कार्यालय भी। सैकड़ों की संख्या में गाँधी जी को चिट्ठियाँ आतीं और गाँधी जी उनका जवाब देते। अक्सर अपने हाथ से लिखकर और कभी-कभी अपने निजी सचिव महादेव भाई को बोलकर लिखाकर। गाँधी जी पत्रोत्तर के अन्त में अपना हस्ताक्षर करना कभी नहीं भूलते

थे। देश के कोने-कोने से महात्मा गांधी को पत्र लिखनेवाले गाँधी जी का उत्तर पाकर उनसे आत्मीय रूप से जुड़ाव महसूस करते। गाँधी जी इतने सरल और विनम्र थे कि अगर किसी को उसके पत्र का उत्तर विलम्ब से भेज पाते तो विलम्ब के लिए क्षमा माँगते अथवा खेद व्यक्त करना न भूलते। ऐसी ही तमाम छोटी-छोटी बातें उन्हें बड़ा बनाती थीं।

गाँधी जी साबरमती आश्रम में हर दिन कम-से-कम एक घण्टा चरखा अवश्य चलाते और सूत कातते। यहीं से वे 'नवजीवन' और 'यंग इण्डिया' नामक समाचार-पत्रों का सम्पादन करते। आश्रम के प्रबन्धक गाँधी जी के भतीजे मगनलाल गाँधी थे। वे गाँधी जी के साथ दक्षिण अफ्रीका में भी रह चुके थे। आश्रम के सुचारु प्रबन्धन के लिए महात्मा गाँधी अपने इसी कक्ष में मगनलाल को सलाह एवं निर्देश दिया करते। कुछ लोग वहाँ गाँधी जी से किसी कार्यवश भेंट करने आते और कुछ केवल उनके राजनीतिक, सामाजिक एवं आध्यात्मिक व्यक्तित्व को निकट से देखने मात्र हेतु। गाँधी जी जैसे सन्त पुरूष के साथ कुछ पल बिताना लोगों के लिए परम सौभाग्य की बात होती।

आश्रम की दिनचर्या काफ़ी सख़्त थी। जिसका अनुशासन सभी आश्रमवासियों को अपनाना अनिवार्य था। अस्वस्थता के दिनों को छोड़कर।

4.00 बजे सवेरे ब्रह्ममुहूर्त्त में सोकर उठना। आधे घण्टे में शौच एवं स्नान करके तैयार होना। फिर 4.30 बजे प्रार्थना सभा में उपस्थित होना। प्रातःकालीन नाश्ता 6.00 बजे होता। उसके बाद आश्रमवासी विभिन्न कार्य करते, जो उनके लिए निर्धारित थे। वे खेतों में, बाग़ में, डेरी अथवा कार्यशाला में अपना श्रम देते। आश्रम की स्वच्छता का कार्य, सो अलग। 10.30 बजे दिन का भोजन होता, जिसमें चावल, सब्ज़ी, दूध, रोटी आदि भोजनालय में सबको मिलता। सभी लोग लम्बी चटाइयों पर भूमि पर बैठकर भोजन करते। सायंकालीन प्रार्थना का समय 5.00 बजे शाम का था। रात्रिकालीन भोजन सायं 7.00 बजे तक हो जाता। मौसम का ध्यान रखते हुए हल्का भोजन ही लिया जाता। इसमें दूध नहीं होता था। गांधी जी का मानना था कि रात्रि में दूध ठीक से नहीं पचता और नींद में व्यवधान डालता है। आश्रम के स्त्री पुरूष अपने-अपने शयन कक्षों में 9.00 बजे रात्रि में चले जाते और ठीक 9.30 बजे आश्रम की बत्तियाँ बुझा दी जातीं।

आश्रम की दैनिक गतिविधियों को नियन्त्रित करने हेतु घण्टी बजने की व्यवस्था थी। लोगों को घण्टी की आवाज़ सुनकर निर्धारित कार्य करने होते थे। शय्या त्याग के लिए घण्टी। प्रार्थना सभा में पहुँचने की घण्टी, नाश्ता-दिन और रात के भोजन के लिए घण्टी, शयन के लिए दिनचर्या समाप्त करने की घण्टी आदि। आश्रमवासी केन्द्रीय कार्यालय की घण्टी के अनुपालन के आदी हो चले थे।

सुबह शाम की प्रार्थना-सभाओं में आश्रमवासियों को बा और बापू का सानिध्य लाभ मिलता। हिन्दी, गुजराती, पंजाबी, अंग्रेज़ी किसी भी तरह के भजन प्रार्थना-सभाओं की विशेषता थे।

''रघुपति राघव राजा राम'' अथवा ''वैष्णव जन जो तेणे कहिये'' जैसे भजन आमतौर पर गाये जानेवाले कुछ लोकप्रिय भजनों में से थे, जो बापू को बहुत प्रिय थे। आश्रमवासी गाँधी जी को - 'बापू' जिसका अर्थ होता है 'पिता'-ही कहकर बुलाते थे। उसी तरह कस्तूरबा सबकी 'बा' अर्थात् 'माँ' थीं। आपस में सभी स्त्री-पुरूष परस्पर भाई-बहन करके ही उनके नाम के साथ पुकारे जाते थे। नवागंतुक पति-पत्नी कभी-कभी परस्पर मज़ाक करते। पति कहता कि - ''यहाँ तो इतना बेन और भाई चलता है कि कहीं हम-तुम भी ग़लती से एक-दूसरे को ऐसा न बोल बैठें।'' पत्नी हँसकर कहती-''तो क्या बुरा है। अगर कभी तुमने बोल दिया तो आगे के लिए ब्रह्मचर्य व्रत ले लेना।''

गाँधी जी की प्रार्थना सभाओं में गीता-पाठ के अलावा सभी धर्मो को सम्मान दिया जाता। कुरान और बाइबिल के अंश भी पढ़े जाते। गुरुग्रन्थ साहब की गुरुवाणी का पाठ होता। भजन और पाठ के बाद गाँधी जी का आध्यात्मिक प्रवचन होता। उसमें देश और समाज को दिशा देने के संकेत विद्यमान होते। गाँधी जी अपनी गोद में छोटे-छोटे बच्चों को भी बैठाकर उन्हें खिलाते। वे उपस्थित स्त्री-पुरूषों से उनसे सवाल करने को भी प्रोत्साहित करते। लोग गाँधी जी से तरह-तरह की चर्चाएँ करते और प्रश्न पूछते। गाँधी जी और उपस्थित समूह के मध्य उस समय पूरा लोकतन्त्र विद्यमान रहता। उस समय बापू और आश्रमवासियों के मध्य हल्का-फुल्का हँसी-मज़ाक भी चलता।

लोग बापू से तरह-तरह की जिज्ञासाएँ करते। ये बातें भोजन, आहार-व्यवहार, नींद, स्वप्नदोष, ब्रह्मचर्य किसी भी टॉपिक पर हो सकती थीं। बापू अत्यन्त सहज भाव से सभी बातों का उत्तर देते। बोलते समय गाँधी जी के स्वर में बहुत उतार-चढ़ाव नहीं होता था। वे प्रायः सम पर बातचीत किया करते थे। कभी-कभी वे किसी प्रश्नकर्त्ता को ऐसा उत्तर देते कि सारा श्रोता समाज एक साथ हँस पड़ता। प्रार्थना-सभा विसर्जित हो जाने के बाद भी बहुतों के मन में देर तक उसकी स्मृति बनी रहती।

गाँधी जी जब शाम को टहलने निकलते तो इतनी तेज़ चाल से चलते थे कि युवाओं को भी मात दे देते। महात्मा गाँधी की दिनचर्या स्वयं भी अत्यन्त कसी हुई थी। उनकी कथनी और करनी में कोई अन्तर न था। वे जिस प्रकार के जीवन जीने की अपेक्षा दूसरों से करते थे, वैसा पहले स्वयं करते थे। रात्रि में वे पाँच-छह घण्टों से अधिक नहीं सोते थे और दिन भर काम करते रहते थे।

आश्रम में शौचालयों की सफ़ाई के लिए अलग से मेहतर या स्वच्छकार की व्यवस्था नहीं थी। आश्रमवासियों की ही अलग-अलग दिन सफ़ाई-व्यवस्था की ड्यूटी लगती थी। जिनका जो दिन सफ़ाई का होता, वे दिन के समय सण्डास से मल निकालकर बाल्टी में भरते और उसे ले जाकर कम्पोस्ट खाद के गड्ढों में खाली करते। पानी से झाड़ू धोकर शौचालय साफ़ करते। नहा-धोकर फिर दूसरे कार्यों में लगते। गाँधी जी स्वयं भी प्रत्येक माह एक-दो दिन लोगों के साथ सफ़ाई कार्य में अपना सक्रिय योगदान देते।

आश्रम परिसर बुहारने से लेकर फूल-पत्ती-क्यारी की देखभाल किसी कार्य से बापू अलग नहीं थे। अपना कमरा व्यवस्थित करना, अपने अंग-वस्त्र धोना, चरखा कातना इत्यादि तो उनका नित्य का नियम था ही।

महात्मा गाँधी के राजनेता और सन्त के सम्मिश्रण से बने ऊँचे व्यक्तित्व का आकर्षण केवल हिन्दुस्तानियों तक ही सीमित नहीं था। दक्षिण अफ़्रीका, इंग्लैड, जर्मनी, फ्रांस आदि देशों में गाँधी जी के अनेक प्रशंसक थे। उदाहरण के लिए फ्रांस के मशहूर लेखक रोम्या रोलाँ ने तो गाँधी जी को बहुत नज़दीक से देखा और उन पर एक जीवनी भी लिखी। एक और उदाहरण लें तो इस जीवनी को पढ़कर एक अंग्रेज़ महिला मेडलिन स्लेड महात्मा गाँधी से इतना प्रभावित हुईं कि वह उनकी भक्त बन गयीं। मेडलिन स्लेड ब्रिटिश नेवी के एक बड़े अफ़सर की पुत्री थीं, जो कभी भारत के बम्बई सागर तट के नेवल मुख्यालय पर एडमिरल पद पर तैनात रहे। अपनी किशोरावस्था में मेडलिन स्लेड बहुत शानों-शौकत से ज़ाहिर है कि अंग्रेजी-संस्कृति में पली-बढ़ीं। बम्बई का महानगरीय जीवन भी उन्होने देखा। अंग्रेज़ जिस तरह भारत में रहते खाते-पीते मौज करते थे, वह वातावरण भी मेडलिन ने देखा था। परन्तु एकान्तप्रिय मेडलिन अन्य अंग्रेज़ लड़कियों से थोड़ा अलग थीं। वे अपेक्षाकृत सादगी पसन्द एवं उदार स्वभाव की थीं। फिर भी अंग्रेजी अदब-कायदे में रहना उनकी नियति थी।

यह नियति तब बदली जब उन्होंने गाँधी जी के बारे में रोम्या रोलाँ की किताब पढ़ी। फिर उन्होंने रोम्या रोलाँ से ख़तो-किताबत कर महात्मा जी के बारे में और जानकारी हासिल की। इसके बाद उन्होंने गाँधी जी से सीधे पत्र-व्यवहार किया और गाँधी जी से मिलने और उनके आश्रम में रहने की इच्छा ज़ाहिर की। गाँधी जी ने मेडलिन स्लेड को लिखा कि आश्रम का जीवन बहुत कठिन है। जिस वातावरण और रहन-सहन की वे आदी हैं, उसे देखते हुए उन्हें अपने आपको आश्रम जीवन के लिए, भारत आने से पूर्व, एक वर्ष तक तैयार करना होगा।

मेडलिन स्लेड ने इसे स्वीकार किया। उन्होंने इंग्लैण्ड में अपने घर में गाँधी जी के आश्रम जीवन का प्रशिक्षण किताबें पढ़कर, पलँग के बजाये फर्श पर सोने का अभ्यास करके, इधर-उधर से कहीं से चरखा लाकर चलाना सीखकर, मांसाहार के बजाय शाकाहार अपनाकर, साधना द्वारा प्राप्त करना शुरू किया। वे महात्मा गाँधी का दर्शन और उनका सामीप्य लाभ प्राप्त करने के लिए दीवानगी की हद तक जा पहुँची थीं। और कुछ भी त्याग और तप करने को तत्पर थीं।

यही मेडलिन स्लेड 1925 में एक समुद्री जहाज़ से 6 नवम्बर के दिन बम्बई के बन्दरगाह पर 12-13 दिन की सामुद्रिक यात्रा के बाद उतरीं। बम्बई में उन्हें लेने के लिए गाँधी जी ने एक पारसी सज्जन को मेज़बान बनाकर जहाज से उतारने को भेजा था। अपनी बग्घी में वे सज्जन अपने बँगले पर मेडलिन को लिवा ले गये। उन्होंने उनसे कुछ दिन बम्बई में विश्राम और भ्रमण करने का आग्रह किया। परन्तु मेडलिन को तो

जल्द- से-जल्द साबरमती आश्रम के अपने उस निराले सन्त से मिलना था, जिसकी प्रतीक्षा उन्हें एक वर्ष से अधीर किये हुई थी। वे उसी शाम गांधी जी से मिलने अहमदाबाद की ट्रेन से रवाना हो गयीं। सुबह जब अहमदाबाद रेलवे स्टेशन पर मिस मेडलिन स्लेड उतरीं तो उनके स्वागत में अपने जिन तीन अनुयायियों को गाँधी जी ने वहाँ भेजा था, उनमें से एक महात्मा गाँधी के प्रिय वल्लभभाई पटेल भी थे। दूसरे सज्जन गाँधी जी के निजी सचिव महादेव देसाई थे और तीसरे थे साप्ताहिक 'यंग इण्डिया' के प्रबन्धक स्वामी आनन्द। यही मेडलिन स्लेड, जो उस समय 33 वर्ष की एक युवा महिला थीं, जो घुटनों तक लम्बा फ्रॉक और सिर पर लेडीज हैट लगाये साबरमती आश्रम आयीं महात्मा गाँधी से भेंट के बाद ऐसी संन्यासिनी हुईं कि उन्होंने अपना आमूल चूल परिवर्तन कर लिया। वे आश्रम के वातावरण में आश्रमवासियों की प्रारम्भिक आशंकाओं को झुठलाते हुए सादगी के ऐसे श्वेत-रंग में समाहित हो गयीं कि भारतीय संस्कृति मानो उनमें रच बस गयी कि वे स्वयं आध्यत्मिकता और भारतीयता में दूध और चीनी की भाँति घुलमिल गयी, कहना मुश्किल है। उन्होंने विदेशी परिधानों का सर्वथा परित्याग कर दिया। सफेद खद्दर की धोती पहनने लगीं। यही नहीं उन्होंने अपने लम्बे बाल कटवाकर प्रारम्भ में सिर मुँडवा लिया, फिर जीवन पर्यन्त अत्यन्त छोटे बालों में ही सिर पर आँचल ढककर हिन्दू साध्वियों की भाँति रहने लगीं। उनकी लगन, सेवाभाव और भक्तिभावना को देखकर महात्मा गाँधी जी ने मेडलिन स्लेड का नया नाम रखा - मीरा। कहा कि - ''मीराँबाई राजपूताना की एक महान कृष्ण भक्त स्त्री थीं। वह केवल एक कुलीन स्त्री ही नहीं, बल्कि सामाजिक अन्यायों के विरुद्ध आवाज़ उठानेवाली 'प्रथम सत्याग्रही' महिला थीं। अतः मिस स्लेड का भी नाम उन्हीं तपस्विनी मीरा के नाम से पुकारा जाना उचित होगा।''

मेडलिन अब मीराँबेन बनकर साबरमती आश्रम में रहने लगीं। उन्हें एक अलग कुटिया में सम्मानपूर्वक उनका निवास-स्थान दिया गया। यहाँ वे फर्श पर ही सोतीं। चरखा काततीं। आश्रम का समस्त कामकाज और नियमों का पालन करतीं और यात्राओं के दौरान गाँधी जी के रहने और उनके खाने-पीने, विश्राम और स्वास्थ्य की देखभाल एक दक्ष सेविका की भाँति करतीं। मीराबेन के लिये भी महात्मा गाँधी मानो योगेश्वर श्रीकृष्ण के समान ही उनके आराध्य एवं गुरु थे।

गाँधी जी तो कांग्रेस की सक्रिय राजनीति के बजाय अपने रचनात्मक कार्यक्रमों के माध्यम से जनता में आत्मशुद्धि जागृत करना चाहते थे। इसके बावजूद कांग्रेसी नेताओं द्वारा गाँधी जी को 1925 के कांग्रेस के वार्षिक अधिवेशन की अध्यक्षता के लिए आमन्त्रित किया गया। कानपुर में दिसम्बर 1925 में गाँधी जी इस अधिवेशन में गये। परन्तु उनके आग्रह पर श्रीमती सरोजिनी नायडू को अधिवेशन का अध्यक्ष चुना गया। इसी कांग्रेस अधिवेशन में कानपुर के सुप्रसिद्ध पत्रकार गणेशशंकर विद्यार्थी ने भी अपनी सक्रिय भूमिका निभायी।

गाँधी 1925 के वर्ष भर भारत के अनेक भूभागों की यात्रा करते रहे। लोगों में एकता, भाईचारे, सत्य और अहिंसा के सिद्धान्तों का प्रचार करते रहे। उनके भाषणों में तो भारी भीड़ उमड़ती ही। इसके अलावा महात्मा गाँधी जी की ट्रेन जिस स्टेशन से गुजरती उसका प्लेटफार्म गाँधी दर्शन को आये किसानों और आम-लोगों की भीड़ से भर जाता। भीड़ की आँखें तृतीय श्रेणी के डिब्बे पर एक खिड़की के पास बैठे गाँधी जी के चेहरे पर आश्चर्य, कौतूहल, श्रद्धा एवं भक्ति के विविध भावों से विस्फारित अवस्था में गड़ी होतीं। गाँधी जनसमूह को हाथ जोड़कर प्रायः निर्विकार भाव से अभिवादन करते और प्लेटफार्म 'महात्मा गाँधी की जय' 'भारत माता की जय' 'वन्दे मारतम्' के गगनभेदी नारों से गूँज उठता।

छोटी दूरियां कार यात्रा द्वारा तय की जातीं। एक-एक दिन में महात्मा जी दो-तीन और कभी-कभी तो चार-चार जनसभाओं को सम्बोधित करते। गाँधी जी सभास्थल से अपने ठहरने के अस्थायी आवास अथवा भवन की ओर जब चलते तो श्रोता समुदाय में से अनेक स्त्री-पुरुष गाँधी जी के पीछे-पीछे चल देते। बहुत से जनसामान्य उन्हें उनके ठहरने के स्थल पर भी दर्शनार्थ घेरने की कोशिश करते। ऐसे में उमड़ती भीड़ को उस भवन के गेट के बाहर रोकना पड़ता। गाँधी जी के साथ यात्रा करनेवाले जो 10-12 उनके साथी सहायक साथ चलते उन्हें गाँधी जी की देखभाल के अलावा लोगों के हुजूम के साथ भी अक्सर हुज्जत करनी पड़ती। महादेव भाई देसाई, गाँधी जी के दर्शन को आये लोगों से बिगड़ पड़ते। कहते कि "महात्मा जी थके हुए हैं। उन्हें विश्राम की ज़रूरत है। आप उन्हें सोने भी नहीं देंगे क्या?"

इस पर भीड़ में से कोई स्वर आता - "वे देवता हैं। देवता कभी नहीं सोते।"

कोई कहता-"हम बहुत दूर से आये हैं। महात्मा जी की एक झलक हमें दिला दें।"

कोई सुनने को तैयार न होता। जैसे-तैसे कांग्रेस के स्वयंसेवक भीड़ को नियन्त्रित करते। तैनात पुलिस बल टुकुर-टुकुर खड़ा तमाशा देखता। पुलिस अफ़सर मन-ही-मन मनाते कि गाँधी जी जितनी जल्दी यहाँ से चले जायें और उन्हें राहत मिले।

कोई-कोई गाँधी को अवतारी पुरुष भी मानते, राम और कृष्ण की भाँति तो कोई चमत्कारी महापुरुष, जिसके पास हर मर्ज की दवा है। देहात की स्त्रियाँ जब घूँघट निकालकर गाँधी जी के सामने आतीं तो वे कहते -"मैं तो तुम्हारा भाई हूँ बहन! भाई से कैसा पर्दा?"इस पर वे घूँघट सरका देतीं। वे स्त्री-पुरुषों से कहते कि उन्हें हरिजनों के वास्ते, सामाजिक भलाई के कार्यों के वास्ते, धन की आवश्यकता है। बहनें चाहें तो अपने गहने भी दान में दे सकती हैं। इस पर गाँधी के स्वयंसेवकों द्वारा फैलायी झोली में ग़रीब-से-ग़रीब व्यक्ति में भी रुपये-पैसे के सिक्के, आभूषणों को दान में डालने की होड़ मच जाती। यह ऐसा समय था जब देश के लिए कुछ भी योगदान पुण्य कार्य समझा जाता था। गाँधी जी की अपील लोगों में जादू का-सा असर करती थी। महात्मा जी का क़ाफ़िला गाँव-गाँव शहर-शहर गुजरता और लोग उन्हें एक झलक देखने मात्र से अपार ऊर्जा और रोमांच से भर उठते।

बहुत से पढ़े-लिखे धनाढ्य लोग, देश की ग़रीब जनता के बरक्स, गाँधी जी के विचारों का पीठ पीछे मज़ाक भी बनाते थे। ये उन आत्मकेन्द्रित और स्वार्थी लोगों की जमात थी जो दान के नाम पर भले ही दमड़ी देने से गुरेज करें गाँधी के हरिजनों के प्रति झुकाव, उनके छुआछूत-निवारण के प्रयत्नों और खादी के प्रचार-प्रसार की आलोचना किया करते थे। लोगों की सदियों से बिगड़ी हुई मानसिकता, रूढ़िवादिता को दूर करने में कबीर से लेकर गाँधी तक आते-आते राजा राममोहन राय, ईश्वरचन्द्र विद्यासागर जैसे अनेक महान सुधारवादी महापुरुष संघर्षरत रह चुके थे। अब गाँधी जी भारत में बीसवीं सदी के नवीनतम-व्यक्ति थे जो असाधारण कार्य करने के लिए लीक से हटकर प्रयासरत थे।

गाँधी जी की भारत यात्रा के दौरान जो पड़ाव आते, जहाँ वे रात्रि विश्राम करते वहाँ भी उनका पत्र-व्यवहार और मिलने-जुलनेवाले नेताओं इत्यादि से परामर्श का सिलसिला जारी रहता। गाँधी जी अपने प्रशंसकों और आलोचकों के पत्रों का उसी दिन अथवा यथाशीघ्र उत्तर लिखना-लिखाना और भेजना पसन्द करते थे, चाहे उनकी दिन भर की दिनचर्या कितनी ही व्यस्त अथवा थकान भरी क्यों न बीती हो।

गाँधी जी का जीवन वास्तव में किसी तपस्वी के जीवन से कम न था। वे दूसरों को भी ऐसे ही जीवन के लिए प्रेरित करते रहते थे। एक बार उन्होंने अपने साप्ताहिक पत्र 'यंग इण्डिया' में लिखा था -''जब भूख लगे, तभी खाओ और वह भी तब, जब तुम अपने खाने के लिए परिश्रम कर चुके हो।''

यह बताते हुए सरदार पटेल ने मणिबेन को सूप का खाली किया हुआ कप वापस लौटा दिया। मणिबेन ने शाम को वेजीटेबल सूप तैयार कर पिता को पीने को दिया था। अब उनकी दवा का समय हो रहा था। सरदार पटेल की आज अपने निवास पर 25 मई, 1948 के दिनभर अच्छी खासी व्यस्तता रही थी। अस्वस्थता में भी गृहमन्त्री होने के नाते उन्हें काम करते ही रहना था। प्रातः 9.15 बजे से ही लोगों का ताँता लग गया। मेनन, आयंगर, शंकर, बाबू राजेन्द्रप्रसाद एक-एक कर सरदार पटेल से मिलने को आये। मेनन को हैदराबाद के निज़ाम और उनके दुष्ट रजाकार कासिम रिजवी की करतूतों की ख़बर देनी थी। आयंगर प्रधानमन्त्री जवाहरलाल नेहरू का कोई सन्देश लेकर आये थे। बाबू राजेन्द्रप्रसाद सरदार पटेल का हालचाल लेने सौहार्दवश पधारे थे। आधे घण्टे के बाद मेनन, आयंगर चले गये। शंकर सरदार पटेल से कुछ नोट्स लेता रहा। फिर 10.30 बजे वह भी उन्हें टाइप करने सरदार के पास से चला गया।

दोपहर 12.00 बजे के लगभग पण्डित नेहरू वल्लभभाई से भेंट करने आये। उनके साथ राजेन्द्र बाबू भी पुनः पधारे। दोनों लंच तक वल्लभभाई के साथ रहे और वार्त्तालाप करते रहे। दरअसल 15 अगस्त, 1947 को भारत के आज़ाद हो जाने के बाद भारत का संविधान तैयार करने के लिए पूर्णतः प्रभुता सम्पन्न संविधान-सभा ने अपना कार्य 9 दिसम्बर, 1947 से आरम्भ कर दिया था। संविधान-सभा की बैठकें होती रहती थीं। पटेल, श्यामा प्रसाद मुखर्जी, मौलाना अबुल कलाम आज़ाद आदि इस सभा के प्रमुख सदस्य थे।

डॉ. राजेन्द्रप्रसाद को भारतीय संविधान-सभा का सभापति निर्वाचित किया गया था। क़ानून के विशेषज्ञ डॉ. भीमराव अम्बेडकर को संविधान निमात्री ड्राफ्ट कमेटी का अध्यक्ष चुना गया था।

नेहरू जी और राजेन्द्र बाबू संविधान सभा की ताजा बैठक की जानकारी देने और सरदार पटेल से परामर्श करने हेतु लंच के समय पधारे थे। नेहरू जी लंच के बाद आधा घण्टा और रुके रहे। उन्हें हैदराबाद को लेकर कुछ आवश्यक चर्चाएँ करनी थीं। कुछ दूसरे छोटे-मोटे प्रशासनिक मसले भी थे। जवाहरलाल जी कुछ परेशान थे। उन दिनों टेलीफ़ोन की बहुत अच्छी सुविधा नहीं थी। हर जरूरी बात गोपनीयता के लिहाज़ से टेलीफोन पर कही भी नहीं जा सकती थी। प्रधानमन्त्री जवाहरलाल जी को सरदार पटेल से मिलने उस दिन तीन बार आना पड़ा। एक बार लंच पर, दूसरी बार शाम 5.00 बजे और तीसरी बार रात्रि 8.00 बजे। राजेन्द्र बाबू का भी शाम 5.30 बजे तीसरा चक्कर गृहमन्त्री निवास पर लगा। सरदार पटेल को राजेन्द्र बाबू कुछ कमज़ोर और थके-से दिखायी दिये। सरदार ने उन्हें घर जाने और विश्राम करने की सलाह दी।

शाम को नेहरू जी के जाने के बाद मणिबेन ने सरदार पटेल को सूप लाकर दिया था। क्योंकि वे भोजन के प्रति अनिच्छा व्यक्त कर चुके थे। सरदार को उस रात जल्दी नींद नहीं आयी। मणिबेन उनके निकट एक चौकी पर बैठी अपनी डायरी में आज की दिनचर्या को दर्ज़ करने लगीं। सरदार के मन में महात्मा गाँधी की स्मृतियां पुनः कौंधने लगीं। उन्हें याद आया कि नवम्बर 1925 में वह गाँधी जी के निर्देश पर साबरमती आश्रम से अहमदाबाद स्टेशन पर मेडिलिन स्लेड उर्फ मीराबेन को रिसीव करने के लिए गये थे। वह गोरी चिट्टी लम्बे कद की अंग्रेज़ महिला लम्बा फ्राक और लेडीज-हैट पहने अपने किताबों और कपड़ों के दो बक्सों और गाय के चमड़े से बने बैग के साथ उतरी थी। साबरमती आश्रम जाकर वह ऐसी उस वातावरण में रमी कि कुछ ही दिनों में खादी की धोती और मामूली चप्पलें पहनकर भारतीय महिलाओं को भी मात देने लगी।...

उस साल भारतीय राष्ट्रीय कांग्रेस का वार्षिक अधिवेशन दिसम्बर, 1925 में कानपुर में आयोजित हुआ था। उसमें गाँधी जी का जाना हुआ था। उत्तर भारत में उन दिनों बहुत ठण्ड पड़ती थी। कहाँ अहमदाबाद का उन दिनों खुशगवार मौसम और कहाँ कानपुर का ठिठुरता हुआ मौसम। गाँधी जी के साथ मीराबेन और साबरमती आश्रम के दस अन्य लोग ट्रेन से गये थे। रेलगाडी का एक साधारण-सा तृतीय श्रेणी का डिब्बा यात्रा के दौरान गाँधी जी और उनके स्वयं सेवक दल का हो जाता। गाँधी रास्ते भर स्टेशनों पर उमड़ी भीड़ को दर्शन देते और बीच-बीच में अपनी नियमित दिनचर्या के बीच थोड़ा-बहुत ही विश्राम कर पाते।...

महादेव भाई ने बताया था कि गाँधी जी कानपुर जाते समय लगभग एक सप्ताह वर्धा में रहे थे। वर्धा जो कि मध्य प्रान्त का एक छोटा-सा शहर है, प्राकृतिक सौन्दर्य से

सम्पन्न। वर्धा जहाँ बापू के समर्पित शिष्य विनोबा भावे का आश्रम था। बड़ा सन्त छोटे सन्त पुरुष से मिला।...

कानपुर अधिवेशन में सरोजिनी नायडू गाँधी जी के आग्रह पर कांग्रेस अध्यक्ष बनीं। अंग्रेज़ों के जासूस दिसम्बर की सर्दी में हाथ मलते कांग्रेस अधिवेशन पर नजर रख रहे थे। उनकी रिपोर्ट मिलने पर कि ब्रिटिश राज के ख़िलाफ़ कोई नया-बखेड़ा खड़ा करने का प्रस्ताव इस अधिवेशन में पारित नहीं हुआ। यह जानकर अंग्रेज़ों ने थोड़ी चैन की सांस ली। गाँधी के विचार खद्दर पहनो, छुआछूत भगाओ, हिन्दू-मुस्लिम भाई-भाई की तरह रहें, तभी सच्चे अर्थों में हम स्वराज के लायक बनेंगे, बातें प्रायः यहीं तक सीमित रहीं।

गाँधी कुछ भी कहते रहे, कांग्रेस के अधिकांश युवा कार्यकर्त्ता ख़ासकर शहरी युवक गाँधी जी के विचारों से सहमत नहीं थे। उन्हें गाँधी जी के बजाये उभरते हुए आकर्षक स्वरूप के जवाहरलाल नेहरू अपने ज्यादा करीब लगते थे। नेहरू की नफ़ासत, उनका बोलने का अन्दाज़, उनकी रूमानियत उनका सिगरेट पीने का स्टाइल नवयुवकों को बड़ा भाता था।...

महादेव भाई ने यह भी सरदार पटेल को बताया था कि अहमदाबाद लौटते हुए रेलयात्रा के दौरान गाँधी जी ने कहा था-"मैं शिक्षित भारत को अपनी तरफ आकर्षित करने के लिए नहीं बना हूँ। मुझे इससे कोई परेशानी नहीं।"

"मणि! तुम तो जानती हो महात्मा जी की दृष्टि में ग्रामीण और ग़रीब भारतवासी ही प्रधान थे। वे जानते थे कि सच्चा स्वराज उन्हें ही शिक्षित करने में है।..."

"जी बापू!..." मणिबेन ने मात्र इतना ही कहा।

"और तुमने तो साबरमती आश्रम को निकट से देखा है। कई दिन तो तुम भी वहाँ रही हो। बा और बापू का स्नेह तुम्हें मिला है।"

"जी बापू-" कहते हुए मणिबेन ने अपने बापू सरदार पटेल को एक चादर ओढ़ा दी और कहा- "अब आप सो जाइये। अधिक सोचिये नहीं।"

सरदार सोने लगे। नींद के सरोवर में उतरने से पहले उन्हें याद आया गाँधी जी कहा करते थे-"यह आश्रम मेरी प्रयोगशाला है। यहाँ हर दिन मैं स्वयं को कसौटी पर कसता हूँ। पहले मैं स्वयं को सुधार लूँ, उसके बाद अपने आश्रमवासियों को। देश तो बहुत बड़ा है। हम सँभलेंगे तो देश भी सँभल जायेगा।"

साबरमती आश्रम में वापस लौटकर गाँधी जी ने घोषणा की कि वे अगले साल 1926 के अपने समस्त कार्यक्रमों और यात्राओं को रद्द कर रहे हैं। वे वर्षपर्यन्त आश्रम में ही रहेंगे और मौन साधना करेंगे। कांग्रेस में इससे भारी निराशा हुई और आश्रम के लोगों में हर्ष कि अब उनके बापू उनके साथ अधिक-से-अधिक रहेंगे। गाँधी जी सदा सामान्य और

प्रसन्नचित्त रहते हों, ऐसा नहीं था। वे तुनुक मिज़ाज भी थे। क्रोध पर यथासाध्य नियन्त्रण रखते थे। परन्तु कभी-कभी अत्यधिक अधीर होने पर बिगड़ भी जाते। गाँधी जी का क्रोध कस्तूरबा को सहना पड़ता। उनकी तुनक़मिज़ाजी की लपेट में उनका कोई भी निकटस्थ आ सकता था। चाहे वह महादेव हों, चाहे मगनलाल और चाहे मीराँ। परन्तु गाँधी जी का असामान्य और उत्तेजक व्यवहार उनके अति निकट व्यक्तियों पर ही यदाकदा टूटता। आश्रम के निवासीगण स्त्री-पुरुष-बच्चों पर महात्मा जी सदैव वात्सल्यमय और विनोदी स्वभाव के ही बने रहते। प्रार्थना सभाओं में गाँधी एक अत्यन्त सहज और उदार संरक्षक से नजर आते। भजन, कीर्त्तन, प्रवचन, सवाल-जवाब, हँसी-मजाक वाले बापू अपनी उपस्थिति से दूसरों का तनाव हर लेते। इसी बहाने वे अपने मस्तिष्क में घूमनेवाले ब्रह्माण्ड को भी कुछ अवधि के लिए दरकिनार कर देते।

वर्ष 1926 का वर्ष वास्तव में गाँधी जी के मौनव्रत का वर्ष था। वे सोमवार के दिन मौन रखते थे। तब वे किसी से बिल्कुल भी नहीं बोलते थे। उस दिन जब मुलाकाती लोग गाँधी जी से मिलने आते तो वे उनकी बातें सुनते। यदि कुछ कहना होता तो एक काग़ज़ के टुकड़े पर पेंसिल से जवाब लिख देते। मितव्ययता गाँधी जी का पुराना गुण था। पत्र लिखने के लिए भी वे प्रायः पोस्टकार्ड के अलावा पुराने पत्रों और टाइप सर्कुलरों के खाली पड़े पृष्ठभाग को लिखने के लिए इस्तेमाल करते। सोमवार के मौनव्रत में ऐसे रद्दी काग़ज़ों के टुकड़े बापू के बड़े काम आते।

एक सज्जन को मौनव्रत के दिन गाँधी जी से भेंट करने पर, कुछ नहीं सूझा तो पूछ बैठे- ''बापू हिन्दुस्तान को स्वराज कब मिलेगा ?''

वे अपेक्षा कर रहे थे कि महात्मा जी उन्हें टाइम बतायेंगे। पर महात्मा जी ने एक काग़ज़ की पर्ची पर लिखकर दिया- ''हिन्दू जो बहुसंख्यक हैं बड़े भाई बनकर अपने अल्पसंख्यक मुसलमान भाइयों के साथ अच्छा बर्ताव करें।''

उन सज्जन के चेहरे पर किंचित् असन्तोष के चिह्न उभरे। बोले-''हिन्दू ही क्यों ? मुसलमान क्यों नहीं अच्छा बर्ताव करें ?''

गाँधी जी ने पर्ची पर पुनः लिखा -''दोनों अहिंसा का पालन करें।''

वे सज्जन उठे उनके साथ आये एक दूसरे सज्जन भी उठे। दोनों ने हाथ जोड़कर महात्मा जी को प्रणाम किया और बापू की कुटिया से बाहर निकल गये। ये दोनों सज्जन दिल्ली से अहमदाबाद आये थे। अपने शर्मा जी और गुप्ता जी। दोनों पुराने मित्र। कॉफी हाउस में राजनीति पर बहस करनेवाले। साबरमती आश्रम देखने की इच्छा थी सो वहा भी आये। इत्तेफ़ाक़ से गाँधी जी आश्रम में ही थे सो दर्शन मिल गये, आश्रम से बाहर आते हुए शर्मा जी काफ़ी उत्तेजित थे। वे गुप्ता जी से कह रहे थे-

''देखा आपने...मैं न कहता था कि गाँधी जी पक्के मुस्लिमपरस्त हैं।''

गुप्ता जी का उत्तर था-''क्या गलत कहा बापू ने? यही न कि दोनों अहिंसा का पालन करें।''

शर्मा जी ने झुँझलाकर कहा कि-'तुम नहीं समझोगे यार। उससे पहले क्या कहा था ?''

शर्मा जी अहमदाबाद की सड़कों से गुजरते हुए पूरे रास्ते गुप्ता जी को यह समझाने का प्रयत्न करते रहे कि - ''हिन्दू-मुस्लिम एकता के लिए गाँधी जी और उनके अनुयायी कांग्रेसी जो प्रयास करते हैं उसमें यह देखने की कोशिश कभी नहीं होती कि कब किसकी कितनी ग़लती है? जब भी कोई उपद्रव होता है असली दोषी कौन? यह जानने का प्रयास कम होता है और दोनो पक्षों को बराबर का ज़िम्मेदार ठहराने का यत्न अधिक होता है। अगर कभी मुसलमानों द्वारा गोवध के कारण दंगा भड़काने की बात आती है तो हिन्दुओं से कहा जाता है कि तुम भी कोई कम थोड़े ही हो, मस्जिद के सामने जान-बूझकर गाजा-बाजा बजाकर उन्हें उत्तेजित करते हो। अगर तकरीर के द्वारा मजहबी जोश भड़काने और 'काफ़िरों' के ख़िलाफ़ 'जिहाद' की पैरवी का सवाल उठाया जाता है तो हिन्दुओं से कहा जाता है कि यह आर्यसमाज का शुद्धि अभियान क्या है? क्या यह मुसलमानों की भावना को आहत नहीं करता? हमेशा दोनों पक्षों को बराबर का दोषी ठहराने का प्रयास होता है। महात्मा जी तो और भी उदार हैं। यह वैसा ही है कि अपने बच्चे और पड़ोसी के बच्चे में झगड़ा हो तो कोई बाप झगड़े का कारण जाने बिना अपने ही बेटे को पीटने लगे।''

शर्मा जी का यह भी कहना था -''महात्मा गाँधी इतने उदार हैं कि वे दूसरे का अपराध भी अपनों के सिर लेने के लिए हरदम तैयार रहते हैं। अरे बाबा.. धर्मान्धता का इलाज कठोर दण्डनीति से ही सम्भव है। नैतिकता की मीठी घुट्टी से नहीं।''

हिन्दू-मुस्लिम एकता के प्रयास इसी तरह ऊबड़-खाबड़ रास्तों पर चलकर होते रहे। इन प्रयत्नों का खोखलापन एक दुर्दान्त घटना से नज़र आया। वर्ष 1926 के अन्त में कांग्रेस का वार्षिक अधिवेशन गोहाटी में होनेवाला था। प्रतिनिधियों ने गोहाटी यात्रा के दौरान मार्ग में 24 दिसम्बर के समाचार पत्रों में समाचार पढ़ा कि दिल्ली में आर्यसमाजी सन्त स्वामी श्रद्धानन्द जी की एक धर्मान्ध मुसलमान ने हत्या कर दी।

गाँधी जी उस वर्ष बहुत कम साबरमती आश्रम से बाहर गये थे। जनवरी और जुलाई के मध्य केवल एक सप्ताह मई में वह बम्बई गये थे। वहाँ बम्बई के गवर्नर ने लॉर्ड लिनलिथगो की अध्यक्षता में भारत सरकार के द्वारा गठित कृषि आयोग की बैठक हुई थी। उस बैठक में गाँधी जी को आमन्त्रण मिला था। यह बैठक पहाड़ी पर्यटन स्थल महाबलेश्वर में एक दिन के लिए आयोजित हुई थी। गाँधी जी ने वह बैठक अटेण्ड की और इस यात्रा में लगे हाथ अपने कुछ बीमार मित्रों से भी भेंटकर उनका हालचाल लिया। गाँधी जी अपने पुत्र देवदास गाँधी से बम्बई में मिले जो वहाँ एपेण्डिसाइटिस का ऑपरेशन करवाने के बाद आराम कर रहे थे। मीरॉबेन के मेज़बान रह चुके बहराम खांबाटा भी बम्बई में बीमार पड़े थे। गाँधी जी उनसे भी मिलने गये। मथुरादास और काका कालेलकर क्रमशः

देवलाली और पूना में अस्वस्थ चल रहे थे। महात्मा गाँधी ने इन दोनों मित्रों की भी सुध-बुध ली।

इन महीनों में गाँधी जी साबरमती आश्रम की अपनी नियमित दिनचर्या के बीच गुजराती में अपनी आत्मकथा लिखते, जिनके अंश 'नवजीवन' और 'यंग इण्डिया' में छपते थे। गाँधी जी ने अपनी आत्मकथा में अपने जीवन को खोलकर रख दिया था। अपने दाम्पत्य जीवन के गोपनीय हिस्से को भी उन्होंने नहीं बख़्शा। वे विवाह के प्रारम्भिक वर्षों में कितने कामातुर रहा करते थे। इन्द्रिय निग्रह तो बाद में उन्होंने अभ्यास किया। उन्होंने यहाँ तक लिखा कि उनके मृत्युशय्या पर पड़े पिता की अनदेखी कर वे कामज्वर में अपने शयनकाल में अपनी पत्नी के साथ रतिक्रीड़ा में निमग्न हुए। महात्मा गाँधी सत्य के प्रयोगों की सिर्फ बात ही नहीं करते थे उनका चिन्तन और आत्मविश्लेषण उनका सार था। व्यक्ति साधारण से असाधारण तभी बनता है जब वह अपनी ख़ुद की कमियों और दोषों को पहले देखना शुरू करता है।

दिसम्बर, 1926 में साबरमती से रवाना होकर महात्मा गाँधी अनेक जनसभाओं में अपने रचनात्मक कार्यक्रमों का प्रचार करते हुए कांग्रेस के अधिवेशन में प्रतिभाग करने के लिए निकले थे। गोहाटी के रास्ते में उन्हें वह हृदयद्रावक समाचार मिला। समूचा भारत उस समाचार से हिल गया था। दिल्ली में अब्दुल रशीद नामक एक नवयुवक स्वामी श्रद्धानन्द से भेंट करने गया। स्वामी जी अत्यन्त रुग्ण थे और अपने कक्ष में शय्या पर लेटे विश्राम कर रहे थे। घर के सेवक ने अब्दुल रशीद से कहा कि "स्वामी जी बहुत बीमार हैं और डॉक्टरों ने उन्हें पूर्ण विश्राम की सलाह दी है। तुम अभी उनसे नहीं मिल सकते।" इस पर वह मुस्लिम युवक स्वामी जी के सेवक से बहस करने लगा।

जब स्वामी श्रद्धानन्द ने उस आगन्तुक और अपने सेवक के मध्य कहासुनी की आवाज़ें सुनीं तो आवाज़ देकर उन्हें भीतर बुला लिया। स्वामी जी ने अब्दुल रशीद से कहा कि वे अभी कमज़ोर हैं थोड़ा स्वस्थ होने पर वह उससे प्रसन्नता पूर्वक किसी दिन बात करेंगे। आगन्तुक ने पीने को पानी माँगा। जब सेवक पानी लेने कक्ष से बाहर गया तो अब्दुल रशीद ने जेब से एक रिवॉल्वर निकालकर स्वामी श्रद्धानन्द के सीने में तड़ातड़ कई गोलियाँ दाग दीं। स्वामी जी अपनी रोगशय्या पर ही मृत्यु को प्राप्त हुए और वह धर्मान्ध नौजवान वहाँ से फरार हो गया।

कहानी का सबसे दुःखद पहलू यह था कि कांग्रेस के इस अधिवेशन में स्वामी श्रद्धानन्द की मृत्यु से एक दिन पहले उनका एक तार द्वारा सन्देश प्राप्त हुआ था। स्वामी जी को श्रद्धांजलि देते समय अधिवेशन में उनका वह अन्तिम सन्देश पढ़ा गया। उसमें लिखा था-"भारत की स्वाधीनता की आशा केवल हिन्दू-मुस्लिम एकता पर ही निर्भर है।" गाँधी जी के नेत्रों से दो गर्म-गर्म आँसू यह सुनकर टपक गये।

महात्मा गाँधी ने हिन्दू-मुस्लिम एकता के लिए यद्यपि जीवनपर्यन्त भगीरथ प्रयत्न जारी रखे। तथापि वे कभी-कभी हताशा में कहते कि -"मैं निरुपाय हो गया हूँ। फिर भी ईश्वर में मुझे भरोसा है।"

गाँधी जी गोहाटी से कलकत्ता होते हुए बिहार और महाराष्ट्र पहुँचे। अनेक स्थलों पर उन्होंने देशवासियों को सम्बोधित किया और अपने संकल्पों का दोहराते हुए जनता से सहयोग माँगा।

पूना में छात्रों ने उनसे अंग्रेज़ी में भाषण देने की माँग की। गाँधी जी अंग्रेज़ी में शुरू में बोले। लेकिन थोड़ी देर बाद हिन्दुस्तानी में बोलने लगे। गाँधी जी हिन्दी-उर्दू मिश्रित आम हिन्दुस्तानी भाषा को राष्ट्रभाषा बनाना चाहते थे। स्वराज को हासिल करने के लिए पूरे भारत की एक सम्पर्क भाषा के रूप में राष्ट्रभाषा का होना वे अनिवार्य समझते थे। हिन्दुस्तानी को इस पद पर प्रतिष्ठित करने के लिए वह लिखने और बोलने में इस स्वदेशी भाषा को अधिकाधिक अपनाते थे।

पूना से महात्मा जी बम्बई आए। यहाँ लोगों ने गाँधी जी का भारी स्वागत किया और चंदे में उन्हें ढेरों रूपये दिये। बंगलौर जाने के लिए गाँधी जी को बम्बई से पुनः पूना जाना पड़ा, जिससे वह बंगलौर के लिए रेलगाड़ी पकड़ लें। पूना स्टेशन पर गाँधी जी ने अचानक इतनी कमज़ोरी महसूस की कि उनकी आँखों के आगे अंधेरा छा गया। गाँधी जी को उनके सहयोगियों ने उठाकर मुश्किल से गाड़ी में चढ़ाया।

दूसरे दिन गाँधी जी रात भर के विश्राम के बाद कोल्हापुर में भाषण कर रहे थे। उस दिन उन्होंने एक नहीं सात सभाओं को सम्बोधित किया। परन्तु आख़िरी सभा में गाँधी थकान से चूर-चूर होकर मंच पर ही भहराकर गिर पड़े।

गाँधी जी अपने खराब स्वास्थ्य की परवाह न करते हुए इस तरह अपने समय से एक विकट योद्धा की भांति लगातार जूझ रहे थे। लोग भले ही उन्हें सन्त कहें अथवा राजनेता। गाँधी जी स्वयं को क्या समझते थे? इसे वे ही बेहतर जानते होंगे।

8

साइमन! गो बैक

भारत में नये वायसराय लॉर्ड इर्विन अप्रैल, 1926 में लॉर्ड रीडिंग का स्थान लेने के लिए इंग्लैण्ड से आ चुके थे। उन्हें गाँधी नाम के शख़्स से भारी एलर्जी थी। वे अपनी समझ से इस "ख़तरनाक जादूगर" को क़त्तई मुँह नहीं लगाना चाहते थे। इसलिए अपना कार्य-भार ग्रहण करने के बाद से 19 महीनों तक उन्होंने न तो गाँधी जी को भेंट हेतु बुलाया न ही उनसे किसी किस्म की बातचीत की आवश्यकता समझी। परन्तु जब लन्दन में बैठे आकाओं का हुक्म होता है तो कोई वायसराय उसे भला कैसे टाल सकता था।

26 अक्टूबर, 1927 को जब महात्मा गाँधी बंगलौर में लोगों को अपने रचनात्मक कार्यक्रम का सन्देश सुना रहे थे, उन्हें लॉर्ड इर्विन का एक तार मिला। तार में गाँधी जी को सन्देश दिया गया था कि- हिज एक्सीलेन्सी वायसराय लॉर्ड इर्विन 5 नवम्बर, 1927 को उनसे मिलना चाहते हैं।

गाँधी जी ने कोई अत्यन्त आवश्यक कार्य समझकर अपना बंगलौर दौरा स्थगित कर दिया और दिल्ली की यात्रा की। पूर्व निर्धारित समय पर गाँधी जी वायसराय से मिलने गये। वायसराय हाउस की ऊँची सीढ़ियाँ चढ़ते समय गाँधी बिल्कुल अकेले थे। आँखों पर कमानीदार गोल चश्मा पहने, एक चादर लपेटे, आधी धोती घुटनों तक पहने, पैरों में मामूली चप्पल डाले भारत का यह शानदार फ़क़ीर मन-ही-मन सोच रहा था कि आख़िर इस अंग्रेज़ बहादुर ने किसलिए याद किया है ? वह भी इतने दिनों बाद?

गाँधी जी भीतर जाकर वायसराय से मिले। लॉर्ड इर्विन ने गाँधी जी से हाथ नहीं मिलाया। महात्मा जी ने उन्हें नमस्कार कर शिष्टाचार प्रकट किया। वायसराय ने विधानमण्डल के अध्यक्ष विट्ठलभाई पटेल, कांग्रेस-अध्यक्ष श्रीनिवास आयंगर तथा डॉ. अन्सारी को भी बुलाया था। पास के एक कक्ष से वे तीनों भी वायसराय से मिलवाने को बुलवा लिये गये थे।

जब सब लोग बैठ गये तब सभी के हाथों में वायसराय की आँखों के संकेत पर एक-एक पर्चा दे दिया गया। उस पर्चे में ब्रिटेन के भारत-मामलों के मन्त्री की यह घोषणा अंकित थी कि - भारत के वैधानिक सुधारों के अध्ययन एवं उस पर रिपोर्ट प्रस्तुत करने के लिए एक कमीशन नियुक्त किया गया है, जिसके प्रधान सर जॉन साइमन होंगे।

मज़े की बात यह थी कि इस साइमन कमीशन के सदस्यों में एक भी भारतीय के नाम का उल्लेख नहीं था। सब-के-सब अंग्रेज़ थे। भारतवासी इससे पहले अंग्रेज़ सरकार द्वारा नियुक्त कमीशनों की कारगुज़ारी देख चुके थे। वे इस हक़ीक़त को अब अच्छी तरह समझते थे कि इस तरह के चोंचलों से देशवासियों का कोई हित सधनेवाला नहीं है। मात्र खानापूरी की क़वायद होती है। अन्ततः ब्रिटिश हुकूमत अपनी मनमानी ही करती है।

साइमन कमीशन की सूचना पढ़कर महात्मा गाँधी ने लॉर्ड इर्विन से पूछा- "बस यही ?"

जवाब मिला - "हाँ, यही सूचना देने के वास्ते आपको बुलाया था।"

गाँधी जी उठे। दोनों हाथ जोड़े और वायसराय भवन से बाहर आ गये। अन्य नेतागण भी उनके पीछे-पीछे बाहर चल दिये। बिना किसी प्रतिक्रिया के गाँधी को जाता देख लॉर्ड इर्विन को हैरत तो हुई। मगर यह सोचकर वह कुछ सुकून में रहा कि - चलो बला टली। मगर शायद वह अंग्रेज़ बहादुर यह नहीं जानता होगा कि घोर शान्ति के पीछे अक्सर कोई बवण्डर छिपा होता है। वायसराय भवन से लौटकर महात्मा गाँधी बंगलौर वापस लौट गये। अपने दक्षिण भारत के छोड़े हुए दौरे को पूरा करने।

साइमन कमीशन की यह एकपक्षीय घोषणा भारतीय नेताओं को बड़ी अपमानजनक लगी। इसके बाद देश भर में असन्तोष और रोष के बादल घुमड़ पड़े। गाँधी जी का "बस यही?" - दो शब्दों का संक्षिप्त कथन अपने में एक लम्बी-चौड़ी आलोचना को समेटे हुए समझदार के लिए काफ़ी था। पण्डित मोतीलाल नेहरू उस समय विदेश में थे। उन्होंने उक्त कमीशन का समाचार जब पढ़ा तो कहा -"यह तो सिर्फ आँखों में धूल झोंकने का एक तरीक़ा भर है।" एनी बिसेण्ट को भी कहना पड़ा-"यह कमीशन जले पर नमक छिड़कना नहीं तो और क्या है ?" उधर शर्मा जी से गुप्ता जी ने कहा -"भला बताइये इस साइमन कमीशन से भला कौन-सी घुँइयाँ की जड़ उखड़ेगी ?"

सुधीर गुप्ता पोस्टल विभाग के एक रिटायर्ड कर्मचारी थे जो दिल्ली में रहते थे। गाँधी जी के भक्त थे। उनके परम मित्र श्यामजी शर्मा एक रिटायर्ड बैंक कर्मी थे। वे भी दिल्ली में रहते थे। वे गाँधी जी का सम्मान तो करते थे, परन्तु उनकी नीतियों से प्रायः असहमत रहते थे। उनमें मुसलमानों और हिन्दुओं के पूर्व इतिहास को लेकर गहरा आक्रोश विद्यमान था। गुप्ता जी और शर्मा जी सहपाठी रह चुके थे और अब घनिष्ठ मित्र थे। गुप्ता जी आजकल साहित्य में गहरी दिलचस्पी लेने लगे थे। जबकि शर्मा जी देश की राजनीति में ही आनन्द का अनुभव करते थे।

सुबह-सुबह पार्क में घूमते हुए जब श्यामजी शर्मा ने सुधीर गुप्ता जी से -"साइमन कमीशन की न्यूज़ की चर्चा की तो गुप्ता जी उखड़ गये। फिर उन्हें अपनी ग़लती का एहसास हुआ कि अभी-अभी वे साहित्यिक सुरूर में थे कि उनका यार श्याम जी बीच में राजनीति घसीट लाया। अब इस पर ये फैल जायेगा। इसलिए अगले ही क्षण उन्होंने गेयर बदलते हुए कहा-

"छोड़िये श्याम जी भाई! यह बताइये कि आपने प्रेमचन्द को पढ़ा है?"

"नहीं तो। ये कौन हैं?"

"हिन्दी के बहुत बड़े लेखक। पहले उर्दू में लिखते थे। अब हिन्दी में कहानियाँ और उपन्यास लिख रहे हैं। इधर उनके दो उपन्यास आये हैं- 'प्रेमाश्रम' और 'रंगभूमि'..."

उसके बाद टहलते हुए गुप्ता जी शर्मा जी को उन उपन्यासों के बारे में बताने लगे।-

"प्रेमाश्रम भारत के राष्ट्रीय संघर्ष की पृष्ठभूमि पर लिखा गया एक उपन्यास है। यह 1922 में छपा है। इसमें गाँधी जी के सत्याग्रह आन्दोलन की विशिष्ट छाप है। रोलेट ऐक्ट, पंजाब में सैनिक क़ानून और जलियाँवाला बाग़ के दिन इसके कथानक की पृष्ठभूमि में हैं। इसी भावभूमि पर यह किसानों के जीवन और उनकी जद्दोजहद पर लिखी गयी कथा है। प्रेमचन्द समय की पुकार को व्यक्त करते हुए इसमें यह भविष्यवाणी-सी करते हैं कि आज के ज़मींदारों का ग़रीब किसानों पर चलने वाला निरंकुश अत्याचार और अन्याय आगे चलनेवाला नहीं। इसलिए ज़मींदारों को स्वयं को बदलना होगा।"

शर्मा जी को गुप्ता जी की बातों में रस आने लगा। बोले -"अच्छा और क्या लिखा है उस किताब में?" गुप्ता जी ने कहा कि -"प्रेमचन्द अपने 'प्रेमाश्रम' उपन्यास की

शुरूआत ही आजकल के हाकिमों के चरित्र पर चर्चा के साथ करते हैं। ग्रामवासी आपस में बतिया रहे हैं। प्रेमचन्द लिखते हैं- सन्ध्या हो गयी है। दिन भर के थके-माँदे बैल खेत से आ गये हैं। घरों से धुएँ के काले बादल उठने लगे। लखनपुर में आज परगने के हाकिम की परताल थी। गाँव के नेतागण दिन भर उनके घोड़े के पीछे-पीछे दौड़ते रहे थे। इस समय वह अलाव के पास बैठे हुए नारियल पी रहे हैं और हाकिमों के चरित्र पर अपना-अपना मत प्रकट कर रहे हैं।''

शर्मा जी बोले- ''अरे वाह! एक चित्र सा खींच देता है यह लेखक तो...हाकिमों के बारे में गाँववालों ने आगे क्या कहा ?''

गुप्ता जी मुस्कुराये। उन्हें लगा कि उन्होंने एक बिगड़ैल हाथी को गड्ढे में गिरा लिया है। आगे बताया कि-

''उपन्यास में प्रेमचन्द ने जो ग्रामीणों के मध्य वार्त्तालाप दिखाया है उससे स्पष्ट होता है कि गाँववालों में अंग्रेज़ अफ़सरों की न्यायप्रियता तथा ईमानदारी में अभी भी काफ़ी आस्था है जबकि इस देश के हाकिमों का आतंक है। उनके अत्याचारों से निराशा है। बात-बात पर गाली देना, इजलास पर गरजना, जनता से कटकर अपने घरों में पड़े रहना, चपरासी या पटवारी की बात पर अधिक यक़ीन करना, आलस्य, रिश्वतख़ोरी आदि अनेक दुर्गुणों का उपन्यास में उल्लेख हुआ है।...''

यह सुनकर श्याम जी शर्मा ने एक कराहती हुई हँसी निकाली और कहा -''इसका मतलब यह हुआ कि हमारे देश में गोरे-अंग्रेज़ों की अपेक्षा अपने काले-अंग्रेज़ ज़्यादा ख़तरनाक और भ्रष्ट हैं।''

''बिल्कुल...''

''और दूसरा उपन्यास क्या है जिसका आप ज़िक्र कर रहे थे?''

''रंगभूमि''

''हाँ-हाँ-वही-वही।''

किसने लिखा है?

''इन्हीं प्रेमचन्द ने...1924 में छपकर आया है।''

''क्या है उसमें ?''

''उपन्यास 'रंगभूमि' में दिखाया गया है कि ब्रिटिश राज के दौरान पुलिस विभाग पाशविकता और अत्याचार का प्रतीक बन चुका है। अब पुलिस मनमाने आरोप में किसी भी व्यक्ति को बन्दी बना सकती है। पुलिस जनता की रक्षक के बजाय उसकी भक्षक बन चुकी है। जन-आन्दोलनों को कुचलने की पुलिस की भूमिका आदि का वर्णन हुआ है। नौकरशाही के बिगड़े स्वरूप का लेखक बख़ूबी चित्रण करता है।'' ''अच्छा...यह सब तो रहा ब्रिटिश भारत के बारे में। यार गुप्ता जी... यह बताओ कि यह जो तमाम आज़ाद रियासतें हैं कश्मीर से लेकर त्रावणकोर तक जूनागढ़ से लगाकर हैदराबाद तक...ये राजे-रजवाड़े-नवाब...इनका भी कुछ हाल हवाल है इस किताब में ?

"देशी राज्य अथवा रियासतें भी नौकरशाही के दुर्गुणों से संयुक्त हैं।..."

"हुम्म...और क्या लिखा है ?"

"उपन्यास के अन्त में ब्रिटिश सरकार की शोषण की नीति का पर्दाफ़ाश करते हुए प्रेमचन्द लिखते हैं कि - हम गवर्नमेण्ट को उसके नग्न आवरणहीन रूप में देख रहे हैं। अब हमें स्पष्ट दिखायी दे रहा है कि हमको पीसकर तेल निकालने के लिए हमारा अस्तित्व मिटाने के लिए हमारी सभ्यता और मनुष्यत्व की हत्या करने के लिए हमको अनन्त काल तक चक्की का बैल बनाये रखने के लिए हमारे ऊपर राज किया जा रहा है।"

'साइमन कमीशन' की देश भर में निन्दा और रोष से भरे प्रस्तावों द्वारा स्वागत हुआ। परन्तु अंग्रेज़ सरकार ने जन विरोध की परवाह किये बग़ैर अपनी योजना जारी रखी।

उधर 1927 के अन्त में मद्रास में कांग्रेस का जो अधिवेशन हुआ उसमें साइमन कमीशन के प्रति अपने विरोध को कांग्रेस ने स्पष्ट शब्दों में जता दिया था। इस अधिवेशन के सभापति डॉ. अन्सारी थे। डॉ. अन्सारी का व्यक्तित्व भारत के स्वाधीनता आन्दोलन में भाग लेनेवाले मुसलमानों में सबसे ऊँचा और निर्विवाद था। इन दिनों अगर कोई व्यक्ति पूर्णतः असाम्प्रदायिक कहा जा सकता था तो वे डॉक्टर अन्सारी थे। वे केवल कुशल चिकित्सक ही नहीं थे देश के अत्यन्त विश्वसनीय नेता थे। उनकी अध्यक्षता में साइमन कमीशन के बारे में जो प्रस्ताव कांग्रेस ने पारित किया उसमें शुरू में ही कहा गया कि-

"चूँकि ब्रिटिश सरकार ने भारत के स्वभाग्य निर्णय के अधिकार को पूर्ण उपेक्षित करके एक शाही कमीशन नियुक्त किया है, यह कांग्रेस निश्चय करती है कि भारत के लिए आत्मसम्मानपूर्ण एकमात्र मार्ग यही है कि वह साइमन कमीशन का हर हालत में और हर तरह से बहिष्कार करे।"

कांग्रेस की इस स्पष्ट घोषणा को अंग्रेज़ों ने गम्भीरता से नहीं लिया। सत्ता मद उनके सिर पर सवार था। सरकार को चाहिए था कि लोकमत को साइमन कमीशन के एकतरफ़ा गठन के विरुद्ध पाकर वह उस बारे में कुछ पुनर्विचार करती अथवा भारतीय नेताओं से विचार-विमर्श कर कुछ संशोधन-परिवर्द्धन की कार्यवाही करती। परन्तु नहीं, ब्रिटिश सरकार अपनी जिद पर अड़ी रही और आखिकार साइमन कमीशन ने 3 फरवरी, 1928 में बम्बई के बन्दरगाह में भारत की धरती पर क़दम रख ही दिया।

जिस दिन इस अवांछित कमीशन ने भारत भूमि पर पाँव रखा, उस दिन सारे देश में हड़ताल मनायी गयी। हड़ताल के दिन और बुरा यह हुआ कि मद्रास में पुलिस ने प्रदर्शनकारियों पर गोली चला दी। इससे देश भर में और भी सनसनी फैल गयी।

साइमन कमीशन बम्बई से दिल्ली आया। दिल्ली की अंग्रेज़परस्त पुलिस ने जनविरोध का ख़याल करके जनता को चकमा देने के लिए चालाकी बरती जो कि काम न आयी। सर जॉन साइमन सहित कमीशन के अन्य अंग्रेज़ सदस्यों को पुलिस के सुरक्षा बलों ने नयी दिल्ली के स्टेशन प्लेटफॉर्म पर न उतारकर रेलवे यार्ड के एक भाग में पहले ही उतार लिया और अंधेरी रात में चोरों की तरह उन्हें होटल तक ले जाने को तत्पर हुए। परन्तु लोगों को पुलिस के इस क़दम का पता चल गया। इससे सैंकड़ों लोगों की भीड़ ने बीच रास्ते में ही साइमन कमीशन को घेर लिया। भारतीयों की भीड़ ने काले झण्डों से इन मेहमानों का स्वागत किया और "साइमन! गो बैक" के नारे बुलन्द करते हुए विरोधी बैनर-पोस्टर हवा में लहराये।

साइमन कमीशन के चहुँ ओर जबरदस्त विरोध का वातावरण था। जब यह कमीशन लाहौर पहुँचा तो वहाँ भी काले झण्डों, विरोधी बैनरों और नारों के साथ उसका जमकर विरोध हुआ। प्रदर्शनकारियों का विरोध पंजाब केसरी लाला लाजपत राय कर रहे थे। लोगों के हाथों में काले झण्डे थे। "साइमन! गो बैक" के नारों से आकाश गूँज रहा था। पंजाब के युवा तो और भी जोशीले होते हैं। यह देखकर पुलिस के होश उड़ गये। कुछ अफ़सरों ने प्रदर्शनकारियों से धक्का-मुक्की की। भीड़ जब और उत्तेजित हुई, उस पर पुलिस ने लाठीचार्ज कर दिया। वयोवृद्ध लाला लाजपत राय उस प्रदर्शन के समय सबसे आगे थे।

इस पर अन्धाधुन्ध लाठी चालन पर उनके ऊपर भी कई लाठियां पड़ीं। एक लाठी सिर पर भी पड़ी। लाला जी गिर पड़े। अफ़रा-तफ़री में किसी तरह उठाये गये।

समझा जाता है कि लाला जी पर प्रहार के लिए अधिकारियों ने कुछ सिपाहियों को खास निर्देश दिये थे। इससे अधिकारी यह समझते होंगे कि लाला जी के घायल हो जाने पर पंजाब में प्रशासन का आतंक फैल जायेगा। परन्तु इस बात का उल्टा ही असर हुआ। लाला लाजपत राय कोई साधारण नेता नहीं थे। किसी ज़माने में 'लाल बाल पाल' की सुप्रसिद्ध राजनीतिक तिकड़ी में उनका नाम बाल गंगाधर तिलक और बिपिनचन्द्र पाल जैसे दिग्गज नेताओं के साथ लिया जाता था। अपनी लम्बी सेवाओं के कारण, केवल पंजाब में ही नहीं, सारे देश में लाला लाजपत राय का व्यक्तित्व अत्यन्त ऊँचाई पर था। उनके भाषणों और लेखों ने भारत के सम्बन्ध में यूरोप और अमरीका के भी नागरिकों की आँखें खोल दी थीं। कुछ ही दिनों बाद लाला जी की मृत्यु हो गयी। उसका कारण वे लाठियों के प्रहार भी थे जो बूढ़े लाला लाजपत राय की देह ने झेले थे।

इस घटना ने साइमन कमीशन के साथ-साथ ब्रिटिश शासन के मुख पर भी कालिख पोत दी। समूचे पंजाब प्रान्त में लाला जी की मौत पर, उन पर किये गये पुलिस के बर्बर अत्याचार को लेकर, बहुत तीव्र प्रतिक्रिया हुई। क्रान्तिकारियों ने ख़ून का बदला ख़ून से लेने की कसमें खायीं। सरदार भगतसिंह, सुखदेव और राजगुरु उन्हीं में से कुछ देशभक्त क्रान्तिकारी नवजवान थे जो आगे जाकर अपने दुस्साहसिक कारनामों के कारण फाँसी के तख़्ते पर झूलकर शहीद हुए।

लखनऊ की पुलिस भी किसी से पीछे न रही। साइमन कमीशन के ख़िलाफ़ जब लखनऊ में जुलूस निकला तो उसमें पं. जवाहरलाल नेहरू और पं. गोविन्दवल्लभ पन्त प्रमुख नेता थे। इस जुलूस पर भी पुलिस ने ख़ूब डण्डे बरसाये। उसमें नेहरू जी और पन्त जी भी चोटिल हो गये। पन्त जी को तो लाठी की चोटों कारण चेहरे पर हल्का-सा पक्षाघात भी हुआ जो उनके जीवनपर्यन्त उनके साथ बना रहा। लखनऊ के प्रदर्शनकारियों पर केवल एक दिन डण्डे बरसाकर पुलिस-प्रशासन का कलेजा ठण्डा नहीं हुआ। चार दिन तक उसका ताण्डव चलता रहा। जिसने भी सड़क पर आकर अथवा अपने घर की छत से ग़लती से भी 'साइमन! गो बैक' का चिढ़ानेवाला नारा लगाया, पुलिस ने उसके घर तक घुसकर लोगों को गिरफ़्तार किया और बेरहमी से पीटा। जब जनता पुलिसिया-दमन से त्रस्त हो गयी तो उसके विरोध का तरीक़ा बदल गया। एक दिन लखनऊ शहर भर में अचानक ऐसे गुब्बारे हवा में मँडराने लगे जिन पर लिखा होता- 'साइमन! गो बैक' -'भारत भारतवासियों के लिए' 'ब्रिटिश शासन मुर्दाबाद' आदि।

साइमन कमीशन भारत में जहाँ भी जाता विरोध और सिर्फ़ विरोध के स्वरों से ही उसका स्वागत होता। पटना में तो उसका भारी विरोध 50 हज़ार की मतवाली भीड़ ने किया और उसे उल्टे क़दम भारी पुलिस बल की सुरक्षा में वाक़ई वापस लौटना पड़ा।

देश के लगभग सभी वर्गों ने साइमन कमीशन का पूर्ण बहिष्कार किया। सबसे ऊपर महात्मा गाँधी का बहिष्कार तो इतना पूर्ण था कि उन्होंने जब तक साइमन कमीशन भारत में रहा, उसका नाम तक एक बार को भी नहीं लिया, जैसे कि उसका कोई अस्तित्व ही न हो। कुछ मुस्लिम नेताओं को छोड़कर शेष राजनीतिक कार्यकर्त्ताओं और सम्भ्रान्त नागरिकों ने कमीशन के सामने गवाही तो दूर, निकट आना तक पसन्द नहीं किया।

सरकार को आशा थी कि 'सर' उपाधिधारी लोग और 'राय साहब' लोग कमीशन की बैठकों में अवश्य उपस्थित होंगे। परन्तु लॉर्ड इर्विन की लाख कोशिशों के बावजूद ब्रिटिशर्स की यह ख़्वाहिश भी पूरी नहीं हुई। अंग्रेज़ों के ये ज़रख़रीद ग़ुलाम भी साइमन कमीशन में गवाही देने हेतु नहीं पधारे।

तब सरकार ने यह घोषणा की कि केन्द्रीय और प्रान्तीय धारा सभाओं के कुछ चुने हुए प्रतिनिधियों को साइमन कमीशन की बैठक में सहयोग का अधिकार दिया जायेगा। पर इसे भी अंग्रेज़ों की हास्यास्पद पेशकश ही माना गया। केन्द्रीय धारा सभा में यह प्रस्ताव पारित हुआ कि अगर साइमन कमीशन में जितने अंग्रेज़ सदस्य हैं उतने ही भारतीय सदस्य भी नियुक्त कर दिये जायें तो हमें कमीशन के साथ सहयोग करने में कोई आपत्ति न होगी। परन्तु हठधर्मी पर आमादा ब्रिटिश हुकूमत को भला भारतीयों की यह शर्त भी कैसे गवारा होती?

निर्लज्जता की पराकाष्ठा यह कि इतने भारी जनविरोध के बावजूद कमीशन अपनी काग़ज़ी कार्यवाही में लगा रहा और अन्त में अपनी 'हवाई रिपोर्ट' के रूप में एक बड़ा-सा पोथा तैयार कर बर्तानिया हुकूमत को पेश करने हेतु इंग्लिस्तान वापस लौट गया। यह

विदेशी सरकार का 'एक खर्चीला नाटक' था जिसे देशवासियों ने टाँय-टाँय-फिस्स कर दिया।

जिन दिनों सारा देश साइमन कमीशन के ख़िलाफ़ खड़ा होकर विरोध प्रदर्शन और अपने हकों के लिए संघर्ष कर रहा था, वल्लभभाई पटेल गुजरात में दूसरे अहम मोर्चों पर डटे हुए थे। वे अहमदाबाद नगर महापालिका के अध्यक्ष के रूप में नागरिकों की सेवा और उनकी समस्याओं का समाधान कर ही रहे थे। बारडोली में किसानों पर आये संकट से भी जूझ रहे थे, जिसमें वे अन्त में एक बड़े जननायक के रूप में सफल होकर उभरे। बारडोली-सत्याग्रह में ही वल्लभभाई को 'सरदार' की उपाधि मिली और वे देश भर में सरदार पटेल के नाम से सुविख्यात हुए। उसकी एक अलग कहानी है।

9

बारडोली के सरदार

"यह मेरे जीवन का वह अध्याय है जिसे आज भी याद करता हूँ तो मन ईश्वर के प्रति आभार से भर उठता है। वहाँ के किसानों और उनकी स्त्रियों के त्याग-तप की सोचता हूँ तो आज भी रोमांच हो आता है...

"मणिबेन! तुम तो बारडोली की लड़ाई की स्वयं साक्षी रही हो। साक्षी ही क्यों तुमने तो स्वयं बड़ी बहादुरी से उस लड़ाई में हिस्सा लिया था और गाँव-गाँव जाकर बारडोली तालुक़े में सत्याग्रह की अलख जगायी थी...ग्रामीण स्त्रियों का हौसला बढ़ाया था...उनका साथ दिया था..."

सरदार पटेल जब यह कहने लगे तो उनके चेहरे की चमक इस तरह लौटी-सी दिखी जैसे कि वे इस समय 72 वर्ष की आयु के वृद्ध न होकर 52 वर्ष के वही कर्मठ पुरुष हों जो- क्या शहर-क्या देहात-जिधर से निकल जाता, पूरे वातावरण में जोश एवं ऊर्जा का अद्‌भुत संचार हो जाता।

मणिबेन जानती थीं कि उनके बापू ने बारडोली-सत्याग्रह में कितनी मेहनत की थी। कितने पापड़ बेले थे। कितना पसीना बहाया था। कितने दिन दौड़े थे। मीलों दर मील। और कितनी रातें बिना सोये काटीं थीं। किसानों के परिवारों के बीच। किसानों की दुःख की घड़ियों में साथ देते। उनका क़दम-क़दम पर उत्साह बढ़ाते। उन्हें निरन्तर मार्गदर्शन देते। पाषाणवत व्यवस्था से हर रोज़ लड़ते-भिड़ते। फिर भी पिता के मन में क्या चला करता था उन घोर संघर्ष के दिनों में? एक पुत्री यह जानने का लोभ संवरण न कर सकी। फिर तब जबकि बापू अपने श्रीमुख से स्वयं उन दिनों की आन्तरिक कथा को बताने को आज तत्पर थे।

"जी बापू...मुझे थोड़ा-बहुत याद है।"

"थोड़ा-बहुत ?...क्या बात करती हो बेटी?" सरदार ने कृत्रिम रोष से एक पल को मणिबेन की ओर देखा।

मणिबेन तो पिता के आगे स्वयं ही बहुत नहीं बोलती थीं। घर परिवार की परम्परा ही ऐसी थी। पर पिता के जीवन के उत्तरार्द्ध में पुत्री का पिता के प्रति अनुराग बढ़ता जाता था। अतः अब वे पहले की अपेक्षा उनसे काफ़ी कुछ बोलने बात करने लगी थीं। यद्यपि पूरी तरह पिता से खुल वे आज भी नहीं सकी थीं। हृदय में जो एक गिरह किशोरावस्था से लगी थी, वह आज भी प्रायः ज्यों-की-त्यों थी।

पिता का त्यागमय संन्यासी-सा जीवन मणिबेन को बहुत पवित्र और अद्वितीय दिखता था। माँ उनके बालपन में, अपने युवाकाल में ही, गुजर गयी थीं। पिता यदि चाहते तो दूसरा विवाह कर सकते थे। नातेदारों-मित्रों ने उसके लिए उन पर दबाव भी काफ़ी डाला। परन्तु वे नहीं माने। पहला त्याग उन्होंने अपने छोटे-छोटे दोनों बच्चों के लिए किया। आजन्म विधुर ही बने रहे। मणिबेन ने पिता को उसके बावजूद सात्त्विक-जीवन ही जीते पाया।...

दूसरा त्याग उन्होंने देश के लिए किया जब महात्मा गाँधी उनके जीवन में आये। देखते-ही-देखते उन्होंने अपनी मोटी कमाई की वकालत, फिर कीमती कपड़े और आख़िरकार अपना एकमात्र व्यसन धूम्रपान तक छोड़ दिया। कोई गृहस्थ भला अपने जीवन के पूर्वार्द्ध में ही एक साथ इतने सारे त्याग कैसे कर सकता है? किसी को देखना हो तो मेरे बापू की ओर देखे तो।...

और देखा जाये तो महात्मा जी के ही भ्रू-संकेत पर सरदारश्री जो आज देश के कर्णधार होते देश का सर्वोच्च पद भी जवाहरलाल नेहरू जी के लिए छोड़कर किनारे हट गये।...

आज भी वे देश के लिए पल-पल मिट रहे हैं। अपने स्वास्थ्य से भी प्राणों की बाजी लगाकर किसी बालक की भाँति जब देखो तब खेला करते हैं। महात्मा जी स्वर्ग को गये तो इसका भी उन्हें दुःख है कि मैं उनके पीछे-पीछे क्यों न गया? ऊपर से यह भी कहते हैं कि अभी बहुत काम बाक़ी है।...

सरदार पटेल बता रहे थे-

''बारडोली तो लड़ाई का मैदान 1920-22 में ही चुन लिया गया था। अहमदाबाद कांग्रेस में उसका औपचारिक प्रस्ताव हुआ था। उन दिनों मोटा भाई विट्ठलभाई और मैं जब एक बार महात्मा जी से अधिवेशन से पूर्व अलग से मिले तो उन्होंने हमसे पूछा ''सविनय-अवज्ञा आन्दोलन कहाँ से शुरू किया जाये?'' मोटा भाई ने कहा - ''बापू आपने तो पूरा देश देखा है। जहाँ उचित समझें।''

गाँधी जी बोले-''स्वराज-प्राप्ति के लिए मेरा विचार है कि किसी एक विशेष क्षेत्र से यह आन्दोलन उठे। फिर एक क्षेत्र से दूसरे क्षेत्र में जाये। दूसरे से तीसरे में। होते करते हिन्दुस्तान भर में यह फैल जाये।''

''यह तो बहुत ग़ज़ब का आइडिया है बापू! यू मीन चेन रिऐक्शन..''

''हाँ कुछ-कुछ वही। स्वराज के लिए हम धीरे-धीरे चलें। लोग अनुशासित हों। मर्यादा में रहकर सहनशक्ति पैदा करें और आगे बढ़ें। तभी भला होगा। क्यों वल्लभभाई तुम क्या कहते हो ?''

''जैसी आपकी आज्ञा बापू'' - मैंने संकोच में कहा। अब मोटाभाई के होते मैं क्या बोलता? परन्तु बापू की एक खास आदत थी। जो मैंने अक्सर नोटिस की थी।'' मणिबेन ने सरदार पटेल को टोका - ''क्या ?''

सरदार बोले- ''वो यह कि अगर गाँधी जी किसी से कुछ कहते और वह पीछे हटता तो बापू एक बार तो उसे जोर से धकेलते। अगला भाग निकले या मौन हो जाये तो दूसरी बात...'

- कहकर सरदार हँसे - ''बापू मुझसे बोले आज्ञा नहीं मैं तुमसे कुछ पूछ रहा हूँ। आन्दोलन के लिए उपयुक्त क्षेत्र बताओ।''

मोटाभाई तपाक से बीच में बोले - ''अपना गुजरात ही क्यों नहीं बापू?''

''विट्ठलभाई...गुजरात तो ठीक पर मैं क्षेत्र विशेष की बात कर रहा हूँ।'' बापू ने कहा।

''मणि तुम तो जानती हो कि मोटा भाई अपने हाथ का शिकार आसानी से दूसरे के हाथ में जाने नहीं देते थे। गाँधी जी ने कहा कि ''विट्ठल! ये वल्लभभाई मेरे साथ और मेरे बग़ैर भी गुजरात के गाँव-गाँव घूमा है और ग्रामीण समुदाय की नस-नस इसने टोही है। ये बता सकेगा कि मेरा अहिंसक आन्दोलन कहाँ के लोग अधिक सहनशक्ति के साथ ले चल पाएंगे। क्योंकि आदि भला तो सब भला।''

मुझे तब सूरत ज़िले के बारडोली तालुका के पाटीदार कुँवर जी मेहता और उनके भाई कल्याण जी मेहता की कही एक बात स्मरण हो आयी। उनका कहना था कि-"अंग्रेज़ पहले-पहल सूरत में आये थे। उन्हें विदा करने का काम भी सूरत को करना होगा। इस बारे में हम हर कुर्बानी देने को तैयार बैठे हैं।"

गाँधी जी से मैंने कहा- "बापू सूरत...जिस धरती पर अंग्रेज़ के पाँव सबसे पहले पड़े।"

बापू जी तो उछल पड़े। बच्चों की भाँति खिलखिलाकर बोले - "वाह! क्या बात कही. ..और सूरत में कहाँ?"

मेरे मुख से निकला-"बारडोली।"

गाँधी जी ने कहा-"ठीक है। बारडोली ही सही।"

उसके बाद बापू आँख मूँदकर कुछ पल को जैसे कोई स्वप्न-सा देखने लगे।

मोटाभाई ने मुझे घूरकर देखा। मानो उनके हाथ से कोई बटेर निकल गयी हो। मैं नीचे ज़मीन में देखने लगा। मैंने सुना कि वह कह रहे थे- "बापू हमारे खेड़ा ज़िले का आणन्द तालुका कैसा रहेगा? हमारा क्षेत्र भी है। वहाँ सब तैयारियाँ हम और अच्छे से कर लेगें।"

बापू आँखें मूँदे रहे। आगे उन्होंने कुछ नहीं कहा।

इसके बाद कांग्रेस का अधिवेशन अहमदाबाद में हुआ। वहाँ खेड़ा ज़िला कांग्रेस समिति के अध्यक्ष अब्बास तैयब जी भी बैठे थे। वे किसी ज़माने में बड़ौदा राज्य के मुख्य न्यायाधीश रह चुके थे। उन्होंने गाँधी जी की उपस्थिति में प्रस्ताव रखा कि "महात्मा जी! खेड़ा ज़िले को सविनय अवज्ञा आन्दोलन के शुभारम्भ का अवसर मिले तो बेहतर। आणन्द-तालुका।..." गाँधी जी हवा में दो उँगली उछालकर बोले-"नहीं...पहला हक सूरत का। जहाँ फिरंगी आये पहले-पहल। अब उनका पांव भी वहीं से मोड़ना अच्छा प्रतीक होगा। बारडोली को जागृत करना होगा हमें सबसे पहले। उसके बाद आणन्द।"

"बारडोली में असहयोग आन्दोलन का शुभारम्भ भी हुआ। परन्तु चौरी-चौरा काण्ड हो गया। वह आन्दोलन शिशु की मौत मरा। गाँधी जी को भी जेल की सज़ा हो गयी। दुर्भाग्य जैसे चारों ओर से फट पड़ा। कांग्रेस की राजनीति में दो-फाड़ हो गये। हम लोग बापू के बताये मार्ग पर चलना चाहते थे। स्वराजवादियों ने विधानमण्डलों में प्रवेश ज़्यादा जरूरी समझा। वे कहते थे कि वहाँ पहुँचकर वे सरकार के कामकाज में रोड़े अटकायेंगे। कितना अटका सके वह तो वही लोग जानें। परन्तु आम जनता के मन में दो-चित्तापन जरूर पैदा कर दिया उन्होंने। हम लोग नागपुर और बोरसद में येन-केन-प्रकारेण बापू के आदर्शों के अनुसार यथासाध्य काम करते रहे।

"परन्तु ईश्वर असली न्यायकर्त्ता है। उसने बारडोली को 1928 में फिर से भारत के मानचित्र पर चमका दिया। महात्मा जी का संकल्प भला पूर्ण हुए बिना कैसे छूट सकता था। गाँधी जी 1924 में छूटकर अपने रचनात्मक कार्यों में चार साल जुटे रहे। उनके

आशीर्वाद से उनके अहिंसक मार्ग पर चलने और सत्याग्रह की कड़ी परीक्षा का अवसर बारडोली को आख़िर मिल ही गया।..."और मेरे बापू को भी..." मणिबेन ने स्मित मुस्कान के साथ अपने पिता को देखा। सरदार पटेल को उनकी बेटी गर्व से देख रही थीं। एक ऐसी बेटी जिसकी आँखों में मानो सरदारश्री की पुत्री और उनकी माँ लाडबा जैसे एक साथ गर्व और ममता के साथ झाँक रही हों।

"गाँधी जी समझ गये थे कि देश की स्वाधीनता की लड़ाई केन्द्रीयकृत करके लड़ी नहीं जा सकती। अकेले वे अथवा एक-दो नेताओं से बात नहीं बनेगी। इतना बड़ा देश है। अनेक प्रान्त और उनके क्षेत्र हैं। कांग्रेस का संगठन शहर-शहर और गाँव-गाँव फैलाना होगा। वैसा किया भी गया। प्रत्येक प्रान्त में शीर्ष नेतृत्व भी सौंपना था। इसके लिए 1928 आते-आते गाँधी जी ने देश के विभिन्न भागों में ज़िम्मेदार नेता तैयार किये। उन्हें जिम्मेदारियाँ सौंपी गयी। सविनय अवज्ञा आन्दोलन किसी एक नेता की गिरफ़्तारी के बाद खण्डित न हो उसकी रणनीति तय की गयी। चेन ऑफ कमाण्ड सिस्टम। यदि बड़ा नेता जेल चला जाये तो उसके नीचे का दूसरा नेता कमान सम्भाल ले। वैसा कुछ...

"बंगाल में चित्तरंजनदास, संयुक्त प्रान्त में मोतीलाल नेहरू, पंजाब में लाला लाजपत राय, बिहार में बाबू राजेन्द्रप्रसाद और ब्रजकिशोर, तमिलनाडु में राजा जी और गुजरात में मुझ अकिंचन को प्रमुख नेतृत्व का दायित्व मिला। अब जहाँ तक मेरा सवाल है बापू तो हमारे शुरू से सुप्रीम कमाण्डर थे। हम तो उन्हीं की आवाज़ के पीछे चलते थे। वे मेरे गुरु भी थे और गार्जियन भी। मैंने गाँधी जी के सन्देश को गुजरात में यथासम्भव फैलाने का कार्य पहले भी किया था। बारडोली के किसानों पर जब अन्धाधुन्ध लगान वृद्धि को लेकर 1927-28 में संकट टूटा तो मुझे लगा कि बापू के उसूलों पर चलने की परीक्षा की घड़ी अब आयी।...

"समझो कि 1928 में बारडोली तालुक़ा में 137 गाँव थे। आबादी कोई 80,000 की। नया बन्दोबस्त 1927 में प्रक्रिया अधीन रहा। उसके अनुसार सरकार ने जनवरी, 1928 में बारडोली के गाँवों पर लगान की दर 22 प्रतिशत बढ़ा दी। उनमें भी तेईस गाँव फ़सल की दृष्टि से जो सबसे उपजाऊ माने जाते थे, उनमें तो लगान की दर दुगनी कर दी गयी। बारडोली के किसान कराह उठे। किसानों के कई मुखिया आकर मुझसे मिले। कहा कि आपने बोरसद के किसानों को सरकारी जुर्माने के दुष्चक्र से मुक्ति दिलायी थी। इतना भारी लगान तो हम पर सरासर अन्याय है। कृपया हमारी मदद करें। हम भी आन्दोलन को तैयार हैं।

"मैंने अपने दो मित्रों मोहनलाल पाण्ड्या और कुशलभाई से इस बाबत सलाह की। उनसे कहा कि ये किसान प्रतिनिधि जो यहाँ आये हैं जाकर ज़रा आप लोग कुछ गाँवों में जाँच करो। किसानों से पूछो। उनका मानस पढ़कर बताओ कि क्या सभी किसान लगानबन्दी के लिए मज़बूती से तैयार हैं? या ये लोग आधे-अधूरे मन से मेरे पास आये

हैं? बाद में ऐसा न हो कि-मुद्दई सुस्त गवाह चुस्त। मैं तो तभी आन्दोलन में हाथ डालूंगा जब देखूँगा कि बारडोलीवाले वाक़ई उसके लिए तैयार हैं।

"मोहनलाल पाण्ड्या और कुशलभाई चले गये गाँव-गाँव घूमने। वह सब करने जिसकी मैंने अपेक्षा की थी उनसे। लोगों की नब्ज टटोलने। मित्र और सहयोगी हों तो ऐसे।...कुछ ही दिन में अहमदाबाद आकर दोनों मित्रों ने मुझे बताया कि बारडोली के ज़्यादातर किसान लगानबन्दी के लिए तैयार हैं। उसके बाद मैंने मोहनलाल पाण्ड्या, कुशलभाई मोरारजी पटेल, कुँवर जी मेहता, कल्याण जी मेहता, दयाल जी भाई देसाई, गोपालदास और रविशंकर महाराज को साथ लेकर गाँधी जी से भेंट की। किसानों की परेशानी और राजस्व विभाग की ज़्यादती पर बापू से सलाह-मशवरा किया। गाँधी जी ने मुझसे पूछा-

"तुम्हारी अपनी क्या राय है?"

मैंने बापू को बोला-"सारे मामले की जाँच कर ली गयी है। लड़ाई उचित प्रतीत होती है।"

इस पर गाँधी जी ने हमसे कहा - "तब तो मेरे लिये इतनी ही इच्छा करना रह गया है कि विजयी-गुजरात की जय हो।"

"हम सब गाँधी जी का आशीर्वाद लेकर साबरमती आश्रम से चले आये। हमने 4 फरवरी, 1928 को बारडोली के सारे तालुक़े के किसानों की एक सभा बुलायी। लगभग 80 गाँवों के छोटे-बड़े किसान बारडोली कस्बे में इकट्ठा हुए। मैंने उस सभा में किसानों को साफ़-साफ़ बोला-देखो, मेरे साथ खेल नहीं हो सकता। बिना जोख़िम के काम में मैं हाथ नहीं डालता। जो जोख़िम उठाने को तैयार हो, उसकी मदद में मैं खड़ा रहूँगा। सन् 1921 में यहीं हमारी परीक्षा होनेवाली थी, परन्तु नहीं हुई। अब समय आया है। पर क्या तुम सब तैयार हो ? यह एक तालुक़े का प्रश्न नहीं है, कई तालुक़ों और ज़िलों का प्रश्न है। अगर तुम हारोगे तो सबका भविष्य बिगड़ेगा।

"किसानों की सभा से कई स्वर उभरे कि-हम लड़ाई के लिए तैयार हैं। किसी ने कहा- हम हर जोखिम के लिये तैयार हैं। कई स्वर पुनः उभरे- हाँ-हाँ हम तैयार हैं। हम तैयार हैं। तब मैंने लोगों से कहा कि -"कौन कौन भाई तैयार है ? हाथ उठाये।" पूरी सभा ने हाथ उठा दिये। मैंने कहा-"शाबाश। अब कौन नहीं तैयार है। वह हाथ उठाये।"

कोई हाथ नहीं उठा। पर सभा मध्य से एक बूढ़े बाबा उठ खड़े हुए। उनको देखकर जनसमूह चिल्लाया-"बाबा बैठ जाओ।"

लोग चिल्ल-पों करने लगे। बूढ़े बाबा ने एक हाथ उठाया। मैंने कहा-"शान्त हो जाइये आप लोग। बाबा को बोलने दीजिए। क्या आप तैयार नहीं हैं?"

बूढ़े बाबा बोले-"बूढ़ा आदमी हूँ।

लड़ाई के लिए तैयार नहीं हूँ। मैं घर रखाऊँगा।"

"मैंने पूछा फिर?"

बाबा बोले - "बाक़ी घर भर लड़ेगा।"

सुनकर पूरा मजमा ठठाकर हँस पड़ा।

"अहमदाबाद लौटकर मैंने बम्बई के गवर्नर लेस्ली विल्सन को 6 फरवरी, 1928 को एक पत्र लिखा कि सरकार लगान-वसूली का काम स्थगित कर दे और सारे मामले की नये सिरे से जाँच करे। जाँच में किसानों को भी सुनवायी का अवसर प्रदान किया जाये। सरकार की ओर से कोई माकूल जवाब नहीं मिला जवाब जो मिला वह गवर्नर के निजी सचिव का लिखा हुआ एक लाइन का पत्र था जिसमें सूचित किया गया था कि - "पत्र को राजस्व विभाग को विचारार्थ एवं निस्तारण हेतु भेज दिया गया है।" मुझे तभी लगा कि 'गयी भैंस पानी में।' अब इस मामले में शीघ्र कुछ होने-हवानेवाला नहीं। तब मैं 12 फरवरी को दुबारा बारडोली गया। फिर से किसान सभा जुटायी गयी। मैंने सरकार के अड़ियल रवैये और लगानबन्दी के बारे में वहाँ खुलकर चर्चा की। घुमा-फिराकर उनकी मन्शा जाननी चाही। जो भी किसान खड़े होकर बोले मैंने उनसे मंच पर आकर सबके सामने बोलने को कहा। जो भी बोला जितना भी बोला उसमें मुझे किसानों के दृढ़ निश्चय, पक्का इरादा और सत्य की झंकार नजर आयी। फिर भी मैंने लोगों को आनेवाले ख़तरों के प्रति पहले से आगाह कर देना उचित समझा। मैंने अपने भाषण में कहा-

"इस लड़ाई में जबर्दस्त खतरे भरे पड़े हैं। वैसे तो जोखिम भरा काम न करना अच्छा है, परन्तु यदि किया जाये तो किसी भी क़ीमत पर उसे पूरा करना चाहिए। याद रखो. ..हारोगे तो देश की लाज जायेगी। मज़बूत रहोगे तो सारे देश को लाभ पहुँचाओगे। अगर मन में यह हो कि वल्लभभाई जैसा लड़ने वाला मिल गया है, इसलिए लड़ेंगे तो मेरे भाई तुम लड़ो ही मत। क्योंकि अगर तुम हार गये तो निश्चय जानो कि सौ वर्ष तक सिर न उठा सकोगे। इसलिए हमें जो निश्चय करना है, वह तुम्हीं को करना है। इसलिए पूरा विचार करके अच्छी तरह समझकर जो करना चाहो सो करो।"

कहते-कहते मैं कुछ क्षण को ख़ामोश हो गया। तब सामने की भीड़ से दो आदमी खड़े हुए। एक बोला "मोटा भाई! आप हमारे नेता हो। आप ही कहो हम क्या करें?"

दूसरा बोला -"हम हर तरह से तैयार हैं। हमें करना क्या होगा? बस यह बता दें जिससे हमारी जीत हो सके..."

तब मैंने जनसमूह से कहा-

"सरकार के पास हुकूमत है, तोप-बन्दूक है, पशुबल है। तुम्हारे पास सच्चाई का बल है, दुःख सहन करने की शक्ति है। इन दो बलों का मुकाबला है।...सरकार की बात अन्याय की है, उसका विरोध करना धर्म है। अगर यह बात तुम्हारे दिल में बैठ गयी तो तुम्हारे सामने सरकार की तमाम ताकत कोई काम नहीं कर सकेगी। उसे तो लेना है परन्तु देना तुम्हें है। देना या न देना तुम्हारी मर्जी की बात है। अगर तुम यह निश्चय कर लो कि हम फूटी-कौड़ी भी नहीं देंगे, ये सरकार जो जी में आये सो कर ले। कुर्कियाँ करे, ज़मीनें ज़ब्त कर ले, हम इस ग़लत जमाबन्दी को नहीं मानते, तो सरकार कभी नहीं वसूल

सकेगी।...इस राज्य के पास ऐसा कोई साधन नहीं जो तुम्हारे निश्चय को तोड़ सके, तुम्हें हरा सके। बोलो तुम सब तैयार हो?"

भीड़ में से हुंकार उठी-"हाँ हम तैयार हैं।"

मैंने कहा-"तो अब से लगान देना बन्द। सत्याग्रह शुरू।"

"तालियों की गड़गड़ाहट हुई और लोग मेरी जय के नारे लगाने लगे। मैंने लोगों को मना किया और कहा कि-"महात्मा गाँधी की जय बोलो। भारत माता की जय बोलो। वन्दे मातरम् बोलो।"

"पूरा कृषक समूह फिर यही तीन नारे लगाने लगा। इस तरह किसान भाइयों की वह जनसभा सफलतापूर्वक समाप्त हुई।

"गुजरात परिषद् से भी 'बारडोली-सत्याग्रह' का प्रस्ताव हमने पास कराया और सरकार को भेजा। क्योंकि उसके सिवा और कोई विकल्प अब बचा नहीं था।"

"मणिबेन!...याद है बारडोली में गाँव की कितनी स्त्रियाँ कितने उत्साह में घरों से निकल पड़ी थीं। उन्होंने मिलकर आन्दोलन को ग्रामीण उत्सव का-सा रंग दे दिया था। तुम स्वयं भी तो उस आन्दोलन में आगे-आगे रहीं। तुम्हारे साथ बम्बई की वे प्रतिष्ठित पारसी महिला...क्या नाम है उनका-मिठूबेन पेटिट भी थीं, गोपालदास की पत्नी भक्तिबा, डॉ. सुमंत मेहता की पत्नी शारदाबेन... सबने कितना बढ़-चढ़कर भाग लिया। बारडोली-सत्याग्रह ने महिलाओं को निडर बना दिया था।" - सरदार पटेल ने कहा।

"निडर तो वे सब पहले से थीं। यह कहिये कि उन्होंने आन्दोलन से जुड़कर पूरे बारडोली को निडर बना दिया..."मणिबेन बोल पड़ीं।

"ठीक कहती हो तुम बेटी...माताओं-बहनों में बहुत आन्तरिक शक्ति होती है। उन्हीं से तो संसार चलता है।"

"जी बापू!...फिर ग्रामीण महिलाएँ तो और भी साहसी होती हैं। कठिन जीवन जीते-जीते अभावों में पलते-पलते उनमें ऐसी ग़ज़ब की हिम्मत आ जाती है कि वे चाहें तो पहाड़ तोड़ दें।"

"हाँ सो तो है...उनका जीवन संघर्ष ही उन्हें आत्मबल प्रदान करता है। आन्दोलन में जाने कितनी महिलाओं के त्याग-बलिदान-हौसले के उदाहरण देखने को मिले थे जिन्होंने पुरुषों को भी दूनी हिम्मत दिलायी."

"एक उदाहरण तो मुझे भी याद है बापू!-" मणिबेन ने प्रसन्न वदन होके कहा।

"कौन-सा ?" - सरदार पुत्री को गौर से देखने लगे।

"वह नानी फ़रीद गाँव की वीर पत्नी?"

"हाँ याद आया। जहाँ हम साथ-साथ दिन में पहुँचे तो देखा कि कुछ तहसीलदार के आदमी एक किसान को गिरफ़्तार करके ले जा रहे थे और वह स्त्री ललकारकर कुछ कह रही थी।"

"कुछ नहीं बहुत-कुछ कह रही थी बापू!...उस किसान का नाम आज भी मुझे याद है - भवान भाई। उस आदमी को तहसीलवाले हवालात में बन्द करने ले जा रहे थे। विदा करते समय उसकी औरत कह रही थी - देखना, कोई कमज़ोर बात न निकले। जेलर से कहना, तुझसे जितना दुःख दिया जाये दे ले। मेरी या बच्चों की तरफ़ न देखना। कसम है तुम्हें। हिम्मत रखना और डटकर जवाब देना।...और जानते हैं अन्त में वह क्या बोली?"

"कहने लगी- क्या करूँ? मुझ पर मुक़दमा नहीं चलाया, नहीं तो बता देती। मन भर पीसने को देते तो डेढ़ मन पीसकर रख देती।"

"वाह! क्या बात है। तुमने एक-एक बात नोटिस की उसकी। मैं तो गाँव के पुरुषों में ही उलझकर रह गया था। अच्छी बात है..." सरदार पटेल ने पुत्री की ओर सराहना की आँखों से देखा।

बारडोली-सत्याग्रह की सचमुच सबसे बड़ी विशेषता यह थी कि उसमें महिलाएँ पुरुषों के साथ कन्धे-से-कन्धा मिलाकर लड़ीं। वल्लभभाई पटेल के सहयोगियों ने ग्रामीण जनता को सत्याग्रह के अहिंसक स्वरूप की विशेषताएँ बताने और उन्हें उसके लिए प्रशिक्षित करने के लिए अनेक जगहों पर अपने कैम्प स्थापित किये। जहाँ पर लोग आस-पास के गाँवों से मिलने को आते। वे इन नेताओं से आन्दोलन के लिए तरीक़े समझते और अपने गाँवों का हाल-हवाल भी बताते। सारे कैम्पों से सूचनाएँ प्रतिदिन वल्लभभाई के पास पहुँचतीं। उनके केन्द्रीय शिविर में। स्वामी आनन्द ने वल्लभभाई के सचिव का कार्यभार सम्भाल लिया था। इस अवसर पर वल्लभभाई एक दैनिक पत्रिका भी निकालने लगे थे। इसमें बारडोली आन्दोलन की प्रगति की सूचनाएँ रोज़ छपती थीं। पत्रिका की प्रतियां बारडोली क्षेत्र में तो बँटती ही कृषक वर्ग में उत्साह का संचार बनाये रखने हेतु, ये अहमदाबाद और बम्बई तक भेजी जातीं। बम्बई के कई दैनिक समाचार तो इस पत्रिका को ज्यों-का-त्यों छापने लगे। इससे बारडोली आन्दोलन की गूँज हिन्दुस्तान में व्याप्त होने लगी।

स्त्रियों के जुड़ जाने से बारडोली आन्दोलन में लोकगीतों की बहार सी आ गयी। कीर्त्तन मण्डलियाँ गाँव-गाँव घूमकर जागरण करने लगीं। देश भक्ति के गीतों ने भी सत्याग्रह के उस अभिनव वातावरण में जन चेतना को निरन्तर जगाने का काम किया। लोग गाते-

"गाँधी बाबा चरखा चलाई
स्वराज दौड़ा-दौड़ा आयी"

या फिर-

"माई के लाल
    फिरंगी निकाल
        न हो तू बेहाल
            हुआ जा निहाल"

वल्लभभाई पटेल को यह भरोसा था कि बारडोली के कृषकों में बड़ी हिम्मत है। परन्तु सरकार द्वारा की जा रही कुर्की, ज़ब्ती और गिरफ्तारियों के कारण चल रहे दमनचक्र से लोगों में घबराहट अथवा प्रमाद उत्पन्न न हो, उसके लिए वल्लभभाई दिन-भर अनेक गाँवों का दौरा करते। कभी मोटर से और जहाँ मोटर न जा सकती वहाँ पैदल। वे आन्दोलन के दिनों में अधिक-से-अधिक गाँव कवर कर लेना चाहते हैं। अक्सर उनका रात्रि विश्राम किसी-न-किसी गाँव में होता। अपने साथियों और स्वयंसेवकों से पटेल कहते कि -"हमें किसी ग्रामवासी पर निर्भर नहीं रहना है। अपने खाने-पीने की व्यवस्था ख़ुद करनी है। इन पर बोझ नहीं बनना है। ये पहले से ही सताये हुए जीव हैं। सत्याग्रही का स्वावलम्बी होना एक प्रमुख शर्त है।"

वल्लभभाई जहाँ भी जाते ग्रामवासी उनके आतिथ्य-सत्कार के लिए दौड़ते। परन्तु वे बड़ी मुश्किल से जल के अतिरिक्त कुछ स्वीकार नहीं करते। लोगों से हर पड़ाव पर उनका कुशलक्षेम पूछते। उन्हें भरोसा दिलाते कि डटे रहो। अन्त में जीत हमारी ही होनी है।

वे लोगों से कहते - "जब हम यह मानते हैं कि सरकार ने जो लगान वृद्धि की घोषणा की है वह अनुचित है, अन्यायपूर्ण है। और हम सरकार और उसके कारिन्दों से अनेक बार यह स्पष्ट रूप से कह चुके हैं कि भाई! इसकी दुबारा जाँच कर लो। हमसे भी पूछताछ कर लो। हमारी भी सुन लो। तब तक वसूली को मुल्तवी कर दो तो इसमें क्या परेशानी है। अब अगर सरकार न माने तो उसमें हम क्या कर सकते हैं। ये बढ़ा हुआ लगान तो हम नहीं देंगे बस। ...हाँ हमने तो ये तक कहा था कि अगर सरकार बिना बढ़ाए वर्तमान लगान पूरे लगान के रूप में लेना मंजूर करे तो उतना लगान बिना तकरार के तुरन्त दे दिया जाये। सरकार वह भी नहीं मानी। ऐसे में सरकार करे चाहे जितना अत्याचार कुर्की ज़ब्ती वगैरा करना हो करे। सब हँसते-हँसते सहेंगे। कोई हमें बेंत से मारेगा भी तो हम हाथ नहीं उठायेंगे। किसी को गाली नहीं देंगे। याद रहे भाइयों और बहनों...हाथ-पैर की हिंसा और ज़बान की हिंसा सत्याग्रह में एक बराबर होती है। हाथ कीर्तन के लिए है और जिह्वा प्रभु के भजन के लिए। या फिर भारत माता की जय बोलने के लिए।..."

वल्लभभाई पटेल जो पत्रिका निकालते उसमें लोगों को प्रेरित करने और उन्हें निरन्तर सजग करने के लिए अपने विचार भी लिखते। एक बार उन्होंने लिखा-

"हम सारे तालुक़े की हवा ऐसी बना दें कि उसमें स्वराज की सुगन्ध आने लगे, गुलामी की बदबू नहीं। सरकार के विरुद्ध जूझने की टेक का तेज़ सबके चेहरों पर दिखायी दे। मैं तुम्हें चेतावनी देता हूँ कि अब खेलकूद के फन्दे में, ऐश-आराम में एक क्षण भी

न रहो और जागृत हो जाओ। आज गुजरात की लाज तुम्हारे हाथों में है। अपने हाथ से एक दमड़ी भी सरकार को न देने के निश्चय पर क़ायम रहो। नहीं तो जीना न जीना बराबर हो जायेगा और तालुक़े पर हमेशा के लिए भार पड़ जायेगा।''

मणिबेन ने देखा कि डॉ. सुशीला नैयर सरदारश्री- को देखने आयी हैं। सरदारश्री 'बारडोली की कहानी' कहते-कहते सो गये थे। सुशीला ने उन्हें सोते देखा तो इशारे से कहा कि अभी उनके पास टाइम है। वे सोते हुए को डिस्टर्ब नहीं करेंगी। मणिबेन कक्ष से निकलकर सामने की लॉबी में चली गयी। मणिबेन इस कोण से बैठीं जहाँ से पिता जी के पलँग का एक भाग उन्हें दिखायी देता था।

''कैसी तबीयत है?'' डॉ. सुशीला नैयर ने पूछा।

''पहले से काफ़ी बेहतर हैं। भूख भी खुलने लगी है। मगर बाप रे!...बापू इन दिनों काफ़ी बोलने लगे हैं। आज बारडोली-सत्याग्रह पर बता रहे थे।''

''अच्छा-अच्छा। वह तो इनकी ख़ास रणभूमि रही है।' सुशीला हँसकर बोलीं। मणिबेन कहने लगी --

''वे भी क्या दिन थे। बापू को न खाने का होश न आराम की फिकर। दिन रात लगे रहते। शुरू-शुरू में तो दूसरे दिन या तीसरे दिन रात्रि में घर लौट भी आते। आगे चलकर बारडोली ने उन्हें ऐसा खींचा कि हफ्तों अहमदाबाद न लौट पाते। कोई रात इस गाँव तो कोई उस गाँव।

''मैं जिस दिन आते उनके पैर नमक के गुनगुने पानी में धोने की तैयारी टब लेकर करती। पाँव इस कदर सूजे होते कि क्या बताऊँ। मीलों तो पैदल चलना पड़ता था। स्वाभिमानी इतने कि किसी ग्रामीण के घर जल्दी खाते न थे। स्वयंसेवकों ने किसी पड़ाव पर जो पकाया कच्चा-पक्का सो खा लिया।...

''गर्मी में जो सिर पर रखने की चादर या तौलिये उनको मैं साथ ले जाने को देती, बापू जब भी लौटाते धूल-मिट्टी और पसीने से चीकट मिलते। यह देखकर मैंने होली के बाद बापू से कहा कि वे मुझे भी अपने साथ बारडोली ले चले। पहले तो बोले क्या करेगी तू वहाँ जाकर। मैंने कहा आपकी देखभाल। कम-से-कम ये कपड़े-वपड़े ही धो दूँगी। बोले मेरी देखभाल नहीं। किसान परिवार की औरतों की सुध-बुध लेनी हो कुछ उनकी हिम्मत बँधानी हो तो चल सकती है। मैंने सोचा कि इससे बढ़िया बात क्या होगी। सत्याग्रह का अनुभव और साथ में बापू के आस-पास रहने का भी अवसर। और मैं भी इनके साथ हो ली।...

''जाकर देखा तो वहाँ तो माहौल ही दूसरा था। हरे-भरे ग्रामीण अंचलों को दूर से देखो तो कितने सुन्दर और सुखद दिखते। पास जाती और किसी गाँव में घुसती तो वहाँ का नज़ारा ही दूसरा। गाँवों में मर्द तो नाममात्र को नजर आते। चौपाल के आस-पास जिधर देखो औरतें-ही- औरतें। झुण्ड में बैठी बात करतीं औरतें। गाती-बजाती औरतें। घरों में खाना पकाती इक्का-दुक्का औरतें। गोबर-कण्डा बीनती औरतें। परन्तु दुधारु गायें

दिखायी न देतीं। भैंसें भी न दिखतीं। कई गलियाँ में तो एक़दम सन्नाटा, होता। लाइन-के-लाइन घरों के बाहर ताले लटके होते। लगता जैसे कि मर्द और मवेशी सब परदेस चले गये हों। मैंने कुछ स्वयंसेवकों से पूछा तो उन्होंने बताया कि सरकारी तन्त्र के क़हर से बचने के लिए दिन में लोगों ने यह रणनीति अपना ली है। पटवारी अमीन और उनके साथ आये ग़ैर सरकारी गुण्डों को लगान चाहिए और किसानों को लगान देना नहीं है। अतः अचानक आते हैं जो मिल जाता है उसे दबोच ले जाते हैं। मवेशी मिल जाये तो खोल ले जाते हैं। औने-पौने में नीलाम कर देते हैं। उसीका यह सब तोड़ है...

''मेरे अलावा और भी कई शहरी स्त्रियाँ उन ग्रामीण स्त्रियों के मध्य उठने-बैठने लगी थीं। हम उनका मनोबल बढ़ाने का यथासम्भव प्रयास करते। बापू जी के सिद्धान्तों और अपने बापू के सत्याग्रह के उद्‌देश्यों को मातृशक्ति के मध्य स्पष्ट करते चलते। बारडोली की लड़ाई ढीली न पड़ने पाए यह गाँव की स्त्रियाँ इतनी अच्छी तरह समझती थीं और उसके लिए वे मानसिक रूप से इतनी तैयार थीं कि देखकर हमें हैरत होती।...''

जो पत्र वल्लभभाई ने 6 फरवरी, 1928 को गवर्नर को लिखा था। जिस पर उनके निजी सचिव ने सूचित किया था कि पत्र राजस्व विभाग को सन्दर्भित कर दिया गया है उसका असली उत्तर 17 फरवरी, 1928 को राजस्व सचिव जे.डब्लू. स्मिथ ने भेजवाया। इस पत्र में तल्खी के साथ स्मिथ महोदय ने लिखा था कि-''सरकार नयी जमाबन्दी के अनुसार वसूली का काम स्थगित करने अथवा जमाबन्दी पर पुनर्विचार करने अथवा किसी अन्य प्रकार की छूट देने के लिए तैयार नहीं है। इस घोषणा के बावजूद यदि बारडोली के लोग अपनी बुद्धि के अनुसार चलकर या बाहरी व्यक्तियों के सिखावे में आकर लगान देने में चूक करेंगे तो जो क़ानून के अनुसार कार्यवाही होती है उसे करने में सरकार कोई संकोच नहीं करेगी।''

वल्लभभाई पटेल ने राजस्व सचिव के पत्र का कड़ा जवाब दिया। लिखा कि -''आप मुझे और मेरे कार्यकर्त्ताओं को 'बाहर से आये व्यक्ति' मानते प्रतीत होते हैं। ऐसा कहते हुए आपने हमें इस बात की खासतौर पर याद दिला दी है कि आप जिस सरकार का प्रतिनिधित्व करते हैं वास्तव में वह सरकार ही 'बाहरी व्यक्तियों' के वर्चस्व वाली है। मैं यद्यपि अपने आपको हिन्दुस्तान के किसी भी भाग के बराबर ही बारडोली का निवासी मानता हूँ और मैं वहाँ के तकलीफ में पड़े निवासियों के बुलाने पर वहाँ गया हूँ, फिर भी वे जब चाहें मेरी सेवाओं को अस्वीकार कर सकते हैं। काश! कि उनके लिए उतना ही आसान और सम्भव हो पाता- हथियारों के जोर पर लादे गये शासन को भी हटा पाना।''

वल्लभभाई और सरकारी अफ़सरों के बीच और भी जो कुछ पत्र व्यवहार हुआ उसे उन्होंने समाचार-पत्रों में प्रकाशित करा दिया। बारडोली देश की चर्चा के केन्द्र में आता चला गया। महात्मा गाँधी ने भी सार्वजनिक रूप से इस सत्याग्रह का समर्थन किया। गाँधी जी ने सरकार की नीति को 'दिन दहाड़े अन्धेर' की संज्ञा दी। उन्होंने कहा कि - ''सरकार

की इसी प्रकार की अन्यायपूर्ण नीतियों के कारण सरकार का वफ़ादार बने रहने में पाप लगा। इसीलिए उन्हें असहयोग का मार्ग चुनना पड़ा।"

सरकारी मशीनरी का दबाव बारडोली तालुक़ा के गाँवों पर दिनों दिन बढ़ने लगा। किसानों को धमकियाँ दी जाने लगीं। उन्हें तहसीलदार के न्यायालय में लगान की भरपाई हेतु तलब किया जाने लगा। लोगों को झूठे आरोपों में पकड़कर थानों में मारा-पीटा जाने लगा। उनके विरुद्ध प्रपंच रचे जाने लगे। प्रशासन ने गाँवों में अपने जासूस छोड़ दिये। वल्लभभाई और उनके साथी-सहयोगी गाँव-गाँव घूमकर लोगों का मनोबल क़ायम रखने के लिए उनसे निरन्तर संवाद करते रहे।

लगानबन्दी के दिनों में लगान न भरने की सबने क़सम खायी थी। परन्तु कुछ लोगों ने चोरी-छिपे लगान जमा कर दिया। चाहे दबाव में चाहे हाकिमों की खुशामद में। इस पर सत्याग्रही ग्रामवासियों ने ऐसे लोगों का सामाजिक बहिष्कार कर दिया। वल्लभभाई पटेल इस प्रकार के बहिष्कार के विरुद्ध थे। उनका कहना था कि हमारी लड़ाई सरकार के साथ है, अपने ही लोगों के साथ नहीं। उन्होंने ग्रामवासियों को समझाया कि - गाँधी जी अहिंसा के तराजू पर हर बात को तौलते हैं। हमें इसका भी ध्यान रखना होगा। बहिष्कार भी दो प्रकार का हो सकता है। एक अहिंसक दूसरा हिंसक। आप अगर किसी का अहिंसक-बहिष्कार करना चाहो तो ठीक है उसके साथ उठो-बैठो मत, खाओ-पियो मत, उसके शादी-ब्याह के अवसरों पर चाहे मत जाओ। मगर यदि जिसका तुम बहिष्कार कर रहे हो तो अगर उसके घर कोई बीमार हो जाये, कोई गर्भवती महिला को जरूरत पड़ जाये तो उसमें भी मदद न करना यह हिंसक बहिष्कार होगा। बहिष्कृत व्यक्ति को कुएँ से पानी न लेने देना, उसके आने-जाने का रास्ता रोकना आदि हिंसक बहिष्कार हैं। यह किसी भी सत्याग्रही को शोभा नहीं देता। क्योंकि हिंसा किसी भी रूप में हो सत्याग्रह में उसकी कोई मंजूरी नहीं।"

किसी किसान ने कहा कि-"मगर आप तो हमारे सरदार हैं। आप ही हमें बतायें कि हमारे ऐसे ही चापलूस और घुटना टेकनेवाले लोगों के ही तो कारण लगान नहीं भरने की क़सम टूटी है।...इन लोगों के कारण सरकारी अमला बढ़-चढ़कर हम पर जुल्म करने लगा है। पड़ोस के गाँव में कुछ ज़मीनें नीलाम हुई हैं। हमारे यहाँ भी कल से ज़ब्ती की कार्यवाही शुरू है। ये सब सख़्ती इन्हीं दुष्टों के कारण ही तो है सरदार!"

इस तरह किसी किसान ने वल्लभभाई को 'सरदार' कहकर क्या सम्बोधित किया पूरा बारडोली धीरे-धीरे वल्लभभाई को 'सरदार पटेल' कहकर बुलाने लगा। वे जिधर जाते - "सरदार आ गये। सरदार आ गये। सरदार पटेल जिन्दाबाद।" - लोग उत्साह में भरकर कहने लगते। सरदार पटेल नाम चल निकला। सरदार लगातार लोगों का हौसला बढ़ाते रहते। उन्हें धैर्य रखने को कहते। लोगों को विश्वास दिलाते कि - "कुर्की-ज़ब्ती और यहाँ तक कि नीलामी से भी घबराने की जरूरत नहीं है। यह ज़मीन उनके बाप-दादों की थी।

उनकी है और आगे भी रहेगी। क्योंकि ज़मीन तो कच्चे पारे की माफ़िक़ है। जो उसे हज़म करना चाहेगा वह उसी से फूट निकलेगी।''

किसान लगान न देने के इरादे पर मज़बूती से डटे रहे। लोगों पर सख़्ती का भी कोई ख़ास असर नहीं पड़ा। लोगों ने हाकिमों और उनके मातहतों को चकमा देने के भी तरीक़े निकाल लिये। 'टाइम्स ऑफ इण्डिया' ने छापा कि -''सत्याग्रह की लड़ाई का बारडोली में जोर घटता हुआ दिखायी नहीं देता। लोगों को ज़ब्ती के नोटिस दिये गये हैं, लेकिन उनका कोई खास परिणाम नहीं निकला। यहाँ यह भी उल्लेखनीय है कि 'टाइम्स ऑफ इण्डिया' के संवाददाता ने बारडोली का दौरा करने के बाद यह स्वीकार किया कि वहाँ अब ब्रिटिश सरकार का आदेश नहीं चलता, सरदार वल्लभभाई पटेल का आदेश चलता है। इस रिपोर्ट की ब्रिटेन के 'हाउस ऑफ कामन्स' तक में चर्चा हुई और ब्रिटिश सरकार के एक मन्त्री विण्टरसन ने माना कि वल्लभभाई को कुछ सफलता मिली है।

'बारडोली-सत्याग्रह' के समाचार दूसरे तमाम अख़बारों में भी छपने लगे। मुम्बई विधानसभा के 15 भारतीय सदस्यों ने सरकार की दमन नीति के विरोध में वल्लभभाई के द्वारा चलाये जा रहे इस आन्दोलन के समर्थन में त्याग पत्र दे दिये। कुछ सदस्य बारडोली की दशा देखने स्वयं भी आये। इनमें सुप्रसिद्ध लेखक एवं राजनेता कन्हैयालाल माणिकलाल मुन्शी भी थे। बारडोली का दौरा कर के.एम. मुन्शी ने एक लम्बा पत्र गवर्नर को लिखा था जिसमें कहा था- ''कुर्की की निष्ठुर नीति और उसे मंजूरी देनेवाली राजनीति की मिसाल मध्ययुगीन इतिहास के अलावा और कहीं भी मिलनी मुश्किल है।'' अनेक नेतागण आये और गये। हृदयनाथ कुंजरू, अमृतलाल ठक्कर, जमनालाल बजाज भी आये और उन्होंने कृषकों की स्थिति की जाँच की। सरकार को लिखा कि लगान वृद्धि अन्यायपूर्ण है। किसानों की माँग जायज़ है। उन्हें स्वीकार किया जाना चाहिए।

इस पर ब्रिटिश सरकार और तिलमिला गयी। वह नीच हथकण्डों पर उतर आयी। स्थानीय पुलिस की जगह कई गाँवों में फ्रण्टियर की फ़ौज को तैनात कर दिया। इन फ़ौजों के बलूची सिपाही अफ़सरों का इशारा पाकर किसी-न-किसी बहाने ग्रामीणों के घरों में घुसकर लोगों को पीटते और स्त्रियों से छेड़छाड करते। घरों के बरतन भाँडे उठा लिये जाते। माल-मवेशी निलामी पर चढ़ा दिये जाते। इतने पर भी जब ग्रामीणों ने घुटने न टेके तो साधारण दमन की जगह ग्रामवासियों को पठान और गोरखे सिपाहियों द्वार आतंकित किया जाने लगा। सैकड़ों का माल ज़ब्त कर कौड़ियो में नीलाम होने लगा। इस पर सरदार पटेल ने अपनी 'सत्याग्रह पत्रिका' में सरकार के लुटेरे स्वरूप और उसके कर्मचारियों द्वारा किये जा रहे अत्याचारों की ख़बरे 'प्रमुखता से प्रकाशित कीं। भारत भर में इन समाचारों के पहुँचने से सरकार की भारी निन्दा होने लगी।

सरदार पटेल कृषकों के उस आन्दोलन में देश की माटी से ऐसे जुड़े कि लोकजीवन उनके मानस को, उनकी भाषा को भी परिष्कृत करता चला गया। वे धुआँधार भाषण देते। जहाँ भी जाते। एक अवसर पर सरदारश्री की ओजस्वी वाणी इस प्रकार थी-

"आज यह सरकार ऐसी मदमत्त हो गयी है जैसे जंगल में कोई मदमत्त पागल हाथी घूम रहा हो और उसकी टक्कर में जो कोई आ जाये उसे वह कुचल डालता हो। पागल हाथी मद में यह मानता है कि जब मैंने बाघों और शेरों को मारा है तो एक मच्छर की मेरे सामने क्या बिसात? परन्तु मैं मच्छर को समझाता हूँ कि इस हाथी को जितना खेलना हो, खेल लेने दो। फिर मौक़ा पड़ने पर उसके कान में घुस जाओ। जानते हैं भाइयों। . ..एक शक्तिशाली हाथी भी कान में मच्छर घुस जाने से तड़प-तड़पकर, सूँड़ पछाड़ते हुए ज़मीन पर लोटने लगता है।"

अक्सर सरदार किसानों की दुर्दशा देखकर भावुक हो उठते। वह भावुकता जब उनके भाषण में झलकती है तो वे उस पर यथासाध्य नियन्त्रण करने का प्रयास करते। क्योंकि वे बारडोली के सरदार घोषित हो चुके थे। वे वास्तव में वहाँ के संघर्षरत किसानों के सरदार थे और सरदार को कमज़ोर पड़ने का कोई अधिकार नहीं होता।

फिर भी कृषक जीवन का दर्द उन दिनों सरदार पटेल की वाणी में बड़े ही मार्मिक ढंग से जब-तब फूट ही पड़ता। एक भाषण में उन्होंने कहा कि-"सारी दुनिया का आधार किसान है।... मैं खुद किसान हूँ, किसान के दिल में घुस सकता हूँ और इसलिए उसे समझता हूँ कि उसके दुःख का कारण यह है कि वह हताश हो गया है, वह मानने लगा है कि इतनी बड़ी सत्ता के सामने हमारी क्या चलेगी। सरकार के नाम पर एक चपरासी भी आकर उसे धमका जाता है, गालियाँ दे जाता है और बेगार करा लेता है..."

इसके बाद सरदार पटेल ने वही कहा जो किसानों के एक मज़बूत मार्गदर्शक सर्वोच्च सत्याग्रही को कहना चाहिए। अन्याय के सामने हर्गिज़ न झुकने का संकल्प।

एक गाँव में सरदार पटेल ने लोगों को सीख देते हुए कहा-"इस बार सरकार का क्रोध उबल पड़ा है। लोहा जब गरम होता है तब लाल सुर्ख़ हो जाता है। उसमें से चिनगारियाँ उड़ने लगती हैं। परन्तु लोहा चाहे कितना गरम हो जाये, हथौड़े को ठण्डा ही रहना चाहिए। हथौड़ा गरम हो जाये तो अपने ही दस्ते को जलाता है। लोहे को इच्छानुसार रूप देना हो, तो हथौड़े के गरम होने से काम नहीं चल सकता। इसलिए कितनी भी विपत्ति में हमें गरम नहीं होना है।"

सरदार पटेल किसी भी अवसर पर सत्याग्रहियों को गाँधी जी के अहिंसक आन्दोलन का मर्म समझाये बिना नहीं रहते थे। बारडोली वास्तव में गाँधी जी के सत्याग्रह की ऐसी प्रयोगशाला बन चुका था जहाँ से स्वराज का भावी आन्दोलन एक कारगर अहिंसक हथियार की शक्ल में ढलकर बाहर निकलना था। गाँधी जी बारडोली आन्दोलन को दूर से ही अपना आशीर्वाद देते रहे और उनके परम शिष्य सरदार पटेल निरन्तर इस विशिष्ट प्रयोगशाला में परिश्रमपूर्वक कार्य करते रहे।

सरकार और किसानों के बीच धमकी और धैर्य की रस्साकशी चलती रही। दमन और दर्द सहने के दौर चलते रहे। किसानों में जो चेतना जो आत्मबल सरदार पटेल और सत्याग्रही स्वयंसेवकों के नैतिक समर्थन से जागृत हो चला था उसका प्रकाश अब आसानी

से कम होनेवाला नहीं था। 31 मई, 1928 को सरकार ने बारडोली और वालोड़ तालुक़े के ख़ातेदार किसानों के नाम एक घोषणा प्रकाशित की जिसमें उल्लेख था कि बक़ायेदार 19 जून, तक लगान जमा कर दें अन्यथा सरकार उनकी ज़मीनें हमेशा के लिए ज़ब्त कर लेगी।

सरदार पटेल ने कृषकों से कहा कि-''याद रखो सत्य के लिए जो बरबाद होने को तैयार हैं, वे ही अन्त में जीतेंगे। जिन्होंने अधिकारियों के साथ षड्यन्त्र रचे होगें उनके मुँह काले होंगे। इसमें ज़रा भी फ़र्क़ नहीं पड़ेगा। समझ लो कि तुम्हारी ज़मीन तुम्हारे दरवाजे खटखटाते तुम्हारे यहाँ वापस आयेगी और कहेगी कि मैं तुम्हारी हूँ।'' उन्हीं दिनों कुछ पत्रकारों से सवालों के जवाब देते हुए वल्लभभाई ने कहा था-''किसान डरकर दुःख उठायें और ज़ालिमों की लातें खायें इससे मुझे शर्म आती है। मेरे जी में आता है कि किसानों को कंगाल न रहने देकर खड़ा कर दूँ और स्वाभिमान से सिर ऊँचा करके चलनेवाला बना दूँ।''

12 जून, 1928 को सारे देश में 'बारडोली दिवस' मनाया गया। महात्मा गाँधी ने इस अवसर पर कहा था कि - ''12 जून को लोग आत्मशुद्धि यज्ञ करें। स्वेच्छा से अपना सामान्य कामकाज अथवा आजीविका का धन्धा बन्द रखें और बारडोली की लड़ाई में सत्याग्रहियों की सहायता हेतु धन संग्रह करें।'' देश ने तदनुसार एकजुटता दिखायी। देश के विभिन्न भागों से बारडोली-सत्याग्रह के लिए चन्दे आने लगे।

देश के अधिकांश समाचार-पत्रों ने भी बारडोली के किसानों के पक्ष को न्यायसंगत घोषित किया। 'पायोनियर' ने लिखा - ''मुख्य मुद्दा स्वीकार करना ही चाहिये कि बारडोली की लड़ाई का कोई भी निरपेक्ष निरीक्षक इस निष्कर्ष पर आये बिना नहीं रह सकता कि न्याय किसानों के पक्ष में है। बढ़ाये गये लगान की जाँच की माँग को निष्पक्ष न्याय समिति के समक्ष रखा जाना न्यायपूर्ण एवं उचित है।''

'बाम्बे क्रॉनिकल' में बारडोली आन्दोलन पर अनेक महत्त्वपूर्ण लेख इस दौरान प्रकाशित हुए। इनमें एम.सी. छागला का 'बारडोली एण्ड कॉन्स्टीट्यूशनलिज़्म'- एन.एच. मेहता का 'बारडोली-सत्याग्रह स्ट्रगल', के.के. सन्तोख का 'दी लीगल ऑस्पेक्ट ऑफ बारडोली स्ट्रगल' जैसे लेख महत्त्वपूर्ण थे।

इण्डियन चेम्बर ऑफ कामर्स का एक प्रतिनिधि मण्डल एच.पी. मोदी की अध्यक्षता में गवर्नर से मिला। इस प्रतिनिधि-मण्डल में सर पुरुषोत्तमदास ठाकुरदास भी शामिल थे, जिनका सुझाव था कि सरकार और बारडोली के आन्दोलकारियों के मध्य एक समझौता वार्त्ता हो, जिसमें महात्मा गाँधी और सरदार पटेल को चर्चा के लिए बुलाया जाये। इसके विपरीत गवर्नर का कहना था कि -पहले किसान बढ़ा हुआ लगान चुकायें फिर कोई चर्चा होगी।

जनमत का भी दबाव अब सरकार पर बढ़ता जा रहा था। अतः द्विपक्षीय वार्त्तालाप हेतु सरकार को तैयार होना ही पड़ा। आख़िरकार 18 जुलाई, 1928 को बम्बई के गवर्नर

सर लेस्ली विलसन और सरदार पटेल की भेंट हुई। सरदार पटेल के साथ सत्याग्रह के बारह प्रतिनिधि मौजूद थे। सरकार की ओर से गवर्नर लेस्ली विल्सन, कमिश्नर डब्लू.डब्लू. स्मार्ट, सूरत ज़िले के कलक्टर हार्ट शोर्न शामिल हुए।

सरकार ने समझौते की शर्तें ये बतायी कि -

1. सारा लगान किसानों द्वारा एकमुश्त अदा कर दिया जाये अथवा पुराने और नये लगान के अन्तर की रक़म किसानों के पक्ष में कोई भी व्यक्ति सरकारी ख़ज़ाने में बतौर अमानत रख दे।

2. लगानबन्दी का आन्दोलन समाप्त कर दिया जाये।

सरदार पटेल ने ये शर्तें रखीं-

1. सत्याग्रही जो जेल में बन्द हुए हैं उन्हें छोड़ा जाये।

2. किसानों की ज़ब्त की गयी ज़मीनें उन्हें वापस की जायें। जो ज़मीनें नींलाम कर दी गयी हैं उन्हें भी उनके असली मालिकों को वापस दिलाया जाये।

3. जो भैंसें और अन्य चल सम्पत्ति नगण्य क़ीमत पर बेच दी गयी हों, उनकी क़ीमत बाज़ार भाव से उनके स्वामियों को मिलनी चाहिए।

4. किसानों से हमदर्दी रखनेवाले जिन सरकारी कर्मचारियों यथा - अमीन, पटवारी आदि के विरुद्ध बरख़ास्तगी आदि की सजायें दी गयी हों उन्हें समाप्त कर कर्मचारियों को सेवा में बहाल किया जाये।

5. सम्पूर्ण प्रकरण की जाँच हो और न्यायपूर्ण तरीक़े से कार्यवाही की जाये, जिसमें पीड़ितों को भी अपना पक्ष रखने की छूट मिले। लोगों को वकील के द्वारा भी मामला पेश करने की स्वतन्त्रता प्राप्त हो।

समझौता वार्त्ता विफल रही। सरकार ने सरदार पटेल की शर्तें नहीं मानीं। एक सप्ताह भी नहीं बीता था कि 24 जुलाई, 1928 को गवर्नर ने बम्बई विधानसभा के सत्र का उद्घाटन करते हुए बारडोली को लेकर एक भड़कीला भाषण दिया। सरदार पटेल ने वाणी का संयम बनाये रखा। ''शत्रु का भी विरोध करो तो जिहवा से हिंसा न करो। उसे अपनी शालीनता से मारो।'' यह मंत्र उन्होंने अपने गुरु महात्मा गाँधी से सीखा था। यही वे दूसरों को अब सिखाते थे।

महात्मा गाँधी ने 'यंग इण्डिया' में लेख लिखा और सरदार पटेल के पक्ष की वकालत की। कहा कि- सरकार के सामने दो ही रास्ते खुले हैं। या तो वह सारे देश के जनमत का आदर करके श्री वल्लभभाई की माँगों को स्वीकार करे या अपनी झूठी प्रतिष्ठा को क़ायम रखने के लिए दमन-चक्र चला दे। गाँधी जी ने बारडोली निवासियों के लिए भी एक सलाह दी कि अगर सरकार का जुल्म बढ़ जाये तो वे अपने घर छोड़कर अन्यत्र प्रस्थान कर सकते हैं। ठीक उसी तरह जिस तरह महामारी फैल जाने पर मकान या मुहल्ले त्याग दिये जाते है। समझदारी इसी में है। ''जुल्म एक तरह का प्लेग है। अगर ऐसा लगे कि वह जुल्म हमें क्रोध दिलाएगा या कमज़ोर बना देगा तो जुल्म का स्थान छोड़कर

भाग जाने में बुद्धिमत्ता है।''- गाँधी जी का यह कथन कायरता का नहीं वक्त की नजाकत से होशियारी से निबटने की राह दिखानेवाला था। यह हमें कृष्ण के जरासन्ध के हमलों को देखते हुए उनके 'रणछोड़-स्वरूप' की याद दिलाता है।

कांग्रेस में कुछ का कहना था कि सरदार पटेल को मामले को लम्बा नहीं खींचना चाहिए और सरकार की शर्तें मान लेनी चाहिए। ये वे तत्व थे जिन्हें सरदार का बढ़ता हुआ व्यक्तित्व आँखों में खटकने लगा था। इसके विपरीत अनेक लोग ऐसे थे जिनका मानना था कि अब बारडोली आन्दोलन को देशव्यापी स्वरूप देने का समय आ गया है, जो स्वराज्य के आन्दोलन का आधार बन सकता है। मगर गाँधी बहुत सोच-विचारकर ही कोई निर्णय लेते थे।

तनाव जब चरम पर पहुँच गया और सरदार पटेल की किसी भी समय गिरफ़्तारी की आशंका होने लगी तब 2 अगस्त, 1928 के दिन महात्मा गाँधी स्वयं बारडोली जा पहुँचे। अपनी मोटी-मोटी मूँछोंवाले चेहरे के साथ वल्लभभाई ने महात्मा जी का स्वागत किया। एक आनन-फानन में कृषक-सभा हुई। उसमें गाँधी जी ने सरदार वल्लभभाई के प्रयासों और किसान भाइयों के शान्तिपूर्ण संघर्ष की भूरि-भूरि प्रशंसा की।

पटेल-गाँधी के इस अचानक मिलन से सरकारी हल्क़ों में हलचल मच गयी। समस्या समाधान के हल खोजे जाने लगे। अगस्त के प्रथम सप्ताह में ही बम्बई की प्रान्तीय सरकार के वित्तमन्त्री सर चुन्नीलाल मेहता ने सरदार पटेल को पूना बुलाया। सर चुन्नीलाल मेहता के प्रयासों से सूरत के विधायकों ने अपनी ओर से सरकार को यह लिखकर दे दिया कि गवर्नर साहब की शर्तें मान ली जायेंगी। आख़िर सरकार को अपनी नाक भी तो बचानी थी। सूरत के विधायकों के आश्वासन से सरकार की प्रतिष्ठा बच गयी और समझौता हो गया।

सरकार ने वायदा किया कि सब क़ैदी छोड़ दिये जायेंगें। कुर्क की हुई सब ज़मीनें वापस कर दी जायेंगी। कुर्क किये गये जानवर अथवा उनकी कीमतें किसानों को लौटा दी जायेंगी। ऐसा होने भी लगा। सरदार पटेल की सलाह पर बारडोली-सत्याग्रह समाप्त हो गया और किसानों ने पुरानी दर पर बक़ाया लगान चुका दिया। बढ़ा हुआ लगान भी सरकर ने मंसूख किया, जो इस आन्दोलन की सबसे बड़ी जीत थी। लोगों के घरों में खुशहाली लौटी। जो सत्याग्रही स्वयंसेवक अथवा किसान बन्दी बनाये गये थे उन्हे छोड़ दिया गया। जो पटवारी आदि बरखास्त कर दिये गये थे उन्हें फिर से बहाल कर दिया गया।

'बारदोली-सत्याग्रह' नागपुर और बोरसद के सत्याग्रहों के बाद सरदार पटेल की तीसरी और सर्वाधिक महत्त्वपूर्ण लड़ाई थी। पिछले दो सत्याग्रहों की अपेक्षा बारडोली आन्दोलन सन् 1928 में जनवरी से जुलाई के मध्य लम्बा खिंचा। इसमें आख़ीर 6 अगस्त को सरकार समझौते पर विवश हुई, जो कुल मिलाकर कृषको की आशाओं और आकांक्षाओं के अनुरूप ही रहा। यह सत्याग्रह आन्दोलन की भारी सफलता थी। इसका प्रमुख श्रेय

सरदार पटेल को ही गया। उन्हें अनेक जगह सम्मानित किया गया। कृषकों ने ख़ुशियाँ मनायी और जनसभाएँ हुईं।

इस आन्दोलन ने सारे देश का ध्यान खींचा। इसकी गूँज ब्रिटिश पार्लियामेण्ट तक में सुनायी थी। बारडोली आन्दोलन ने सरदार पटेल के नेतृत्व और उससे भी बढ़कर उनकी अद्‌भुत संगठन-क्षमता को पूरे देश के सामने उजागर कर दिया। वल्लभभाई किसानों के मध्य अप्रैल, 1928 में ही 'सरदार' नाम से लोकप्रिय हो गये थे। महात्मा गाँधी ने भी अगस्त 1928 में विजयी होने के बाद अपने इस अनन्य अनुयायी को 'सरदार वल्लभभाई' कहकर पुकारना शुरू कर दिया। फिर तो पूरे देश में उन्हें 'सरदार पटेल' के नाम से जाना जाने लगा।

सरोजिनी नायडू और अनेक कांग्रेस के नेताओं ने सरदार पटेल के परिश्रम और करिश्माई नेतृत्व की प्रशंसा की। लेकिन वल्लभभाई बहुत विनम्र इन्सान थे। उन्होंने सफलता को सिर चढ़ने नहीं दिया। एक स्वागत सभा में गाँधी जी ने सरदार पटेल को अपने हाथों एक मानपत्र भेंट किया। सरदार संकोच में पड़ गये। अपने भाषण में बारडोली की सफलता का श्रेय लेने से इनकार करते हुए इसे अपने मार्गदर्शक महात्मा गाँधी के आशीर्वाद की बदौलत प्राप्त होना स्वीकार किया। उन्होंने सारा श्रेय अपने कार्यकर्त्ता साथियों और बारडोली के बहादुर किसानों को दिया जो बहादुरी के साथ आन्दोलन के दौरान कठिन-से-कठिन समय में खड़े रहे और डटे रहे।

किसी ने जब सरदार पटेल को गाँधी जी का 'प्रधान शिष्य' कहा तो वल्लभभाई ने अत्यन्त विनम्रतापूर्वक उससे भी असहमति जतायी और कहा कि "मैं इस पदवी के योग्य नहीं। काश कि मैं उसके लायक़ बन पाता।... आप सबने महाभारत में द्रोणाचार्य के भील शिष्य एकलव्य के बारे में सुना होगा। उसे कभी भी अपने गुरू से सीधे शिक्षा प्राप्त करने का सुअवसर प्राप्त नहीं हो सका। मेरे मामले में, मुझे अपने उन गुरु का सान्निध्य का सौभाग्य अवश्य प्राप्त है, जिनका शिष्य आप मुझे कहते हैं। किन्तु जहाँ तक उनके प्रधान शिष्य होने का सवाल है, मुझे सन्देह है कि मैं इनके अनेकानेक शिष्यों में किसी योग्य हूँ भी अथवा नहीं..."

कहते हैं कि देवी सरस्वती कभी-कभी व्यक्ति की जिह्वा पर विराजमान होती हैं। सरदार पटेल के महात्मा गाँधी से निकटतम रिश्तों के बावजूद भविष्य के गर्भ में उनके लिए क्या छिपा था? इसे कोई नहीं जानता था।

10

डाण्डीयात्रा के अग्रदूत

यश तो फैलना ही था। बारडोली की सफलता के बाद 'सरदार पटेल' अपने इसी नाम से सारे देश में प्रसिद्ध हो गये। दिसम्बर, 1928 में कलकत्ता में कांग्रेस का वार्षिक अधिवेशन हुआ। कलकत्ता कांग्रेस में सरदार पटेल भी शामिल हुए। इस कलकत्ता अधिवेशन से पूर्व अध्यक्ष पद के चयन के लिए उन दिनों सरदार पटेल का नाम भी चर्चा में था। परन्तु गाँधी जी की सलाह पर पण्डित मोतीलाल नेहरू इस अधिवेशन के अध्यक्ष चुने गये। मोतीलाल नेहरू की अध्यक्षता में नियुक्त एक कार्य समिति ने डोमीनियन स्टेट्स, अर्थात् औपनिवेशिक अधीनता के आधार पर स्वराज तदनुसार भविष्य के भारत हेतु एक संविधान की रूपरेखा तैयार की थी। गाँधी जी तत्कालीन परिस्थितियों में मोतीलाल जी के अध्ययन, अनुभव और उनके सहयोगियों के परिश्रम से बने इस संविधान को एक बड़ी चीज़ मानते थे।

दरअसल 1927 में साइमन कमीशन की नियुक्ति से पूर्व ही ब्रिटेन की कंजर्वेटिव पार्टी के कुछ नेताओं ने भारतीय नेताओं को चुनौती दी थी कि यदि उनमें क्षमता हो तो विभिन्न धर्म, जाति, भाषा, बोलीवाले विविधतापूर्ण भारत के लिए कोई एक सर्वमान्य संविधान की रचना करके दिखायें। कांग्रेस ने इस चुनौती को स्वीकार किया। इस कार्य हेतु 1928 में मोतीलाल नेहरू की अध्यक्षता में एक सर्वदलीय कार्य समिति का गठन हुआ, जिसे भारत के संविधान के सिद्धान्तों के निर्धारण का कार्य सौंपा गया। कार्य समिति ने तीन माह के अथक परिश्रम के उपरान्त 10 अगस्त 1928 को अपनी रिपोर्ट प्रस्तुत की थी जो 'नेहरू रिपोर्ट' के नाम से विख्यात हुई। नेहरू रिपोर्ट में भारत के लिए डोमीनियन स्टेट्स का सुझाव दिया गया था।

नेहरू रिपोर्ट भारत के लिए प्रस्तावित नये गणराज्य के संविधान की रूपरेखा थी। यह रिपोर्ट भारतीय मेधा को चुनौती देनेवाले अंग्रेज़ों को हिन्दुस्तानी क़ानूनविदों का मुँहतोड़ जवाब थी। मोतीलाल नेहरू कार्य समिति के अध्यक्ष, उनके सुपुत्र जवाहरलाल नेहरू इसके सचिव तथा सर तेजबहादुर सप्रू, माधव श्रीहरि अणे, मंगल सिंह, जी.आर. प्रधान, अली इमाम, शोएब कुरैशी और सुभाषचन्द्र बोस इसके विद्वान् सदस्य थे। इनमें से कुरैशी साहब ने रिपोर्ट की कुछ सलाहों पर अपने ऐतराज़ भी जताये थे। दरअसल जिन्ना की मुस्लिम लीग मुसलमानों के अधिकारों की मज़बूती की बात को हल्का पड़ता कैसे देख सकती थी?

नेहरू रिपोर्ट ने बहुमत से यह सुझाव दिया कि शरारत भरी साम्प्रदायिक चुनाव पद्धति त्याग दी जाये, जो कि 1916 के लखनऊ-समझौते की उपज थी। इसके स्थान पर मुसलमानों के लिए उनकी जनसंख्या के आधार पर स्थान आरक्षित कर दिये जायें। इसने समस्त भारत के लिए एक संघीय इकाईवाले संविधान का प्रारूप प्रस्तुत किया। इस संविधान के द्वारा केन्द्र तथा प्रान्तों में उत्तरदायी अथवा संसदीय शासन-प्रणाली की व्यवस्था की गयी थी। प्रान्तों की स्वायत्तता का जहाँ तक प्रश्न था, नेहरू रिपोर्ट में केन्द्र और प्रान्तों के बीच शक्तियों के विभाजन की एक योजना पेश की गयी थी और कुछ शक्तियाँ केन्द्र में सुरक्षित रखी गयी थीं।

मोहम्मद अली जिन्ना भी नेहरू पिता-पुत्र, सर तेजबहादुर सप्रू आदि की भाँति एक मँजे हुए बैरिस्टर थे। वे क़ानूनी पेचीदगियों को समझते थे। उनको ख़याल था कि जनसंख्या के लिहाज़ से तत्कालीन भारतवर्ष के पूर्वी और पश्चिमी हिस्से ही मुस्लिम बाहुल्यवाले हैं। अतः यदि प्रान्तों को और अधिक स्वायत्तता नहीं दी गयी और केन्द्र शक्तिशाली रहा तो मुस्लिमों के हाथ हिन्दू-बहुल अधिकांश भारत में कुछ नहीं हासिल होनेवाला। इसी तरह 1916 में लखनऊ सम्मेलन में मुसलमानों के लिए जो एक 'पृथक् निर्वाचन मण्डल' की व्यवस्था स्वीकारी गयी थी, नेहरू रिपोर्ट में उसे उलट दिये जाने से जिन्ना को भारत के भावी संविधान में अल्पसंख्यक मुसलमानों के हितों को ख़तरा महसूस हुआ। जिन्ना और उनकी मुस्लिम लीग ने नेहरू रिपोर्ट को इन्हीं आधारों पर ख़ारिज कर दिया।

कांग्रेस फिर भी आशा पाले रही कि-भारत में हिन्दूमुसलमान सब एक हैं। मजहब के नाम पर अल्पसंख्यकों को अलग निर्वाचन मण्डल मताधिकार नहीं बल्कि उनकी जनसंख्या की सघनता के आधार पर उनके लिए विधान सभाओं में, सीटें आरक्षित कर सभी नागरिक, चाहे वे हिन्दू भाई हो चाहे मुसलमान भाई, सभी जन वोट करें। इससे साम्प्रदायिक विद्वेष के बजाये साम्प्रदायिक सौहार्द पनपेगा। ये अंग्रेज ही हिन्दू-मुस्लिम विद्वेष को हवा देनेवाले लोग है। जब देश अंग्रेज़ों के शिकंजे से मुक्त हो जायेगा, भारत की साम्प्रदायिक समस्या अपने-आप आसानी से हल हो जायेगी। यह कांग्रेस जन की भलमनसाहत थी या देश में उठती साम्प्रदायिक अलगाव की धूल भरी आंधियों के सामने रेत में सिर गड़ाने वाली शुतुर्मुगी-समझ? कह पाना कठिन है।

जो भी हो, नेहरू समिति ने अपनी रिपोर्ट में पृथक् और साम्प्रदायिक निर्वाचन प्रणाली को रद्द कर दिया और मुसलमानों के लिए उनकी जनसंख्या के अनुपात में सीटों के आरक्षण की संस्तुति की। नेहरू रिपोर्ट में व्यक्ति के मूल अधिकारों की व्यापक संकल्पना थी। इस रिपोर्ट को ब्रिटिश सरकार ने अत्यधिक प्रगतिशील कहकर मानने से इन्कार कर दिया। जबकि देखा जाये तो भविष्य में स्वतन्त्र भारत के संविधान पर इस रिपोर्ट की काफ़ी गहरी छाप नज़र आती है।

दिसम्बर, 1928 में आयोजित कलकत्ता कांग्रेस अधिवेशन का अधिकतर प्रबन्ध नेताजी सुभाषचन्द्र बोस ने किया था। उन्होंने इस शुभ अवसर के लिए 2000 स्वंयसेवकों की एक सैन्य टुकड़ी तैयार की। स्वयंसेवकों को परेड का बाक़ायदा प्रशिक्षण दिया गया। वे स्वयं इस सैन्य दल के कमाण्डर बने। उस समय ये सैनिक, निःशस्त्र परन्तु बहुत चुस्त-दुरुस्त वर्दी में सैन्य अनुशासन से संयुक्त, जोश से भरे नवजवान थे। कांग्रेस अधिवेशन के प्रारम्भ होने पर सुभाषचन्द्र बोस ने भी फ़ौजी वर्दी में एक घोड़े पर सवार होकर अपने स्वंयसेवकों के सैन्यदल का निरीक्षण किया और उन्हें नेतृत्व प्रदान किया था।

आज़ादी के स्वरूप को लेकर कांग्रेस में वैचारिक मतभेद थे। पहले आज़ादी की लड़ाई के स्वरूप को लेकर थे। अब आज़ादी के स्वरूप को लेकर विचारधारा का बड़ा अन्तर था। पूर्ण स्वतन्त्रता अथवा औपनिवेशिक स्वराज? बंगाल प्रान्तीय कांग्रेस ने भारत के लिए 'पूर्ण स्वतन्त्रता' का प्रस्ताव पारित किया था। सुभाषचन्द्र बोस चाहते थे कि कलकत्ता कांग्रेस में भी 'पूर्ण स्वतन्त्रता' का प्रस्ताव पास कर दिया जाये। सुभाषचन्द्र बोस ने अधिवेशन में इस आशय का प्रस्ताव भी पेश किया। जवाहरलाल नेहरू ने सुभाषचन्द्र बोस के प्रस्ताव का समर्थन किया। लेकिन गाँधी जी 'औपनिवेशिक स्वराज' पर उस समय तक अपना मत स्थिर किये हुए थे। गाँधी जी ने सुभाषचन्द्र बोस और जवाहरलाल नेहरू इन दोनों ही युवा नेताओं के उत्साहपूर्ण प्रस्ताव का विरोध किया। गाँधी जी के विरोध के कारण 'पूर्ण स्वतन्त्रता' का सुभाषचन्द बोस का लाया प्रस्ताव अस्वीकृत हो गया। सुभाषचन्द्र बोस के पक्ष में 973 मत कांग्रेस प्रतिनिधियों ने दिये जब कि गांधी जी के पक्ष में 1350 मत आये।

इस प्रकार पूर्ण स्वाधीनता और औपनिवेशिक स्वराज में कलकत्ता कांग्रेस ने औपनिवेशिक स्वराज के प्रस्ताव को प्राथमिकता दी। परन्तु गांधी जी को यह बात भी माननी पड़ी कि यदि ब्रिटिश सरकार भारत को एक साल के भीतर औपनिवेशिक स्वराज, दूसरे शब्दों में डोमिनियन स्टेट्स, प्रदान नहीं करेगी तो वे अगले वार्षिक अधिवेशन में स्वयं पूर्ण स्वतन्त्रता का प्रस्ताव प्रस्तुत करेंगे। इस सब प्रकरण में महात्मा गाँधी शायद यह सोचते थे कि भारत अभी पूर्ण स्वतन्त्रता की जिम्मेदारियाँ लेने के लिए ठीक से तैयार नहीं है। अतः उसे ब्रिटिश शासन की छाया में धीरे-धीरे स्वाधीन होना चाहिए। अपना संविधान बन जाने के बाद, आत्मानुशासन में चलने का अभ्यास कर, पूर्ण स्वाधीन होना चाहिए। अन्यथा ग़रीबी, अशिक्षा, कुपोषण और दुर्व्यवस्था में जकड़ा भारत, अंग्रेज़ी और देशी राज्यों में बँटा भारत, हिन्दू-मुस्लिम भेदभावों, साम्प्रदायिकता, जातिवाद, अस्पृश्यता से जूझता भारत कहीं अति-महत्त्वाकांक्षा के चलते एकाएक लड़खड़ा न जाये। गाँधी जी ने पहले तो कलकत्ता कांग्रेस में अपने पक्ष में प्रस्ताव की विजय के बाद पहले तो 'पूर्ण स्वतन्त्रता' के विचार को दो वर्षो तक स्थगित करने की बात रखी। परन्तु जब इसके विरुद्ध अधिवेशन में युवा असन्तोष के अनेक स्वर उभरे तो हो-हल्ले के दौरान गाँधी जी ने दो वर्षों के स्थगन की अवधि घटाकर एक वर्ष कर दी।

कलकत्ता कांग्रेस में सरदार पटेल भी शामिल होने गये। जब बारडोली के सत्याग्रहियों को धन्यवाद देने का प्रस्ताव अध्यक्ष मोतीलाल नेहरू की तरफ से रखा गया तब पण्डाल में एकत्रित लोगों ने सरदार पटेल को सामने से देखने की इच्छा व्यक्त की। उनका नाम चारों ओर पुकारा जाने लगा। सरदार पटेल चुपचाप दर्शकों के मध्य बैठे थे। उन्हें उठाकर सभा मंच पर लाया गया। सरदार ने अत्यन्त विनम्र भाव से मंच से इतना भर कहा कि "साथियो, बारडोली के किसानों को आपने धन्यवाद दिया, इसके लिए मैं आपका बहुत आभार मानता हूँ। अगर आप उनका सचमुच धन्यवाद करते हैं तो मैं आशा करता हूँ कि आप भी बारडोली का अनुकरण करेंगे।"

जैसे-जैसे सरदार पटेल गुजरात के सफल आन्दोलनों के कारण विख्यात होते गये उनकी देश के कोने-कोने में माँग होने लगी। इस तरह उनके गुजरात की सीमाओं के बाहर राष्ट्रव्यापी भ्रमण कार्यक्रमों का अभिनव दौर प्रारम्भ हुआ।

बारडोली-सत्याग्रह वास्तव में सरदार पटेल के जीवन में उपलब्धियों का एक बड़ा मील का पत्थर साबित हुआ था। उनके पास अनेक सामाजिक संस्थाओं, राजनीतिक सम्मेलनों इत्यादि से निमन्त्रण आने लगे।

सरदार सूरत ज़िले की जनजातियों में शराबबन्दी के प्रचार में गये। वे उनके उत्थान के लिए उनकी नशे की बुराई से मुक्ति आवश्यक मानते थे।

सरदार मार्च, 1929 में मोरबी में आयोजित पाँचवें काठियावाड़ राजनीतिक सम्मेलन के अध्यक्ष निर्वाचित हुए। इस सम्मेलन में उन्होंने शिक्षा और अनुशासन व्यवस्था की आवश्यकता पर बल दिया। अनुशासन की महत्ता बतायी। आदेशों का भली-भाँति

अनुपालन करने की आदत की कमी बतायी। पटेल ने अपनी खरी-खरी बोली में लोगों से कहा कि -''इस व्यक्ति-स्वातन्त्र्य के ज़माने में हम स्वच्छन्दता को स्वतन्त्रता मान बैठे हैं। हिन्दुस्तान का दुःख काठियावाड़ का दुःख नेताओं के अभाव का दुःख नहीं, नेताओं के बाहुल्य का है। जिधर देखो उधर नेता-ही-नेता। सब नेता। अनुयायी कोई नहीं...''

मई, 1929 में सरदार पटेल महाराष्ट्र राजनीतिक सम्मेलन के अध्यक्ष चुने गये। सरदार संकोच कर रहे थे। गाँधी जी ने उनसे आग्रह किया-''सँभालो''। गाँधी जी की बात वे टाल न सके। अध्यक्ष पद स्वीकार करना पड़ा। पहले यह सम्मेलन नासिक में होने को था। किन्तु नासिक में प्लेग का प्रकोप हो जाने के कारण महाराष्ट्र राजनीतिक सम्मेलन बांदरा में आयोजित हुआ। वहाँ दूर-दूर से आये किसानों को सरदार ने सलाह दी कि-''अगर लगान वृद्धि अन्यायपूर्ण हो तो उन्हें लगान बिल्कुल नहीं देना चाहिए। ऐसी लड़ाइयों में आर्थिक हानि का विचार ही नहीं किया जा सकता। हमारे ग़रीब और गुलामों जैसे बने हुए किसानों को मर्द बनाना हो तो उनमें स्वेच्छा से त्याग करने और कष्ट सहने की शक्ति पैदा करनी होगी।''

जून, 1929 में सरदार पटेल के सबसे बड़े भाई नरसिंहभाई की मृत्यु हो गयी। सरदार को बहुत दुःख और पछतावा हुआ। सार्वजनिक जीवन में प्रवेश के बावजूद अपने गाँव-घर से अलग रहते हुए भी वे अपने भाइयों और कुटुम्ब से बहुत प्रेम करते थे। वल्लभभाई अपने उन बड़े भाई और अपनी विधवा माँ लाडबा से मन से बहुत जुड़े हुए थे। पिता झवेरभाई पटेल की मृत्यु पहले ही हो चुकी थी। करमसद गाँव में ज़मीन के विवाद में लड़ाई हो गयी और उसमे नरसिंहभाई पटेल की हत्या कर दी गयी। सरदार अत्यन्त शोक सन्तप्त हुए। उस अवसर पर उन्होंने कहा कि -''यदि मैं राजनीति के मैदान में इतना व्यस्त न हुआ होता तो शायद इस दुर्घटना को रोक पाता। मेरे अग्रज इतने पढ़े-लिखे नहीं थे। पर फिर भी हम भाइयों में सबसे अधिक बुद्धिमान् थे। नरसिंहभाई ने सबका सम्भाला। वे तो कभी गाँव से बाहर भी नहीं निकले।...''

अगस्त, 1929 के दिन थे। कांग्रेस के सी. राजगोपालाचारी, जिन्हें अधिकतर लोग राजा जी कहकर बुलाते थे, ने सरदार पटेल को अपने प्रान्त मद्रास में बुलवाया। तमिलनाडु तब मद्रास कहलाता था। वहाँ की अनेक सार्वजनिक सभाओं में सरदार को मानपत्र दिये गये। उनके प्रति सम्मान व्यक्त करते हुए वक्ताओं ने उन्हें गाँधी जी का प्रमुख शिष्य और बारडोली आन्दोलन के महान विजेता के रूप में जनता के समक्ष प्रस्तुत किया। सरदार ने अनेक कॉलेजों और सभाओं में अंग्रेज़ी में भाषण दिये। उनकी वाणी में शब्द चातुर्य अथवा कथन की विशिष्टता तो न थी परन्तु जो भी सरदार बोलते हृदय से बोलते। अतः उनकी बात श्रोताओं पर सीधा असर करती। मद्रास प्रान्त में उन दिनों ब्राम्हणों और ग़ैर-ब्राम्हणों के बीच चलने वाले झगड़ों की उन्होंने आलोचना की और लोगों से कहा कि इन व्यर्थ के विवादों से कुछ हासिल नहीं होनेवाला। लोगों से कहा कि वे अपनी समस्त शक्ति ब्रिटिश-साम्राज्य से मुकाबले के लिए सुरक्षित रखें।

सरदार मद्रास से लौटते समय कर्नाटक में भी दो दिन प्रवास पर रहे। वहाँ भी उन्होंने ओजस्विता के साथ जन-सभाओं में भाषण दिये। वहाँ के अनेक नेताओं को सरदार पटेल में लोकमान्य तिलक की-सी छवि नजर आयी। इसके बाद दिसम्बर, 1929 में सरदार ने बिहार का दौरा किया। उनके भाषण सुनने हेतु हज़ारों किसान एकत्रित हो जाते। उस समय बिहार के प्रमुख नेता बाबू ब्रजकिशोर और बाबू राजेन्द्रप्रसाद अस्वस्थ चल रहे थे। अतः सरदार पटेल के दौरों की व्यवस्था अनुग्रह नारायण सिंह द्वारा की गयी। सरदार पटेल ने गाँधी जी की पुरानी कार्यस्थली चम्पारन में जनता को सम्बोधित किया। उन्होंने सीतामढ़ी, मुंगेर, गया आदि में भी विशाल जन-सभाओं को सम्बोधित किया। बिहार में अनेक समस्याएं थी। यदा-जमींदारों द्वारा किसानों का शोषण, किसानों की भीरूता, जात-पाँत और स्त्रियों में परदा प्रथा।

सरदार पटेल ने एक भाषण में किसानों से कहा कि वे अपने मन से ज़मींदारों का भय निकाल दें। अपने खड़क अन्दाज में सरदार ने कहा-"तुम्हारे और सरकार के बीच में दलाल कहाँ से आ गये? इनके बाप-दादा कभी ज़मीन जोतने या बोने गये थे? किसने उनके अधिकार चन्द्रमा और सूर्य के समान ऊँचाईवाले कर दिये है? वे सरकार को एक ही रकम दिया करें और तुमसे लेनेवाला लगान बढ़ाते रहें, यह कहाँ का क़ानून है? क्यों मानते हो तुम इस क़ानून को?... जहाँ-जहाँ अन्याय लगे वहीं विरोध करो। अपने नेताओं से बात करो। संगठन करो। एक हो जाओ। हर एक अन्यायपूर्ण 'कर' को देने से इनकार कर दो।"

अपने एक भाषण में उन्होंने स्त्रियों के परदे के बारे में पुरुषों को बहुत कठोर शब्दों में लताड़ा। सरदार पटेल ने ग्रामीणों से कहा-"आपको शरम नहीं आती कि आप अपनी स्त्रियों को परदे में रखकर स्वयं अर्द्धांग अर्थात् लकवे की बीमारी भुगत रहे हैं। ये स्त्रियाँ कौन हैं? आपकी माँ, बहन, पत्नी। इन्हें परदे में रखकर आप यह मानते हैं कि आप उनके सतीत्व की रक्षा कर सकेंगे। इन पर इतना अविश्वास क्यों? या इसलिए कि आपकी गुलामी से बाहर आकर देखेंगी? आपने उन्हें गुलाम पशु बनाकर रखा है। इसलिए उनकी सन्तान आप भी पशुओं जैसे गुलाम बनकर रह गये हैं।"

सरदार ने बिहार के किसानों से बारडोली के अनुभव साझा किये और कहा-"बारडोली में मैंने लोगों से कह दिया था कि मुझे स्त्रियों से मिलने और बात करने की आज़ादी न दोगे तो मैं सत्याग्रह नहीं कराऊँगा। स्त्रियाँ समझ गयीं। सभाओं में आने लगीं। थोड़े समय बाद तो वहाँ सभाओं में पुरुषों के बराबर ही स्त्रियाँ आती थीं।"

सरदार इतने में ही नहीं रुके। उन्होंने बिहार के किसानों से अपने निर्भीक अन्दाज़ में कहा कि- "घर जाकर जो कुछ आपसे कहता हूँ अपनी स्त्रियों को सुनाइये और उनसे कहिए कि गुजरात से एक किसान आया था। वह कह रहा था कि आप बाहर नहीं निकलेंगी तो हमारे लिए कभी सुख नहीं आयेगा। अगर मेरी चले तो मैं तो सब बहनों से कह दूँ कि ऐसे डरपोक और नामर्दों की स्त्रियाँ बनने के बजाये उन्हें तलाक़ दे दें।"

31 अक्टूबर, 1929 को भारत के वायसराय लॉर्ड इर्विन इंग्लैण्ड से वापस आये। वापस आकर उन्होंने एक वक्तव्य जारी किया। कहा कि ब्रिटिश सरकार का यह निश्चित मत है कि भारत को अन्ततः 'डोमीनियन स्टेटस' अवश्य मिलेगा। उन्होंने देश के नेताओं को इंग्लैण्ड में एक गोल मेज सम्मेलन के आयोजन की भी सूचना दी। बताया कि इस सम्मेलन में ब्रिटिश भारत और भारत के देशी राज्यों के प्रतिनिधि ब्रिटेन की सरकार से देश के नये संविधान हेतु सैद्धान्तिक चर्चा करेंगे। किन्तु कूटनीतिक दृष्टि से कहें तो वायसराय लॉर्ड इर्विन की यह घोषणा स्वयं में काफ़ी अपूर्ण थी। घोषणा में भारत के लिए डोमीनियन स्टेटस अथवा औपनिवेशिक स्वराज का दर्जा देने की बात तो कही गयी थी लेकिन उसे वह दर्जा कब प्राप्त होगा इसका कोई संकेत नहीं दिया गया था।

फिर भी देश के कई नेता दिल्ली में वायसराय से जाकर मिले। इनमें कांग्रेस के भी कुछ नेता शामिल थे। इन नेतागण ने वायसराय लॉर्ड इर्विन की घोषणा का स्वागत किया। अपना आभार जताया। इस सम्बन्ध में उदारवादी नेता सर तेजबहादुर सप्रू और केन्द्रीय विधानसभा के अध्यक्ष विट्ठलभाई पटेल, सरदार पटेल के बड़े भाई, ने 23 दिसम्बर, 1929 को लॉर्ड इर्विन, महात्मा गाँधी, मोतीलाल नेहरू और मोहम्मद अली जिन्ना की भेंट का प्रबन्ध कर दिया था। भेंट से कुछ ही देर पहले वायसराय एक दौरे से राजधानी दिल्ली वापस लौटे थे। दिल्ली के निकट क्रान्तिकारियों ने उनकी ट्रेन पर बम फेंका था। जिसमें वायसराय बाल-बाल बच गये थे।

लॉर्ड इर्विन की इस 'डोमीनियन स्टेटस' और भावी गोलमेज़ सम्मेलन की घोषणा का स्वागत करनेवाले इन नेताओं ने उसके प्रस्ताव पर हस्ताक्षर किये। जवाहरलाल नेहरू ने भी आरम्भिक झिझक के बाद गांधी जी के समझाने पर हस्ताक्षर कर दिये। लेकिन विरोधी नेताओं ने इस घोषणा को अस्वीकार कर दिया। इनमें बंगाल के नेताजी सुभाषचन्द बोस और पंजाब के डॉ. सैफुद्दीन किचलू प्रमुख थे।

सुभाष बोस तो शुरू से ही 'पूर्ण स्वतन्त्रता' हासिल करने के अभिमत के थे। अपना प्रस्ताव वे कलकत्ता कांग्रेस के दौरान एक वर्ष पूर्व 1928 में ही जोर शोर से रख चुके थे। गाँधी जी के विरोध के कारण वह प्रस्ताव पास नहीं हो सका था। गाँधी जी ने अन्ततः स्वीकार किया था कि अगर भारत को एक वर्ष के भीतर औपनिवेशिक स्वराज नहीं मिला तो वे स्वयं पूर्ण स्वतन्त्रता का प्रस्ताव पेश करेंगे। दिसम्बर, 1929 के अन्त में महात्मा गांधी ने यही किया भी।

सुभाषचन्द बोस का विचार कांग्रेस ने बहुमत से पीछे कर दिया था, जबकि वे कांग्रेस को एक क़दम आगे ले जाना चाहते थे। कलकत्ता कांग्रेस में सुभाष बाबू ने अपने प्रस्ताव में भारत में एक समानान्तर सरकार स्थापित करने की बात कही थी। कहा था कि-"हमारा संशोधन प्रस्ताव स्वतन्त्रता के लक्ष्य के अनुकूल होगा। देश की युवा पीढ़ी इसका स्वागत करेगी। यह सर्वांगीण बहिष्कार का कार्यक्रम है। हमें या तो पूर्ण बहिष्कार करना चाहिए या बिल्कुल नहीं। मैं अतिवादी हूँ। मेरा सिद्धान्त है- सब या कुछ नहीं।" परन्तु गाँधी

जी भला कहाँ माननेवाले थे? दूध का जला वैसे भी छाछ फूँककर पीता है। गाँधी जी हर प्रकार के विप्लव से परहेज करते थे। उन्हें सुभाष बाबू के स्वर से निकले अतिवाद शब्द में विप्लव की सम्भावनाएँ छिपी दिखीं। गाँधी किसी अनियन्त्रित आन्दोलन के पक्ष में नहीं थे। वे शुरू से शान्तिपूर्ण आन्दोलन के पक्षधर थे। अराजकता के पक्षधर तो कत्तई नहीं। अतः नेताजी सुभाषचन्द बोस को गाँधी जी की अहिंसक विचारधारा के कारण हार का मुख देखना पड़ा। गाँधी जी ने साफ़-साफ़ कहा कि देश स्वतन्त्र सरकार के लिए अभी तैयार नहीं है। फलतः गाँधी जी के विरोध के कारण सुभाष बोस का संशोधन निरस्त हो गया।

दिसम्बर, 1929 के अन्तिम दिनों में लाहौर में कांग्रेस का अधिवेशन हुआ। इस अधिवेशन के लिए कांग्रेस अध्यक्ष पद हेतु तीन नाम प्रस्तावित हुए। देश के दस प्रान्तों ने गाँधी जी के नाम की सिफारिश की। पाँच प्रान्तों द्वारा सरदार पटेल के नाम का प्रस्ताव किया गया। और तीन ने जवाहरलाल नेहरू के नाम का। गाँधी जी ने अध्यक्ष पद लेने से इन्कार कर दिया। अब दो नाम शेष रहे- सरदार वल्लभभाई पटेल और पण्डित जवाहरलाल नेहरू।

बारडोली आन्दोलन के सफलतापूर्वक संचालन और कृषकों की जीत के कारण सरदार पटेल का नाम काफ़ी लोकप्रिय हो चुका था। जवाहरलाल की उम्र उस समय 42 वर्ष की थी। वे सरदार पटेल से उम्र में 14 वर्ष छोटे थे, किन्तु युवा कांग्रेसियों के मध्य आकर्षण का केन्द्र थे। उत्तर प्रदेश जो उन दिनों संयुक्त प्रान्त कहलाता था, के दो नेताओं आचार्य नरेन्द्र देव और बालकृष्ण शर्मा नवीन ने सरदार पटेल पर दबाव डाला कि वे जवाहरलाल नेहरू के पक्ष में अपना नाम वापस ले लें। उधर मोतीलाल नेहरू भी अपने पुत्र के उत्कर्ष का सपना देख रहे थे। वे 1927 से ही गाँधी जी से आग्रह करते आये थे कि जवाहर को कांग्रेस का अध्यक्ष बनाया जाये। गाँधी उनको वचन दे चुके थे। सरदार वल्लभभाई पटेल के भाग्य ने पण्डित जवाहरलाल नेहरू के आगे यहीं से पहली बार पल्टा खाया।

गाँधी जी ने लाहौर कांग्रेस के अध्यक्ष पद से अपनी उम्मीदवारी वापस लेने के लिए वल्लभभाई पटेल से कहा और वल्लभभाई गाँधी जी की आज्ञा मानकर मैदान से हट गये। इस स्थिति में जवाहरलाल नेहरू सर्वसम्मति से कांग्रेस अध्यक्ष बन गये। पटेल और नेहरू के बीच नेहरू के नाम का चयन अनेक लोगों के मध्य भले ही आलोचना का विषय बना हो, गाँधी जी का विचार था कि जवाहरलाल में युवकों को आकर्षित करने की क्षमता है वे मुसलमानों को भी कांग्रेस की ओर खींच सकेंगे। उन दिनों जवाहरलाल का झुकाव वामपन्थी विचारधारा की ओर होता जा रहा था। गाँधी जी यद्यपि वामपन्थ के भीतर छिपी हिंसा और विप्लववादी व्यवस्था के कारण वामपन्थ को नापसन्द करते थे, फिर भी उनकी यह आशावादिता ही थी कि कांग्रेस अध्यक्ष पद पा जाने के बाद जवाहरलाल का वामपन्थ की ओर झुकाव कम हो जायेगा। गाँधी जी यह भी मानते थे कि लोकतन्त्र के प्रति अपनी निष्ठा के कारण युवानेता जवाहर अपने निजी विचारों को कांग्रेस के ऊपर नहीं लादेंगे।

31 दिसम्बर, 1929 को लाहौर में कांग्रेस अध्यक्ष पण्डित जवाहरलाल नेहरू ने 'पूर्ण

स्वराज' के लक्ष्य की घोषणा के साथ रावी नदी के तट पर मध्यरात्रि में भी स्वतन्त्र भारत के संकल्प का झण्डा फहराया।

लाहौर कांग्रेस ने गोलमेज़ सभा में भाग नहीं लेने का भी निर्णय लिया और कांग्रेस कार्यसमिति को यह अधिकार प्रदान किया कि वह जब चाहे और जहाँ चाहे सविनय-अवज्ञा और कर-बन्दी का कार्यक्रम आरम्भ कर सकती है। कांग्रेस की कार्यसमिति ने आगामी 26 जनवरी, 1930 को 'स्वतन्त्रता दिवस' के रूप में मनाने का निश्चय किया और इस अवसर पर पढ़े जाने के लिए स्वतन्त्रता का एक प्रतिज्ञा-पत्र भी तैयार किया।

प्रतिज्ञा-पत्र में कहा गया था कि-"हमारा स्पष्ट मत है कि जिस सरकार ने हमारी ऐसी चौतरफ़ा बरबादी की है, उस सरकार के अधीन अब अधिक दिन रहने में हम मनुष्य और ईश्वर दोनों के अपराधी बनेंगे। साथ ही हम यह भी मानते हैं कि स्वतन्त्रता-प्राप्ति का सबसे प्रभावशाली मार्ग हिंसा का नहीं अहिंसा का है। इसलिए जहाँ तक हो सकेगा हम ब्रिटिश सरकार के साथ स्वेच्छा से होनेवाला सहयोग छोड़कर इसके राज से छुटकारा पाने की कोशिश करेंगे और सविनय क़ानून भंग, जिसमें टैक्स अथवा कर नहीं देने की लड़ाई शामिल है, के लिए भी तैयारी करेंगे। हमें विश्वास है कि यदि हम इस राज को स्वेच्छा से जितनी मदद देते हैं वह बन्द कर दें और कितना ही उकसाने पर हिंसा किये बिना, कर देना बन्द कर दें, तो हम इस अमानुषिक राज का अन्त कर सकेंगे।

'हम आज अन्तः करण से प्रतिज्ञा करते हैं कि पूर्ण स्वराज की स्थापना के लिए कांग्रेस समय-समय पर जो सूचनाएँ प्रकाशित करेगी, हम उन पर अमल करेंगे।" इस प्रकार 26 जनवरी, 1930 को देश भर में पूर्ण स्वाधीनता दिवस के रूप में मनाया गया। तिरंगे झण्डे फहराये गये। देश के हज़ारों शहरों और गाँवों में जन-सभाएँ हुईं और उनमें पूर्ण स्वाधीनता की प्रतिज्ञा को दोहराया गया।

भारत के कोने-कोने में स्वतन्त्रता की भावना का रोमांचक संचार हुआ। यह कुछ-कुछ वैसी ही संचेतना थी जो कभी 1857 में प्रथम स्वतन्त्रता-संग्राम शुरू होने से पहले गाँव-गाँव 'कमल और रोटी' का गोपनीय सन्देश फैलने से उपजी थी। इस बार तो यह संचेतना बिल्कुल स्पष्ट थी। कुछ भी गोपनीय नहीं था इस बार। पूर्ण स्वाधीनता के लिए कमर कसने का स्पष्ट संकल्प था। पर ये कोई हिंसक क्रान्ति का आह्वान नहीं था। उसमें महात्मा गाँधी का अहिंसा का सिद्धान्त भी साफ़ तौर पर व्यक्त था कि अंग्रेज़ सरकार चाहे कितना भी उकसाए, स्वाधीनता के लिए असहयोग आन्दोलन 'हिंसा किये बिना' ही लड़ा जाना है।

गुरुदेव रवीन्द्रनाथ टैगोर 18 जनवरी, 1930 को महात्मा गाँधी से भेंट करने उनके साबरमती आश्रम में अहमदाबाद पधारे। उन दिनों टैगोर अपने शान्ति निकेतन विद्यालय

के लिए चन्दा इकट्ठा करने के लिए दौरे पर निकले हुए थे। अहमदाबाद आये तो गाँधी जी से मिलने आये। गाँधी जी ने टैगोर का स्वागत किया। आश्रम में गुरुदेव ने महात्मा से पूछा-''नव वर्ष में आप भारतवर्ष को क्या देनेवाले हैं ?

गाँधी जी ने बेचैनी भरे स्वर में उत्तर दिया- ''मैं रात-दिन व्यग्रतापूर्वक सोच रहा हूँ। परन्तु मुझे घोर अंधकार में प्रकाश की कोई किरण दिखायी नहीं देती।''

महात्मा गाँधी कहते भी तो क्या कहते? एक अद्वितीय आन्दोलनकारी एक मनीषी, एक सिद्धान्तवादी इन्सान ब्रिटिश साम्राज्य के विरुद्ध नितान्त अहिंसक-सत्याग्रह की शुरुआत फिर से करना चाहता था। अहिंसक प्रतिरोध का वह प्रयोग फिर से दोहराना चाहता था, जो दुर्भाग्य से 1922 में हिंसा की भेंट चढ़ गया था।

गाँधी जी के द्वारा प्रतिक्रियास्वरूप सफलता के सोपान चढ़ रहा वह पहला असहयोग आन्दोलन अचानक वापस ले लेने से सारा देश स्तब्ध रह गया था। कई लोग तो महात्मा गाँधी को बुरा-भला भी कहने लगे थे।

''मणि! बेटी...हमें भी लगा था कि बापू की इस भावुकता से आज़ादी का आन्दोलन कम-से-कम दसियों वर्ष के लिए पिछड़ गया। यह क्या किया इन्होंने? पर वे तो आलोचनाओं और विरोधों के बीच भी चट्टान की भाँति अडिग रहे कि नहीं हमारा देश अभी सत्याग्रह अथवा अहिंसक आन्दोलन के लायक़ नहीं है।''

''सही ही सोचते थे बापू जी-'' मणिबेन ने अपने बापू सरदार पटेल से कहा।

''गुरुदेव रवीन्द्रनाथ से उस वर्ष के शुरू में हुई भेंट के बाद कई सप्ताह गाँधी जी ने चिन्तन मनन में निकाल दिये वे साबरमती आश्रम में अपने अनुयायियों से विचार-विमर्श करते चिन्ता में डूबे रहते-'' सरदार पटेल बता रहे थे-''मुझसे भी अक्सर कहते-'' वल्लभभाई! क्या किया जाये कि साँप भी मरे मगर लाठी न टूटे। चौरीचौरा याद है तुम्हें?''

मैं कहता-''हाँ बापू! सब याद है। पर हर कोई आपकी तरह महात्मा तो नहीं होता।''

गाँधी जी कहते -''तो फिर जो सबको साथ लेकर चले ज़िम्मेदारी तो उसी की बनती है न।''

मैं कहता- ''अगर लोग अपने मार्गदर्शक की ही न सुनें तो ?''

गाँधी जी का उत्तर होता- ''प्रायश्चित्त...मार्गदर्शक के पास फिर प्रायश्चित्त के सिवा और कोई विकल्प नहीं।''

मैंने एक दिन पूछा-''प्रायश्चित्त का अर्थ बापू?'' वे बोले-''प्रायश्चित्त का व्यापक अर्थ है। उसमें सम्मिलित है- मौन, उपवास, अत्मशुद्धि, अपनी अन्तर्रात्मा को सोते से जगाना, उसकी आवाज़ को सुनना...

''आख़िर गाँधी जी ने अपनी अन्तर्रात्मा की आवाज़ सुन ही ली। बहुत से कारण सुझाये गये उन्हें जिनपर सत्याग्रह किया जा सकता था, अंग्रेज़ हुकूमत के इन्कार करने पर। मैं गाँधी जी के आदेश पर वायसराय से भेंट कर आया था। देशवासियों की कठिनाइयों

को दूर करने का उनसे आग्रह किया था। मैंने गाँधी जी का सन्देश लॉर्ड इर्विन को दिया था।''-सरदार पटेल ने बताया।

लॉर्ड इर्विन से तदनुसार आग्रह किया गया था कि आज जनता की माँग है कि आत्म रक्षा के लिए उसे शस्त्र रखने की छूट मिले। सैनिक व्ययभार आधा किया जाये। विदेशी कपड़ों पर संरक्षण-कर लगे। 'नमक' जैसी दैनिक उपयोग की वस्तु पर भी 'कर' लगा हुआ है, जिसका कोई औचित्य नहीं, इसे तुरन्त समाप्त किया जाये।

गाँधी जी ने नमक के क़ानून की अवैधता के विरुद्ध 'यंग इण्डिया' में लिखा, उसे चुनौती दी और अपनी गिरफ़्तारी की ख़ुद ही भविष्यवाणी-सी की। यह गाँधी द्वारा सत्याग्रहियों को आह्वान था। यह सभी देशवासियों को एक प्रकार से अहिंसक आन्दोलन के लिए मानसिक रूप से तैयार करने जैसा ही था। गाँधी को 'राजनीतिक जादूगर' उनके प्रतिद्वन्द्वी अंग्रेज़ लोग ऐसे ही नहीं कहा करते थे।

महात्मा गाँधी छिपकर वार करनेवालों में से नहीं थे। वे शत्रु पर ललकार कर प्रहार करते थे। यद्यपि शत्रु तो उनके लिए कोई भी नहीं था। अंग्रेज़ भी नहीं। वे अंग्रेज़ों के भीतर की अच्छाई पर भी भरोसा करते थे और उनकी कुटिलता को भी समझते थे। इसी के साथ गीता के कर्मवाद पर गाँधी जी का अटूट विश्वास था। सांसारिक उद्देश्यों की पूर्ति के पीछे नैतिक आत्मबल के साथ आगे बढ़ने से जो निर्भीकता गाँधी के अभिकथनों में होती वह प्रतिपक्षी को हतप्रभ कर देती। गाँधी के कठोर वचन भी उसे आहत करने से अधिक, शर्मिन्दगी के लिए काफ़ी हद तक मज़बूर करते।

महात्मा गाँधी ने 02 मार्च, 1930 को वायसराय इर्विन को एक लम्बा पत्र लिखा। पत्र लिखकर उसे एक अंग्रेज़ रेजिनाल्ड रेनाल्डस के हाथों लॉर्ड इर्विन को भेजवाया अत्यन्त दुस्साहसिक और अद्भुत पत्र था वह। निर्भीकता और आत्मबल की पराकाष्ठा का प्रतीक गाँधी जी ने लिखा-

''प्रिय मित्र!

सत्याग्रह शुरू करने से पहले और जिस खतरे से मैं इतना डर रहा हूँ, उसे उठाने से पहले, मैं आपसे वार्त्तालाप करना चाहता हूँ और कोई रास्ता निकालना चाहता हूँ।

मेरी निजी निष्ठा बिल्कुल स्पष्ट है। जान-बूझकर मैं किसी भी प्राणी को चोट नहीं पहुँचा सकता, आदमियों को तो पहुँचा ही कैसे सकता हूँ, चाहे वे मुझे या मेरे लोगों को कितना ही भारी नुक़सान क्यों न पहुँचायें।

इसलिए यह मानते हुए भी कि ब्रिटिश शासन एक अभिशाप है, मैं किसी भी अंग्रेज़ को या उसके जायज़ हित को नुक़सान पहुँचाने का इरादा नहीं रखता हूँ। ब्रिटिश शासन को अभिशाप मैं इसलिए मानता हूँ क्योंकि अपने लगातार शोषण के तौर तरीक़ों और बरबाद करनेवाले सैनिक तथा सिविल शासन के ख़र्चे ने यहाँ के करोड़ों बेज़ुबान इन्सानों को चूस डाला है। राजनैतिक रूप से हमें गुलाम बना दिया है। हमारी संस्कृति की जड़

खोखली कर दी है। आपकी हुकूमत ने हमारे लोगों को शस्त्र न रखने देने के निर्दयी प्रतिबन्ध के कारण हमें आध्यात्मिक रूप से भी तेजहीन कर दिया है।''

अहिंसावादी बापू के तेवर उनके इस पत्र में आश्चर्यजनक ढंग से काफ़ी उग्र थे। उसे एकबारगी देखने पर यह विश्वास करना कठिन है कि ये विचार वास्तव में महात्मा गाँधी के ही थे। गाँधी यहाँ तक ही नहीं रुके। आगे उनकी चेतावनी अग्निवर्षा-सम दिखती थी-

''मुझे भय है कि निकट भविष्य में भारत को स्वायत्त शासन देने की कोई इच्छा नहीं है। यह बात बिल्कुल साफ़ है कि ज़िम्मेदार ब्रिटिश राजनेता ब्रिटिश नीति में ऐसा कोई परिवर्तन करने का विचार नहीं रखते जिससे भारत में फैले हुए ब्रिटेन के व्यापार पर कोई प्रतिकूल प्रभाव पड़े। अगर शोषण की प्रक्रिया का अन्त करने के लिए कुछ नहीं किया गया तो बड़ी तेजी से भारत रक्तरंजित हो जायेगा।''

गाँधी जी ने अपने इस पत्र में अंग्रेज़ी हुकूमत और उसके सर्वोच्च हाकिम की आलोचना में कुछ भी बाक़ी नहीं रहने दिया। कृषकों के शोषण, मालगुज़ारी पद्धति में सुधार की आवश्यकता, नमक पर लगे हुए अन्यायपूर्ण कर और स्वयं वायसराय के वेतन की अत्यधिकता तक की ओर वायसराय लॉर्ड इर्विन का ध्यान आकर्षित कर अपनी खिन्नता प्रकट की-

''ऊपर जिस अन्याय का उल्लेख किया गया है वह उस विदेशी शासन को चलाने के लिए किया जाता है जो स्पष्टतः संसार का सबसे महँगा शासन है। अपने वेतन को ही लीजिये। वह प्रतिमाह 21,000 रु० से ऊपर पड़ता है, अप्रत्यक्ष भत्ते आदि अलग। आपको 700रु० प्रतिदिन से अधिक वेतन मिलता है, जबकि एक भारतीय व्यक्ति की औसत आमदनी दो आने प्रतिदिन से भी कम है। इस प्रकार आप भारत की औसत आमदनी से पाँच हज़ार गुने से भी कहीं ज़्यादा ले रहे हैं। ब्रिटिश प्रधानमन्त्री ब्रिटिश व्यक्ति की औसत आमदनी का सिर्फ़ नब्बे गुना लेता है।''

इसके बाद महात्मा गाँधी ने अपने पत्र में इंगित ब्रिटिश शासन के दोषों के तत्काल निवारण हेतु उपाय करने का अनुरोध किया। अन्यथा स्थिति में इस माह के ग्यारहवें दिन 'नमक-क़ानून' को तोड़ने के लिए निकल पड़ने की सूचना दी। यह भी पत्र में लिखा कि गिरफ़्तार किये जाने की दशा में अनुशासित ढंग से हज़ारों लोग उनके बाद इस काम को जारी रखने के लिए तैयार होंगे। गाँधी जी ने लॉर्ड इर्विन को अन्त में लिखा कि-

''यदि आप इस मामले में मुझसे चर्चा करना चाहें और तब तक के लिए इस पत्र के प्रकाशन को स्थगित करना चाहें, तो मुझे तार दे दीजिये। तार पाते ही मैं खुशी से रोक दूँगा।

''यह पत्र मैंने किसी भी प्रकार धमकी देने के लिए नहीं लिखा, बल्कि एक निष्क्रिय प्रतिरोध करनेवाले के सामान्य तथा पवित्र कर्त्तव्य के रूप में लिखा है। इसलिए मैं इसे एक ऐसे युवक अंग्रेज़ मित्र के हाथ भेज रहा हूँ जो भारतीय हित में विश्वास रखता है।

आपका सच्चा मित्र
मो0 क0 गाँधी''

पत्र लॉर्ड इर्विन को मिला। उन्होंने स्वयं इसका जवाब देना उचित नहीं समझा। उनके सचिव ने अपने पत्र के द्वारा गाँधी जी को टका सा जवाब दे दिया। पत्र की भाषा इस प्रकार थी -''हिज एक्सीलेन्सी को यह जानकर अफ़सोस हुआ कि आप ऐसी कारगुज़ारी पर विचार कर रहे हैं जिसमें क़ानून के उल्लंघन और सार्वजनिक शान्ति भंग होने का ख़तरा साफ़ दिखायी दे रहा है।''

इस तरह वायसराय इर्विन ने गाँधी जी से न सिर्फ मुलाक़ात ही नामंजूर की, बल्कि उनकी माँगों पर ग़ौर फ़र्माना ही मुनासिब नहीं समझा। अब भारतवासियों के सत्याग्रह और अंग्रेज़ों के दुराग्रह में सीधी टक्कर के सिवा कोई और रास्ता नहीं बचा था।

महात्मा गाँधी ने देशव्यापी नमक-आन्दोलन शुरू करने का निश्चय किया। उसके लिए सरकार के अन्यायपूर्ण 'नमक-क़ानून' को जनता द्वारा भंग किया जाना था। गाँधी जी ने गुजरात के सूरत ज़िले में डाण्डी नामक गाँव को चुना, जहाँ से समुद्र-तट थोड़ी ही दूर पर था। गाँधी जी ने घोषणा की कि वे 12 मार्च को साबरमती आश्रम से कुछ चुने हुए सत्याग्रहियों के साथ पैदल मार्च करेंगे और डाण्डी गाँव के समुद्र-तट पर पहुँचकर कुदरती तौर पर बना हुआ नमक उठाकर नमक-क़ानून भंग करेंगे। उसी के साथ पूरे देश में नमक-सत्याग्रह का श्रीगणेश हो जायेगा।

महात्मा गाँधी ने जब स्वाधीनता आन्दोलन के दौरान अहमदाबाद साबरमती आश्रम से सूरत में स्थित समुद्र तटवर्ती गाँव डाण्डी तक की पदयात्रा का ऐलान किया तो उनकी उस ऐतिहासिक यात्रा का मार्ग निर्धारण करने की ज़िम्मेदारी सरदार पटेल ने अपने कन्धों पर ली। सरदार गाँधी जी का आशीर्वाद लेकर दौरे पर निकल पड़े। समुद्र-तट से मुट्ठी भर नमक उठाकर बापू को फिरंगी सरकार का एक जन-विरोधी क़ानून तोड़ना था। बापू डाण्डी के समुद्र-तट तक लम्बी पदयात्रा करके किन रास्तों से किन गाँवों से गुज़रेंगे ? आख़िर यह लम्बी पदयात्रा एक-दो दिन में तो पूर्ण नहीं होनी थी। लोगों में जन-जागरण भी तो होना था कि महात्मा जी देश की स्वाधीनता की अलख जगाने के लिए उनके गाँव-खेत-खलिहानों के मध्य से निकलनेवाले हैं। हमारे देश को गुलामी की जंजीरों की जकड़न में रखनेवाले अंग्रेज़ों का अभिमान इस समय चरम पर है। उन्हें आकाश से धरती पर उतारे बिना विदेशी शासन को बाहर का रास्ता दिखाना सम्भव नहीं होगा। स्थानीय लोगों को समझाना, उन्हें मानसिक रूप से तैयार करना, पदयात्रा के लिए रास्ता देखना, मार्ग में यदि कोई बाधा हो तो साफ़-सफ़ाई कराकर उसे दुरुस्त

करने हेतु ग्रामवासियों और स्वयंसेवकों को प्रेरित करना, गाँधी जी की भावी डाण्डी-यात्रा के लिए हर प्रकार से माहौल तैयार करना अब यह सरदार वल्लभभाई का ही काम था। गुजरात का शेर और देश का सरदार कमर कसकर इस अभियान की तैयारी के लिए निकल पड़ा।

सरदार पटेल महात्मा गाँधी की छाया सरीखे हो चले थे अब तक। वे गाँधी जी की भंगिमा और उनकी चाल के अनुसार अपना किरदार घटाते-बढ़ाते थे। गाँधी जी जब उनसे किसी कार्य की अपेक्षा करते तो उनकी फुर्ती देखते बनती थी। गाँधी जब वल्लभभाई से पीछे हटने को कहते तो वे किसी आज्ञाकारी बालक की भाँति पीछे हट जाते। व्यक्ति की छाया का जैसे बढ़ने-घटने का चरित्र होता है, सरदार का रुख़ भी गाँधी जी के प्रति बहुत-कुछ वैसा ही था।

इस समय गाँधी जी को डाण्डी यात्रा के एक मार्ग-अन्वेषक की आवश्यकता था, वल्लभभाई इसके लिए पूरी गम्भीरता से उसी मिशन पर थे। उनका तूफ़ानी दौरा साबरमती-अहमदाबाद से डाण्डी-सूरत के मध्य ग्रामीण अंचलों के बीच से तय हो रहा था। अनेक ग्रामों से सरदार गुज़रे। गाँधी जी के आगमन और नमक क़ानून को तोड़ने की सूचना उन्होंने स्थानीय निवासियों को दी। छोटी-मोटी जनसभाएँ, ग्राम-गोष्ठियाँ की। गाँवों के मुखिया एवं कृषकों को बताया कि कैसे उन्हें महात्मा गाँधी के इस शान्तिपूर्ण आन्दोलन में जुटना है। अपने-अपने गाँवों में बापू और उनके साथी पदयात्रियों का किस प्रकार साथ देना है। अगर साम्राज्यवादी ब्रिटिश सरकार इस बीच कोई ज़ुल्म-ज़्यादती करे तो कैसे उसे हँसते-हँसते सहन करना है। किसी भी उकसावे अथवा पुलिसिया हिंसा के आगे उत्तेजित नहीं होना है। हिंसा बल के आगे अहिंसा और सत्याग्रह का महाबल ही अंगीकार करना है।

ग्रामों, खेतों, रास्तों के मध्य गाँधी जी की पदयात्रा के लिए डाण्डी-मार्च का रास्ता खोजते सरदार पटेल 7 मार्च, 1930 की सुबह बोरसद तालुक़े के रास गाँव पहुँचे। गाँधी जी के रचनात्मक कार्यों पर अमल करनेवाला यह एक आदर्श ग्राम था। रास गाँव में अनेक घरों में गाँधी जी का स्वावलम्बन का प्रतीक चरखा चलता था। स्वच्छता पर पूरा ध्यान रखा जाता था। जातिगत छुआछूत और भेदभावों से रास के ग्रामीण-जन काफ़ी हद तक ऊपर उठ चुके थे। वहाँ की स्त्रियाँ भी देश की आज़ादी के लिए सत्याग्रह हेतु पुरुषों से कन्धे-से-कन्धा मिलाने को तत्पर रहती थीं। तिरंगे झण्डे के सम्मान और खादी के वस्त्रों की ओर आकर्षण रास गाँव के लोगों में सामान्य बात थी। जब कुछ देर के लिए सरदार रास गाँव में रुके और अगले गाँव जाने को हुए तो वहाँ के निवासियों ने उन्हें रोक लिया और उनके मुखिया ने सरदार से कहा कि-

"हगें आप बापू जी के ही सैनिक समझें। जब हमारे सौभाग्य से यहाँ पधारे हैं तो कृपया यहाँ भी एक सभा करके जायें। हम सब भी आपको सुनना चाहते हैं। थोड़ा-बहुत हक़ तो हमारे रास का भी बनता है।"

सरदार ने हँसकर कहा-"क्यों नहीं। आप सब महात्मा जी के सैनिक हैं। मैं जानता हूँ। परन्तु बिना हथियार के सैनिक। बिना हाथ-पाँव की हिंसा के ऐसे अहिंसावादी सैनिक, जो केवल अपने आत्मबल से लड़ते हैं।"

"जी सरदार"

"परन्तु यदि गाँधी जी के इस नमक-आन्दोलन में पुलिस के लाठी-डंडों की मार खाने की नौबत आयी तो क्या आप सब उसके लिए भी तैयार हैं ?"

मुखिया से पहले ही उसके एकत्र साथीगण बोल पड़े-

"हाँ हम सब तैयार हैं"

"और अगर गिरफ़्तारियों की नौबत आयी तो कितने लोग तैयार रहेंगे?"

मुखिया ने कहा - "सरदार! पूरा गाँव गिरफ़्तारी देगा।"

सरदार ने कहा- "ऐसा? और इस गाँव की माताएँ और बहनें?"

"वे भी हमारे साथ हैं। हमेशा की तरह।"

इस पर सरदार ने रास गाँव के लोगों से ग्राम पंचायत के सामने के मैदान में एक घण्टे में सभी ग्रामवासियों की सभा जुटाने के लिए अपनी सहमति दे दी। पूरे गाँव में देखते-ही-देखते विद्युत् का-सा संचार हुआ। लोग सभास्थल पर जुटने लगे। एक घण्टा बीतते न बीतते सरदार पटेल अपने साथ के मित्रों के साथ, थोड़ा जलपान करके, सभास्थल पर जा पहुँचे। रास की जनसभा के बाद सरदार का आगे कंकापुर ग्राम जाने का इरादा था।

सरदार के वहाँ पहुँचते ही-"भारत माता की जय", "महात्मा गाँधी की जय", "सरदार वल्लभभाई पटेल की जय" के जोशीले नारे वायुमण्डल में गूँजने लगे। लगभग सारा गाँव इकट्ठा हो गया था। स्त्रियों की भी अच्छी ख़ासी तादाद वहाँ दिख रही थी। सरदार महिलाओं की भागीदारी से विशेष उत्साहित होते थे। उनका आग्रह ग्रामीण पुरुषों से मातृशक्ति को सत्याग्रह से जोड़ने का हमेशा रहता था। चाहे खेड़ा आन्दोलन हो, चाहे बारडोली का आन्दोलन, चाहे वह नागपुर का झण्डा सत्याग्रह रहा हो। अनेक ग्रामों में ग्रामीण स्त्रियों का साथ शहर की अनेक पढ़ी-लिखी महिलाओं ने भी दिया था। उनमें सरदार की पुत्री मणिबहन भी अनेक अवसरों पर शामिल रही थीं। ज़रूरत पड़ने पर कस्तूरबा, हंसा बहन और अनेक सम्भ्रान्त महिलाएँ आन्दोलन में कूद पड़ती थीं। इनमें से कोई जेल जाने से भी पीछे रहनेवाली नहीं थीं।

जिस समय सरदार सभा-स्थल पर पहुँचे रास ग्राम की स्त्रियाँ मंगल गीत गा रही थीं-

"धानी चुनरिया केसर की पगड़ी
बीच में ख़ादी का उजला रंग
भारतमाता आँचल टेसू फूले
होलियारे चले माता रानी के संग..

जनसभा अभी शुरू भी नहीं हुई थी। सरदार पटेल ने उस सभा को अभी सम्बोधित भी नहीं किया था कि वहाँ एक पुलिस दल, मजिस्ट्रेट एवं पुलिस सुपरिण्टेण्डेण्ट की अगुवाई में, आ धमका। एक बड़ी लॉरी में पुलिस के सशस्त्र सिपाही। उनके आगे दो मोटर गाड़ियों में मजिस्ट्रेट और पुलिस सुपरिण्टेण्डेण्ट। साथ में दो मोटर साइकिलों पर सवार स्थानीय पुलिस के दारोग़ा। पुलिस सुपरिण्टेण्डेण्ट बिलमोरिया सरदार पटेल को पहले से जानता-पहचानता था। गुजरात में सरदार को कौन नहीं जानता था? अब तक तो पूरा भारत सरदार पटेल के नाम से परिचित हो चला था। अख़बारों में गाँधी जी के प्रस्तावित डाण्डी-कूच की इन दिनों ज़ोरदार चर्चा थी।

पुलिस अधिकारी बिलमोरिया ने सरदार से कहा कि -''हमें आपकी गिरफ़्तारी का हुक्म मिला है।'' सरदार ने पूछा -''किस जुर्म में?''

''लोगों को हुकूमत के ख़िलाफ़ भड़काने और सार्वजनिक शान्ति व्यवस्था को भंग करने के वास्तें।'' सरदार ने कहा - ''ठीक है। मैं साथ चलने को तैयार हूँ। पर पहले मैं इन ग्रामवासियों से दो बातें तो कर लूँ।''

साथ आये मजिस्ट्रेट ने सरदार के हाथों में भाषण न देने का पूर्वलिखित नोटिस पकड़ा दिया। उन्होंने नाटिस को पढ़कर कहा- ''आप लोग समझ नहीं रहे। मुझे भाषण नहीं इन लोगों से विदा लेते समय इन्हें समझाने के लिए कुछ कहना जरूरी है। कहीं इनका आक्रोश आप सबके लिए मुश्किलें पैदा न कर दे।''

बेचैनी और उत्तेजना की हालत में दोनों अधिकारी सरदार का मुख देखने लगे। बिलमोरिया ने कहा- ''आप जो कुछ भी कहना हो संक्षेप में कह लें। मगर भाषण नहीं।''

सरदार ने मुस्कुराकर कहा-''जी सरकार!...जो आज्ञा'' इतना कहकर वे उस छोटी-सी जनसभा की ओर मुड़े और बोले-''भाइयों, बहनों, बुजुर्गों और माताओं...कुछ जरूरी काम आ पड़ा है। सरकार ने अपने प्रतिनिधियों को मुझे लिवाने को भेजा है। इसलिए मुझे इनके साथ जाना होगा। मजिस्ट्रेट साहब और पुलिस कप्तान साहब हमारे मेहमान हैं। याद रहे हमारा मेहमान जो होता है वह हमें जान से भी प्यारा होता है। हमें इनका सम्मान करते हुए शान्ति और अनुशासन बनाये रखना है। प्यारे बापू जी के आदर्शों को हरगिज़ नहीं भूलना है। मैं फ़िलहाल जा रहा हूँ। मेरे बाद फूलचन्द भाई और गोकुलदास तलाटी ये मेरे मित्र आपसे बात करेंगे मेरे साथ आप तीन बार- 'वन्दे मातरम्' -बोलेंगे।''

सरदार ने ''वन्दे मातरम'' के नारे लगवाए। जनसमूह ने विस्फारित नेत्रों और भिंची मुट्ठियों से उनका साथ दिया। सरदार ने दोनों हाथ उठाकर लोगों से अपनी जगह बैठे रहने का आग्रह किया। उसके बाद सरदार वल्लभभाई पटेल पुलिस अधीक्षक बिलमोरिया के साथ उनकी मोटर में बैठकर वहाँ से चले गये। बिलमोरिया सरदार की लोकप्रियता से परिचित तो था ही। आज उनकी विनम्रता का निकट से अनुभव करके मन-ही-मन थोड़ा भावुक हो गया।

पुलिस दल का यह काफ़िला गाँव से निकलकर शहर की ओर जानेवाली सड़कों पर दौड़ने लगा। रास्ते भर पटेल बिलमोरिया से बातें करने लगे। वे उनसे ईसा मसीह, बाइबिल और पाप-पुण्य की चर्चा करने लगे। बिलमोरिया जैसे अपराध-बोध से ग्रस्त हो चला। वह बीच-बीच में कहता -"मिस्टर पटेल। हम मज़बूर हैं। हमें अपनी ड्यूटी करनी है।"

हिरासत की हालत में सरदार को बोरसद ले जाया गया। वहाँ मजिस्टेट की अदालत में उनपर मुक़दमा चलाने का नाटक चला। सरदार को तीन महीने की साधारण क़ैद और पाँच सौ रुपया जुर्माने की सज़ा दी गयी। जुर्माना न भरने की दशा में तीन सप्ताह की अतिरिक्त सज़ा का भी ऐलान किया गया।

बोरसद से उन्हें मोटरगाड़ी द्वारा पुलिस सुपरिण्टेण्डेण्ट बिलमोरिया सीधे अहमदाबाद ले गये। अहमदाबाद में सरदार ने अपन मित्र डॉ. क़ानूनगो से मिलने की इच्छा जताई। बिलमोरिया सरदार से इस बीच काफ़ी प्रभावित हो चुका था। सरदार एक अनुशासित राजनीतिक नेता थे। उनका बड़ा सम्मान था। कुछ देर की भेंट की अनुमति उन्हें प्राप्त हो गयी। सरदार ने डॉ. क़ानूनगो के घर उस अल्प अवधि में घर का बना भोजन किया। फिर वे जेल के लिए रवाना हुए। अहमदाबाद जेल ले जाते समय मार्ग में साबरमती आश्रम पड़ा। मिस्टर बिलमोरिया से सरदार ने पाँच मिनट के लिए महात्मा गाँधी को प्रणाम करने का भी आग्रह किया। पहले तो बिल्मोरिया झिझके। फिर उन्होंने इसकी भी अनुमति प्रदान कर दी। गिरफ़्तारी की दशा में सरदार महात्मा गाँधी से मिले। गाँधी ने पुलिस अधिकारी के साथ पटेल को आया देखकर मौक़े की स्थिति को तत्काल भांप लिया। पटेल ने दोनों हाथ जोड़कर खड़े-खड़े गाँधी जी को प्रणाम किया और कहा-

"रास गाँव से आ रहा हूँ। इनका अतिथि बन चुका हूँ। आपसे आज्ञा लेने आया हूँ। बाक़ी समाचार आपको मिल ही जायेंगे।"

गाँधी जी ने अपने गोल चश्मे के भीतर से हल्की मुस्कान के साथ सरदार को ग़ौर से देखा और कहा" सरदार! तुमने तो मेरा काम बहुत आसान कर दिया है। जाओ... मेरा आशीर्वाद तुम्हारे साथ है।"

गाँधी का दाहिना हाथ कुछ इस मुद्रा में उठा कि वह आशीर्वाद का का भी था और सरदार पटेल को विदा देनेवाला भी।

साबरमती आश्रम से निकलकर कुछ देर बाद सरदार अहमदाबाद की साबरमती जेल पहुँचा दिये गये। जेल में दाख़िल होने से पूर्व वल्लभभाई पटेन ने अपने कुर्ते की जेब से सिगरेट का पैकेट निकाला। एक सिगरेट सुलगायी। यह सरदार की अन्तिम सिगरेट थी। सिगरेट का पैकेट और वह अधजली सिगरेट उन्होंने बाहर के डस्टबिन में फेंक दी। इसी के साथ सरदार ने मन-ही-मन धूम्रपान को हमेशा के लिए छोड़ने का वहाँ संकल्प लिया।

सरदार पटेल जेल में प्रवेश कर गये। पुलिस सुपरिण्टेण्डेण्ट बिलमोरिया ने सरदार को भीतर जाते देखकर जब अपनी पीठ मोड़ी तो मोटर में वापस बैठते समय उसकी आँखों

में आँसू थे, जिन्हें आँखों पर धूप का चश्मा चढ़ा होने के कारण, शायद ही कोई देख पाया। वह एक सहृदय पुलिस अफ़सर था। हिन्दुस्तानी अफ़सर कोई गोरा अंग्रेज़ नहीं। बिलमोरिया अंग्रेज़ों का मातहत अवश्य था। परन्तु उसका भी हृदय आख़िर एक हिन्दुस्तानी का ही था।

वल्लभभाई 7 मार्च, 1930 से 111 दिन तक साबरमती जेल में रहे। इस जेल में नियमित तो नहीं, पर कुछ दिन उन्होंने एक डायरी भी लिखी। अगले दिन अर्थात् 8 मार्च को उनका डॉक्टरी परीक्षण हुआ था। उसमें उनका वजन 146 पौंड पाया गया। ऊँचाई नोट हुई- पाँच फुट साढ़े पाँच इंच। अर्थात् गाँधी जी और सरदार पटेल का क़द लगभग समान और मध्यम ऊँचाई का था। परन्तु उनके व्यक्तित्व उत्तरोत्तर विशाल होते जा रहे थे।

गाँधी जी के सहायक और सरदार पटेल के पुराने वकील मित्र महोदव देसाई 10 मार्च, 1930 को साबरमती जेल में जाकर सरदार पटेल से मिले। महादेव के साथ प्रोफ़ेसर कृपलानी भी सरदार के दर्शन हेतु वहाँ आये थे। इस मुलाक़ात का विवरण 12 मार्च, 1930 के 'यंग इण्डिया' में छपा था। उस समय सरदार पटेल ने महादेव देसाई से कहा था-"मैंने स्वयं को जीवन में पहले कभी इतना प्रसन्न अनुभव नहीं किया जितना अब कर रहा हूँ।

महादेव ने सरदार से कहा-"मज़ाक छोड़कर कृपया यह बतायें कि यहाँ आपके साथ कैसा व्यवहार किया जा रहा है? इस पर सरदार वल्लभभाई पटेल ने कहा-"एक साधारण अपराधी की तरह। मैं पूर्णतः प्रसन्न हूँ।"

"क्या जेल के नये क़ानून आप पर लागू नहीं होते?"

"अधीक्षक नये क़ानूनों के बारे में कुछ भी नहीं जानते और 'जेल नियमावली' की एक प्रति मुझे देने से उन्होंने इन्कार कर दिया है।"

"आप मुझे अपने हाल-फिलहाल के बारे में कुछ बताइये।

"सरदार ने महादेव देसाई और आचार्य कृपलानी को बताया-"मुझे एक 'सेल' में रखा गया है, जिसे सप्ताह के सभी दिनों में सायंकाल 5.30 बजे से रात भर के लिए बन्द कर दिया जाता है और रविवार को शाम 3.30 बजे से।..."

आचार्य कृपलानी ने पूछा-"आपको इस हालत में रात को नींद आ जाती है?"

सरदार ने हल्के से हँसकर कहा-"पहले दिन तो मैं डरा हुआ था कि शायद नींद न आये, किन्तु कोई परेशानी नहीं हुई। मैं निश्चिन्त सोता हूँ। तीन रातें तो गुज़र ही चुकी हैं।...किन्तु मैं चाहता हूँ कि गरमी के आने वाले दिनों में वे हम लोगों को बाहर सोने की आज्ञा दे देते। मैं समझता हूँ कि वर्ष 1922 में मेरे जो मित्र यहाँ थे, उन्हें बाहर सोने की इजाज़त दी गयी थी।"

"और खाना?" - महादेव ने पूछा।

"जैसा अच्छा या खराब खाना कोई जेल में पाने की आशा कर सकता है। भोजन के लिए परेशान मत होइये। मैं आपको आश्वासन देता हूँ कि मैं हवा पीकर भी तीन महीने

रह सकता हूँ।''- सरदार ने कहा और फिर जोर-जोर से हँसने लगे। ''कोई बात नहीं। यह बताइये यहाँ खाने में क्या-क्या मिलता है?''

''सरदार ने अपना गंजा सिर खुजाया और सोचकर बोले-

''सुबह ज्वार की दलिया दी गयी थी। लेकिन मैंने डीसण्ट्री हो जाने के भय से वह नहीं खायीं।...भोजन में ज्वार की रोटी और दाल...या रोटी-सब्ज़ी एक दिन के अन्तराल पर। चने की रोटी भी एक टाइम मिलती है जो कि एक घोड़े के लिए ठीक है...' कहकर सरदार फिर हँसे।

महादेव ने हैरत से पूछा-''आपको तो इधर दांत दर्द रहता है। आपने ज्वार की रोटी कैसे चबायी?''

सरदार बोले-''ओह...मैंने उसे पानी में भिगोकर तोड़ दिया और फिर बड़े आराम से खा गया।...मैंने कहा न...आप मेरे भोजन के बारे में परेशान न हों।

''क्या आपको सोने के लिए बिस्तर दिया गया है ?...और प्रकाश?''

''दोनों में से कोई भी नहीं। इन्होंने मुझे एक कम्बल दिया है और एक भगवद्गीता तथा तुलसी रामायण। यदि मुझे प्रकाश मिल जाता तो मैं रात को पढ़ सकता था, जो कि अभी असम्भव है।''

''क्या आप पढ़ने के लिए कुछ और चाहते हैं?''

''मैं केवल आश्रम भजनावली चाहता हूँ। तीन महीने की इस छोटी अवधि के लिए ये तीन ही काफ़ी हैं।

''और आपके साथ के बन्दी?''

''साधारण अपराधी लोग हैं। हमारे इस वार्ड को 'किशोर वार्ड' कहा जाता है, यद्यपि इसमें मुझसे भी ज़्यादा उम्र के लोग हैं। वे देश के सभी भागों के लोग हैं और विभिन्न प्रकार के अपराधों के कारण यहाँ लाये गये हैं। हमारे तीन मित्र जबलपुर के हैं जिन्हें धरना देने के लिए सज़ा दी गयी है वे मेरे साथ एक दिन तक रहे, किन्तु उन्हें हटा दिया गया।

''यह क्यों?''

''ख़तरनाक... क्योंकि सुपरिचित मण्डली...मैं समझता हूँ।''

-इस पर सरदार के साथ महादेव और कृपलानी भी हँस पड़े।

सरदार पटेल ने बताया कि -''जेल में मुझे सामानों की एक सूची दी गयी जिन्हें मैं अपने साथ रख सकता हूँ।''

''कैसे सामान?'' महादेव ने पूछा।

सरदार ने कहा-''दैनिक उपयोग के...साबुन इत्यादि... अहिंसक किस्म के। मैंने बोला मेरा दाढ़ी बनाने का सामान मिल सकता है क्या?'' इस पर जेल अधीक्षक ने कहा-यहाँ उस्तरे की इजाज़त नहीं है, किन्तु हम लोग आपको दाढ़ी बनाने की अनुमति देंगे।... तो मैंने उसको बोला कि- मैं जानता हूँ आप मुझे किस प्रकार की हजामत की अनुमति देंगे?''

प्रोफ़ेसर कृपलानी ने जिज्ञासावश पूछा-"अधीक्षक क्या बोला?"

सरदार ने कहा-"यहाँ जेलर को जेल के नियमों की बेहतर जानकारी है। उसने अधीक्षक को बीच में रोकते हुए कहा- इस स्थिति में सर। उस्तरे की अनुमति दी जा सकती है...बशर्ते ये उसे अपने पास न रखें। ये जब चाहेंगे इन्हें दाढ़ी बनाने वास्ते मोहइया करा दिया जायेगा।"

"तब मैंने अधीक्षक-जेल से कहा-बिल्कुल ठीक। मगर आप मुझे क्यों नहीं एक उस्तरा दें और साथ ही दूसरे क़ैदियों की दाढ़ी बनाने की अनुमति भी? मेरे पास आख़िर कुछ तो काम करने का श्रेय रहेगा?"

सरदार पटेल ने महादेव और कृपलानी जी को बताया कि -"जिन्हें अमानवीय कहा जाता है जेल के उन अधिकारियों और वार्डनों तक की हँसी मेरी बात सुनकर फूट पड़ी।. ..अधीक्षक ने शीघ्र ही अपने चेहरे को गम्भीर बनाया और मुझसे बोला- मिस्टर पटेल आप साबुन तो रख सकते हैं, मगर वह खुशबूदार नहीं होना चाहिए।"

दूर जेल गेट पर तैनात कर्मचारियों के कान भी इधर के वार्त्तालाप की ओर लगे थे। इस बार हँसने की बारी उनकी थी।

दोनों मुलाक़ाती सरदार पटेल से विदा लेने लगे, तब सरदार ने उनसे कहा-" मेरे लिए परेशान न हो मैं एक पक्षी की तरह प्रसन्न हूँ। केवल एक ही चीज़ है जिस पर मैं वास्तव में अप्रसन्न हूँ..."

सरदार यह कह ही रहे थे कि जेल अधीक्षक और जेलर वहाँ आ गये। सरदार कहते-कहते चुप हो गये। शायद कहना चाहते हों कि-दो दिन बाद बापू का डाण्डी-मार्च शुरू होनेवाला है और मैं उनकी सेवा में उनके साथ नहीं हूँ।

अधीक्षक और जेलर एक-दूसरे का मुँह देखने लगे। सोचते होंगे किस बात पर अप्रसन्न हैं सरदार पटेल? विदा ले रहे महादेव देसाई और आचार्य कृपलानी की भी जिज्ञासा बढ़ गयी कि क्या कहना चाहते थे पटेल जो कह नहीं सके। उन्होंने एक बार उनसे आग्रह किया। इस पर पटेल ने गला खँखार कर कहा-

"ठीक हैं...बताता हूँ। एक चीज़ और केवल एक चीज़ मुझे चिन्तित करती है और वह यह कि जेल के सभी उत्तरदायित्वपूर्ण अधिकारी भारतीय हैं। हम भारतीयों के माध्यम से ही ये अंग्रेज़ इस अमानवीय व्यवस्था को चलाते हैं। मैं चाहता हूँ कि ये सभी विदेशी होते, ताकि मैं इनसे लड़ सकता। किन्तु मैं अपने ही सगे-सम्बन्धियों से कैसे लड़ सकता हूँ?"

जेल में क़ैदी भी सरदार पटेल का सम्मान करते थे। उनका व्यवहार उनके प्रति काफ़ी सौजन्यपूर्ण था। क़ैदी उन्हें नीम का दतून तोड़कर देते। उन्हें कपड़े धोने के लिए पानी उपलब्ध कराते। सरदार पटेल की डायरी के कुछ रोचक अंश-

"11.3.1930, मंगलवार : सरकार का कोई हुक्म आया है कि मुझे विशेष क़ैदी के तौर पर रखा जाये और सुविधाएँ दी जायें। मुझे बताया गया। मैंने कह दिया कि मुझे

कोई सुविधा नहीं चाहिए।...जेलर का अत्यन्त आग्रह देखकर घर से बिस्तर, थाली, कटोरी और लोटा मंगवाया। अम्बालाल सेठ की भेजी हुई छह पुस्तकें मिलीं। लालटेन की मंजूरी मिल गयी, इसलिए रात को ग्यारह बजे तक रामायण पढ़ी।..."

"18.3.1930, मंगलवार : चार बजे उठा। प्रार्थना, वाचन, कसरत। छह बजे दातुन-पानी फिर चरखा। दस बजे भोजन। ग्यारह बजे से दो घण्टे चरखा। फिर पढ़ा। चार बजे फिर भोजन। शाम को एक घण्टे घूमे। बाद में प्रार्थना, पढ़ाई। नौ बजे सो गये।"

पटेल इन दिनों जेल के भीतर थे। गाँधी बाहर। परन्तु महात्मा गाँधी के दिये समस्त संस्कार सरदार पटेल के साथ थे। सरदार 26 जून, 1930 को जेल से छूटे। उनकी अनुपस्थिति में गुजरात सहित समूचे भारत का वातावरण परिवर्तित हो चुका था। गाँधी जी की डाण्डी-यात्रा को अभूतपूर्व सफलता मिली थी। प्रेस ने पूरी पदयात्रा को प्रमुखता से कवर किया था। देशी-विदेशी पत्रकार अपने अख़बारों के लिए निरन्तर रिपोर्टिंग कर रहे थे। 'नमक-आन्दोलन' ने विश्व भर का ध्यान खींचा था।

महात्मा गाँधी ने लॉर्ड इर्विन को पहले ही सूचित कर दिया था कि वे 12 मार्च, 1930 को अपने कुछ चुने हुए सत्याग्रहियों के साथ साबरमती आश्रम से निकलेंगे और नमक-क़ानून तोड़ने के लिए डाण्डी नामक एक तटवर्ती ग्राम के लिए कूच करेंगे। इसी आशय की गाँधी जी की घोषणा समाचार-पत्रों में भी छप चुकी थी। समूचा देश टकटकी लगायें गाँधी जी की इस अनोखी पदयात्रा से अपनी कल्पना में उस आन्दोलन-पथ को मानो देख रहा था जहाँ से महात्मा गाँधी को अपने अनुयायियों के साथ निकट भविष्य मे गुज़रना था। भारतीय स्वाधीनता के दीवाने देशवासी यह अच्छी तरह समझते थे कि अपनी लाठी के सहारे जब गाँधी जी उस पथ पर आगे बढ़ेंगे तो उनका एक-एक क़दम धरती पर नहीं बल्कि ब्रिटिश साम्राज्य की छाती पर चढ़कर आगे बढ़ेगा। ज्यों-ज्यों 12 मार्च, 1930 की तारीख़ नजदीक आती जाती थी ब्रिटिश सरकार के दिल की धड़कनें बढ़ती जाती थीं। लॉर्ड इर्विन वायसराय की कुर्सी पर पूर्व की तरह अपनी ऐंठ के साथ क़ायम थे। सरकारी अमलों में सविनय-अवज्ञा-आन्दालनकारियों से सख़्ती से निबटने के निर्देश अहमदाबाद, सूरत आदि ज़िलों में ही नहीं, देश के प्रायः हर ज़िले में प्रसारित किये जा चुके थे।

11 मार्च, 1930 को पूरा भारत सत्याग्रह के जोश और जिज्ञासा के मध्य झूल रहा था। महात्मा गाँधी ने सरकार से विभिन्न माँगों में एक सबसे मामूली माँग को लड़ाई का मुद्दा बनाया था-नमक पर से सरकार 'कर' हटाये। अन्यथा जनता स्वयं अपने उपयोग हेतु नमक बनायेगी और उस नमक पर कोई टैक्स सरकार को नहीं देगी। महात्मा जी

की यह दूर की सोच पूरे देश को एक करने में सक्षम थी। क्योंकि नमक हर आम और खास की दैनिक आवश्यकता की चीज़ थी। नमक-सत्याग्रह के नाम पर समस्त देशवासियों को आन्दोलन से जोड़ा जा सकता था। महात्मा गाँधी की डाण्डी-यात्रा भले ही अंग्रेज़ों को प्रारम्भ में काई साधारण-सी हास्यास्पद योजना लगी हो, कालान्तर में यह गाँधी जी की दूर की कौड़ी साबित हुई, जिसने वास्तव में ब्रिटिश साम्राज्य की जड़ों को हिला दिया। हिला ही नहीं दिया, विश्व के दूसरे देशों को ब्रिटेन की एक निरंकुश छवि का भी अच्छा-खासा साक्षात्कार कराया।

12 मार्च को प्रातः प्रार्थना करके महात्मा गाँधी अपने आश्रम के 78 सदस्यों के साथ साबरमती से डाण्डी के लिए पैदल निकल पड़े। हाथ में साढ़े-चार फिट लम्बी लाठी लिए गाँधी किसी मसीहा की भाँति अपने अनुयायियों के साथ रामधुन की स्वर लहरियों के बीच कमर में धोती-लँगोटी धारण किये, पैरों में चप्पल पहने तेज क़दमों से अपने गन्तव्य के लिए चल पड़े। वे इतना तेज चलते थे कि उनके साथ चल रहे पदयात्रियों को भी अच्छी खासी दौड़ करनी पड़ती थी। पूर्व निर्धारित मार्ग से जिधर से गाँधी जी और उनके सत्याग्रहियों का समूह गुजरता दोनों ओर खड़े सैकड़ों स्त्री-पुरुष महात्मा जी की जय-जयकार बुलाते। हाथ हिलाकर उनका अभिवादन करते। उन पर पुष्प-वर्षा करते। पुलिस बल को आगे-पीछे सत्याग्रहियों की निगरानी हेतु ड्यूटी देनी पड़ती। देशी-विदेशी पत्रकारों के दल जगह-जगह महात्मा गाँधी के इस अभियान को अपने कैमरे में क़ैद करते, नोट करते, तार द्वारा समाचार अपने अख़बारों के दफ़्तरों को भेजते रहते।

धूल-भरे रास्तों और गाँवों में होकर गाँधी जी का दल निरन्तर डाण्डी गाँव की ओर बढ़ता गया...चले-रुके-रात्रिविश्राम किया...फिर चले इस गाँव से उस गाँव... शहर-क़स्बे-देहात-रास्ते-पगडण्डियाँ फलाँगते सत्याग्रही गाँधी जी के नुतृत्व में बढ़ते चल जा रहे थे...चलते चले जा रहे थे... "रघुपति राघव राजा राम पतित पावन सीता राम.. ." एकतारा बजाता कोई साथी...साथ में गाते नमक-सत्याग्रही...लठिया टेकते उत्साह से भरे गाँधी...युवाओं में युवा...वृद्धों में वृद्ध...बालक में बालक...अद्‌भुत व्यक्तित्व का एक महामानव...देखने में जितना साधारण अपने इरादों और कार्यों में उतना ही असाधारण. ..एक अथक यात्री...वैष्णव जनों में श्रेष्ठतम जो परायी पीर को भली-भाँति जानता था. .जानता ही नहीं था उस पीर के निवारण के लिए सतत रूप से जूझनेवाला भी था...

गाँधी जी और उनके 78 अनुयायियों ने साबरमती से डाण्डी तक का 240 मील का लम्बा रास्ता 24 दिन में तय किया और जब वे 5 अप्रैल, 1930 को डाण्डी पहुँचे तो इतने सत्याग्रही उस पदयात्रा में जगह-जगह उनके साथ जुड़ते गये कि डाण्डी-मार्च में कई हज़ार देशवासी गाँधी जी के पैरों के पीछे-पीछे एकत्रित हो चले।

विगत रात्रि आश्रमवासियों ने डाण्डी ग्राम में प्रार्थना की। शायद ही कोई व्यक्ति रात्रि में देर तक सोया हो। वातावरण पूरी तरह ऊर्जावान् था। प्रातःकाल साथ के लोग गाँधी जी के साथ समुद्र-तट पर गये। परन्तु वहाँ तो पहले से ही एक भारी जन-सैलाब पूरे सागर

तट पर उमड़ा पड़ा था। कठिनाई से गाँधी जी के लिए समुद्र-तट तक पहुँचने का मार्ग बनाया गया। ब्रिटिशर्स की अधीन पुलिस दूर तमाशाबीन-सी खड़ी थी। एनफील्ड रायफलों और लाठियों से लैस पुलिस के जवान। घोड़ों पर सवार दो अंग्रेज़ अफ़सर उनकी अगुवाई में निश्चल खड़े थे। भीड़ की गहमागहमी को देखकर बीच-बीच में वे घोड़े हिनहिना उठते थे। पर फिलहाल सभी पुलिसवाले ख़ामोश थे। गाँधी जी ने समुद्र में स्नान किया। फिर वे लड़खड़ाते किनारे पर लौटे। उन्होंने समुद्र की लहरों का छोड़ा हुआ कुछ नमक रेती पर से अपने दाहिने हाथ से उठाया। उस हथेली को आगे कर उपस्थित जनसमूह को दिखाया और इस प्रकार प्रतीकात्मक ढंग से सत्याग्रहियों के जयघोष के बीच उन्होंने नमक-क़ानून को भंग कर दिया। वह क़ानून जिसे ब्रिटिश सरकार ने आम जनता पर लागू कर रखा था। वह क़ानून जिसके अनुसार सरकारी ठेके से न लिया हुआ नमक रखना और उसका खाने-पीने में प्रयोग करना जुर्म था।

डाण्डी-सत्याग्रह में गाँधी जी ने केवल नमक के क़ानून की अवज्ञा ही नहीं की। उसके साथ ही उन्होंने ब्रिटिश सरकार के घमण्ड को भी तोड़ दिया। चुटकी भर नमक ने देश के इतिहास को मोड़ दिया। उसे एक ऐतिहासिक आन्दोलन का अनोखा स्वरूप प्रदान कर दिया।

नमक उठाने के बाद महात्मा गाँधी समुद्र तट से हट गये। नमक उठाकर गाँधी जी ने नमक-सत्याग्रह की शुरुआत का सन्देश जन-साधारण को प्रतीकात्मक ढंग से दे दिया था। डाण्डी के समुद्र-तट से गाँधी जी के हटते ही उपस्थित जनसमूह में नमक बनाने की होड़ लग गयी। दल के दल तसले लेकर समुद्र की ओर दौड़ पड़े और काम पर लग गये। चारों ओर उत्साह की लहर दौड़ गयी। भारत माता की जय...महात्मा गाँधी की जय...वन्दे मातरम्...हर तरफ यही शोर गूँजने लगा।

यह बिना हथियारों की बग़ावत थी। पुलिस ने लोगों को सामूहिक रूप से गिरफ़्तार करना शुरू कर दिया। लोग फिर भी नहीं माने तो पुलिस ने लाठीचार्ज शुरू कर दिया।

सत्याग्रहियों को अपने पिटने की परवाह नहीं थी। वे समुद्र-तट की अपनी अहिंसक रणस्थली से पुलिस बल द्वारा खदेड़े जाते। पुनः भारी संख्या में आ डटते। उन्हें गिरफ़्तार किये जाने का भी भय नहीं था। परन्तु अपने बनाये नमक की ज़ब्ती का वे छीना-झपटी द्वारा प्रतिरोध अवश्य करते थे। हिंसा के विरुद्ध यह अहिंसा की ऐसी लड़ाई थी जिससे विश्व भली-भाँति परिचित न था।

गाँव-गाँव में हज़ारों-लाखों लोग नमक बनाने लगे। देखते-ही -देखते गाँधी जी द्वारा निर्देशित नमक-सत्याग्रह सारे देश में फैल गया। लगभग एक लाख सत्याग्रही उन दिनों जेलों में ठूँस दिये गये। पुलिस-प्रशासन की नाक में दम हो गया। गाँव-गाँव शहर-दर-शहर क़ानून व्यवस्था की स्थितियों से उन्हें निपटना पड़ा। नमक क़ानून भंग होने लगा। लोग खुलेआम नमक बनाने लगे। पुलिसिया धरपकड़ और उत्पीड़न के बावजूद।

गाँधी जी ने सविनय-अवज्ञा आन्दोलन कार्यक्रम में नमक बनाने के अतिरिक्त शराबबन्दी और विदेशी वस्त्रों के बहिष्कार को भी शामिल कर दिया। सत्याग्रह करनेवाले स्वयंसेवक जगह-जगह शराब की दूकानों के बाहर धरना देने लगे। जिन दूकानों पर विदेशी वस्त्र की बिक्री होती थी वहाँ भी पिकेटिंग करने लगे। विदेशी वस्त्र नहीं बेचने की दूकानदारों से अपील करने लगे। चौराहों और सड़कों के किनारे अनेक स्थानों पर विदेशी वस्त्रों की होली जलायी जाने लगी। गाँधी जी के आह्वान पर स्त्रियाँ भी पुरुषों के साथ घर की चौखट से बाहर निकल पड़ीं। सावर्जनिक गिरफ़्तारियों में स्त्रियाँ भी धरना-प्रदर्शन करती हुई भारी संख्या में गिरफ़्तार हुईं और जेल गयीं।

4 मई, 1930 को गाँधी जी को कराडी में उनके रात्रि विश्राम-स्थल से मध्य रात्रि में सोते से जगाकर गिरफ़्तार किया गया। गिरफ़्तारी के लिए आये मजिस्ट्रेट ने गाँधी जी के चेहरे पर टार्च की रोशनी डालते हुए उनसे पूछा कि - क्या वे मोहनदास करमचन्द गाँधी हैं? गाँधी जी ने स्वीकारोक्ति में सिर हिलाया। तो उनसे पुलिस बल की उपस्थिति में मजिस्ट्रेट ने कहा कि वह उन्हें गिरफ़्तार करने आया है। गाँधी जी उठ बैठे। गाँधी जी ने तैयारी के लिए कुछ समय माँगा। उन्हें समय दिया गया। गाँधी जी ने पूछा कि क्या उन्हें धारा-124 के अन्तर्गत गिरफ़्तार किया जा रहा है? उत्तर मिला कि नहीं, एक अन्य लिखित आदेश है। गाँधी जी ने वह आदेश पढ़कर सुनाने का अनुरोध किया। मजिस्ट्रेट ने वह आदेश पढ़ा जिसमें लिखा था कि-

"चूँकि गवर्नर जनरल-इन-कौन्सिल मोहनदास करमचन्द गाँधी की कार्यवाहियों को ख़तरा समझते हैं, इसलिए आदेश देते हैं कि उक्त व्यक्ति को सन् 1827 के रेग्यूलेशन 35 के अन्तर्गत निरुद्ध रखा जाये और जब तक सरकार की मर्जी हो तब तक वह क़ैद भुगते और उसे तुरन्त यरवदा सेन्ट्रल जेल पहुँचाया जाये।"

सरदार पटेल पहले ही अहमदाबाद की साबरमती जेल जा चुके थे। अब गाँधी जी को पूना की यरवदा जेल भेज दिया गया। नमक-आन्दोलन में अनेक आन्दोलनरत नेताओं की गिरफ्तारियाँ हुईं। गाँधी जी की गिरफ़्तारी से पूर्व-सरकारी ख़ुफ़िया तन्त्र और देशी-विदेशी प्रेस गाँधी जी की एक-एक गतिविधियों पर नजर गड़ाये था। सरकारी गुप्तचर और अख़बारी पत्रकार गाँधी जी की हरकतों की तत्परता से रिपोर्टिंग में जुटे थे।

इन रिपोर्टों में रास्ते के गाँवों में महात्मा गाँधी द्वारा दिये गये भाषणों का भी उल्लेख होता, जिनमें उन्होंने स्थानीय अधिकारियों से आह्वान किया था कि वे सरकारी नौकरियाँ छोड़कर स्वतन्त्रता-संघर्ष में शामिल हो जायें।

वसना नामक गाँव में गाँधी जी ने ऊँची जातिवालों को सम्बोधित करते हुए कहा था कि -"यदि आप स्वराज के हक़ में आवाज़ उठाते हैं, तो आपको अछूतों की सेवा करनी पड़ेगी। आपको स्वराज केवल नमक कर या अन्य करों के खत्म हो जाने से ही नहीं मिल जायेगा। स्वराज के लिए आपको अपनी उन ग़ल्तियों का प्रायश्चित्त करना होगा जो आपने

अछूतों के साथ की हैं। स्वराज के लिए हिन्दू, मुसलमान, पारसी और सिख, सबको एकजुट होना पड़ेगा। ये स्वराज की सीढ़ियाँ हैं।''

पुलिस-प्रशासन के जासूसों ने अपनी रिपोर्टों में बहुत-कुछ लिखा था, जिसका आशय था कि-गाँधी जी की सभाओं में तमाम जातियों के स्त्री-पुरुष सम्मिलित हो रहे हैं। हज़ारों स्वयंसेवक राष्ट्रवादी उद्‌देश्य की पूर्ति के लिए आगे आ रहे हैं। इनमें अनेक ऐसे सरकारी अफ़सर भी हैं, जिन्होंने अपने पदों से इस्तीफा दे दिया है। एक पुलिस सुपरिण्टेण्डेण्ट ने अपनी रिपोर्ट में लिखा - ''गाँधी शान्त और निश्चिन्त दिखायी दिये। वे जैसे जैसे आगे बढ़ रहे हैं, उनकी ताकत बढ़ती जा रही है।'' ऐसी दशा में गाँधी जी की गिरफ़्तारी तो अवश्यम्भावी थी।

औपनिवेशिक शासन के विरुद्ध जनाक्रोश चरम पर पहुँच गया। परन्तु गाँधी जी के अहिंसावादी-आन्दोलन का पाठ अब तक जनता भली-भाँति पढ़ चुकी थी। फलतः उत्तर-पश्चिम सीमाप्रान्त और पूर्व बंगाल में चटगाँव जैसे कुछ क्षेत्रों को छोड़कर पूरे भारत में यह आन्दोलन अहिंसक ही रहा। सीमाप्रान्त में खान अब्दुल गफ़्फ़ार ख़ाँ के नेतृत्व में पठानों ने आन्दोलन में प्रमुख रूप से भाग लिया। विरोध-प्रदर्शन के दौरान गोली-चालन में सैकड़ों पठानों ने मौत को सहर्ष गले लगाया। चटगाँव में विरोध प्रदर्शन के दौरान अंग्रेज़ों की पुलिस के बर्बर लाठीचार्ज से भीड़ बेकाबू हो गयी। वह सार्वजनिक सम्पत्तियों की तोड़फोड़, आगजनी और पथराव पर उतारू हो गयी। अतः गोली चली और अनेक आन्दोलनकारी पुलिस की गोलियों से मारे गये। सैकड़ों गिरफ़्तार हुए। चटगाँव में कर्फ़्यू लग गया।

असहयोग-आन्दोलन का जो स्वरूप गाँधी जी ने निर्धारित किया था उसके अलावा भी देश के विभिन्न भागों में जनता ने अनेक प्रकार से विरोध किया। किसानों ने दमनकारी वन-क़ानूनों का उल्लंघन किया। जिन क़ानूनों के कारण ग्रामवासीगण और उनके मवेशियों का जंगलों में बेरोकटोक प्रवेश वर्जित था, उन जंगलों में किसानों ने अपने पशु हाँक दिये और उन्हें वहाँ चराने लगे। कुछ फैक्ट्रियों में मज़दूरों ने हड़ताल कर दी, अनेक वकीलों ने और बार एसोशियेशन ने ब्रिटिश अदालतों का बहिष्कार कर दिया। छात्रों ने सरकारी शिक्षा संस्थाओं में पढ़ने से इन्कार कर दिया। गाँधी जी के 1921-22 के पूर्व असहयोग-आन्दोलन की मृत देह में जैसे दोबारा जान पड़ गयी। यह किसी करिश्मे से कम न था।

अपनी 4 मई, 1930 की गिरफ़्तारी से कुछ समय पहले गाँधी जी ने वायसराय के नाम एक पत्र का प्रारूप तैयार किया था जिसमें लिखा था कि-अगर ईश्वर की इच्छा हुई तो उनका इरादा कुछ साथियों को लेकर धरासना के सरकारी नमक भण्डार पर धावा बोलने का है। ईश्वर को तो शायद यह मंजूर न था। गाँधी जी जेल चले गये। परन्तु उनकी लिखावट पीछे छूट गयीं। गाँधी जी के द्वारा उसमें व्यक्त इच्छा को उनके अनुयायियों ने पढ़ लिया। श्रीमती सरोजिनी नायडू ने उस इच्छा को पूर्ण करने का संकल्प लिया। तब

उनके नेतृत्व में सैकड़ों सत्याग्रही धरासना के नमक गोदाम पर जा पहुँचे।

धरासना में प्रशासन को ख़बर लग चुकी थी कि आन्दोलनकारी सरकारी नमक के गोदाम पर क़ब्ज़ा करने का इरादा रखते हैं। अतएव नमक की विशाल क्यारियों के चारों ओर खाइयाँ खोद दी गयी थीं और काँटेदार तारों की बाड़ लगा दी गयी थी।

सत्याग्रही आये। मणीलाल गाँधी के नेतृत्व में शान्तिपूर्ण सत्याग्रहियों का मौन दल बिल्कुल निःशब्द स्थिति में आगे बढ़ा और बाड़ से सौ गज की दूरी पर जाकर रुक गया। फिर उनमें से एक चुना हुआ छोटा दस्ता आगे चला। वह दस्ता खाई को पार करता हुआ काँटेदार तारों की बाड़ के पास पहुँचा। पुलिस अफ़सरों ने उन सत्याग्रहियों को पीछे हटने की चेतावनी दी। परन्तु वे स्वयंसेवक नहीं माने। आगे बढ़ते चले गये। इस पर हुक्म मिलते ही पुलिस के दर्जनों सिपाही उन निहत्थे स्वयंसेवकों पर टूट पड़े और उन अहिंसक-मनुष्यों पर निर्ममता से लाठियों के प्रहार करने लगे। किसी भी सत्याग्रही ने अपनी चोटों की परवाह नहीं की। प्रतिवाद में एक हाथ तक नहीं उठा। सत्याग्रही चोट खाकर लहूलुहान सिरों को लिए-दिये भूमि पर गिर पड़े। साथ आयी स्त्री-स्वयंसेवकों ने उन्हें सहारा दिया। एक तरफ़ उन्हें प्राथमिक उपचार हेतु वहाँ से ले गयीं। इसके बाद स्वयंसेवकों का एक के बाद दूसरा-तीसरा-चौथा जत्था उसी भाँति सत्याग्रह के लिए शान्तिपूर्वक निर्विकार भाव से आगे बढ़ता गया। गाँधी जी के ये निहत्थे-अहिंसक-सैनिक पुलिस की लाठियों-डंडों की मार खाते-ख़ून से लथपथ होते-उस सत्याग्रह के अनोखे मोर्चे पर क्रमशः आगे बढ़ते और घायल होकर गिरते चले गये। घायलों की संख्या बढ़ती गयी। स्वयंसेवक बहनों का कार्य बढ़ता गया। वे अपने घायल भाइयों के प्राथमिक उपचार में मरहम-पट्टी में जुटी रहीं।

अंग्रेज़ और उनके मातहत देशी सिपाही भारतीय सत्याग्रहियों को डण्डों और बन्दूक के कुंदों से मार रहे थे। भारत के वे आत्माभिमानी- बहादुर-स्वाधीनता संग्राम सेनानी सामान्य-जन आहत होते हुए भी न तो वह मोर्चा छोड़ने को तैयार थे, न ही मनसा-वाचा-कर्मणा अपने अत्याचारी बर्बर उत्पीड़कों को कोई जवाब दे रहे थे।

तब एक अंग्रेज़ अफ़सर घायलों के शिविर की देखभाल कर रही सरोजिनी नायडू के पास गया और बोला-''आपको गिरफ़्तार किया जाता है।'' नेतृत्वकर्त्ता भारतकोकिला सरोजिनी नायडू गिरफ़्तार कर ली गयीं। दूसरे नेतृत्वकर्त्ता मणीलाल गाँधी भी गिरफ़्तार कर लिए गये। धरासना का वह धरने का मोर्चा पुलिस बल द्वारा छिन्न-भिन्न कर दिया गया। 'यूनाइटेड प्रेस' के मशहूर रिपोर्टर वेब मिलर भी वहाँ मौजूद थे। उन्होंने अपनी रिपोर्ट में इस घटना का मार्मिक वर्णन किया और यह माना कि सत्याग्रहियों के आत्मबल ने ''इंग्लैण्ड को बलहीन'' और ''भारत को अजेय'' बना दिया है।

नमक-आन्दोलन गाँधी जी का सफलतम प्रयोग सिद्ध हुआ। गाँधी जी के भारतीय जनमानस पर ज़बर्दस्त प्रभाव को विदेशियों ने भी स्वीकार किया। उनके नेतृत्व की कुशलता और उसकी सफलता को एक और उदाहरण से भी समझा जा सकता है।

अमरीका की सुप्रसिद्ध 'टाइम' पत्रिका को गाँधी जी की कदकाठी पर हँसी आती थी। उसमें गाँधी जी के 'तकुए जैसे शरीर' और 'मकड़ी जैसे पैरों' की संज्ञा देते हुए उनका ख़ूब मज़ाक उड़ाया गया था। डाण्डी यात्रा के बारे में अपनी पहली रिपोर्ट में ही टाइम पत्रिका ने नमक-यात्रा के अपनी मंजिल तक पहुँचने पर गहरी शंका व्यक्त कर दी थी। उसने दावा किया था कि गाँधी जी डाण्डी कूच के दूसरे दिन पैदल चलने के बाद ज़मीन पर पसर गये। पत्रिका को इस बात पर विश्वास नहीं था कि इस मरियल-से महात्मा के शरीर में इतना भी बल शेष है कि वह और आगे जा सके। लेकिन पत्रिका की सोच एक ही रात में बदल गयी। 'टाइम' ने लिखा- "इस यात्रा को जो भारी जनसमर्थन मिल रहा है उसने अंग्रेज़ शासकों को बेचैन कर दिया है। अब वे भी गाँधी जी को ऐसा फ़कीर और जननेता कहकर सलामी देने लगे हैं जो ईसाई धर्मावलम्बियों के ख़िलाफ़ ईसा के तरीक़ों का ही हथियार के रूप में इस्तेमाल कर रहा है।"

11

बापू के साथ जेल में

"बेटी! तुम्हें याद है जब पण्डित मदनमोहन मालवीय जी, हंसा मेहता बहन, तुमने और मैंने 1930 में लोकमान्य बालगंगाधर तिलक के जयन्ती समारोह में बम्बई में भाग लिया था?" -सरदार वल्लभभाई पटेल ने कहा।

"जी बापू याद है...और उस अवसर पर एक जुलूस निकालते हुए हम सब गिरफ़्तार हुए थे..." मणिबहन ने सिर हिलाकर कहा।

"हाँ...और वह कौन-सी तारीख़ थी?"

"31 जुलाई, 1930... पूज्य तिलक का जन्म 23 जुलाई को पड़ता था। सप्ताह भर के समारोह के पश्चात् हर साल लोकमान्य की स्मृति में शान्ति जुलूस निकलता था। उस साल सप्ताहान्त पर प्रशासन ने जुलूस की अनुमति नहीं दी। हम लोगों ने तब बैठक कर निर्णय किया कि 1856 में जन्मे और 1920 में महाप्रयाण करनेवाले लोकमान्य तिलक कहते थे- "स्वराज मेरा जन्मसिद्ध अधिकार है और मैं इसे लेकर रहूँगा"...ऐसे हमारे महान् नेता का जन्मदिन

धूमधाम से मनाया जाये और उसमें उनकी झाँकी ना निकलने दी जाये। यह तो घोर अपमान है। देश के स्वाभिमान के विरुद्ध है। ऐसा आदेश ऐसे सरकारी फ़रमान को हम हरगिज़ मंजूर नहीं करेंगे...''

वल्लभभाई नेत्र मूँदकर लोकमान्य तिलक के मराठी में कहे शब्दों को दोहराने लगे-''स्वराज हा माझा जन्मसिद्ध हक्क आहे आणि तो मी मिलवणारच...''

और फिर दो दिन बाद ही सही, तिलक के जन्मदिन समारोह को पूर्णता प्रदान करने के लिए बम्बई की एक सड़क पर वह प्रतिबन्धित जुलूस निकला। जुलूस अभी कुछ ही सौ गज़ दूर चल पाया होगा कि गोरों की पुलिस ने मार्ग अवरुद्ध कर उसे रोक लिया। मालवीय जी, हंसा मेहता, वल्लभभाई और मणिबेन पटेल सहित अनेक मराठी और गैर-मराठी स्थानीय नेता गिरफ़्तार कर लिए गये। कांग्रेस के जिन कार्यकर्त्ताओं ने आगे बढ़ने के लिए धक्का-मुक्की करनी चाही उन्हें पुलिस ने लाठियों से पीटकर तितर-बितर कर दिया। सरदार पटेल जो अभी 26 जून, 1930 को साबरमती जेल से छूटकर आये थे उन्हें 31 जुलाई को 35 दिन बाद, पुनः जेल भेज दिया गया। इस बार उन्हें पूना की यरवदा जेल में रखा गया। गाँधी जी भी नमक-आन्दोलन के दौरान क़ैद होकर यरवदा जेल में ही बन्द थे।

मणिबेन ने कहा-''बापू! आपके लिए इससे अधिक अच्छी बात और क्या हो सकती थी कि आपको यरवदा जेल में तब पूज्य बापू जी का संग-साथ मिला था...सरदार पटेल बोले- ''सही कहती हो बेटी! यह तो बड़े ही सौभाग्य की बात थी मेरे लिए। गाँधी जी का जेल में संग-साथ मेरे लिए अत्यन्त आनन्दकारी था। जेल के भीतर बोलने-हँसने के लिए जितना ज़्यादा समय हम राजनीतिक क़ैदियों के लिए सुलभ था वह भला बाहर रहते कहाँ उतना मिल पाता था? सम्भव ही नहीं था।''

''हाँ बापू! आप शायद तब तीन महीने तब साथ रहे होंगे?...''

''बेटी! जहाँ तक याद पड़ता है उन दिनों तेजबहादुर सप्रू और एम.आर. जयकर ने सरकार और कांग्रेस के बीच समझौता कराने के प्रयास किये थे। परन्तु वे सफल नहीं हुए। फिर नवम्बर, 1930 के दूसरे सप्ताह में मुझको अचानक जेल से मुक्त कर दिया गया था।''

''परन्तु उसके बाद भी आप कितने दिन आज़ाद रह सके? दिसम्बर के दूसरे सप्ताह में फिर से आपको नौ महीने की सज़ा हो गयी। आप फिर से यरवदा जेल भेज दिये गये।''

''अब मणि! तुम तो जानती हो। ख़ामख़ाह के प्रतिबन्ध मैं नहीं मानता। उस बार बाहर निकला तो मुझे भाषणबन्दी की पाबन्दी का आदेश थमा दिया गया। कुछ दिन दूसरे कामों में व्यस्त रहा। फिर एक दिन एक सभा में मैंने भाषण दे ही डाला। गिरफ़्तार करके नौ महीने पुनः सरकारी ससुराल में दाखिल कर दिया गया।'' -कहते हुए सरदार ज़ोरों से हँस पड़े-''हा-हा-हा बेटी सबसे अच्छी बात इस बार यह रही कि तुम्हारे बापू जी दोबारा मुझे उसी जेल में प्रतीक्षा करते मिले। दोनों बाँहे पसारे गाँधी जी ने मुझे देखते ही गले से लगा लिया।''

"पर आप दोनों का यह सह-कारावास इस बार तो अत्यल्प ही था।"

"हाँ लगभग समझो एक महीना।...गाँधी जी की 26 जनवरी, 1931 के दिन बिना शर्त रिहाई हो गयी। मन उनके जाने से बड़ा उदास हुआ। पर कहते हैं कि दुःख में भी सुख छिपा होता है। मुझे क्या पता था कि इसी यरवदा जेल में मेरा और बापू का अभी एक और काफ़ी लम्बा संयुक्त कारावास आगे भी बढ़ा है।" - पटेल बोले।

इधर जब नमक क़ानून को लेकर भारत में सविनय-अवज्ञा आन्दोलन चल रहा था उधर इंग्लैण्ड की राजधानी लन्दन में अंग्रेज़ों ने भारत के संविधान की रूपरेखा तैयार करने के लिए एक गोलमेज़ सम्मेलन का आयोजन किया। इस गोलमेज़ सम्मेलन का प्रथम अधिवेशन 12 नवम्बर 1930 को लन्दन में प्रारम्भ हुआ। सम्मेलन में कुल 89 प्रतिनिधि थे जिनमें 57 ब्रिटिश भारत के सदस्य थे और 16 देशी राज्यों से आमन्त्रित सदस्य थे। शेष 16 प्रतिनिधि ब्रिटेन के संसद् सदस्य थे। यह सभी अंग्रेज़ सांसद इंग्लैण्ड के तीनों राजनीतिक दलों-उदार दल, अनुदार दल और श्रमिक दल-से चुने गये थे।

भारतीय प्रतिनिधियों का चुनाव वायसराय लॉड इर्विन ने किया था। वे विविध जातियों, वर्गों और हितों के प्रवक्ता थे। इनमें भारत की सबसे प्रमुख कांग्रेस पार्टी का कोई प्रतिनिधि शामिल नहीं था। उसके अधिकांश नेता जेल में थे। वायसराय ने अप्रत्यक्ष रूप से कांग्रेस को ठेंगा दिखाने के लिए अन्य सभी राजनीतिक दलों और संस्थाओं के पदाधिकारियों को गोलगेज सम्मेलन में भाग लेने हेतु चुना था। इनमें मुस्लिम लीग के मोहम्मद अली जिन्ना व कुछ अन्य, हिन्दू महासभा के बी.एस. मुंजे और एम.आर. जयकर, उदारवादी-तेजबहादुर सप्रू, सी.वाई. चिन्तामणि, सिख-सरदार उज्जवल सिंह, ईसाई-ए.टी. पन्नीरसेल्वम, दलित वर्ग-बी.आर. अम्बेडकर, देशी रियासतों से पटियाला के महाराज भूपिंदर सिंह, बड़ोदा के महाराजा सयाजीराव गायकवाड़ तृतीय, जम्मू और कश्मीर के महाराजा हरिसिंह, भोपाल के नवाब हमीदुल्ला खान, बीकानेर के महाराजा गंगासिंह, अलवर के महाराजा जय सिंह प्रभाकर, इनके अतिरिक्त हैदराबाद, मैसूर, इन्दौर, ग्वालियर, नवानगर, रीवाँ, धौलपुर, सांगली आदि रियासतों के प्रतिनिधि शामिल थे।

यह सभा नक्कारख़ाने में तूती की आवाज़ जैसी थी। नमक सत्याग्रह और स्वदेशी आन्दोलन से घबराये अंग्रेज़ यह जानते थे कि भारत में स्वराज की माँग प्रबल होती जा रही है। इसलिए उनके कुछ प्रतिनिधियों को राजकाज में भागीदार बनाये बिना अब काम चलनेवाला नहीं था। ऐसा किये बिना ब्रिटिश राज भारत में अधिक दिनों तक टिक नहीं पायेगा। यद्यपि पकड़ाना तो हिन्दुस्तानियों को मात्र झुनझुना ही था। साथ ही जाति-धर्म के आधार पर लोगों को लड़ाना भी था। लिहाज़ा तीन गोलमेज़ सम्मेलनों की शृंखला नियत की गयी।

लन्दन में इस प्रथम गोलमेज़ सम्मेलन में संवैधानिक सुधारों पर चर्चा हुई। एक अखिल भारतीय महासंघ बनाने का विचार चर्चा का मुख्य बिन्दु रहा। सम्मेलन में भाग

लेनेवाले सभी समूहों ने इस विचार का समर्थन किया। इसमें कार्यकारिणी, व्यवस्थापिका के स्वरूप पर भी चर्चा हुई। उनके कर्त्तव्य क्या हों? इस पर बात हुई। बी.आर. अम्बेडकर ने इसी गोलमेज़ सम्मेलन में अछूत लोगों के पृथक् निर्वाचन क्षेत्रों अर्थात् अलग से राजनीतिक प्रतिनिधित्व की माँग की। अंग्रेज़ भला इसे कैसे अनदेखा कर सकते थे? भारतीय समाज में साम्प्रदायिक आधार पर राजनीतिक विभाजन उनके लिए प्रीतिकर विषय हमेशा से रहा था। अब जातीय आधार पर भी राजनीतिक विभाजन का भी सुअवसर अंग्रेज़ों के हाथ लग गया। भारतीय राष्ट्रीय कांग्रेस की अनुपस्थिति ने इन खाइयों को चौड़ा करने में बड़े सुविधाजनक अवसर पैदा किये।

परन्तु बिना दूल्हे की बारात और बिना दाल के भात का स्वाद कैसा? ब्रिटिश सरकार का अपनी धरती पर आयोजित प्रथम गोलमेज़ सम्मेलन फीका ही साबित हुआ। कांग्रेस के बिना गोलमेज़ आन्दोलन का कोई औचित्य न था। भारत की सबसे प्रमुख राजनीतिक पार्टी का सहयोग द्वितीय गोलमेज़ सम्मेलन में प्राप्त होना अंग्रेज़ों के लिए अनिवार्य हो गया। कांग्रेस उस समय देश की अधिकांश जनसंख्या की जनभावनाओं से जुड़ चुकी थी। महात्मा गाँधी के प्रभावशाली नेतृत्व के कारण। कांग्रेस पार्टी की सक्रियता के कारण।

अतएव वायसराय लॉर्ड इर्विन ने महात्मा गाँधी और कांग्रेस कार्य समिति के अन्य सदस्यों को बिना शर्त रिहा कर दिया। रिहा होनेवाले नेताओं में सरदार वल्लभभाई पटेल भी थे। गाँधी जी और वायसराय के बीच दिल्ली में कई मुलाक़ातें हुईं।

उससे पहले समय का चक्का तेज़ी से घूमा। अंग्रेज़ सरकार ने महात्मा गाँधी की गिरफ़्तारी के दो सप्ताह बाद ही 19 और 20 मई, 1930 को लन्दन के समाचार-पत्र 'डेली हेरल्ड' के संवाददाता जार्ज स्लोकम को पूना की यरवदा जेल में गाँधी जी से मिलने की इजाज़त दी। स्लोकम ने सरकार और सत्याग्रहियों के मध्य गतिरोध समाप्त करने के विषय में गांधी जी के विचार जानने चाहे। गाँधी जी ने उस अंग्रेज़ पत्रकार को अपनी समझौते की शर्तें मोटे तौर पर बतायीं।

जुलाई महीने में सर तेजबहादुर सप्रू और जयकर गाँधी जी से मिलने पूना की जेल में गये। इन्होंने वायसराय के कुछ प्रस्ताव गाँधी जी के समक्ष रखे। गाँधी जी ने सर तेज और जयकर से कहा कि वह उनके सुझावों पर तब तक जवाब नहीं दे सकते जब तक कांग्रेस की कार्यसमिति से परामर्श न कर लें।

सरकार की गरज थी। लिहाज़ा मोतीलाल नेहरू, जवाहरलाल नेहरू और सैय्यद महमूद को संयुक्त प्रान्त की जेल से स्पेशल ट्रेन के द्वारा गाँधी जी के पास पूना की यरवदा जेल में पहुँचाया गया। उस जेल में सरदार पटेल और श्रीमती सरोजिनी नायडू पहले से ही गाँधी जी के साथ बन्द थे। इन नेताओं की आपस में दो दिन बातचीत चली, पर बात बनी नहीं। फलतः 12 नवम्बर, 1930 को लन्दन में जो पहली गोलमेज़ सभा हुई उसमें कांग्रेस का कोई भी प्रतिनिधि प्रतिभाग करने नहीं गया।

26 जनवरी, 1931 को स्वाधीनता दिवस पर लॉर्ड इर्विन ने महात्मा गाँधी, जवाहरलाल नेहरू तथा बीस से अधिक कांग्रेसी नेताओं को बिना शर्त जेल से छोड़ दिया। मोतीलाल नेहरू का 6 फरवरी, 1931 को देहान्त हो गया। इसके बाद 17, 18 और 19 फरवरी, 1931 को गाँधी जी और लॉर्ड इर्विन की कई-कई घण्टों की भेंट वार्त्ताएँ हुईं।

इन उच्चस्तरीय बैठकों का हवाला गाँधी जी कार्यसमिति के सदस्यों को तथा लॉर्ड इर्विन इंग्लैण्ड की सरकार को अपनी-अपनी ओर से देते रहे। तार टेलीफ़ोन आदि खड़कते रहे। विचारों का आदान प्रदान होता रहा। भारतीय पक्ष और अंग्रेज़ पक्ष अपने-अपने हितों पर ऊपर-नीचे होता रहा। जहाँ गाड़ी फँस जाती तेजबहादुर सप्रू, जयकर और शास्त्री दोनों-पक्षों के मध्य स्थिति को सुलझाने के लिए दौड़ते रहते।

1 मार्च को गाँधी जी पुनः वायसराय इर्विन से मिलने उनके आवास पर आये। मध्य रात्रि के बाद गाँधी जी लम्बी वार्त्ता के बाद पैदल टहलते हुए ही अपने निवास तक पहुँचे। अन्ततः काफ़ी मन्थन के बाद 5 मार्च की सुबह 'गाँधी-इर्विन समझौते' पर दोनों के हस्ताक्षर हुए। यह भी एक ऐतिहासिक फ़ैसला था। ब्रिटिश पक्ष की ओर से कम, भारतीय पक्ष की ओर से ज़्यादा। क्योंकि अपने समय के भारत के सर्वोच्च नेता महात्मा गाँधी ने ब्रिटिश साम्राज्य के सर्वोच्च प्रतिनिधि के साथ पहली बार किसी क़रारनामे अथवा समझौते पर बराबरी से हस्ताक्षर किये थे।

'गाँधी-इर्विन पैक्ट' में जिन शर्तों को दोनों पक्षों ने परस्पर स्वीकार किया वे इस प्रकार थीं। लॉर्ड इर्विन ने स्वीकार किया कि-

1. हिंसा के आरोपियों को छोड़कर, बाक़ी सभी राजनीतिक बंदियों को रिहा कर दिया जायेगा।
2. भारतीयों को समुद्र किनारे नमक बनाने का अधिकार दिया जायेगा।
3. भारतीय शराब एवं विदेशी कपड़ों की दुकानों के सामने धरना दे सकेंगे।
4. विगत आन्दोलन के दौरान त्यागपत्र देनेवालों को उनके पदों पर पुनः बहाल किया जायेगा।
5. आन्दोलन के दौरान लोगों की ज़ब्त सम्पत्ति उन्हें वापस की जायेगी।

जबकि कांग्रेस की ओर से गाँधी जी ने निम्नलिखित शर्तें उक्त समझौते में स्वीकार करीं-

1. सविनय अवज्ञा आन्दोलन तत्काल प्रभाव से समाप्त कर दिया जायेगा।
2. कांग्रेस द्वितीय गोलमेज़ सम्मेलन में प्रतिभाग करेगी।
3. कांग्रेस ब्रिटिश सामान का बहिष्कार नहीं करेंगी।
4. गाँधी जी आन्दोलन के दौरान पुलिस की ज़्यादतियों की जाँच की मार्ग छोड़ देंगे।

देश के अधिकांश युवा 'गाँधी-इर्विन समझौते' से खुश नहीं थे। क्योंकि गाँधी जी सरदार भगतसिंह, सुखदेव और राजगुरु जैसे देशभक्त क्रान्तिकारियों की जान नहीं बचा

सके थे, जिन्हें लाहौर मर्डर केस में 23 मार्च, 1931 को अंग्रेज़ी राज में चुपचाप जेल में फाँसी दे दी गयी। राजद्रोह के आरोप में देशभक्तों को फाँसी? क्या विडम्बना थी?

जब 23 वर्ष की अल्पायु में भगतसिंह शहीद हुए उस समय गाँधी जी की आयु 61 वर्ष की हो चुकी थी। परन्तु लोकप्रियता में भगतसिंह का नाम गाँधी जी से कम विख्यात नहीं था। भगतसिंह के समर्थन में भारत में ही नहीं ब्रिटेन तक में युवा भारतीयों ने प्रदर्शन किये थे। भगतसिंह की यह बढ़ती हुई लोकप्रियता अंग्रेज़ों के लिए चिन्ता का विषय तो थी ही, कांग्रेस और अहिंसावादी गाँधी जी के लिए भी एक चुनौती थी। क्रान्तिकारियों के हिंसावादी सिद्धान्त गाँधीवादी सिद्धान्तों के ठीक उलट थे। अंग्रेज़ और गाँधी स्वाभाविक रूप से क्रान्तिकारी विचारों को पसन्द नहीं करते थे। अन्तर केवल इतना था कि लॉर्ड इर्विन के अनुसार भगतसिंह को फाँसी न देने से हिंसक प्रवृत्ति को बल मिलता और गाँधी का कहना था कि फाँसी दी तो इस प्रवृत्ति को और बल मिलेगा।

26 मार्च, 1931 को कराची में कांग्रेस का अधिवेशन होने जा रहा था। गाँधी जी की प्रेरणा से इस नाजुक मौके पर कांग्रेस अधिवेशन के अध्यक्ष पद का 'कांटों भरा ताज' सरदार पटेल के लिए निश्चित किया गया। गांधी जी और सरदार पटेल साथ-साथ गुजरात से कराची के लिए रवाना हुए। रास्ते में गाँधी जी दिल्ली रुके और उन्होंने लॉर्ड इर्विन से अनुरोध किया कि भगतसिंह और उनके साथियों को फाँसी न दी जाये। लॉर्ड इर्विन इसके लिए तैयार नहीं हुए। गाँधी-इर्विन समझौता जो 5 मार्च को हस्ताक्षरित हुआ था उसमें भगतसिंह आदि की फाँसी का मुद्दा कांग्रेस पहले ही छोड़ चुकी थी। दमनकारी अंग्रेज़ सरकार भला अब गाँधी जी की मौखिक अपील पर क्यों ध्यान देती? लॉर्ड इर्विन यदि चाहते तो फाँसी की सज़ा उम्रक़ैद अथवा काले पानी की सज़ा में बदल सकते थे।

सुभाषचन्द बोस ने गाँधी-इर्विन समझौते की कटु आलोचना की थी। वे भगतसिंह, राजगुरु और सुखदेव की फाँसी के सख़्त ख़िलाफ़ थे और कांग्रेस में रहते हुए उन्होंने गाँधी जी की लाइन से परे जाकर इस फाँसी के विरोध में 20 मार्च, 1931 को दिल्ली में एक बड़ी जनसभा आयोजित की। इस जनसभा को रुकवाने के लिए लॉर्ड इर्विन ने महात्मा गाँधी को एक पत्र भी लिखा था। परन्तु युवा सुभाष गाँधी जी के कहने से कहाँ रुकनेवाले थे? उनकी जनसभा हुई। देश भर में भगतसिंह और उनके क्रान्तिकारी साथियों की फाँसी रुकवाने की माँग के साथ अनेकानेक धरना-प्रदर्शन हुए। परन्तु अंग्रेज़ों का दिल नहीं पसीजा। कांग्रेस के 26 मार्च के कराची अधिवेशन से पूर्व, तीनों क्रान्तिकारियों को 23 मार्च को मुँह-अँधेरे फाँसी दे दी गयी। उनके शव भी परिजनों को नहीं दिये गये। डरी हुई अंग्रेज़ सरकार ने तीनों शहीदों के शवों की अज्ञात स्थल पर मिट्टी का तेल डालकर फूँक दिया।

जब महात्मा गाँधी और सरदार पटेल कराची स्टेशन पर पहुँचे तो वहाँ इकट्ठा कुछ नौजवानों ने गाँधी जी के विरुद्ध नारे लगाये। कुछ नौजवानों ने उन्हें काले फूल भेंट किये।

यही क्या कम शालीनता थी कि नौजवानों ने दोनों नेताओं के ऊपर वे काले फूल उछाले नहीं, बल्कि उनके हाथ में पकड़ाये। गाँधी जी ने उन युवकों को धन्यवाद दिया।

कराची कांग्रेस के अध्यक्ष पद से दिया गया सरदार पटेल का भाषण कांग्रेस की सामान्य मनः स्थिति और स्वयं पटेल की सोच का अच्छा दर्पण था। उन्होंने अनेक बातें कहीं। जैसे कि-

''मेरे जैसे सीधे-सादे किसान को कांग्रेस के अध्यक्ष-पद पर बिठाकर आपने गुजरात का और वहाँ के किसानों का सम्मान किया है।.

''भगतसिंह की फाँसी से-ब्रिटिश सरकार की इस कार्रवाई से - देश में गुस्से का पार नहीं है। इन नवयुवकों की कार्यपद्धति से मेरा कोई वास्ता नहीं है। फिर भी भगतसिंह और उनके साथियों की देशभक्ति, साहस और बलिदान के आगे मेरा सिर झुक जाता है। लगभग सारे देश की यह माँग थी कि इन नौजवानों को हुई फाँसी की सज़ा को बदलकर उन्हें देश-निकाला दिया जाये। फिर भी सरकार ने उन्हें फाँसी दे दी, यह प्रकट करता है कि मौजूदा शासन-प्रणाली कितनी हृदयहीन है।...

''जहाँ तक गाँधी जी और वायसराय इर्विन के बीच हुए समझौते की बात है तो सत्याग्रही को सुलह के लिए सदा तैयार रहना चाहिए। कांग्रेस कार्यसमिति को लगा कि यदि सम्मानपूर्वक समझौता हो सके और किसी शर्त या काट-छाँट के बिना पूर्ण स्वराज की माँग करने का कांग्रेस का हक़ स्वीकार किया जाये, तो कांग्रेस को गोलमेज़ परिषद् में जाने का निमन्त्रण स्वीकार कर लेना चाहिए। सब दलों को जो स्वीकार हो वैसा संविधान तैयार कराने में सरकार की मदद करनी चाहिए। यदि हम इस प्रयत्न में असफल रहे और तपश्चर्या के सिवा अन्य कोई मार्ग नहीं रहा, तो उसे अपनाने में हमें रोकनेवाली पृथ्वी पर कोई शक्ति नहीं है।...

''मेरा युवा साथियों से यह कहना है कि गाँधी जी अब 62 वर्ष के होने को हैं और मैं 56 वर्ष का हूँ। इस स्थिति में हम बूढ़ों को स्वराज की ज़्यादा जल्दी है। शराबबन्दी, खादी और आत्मशुद्धि के कार्यक्रमों से जनता की ताक़त बेहद बढ़ी है। हममें ताकत होगी तो गोलमेज़ में हम मनचाही चीज़ ले सकेंगे। हमें वह नापसन्द होगी तो लौट आयेंगे और लड़ेंगे।...

''ज़मींदार तो पामर प्राणी हैं। सरकार का एक अदना सिपाही भी उन्हें डरा देता है। हमें ऐसा काम करना चाहिए जिससे उनके दिल में बसा हुआ ईश्वर जागृत हो जाये और वे लोगों के सुख-दुःख के साथ एकरस बनें। जब पुत्रवत् प्रजा भूखों मरती हो तब महलों में गाना-बजाना करनेवाले, नाच नचानेवाले और रुपया उड़ानेवाले ज़मींदार हरगिज़ नहीं रह सकते...''

सरदार पटेल के ये बहुविध उद्‌गार यह दर्शाते थे कि उनकी दृष्टि कितनी व्यापक और देश के कोने-कोने में चल रहीं गतिविधियों पर निरन्तर टिकी हुई थी। जिन दिनों कराची में कांग्रेस का अधिवेशन हो रहा था, उन्हीं दिनों उत्तर प्रदेश (तत्कालीन संयुक्त

प्रान्त) के कानपुर नगर में साम्प्रदायिक दंगे हो गये। इन दंगों में कांग्रेस के नेता और एक क्रान्तिकारी पत्रकार गणेशशंकर विद्यार्थी मारे गये। कराची कांग्रेस में स्वर्गीय गणेशशंकर विद्यार्थी के प्रति शोक-संवेदना प्रस्ताव भी पारित हुआ। उनका जन्म इलाहाबाद में 1890 में हुआ था। उनकी शहादत 1931 में 40 वर्ष की अवस्था में हुई। वे आचार्य महावीरप्रसाद द्विवेदी की साहित्यिक पत्रिका 'सरस्वती' से भी उपसम्पादक के रूप में दो वर्ष जुड़े। विविध अनुभवों से गुज़रते हुए पत्रकारिता करते, राजनीतिक लेखन में रुचि के फलस्वरूप, 1931 में उन्होंने कानपुर से स्वयं का 'प्रताप' नामक अख़बार निकाला।

महात्मा गाँधी ने ''गणेशशंकर विद्यार्थी की मृत्यु जिस तरह से हुई वह स्पर्द्धा का विषय है'' कहकर उनकी सराहना की। गाँधी जी के शब्द स्वयं ऐसी मृत्यु को श्लाघनीय मानते थे जो समाज को जोड़े रखने में व्यक्ति को मिले। यह कहते हुए गाँधी जी तब शायद यह नहीं जानते होंगे कि एक दिन वे भी ऐसी स्पर्द्धा की स्थिति से बहुत ऊपर उठ जायेंगे।

गणेशशंकर विद्यार्थी एक ऐसे मनीषी थे जिन्होंने अपनी लेखनी से अंग्रेज़ों की नाक में दम कर रखा था। वे गाँधी जी के आदर्शों और क्रान्तिकारी नौजवानों की गतिविधियों दोनों में ही आस्था रखते थे। विद्यार्थी जी ने गाँधी जी से प्रभावित हो कर कांग्रेस ज्वाइन की थी। उन्होंने 1925 के सरोजिनी नायडू की अध्यक्षता में हुए कानपुर कांग्रेस अधिवेशन की तैयारियों में बढ़-चढ़कर हिस्सा लिया था। उन्होंने ही कानपुर कांग्रेस में गायन हेतु ''विजयी विश्व तिरंगा प्यारा, झण्डा ऊँचा रहे हमारा'' जैसा अमर 'झण्डा गीत' कविवर श्याम लाल गुप्त 'पार्षद' से आग्रह करके लिखवाया था। यह ऐसा जोशीला देश भक्ति का गीत था, जो युवक-युवतियों को मातृभूमि के लिए मर मिटने की प्रेरणा और निर्भीकता प्रदान करता था। वही निर्भीकता और देशप्रेम जो गणेशशंकर विद्यार्थी के परम जीवनादर्श थे। गाँधी जी ने इसे बहुत पसन्द किया था और कांग्रेस ने कतिपय संशोधनों के उपरान्त इसे अपना लिया था। रायबरेली के किसान आन्दोलन में सक्रिय भूमिका अदा करने पर गणेशशंकर विद्यार्थी को दो वर्षों का कठोर कारावास मिला था। वे 25 मार्च, 1931 के कानपुर के भीषण हिन्दू-मुस्लिम दंगों के दौरान दंगाग्रस्त इलाकों में शान्ति स्थापना हेतु निर्भीकता से घूमे और एक दंगाई भीड़ की चपेट में आकर सरे-बाज़ार शहीद हो गये।

सरदार पटेल की अध्यक्षता में मार्च, 1931 में आयोजित कराची कांग्रेस का महत्त्व कई अर्थों में है। एक तो यह कि इसमें स्वतन्त्र भारत के नागरिकों को मिलने वाले मूल अधिकारों के बारे में प्रस्ताव पारित किया गया। दूसरे इसलिए कि गाँधी-इर्विन समझौते के विरुद्ध रहे सुभाषचन्द बोस और जवाहरलाल नेहरू जैसे युवा नेताओं ने कराची कांग्रेस में इस समझौते का समर्थन किया। तीसरे यह कि इस कांग्रेस अधिवेशन में भगतसिंह की फाँसी के बारे में एक प्रस्ताव पारित किया गया। यह प्रस्ताव इस प्रकार था-

"कांग्रेस का किसी भी तरह की अथवा किसी भी रूप की राजनीतिक हिंसा से कोई सम्बन्ध नहीं है। फिर भी वह सरदार भगतसिंह और उनके साथियों सुखदेव और राजगुरु की वीरता, शौर्य और बलिदान की प्रशंसा करती है और मरनेवालों के कुटुम्बीजनों के साथ शोक में शरीक होती है। इस कांग्रेस की यह राय है कि इन तीनों भाइयों को फाँसी पर चढ़ाने का कृत्य पूरी तरह वैरभाव से प्रेरित और उनकी सज़ा में परिवर्तन करने की समस्त राष्ट्र की माँग को जान-बूझकर ठुकरानेवाला था। यह कांग्रेस अपनी यह राय भी जाहिर करती है कि दो राष्ट्रों के बीच सद्भाव, जो इस समय अत्यन्त आवश्यक है, पैदा करने का स्वर्णिम अवसर सरकार ने अपने इस कृत्य द्वारा खो दिया है।"

कराची कांग्रेस का अधिवेशन सम्पन्न हुआ। सरदार पटेल महात्मा गाँधी के साथ गुजरात वापस आ गये। लॉर्ड इर्विन का कार्यकाल भारत में समाप्ति की ओर अग्रसर था। उनके रहते गाँधी-इर्विन समझौते का सुचारु रूप से पालन होता रहा। उनके बाद 18 अप्रैल, 1931 को लॉर्ड विलिंग्डन भारत के नये वायसराय बना दिये गये। वे बम्बई और मद्रास के गवर्नर रह चुके थे। उनके सिविल सर्विस के अधिकारियों के साथ अच्छे सम्बन्ध थे। लॉर्ड विलिंग्डन ख़ब्ती दिमाग़ के व्यक्ति थे। वे जब भारत आये उनकी शुरू से अवधारणा थी कि गाँधी ने इर्विन को अपने जाल में फाँस लिया। अगर वह उनकी जगह होते तो गाँधी से बात तक न करते। इंग्लैण्ड में भी मज़दूर दल की सरकार बदल गयी थी। अब वहाँ खिचड़ी सरकार थी जिसमें अनुदार दल का पलड़ा भारी था।

लॉर्ड विलिंग्डन और उनके चहेते अंग्रेज़ अफ़सरों ने भारतीय शक्ति के उभार का अनुभव कर उसकी जड़ों को खोदने का उपक्रम शुरू कर दिया। गुजरात में गैरेट और मास्टर जैसे अफ़सरों का विचार था कि गांधी-इर्विन पैक्ट की वजह से कांग्रेस की शक्ति बहुत बढ़ गयी है जो कि ब्रिटिश साम्राज्य की सेहत के लिए घातक है। अतः अंग्रेज़ सरकार का पुनः विचार बना कि कांग्रेस की शक्ति को कम करना चाहिए। इसी तरह मद्रास के कलक्टर काक्स भी कांग्रेसियों द्वारा संचालित शराबबन्दी के धरने से रोष में थे। एक्साइज डयूटी कम मिलने से सरकार की आय प्रभावित होती थी। सरकार की सख़्ती हुई। उत्तर-पश्चिमी सीमा प्रान्त में ख़ान अब्दुल गफ़्फ़ार ख़ान के नेतृत्व में सत्याग्रही ख़ुदाई-ख़िदमतगारों पर पुलिसिया ज़ुल्म जारी था।

सरदार पटेल और महात्मा गाँधी ने सरकार से सहयोग करना चाहा। सरदार ने बारडोली में तो महात्मा गाँधी ने बोरसद में जाकर कृषकों से बक़ाया लगान चुकाने का आग्रह किया। उनकी समस्याओं को सरकार तक पहुँचाने का आश्वासन दिया। दोनों नेताओं के प्रयासों के फलस्वरूप असन्तुष्ट किसानों ने 20 लाख में से 19 लाख रुपये बक़ाया रक़म लगान में चुका दी। परन्तु उसके बावजूद हठधर्मी पर आमादा ब्रिटिश सरकार का रुख़ किसानों के प्रति सकारात्मक नहीं होने पाया।

यह सब अनुभव कर गाँधी जी दुविधा में पड़ गये कि उन्हें द्वितीय गोलमेज़ सम्मेलन में भाग लेने के लिए लन्दन जाना चाहिए अथवा नहीं जाना चाहिए। लेकिन तेज नारायण

सप्रू, एम.आर. जयकर, वल्लभभाई पटेल, जवाहरलाल नेहरू, ख़ान अब्दुल गफ़्फ़ार ख़ाँ आदि ने गाँधी जी से जाने के लिए आग्रह किया। तब गाँधी जी इंग्लैण्ड जाने को राजी हुए।

दूसरा गोलमेज़ सम्मेलन लन्दन में 7 सितम्बर, 1931 से आयोजित था। उसमें भाग लेने के लिए महात्मा गाँधी 'एस.एस. राजपूताना' नामक पानी के जहाज से बम्बई से लन्दन रवाना हुए। उनके साथ उनकी बकरी भी जहाज पर सवार हुई। भारत से महात्मा गाँधी कांग्रेस के एकमात्र प्रतिनिधि एवं प्रवक्ता के रूप में भेजे गये थे। उनके सलाहकार एवं सहायक रूप में अन्य कुछ नेता भी इंग्लैण्ड गये थे। इनमें सरोजिनी नायडू, मदनमोहन मालवीय, घनश्यामदास बिरला, मोहम्मद इकबाल, सर मिर्ज़ा इस्माइल मैसूर, के.के. दीवान, एस.के. दत्ता और सर सैयद अली इमाम भी शामिल थे।

इनके अलावा गाँधी जी की अनन्य भक्त, साबरमती आश्रमवासी मेडलीन स्लेड उर्फ 'मीराँ बहन' भी गाँधी जी के साथ गयीं। गाँधी जी की अनुमति मिलने से मिस स्लेड अत्यन्त उत्साहित थीं। सफ़र के दौरान वे गाँधी जी की निजी जरूरतों- कपड़े, भोजन, सोने के प्रबन्ध का अच्छे से ख्याल रखती थीं। मिस स्लेड, पूर्व की भाँति, गाँधी जी का वक्त बर्बाद करनेवाले लोगों से भी उन्हें यथासाध्य बचाती रहती थीं। इंग्लैण्ड में रहते हुए मीरा बहन को कुछ ही महीने पहले गुज़र चुकी अपनी माँ की कमी बेहद खली। उन्होंने अपने रिश्तेदारों से मेल-मिलाप में ज़्यादा समय नहीं बिताया। अधिकतर उन्होंने गाँधी जी की देखभाल में ही अपना समय दिया। इस यरोप दौरे की सबसे यादगार बात, मीरा बहन के लिए, दिसम्बर, 1931 के प्रारम्भ में रोम्या रोलाँ के घर में पाँच दिन का प्रवास था। गाँधी जी और मीरा दोनों को रोम्यां रोलाँ से भेंट की बड़ी प्रतीक्षा थी, जो अब जाकर पूरी हुई।

इंग्लैण्ड में गाँधी जी का प्रवास लगभग तीन माह का था। उससे कुछ दिन कम। इस बीच चर्चिल के शब्दों में कहें तो यह 'अधनंगा फ़क़ीर' अनेक चर्चित और साधारण लोगों से मिला। लन्दन की एक ग़रीब बस्ती के मध्य गाँधी जी किंग्सले-हॉल नामक भवन में कुमारी म्यूरिअल लेस्टर के मेहमान होकर ठहरे। इस सम्बन्ध में उन्होंने अपने साथियों की किसी होटल में ठहरने की सलाह नहीं मानी।

सुबह के समय गाँधी जी किंग्सले-हाल के चारों ओर स्थित निम्न वर्ग के लोगों की गलियों में टहलते। वे आम स्त्री-पुरुषों का अभिवादन स्वीकारते हुए चलते जाते। कभी रुककर किन्हीं-किन्हीं से बात भी करते। छोटे-छोटे बच्चों के लिए सफेद चादर में लिपटे घुटनों तक धोती, पैरों में चप्पल पहने, सर्दी से बचने के लिए अधिक-से-अधिक एक दुशाला डाले बूढ़े किन्तु मुस्कुराते गाँधी एक अजूबा से-एक कौतूहल का विषय होते। कुछ बच्चे उन्हें छूकर देखते। कुछ दौड़कर आते और बापू का हाथ पकड़ लेते।

बादशाह जार्ज पंचम तथा रानी मेरी के चाय-पान के बुलावे पर गांधी जी बकिंघम पैलेस भी गये। परन्तु उन्होंने बादशाह से मिलने का ड्रेस कोड स्वीकार नहीं किया। गाँधी जी अपनी चिर परिचित वेशभूषा में ही ब्रिटेन के राजा-रानी से मिले। गाँधी जी की कमर से चेन में लटकती गोल घड़ी और गोल लेन्सोंवाला चश्मा प्रेस फ़ोटोग्राफ़र्स ने गाँधी की साधारण देशी वेशभूषा के साथ अपने कैमरों में क़ैद किया। इतिहास की यह भी एक असाधारण घटना थी।

चार्ली चैपलिन, जार्ज बर्नार्ड शा जैसे लोग समय लेकर महात्मा गाँधी से मिले। गाँधी जी लॉर्ड इर्विन, जनरल स्मट्स, आर्कबिशप ऑफ कैण्टरबरी, हैरल्ड लास्की, आर्थर हैण्डरसन आदि अनगिनत मशहूर लोगों से मिले परन्तु विपक्ष के प्रमुख राजनीतिक नेता विन्सटन चर्चिल ने गाँधी जी से, अपनी घृणा के चलते, मिलने से इन्कार किया। दरअसल चर्चिल को इस बात से भी चिढ़ हुई कि भारत का यह अधनंगा फ़क़ीर, एक ओर तो इंग्लैण्ड के बादशाह से अपर्याप्त कपड़े पहने बिना, बराबरी के दर्जे से मिलने गया और दूसरी ओर वह स्वदेश में अंग्रेज़ों के ख़िलाफ़ सिविल नाफ़रमानी का आन्दोलन भी चलाता आया है।

सम्राट जार्ज पंचम और महात्मा गाँधी की भेंट भी कोई कम दिलचस्प न थी। इन दोनों की यह मुलाक़ात नये सेक्रेटरी ऑफ स्टेट आफ इण्डिया सर सैमुएल होर ने निर्धारित करायी थी। पहले तो सम्राट् ने 'विद्रोही फकीर' से मिलने से इन्कार कर दिया। गाँधी जी भी इस बात पर अड़ गये कि वे राजा से मिलने अपनी धोती और खादी की चादर व शॉल वाली भारतीय ड्रेस में ही जायेंगे। पर सेमुएल होर के आग्रह पर यह गतिरोध टूटा और इंग्लैण्ड और भारत के दो बड़े व्यक्ति अपने-अपने परिधानों में ही बकिंघम पैलेस में मिले।

सम्राट गाँधी जी के अपर्याप्त कपड़ों को देखकर असहज हुए बिना नहीं रह सके। यद्यपि उन्होंने मेहमान के सम्मान का पूरा ख़्याल रखा परन्तु चलते-चलते किंग जार्ज पंचम गाँधी जी से यह कहे बिना नहीं रह सके-"याद रखिये मिस्टर गाँधी! मैं आपकी तरफ़ से अपने साम्राज्य पर किये गये किसी वार को बर्दाश्त नहीं करूँगा।"

गाँधी जी इस पर मुस्कुराये। उन्होंने भी चलते-चलते जवाब दिया-"मैं आपके महले में, आपकी मेहमाननवाज़ी के बाद, आपसे किसी राजनीतिक बहस में नहीं उलझना चाहूँगा।"

बाद में जब गाँधी जी से किसी ने पूछा कि-"क्या आप समझते हैं कि शाही भेंट के लिए आपने पर्याप्त कपड़े पहने हुए थे?" गाँधी जी ने हँसकर जवाब दिया-

"राजा ने हम दोनों के हिस्से के कपड़े पहन रखे थे।"

ऐसा उत्तर, केवल और केवल महात्मा गाँधी ही ब्रिटेन की धरती पर दे सकते थे, जो भारतवासियों के, ब्रिटिश साम्राज्य द्वारा किये जा रहे, शोषण का भी एक ज़बरदस्त प्रतीकात्मक खुलासा था।

इस द्वितीय गोलमेज़ सम्मेलन में गाँधी जी अनेक दिन शामिल हुए। उन्होंने अनेक भाषण दिये। गाँधी जी का कांग्रेस पार्टी के एकमात्र प्रतिनिधि के रूप में सम्मेलन में कहना था कि उनकी पार्टी पूरे भारत का प्रतिनिधित्व करती है। इस दावे को तीन अन्य पक्षों ने चुनौती दी! मुस्लिम लीग का कहना था कि वह मुस्लिम अल्पसंख्यकों के हित में काम करती है, कांग्रेस का उनसे कोई लेना-देना नहीं। राजे-रजवाड़ों का दावा था कि कांग्रेस का उनके नियन्त्रणवाले भूभागों पर कोई अधिकार नहीं है। तीसरी चुनौती दलित विचारक बैरिस्टर डॉ. भीमराव अम्बेडकर की तरफ़ से गाँधी और उनकी कांग्रेस को दी गयी, जिनका कहना था कि ये लोग निचली जातियों का विशेषकर अछूतों का कोई प्रतिनिधित्व नहीं करते। गाँधी जी ने अछूतों को हिन्दू समुदाय से अलग एक जातीय आधार पर अल्पसंख्यक समुदाय का दर्जा देने के डॉ. अम्बेडकर के प्रस्ताव का इस लन्दन में चल रहे गोलमेज़ सम्मेलन में कड़ा विरोध किया। दोनों नेताओं में काफ़ी वाद-विवाद भी हुआ। यह द्वितीय गोलमेज़ सम्मेलन भारतीय नेताओं के बीच साम्प्रदायिक और जातीय मतभेदों के कारण असफल समाप्त हुआ और गाँधी जी को अन्ततः इंग्लैण्ड से खाली हाथ लौटना पड़ा।

द्वितीय गोलमेज़ सम्मेलन में 30 नवम्बर, 1931 के दिन दिया गया गाँधी जी का गरिमापूर्ण भाषण अत्यन्त महत्त्वपूर्ण एवं उल्लेखनीय है। देश की आन्तरिक परिस्थितियों और अंग्रेज़ों के भेदमूलक रवैये का यह अभिभाषण क़ायदे से पोल खोलने जैसा था। महात्मा गाँधी ने बेबाकी से कहा - "मैं जानता हूँ मेरे वक्तव्य से मन्त्रिमण्डल के निर्णय पर कोई प्रभाव पड़नेवाला नहीं है। सम्मेलन के सामने जो विभिन्न रिपोर्टें प्रस्तुत की गयी हैं उनमें भारत के विभिन्न राजनीतिक दलों और वर्गों के पारस्परिक मतभेदों को उछाला गया है। कांग्रेस पार्टी भारत का सबसे बड़ा राजनीतिक दल है लेकिन उसे भी अन्य राजनीतिक दलों के बराबर दर्जा दिया गया है।...यह देखा जाना चाहिए कि कांग्रेस का एक अखिल भारतीय राष्ट्रीय स्वरूप है। अन्य सारे दल वर्गगत हितों का प्रतिनिधित्व करते हैं। कांग्रेस सारे भारत का प्रतिनिधित्व करती है। वह साम्प्रदायिकता की शत्रु है। कांग्रेस में जाति, रंग और धर्म के आधार पर कोई भेद नहीं किया जाता। उसकी जड़ें देश के कोने-कोने में दूर-दराज के गाँवों तक फैली हुई हैं। उसका निरन्तर विकास हो रहा है...अगर ब्रिटिश सरकार भारतीय राष्ट्रीय कांग्रेस के इस दावे को स्वीकार कर ले, तो भारत की साम्प्रदायिक समस्या खोजने में सहायता मिलेगी। ब्रिटिश सरकार ने कांग्रेस को इस सम्मेलन में आमन्त्रित तो अवश्य किया है, लेकिन उसका कांग्रेस पर विश्वास नहीं है। यही सारी कठिनाइयों की जड़ है।"

महात्मा गाँधी ने अपने ओजस्वी भाषण में सत्याग्रह के इतिहास और उसकी सफलताओं का भी जिक्र किया-"संसार के विभिन्न राष्ट्रों ने हिंसा और रक्तपात के द्वारा ही स्वतन्त्रता प्राप्त की है। इतिहासकारों ने स्वतन्त्रता सेनानियों की कभी निन्दा नहीं की। कांग्रेस रक्तपात और हिंसा में विश्वास नहीं करती। वह सविनय-अवज्ञा के सहारे चल

रही है। सविनय-अवज्ञा का रास्ता इतिहास में सफल हुआ है। दक्षिण अफ्रीका में जनरल स्मट्स 1908 में सत्याग्रह के सामने नहीं झुके थे। लेकिन वही स्मट्स 1914 में सत्याग्रह के आगे झुक गये। भारत में लॉर्ड चेम्सफोर्ड को सत्याग्रह की शक्ति के सामने झुकना पड़ा था। बम्बई के गवर्नर को बोरसद और बारडोली में यही करना पड़ा था। ब्रिटिश सरकार से मेरा निवेदन है कि हम बातचीत के ज़रिये भारत की संविधानिक समस्या सुलझाने के लिए तैयार हैं। लेकिन अगर ब्रिटिश सरकार इस दिशा में पहल नहीं करती, तो फिर भारत में फिर से सत्याग्रह आन्दोलन शुरू किया जा सकता है। भारत को आज़ादी चाहिए। उसे कुछ भी नाम दिया जा सकता है। गुलाब की ख़ुशबू को कोई भी नाम दिया जाये, वह ख़ुशबू हमेशा ताज़गी देनेवाली होती है। भारत एक विशाल देश है। उसे अपना लक्ष्य प्राप्त करने के लिए हथियारों की जरूरत नहीं है। उसे सिर्फ अपनी संकल्प शक्ति को जगाना है। यदि वह एक बार "नहीं" कर देता है, तो उसे अपना लक्ष्य प्राप्त करने में देर नहीं लगगी।"

गाँधी यहीं तक नहीं रुके। अपने वक्तव्य में उन्होंने अंग्रेज़ों के मर्म को कुरेदा। कहा कि-"भारत में साम्प्रदायिक समस्या अंग्रेज़ों की देन है। ब्रिटिश शासन की स्थापना होने से पहले हिन्दू और मुसलमान सदियों से मिल-जुलकर रह रहे थे। यदि अंग्रेज़ एक बार भारत छोड़ देते हैं तो साम्प्रदायिक समस्या अपने-आप सुलझ जायेगी।"

ब्रिटिश और अन्तरराष्ट्रीय मीडिया ने गाँधी की इस यूरोप यात्रा की बहुत ज़बरदस्त कवरेज की। अतः द्वितीय गोलमेज़ सम्मेलन से गाँधी जी 24 दिसम्बर, 1931 को यद्यपि खाली हाथ भारत लौट आये, स्वदेश पहुँचने पर उनका भारी स्वागत हुआ। महात्मा गाँधी ने देशवासियों से कहा-"यह सच है कि मैं खाली हाथ लौटा हूँ लेकिन जो झण्डा मुझे सौंपा गया था, मैंने उसे नीचा नहीं होने दिया और न ही उसके सम्मान के साथ कोई समझौता किया।" और यह बात एक़दम सही थी।

देश के सामने फिर से एक कठिन समय था। गाँधी जी ने वायसराय लॉर्ड विलिंग्डन से भेंट के लिए समय माँगा। विलिंग्डन तो पहले ही गांधी जी से नफ़रत करता था। उसने अपनी बहन को एक निजी पत्र में लिखा था कि-"अगर गाँधी न होता तो यह दुनिया वाक़ई ख़ूबसूरत होती। वह जो भी क़दम उठाता है उसे ईश्वर की प्रेरणा का परिणाम कहता है। लेकिन असल में उसके पीछे एक गहरी चाल होती है। देखता हूँ कि अमरीकी प्रेस उसको ग़ज़ब का आदमी बताती है। लेकिन सच यह है कि हम निहायत अव्यावहारिक, रहस्यवादी और अन्धविश्वासी जनता के बीच रह रहे हैं, जो गाँधी को भगवान मान बैठी है।"

नया वायसराय विलिंग्डन गाँधी से भेंटवार्त्ता के लिए राज़ी नहीं हुआ। फलतः गाँधी जी ने अपना सविनय-अवज्ञा आन्दोलन पुनः घोषित किया। आन्दोलन को अंग्रेज़ों ने इस बार और सख़्ती से कुचला। पिछले अनुभवों का लाभ उठाकर सरकार ने अपने-आपको बड़ी सावधानी से तैयार कर लिया था। शान्ति व्यवस्था की स्थापना के लिए अनेक

आर्डिनेन्सों के अन्तर्गत सिविल अफ़सरों के मातहत देश भर में फ़ौजी शासन लागू कर दिया गया। लाठी चार्ज, बड़े पैमाने पर गिरफ़्तारियाँ, जेलो में यन्त्रणाओं के पाशविक दौर से स्वाधीनता आन्दोलनकारियों को गुजरना पड़ा। देश भर में कांग्रेस के हज़ारों नेता और कार्यकर्त्ता जेलों में ठूँस दिये गये। गाँधी-इर्विन समझौता रद्‌द हो चुका था। लॉर्ड विलिंग्डन का दमनचक्र चल रहा था। कांग्रेस पार्टी को प्रतिबन्धित घोषित कर दिया गया था।

इसी क्रम में 4 जनवरी, 1932 को महात्मा गाँधी और वल्लभभाई पटेल दोनों गिरफ़्तार कर लिए गये। उन्हें पूना की यरवदा जेल में एक साथ फिर से रख दिया गया। उसके बाद ही अंग्रेज़ों ने चैन की साँस ली।

द्वितीय गोलमेज़ सम्मेलन के एक वर्ष बाद सम्मेलनों की अन्तिम कड़ी में तीसरा गोलमेज़ सम्मेलन 17 नवम्बर, 1932 को ब्रिटेन की धरती पर आयोजित हुआ। अंग्रेज़ों की भेदनीति काम करती रही। इस तीसरे सम्मेलन में केवल 46 प्रतिनिधियों ने प्रतिभाग किया। क्योंकि भारत के अधिकतर कांग्रेसी नेता जेल में थे, इसमें सम्मिलित न हो सके। ब्रिटेन की लेबर पार्टी ने और भारत की कांग्रेस पार्टी ने इस तीसरे सम्मेलन में भाग लेने से भी इन्कार कर दिया था।

इसी सम्मेलन के अवसर पर ब्रिटेन में पढ़ रहे एक कॉलेज छात्र चौधरी रहमत अली ने भारत के विभाजन का स्वप्न देखते हुए मुस्लिम भूभाग का नाम 'पाकिस्तान' रखने की पेशकश की। कहने को तो उसने पाकिस्तान का अर्थ पवित्र भूमि बताया, मगर नाम गठन में मुस्लिम बहुल प्रान्तों के प्रथम अक्षर-पंजाब का 'पी', अफ़गानिस्तान का 'ए', कश्मीर का 'क', सिन्ध का 'एस' और ब्लूचिस्तान के अन्तिम अक्षरों से 'तान' लेकर 'पाकिस्तान' शब्द की परिकल्पना रखी। उल्लेखनीय है कि जिन्ना ने भी उक्त तृतीय गोलमेज़ सम्मेलन में हिस्सा नहीं लिया था।

सरदार पटेल की विनोदप्रियता उन दिनों गाँधी जी के साथ जेल प्रवास में देखते ही बनती थी। एक बार कुछ व्यक्ति गाँधी जी से मिलने आये। मार्ग में सरदार मिल गये। पूछा-"कहाँ जा रहे हो आप लोग?"

आगन्तुकों ने जवाब दिया - "गाँधी जी से मिलने।"

सरदार ने पूछा-"क्यों?"

वे बोले-"ब्रह्मचर्य पर कुछ बातें करनी हैं।" सरदार बोले-"अरे ब्रह्मचर्य पर गाँधी जी से क्या बात करोगे? उनके चार बेटे हैं। सब विवाहित हैं। खुद उनकी पत्नी ज़िन्दा हैं। वह ब्रह्मचर्य को क्या जानें? ब्रह्मचर्य की बात मुझसे करो। मेरे केवल दो बच्चे हैं। बहुत पहले मेरी पत्नी गुज़र गयी थी। तब से मैंने दूसरी शादी नहीं की। असली ब्रह्मचारी तो मैं हूँ।"

यह उन्हीं दिनों की बात है जब सन् 1932-33 में सरदार पटेल गांधी जी के साथ पूना की यरवदा जेल में बन्द थे। गाँधी जी के निजी सचिव महादेव देसाई भी उनके साथ उसी जेल में थे। महादेव उन दिनों डायरी लिखा करते थे। जेल में पटेल और गाँधी के मध्य होनेवाले कई रोचक संवाद और कार्य-व्यवहार महादेव देसाई की डायरी में दर्ज हैं।

सरदार पटेल ने जेल के गाँधी जी के संग-साथ को अपना परम सौभाग्य माना। वल्लभभाई पटेल गाँधी जी का बहुत ध्यान रखते। उन्होंने अपने से छह वर्ष बड़े, साठ पार के, बापू के लिए नींबू और शहद-जल, खजूर और दातून तैयार करने की ज़िम्मेदारी अपने ऊपर ले ली थी। सरदार कितनी श्रद्धा के साथ बापू के लिए फलों को धो-काटकर तैयार करते थे, वह देखने योग्य था।

एक रात भोजन के बाद वल्लभभाई नित्य की भाँति बापू के लिए दातून तैयार कर रहे थे। तब उन्होंने विनोदपूर्वक महादेव देसाई से कहा-"बापू के अब थोड़े-से दाँत बाक़ी बचे हैं फिर भी वे उन्हें घिसते रहते हैं यदि वे खोखले होते तो यह कोई बात होती... लेकिन वे तो ठोस मूसली से संगीत निकालते रहते हैं।"

महादेव हँस पड़े और बोले-"1930 में हमारी मूसली बहुत बढ़िया संगीत निकालती थी।" महादेव का इशारा महात्मा गाँधी के सुप्रसिद्ध 'नमक-सत्याग्रह' के वर्ष से था। जब उन्होंने डाण्डी के समुद्री तट पर पहुँचकर नमक क़ानून तोड़ने और ब्रिटिश शासन की जड़ें हिला देने का ऐतिहासिक कारनामा कर दिखाया था।

यरवदा जेल में पटेल गाँधी जी को प्रत्येक सुबह अख़बार पढ़कर सुनाते। महादेव भी बापू की सेवा में लगे रहते। इस दौरान जब महादेव अख़बार वाचन पूरी तरह सुनने से चूक जाते तो वे बाद में आकर सरदार पटेल से समाचारों का सारांश सुनाने का आग्रह करते। इस पर सरदार सहर्ष उन्हें समाचार सारांश समझा देते।

जेल में गाँधी और पटेल के मध्य उस क़ैदी जीवन में बहुत निकट का संग-साथ रहा। दोनों के मध्य अक्सर मित्रवत् नोकझोंक भी होती। दोनों एक-दूसरे की शिष्ट चुटकियाँ भी लेते। गाँधी जी जेल में भी चरखा काता करते थे। गाँधी चरखे को बाये हाथ से भी कातने का कभी-कभी प्रयास करते। उसका लम्बा अभ्यास करते तो पटेल उनके द्वारा बरबाद की गयी पूनियों के अंश, जो ज़मीन पर बिखरे होते, उनकी ओर तर्जनी से संकेत करते-"देखिये...ये देखिये बापू!...कितना नुक़सान कर रहे हैं आप?"

इस पर गाँधी जी बच्चों की तरह मुस्कुराते। वह अपने वाम हस्त से और अधिक सूत कातते और एक प्रकार से वल्लभभाई पटेल को ठेंगा दिखाते। महापुरुष कठिनाई के दिनों में भी आनन्द के क्षण खोज लेते हैं। यरवदा जेल की निष्प्राण दीवारें इस बात की साक्षी थीं।

पटेल रद्दी काग़ज़ों के लिफ़ाफ़े बनाते। बिना किसी नाप जोख के उनके लिफ़ाफ़े काफ़ी एकसार और अच्छे बनते। यह देखकर एक दिन गांधी जी ने उनसे पूछा-"क्या आप पहले से दस्तकार थे या यहाँ आने के बाद ऐसे बने हैं ?"

इस पर वल्लभभाई ने उत्तर दिया-" बापू!...मुझे पहले कोई अनुभव नहीं था। परन्तु जब मैं किसी को कुछ करते देखता था तो उसे सीखने की कोशिश करता।" "तब इसका अर्थ यह है कि" - बापू तपाक से बोले-"आपमें यह प्रतिभा है।...अरे मैंने तो ऐसे भी कई लोग देखे हैं जो एक सुई में धागा भी नहीं डाल सकते। दूसरी ओर मोतीलाल जी बहुत-सी चीज़ें कर सकते हैं।"

महादेव देसाई ने कहा-"सही बात है। मैंने भी स्वयं अपनी आँखों से देखा है। मोतीलाल नेहरू ने अपने घर में जल को विसंक्रमित करने के लिए एक मशीन बनायी थी और उससे वहाँ रहनेवाले सभी बीमार लोगों को वह कीटाणु-रहित जल दिया करते थे।"

उन्हीं दिनों 'लीडर' समाचार-पत्र में सुभाषचन्द बोस का एक पत्र प्रकाशित हुआ था। उसमें सुभाष ने विवेकानन्द का वर्णन अपने आदर्श पुरुष के रूप में किया था। यह जानकर वल्लभभाई के मन में स्वामी विवेकानन्द के बारे में उत्सुकता जागृत हुई और उन्होंने उन पर लिखी रोम्या रोलाँ की पुस्तक पढ़ने का फ़ैसला किया।...

महादेव देसाई की डायरी के पन्ने कहते हैं कि सरदार पटेल ने यरवदा जेल में संस्कृत भी सीखनी शुरू की और उसमें बहुत रुचि लेने से वे तेज़ी से पारंगत होने लगे।

महात्मा गाँधी 2 अगस्त, 1932 के दिन किसी सज्जन को जेल से पत्र लिखना चाहते थे। अपनी मन्शा उन्होंने सरदार पटेल से ज़ाहिर की। वे सज्जन सार्वजनिक जीवन से संन्यास लेने की घोषणा कर चुके थे। इस अवसर पर उदार-हृदय गाँधी उन परिचित व्यक्ति को, जो कि एक लेखक भी थे, एक जन्मदिन की बधाई पत्र लिखना चाह रहे थे। इस पर पटेल ने उन सज्जन को एक दब्बू और नाटकीय चरित्र का व्यक्ति बताते हुए कहा - "वह जानता है कि उसे नाटक कैसे करना है।"

बापू ने कहा-"तब आप उससे क्या चाहते हैं ?"

वल्लभभाई ने उत्तर दिया-"उसे अवश्य कुछ कुर्बानी करनी चाहिए।"

बापू बोले-"क्या आप सोचते हैं कि केवल जेल जाने से किसी आदमी के बारे में यह कहा जा सकता है कि उसने पर्याप्त रूप से कुर्बानी दे दी है ?

वल्लभभाई ने कहा-"मेरे कहने का अर्थ यह नहीं है। मैं उसे जानता हूँ और आप उसे नहीं जानते। वह उस क़िस्म का व्यक्ति है जो यथासम्भव अधिक-से-अधिक लाभ प्राप्त करने के लिए यथासम्भव न्यूनतम कुर्बानी देगा।"

बापू ने स्वीकारा-"हाँ, यह उसकी विचारधारा है।"

इस पर वल्लभभाई ने कहा -"निस्सन्देह यही है और इस विचारधारा को कौन सम्मान दे सकता है ? जब हज़ारों लोग अपना सबकुछ बलिदान कर रहे हैं, वह यथासम्भव न्यूनतम कुर्बानी देकर अपने लिये अधिकतम लाभ लेने के लिए तैयार रहता है।"

इस पर बापू ने थोड़ा खिन्न होकर कहा-"ठीक है। मैं उन्हें यह सब बताऊँगा।"

बल्लभभाई बोले-"अरे बापू! मैं उन्हें उनके मुँह पर यह सब-कुछ कहने के लिए तैयार हूँ और वस्तुतः मैं ऐसा कर भी चुका हूँ। एक बार लोगों ने कहा कि वे रिटायर होनेवाले हैं। मैंने पूछा उन्हें रिटायर होने का क्या अधिकार है ? यदि ऐसा ही था तो उन्होंने सार्वजनिक जीवन में प्रवेश क्यों किया ?...जो व्यक्ति लोगों की सेवा करने की ज़िम्मेदारी लेता है उसे रिटायर होने का कोई अधिकार नहीं है।"

इस प्रकार गाँधी और पटेल के सोच में आदर्श और व्यवहार के मध्य का अन्तर स्पष्ट था। स्वाधीनता आन्दोलन के उस युग में भी नेताओं के मध्य सहमति और असहमति का द्वन्द्व चला करता था। परन्तु एक-दूसरे की मर्यादा का वे काफ़ी ध्यान रखते थे। सरदार पटेल अपने मुँहफट स्वभाव और खरी-खरी बोलने के लिए विख्यात थे। उनकी साफ़गोई से अक्सर बहुत-से कांग्रेस के सहयोगी असन्तुष्ट भी हो जाते। ऐसी दशा में वे लोग पीठ पीछे उनकी आलोचना करते। परन्तु गाँधी जी से वल्लभभाई पटेल का नाता एक ऐसे अनुयायी का था जो किन्हीं मुद्दों पर असहमत होते हुए भी अपने नेता का कभी मार्ग नहीं काटता था। दोनों के मध्य आयु में मात्र छह वर्ष का अन्तर होने पर भी गाँधी जी सरदार पटेल के लिए भी 'बापू' ही थे।

इस प्रसंग में वल्लभभाई पटेल ने गाँधी जी से आगे उन सज्जन के लिए कहा -"ठीक है आप उन्हें लिखें आख़िर आपका तो आदर्श वाक्य ही है-सत्यं ब्रूयात् प्रियं ब्रूयात्।"

इस पर गाँधी जी हैरत से पटेल का मुख देखने लगे। वल्लभभाई उठकर चले गये।

तब गाँधी जी ने एकान्त में महादेव देसाई से पूछा-"महादेव! क्या वल्लभभाई ने यह संस्कृत की लोकोक्ति हाल ही में सीखी है ?"

महादेव बोले-"जी हाँ बापू!...कल से वे गीता पढ़ना शुरू करनेवाले है...और जब एक बार ऐसा हो जायेगा तो वे आपके सामने ऐसी-ऐसी व्यवस्थाएँ प्रस्तुत करेंगे कि भगवान् ही हम सबकी रक्षा करें।"

गाँधी जी का स्वराजी चर्खा यह सुनकर और तेज़ी से घूमने लगा किन्तु वे स्वयं मौन रहे।

रात्रि में सोने जाते समय महादेव देसाई ने सरदार पटेल से पूछा-"क्या आप कल से गीता पढ़ना शुरू कर रहे हैं ?"

पटेल ने तत्काल एक लाइन का सूक्तिबद्ध उत्तर दिया-"आदौ वा यादौ वा पश्चात् तवेदं कर्म मारिष।"

अर्थात्- अब करो या बाद में करना तो आपको ही है।...

महात्मा गाँधी के पास उनके अनुयायियों, प्रशंसकों और आम लोगों के बहुत-से पत्र आते थे। जेल में सेन्सर होने के बाद जो पत्र ब्रिटिश सरकार के लिए राजनीतिक रूप से अहानिकारक होते उन्हें दिये जाते। पत्रों के उत्तर गाँधी जी स्वयं देते। महादेव और वल्लभभाई भी उनकी सहायता करते। किसिम-किसिम के पत्र- चिन्ता दर्शाते पत्र। प्रश्न उठाते पत्र गम्भीर पत्र। विचित्र पत्र।

एक दिन डाक में एक व्यक्ति का पत्र आया, जिसने एक अजीबो ग़रीब प्रश्न पूछा था। महादेव देसाई ने पढ़कर सुनाया। पूछनेवाला गाँधी जी के अहिंसा के सिद्धान्त को लक्ष्य करके पूछ रहा था। - 'जब हम जैसे दो-मन भारवाले इन्सान अपने भारी शरीर के साथ धरती पर चलते हैं तो हमें बतायें कि बहुत बड़ी संख्या में कीड़ों के कुचलने में होनेवाली हिंसा को कैसे टालें ?'

इससे पहले कि बापू कुछ कहते, वल्लभभाई ने पलकें झपकाते हुए तत्काल टिप्पणी की और महादेवभाई से कहा-"उसे बताओ कि उसे अपने पैर अपने सिर पर रखकर चलना चाहिए।"

हास-परिहास, चिन्तन-अवसाद और संकल्पों के अनेक मिश्रित अनुभवों से गुज़रते गाँधी, पटेल और महादेवभाई ने अनेक दिन, सप्ताह और माह यरवदा जेल में साथ-साथ गुज़ारे।

अंग्रेज़ अधिकारी जेल में बन्द क़ैदियों की नियमित चिकित्सकीय जाँच कराते थे। एक दिन जेल का डॉक्टर, जो बापू को देखने आया उसने कहा कि-"वायसराय लॉर्ड रीडिंग ने अनुमान लगाया है कि वे जेल के भिखारियों को खाना खिलाने और उन्हें शिक्षा देने में हर रोज़ लगभग 16 लाख रुपये ख़र्च करते हैं क्या वे इस धन का इससे बेहतर उपयोग नहीं कर सकते?"

इस पर सरदार पटेल ने कहा-"हाँ, लेकिन हम लोग डाकुओं पर इससे अधिक धनराशि व्यय करते हैं।"

जेल का डॉक्टर बोला-"मैं समझा नहीं।"

सरदार पटेल ने उत्तर दिया-"सर!...क्या आप यह नहीं समझते कि ये सभी अंग्रेज़, जो यहाँ पर हैं, दरअसल डाकू हैं। आप ही बताइये क्या वे डाकुओं से किसी तरह बेहतर हैं ?"

जेल का डॉक्टर वल्लभभाई का मुँह देखता रह गया।...

सरदार पटेल महात्मा गाँधी के उपवास रखने पर अधीर हो जाते थे। जब कभी महात्मा गाँधी स्वयं को बहुत असहाय और हताश पाते तो अपनी बात मनवाने के लिए स्वयं को ही उपवास द्वारा यातना देते इस आशा से कि इससे विरोधियों और कुमार्गियों का हृदय-परिवर्तन होगा। नहीं भी हुआ तो इससे उनकी स्वयं की आत्मशुद्धि तो तय ही है। सरदार पटेल को गाँधी जी के स्वास्थ्य की चिन्ता में उनके लम्बे उपवास से बहुत कष्ट पहुँचता। इसके अलावा भी अनेक अवसरों पर वे बापू से बहस करते हुए उनसे बालकों की भाँति नाराज़ हो जाते। कई-कई दिन तक दोनों में सामान्य बोलचाल का क्रम ही टूट जाता। फिर भी दोनों एक दूसरे के परम हितैषी और आत्मीय थे। स्नेहमयी श्रद्धा और विश्वास की हद तक।

यह कोई 'भय बिनु होइं न प्रीति' वाला अथवा मज़बूरी का परस्पर सम्बन्ध न था। एक नितान्त नैसर्गिक आत्मिक नाता था। बापू जब किसी शुभेच्छु को पत्र लिखते तो

वे सरदार पटेल की मुक्तकण्ठ से प्रशंसा करते। एक बार उन्होंने यरवदा जेल के इस प्रवास के दौरान ही काका साहब कालेलकर को अपने पत्र में लिखा - "वल्लभभाई की पढ़ाई आश्चर्यजनक तेज़ गति से आगे बढ़ रही है।"

इसी तरह एक पत्र प्यारेलाल को लिखते हुए उसमें व्यक्त किया - "जहाँ तक वल्लभभाई की संस्कृत की पढ़ाई का सम्बन्ध है, वह एक अरबी घोड़े की गति से दौड़ रहे हैं और वे मुश्किल से अपनी पुस्तक नीचे रखते हैं। मैंने इसकी उम्मीद नहीं की थी।"

गाँधी ने सरदार पटेल की 'क्राफ्ट' की सराहना करते हुए इसी पत्र में लिखा-'जहाँ तक लिफ़ाफ़े बनाने का सम्बन्ध है, मुझे शक है कि कोई व्यक्ति उनकी गति का मुकाबला कर सकता है। वे बिना किसी प्रकार की माप लिये, लिफ़ाफ़े बनाते हैं। वे केवल अपनी खाली आँखों से अनुमान लगाते हैं और उनके सभी लिफ़ाफ़े एक ही आकार के बन जाते हैं। और फिर भी वे इस पर अधिक समय बिताते प्रतीत नहीं होते। मुझे उस तरीक़े से विस्मय होता है जिससे वे काम करते हैं। जो किया जाना होता है उसे वे तत्काल कर देते हैं।'

हाथ के चरखे को दक्षता से संचालित करनेवाले बापू ने पटेल में एक अनाड़ी विद्यार्थी की जगह एक दक्ष प्रोफ़ेसर के दर्शन किये। अपने गोल फ्रेम के चश्मे से देखते-देखते काग़ज़ पर क़लम चलाते बापू प्यारेलाल को एक पत्र ही नहीं लिख रहे थे, मानो सरदार पटेल के दृढ़ चरित्र का ही खाका खींच रहे थे। उन्होंने लिखा-'चूँकि अब वल्लभभाई ने कातना शुरू कर दिया है, इसलिए वे कताई के समय का पालन बहुत कड़ाई से और नियमपूर्वक करते हैं और उनका दैनिक उत्पादन बढ़ जाता है। वे शायद ही ऐसे किसी कार्य को भूलते हैं जो उन्हें सौंपा गया हो। और जहाँ इतनी सुव्यवस्था हो, वहाँ हड़बड़ी अथवा घबराहट जैसी कोई चीज़ शायद ही कभी हो सकती है।'...

गाँधी जी और वल्लभभाई ने यरवदा जेल में आठ महीने पूरे किये। दोनों में इसी बात पर चर्चा हो रही थी। महादेव देसाई ने छोटी तिपाई ज़मीन पर बैठे बापू के सामने रख दी थी। उन पर उनका छोटा-सा शीशा भी। बापू हाथ में रेजर पकड़ अपनी दाढ़ी बना रहे थे। उनके चेहरे पर गम्भीरता थी। परन्तु आँखों में प्रसन्नता की चमक।

वल्लभभाई ने कहा-"आज जेल में आपको प्रार्थना करते आठ महीने हो गये हैं।"

बापू ने कहा-"मालूम है...महादेव ने भी सात महीने पूरे किये हैं।"

वल्लभभाई ने कहा - "जी हाँ लेकिन...पर्याप्तामिदमेषाम्।"

"मतलब?" बापू ने सेफ्टी रेजर रोक दिया। गोल-गोल आँख करके सरदार पटेल की ओर ताका।

"हमारी क़ैद की अवधि तो असीम है...पर महादेव की स्थिति इससे बेहतर है।"

बापू यह सुनकर हँस पड़े। आधे-गाल से ठोढी तक लगा साबुन उस वक्त बापू की एक अद्भुत-छवि प्रस्तुत कर रहा था।

एक दिन सरदार पटेल सोचने लगे- इस जेल के अपने एकान्त समय में भी किस जीवट का बना है यह इन्सान? इसके शरीर में उभरी हुई पसलियाँ गिन लो सारी चाहे तो। साठ बरस की उम्र पार करने के बाद भी उत्साह एक सोलह वर्षीय किशोर जैसा। सिद्धान्तप्रियता का तो कोई ओर-छोर नहीं। मोहनदास करमचन्द गाँधी आख़िर किस मिट्टी का बना मानुष है? साध्य से ज़्यादा साधनों की शुचिता की चिन्ता हरदम रहती है इसे। भारत को आज़ादी भी दिलानी है और उसके लिए सत्य और अहिंसा का मार्ग पूरी ईमानदारी से तय करना है। 1857 के प्रथम स्वतन्त्रता संग्राम से कितना विपरीत है?

कारागार का जीवन। बाहरी संसार से कटे हुए बड़े-दिलवाले तीन मनुष्य। गाँधी, पटेल और महादेव यद्यपि थे तो राजनीतिक बन्दी। राजनीतिक बन्दियों का जीवन साधारण क़ैदियों से थोड़ा बेहतर तो था ही, फिर भी बन्दी तो बन्दी। एक बन्दी के समक्ष उसका ठहरा हुआ वर्तमान होता है, अनिश्चित भविष्य और स्मृतियों में उमड़ता-घुमड़ता अतीत। पटेल जब एकान्त में होते तो आज़ादी के संघर्षों के बारे में सोचते। महात्मा गाँधी के साथ रह रहे थे तो गाँधी उनके मन में छाये हुए थे। गाँधी जी का यह बीसवीं सदी का स्वाधीनता आन्दोलन। जहाँ तोपें, बन्दूक़े और तलवारें कभी अंग्रेज़ों के आगे हार गयीं... यह आदमी उन निर्दयी शत्रुओं के सामने आज निहत्था-सीना तानकर-खड़ा है।...

विचित्र नेता हैं बापू। देश की आज़ादी से भी ज़्यादा समाज को सुधारने की फ़िक्र है इन्हें। भारत मुक्त तो हो परन्तु साथ-साथ वह शुद्ध भी हो। नैतिकता, मर्यादा और जीवनमूल्य गाँधी के लिए सर्वोच्च है। उनका यही मानना है कि मूल्यविहीन देशवासी न तो ख़ुद का भला कर सकते हैं, न देश का। यही है असाधारण फ़लसफ़ा बापू का। पर कितनी दुर्गम है यह डगर। बापू सोचते हैं यदि साधनों ने व्यक्ति को भ्रष्ट कर दिया तो वह आगे चलकर पाने से ज़्यादा खोने की राह पर होगा। बापू अगर ऐसा सोचते हैं तो क्या ग़लत सोचते हैं?..

सरदार पटेल और गाँधी जी को 4 जनवरी, 1932 की सुबह बम्बई में गिरफ़्तार कर यरवदा जेल में साथ-साथ रखा गया था। सरदार पटेल पूरे सोलह महीने यरवदा जेल में गाँधी जी के साथ रहे। इसके बाद गाँधी जी को 8 मई 1933 को यरवदा जेल से छोड़ दिया गया। उनके जाने के बाद सरदार पटेल तीन महीने और यरवदा जेल में रहे। उसके बाद उन्हें नासिक जेल में भेज दिया गया। सरदार पटेल नासिक जेल से 14 जुलाई, 1934 को रिहा हुए। इस प्रकार सरदार पटेल ने लगभग 30 माह अथवा कहें कि ढाई वर्ष का कारावास भोगा।

इस बीच सरदार वल्लभभाई पटेल को अपने बड़े भाई विट्ठलभाई की विदेश में मृत्यु का भी दुःखद समाचार मिला। उन्हें बड़े भाई के अन्तिम संस्कार में भाग लेने हेतु सशर्त पेरोल पर छोड़ने की सरकार ने पेशकश की। इसे सरदार ने ठुकरा दिया। उनके पुत्र डाह्याभाई ने विऐना से बम्बई में लाए गये चाचा के शव का अन्तिम संस्कार किया। मणिबहन भी वहां उपस्थित रहीं।

सरदार पटेल को जेल प्रवास के दौरान ही नवम्बर, 1932 में अपनी माता की भी मृत्यु का भी समाचार मिला था। और सशर्त छोड़े जाने के निर्देशों को स्वाभिमानी सरदार ने ठुकरा दिया था। फलतः वे अपनी माँ के अन्तिम दर्शनों से वंचित रहे और गाँव में परिजनों ने माता लाडबा का अन्तिम संस्कार सम्पन्न किया। इसी लम्बे जेल प्रवास में सरदार को नाक की बीमारी हुई। नासिक जेल में बेहद तकलीफ झेलते हुए भी अंग्रेज़ों ने उन्हें उपचार की भी समुचित सुविधा नहीं दी।

नाक की पीड़ा के कारण सरदार पटेल रात भर ठीक से सो नहीं पाते थे। सरदार के विश्वस्त डॉक्टरों ने बम्बई के किसी अच्छे अस्पताल में ऑपरेशन कराने की सलाह दी थी। सरकार पूना में यह नाक का ऑपरेशन कराने को राज़ी थी। किन्तु यहाँ ऑपरेशन की सारी सुविधाएँ नहीं थीं।

फलतः सरदार को नाक की पीड़ा लम्बे समय तक कारावास में भोगनी पड़ी। 14 जुलाई, 1934 को जेल से बाहर आने पर ही वे अपना आपरेशन करवा सके। वह भी अनेक व्यस्तताओं के चलते वर्ष 1935 में।

महात्मा गाँधी और डॉ. अम्बेडकर के मध्य दलित-प्रश्न को लेकर मतभेद गोलमेज़ सम्मेलनों के समय से जग-ज़ाहिर हो गये थे। गाँधी जी हिन्दू धर्म के सनातन मूल्यों में विश्वास रखते हुए सवर्णों और दलितों को हिन्दू धर्म में एक ही मानते थे। परन्तु सदियों से जाति प्रथा और सवर्ण जातियों को दलितों के प्रति छुआछूत की भेदमूलक प्रवृत्ति से आहत डॉ. भीमराव अम्बेडकर यह मानते थे कि अछूतों को राजनीतिक विशेषाधिकार मिले बिना समाज में उनकी गरिमापूर्ण और बराबरी की स्थिति नहीं बनने वाली। इसलिए उन्होंने विगत गोलमेज़ सम्मेलन में 'पृथक् निर्वाचन मण्डल' की माँग कर दी थी। गाँधी जी ने इसका कड़ा विरोध किया था। क्योंकि गाँधी जी हिन्दू और मुसलमानों के बीच बढ़ती साम्प्रदायिक खायी से बेहद चिन्तित थे। अब वे भारत की राजनीतिक एकता-अखण्डता के आसन्न संकट को भाँपते हुए हिन्दुओं के मध्य भी एक और विभाजन और तदनुसार सामाजिक समरसता के छिन्न-भिन्न होने का ख़तरा मोल नहीं लेना चाहते थे। गाँधी जी ने अछूतों को न्याय दिलाने, उन्हें समानता का दर्जा दिलाने और सामाजिक वैषम्य दूर करने का खुद भी संकल्प लिया हुआ था।

द्वितीय गोलमेज़ कान्फ्रेन्स में भाग लेकर लन्दन से लौटे गाँधी कुछ ही दिनों में अंग्रेज़ों द्वारा अपने देश की एक जेल के क़ैदी बना दिये गये थे। जबकि सरदार पटेल और महादेव देसाई उनके सहक़ैदी थे।

अंग्रेज़ों की विभाजनकारी फ़ितरत को गाँधी जी ख़ूब समझते थे। कई बार उन्हें आनेवाली मुसीबतों का अहसास पहले से हो जाता था और वे ख़ुद को पहले से उसके

लिए तैयार करने के अभ्यासी थे। महात्मा जी को जो दूरदृष्टि प्राप्त थी उसे वे अक्सर 'ईश्वरीय प्रेरणा' की संज्ञा देकर हल्के में हँसकर लोगों के सामने बुहार देते थे।

पूना की यरवदा जेल में समाचार-पत्रों के माध्यम से महात्मा गाँधी को पता चला कि भारत के लिए प्रस्तावित नये ब्रिटिश संविधान में पहले की भाँति हिन्दुओं और मुसलमानों को तो पृथक्-निर्वाचन का अधिकार दिया जायेगा ही, अब दलित और अछूत जातियों पर भी पृथक्-निर्वाचन के सिद्धान्त को लागू किया जायेगा। अर्थात् डॉ. अम्बेडकर की उक्त प्रमुख माँग को अंग्रेज़ों ने मान लिया था। अंग्रेज़ों का क्या जाता था? हिन्दू समाज में वोट की नयी नीति के फलस्वरूप विभाजन, वैमनस्य और गहरा होता हो तो हुआ करे। गाँधी जी बेचैन हो गये।

अत्यन्त व्यथित हृदय से महात्मा गाँधी ने भारत सचिव सर सैमुअल होर को 11 मार्च, 1932 को एक पत्र लिखा कि-''इस तरह दलित जातियों को पृथक् निर्वाचन का अधिकार देना उनके तथा हिन्दू जाति के लिए हानिकारक है।...जहाँ तक हिन्दू जाति का सम्बन्ध है, पृथक् निर्वाचन उसका अंग-भंग और विच्छेद ही करेगा।...नैतिक और धार्मिक उद्‌देश्य की तुलना में राजनीतिक पहलू महत्त्वपूर्ण होते हुए भी नगण्य बनकर रह जाता है। इसलिए यदि सरकार अछूतों के लिए पृथक् निर्वाचन की प्रथा जारी करने का निश्चय करती है तो मुझे आमरण-उपवास करना पड़ेगा। मैं जो क़दम उठाने का विचार कर रहा हूँ, वह मेरे लिए एक उपाय नहीं, मेरे अस्तित्व का अंग ही है।''

भारत सचिव सर सैमुअल होर ने गाँधी जी को 13 अप्रैल, 1932 को उत्तर भेजा-''अभी तक कोई निर्णय नहीं किया गया है। अन्तिम निर्णय से पूर्व आपके पत्र में प्रकाशित भावों पर विचार किया जायेगा।''

इसके बाद गाँधी जी ने इंग्लैण्ड के प्रधानमन्त्री रैम्से मैक्डोनल्ड को पत्र लिखा। इसका भी कोई असर नहीं हुआ। अन्त में अंग्रेज़ सरकार ने 17 अगस्त 1932 को अछूतों के पृथक्-निर्वाचन के पक्ष में वही विवादित व्यवस्था स्वीकार कर विज्ञप्ति प्रकाशित कर दी। जेल में बैठे महात्मा जी ने भी यह घोषणा कर दी कि वह विरोधस्वरूप 20 सितम्बर से अपना आमरण अनशन प्रारम्भ कर देंगे। वह अनशन तभी टूटेगा जब ब्रिटिश सरकार उछूतों के पृथक् निर्वाचन-सम्बन्धी अपने निर्णय को वापस लेगी।

गोलमेज़ सम्मेलन में हुए विचार-विमर्श के ही फलस्वरूप अंग्रेज़ सरकार ने 'कम्यूनल-अवार्ड' की घोषणा की थी। इसके अन्तर्गत डॉ. अम्बेडकर द्वारा उठायी गयी दलितों को पृथक् राजनैतिक प्रतिनिधित्व की माँग को मानते हुए दलित वर्ग के वोटरों को दो वोट का अधिकार मिलता। एक वोट से दलित अपना दलित उम्मीदवार चुनते और दूसरे वोट से वे सामान्य वर्ग का उम्मीदवार चुनते। इस प्रकार दलित प्रतिनिधि केवल दलितों के वोट से ही चुना जाना था। दूसरे शब्दों में उम्मीदवार भी दलित वर्ग का तथा मतदाता भी केवल दलित वर्ग के ही। दलित प्रतिनिधि को चुनने में ग़ैर दलित

अथवा सामान्य जाति के मतदाता का कोई दख़ल नहीं रहता। परन्तु दूसरी ओर दलित मतदाता अपने दूसरे वोट के द्वारा सामान्य जाति के प्रतिनिधि को वोट देने का अधिकारी होता।

गाँधी इस व्यवस्था के दुष्परिणामों की कल्पना से चिन्तित थे। वे साम्प्रदायिक दंगों के अलावा देश को जातीय दंगों में झुलसता हुआ नहीं देखना चाहते थे। उधर डॉ. अम्बेडकर भी 'कम्यूनल-एवार्ड' की ज़िद पर अड़े हुए थे। गाँधी जी के आमरण अनशन की घोषणा के बाद उन पर भी सामान्य हिन्दू समुदाय का दबाव पड़ने लगा। देश में धरना-प्रदर्शन होने लगे। कुछ लोग डॉ. अम्बेडकर से मिलकर सुलह समझौते का अनुरोध करते रहते।

इस बीच डॉ. अंबेडकर ने बयान जारी किया कि-"गाँधी जी भारत की स्वतन्त्रता के लिए मरण व्रत रखते, तो वे न्यायोचित होते। परन्तु यह एक पीड़ादायक आश्चर्य है कि गाँधी ने केवल अछूत लोगों को ही अपने विरोध के लिए चुना है, जबकि भारतीय ईसाइयों, मुसलमानों और सिखों को मिले इसी पृथक् निर्वाचन के अधिकार के बारे में गाँधी जी ने कोई आपत्ति नहीं की।...महात्मा गाँधी कोई अमर व्यक्ति नहीं हैं। भारत में ऐसे अनेक महात्मा आये और चले गये जिनका लक्ष्य छुआछूत को समाप्त करना था। परन्तु अछूत अछूत ही रहे।...गाँधी के प्राणों को बचाने के लिए मैं अछूतों के हितों को बलि नहीं दे सकता।"

जाहिर है गाँधी और अम्बेडकर के मध्य इस वैचारिक मतभेद और गतिरोध को लेकर हिन्दुओं में भारी प्रतिक्रियाएँ हुईं। सवर्णों में कट्टरपन्थी तत्त्व डॉ. अम्बेडकर को गालियाँ देने लगे। उन्हें धमकियों भरे पत्र भेजे जाने लगे। दलितों में भी गाँधी जी के उपवास और उनकी ज़िद को लेकर एक बेचैनी और असमंजस की स्थिति उत्पन्न हो गयी। लोगों को गाँधी जी का मृत्युभय सताने लगा। कई कांग्रेसियों को भी गाँधी जी का यह आमरण अनशन, जो उन्होंने 20 सितम्बर को पूना की यरवदा जेल में शुरू कर दिया था, अनुचित लगा। ऐसे लोगों का कहना था कि गाँधी जी अब राजनीतिक आन्दोलन को उसकी सही दिशा से भटका रहे हैं। वास्तव में गाँधी जी अपना यह उपवास, जिसे वे अपनी अंतरात्मा की आवाज़ कह रहे थे, अम्बेडकर के लिए यह गाँधी की दबाव की राजनीति थी। अम्बेडकर इसे समग्र हिन्दू समाज को जोड़े रखने में गाँधी की नीति नहीं मानते थे, बल्कि इसे वे सवर्ण हिन्दुओं की एक चाल समझते थे, जिसके आगे वे किसी भी हालत में गाँधी जी के सामने झुकने को तैयार न थे।

ऐसे में अनेक राजनेता महात्मा गाँधी और डॉ. भीमराव रामजी अम्बेडकर के मध्य सुलह समझौता कराने के लिए दोनों के बीच भागदौड़ करने लगे।

गाँधी जी के उपवास शुरू होने के दिन 20 सितम्बर को ही बहुत-से नेता बम्बई में इकट्ठे हुए। सर तेजबहादुर सप्रू, सर चुन्नीलाल मेहता, सी0 राजगोपालाचारी, घनश्याम दास बिड़ला, राजेन्द्रप्रसाद, डॉ. जयकर, सर पुरुषोत्तमदास, मदनमोहन मालवीय। ये सभी

नेता यदि सामान्य हिन्दू जाति के थे, तो दलित नेताओं में डॉ. अम्बेडकर, डॉ. सोलंकी आदि भी वहाँ उस बैठक में उपस्थित थे। सबके सामने इस समस्या का हल निकालने की चिन्ता थी। एक ऐसा सर्वमान्य हल जिसे ब्रिटिश सरकार भी स्वीकार कर सके। ब्रिटिश प्रधानमन्त्री ने इस विषय पर निर्णय देते हुए यह कह दिया था कि यदि अछूतों के निर्वाचन अधिकार पर दोनों पक्षों में सर्वसम्मत फैसला हो जाता है तो उसे सरकार स्वीकार कर लेगी।

बातचीत का सिलसिला कई दिनों तक चलता रहा। सरकार से विशेष आज्ञा लेकर नेता लोग जेल में महात्मा गाँधी से मिले। अन्ततः डॉ अम्बेडकर भी 24 सितम्बर को गाँधी जी से मिलने पूना की उस जेल में गये। उनका हालचाल पूछा। आमरण अनशन शय्या पर लेटे गाँधी जी ने डॉ. अम्बेडकर के आने का आभार जताया। अन्तिम बातचीत में समझौते की शर्तें तय हुईं। गाँधी जी ने अम्बेडकर से कहा कि-''मैं अछूतों के लिए काम कर रहा हूँ। आप निश्चिन्त रहें अब से अपना पूरा जीवन उनके कल्याण के लिए उन्हें हिन्दू समाज में प्रतिष्ठा दिलाने के लिए लगा दूँगा। मैं इस मामले में आपके साथ हूँ।'' इस तरह ऐतिहासिक 'पूना-समझौते' का मसौदा तैयार हुआ जिस पर गाँधी जी ने शय्या पर लेटे-लेटे अपनी ओर से मदन मोहन मालवीय जी को हस्ताक्षर हेतु अधिकृत किया। दूसरे पक्ष की ओर से डॉ. भीमराव अम्बेडकर ने हस्ताक्षर किये।

इस 'पूना-पैक्ट' के अनुसार डॉ. अम्बेडकर को दलितों को मिलने वाले पृथक्-निर्वाचन के अधिकार को छोड़ना पड़ा और संयुक्त-निर्वाचन की पद्धति को ही अपनाने पर सहमत होना पड़ा। परन्तु बदले में दलितों के लिए सीटों का आरक्षण पहले से अधिक संख्या में तय हुआ। डॉ. अम्बेडकर की माँग पर विचार करते हुए कम्यूनल-एवार्ड में उन्हें प्रान्तीय असेम्बलियों में पूर्व में दी जा रही 78 आरक्षित सीटों के बजाये 148 सीटें दी जानी स्वीकार की गयीं और केन्द्रीय विधायिका में कुल सीटों की 18 प्रतिशत दलितों के लिए आरक्षित कर दी गयीं।

इस तरह दलितों को आरक्षण की शुरुआत यहीं से हुई। डॉ. अम्बेडकर की यह कोई हार नहीं बल्कि एक उपलब्धि ही थी। महात्मा गांधी का यह हिन्दुओं को जोड़े रखने का भगीरथ प्रयत्न भी, जिसके लिए उन्होंने अपनी जान की बाजी लगा दी थी, व्यर्थ नहीं जाने पाया। उनके लिए और समूचे हिन्दू समाज के लिए यह सर्वाधिक सन्तोष का विषय था। इस तरह गाँधी ने सामाजिक विभाजन को रोका।

इस पूना-समझौते की सूचना तार द्वारा ब्रिटेन के प्रधानमन्त्री को 24 अप्रैल को ही दे दी गयी। वहाँ से स्वीकृति आ जाने पर 26 सितम्बर, 1932 की सायंकाल ठीक सवा पाँच बजे सरदार पटेल, महादेव देसाई, श्रीमती सरोजिनी नायडू की उपस्थिति में गाँधी जी ने अपनी जीवन-संगिनी कस्तूरबा गाँधी के हाथ से नारंगी का रस पीकर अपना आमरण-उपवास तोड़ दिया। कविवर रवीन्द्रनाथ ठाकुर भी उस अवसर पर उपस्थित हो

गये थे। वे अपना एक बांग्ला गीत गाने लगे। जेल में उपस्थित बापू के शुभचिन्तकों के नेत्रों से प्रसन्नता के आँसू बहने लगे।

प्रातःकाल गुप्ता जी, शर्मा जी कई दिनों के अन्तराल के बाद अपने 'मार्निंग-वाक' वाले पार्क में टकरा गये। दोनों के बीच 'पूना पैक्ट' की चर्चा चल निकली। गुप्ता जी शर्मा जी से कहने लगे - "सहस्रों वर्षों से चली आ रही वर्णव्यवस्था में तीन वर्णों-ब्राह्मण, क्षत्रिय और वैश्य में छुआछूत की भावना नहीं है। यद्यपि ये जाति-उपजातियों में बँटे हुए सामाजिक समूह अपनी परम्पराओं, रहन-सहन, व्यवसायों आदि में काफ़ी कुछ विभिन्नताएँ रखते हैं। इसके विपरीत चौथा वर्ण शूद्र सामाजिक कार्यों और व्यवहारों में सबसे निचली पायदान पर रहता चला आया है। इनमें अनेक जातियों को नीची जाति कहा जाता था और शेष जातियों के लोग अस्पृश्यता का गर्हित दर्जा देकर उनसे खान-पान और लोक-व्यवहार में अन्यायजनक हद तक छूआछूत मानते आये हैं। प्रथम तीन वर्ण स्वयं को सवर्ण मानते हैं। शूद्रों को अवर्ण कोटि में रखने की बड़ी पुरानी परम्परा है।"

इस पर शर्मा जी बोले- "वह सब तो अपनी जगह है। मगर स्वयं अस्पृश्यता के शिकार रहे महार जाति के भीमराव अम्बेडकर ने मनुस्मृति में इस व्यवस्था और ब्राह्मणवाद के ख़िलाफ़ छुआछूत की लड़ाई में अपना सारा जीवन लगाने का संकल्प लिया है और वे हिन्दुओं में छुआछूत की अन्यायपूर्ण रीति और जातिवाद के कट्टर विरोधी हैं। यूँ तो अस्पृश्यता को लेकर गाँधी का भी वही रास्ता है। परन्तु गाँधी हिन्दुओं की सनातन धर्म की परम्परा में विश्वास रखने के कारण जाति-व्यवस्था से स्वयं को मुक्त करके देखने के पक्षधर नहीं हैं। अलबत्ता वे छुआछूत अथवा अस्पृश्यता को अवश्य हिन्दुत्व के लिए अभिशाप मानते हैं और उसके विरोधी हैं। दरअसल गाँधी 'सर्वधर्म सम्भाव' के पक्षधर होते हुए भी अपने हिन्दू धर्म के आग्रही हैं, जबकि डॉ. अम्बेडकर को हिन्दू धर्म में उसकी जड़ताओं को लेकर बड़ी घुटन महसूस होती है।"

"आप ठीक कहते हैं बन्धु!" गुप्ता जी बोले-"सारा झगड़ा इसी बात की वजह से हिन्दुत्व में उत्पन्न हुआ कि वर्णव्यवस्था जो प्रारम्भिक शताब्दियों में 'कर्म' पर आधारित थी वह आगे चलकर 'जन्म' पर आधारित हो गयी। यह मान लिया गया कि जो जिस जाति में जन्मा है, जीवन पर्यन्त उसी में रहेगा, उसी के अनुसार निर्धारित पेशों को अपनायेगा। शूद्रों में चमड़े का काम करनेवाले और मैला उठाने वाले निम्न प्रकृति के कार्यों से जुड़े व्यक्तियों और उनकी जाति-बिरादरियों को अछूत मान लिया गया। उनका शोषण तो किया जा सकता था, उनसे हाथ नहीं मिलाया जा सकता था। खान-पान तो बहुत दूर की बात समझ ली गयी। उन्हें इस सीमा तक त्याज्य मान लिया गया कि उन्हें तथाकथित सवर्ण लोग अपने कुओं से पानी तक नहीं भरने देते। अनेक देव मन्दिरों में उनका प्रवेश आज भी वर्जित है। विशेषकर आप देखिये कि दक्षिण के मन्दिरों में शूद्रों के लिए मन्दिर प्रवेश की अनेक जगहों पर मनाही है। उत्तर भारत में भी कहीं-कहीं यह प्रतिबन्ध थोड़ा-बहुत विद्यमान है। ग्रामीण क्षेत्रों में अनेक जगह ब्राह्मण व ठाकुरों में शूद्रों

की छाया तक वर्जित रही है।" गुप्ता जी अब उत्साह में भरकर धाराप्रवाह बोलने लगे थे-

"गाँधी जी ने शूद्रों अर्थात दलितों के उत्थान के लिए अब तक हर सम्भव प्रयास किये हैं। उन्होंने 'पूना-समझौते' के पश्चात् अपने इन प्रयासों को और तेज़ कर दिया। उन्होंने उत्पीड़ित दलितों को 'हरिजन' शब्द दिया है। गाँधी जी का मानना है कि समाज में सेवा कार्य के कारण दलित 'हरि' अर्थात् ईश्वर से सबसे निकट हैं। अतः वे हरिजन हैं। गाँधी जी जो 'यंग इण्डिया' अख़बार निकालते थे, अब 'हरिजन' नामक साप्ताहिक पत्र निकालने लगे हैं और अस्पृश्यता उन्मूलन, दलितों के मन्दिर प्रवेश का वे बहुत मुखरता से प्रचार-प्रसार और व्यवहार करने लगे हैं। गाँधी जो अब तक आश्रमों से बाहर जाने पर सम्भ्रान्त लोगों के मध्य भी ठहरते आये थे, अब अपने यात्रा-प्रवास में ज़्यादातर हरिजन बस्तियों में ठहरने लगे हैं। शौचालयों की सफ़ाई का कार्य तो वे दक्षिण अफ्रीका प्रवास के समय से ही बेहिचक करते आये थे।"

इस पर शर्मा जी ने गुप्ता जी की चुटकी ली - "इस सबके बावजूद डॉ. अम्बेडकर और उनके अनुयायी, जो उन्हें प्यार और आदर से 'बाबा साहब, कहते हैं; महात्मा गाँधी के इन प्रयासों को केवल मात्र ढकोसला मानते हैं। 'पूना-पैक्ट' से वे आरक्षण की व्यवस्था लागू कर दलितों के राजनीतिक उत्थान का एक नया मार्ग तो बना ही चुके हैं। अब आगे उनकी सारी लड़ाई सामाजिक भेदभाव समाप्त करने की है जो अभी काफ़ी कठिन दिखती है।"

कुल मिलाकर यह आज का सच था कि-बाबा साहब अम्बेडकर की हिन्दू धर्म में आस्था डिगी हुई थी, जबकि महात्मा गाँधी की हिन्दुत्व में आस्था सुदृढ़ थी। बापू के उपवास के दौरान वल्लभभाई पटेल गाँधी जी के गिरते स्वास्थ्य को लेकर बहुत तनाव महसूस करते थे। उनकी हास-परिहास की भावना जैसे सूख गयी थी। 'पूना पैक्ट' के बाद अब वह पुन- फलने-फूलने लगी।

2 अक्टूबर, 1932 को गाँधी जी का जन्मदिन था। जेल में सुबह-सुबह, बापू को स्पंज स्नान कराने की तैयारी में कस्तूरबा, महादेव और वल्लभभाई लगे हुए थे। अलमारी से बहुत-से तौलिये निकाले गये थे।

उन तौलियों को देखकर गाँधी जी बोले-"मैं इन सबका हिसाब लेना पसन्द करूँगा।"

इस पर वल्लभभाई ने कहा-"मैं आपको कोई हिसाब क्यों दूँ ? हमने तो सोचा था कि हम आपको खो बैठे हैं। हम यह नहीं जानते थे कि आप हमसे हर चीज़ का हिसाब माँगने के लिए फिर से वापस आ रहे हैं।"

यह कहकर सरदार पटेल कस्तूरबा गाँधी की ओर मुड़े और उनसे बोले-

"बा! आप यह देखो..क्या ये क्रूर नहीं हैं? इन्होंने मालवीय जी को खद्दर पहनने के लिए विवश कर दिया, इन्होंने मालवीय जी को अस्पृश्यों को स्पर्श करने के लिए मज़बूर कर दिया..."

गाँधी जी सरदार पटेल के मज़ाक पर मुस्कुराये। कुछ बोले नहीं। मन-ही-मन सरदार की बातों का मजा लेते रहे। सरदार कह रहे थे-"...और इन्हें तब तक सन्तोष नहीं होगा, जब तक ये मालवीय जी को अस्पृश्यों के साथ खाना खाने के लिए मज़बूर नहीं कर देंगे और उनके सम्बन्धियों का विवाह अस्पृश्यों से नहीं करा देंगे।"

प्रायः गम्भीर रहनेवाली-कस्तूरबा भी अब मुस्कुराये बिना न रह सकीं।

तभी महादेव देसाई ने बापू का ध्यान जेल में देर से बज रही घण्टी की ओर दिलाया। इस पर सरदार मुँह बनाकर बोले-"कितना अच्छा हो यदि हम इनके उपवास से उपजी प्रतिध्वनियाँ भी इतनी ही स्पष्टता से सुन सकें।"

गाँधी जी के उपवास के समय गाँधी जी से मिलने के लिए यहाँ आने-जानेवालों की सुविधा के लिए जो तख़्त-कुर्सियाँ-मेज़ आदि उन्हें उपलब्ध करवाए थे, उन्हें धीरे-धीरे हटवा लिया गया। गाँधी जी का उपवास 26 सितम्बर, 1932 को समाप्त हुआ था। उसके बाद फर्नीचर एक-एक करके हटाया गया। अन्तिम चीज़ एक बड़ी मेज़ और एक कुर्सी थी। जब 21 अक्टूबर, 1932 को जेलर उन्हें भी उठवाने को वहाँ आया तो-वल्लभभाई ने जेलर को सुझाव दिया कि मेज़ को यहीं रहने दिया जाये। परन्तु जेलर ने यह कहते हुए इन्कार कर दिया कि उसके कार्यालय में इनकी आवश्यकता है। इस पर जेलर से महादेवभाई ने कहा कि कम-से-कम यह कुर्सी ही यहाँ छोड़ दें। जेलर नहीं माना। कुर्सी को भी उठवा लिया गया। वस्तुतः वल्लभभाई और महादेव दोनों ही उस कुर्सी को खोना नहीं चाहते थे।

जेलर और उसके साथ के लोग जब चले गये तब गाँधी जी विनोदपूर्वक बोले- "वे सम्भवतः कुर्सी को बेचना चाहते हैं। इसलिए वे इसे यहाँ से ले गये हैं।" इस पर महादेवभाई ने खीझकर कहा - "बापू!...उनमें कम-से-कम इतनी शिष्टता तो होनी चाहिए थी कि वे हमसे पूछते कि क्या हमें अभी भी उसकी जरूरत है या नहीं?"

इस पर बापू बोले-"वस्तुतः हमारे अन्दर यह शिष्टता होनी चाहिए थी कि इससे पहले कि वे इसे मँगवाते, हम उसे वापस भेज देते।...यह कितना अच्छा हुआ कि इससे पहले कि हमें कहा जाता हमने कस्तूरबा को यहाँ से वापस भेज दिया..."

कस्तूरबा गाँधी को अंग्रेज़ों ने गाँधी जी के उपवास के दौरान उनकी देखभाल हेतु कुछ दिन उनके साथ जेल में रहने की विशेष अनुमति प्रदान की थी। गाँधी जी का आशय उसी से था।

सरदार पटेल ने गाँधी जी से कहा-"आप हर एक बात में अच्छाई देखते हैं। आप वहाँ भी अच्छाई देखते हैं जहाँ कुछ भी अच्छा नहीं है। ये लोग पूरी तरह से मन्दबुद्धि हैं। यदि उन्होंने यह कह दिया होता कि इन चीज़ों की यहाँ आवश्यकता है, तो उनसे इस

बारे में कौन प्रश्न पूछने जा रहा था? यदि इन चीज़ों को बेचने के लिए इतने उत्सुक हैं तो वे चीज़ें आपके खाते में नामे डाल सकते थे और उन्हें बेचा गया दिखा सकते थे। किन्तु यह एक पूर्णतः अभद्र व्यवहार है।''

बापू ने पुनः जेलकर्मियों का पक्ष लिया। कहा कि-''उनका इरादा कोई अभद्रता प्रदर्शित करने का नहीं था। यह सम्भव है कि जेल अधीक्षक को इस बात की जानकारी भी न हो कि ये चीज़ें यहाँ से वापस ले जायी गयी हैं।''

वल्लभभाई बोले-''उन्हें निश्चित रूप से इसका पता होगा। वे उनसे पूछे बिना इन चीज़ों को यहाँ से कैसे ले जा सकते हैं?''

''वल्लभभाई!...नहीं आपको इसका बुरा नहीं मानना चाहिए। क्या आपने गीता के छठे अध्याय में यह नहीं पढ़ा है-

आत्मैव ह्यात्मनो बन्धुरात्मैव रिपुरात्मनः ?''

इस पर सरदार पटेल गम्भीरता से बोले-''यह बात सचमुच सत्य है कि केवल आत्मा ही आत्मा की मित्र है - और केवल आत्मा ही आत्मा की शत्रु है। लेकिन एक और बात भी सत्य है...''

बापू ने कहा- ''क्या ?''

सरदार ने कहा-''बापू!...वह यह कि आत्मा स्वयं अपनी भी शत्रु है।''

यह सुनकर महात्मा गाँधी ठहाका लगाकर हँसने लगे और सरदार वल्लभभाई से उन्होंने कहा- ''मैंने देख लिया कि आप इसका अर्थ जानते हैं। आपने यह खास श्लोक कब सीखा? आपने इसे तो पढ़ा नहीं।'

तब महादेवभाई बोले-''वल्लभभाई और मैंने इसे कल पढ़ा था और यह हमारा कल का अन्तिम श्लोक था।''

अगले दिन प्रातःकाल जेल में गाँधी जी, महादेव और वल्लभभाई का त्रिगुट नित्य-क्रिया से निवृत्त हो आस-पास बैठा हुआ था। गाँधी जी लोगों के आये पत्र पढ़ रहे थे। वे उन पर पेन्सिल से कुछ अण्डरलाइन करते जाते थे। महादेवभाई गाँधी जी के लिए फल काट रहे थे। वल्लभभाई एक समाचार-पत्र देख रहे थे।

गाँधी जी को भूख सताने लगी। उन्होंने महादेव की ओर देखा और थोड़ा अधीर होकर कहा - ''महादेव!...यह ठीक नहीं कि आप अकेले फलों को मेरे लिए तैयार करने के लिए अपने 45 मिनट ख़र्च कर दें। आप उन्हें यहाँ ले आओ हम यह काम मिल-बाँटकर करेंगे। तब यह काम 15 मिनटों में पूरा हो जायेगा।''

महादेव देसाई बोले-''बापू!...इससे तो निश्चित रूप से मेरा समय बच जायेगा... लेकिन क्या तब आप इतने लम्बे समय तक काम कर सकेंगे?

''नहीं...हमें किसी काम को इतना कठिन क्यों समझना चाहिये?...यदि मैं शौच जाना बन्द कर दूँगा...चलना बन्द कर दूँगा...और बहुत से अन्य काम करना बन्द कर दूँगा तो मैं बहुत-से घण्टों की बचत कर लूँगा-'' बापू कह रहे थे-''मैं अन्य लोगों को दोष देता रहता हूँ, लेकिन मैं उनसे बेहतर नहीं हूँ।''

इस पर महादेवभाई ने भी थोड़ी गाँधी जी से दिल्लगी की और कहा - ''तो आप यह क्यों कहते हैं कि मैं अपना समय व्यर्थ नष्ट कर रहा हूँ?...क्या यह बेहतर नहीं हो कि मैं अपना सारा दिन पढ़ने-लिखने में व्यतीत करने के बजाय यह काम करूँ?''

सरदार पटेल ने महादेव और गाँधी जी का यह वार्त्तालाप सुनकर हाथ का समाचार-पत्र परे रख दिया और महादेव से बोले-

''आप किसी मौखिक प्रतियोगिता में बापू का मुकाबला नहीं कर सकोगे। क्या वे किसी की सुनते हैं?'' अब गाँधी जी सरदार की ओर पलटे। अपने गोल चश्मे के भीतर से उनके मुखारविन्द पर आँखें गड़ाकर बोले-''वल्लभभाई!...मेरा अनुभव है कि आपकी जुबान मेरी जुबान से अधिक लम्बी है।''

वल्लभभाई ने दूर बैठे महादेव की ओर इशारा करके गाँधी जी को समझाना चाहा कि महादेवभाई कुछ दूर बैठकर फल काट रहे हैं तो स्वच्छता के लिहाज से ठीक ही कर रहे हैं। प्रत्यक्षतः बापू से कहा-

''तो क्या?...यहाँ हम सब इकट्ठे बैठते हैं और मिलकर खाते हैं। अगर हम यहीं बैठकर फल तैयार करेंगे तो यहाँ पर पानी गिरायेंगे। तब यहाँ पर मक्खियाँ आ जायेंगी।''

इस पर बापू हाथ नचाकर सरदार से बोले- ''मालूम है न?...मीराँबेन के पास केवल एक कमरा है, जिसे उन्हें रसोई के रूप में, सोने के कमरे के रूप में, पढ़ाई के लिए और बैठक के रूप में इस्तेमाल करना पड़ता है।''

वल्लभभाई का उत्तर था-''यह निःसन्देह उन लोगों के मामले में भी होता है जिनका समूचा घर केवल एक कमरे का होता है। लेकिन जब यहाँ हमारे पास कुछ स्थान है, तो हमें उसका इस्तेमाल क्यों नहीं करना चाहिए?''

महात्मा गाँधी बोले-

''आइये...हम कुछ हद तक वे स्थितियाँ पैदा करें जिनमें ग़रीब लोग जीवन व्यतीत करते हैं। अफ्रीका में, सादगी से रहने का अनुभव करने की कोशिश करते समय, मैं एक कमरे में रहा करता था जो मेरी-रसोई, मेरी बैठक, मेरा स्नानागार, बर्तन साफ़ करने का स्थान और शयनकक्ष के रूप में काम आता था। फिर भी, कोई व्यक्ति यह नहीं कह सकता था कि वह साफ़-सुथरा नहीं था।''

धीरे-धीरे महादेव के साथ-साथ सरदार पटेल ने भी एक तरह से गाँधी जी के दूसरे सचिव की ज़िम्मेदारी यरवदा जेल में सँभाल ली थी। वे गांधी जी को आनेवाले अनेक पत्र को पढ़ने और गाँधी जी को उनके उत्तर देने में अपनी सलाह देते। उत्तर तो वही लिखते महादेव जिसे गाँधी जी अन्तिम करते। परन्तु उस प्रक्रिया में सरदार की हास-परिहासपरक दिलचस्प टिप्पणियाँ महादेव देसाई को ख़ूब भातीं।

दिनांक 24 नवम्बर, 1932 को गाँधी जी ने देर रात तक पत्रों के उत्तर लिखवाये। एक व्यक्ति ने गाँधी जी को लिखा था कि वह अपनी पत्नी को पसन्द नहीं करता, जो

बदसूरत है। वल्लभभाई ने तत्काल बापू को उसे जवाब में यह लिखने की सलाह दी कि "वह व्यक्ति स्वयं को अन्धा बना ले और उसके बाद अपनी पत्नी के साथ प्रसन्नता से रहे। क्योंकि तब उसे उसकी बदसूरती देखनी नहीं पड़ेगी।"

महात्मा गाँधी भी महादेवभाई के साथ हँसे। फिर महात्मा जी महादेव से बोले-"लिखो भाई!...सुन्दरता तन की नहीं मन की होती है। व्यक्ति अपने सद्गुणों से जाना जाता है। अतः..."

एक-से-एक विचित्र पत्र। उन पर गाँधी जी के सधे हुए संक्षिप्त जवाब। एक सिरफिरे पत्र व्यवहारी ने गाँधी जी को अनेक बातों पर कोसते हुए अन्त में स्वयं के बारे में लिखा था - "एक ऐसा व्यक्ति जिसका दुर्भाग्य है कि वह गाँधी के समय में रह रहा है।"

यह पढ़कर पटेल को बहुत बुरा लगा। गाँधी जी ने सरदार पटेल से पूछा-

"आप ही बतायें...मुझे इस आदमी को किस प्रकार का उत्तर भेजना चाहिए ?"

वल्लभभाई बोले - "उसे कहिए कि वह ज़हर ले ले।"

बापू बोले-"मैं यह नहीं कह सकता।...लेकिन क्या इसके बजाय उसे यह सुझाव देना बेहतर नहीं होगा कि वह मुझे ज़हर दे दे ?"

वल्लभभाई ने छूटते ही कहा-"मुझे डर है बापू! कि इससे उसे कोई सहायता मिल सकेगी। अगर वह आपको जहर दे देगा और आप मर जायेंगे, तो उसे फाँसी की सज़ा दी जायेगी और उसे भी संसार से जाना पड़ेगा।...तब उसे आपके साथ पुनर्जन्म का अवसर लेना पड़ेगा। इसलिए बहुत बेहतर है कि वह स्वयं ज़हर ले ले।"

कभी-कभी अतीत में कही बातें भविष्य में चलकर इतिहास का वास्तविक हिस्सा बन जाती हैं। गाँधी और पटेल का यह वार्त्तालाप भी कुछ-कुछ वैसा ही था, जिसकी नियति तब दोनों ही नहीं जानते होंगे।

जिन दिनों वल्लभभाई गाँधी जी के साथ 1932-33 में पूना की यरवदा जेल में थे, उन्हीं दिनों गाँधी जी ने दोबारा 21 दिन के उपवास की घोषणा कर दी थी, जो एक अन्य महत्त्वपूर्ण घटना थी। इसने सरदार पटेल को विचलित कर दिया।

गाँधी जी का कहना था कि वे यह उपवास कट्टर सनातन पन्थियों के लिए और अपनी आत्मशुद्धि के लिए 8 मई, 1933 से करेंगे। ताकि वह अपने हरिजन-उद्धार के कार्यों को और भली भाँति कर सकें।

हरिजनों की लड़ाई लड़ते हुए गाँधी जी दोनों तरफ़ से कटु आलोचनाओं के प्रहार झेलते आये थे। अम्बेडकरवादी गाँधी जी को सनातनधर्मी लोगों के हितों में कार्य करनेवाला बताते थे। कट्टरपन्थी हिन्दू गाँधी जी को सनातन धर्म से भटका हुआ व्यक्ति मानते थे। गाँधी जी को हरिजन-विरोधियों के आक्षेपों से वास्तविक पीड़ा होती थी। अम्बेडकर समर्थक क्या कहते हैं? गाँधी जी को इसकी अधिक परवाह न थी। उनके अपने

लोगों के और दलितों के प्रति उनका उपेक्षापूर्ण रवैया गाँधी को अधिक वेदना पहुँचाता था। वे सोचते थे कि छुआछूत को तिलांजली दिये बिना हिन्दुओं में एकता का सुदृढ़ीकरण सम्भव नहीं।

उपवास अथवा अनशन महात्मा गाँधी की एक प्रकार से तलवार भी था और उनकी ढाल भी। यह उनका अन्तिम अस्त्र था। गाँधी यह भी जानते थे कि उनका लम्बा उपवास दो धार वाला अस्त्र है। यह उन्हें स्वयं को भी आघात पहुँचा सकता था। परन्तु यदि वे बच गये तो यह विपक्षी पर बहुत भारी पड़ेगा।

गाँधी जी की आयु और शारीरिक दशा को देखते हुए सरदार पटेल इस बार के गाँधी जी के घोषित उपवास को लेकर काफ़ी आशंकित थे। अनेक लोग आशंकित थे। चक्रवर्ती राजगोपालाचारी ने भी एक तार द्वारा अपनी आशंका सरदार से इन शब्दों में व्यक्त की थी-''बापू इस अग्निपरीक्षा से बिना किसी नुक़सान के गुज़र जायेंगे, यह आशा करना महान् भूल होगी। अब केवल आप ही उन्हें इस उपवास से बचने के लिए बाध्य कर सकते हैं।''

पटेल की चिन्ता को गाँधी जी समझते थे। उन्होंने महादेवभाई से कहा था-''ईश्वर ने मुझे वल्लभभाई जैसे असाधारण व्यक्ति का साथ दिया है, यह उसकी असीम अनुकम्पा है।''

उधर गाँधी जी के 21 दिन के उपवास का संकल्प जानकर ब्रिटिश सरकार के भी हाथों के तोते उड़े हुए थे। कहीं ख़ुदा न ख़ास्ता ये 'ओल्ड मैन' गाँधी जेल में 'फास्ट अण्टिल डेथ' करता हुआ मर गया तो उसके राष्ट्रीय और अन्तरराष्ट्रीय स्तर पर बड़े दूरगामी परिणाम होंगे। न-न ऐसा कतई न होने पाये। गाँधी का बूढ़ा शरीर अनशन का बोझ इस बार शायद ही बर्दाश्त कर सके। कम-से-कम उसे जेल में तो मरने नहीं दिया जा सकता।...अंग्रेज़ों में भी इस मुद्दे को लेकर मन्थन चलता रहा था।

इसलिए गाँधी जी ने जैसे ही 8 मई, 1933 को अपना उपवास शुरु किया, उन्हें अंग्रेज़ शासन द्वारा उसी दिन सायंकाल जेल से रिहा कर दिया गया। गाँधी जी पूना में लेडी प्रमिला थैकरसे के एक पहाड़ी पर बने हुए मकान में जा पहुँचे। वहाँ उनका वह 21 दिनी उपवास सकुशल निपट गया। अच्छी जलवायु और सुरम्य प्राकृतिक वातावरण ने उपवासे महात्मा गाँधी को टूटने नहीं दिया।

जब गाँधी जी उपवास से सकुशल निवृत्त हुए तो वह समाचार जानकर सरदार पटेल ने यरवदा जेल के भीतर चैन की साँस ली। उन्होंने जेल से ही प्रसन्नतापूर्वक गाँधी जी, महादेव देसाई और गाँधी जी के पुत्र देवदास को पत्र लिखे।

सरदार ने गाँधी जी को लिखा-''ईश्वर ने हम पर कृपा की है। अब मेरी प्रार्थना है कि आप भी हम पर कृपा रखें।''

महादेवभाई को पटेल ने लिखा-''आज हमारी आँखें आनन्द के आँसुओं से भरी हुई हैं। हम ईश्वर के प्रति आभारी हैं।''

उन्होंने देवदास गाँधी को लिखा-''कृपया बा को हमारा प्रणाम कहिये और उनसे कहिये कि वे हमें अपना आशीर्वाद दें।''

उपवास समाप्त होने के 4-5 दिन बाद गाँधी जी ने भी सरदार पटेल को एक पत्र लिखा और साथ में उनके लिए कुछ आम भेजे। पत्र में बापू ने आत्मीयता के साथ बहुत-कुछ लिखा। बापू के भेजे हुए आम भी बहुत मीठे थे।

'ब्रिटिश सरकार ने एक श्वेत पत्र जारी किया था मार्च, 1933 में। उसमें गोलमेज़ सम्मेलनों से प्राप्त निष्कर्षों के आधार पर ब्रिटिश सरकार की ओर से भारत के भावी संविधान की रूपरेखा दी गयी थी। उसके अनुसार प्रान्तों के निर्वाचित विधानमण्डल होंगे जिन्हें व्यापक शक्तियाँ प्राप्त होंगी। केन्द्र में एक संघीय सभा होगी जिसके एक-तिहाई स्थान देशी राजाओं अथवा उनके द्वारा मनोनीत प्रतिनिधियों के लिए सुरक्षित रहेंगे। सिन्ध प्रान्त को प्रेसीडेन्सी से अलग कर दिया जायेगा। वायसराय और गवर्नर के हाथों में विशेष शक्तियाँ रहेंगी, पर ये पहले की तुलना में कम होंगी।

जुलाई, 1933 के मध्य प्रायः 300 कांग्रेसी प्रतिनिधि पूना में एकत्रित हुए। उन्होंने गाँधी जी को अधिकार दिया कि वे उनकी ओर से वायसराय लॉर्ड विलिंग्डन से मुलाक़ात करें। इस पर 15 जुलाई को गाँधी जी ने विलिंग्डन से मुलाक़ात का समय माँगा। वायसराय ने मिलने से इन्कार कर दिया। इस पर गाँधी जी ने 31 जुलाई, 1933 को वायसराय को सूचना दी कि वे कस्तूरबा, महादेव देसाई और 30 अन्य व्यक्तियों के साथ साबरमती आश्रम से रास गाँव की पदयात्रा करेंगे। सरकार को लगा कि गाँधी जी कहीं 'डाण्डी यात्रा' की तरह फिर कोई बखेड़ा न खड़ा कर दें। अतः उन्हें तत्काल प्रभाव से गिरफ़्तार कर 2 अगस्त, 1933 को फिर से यरवदा जेल में ले आया गया। उस समय सरदार पटेल यरवदा जेल में नहीं थे। उन्हें नासिक जेल में भेजा जा चुका था। सरदार के वहाँ नहीं मिलने पर गाँधी जी बड़े दुःखी हुए। उनके परिचित छगनलाल जोशी भी उस जेल में नहीं थे। तब उनके मुख से निकला-''घोंसला यहाँ है लेकिन पक्षी उड़ गये हैं।''

गाँधी जी को गिरफ़्तार कर यरवदा जेल लाया तो गया, परन्तु तीन दिन बाद उन्हें जेल से छोड़ दिया गया। गाँधी जी को पूना शहर में ही रहने का आदेश दिया गया। मगर गाँधी जी ने आधा घण्टे बाद ही इस आदेश को भंग कर दिया। अंग्रेज़ों की पुलिस उनके पीछे तो लगी ही हुई थी। गाँधी जी को फिर से गिरफ़्तार कर लिया गया। इस बार उन्हें एक वर्ष क़ैद की सज़ा सुनायी गयी। सजायाफ़्ता हालत में गाँधी जी ने 16 अगस्त, 1933 को फिर से जेल में उपवास आरम्भ कर दिया। उनकी हालत 20 अगस्त को ख़तरनाक हो चली। उनको अस्पताल पहुँचाया गया। हालत में कुछ सुधार होते ही गाँधी जी को 23 अगस्त को बिना किसी शर्त के छोड़ दिया गया।

मगर इस बार कारावास से मुक्त होने के बावजूद गाँधी जी ने यही माना जैसे कि अभी भी वह एक वर्ष की सज़ा भुगत रहे हों। अतएव उन्होंने घोषणा की कि अब 3

अगस्त, 1934 से पहले वह सविनय अवज्ञा आन्दोलन फिर से शुरू नहीं करेंगे। अर्थात् महात्मा जी ने जनान्दोलन को एक वर्ष के लिए स्थगित कर दिया।

उक्त अवधि में गाँधी फिर से रचनात्मक कार्यक्रमों की ओर मुड़ गये। उन्होंने जन-कल्याण और शिक्षण हेतु जो संस्थाएँ स्थापित की थीं उनकी देखभाल में वे जुट गये। गाँधी जी ने अपना साबरमती आश्रम 1933 में एक हरिजन संस्था को दे दिया और वर्धा में सेवाग्राम को अपना आश्रम स्वीकार लिया। फिर यहीं से महात्मा जी ने हरिजनों को न्याय दिलाने और उनके जीवन उत्थान का व्रत लेकर 10 महीने तक देश भर का व्यापक दौरा किया। एक बार जो वे निकले, बिना विश्राम हेतु एक बार भी वापस लौटे, भारत के कोने-कोने में घूमते रहे। हरिजनों के प्रति छुआछूत मिटाने, उन्हें मन्दिरों में प्रवेश दिलाने और सार्वजनिक कुओं से जल लेने देने के लिए गाँधी गाँव-गाँव शहर-शहर गली-गली गुहार लगाते घूमते फिरे। लोगों के लिए गाँधी एक अजूबा थे और उन सबके लिए अपनी अन्तररात्मा में झाँकने का एक कारण भी।

सविनय अवज्ञा कार्यक्रम स्थगित हुआ। कांग्रेस के सदस्यों को विधानमण्डलों में जाने का रास्ता खुला। सरकार ने भी कांग्रेस से प्रतिबन्ध उठा लिया। इधर सरदार वल्लभभाई पटेल 14 जुलाई, 1934 को 2 वर्ष 6 माह और 10 दिन का कारावास काटकर मुक्त हुए। अन्य कई नेताओं को भी जेल से छोड़ दिया गया।

भारत में कांग्रेस में समतामूलक न्याय की अवधारणावाली समाजवादी विचारधारा भी अन्तर्निहित हो चली थी। पं. जवाहरलाल नेहरु रूस और यूरोप घूमकर आये थे। उनका झुकाव वामपन्थी कम्युनिस्टों की ओर हो चला था। वस्तुतः 1917 में रूस की बोलशेविक क्रान्ति ने भारत के अनेक बुद्धिजीवियों और राजनेताओं को अपनी ओर आकृष्ट किया था। एम.एन. राय, जयप्रकाश नारायण, राममनोहर लोहिया, अरुणा आसफ अली और आचार्य नरेन्द्रदेव जैसे युवा कांग्रेसी नेताओं ने पाश्चात्य समाजवाद की भारतीय पृष्ठभूमि में व्याख्या करने के प्रयत्न प्रारम्भ कर दिये थे। कांग्रेस में जवाहरलाल नेहरू ही नहीं, सुभाषचन्द्र बोस भी समाजवाद के प्रबल पक्षधर थे। अतः 1934 के शुरू में कांग्रेस सोशलिस्ट पार्टी की स्थापना हो गयी। इसके पहले अधिवेशन की अध्यक्षता आचार्य नरेन्द्रदेव ने की।

सरदार वल्लभभाई पटेल का रुख़ समाजवादी नेताओं के कार्यकलापों के प्रति अनुकूल नहीं था। जब वे जेल से लम्बे समय बाद बाहर आये तो उन्हें कांग्रेस का अंदरूनी वातावरण बहुत-कुछ बदला-बदला-सा महसूस हुआ। सरदार पटेल खरा बोलने के आदी थे। उनका पाश्चात्य विचारधारा में बह जाने का चरित्र नहीं था। वे भारतीय सभ्यता और संस्कृति का पोषण करनेवाली राष्ट्रवादी विचारधारा के प्रबल समर्थक थे।

सरदार पटेल ने अपनी रिहाई के ठीक दो सप्ताह बाद ही 01 अगस्त, 1934 को बनारस विद्यापीठ में भाषण दिया। इस अवसर पर पश्चिमी विचारधारा और समाजवाद पर उन्होंने खुलकर अपने उद्गार व्यक्त किये। सरदार ने कहा-

"मेरा समाजवादी अथवा कांग्रेस समाजवादी पार्टी के साथ कोई विवाद नहीं है, लेकिन मैं उन युवाओं की कड़ी आलोचना किये बिना नहीं रह सकता, जो पश्चिमी विचारधारा के प्रचलित आकर्षक वाक्यों पर यथोचित रूप से विचार किये बिना, उन्हें सीधे अपनी विचारधारा के रूप में अपनाना चाहते हैं।

"मैं न तो कोई विद्वान् हूँ और न ही मुझे विचारधाराओं के बारे में कोई ज्ञान है, लेकिन मुझे यह विश्वास करने के लिए थोड़ा-बहुत सामान्य ज्ञान है कि कोई भी विचारधारा पूरी तरह दोषमुक्त नहीं है। इस समय, हमारा संचालन, पश्चिमी देशों से हो रहा है। स्वयं हमारी अपनी आँखों के सामने, समाजवाद की उधार ली गयी कार्य-पद्धति का दुरुपयोग फासिज्म की स्थापना के लिए किया गया है।...

"मुझे आम नागरिकों के प्रति कोई हीनता की भावना नहीं है। मैं जन्म से और संस्कारों की दृष्टि से एक किसान हूँ और जब तक किसान अपने प्राकृतिक अधिकार प्राप्त नहीं कर लेते, तब तक मैं किसानों की स्थितियों में सुधार के सम्बन्ध में किसी प्रकार की रुकावटों को स्वीकार करने के लिए तैयार नहीं हूँ।

"मैं उतनी तेज़ी से आगे बढ़ने का इच्छुक हूँ जितनी तेजी से मैं आगे बढ़ सकता हूँ। किन्तु मुझे डर है कि समाजवादियों का 'आगे बढ़ो' का तथाकथित नारा एक खोखली बात के अलावा और कुछ नहीं है। यदि समाजवादी अथवा कोई अन्य पार्टी आगे आती है और मुझे कोई क्रान्तिकारी कार्यक्रम बताती है, जिसे तत्काल कार्यान्वित करने का उनमें साहस है, तो मैं अपने-आपको उनकी सेना में शामिल करने के लिए तैयार हूँ।

"हमारे युवा समाजवादी मित्र चरखे के बारे में मजाक करते हैं और यन्त्रीकृत-हल के उपयोग के बारे में सतर्कता से बात करते हैं। लेकिन मैंने अपना सारा जीवन ग्रामीण लोगों के बीच और एक आम आदमी की जीवनशैली में बिताया है, इसलिए मुझे इस बात की पूरी जानकारी है कि यन्त्रीकृत-हल का उपयोग किये जाने से ग्रामीण जीवन के पुनर्गठन में क्या समस्याएँ उत्पन्न होती हैं?

"हमारे समाजवादी ऐसे किसी गाँव अथवा औद्योगिक श्रमिकों की ऐसी किसी एसोशिएशन की जानकारी मुझे दे सकते हैं, जिसका प्रबन्ध वे ऐसे ढंग से करने में समर्थ हुए हों, जिससे उन्हें सन्तोष हुआ हो। लाल झण्डे फहराते हुए कारख़ाना-मज़दूरों के जुलूस आयोजित करना बहुत आसान है, लेकिन मैं उनसे यह पूछना चाहता हूँ कि इस प्रकार की उछल-कूद से कौन-सा प्रयोजन सिद्ध होता है? और उसके बाद क्या करना है ?.. .आपको यह नहीं भूलना चाहिए कि विभिन्न क़िस्म के विचारहीन लोग होते हैं जो हमारे द्वारा अहिंसा के अपने सिद्धान्त से थोड़ा-सा परे हटने का लाभ उठाने के लिए हमेशा उत्सुक और तैयार रहते हैं।...

'जब हमारा संघर्ष पूरे जोर पर था तो हमने, जहाँ तक व्यावहारिक था, कांग्रेस के कराची अधिवेशन में अपने कार्यक्रम में समाजवाद को समायोजित किया था। आपने स्वयं देखा कि हम इसे कितना कम व्यवहार में ला सके। और अब इस क्षण, जब समूचा देश

इस कार्यक्रम के लिए, जो पूर्णतः विफल सिद्ध हुआ है, थका देनेवाले प्रयास करके बेदम हो गया है, आप यह सोचते हुए कि हमारे संघर्ष की विफलता हमारे कार्यक्रम की अन्तर्निहित त्रुटियों के कारण हुई थी, समाजवाद की सौ प्रतिशत स्वीकृति की माँग कर रहे हैं।

"मैं समझता हूँ कि किताबी झगड़े उठाना कोई बुद्धिमत्ता की बात नहीं है, हमें सजग रहना होगा। ताकि हमारी पहले से क्षीण हो चुकी शक्ति में दरारें न पड़ें और हम विदेशी शक्ति के ख़िलाफ़ अपने संघर्ष के मुख्य मुद्दे से पिछड़ न जायें।"

सरदार पटेल ने अपने यह खरे-खरे विचार समाजवादियों की आकाशीय उड़ान को इंगित करके उनसे सीधे-सीधे पंगा मोल ले लिया। जयप्रकाश नारायण-जैसे अनेक युवा समाजवादी सरदार पटेल से विमुख हो गये और वह वामपन्थ की ओर उन्मुख पण्डित जवाहरलाल नेहरू से ज़्यादा नज़दीक हो गये।

इस तरह से कांग्रेस की दो धाराएं स्पष्ट हो चलीं। पहली राष्ट्रवादी विचारधारा, जो भारत की सनातनी संस्कृति में आस्था रखती थी। दूसरी समाजवादी विचारधारा, जिसने पाश्चात्य मार्क्सवादी, लेनिनवादी विचारों का दामन थाम लिया था। राष्ट्रवाद से गाँधीवाद जुड़ा था जिसके अनुयायी सरदार पटेल थे, जो आस्थावान् थे। समाजवाद से पण्डित नेहरू का सरोकार हो चला था, जो गाँधी के रास्ते से उन्हें विचलित करता था, जो नास्तिकता की ओर ले जानेवाला रास्ता था।

देखा जाय तो पटेल और नेहरू के रास्ते यहीं से अलग हो चले थे। एक ही नाव के यद्यपि वे दो यात्री थे, नाव जिसका नाम कांग्रेस था। पर एक का दिल पूरब की ओर धड़कता था तो दूसरे का पश्चिम की तरफ़। परन्तु साथ रहना दोनों की मजबूरी थी। क्योंकि नाव का मुख्य-खेवैया बहुत मज़बूत था, जिसका नाम था-महात्मा गाँधी।

सरदार पटेल व्यावहारिक व्यक्ति थे। वे आकाश में उड़ने के बजाय अपने पाँव ज़मीन पर टिकाये रखने में यक़ीन रखते हैं। सरदार ने उन्हीं दिनों यह भी कहा था-"हमें नये विचारों और नये दलों का स्वागत करना चाहिए, यदि वे हमें स्वतन्त्रता के निकट लाने में सहायक सिद्ध हो सकते हों। यदि वे स्वतन्त्रता प्राप्त करने के हमारे लक्ष्य के मार्ग में बाधा सिद्ध होते हों, तो हमें उन्हें छोड़ने में झिझकना नहीं चाहिए। किसी भी राष्ट्र ने क़ीमत चुकाये बिना आसानी से स्वतन्त्रता प्राप्त नहीं की है। यद्यपि हमें अपनी साधना और कुर्बानी के बारे में गर्व होना चाहिए, लेकिन उन अन्य राष्ट्रों की तुलना में, जिन्होंने स्वाधीनता प्राप्त करने में और उसे बनाये रखने में बलिदान दिये हैं, हमारे कष्ट अत्यन्त अल्प प्रतीत होते हैं। वे लोग भ्रम में हैं, जो यह सोचते हैं कि अपने कष्टों की तुलना में हमने कुछ प्राप्त नहीं किया है।"

12

सत्ता और संगठन की राजनीति

महात्मा गाँधी ने अपनी ओर से एक वर्ष के लिए सत्याग्रह स्थगित कर दिया था। कांग्रेस महासमिति की एक आवश्यक बैठक मई, 1934 में पटना में हुई। इसमें एक प्रस्ताव द्वारा गाँधी जी के सुझाव को अनुमोदित कर महासमिति ने भी सत्याग्रह आन्दोलन को तदनुसार एक वर्ष के लिए स्थगित कर दिया। कांग्रेस महासमिति ने एक दूसरे प्रस्ताव द्वारा स्वराज्य पार्टी की कौन्सिल प्रवेश नीति को स्वीकार करके पं. मदनमोहन मालवीय और डॉक्टर अन्सारी को एक ऐसा 'पार्लियामेण्टरी बोर्ड' बनाने का अधिकार दे दिया जो चुनाव-सम्बन्धी नियम तथा उपनियम बनाने के अतिरिक्त चुनाव लड़ने की व्यवस्था भी करे।

इस प्रकार कांग्रेस ने सत्याग्रह की दिशा से अपने पाँव पीछे खींचकर कौन्सिल प्रवेश के मोर्चे की तरफ बढ़ा दिये। लक्ष्य यद्यपि वही था-अंग्रेज़ों के हाथों में अपनी गयी हुई स्वाधीनता को छीनना। ख़ुद शासन सत्ता हासिल करना। अन्तर केवल तरीक़े में परिवर्तन का था। पहले जो लड़ाई सड़कों पर आन्दोलन के जरिये लड़ी जाती थी और जिसकी अन्तिम परिणति जेल जाकर होती थी, अब वह लड़ाई कौन्सिल में प्रवेश कर भीतर से लड़ी जानी थी। इस भीतरी मोर्चे पर अंग्रेज़ों द्वारा लागू किये जानेवाले संविधान संशोधनों अथवा क़ानूनों में जो देशहित के प्रतिकूल थे, उनका प्रतिरोध किया जाना था। इसका एक अन्य उद्देश्य भारतीय नेताओं द्वारा सत्ता की राजनीति का अनुभव भी प्राप्त करना था, ताकि भविष्य में स्वाधीनता मिलने पर हमारा नेतृत्व-बल राजकाज के लिए सक्षम हो सके।

सत्याग्रह का स्थगन यूँ तो एक वर्ष के लिए कांग्रेस ने गाँधी जी के इशारे पर किया था। परन्तु वस्तुतः यह स्थगन अगले पाँच वर्षों तक जारी रहा- 1934, 1935, 1936, 1937 और 1938 तक। इन वर्षों में कांग्रेस ने 1935 को छोड़कर अपने चार अधिवेशन किये। देश की जनता जागृत हो चुकी थी। आन्दोलनों के अभाव में उसके मन में बेचैनी थी। जीवन संघर्ष के साथ-साथ मानसिक संघर्ष उसकी दिनचर्या में शामिल हो चुका था। पर स्पष्ट नेतृत्व के अभाव में जनसाधारण अपने में ही जीने-मरने के लिए मज़बूर थे। लोग समाचार-पत्रों और कनबतियों के माध्यम से देश-विदेश के हालात जानने तक ही प्रायः सीमित थे।

अक्टूबर, 1934 में कांग्रेस का बम्बई में अधिवेशन हुआ। यह कराची अधिवेशन, जिसकी अध्यक्षता सरदार पटेल ने की थी, के करीब साढ़े तीन साल बाद हुआ था। बाबू राजेन्द्रप्रसाद इस बम्बई अधिवेशन के अध्यक्ष निर्वाचित किये गये। महात्मा गाँधी उन दिनों बड़े दुःखी थे। उन्होंने इस अधिवेशन में कांग्रेस से त्यागपत्र देने की पेशकश की। उनका कहना था कि कांग्रेस का जो ज़्यादा पढ़ा-लिखा और बुद्धिजीवी वर्ग माना जाता है, उसका अनेक रचनात्मक कार्यक्रमों में कोई विश्वास नहीं है। विशेषकर गाँधी के चरखे और खादी पर तो बिल्कुल नहीं है। लोग उनके कार्यक्रमों का बेमन से समर्थन करते हैं। गाँधी जी का कहना था कि उन्हें लगता है कि वे कांग्रेस पर एक बोझ बन गये हैं। उनके कारण कांग्रेसी स्वतन्त्र रूप से विचार नहीं कर पाते हैं। इसलिए गाँधी जी का कहना था कि उनका अब कांग्रेस से निकल जाना ही कांग्रेस के हित में होगा।

सरदार पटेल बम्बई अधिवेशन में गाँधी जी का दर्द सुनकर अवाक् रहे। अन्य कांग्रेस नेताओं राजाजी, मौलाना अबुल कलाम आज़ाद आदि ने गाँधी जी के इस निर्णय का विरोध किया और कहा कि अगर गाँधी जी इस मौके पर कांग्रेस से निकल गये तो इसका जनमानस पर बुरा असर पड़ेगा और चुनावों में कांग्रेस को सफलता नहीं मिलेगी। पण्डित नेहरू उन दिनों जेल में थे।

बम्बई कांग्रेस का अधिवेशन समाप्त होते ही केन्द्रीय विधानसभा के चुनाव हुए। यह चुनाव गवर्नमेण्ट ऑफ इण्डिया एक्ट 1919 की व्यवस्था के अनुसार हुए। केन्द्रीय असेम्बली में 104 निर्वाचित स्थान थे। इनमें से कांग्रेस 61 स्थानों पर विजयी रही। परन्तु केन्द्रीय असेम्बली में 41 मनोनीत सदस्यों तथा जिन्ना की मुस्लिम लीग के 16 सदस्यों व कुछ अन्य दलों के सदस्यों के कारण मत विभाजन की स्थिति में कांग्रेस को जूझना पड़ता था।

सरदार पटेल के समर्थन से भूलाभाई देसाई संघीय असेम्बली में केन्द्रीय कांग्रेस दल के नेता चुने गये। जब 21 जनवरी, 1935 को असेम्बली का अधिवेशन आरम्भ हुआ तो भूलाभाई देसाई ने अपनी योग्यता से अपना सिक्का जमा लिया। दूसरे दलों का सहयोग प्राप्त करके उन्होंने बहुत से सवालों पर भारत की ब्रिटिश सरकार को पराजित किया। इन सवालों में प्रमुख थे-शरतूचन्द्र की नज़रबन्दी, उत्तर-पश्चिमी सीमाप्रान्त में ख़ुदाई खिदमतगारों पर प्रतिबन्ध, भारत और ब्रिटेन के बीच व्यापारिक क़रार।

वर्ष 1935 का साल सरदार पटेल के लिए शारीरिक कष्ट और मानसिक उलझनोंवाला साल रहा। उन्हें पीलिया की शिकायत हो गयी जिसके कारण वे एक माह तक रोग शय्या पर पड़े रहे। मई, 1935 में उनके निकटतम सहयोगी मोहनलाल पाण्ड्या की मृत्यु हो गयी। पाण्ड्या ने खेड़ा और बारडोली के आन्दोलनों में वल्लभभाई पटेल का बड़ा साथ दिया था। गुजरात कांग्रेस में फूट पड़ गयी। उसके तीन नेताओं-चन्दूलाल देसाई, दरबार गोपालदास और मोरारजी देसाई की आपस में बन नहीं रही थी। सरदार पटेल गुजरात कांग्रेस समिति के पद से इस्तीफा देना चाहते थे, मगर उनके साथियों ने उन्हें इस्तीफा देने नहीं दिया। उसी साल खेड़ा में प्लेग का प्रकोप हुआ। सरदार पटेल ने उस महामारी में तन-मन-धन से लोगों की सेवा की। सरदार पटेल जन नेता थे। जन नेताओं का कार्य लोगों के बीच जाना, उनके दुःख-सुख को जानना, समस्याओं के निराकरण हेतु सहायता देना और जनता को सही दिशा देना होता है। सरदार 8 अक्टूबर, 1935 को जालन्धर में थे और हिन्दू-सिख और मुसलमानों की मिली जुली सभा में भाषण दे रहे थे। वे कह रहे थे कि-

"मेरा सन्देश कांग्रेस का सन्देश है और इस पर कार्य करना कांग्रेस को मज़बूत करना है, जो कि विदेशी दासता से देश को मुक्त कराने के लिए संघर्ष कर रही है...नेश्नलिस्ट पार्टी ने कांग्रेस के विरुद्ध जो आरोप लगाये हैं वे बेबुनियाद हैं। मैं उनका खण्डन करता हूँ। आप जान लीजिए कि कांग्रेस के हाथों में अन्य समुदायों की तरह हिन्दुओं के हित भी सुरक्षित हैं...देश भर में व्याप्त साम्प्रदायिक तनाव और विशेष रूप में इन दिनों लाहौर की घटनाओं की मैं निन्दा करता हूँ। ऐसी घटनाएँ अशान्ति के साथ-साथ हमारे राजनीतिक लक्ष्य की प्राप्ति में भी बाधक होती हैं।...भाइयो और बहनो! मस्जिद और गुरुद्वारों के प्रश्न पर लड़ना अत्यन्त अधार्मिक था। इस प्रकार के सम्प्रदायिक झगड़े देश की पराधीनता के लिए ज़िम्मेदार हैं।"

1935 में दिसम्बर के महीने में इस साल विशेष ठण्ड पड़ी। कांग्रेस का वार्षिक अधिवेशन लखनऊ में होना था। उसे स्थगित करना पड़ा। कारण की शीतलहर के कारण इस समय दक्षिण भारत और पश्चिम भारत के निवासियों को उत्तर भारत की यात्रा में बड़ा कष्ट होता। कांग्रेस का यह अधिवेशन चार माह तक स्थगित कर अप्रैल, 1936 में किये जाने का निश्चय किया गया। इस अधिवेशन का एक बड़ा महत्त्व यह भी था कि 1885 में स्थापित हुई कांग्रेस पार्टी के पूरे 50 वर्ष पूरे होने जा रहे थे। इसका भी उत्सव मनाया जाना था।

अगस्त, 1935 में ब्रिटिश संसद् ने गवर्नमेण्ट ऑफ इण्डिया ऐक्ट 1935 पारित कर दिया। इस अधिनियम ने वास्तविक सत्ता भारतीय जनता को न सौंपकर ब्रिटिश अधिकारियों के हाथ में ही रहने दी। इस अधिनियम में केन्द्र में दो सदनों का प्रावधान किया गया था। प्रस्तावित भारतीय संघ में लोकतन्त्रात्मक प्रान्तों और स्वेच्छाचारी ढंग से शासित भारत के देशी राज्यों का गठबन्धन होना था। प्रान्त जो कि ब्रिटिश आधिपत्य में थे उन्हें तो संघ में शामिल होना ही था, उसमें कोई कठिनाई न थी। लेकिन राज्यों का प्रवेश उनके शासकों की इच्छा पर निर्भर था। इस 1935 के ऐक्ट अथवा अधिनियम में अनेक कमियाँ ऐसी थी, जिनका भारतीय नेताओं और बुद्धिजीवियों ने विरोध किया। फलतः इस 1935 के अधिनियम का प्रस्तावित द्विसदनात्मक केन्द्रीय-विधान कभी भी ब्रिटिश हुकूमत के दौरान क्रियान्वयन न हो सका। प्रतिरक्षा, विदेशी मामलों, धार्मिक मामलों और कबायली मामलों को संरक्षित विषय माना गया था। उनका प्रबन्ध गवर्नर जनरल अथवा वायसराय को अपनी कार्यकारिणी के तीन सदस्यों की सहायता से करना था। शेष विषयों का प्रबन्ध गवर्नर जनरल उन मन्त्रियों की सहायता से करते जो विधानमण्डल के प्रति उत्तरदायी होते। लेकिन मन्त्रियों के कार्यक्षेत्र में भी हस्तक्षेप के लिए गवर्नर जनरल को विवेकाधीन शक्तियाँ प्राप्त थीं। दूसरे शब्दों में भारतीय जनप्रतिनिधियों को स्वशासन का भी इसमें प्रावधान था और ब्रिटिशर्स ने उन पर जकड़बन्दी की भी ठीक-ठाक व्यवस्था की थी। अतः यह अधिनियम पूरी तरह से भारतीयों के लिए अनुकूल नहीं था, अंग्रेज़ों के लिए अभी भी पर्याप्त सुविधाजनक था।

1933 में अहमदाबाद स्थित साबरमती आश्रम को छोड़ने के बाद महात्मा गाँधी पहले वर्धा में रहे। कुछ कालावधि के बाद वे वर्धा से कुछ मील दूर सेवाग्राम आश्रम में बस गये। सरदार पटेल को यह बात पसन्द नहीं थी। दिसम्बर, 1935 में गाँधी जी गम्भीर रूप से बीमार पड़ गये। सरदार पटेल ने उन्हें बम्बई ले जाकर उनकी डॉक्टरी जाँच कराई और उसके बाद गाँधी जी को एक महीने तक गुजरात विद्यापीठ में रखकर उनकी देख भाल की।

सितम्बर, 1935 में जवाहरलाल नेहरू जेल से मुक्त हुए और वे लम्बे समय से रूग्ण चल रही अपनी पत्नी कमला नेहरू से मिलने यूरोप चले गये। कमला नेहरू का 28 फरवरी, 1936 को तपेदिक की बीमारी से स्विटरलैंड में 36 वर्ष की अल्पायु में देहान्त

हो गया। वे स्वयं भी अपने पति की भाँति एक स्वाधीनता संग्राम सेनानी थीं। मार्च, 1936 में जवाहरलाल स्वदेश वापस आ गये। सारे देश की सहानुभूति उनके साथ थी। उन्हें अप्रैल, 1936 में लखनऊ में होनेवाले कांग्रेस अधिवेशन का अध्यक्ष मनोनीत किया गया। सरदार पटेल चाहते थे कि चक्रवर्ती राजगोपालाचारी कांग्रेस अध्यक्ष बनें। किन्तु परिस्थितियों को देखते हुए राजाजी इसके लिए तैयार न हुए। नेहरू को गाँधी जी का आशीर्वाद तो प्राप्त ही था।

लखनऊ में कांग्रेस का अधिवेशन मार्च-अप्रैल, 1936 में हुआ। कांग्रेस के 50 वर्ष पूरा होने का यह जलसा भी था। अतः लखनऊ अधिवेशन धूमधाम से मनाया गया। नेहरू यूरोप से पत्नी का वियोग सहकर लौटे थे तथा साम्यवादी एवं मार्क्सवादी विचारों से लैस थे। अधिवेशन की अध्यक्षता नेहरू जी ने की। परन्तु वे थोड़ा निराश भी हुए। क्योंकि वे कांग्रेस के कार्यक्रम में समाजवादी दृष्टिकोण का, जितना समावेश करना चाहते थे गाँधीवादी दिग्गजों सरदार पटेल, राजेन्द्रप्रसाद और राजाजी के रहते न कर सके।

पण्डित जवाहरलाल नहेरू को अपने स्वर्गीय पिता मोतीलाल नेहरू से यह शिक्षा मिली थी कि वे सन्तुलन बनाये रखें और गाँधी जी को कभी नाराज न करें। अतएव यद्यपि लखनऊ के इस कांग्रेस सम्मेलन में पण्डित नेहरू ने समाजवाद के प्रति अपनी आस्था प्रकट की थी, लेकिन वे इस प्रश्न पर कांग्रेस में किसी प्रकार का विभाजन नहीं चाहते थे। कांग्रेस अध्यक्ष जवाहरलाल ने जो अपनी कार्यसमिति बनायी उसमें आचार्य नरेंद्र देव, जयप्रकाश नारायण तथा अच्युत पटवर्धन इन तीन युवा समाजवादियों को तो शामिल किया ही, उनके अलावा सुभाषचन्द्र बोस का नाम भी शामिल किया। यद्यपि सुभाषबोस उस समय जेल में थे। साथ ही वल्लभभाई पटेल, राजेन्द्रप्रसाद, राजाजी सहित गाँधी जी के 10 कट्टर अनुयायियों को भी कार्य समिति में रखा। आचार्य कृपलानी कांग्रेस के महासचिव बने रहे।

यद्यपि जवाहरलाल नेहरू और कांग्रेस के पुराने नेताओं के बीच विभिन्न मुद्दों पर मतभेद उभरकर आते थे। लेकिन गाँधी जी दोनों पक्षों के मध्य हस्तक्षेप कर उन्हें सुलझा दिया करते थे। एक अवसर पर गाँधी जी ने जवाहरलाल को समझाते हुए कहा था-"अगर सरदार पटेल, राजेन्द्रप्रसाद और राजाजी जैसे कार्यसमिति के सदस्य असहिष्णुता के दोषी हैं, तो आप भी इस दोष से बच नहीं सकते। आप लोगों की आपसी असहिष्णुता से देश का नुक़सान नहीं होना चाहिए।"

लखनऊ के अधिवेशन ने दो योजनाएँ निर्धारित कीं। एक, धारासभाओं में प्रवेश की नीति को अपनाकर उनके संचालन के लिए कांग्रेस पार्लियामेण्टरी बोर्ड स्थापित किया और उसे चुनाव सम्बन्धी घोषणा-पत्र तैयार करने का कार्य सौंपा। दूसरे, कांग्रेस कार्यसमिति को यह काम सौंपा गया कि वह देश के किसानों की दशा को उन्नत करने की एक योजना तैयार करे।

पं. जवाहरलाल नेहरू 1937 के कांग्रेस अधिवेशन हेतु भी अध्यक्ष बनाये गये। बहुत से कांग्रेसी इस बार सरदार पटेल को कांग्रेस का अध्यक्ष बनाना चाहते थे। परन्तु जवाहरलाल नेहरू ने महात्मा गाँधी से सम्पर्क किया और कहा कि उनको लगता है कि उनके विगत 8 महीने के बतौर अध्यक्ष कार्यकाल की अवधि का सत्र कांग्रेस को पुनर्जीवित करने के लिए पर्याप्त नहीं है। अतः वे चाहते हैं कि उनको एक और सत्र मिल जाये। गाँधी जी कुछ देर विचारमग्न रहे फिर उन्होंने कहा-"मैं देखूंगा कि क्या किया जा सकता है?" उसके बाद गाँधी जी ने सरदार पटेल को मुकाबले से हट जाने की सलाह दी। सरदार पटेल गाँधी जी की इच्छा के आगे अध्यक्ष पद की दावेदारी से पीछे हट गये। इस तरह जवाहरलाल नेहरू लाहौर कांग्रेस और लखनऊ कांग्रेस के बाद तीसरी बार कांग्रेस के निर्विरोध अध्यक्ष बन गये। कांग्रेस का यह अधिवेशन इस बार महाराष्ट्र के एक गाँव फैजपुर में हुआ। क्योंकि गाँधी जी चाहते थे कि आगे के कांग्रेस के सम्मेलन भारत के ग्रामों में हों।

कांग्रेस के इतिहास में उसका पहला अधिवेशन-गाँव में हुआ और ग्राम फैजपुर उसका साक्षी बना। गुरुदेव रवीन्द्रनाथ ठाकुर के शान्ति निकेतन के प्रख्यात कलाकार नन्दलाल बसु ने कांग्रेस की उस ग्रामीण छावनी को अपने अनेक सुन्दर चित्रों से सजाकर आकर्षक रूप प्रदान किया।

फैजपुर कांग्रेस में जवाहरलाल जी ने अपने अध्यक्षीय भाषण में अन्य बातों के साथ-साथ कहा कि-

"कांग्रेस आज सम्पूर्ण प्रजातन्त्र चाहती है और उस प्रजातन्त्र की स्थापना के लिए, न कि समाजवाद की स्थापना के लिए, वह लड़ाई लड़ रही है। कांग्रेस साम्राज्यवाद की कट्टर विरोधी है और हमारी राज-व्यवस्था और अर्थ-व्यवस्था में महान् परिवर्तन करने की कोशिश कर रही है। मुझे यह आशा अवश्य है कि परिस्थिति ही हमें समाजवाद की ओर ले जायेगी। मुझे तो हिन्दुस्तान के आर्थिक कष्टों का एकमात्र उपाय यही मालूम होता है। परन्तु इस वक़्त तो हमारे देश की सबसे बड़ी आवश्यकता यह है कि जिन तत्त्वों और बलों का साम्राज्यवाद के विरुद्ध मोर्चा है उन सबको संगठित करके उसके ख़िलाफ़ संयुक्त राष्ट्रीय मोर्चा खड़ा किया जाये। कांग्रेस के भीतर उन सब बलों का प्रतिनिधित्व है और दृष्टिकोण में थोड़ा- बहुत भेद होने और विचारों में विविधता होने पर भी समान ध्येय के लिए वे सब मिलकर काम कर रहे हैं।"

अंग्रेज़ों ने 'भारत शासन अधिनियम 1919' के बाद अपने साम्राज्याधीन भारत को 'भारत शासन अधिनियम 1935' सौगात में दिया। चोर चोरी से जाये हेराफेरी से न जाये। कहने को तो भारतवासियों के लिए यह स्वशासन का एक और बड़ा क़दम था, मगर लोकतन्त्र को अपनी मनमर्जी के मुताबिक हाँकने की चाबुक अंग्रेज़ बहादुरों और उनकी नौकरशाही के हाथों में अभी भी विद्यमान थी।

कांग्रेस 1935 के इस अधिनियम के विरुद्ध थी। उसने सोचा कि खेलेंगे नहीं तो खेल को बिगाड़ तो सकते हैं। अतः नये संविधान को नष्ट-भ्रष्ट करने के उद्देश्य से आगामी निर्वाचनों में भाग लेने का फैसला किया। कांग्रेस के अलावा उदारवादियों और मुस्लिम लीग ने भी चुनावों में जाने का निश्चय किया।

जवाहरलाल नेहरू कांग्रेस अध्यक्ष थे। उन्होंने जनता से निर्वाचन से पूर्व सम्पर्क करने के लिए देश भर में तूफानी दौरा किया। भाषण कला में वे निपुण थे ही। सरदार पटेल ने भी देश के अनेक भागों में जाकर निर्वाचन सभाओं में भाषण दिये। लेकिन उनका प्रमुख काम कांग्रेस संगठन को सुदृढ़ करना, कांग्रेस के उम्मीदवारों का चयन करना और चुनावों के ख़र्च के लिए चन्दा इकट्ठा करना था।

दोनों नेताओं की कड़ी मेहनत से 11 प्रान्तों में से 6 में कांग्रेस को पूर्ण बहुमत प्राप्त हुआ। ये प्रान्त थे- यूनाइटेड प्राविंस, सेंट्रल प्राविंस, बिहार, उड़ीसा, बम्बई और मद्रास। इनके अलावा दो प्रान्तों में कांग्रेस को पूर्ण बहुमत तो नहीं मिला परन्तु वह सबसे बड़े राजनीतिक दल के रूप में उभरी, ये प्रान्त थे- उत्तर-पश्चिमी सीमाप्रान्त और असम। बंगाल और पंजाब में मुस्लिम-बाहुल्य क्षेत्र होने के कारण मुस्लिम लीग ने बाजी मारी और कांग्रेस अल्पमत में रही।

अब जब बारात सज गयी तो दूल्हा घोड़े पर बैठने को तैयार न था। जिन छह प्रान्तों में पूर्ण बहुमत कांग्रेस को मिला उनमें जवाहरलाल नेहरू तथा सुभाषचन्द्र बोस जैसे वामपन्थी विचारधारा के नेताओं का विचार था कि कांग्रेस को अपनी सरकारें नहीं बनानी चाहिए। इसके विपरीत सरदार पटेल, राजगोपालाचारी, राजेन्द्रप्रसाद जैसे दक्षिणपन्थी नेता कांग्रेस द्वारा पद ग्रहण किये जाने के पक्षधर थे।

गाँधी जी ने इस ऊहापोह की स्थिति में सलाह दी कि यदि प्रान्तों के गवर्नर विधिपूर्वक शासन कार्य के संचालन को स्वीकार करें तो कांग्रेस को अपनी सरकारें बना लेनी चाहिए। कांग्रेस और ब्रिटिश सरकार के बीच इस बात को लेकर तीन महीनों तक गतिरोध चला। अन्ततः वायसराय लॉर्ड लिनलिथगो को यह आश्वासन देना पड़ा कि प्रान्तों के गवर्नर दिन-प्रतिदिन के शासन में हस्तक्षेप नहीं करेंगे।

भभकती गर्मियों के दिन में अंग्रेज़ पहाड़ों पर चले जाते थे। वे शिमला के ठण्डे मौसम का मज़ा लेते हुए उसे अपनी ग्रीष्मकालीन राजधानी बना लेते थे। वायसराय और उनका अमला शिमला से अपने उपनिवेश का संचालन करते थे। अतएव 21 जून, 1937 को जब लॉर्ड लिनलिथगो ने शिमला से अपने रेडियो भाषण में कहा-"देयर इज नो फाउंडेशन फॉर एनी सजेशन दैट दि गवर्नर इज फ्री, ऑर एनटाइटिल्ड, ऑर वुड हैव दि पावर टू इण्टरफियर विद दि डे-टु-डे एडमिनिस्ट्रेशन ऑफ ए प्रॉविन्स आउटसाइड दि लिमिटेड रेन्ज ऑफ रेसपोन्सिबिलिटीज स्पेशली कोनफाइडेड इन हिम..."- तब जाकर कांग्रेस हरकत में आयी। उसने अंग्रेज़ बहादुर के इस आश्वासन पर विश्वास करके यू.पी., सी.

पी., बिहार, उड़ीसा, बम्बई, मद्रास और उत्तर-पश्चिमी सीमा प्रान्त तथा आसम में अपनी प्रान्तीय सरकारें बना लीं।

सरदार वल्लभभाई पटेल, पं. जवाहरलाल नेहरू और डॉ. राजेन्द्रप्रसाद जैसे बड़े नेता मन्त्रिमण्डलों से बाहर ही रहे। जबकि गोविन्द वल्लभपन्त यू.पी. अर्थात यूनाइटेड प्रॉविन्स (तत्कालीन उत्तर प्रदेश) के मुख्यमन्त्री बने। इसी तरह सी.पी. के एन.बी. खरे, बिहार के श्रीकृष्ण सिन्हा, उड़ीसा के विश्वनाथ दास, बम्बई के बी.जी. खेर, मद्रास के चक्रवर्ती राज गोपालाचारी, उत्तर-पश्चिमी सीमाप्रान्त के डॉ. खान और आसाम के गोपीनाथ बोरदोलोई मुख्यमन्त्री बने।

इस प्रकार 1937 में कांग्रेस व अन्य दलों ने पहली बार अंग्रेज़ों की सरपरस्ती में सत्ता का स्वाद चखा। इस क्रम में कांग्रेस ने प्रायः सवा दो साल तक आठ प्रान्तों में शासन किया। कांग्रेसी मन्त्रिमण्डलों ने अपने सत्ता काल में गाँधी जी के रचनात्मक कार्यक्रमों को भी पूरा करने का प्रयास किया। इनमें ग्रामों का पुनरुद्धार, कुटीर उद्योगों का विकास, शराबबन्दी और बेसिक शिक्षा का कार्यान्वयन के कार्य प्रमुख थे। प्रान्तों में कांग्रेसी मन्त्रिमण्डलों की सफलता का कारण विधानमण्डलों में कांग्रेस की शक्ति और अनुशासन था। इसका बहुत-कुछ श्रेय सरदार पटेल को जाता था जो कि कांग्रेस संसदीय बोर्ड के अध्यक्ष थे। इस दौरान गवर्नरों ने वाक़ई अपनी विवेकाधीन शक्तियों का प्रयोग बहुत कम अवसरों पर किया। मतभेद के अधिकतर मामले आपसी बातचीत के द्वारा हल कर लिए गये। परन्तु 3 सितम्बर, 1939 को ब्रिटेन ने जर्मनी के विरुद्ध युद्ध की घोषणा कर दी।

इस प्रकार तब द्वितीय विश्व युद्ध छिड़ जाने पर भारत में भी संवैधानिक संकट छिड़ गया। वायसराय ने भारत के राजनीतिक दलों, नेता और निर्वाचित प्रतिनिधियों से कोई सलाह-मशवरा किये बिना यह घोषणा कर दी कि भारत भी ब्रिटेन की ओर से युद्ध में शामिल है। कांग्रेस को यह बहुत नागवार गुज़री। हालाँकि जिन्ना की मुस्लिम लीग ने अवसर का लाभ उठाकर अंग्रेज़ों का साथ दिया और उनकी सहानुभूति लूटी।

सिपाही भर्ती अभियान में जिन्ना के अलावा डॉ. अम्बेडकर ने भी ब्रिटिशर्स का साथ दिया। जबकि कांग्रेस ने घोषणा की कि भारतवासियों के लिए युद्ध अथवा शान्ति के प्रश्न का निर्णय स्वयं भारतवासियों को ही करना है। कोई बाहरी सत्ता भारतवासियों पर यह निर्णय लाद नहीं सकती। भारतवासी अपनी साधन-सामग्री का उपयोग साम्राज्यवादी उद्देश्यों की पूर्ति के लिए नहीं होने देंगे।

9 से 15 सितम्बर के मध्य वर्धा में कांग्रेस कार्यसमिति की बैठक हुई। इसमें कांग्रेस ने एक उपसमिति नियुक्त की उपसमिति को इस प्रश्न पर विचार करना था कि इस विश्वयुद्ध में ब्रिटिश सरकार की सहायता की जाये अथवा नहीं? इस उपसमिति के तीन सदस्य थे- सरदार पटेल, जवाहरलाल नेहरू और मौलाना आज़ाद।

कांग्रेस कार्यसमिति ने ब्रिटिश सरकार से यह अनुरोध किया कि वह बताये कि लोकतन्त्र, साम्राज्यवाद, भविष्य की नवीन व्यवस्था को लेकर उसके युद्ध सम्बन्धी ध्येय

क्या हैं? क्या भविष्य में साम्राज्यवाद का नाश और भारत को स्वतन्त्र राष्ट्र स्वीकारने का कोई लक्ष्य है अथवा नहीं ? ब्रिटिश सरकार ने इसे स्पष्ट नहीं किया। उल्टे युद्धकालीन परिस्थितियों में सरकारों के कामकाज को संकुचित करने और उनमें हस्तक्षेप के क्रम को बढ़ा दिया गया। परिणाम यह हुआ कि उन परिस्थितियों में कांग्रेस की कार्यसमिति ने 22 अक्टूबर, 1939 को वर्धा में एक और बैठक की। और कांग्रेस मन्त्रिमण्डलों ने त्यागपत्र दे दिये। और वे शासन सत्ता से बाहर आ गये।

महात्मा गाँधी के परम्परागत विचारों का विलोम था- साम्यवाद। साम्यवाद का थोड़ा परिष्कृत रूप समाजवाद भी गाँधीवाद से ज़्यादा तालमेल नहीं खाता था। जवाहरलाल और सुभाषचन्द्र बोस इन वामपन्थी विचारधाराओं के पोषक और समर्थक थे। परन्तु नेहरू और सुभाष में गांधीवाद से विद्रोह की डिग्री का अन्तर था। नेहरू गाँधी से दूर जाने का साहस नहीं रखते थे। वे समझौतावादी और लचीले थे। इसे गाँधी जी अच्छी तरह समझते थे कि युवा नेहरू के बाग़ी स्वरों को अनुशासित करना आसान है। अतः नेहरू के वामपन्थी झुकाव के बावजूद गाँधी उनकी पीठ थपथपाते रहते थे। सुभाष इस मायने में उतने सौभाग्यशाली नहीं थे। गाँधी जी से पहली ही मुलाक़ात में सुभाष पर भी गाँधी जी का कोई बहुत अच्छा प्रभाव नहीं पड़ा था।

सन् 1920 में इंग्लैण्ड में आई.सी.एस. की परीक्षा पास कर लेने के बाद सुभाषचन्द बोस ने मई, 1921 में यह सर्वोच्च प्रशासनिक सेवा अचानक छोड़ दी और अपनी उत्कट देशभक्ति के साथ वे स्वदेश लौट आये। उल्लेखनीय है कि इण्डियन सिविल सर्विस में सुभाष बाबू ने चौथा स्थान हासिल किया था, जो उस समय के किसी भी युवा भारतीय के लिए अत्यन्त गौरव की बात थी। देश के लिए सुभाषचन्द्र बोस का इतना बड़ा त्याग उन्हें उसी समय भारत की युवा पीढ़ी की नजरों में एक नायक बना चुका था। सुभाष जब 6 जुलाई, 1921 को बम्बई पहुँचे, उनकी देश के कर्णधार गाँधी जी के दर्शन की उत्कट अभिलाषा थी। वे महात्मा गाँधी से बम्बई आते ही उसी दिन जाकर पहली बार मिले।

दोपहर का समय था। मणिभवन के एक कमरे में गाँधी जी फ़र्श पर अपने आसन पर, हमेशा की तरह, बड़ी सादगी से बैठे हुए थे। युवा सुभाष ने गाँधी जी को अपना परिचय दिया और उनसे अपनी कुछ शंकाओं और जिज्ञासाओं के समाधान चाहा। ख़ासकर गाँधी जी के अहिंसा और उनके असहयोग आन्दोलन में उनके विश्वास को लेकर। सुभाष बोस ने गाँधी जी के असहयोग आन्दोलन की कार्यप्रणाली, नीति और उद्देश्य प्राप्ति से जुड़े विविध प्रश्न गाँधी जी से किये। बुद्धिजीवी सुभाष महात्मा गाँधी के सीधे-सरल उत्तरों से सन्तुष्ट न हो सके। गाँधी जी को भी युवा सुभाष की अति-उत्साही मुद्रा देखकर उनसे कुछ असहजता महसूस हुई।

उसी समय से गाँधी के मन में सुभाषचन्द बोस के व्यक्तित्व और इरादों के प्रति शंकाएँ घर कर गयीं। गाँधी जी को आगे हमेशा लगता रहा कि इस नौजवान का अहिंसा के सिद्धान्त में कोई विश्वास नहीं है। वह सशस्त्र क्रान्ति पर ज़्यादा भरोसा रखता हैं। ब्रिटिश साम्राज्य सुभाषचन्द बोस की नज़रों में काँटे की तरह चुभता उन्हें दिखा, जिसके लिए वह किसी भी हद तक जा सकते प्रतीत होते थे। शायद इसीलिए जब 1928 में कलकत्ता में कांग्रेस का अधिवेशन हुआ था तो उसमें सुभाष बाबू की फ़ौजी जनरल की वर्दी की गाँधी जी ने निन्दा की थी।

एक बात और। सुभाष बाबू बंगाल के वरिष्ठ नेता देशबन्धु चित्तरंजनदास के अनन्य भक्त थे। गाँधी जी के असहयोग-आन्दोलन के शुरू में सबसे बड़े विरोधी चित्तरंजनदास ही थे। अतः उन्हें लेकर गाँधी जी कुछ पूर्वाग्रह रखते थे। अब चित्तरंजनदास की छवि उन्हें बंगाल के युवा नेता सुभाष में भी नज़र आने लगी थी। सुभाषचन्द बोस महात्मा गाँधी का बड़ा सम्मान करते थे और लोगों से बात करते समय गाँधी जी के प्रति उनका यह सम्मान प्रायः झलकता भी था। परन्तु दुर्भाग्यवश गाँधी जी का वैसा स्नेह सुभाषचन्द्र बोस नहीं पा सके।

सरदार पटेल महात्मा गाँधी के पक्के अनुयायी थे। जिधर गाँधी उधर पटेल। ऐसे में जो गाँधी जी को पसन्द न हो वह भला सरदार पटेल को कैसे पसन्द हो सकता था? अतः गाँधीवादी सरदार पटेल को सुभाषचन्द्र बोस से वैसी ही विरक्ति उत्पन्न हो चली थी जैसी गाँधी जी के मन में थी। यह भी एक विडम्बना ही थी। एक कटु सत्य था। देश का दुर्भाग्य था।

आगे चलकर देश की आज़ादी के लिए जर्मनी और जापान से हाथ मिलाकर ब्रिटेन और उसके मित्रराष्ट्रों से 'आज़ाद हिंद फ़ौज' को लेकर लड़नेवाले महान् देशभक्त नेताजी सुभाषचन्द्र बोस अपनी ही कांग्रेस पार्टी के अध्यक्ष पद को सुशोभित कर, अपने ही बन्धुओं से किस प्रकार तिरस्कृत होकर, पद त्याग करने को मज़बूर हुए और अन्ततः उन्हें कांग्रेस पार्टी से गाँधी और उनके चेलों द्वारा किस तरह निष्कासन का अभूतपूर्व अपमान सहना पड़ा, यह एक अत्यन्त त्रासद कहानी है।

यह कहानी भारतीय स्वाधीनता आन्दोलन के महाभारत में कुछ-कुछ महारथी कर्ण के साथ हुए पापपूर्ण अन्याय से मिलती-जुलती है। जब रणभूमि में कर्ण के रथ का पहिया दलदल में धँसा हुआ था और वह उसे निकालने में स्वयं को असहाय पाकर उसके साथ जूझ रहा था, उसी समय श्रीकृष्ण ने अर्जुन से कर्ण का वध करने का निर्देश दिया था। कर्ण का वध तो हो गया, किन्तु उसकी कीर्ति अमर हो गयी। पर कर्ण के साथ हुए जघन्य अन्याय की छाया से उसके अन्यायकर्त्ता भी बच न सके। पाप की छाया पापकर्त्ता का पीछा करती है और जीवन में कभी न कभी अन्यायकर्त्ता के साथ नियति अपना न्याय करती है। कहते हैं इतिहास स्वयं को दोहराता है। नये-नये रूपों में। स्वाधीनता के इस महाभारत के अन्तिम चरण में इतिहास ने स्वयं को दोहराया भी। अर्जुन को महाभारत के बाद कोई

राजकाज का सुख तो मिला नहीं, युधिष्ठिर की छाया बनकर ही रहना पड़ा था। जबकि श्रीकृष्ण को बहेलिये के तीर से प्राण तजने पड़े थे। भविष्य के गर्भ में भी शायद ऐसा ही कुछ लिखा था।

19 फरवरी, 1938 को गुजरात के सूरत ज़िले में बारडोली तालुक़े के हरिपुरा गाँव में कांग्रेस का वार्षिक अधिवेशन हुआ। यह सरदार पटेल के प्रभाव और उनके पुरातन शौर्य का क्षेत्र था। अतः यह अधिवेशन उन्हीं की देख-रेख में सम्पन्न हुआ। सुभाषचन्द बोस हरिपुरा कांग्रेस के अध्यक्ष चुने गये।

महात्मा गाँधी एक सतर्क राजनेता थे। वे भारतीय राजनीति में वामपन्थियों के बढ़ते प्रभाव को भी कांग्रेस के हित में थामना चाहते थे, किन्तु उससे सीधी टकराहट किये बग़ैर। इसलिए वे जवाहरलाल नेहरू और उनके समाजवादी साथी मित्रों को भी अपने दक्षिणपन्थी सहयोगियों के सीधे प्रहार से एक प्रकार से रक्षा कवच प्रदान करते रहते थे। जब कभी सरदार पटेल आदि वामपन्थियों के ख़िलाफ़ कड़ी वचनावली का प्रयोग करते, गांधी जी उन्हें अलग से टोकते थे। बीच-बचाव का मार्ग तलाशते थे। गाँधी जी कांग्रेस को किसी भी हालत में कमज़ोर होते नहीं देख सकते थे। उनकी भूमिका परिवार के उस बड़े बुज़ुर्ग की थी जो भीतर से अपनी मान्यताओं और पुरानी परम्पराओं से चिपका रहता है, परन्तु बाहर नये विचारों से भी एक सीमा तक समझौता करता दिखता है।

अपने साम्राज्य की सुरक्षा में अंग्रेज़ भी हरदम लगे रहते थे। इसी क्रम में अंग्रेज़ों द्वारा चलाये गये विभिन्न षड्यन्त्र के मामलों ने भारत में कम्युनिस्ट विचारधारा के प्रसार में महत्त्वपूर्ण भूमिकाएँ अदा कीं। इनमें कानपुर और मेरठ के षड्यन्त्र केस सर्वाधिक उल्लेखनीय हैं। इन साजिशों को चलाने के पीछे ब्रिटिश सरकार का मुख्य लक्ष्य यही था कि भारत में तेजी से बढ़ते हुए कम्युनिस्ट आन्दोलन पर लगाम लगाई जाये। परन्तु हुआ उसका उल्टा हीं। इससे पूर्व बम्बई में श्रीपाद अमृत डांगे भारतीय कम्युनिस्ट पार्टी के संस्थापक सदस्य तथा भारतीय मज़दूर आन्दोलन के प्रमुख नेता थे। अंग्रेज़ों ने इनकी पुस्तक 'गाँधी बनाम लेनिन' को भी इनके ख़िलाफ़ एक सबूत के तौर पर इस्तेमाल किया और उन्हें कम्युनिस्ट एवं ट्रेड यूनियन गतिविधियों के माध्यम से अंग्रेज़ी राज के विरुद्ध राजद्रोह का षड्यन्त्र रचने का दोषी क़रार देकर 13 वर्ष के कारावास की सज़ा दिलायी थी।

कानपुर बोलशेविक षड्यन्त्र केस में एम.एन. राय, मुज़फ़्फ़र अहमद, श्रीपाद अमृत डांगे, शौकत उस्मानी, नलिनी गुप्ता, सिंगरवेलू चेट्टियार और गौतम हुसैन जैसे कम्युनिस्टों पर भी अंग्रेज़ी सरकार के विरुद्ध षड्यन्त्र रचने के आरोप लगाकर मुक़दमा चलाया गया। इस केस ने भी जनता का ध्यान कम्युनिस्टों की तरफ खींचा। अख़बारों में छपे लेखों के माध्यम से लोगों को वामपन्थी विचारों की जानकारी मिली।

भारतीय स्वाधीनता आन्दोलन के उन दिनों के दौरान मेरठ षड्यन्त्र केस सर्वाधिक चर्चित रहा। अंग्रेज़ सरकार भारत में बढ़ते हुए कम्युनिस्टों के प्रभाव को लेकर बहुत

चिन्तित थी। उसको डर था कि अन्तरराष्ट्रीय कम्युनिस्ट संगठन भारत में कुछ क्रान्तिकारी लोगों को भारत में भेजकर कहीं यहाँ भी क्रान्ति की ज्वाला न भड़का दे। इसी क्रम में मार्च, 1923 में भारत के विभिन्न भागों से 32 मज़दूर नेताओं को हिरासत में लिया गया था। इन सारे लोगों को मेरठ में इकट्ठा करके मेरठ के सत्र न्यायालय में उन पर आई. पी.सी. की धारा 121ए के अन्तर्गत मुक़दमा चलाया गया। जिसका अभिप्राय ऐसे अभियुक्तों से होता है जो भारत सरकार के विरुद्ध युद्ध करते हैं अथवा युद्ध का प्रयास करते हैं अथवा ऐसे युद्ध में सहयोग प्रदान करते हैं। इसमें दोषसिद्ध होने पर सज़ा के तौर पर ऐसे अभियुक्तों को दस वर्ष का कारावास आर्थिक दण्ड सहित, आजीवन कारावास अथवा मृत्युदंड तक दिया जा सकता है।

मेरठ षड्यन्त्र केस समस्त 32 लोगों पर सुदीर्घ अवधि में 1932 तक चला। आरोपियों के पक्ष में जिरह करने के लिए भारत के नामी वकील आये- जवाहरलाल नेहरु, एम.सी. चागला और एम.ए. अन्सारी। आरोपियों में तीन ब्रिटिश नागरिक भी शामिल थे - फिलिप स्प्रिट, बेंजामिन फ्रांसिस ब्रेडली और लेस्टर हचिनसन। मेरठ सत्र न्यायालय ने जनवरी 1933 में सभी आरोपियों में से 27 लोगों को भिन्न-भिन्न अवधियों के लिए जेल की सजायें सुनायीं। शेष बरी हुए। अल्पकाल के लिए तो कम्युनिस्ट आन्दोलन को मेरठ षड्यन्त्र केस से ठेस पहुँची परन्तु सज़ा प्राप्ति ने कम्युनिस्टों को नायक बना दिया और कम्युनिस्ट विचारों को देश व समाज में और तेज़ी से फैलने के नवीन अवसर प्रदान किये। इससे भारत में साम्यवादी-आन्दोलन और मज़बूत हुआ।

मेरठ षड्यन्त्र केस के अभियुक्त, अपने ट्रायल के दौरान ही, लगभग नौ वर्ष की सज़ा तो पहले ही काट चुके थे। कुछ ही माह बाद वे छूट गये। इन अभियुक्तों के छूटने तथा इधर कांग्रेस सोशलिस्ट पार्टी के बाद, 1936 में साम्यवादियों की भी एक ताक़त तैयार हो चली थी जिसने अनेक किसानों, छात्रों, मज़दूरों को अपने साथ जोड़ते हुए उनके संगठन खड़े कर लिए थे। उन्हें वर्ग-संघर्ष और जनान्दोलन के लिए वामपन्थी विचारक प्रेरित कर रहे थे। देशी रियासतों के विरुद्ध भी भीतर-ही-भीतर जनमोर्चे तैयार किये जा रहे थे। इन संगठनों को गाँधी की अहिंसा की घुट्टी नहीं, हिंसा का गरल पीने के लिए मानसिक रूप से तैयार किया जा रहा था। कांग्रेस के भीतर एक अलग मोर्चे के रूप में ये सब वामपन्थी संगठित हो रहे थे। इनमें समाजवादी थे, साम्यवादी थे, एम.एन. राय गुट के लोग थे और कुछ छिपे हुए अति-उग्रवादी वामपन्थी भी थे जो गाँधी जी के माथे पर चिन्ता की एक स्थायी रेखा थे, उनके अहिंसक-सत्याग्रह के सिद्धान्त के लिए एक साक्षात् चुनौती के रूप में।

जवाहरलाल नेहरू लगातार दो बार- 1936 में लखनऊ में और 1937 में फैजपुर में कांग्रेस अध्यक्ष रह चुके थे। अतः 1938 में कांग्रेस अधिवेशन के लिए वामपन्थियों के प्रभाव और प्रवाह को नियन्त्रित करने के उद्देश्य से गाँधी जी को नेहरू के बाद सुभाषचन्द्र बोस ही सबसे उपयुक्त वामपन्थी लगे। बापू की सोच तब यह रही होगी कि

लोहा ही लोहे को काटता है। हरिपुरा अधिवेशन से साढ़े तीन माह पहले ही गाँधी जी ने अपने 1 नवम्बर, 1937 के एक पत्र में सरदार वल्लभभाई पटेल को लिखा था कि-"मैंने देखा है कि सुभाष किसी भी तरह निर्भर करने योग्य नहीं हैं, फिर भी, इस समय कोई दूसरा अध्यक्ष हो नहीं सकता है।"

19 अक्टूबर, 1938 को हरिपुरा में प्रारम्भ हुए कांग्रेस अधिवेशन में गांधी जी द्वारा अनिच्छापूर्वक चुने गये कांग्रेस अध्यक्ष सुभाष बाबू ने अपने अध्यक्षीय भाषण में अनेक राष्ट्रीय एवं अन्ताराष्ट्रीय विषयों पर विद्वत्तापूर्वक वक्तव्य दिये। वे साम्राज्यों के उत्थान-पतन, उपनिवेशवाद और समाजवाद का सम्बन्ध, अंग्रेज़ों की 'फूट डालो और राज करो' की नीति, ब्रिटिश साम्राज्यवाद की तत्कालीन स्थिति, इंग्लैण्ड की सामूहिक शक्ति का ह्रास, अन्तरराष्ट्रीय स्तर पर चल रही विभिन्न शक्तियों में उठा-पटक और उस सन्दर्भ में भारत की स्थिति पर विस्तार से बोले। सुभाष बोस अल्पसंख्यकों की समस्या, भारत का समाजवादी आधार पर भावी पुनर्निर्माण, सम्पर्क भाषा, बढ़ती जनसंख्या, भारत शासन अधिनियम 1935 की आलोचना, स्वतन्त्र भारत की सम्भावित विदेश नीति, आर्थिक सुधारों की दिशा और कांग्रेस पार्टी में अनुशासन आदि अनेक विषयों पर बोले।

सुभाष बोस ने इसी हरिपुरा कांग्रेस में बोलते हुए कहा कि-"मुझे विश्वास है कि आगामी वर्षों में अन्तरराष्ट्रीय घटनाएँ भारत के स्वाधीनता संग्राम के पक्ष में जायेंगी। हमें निश्चित रूप से इन वैश्विक परिस्थितियों का, उनके प्रत्येक स्तर पर ज्ञान होना चाहिए और हमें यह पता होना चाहिए कि हम कैसे उनका लाभ उठा सकते हैं?...

"हमारी विदेश नीति के सन्दर्भ में मेरा पहला सुझाव यह है कि हमें किसी देश की अन्तरराष्ट्रीय राजनीति या उसकी स्थिति से प्रभावित नहीं होना चाहिए। हम प्रत्येक देश में उन स्त्री और पुरुषों को तलाश लेंगे जो भारत की स्वतन्त्रता से सहानुभूति रखते हैं। इस बात का कोई अर्थ नहीं कि उनके राजनैतिक दृष्टिकोण क्या हैं?..."

यह स्पष्ट दर्शाता है कि सुभाष-'दुश्मन का दुश्मन दोस्त होता है'- के सिद्धान्त में विश्वास रखते थे। उन्हें ब्रिटिश साम्राज्य के विरुद्ध विश्व की किसी भी शक्ति अथवा देश से हाथ मिलाने में कोई संकोच न था। ब्रिटिश साम्राज्यवादी अंग्रेज़ सुभाष के दुश्मन नं. एक थे, जिन्हें किसी भी कीमत पर उन्हें पराजित करना था।

हरिपुरा कांग्रेस अधिवेशन में सुभाष बोस ने अपने लम्बे भाषण के अन्त में महात्मा गाँधी की सराहना की। उन्होंने भारत के आर्थिक पुनर्निर्माण के लिए एक योजना समिति के गठन का सुझाव भी दिया। उनके आग्रह पर जवाहरलाल नेहरू इस योजना समिति के अध्यक्ष बने। सुभाष बोस के आर्थिक विचारों से सहमत न होते हुए भी सरदार पटेल ने इस समिति के गठन और कार्य में पूरा सहयोग दिया।

1938 के अन्त में कांग्रेस के अगले अधिवेशन के लिए अध्यक्ष पद के लिए उम्मीदवारों की खोज का काम शुरू हो गया था। सुभाषचन्द बोस कांग्रेस अध्यक्ष पद के लिए दुबारा चुनाव लड़ना चाहते थे। उनका विचार था कि यदि आचार्य नरेन्द्रदेव जैसा

कोई वामपन्थी नेता चुनाव में खड़ा हो तो वे चुनाव नहीं लड़ेंगे। आचार्य नरेन्द्रदेव चुनाव के लिए राजी नहीं हुए।

जिन महात्मा गाँधी ने विगत कांग्रेस अधिवेशन के लिए, जो गुजरात के हरिपुरा गाँव में हुआ था, स्वयं सुभाष बाबू को चुना था वे अब सुभाषचन्द बोस को दोबारा कांग्रेस-अध्यक्ष बनाये जाने के पक्ष में नहीं थे। विगत कांग्रेस अधिवेशन में गाँधी सुभाष बाबू के विचारों से भलीभाँति परिचित हो ही चुके थे। गांधी जी को अब तक विश्वस्त सूत्रों से यह भी ज्ञात हो चुका था कि सुभाष बोस कलकत्ता में जर्मन काउन्सलर के सम्पर्क में हैं और उसके साथ किसी तरह की व्यवस्था पर बातचीत कर रहे हैं। उन्हें सुभाष बोस जब 1935 में वियना में थे तब उनके बर्लिन जाकर हिटलर से मिलने की भी ख़बर मिली थी। अब जर्मनी और जापान के प्रति सुभाष बोस के रुझान की भी गुप्त सूचना गाँधी जी तक पहुँच चुकी थी। अपने 1938 के हरिपुरा कांग्रेस के भाषण में सुभाष ने 'शत्रु का शत्रु मित्र' के विचार पर मोहर भी लगायी थी और ब्रिटिश सरकार के विरुद्ध खुला संघर्ष की आकांक्षा जतायी थी। गाँधी जानते थे कि सैन्य अनुशासन में विश्वास रखनेवाले सुभाष को उनकी अहिंसा की नीति पर क्षण भर के लिए भी विश्वास नहीं था। ऊपर से गाँधीवाद के विरुद्ध सुभाष की वामपन्थी रुझान।

अतः गाँधी मध्य प्रदेश (तत्कालीन महाकौशल प्रान्त) के जबलपुर ज़िले के नर्मदा नदी के तट पर स्थित एक ग्राम त्रिपुरी में आयोजित होनेवाले आगामी कांग्रेस अधिवेशन की बाग़डोर सुभाष बोस के हाथ में पुनः जाने देने का ख़तरा मोल लेने के लिए क़त्तई तैयार न थे।

इस बार महात्मा गाँधी तथा कांग्रेस महासमिति ने कांग्रेस अध्यक्ष पद के लिए दो नामों पर विचार किया- मौलाना अबुल कलाम आज़ाद और पट्टाभि सीतारमय्या। मौलाना आज़ाद ने अपना नाम वापस लेने का ऐलान कर दिया। अब सुभाषचन्द बोस के ख़िलाफ़ मैदान में पट्टाभि सीतारमय्या ही रह गये। वे आन्ध्र प्रदेश के थे और गाँधीवादी थे। ऐसी स्थिति में कांग्रेस कार्यसमिति के सदस्यों-सरदार पटेल, बाबू राजेन्द्रप्रसाद, जे0बी0 कृपलानी, भूलाभाई देसाई, जमनालाल बजाज, शंकरराव देव और जयरामदास दौलतराम ने सुभाष बोस से दुबारा चुनाव में न खड़े होने का आग्रह किया। अध्यक्ष पद पर चुनाव के कारण कांग्रेस के अन्दर विभाजन न हो। इस सम्बन्ध में सरदार पटेल और सुभाष बोस में कुछ टेलिग्रामों का आदान-प्रदान भी हुआ। मामला गर्मी पकड़ता गया।

इसी आदान-प्रदान में 24 जनवरी, 1939 को सुभाषचन्द बोस के बड़े भाई शरतचन्द्र बोस ने सरदार पटेल को तार दिया- "इस सुबह (सुभाष के नाम) तार मिला। सिलहट से यात्रा के दौरान मैंने मौलाना और सुभाष के वक्तव्य पढ़े। मेरे विचार में मौलाना के हटने के बाद डॉ. पट्टाभि को वह पद देना अनुचित है। सन् 1937 की तुलना में आगामी वर्ष हर दृष्टि से अधिक महत्त्वपूर्ण और असाधारण है। मेरा दृढ़ मत है कि कांग्रेस कार्यसमिति के किसी सदस्य को सहयोगियों के चयन में पक्षपात नहीं करना चाहिए।

डॉ. पट्टाभि सीतारमय्या आनेवाले संघर्ष में देश के आत्मविश्वास को प्रेरित नहीं करेंगे। कृपया कांग्रेस को मत बाँटें।''

सरदार पटेल ने भी उसी दिन शरतचन्द्र बोस को तार द्वारा करारा जवाब दिया कि -

''आपके तार की सराहना करता हूँ। कुछ और नहीं, केवल कर्त्तव्यबोध ने बयान देने को विवश किया है। मतभेद व्यक्तियों में नहीं, सिद्धान्तों के बीच है। यदि संघर्ष अपरिहार्य है तो वांछित है कि चुनाव बिना कटुता और उद्देश्यों को कलंकित किये सम्पन्न होंगे। पुनर्निर्वाचन हुआ तो देश हित के लिए घातक।''

इसके आगे भी पटेल, सुभाष और पट्टाभि के बीच कुछ बयानबाजी हुई। इतना निश्चित हो गया कि इस बार कांग्रेस अध्यक्ष पद पर निर्विरोध चयन असम्भव है और निर्वाचन अनिवार्य है। फलतः 29 जनवरी, 1939 को अध्यक्ष पद के लिए चुनाव हुआ जिसमें विजयश्री सुभाषचन्द बोस को ही मिली। इस चुनाव में सुभाष बाबू को 1580 मत मिले, जबकि पट्टामि सीतारमय्या को 1377 मत प्राप्त हुए।

गाँधी जी ने 2 फरवरी, 1939 को अपने साप्ताहिक पत्र 'हरिजन' में पट्टाभि की हार को अपनी हार मानते हुए अपनी निराशा को इन शब्दों में भावुकता के साथ व्यक्त किया कि- ''मेरा होना व्यर्थ है यदि मैं निश्चित नीति और सिद्धान्तों का प्रतिनिधित्व नहीं करता हूँ। इसलिए मुझे यह स्पष्ट है कि प्रतिनिधियों ने उन नीति व सिद्धान्तों का अनुमोदन नहीं किया जिनके पक्ष में मैं हूँ।'' गाँधी जी ने कांग्रेस जन को अपनी इस भावुकता से पुनः एक बार झकझोरते हुए अपना 'मास्टर स्ट्रोक' चला और अन्त में वह कहा जिसका अर्थ था कि-सुभाष बाबू चुनाव लड़ने के बाद अब कांग्रेस के एक चुने हुए अध्यक्ष हैं और दक्षिणपन्थियों से मुक्त हैं। अतः उन्हें समतापूर्ण कार्यसमिति चुननी चाहिए और अपने कार्यक्रमों को बिना किसी बाधा के लागू करना चाहिए। यह एक प्रकार से गाँधी जी की तरफ़ से सुभाष बोस को एक चुनौती थी। दूसरे शब्दों में यह गाँधी जी की गाँधीवाद और वामपन्थ के बीच खुले युद्ध की घोषणा थी।

त्रिपुरी अधिवेशन के आयोजन के समय नेताजी सुभाषचन्द बोस बहुत बीमार थे। उन्हें 104 डिग्री बुखार था। वे डॉक्टरों के पूर्ण विश्राम करने की सलाह की परवाह न करके त्रिपुरी कांग्रेस में भाग लेने बहुत साहस करके आये। अशक्त हालत में उन्हें स्ट्रेचर पर लाया गया। मंच पर महिला कार्यकर्त्ता उन्हें पंखे से हवा कर रही थीं। कुछ विरोधी कांग्रेसियों ने इसे सुभाष बाबू का ढोंग तक कहा। किन्तु सुभाषचन्द बोस वास्तव में गम्भीर रूप से बीमार थे और बुखार में तप रहे थे। वे शारीरिक रूप से इस क़दर टूट चुके थे कि अपना अध्यक्षीय भाषण देने की भी स्थिति में नहीं थे। उस स्थिति में मौलाना आज़ाद ने उनका अध्यक्षीय भाषण पढ़ा। सुभाषचन्द बोस ने अपने भाषण में कहा था कि- ''म्यूनिख समझौता, 1938 जर्मनी के समक्ष फ्रांस एवं ब्रिटेन के समर्पण और यूरोप में फ्रांसीसी प्रभुत्व की समाप्ति का संकेत लेकर आया है और इससे ब्रितानी साम्राज्यवाद की शक्ति और सम्मान को गहरा आघात पहुँचा है। अतः यह उचित समय है जब

निष्क्रियता छोड़ते हुए कांग्रेस स्वराज के प्रश्न को उठाते हुए इस सम्बन्ध में ब्रिटिश सरकार को छह महीने का अल्टीमेटम दे। हाथ आये हुए अवसर को गँवाना किसी भी दृष्टि से उचित नहीं होगा।... यदि निर्धारित समय-सीमा के भीतर हमारी माँगें नहीं मानी जातीं तो असहयोग तथा सत्याग्रह के उपाय को आजमाया जाये...''

सुभाष बाबू का मानना था कि ब्रिटिश शासन लम्बे समय तक किसी भी अखिल भारतीय सत्याग्रह आन्दोलन का सामना करने की स्थिति में नहीं है। उन्होंने गाँधी जी एवं गाँधीवादियों के इस तर्क कि - अभी भारत में सत्याग्रह के लिए अनुकूल परिस्थितियाँ नहीं हैं-से असहमति जतायी और कहा कि -''मुझे इस बात का दुख है कि कांग्रेस में कुछ ऐसे निराशावादी व्यक्ति हैं, जो यह सोचते हैं कि ब्रिटिश साम्राज्य पर किसी शक्तिशाली आघात के लिए यह समय अनुकूल नहीं है।''

सुभाष बाबू का कहना था कि - ''आठ प्रान्तों में कांग्रेसी सरकार होने के कारण एक राष्ट्रीय संगठन के रूप में कांग्रेस की शक्ति और प्रतिष्ठा में वृद्धि हुई है। देशी रियासतों में भी अभूतपूर्व जनजागरण आया है। ब्रिटिश भारत में जन आन्दोलन की प्रगति को ध्यान में रखते हुए भारतीय परिस्थितियों में अगले आन्दोलन के लिए लोगों को तैयार करने का यह अत्यन्त उपयुक्त समय है।''

लेकिन सुभाष बाबू ने यह भी स्वीकार किया कि इसके लिए यथेष्ट तैयारी करनी होगी। पर ऐसा तब तक सम्भव नहीं है जब तक कांग्रेसी कार्यकर्त्ता एवं नेता अपने तमाम मतभेदों को भुलाकर अपनी सारी शक्ति एवं ऊर्जा इस संघर्ष में झोंकने के लिए तैयार नहीं हो जाते। सुभाषचन्द बोस का यह स्पष्ट मानना था कि-''देश की सभी साम्राज्यवाद-विरोधी शक्तियों का निकट समन्वय और सहयोग ब्रिटिश साम्राज्य के ताबूत की आख़िरी कील साबित होगा।''

सुभाष बोस के इस सिंहनाद की गूँज मानो त्रिपुरी के कांग्रेसी शिविरों तक ही सिमटकर रह गयी। उस पर क्रियान्वयन की मोहर गाँधी जी के निरुत्साहित, नाकारात्मक रुख़ के कारण लगने ही न पायी। सुभाष बोस इस प्रकार दोबारा कांग्रेस अध्यक्ष तो बन गये लेकिन उनकी गाँधीवादियों से लड़ाई शुरू हो गयी। सुभाष विरोधी अभियान के नेता गाँधी जी के अनन्य अनुयायी वल्लभभाई पटेल थे।

गाँधी के यह कहे जाने पर कि सुभाष बाबू अपने समान विचारधारा के सदस्यों को लेकर अपनी कार्य समिति बना सकते और अपने कार्यक्रमों को मूर्तरूप दे सकते हैं, सुभाष बाबू ने गाँधी जी के उक्त वक्तव्य का बड़ी नरमी से उत्तर दिया और कहा कि वे गाँधी जी के विश्वास को पाने की कोशिश करेंगे। सुभाष बोस ने यह कहा-''मैं नहीं जानता कि मेरे बारे में महात्मा जी के क्या विचार हैं, लेकिन उनके जो भी विचार हों, मेरा उद्देश्य सदैव यही रहेगा कि प्रयासपूर्वक उनका विश्वास जीतूँ, केवल इस साधारण कारण से ही मेरे लिये यह दुःखद होगा कि मैं दूसरों का विश्वास तो जीतने में सफल रहूँ, लेकिन भारत के महानतम-व्यक्ति का विश्वास जीतने में असफल रहूँ।''

भारतीय स्वाधीनता के इतिहास की इससे बड़ी दुःखद घटना और क्या होगी कि अपने वैचारिक मतभेदों के चलते दो महापुरुष जो एक होकर अंग्रेज़ों की नाक में 1939 में ही दम कर सकते थे, और भारत की आज़ादी कई वर्ष और पहले प्राप्त कर सकते थे, एक दूसरे से विमुख ही रहे, फलतः देश को और प्रतीक्षा करनी पड़ी।

22 फरवरी, 1939 को कांग्रेस कार्यसमिति के सभी सदस्यों ने इस्तीफे दे दिये। बोस गाँधी जी का समर्थन चाहते थे। वे गाँधी जी से मिले भी। परन्तु उन्हें गाँधी जी का आशीर्वाद प्राप्त नहीं हुआ। सुभाषचन्द्र बोस ने जवाहरलाल नेहरू से भी समर्थन पाना चाहा। नेहरू जी भी किनाराकशी कर गये। उन्हें अपने भविष्य की चिन्ता थी। कदाचित् वे उस नाजुक मोड़ पर अपने संरक्षक महात्मा गाँधी की नाराज़गी मोल लेना नहीं चाहते होंगे। महत्त्वाकांक्षाएँ और उनसे उपजा भय व्यक्ति को प्रायः अतिशय सतर्क बना देता है। पण्डित नेहरू के उक्त अवसर पर विचार थे कि-सुभाषचन्द बोस ब्रिटिश साम्राज्यवाद के जितने विरोधी थे, गाँधी जी और उनके निकटतम सहयोगी भी उतने ही साम्राज्य विरोधी थे। भारतीय राजनीति में गाँधी जी की स्थिति सर्वोपरि थी। उनके बिना किसी जन-आन्दोलन की कल्पना नहीं की जा सकती थी। अतः नेहरू सुभाष की कोई सहायता नहीं कर सके।

10 मार्च, 1939 को इन विकट परिस्थितियों में त्रिपुरी कांग्रेस का अधिवेशन शुरू हुआ। बीमार और अशक्त कांग्रेस अध्यक्ष सुभाष अधिवेशन स्थल पर लेटे हुए थे। वातावरण में भारी तनाव था। हो-हल्ला भी बीच-बीच में मचता था। सुभाष बोस पसीना-पसीना थे। उन्हें पंखे झले जा रहे थे। कार्यसमिति के सभी सदस्यों ने इस्तीफ़े दे रखे थे। गाँधीवादियों के विरोध के कारण नयी कार्यसमिति के गठन में दिक़्क़तें थीं। सुभाष कांग्रेस की एकता बनाये रखने की ख़ातिर कार्यसमिति में गाँधीवादी, समाजवादी, साम्यवादी सभी प्रकार के कांग्रेसी प्रतिनिधियों को समावेशित करना चाहते थे। परन्तु गाँधी के प्रमुख अनुयायी सरदार पटेल, राजा जी, राजेन्द्र बाबू इत्यादि; यहाँ तक कि नेहरू और उनके क़रीबी समाजवादी तक; कोई भी सुभाष बोस की कार्यसमिति में शामिल होने को तैयार न था। सुभाषचन्द्र बोस को कांग्रेस के इन तमाम नेताओं ने एक प्रकार से त्रिपुरी अधिवेशन में एक 'राजनीतिक-अछूत' बनाकर रख दिया था।

यह वह समय था जब विश्व पटल पर और भी विकट परिस्थितियाँ थीं। द्वितीय विश्वयुद्ध शुरू तो नहीं हुआ था पर युद्ध के बादल विश्व भर में उमड़-घुमड़ रहे थे। यूरोप में जर्मनी चेकेस्लोवाकिया को रौंद रहा था। स्पेन में फ्रांको का विद्रोह सफल हो रहा था। ब्रिटेन और फ्रांस अधिनायकवादी शक्तियों के आगे घुटने टेक रहे थे। इधर जापान ने चीन पर हमला कर दिया था। इससे मध्य और पूर्वी एशिया को ख़तरा उत्पन्न हो गया था। फरवरी के मध्य में गाँधी जी से मिलने के बाद बोस अस्वस्थ हो गये थे। डॉक्टरों ने उन्हें आराम करने की सलाह दी थी। जिस समय सुभाष बोस कलकत्ता से त्रिपुरी चले,

उन्हें 104 डिग्री का बुखार था। महात्मा गाँधी त्रिपुरी अधिवेशन में नहीं आये। उन्होंने स्वयं को राजकोट रियासत के जन-आन्दोलन में व्यस्त कर रखा था।

त्रिपुरी कांग्रेस में कांग्रेस की विषय-समिति की बैठक हुई। उसमें उत्तर प्रदेश अर्थात संयुक्त प्रान्त के नेता गोविन्दवल्लभ पन्त ने एक प्रस्ताव पेश किया कि कांग्रेस अध्यक्ष कार्यसमिति का गठन गाँधी जी की सलाह से करें। प्रस्ताव में यह भी कहा गया कि कांग्रेस की गाँधी जी की नीति और कार्यक्रमों में पूर्ण आस्था है। ये नीतियाँ और कार्यक्रम पहले जैसे चलने चाहिए। पन्त जी का प्रस्ताव विषय-समिति ने बहुमत से पास कर दिया। सुभाष बोस कतिपय संशोधनों के साथ इसे पास करने की अनुमति चाहते थे, जो उन्हें न मिल सकी। सरदार पटेल अड़ गये। वे पन्त के प्रस्ताव में कॉमा या फुलस्टॉप तक के संशोधन के पक्ष में नहीं थे। इस प्रकार सुभाष बोस को गाँधीवादी सदस्यों का समर्थन नहीं मिला। उन्हें नेहरू प्रेमी वामपन्थियों का भी सहारा न मिला। वे नितान्त अकेले पड़ गये।

पन्त जी के प्रस्ताव का अनुमोदन करते हुए गाँधीवादी राजगोपालाचारी ने बैठक में साफ़-साफ़ बोला था कि-"इस वक्त नदी में दो नावें मौजूद हैं। एक तो पुरानी, किन्तु बड़ी नाव है जिसके नाविक महात्मा गाँधी हैं। दूसरे व्यक्ति के पास नयी नाव है जिसे आकर्षक रूप से रंगा गया है और झण्डे लगाये गये हैं। महात्मा गाँधी एक परखे हुए नायक हैं जो सफलतापूर्वक पार उतार देंगे। यदि आप दूसरी नाव में पाँव रखते हैं, जिसमें कि मैं जानता हूँ कई छेद हैं, वह सभी को डुबो देगी। और निश्चित रूप से नर्मदा एक बहुत ही गहरी नदी है। नया नाविक कहता है-'अगर तुम मेरी नाव में नहीं आते तो कम-से-कम मेरी नाव को अपनी नाव से जोड़ ही लो।' यह भी असम्भव है। हम एक अच्छी नाव को एक छेदोंवाली नाव से नहीं जोड़ सकते, जबकि हमें तलहटी में डूब जाने का ख़तरा साफ़ दिखायी दे रहा हो।"

मार्च-अप्रैल, 1939 के महीनों में सुभाष बाबू ने गाँधी और नेहरू को कई पत्र लिखे। उन्होंने गाँधी जी को जो पत्र लिखे उनमें उनके प्रति सम्मान की भावना थी। बोस का कहना था कि गाँधी जी दलों और गुटों से ऊपर हैं। वे राष्ट्र की विभूति हैं और चाहें तो कांग्रेस को टूटने से बचा सकते हैं। गाँधी जी ने भी बोस के पत्रों का उत्तर दिया। परन्तु वे प्रायः उनके प्रति विनम्रता के साथ-साथ निर्मम ही रहे। इस क्रम में 6 अप्रैल, 1939 को सुभाष बोस ने गाँधी जी को जो एक लम्बा पत्र लिखा, उसमें अन्त में सुभाष ने अत्यन्त भावुक होते हुए गाँधी जी को यह तक लिखा-

"आप अपने एक पत्र में टिप्पणी कर चुके हैं कि आपको आशा है कि चाहे जो भी हो 'हमारे व्यक्तिगत सम्बन्धों पर आँच नहीं आयेगी।' मैं इस आशा का पूरे हृदय में पोषण करता हूँ। इस सम्बन्ध में क्या मैं यह कह सकता हूँ कि यदि जीवन में ऐसी कोई चीज़ है, जिसके कारण मैं स्वयं पर गर्व कर सकूँ तो वह यह है कि मैं एक सज्जन पुरुष का पुत्र हूँ तथा स्वयं भी एक सज्जन पुरुष हूँ। देशबन्धु दास हमसे अक्सर कहा करते थे-

'जीवन राजनीति से बड़ा है।' वह पाठ मैंने उनसे सीखा है। मैं राजनैतिक क्षेत्र में एक दिन के लिए भी नहीं रुकूँगा, यदि ऐसा करने से मैं सज्जनता के प्रतिमानों से नीचे गिर जाऊँ, जो मेरे मस्तिष्क में इतनी गहराई से अंकित हैं, बचपन से ही, तथा जिन्हें मैं अनुभव करता हूँ कि मेरे रक्त में विद्यमान हैं।''

सुभाष बोस ने नेहरू जी को जो पत्र लिखे उनमें शिकायत और उलाहने के स्वर थे। इससे आजिज़ आकर नेहरू ने बोस और गाँधी जी के बीच समझौता कराने का कालान्तर में प्रयास किया भी। परन्तु इसमें उन्हें सफलता नहीं मिली। सुभाषचन्द बोस और महात्मा गाँधी जी त्रिपुरी कांग्रेस के बाद वास्तव में नर्मदा नदी के दो किनारे ही साबित हुए। सुभाष लाख प्रयत्नों के पश्चात भी अपनी कार्यसमिति का सामंजस्यपूर्ण गठन नहीं कर सके। फलतः उन्होंने 29 अप्रैल, 1939 को कांग्रेस अध्यक्ष पद से इस्तीफ़ा दे दिया। कांग्रेस महासमिति ने उनके बाद डॉ. राजेन्द्रप्रसाद को नया अध्यक्ष चुन लिया।

3 मई, 1939 को सुभाष बोस ने कांग्रेस के अन्दर ही एक अलग गुट 'फारवर्ड ब्लॉक' की स्थापना का ऐलान किया। उन्होंने अपने विचारों के प्रचार हेतु सम्पूर्ण भारत की यात्रा की। अपने सार्वजनिक भाषणों और वक्तव्यों में कांग्रेस के दक्षिणपन्थी तत्वों की आलोचना की।

सुभाष गाँधी के विचारों के पुराने पहरुओं के रूप में सरदार पटेल और उनके साथियों के मुखर आलोचक थे। विशेषकर सरदार पटेल के जो उनके ख्याल में गाँधी को उनके विरुद्ध उकसाते थे। यद्यपि गाँधी जी ने पहले ही इस सिलसिले में राजकोट से अप्रैल, 1939 में लिखे अपने एक पत्र में सुभाष को बताया था-''किसी ने भी मुझे आपके ख़िलाफ़ नहीं खड़ा किया है। जो कुछ मैंने आपसे सेगाँव (वर्धा का सेवाग्राम) में कहा था, वह मेरे व्यक्तिगत आकलनों पर आधारित था। आप ग़लती पर हैं अगर यह सोचते हैं कि 'पुराने पहरुओं' के बीच आपका एक अकेला व्यक्तिगत शत्रु है।'' यह कहकर गाँधी जी 'पुराने पहरुओं' में सुभाष की मान्यता के अनुसार 'एक अकेले शत्रु' के रूप में सरदार पटेल को क्लीन चिट दे चुके थे। साथ ही गाँधी जी ने यह भी कहा था कि पटेल अकेले सुभाष के व्यक्तिगत विरोधी नहीं, बल्कि विचारधारा और नीतियों के आधार पर उनके साथ उनके समर्थकों की पूरी भीड़ है।

सुभाष बोस ने फॉरवर्ड ब्लॉक की स्थापना के बाद 19 जुलाई, 1939 को सारे देश में अंग्रेज़ों के ख़िलाफ़ प्रदर्शन आयोजित करने का एकतरफ़ा फ़ैसला किया। कांग्रेस कार्यसमिति ने इसे कांग्रेस अनुशासन के विरुद्ध माना और प्रस्ताव पारित किया कि आगे के तीन वर्षों तक सुभाषचन्द बोस बंगाल प्रान्तीय कांग्रेस समिति के अध्यक्ष नहीं रहेंगे और न ही वे कांग्रेस की किसी निर्वाचित समिति के सदस्य होंगे। जबकि इस सारे प्रकरण में गुरुदेव रवीन्द्रनाथ टैगोर ने नेताजी सुभाषचन्द बोस का नैतिक समर्थन किया। उन्होंने सुभाष को 'देशनायक' के नाम से सम्बोधित किया।

इस तरह, नेताजी सुभाषचन्द बोस एक ऐसे अभागे 'देशनायक' थे जिनको देश के चर्चित राजनीतिज्ञों ने राजनीति की मुख्यधारा से बाहर कर दिया था। अन्ततः जिन्हें भग्नहृदय के साथ देश छोड़कर, देश की स्वतन्त्रता के लिए बहादुरी से लड़ने के लिए, देश से बाहर जाना पड़ा, जहाँ से वे कभी स्वदेश वापस नहीं लौटे।

महात्मा गाँधी अहिंसक सत्याग्रही स्वाधीनता आन्दोलन की धुरी थे। देश की राजनीति में जब कोई बड़ा मोड़ आता था तब लोग गांधी जी की ओर कौतूहल से देखते थे कि अब वे क्या करेंगे ?

अतः जब अक्टूबर, 1939 में कांग्रेसी मन्त्रिमण्डलों ने अपने सभी आठ प्रान्तों में त्यागपत्र दे दिये, तब देशवासियों के मन में आशा जगी कि अब गाँधी जी देश के सामने कोई बड़ा कार्यक्रम रखेंगे। लेकिन गाँधी तो ख़ामोश थे। उनकी ओर से कोई स्पष्ट सन्देश अथवा संकेत मिलता दिख नहीं रहा था। दरअसल देश जिस प्रकार से साम्प्रदायिक अलगाव की अलग-अलग दिशाओं में जाता दिख रहा था महात्मा गाँधी को विश्वास नहीं था कि किसी आन्दोलन को इन दिनों अहिंसक ढंग से चला पाना सम्भव भी होगा अथवा नहीं।

इस समय मुस्लिम लीग कांग्रेस को मुसलमानों का शत्रु समझती थी, या कम-से-कम देश के मुसलमानों को यह समझाने में जुटी थी कि कांग्रेस सिर्फ़ हिन्दुओं की हिमायती है, मुसलमानों के प्रति उसे कोई लगाव लेना-देना नहीं है। इसका एक उदाहरण यह है कि जनवरी 1939 में मुस्लिम लीग ने पीरपुर के मुस्लिम शासक की अध्यक्षता में एक जाँच कमेटी नियुक्त की। इस कमेटी को कांग्रेस शासित प्रान्तों में मुसलमानों की स्थिति की जाँच करने का कार्य सौंपा गया। समिति ने अपनी रिपोर्ट में कांग्रेस सरकारों के ऊपर आरोप लगाये कि -उन्होंने मुसलमानों को सरकारी नौकरियों से वंचित रखा है और उनके साथ ज़्यादतियाँ की गयी हैं। इस पर कांग्रेस पार्टी ने सुझाव दिया कि संघीय न्यायालय के मुख्य न्यायाधीश से इन सारी शिकायतों की जाँच करा ली जाये। लेकिन मुस्लिम लीग और वायसराय लॉर्ड लिनलिथगो यह जाँच कराने के लिए तैयार न हुए। अंग्रेज़ों के लिए तो हिन्दू और मुसलमानों के मध्य परस्पर फूट, आशंका और असन्तोष शुरू से सन्तोष का विषय रहा था।

जिन्ना के कहने पर मुस्लिम लीग ने 22 दिसम्बर, 1939 को 'मुक्ति दिवस' मनाया। जिन्ना बहुत-से मुसलमानों को इस 'मुक्ति-दिवस' पर यह समझाने में कामयाब रहे कि तमाम प्रान्तों से हाल में हुए कांग्रेसी मन्त्रिमण्डलों के इस्तीफ़े और इन सरकारों के पतन मुसलमानों के लिए सुकून का विषय हैं। क्योंकि उन्हें उनकी मुख़ालिफ कांग्रेस के राज से आख़िरकार निजात मिली।

इस अवसर पर सरदार पटेल ने मोहम्मद अली जिन्ना के रवैये पर जो अपना वक्तव्य जारी किया वह 'द हिन्दू' अख़बार में 11 दिसम्बर, 1939 के अंक में प्रकाशित हुआ, वह स्वयं में बहुत महत्त्वपूर्ण है। सरदार पटेल ने इसमें स्पष्ट रूप से जिन्ना के इस आरोप का खण्डन किया कि कांग्रेस शासन में मुसलमानों का दमन किया जा रहा है। उन्होंने अपने वक्तव्य में कहा कि-

"सामान्यतः मैं अपने-आपको मुसलमानों से की गयी मिस्टर जिन्ना की इस अपील से संबद्ध नहीं रखता कि वे 'मुक्ति का दिन' मनायें। किन्तु इस मामले में जब उन्होंने अपना आक्रमण उस पर केन्द्रित किया है, जिसे वह 'कांग्रेस हाई कमान' कहते हैं और उन्होंने अपने समुदाय के लोगों को ऐसी कार्यवाही के लिए आमन्त्रित किया है, जिससे साम्प्रदायिक संघर्ष उत्पन्न होने की आशंका है। इसलिए मैं, संसदीय उपसमिति के अध्यक्ष के रूप में, अपने कर्त्तव्यों के पालन में विफल रहूँगा, यदि श्री जिन्ना के द्वारा अपील एवं प्रस्ताव के प्रलेख में लगाये गये निराधार आरोपों का खण्डन नहीं करता हूँ।

"देश अब तक जिन्ना के सन्दिग्ध आरोपों से, जो प्रतिदिन अपनी संख्या और सन्दिग्धता में बढ़ते जा रहे हैं, परिचित हो चुका है। किन्तु जब मुस्लिम लीग ने पीरपुर कमेटी के माध्यम से पहली बार कांग्रेस मन्त्रालयों के विरुद्ध निश्चित आरोप लगाये, तब मैंने आदेश दिया कि प्रत्येक आरोप की जाँच करके एक रपट प्रस्तुत की जाये। इन प्रतिवेदनों से, जिन्हें प्रत्येक मामले में सम्बन्धित प्रान्तीय सरकारों ने प्रकाशित किया था, यह स्पष्ट हुआ कि सभी आरोप निराधार थे।

"जब कांग्रेस ने ब्रिटिश सरकार से कहा कि युद्ध के सम्बन्ध में अपने उद्देश्यों एवं भारत से उसके तात्कालिक सम्बन्धों को अभिव्यक्त करें तो जिन्ना पुनः मन्त्रालयों पर दमन के अपने सामान्य आरोपों पर आ गये।

"इस पर कांग्रेस अध्यक्ष डॉ. राजेन्द्रप्रसाद ने उनसे कहा कि वे, दमन के यदि कोई विशिष्ट मामले हों तो, उन्हें एक स्वतन्त्र न्यायाधिकरण के समक्ष जाँच के लिए प्रस्तुत करें। किन्तु जिन्ना ने इस प्रस्ताव को यह कहकर ठुकरा दिया कि आरोपों को वायसराय के समक्ष प्रस्तुत कर दिया गया है। किन्तु वायसराय के बोलने से पहले ही हम लोगों को जिन्ना का नवीनतम उद्गार मिल गया, जिसमें उनके समुदाय के लोगों और सामान्यतः समस्त संसार को उनके द्वारा लगाये गये निराधार आरोपों को सिद्ध किये हुए तथ्यों के रूप में स्वीकार कर लेने के लिए कहा गया था।"

सरदार पटेल ने कहा कि -

"मुझे इन आरोपों को अविचारित, अदूरदर्शी और साम्प्रदायिक सदभाव को खतरे में डालने वाले आरोपों के रूप में वर्णित करने के लिए विवश होना पड़ रहा है। जब कांग्रेस के मन्त्रालयों ने कामकाज प्रारम्भ किया तो संसदीय उपसमिति के अध्यक्ष के रूप में मैंने मन्त्रालयों को यह आदेश दिया था कि अल्पसंख्यकों के अधिकारों का पूरी सावधानी के साथ सम्मान किया जाये। मन्त्रालयों द्वारा साम्प्रदायिक प्रकृति की शिकायतों की

ध्यानपूर्वक जाँच की गयी और अनेक मामलों में तो इन्हें संसदीय उपसमिति के सदस्यों द्वारा दोबारा जाँचा गया। इसके अलावा, हर विभाग के प्रमुख ने मेरे अनुरोध पर अपने राज्यपालों को निस्संकोच उन मामलों में हस्तक्षेप करने के लिए आमन्त्रित किया था, जिनमें अल्पसंख्यकों के अधिकार एवं हित प्रभावित थे और वह समझते थे कि मन्त्रालयों के द्वारा की गयी कार्यवाही समुचित नहीं थी।"

सरदार का कहना था कि -

"जब जिन्ना ने अभी हाल में आरोप लगाये तो मैंने प्रत्येक प्रमुख को पुनः निर्देश दिया था कि वे राज्यपालों का ध्यान भी इस ओर आकर्षित करें, क्योंकि यह उन्हें भी प्रभावित करता है। और मुझे सूचित किया गया कि राज्यपालों ने इन आरोपों को अनुचित पाया था। राज्यपालों को यद्यपि विरोध करने के लिए आमन्त्रित किया गया था, किन्तु वे शायद संवैधानिक औचित्य न होने के कारण उस समय विरोध नहीं कर सके। परन्तु मुझे पूर्ण विश्वास है कि उन्होंने अपनी रपट वायसराय को अवश्य प्रस्तुत की होगी।"

सरदार पटेल ने इसी क्रम में पुनः एक वक्तव्य प्रेस के लिए जारी किया जिससे ज़ाहिर होता है कि वे जिन्ना के आधारहीन आरोपों और तत्क्रम में राज्यपालों की चुप्पी से नाराज़ थे। 'हिन्दुस्तान टाइम्स' के 16 दिसम्बर 1939 अंक में प्रकाशित अंक में सरदार पटेल ने कहा-

"जिन्ना के वक्तव्य से ऐसा प्रतीत होता है कि वह साम्प्रदायिकता के सम्बन्ध में कोई समझौता करना ही नहीं चाहते, यद्यपि वह इस प्रश्न पर पण्डित जवाहरलाल नेहरू से विचार-विमर्श करने के इच्छुक हैं। उनका एकमात्र उद्देश्य साम्प्रदायिकता की भावना को अत्यधिक तनाव की स्थिति में बनाये रखना ही प्रतीत होता है। उनकी तथाकथित 'मुक्ति का दिन' को मनाए जाने की ज़िद स्पष्टतः व्याप्त विद्वेष को उत्तेजित करना है, जिससे दो समुदायों में लड़ाई-झगड़ा प्रारम्भ हो सकता है।

"प्रस्तावित बैठकों के संकल्पित विषय से संबन्धित प्रारूप घृणा का वह गीत है जो अविशिष्ट और यदि प्रमाणित नहीं है तो झूठे आरोपों को ऐसे निःस्वार्थ कर्मचारियों के विरुद्ध लगाया गया है जिनके उत्कृष्ट कार्यों को सेक्रेटरी ऑफ स्टेट, वायसराय, राज्यपालों एवं भारतीय जनता ने काफ़ी सराहा है। ऐसी स्थिति में अपनी जिद पर अड़े रहना इस बात का प्रमाण है कि जिन्ना साम्प्रदायिकता की आग को हवा देने पर तुले हुए हैं।..."

सरदार पटेल ने यह भी कहा कि -

"जिन्ना के अनुसार- "कांग्रेस द्वारा मुसलमानों पर किये जा रहे अत्याचारों की साज़िश में ब्रिटिश वायसराय और राज्यपाल की भी संलिप्तता है" -यदि ऐसा है तो उन्हें एक अन्तरराष्ट्रीय कमीशन की माँग करनी चाहिए थी। क्योंकि यदि भारत का मुख्य न्यायाधीश जैसा व्यक्ति भी जिन्ना की दृष्टि में सुयोग्य नहीं है तो उन्हें कोई भी ब्रिटिश न्यायाधीश स्वीकार्य नहीं होगा।

"मैं केवल इतना कह सकता हूँ कि वायसराय और राज्यपालों की चुप्पी की इस साज़िश से मैं आश्चर्यचकित हूँ। जिन्ना का आक्रमण जितना कांग्रेस पर है उतना ही उन पर भी है। लीग ने खुल्लमखुल्ला कर्त्तव्य का परित्याग और राजा के क़ानून की उपेक्षा किये जाने का आरोप लगाया है। वे जानते हैं कि ये आरोप बेबुनियाद हैं। फिर भी न्याय को सुनिश्चित करने हेतु तथा कांग्रेस मन्त्रालयों को झूठे और विद्वेषपूर्ण तरीक़े से बुरा-भला कहने तथा निन्दा करने की लीग की मुहिम की कलई खोलने में विफल रहने के साथ-साथ चुप रहकर वे संविधान के अनुरूप आचरण के विचारों को संकुचित करते हुए अपने-आपको तथा भारतीय समुदायों में अपनी निष्पक्षता की आस्था को गम्भीर क्षति पहुँचा रहे हैं।..."

इस प्रकार सरदार पटेल ने अंग्रेज़ों की भारतीय समुदायों में चल रहे राजनीतिक झगड़ों में 'दूर से तमाशा देखने' की कुटिल प्रवृत्ति की ओर अपना साफ़ आक्रोश व्यक्त किया। उन्होंने अन्त में कहा कि- "अपने वक्तव्य में जिन्ना ने कांग्रेस के अत्याचार और दमन के उदाहरण दिये हैं। वे हैं- राष्ट्रध्वज, वन्दे मातरम् का गायन और हिन्दी का पठन-पाठन। चूँकि उन्होंने इन शिकायतों का उल्लेख किया है, इसलिए ये उनकी प्रमुख माँगें होंगी, जिनके सम्बन्ध में वे समानता चाहते हैं। यदि उनके पास कांग्रेस मन्त्रालयों के विरुद्ध इनसे और अधिक गम्भीर आरोप होते तो इन्हें वे सबसे पहले उल्लिखित नहीं करते। क्या जिन्ना गम्भीरतापूर्वक यह सुझाव देते हैं कि इन आरोपों की छानबीन के लिए एक 'रायल कमीशन' अनिवार्य है ? यह स्पष्ट करने के लिए कि उनके पास कोई मामला नहीं है, इतना ही पर्याप्त है।"

देश में इस समय मुसलमान समुदाय में दो धाराएँ थीं एक राष्ट्रवादी मुस्लिम, जिनके आदर्श मौलाना अबुल कलाम आज़ाद जैसे कांग्रेसी नेता थे, परन्तु जिनकी आवाज़ क्षीण थी। दूसरे साम्प्रदायिक विचारधारा के मुस्लिम, जिनके नेता मुस्लिम लीग के अध्यक्ष मिस्टर मोहम्मद अली जिन्ना थे जो अत्यन्त सक्रिय थे और अधिकांश मुसलमान अब उन्हीं का अनुसरण करते थे। इन साम्प्रदायिक मुस्लिमों को भारत के तिरंगे राष्ट्रध्वज से नफ़रत थी, 'वन्दे मातरम' के सार्वजनिक गायन में शामिल होने से ऐतराज था जिसके लिए वे इस्लाम मज़हब की दलील पेश करते थे और उर्दू के आगे हिन्दी को बढ़ावा देने का भी विरोध करते थे। यह संकीर्णता उनकी कट्टरता एवं हिन्दू विरोधी मानसिकता की स्पष्ट परिचायक थी। वही उन्हें देश की मुख्यधारा से अलग करने का एक अहम् ज़रिया थी।

चालाक जिन्ना जो कभी कांग्रेस पार्टी के ही सदस्य थे, जो कभी हिन्दुस्तान के बड़े राष्ट्रवादी नेता माने जाते थे, अपने जीवन के उत्तरार्ध में कांग्रेस से अलग होकर मुस्लिम लीग में शामिल होने के बाद इतने कठोर अवसरवादी नेता हो गये कि वे मुसलमानों के मन में हिन्दुओं के प्रति शंका और कांग्रेस के प्रति घृणा उत्पन्न करने का एक भी अवसर नहीं चूकते थे।

ऐसे बिगड़ते माहौल में, गाँधी जी को भय था कि, यदि इन दिनों उन्होंने स्वाधीनता आन्दोलन शुरू किया तो देश में जगह-जगह हिन्दू-मुस्लिम दंगे हो जायेंगे। यद्यपि ब्रिटिश सरकार का इन दिनों कोई अनुकूल रवैया न था, किन्तु नैतिकतावादी गाँधी ब्रिटेन को द्वितीय विश्वयुद्ध में घिरा देखकर उसके कामकाज के रास्ते में अवरोध बनना उचित नहीं समझते थे। गाँधी जी की इस दौरान कांग्रेस को सलाह थी कि वह अपनी संगठनात्मक कमज़ोरियों को दूर करे। इसके लिए वे साम्प्रदायिक एकता के लिए काम करने, अस्पृश्यता-निवारण के लिए हर सम्भव उपाय करने, ग्रामों के उद्धार और खादी प्रचार जैसे अपने रचनात्मक कार्यक्रमों पर ज़ोर देने में लगे रहे। गाँव-दहातों में चरखा कातनेवाले गाँधीवादी लोगों में से उन दिनों कुछ लोग यह गाते हुए भी मिल जाते -

"गाँधी बाबा कहिन
सुराज धीरे-धीरे आयी..."

इस समय डॉ. राजेन्द्रप्रसाद कांग्रेस अध्यक्ष थे। अतः वायसराय लॉर्ड लिनलिथगो ने उन्हें, महात्मा गाँधी तथा मुस्लिम लीग के मुहम्मद अली जिन्ना को वार्त्ता हेतु बुलवाया। लिनलिथगो ने अल्पसंख्यकों को संरक्षण देने की ब्रिटिश सरकार की नीति पर पुनः बल दिया। कांग्रेस इसके पीछे भारत को कमज़ोर करने की अंग्रेज़ों चाल को भली भाँति समझती थी। इसलिए पहली मुलाक़ात में बात बनी नहीं।

कुल मिलाकर गाँधी जी और वायसराय लिनलिथगो की चार मुलाक़ातें हुई। दोनों की आख़िरी मुलाक़ात 5 फरवरी, 1940 को हुई। इसके बाद 6 फरवरी को इंग्लैण्ड और अमरीका के प्रेस प्रतिनिधि गाँधी जी से मिले। गाँधी जी ने प्रेस से अपने और वायसराय के बीच मतभेदों का उल्लेख किया। गाँधी जी ने कहा कि- "वायसराय के अनुसार भारत के भविष्य का निर्णय ब्रिटिश सरकार के हाथों में है। जबकि कांग्रेस के अनुसार सच्ची स्वतन्त्रता की कसौटी यह है कि भारतवासी अपना भविष्य बिना बाहरी हस्तक्षेप के निश्चित करें। अतः जब तक यह प्रमुख मतभेद समाप्त न हो जाये और इंग्लैण्ड यह स्वीकार न कर ले कि भारत के लिए स्वयं का संविधान तैयार करने का समय आ गया है, तब तक भारत और इंग्लैण्ड के मध्य कोई शान्तिपूर्ण और सम्मानजनक समझौता नहीं हो सकता है। जहाँ तक देश की रक्षा, अल्पसंख्यकों, देशी राजाओं और एंग्लोइण्डियन्स के हितों के प्रश्न हैं, वे देश की आज़ादी के बाद स्वतः तय हो जायेंगे।"

तत्कालीन परिस्थितियों के बारे में सरदार वल्लभभाई पटेल ने भी 10 मार्च, 1940 में भाषण देते हुए इन शब्दों में अपनी सुपरिचित निर्भीक शैली में प्रकाश डाला-

"भारत नाजीवाद की जीत नहीं चाहता। भारत मित्र-राष्ट्रों की पराजय भी नहीं चाहता। कांग्रेस ने वायसराय से युद्ध-उद्देश्यों के बारे में स्पष्टीकरण चाहा था। वायसराय ने कोई सीधा उत्तर नहीं दिया। हमसे कहा गया कि जाइये मुस्लिमों के साथ तय कीजिये, याने कि मुस्लिम लीग के साथ। अब यदि हम उनके साथ किसी समझौते पर पहुँचते हैं तो शायद हमसे फिर कहा जायेगा-जाइये भारतीय राजाओं के साथ तय कीजिये। और

यदि यह भी हो जाता है निश्चय ही वे कहेंगे - उन यूरोपियन लोगों का क्या जिन्होंने इतना धन इस देश में लगाया है और जिनके इतने हित यहाँ निहित हैं? इस तरह वे इस देश में विभेदों को लम्बा खींचना चाहते हैं ठीक उस बन्दर की तरह जिसने दो बिल्लियों की कहानी में अपनी भूमिका अदा की थी... आप हमारे झगड़ों की असली जड़ हैं। आप ही ने साम्प्रदायिक मतविभाजन को लागू किया है।''

मार्च, 1940 में बिहार के रामगढ़ नामक स्थान पर कांग्रेस का वार्षिक अधिवेशन हुआ। देश में साम्प्रदायिकता की बढ़ती समस्या और मुस्लिम लीग के अलगाववादी रुख़ को देखते हुए गाँधी जी को कांग्रेस के प्रमुख मुस्लिम नेता मौलाना अबुलकलाम आज़ाद इस बार अध्यक्ष-पद हेतु सबसे उपयुक्त नेता लगे। अतः मौलाना आज़ाद के नाम का चयन किया गया। परन्तु इस अधिवेशन के अध्यक्ष का चुनाव भी सर्वसम्मति से न हो सका। कांग्रेस की कार्यकारिणी ने मौलाना आज़ाद के नाम का समर्थन किया। कांग्रेस के समाजवादी ग्रूप की ओर से एम.एन. राय का नाम प्रस्तावित किया गया। चुनावी टक्कर में मौलाना 1864 मत पाकर विजयी हुए और वामपन्थी राय साहब को केवल 183 वोट ही मिल सके।

मुस्लिम लीग कांग्रेस को मुसलमानों का शत्रु सिद्ध करने में लगी हुई थी। अतः मुसलमानों को तुष्ट करने के लिए ही गाँधी जी की सलाह पर इस बार मौलाना आज़ाद कांग्रेस अध्यक्ष चुने गये थे। मौलाना आज़ाद राष्ट्रवादी मुस्लिम नेता थे। उनका मानना था कि भारतीय मुसलमान भारत राष्ट्र का अविभाज्य अंग हैं। उनका कहना था कि -''हिन्दू और मुसलमान एक हज़ार साल से साथ-साथ रह रहे हैं। यदि वे आज आपस में लड़ रहे हैं तो समझना चाहिए कि भाई-भाई भी तो आपस में लड़ते हैं। इसलिए हिन्दुओं और मुसलमानों के बीच पाये जानेवाले भेदों पर ज़ोर देने की आवश्यकता नहीं है।''

रामगढ़ कांग्रेस के सारे प्रस्ताव प्रकारान्तर से गाँधी के सत्याग्रह की घोषणा के निचोड़ थे। इनमें प्रत्येक कांग्रेस कमेटी को हिदायत दी गयी थी कि वह सत्याग्रह-कमेटी के रूप में परिवर्तित हो जाये। सत्याग्रह, जो भविष्य में होना है, उसे प्रारम्भ करने से पूर्व आवश्यक होगा कि छुआछूत की भावना का त्यागकर दिया जाये और सब कांग्रेसी न केवल खद्दर पहनें, प्रतिदिन सूत कातने का प्रण भी करें। सत्याग्रहियों को मन-वचन-कर्म से अहिंसक रहना अनिवार्य था।

यूँ तो मुस्लिम नेताओं के मन में अपना एक अलग राष्ट्र क़ायम करने का विचार 1930 में ही पनपने लगा था। लेकिन मोहम्मद अली जिन्ना ने 1940 में मुस्लिम लीग के लाहौर अधिवेशन में अध्यक्ष पद से तकरीर करते हुए 'द्विराष्ट्र सिद्धान्त' को प्रथम बार मज़बूती से अभिव्यक्त किया।

जिन्ना ने कहा-''हिन्दू धर्म और इस्लाम शाब्दिक अर्थ में धर्म नहीं हैं बल्कि दो अलग-अलग और स्पष्ट सामाजिक व्यवस्थाएँ हैं। हिन्दू और मुसलमान कभी एक साझा

राष्ट्र के रूप में रह नहीं सकते। उनकी धार्मिक मान्यताएँ, रीति-रिवाज, दर्शन ओर साहित्य सब एक दूसरे से अलग हैं। उनका एक दूसरे के साथ रोटी-बेटी का सम्बन्ध भी नहीं है। जीवन के बारे में दोनों के विचार अलग-अलग हैं। दोनों ही अलग कौमें हैं। दोनों को अलग-अलग ऐतिहासिक स्रोतों से प्रेरणा मिलती है। उनकी पुराण गाथाएँ, उनके नायक और उनके नायकों की कहानियाँ अलग-अलग हैं। प्रायः एक का नायक दूसरे का शत्रु माना गया है। और एक की विजय दूसरे की पराजय। ऐसे दो राष्ट्रों को एक राज्य में गूँथने का प्रयत्न असफल होगा।''

यद्यपि मुसलमान आक्रान्ताओं और उनके सिपहसालारों के अनेक हमलों से भारत धर्म के आधार पर ही सदियों तक पदाक्रान्त हुआ और धर्म परिवर्तनों के फलस्वरूप इस्लाम क़बूलनेवाले हिन्दुओं की बात करें तो भारत में निवास करनेवाले अधिकांश मुसलमान कभी-न-कभी हिन्दुओं के ही वंशज रह चुके थे। परन्तु एक शातिर बैरिस्टर जिन्ना भोले-भाले अनपढ़ और मज़हबी-कट्टरता में बँधे भारतीय-मुसलमानों को यह समझाने में कामयाब रहा कि वे हिन्दुओं से नितान्त पृथक् एक अलग ही क़ौम हैं और उनका हिन्दुस्तान में अपना कोई भविष्य नहीं। जिन्ना जो स्वयं एक अत्याधुनिक, पाश्चात्य सभ्यता में रंगा, ग़ैर-इस्लामिक रहन-सहन और खान-पानवाला व्यक्ति था, ने लोगों को मनोवैज्ञानिक स्तर पर जोड़ने के बजाय उन्हें विखण्डित करने में अपना सारा बुद्धि-कौशल ख़र्च कर दिया। यह भी एक विडम्बना ही कही जायेगी कि एक क़रीब-क़रीब अधार्मिक प्रवृत्ति के इस नेता ने अपने हम-मजहब लोगों को धर्म के नाम पर ऐसी घुट्टी पिलायी कि वे उसके सम्मोहन में पूर्ण आबद्ध हो गये। वास्तव में जिन्ना द्वारा प्रवर्तित 'द्वि-राष्ट्र का सिद्धान्त' का मूल आधार धर्म ही तो था।

उधर द्वितीय विश्वयुद्ध के मोर्चे पर परिस्थितियाँ तेजी से मोड़ ले रही थीं। अप्रैल, 1940 में इंग्लैण्ड और मित्र राष्ट्रों का तो जैसे पासा पलट गया। जर्मनी के आगे बेल्जियम, हालैण्ड, डेन्मार्क, नार्वे और फ्रांस ने घुटने टेक दिये। हिटलर की फ़ौजी तैयारी इतनी मज़बूत थी कि उसकी जर्मन फ़ौजें शेष सेनाओं पर भारी पड़ीं। ब्रिटिश सेना पिट-पिटकर बड़ी मुश्किल से डंकर्क से वापस लौट सकी। मित्र-सेनाएँ फ्रांस पर जर्मनी के हमले में उसकी कोई विशेष सहायता न कर सकीं। पीछे हटते हुए ब्रिटिश और बेल्जियम और फ्रेंच सैनिक डंकर्क में उत्तरी फ्रांस के समुद्र-तट पर जर्मन आर्मी, नेवी और एयर फोर्स द्वारा ज़मीन-समुद्र और आसमान तीनों तरफ से घिर गये। गोलियों-बमों से बड़ी संख्या में मित्र राष्ट्रों के ये सैनिक हताहत हुए और बचे-खुचे सैनिक किसी तरह अपनी जान बचाकर वहाँ से भाग सके।

ब्रिटिश प्रधानमन्त्री चैम्बरलेन और उनकी सरकार ने इस तबाही के बाद त्यागपत्र दे दिया। उनकी जगह विस्टन चर्चिल के नेतृत्व में इंग्लैण्ड में मिली-जुली सरकार बनी। एमरी भारत मन्त्री नियुक्त हुआ।

इंग्लैण्ड के इस युद्धकालीन संकट की स्थिति में कांग्रेस में हिंसा और अहिंसा का द्वन्द्व उपस्थित हुआ। अब तक कांग्रेस पार्टी की नीति गाँधी की अहिंसक-आन्दोलन की नीति ही रही थी। लेकिन भविष्य में स्वतन्त्रता मिलने पर विदेशी आक्रमण के समय अथवा आन्तरिक अराजकता की स्थिति आने पर अहिंसा की नीति से काम नहीं चलनेवाला था। उन परिस्थितियों में सेना और बल का प्रयोग ही व्यावहारिक हो सकता था। जबकि गाँधी जी प्रत्येक परिस्थिति में अहिंसा पर ही डटे रहने के पक्षधर थे।

कांग्रेस के अधिकतर नेता, जिनमें सरदार पटेल और पण्डित नेहरू भी शामिल थे गाँधी जी के अहिंसा के सिद्धान्त की इस अतिवादी-सोच से मतैक्य नहीं रखते थे। उनके अभिमत में बाह्य-आक्रमण और देश-विद्रोहात्मक गतिविधियों से निपटते समय हिंसा का प्रयोग अवश्यम्भावी था।

अतएव वर्धा में कांग्रेस कार्यसमिति ने समूची राष्ट्रीय और अन्तर राष्ट्रीय परिस्थितियों पर विचार कर 21 जून, 1940 को यह प्रस्ताव पारित किया कि- ''कांग्रेस अन्त तक गाँधी जी की अहिंसा की राह पर पूरी तरह चल न सकेगी। बाह्य आक्रमण और आन्तरिक गड़बड़ियों की दशा में कांग्रेस जो क़दम उठायेगी उसकी ज़िम्मेदारी से वह गाँधी जी को मुक्त करती है।''

गाँधी तो पहले स्वयं ही कांग्रेस से अलग हो गये थे। पर वे कांग्रेस के अब भी अपरिहार्य सलाहकार बने हुए थे। अब स्वयं कांग्रेस ने ही आपातकालीन परिस्थितियों में स्वयं को गाँधी जी के प्रभाव से मुक्त रखने का संकल्प ले लिया।

गाँधी जी ने इस पर यह कहा-''इस परिणाम पर मुझे खुशी भी है और विषाद भी। खुशी इसलिए कि मैं इस विच्छेद का आघात सह सका हूँ और मुझे अकेला खड़ा रहने की शक्ति मिली है। विषाद इसलिए कि इतने वर्षों तक जिन लोगों को साथ लेकर चलने का मुझे गौरव मिला था, उनका साथ लेकर चलने की सामर्थ्य अब मेरे शब्दों में प्रतीत नहीं होती।''

इसके बावजूद वायसराय लिनलिथगो ने 29 जून, 1940 को गाँधी जी को वार्त्ता हेतु बुलाया। वायसराय जानते थे कि कांग्रेस भले ही गाँधी से व्यवहार में कितना किनाराकशी करे वह गाँधी जी के बिना रह नहीं सकती। गाँधी ने वायसराय के पास से लौटकर कांग्रेसजन को सूचना दी कि इंग्लैण्ड भारतवासियों को शासनकार्य में और अधिक हिस्सा देने को तैयार है।

इस पर कांग्रेस कार्यसमिति की बैठक 03 जुलाई को दिल्ली में प्रारम्भ हुई। यद्यपि गाँधी जी इस बैठक को अनावश्यक समझते थे और इंग्लैण्ड को संकट के समय में, इतने पर ही, युद्ध में सहायता के पक्षधर थे। परन्तु इस बार कांग्रेस कार्यसमिति की बैठक

में राजगोपालाचारी अड़ गये। उन्होंने सरदार पटेल को भी सहमत कर लिया। वह गाँधी जी के समझौतावादी लचर रुख से बिल्कुल सहमत नहीं थे। भारत की स्वतन्त्रता की कीमत पर उससे कम कुछ न चाहते हुए ही, ब्रिटेन की सहायता के पक्षधर थे। गाँधी जी को अधिकांश कांग्रेस नेताओं का विरोध इस बैठक में सहना पड़ा। ऐसे में केवल 'सीमान्त गाँधी' ख़ान अब्दुल गफ़्फ़ार ख़ान ने ही गाँधी जी का साथ दिया।

फलतः राजा जी का प्रस्ताव गाँधी जी की असहमति के बावजूद 07 जुलाई, 1940 को स्वीकार कर लिया गया, जिसमें कहा गया था कि- ''यदि भारत को पूर्ण स्वतन्त्रता और केन्द्र का अस्थायी शासन तत्काल प्रभाव से सौंप दिया जाये तो कांग्रेस देश की प्रतिरक्षा के कारगर संगठन के प्रयासों में अपनी पूरी शक्ति लगा देगी।''

दिल्ली का प्रस्ताव पूना में होनेवाले अखिल भारतीय कांग्रेस समिति के अधिवेशन में पुष्ट किया गया। यद्यपि वहाँ बाबू राजेन्द्रप्रसाद और आचार्य कृपलानी जैसे गाँधी समर्थक नेताओं ने राजाजी समर्थित प्रस्ताव का विरोध भी किया। परन्तु पूर्व-प्रस्ताव बहुमत से पारित हो गया जिसमें भारत की स्वतन्त्रता और केन्द्रीय अस्थायी राष्ट्रीय सरकार के बदले में इंग्लैण्ड को सैन्य-सहायता की बात कही गयी थी।

ब्रिटिश सरकार भला कैसे इस प्रस्ताव को मंजूरी दे सकती थी जिसका तत्कालीन प्रधानमन्त्री चर्चिल था जो ब्रिटेन की परम्परागत साम्राज्यवादी सत्ता की शान का हिमायती था। वायसराय लॉर्ड लिनलिथगो ने तदनुसार कांग्रेस की शर्तें अस्वीकार कर दीं और 8 अगस्त, 1940 को अपने प्रस्तावों की घोषणा की। वायसराय के प्रस्ताव में विश्वयुद्ध की समाप्ति के बाद भारत को पूर्ण स्वतन्त्रता की बात न कहकर, उसे डोमीनियन स्टेटस देने की बात कही गयी थी। यह भी कहा गया था कि ब्रिटिश सरकार ऐसे किसी दल को सत्ता नहीं दे सकती जिसे देश के बड़े-बड़े और शक्तिशाली तत्त्व मानने के लिए तैयार न हो। जाहिर है 'वह दल' था-अखिल भारतीय कांग्रेस पार्टी और तथाकथित 'शक्तिशाली तत्त्व' थे-मुस्लिम लीग, अल्पसंख्यकों के विभिन्न संगठन तथा देशी रजवाड़े एवं रियासतें। वायसराय लॉर्ड लिनिलिथगो के उक्त प्रस्ताव में यह भी कहा गया था कि-वायसराय की कार्यकारी परिषद् का विस्तार किया जायेगा जिसमें कुछ भारतीय प्रतिनिधि भी शामिल किये जायेंगे। इसके अतिरिक्त एक युद्ध सलाहकार परिषद् की स्थापना की जायेगी, जिसमें विभिन्न राजनीतिक दलों के नेता और देशी नरेशों के प्रतिनिधि शामिल होंगे।

कांग्रेस कार्य-समिति लिनिलिथगो के उक्त प्रस्ताव से बहुत रोष में भर गयी। उसने ब्रिटिश सरकार पर दोष लगाया कि उसने कांग्रेस के सहयोग के मित्रतापूर्ण और देशभक्तिपूर्ण प्रस्ताव को ठुकराकर अल्पसंख्यकों की समस्या को भारत की प्रगति के मार्ग में पुनः बाधक बना दिया। कांग्रेस का यह शुरू से मानना था कि अल्पसंख्यकों के प्रश्न भारतीयों के सुलझाने के लिए ही हैं। अंग्रेज़ों को उनमें हस्तक्षेप नहीं करना चाहिए। ब्रिटिश हुकूमत की यह पुरानी आदत थी कि वह अपना उल्लू सीधा करने के लिए जब आवश्यकता पड़ती अल्पसंख्यक समुदायों को कांग्रेस की प्रतिद्वन्द्विता में आगे रख देती।

इस 'यू-टर्न' के बाद जो चर्चिल और लिनलिथगो की कृपा से कांग्रेस को मिला था, कांग्रेस फिर गाँधी जी की छतरी तले सिकुड़कर आ गयी। गांधी जी ने सत्याग्रह का पुराना मार्ग फिर अपनाया। मगर इस बार सामूहिक सत्याग्रह के बजाय 'व्यक्तिगत सत्याग्रह' का मार्ग। यह आन्दोलन कांग्रेस की ओर से सरकार के प्रति नैतिक विरोध की अभिव्यक्ति थी।

महात्मा गाँधी ने इस बार कांग्रेस की तमाम प्रान्तीय समितियों को यह निर्देश दिये कि जिन लोगों ने सत्याग्रह की प्रतिज्ञा पर हस्ताक्षर किये हों, उनमें से सविनय-अवज्ञा हेतु योग्य माने जानेवाले नाम ही चुनकर उनके पास भेजे जायें। योग्यता की कसौटी इस बार कड़ी थी। इसके अनुसार सत्याग्रही वही चयनित हो सकता था जो गाँधी जी के रचनात्मक कार्यक्रम में अटूट विश्वास रखता हो और वह नियमित रूप से चरखे पर सूत कातनेवाला भी होना चाहिए। इसके साथ ही अहिंसा में दृढ़ता से विश्वास रखने की अनिवार्य योग्यता तो थी ही।

प्रान्तीय समितियों द्वारा प्रस्तावित सूची में दिये नामों में से गाँधी जी अन्तिम रूप से जो नाम चयनित करेंगे उन्हें ही व्यक्तिगत सत्याग्रह की ज़िम्मेदारी मिलनी थी। इस प्रकार गाँधी जी 'अहिंसा' और सत्याग्रह में 'अनुशासन' के प्रश्न पर कोई ख़तरा मोल लेने को राज़ी न थे।

इस व्यक्तिगत सत्याग्रह के लिए गाँधी जी की स्वीकृति मिल जाने के बाद सत्याग्रही को सत्याग्रह प्रारम्भ करने से पूर्व अपने ज़िला मजिस्ट्रेट को एक निर्धारित प्रारूप पर सत्याग्रह की पूर्व सूचना देने का भी प्राविधान निश्चित किया गया था।

सत्याग्रही अपने ज़िला मजिट्रेट को लिखित सूचना भेजेगा कि- महात्मा गाँधी ने उन्हें सौंपी गयी सत्याग्रहियों की सूची में मेरा नाम चुना है और अपनी सुविधानुसार मुझे सत्याग्रह करने की अनुमति दी है। इसलिए मैं आपको सूचित करने की इजाज़त लेता हूँ कि अमुक तारीख़ को अमुक बजे फलां गाँव/शहर में मेरा सत्याग्रह शुरू करने का इरादा है। मैं वहां आम सभा में युद्ध-विरोधी भाषण देकर, नारे लगाकर या पत्रिका में लिखकर और बांटकर युद्ध-विरोधी प्रचार करूँगा। स्थान-फलां/तारीख़ अमुक/हस्ताक्षर फलां व्यक्ति।

गुप्ता जी ने शर्मा जी को यह सब बताते हुए ज़ोर का क़हक़हा लगाया और कहा कि -"अपने गाँधी बाबा भी क्या कमाल के इन्सान हैं। इस बार कमान अपने हाथ में रखी है। प्यादों को एक-एक कर आगे बढ़ायेंगे। ख़ुद जल्दी अंग्रेज़ों की गिरफ़्त में न आयेंगे।"

शर्मा जी ने कहा-"यह सब तो ठीक है मगर यार! यह तो बताओ कि सत्याग्रही जब युद्ध-विरोधी नारे लगायेगा तो उसमें मुख्य बात कहेगा क्या ?"

गुप्ता जी बोले-"गाँधी जी ने वह बात भी तय कर दी है। कहेगा-इस युद्ध में ब्रिटिश सरकार को आदमियों अथवा रुपये-पैसों से मदद देना हराम है।"

इस बार क़हक़हा लगाने की बारी शर्मा जी की थी। उन्हें इतनी हँसी आयी कि वे पेट पकड़कर बैठ गये। बोले-"सच्ची ?"

गुप्ता जी ने कहा-"और क्या ?"

"फिर तो उस सत्याग्रही की गिरफ़्तारी निश्चित है। क्योंकि यह तो राजकाज में बाधा है।"

"बिल्कुल। कांग्रेस यही तो चाहती है। सत्याग्रही गिरफ़्तारी दे और जेल यात्रा करे। उसी से तो माहौल बनेगा। और हाँ एक बात और।"

"वह क्या ? -" शर्मा जी ने पूछा।

गुप्ता जी ने कहा-"सत्याग्रही जब-जब जेल से छूटेगा उसे दोबारा जेल जाने के लिए पुनः सत्याग्रह करना होगा। गाँधी जी ने इसे 'व्यक्तिगत सत्याग्रह' की संज्ञा दी है।"

"अच्छा...मगर यह बारंबार का सत्याग्रह कब तक चलेगा?"

"जब तक अंग्रेज़ों के विरुद्ध यह आन्दोलन कांग्रेस पार्टी वापस न ले ले।"

देश के लिए इतना काम करनेवाले उस युग के नेताओं को हमेशा फूल मालाएँ, स्वागत और जय जयकार ही मिलती हो, ऐसा नहीं था। अनेक बार उन्हें अप्रिय स्थितियों से भी दो-चार होना पड़ता था। कभी कार्यकर्त्ताओं का विरोध, कभी छात्रों का आक्रोश, कभी किसी अन्य नेता अथवा दल के समर्थक का कोई अपमानित करने जैसा कृत्य। गाँधी, पटेल, नेहरू, महादेवभाई, राजा जी, राजेन्द्र बाबू, सरोजिनी नायडू, मणिबेन पटेल, मौलाना आज़ाद आदि प्रायः सभी प्रमुख नेतागण प्रतिमाह देश में कहीं-न -कहीं यात्राओं पर होते। सैकड़ों मील रेल, सड़क और कभी-कभी तो जल मार्ग से सफ़र करते। धूल-पसीना-गर्मी-सर्दी सब कुछ झेलते। पर सबका लक्ष्य एक था-देश की आज़ादी। आज़ादी के लिए विचार-विमर्श- संघर्ष-अंग्रेज़ों से जूझना। शान्ति से और कभी आन्दोलनों के जरिए। अक्सर जेल जाते। जेलें तो सत्याग्रहियों का जैसे दूसरा घर ही बन चुकी थीं। परन्तु आम लोगों की आशाओं, अपेक्षाओं का कोई अन्त नहीं था। लोग जब निराश होते तो वे इन नेताओं के प्रति पूर्वाग्रही हो जाते। कुछ न कर पाते तो उन्हें अवसर मिलने पर सबक सिखाने और विरोध जताने के भी जतन करते।

1939 के उत्तरार्द्ध में जब द्वितीय विश्वयुद्ध छिड़ा और अंग्रेज़ों ने कांग्रेस और दूसरे दलों के नेताओं से बिना परामर्श के भारत को भी युद्ध में झोंक दिया, दूसरे शब्दों में भारत के थल सैनिकों और जल सैनिकों का इस्तेमाल मित्र राष्ट्रों के हितों में ब्रिटेन करने लगा, रंगरूट भर्ती करने और अन्य संसाधनों को जुटाने के लिए देश के नेताओं से भी अपेक्षा करने लगा तो कांग्रेस ने युद्ध में अंग्रेज़ों का साथ देने से परहेज किया। शुरुआत में गाँधी जी और कांग्रेस ने ब्रिटिश सरकार के विरुद्ध आन्दोलन करने में भी शिथिलता का परिचय दिया। जनसाधारण में कांग्रेस की ढुलमुल नीति से नैराश्य और असन्तोष भी पनपा। उधर त्रिपुरी कांग्रेस में उससे पहले 1939 के पूर्वार्द्ध में महात्मा गाँधी, पटेल और दूसरे गाँधीवादियों के विरोध एवं उपेक्षापूर्ण रवैये के चलते, सुभाषचन्द बोस की अच्छी खासी

फ़ज़ीहत हुई और अन्ततः वे कांग्रेस में हाशिये पर डाल दिये गये। बोस बंगाल के 'हीरो' थे। उन्हें अपने ही राजनीतिक साथियों द्वारा 'ज़ीरो' बनता देख अनेक बंगाली युवकों का हृदय खण्डित हुआ। गहन असन्तोष ने अवसाद का रूप ले लिया। इसलिए असन्तोष और अवसाद की प्रतिक्रियाएँ होनी भी स्वाभाविक थीं।

छुटपुट घटनाएँ बड़े से बड़े नेताओं के साथ कहीं भी घटित हो जातीं। कहीं उन्हें काले झण्डे दिखाये जाते कहीं विरोधी नारे भी सुनने को मिल जाते। जनता के अधैर्य का उत्तर नेतागण सहिष्णुता और प्रायः मौन से देते। मणिबेन पटेल अपने पिता सरदार पटेल के साथ अक्सर यात्राएँ करती थीं। वे 1936 से नियमित दैनिक डायरी लिखती थीं। उन्होंने ही ऐसी कुछ घटनाएँ डायरी में दर्ज़ की थीं।

17 फरवरी, 1940 को प्रातःकाल रेलगाड़ी द्वारा महात्मा गाँधी, सरदार पटेल, मणिबेन और महादेव देसाई, प्यारेलाल आदि वर्धा से नागपुर के लिए चले। रास्ते में इन लोगों में नागपुर नगरपालिका के कुछ विवादों पर चर्चा हुई। उसके बाद ये सभी विशिष्ट यात्रीगण 18 फरवरी की सुबह 8.00 बजे कलकत्ता पहुँच गये। स्टेशन पर प्रफुल्ल बाबू, ब्रजमोहन और दूसरे कुछ साथी गाँधी जी और उनके साथ के लोगों के स्वागत हेतु आये। सब लोग विभिन्न कारों में स्टेशन के बाहर बैठकर गन्तव्य के लिए रवाना होने लगे। जब गाँधी जी अपनी कार में सवार हो गये तो 20-25 युवा छात्रों ने उनकी कार पर काले झण्डे फेंके। गाँधी जी ने कलकत्ता में बंगाल के नेताओं से बातचीत की। वे उन्हीं दिनों सुभाष बोस से भी मिले। परन्तु दोनों नेताओं के मन की गाँठ नहीं खुली। शिष्टाचार भेंटमात्र होकर रह गयी।

गाँधी जी उन्हीं दिनों पूर्वी बंगाल स्थित मलिकन्द की कष्टसाध्य यात्रा पर भी गये। वहाँ उन्होंने गाँधी सेवा संघ की एक बैठक में 21 फरवरी, 1940 के दिन भाग लिया। उससे पूर्व गाँधी जी जब शान्ति निकेतन गये थे तो एक बड़ी भारी भीड़ उनके स्वागत में इकट्ठी हो गयी। इस प्रकार कहीं काले झण्डे तो कहीं गाँधी जी की जय के बीच गाँधी, पटेल और साथीगण चलते गये। मलिकंद पहुँचने के लिए महात्मा जी को पहले ट्रेन से उसके बाद स्टीमर से यात्रा करनी पड़ी। स्टीमर यात्रा के दौरान गाँधी जी ने अपनी कोई वसीयत लिखवायीं। बाद में कोई दूसरी नयी वसीयत ड्राफ्ट करायी जिस पर गाँधी जी ने हस्ताक्षर किये और उनके सचिव प्यारेलाल ने बतौर गवाह हस्ताक्षर बनाये।

बंगाल की यात्रा में 22 फरवरी, 1940 को मलिकन्द से लौटते समय रात्रि के समय एक स्टेशन पर गाँधी जी के ट्रेन कम्पार्टमेण्ट पर किसी बंगाली नवयुवक ने एक जूता फेंका। जूता फेंककर वह प्लेटफार्म की भीड़ में गुम हो गया। कम्पार्टमेण्ट की खिड़की के रास्ते वह जूता महादेवभाई की जाँघ पर आकर लगा। महादेवभाई ने वह जूता उठाया। उस जूते पर ऊपर और नीचे दो स्लिप्स चिपकी हुई थीं जिन पर बांग्ला और अंग्रेज़ी में लिखा था -"पटेल के लिए।"

महादेवभाई ने सरदार पटेल की ओर देखा। पटेल ने भी जूते का निरीक्षण कर महादेव को लौटाया और मुस्कुराये।

बापू ने पूछा-"क्या लिखा है?"

महादेव ने कहा- "इनके लिए।"

बापू हँसे। बोले- "सँभालकर रख लो...ये सब। प्रेम की निशानी है।" सरदार पटेल भी हँसे। बोले - "बापू! ये सब प्रेम आपकी ही कृपा का फल है।"

ट्रेन तब तक अगले स्टेशन के लिए सरकने लगी थी। प्लेटफ़ॉर्म पर उपस्थित जनसमूह में अधिकांश लोग इस आकस्मिक घटना से शर्मिन्दा दिखे। वे झुक-झुककर महात्मा गाँधी और उनके दल को प्रणाम करते रहे। गाँधी जी का दल लम्बी यात्रा पर आगे बढ़ गया।

1940 में गाँधी जी ने व्यक्तिगत सत्याग्रह शुरू कराये। गाँधी जी ने पहले सत्याग्रही के रूप में विनोबा भावे को चुना। विनोबा जी ने 17 अक्टूबर, 1940 को अपने पवनार आश्रम में युद्ध-विरोधी भाषण दिया। सरकार ने उन्हें तत्काल गिरफ़्तार नहीं किया। शायद सोचा है अपने आश्रम में ये कुछ भी बकते रहें क्या फ़र्क़ पड़ता है? पर फ़र्क़ तो पड़ता है। ऊपर से विनोबा जैसा सन्त जब कुछ कहे तो और भी। विनोबा भावे ने जब देखा कि पुलिस उनके भाषण पर तमाशबीन बनी रही। हरकत में नहीं आयी तो विनोबा जी स्वयं हरकत में आ गये। वे अगले दिन से आस-पास के गाँवों में घूम-घूमकर युद्ध-विरोधी भाषण देने लगे। अतः 21 अक्टूबर, 1940 को विनोबा भावे गिरफ़्तार कर लिए गये। उन्हें तीन महीने के कारावास की सज़ा मिली।

गाँधी जी ने दूसरे व्यक्तिगत सत्याग्रही के रूप में अपने अत्यन्त प्रिय अनुयायी पं. जवाहरलाल नेहरू को चुना। जवाहरलाल 31 अक्टूबर, 1940 को गिरफ़्तार कर लिए गये। उन्हें चार वर्ष जेल की सज़ा सुनायी गयी।

सरदार वल्लभभाई पटेल ने तीसरे सत्याग्रही के रूप में घोषणा की कि वे 18 नवम्बर, 1940 को अहमदाबाद में व्यक्तिगत सत्याग्रह प्रारम्भ करेंगे। अंग्रेज़ सरकार अब तक पूरी तरह चौकन्नी हो चली थी। सरदार को एक रात पहले ही 17 नवम्बर, 1940 को गिरफ़्तार कर लिया गया। उन्हें अहमदाबाद की साबरमती जेल में रखा गया। साबरमती जेल में उन्हें बुखार आ गया। तब कुछ दिन बाद सरदार पटेल को यरवदा जेल ले जाया गया।

18 दिसम्बर, 1940 को यरवदा जेल से सरदार पटेल ने महादेव देसाई को एक आत्मीय पत्र लिखा, जिसमें सरदार के शब्द थे-

"उस ऐतिहासिक आम के पेड़ के नीचे, जहाँ कभी बापू का पलँग था, पलँग डालकर पड़ा हूँ रात को आकाश के नीचे पड़े-पड़े तारों को देखता रहता हूँ। जहाँ बापू ने यरवदा

मन्दिर बनाया था, जहाँ अनशन किया था तथा पूना क़रार पर हस्ताक्षर किये थे, मैं वहीं आ पड़ा हूँ। बापू के स्नान करने की जो कोठरी थी, वही कोठरी मैंने ली है। मुझे कभी सपने में भी ख्याल नहीं आया था कि दुबारा इस पुण्य भूमि में आकर मुझे रहना होगा। परन्तु ईश्वर की गति अगम्य है। हम रात-दिन यहाँ रहते थे। उसके पुराने चित्र आँखों के सामने बार-बार आकर खड़े हो जाते हैं।''

इसके बाद यरवदा जेल के इस कारावास के दौरान सरदार पटेल ने 23 अप्रैल, 1941 को महात्मा गाँधी को एक पत्र लिखा। तब तक उन्हें वहाँ 4-5 माह बीत चुके थे। गाँधी जी को लिखे अपने पत्र में भी उन्होंने अपने विगत कारावास के उन आह्लादमय दिनों को याद किया जो उन्होंने बापू के साथ रहकर बिताये थे। इस पत्र में चल रहे विश्वयुद्ध को ध्यान में रखकर यह भी लिखा कि-

''युद्ध की संहार-लीला प्रलय-काल की याद दिला देती है और उसे देखते हुए गीता के ग्यारहवें अध्याय के विराट्स्वरूप का रात-दिन स्मरण बना रहता है।''

ऐसा लिखते हुए मानो सरदार वल्लभभाई पटेल श्रीकृष्ण के विराट् स्वरूप की परिकल्पना करते हुए अपने सर्वस्व-अपने आदर्श महापुरुष श्रीकृष्ण स्वरूप महात्मा गाँधी से कदाचित् स्वयं को अर्जुन की मनःस्थिति में रखते हुए उनसे अपने लिए आत्मबल प्रदान करने का आशीर्वाद माँग रहे थे। यह स्वाधीनता संघर्ष जो बीसवीं शताब्दी ईस्वी के पूर्वार्द्ध में महामानव मोहनदास करमचन्द गाँधी के नेतृत्व में 1915 के पश्चात् से प्रारम्भ हुआ था। 1940 तक आते-आते आज एक अनिर्णायक मोड़ पर खड़ा था। वैसे ही जैसे महाभारत शुरू होने से पूर्व कभी कुरुक्षेत्र में असमंजसपूर्ण स्थिति थी। पर यह जन-संघर्ष यह आत्मद्वन्द्व उस 'कथा विराट' का ही एक प्रतिरूप था। कहें तो उसका एक आधुनिक संस्करण।

जेल में रहते-रहते सरदार पटेल का स्वास्थ्य बहुत गिर गया। उन्हें आँतों की बीमारी हो गयी। ऑपरेशन की नौबत आ गयी। यह खतरनाक होता। अंग्रेज़ सरकार अपने ऊपर कोई आरोप लेना नहीं चाहती थी। इसलिए सरकार ने 21 अगस्त, 1941 को सरदार को जेल से रिहा कर दिया।

'व्यक्तिगत सत्याग्रह' के उस दौर में अन्य तमाम सत्याग्रही पकड़े गये थे जिनकी कमान गाँधी जी के हाथों में रही थी। स्वयं पीछे बैठकर सत्याग्रह को संचालित करने की इस नयी नीति के कारण गाँधी जी जेल जाने से बचे भी रहे थे। सत्याग्रहियों का चुनाव इतना कड़ा था कि आधे-अधूरे दिलवाले कांग्रेसी कार्यकर्त्ता स्वयं ही इस विचित्र से व्यक्तिगत सत्याग्रह के लिए आगे नहीं आये और दूर-दूर से तमाशा देखते रहे। सरकार भी इस ढीले-ढाले आन्दोलन में यहाँ-वहाँ से प्रतिबद्ध अहिंसक सत्याग्रहियों को गिरफ़्तार करते ऊब गयी थी। लॉर्ड लिनलिथगो भी जान गये थे कि ये आन्दोलनकारी कहीं से भी हानिकारक नहीं हैं। वास्तव में सत्य और अहिंसा के पुजारी हैं। इनसे उनकी शासन सत्ता को कोई खतरा नहीं है। ये बिना दाँत के शेर हैं।

अतएव 3 दिसम्बर, 1941 को जेलों में सड़ रहे तमाम सत्याग्रहियों को सरकार द्वारा रिहा कर दिया गया। यह व्यक्तिगत सत्याग्रह वास्तव में इतना मरकुटहा-आन्दोलन था कि लगभग साल भर चलने के बावजूद इसमें भारत भर में मात्र 4769 सत्याग्रही ही जेल गये।

जबकि विगत कुछ स्वाधीनता आन्दोलनों पर हम दृष्टिपात करें, तो विदित होता है कि 1921 में 30,000 सत्याग्रही जेल गये थे। उसके बाद 1930 के आन्दोलन में 60,000 सत्याग्रही लोगों ने जेलयात्रा की थी और 1932-33 में 1,20,000 आन्दोलनकारी जेलयात्री बने थे। इनकी तुलना में 4769 जेलयात्रियों की संख्या तो कुछ भी नहीं थी। फिर भी विरोध का यह एक प्रतीकात्मक स्वरूप तो था ही, राख के ढेर में दबी चिनगारी जैसा। वही चिन्गारी कभी भविष्य में दावानल न बन जाये, कौन कह सकता था?

13

अंग्रेज़ो! भारत छोड़ो

वही हुआ भी। क्रिप्स मिशन मार्च, 1942 में भारतीयों को मूर्ख बनाने, उन्हें झूठे-आश्वासन का झुनझुना थमाने इंग्लैण्ड से इण्डिया भेजा गया। परम अनुभवी गाँधी जी और भारत के परिपक्व हो चले नेतागण चर्चिल की इस चाल को समझ गये। क्रिप्स मिशन ने स्वतन्त्रता के लिए छटपटा रहे भारतवासियों के मन में छिपी चिनगारी के लिए घी का काम किया। उससे असन्तोष की जो ज्वाला भड़की उसने अगले छह महीने में ही अंग्रेज़ों को महात्मा गाँधी की तर्जनी से भारत से बाहर का रास्ता दिखाने के उपक्रम का काम किया।

विश्वयुद्ध के इस विषम समय में मित्र-राष्ट्र ब्रिटेन, अमरीका, रूस, फ्रांस इत्यादि, धुरी-राष्ट्रों जर्मनी, इटली, जापान आदि से अनेक मोर्चों पर युद्धरत थे।

इधर भारत से गुप्त रूप से निकलकर गये नेताजी सुभाषचन्द्र बोस ने दक्षिण-पूर्व एशिया में जापानी फ़ौजों से हारी ब्रिटिश फ़ौज के 70,000 युद्धबन्दियों, जिनमें अधिकतर

हिन्दुस्तानी सैनिक थे, को प्राप्त कर उन्हें एकजुट करके 'आज़ाद हिन्द फ़ौज' का गठन कर लिया था। सुभाषचन्द बोस ने ब्रिटेन के शत्रुओं जापान और जर्मनी से हाथ मिला लिया था और वे भारत की आज़ादी के लक्ष्य को प्राप्त करने के लिए भारत से बाहर रहकर अपनी उत्कट राष्ट्रभक्ति और बहादुरी के साथ चेष्टारत थे।

वैश्विक लड़ाई के उन दिनों में अमरीका के राष्ट्रपति रूजवेल्ट चर्चिल पर निरन्तर दबाव डाल रहे थे कि वे भारतीय नेताओं से सम्बन्ध सुधारकर युद्ध में भारत की सहायता और सहयोग प्राप्त करें। ब्रिटिश प्रधानमन्त्री विन्सटन चर्चिल धूम्रपान हेतु अपना पाइप पीता हुआ भारतीय नेताओं, विशेषकर गांधी जी के नाम तक से चिढ़ता था। अतः मन-ही-मन अमरीकी राष्ट्रपति के दबाव से चिढ़ते-कुढ़ते उसे अमरीका को सन्तुष्ट करने के लिए अपने मन्त्रिमण्डल के एक सदस्य सर स्टैफर्ड क्रिप्स को भारतीय नेताओं से बातचीत करने के लिए भारत भेजना ही पड़ा।

मन्त्री बनने से पूर्व सर स्टैफर्ड क्रिप्स इंग्लैण्ड में एक नामी वकील थे। जब द्वितीय विश्वयुद्ध शुरू हुआ तो सर क्रिप्स ने अपनी मोटी कमाईवाली वकालत छोड़ दी और 1939 में पूरे विश्व के भ्रमण पर वे निकले थे। यह पता लगाने के लिए कि दुनिया के लोगों के युद्ध और मानव-जीवन पर क्या विचार हैं ? वह तब भारत भी आये और यहाँ अठारह दिन तक रहकर घूमे। तब क्रिप्स ने लॉर्ड लिनलिथगो, मुहम्मद अली जिन्ना, गुरुदेव रवीन्द्र नाथ टैगोर, डॉ. भीमराव अम्बेडकर, पण्डित जवाहरलाल नेहरू और महात्मा गाँधी से मुलाक़ात की थी।

इस बार जब 22 मार्च, 1942 को क्रिप्स दिल्ली पहुँचे तो उसी दिन ब्रिटिश अधिकारियों के साथ परामर्श में लग गये। क्रिप्स अपने जिस मिशन पर आये थे उस योजना के काग़ज़ात उनकी अटैची में थे। सर स्टैफर्ड क्रिप्स ने कांग्रेस से वार्त्ता की शुरूआत की। इसके लिए उन्होंने सर्वप्रथम कांग्रेस अध्यक्ष मौलाना अबुल कलाम आज़ाद से भेंट की इच्छा ज़ाहिर की। क्रिप्स का सन्देश गया। मौलाना आज़ाद 25 मार्च को क्रिप्स से मिलने गये। क्रिप्स ने उन्हें इंग्लैण्ड और भारत के बीच बातचीत के गतिरोध को दूर करने की ब्रिटिश हुकूमत की पेशकश से अवगत कराया।

गाँधी जी सेवाग्राम में थे। उन्हें क्रिप्स का तार मिला। तार में गाँधी जी से दिल्ली आने के लिए विनम्र अनुरोध किया गया था। गाँधी जी की जाने की कोई विशेष इच्छा नहीं थी। पर वे यह सोचकर गये कि शायद देश को इससे कुछ लाभ हो।

27 मार्च को दोपहर में गाँधी जी की क्रिप्स से भेंट हुई। यह भेंट लगभग दो घण्टे चली। सर क्रिप्स ने अपने काग़ज़ात गाँधी जी को पढ़ने को दिये। यह ब्रिटिश सरकार की ओर से भारत के लिए प्रस्ताव का अप्रकाशित ड्राफ्ट था जिस पर भारतीय नेताओं को विचार करना था। क्रिप्स के द्वारा दिये गये प्रस्ताव के काग़ज़ात गाँधी जी ने पढ़े और उन्हें भारी हताशा हुई। गाँधी जी ने दो-टूक शब्दों में उन ब्रिटिश प्रतिनिधि महोदय से कहा कि-"अगर आपके पास देने को यही है, तो आप आये ही क्यों? यदि भारत के लिए

आपका समूचा प्रस्ताव यही है, तो मैं आपको सलाह दूँगा कि आप अगले हवाई जहाज से ब्रिटेन लौट जायें।''

क्रिप्स ठगे से वयोवृद्ध महात्मा गाँधी के मुख को देखने लगे। उन्होंने किलसकर इतना ही कहा -''मैं आपकी बात पर विचार करूँगा।'' गाँधी जी दिल्ली से सेवाग्राम लौट गये। इस पहली बातचीत के बाद वे कभी दुबारा क्रिप्स से नहीं मिले, न ही टेलीफोन आदि पर ही उनसे कभी चर्चा की। परन्तु क्रिप्स भारत छोड़कर तुरन्त नहीं गये। उन्होंने यहाँ के नेताओं और अफ़सरों से बातचीत जारी रखी। मन्त्रणाओं के दौर 9 अप्रैल, 1942 तक चलते रहे। जब तक कांग्रेस ने क्रिप्स के प्रस्ताव को अन्तिम तौर पर ठुकरा नहीं दिया।

पण्डित जवाहरलाल नेहरू ने लिखा - ''मुझे याद है जब मैंने उन प्रस्तावों को पहली बार पढ़ा तो मेरा दिल बुरी तरह बैठ-सा गया था। मेरी उस उदासीनता का मुख्य कारण यह था कि मैं सर स्टैफर्ड क्रिप्स से उस अवसर पर अधिक सारयुक्त चीज़ की आशा रखता था। ज्यों-ज्यों मैंने उन प्रस्तावों को पढ़ा मेरी निराशा बढ़ती गयी।''

चर्चिल का भेजा 'क्रिप्स मिशन' आख़िर क्यों न असफल होता जब उसकी हुकूमत के इरादे भारत के लिए नेक न थे? क्रिप्स ने अपने पिटारे से निकालकर समझौते के जो दो सिद्धान्त पेश किये थे उनके गूढ़ार्थ भारत के लिए निरर्थक ही नहीं, घातक भी थे। पहले सिद्धान्त का अभिप्राय था कि देश अनेक टुकड़ों में विभाजन के लिए तैयार रहे। दूसरे सिद्धान्त का अभिप्राय था युद्ध एवं भारत की आन्तरिक सुरक्षा का पूर्णतः अंग्रेज़ों के हाथ में रहना और देशवासियों को उससे पूरी तरह दरकिनार रखना।

अंग्रेज़ों के चालाकी भरे क्रिप्स मिशन में यह दोनों प्रस्ताव इस प्रकार थे-

(1) यदि ब्रिटिश भारत का कोई प्रान्त नये संविधान को स्वीकार न करना चाहे तो उसे वर्तमान वैधानिक स्थिति को क़ायम रखने का पूरा अधिकार रहेगा, साथ ही यह व्यवस्था भी रहेगी कि वह प्रान्त यदि कालान्तर में नये संविधान में आना चाहे तो आ सके। इतना ही नहीं, नये संविधान में सम्मिलित न होनेवाले प्रान्तों को यदि वे चाहें तो सम्राट् की सरकार उन्हें अलग संविधान देना स्वीकार कर लेगी और उनका पद भी पूर्ण रूप से संघ के समान ही होगा।

(2) भारत के समक्ष जो संकट काल उपस्थित है, उसके बीच में और जब तक नया विधान लागू न हो, तब तक सम्राट की सरकार भारत की रक्षा, नियन्त्रण और निर्देशन का उत्तरदायित्व अपने हाथ में रखेगी। भारतीय जनता के सहयोग से देश के सम्पूर्ण सैनिक, नैतिक तथा आर्थिक साधनों को संगठित करने की ज़िम्मेदारी भारत सरकार पर रहेगी।

इनके अलावा कुछ छोटी-मोटी बातें और थीं। अंग्रेज़ों की मंशा साफ़ थी। वह प्रकारांतर से यह थी कि - 'भारतवासियो! हम ऐसी परिस्थितियाँ उत्पन्न कर देंगे कि तुम्हारा स्वतत्रता का स्वप्न चूर-चूर हो जायेगा। अगर हम कभी गये तो देश को

खण्ड-खण्ड कर घोर अराजकता की स्थिति में छोड़कर जायेंगे। तब संघ से प्रान्तों का मनमाना रिश्ता रहेगा। अभी हमें जो महायुद्ध में संसाधन जुटाने हैं- सैनिक, अनाज, धन इत्यादि। उनका दोहन हम बतौर भारत सरकार स्वयं कर लेंगे। तुम और तुम्हारे नेतागण किनारे बैठो।

कांग्रेस ने और उसके बाद मुस्लिम लीग ने क्रिप्स प्रस्तावों को अस्वीकार कर दिया। सरदार पटेल ने इन प्रस्तावों को 'शरारतपूर्ण' बताया।

क्रिप्स महाशय ने 10 अप्रैल, 1942 को अपने काग़ज़-पत्तर समेटे और अपने परम हितैषी मिस्टर जिन्ना की कोठी पर पहुँचकर उनके साथ दो-दो पेग लगाये और अपनी नाकामयाबी की दास्तान उन्हें सुना दी। उसी रात असफलता से झुंझलायें किसी व्यापारी की भाँति सर क्रिप्स ने रेडियो से एक विष-भरा ब्रॉडकास्ट किया जिस पर 'क्रिप्स मिशन' की नाकामयाबी का ठीकरा कांग्रेस के सिर पर फोड़कर अगले दिन वे इंग्लैण्ड के लिए रवाना हो गये। स्वदेश जाकर भी उन्होंने वैसे ही कुछ भ्रामक वक्तव्य दिये।

क्रिप्स ने स्वदेश लौटकर अख़बारों में जो बयान दिये उनमें कांग्रेस पर यह आरोप लगाया कि वह अपने हिन्दू बहुमत के बल पर अल्पसंख्यकों को दबाकर रखना चाहती है। जबकि अंग्रेज़ सरकार अल्पसंख्यकों और भारतीय नरेशों के हितों की सुरक्षा के लिए कृतसंकल्प है। इस कारण से ब्रिटिश सरकार और भारतीय राष्ट्रीय कांग्रेस में सुलह नहीं हो सकती।

क्रिप्स मिशन के फेल होने और अपने विरुद्ध देश-विदेश में उसके बाद सर क्रिप्स द्वारा किये गये प्रलाप को लेकर कांग्रेस विक्षुब्ध हो गयी। उसके नेतागण बदली हुई परिस्थितियों में किंकर्त्तव्यविमूढ़-से हो चले। ऐसे में देश की नैया देश के पुराने अनुभवी और कुशल खेवैये ने पुनः सँभाली।

महात्मा गाँधी में एक विशेषता थी जो उन्हें अपने समय के अन्य राजनीतिज्ञों से हमेशा अलग क़दक़ामद प्रदान करती थी। महात्मा जी चाहे जेल में हों चाहे बाहर स्वतन्त्र विचरण कर रहे हों, चाहे कांग्रेस के तानाशाह सदृश कमाण्डर हों, चाहे उसकी सदस्यता से भी अलग-थलग बैठे चरखा चला रहे हों- उनका हाथ जनता की नब्ज पर सदैव रहता था। जनता कब क्या सोच रही होगी, क्या कर रही होगी, यह महात्मा गाँधी के मस्तिष्क में हमेशा स्पष्ट रहता। ऐसे में गाँधी का एक आह्वान जनता के लिए रामबाण का काम करता। भारतीय स्वाधीनता संग्राम के इस पेचीदा मोड़ पर भी गाँधी जी की अन्तर्रात्मा जगी और उसने राष्ट्र को जो मन्त्र दिया वह अंग्रेज़ चालबाज़ों के विरुद्ध ब्रहमास्त्र बन गया।

क्रिप्स प्रस्तावों के असफल हो जाने के बाद मद्रास के जाने-माने कांग्रेसी नेता चक्रवर्ती राजगोपालाचारी ने कांग्रेस के सामने सर्वप्रथम मुस्लिम लीग की 'पाकिस्तान' की माँग को स्वीकार करके मुस्लिम लीग से समझौता कर लेने का प्रस्ताव रखा। राजा जी का मानना था कि अगर कांग्रेस और लीग मिलकर स्वतन्त्रता की माँग ब्रिटिश सरकार से करेंगे तो उसे वह माँग स्वीकार करनी ही पड़ेगी। परन्तु भारत विभाजन का ख्याल भी

उस समय तक कांग्रेसी नेताओं में पाप समझा जाता था। राजा जी ने 24 जनवरी 1942 को मद्रास के कांग्रेसी विधायकों से 'पाकिस्तान की माँग' स्वीकार किये जाने का एक प्रस्ताव भी पास करा लिया।

इस सिलसिले में आल इण्डिया कांग्रेस कमेटी की बैठक में राजा जी ने एक के बाद एक तर्क जिन्ना की माँग को मान लेने के पक्ष में दिये। राजाजी ने यहाँ तक कहा कि -"पाकिस्तान सिर्फ़ एक जिन्न है और मैं उसे दाढ़ी से पकड़कर दिखाना चाहता हूँ कि वह सिर्फ़ कल्पनाओं में ही है।"

इस पर एक श्रोता ने चिल्लाकर बीच में कहा कि -"राजा जी के लिए यह बड़ी बहादुरी की बात होगी कि ये एक अस्तित्व-विहीन जिन्न की दाढ़ी पकड़ लें।"

राजा जी ने इस पर पलटकर जवाब दिया। उन्होंने 'समुद्र मन्थन' के पौराणिक आख्यान का उदाहरण देते हुए कहा-"आप क्या भूल गये कि अमृत पीने के लिए देवताओं और दैत्यों ने मिलकर सागर का मन्थन किया था ?"

इस पर निकट बैठे बाबू राजेन्द्रप्रसाद ने अपनी चमकीली बड़ी आँखों से, मूँछों में मुस्कराकर राजा जी से पूछा-"इस सागर मन्थन में कौन देवता है और कौन दैत्य ?"

राजा जी के विभाजनकारी प्रस्ताव का कांग्रेस कमेटी में अधिकांश हिन्दुओं ने ही नहीं राष्ट्रवादी मुस्लिमों ने भी विरोध किया। फलतः उनका प्रस्ताव बहुमत से गिर गया।

सरदार पटेल को राजा जी का यह कार्य अच्छा नहीं लगा। उन्होंने इसकी कड़ी आलोचना की और कहा कि-"मैं जिन्ना से किसी भी तरह की बात किये जाने के पक्ष में नहीं हूँ। हमने लगातार इसके प्रयत्न किये हैं और बहुत अपमान सहा है। आज कांग्रेस दो झटकों को झेल रही है। पहला क्रिप्स का और दूसरा राजा जी का प्रस्ताव, जिसने हमारा बहुत नुक़सान किया है।"

पटेल कांग्रेस संसदीय बोर्ड के अध्यक्ष भी थे। कांग्रेस के अनुशासन की रक्षा की ज़िम्मेदारी उन्हीं की थी। अतः इस सम्बन्ध में उन्होंने गाँधी जी से कहा। गांधी जी ने राजगोपालाचारी को लिखा कि यदि वह अपने प्रस्ताव के समर्थन में प्रचार जारी रखना चाहते हैं तो कांग्रेस से त्यागपत्र दे दें। किन्तु राजा जी नहीं डिगे और उन्होंने मद्रास विधानसभा और कांग्रेस पार्टी की सदस्यता दोनों से इस्तीफ़ा दे दिया। इस प्रकार मुस्लिम लीग के 'पाकिस्तान' ओर 'देश विभाजन' की माँग की दिशा में कांग्रेस पार्टी की ओर से जो पहली ईंट खिसकी वे थे-सी. राजगोपालाचारी।

क्रिप्स के भारत से चले जाने के बाद अप्रैल, 1942 में गाँधी जी के मन में यह विचार आकार ग्रहण करने लगा कि वाह्य आक्रमण से भारत की रक्षा का सबसे प्रभावशाली उपाय यही होगा कि अंग्रेज़ भारत छोड़कर चले जायें। उन्होंने अपने ये विचार कई लेखों में

प्रकाशित किये। इससे जनमानस में पुनः चेतना का प्रबल संचार हुआ। कांग्रेस ने सारी स्थिति पर विचार करने के लिए इलाहाबाद में 27 अप्रैल को कार्यसमिति और उसके तत्काल बाद 29 अप्रैल को महासमिति की बैठक बुलायी। गाँधी जी कांग्रेस कार्यसमिति की बैठक में स्वयं उपस्थित नहीं हुए, किन्तु उन्होंने अपना प्रस्ताव मेडलीन स्लेड उर्फ मीराँ बहन के हाथों इलाहाबाद भेज दिया।

गाँधी जी के प्रस्ताव के मसौदे में कहा गया था कि -"ब्रिटेन भारत की रक्षा करने में असमर्थ है। वह जो कुछ करता है स्वाभाविक रूप से केवल अपनी रक्षा के लिए ही करता है। भारत और ब्रिटेन के हितों में सतत संघर्ष रहा है। इसलिए दोनों की रक्षा सम्बन्धी कल्पनाओं में फ़र्क़ रहता है। जापान का झगड़ा भारत के साथ नहीं हैं। उसकी लड़ाई ब्रिटिश सरकार के साथ है। भारत आज़ाद होने पर जापान के साथ सन्धिवार्त्ता करेगा। यदि अंग्रेज़ भारत से चले जायें और जापानी अथवा अन्य कोई भी सत्ता भारत पर आक्रमण करे तो उसके विरुद्ध अपनी रक्षा करने में भारत समर्थ होगा।

"अब समय आ गया है कि अंग्रेज़ भारत से चले जायँ। बहुसंख्यक और अल्पसंख्यक का प्रश्न ब्रिटिश सरकार का ही पैदा किया हुआ है। अंग्रेज़ों के चले जाने के बाद यह प्रश्न अपने-आप मिट जायेगा। ब्रिटेन के लिए यह उचित है कि वह अपनी सलामती की ख़ातिर, भारत की सलामती की ख़ातिर भारत पर से अपना कब्ज़ा तुरन्त छोड़ दे।

"भारत की जापान के या किसी दूसरी देश के साथ दुश्मनी नहीं है। भारत की एकमात्र इच्छा विदेशी जुए से छूटने की है। स्वतन्त्रता की इस लड़ाई में भारत को किसी विदेशी सेना की सहायता की ज़रूरत नहीं है। भारत अपनी अहिंसक शक्ति द्वारा अपनी मुक्ति प्राप्त करेगा और उसी शक्ति द्वारा उसे क़ायम रखेगा।"

गाँधी जी के इस मसौदे पर कांग्रेस कार्यसमिति में वाद-विवाद हुआ। सदस्यों में दो मत थे। एक मत पूरी तरह प्रस्ताव के पक्ष में था। दूसरा मत विदेशी आक्रमण का अहिंसक रीति से सामना करने को अव्यावहारिक समझता था। इसलिए गाँधी जी का प्रस्ताव दो दिन बाद कांग्रेस महासमिति के समक्ष पेश नहीं किया गया। क्योंकि इसके पेश होने पर कांग्रेस सदस्यों में फूट पड़ जाने का डर था। फिर भी, महासमिति ने अपनी ओर से जो प्रस्ताव पेश किया उसमें गाँधी जी के प्रस्ताव का सार तत्त्व आ गया।

गाँधी जी के लेखों और महासमिति के प्रस्ताव से देश में भारी उत्साह उत्पन्न होने लगा। गाँधी जी ने 6 जुलाई, 1942 को वर्धा में कांग्रेस कार्यसमिति की बैठक बुलायी। यह बैठक इतनी महत्त्वपूर्ण थी कि यह लगातार आठ दिन चली। बैठक में तय हो गया कि अगर ब्रिटिश सरकार अब शीघ्र न माने तो अंग्रेज़ों के ख़िलाफ़ एक देशव्यापी जोरदार असहयोग-आन्दोलन छेड़ा जाये। इसके लिए प्रभावी क़दम उठाने को 7 अगस्त, 1942 को बम्बई में अखिल भारतीय कांग्रेस कमेटी की बैठक बुलाने की घोषणा की गयी। यह भी घोषणा की गयी कि कांग्रेस ने अपनी सारी अहिंसात्मक शक्ति जो सन् 1920 के बाद इन 22 वर्षों संचित की है उनका उपयोग अन्यथा स्थिति में करने को बाध्य होना पड़ेगा।

इस प्रकार के व्यापक संघर्ष का नेतृत्व अनिवार्य रूप से महात्मा गाँधी करेंगे।

28 जुलाई, 1942 को अहमदाबाद में एक संवाददाता सम्मेलन में पत्रकारों के प्रश्नों का सरदार वल्लभभाई पटेल जवाब दे रहे थे। एक पत्रकार ने पूछा-

''मान लीजिये कि सभी नेताओं को एक साथ गिरफ़्तार कर लिया जाता है, तब क्या होगा ?''

सरदार ने कहा-''जब नेताओं को गिरफ़्तार कर लिया जायेगा, तब लोगों के बीच से नये नेता प्रकट होंगे। समय और परिस्थिति नये नेताओं को उत्पन्न करती है। वे नेतागण, जो युद्ध के पहले ब्रिटेन पर शासन कर रहे थे, उन्हें युद्ध शुरू होते ही गिरा दिया गया और नये नेता उठ खड़े हुए। किसी भी देश में स्वाधीनता का संघर्ष नेताओं की कमी के कारण कभी भी नहीं रुका है। भारत में भी संघर्ष जारी रहेगा।''

सरदार पटेल एक स्पष्ट वक्ता थे। वे प्रश्नों का गोलमोल उत्तर देने के आदी नहीं थे। एक पत्रकार ने जब पूछा-

''क्या अंग्रेज़ हमारे कहने मात्र से कि 'भारत छोड़ो' - वे देश छोड़कर चले जायेंगे ?''

उस पर सरदार ने जवाब दिया कि-''कांग्रेस में ऐसा कोई बेवकूफ़ नहीं है जो यह विश्वास करता हो कि ऐसा कहने मात्र से अंग्रेज़ देश छोड़कर चले जायेंगे। इसीलिए हम लोग एक बड़ा संघर्ष प्रारम्भ करने जा रहे हैं। यदि लोग पूरी तरह से इस संघर्ष में सहयोग करते हैं, तभी यह माना जा सकेगा कि अंग्रेज़ जाते हैं या नहीं।''

संघर्ष से पूर्व सुलह-समझौते की कोशिशों की भी एक परम्परा रही है। एक अन्य पत्रकार ने इसी सन्दर्भ में सरदार पटेल से एक सीधा सवाल दागा-

''सर तेजबहादुर सप्रू ने एक राउण्ड टेबल कॉन्फ्रेन्स आयोजित करने की सलाह दी है। आप इसके बारे में क्या सोचते हैं ?''

उन्होंने कहा कि -''ऐसी राउण्ड टेबल कॉन्फ्रेन्स समस्याओं का समाधान नहीं कर सकती है। यह सबको मालूम है कि 'डिवाइड एण्ड रूल' की पॉलिसी से सरकार अपनी स्थिति को सुदृढ़ करने में सफल रही है और हमें आपस में लड़ा रही है। यदि सरकार राउण्ड टेबल कॉन्फ्रेन्स बुलाती है तो हमारा अनुभव पहले आयोजित हो चुकीं राउण्ड टेबल कॉन्फ्रेन्सों से भिन्न नहीं होगा।''

एक प्रश्न के उत्तर से सरदार पटेल का देशी राज्यों के वर्तमान पर उनका दृष्टिकोण तो साफ़ हुआ ही। साथ ही देशी रियासतों के भविष्य के प्रति सरदार की दूरगामी और वृहद् सोच की भी एक झलक मिली-

पत्रकार ने पूछा-''देशी रियासतों के लोग इस संघर्ष में क्या कर सकते हैं ?''

सरदार पटेल-''राजाओं ने सरकार के साथ एक सन्धि पर हस्ताक्षर किये हैं। यदि देशी रियासतों के लोग पर्याप्त संख्या में हैं तो वे भी संघर्ष प्रारम्भ कर देंगे। कांग्रेस ऐसे संघर्षों पर रोक नहीं लगाती है। राजा लोग भी स्वतन्त्र नहीं हैं। वे भी स्वाधीनता चाहते हैं। इसलिए उनसे डरने की क्या आवश्यकता है। देशी रियासतों की स्थिति के बारे में

समय आने पर स्वतन्त्र भारत निर्णय लेगा। जिस प्रकार दूसरे लोग लड़ रहे हैं उसी प्रकार देशी रियासतों के लोगों को भी लड़ना पड़ेगा।''

एक पत्रकार ने आगामी 'भारत छोड़ो आन्दोलन' के अहिंसक से हिंसक रूप में परिवर्तित होने की संभावना को लेकर भी एक कठिन प्रश्न सरदार से पूछा-

''यदि संघर्ष के दौरान आन्तरिक लड़ाई और अराजकता हो तो भी क्या संघर्ष जारी रहेगा ?''

यह उस संवाददाता द्वारा परोक्ष रूप से गाँधी जी द्वारा अतीत में 'चौरी चौरा-हिंसा' को लेकर आन्दोलन वापस लिए जाने पर भी कटाक्ष था। इस पर अनुभवी राजनेता का स्पष्ट उत्तर था-

''संघर्ष के दौरान आपस में लड़ाई और अराजकता हो सकती है। यदि दुर्भाग्यवश ऐसा होता है तो भी संघर्ष चलता रहेगा। गुलामी और अराजकता के बीच हम लोगों को अराजकता चुननी पड़ेगी। अराजकता के बाद भी स्वतन्त्र भारत का उदय होगा। परन्तु यदि भारत गुलामी को चुनता है तो यह कभी भी उठकर खड़ा नहीं हो सकेगा।

'मुस्लिम लीग' और 'भारत की कम्युनिस्ट पार्टी' ने 1942 के इस 'भारत छोड़ो आन्दोलन' का विरोध किया और ब्रिटिश हुकूमत के प्रति अपनी निष्ठा जतायी।

जब वायसराय लॉर्ड लिनलिथगो ने अपनी कार्यकारी परिषद् का विस्तार किया तो उसमें पाँच नये सदस्यों को नियुक्त किया, जो सब-के- सब भारतीय थे। उनमें डॉ. अम्बेडकर भी एक थे। कार्यकारी परिषद संघीय विधानमण्डल के प्रति उत्तरदायी न थी। उसके ऊपर वायसराय का पूर्ण नियन्त्रण था। वायसराय ने डॉ. अम्बेडकर को रक्षा परामर्श समिति का सदस्य नियुक्त किया था। उन्होंने दलित वर्ग के युवकों से अनुरोध किया कि वे फ़ौज में नौकरी करें। डॉ. अम्बेडकर ने बेहिचक सरकार के युद्ध प्रयत्नों में सहायता दी।

बम्बई में 'भारत छोड़ो आन्दोलन' के शुभारम्भ की निर्धारित तिथि से एक सप्ताह पूर्व ही कांग्रेस के नेतागण का पहुँचना शुरू हो गया। सरदार पटेल कांग्रेस के इस आयोजन की तमाम व्यवस्थाओं की देखरेख में पूर्ण मनोयोग से जुट गये। वे 03 अगस्त, 1942 की सुबह 11.00 बजे दादर स्टेशन पर महात्मा गाँधी को लेने गये। गाँधी जी ट्रेन द्वारा सीधे वर्धा से पधार रहे थे। उसी दिन जवाहरलाल नेहरू का भी बम्बई आगमन हुआ। वे अपनी लड़की इन्दिरा और दामाद फीरोज़ के साथ आये थे। नेहरू ने सरदार से हेमप्रभा जाकर मुलाक़ात की।

7 अगस्त, 1942 को अखिल भारतीय कांग्रेस का युगान्तकारी अधिवेशन बम्बई में आयोजित हुआ। इसमें 'अंग्रेज़ो! भारत छोड़ो' प्रस्ताव पारित किया गया। प्रस्ताव में कहा गया था कि यदि अंग्रेज़ स्वेच्छा से भारत छोड़कर न जायें तो उनके विरुद्ध गाँधी जी के नेतृत्व में देशव्यापी सविनय-अवज्ञा-आन्दोलन छेड़ा जाये। पूरे भारत, इंग्लैण्ड और विश्व की निगाहें इस ऐतिहासिक अधिवेशन पर लगी हुई थीं। अधिवेशन बम्बई के ग्वालिया

टैंक मैदान में हो रहा था और लॉर्ड लिनलिथगो दिल्ली में बेचैन थे। उनके आका चर्चिल की लन्दन में नींद हराम थी।

इस अधिवेशन में देश भर से इतने प्रतिनिधि आये कि उनकी गिनती आसान न थी। केवल पण्डाल में ही 20 हज़ार से कम कांग्रेस कार्यकर्त्ता न रहे होंगे। सफेद खादी की देशी वेशभूषा, सिर पर सफेद रंग की ही गाँधी टोपी। सब-के-सब इस सत्याग्रह के युद्ध की अन्तिम घोषणा सुनने को वहाँ उत्साहपूर्वक उपस्थित हुए थे।

मणिबेन पटेल ने 7.8.42 की अपनी डायरी में लिखा है-दोपहर 2.00 बजे-बिरला हाउस 2.45 बजे - बापू जी (गाँधी जी) के साथ ग्वालिया टैंक के अखिल भारतीय कांग्रेस कमेटी के पण्डाल में बड़ी मुश्किल से दाखिल हो सके। 'वन्दे मातरम्' और 'जन गण मन' के बाद मौलाना आज़ाद बोले। उसके बाद आधे घण्टे का चाय का ब्रेक हुआ। तत्पश्चात् जवाहरलाल ने प्रस्ताव रखा। बापू (सरदार पटेल) ने उसका समर्थन किया।

यह महासम्मेलन 7 और 8 अगस्त, 1942 को दो दिन चला। इस दौरान मौलाना आज़ाद, जवाहरलाल नेहरू, सरदार पटेल, महात्मा गाँधी सहित अनेक नेताओं ने इसमें भाषण दिये। परन्तु तत्कालीन विश्व और भारत की परिस्थितियों का सजीव चित्रण करनेवाला जैसा-दो घण्टे का ओजस्वी भाषण सरदार वल्लभभाई पटेल का था, वैसा दूसरा नहीं था। महात्मा गाँधी का विलक्षण-भाषण तो एक नये इतिहास के सृजन का संवाहक था ही।

'अंग्रेज़ो! भारत छोड़ो' का प्रस्ताव कांग्रेस की ओर से जवाहरलाल नेहरू ने पेश किया और उसका समर्थन सरदार पटेल ने किया। इस अवसर पर सरदार पटेल ने जो भाषण दिया उसमें उन्होंने कहा-

"आज तीन सप्ताह से, वर्धा का प्रस्ताव देश के सामने मौजूद है, दुनिया के सामने भी मौजूद है। संसार भर में उसकी चर्चा हुई है। उस पर आलोचनाएं भी ख़ूब हुई हैं।...वर्धा प्रस्ताव को दुनिया के दूसरे देशों में जितनी प्रसिद्धि मिली है और सरकार व उसके पिट्ठुओं की तरफ से उसका जितना प्रचार किया गया, उतना प्रचार हमसे कितना ही रुपया ख़र्च करने पर भी नहीं होता।

"हम आज़ादी की जो आख़िरी लड़ाई छेड़नेवाले हैं उसके विरुद्ध कोई-कोई आलोचक धमकियाँ दे रहे हैं और कहते हैं कि तुम लड़ाई छेड़ोगे तो तुम पर मुसीबतें आ पड़ेंगी। कोई शिक्षा देकर समझदारी दिखा रहे हैं कि इससे तो मित्र राष्ट्रों के युद्ध-प्रयत्नों को हानि पहुँचेगी। इन धमकियों और सलाहों के जवाब हमारे पास हैं।

मगर उन्हें जवाब कैसे दें ? उन देशों में हमारे अख़बार नहीं हैं। रेडियो पर हमारा अधिकार नहीं है। सरकार ने सेन्सर का पहरा लगा दिया है। वह जितनी बात यहाँ से बाहर जाने देगी उतनी ही जायेगी। हमारे दिल की सच्ची बात तो दूसरे देशों में पहुँच ही नहीं सकती।

"विदेशों में सरकार यह प्रचार करती है कि कांग्रेस के साथ कौन है? वह तो मुट्ठी भर मनुष्यों की बनी हुई है, जो रोज़ उठकर यह सारी धाँधली मचाते हैं। नौ करोड़ मुसलमान कांग्रेस के साथ नहीं हैं, सात करोड़ हरिजन नहीं हैं, और सात करोड़ रियासती जनता भी कांग्रेस के साथ नहीं है। रेडिकल, डेमोक्रेट और कम्युनिस्ट भी उसके साथ नहीं हैं। समझदार माने जानेवाले लिबरल भी नहीं हैं। मैं कहता हूँ हमारे साथ कोई भी नहीं है, परन्तु अपने को शरीफ कहनेवाले अंग्रेज़ तो हैं न ? हमें उन्हीं से काम है।

"अगर देश कांग्रेस के साथ नहीं हैं, तो फिर आपको उसका इतना डर क्यों लगता है? जल में-थल में-बस्ती में-जंगल में-सब जगह वही क्यों दिखायी देती है ? मैं कहता हँ कि इस लड़ाई में चालीस करोड़ भारतीय जनता का साथ न होने पर भी-ब्रिटिश और अमरीकी लोग यह समझते हैं कि विजय उन्हीं को मिलेगी, तो वे बेवकूफ़ हैं।

"जीत तो तभी हो जब तमाम लोगों के दिल में यह बस जाये कि यह उनकी लड़ाई है। अपने वतन और आज़ादी के लिए मर मिटने की तमन्ना लोगों के दिलों में जागृत होनी चाहिए। जब तक भारतवासियों के दिलों में यह भावना पैदा नहीं होती, तब तक अख़बारों में या रेडियो पर कितना ही प्रचार कीजिये, सब बेकार है।

"हम तो तीन-तीन साल तक बैठे रहे। गाँधी जी ने कांग्रेस से कहा कि ब्रिटेन मुसीबत में फँस गया है, उसे क्यों तंग किया जाये? उसके युद्ध प्रयत्नों में ज़रा भी रुकावट पैदा न हो, इसके लिए गाँधी जी ने सब सावधानी रखी और जी-तोड़ कोशिश की। मगर अब उनका भी धीरज टूट गया है। लड़ाई हिन्दुस्तान के दरवाजे खटाखटा रही है।"...

युद्ध-काल में ब्रिटिश प्रधानमन्त्री चर्चिल की कैबिनेट के भारत मन्त्री एमरी काफ़ी बढ़ा-चढ़कर बयान दिया करते थे। सरदार पटेल ने अपने भाषण में एमरी की भी अच्छी खासी खिंचाई की। वे सभा को सम्बोधित करके आगे बोले कि -

"...अंग्रेज़ हिन्दुस्तान की रक्षा का दावा करते हैं। परन्तु क्या हम यह नहीं जानते कि वे ब्रह्मदेश को भी यही कहते थे ? वे कितना ही दावा करें लेकिन सारी हिन्दुस्तानी जनता के हार्दिक सहयोग के बिना अंग्रेज़ हिन्दुस्तान का कोई बचाव नहीं कर सकते। यह अब दीये की तरह स्पष्ट हो गया है।...ब्रिटेन क्या बर्मा का बचाव करने के लिए मैदान में नहीं उतरा था ? परन्तु बर्मा तो चला गया। इसी तरह हिन्दुस्तान भी जापानियों के हाथ में न चला जाये, इसीलिए हमारी यह लड़ाई है। बचाव और रक्षा की बातें उन्होंने हर बार कहाँ नहीं की? जब मलाया में मार खा रहे थे, तब कहते थे कि आने दो सिंगापुर में, वहाँ बता देंगे। सिंगापुर का क़िला तो अभेध था, उस पर करोड़ों पौण्ड फूँक दिये गये थे। एमरी साहब समय-समय पर कहते थे कि उसका बचाव तो हर हालत में किया जायेगा। उस किले के बखानों से दुनिया के कान थकने लगे थे। परन्तु हुआ यह कि दुनिया के किसी भी किले से जल्दी वही सिंगापुर का विलक्षण-अलौकिक-अभेघ किला ताश के घर की तरह गिर पड़ा।

"जब सिंगापुर में सफ़ेद झण्डा फहराया गया, तब इन्हीं एमरी साहब ने सिंगापुर के पतन को महत्त्वहीन घटना घोषित किया और कहा कि दुश्मन को बर्मा में तो आने दो, वहाँ उसकी अच्छी तरह ख़बर ली जायेगी। और कहते हैं कि सिंगापुर के चले जाने में काई आश्चर्य की बात नहीं, क्योंकि वहाँ उस दूसरी तरफ़ तैयारी रखी ही नहीं गयी थी। व्यर्थ ख़र्च करके ग़रीब जनता पर कर का भार क्यों डाला जाये ? सचमुच बड़े दयालु हैं ना !

"मगर अब तो बर्मा भी ताली बजाकर चला गया और दुश्मन हिन्दुस्तान की सरहद पर आ खड़ा हुआ है। ऐसे संयोगों में जब ब्रिटेन को अपने ही बारे में भरोसा नहीं, तब हम ब्रिटेन का भरोसा कैसे कर सकते हैं? इस वक़्त तो हमारे यहाँ शहरों में युद्ध-प्रचार का काम करने निकले हुए उन तथाकथित 'राष्ट्रीय युद्ध मोर्चेवालों में' भी डर घुस गया है कि अंग्रेज़ हिन्दुस्तान का बचाव नहीं कर सकते, क्योंकि तीन साल से वे मार ही खाते रहे हैं।...

"इस प्रकार अगर अंग्रेज़ हिन्दुस्तान में भी ऐसी ही मार खायें, तो फिर हमारे लिए दूसरा तैयार ही है। हमारे भाग्य में तो ग़ुलामी ही बनी रहेगी। इसलिए इस बदनसीबी से बचने के लिए हमें इस समय ख़ुद आज़ाद होकर खड़े रहने की जरूरत पैदा हो गयी है।

"लड़ाई खत्म होने पर हमें आज़ादी देने का वचन दिया जाता है, मगर हम इस वचन को कैसे मानें? इसका क्या भरोसा कि लड़ाई के अन्त में हिन्दुस्तान को आज़ादी देने के लिए आप रहेंगे या नहीं, या आपमें वह आज़ादी देने की ताक़त बाक़ी रहेगी या नहीं? लड़ाई के अन्त में हिन्दुस्तान ही दूसरे के हाथों में पड़ जाये, तो फिर ब्रिटेन उसे आज़ादी देने कहाँ से आयेगा? फिर उस समय हम चर्चिल को कहाँ ढूँढ़ने जायेंगें? और मान लीजिये कि आप जीत गये - मगर जब आपके कण्ठ में आपके प्राण हैं तब आप ऐसी हरकतें कर रहे हैं-तो फिर जीतने के बाद तो हिन्दुस्तान आपके गले से क्या छूटनेवाला है ? क्या हम इतना भी नहीं समझते ? ...

"और अब ब्रिटेन के वचनों पर किसको विश्वास रह गया है ? जब क्रिप्स प्रस्ताव आये, तब सवाल हुआ कि उनमें कुछ-न-कुछ अच्छी बात होगी, मगर उनमें जो सामग्री भरी थी, वह तो सभी से रद्दी निकली। तुम आज़ाद हो जाओगे तो भी हिन्दुस्तान के टुकड़े होंगे, विदेशी सेना रहेगी, ये सब बातें उनमें थीं। फिर भी कहते हैं कि हम सारे संसार की भलाई के लिए लड़ रहे हैं। इस प्रकार इनका एक भी काम भरोसे के लायक नहीं पाया जाता।"

- बम्बई के ग्वालिया टैंक मैदान में सरदार पटेल खचाखच भीड़ के सामने शेर की तरह ग़रज़ रहे थे। उनकी गम्भीर मुखमुद्रा के साथ भारी स्वर लाउड स्पीकर्स के माध्यम से गूँज रहा था। अंग्रेज़ी राज के गुप्तचर नेताओं के भाषणों को नोट कर रहे थे। सरकार विद्रोह को कुचलने की तैयारियाँ कर रही थी। मगर उससे पहले वह भारतीय नेताओं के इरादे जान लेना चाहती थी। सरदार पटेल माइक पर बोल रहे थे -

"हिन्दुस्तान को आज़ादी देने के विरुद्ध उन्होंने साम्प्रदायिक झगड़े का बहाना खड़ा कर दिया है, हमारी घरेलू लड़ाई को सामने रख दिया है। परन्तु बर्मा में साम्प्रदायिक झगड़े या फूट न होने पर भी उसको कैसे छोड़ दिया ? वहाँ तो यह सवाल पैदा करने के लिए भी नहीं रुके कि बर्मा किसे सौंपें ? वहाँ तो ब्रह्मदेश को उसकी क़िस्मत पर छोड़कर पीछे देखे बिना ही भाग आये। बहादुर गवर्नर लन्दन में बैठा-बैठा शेख़ी बघार रहा है कि हमने बर्मा छोड़ तो दिया, मगर सब-कुछ बरबाद करके ही छोड़ा है। बर्मा के शहरों की एक-एक ईंट ज़मींदोज़ कर दी। सब कुछ जलती हुई धरती के खप्पर में होम करके ही निकले हैं।...

हमें डर होने का कारण है कि जैसा बर्मा में हुआ वैसा हिन्दुस्तान में भी क्या नहीं हो सकता? और यदि ऐसा हो तो कष्ट हमारे देशवासियों को होगा या आप भागनेवालों को? इस समय विलायत में बैठे-बैठे प्रचार कर रहे हैं कि बर्मा में जापानियों की स्थापित की हुई सरकार कठपुतली सरकार है, पिट्ठू सरकार है, देशद्रोही सरकार है। मैं पूछता हूँ कि आपने दिल्ली में जो भारत सरकार क़ायम की है, वह कैसी है? यह तो बताइये।

"हमारी दलील एक ही है कि ऐसे आपत्तिकाल में हिन्दुस्तान के चालीस करोड़ लोग निष्क्रिय बैठे रहें तो दुनिया भर में हमारी निन्दा होगी। हमें यह नहीं चाहिए। हमें अब अंग्रेज़ों में यह भरोसा नहीं रहा कि वे हमारा बचाव कर सकेंगे। इसलिए हमें अपना बचाव ख़ुद करने को तैयार होना है और आक्रमणकारियों का सामना करके मित्र-राष्ट्रों को विजय दिलानी है। इसीलिए हम हिन्दुस्तानियों को सत्ता देने की माँग कर रहे हैं। मगर जब हम यह कहते हैं, तब सरकार नाराज़ होती है। भले ही हो, हम मज़बूर हैं।

"ब्रिटेन में कुछ लोग अपने को हिन्दुस्तान का मित्र कहते हैं, परन्तु वे भी इस समय हिन्दुस्तानियों से नाराज हो रहे हैं। कुछ समय पहले ब्रिटेन के मज़दूर दल के नेता मेजर एटली हमारे साथ बड़ी मुहब्बत रखते थे। मगर वे ही मेजर साहब सत्तारूढ़ होने पर चर्चिल से भी ज़्यादा संकीर्ण विचार के बन गये हैं। क्रिप्स जैसा प्रसिद्ध समाजवादी भी आज साम्राज्यवादी बन बैठा है। और 'डेली हेराल्ड' जैसा मज़दूर-अख़बार भी अब हमें डाँट-डपट बता रहा है।

"मगर हिन्दुस्तान के प्रति जैसी शुभ निष्ठा का वे दावा करते हैं, वैसी सचमुच उनमें हो, तो हमारा यह प्रस्ताव ब्रिटिश और अमरीकी दोनों जनताओं के हमारे प्रति रही हुई उस शुभ निष्ठा की कसौटी है। परन्तु यह कहना पड़ेगा कि आज जो रोष और डाँट-फटकार का वातावरण उनमें फैला हुआ है, फैलाया जा रहा है, वह उस शुभ निष्ठा का सूचक नहीं है। यह सब तो ऐसा बताता है कि ब्रिटेन हिन्दुस्तान की रक्षा हिन्दुस्तानियों के लिए नहीं करना चाहता, बल्कि अपनी भावी सन्तानों के हितों की रक्षा के लिए उसे गुलाम रखना चाहता है। इसलिए यह समझ लीजिये कि आपके सामने पेश किया हुआ यह प्रस्ताव हमारी कसौटी करनेवाला है।

"हमारे ख़िलाफ़ यह आरोप लगाया गया है कि कांग्रेस जापानियों को निमन्त्रण देना चाहती है। यह सरासर झूठ वस्तुस्थिति को बिल्कुल उलटे रूप में उपस्थित करता है। यह

बात जरा भी सही नहीं है कि हिन्दुस्तान में कोई जापानियों को चाहता है। मगर हरएक हिन्दुस्तानी दिल से यह चाहता है कि आप अब यहाँ न रहें। यहाँ से चले जायेँ। 'क्विट इण्डिया' आप हमें छोड़ दें। यहाँ से हट जायें। हम अपना देख लेंगे। हम हाथ पर हाथ धरकर बैठे नहीं रहेंगे।''

इसके बाद अपने लम्बे भाषण में सरदार पटेल ने अन्तरराष्ट्रीय परिस्थितियों के यथार्थ का वर्णन किया। विश्व के पटल पर ब्रिटेन, अमरीका, चीन, फ्रांस और रूस आदि देशों की स्थिति और उनके अन्तर्सम्बन्धों पर प्रकाश डाला। सबके मध्य ब्रिटेन के स्वार्थी और दोगले रवैये की उन्होंने बखिया उधेड़ी। फिर भारत की ओर लौटते हुए, लोगों को सचेत करते सरदार कहने लगे-

''अब हमारी आज़ादी की लड़ाई के बारे में कह दूँ। यह लड़ाई कड़ी होगी। गाँधी जी ने आपको आज सावधान किया है। इससे पहले हमने कई लड़ाइयाँ लड़ी हैं, मगर आनेवाली लड़ाई दूसरी ही तरह की होगी। हमें देखना है कि अपने देश की आज़ादी के लिए रूस और चीन कैसी कुरबानियाँ कर रहे हैं। कितने मर रहे हैं। कितनी बरबादी हो रही है।

''यह न समझिए कि सरकार के साथ हमारा समझौता हो जायेगा। ऐसा मानेंगे तो धोखा खायेंगे। इस समय जेलों की भी बात नहीं रही। यह तो दूसरी ही बात है। ऐसी हल्की कुरबानी की गिनती लगाकर यह प्रस्ताव तैयार नहीं किया गया है। अगर आप यह समझते हों कि सब-कुछ सलामत रहेगा, बहुत हुआ तो जेलों में जा बैठेंगे। खायेंगे, पढ़ेंगे और ज्ञान बढ़ायेगे, तो यह प्रस्ताव पास मत कीजिये।

''यदि आज आपको यह यकीन हो कि इस लड़ाई में आज़ादी लेने के लिए मरने की नौबत आ सकती है, फना होने का मौका आ सकता है, तो आगे बढ़िये। और यदि यह मानते हों कि इससे जो कुछ मिलेगा देश को मिलेगा, हमें कुछ नहीं चाहिए, तो ही इसमें शामिल होइये।

''पार्लियामेण्ट में मेरे एक बयान पर प्रश्नोत्तर हुआ। किसी ने पूछा-पटेल कहता है कि कांग्रेस को सत्ता नहीं चाहिए। किसी को भी दे दो, मगर हिन्दुस्तानी को दे दो। क्या यह सच है? तो बोले यह तो एक व्यक्ति की कही हुई बात है, कांग्रेस की नहीं। मगर बाद में अध्यक्ष महोदय ने भी कह दिया कि आप चले जाइये। किसी को भी अधिकार सौंपकर चले जाइये। चाहे तो मुस्लिम लीग को सौंप दीजिये। मैं तो कहता हूँ कि अरे, चोर-डाकुओं को सौंपकर ही चले जाइये। फिर हम आपस में निपट लेंगे। मगर हिन्दुस्तानी को सौंपिये। आप छोड़कर चले जाइये। नहीं तो हमें आपके साथ लड़ना ही पड़ेगा।

''अंग्रेज़ अब दावा करके कह रहे हैं कि हमने हिन्दुस्तान में शान्ति स्थापित की है। सच है, आपने तो हिन्दुस्तान में क़ब्रिस्तान बना दिया। मगर अब हिन्दुस्तान की आँखें खुल गयी हैं। आपका यह दबदबा और सत्ता थोड़े समय की है। हमें अपने ही हाथों सब काम करना है। अपनी रक्षा आप करनी है। अपनी आज़ादी हमीं को लेनी है। मगर अंग्रेज़

इस तरह भलमनसाहत से नहीं छोड़ेंगे। जैसे दूसरी जगह छोड़ा, वैसे ही यहाँ भी छोड़ना पड़ा तब छोड़ेंगे।

"मार-पीट करके तो हमें छुड़वाना नहीं है। यह हमारा रास्ता नहीं है। हमारा शस्त्र अहिंसा का है। वह हथियार चाहे कैसा भी हो, परन्तु पिछले बीस साल में इसी के द्वारा दुनिया में हमारी इज़्ज़त बढ़ी है। फिर इस लड़ाई में ऐसी तो कोई शर्त नहीं है कि दिल में भी अहिंसा ही होनी चाहिए। यह तो सिर्फ़ कार्य की बात है। कार्य में अहिंसा चाहिए। सब पूछते हैं-'कार्यक्रम क्या है?' लड़ाई के समय हमारा कार्यक्रम हमेशा गांधी जी ने तैयार किया है। वे बैठे हैं, वे जो हुक्म देंगे वही हम मानेंगे। नरम हो या गरम, जो वे कहें वही करना सिपाहियों का काम है।

"हमें बड़ी-बड़ी धमकियाँ दी जा रही हैं। हुकूमत का तरीक़ा सबको मालूम है। वह सबको पकड़ेगी। बहुत-सी सूचियाँ और आर्डिनेन्स तैयार किये गये हैं और किये जायेंगे। वे तो पिछली लड़ाइयों के समय से दफ्तरों में तैयार ही रखे थे। इसमें नयी बात क्या है ? मगर हमें अपनी ज़िम्मेदारी सोच लेनी है, समझ लेनी है। जब तक गाँधी जी मौजूद हैं, तब तक वे जो हुक्म दें, जो हिदायत करें, एक के बाद एक जो क़दम उठाने को कहें, वही उठाना है। न जल्दबाजी की जाये, न पीछे रहा जाये। हर एक व्यक्ति को आज्ञा और अनुशासन का पालन करना है।

"लेकिन मान लीजिये कि सरकार ने ही कुछ किया सबको पहले से ही पकड़ लिया, तो क्या किया जाये? ऐसा हो, अगर सरकार गाँधी जी को पकड़ ले, तो ऐसे मौक़े पर क़दम-वदम की बात नहीं हो सकती। फिर तो हरेक हिन्दुस्तानी का जिसने इस देश में जन्म लिया है-सबका यह फर्ज होगा कि इस देश की आज़ादी तुरन्त हासिल करने के लिए, उसे जो सूझे वही कर डाले। दुनिया में आज हमारी परीक्षा हो रही है। उसमें हिन्दुस्तान कहाँ है, यह दिखाना हममें से हरेक का कर्त्तव्य होगा।"

सरदार पटेल एक कुशल रणनीतिकार थे। कांग्रेस संगठन के दैनन्दिन कार्य निष्पादन, उसके लिए फण्ड्स का प्रबन्ध करने, नेताओं की गतिविधियों पर नज़र रखने, कार्यकत्ताओं में उत्साह, अनुशासन और उन्हें दिशा देने में सरदार की युक्तियों की कोई बराबरी नहीं कर सकता था। वे बहुत कम बोलते थे और काम के मामले में अथक परिश्रम करते थे। परन्तु आन्दोलन के समय वे अपने वक्तव्य में लेशमात्र की कंजूसी नहीं बरतते थे। उस समय वह श्रोताओं अथवा उपस्थित जनसमुदाय के समक्ष खुलकर बोलते थे। आन्दोलन के उद्देश्य और उसके क्रियान्वयन की बारीकियों को बड़ी स्पष्टता से सबको समझाते थे। ग्वालिया टैंक के अपने इस भाषण में सरदार पटेल ने ही आन्दोलन की रणनीति को सबसे साफ़-साफ़ ढंग से सबको समझाया। वैसा कोई दूसरा बड़ा नेता न कर सका। कोई सैद्धान्तिक चर्चा करके हटा। कोई भावुकता का प्रदर्शन करके खामोश हुआ। कोई आध्यात्मिक या दार्शनिक बातें करके शान्त हुआ। सरदार ही केवल कठोर

यथार्थ का निदर्शन कर लोगों को मानसिक रूप से सही-सही तैयार कर पाये। अपना भाषण उन्होंने इसी क्रम में इस प्रकार समाप्त किया-

''सन् 1919 से लेकर आज तक हमने समय-समय पर जिन-जिन कार्यक्रमों पर अमल किया है, यह समझ लीजिये कि वे सभी इस बार की लड़ाई में आ जाते हैं। सब एक साथ, इकट्ठे हो, अलग-अलग नहीं। सबको और हरेक को आज़ाद हिन्दुस्तानी के नाते काम करना है। एक अहिंसा की मर्यादा रखकर सभी कुछ कर गुज़रना है। एक भी चीज़ बाक़ी नहीं छोड़नी है। संक्षिप्त और तेज़ लड़ाई करनी है। यह मौक़ा फिर नहीं आयेगा। यह काम जल्दी ख़त्म करना है। जापान के यहाँ आने से पहले ही आज़ाद होकर उसका मुकाबला करने को तैयार रहना है।

''इसमें इस समय किसी सलाह-मशविरे की गुंजाइश नहीं है। जो यहाँ बैठे हैं, वे सब इतनी बात यहाँ से लेते जायें। जब तक गाँधी जी हैं तब तक वे हमारे सेनापति हैं। परन्तु वे पकड़े जायें, तो किसी की ज़िम्मेदारी किसी पर नहीं रहेगी। सारी ज़िम्मेदारी अंग्रेज़ों के सिर रहेगी। अराजकता की ज़िम्मेदारी भी उन्हीं पर होगी। अराजकता का डर अब देश को रोक नहीं सकेगा। दूसरा कोई मार्ग ही नहीं है। हमें आज़ाद होना है। गुलामी अब एक घड़ी भी हमें बरदाश्त नहीं हो सकती।''

इस प्रकार कांग्रेस ने 1942 के 'भारत छोड़ो आन्दोलन' में आन्दोलन का सारा नेतृत्व और उसका सेनापतित्व महात्मा गाँधी, अपने शीर्षस्थ नेता पर छोड़ दिया था। महात्मा जी ने जब जनता जनार्दन को सम्बोधित किया तो किसी अवतार की-सी भूमिका में होते हुए भी, अत्यन्त विनम्र शब्दों में यह कहा कि- ''मैं इस लड़ाई में आपका नेतृत्व करने की ज़िम्मेदारी अपने ऊपर लेता हूँ, सेनापति अथवा नियन्त्रक के रूप में नहीं, आपके तुच्छ सेवक के रूप में, और जो कोई सर्वाधिक सेवा करेगा, वहीं मुख्य सेवक माना जायेगा।''

कांग्रेस पार्टी में कुछ विरोधी स्तर के नेता भी थे। वे शुरू में गाँधी जी को सलाह दे रहे थे कि वे शान्त बैठें और देश को इतने संकटपूर्ण मार्ग पर न डालें। इलाहाबाद में जब अप्रैल, 1942 में कांग्रेस कार्यसमिति की बैठक हुई थी तब पण्डित जवाहरलाल नेहरू गाँधी जी के भेजे 'भारत छोड़ो' प्रस्ताव के विरुद्ध थे। क्योंकि उन्हें लगता था कि इस प्रस्ताव में जापान के प्रति सहानुभूति और धुरी राष्ट्रों की विजय की सम्भावना व्यक्त होती थी। गाँधी जी ने अपने मसवदे में लिखा कि ब्रिटेन भारत की सुरक्षा करने में असमर्थ है। पण्डित नेहरू गाँधी जी के ब्रिटिश विरोधी विचारों से और क्रिप्स की व्यक्तिगत अपील से इतने विचलित हो गये कि वे एक बार तो ब्रिटिश राज के रेडियो स्टेशन से यह ब्रॉडकास्ट करने की सोचने लगे कि वे भारतवासियों से यह आग्रह करें कि ब्रिटिश सरकार के युद्ध प्रयासों को देशवासी कठिनाई में न डालें। परन्तु मौलाना आज़ाद ने पण्डित नेहरू को ऐसा करने से रोक दिया। चक्रवर्ती राजगोपालाचारी भी पण्डित नेहरू के विचार के थे। जबकि सरकार पटेल ने महात्मा गाँधी के 'भारत छोड़ो' प्रस्ताव के विचारों से बिना शक बेहिचक सहमति व्यक्त की थी। उन्होंने कांग्रेस कार्यसमिति में गाँधी जी के विचारों

का दृढ़तापूर्वक समर्थन किया था। इतना ही नहीं, जब नेहरू जी ने इस बार गाँधी जी का 'भारत छोड़ो प्रस्ताव' 7 अगस्त, 1942 को बम्बई अधिवेशन में रखा, तो सरदार पटेल ने पूरे हृदय से उसका समर्थन किया।

सरदार ने अपने भाषण में गाँधी जी के मूल प्रस्ताव के भीतर के विचारों को भी प्रायः यथावत् दोहराया था। कांग्रेस के दूसरे नेतागण युद्धकालीन पेचीदगियों की जिन बातों को बचा ले गये थे, सरदार पटेल ने उन्हें खोलकर रख दिया था। गाँधी जी नकारात्मक सलाह देनेवाले नेताओं से मन-ही-मन आहत किन्तु अडिग थे। ऐसे सलाहकारों नेताओं की ओर संकेत कर गाँधी जी ने इस अवसर पर कहा कि -

''यदि मैं आपकी बात मानूँ तो मुझे अपने अन्दर की आवाज़ को दबा देना होगा। मेरी अन्तरात्मा कहती है कि मुझे अकेले ही संसार से लोहा लेना पड़ेगा। वह मुझे यह भी कहती है कि जब तक तुममें निःशंक होकर संसार का सामना करने की शक्ति है, तब तक तुम सुरक्षित हो, भले ही तुम्हें दुनिया किसी और दृष्टि से देखे। तुम उस दुनिया की परवाह न करो और केवल उस परमात्मा से डरते हुए अपना कार्य पूरा करना।''

अपने भाषण के अन्त में गाँधी जी ने लोगों को अपने सन्त-स्वभाव के अनुकूल नैतिकता का एक बार फिर वास्ता दिया और कहा कि-

''अबकी जो लड़ाई छिड़ेगी, वह सामूहिक लड़ाई होगी। हमारी योजना में गुप्त कुछ भी नहीं है। हमारी तो खुली लड़ाई है।...हम एक साम्राज्य से लड़ाई लड़ने जा रहे हैं। और हमारी लड़ाई बिल्कुल सीधी लड़ाई होगी। इस बारे में आप किसी भ्रम में न रहें। लुक-छिपकर कोई काम न करें। जो लुक-छिपकर काम करते हैं, उन्हें पछताना पड़ता है।''

इस प्रकार महात्मा गाँधी की यह ब्रिटिश साम्राज्य के विरुद्ध देशव्यापी प्रचण्ड किन्तु अहिंसक लड़ाई की खुली घोषणा थी। उन्होंने अंग्रेज़ों को खुली चेतावनी दे दी कि या तो इच्छापूर्वक भारत का शासन भारतवासियों के हाथों में सौंपकर यहाँ से चले जाओ। अन्यथा तुम्हें सम्पूर्ण भारत राष्ट्र की उमड़ती हुई शक्ति का सामना करना पड़ेगा।

इसी तरह भारतवासियों के लिए भी गाँधी जी का स्पष्ट सन्देश था- 'करो या मरो'। या तो स्वाधीनता प्राप्त कर लो या फिर मर जाओ। यह सन्देश महात्मा गाँधी ने 8 अगस्त की रात 10 बजे बम्बई के उस सुप्रसिद्ध मैदान से अपने देशवासियों को एक मन्त्र की भाँति दिया था।

महात्मा गाँधी के शब्द थे-''एक छोटा-सा मन्त्र मैं आप लोगों को दे रहा हूँ। आप इसे अपने दिलों में उतार लें और अपनी हर साँस से इसे उच्चारित करें। यह मन्त्र है- ''करो या मरो''। या तो हम भारत को आज़ाद करेंगे या इस प्रयास में अपनी जान दे देंगे। अपने को गुलाम देखने के लिए हम जीवित नहीं रहेंगे।...भगवान् के सामने यह प्रतिज्ञा कीजिये कि आप तब तक आराम नहीं करेंगे जब तक स्वतन्त्र नहीं हो जाते और स्वतन्त्रता को पाने के लिए अपनी जान तक देने को तैयार हों। जो अपनी जान देगा उसे आज़ादी मिलेगी। जो अपनी जान बचाएगा उसे अपनी आज़ादी खोनी होगी। आज़ादी

कायरों और कमज़ोर दिलवालों के लिए नहीं है।''

गाँधी जी के इन मार्मिक शब्दों उपस्थित जन-समुदाय को विद्युत् की भाँति संस्पर्श किया। पूरा पण्डाल उस रात देशभक्ति के नारों से गूँज उठा...

''महात्मा गाँधी की जय!''

''महात्मा गाँधी की जय!!''

''भारत माता की जय!!!''

''भारत माता की जय!!!''

''वन्दे मातरम्!!!''

यह ऐतिहासिक सभा 8 अगस्त, 1942 की रात्रि 10.30 बजे विसर्जित हुई। आज़ादी के चाहनेवाले लोगों की भीड़ धीरे-धीरे ग्वालिया टैंक मैदान से छँटने लगी। गाँधी जी और सरदार पटेल सहित कांग्रेस के उपस्थित नेतागण ने भी अपने ठहरने के स्थलों की ओर प्रस्थान किया। बम्बई का सागर गर्जन-तर्जन करता हुआ कल फिर सुबह होने की प्रतीक्षा करने लगा।

अफवाह तो कई दिनों से उड़ रही थी कि अगर अंग्रेज़ों के विरुद्ध कोई ऐसा-वैसा प्रस्ताव कांग्रेस द्वारा पारित किया गया तो उसके बड़े नेता शीघ्र ही गिरफ़्तार कर लिए जायेंगे। पर यह अनुमान न था कि गिरफ्तारियों में सरकार इतनी त्वरित गति से कार्यवाही करेगी।

ग्वालिया टैंक की सभा से जिस रात महात्मा गाँधी राष्ट्र को जगाकर लौटे और कुछ घण्टे भी स्वयं सो न पाए, अन्य नेताओं ने भी मध्य रात्रि के बाद अपनी शय्याओं पर किसी तरह कमर सीधी की थी कि ब्रिटिश हुकूमत के इशारे पर भारी पुलिस बल ने बिड़ला हाउस को घेर लिया। अभी सुबह के 5.00 भी नहीं बजने पाए थे। मेन गेट खुलने में देर हुई तो पुलिस के सिपाही अपने अफ़सरों के हुक्म से दीवारें फाँदकर बिड़ला हाउस के हाते में दाखिल हो गये। भीतर महात्मा गाँधी के ठहरने के स्थान को उन्होंने घेर लिया।

तब तक गाँधी जी उठकर बकरी के दूध और सन्तरे के रस का नाश्ता ले चुके थे। पुलिस के पहुँचने से पहले ही महात्मा जी तैयार थे। यह तो देर-सवेर होना ही था। महात्मा जी ने 'वैष्णव जन तो तेने कहिए' और अपने कुछ अन्य भजन सुने और पुलिस के साथ खुशी-खुशी चल दिये। अपनी चिर-परिचित मुस्कान के साथ। आगे चलते एक हिन्दुस्तानी सिपाही का उन्होंने कन्धा थपथपाया। कहा- ''कैसे हो ?''

वह सिपाही अदब से झुक गया। मुँह से उससे कुछ बोलते न बना। सारे सिपाही गाँधी जी के इर्द-गिर्द इस तरह श्रद्धाभाव से चलने लगे जैसे गाँधी कोई क़ैदी नहीं, कोई बहुत ऊँचे पीर-फ़क़ीर हों।

सुबह तड़के प्रायः अन्य सभी बड़े नेता मौलाना आज़ाद, सरदार पटेल, पण्डित नेहरू आदि सोते से उठाकर गिरफ़्तार कर लिए गये। गिरफ्तारियों से पूर्व सारे बम्बई शहर के टेलीफोन बेकार कर दिये गये थे, ताकि कोई सनसनी तत्काल न फैलने पाए।

पुलिस जब गोविन्द वल्लभ पन्त के ठिकाने पर पहुँची तो भारी बदन के पन्त जी ने बिस्तर पर से कहला भेजा कि -"मैं अभी आराम करना चाहता हूँ। कुछ समय तक मुझे तंग न किया जाये।" कुछ सिपाही तब उनके कक्ष की निगरानी पर तैनात रहे।

उन्हें छोड़कर शेष सभी नेताओं को लारियों में बैठाकर बम्बई के रेलवे स्टेशन विक्टोरिया टर्मिनस पर पहुँचा दिया गया। एक स्पेशल ट्रेन सभी गिरफ़्तार किये गये कांग्रेसी नेतागण को ले जाने के लिए तैयार खड़ी थी।

विक्टोरिया टर्मिनस पर मौलाना आज़ाद जैसे ही सरकारी वाहन से उतरे उन्होंने अशोक मेहता को देखा। उन्हें भी गिरफ़्तार कर लिया गया था। वे भी विक्टोरिया टर्मिनस रेलवे स्टेशन लाए गये थे। मौलाना ने महसूस किया कि ब्रिटिश हुकूमत ने केवल कांग्रेस की कार्यसमिति के सदस्यों को ही गिरफ़्तार नहीं किया था बल्कि बम्बई के प्रमुख स्थानीय नेताओं को भी गिरफ़्तार किया था। शायद हिन्दुस्तान भर में ऐसा ही किया गया हो। प्लेटफॉर्म पर खड़ी उस ट्रेन में मौलाना आज़ाद को बैठाया गया। उस समय उसमें एक डायनिंग कार का डिब्बा भी जोड़ा गया था। इस ट्रेन में बीचों-बीच रास्ता था जो दूसरे डिब्बों तक जाता था। यह ट्रेन बम्बई-पूना लाइन पर आती-जाती थी, जो कि उस वक्त गिरफ़्तार आन्दोलनकारी नेताओं को जेल ले जाने के लिए एक स्पेशन ट्रेन बनी खड़ी थी। मौलाना आज़ाद को एक खाली डिब्बे में पुलिसवालों ने ले जाकर बैठा दिया। मौलाना एक खिड़की के पास बैठ गये।

इसके बाद शीघ्र ही उन्हें प्लेटफार्म पर जवाहरलाल नेहरू, आसफ अली और डॉ. सैय्यद महमूद दिखायी दिये। जवाहरलाल खिड़की के पास आये। आकर मौलाना से बोले-"गाँधी जी को भी स्टेशन लाया गया है। उन्हें दूसरे डिब्बे में बिठाया गया है।"

फिर नेहरू, आसफ अली, सैय्यद महमूद को भी मौलाना आज़ाद के साथ उसी डिब्बे में बिठा दिया गया। एक अंग्रेज़ सेनाधिकारी उन लोगों के पास आया और उसने पूछा कि - "क्या आपको चाय की आवश्यकता है?" मौलाना चाय पी चुके थे, परन्तु उन्होंने सबके लिए चाय लाने को कह दिया।

उसी समय एक दूसरा सेनाधिकारी आया और सभी राजनीतिक क़ैदियों को गिनने लगा। उसने कई बार इन लोगों को गिना। इससे इन नेताओं को उलझन होने लगी। वह आता था लौट कर अन्य डिब्बों में जाता था। पुनः आकर मौलाना, नेहरू आदि को गिनता था। वहाँ आकर अन्त में वह ज़ोर से कहता-"तीस" जब ऐसा दो-तीन बार हुआ तो मौलाना आज़ाद ने उतनी ही ऊँची आवाज़ में कहा-"बत्तीस"। इससे वह गिनती करनेवाला अधिकारी उलझन में पड़ गया। उसकी गिनती गड़बड़ा गयी। और डिब्बे के बाकी नेतागण ठठाकर हँस पड़े।

तभी गार्ड ने सीटी बजायी और ट्रेन चल दी। मौलाना आज़ाद ने खिड़की के बाहर सरकता प्लेटफॉर्म देखा। उन्होंने श्रीमती अरुणा आसफ़ अली को बाहर खड़े देखा जो अपने पति आसफ़ अली को विदा करने आयी थीं। उन्होंने कांग्रेस अध्यक्ष मौलाना आज़ाद को हाथ हिलाते हुए कहा कि- "आप मेरी चिन्ता न करियेगा। मैं कुछ न कुछ करती रहूँगी...बेकार नहीं बैठूँगी।..."

बाद में अरुणा आसफ़ अली ने बम्बई में उस दिन वही सब किया जिसका उन्होंने संकेत दिया था। वे लम्बे समय तक गिरफ़्तारी से बचकर आगे भी ब्रिटिश राज की नाक में दम करती रहीं।

इस ट्रेन में, जो कि गाँधी, नेहरू, पटेल, मौलाना आज़ाद और 'भारत छोड़ो आन्दोलन' के दूसरे बड़े नेताओं को अज्ञात स्थल पर ले जा रही थी, बीचोबीच यात्रियों के लिए गुजरने का एक डिब्बे से दूसरे डिब्बों तक का निर्बाध रास्ता था। इण्टरलिंक्ड ट्रेन थी।

मौलाना आज़ाद, नेहरू आदि के डिब्बे में ट्रेन चलने के कुछ ही देर बाद श्रीमती सरोज़िनी नायडू चलकर आयीं। उन्होंने कहा-"आप से गाँधी जी मिलना चाहते हैं।" इस पर मौलाना आज़ाद और नेहरू जी उठकर कुछ दूर स्थित गाँधी जी के कम्पार्टमेण्ट में गये। गाँधी जी उस समय बड़े हताश दिख रहे थे। शायद इस तरह कांग्रेस नेताओं की अचानक गिरफ़्तारी के बारे में महात्मा जी ने नहीं सोचा होगा। उन्हें कहीं-न-कहीं यह फ़िक्र भी सता रही होगी कि उनका अहिंसक आन्दोलन कहीं उनकी अनुपस्थिति में रास्ता न भटक जाये।

गाँधी जी ने कहा कि उन्हें अनुमान था आन्दोलन को लेकर सरकार कोई क्रूर कार्रवाई नहीं करेगी। मौलाना आज़ाद ने गाँधी जी से कहा कि वे आशावादी दृष्टिकोण अपनाए। परन्तु गाँधी जी अवसादग्रस्त ही रहे। गाँधी जी के अनुमान क्योंकि सही साबित नहीं हुए थे इसलिए वे फिलहाल अनिश्चय की स्थिति में थे। वैसे ही जैसे कि किसी के हाथों से अचानक तोते उड़ जायें।

आज़ाद, नेहरू आदि नेता अभी मुश्किल से दो मिनट ही वार्त्तालाप कर पाए होंगे कि गाँधी जी का विवेक जागृत हुआ। वे सचेतन होते हुए मौलाना आज़ाद से बोले कि -"जैसे ही आप अपने गन्तव्य स्थान पर पहुँचें आपको सूचित कर देना चाहिए कि आप कांग्रेस अध्यक्ष के रूप में कार्य कर रहे हैं। आपको अपना निजी सचिव और अपने कार्य के लिए अन्य आवश्यक सुविधाएं माँगनी चाहिए। जब आपको पिछली बार गिरफ़्तार किया गया था और नैनी जेल में रखा गया था तो सरकार ने आपको ये सभी सुविधाएँ उपलब्ध करायी थीं। आप फिर उनकी माँग करें और अगर आवश्यक हो तो इसे मुद्दा बना लें।"

मौलाना आज़ाद ने कहा-"अब हालात एक़दम बदल गये हैं। हमने खुली आँखों से अपना रास्ता चुना है और अब हमें इसके नतीजे भुगतने होंगे। इस क़िस्म की सुविधाएँ माँगना ही फिजूल होगा।"

जब ये लोग बातें कर रहे थे तो बम्बई का पुलिस आयुक्त इनके पास आया। वह पकड़े गये नेताओं के साथ ही ट्रेन में ही यात्रा कर रहा था। उसने सबसे कहा कि सभी लोग अपने डिब्बे में लौट जाये। उसने कहा कि सिर्फ श्रीमती नायडू ही गाँधी जी के साथ ठहर सकती हैं। जवाहरलाल और मौलाना आज़ाद अपने डिब्बे में लौट आये।

अब ट्रेन तेज़ी से कल्याण की ओर जा रही थी। कल्याण स्टेशन गुज़र गया। ट्रेन कल्याण में नहीं रुकी। अब वह पूना की ओर अग्रसर थी। अचानक ट्रेन एक छोटे स्टेशन पर रुक गयी। तब तक नेताओं की गिरफ़्तारी का समाचार पूना पहुँच चुका था। वह स्टेशन और प्लेटफार्म पुलिस कर्मचारियों के दल बल से भरा हुआ था और जनता के किसी व्यक्ति को ट्रेन तक जाने की छूट न थी। फिर भी रेलवे पुल पर बहुत भारी भीड़ जमा थी। जैसे ही ट्रेन प्लेटफॉर्म पर लगी भीड़ से नारों की आवाज़ गूँजी "महात्मा गाँधी की जय"। और जैसे ही यह नारा गूँजा पुलिस ने उधर पुल से झाँकते लोगों पर लाठीचार्ज कर दिया।

ट्रेन में मौजूद उपायुक्त ने कहा कि सरकार से ऐसे आदेश मिले हैं कि किसी भी प्रदर्शन या नारेबाजी की अनुमति न दी जाये। इस पर खिड़की से देखते जवाहरलाल बोले -"मगर आपको कोई हक़ नहीं कि इस तरह आप लाठीचार्ज करें।" यह कहते नेहरू जी कम्पार्टमेण्ट से कूद पड़े और पब्लिकदिशा में दौड़े। वे चिल्ला रहे थे-"क्या करते हो ? क्यों मार रहे हो ?" पुलिस आयुक्त नेहरू जी के पीछे दाड़े। उन्होंने नेहरू जी को अपने डिब्बे में लाने का प्रयास किया। जवाहर नहीं माने। वे क्रोध में बोलते रहे। उसी बीच कार्यसमिति के एक अन्य सदस्य शंकर राव देव भी प्लेटफार्म पर उतर गये। चार पुलिसवालों ने उन्हें घेर लिया। कहा कि डिब्बे में वापस जायें। जब शंकरराव देव ने इनकार किया तो सिपाहियों ने उन्हें टाँग लिया और जबरन उनके डिब्बे में ढकेल दिया।

मौलाना आज़ाद ने डिब्बे के द्वार पर आकर नेहरू जी को आवाज़ लगायी कि उन्हें लौट आना चाहिए। जवाहरलाल आख़िरकार तमतमाये हुए वापस लौट आये। क्रोध से उनका गोरा मुखड़ा लाल नज़र आता था। मौलाना आज़ाद आदि ने ट्रेन के भीतर से देखा कि गाँधी जी, सरोज़नी नायडू आदि को उसी स्टेशन पर ट्रेन से उतार लिया गया है और प्लेटफ़ॉर्म से बाहर ले जाया जा रहा है।

सुबह 7.00 बजे गाड़ी ने बम्बई का वह प्रधान स्टेशन छोड़ दिया था। रेलगाड़ी चार घण्टों में पूना पहुँची। महात्मा गाँधी, श्रीमती सरोजिनी नायडू, मीराँ बहन और महादेव देसाई पूना से पहले ही चिंचवड स्टेशन पर उतार लिए गये थे। वहाँ से उन्हें आगा खाँ पैलेस ले जाया गया, जिसे गाँधी जी के लिए अस्थायी जेल में तब्दील किया जा चुका था। पण्डित नेहरू,

मौलाना आज़ाद, सरदार पटेल आदि नेताओं को ले जाकर अहमद नगर के पुराने किले में बन्द कर दिया गया। ब्रिटिश सरकार का इरादा इस बार विश्वयुद्ध के दौरान भारत के इन 'नींद हराम करनेवाले' कांग्रेसी नेताओं को लम्बे समय तक कारावास में रखने का था।

9 अगस्त के ब्राह्ममुहूर्त्त में गाँधी जी और सारे प्रमुख नेताओं को आन्दोलन क्षेत्र से हटा लिए जाने का दुष्परिणाम यह हुआ कि भारत भर में जैसे-जैसे नेताओं की गिरफ्तारियों का समाचार फैला हर जगह जनता उत्तेजना और गुस्से से भर गयी। समाचार-पत्रों ने 'अंग्रेज़ो भारत छोड़ो' 'नेतागण गिरफ़्तार' 'करो या मरो' आदि के शीर्षकों में सनसनीखेज समाचार छापकर आग में घी का काम किया। समाचार-पत्रों के हाकर्स गली-मोहल्लों-सड़कों-बाजारों में उस आग को पुकार-पुकारकर फैलाने का काम करने लगे। फलतः नेताओं के रहते जो अहिंसक आन्दोलन अनुशासन में चलना था, नेताओं को अंग्रेज़ों द्वारा परिदृश्य से गायब कर दिये जाने के बाद हिंसा और अराजकता की दिशा में अग्रसर हो गया।

'भारत छोड़ो आन्दोलन' का स्वर और महात्मा गाँधी का अह्वान अब तक घर-घर में पहुँच चुका था। जनता पहले से अन्तिम आन्दोलन की प्रतीक्षा में थी। वह सड़कों पर उतर आयी। पुलिस ने जनता का दमन करना चाहा तो वह भड़क उठी। पथराव, आगजनी, तोड़-फोड़ का हिंसायुक्त ताण्डव नृत्य जगह-जगह शुरू हो गया।

सरकारी इमारतों में आग लगाना। पुलिस से भिड़ना। झण्डा जुलूस निकालना। सरकारी इमारतों पर तिरंगा ध्वज फहराना। लाठी-गोली का दुस्साहस से मुकाबला करना। हिंसा का जवाब प्रतिहिंसा से देना। सरकारी सेवाओं को ठप करना, बाज़ार बन्द करना तो आम चलन था ही। जनता ने जब देखा कि अतिरिक्त पुलिस बल और सेनाओं को एक शहर से दूसरे शहर ले जाने का जरिया ट्रेनें हैं तो जगह-जगह रेल की पटरियाँ उखाड़ी जाने लगीं। पहले पुलिस थानों में आग लगायी गयी। बाद में विप्लवकारियों का निशाना रेलवे स्टेशन, तारघर और डाकघर भी बनने लगे। उनमें आग लगायी जाने लगी। यह 'अगस्त आन्दोलन' 'अगस्त क्रान्ति' में बदल गया। देश भर में ब्रिटिश शासनसे लोहा लेने के लिए आम जनता सड़कों पर उतर आयी। सारे देशभक्त हिन्दू और थोड़े-से राष्ट्रवादी मुसलमान भारत छोड़ो आन्दोलन के सेनापति और सैनिक सभी कुछ बन गये। जबकि कम्युनिस्ट और मुस्लिम लीगी मुसलमान सरकार की हिमायत में आन्दोलन से विरत रहे। उनमें से कई लोगों ने अंग्रेज़ों के लिए मुखबिर का भी काम किया और उनसे वफ़ादारी निभायी।

1857 की क्रान्ति से 1942 के विप्लव का मौलिक अन्तर यह था कि सन् सत्तावन का विद्रोह असन्तुष्ट सैनिकों, चन्द राजाओं, नवाबों का सीमित विद्रोह था, जिसे अंग्रेज़ों ने उन्हीं के प्रतिद्वन्द्वी राजाओं के सहयोग से और अपनी फ़िरंगी फ़ौजों के बल से स्वयं भी, भारी क्षति उठाने के बावज़ूद, काबू में कर लिया था। आम जनता का उसमें कोई खास सहयोग न था। क्योंकि अधिकतर वह राजे-रजवाड़ों की अपने राज्याधिकार की लड़ाई थी।

जबकि इस बार सन् बयालीस का यह विप्लव सीधी-सीधी जनता की लड़ाई थी, समूचे देश को स्वतन्त्रता दिलाने की लड़ाई देश की अस्मिता की लड़ाई अतः यह पहले से सौ गुना व्यापक और खतरनाक थी। परन्तु अब तक अंग्रेज़ अपनी सत्ता को डाक-तार-रेलवे और अन्य संचार माध्यमों से पहले से अधिक मज़बूत कर चुके थे। इसलिए उनके पाँव यदि उखड़ते तो फिर से जम जाते।

अंग्रेजों ने प्रारम्भिक कुछ दिनों के झटकों के बाद सख़्ती के साथ क़ानून और व्यवस्था की स्थितियों पर काफ़ी हद तक काबू पा लिया। छुटपुट घटनाएँ इधर-उधर जारी रहीं। जो कुछ समाजवादी कांग्रेसी नेतागण जय प्रकाश नारायण, राममनोहर लोहिया, अरुणा आसिफ़ अली आदि गिरफ़्तारी से बच गये थे अथवा जेल तोड़कर निकल भागे थे वे भूमिगत होकर ब्रिटिश हुकूमत के विरुद्ध आन्दोलन का संचालन करते रहे और उसे हवा देते रहे। लोहिया जी तो गुप्त रेडियो से भी जनसाधारण का काफ़ी समय तक उत्साहवर्द्धन करने में कामयाब रहे।

1942 का आन्दोलन इतना व्यापक था कि इसका असर पूरे भारत में देखा और महसूस किया गया। लोगों के साहस, वीरता और बलिदान के हज़ारों क़िस्से हैं जिन्हें लिपिबद्ध किया जाना सम्भव नहीं। कुछ थोड़े उदाहरण ही के स्वाधीनता-संघर्ष के उस ताप और देशभक्ति की भावनाओं के उत्कर्ष को महसूस कराने में थोड़े बहुत सहायक हो सकते हैं।

प्रारम्भ तो बम्बई से ही हो चुका था। वहाँ 8 अगस्त को ही यह घोषणा हो चुकी थी कि 9 अगस्त को प्रातःकाल ग्वालिया टैंक के मैदान में राष्ट्रीय झण्डे को सलामी दी जायेगी। जनता को यह भी सूचना दी गयी थी कि उस अवसर पर बम्बई में उपस्थित नेता लोग भी सम्मिलित होंगे।

लेकिन लोग उस दिन जब सोकर उठे तो उन्हें गाँधी जी सहित सभी बड़े नेताओं की गिरफ़्तारी के उड़ते-उड़ते समाचार विदित हुए। ऐसे में लोग असमंजस में थे। तरह-तरह की अफवाहें हवा में तैर रही थीं। क्योंकि उसी सुबह तड़के गिरफ्तारियाँ हुई थीं, इसलिए अख़बारों में कांग्रेस की विगत जनसभा और अधिवेशन के भाषणों के सार तो थे, अंग्रेज़ों को 'भारत छोड़ने' की ललकार भी थी, गाँधी जी के मन्त्र 'करो या मरो' के समाचार थे, मगर नेताओं को गिरफ़्तार कर बम्बई से बाहर रवाना करने के समाचार प्रिण्ट नहीं हो सके थे। इस सम्बन्ध में जो ख़बरें थीं वे कानोकान की ख़बरे थीं।

फिर भी बम्बई के नागरिक ग्वालिया टैंक मैदान की ओर सुबह के समय उमड़ चले। वहाँ पहुँचने पर लोगों को पता चला कि सारे मैदान पर पुलिस-प्रशासन ने पहले ही क़ब्ज़ा कर रखा था। लोगों ने पुलिस बल की उपस्थिति की परवाह नहीं की। स्त्री-पुरुष-बाल-वृद्ध निर्भीकता से उस मैदान और उसके आस-पास एकत्र होते चले गये।

तभी वहाँ एक मोटरकार आयी। उसमें भूलाभाई देसाई के सुपुत्र बैठे थे। उन्होंने आते ही तिरंगा ध्वज अपने हाथ में ले लिया। पुलिस पहले से ही मैदान में डटी थी। एक अंग्रेज़

सार्जेण्ट ने आगे बढ़कर ऊँची आवाज़ में कहा-''इस मैदान पर अब किसी किस्म की सभा अथवा मीटिंग की इजाज़त नहीं है। इसलिए सब यहाँ से हट जाओ वर्ना आँसू गैस का इस्तेमाल किया जायेगा।''

समारोह की संचालिका अरुणा आसफ अली भी वहाँ मौजूद थीं। उन्होंने कम उम्र के लड़के-लड़कियों को मैदान से बाहर जाने को कहा स्वयं कांग्रेस के अनेक स्वयंसेवकों के साथ वहीं डट गयीं। अरुणा आसफ़ अली ने अपना पूर्व निर्धारित भाषण देना प्रारम्भ कर दिया।

इस पर ड्यूटी पर तैनात सीनियर अफ़सर ने उस सभा को अवैध घोषित कर उसे तुरन्त विसर्जित हो जाने का आदेश दिया। परन्तु जब इस चेतावनी का अरुणा और वहाँ जमा भीड़ पर कोई असर न हुआ तो आँसू गैस के गोले दागे गये।

लोग पहले से ही प्रशिक्षित थे। आँसू गैस दगते ही सारे लोग दो मिनट को ज़मीन पर लेट गये। पर ज्यों ही उठे आँसू गैस फिर छोड़ी गयी। लोग फिर लेट गये। उसके बाद पुलिस के सिपाही अंग्रेज़ अफ़सरों के हुक्म पर जनता पर लाठियाँ तानकर पिल पड़े। भीड़ में भगदड़ मच गयी। उस भगदड़ में अरुणा आसफ़ अली धीरे से वहाँ से सरक लीं। जो कांग्रेसी स्वयंसेवक और स्वयंसेविकाएँ सत्याग्रह मोर्चे पर डटे रहे वे लाठियों के प्रहार से घायल हुए। घायलों में मृदुला साराभाई भी थीं।

पुलिस की ज़्यादती की ख़बर बम्बई में चारों ओर फैल गयी। बाज़ार बन्द हो गये। कल-कारखानों में काम ठप्प हो गया। ट्राम-बसों और टैक्सियों का चलना जारी रहा। जनता बहुत विक्षुब्ध हुई। वह बल प्रयोग कर सड़क पर दौड़ते वाहनों को रोकने लगी। इस आपाधापी में कई सरकारी बसें जला दी गयीं उन दिनों बम्बई में चलनेवाली को भी हानि पहुँचायी गयी। भड़की हुई भीड़ क्या न करती। टेलीफोन के खम्बों और तारों को भी उसने क्षतिग्रस्त किया।...

दोपहर होते-होते बम्बई महानगर इतना गर्म हो गया कि पुलिस को कई जगह उग्र भीड़ पर फ़ायरिंग करने पर बाध्य होना पड़ा। दिन के दो बजे उस दिन पहला बलिदान हुआ। एक नौजवान पुलिस की गोली का शिकार हुआ। उसके बाद तो मानो बलिदानों का सिलसिला ही चल निकला। दर्जनों लोग मारे गये और सैकड़ों घायल हुए।...

एक छोटा बच्चा, जो भीड़ में शामिल नहीं था, दूर खड़ा 'महात्मा गाँधी की जय' बोल रहा था, गोली का निशाना बना दिया गया। पुलिस का ताण्डव चल निकला। संभ्रांत लोग उनके घरों से घसीट-घसीटकर बाहर निकाले गये और उन्हें लाठियों से अधमरा करके सड़कों पर डाल दिया गया। निहत्थी जनता और पुलिस के बीच का ख़ूनी संघर्ष दिन भर चला।.

अगले दिन बम्बई में नेतागण के पकड़े जाने और बम्बई के तनावपूर्ण माहौल की ख़बरें देश भर में फैल गयीं। दिल्ली में बाजार तो नहीं खुले, परन्तु स्कूल खुल गये। लाहौरी गेट के पास एक म्यूनिसिपल स्कूल के कुछ लड़कों ने निश्चय किया कि स्कूल बन्द

करवाया जाये। दस-बारह लड़के इकट्ठे होकर नये बाजार में घूम-घूमकर नारे लगाने लगे। एक समूह बोलता-"आज क्या होगा भई क्या होगा ?" दूसरा समूह जवाब देता-"हड़ताल होगी हड़ताल होगी।" छात्रों का जुलूस तो घूमने लगा मगर उनके पास काई तिरंगा झण्डा न था। सामने एक समाचार-पत्र का कार्यालय था। वहाँ तिरंगा लगा था। दो छात्र वह झण्डा माँग लाये। अब जुलूस बाकायदा राष्ट्रीय ध्वज के साथ सड़क पर विचरने लगा। झण्डे का आकर्षण इतना तीव्र था कि लोग इस जुलूस से जुड़ते गये। मिनटों में एक हज़ार व्यक्ति जुलूस का हिस्सा बन गये।

पास ही रेलवे का क्लियरिंग आफिस था। वह छह मंज़िली इमारत थी। दिल्ली की उन दिनों की सबसे बड़ी इमारत। जोशीला जुलूस इस सरकारी दफ्तर की ओर झपटा। अंग्रेज़ अफ़सर तो शोर-शराबा सुनकर पहले ही भाग खड़ा हुआ। जो हिन्दुस्तानी कर्मचारी थे वे असहाय होकर इधर-उधर होने लगे। भीड़ उग्र हो गयी। पास की किसी दुकान से मिट्टी का तेल ले आया गया और उस रेलवे के बड़े दफ्तर में आग लगा दी गयी।

इस अग्निकाण्ड में एक पुलिस सब-इन्स्पेक्टर भीड़ के बीच आ फँसा। उसने अपने बचाव में अपना रिवाल्वर निकाल कर भीड़ पर चला दिया। एक व्यक्ति को गोली लगी। फिर तो भीड़ और पगला गयी। उस पुलिस सब-इन्स्पेक्टर को लोगों ने घेरकर ईंट-पत्थर-ठोकरों से ही मार-कुचलकर वहीं ढेर कर दिया।...

एक घण्टे में आग बुझानेवाली दमकल और अतिरिक्त पुलिस बल वहाँ पहुँचा। तब तक दंगाई भीड़ तितर-बितर हो चुकी थी और वह बहुमंज़िला इमारत धू-धू करके जलती हुई आसमान में धुएँ के घने बादल छोड़ती नजर आ रही थी।...

उत्तर प्रदेश के पूर्वी ज़िले बलिया में भी 10 अगस्त को पूर्ण हड़ताल हुई। यहाँ तक कि कचहरी और कार्यालयों को भी बन्द करना पड़ा गया।

11 अगस्त, 1942 को बलिया की जनता का एक विराट् जुलूस शहर से कचहरी की ओर जा रहा था। सिटी मजिस्ट्रेट सशस्त्र सिपाहियों के साथ पहुँचे। जुलूस को रास्ते में रोका। जुलूस ने आगे बढ़ने की जिद की। पुलिस ने लाठीचार्ज कर दिया। अनेक लोग घायल हुए। उनमें नौजवान छात्रों की संख्या अधिक थी। कुछ लोग गिरफ्तार भी हुए। परन्तु नगर में जुलूसों का सिलसिला खत्म न हुआ। पुलिस रात-रात भर घरों से लोगों को पकड़ती रही।

12 अगस्त को बलिया शहर पूरा बन्द हो गया। हड़ताल इस बार उपद्रवपूर्ण थी। तारघर एवं टेलीफ़ोन के तार काटने, रेल की पटरियाँ उखाड़ने, पुल तोड़ने और यातायात के साधनों को क्षतिग्रस्त करने का दौर प्रारम्भ हो गया।

बाज़ार पूरे छह दिन बन्द रहा। कर्फ्यू में लोग बेहाल हो गये। घरों का राशन-पानी-सब्जी-दूध सब समाप्त हो गया। तब प्रशासन ने कर्फ्यू में एक दिन की ढील दी। बाज़ार खुले। लोग घरों से निकलकर जरूरी चीज़ों की जल्दी-जल्दी ख़रीदारी करने लगे। इस पर कुछ दिलजले अधिकारियों ने 'पब्लिक' को सबक़ सिखाने का फ़ैसला

किया। पुलिस की लारियाँ बाजार में आयीं। सिपाही लोगों पर ज़ुल्म करने लगे। उन्हें लाठी-डण्डों से पीटने लगे। बाजार में अफरा-तफरी मच गयी। पहले तो लोग भागे। फिर पलटकर पुलिस का मुकाबला करने लगे। इस पर भीड़ पर नियन्त्रण के बहाने गोलियाँ चलायी गयी। सशस्त्र बल के गोली चालन से बलिया-बाज़ार में आधा दर्जन लोग मारे गये और सैकड़ों घायल हो गये।...

अब पूरा बलिया ज़िला विद्रोह का गढ़ बन गया। जनता ने सहतवार, नरवर, सिकन्दरपुर, गढ़वर, हलधर आदि थानों पर उपद्रव करके वहाँ के पुलिसकर्मियों को मार-पीटकर भगा दिया और थानों पर अधिकार कर लिया। उग्र भीड़ ने बांसडीह और रसड़ा तहसीलों पर क़ब्ज़ा कर लिया और सरकारी खजाना लूट लिया। रसड़ा तहसील पर विप्लवकारी जब अधिकार करके उस पर राष्ट्रीय झण्डा फहरा रहे थे तो पुलिस के सिपाहियों ने उसे घेर लिया और लोगों पर दनादन गोलियाँ दागकर अनेक लोगों को मौत की नींद सुला दिया। एक समय ऐसा आया जब 18 और 19 अगस्त, 1942 को बलिया ज़िले में कोई सरकार नहीं थी। दूसरे शब्दों में वह ऐसा पहला ज़िला था जिसने कुछ दिनों के लिए सही, अंग्रेज़ों के चंगुल से स्वयं को आज़ाद कर लिया था।...भारत में स्वाधीनता आन्दोलन अंग्रेज़ी हुकूमत के लिए बेकाबू होता जा रहा था और उधर लन्दन में बैठा उनका कंजर्वेटिव प्रधानमन्त्री विन्स्टन चर्चिल कांग्रेस के विरुद्ध अपनी खीझ मिटा रहा था। वह निरन्तर अपने लोगों को समझाने-बुझाने के प्रयत्न कर रहा था, ताकि ब्रिटिश जनता भारतीय जन-आन्दोलन के प्रति सहानुभूति के मूड में न आ जाये।

चर्चिल ने 10 सितम्बर, 1942 को सार्वजनिक तौर पर यह बात कही कि-

''भारत की कांग्रेस पार्टी सारे भारत का प्रतिनिधित्व नहीं करती है। यह हिन्दू जनता का भी प्रतिनिधित्व नहीं करती। यह एक राजनीतिक संगठन है, जिसे कुछ औद्योगिक व वित्तीय तत्त्व चला रहे हैं। ब्रिटिश भारत में नौ करोड़ मुसलमान हैं जो इस पार्टी से बाहर हैं और इसके विरोधी हैं। उन्हें भी आत्म-अभिव्यक्ति का अधिकार है।

''पाँच करोड़ दलित या अछूत हैं, क्योंकि उनके छूने या उनके साये मात्र से उनके हिन्दू सहधर्मी अपवित्र हो जाते हैं। भारतीय रजवाड़ों की साढ़े नौ करोड़ जनता है, जिनसे हमारी सन्धि है।

''सारे भारत में यह साढ़े तेईस करोड़ लोग हैं- (जो कांग्रेस के विरुद्ध है) इनमें ब्रिटिश भारत के वे हिन्दू, सिख और ईसाई नहीं हैं जो कांग्रेस सरकार की नीति के विरुद्ध हैं। (यहाँ चर्चिल का तात्पर्य कम्युनिस्टों से था)।

''ज़रूरी है कि यहाँ अथवा कहीं भी इन प्रमुख तथ्यों को नज़रअन्दाज़ न किया जाये, क्योंकि इन मूलभूत तथ्यों को समझे बिना भारत की समस्या को अथवा भारत-ब्रिटेन सम्बन्धों को समझना सम्भव नहीं है।''

पूर्वी उत्तर प्रदेश की विद्रोही आग बिहार तक जा फैली। पटना, शाहबाद, मुँगेर आदि शहरों और वहाँ के देहातों तक में अहिंसक आन्दोलन हिंसा में परिवर्तित होता गया।

सरकार इतनी उत्तेजित और असहाय हो गयी कि विद्रोह को दबाने के लिए कई स्थानों पर उसने हवाई जहाजों से बम तक गिरवाए।...

बंगाल, मध्य प्रदेश, आसाम, पंजाब और भारत का शायद ही कोई कोना अगस्त-क्रान्ति की आग की चपेट में आने से बचा हो। वर्ष 1943 के अन्त तक पूरा देश 'डिस्टबर्ड जोन' बन चुका था। कहीं न कहीं छोटे-बड़े उपद्रव और दंगे होते ही रहते थे।...

कई नेता जो भूमिगत हो गये थे। निरन्तर अपने ठिकाने बदलते रहते थे और जनता को अंग्रेज़ी सरकार के विरुद्ध बगावत के लिए हर सम्भव तरीक़ों से प्रेरित करते रहते थे।

इनमें जयप्रकाश नारायण 1942 का आन्दोलन आरम्भ होने के समय बिहार की हज़ारीबाग़ सेण्ट्रल जेल में बन्द थे। जब तक आन्दोलन ने उग्र रूप धारण नहीं किया जय प्रकाश चुपचाप जेल में पड़े रहे। परन्तु जब लोग सरकार का बाकायदा हिंसक मुकाबला करने लगे तब उनसे न रहा गया। वे 11 नवम्बर, 1942 को रात्रि के अन्धकार में अपने कुछ साथियों की सहायता से पाँच अन्य क़ैदियों के साथ जेल की दीवार फ़ाँदकर निकल भागे। बाहर पहले से ही एक मोटर की व्यवस्था मित्रों ने कर रखी थी। मोटरकार से फिर पैदल राँची, गया आदि स्थानों से होते हुए जय प्रकाश नारायण बम्बई पहुँच गये और अन्य समाजवादी नेताओं से मिलकर काम करने लगे।

जयप्रकाश 1943 में नेपाल की तराई में राष्ट्रीय सेना का गठन करते एक बार पुनः पकड़े गये। परन्तु कुछ ही समय बाद जयप्रकाश जी को उनके साथियों ने जेल का फाटक तोड़कर आज़ाद करा लिया। उस समय उनके समाजवादी साथी राममनोहर लोहिया भी उनके साथ थे, जिन्होंने लम्बे अरसे से भूमिगत रहकर स्वाधीनता आन्दोलन का नेतृत्व किया। अन्ततः जयप्रकाश नारायण का स्वास्थ्य भाग-दौड़ में बहुत बिगड़ गया। वे पंजाब के रास्ते कश्मीर जाते हुए आख़िरकार धर पकड़े गये।

इसी तरह अरुणा आसफ अली भी पुलिस और खुफिया विभागों को चकमा देती रहीं। परन्तु कभी पकड़ी नहीं गयीं। इन नेताओं ने सन् 1942 के गाँधी जी के 'भारत छोड़ो आन्दोलन' को अपने-अपने तरीक़ों से जीवित रखा।...

महात्मा गाँधी का सम्मान सब करते थे। उनके समर्थक भी, उनके विरोधी भी। समाजवादी नेता भी। लोहिया गाँधी जी के पैर छूते थे। विवाहित जयप्रकाश ने आजीवन ब्रह्मचर्य का व्रत गाँधी जी के प्रभाव में लिया था। उनकी पत्नी प्रभादेवी गाँधी जी के आश्रम में रहती थीं। नरेन्द्र देव, अच्युत पटवर्धन, मसानी तथा अन्य समाजवादी नेता कांग्रेस की विभिन्न समितियों में रहे थे। आगे चलकर, स्वतन्त्र भारत का पहला कांग्रेस अध्यक्ष गाँधी जी विद्वान् समाजवादी नेता नरेन्द्रदेव को बनाना चाहते थे। मगर सरदार पटेल ने यह होने नहीं दिया। बाबू राजेन्द्रप्रसाद कांग्रेस अध्यक्ष बने।

नेताओं के अलावा आम लोगों के सत्याग्रह और उसके फलस्वरूप उनके दुःसाहसिक बलिदानों, कुर्बानियों के क़िस्से अनन्त हैं। अनेक गाथाएँ ऐसी हैं जो कभी गायी न जा

सकीं। जिन्हें कभी कोई 'स्वतन्त्रता संग्राम सेनानी-ताम्रपत्र' अथवा पेन्शन आदि तो क्या एक मुट्ठी पुष्पों की श्रद्धांजलि तक नसीब न हुई।...स्त्रियाँ और छात्र-छात्राएँ भी आन्दोलन में किसी से पीछे नहीं रहे और अत्याचारों के शिकार हुए।

सन् बयालीस की क्रान्ति में जनता की ओर से जो तोड़-फोड़ के कार्य किये गये उनके सम्बन्ध में सरकार के बयान का सारांश निम्नवत् है-

"250 रेलवे स्टेशन नष्ट किये गये अथवा विरूपित किये गये; 500 डाकख़ानों पर आक्रमण हुए जिनमें 50 जला दिये गये और 200 को क्षतिग्रस्त कर दिया गया। बिहार और संयुक्त प्रान्त के उत्तरीय भाग में रेलवे का यातायात बहुत-कुछ थम गया था। तारों के कट जाने से टेलीग्राम साधारण पत्रों से भी अधिक देरी से पहुँचने लगे थे। पुलिस की 150 चौकियों पर हिंसक-हमले हुए जिनमें पुलिस के 30 से अधिक सिपाहियों को जान से हाथ धोना पड़ा। कुछ अन्य सरकारी आदमी भी जनता के कोप के शिकार हुए और मारे गये। इन दिनों में 60,000 से अधिक आदमी गिरफ़्तार हुए और 18,000 आदमी बिना अभियोग चलाये नज़रबन्द हुए। पुलिस-फ़ौज के बल प्रयोग में 1630 आदमी घायल हुए, जिनमें से 940 मर गये।"

अब यह बात अलग है कि प्रशासनिक आँकड़ों की विश्वसनीयता कितनी सत्य होती है अथवा सन्दिग्ध? वहाँ जनसामान्य के हताहतों की संख्या को प्रायः बहुत घटाकर ही दर्शाने का पुराना चलन है।...

देश के असंख्य साधारण नर-नारियों ने इस आन्दोलन में प्राणपण की बाजी लगा दी। उनकी देशभक्ति, उनकी उत्सर्ग की भावना अभूतपूर्व एवं बेमिसाल थी। हज़ारों-लाखों लोग अपने जेल में बन्द नेताओं की भावनाओं के प्रति इतने संवेदनशील और श्रद्धान्वित थे कि उन्होंने 'भारत छोड़ो आन्दोलन' को वास्तव में 'करो या मरो' का अमलीजामा पहना दिया। आन्दोलन की बाग़डोर मानो एक-एक आम भारतवासी ने अपने हाथों थाम ली। लोग लाठी-डण्डे-जेल किसी से न डरे। अनेक जगहों पर स्त्रियों के साथ गुलाम मानसिकता की पुलिस ने बलात्कार भी किये। वहीं दूसरी ओर एक सकारात्मक पहलू यह भी है कि अंग्रेज़ सरकार के खुफ़िया तन्त्र के हिन्दुस्तानी लोगों ने भूमिगत नेताओं के अड्डे की जानकारी होते हुए भी भी उन्हें वहाँ तब तक रहने दिया जब तक वे वहाँ से निकलकर किसी अज्ञात ठिकाने पर नहीं निकल गये। हर तरह की अनेक अच्छी-बुरी मिसालें थीं। जिनमें सरकारी तन्त्र के भारतीय नौकरशाहों की हृदयहीनता और आन्दोलनकारियों के प्रति सहानुभूति की दोनों प्रकार की मिसालें देखने को मिल जाती थीं।

मिदनापुर में एक जुलूस निकला जिसका नेतृत्व 73 वर्ष की वीरांगना मातंगिनी हाजरा कर रही थीं। पुलिस ने रोकना चाहा। परन्तु सत्याग्रही बढ़ते गये। इस पर पुलिस ने लोगों को बन्दूक के कुन्दों और लाठियों से मारना शुरू कर दिया।...

भारत माता की जय...महात्मा गाँधी की जय...अंग्रेज़ों वापस जाओ...इन्कलाब जिन्दाबाद...वन्दे मातरम्...

एक तिरंगा झण्डा वृद्ध माता मातंगिनी देवी के हाथों में था। वे उसे लिए आगे बढ़ती गयीं।...

इस पर एक क्रूर सिपाही ने मातंगिनी देवी के हाथों पर एक जोर का डण्डा मारा। उनका हाथ लटक गया, परन्तु हाथ से झण्डा नहीं छूटा। अंग्रेज सरकार के गुलामों को भला यह कैसे सहन हो पाता ? ...

फिर एक सशस्त्र पुलिसवाले ने मातंगिनी-माँ पर निशाना लगाकर गोली चलायी। वे नीचे गिर गयीं। सड़क पर गिरे होते हुए भी तिरंगा ध्वज उनके शरीर से अलग न हुआ।...

इस पर एक तीसरा सिपाही आगे बढ़ा और उन देवी के हाथों में पकड़े झण्डे को पाँव की ठोकर मारकर उसे उनसे अलग कर दिया।...

ऐसा करते हुए वह कपूत शायद यह नहीं जानता होगा कि-

"कुपुत्रो जायेत क्वचिदपि कुमाता न भवति"

शायद उस घोर संस्कारविहीन व्यक्ति को तब यह अहसास न रहा होगा कि वह एक स्वतन्त्रता की लड़ाई लड़ रही मातृस्वरूपा स्त्री को ठोकर नहीं मार रहा, साक्षात् भारत माँ के बदन पर सीधे-सीधे निर्मम प्रहार कर रहा है।

देश 1942 के 'भारत छोड़ो आन्दोलन' में बुरी तरह आन्दोलित हुआ और देशभर में आन्दोलनरत देशवासियों के उग्र स्वरूप के प्रतिकार में ब्रिटिश सरकार ने हर सम्भव दमन चक्र चलाया। विश्व पटल पर द्वितीय महायुद्ध चल ही रहा था। ऐसे में बंगाल को 1943 में महा-दुर्भिक्ष का सामना करना पड़ा।

यह ऐसा भीषण अकाल था जो कि प्राकृतिक आपदा से तो उत्पन्न हुआ ही था सरकार, जमाखोर व्यापारियों और अवसरवादी स्वार्थी तत्त्वों की सांठगाँठ से ऐसा मानव निर्मित नरक भी हो चला जिसने बंगाल में 30 लाख से अधिक भूख से तड़पते नर-नारियों और बाल-वृन्दों की जान ले ली। सरकारी आँकड़ों के अनुसार तो दुर्भिक्ष और उसके पश्चात् आनेवाली बीमारियों के कारण 10 लाख मात्र जानें गयीं, परन्तु वास्तविक जनहानि इससे तीन गुनी रही होगी। कितने पशुओं का नाश हुआ, कितने घर नष्ट हुए और कितनी सम्पत्ति बर्बाद हुई, उसका निश्चित अनुमान लगा पाना भी कठिन है।

यह द्वितीय विश्वयुद्ध का समय था। बंगाल से अनाज का निर्यात होता रहा। मोर्चों पर लड़ती फ़ौजों की भोजन आपूर्ति की आवश्यकता को देखते हुए। जबकि सन् 1770 में पड़े ऐसे ही पहले महा-अकाल के बाद अब 1943 में अनावृष्टि के कारण यह दूसरा महा-अकाल था। जमाखोर व्यापारियों ने अनाज के भारी स्टॉक अपने भण्डारों में कालाबाज़ारी के लिए भर लिये थे और गाँव-गाँव से भुखमरे इन्सान भोजन की तलाश में निकलकर सड़कों पर तड़प-तड़पकर मर रहे थे। हज़ारों माँओं ने जिनके स्तन सूख गये थे अपने दुधमुए बच्चों को सड़कों के किनारे लावारिस छोड़ दिया था। प्रत्यक्षदर्शी बताते थे कि उन्होंने न जाने ऐसे कितने शिशुओं को सड़कों के किनारे रेंगते-बिलखते देखा था

जिनके तन अस्थिपंजर-से, पेट फूले हुए थे, जिनकी आँखें दो अँधेरे कोटरों से झाँकती उसमें जीवन शेष होने का अहसास भर कराती थीं।

द्वितीय विश्वयुद्ध के दौरान प्रशासनिक हृदयहीनता तो थी ही, ब्रिटेन में बैठे उनके आक़ा कोई क़म ज़िम्मेदार नहीं थे। प्रधानमन्त्री विन्स्टन चर्चिल ने जानबूझकर बंगाल के अकालपीड़ितों की कोई चिन्ता नहीं की और लाखों भारतीयों को उनके भाग्य के भरोसे छोड़कर मरने दिया। बर्मा पर जापान के कब्जे से वहाँ से चावल का आयात रुक गया था और ब्रिटिश शासन ने अपने सैनिकों और महायुद्ध में लगे अन्य लोगों के लिए बंगाल और भारत के अन्य हिस्सों में सरकारी गोदामों में जमाखोरी की और जमाखोर व्यापारियों मिल मालिकों, महाजनों आदि पर कड़ी कार्यवाही करने के बजाये उनसे भी मिलीभगत कर ली थी, भूख से मरते हुए लोगों की ओर से नजरें फेरकर। भुखमरे लोगों को राहत देने के बजाये पूरा लूटतन्त्र उन दिनों उस महात्रासदी का मूकदर्शक बना बैठा रहा। अनेक अबलाओं ने मुट्ठी भर अनाज के लिए अपने तन तक बेच दिये। नीच-नराधम लोगों ने हर प्रकार से दीन-हीन-बुभुक्षित लोगों की मज़बूरी का फ़ायदा उठाया। इस महाकाल के दौरान मनुष्यता ऐसी शर्मसार हुई कि विधाता को भी कहीं मुँह छिपाना पड़ा होगा।

अनेक लेखकों ने आगे चलकर बंगाल के इस दारुण महाकाल का लोमहर्षक चित्रण अपने लेखों में किया और इस पर कई किताबें कालान्तर में लिखी गयीं। हिन्दी उपन्यासों को ही लें तो, इसी विषय पर रामचन्द्र तिवारी का उपन्यास-'सागर, सरिता और अकाल' (1946), रांगेय राघव का उपन्यास 'विषाद मठ' (1946) और अमृतलाल नागर का उपन्यास 'महाकाल' (1947) प्रमुख हैं।

जिस कल्याणकारी राज्य की अवधारणा से साम्राज्यवादी देश अपने लिये सुपरिचित एवं प्रतिबद्ध थे, अपने उपनिवेशों की आम-जनता के लिए उससे उनका कोई सरोकार न था। मात्र शोषण ही उनका सर्वोच्च लक्ष्य था। बंगाल के इस महादुर्भिक्ष ने दुनिया के सामने इसे सिद्ध करके रख दिया। ब्रिटिश-तन्त्र एक़दम नंगा हो गया। बंगाल के अकाल में जिन स्वयंसेवी संस्थाओं और धर्मप्राण व्यक्तियों ने यथाशक्ति सहायता की होगी वह उस महा-आपदा में नितान्त अपर्याप्त ही रही होगी। इसका सहज अनुमान किया जा सकता है।

14
एक नदी के दो किनारे

अंग्रेज़ द्वितीय विश्वयुद्ध (1939-1945) में यूरोप, अफ्रीका, पूर्व एशिया आदि के अनेक मोर्चों पर जूझ रहे थे। चारों तरफ़ तबाही का मंज़र था। जर्मनी के हवाई जहाज़ मित्र राष्ट्रों के विभिन्न शहरों पर बमबारी कर रहे थे। ब्रिटिश फाइटर जहाज़ जर्मन वायुसेना से हवा में युद्ध कर रहे थे। भारी संख्या में जनहानि हो रही थी। शहर-के-शहर ध्वस्त हो रहे थे। थल सेनाएँ, बख़्तरबन्द गाड़ियाँ और टैंक दुश्मनों की छाती रौंद रहे थे। भारतीय सैनिक इंग्लैण्ड और उनके मित्र राष्ट्रों की ओर से यूरोप और अफ्रीका के विभिन्न मोर्चों पर बड़ी बहादुरी से लड़ रहे थे। वे प्रायः अग्रिम मोर्चों पर धुरी राष्ट्रों की फ़ौज का मुकाबला करते थे। उनकी जाँबाजी अंग्रेज़ी और फ्रांसीसी दस्तों और जर्मनी, जापान और इटली आदि दुश्मन फ़ौजों के लिए भी विस्मयकारक हुआ करती थी।

भारतीय सैनिक तो प्रथम विश्वयुद्ध (1914-1918) में भी लड़े थे। अंग्रेज़ों ने हिन्दुस्तानी सिपाहियों की अद्वितीय वीरता और उनके दुस्साहसिक चरित्र का उस युद्ध में भी अपने हित में भरपूर फ़ायदा उठाया था। प्रथम विश्वयुद्ध में लगभग 8 लाख भारतीय सैनिक यूरोप, अफ्रीका और मध्य एशिया में ब्रिटिशों की तरफ़ से तैनात किये गये थे जिनमें से 47746 भारतीय सैनिक युद्ध में शहीद हुए थे। लगभग 65,000 सैनिक घायल हुए। लापता सैनिकों की संख्या अलग है।

द्वितीय विश्वयुद्ध में उलझी ब्रिटिश सरकार ने सन् 1942 के आन्दोलन के शुरू होते ही यह नीति अपना ली कि जब तक महायुद्ध चलेगा एक भी कांग्रेसी प्रमुख नेता जेल से बाहर नहीं रहने दिया जायेगा। प्रधानमन्त्री चर्चिल ने तो स्पष्ट निर्देश दे दिये थे कि अबकी बार गाँधी को जेल से रिहा न किया जाये, भले ही वह अनशन करे और उसे मृत्यु-भय हो, उसे जेल में ही मरने दिया जाये।

अहमदनगर क़िले में सरदार पटेल प्रायः तीन साल रहे -अगस्त 1942 से जून 1945 तक। उनके साथ बढ़ती हुई उम्र के कांग्रेस के ग्यारह प्रमुख नेता भी बन्दी थे- डॉ. पट्टाभि सीता रमय्या, (आयु 63 वर्ष) मौलाना अबुल कलाम आज़ाद (54), डॉ. सैय्यद महमूद (53), आसफ़ अली (54), पं. गोविन्द वल्लभ पन्त (55), डॉ. पी.सी. घोष (51), शंकरराव देव (47), आचार्य जे.बी. कृपलानी (54), नरेन्द्रदेव (53)। डॉ. हरिकृष्ण मेहताब (42) और पं. जवाहरलाल नेहरू (53)।

अहमदनगर किला 16वीं शताब्दी के मध्य में हुसैन निज़ाम शाह द्वारा बनवाया गया था। उनकी सुपुत्री चांदबीवी ने क़िले पर दुश्मनों के दो आक्रमणों के समय बड़ी बहादुरी से उसकी रक्षा की थी। लेकिन दूसरी लड़ाई में वह मारी गयी। इसके बाद यह अलग-अलग अवधियों में क्रमशः मुस्लिम और मराठा ताक़तों के हाथ में रहा, जब तक कि अन्ततः यह 1803 में 'डयूक ऑफ विलिंग्टन' को समर्पित न कर दिया गया।

अहमदनगर किला एक मील लम्बी पाषाणों की दीवार से गोलाई में घिरा था। इसके केन्द्र में एक खुला हुआ चतुष्कोणीय क्षेत्र था जो कि चारों तरफ़ से एक मंज़िला बैरकों और सामने बराण्डों से घिरा था। इनमें बन्दियों को लाइन से ठहराने की व्यवस्था थी। सभी बैरक़नुमा कमरों में प्रकाश, पंखे और फ़र्नीचर की व्यवस्था थी। चारख़ानेवाली दो चादरें, दो गर्म कम्बल (जिन पर यरवदा केन्द्रीय कारागार की मोहर लगी थी), एक-एक मच्छरदानी जो इतनी पुरानी दिखती थी मानो शिवाजी महाराज के ज़माने की रही हो- सभी राजनीतिक क़ैदियों को वहाँ उपलब्ध करायी गयी थी। राजनीतिक क़ैदी भी कैसे? जिनके राजनीतिक व्यक्तित्व वर्षों के स्वतन्त्रता आन्दोलन में तपकर अब तक देश में बहुत विख्यात हो गये थे।

सब-के-सब सरकार की निगाह में भी 'वी.आई.पी.' थे। वेरी इम्पॉरटेण्ट पर्सन्स। अति विशिष्ट व्यक्ति। अतः पूना की यरवदा जेल में रखने के बजाय सबको एक साथ अहमदनगर क़िले की उस विशिष्ट जेल में नज़रबन्दी में अलग-थलग, बड़े गोपनीय तरीक़े

से, आम पब्लिक की निगाहों से बचाकर, अंग्रेज़ों ने योजनाबद्ध ढंग से रखा था। महीनों तक इस नज़रबन्दी के स्थान को 'प्रेस' और 'पब्लिक' से दूर रखा गया। कड़े पहरे में। जहाँ परिन्दा भी पर नहीं मार सकता था।

कांग्रेस वर्किंग कमेटी के बड़े नेताओं को निरुद्ध रखने से पूर्व इन्हीं बैरक़नुमा कमरों में ब्रिटिश राज की सेना के नान कमीशण्ड आफ़ीसर रहा करते थे, जिन्हें अब अन्यत्र शिफ़्ट कर दिया गया था।

इन बन्दियों के कमरों के सामने काफ़ी खुला स्थान था। उस दूसरी तरफ़ जेलर और वार्डन्स के रिहायशी क्वाटर बने थे और स्टोररूम स्थापित थे। साइड में भोजनालय, रसोई, स्नानागार और शौचालय एक लाइन से निर्मित थे।

जेल के इन सभी साथियों में वल्लभभाई पटेल (67) की उम्र सबसे अधिक थी। परन्तु वे स्वस्थ थे। सरदारश्री रोज़ सुबह जेल के भीतर तीन-चार मील टहलते। बाग़वानी में कुछ समय लगाते जिसमें उनका साथ पण्डित नेहरू भी देते। खाली समय में सरदार पटेल अपने जेल के साथियों से हँसी-मज़ाक करते। पटेल को ताश खेलना अच्छा लगता था। वे दोपहर के खाने के बाद और रात को खाना खाने से पहले ताश खेलते थे।

कारावास के इन तीन वर्षों में जवाहरलाल नेहरू, मौलाना आज़ाद, आचार्य कृपलानी, पट्टाभि सीतारमय्या ने लेखन कार्य भी किया। पत्र, डायरी, पुस्तक लेखन और संस्मरण लेख आदि रूपों में। सरदार पटेल ने थोड़ा-बहुत डायरी-लेखन किया परन्तु विस्तृत लेखन कार्य में उनका मन नहीं रमा।

पण्डित नेहरू ने अपनी सुप्रसिद्ध पुस्तक 'डिस्कवरी ऑफ़ इण्डिया' अहमदनगर क़िले के इसी जेल-जीवन के दौरान लिखी। यह उनके इतिहास अध्ययन और साहित्यानुरागी मन की एक अद्‌भुत पुस्तक है। इसे लिखने के लिए इस जेल के पंछी ने कितनी किताबें पढ़ी होंगी, उसका एक अनुमान भर ही लगाया जा सकता है। पट्टाभि सीतारमय्या जो कांग्रेस और अपने जीवन-अनुभवों को लेकर उन दिनों नोट्स तैयार किया करते थे उनमें उन्होंने अपने समय का इतिहास अत्यन्त जीवन्त और निष्पक्ष ढंग से समेटा जो आगे चलकर पुस्तक रूप में आया और बहुत प्रसिद्ध हुआ। पुस्तक का नाम था-'द हिस्ट्री ऑफ़ इण्डियन नेशनल कांग्रेस'।

1941 में पर्लहार्बर बन्दरगाह पर अमरीकी नौसेना की भारी तबाही हुई, जिसे जापानियों ने अपने एक अचानक हवाई-हमले द्वारा अंजाम दिया था। इस अचानक हमले में जापान ने अपने 354 फ़ाइटर जेट वायुयानों का इस्तेमाल किया। जैसे टिड्डी दल जब खेतों पर हमला करता है तब किसानों की फसलों को एक़दम चट कर जाता है। उसी तरह बड़े तड़के जापान के लड़ाकू विमान निकटवर्ती टापू के उसके एयरबेस से उड़े और उन्होंने सोते-ऊँघते अमरीकियों के पर्लहार्बर बन्दरगाह में लंगर डाले खड़े विशाल नौसैनिक बेड़ों और उन पर स्थिर खड़े बमवर्षक विमानों को निशाना बनाकर एक सिरे से नष्ट करना शुरू कर दिया। जब तक अमरीकी नौसैनिक और पायलेट सँभलते तब तक उनके चारों

ओर विनाशकारी तबाही के ख़ौफ़नाक दृश्य विद्यमान हो चुके। इस अत्याशित जापानी हमले में अमरीका के 2500 नौसैनिक मारे गये। 19 जंगी जहाज़ और दूसरे जहाज़ नेस्तनाबूद हो गये। अधिकांश रनवे पर खड़े और थोड़ा बहुत आकाश में उड़ सके अमरीकी बाम्बर अथवा फाइटर-विमानों में से 328 विमान भी नष्ट हो गये। पर्लहार्बर पर यह जापानी हमला वायु-हमलों के इतिहास में सबसे भीषण था। इसने अमरीकी सैन्य शक्ति की एक तरह से कमर तोड़कर रख दी।

इसका बदला अमरीका ने 1945 में जापान के हीरोशिमा और नागासाकी शहरों पर आकाश मार्ग से ही दो परमाणु बम गिराकर अत्यन्त भयानक ढंग से लिया। जापानी सैनिकों की भारी संख्या में हताहत होने के अलावा जापान के लाखों आम-नागरिक भी इन परमाणु हमलों में मारे गये। जो रेडियोधर्मिता के कारण विकिरण फैला उससे बचे-खुचे हज़ारों जापानी स्त्री-पुरुष और बच्चे घायल हुए। पैदा होनेवाली अनेकों जापानी सन्तानें विकलांग पैदा हुईं। यह विश्व की अब तक की सबसे वीभत्स त्रासदी थी। जापान ने अन्ततः घुटने टेक दिये। जर्मन तानाशाह हिटलर बर्लिन के एक बंकर में पराजय की कगार पर पहुँचकर पहले ही आत्महत्या कर चुका था। विश्वयुद्ध को अब समाप्त होना ही था।

वस्तुतः दूसरा विश्वयुद्ध 8 मई, 1945 को यूरोप में जर्मनी के बिना शर्त आत्म-समर्पण के बाद समाप्त हो चुका था। इसके प्रायः एक महीने बाद सरदार पटेल और दूसरे सभी बन्दी नेताओं को अहमदनगर क़िले की जेल से रिहा कर दिया गया। गाँधी जी को इससे लगभग एक वर्ष पूर्व ही उनकी गम्भीर बीमारी के चलते आग़ा ख़ाँ महल की जेल से रिहा किया जा चुका था। इस जेल प्रवास में गाँधी जी ने अपने अत्यन्त प्रिय और निकटस्थ सहायक महादेव देसाई को खोया था। कालान्तर में उनकी जीवनसंगिनी कस्तूरबा की भी उसी जेल में महात्मा जी की गोद में ही दुःखद मृत्यु हो गयी थी। इस बीच भूलाभाई देसाई ने मुस्लिम लीग के नेता लियाक़त अली के साथ केन्द्र में राष्ट्रीय सरकार बनाने की बात की थी, जो कि सफल नहीं हुई। महात्मा गाँधी जब 6 मई, 1944 को जेल से छूटे तो उन्होंने जिन्ना से समझौते की बात की थी। यह बात भी सफल न हो सकी थी।

गाँधी जी की यह अन्तिम जेल यात्रा थी जो 9 अगस्त, 1942 के बाद आग़ा ख़ाँ पैलेस के ख़ूबसूरत किन्तु एकान्त-वातावरण में सम्पन्न हुई थी। यह जेल उनके लिए एक बेचैनी भरी त्रासदी थी। इसने गाँधी जी को एक पल भी राहत महसूस न होने दी थी। जेल के बाहर भारत में फैली व्यापक हिंसा, उपद्रव और मारकाट के समाचार महात्मा जी को समाचार-पत्रों और मुलाक़ातियों के माध्यम से निरन्तर मिलते रहते थे। अपने अहिंसक आन्दोलन की इतनी बुरी विफलता उन्हें भीतर तक मथती थी। ठीक से सोने नहीं देती थी। गाँधी बहुत बेबस और उदास रहा करते थे। देशव्यापी हिंसा को रोकने की उनकी असमर्थता उस कारावास में पिंजरे के पंछी के समान थी गाँधी जी के लिए।

उसी हालत में आग़ा ख़ाँ महल में आने के मात्र छह दिन बाद ही 15 अगस्त, 1942 को गाँधी जी के सहायक महादेव देसाई को अकस्मात् दिल का दौरा पड़ा और वे चल बसे। महादेवभाई की इस अचानक मृत्यु से गाँधी जी को भारी आघात पहुँचा। अहमदाबाद की साबरमती आश्रम से यरवदा जेल तक और वर्धा के सेवाग्राम आश्रम से आग़ा ख़ाँ महल की इस जेल तक महादेवभाई देसाई गाँधी जी की छाया-सम एवं उनके पुत्र की भाँति अतिप्रिय व्यक्ति थे। अन्तिम संस्कार के बाद गाँधी जी की इच्छानुसार महादेव की अस्थियाँ आग़ा ख़ाँ महल में ही एक स्थान पर गाड़कर वहीं उनकी समाधि बना दी गयी। भग्नहृदय गाँधी रोज़ उस समाधि पर कुछ देर को जाते।

सरदार पटेल को अहमदनगर क़िले में अपने कारावास में ही महादेव देसाई के दुःखद स्वर्गवास का समाचार मिला तो वे भी हिल गये। यरवदा जेल में बिताये गाँधी जी और महादेव के संग-साथ की कितनी मधुर स्मृतियाँ सरदारश्री के मन में एक साथ नाच गयीं। उन्होंने उस जेल से ही गाँधी जी के नाम 12 सितम्बर, 1942 को यह भावमय पत्र लिखकर भेजा-

''पूज्य बापू,

महादेव के जाने की बात भूलती ही नहीं है। जमनालाल जी गये और तुरन्त ही इस तरह अचानक सबको छोड़कर महादेव उस एकान्त में से चला जाये, यह तो ईश्वरी कोप ही माना जायेगा। ईश्वर ने आपको ऐसे कठिन आघात सहने की शक्ति दी है। हम सब आपके इस दुःख को भूल नहीं सकते। हम तो आपके पास से ऐसे दुःखों को भूलने की प्रेरणा पानेवाले ठहरे। इसलिए हम आपको सहानुभूति का सन्देश क्या भेजें ? फिर भी चूँकि ऐसा कठिन प्रहार आप पर कभी हुआ नहीं है, इसलिए आश्वासन का यह संक्षिप्त सन्देश भेजने की जो इच्छा हो रही है, वह रोकी नहीं जा रही है। हमें तो ठेठ पिछली 28 तारीख़ को ही अख़बार पढ़ने पर पहली बार पता चला। बहुत दुखी हुए। मणिबहन भी बहुत वेदना भोग रही है। दुर्गाबहन को भेजा आपका सान्त्वना-सन्देश आज अख़बार में पढ़ा। उससे हम आपके दर्द को परख सकते हैं।

महादेव तो मुक्त हो गया। ऐसी मृत्यु तो देवताओं के लिए भी दुर्लभ मानी जायेगी। आप महादेव के दिल के विचार भलीभाँति जानते हैं। हमें विश्वास है कि उसके जाने के बाद आप उन विचारों को अधिक महत्त्व देंगे ही। ईश्वर आपको इस कठिन आघात को सहन कर लेने का बल दे। इति।

वल्लभभाई के
प्रणाम''

महात्मा गाँधी
आगाख़ान महल,
पूना

आग़ा ख़ाँ महल की नज़रबन्दी के ही दौरान महात्मा गाँधी को अपने जीवन का दूसरा सबसे बड़ा आघात भी सहना पड़ा। 22 फरवरी, 1944 को प्रिय पत्नी कस्तूरबा गाँधी की

मृत्यु। महादेव देसाई के आकस्मिक निधन के ठीक डेढ़ बरस बाद। इसी कारावास की अवधि में।

हुआ यूँ कि जब महात्मा गाँधी, सरोजिनी नायडू और महादेव देसाई को 'भारत छोड़ों आन्दोलन' के आह्वान की ठीक अगली सुबह तड़के बम्बई से 9 अगस्त, 1942 को पूना ले जाया गया, कस्तूरबा गाँधी भी बम्बई में ही थीं। दिनांक 9 अगस्त की प्रातः ग्वालिया टैंक मैदान में पुनः झण्डारोहण और एक जनसभा पूर्व-निर्धारित थी। कस्तूरबा गाँधी अपने पति महात्मा गाँधी जी के अधूरे सत्याग्रह को पूर्ण करने सभास्थल पर भाषण देने पहुँचीं। परन्तु प्रतिबन्धों के कारण वे गेट पर ही गिरफ़्तार कर ली गयीं। उनको भी बन्दी बनाकर अंग्रेज़ सरकार ने गाँधी जी के पास पूना की आग़ा ख़ाँ पैलेस की जेल भिजवा दिया।

अपनी उस गिरफ़्तारी के समय पुराना श्वास-रोग उभर आने से कस्तूरबा का स्वास्थ्य जो गिरा वह उनकी नज़रबन्दी के दिनों में फिर न सुधरा। दिसम्बर, 1943 में उनकी श्वास नली का प्रदाह पुराना पड़ जाने के कारण उनकी हालत गम्भीर हो गयी।

कस्तूरबा आग़ा ख़ाँ पैलेस में अपनी बीमारी की परवाह न कर अपने पति की सेवा और देखभाल पूर्व की भाँति करती रहीं। वे गाँधी जी के खान-पान और उनके विश्राम का पूरा ध्यान रखती थीं। गाँधी जी जब देर तक टहलकर वापस आते तब तसले में उनके पैर रखकर स्वयं जल से उनके पैर धोतीं। तौलिये से पोंछतीं। रात्रि में गाँधी जी के सोते समय अपने हाथों उनके सिर में तेल मालिश करतीं। यह क्रम उनका दक्षिण अफ्रीका से अब तक चला आता था।

कस्तूरबा का जन्म पोरबन्दर (सौराष्ट्र) के उसी मोहल्ले में हुआ जिसमें गाँधी जी का घर था। वे आयु में गाँधी जी से छह महीना बड़ी थीं। उन दोनों के पिता परस्पर परम मित्र थे। मोहनदास करमचन्द गाँधी की 7 वर्ष की आयु में सगाई उनकी हमउम्र इन कस्तूरबाई, गोकुलदास मकनजी की पुत्री, से हो गयी। और फिर 13 वर्ष की आयु में दोनों का विवाह भी हो गया। कस्तूरबा निरक्षर थीं। उन दिनों कन्याओं की शिक्षा पर ध्यान न देने और उनके अल्पायु में ही विवाह का समाज में चलन था। विवाह के बाद स्वयं गाँधी जी ने रात्रि के समय एकान्त में कस्तूरबा को थोड़ा-थोड़ा पढ़ाकर चिट्ठी-पत्री पढ़ने और लिखने योग्य बनाया। इसके बाद सार्वजनिक जीवन में रहने के बाद वे देश के बड़े-बड़े नेताओं और लोगों के सम्पर्क में आयीं। वे अख़बार भी नियमित पढ़ने लगीं। इससे उनका सामान्य ज्ञान काफ़ी बढ़ गया। परन्तु पुस्तकीय शिक्षा की दृष्टि से उनकी स्थिति अन्त तक सामान्य रही। दक्षिण अफ्रीका में तो अधिकतर अंग्रेज़ी ही बोली जाती थी। कुछ वहां से बोलने भर का अंग्रेज़ी का ज्ञान प्राप्त हुआ। गुज़राती उनकी मातृभाषा थी। उस पर उनका अधिकार था। हिन्दी उन्होंने रामायण, भागवत आदि पढ़ने के लिए सीखी। कस्तूरबा शिक्षार्थी के रूप में सीखते समय एक आज्ञाकारी बालिका के समान आचरण करती थीं। एक शब्द को दस-बीस बार लिखने में भी उनका धैर्य नहीं टूटता था।

अंग्रेज़ी पढ़ी-लिखी न होने पर भी बा ने कामचलाऊ टूटी-फूटी अंग्रेज़ी बोलने का अभ्यास कर लिया था। जिन दिनों 1922 से 1924 के मध्य गाँधी जी यरवदा जेल में थे उन्होंने क़ैदी लोगों को समुचित ख़ुराक देने की कुछ माँग पेश की। परन्तु जेल सुपरिण्टेण्डेण्ट ने यह कहकर नामंजूर कर दी कि 'जेल मैन्युएल' के अलावा वे कोई अन्य व्यवस्था नहीं कर सकेंगे। इस पर गाँधी जी ने विरोधस्वरूप खाना-पीना छोड़ दिया और केवल दूध पर ही निर्भर रहने का फ़ैसला कर लिया।

गाँधी जी को दूध पर गुजारा करते चार सप्ताह का समय बीत गया। उनका वजन 104 पौण्ड से घटकर 90 पौण्ड रह गया। जब बा के साथ परिवार के कुछ लोग गाँधी जी से मिलने गये और उन्हें यह सब वृत्तांत पता चला तो उन्होंने गाँधी जी से आग्रह किया कि वे इस प्रयोग को छोड़कर फल लेने लगें।

उस समय जेल सुपरिण्टेण्डेण्ट ने कस्तूरबा से कहा-''मिस्टर गाँधी जो यह सब करते हैं उसमें मेरा कोई क़सूर नहीं।''

इस पर बा ने अपनी-अंग्रेज़ी में जवाब दिया - ''यस, आयी नो माई हसबैण्ड। ही आल्वेज मिसचीफ़।''

- वाकई गाँधी जी क्या कोई कम शरारती थे? बा जानती थीं कि उनके पति न कभी ख़ुद चैन से बैठते हैं, न दूसरों को बैठने देते हैं।

चाहे साबरमती हो चाहे सेवाग्राम, चाहे यरवदा जेल हो, चाहे आग़ा ख़ाँ पैलेस, कस्तूरबा ने हमेशा यह ध्यान रखा कि गाँधी जी के खाने के बर्तन एक़दम साफ़ हों। उन्हें भोजन समय से मिले। कस्तूरबा, 22 फरवरी को, जिस दिन उनका देहावसान हुआ, उस दिन भी उन्हें गाँधी जी की चिन्ता थी। गाँधी जी के भाई की पौत्री मनुबहन बा की सेवा हेतु उनके अन्तिम दिनों में आग़ा ख़ाँ पैलेस की जेल में साथ रहने को आ गयी थी। कस्तूरबा ने उससे कहा-''मनु, बापूजी की बोतल का गुड़ ख़त्म हो गया है। तूने दूसरा तैयार किया ?''

मनु ने कहा-''हाँ मोटी बा। गुड़ सिगड़ी पर ही है। अभी तैयार हो जाता है।''

बा ने कहा-''देख, मेरे पास तो कई लोग बैठे हैं। तू जा, बापू जी को दूध और गुड़ देकर तू भी भोजन कर ले।''

डॉ. गिल्डर और डॉ. सुशीला नायर बा की चिकित्सा कर रहे थे। प्राकृतिक चिकित्सका डॉ. मेहता ने भी उनका उपचार किया। पर कोई लाभ न हुआ। सारे प्रयत्न असफल रहे। सरकार ने तब गाँधी जी और बा के चारों पुत्रों और निकट सम्बन्धियों को जेल स्थल पर बा से मिलने की अनुमति दे दी।

बा ने अपने सबसे बड़े बिगड़ैल बेटे हरिलाल गाँधी से ख़ासतौर पर मिलने की इच्छा प्रकट की थी। महात्मा गाँधी अपने इस बड़े बेटे हरिलाल से सम्बन्ध विच्छेद कर चुके थे। पर एक माँ का दिल कहाँ मानता है?

21 फरवरी को हरिलाल आ गये। वह नशे की हालत में थे। उन्हें माता कस्तूरबा के सामने से ज़बरदस्ती हटाया गया। बा रोने लगीं और अपना माथा पीटने लगीं। देखनेवालों का कलेजा फट गया।

दूसरे दिन 22 फरवरी, 1944 को गाँधी जी घण्टों बा के बिस्तर के पास बैठे रहे। उनके आँसू उनकी आँखों में जैसे जम चुके थे। उस दिन जीवन की अन्तिम घड़ी आयी। और कस्तूरबा ने पति की गोद में सिर रखे हुए प्राण त्याग दिये।

एक भजन कस्तूरबा गाँधी को बहुत प्रिय था-''भज मन रामचरण सुखदायी...''

जब महादेव की 1942 में इसी जेल में मृत्यु हुई थी तो शोक-सन्तप्त कस्तूरबा ने कहा था कि-उसके बजाय मैं क्यों न चली गयी? गाँधी जी जब उपवास के कारण 1943 में साल भर पहले ठीक इसी 22 फरवरी को अत्यन्त अस्वस्थ और अशक्त होकर मृत्यु की कगार पर पहुँच गये थे तो बा ने उनकी हरसम्भव सेवा के अलावा ईश्वर से उनकी प्राणरक्षा के लिए अहर्निश प्रार्थना की थी और मानो सावित्री की भाँति यमराज से उनके प्राण लौटा लायी थीं। आज 22 फरवरी, 1944 को उनका महाप्रयाण इस तरह हुआ। बा गाँधी जी के साथ अपने जीवनपर्यन्त उनकी अनुगामिनी और उनकी शक्ति बनकर रहीं। वे लगभग उनके सभी सत्याग्रह आन्दोलनों में साक्षी ही नहीं सहभागी बनीं। अनेक बार जेल गयीं और आज जेल में ही उन्होंने अन्तिम साँस ली। जेल में ही कस्तूरबा का अन्तिम संस्कार हुआ और उनके अवशेषों को आग़ा ख़ाँ महल परिसर में महादेवभाई देसाई की समाधि के निकट गाड़कर, उनकी भी समाधि बना दी गयी।

गाँधी जी ने अपनी पत्नी की शान में बहुत कुछ कहा, परन्तु उनमें उनके ये शब्द रेखांकन करने योग्य हैं -

''अहिंसा का सन्देश कस्तूरबा से सीखा जा सकता है। कस्तूरबा के बिना अहिंसा के प्रयत्नों और आत्म संयम में मैं सफल नहीं हो सकता था।''

कस्तूरबा की मृत्यु के डेढ़ महीने बाद गाँधी जी को मलेरिया हो गया। बुखार 105 डिगरी तक जा पहुँचा। उन्हें सन्निपात हो गया। गांधी जी एलोपेथी उपचार के बजाये प्राकृतिक चिकित्सा में विश्वास रखते थे। शुरू में उन्होंने सोचा कि फलों के रस और उपवास से उनका इलाज हो जायेगा। इसलिए उन्होंने मलेरिया निवारण हेतु कुनैन दवा लेने से इन्कार कर दिया। परन्तु दो दिन बाद जब वे पस्त हो गये तो उन्हें कुनैन का सेवन करना ही पड़ा। तब किसी तरह बुखार उतरा।

3 मई, 1944 को गाँधी जी के चिकित्सकों की टीम ने उनका स्वास्थ्य बुलेटिन निकाला जिसमें कहा गया था- ''गाँधी जी की रक्तहीनता बढ़ गयी है। रक्त चाप गिर गया है। उनकी शारीरिक अवस्था फिर से गम्भीर संकेत दे रही है।''

इसके बाद देश भर में गाँधी जी को रिहा करने के लिए जनता के प्रदर्शन शुरू हो गये। जनता के दबाव के आगे ब्रिटिश सरकार को 6 मई की सुबह गाँधी जी और उनके साथियों को आग़ा ख़ाँ पैलेस की स्पेशल जेल से रिहा करना पड़ा। बाद में गाँधी जी का

जब ठीक से स्वास्थ्य परीक्षण कराया गया तो पता चला महात्मा जी की आँतों में हुकवर्म और पेचिश के कीटाणु थे।

पूना की इस महलनुमा जेल में गाँधी जी का यह अन्तिम जेल प्रवास था। कुल मिलाकर उससे पूर्व उन्होंने अपने युवाकाल के 249 दिन दक्षिण अफ्रीका की जेलों में भी बिताये थे। यदि देखा जाये तो गाँधी ने अपने सिद्धान्तों की लड़ाई और स्वाधीनता आन्दोलनों में अपने मूल्यवान् जीवन के छह से भी अधिक वर्ष एक क़ैदी के रूप में बिताये।

जेल से छूटने के बाद गाँधी जी स्वास्थ्य लाभ हेतु कुछ दिन हवा-पानी बदलने बम्बई गये। वहां से जुहू के समुद्र-तट के समीप शान्ति कुमार मुरार जी के घर ठहरे। श्रीमती मुरार जी ने गाँधी जी से एक चलचित्र देखने का सुझाव रखा। गाँधी जी ने जीवन में कोई चलचित्र नहीं देखा था। बहुत कहने पर वे राज़ी हुए। वहीं घर पर उन्हें 'मिशन टु मास्को' नामक एक अंग्रेज़ी फ़िल्म दिखायी गयी। गाँधी जी को यह फ़िल्म पसन्द नहीं आयी। उन्होंने कहा कि उनको उस विदेशी फ़िल्म में बालरूम-डान्स और स्त्रियों के संक्षिप्त-वस्त्र पसन्द नहीं आये।

इसके बाद महात्मा गाँधी को एक थियेटर में हिन्दी फ़िल्म-'रामराज्य' दिखायी गयी। इसमें प्रेम अदीब ने राम का और शोभना समर्थ ने सीता का रोल किया था। यह फ़िल्म 1943 में रिलीज हुई थी। गाँधी जी को यह फ़िल्म बहुत पसन्द आयी। यह उनके जीवन की पहली और आख़िरी भारतीय फ़िल्म थी, जो उन्होंने देखी।

देश का इतिहास सन् 1944 के मध्य तक आ पहुँचा था। गाँधी जी रिहा थे, मगर अत्यन्त अस्वस्थ थे। उधर सरदार पटेल सहित देश के तमाम बड़े कांग्रेसी नेता अभी भी जेल की सज़ा 1942 से निरन्तर काट रहे थे। उन सबका अपराध यह था कि वे अपने देश को आज़ाद देखना चाहते थे। मुस्लिम लीग के नेता कभी जेल नहीं गये। अंग्रेज़ों की चाटुकारिता में आज़ाद जीवन जीते थे। वे बिना किसी कुर्बानी के हिन्दुस्तान का बँटवारा चाहते थे, अपने एक अलग मुल्क 'पाकिस्तान' के लिए।

हम चाहे किसी भी व्यवस्था के अन्तर्गत रहते हों, किसी भी संविधान के अन्तर्गत कार्य करते हों, हमें उस व्यवस्था उस अनुशासन को स्वीकारना पड़ता है और उसका अनुगमन करना पड़ता है, परन्तु हमारा जो आन्तरिक मनोजगत है उसमें कोई भी ग्रन्थ कोई भी किताब कोई भी विचारधारा हमें अपना क़ैदी बनाकर तब तक नहीं रख सकती, जब तक कि हम खुद उस ग्रन्थ-किताब-विचारधारा आदि के गुलाम बनकर न रहना चाहें।

यदि हम शिक्षित हैं तो यह सिद्धान्त हम पर भली-भाँति लागू होता है, परन्तु यदि हम जाहिल हैं तो हम मानसिक रूप से किन्हीं चालाक अथवा जो हमसे अधिक जागरूक

हैं, उनके विचारों के किसी-न-किसी भाँति बन्धक अवश्य होते हैं। नेता और पुजारी ऐसे लोगों की मासूमियत का फ़ायदा क़दम-क़दम पर उठाते हैं।

धर्म जब अपने मानवीयता के उच्च-धरातल और सूक्ष्म-चिन्तन को त्यागकर कर्मकाण्डों के स्तर पर अपने स्थूल-स्वरूप में व्यवहृत होता है तब वह अपनी विशुद्ध आध्यात्मिक-शुचिता को भुलाकर एक सम्प्रदाय के रूप में जड़ हो जाता है।

साम्प्रदायिक भावना जब जातीय चेतना और सामाजिक परम्पराओं के साथ संयुक्त हो जाती है तो वह एक संस्कृति बन जाती है। किसी जाति अथवा क़ौम में संस्कृति की उच्चतम अवस्था ही राष्ट्रवाद है।

हिन्दुस्तान में बहुसंख्यक हिन्दुओं पर लगभग 600 वर्ष राज करनेवाले पराजित मुस्लिम समुदाय को उनके बुद्धिजीवियों ने यह अहसास दिलाया कि विगत लगभग 150 वर्षों से हिन्दुस्तान पर राज कर रहे अंग्रेज़ आख़िरकार एक दिन बर्तानिया को लौट जायेगे तब नवीन परिस्थितियों में हिन्दुस्तान पर बहुसंख्यकों हिन्दुओं का ही राज फिर से क़ायम होगा, जिसमें अल्पसंख्यक मुसलमानों के लिए कोई जगह न होगी, क्योंकि धार्मिक और सांस्कृतिक हर दृष्टि से हिन्दू और मुसलमान दो अलग क़ौमें हैं, वे एक राष्ट्र और एक झण्डे के नीचे नहीं रह सकतीं और यदि मुसलमान अपना अलग शासन फिर से नहीं प्राप्त करते तो स्वतन्त्र हिन्दुस्तान में हिन्दू उन्हें सत्ता में भी पुनः भागीदार नहीं बनायेंगे और हमेशा इस मुल्क में उन्हें दोयम दर्जे के नागरिक बनकर रहना पड़ेगा। उनके मौलवियों ने उन्हें समझाया नवीन स्थितियों में 'इस्लाम ख़तरे में' पड़ जायेगा और हिन्दुओं का सर्वत्र बोलबाला होगा। 'काफ़िर' हिन्दुओं का धर्म सर्वोच्च होगा। यह भी कि उनकी संस्कृति अथवा हिन्दुत्व कहीं मुसलमानों को भी एक़दम दूसरी तमाम क़ौमों-शक, हूण, कुषाण, यूनानियों वग़ैरह की तरह-अपने में विलीन-अथवा-आत्मसात न कर ले। इसलिए हमें अपनी अलग-क़ौम अलग-मजहब और अपने गौरवमय इस्लामिक सत्ता के अतीत को बचाने के लिए कमर कसनी होगी। अपने अक़ीदे और अपने दीन पर कट्टरता से क़ायम रहना होगा और अपना अलग शासन-अलग मुल्क-क़ायम करना होगा। क्योंकि बतौर मुसलमान हम हिन्दुओं से बिल्कुल अलहदा एक अलग-राष्ट्र हैं।

मुसलमानों को जब ये बातें समझ में आ गयीं, उनका व्यवहार भारत के हिन्दुओं के लिए बदलने लगा। हिन्दुओं में भी मुसलमानों के बदले हुए व्यवहार के विरुद्ध प्रतिक्रिया होनी स्वाभाविक थी। फलतः आध्यात्मिक चेतना का स्थान काफ़ी हद तक साम्प्रदायिक सोच ने ले लिया। अंग्रेज़ों को हिन्दुओं और मुसलमानों के बीच साम्प्रदायिक मतभेदों की खाई को, अपने औपनिवेशिक राज को सुदृढ़ करने के लिए, एक कूटनीति के तहत, बढ़ाने में ज़्यादा कठिनाई नहीं हुई। अतः उन्होंने इस खाई को चौड़ा करने में समय-समय पर कोई कसर न छोड़ी।

भारत का स्वाधीनता-आन्दोलन एक जटिल आन्दोलन था। इसमें देशभक्त भारतवासियों को दो मोर्चों पर जूझना पड़ता था। एक तो अंग्रेज़ों के विरुद्ध बाह्य मोर्चे

पर। दूसरे हिन्दू-मुस्लिम साम्प्रदायिकता के आन्तरिक मोर्चे पर। साम्प्रदायिकता की समस्या हमारे स्वतन्त्रता-संघर्ष में एक बहुत बड़ी बाधा थी। एक ऐसी बाधा जो, जैसे-जैसे समय बीतता गया, विशाल से विशालतर होती गयी।

राष्ट्रीय नेताओं का यह विचार सही था कि साम्प्रादायिकता की समस्या अंग्रेज़ों की देन थी। अंग्रेज़ों के आने से पहले भारत में हिन्दू और मुसलमानों ने दिल्ली सल्तनत के असहिष्णु दौर के बाद मुगलों के सह-अस्तित्ववाले दौर में मिल-जुलकर रहना सीख लिया था। उनमें इतने विशाल भूभाग पर कभी-कभी कहीं-कहीं जब-तब कुछ झगड़े होते थे। लेकिन इस झगड़ों ने कभी राष्ट्रव्यापी स्वरूप धारण नहीं किया था। सैकड़ों सालों तक हिन्दू और मुसलमान साथ रहते आये। अनेक हिन्दुओं का धर्म परिवर्तन भी हुआ। मन्दिरों-गुरुद्वारों आदि का विध्वंस भी हुआ। इसके बावजूद दोनों संस्कृतियों ने एक-दूसरे को प्रभावित भी किया। रहन-सहन, पहनने-ओढ़ने, खाने-पीने, बोली-भाषा, वास्तुकला-साहित्य संगीत-नृत्य सभी स्तरों पर मुसलमानों ने हिन्दुओं को कुछ दिया तो हिन्दुओं से भी मुसलमानों ने कुछ-न-कुछ ग्रहण किया।

अफ़गान शासक शेरशाह सूरी ने हिन्दू-मुस्लिम विभेद के बिना भारत में प्रशासनिक सुधारों की आधारशिला रखी, जिसे कालान्तर में अपनाते हुए मुगल सम्राट् अकबर ने दोनों क़ौमों को एक-दूसरे के निकट लाकर सामाजिक समरसता और समान राष्ट्रीयता की दिशा में उल्लेखनीय कार्य किया था।

यदि देखा जाये तो मुस्लिम शासकों ने हिन्दुस्तान की स्थानीय संस्थाओं में कभी कोई हस्तक्षेप नहीं किया। यहाँ का ग्रामीण जन-जीवन अपनी सहस्रों वर्षों की परम्पराओं, विश्वासों और अपनी पंचायतों की छाया में ही चलता आया था। सन् 1857 में भारत का 'प्रथम स्वतन्त्रता संग्राम' हिन्दू और मुसलमान दोनों ही धर्मों के लोगों ने ईस्ट इण्डिया कम्पनी के अंग्रेज़ शासकों और सिपाहियों के विरुद्ध मिलकर लड़ा था। बहादुरशाह ज़फर, अन्तिम मुगल सम्राट को सबने अपना नेता माना था। किन्तु अंग्रेज़ों ने अपने संगठित सैन्य बल एवं डाक, तार, रेल जैसे संसाधनों के द्वारा देश के उत्तरी भाग में बिखरे इस सशस्त्र संग्राम को अन्ततः दबा दिया था। उसके बाद ईस्ट इण्डिया कम्पनी का राज समाप्त कर ब्रिटिशर्स ने ब्रिटिश क्राउन का शासन हिन्दुस्तान पर लागू कर दिया था।

अपने शासन के प्रारम्भिक काल में अंग्रेज़ मुसलमानों को सन्देह की दृष्टि से ही देखते थे। भारत में मुस्लिम शासन का इतिहास उनको यह सोचने पर बाध्य करता था कि कहीं मुसलमान क़ौम खोए हुए मुस्लिम साम्राज्य को पुनः स्थापित करने का प्रयत्न न करे। अंग्रेज़ शासकों ने अतएव मुसलमानों को जान-बूझकर प्रशासन और सेना से बाहर रखा। वे उनसे भिश्ती, मशालची, ख़ानसामों और कोचवानों जैसे सेवा के कार्य ही लेते रहे। फलतः मुसलमानों की शैक्षिक और आर्थिक स्थिति हिन्दुओं के मुकाबले बहुत बिगड़ गयी। 1857 के विद्रोह, अंग्रेज़ों के शब्दों में कहें तो - 'ग़दर' के बाद ब्रिटिश सरकार की मुस्लिम-विरोधी नीति और भी स्पष्ट रूप से परिलक्षित हुई। अंग्रेज़ों ने महसूस किया

कि मुस्लिम साम्राज्य की राख में विद्रोह की कुछ चिन्गारियाँ अभी भी दबी पड़ी हैं। रस्सी जल गयी है, मगर उसकी ऐंठन अभी नहीं जाने पायी है।

मगर देशी राजे-रजवाड़ों का असन्तोष और उनका अनिश्चित रुख भी अंग्रेज़ों के लिए एक चिन्ता का विषय था। अतः अंग्रेज़ों ने उनके साथ रागरंग के मधुर सम्बन्ध क़ायम करने और उनके राजकाज में छेड़छाड़ नहीं करने की कूटनीति का चतुराई से पालन किया। अंग्रेज़ साहब बहादुर रियासतों में शिकार खेलने, जाम पीने, तीतर-बटेर के लज़ीज़ पकवानों का लुत्फ लेने एवं दिलकश हुस्न का दीदार करने में मौक़ा-बेमौक़ा वक्त बिताया करते थे।

इसके अतिरिक्त अंग्रेज़ों ने भारत के एक-एक जिले का भौगोलिक, ऐतिहासिक, सामाजिक और विविध-पक्षीय बारीक़ अध्ययन किया। उन पर गज़ेटियर लिखे। बड़े परिश्रम से। ये गजेटियर प्रशासनिक अधिकारियों के लिए बड़े सहायक सिद्ध हुए। अंग्रेज़ों ने हिन्दुओं और मुस्लिमों की संस्कृतियों और उनके बीच परस्पर मैत्रीपूर्ण आदान-प्रदानों से हटकर उनके बीच के धार्मिक और वैचारिक विभेदों, छुआछूत और आन्तरिक मतभेदों का गहराई से अध्ययन किया। अगर लम्बे समय तक भारत में ब्रिटिश साम्राज्य को क़ायम रखना है तो यहाँ के निवासियों के मध्य की सामाजिक समसरता को चोट पहुँचाना और उनमें फूट डालना अंग्रेज़ों को अनिवार्य लगा।

इस सिलसिले में सन् 1870 के बाद मुसलमानों के प्रति अंग्रेज़ों के दृष्टिकोण में भारी बदलाव देखा गया। अब अंग्रेज़ अपने हितों और भारतीय मुसलमानों के हितों में समानता और पारस्परिक अनुकूलता तलाशने लगे थे। यही कारण है कि सर विलियम हण्टर ने अपनी पुस्तक 'द इण्डियन मुसलमान्स' (1871) में अंग्रेज़ों का ध्यान उनकी ओर आकर्षित किया। उच्च-वर्ग के हिन्दू जिस प्रकार मुसलमानों से खान-पान का विभेद रखते थे, ईसाइयों से भी रखते थे। जबकि मुस्लिम और ईसाई इस मामले में परस्पर हम-ख़याल थे।

कांग्रेस द्वारा चलाये जा रहे स्वाधीनता के राष्ट्रीय-आन्दोलन को मुस्लिम लीगी और ब्रिटिशर्स प्रमुखतः बहुसंख्यक हिन्दुओं का आन्दोलन कहते अथवा मानते थे। इस राष्ट्रीय-आन्दोलन के विकास ने अंग्रेज़ शासकों को इस बात के लिए प्रेरित किया कि वे हिन्दू-राष्ट्रीयता की बढ़ती हुई धारा को रोकने के लिए मुस्लिम-साम्प्रदायिकता की दीवार उसके सन्मुख खड़ी करें। मोहम्मडन एंग्लो ओरिएण्टल कालेज, अलीगढ़ के पहले अंग्रेज़ प्रिन्सपल मिस्टर बेक ने इस कार्य में प्रमुख रूप से अपनी खास भूमिका अदा की।

बेक ने मुसलमानों के तत्कालीन प्रमुख नेता शिक्षाविद् और अपने ही कॉलेज के संस्थापक सर सैय्यद अहमद ख़ाँ को अपनी सलाहों से हिन्दुस्तान की राष्ट्रीय धारा से अलग कर उन्हें साम्प्रदायिकता की ओर मोड़ने का कलुषित कार्य सबसे पहले किया। उल्लेखनीय है कि अपने सार्वजनिक जीवन के प्रारम्भिक दिनों में सर सय्यद (1817-1898) हिन्दू-मुस्लिम एकता के प्रबल पक्षधर थे। यह वे ही थे जो प्रारम्भ में हिन्दू और मुसलमान

को 'भारत माता की दो आँखें' कहा करते थे। सर सय्यद अहमद ख़ाँ, जिन्होंने आगे चलकर 'अलीगढ़ मुस्लिम यूनिवर्सिटी' की स्थापना की, ने एक बार तो यहाँ तक कहा था कि- 'हिन्दू' शब्द में हिन्दू और मुसलमान दोनों शामिल हैं, क्योंकि दोनों ही हिन्दुस्तान के निवासी हैं।

उन्हीं सर सय्यद ने 1893 में 'मुस्लिम रक्षा परिषद्' की स्थापना की। बेक इस संस्था का मन्त्री था। उसने साथ उठते-बैठते सर सय्यद के मन में साम्प्रदायिकता का जहर इतनी कुशलता से घोला कि एक राष्ट्रवादी विचारधारा का बड़ा मुस्लिम नेता अपने जीवन के अन्तिम वर्षों में हिन्दुओं का विरोधी बन गया। अंग्रेज़ प्रिन्सपल बेक सर सय्यद को यह समझाने में कामयाब रहा कि कांग्रेस पार्टी का वास्तविक लक्ष्य देश का राजनीतिक नियन्त्रण ब्रिटिशर्स से लेकर हिन्दुओं को हस्तान्तरित करना है। मुसलमानों को कांग्रेस की आये दिन की मागों से कुछ हासिल नहीं होनेवाला। अतः मुसलमान इनसे किसी सहानुभूति की आशा न पालें। मुसलमानों और अंग्रेज़ों को इस मामले में एक हो जाना चाहिए और इन खुराफ़ाती तत्वों से सावधान हो जाना चाहिए। मुसलमानों का पन्थ और उनका भविष्य हिन्दुओं से अलग है।

1905 में बंगाल का विभाजन अंग्रेज़ों द्वारा मुस्लिम अलगाववाद को मज़बूत करने की दिशा में जान-बूझकर उठाया गया एक क़दम था। वायसराय लॉर्ड कर्जन का 'मास्टर-माइण्ड' इस खुड़पेंच का जनक था। वायसराय कर्जन ने एक मुस्लिम बहुल प्रान्त का सृजन करने के उद्देश्य से तत्कालीन भारत के बंगाल प्रान्त को दो भागों में बाँट दिया। इतिहास में इसे 'बंग-भंग' के नाम से जाना जाता है। यह अंग्रेजों की 'फूट डालो और राज करो' की नीति का ही एक हिस्सा था। अतः इस बंग-भंग को लेकर सम्पूर्ण देश में विरोध-प्रदर्शन हुए। बाद में अंग्रेज़ों को भारी जनविरोध के चलते बंगाल के इस विभाजन को वापस लेना पड़ा। परन्तु हिन्दुओं और मुसलमानों के दिलों में इस घटना ने स्थायी-लकीरें तो खींच ही दीं। साथ ही, भारत के भावी विभाजन के विचार की बुनियाद भी यहीं से अंग्रेज़ों ने डाल दी।

वायसराय लॉर्ड मिण्टो के निजी सचिव कर्नल डनलप स्मिथ ने स्वयं अलीगढ़ के मोहम्मडन ऐंग्लो ओरिएंटल कॉलेज के तत्कालीन प्रिन्सपल आर्चिबोल्ड को लिखा कि वे मुसलमानों का एक शिष्टमण्डल वायसराय से भेंट करने को भेजें। कर्नल डनलप स्मिथ की सलाह के ही अनुक्रम में आग़ा ख़ाँ की अध्यक्षता में भारत के विभिन्न प्रान्तों से आये 35 मुसलमानों का एक प्रतिनिधिमण्डल अक्टूबर, 1906 में वायसराय मिण्टो से मिला और उसने मुसलमानों के लिए साम्प्रदायिक आधार पर प्रतिनिधित्व की माँग की।

मिण्टो ने इस माँग को सहज स्वीकार कर लिया। यद्यपि तत्कालीन भारत मन्त्री लॉर्ड मार्ले इस माँग के विरुद्ध थे। वे संयुक्त निर्वाचनों को ही बेहतर मानते थे। उनकी राय थी कि मुसलमानों के लिए कुछ स्थान आरक्षित रखे जा सकते हैं। लेकिन लॉर्ड मिण्टो ने मार्ले को अपनी बात पर राज़ी कर लिया। फलतः मुसलमानों की अपनी बिरादरी द्वारा

ही अपने प्रतिनिधि चुनने अर्थात् पृथक्-निर्वाचन की व्यवस्था पर सरकारी मोहर लगा दी गयी। अंग्रेज़-नौकरशाही वायसराय लॉर्ड मिण्टो को यह समझाने में कामयाब रही कि अंग्रेज़ों के ख़िलाफ़ अगर राजद्रोही गतिविधियों को प्रभावहीन करना है तो मुसलमानों को हिन्दुओं से पृथक करना अनिवार्य है।

लेडी मिण्टो अपनी डायरी में एक जगह लिखती हैं कि वायसराय के एक ब्रिटिश उच्च-पदाधिकारी ने महामहिम मिण्टो साहब से उनके द्वारा मुसलमानों के पृथक निर्वाचन को स्वीकारने के लिए अपनी प्रसन्नता जाहिर करते हुए यह सन्देश भेजा था कि -"आज एक बहुत बड़ी बात हुई है। एक ऐसा कूटनीतिक कार्य जो भारत और भारतीय इतिहास को बहुत लम्बे समय तक प्रभावित करेगा। इस कार्य ने छह करोड़ बीस लाख (मुस्लिम समुदाय के) लोगों को राजद्रोहात्मक विरोधियों में शामिल होने से रोक लिया। यह कोई मामूली बात नहीं है।"

इससे स्पष्ट हो जाता है कि भारत की हिन्दू और मुस्लिम जनता के मध्य साम्प्रदायिकता का बीज वपन करने में ब्रिटिश अधिकारियों ने कितनी गूढ़ मन्त्रणा से काम किया था।

1906 में ही 30 दिसम्बर को इस घटनाक्रम के बाद ढाका में नवाब सलीमुल्ला ख़ाँ की अध्यक्षता में अखिल भारतीय मुस्लिम लीग की स्थापना, साम्प्रदायिक मानसिकता के आधार पर, हुई। मुस्लिम लीग ने कांग्रेस के विरोध में देश में पृथक्तावादी आन्दोलन आगे जारी रखा। मुस्लिम लीग का गठन इन प्रमुख उद्‌देश्यों की पूर्ति हेतु किया गया था-(1) भारतीय मुसलमानों में अंग्रेज़ी सरकार के प्रति राजभक्ति बढ़ाना। (2) भारतीय मुसलमानों के राजनीतिक और अन्य अधिकारों की रक्षा करना। (3) मुसलमानों और अन्य भारतीय सम्प्रदायों में मैत्री स्थापित करना।

1909 में मार्ले-मिण्टो सुधार भारत में लागू किये गये। यह सुधार क्या थे, वस्तुतः भारत के विभाजन की पूर्व पीठिका थे। कांग्रेस और कुछ राष्ट्रवादी मुसलमानों के विरोध के बावजूद, ब्रिटिश हुकूमत ने साम्प्रदायिक निर्वाचनों को भारत के ऊपर लागू कर दिया गया।

जैसे-जैसे देश में मुगल सत्ता कमज़ोर पड़ती गयी हिन्दू राष्ट्रवाद फिर से हरा होने लगा। हिन्दू अस्मिता जागने लगी। हिन्दुत्व के उभार ने हिन्दू पुनर्जागरण के अवसर फिर से भारत के मूल निवासियों को सुलभ करा दिये। वस्तुतः 'हिन्दू राष्ट्रवाद' का समय मुख्यतः राजा राममोहन राय (1772-1833 ई.) के धार्मिक एवं सामाजिक पुनर्जागरण के समय से ही शुरू हो गया था। हिन्दू धर्म और समाज में व्याप्त पाखण्ड और कुरीतियों को दूर करना ही ऐसे महान समाज सुधारकों का मिशन था। राजा राममोहन राय बंगाल में एक ब्राह्मण परिवार में जन्मे थे। उन्होंने 'ब्राह्म समाज' की स्थापना की और हिन्दू समाज को झकझोरने का काम किया। बाल विवाह, सती प्रथा, जातिवाद, पर्दा प्रथा और कर्मकाण्डों का उन्होंने भरपूर विरोध किया। हिन्दू समुदाय में सुधारवादी चेतना जगायी।

जैसे-जैसे भारत में हिन्दू जगते गये उनमें एकता की भावना सुदृढ़ होती गयी। बहुसंख्यक हिन्दुओं के जागरण ने देश में मुसलमानों के अल्पसंख्यक समुदाय में बेचैनी और हताशा का सूत्रपात किया। अंग्रेज़ी शासन देश में 1857 के बाद और अधिक जड़ें जमा चुका था। उससे भविष्य में मुक्ति का अर्थ था भारत में 'हिन्दू राज' का पुनरागमन, जो मुसलमानों के लिए बेबसी का सबब बनता, ऐसा भाव मुस्लिम नेताओं और धर्मगुरुओं ने मुस्लिमों के भीतर गहरा किया।

कांग्रेस के बड़े नेता बाल गंगाधर तिलक, लाला लाजपत राय, महामना मदनमोहन मालवीय और डॉ. राजेन्द्रप्रसाद स्पष्ट रूप से हिन्दू संगठन और कांग्रेस दोनों के मंच पर सक्रिय थे। जब कांग्रेस का 1906 में कलकत्ता अधिवेशन हुआ तो बंगाल के बड़े नेता विपिनचन्द्र पाल की लाला लाजपत राय और बाल गंगाधर तिलक के नाम से घनिष्ठता बढ़ी। यह तीनों हिन्दू नेता लाल-बाल-पाल की तिकड़ी के नाम से मशहूर हुए और अपने समय की राजनीति पर संयुक्त रूप से छाए रहे। मालवीय जी और लाजपतराय जी के बारे में सुविदित था कि हिन्दू संस्कार उनमें अत्यन्त प्रबल थे। अतः वे हिन्दू पहले थे कांग्रेसी बाद में। बाद में गाँधी जी का भारतीय राजनीति में वर्चस्व स्थापित हुआ था। वे भी स्वयं को सनातनी हिन्दू कहने में संकोच का कोई अनुभव नहीं करते थे।

1921 में असहयोग आन्दोलन में मुस्लिमों की धार्मिक भावनाओं का सम्मान करते हुए जब गाँधी जी ने 'ख़िलाफ़त' के मुद्दे को अपने आन्दोलन का प्रथम मुद्दा बनाया और इस प्रकार मुस्लिम तुष्टीकरण द्वारा देश के मुसलमानों को कांग्रेस के साथ जोड़ने का प्रयास किया, उसी दौरान गाँधी जी ने 12 अक्टूबर, 1921 के 'यंग इण्डिया' में घोषणा की थी कि -

"मैं अपने को सनातनी हिन्दू कहता हूँ क्योंकि -

1- मैं वेदों, उपनिषदों, पुराणों और समस्त हिन्दू शास्त्रों में विश्वास करता हूँ और इसीलिए अवतारों और पुनर्जन्म में भी मेरा विश्वास है।

2- मैं वर्णाश्रम धर्म में विश्वास करता हूँ। इसे मैं उन अर्थों में मानता हूँ जो पूरी तरह वेदसम्मत हैं, लेकिन उसके वर्तमान प्रचलित और भोंडे रूप को मैं नहीं मानता।

3- मैं प्रचलित अर्थों से कहीं अधिक व्यापक अर्थ में गाय की रक्षा में विश्वास रखता हूँ।

4- मूर्ति पूजा में मेरा अविश्वास नहीं है।"

'ख़िलाफ़त आन्दोलन' को अपने राजनीतिक जीवन की शुरूआत में भारत में प्रश्रय देना, मुस्लिम तुष्टीकरण की दिशा में, महात्मा गाँधी की सबसे बड़ी भूल थी। क्योंकि चौरीचौरा काण्ड ने गाँधी को अपने क़दम पीछे खींचने को मजबूर क्या किया कि पूरे असहयोग-आन्दोलन की हवा ही निकल गयी। उधर तुर्की में ख़लीफ़ा के पतन और कमाल अतातुर्क के हाथ में तुर्की की सत्ता आ जाने के बाद ख़िलाफ़त-आन्दोलन का

औचित्य और ज़रूरत ही ख़त्म हो गयी। ख़िलाफ़त कमेटियाँ भी अप्रासंगिक और महत्त्वहीन हो गयी। इनके संकीर्ण मज़हबी दृष्टिवाले सदस्यों पर कठमुल्लों अथवा ब्रिटेन की जी-हुज़ूरी करनेवाले मुस्लिम संगठनों का क़ब्ज़ा हो गया।

परन्तु गाँधी के द्वारा खाद-पानी पाये मुस्लिम समुदाय की सोयी हुई राजनीतिक भावनाएँ धार्मिक राजनीति में ढलकर 'पैन-इस्लामिक आन्दोलन' का ख़्वाब बुनने लगी थीं। इस आन्दोलन का आशय उस विचारधारा या आन्दोलन से है जिसका उद्देश्य इस्लाम धर्म के आधार पर संसार के सभी मुस्लिम-बहुल देशों को तथा विश्व भर के मुसलमानों को एक ही झण्डे के नीचे लाना था। विश्व में इस्लाम के विस्तार के लिए 'जिहाद' पैन-इस्लामिक आन्दोलन का असली मक़सद था।

1921 में जो ख़िलाफ़त की खिचड़ी के साथ असहयोग-आन्दोलन शुरू हुआ उसमें अनेक स्थानों पर मुसलमानों के धार्मिक उन्माद ने अति-उत्साह में अंग्रेज़ी हुकूमत से मोर्चा लेने के साथ-साथ हिन्दुओं पर भी हिंसक हमलों का रूप ले लिया। इनमें से मोपला मुस्लिमों द्वारा किये गये दंगों की ख़बरें सबसे बुरी थीं। 'होम रूल लीग' की संस्थापक श्रीमती ऐनी बेसेण्ट जो गाँधी जी को पसन्द नहीं करती थी, ने 29 नवम्बर, 1921 को 'न्यू इण्डिया' अख़बार में लिखा कि- "अच्छा होगा यदि श्री गाँधी को मालाबार ले जाया जा सके जिससे कि वह अपनी आँखों से उस भयानकता को देख सकें जो उनके और उनके 'प्यारे भाइयों' मोहम्मद अली और शौकत अली की शिक्षाओं से पैदा हुई है।..."

एनी बेसेण्ट ने व्यंग्य करते हुए आगे कहा कि-"वहाँ पर ख़िलाफ़त राज स्थापित हो गया। ठीक 1 अगस्त, 1921 को, जिस दिन श्री गाँधी की पूर्व घोषणा के अनुसार ब्रिटिश राज को समाप्त होना और स्वराज्य को शुरू होना था। राज के विरुद्ध मोपला लोगों ने एक पुलिस इन्स्पेक्टर को घेर लिया। उसके बाद लगातार युद्ध के चाकू चोरी-छिपे बनाये जाने लगे और छिपाकर रख लिए गये। 20 अगस्त को विद्रोह भड़क उठा और पुलिस स्टेशनों व सरकारी दफ़्तरों पर ख़िलाफ़त के झण्डे लहरा दिये गये।..."

केरल की प्रान्तीय कांग्रेस कमेटी और ख़िलाफ़त कमेटी के कुछ अहिंसावादी शान्तिप्रिय सदस्यों ने एक संयुक्त ज्ञापन इसी क्रम में दिया जो मोपलाओं के दंगों के लोमहर्षक विवरण देता है-

"हिन्दू-मुस्लिम एकता स्वराज्य से कहीं अधिक महत्त्वपूर्ण सत्य है। इसलिए हम मौलाना साहब और उनके सहधर्मियों को बताना चाहते हैं और भारत के आदरणीय नेता महात्मा गाँधी को भी, अगर उनको यहाँ की घटनाओं का ज्ञान नहीं है कि मोपला द्वारा हिन्दुओं पर की गयी बर्बरता की ख़बरें दुर्भाग्यवश सत्य हैं।...उन्होंने अकारण व अनियन्त्रित रूप से हिन्दुओं पर आक्रमण किये। एर्नाड, वल्लूवनाड के भागों में, पोन्नानी और कालीकट ताल्लुकों में हिन्दुओं के घरों को पूरी तरह लूटा। विद्रोह के आरम्भ में कुछ

स्थानों पर हिन्दुओं का जबरदस्ती धर्म-परिवर्तन किया। बाद में समग्र रूप से उन लोगों का किया गया जो घरों में रह गये। निर्दोष हिन्दुओं-पुरुष, स्त्री व बच्चों की हत्या केवल इस कारण से की कि वे 'काफ़िर' हैं या कि वे उन पुलिसवालों की जाति के हैं जो उनकी मस्जिदों में घुसे थे या जिन्होंने उनके लोगों का निरादर किया था। हिन्दू मन्दिरों को जलाया या भ्रष्ट किया गया। हिन्दू स्त्रियों का बलात्कार किया गया और उनको धर्मान्तरित करके मोपलाओं से विवाह करा दिया गया।..."

यह उल्लेखनीय है कि गाँधी जी ने 1921 में मोपला दंगाइयों की व्यापक साम्प्रदायिक हिंसा के बावजूद असहयोग-आन्दोलन वापस लेना उचित नहीं समझा। उस समय वे अली-बंधुओं की ख़िलाफ़त की पुनः प्रतिष्ठा की भावना को सहलाकर उसमें हिन्दू-मुस्लिम एकता की सम्भावना तलाशने का प्रयोग कर रहे थे। जबकि उनके अहिंसक सत्याग्रह की सुदूर दक्षिण भारत में इस तरह धज्जियाँ उड़ रही थीं, जिसकी वे अनदेखी कर रहे थे। इसके विपरीत 1922 में चौरीचौरा की एकमात्र घटना को लेकर गाँधी जी ने अपना सम्पूर्ण आन्दोलन एक झटके में वापस ले लिया।

इस प्रकार मालाबार और चौरीचौरा पर महात्मा गाँधी के दृष्टिकोण ऐसे विरोधाभासी और विसंगतिपरक थे जिससे अधिकांश हिन्दुओं के मन को भारी ठेस पहुँची। असहयोग-आन्दोलन के इस तरह ठण्डे हो जाने के बाद राष्ट्रवादी हिन्दुओं और उनके संगठनों का पुनर्गठन एवं प्रादुर्भाव हुआ।

1915 में विनायक दामोदर सावरकर द्वारा स्थापित 'अखिल भारतीय हिन्दू महासभा' ने पुनर्गठन के पश्चात् 1924 में हिन्दू राष्ट्रवाद ने नव स्वरूप धारण किया और इसकी कार्यप्रणाली और कठोर हुई। इस संस्था के डॉ. केशव बलिराम हेडगेवार उप-सभापति थे, उन्होंने हिन्दू महासभा छोड़कर 1925 में 'राष्ट्रीय स्वयंसेवक संघ' की स्थापना कर दी। तब से राष्ट्रीय स्वयंसेवक संघ (आर.एस.एस.) एक हिन्दू राष्ट्रवादी संगठन है जो देशसेवा और सैन्य अनुशासन के लक्ष्य को लेकर चला और 'हिन्दुत्व' का सिद्धान्त इसका प्राण तत्त्व है।

कांग्रेस पार्टी के भीतर ही अनेक हिन्दू राष्ट्रवादी नेतागण विद्यमान थे। जिनमें मालवीय जी, लाजपतराय, आशुतोष लाहिड़ी, परमानन्द, मुंजे, जयकर, केलकर आदि कांग्रेस और हिन्दू संगठनों दोनों जगह सक्रिय थे।

महाराष्ट्र के एक प्रमुख नेता मुंजे ने 1921 के मालाबार दंगों पर अपनी रिपोर्ट में लिखा था कि--

"हिन्दू समाज में हर जाति के लोगों के लिए, शिखर से निम्नतम स्तर तक, ऐसा कोई स्थान नहीं है जहाँ वे बराबर की हैसियत से मिल सकें जैसा कि मुसलमानों की मस्जिद में होता है ...इन्हीं मस्जिदों के माध्यम से भारत में फैले हुए विभिन्न मुस्लिम समुदायों में एक नैसर्गिक एकता व्याप्त होती है। हिन्दुओं में ऐसा कोई स्थान कहाँ है? क्या हमारे मन्दिर वह काम नहीं कर सकते जो मुसलमानों के लिए मस्जिदें करती हैं?"

एक हिन्दू नेता का यह लिखना इस बात का द्योतक है कि अस्पृश्यता की बुराई ने हिन्दुओं के मध्य सामाजिक भेदभाव तो कर ही रखा था, मन्दिरों के दरवाज़े भी हर किसी के लिए खुले नहीं थे। यह विडम्बनात्मक स्थिति भारत में अनेक धार्मिक स्थलों में विद्यमान थी। गांधी जी हिन्दुओं में व्याप्त इसी सामाजिक बुराई का जीवन भर सक्रिय विरोध करते चले आये थे।

आर्य समाजी धार्मिक नेता स्वामी श्रद्धानन्द ने 1926 में लिखा-''मैं पहला क़दम यह सुझाना चाहूँगा कि एक हिन्दू-राष्ट्र मन्दिर हर कस्बे और प्रमुख नगर में स्थापित किया जाये जिसमें इतना बड़ा खुला अहाता हो कि 25,000 पुरुष बैठ सकें। उसमें एक सभागार हो जिसमें रोज़ भगवद्गीता, उपनिषद् तथा रामायण, महाभारत का पाठ हो सके। राष्ट्र मन्दिर का संचालन स्थानीय हिन्दू सभा करेगी। उसी अहाते में कुश्ती के लिए अखाड़ा तथा 'गतका' इत्यादि के लिए प्रबन्ध हो। इस समय अलग-अलग मतों के हिन्दू मन्दिर अपने देवताओं के लिए ही सीमित हैं, परन्तु यह राष्ट्रीय हिन्दू मन्दिर केवल तीन माताओं की पूजा के लिए होंगे-गोमाता, सरस्वती माता तथा भूमिमाता। भारत माता का जीवनरूपी नक़्शा एक प्रमुख स्थान पर बनाया जायेगा जहाँ उसकी विभिन्न विशिष्टताओं का रंगीन चित्रण होगा, ताकि मातृभूमि का हर बच्चा प्रतिदिन माता को शीश नवा सके और उसको प्राचीन गौरव शिखर पर ले जाने की प्रतिज्ञा कर सके जहाँ से वह नीचे गिर गयी है।''

इस प्रकार जहाँ एक ओर भारत की आज़ादी का स्वप्न देखनेवाले बहुसंख्यक हिन्दू यदि ब्रिटिश शासकों से एक ओर मुक्ति चाहते थे वहीं दूसरी ओर वे 600 वर्ष की मुस्लिम-दासता की भी कड़वी यादों से मुक्ति के बाद अपने हिन्दू-राष्ट्र के गौरवशाली अतीत को पुनर्स्थापित होता देखना चाहते थे। इसके विपरीत अल्पसंख्यक'-मुसलमान हिन्दू-महत्त्वाकांक्षाओं को प्रत्यक्ष अनुभव करते हुए हिन्दू-राष्ट्र से परे अपने अलग मुस्लिम-राष्ट्र का स्वप्न देख रहे थे। उसके लिए वे अपनी धार्मिक एकता के पाश में बधे हुए किसी भी हद तक गुज़र जाने के लिए तैयार हो रहे थे। या कहा जाये कि तैयार किये जा रहे थे।

एक थे सर मोहम्मद इक़बाल (1877-1938) जो कि अविभाजित भारत के सुप्रसिद्ध शायर, नेता और दार्शनिक थे। अंग्रेज़ी राज में एक मुसलमान बुद्धिजीवी का मानस किस प्रकार से राष्ट्रवादी विचारक से साम्प्रदायिक सोचवाले इन्सान में ढलता है, उसकी वे दूसरी जीती-जागती मिसाल थे, सर सय्यद अहमद ख़ाँ के बाद।

इक़बाल का जन्म सन् 1877 में सियालकोट, तत्कालीन अविभाजित भारत के अविभाजित पंजाब प्रान्त, में हुआ था। बाद में लाहौर में, सन् 1938 में परतन्त्रता में ही अंग्रेज़ी राज़ के दौरान, 'पाकिस्तान' का ख़्वाब देखते हुए ही सर मोहम्मद इक़बाल ने अपनी अन्तिम साँस ली। जब आगे चलकर पाकिस्तान बना तो वे पाकिस्तान के राष्ट्रकवि माने गये और उन्हें 'अल्लामा इक़बाल' अर्थात् विद्वान इक़बाल, 'मुफक्किर-ए-पाकिस्तान' अर्थात् पाकिस्तान का विचारक आदि अनेक उपाधियों से मरणोपरान्त नवाज़ा गया।

वस्तुतः सन् 1930 में भारतीय मुसलमानों के लिए एक अलग मुल्क 'पाकिस्तान' के विचार के जनक मोहम्मद इक़बाल थे। परन्तु ऐतिहासिक दृष्टि से कहें तो 'पाकिस्तान' के नाम और उसके भौगोलिक स्वरूप की योजना का मूल प्रतिपादक चौधरी रहमत अली नाम का एक नवयुवक था, जो 'पाकिस्तान नेशनल मूवमेण्ट' का संस्थापक एवं अध्यक्ष था। चौधरी रहमत अली (1897-1951) का जन्म सन् 1897 में अविभाजित भारत के पंजाब के होशियारपुर जिले में हुआ था और मृत्यु 1951 में कैम्ब्रिज, इंग्लैण्ड में हुई। यह जनाब अपनी ज़िन्दगी में अवश्य, अपनी अवधारणा के मुल्क पाकिस्तान का जन्म होता देख सके थे।

दरअसल चौधरी रहमत अली जब स्वदेश में एम.ए.एल.एल.बी. करके बैरिस्टरी पढ़ने इंग्लैण्ड गये, जो कि पढ़े-लिखे भारतीयों के लिए उच्च शिक्षा का तीर्थ बना हुआ था, वहाँ पहुँचकर चौधरी साहब ने बैरिस्टरी की पढ़ाई तो की। साथ ही उनका वहाँ अंग्रेज़ों द्वारा ब्रेनवाश भी किया गया। उन्हें यह पढ़ाया गया कि भारत के मुसलमानों की भलाई हिन्दुओं के साथ मिलकर रहने में नहीं है। हिन्दुस्तान एक देश नहीं है, वह देश-समूह है। हिन्दुस्तान में दो राष्ट्र निहित हैं- एक हिन्दू-राष्ट्र, दूसरा मुस्लिम-राष्ट्र। बचपन की धार्मिक अर्थात् दीनी तालीम ने चौधरी साहब को यह अहसास दिलाया था कि हिन्दुस्तान का 'इण्डिया' नाम ग़लत है, उसका नाम 'दीनिया' होना चाहिए। फिर चौधरी साहब की हिन्दुस्तान के नक्शे पर जब निगाह गयी तो जहाँ-जहाँ उन्हें मुस्लिम-बहुल इलाक़े दिखायी दिये वे उन्हें बड़े अपने-से लगे। उन्हें लगा कि उनमें बंगाल में 'बंगिस्तान' छिपा है तो हैदराबाद में 'उस्मानिस्तान'। उन्हें राजस्थान में एक 'म्यूनिस्तान' नज़र आया। हिन्दुस्तान का उत्तर पश्चिमी भूभाग जिसमें पंजाब, सिन्ध, बलूचिस्तान और उत्तरी-पश्चिमी सीमांत प्रदेश शामिल थे वे तो सदियों से मुस्लिम आक्रांताओं की बसती-बढ़ती मुस्लिम बहुल आबादी के क्षेत्र थे। चौधरी साहब को इसमें छिपा पाकिस्तान नज़र आया। और ज़ाहिर है यदि आगे चलकर कोई पाकिस्तान संघ क़ायम होता तो उसमें बंगिस्तान, उस्मानिस्तान, म्यूनिस्तान भी शामिल होते।

चौधरी रहमत अली ने ही सर्वप्रथम सन् 1933 में अपने हेडक्वार्टर 16, माण्टेगू रोड, कैम्ब्रिज, इंग्लैण्ड से 'पाकिस्तान योजना' बनायी। उनसे वहाँ बैरिस्ट्री पढ़ने गये सर मोहम्मद इक़बाल मिले। जब वे इंग्लैण्ड से स्वदेश लौटे तो एक पूरी तरह से बदले हुए

इन्सान थे। कभी ''सारे जहाँ से अच्छा हिन्दोस्ताँ हमारा' जैसा 'क़ौमी-तराना' गानेवाले धर्मनिर्पेक्ष-शायर इक़बाल अब कट्टर-मुसलमान का चोला धारण कर चुके थे।

भारत वापस आकर जो नयी कविताएँ अल्लामा इक़बाल ने लिखीं उनका तेवर ही दूसरा था। अपनी एक प्रसिद्ध नज़्म में इक़बाल खुदा से बात करते हैं और उससे कहते हैं--

हमसे पहले था अजब तेरे जहाँ का मंज़र।
कहीं मस्जूद थे पत्थर कहीं माबूद शजर।।

अर्थात्-ऐ ख़ुदा। हम मुसलमानों के प्रादुर्भाव से पूर्व तेरे संसार का अनोखा दृश्य था। कहीं पत्थर पूज्य थे तो कहीं वृक्षों की पूजा होती थी।

आगे लिखते हैं-

तुझको मालूम है लेता था कोई नाम तेरा।
कुव्वते बाज़ूए मुस्लिम ने किया काम तेरा।।

अर्थात्-इस्लाम के आने से पहले तेरा कोई नामलेवा तक न था, मुसलमानों के बाहुबल ने ही तेरा काम किया, तेरी पूछ होने लगी।

इतने बड़े उपकार के बदले में समदर्शी खुदा द्वारा स्वतन्त्रता के लिए लड़ते भारत में 'हिन्दुओं' के ऊपर कृपा-दृष्टि डालने और अपने 'असली उपासकों' के साथ वे जो सलूक कर रहे थे, वह अल्लामा इक़बाल को अब न सोहाता था। लिखते हैं-

खंदहजन कुफ्र है, अहसास तुझे है कि नहीं।
अपनी तौहीद का कुछ पास तुझे है कि नहीं।।

अर्थात्-इस्लाम को न माननेवाले काफ़िर लोग मुस्करा रहे है, इसकी तुझे अनुभूति है अथवा नहीं ? अपने एकेश्वरवादी स्वरूप का कुछ शील-संकोच तुझे है कि नहीं? क्योंकि-

कभी हमसे कभी ग़ैरों से शनासाई है।
बात कहने की नहीं - तू भी तो हरजाई है।।

अर्थात्- ऐ खुदा तू कभी हमसे तो कभी परायों से प्रेम करता है। यह कहनेवाली बात नहीं, अरे तू भी तो बेवफ़ा है।

ईश्वर अथवा ख़ुदा अगर है तो, सबके लिए है। मनुष्य ही नहीं, चराचर जगत् के समस्त प्राणियों के लिए वह समभाव रखता है। मगर जब दृष्टि ही संकुचित् हो जाये तो उसे क्या कहें? यह वही महान् शायर इक़बाल थे जिन्होंने अपनी एक पुरानी मशहूर नज़्म में कभी यह कहा था कि -

है राम के वजूद पे हिन्दोस्ताँ को नाज़।
अहल-ए-नज़र समझते हैं उसको इमाम-ए-हिन्द।।

अब वही इक़बाल जब इंग्लैण्ड से चौधरी साहब का कहवा और अंग्रेज़ों की कॉफी पीकर भारत लौटे तो उन्हें खुदा से भी शिकायत करनी पड़ रही थी, हिन्दुस्तान गोया कि

उन्हें काटने-खाने को दौड़ रहा था, 'राम के उपासक' उनके 'हिन्दू भाई' उनको 'ग़ैर' और 'काफ़िर' नज़र आने लगे थे।

यह सही है कि 'पाकिस्तान' के भौगोलिक स्वरूप और नाम का 'आइडिया' चौधरी रहमत अली का था परन्तु भारत में उसकी सार्वजनिक रूप से प्रथम प्रस्तुति 'मुस्लिम क़ौम के लिए एक अलग मुल्क' की स्थापना का 'प्राथमिक का विचार' मोहम्मद इक़बाल ने बतौर मुस्लिम लीग अध्यक्ष, 1930 में अपने एक भाषण में पहले ही व्यक्त कर दिया था। उन्होंने भारत के विभाजन और पाकिस्तान की स्थापना का विचार इलाहाबाद में आयोजित 'ऑल इण्डिया मुस्लिम लीग' के जलसे में 29 दिसम्बर 1930 में पहली बार उस सार्वजनिक मंच से देश की मुस्लिम जनता को दिया था। इसके बाद इक़बाल ने जिन्ना को मुस्लिम लीग में शामिल होने के लिए प्रेरित किया और उनके साथ उन्होंने 1938 में अपनी मृत्यु तक 'पाकिस्तान' की स्थापना की मुहिम पर सक्रिय योगदान दिया।

1940 में पाकिस्तान के अखाड़े में मोहम्मद अली जिन्ना (1876-1948) बड़े धूमधाम से उतरे। जबकि एक जमाना था जब जिन्ना ने भारतीय राजनीति में प्रवेश एक कट्टर भारतीय राष्ट्रीय नेता के रूप में भारतीय राष्ट्रीय कांग्रेस की नाव पर सवार होकर किया था। उस समय बम्बई के निवासी उत्साह से भर उठे थे जब नगर के प्रमुख बैरिस्टर मिस्टर जिन्ना ने बम्बई कार्पोरेशन की विशाल बिल्डिंग की सीढ़ियों पर खड़े होकर बम्बई के तत्कालीन गवर्नर लॉर्ड विलिंग्डन को अभिनन्दन-पत्र देने के विरोध में एक जोशीला भाषण दिया था। उस बहादुरी के कारनामे से चमत्कृत होकर बम्बई के गली-कूचे 'जिन्ना साहब जिन्दाबाद' के नारे से गूँज उठे थे। बम्बई का जिन्ना-हाल उसी युग का स्मारक है। जिन्ना अद्‌भुत वक्ता थे। सुयोग्य अधिवक्ता तो थे ही। अतः क़ानूनी दाँव-पेच में माहिर थे। इसके अलावा वह इतनी तीक्ष्ण बुद्धि के व्यक्ति थे जो जानते थे कि कब कितना बोलना है? और कब चुप लगा जाना है। उनके अनुयायी उनकी क़ाबिलियत के आगे नतमस्तक थे और उनके शौकीन विलायती लिबास, ख़ान-पान और रहन-सहन को, जो इस्लामिक मान्यताओं के विपरीत होता था, नज़रअन्दाज़ करते हुए उन्हें अदब से सलाम पेश करते थे।

जिन दिनों मिस्टर जिन्ना को राष्ट्रवादी नेता समझा जाता था तब भी उन्होंने विलायती कपड़े पहनना नहीं छोड़ा और जब मुस्लिम लीग के नेता बने तब भी न दाढ़ी रखी न मजहबी परिधान धारण किया। कभी-कभार शेरवानी पहन ली तो पहन ली। इस मामले में वे गाँधी के आचरण से ठीक उल्टे थे। एक़दम 180 डिग्री उल्टे। कहने का मतलब यह कि जिन्ना हर दौर में मिस्टर जिन्ना ही बने रहे। उन्हें भावुक होते शायद ही कभी किसी ने देखा हो, अपनी पारसी पत्नी की कब्र पर फूल चढ़ाने के अलावा किसी अवसर पर। वे पूर्ण रूप से हृदय पक्ष के स्थान पर बुद्धिपक्षवाले मज़बूत व्यक्ति थे।

कराची, अविभाजित पाकिस्तान, में जन्मे जिन्ना ने 1896 में कांग्रेस ज्वाइन की थी जिसमें वे 1913 तक रहे। मुस्लिम लीग की स्थापना 1906 में हुई थी। शुरू-शुरू में जिन्ना

अखिल भारतीय मुस्लिम लीग में शामिल होने से बचते रहे, लेकिन बाद में उन्होंने अल्पसंख्यक मुसलमानों को नेतृत्व देने का फ़ैसला किया। जिन्ना 1913 में मुस्लिम लीग में शामिल हो गये, लेकिन कांग्रेस से भी उनकी नज़दीकियाँ बनी रहीं। जिन्ना ने 1916 में लखनऊ अधिवेशन की अध्यक्षता की। वस्तुतः यह मुस्लिम लीग और कांग्रेस का संयुक्त सम्मेलन था। मुस्लिम लीग और कांग्रेस के बीच 1916 के इस सम्मेलन के बीच जो समझौता हुआ उसके मुख्य कर्त्ताधर्ता मोहम्मद अली जिन्ना ही थे। तब कांग्रेस और लीग का यह साझा मंच ब्रिटिश शोषकों के विरुद्ध संघर्ष और हिन्दू-मुस्लिम एकता का मंच बन गया था।

लखनऊ में कांग्रेस और मुस्लिम लीग में जो समझौता हुआ, उसमें दो बातें मुख्य थीं। पहली यह कि लीग ने भी कांग्रेस के समान ही भारत को उत्तरदायित्वपूर्ण शासन देने की माँग का समर्थन किया और दूसरी यह कि कांग्रेस ने समझौते के तौर पर मुसलमानों की, राष्ट्र के अन्य भागों से अलग, राजनीतिक-सत्ता को स्वीकार कर लिया।

इससे पहले 'इण्डियन नेशनल कांग्रेस' का दावा था कि वह सारे भारतीय राष्ट्र की प्रतिनिधि संस्था है। कांग्रेस-लीग पैक्ट द्वारा अब कांग्रेस ने यह स्वीकार कर लिया कि मुसलमानों के राजनीतिक अधिकार अलग हैं और उनका प्रतिनिधित्व करनेवाली संस्था भी अलग है। एक प्रकार से वह संस्था 'मुस्लिम लीग' मान ली गयी। यह कांग्रेस की सबसे बड़ी भूल थी हमेशा-हमेशा के लिए।

यद्यपि यह समझौता बहुत आसानी से नहीं हुआ। काफ़ी खींचतान रही। पं. मदन मोहन मालवीय, सी.वाई. चिन्तामणि आदि कई नेता प्रारम्भ से ऐसे समझौते को सन्देह की दृष्टि से देख रहे थे, परन्तु कांग्रेस को अधिकतर नेताओं की प्रबल इच्छा थी कि वे उत्तरदायित्वपूर्ण शासन की माँग को देश की सर्वसम्मत माँग के रूप में सरकार के सामने पेश करें। यह एक देशहित की बात होती।

मिस्टर जिन्ना एक चतुर वकील थे। वे कांग्रेस की इस उत्कट अभिलाषा को समझ गये। कांग्रेस उसके लिए कुछ भी कीमत अदा करने को और झुकने को तैयार थी। जिन्ना यह भी भाँप गये। इसलिए जिन्ना सौदे के लिए तैयार हो गये। कांग्रेस के लिए यह सौदा आगे चलकर बहुत महँगा साबित हुआ। इसमें कांग्रेस को अपने राष्ट्रीय-स्वरूप की क़ीमत चुकानी पड़ी। कांग्रेस के तत्कालीन नेताओं ने समझा था कि जो पैक्ट बन रहा है वह सौदे का अन्तिम अध्याय है, पर वस्तुतः वह केवल पहला अध्याय निकला और उसके अन्तिम अध्याय में जो सामने आया वह था- 'विभाजन' और 'पाकिस्तान'। इसे विडंबना ही कहा जायेगा कि हिन्दू-मुस्लिम एकता के नाम पर जो समझौता दो राजनीतिक दलों में हुआ उसका एक दल को तो भरपूर लाभ मिला, दूसरे दल को देश-विभाजन का दंश भविष्य में सहना पड़ा।

जैसे-जैसे समय बीतता गया कांग्रेस अपना काम करती रही, मुस्लिम लीग अपना। उधर हिन्दुत्ववादी संगठन हिन्दू महासभा और राष्ट्रीय स्वयंसेवक संघ अपना प्रचार-प्रसार

और बैठक सभाएँ करते रहे। मुसलमानों में इस्लाम के नाम पर वर्चस्व हासिल करने और उनकी हिंसा का प्रत्युत्तर देने के लिए हिन्दूवादी संगठनों का चिन्तन और सारी-क़वायद थी।

सन् 1937 में जब हिन्दू महासभा काफ़ी शिथिल पड़ गयी थी और हिन्दू जनता गाँधी जी की ओर झुकती चली जा रही थी तब भारतीय स्वतन्त्रता के स्वप्न के लिए अपने घर-परिवार को होम देनेवाले स्वतन्त्रता सेनानी विनायक दामोदर सावरकर अण्डमान की यातनापूर्ण काले-पानी की सज़ा 10 वर्ष तक झेलकर और उसके पश्चात् कुछ वर्ष तक भारतीय जेलों में कारावास में रहने के बाद मुक्त होकर इस निश्चय पर पहुँचे कि भारत की स्वाधीनता के निमित्त दूसरों का सहयोग पाने के लिए सौदेबाज़ी की अपेक्षा देश के हिन्दुओं को ही संगठित किया जाये।

महाराष्ट्र में जन्मे राष्ट्रप्रेमी सावरकर ने सन् 1937 में हिन्दू महासभा के अपने प्रथम अध्यक्षीय भाषण में कहा था-"हिन्दू ही इस देश के राष्ट्रीय हैं और आज भी अंग्रेज़ों को भगाकर अपने देश की स्वतन्त्रता उसी प्रकार प्राप्त कर सकते हैं, जिस प्रकार भूतकाल में उनके पूर्वजों ने शकों, ग्रीकों, हूणों, तुर्कों, मुगलों और पठानों को परास्त करके प्राप्त की थी।... हिमालय से कन्याकुमारी और अटक से कटक तक रहनेवाले वे सभी धर्म, सम्प्रदाय, प्रान्त एवं क्षेत्र के लोगों जो भारत भूमि को पुण्यभूमि तथा पितृभूमि मानते हैं- खानपान, मतमतान्तर, रीतिरिवाज और भाषाओं की भिन्नता के बाद भी एक ही राष्ट्र के अंग हैं क्योंकि उनकी संस्कृति, परम्परा, इतिहास और मित्र तथा शत्रु भी एक हैं- उनमें कोई विदेशीयता की भावना नहीं है"..

वीर सावरकर 'हिन्दू राष्ट्र' के समर्थक थे, जो कि एक भौगोलिक निवास स्थान, एक संस्कृत भाषा, एक इतिहास, साहित्य के एक समान आविष्कार और अपनी विविधता में एकता के कारण सहस्रों वर्षों से स्वयमेव क़ायम था।

हिन्दू महासभा ने 29-30 नवम्बर, 1938 में नागपुर के अधिवेशन में तीन प्रस्ताव पारित किये जो क्रमशः मस्जिद के निकट संगीत बजाने पर मुसलमानों के विरोध को नकारने और अपने नागरिक और सामाजिक-धार्मिक अधिकारों पर क़ायम रहने से सम्बन्धित थे; हिन्दुस्तानी भाषा जिसमें हिन्दी उर्दू के मिले-जुले शब्द हों, जैसा कि मुस्लिम विचारधारा के तुष्टीकरण के लिए अपनाने पर कांग्रेस बल देती थी, की जगह संस्कृतनिष्ठ शुद्ध हिन्दी को राष्ट्रीय भाषा और देवनागरी को राष्ट्रीय लिपि को स्वीकारने की बात थी; तीसरी बात धर्मान्तरित मुसलमानों को शुद्धि-आन्दोलन के द्वारा पुनः हिन्दू धर्म में लाने और ऐसे पुनर्धमान्तरित हिन्दुओं को सारे सामाजिक अधिकार व सुविधाएँ देने पर आधारित थी।

उन्हीं दिनों बंगाल के राजनीतिक क्षितिज पर एक और प्रखर राष्ट्रवादी सितारे का उदय हो रहा था जिनका नाम था श्यामाप्रसाद मुखर्जी। उच्च कुल में जन्मे श्यामाप्रसाद मुखर्जी मूलतः राजनीतिक प्रवृत्ति के नहीं थे। वे शिक्षाविद्, मानवतावादी एवं राष्ट्रवादी थे।

वे अत्यन्त कुशाग्र बुद्धि के विद्यार्थी थे। जब वे अध्ययनरत थे तभी प्रेसीडेन्सी कॉलेज की पत्रिका 'बंगवाणी', 'केलकटा रिव्यू', 'दी नेशनलिस्ट' के सम्पादन के दौरान उनमें राजनीतिक विचारों का भी प्रादुर्भाव हुआ। बहुत कम उम्र में उन्हें 1929 में यूनिवर्सिटी कांस्टीटुएन्सी से कांग्रेस के प्रतिनिधि के रूप में लेजिस्लेटिव काउंन्सिल का सदस्य चुना गया था। किन्तु कुछ ही माह बाद कांग्रेस ने काउन्सिल का बहिष्कार कर दिया। श्यामाप्रसाद मुखर्जी ने भी काउन्सिल से त्यागपत्र दे दिया। दुबारा चुनाव हुए। मुखर्जी फिर चुन लिए गये। यह दूसरा कार्यकाल उन्हें और अनुभव देनेवाला रहा। तब उन्होंने कांग्रेस और मुस्लिम लीग के कार्यों को निकट से देखा। हिन्दू-मुस्लिम मतभेदों की बारीकियों को समझा। श्याम प्रसाद मुखर्जी स्वयं हिन्दू समर्थक थे किन्तु विचारों से वे अतिवादी न होकर शान्ति एवं एकता के पक्षधर थे। उन्होंने हिन्दू महासभा में भी सदस्यता ग्रहण की।

सन् 1940 में लाहौर में हिन्दू महासभा का अधिवेशन होना था। इस सम्मेलन में हिन्दू महासभा के अध्यक्ष वीर सावरकर को आना था। किन्तु अस्वस्थता के कारण वे नहीं आ सके। तब श्यामाप्रसाद मुखर्जी को सभा का कार्यकारी अध्यक्ष बनाया गया। उन्होंने इस दायित्व का सफलतापूर्वक निर्वाह किया।

सन् 1940 में ही श्यामाप्रसाद मुखर्जी की महात्मा गाँधी से प्रथम भेंट हुई, जब वे बंगाल के प्रवास पर थे। गाँधी जी मुखर्जी को एक कांग्रेसी के रूप में ही जानते थे। मगर इस बार उन्हें उनके हिन्दू महासभा से सम्बन्धों का भी पता चला। तब महात्मा गाँधी ने कहा -"मालवीय जी के बाद हिन्दुओं का नेतृत्व करनेवालों की आवश्यकता थी।"

श्यामाप्रसाद मुखर्जी जब गाँधी जी से मिले तो गाँधी जी उनसे बोले - "समुद्र मन्थन के बाद भगवान शिव ने जिस प्रकार विषपान कर लिया था, उसी प्रकार भारतीय राजनीति के विष को पीने के लिए भी किसी की आवश्यकता थी। वह तुम ही पूरी कर सकते हो।"

श्यामाप्रसाद जी ने तब अत्यन्त विनम्र भाव से गाँधी जी से कहा -"आपका आशीर्वाद महात्मा जी! हम सबके लिए अनमोल है। यह जीवन आप जैसे तपस्वियों को देखकर धन्य है। हिन्दुस्तान के लिए जितना कुछ कर सकूँ मेरा परम सौभाग्य होगा।"

इस प्रथम भेंट के दौरान ही महात्मा गाँधी ने श्यामाप्रसाद मुखर्जी के समक्ष अपने प्रिय शिष्य सरदार वल्लभभाई पटेल को भी लेकर यह टिप्पणी की थी-

"पटेल एक कांग्रेसी है, जिसका हृदय हिन्दू का है। तुम एक हिन्दू सभाई हो, जिसका हृदय कांग्रेस का है।"

श्यामाप्रसाद मुखर्जी समझ गये कि महात्मा गाँधी मुस्लिम लीग के अलगाववादी विचारों से दुखी हैं परन्तु वे हिन्दू-मुस्लिम के मध्य कटुता को बढ़ने नहीं देना चाहते और समझौतापरक दृष्टिकोण रखते हैं। वैसा ही आचरण भी करते हैं। जबकि राष्ट्रहित में कठोर निर्णय लेना श्यामाप्रसाद मुखर्जी के अनुसार श्रेयस्कर था। आगे चलकर स्वातन्त्र्योत्तर भारत में बिना वीज़ा कश्मीर प्रवेश के मामले में इन्हीं श्यामाप्रसाद मुखर्जी को एक कठोर

आन्दोलनकारी क़दम उठाना पड़ा और बदले में अपने प्राणों का बलिदान तक देना पड़ा। गाँधी जी तब भला क्या जानते होंगे कि उनकी कही "शंकर की भाँति गरल पान" वाली बात को एक दिन श्यामाप्रसाद मुखर्जी वास्तव में सत्य कर दिखायेंगे?

6 मई, 1944 को स्वास्थ्य कारणों से महात्मा गाँधी ब्रिटिश सरकार द्वारा आग़ा ख़ाँ पैलेस जेल से रिहा कर दिये गये थे। सरकार गाँधी जी के अनशन और बीमारी से डरती थी। वह गाँधी की देशव्यापी शख़्सियत को जानती थी। वह यह भी जानती थी कि अगर कारावास के दौरान गाँधी को कुछ हो गया तो सारे देश में जगह-जगह उपद्रव हो जायेगे। अतः बीमारी गम्भीर हो तो गाँधी को तुरन्त रिहा करो। यह मरे तो बाहर जाकर मरे। कहीं मरे... हमारे मत्थे इसकी मौत का इल्जाम न आये। "गाँधी इज ए वेरी डेंजरस मैन... अलाइव और डेड..." -गोरे अफ़सरों की पेशानी पर उन्हें लेकर ऐसे बल देखते ही बनते थे। जेल से छूटकर गाँधी जी स्वास्थ्य लाभ करने बम्बई चले गये।

जून, 1944 में जब गाँधी जी बीमारी के बाद थोड़ा स्वस्थ हुए तो वे फिर से राजनीतिक गतिविधियों में सक्रिय हो गये। उन्होंने तत्कालीन वायसराय लॉर्ड वैवल से मुलाक़ात करनी चाही। पत्र लिखकर उन्होंने मिलने की इच्छा ज़ाहिर की। वैवल ने उन्हें नकारात्मक उत्तर देते हुए लिखा कि "हम दोनों के दृष्टिकोणों में मौलिक मतभेद हैं। इसलिए फिलहाल हमारे मिलने का कोई अर्थ नहीं।"

सारे अन्य बड़े नेता अभी जेलों में ही थे। गाँधी जी ने सोचा क्यों न जिन्ना से बात की जाये। भले ही कांग्रेस और मुस्लिम लीग के रास्ते अलग-अलग हैं, मगर दोनों दल यदि एक हो जाये, उनमें समझौता हो जाये, तो आज़ादी की लड़ाई को नयी ताक़त मिलेगी। फिर तो इंग्लैड को भारत को सत्ता सौंपनी ही पड़ेगी। कोशिश करने में क्या हर्ज़ है?

सी. राजगोपालाचारी की प्रेरणा से महात्मा गाँधी ने मोहम्मद अली जिन्ना को 17 जुलाई, 1944 को एक पत्र लिखा।

गाँधी भारत-पाक बँटवारे को हर हालत में टालना चाहते थे। कांग्रेस वर्किंग कमेटी जेल में थी। गाँधी जी के लिए बाहर खुला मैदान था। वे जिन्ना से भेंट कर हिन्दू-मुस्लिम समस्या की गुत्थी को सुलझाना चाहते थे। गाँधी जी ने ही इस मामले में पहल की। और मुलाक़ात शुरु करने के सिलसिले में 17 जुलाई, 1944 को वह पत्र लिखा, जिसमें उन्होंने जिन्ना को 'भाई जिन्ना' कहकर सम्बोधित किया और हस्ताक्षर करते समय 'तुम्हारा भाई गाँधी' लिखा।

गाँधी भावुक थे। भावनाओं में बहकर सोच रहे थे कि आख़िर मोहम्मद अली जिन्ना है तो अपना पुराना साथी। अनेक बार मिलूँगा। बातचीत करूँगा। क्या पता मान ही

जाये? मुसलमानों के नाम पर देश का एक बाजू कट जाये, उससे तो अच्छा कि पूरा अंग ही सलामत रहे और कोई बीच का रास्ता निकल आये।

मगर कहाँ गाँधी कहाँ जिन्ना? एक धर्मनिष्ठ महात्मा दूसरा धर्मविहीन तड़क-भड़क सम्पन्न व्यक्ति। गाँधी पूर्ण शाकाहारी थे। बकरी का दूध पीते थे। फल और उबली सब्ज़ियाँ आदि खाते थे। किसी भी प्रकार के नशे से एक़दम विलग थे। इसके विपरीत जिन्ना शराब पीते थे, मांसाहारी थे और सुअर का मांस भी खाते थे, जो इस्लाम में क़त्तई हराम है।

गाँधी का जीवन खुली किताब था और जिन्ना बन्द सफों के इन्सान थे। जिन्ना शायद ही कभी मस्जिद में जाते हों। वे न अरबी जानते थे न उर्दू। चालीस वर्ष की उम्र में जिन्ना ने अपने धर्म से बाहर की एक अठारह वर्ष की पारसी युवती से विवाह किया था, जो उन्हीं के एक मित्र की बेटी थी, ख़ुद उनकी बेटी की उम्र की। दूसरी ओर जब उनकी इकलौती बेटी ने एक ईसाई हो चुके पारसी से विवाह किया तो उन्होंने उसका परित्याग कर दिया। 1929 में अपनी पत्नी के निधन के बाद तनहा जिन्ना को उनकी बहन फ़ातिमा ने सम्भाला जो दाँतों की डॉक्टर थीं और जिनकी शक्ल जिन्ना से बहुत मिलती-जुलती थी।

जिन्ना, गाँधी के लिए ज़्यादा और अंग्रेज़ों के लिए कम, एक अबूझ पहेली थे। जो भी हो, वर्ष 1944 के इस मध्य-समय में वस्तुस्थिति यह थी कि धर्मविहीन जिन्ना एक धार्मिक राज्य बनाना चाहते थे जिसका नाम होता- पाकिस्तान। इसके विपरीत पूर्णतः धार्मिक गाँधी एक धर्म-निरपेक्ष राज्य चाहते थे। एक ऐसा अखण्ड भारत, जिसमें हिन्दू-मुस्लिम-सिख-ईसाई सब मिलकर रहे। ज्यों भाई-भाई। गाँधी जी मनुष्यता में विश्वास रखते थे। वे सोचते थे कि धैर्य और प्रेम से दुनिया में सब-कुछ जीता जा सकता है। जबकि जिन्ना अपने लक्ष्य के प्रति निर्मम और निष्ठुर थे। उनका एक ही मक़सद था- मज़हब के नाम पर मुल्क के दो टुकड़े।

वस्तुतः मेल-मिलाप के प्रयास गाँधी जी की ओर से पहले भी हुए थे। उनके इन प्रयत्नों से सरदार पटेल बहुत व्यथित होते थे। क्योंकि उनका यह मानना था कि गाँधी जी का जिन्ना को पत्र लिखना या उनसे बात करना गाँधी जी के भले ही किसी काम का न हो, यह जिन्ना को अतिरिक्त शक्ति और चमक प्रदान करता है। उनके कदकामद को अनावश्यक बढ़ाता है।

सच तो यह है कि महात्मा गाँधी जिन्ना और मुस्लिम लीग के किसी भी नेता के निकट सम्पर्क में कभी रहे ही नहीं। मुस्लिम समुदाय से गाँधी जी की रब्त-ज़प्त भी सतही थी। उनसे उनके संवाद का कोई निश्चित स्तर नहीं था। मुसलमानों की भीतरी राजनीति से भी कोई सीधा परिचय गाँधी को नहीं था। इसके लिए वे कांग्रेस के दो मुस्लिम नेताओं पर ख़ासतौर पर निर्भर करते थे- डॉ. एम.ए. अंसारी और मौलाना अबुल कलाम आज़ाद। इन नेताओं की आम हिन्दुओं में अच्छी साख थीं, मगर आम मुसलमानों में कोई अच्छी

पैंठ न थी। बहरहाल, मुस्लिम समाज का जैसा आईना ये दो कांग्रेसी मुस्लिम नेतागण गाँधी जी को दिखाते थे, गाँधी प्रायः वहीं तक सीमित रह जाते थे। उधर मोहम्मद अली जिन्ना के लिए ये दो कांग्रेसी मुसलमान नेता डॉ. अंसारी और मौलाना आज़ाद उनकी वितृष्णा और उपेक्षा के पात्र थे। जिन्ना इन दोनों को अपने मुस्लिम वोट बैंक के लिए रोड़ा मानते थे। इनसे भरपूर घृणा करते थे। निष्कपट गाँधी जिन्ना की इस मानसिकता से अपरिचित भले ही न हों, सावधान नहीं थे।

गाँधी जी ने 24 फरवरी, 1938 को जिन्ना को लिखा था-"जहाँ तक मेरा सवाल है मै हिन्दू-मुस्लिम समस्या पर डॉ. अंसारी के मार्गदर्शन पर चलता था। अब जबकि वे हमारे बीच नहीं हैं मैंने अबुल कलाम आज़ाद को अपना मार्गदर्शक मान लिया है। इसलिए मेरा आपको सुझाव है कि आप अपने व मौलाना साहब के बीच पहले बातचीत शुरू कर दें। परन्तु हर हाल में आप मुझे अपनी आवश्यकता अनुसार उपलब्ध समझें।"

मिस्टर जिन्ना गाँधी जी की इस 'मार्गदर्शक' वाली बात से चिढ़ गये। अपने सामने, मुसलमानों के मामले में, वे मौलाना आज़ाद को कहीं भी नहीं गिनते थे। जिन्ना ने उत्तर में गाँधी जी को लिखा-

"मुझे लगता है कि आपके व्यवहार व दृष्टिकोण में कोई अन्तर नहीं आया है जबकि आप डॉ. अंसारी की अनुपस्थिति में मौलाना आज़ाद द्वारा मार्गदर्शन के बारे में लिख रहे हैं। यदि आप इसी नीति पर चले तो आपको वही त्रासदी दोहरानी पड़ सकती है जैसी पहले हुई थी, जब आपने हताशा जताई थी, क्यों कि डॉ. अंसारी बहुत सुदृढ़ तथा दकियानूसी विचार रखते हुए राजी नही हुए थे और आपको कहना पड़ा कि मै तो राजी हूँ परन्तु मैं क्या कर सकता हूँ? जैसा कि आप जानते हैं आपके गोलमेज सम्मेलन जाने से पहले हुआ था।"

गाँधी जी ने इसके पहले जिन्ना से कभी औपचारिक-संवाद नहीं किया था। कम-से-कम सार्वजनिक रूप से तो कभी नहीं। अब जब उन्होंने जिन्ना को महत्त्व दिया तो उनकी साख़ तो अपनी मुस्लिम बिरादरी में स्वयमेव ऊँची हो गयी। गाँधी अवश्य अपने उच्च पायदान से नीचे उतरते हुए देशवासियों को दिखायी दिये। सितम्बर, 1944 में गाँधी जी मोहम्मद अली जिन्ना से 14 बार मिलने उनके बम्बई स्थित निवास पर गये और हर मुलाक़ात जिन्ना की सुविधानुसार उनके तयशुदा वक्त पर तय हुई। पर पाकिस्तान के प्रश्न को लेकर यह गाँधी और जिन्ना की मुस्लिम लीग और कांग्रेस के समझौते की अन्तिम बड़ी कोशिश थी। जिन्ना नहीं डिगे और उन्होंने गाँधी के प्रस्तावों को टाला। 9 सितम्बर, 1944 को प्रारम्भ हुई गाँधी जिन्ना वार्त्ता 27 सितम्बर को 1944 को भंग हो गयी। दोनों बड़े नेताओं के बीच सारा पत्र-व्यवहार समाचार-पत्रों में प्रकाशित कर दिया गया।

दो राष्ट्रों का सिद्धान्त गाँधी जी और जिन्ना के बीच एक ऐसी दीवार था जो ऊँट को किसी करवट बैठने देने को तैयार न था। गाँधी चाहते थे कि भारत की स्वतन्त्रता

के पश्चात् जनता के आत्म निर्णय के आधार पर हिन्दुस्तान-पाकिस्तान के अलग राज्यों का निर्णय हो। अंग्रेज़ पहले देश छोड़कर जाये। गाँधी का सुझाव था कि मुस्लिम बहुमत वाले बलूचिस्तान, सिन्ध तथा सीमान्त प्रदेश में और पंजाब, बंगाल, असम के हिस्सों में भारत से विलग होने के पक्ष में जनमत-संग्रह कराया जाये। अगर विलय होने के पक्ष में अधिकांश मत आये तो यह क़रार कर लिए जाये कि हिन्दुस्तान की स्वतन्त्रता के पश्चात् जल्द-से-जल्द एक अलग मुस्लिम राज्य बना दिया जायेगा।

जिन्ना को गाँधी और कांग्रेस के ऊपर बिल्कुल विश्वास नहीं था कि वह अंग्रेज़ों के जाने के बाद मुसलमानों की सत्ता और अलग राज्य की माँग पर अथवा किसी क़रार पर क़ायम रहेगी। अतः जिन्ना चाहते थे कि देश-विभाजन का प्रश्न अंग्रेजों के रहते ही हल हो। जिन्ना की एक और ज़िद थी, वह यह कि जनमत लेने की प्रक्रिया भी केवल मुसलमानों के बहुमत के आधार पर ही सम्पन्न की जाये। उसमें हिन्दुओं का कोई मताधिकार न रहे। गाँधी जी के लिए जिन्ना के इस सुझाव को मानना असम्भव था।

बातचीत के विफल हो जाने के बाद 28 सितम्बर, 1944 को बुम्बई के बिरला हाउस में एक प्रेस कॉन्फ्रेंस आयोजित हुई। जब उसमें गाँधी जी से हिन्दू-मुस्लिम समझौते के प्रयासों को लेकर उनकी भविष्य की योजना के बारे में पूछा गया तो हताश हो चले गाँधी का उत्तर था-"मैं वही करूँगा जो मेरी अन्तर्रात्मा कहेगी।" इसके बाद 30 सितम्बर को महात्मा गाँधी वर्धा चले गये।

इधर बातचीत का भले ही कोई परिणाम न निकला हो, जिन्ना का कद मुसलमानों की निगाहों में बहुत बढ़ गया। एक 'महात्मा' ने बार-बार उनकी चौखट पर आकर दस्तक देकर उन्हें 'बाबा-ए-क़ौम' तो बना ही दिया। गाँधी जी जो अलग मुस्लिम राज्य की जिन्ना की माँग पर जाकर अपने पत्ते खोल आये थे उससे जिन्ना भावी 'पाकिस्तान' को लेकर 'मुस्लिम लीग' को एक मोटा-मोटा आधार तो राजनैतिक और नैतिक रूप से मिल ही गया था। जिससे कि अब मुस्लिम लींग भविष्य में कांग्रेस और ब्रिटिश सरकार से बाकायदा सौदेबाज़ी कर सकने की स्थिति में आ गयी थी।

वस्तुतः यह गाँधी की राजनीतिक हार और जिन्ना की जीत थी। ख़िलाफ़त आन्दोलन के निर्णय के बाद गाँधी जी की यह दूसरी महान् भूल थी। जब कांग्रेस के अधिकांश बड़े नेता जेल में बन्द थे तब उनसे बिना सलाह-मशविरा किये इस तरह गाँधी जी का जिन्ना से शिखर वार्त्ताएँ करना अन्ततः हिन्दू-मुस्लिम समस्या को और उलझा देनेवाला क़दम ही साबित हुआ। इसने एक तरह से जिन्ना और मुस्लिम लीग को अपने मंसूबों और लक्ष्य की ओर प्रकारान्तर से सुस्थापित ही किया।

इसके विपरीत 'ख़िलाफ़त' के प्रश्न पर जब 1920-21 में गाँधी जी ने मज़हबी मुस्लिम मौलवियों से कन्धे-से-कन्धा मिलाकर उनके सहयोग में देश का असहयोग-आन्दोलन चलाने का निर्णय उस समय के राष्ट्रवादी जिन्ना के विरोध के बावजूद जब लिया था, तो गाँधी जी जीतकर भी हार गये थे और जिन्ना राजनीति से अस्थायी-विस्थापन के

बावजूद भी अन्ततः जीते। वही जिन्ना बाद में मुस्लिम लीग और मुसलमानों की मज़हबी भावनाओं को हवा देनेवाले सिरमौर नेता बन गये। और ख़िलाफ़त के बाद मुस्लिम भावनाओं का जो ज्वार उठा वह एक अलग मुस्लिम राज्य के स्वप्न के रूप में परिणत हो गया।

अब गाँधी जी का, इतने बड़े राष्ट्र के मसीहा होते हुए भी, एक याचक का-सा यह स्वरूप अधिकांश हिन्दुओं और अल्पसंख्यक ही सही, राष्ट्रवादी मुस्लिमों के लिए भी, विस्मय और चिन्ता का बड़ा कारण था, जब कि मुस्लिम लीग के हिमायती बहुलांश कट्टर मुसलमानों के लिए यह अप्रत्याशित आह्लाद और अतिरिक्त उत्साह का विषय था।

इसके अतिरिक्त भूलाभाई देसाई ने मुस्लिम लीग के नेता लियाक़त अली के साथ केन्द्र में एक राष्ट्रीय सरकार बनाने के बारे में बात की थी जो सफल नहीं हुई थी। कुछ नेता 1942 के आन्दोलन में बम्बई में गिरफ़्तार नहीं हुए थे। उनमें बाबू राजेन्द्रप्रसाद अस्वस्थ होने के कारण बम्बई न जा सके थे। परन्तु कांग्रेस कार्यसमिति का सदस्य होने के नाते उन्हें पटना में ही बाँकीपुर जेल में क़ैद कर दिया गया। सी. राजगोपालाचारी कांग्रेस छोड़ चुके थे। अतः वे जेल नहीं गये।

अहमदाबाद क़िले में बन्द 11 राजनीतिक बन्दियों में से एक डॉ. सैय्यद महमूद जवाहरलाल नेहरू की मित्रता और निकटता प्राप्त एक राष्ट्रवादी नेता थे। मगर जेल में लम्बे अरसे तक नज़रबन्दी ने शायद उन्हें भीतर से तोड़ दिया। उन्होंने गोपनीय ढंग से वायसराय को एक पत्र लिखकर एक तरह से माफी तलब की और कहा कि 'भारत छोड़ो' आन्दोलन के प्रस्तावकर्त्ताओं में वे शामिल न थे। डॉ. सय्यद महमूद के इस गुपचुप क़दम से शेष 10 बन्दी नेतागण पूर्णतः अनभिज्ञ थे। उक्त क्रम में अक्टूबर, 1944 में एक दिन जब अचानक डॉ. महमूद की रिहाई का आदेश अहमदनगर क़िले की जेल में आया तो अन्य सभी सह-क़ैदी सरदार पटेल, नेहरू, आज़ाद आदि बड़े आश्चर्य में पड़े । डॉ. महमूद ने भी प्रकट रूप में बड़ी मासूमियत से सभी साथियों के सामने विस्मय जताया कि यह कैसे हुआ?

बहरहाल, डॉ. सैय्यद महमूद सभी अन्य सह-क़ैदी कांग्रेसियों से विदा लेकर रिहा होकर चलते बने। मगर ऐसी बातें भला कहाँ देर तक छुपती हैं। एक दिन जब दसों बन्दी नेताओं को डॉ. महमूद की करतूत की असलियत पता चली तो उन्हें बड़ा धक्का लगा। सरदार पटेल को सबसे अधिक बुरा लगा। उनका मन मुस्लिमों के प्रति और अधिक शंकालु हो गया। हालाँकि बाद में डॉ. महमूद ने गाँधी जी से अपने उस आचरण के प्रति खेद प्रकट किया। आगे चलकर प्रधानमन्त्री बनने पर उनके परम मित्र नेहरू जी ने उन्हें अपनी कैबिनेट में भी स्थान दिया।

अन्य अवशेष दस नेतागण इतने भाग्यशाली नहीं थे। उन्हें 7-8 माह का कारावास अभी और भोगना था। राहत बस इतनी हुई कि आगे मार्च, 1945 के अन्त में उन्हें अहमदनगर क़िले की विशेष जेल की कड़ी क़ैद से छुटकारा देकर उनके अपने-अपने

प्रान्तों की सामान्य जेलों में स्थानान्तरित करने की शुरूआत हो गयी। पटेल और देव को उसी सिलसिले में अप्रैल, 1945 के मध्य में यरवदा जेल भेज दिया गया। सरदार पटेल और अन्य सभी कारावास भुगतनेवालों को दो माह और जेल काटनी थी। पटेल अब अपनी पुत्री मणिबेन, पुत्र डाहिया भाई व अन्य को पत्र लिख सकते थे। उन्होंने लिखे भी।

14 जून, 1945 को सायंकाल रेडियो-ब्रॉडकास्ट में वायसराय लॉर्ड वैवल ने घोषणा की कि कांग्रेस वर्किंग कमेटी के सदस्यों को शीघ्र रिहा किया जा रहा है। सरदार पटेल 15 जून, 1945 को यरवदा जेल से शंकर राव देव के साथ मुक्त कर दिये गये।

15 जून की उस सुबह जब 1.30 बजे यरवदा जेल के गेट से धवल-श्वेत खादी की पोशाक में सरदार पटेल बाहर आये तो वहाँ बाहर का वातावरण ही कुछ और था। कांग्रेस समर्थकों और कार्यकर्त्ताओं का एक हुजूम "महात्मा गाँधी की जय" "वल्लभभाई पटेल की जय" के नारों से आकाश गुंजायमान कर रहा था। जेल से सर्वप्रथम सरदार पटेल को महाराष्ट्र प्रदेश कांग्रेस कमेटी के अध्यक्ष एन0वी0 गाडगिल के पूना स्थित निवास पर ले जाया गया। सरदार पटेल वहाँ लगभग एक घण्टा ठहरे।

उसके बाद सरदार वहाँ से कार द्वारा सीधे पंचगनी गये, जहाँ गाँधी जी ठहरे हुए थे। वहाँ जाकर उन्होंने महात्मा जी से भेंट की गाँधी जी ने मुस्कुराकर खामोशी से पटेल का स्वागत किया। वह दिन गाँधी जी के उपवास का दिन था। गाँधी जी ने काग़ज़ पर चिट पर लिखकर सरदार से बातचीत की।

मणिबेन भी वहाँ थीं। तीन वर्ष बाद पिता के दर्शन कर उनकी ख़ुशी का ठिकाना न था। पिता-पुत्री में स्नेह मिलन हुआ। सरदार अगले दिन पूना पहुँचे और अपने बेटे डाहियाभाई पटेल से मिले। इसके बाद सरदार महात्मा गाँधी को साथ में लेकर आग़ा ख़ाँ महल गये जहाँ उन्होंने कस्तूरबा गाँधी और महादेव देसाई के समाधियों पर श्रद्धा सुमन अर्पित किये।

तत्पश्चात् घटनाक्रम तेजी से चला। दरअसल 8 मई 1945 को द्वितीय विश्वयुद्ध समाप्त हो चुका था। ब्रिटेन में चर्चिल की सरकार कमज़ोर पड़ रही थी। चुनाव सन्निकट थे। महायुद्ध से जर्जर पश्चिमी देश कराह रहे थे। ऐसे में भारत को स्वतन्त्रता देना ब्रिटेन की बाध्यता हो चली थी।

20 जून, 1945 गाँधी जी बम्बई के दादर स्टेशन पर एक लोकल ट्रेन में सवार हुए। वे बोरीबन्दर स्टेशन पर उतरे, जहाँ सरदार पटेल ने अपने सहयोगियों के साथ उनका स्वागत किया। फिर 22 जून, 1945 को कांग्रेस वर्किंग कमेटी की बैठक बम्बई में हुई। गाँधी जी उसी शाम शिमला के लिए रवाना हुए।

27 जून, 1945 को सरदार पटेल ने बम्बई की एक सार्वजनिक सभा में भाषण दिया,

जिसमें 1942 के आन्दोलन को उचित ठहराया और अपना विश्वास व्यक्त किया कि देश को स्वतन्त्रता शीघ्र मिलेगी। उन्होंने 30 जून, 1945 को बम्बई की एक अन्य सार्वजनिक सभा में कहा कि अब अंग्रेज़ों को भारत ही नहीं एशिया छोड़ना पड़ेगा।

जून, 1945 के अन्त में वायसराय लॉर्ड वैवल ने शिमला में एक सम्मेलन का आयोजन किया। सम्मेलन में कांग्रेस और मुस्लिम लीग के नेताओं को विचार-विमर्श हेतु बुलवाया। गाँधी जी यद्यपि कांग्रेस के औपचारिक सदस्य नहीं थे लेकिन वे कांग्रेस की आत्मा थे। इसलिए उन्हें विशेष तौर पर शिमला आने का निमन्त्रण दिया गया था। गाँधी जी पहले ही शिमला रवाना हो चुके थे।

इस समय मौलाना अबुल कलाम आज़ाद कांग्रेस-अध्यक्ष थे। इसलिए वायसराय ने उनसे और गाँधी जी से विशेष रूप से बात की। कांग्रेस की ओर से जवाहरलाल नेहरू और राजेन्द्रप्रसाद भी शिमला सम्मेलन में उपस्थित हुए। लॉर्ड वैवल के मन में सरदार पटेल के लिए ज़हर भरा हुआ था। वह उन्हे कांग्रेस में एक उग्रवादी तत्त्व मानते थे। अतः आरम्भ में वैवल ने उन्हे शिमला सम्मेलन में आने के लिए निमन्त्रण नहीं दिया। परन्तु बाद में बुलावा आने पर सरदार 2 जुलाई, 1945 को पुत्री मणिबेन के साथ बम्बई से शिमला गये। शिमला में वे जाकर राजकुमारी अमृतकौर के साथ ठहरे। कांग्रेस में सरदार पटेल की स्थिति इतनी मज़बूत थी कि उन्हें नज़रअन्दाज़ किया ही नहीं जा सकता था। यह बात बाद में वैवल ने समझी और मानी भी।

25 जून को शुरू हुआ शिमला सम्मेलन कई दिन चला। शिमला अपने ठण्डे मौसम के बावजूद उन दिनों राजनैतिक सरगर्मी के कारण सैलानियों के लिए एक उत्तेजनापूर्ण आकर्षण का केन्द्र बन चुका था।

इस सम्मेलन में मुस्लिम लीग की ओर से मोहम्मद अली जिन्ना और लियाक़त अली ने प्रतिभाग किया था। अनेक प्रान्तों के मुख्य मन्त्रियों, कुछ भूतपूर्व मुख्यमन्त्रियों तथा भूलाभाई देसाई को भी सम्मेलन में बुलाया गया था। मास्टर तारा सिंह सिखों के प्रतिनिधि थे और शिवराज हरिजनों के प्रतिनिधि के रूप में पधारे थे।

वायसराय जो कि इंग्लैण्ड जाकर भारत लौटे थे अपने साथ भारतीय नेताओं से ब्रिटिश सरकार के मध्य उपस्थित 'डेडलॉक' अथवा गतिरोध को तोड़ने का एक प्लान लेकर आये थे, जो ब्रिटेन में उन्होंने प्रस्तुत करके सरकार से अनुमोदित कराया था। वायसराय लॉर्ड वैवल ने अपने उसी प्लान का पिटारा अब शिमला में खोला था।

वायसराय ने नेताओं के समक्ष एक प्रतिनिधिक कार्यकारी परिषद् के गठन का प्रस्ताव रखा। परिषद् में सवर्ण हिन्दुओं और मुसलमानों की बराबर-बराबर संख्या रहनी थी। इसके अलावा एक हरिजन सदस्य और कुछ अल्पसंख्यक समुदायों के सदस्य नियुक्त किये जाने थे। वैवल योजना के अनुसार वायसराय की कार्यकारिणी परिषद् में केवल दो अंग्रेज़ सदस्य रखे गये- एक वायसराय खुद दूसरे प्रधान सेनाध्यक्ष। परिषद् में तय होनेवाले

विषयों पर वायसराय को निषेधाधिकार की शक्ति का प्रावधान भी था।

कांग्रेस ने शिमला प्रस्तावों को स्वीकार कर लिया। सरदार पटेल ने भी नरम रुख़ अपनाया। उन्होंने कहा कि - ''हमारी ब्रिटिश राज से कोई शत्रुता नहीं है। अगर हमारे ब्रिटिश शासकों का हृदय परिवर्तन होता है तो हम उनसे लड़ाई नहीं करेंगे।''लेकिन जिन्ना तो अलग मिट्टी के बने थे। वे अपनी अहमियत मनवाए बिना कहाँ माननेवाले थे? जिन्ना ने आग्रह किया कि वायसराय की कार्यकारी परिषद् के लिए मुस्लिम प्रतिनिधियों को चुनने का सर्वाधिकार मुस्लिम लीग को होना चाहिए। जिन्ना ने ऐसा सिर्फ आग्रह ही नहीं किया बल्कि वे इस पर अड़ गये। इस बात को कांग्रेस भला कैसे स्वीकार करती? इसे स्वीकार करने का सीधा अर्थ यह होता कि भारतीय राष्ट्रीय कांग्रेस सिर्फ हिन्दुओं की पार्टी बनकर रह जाती। जिन्ना वैसे भी कांग्रेस को बात-बात पर 'हिन्दुओं की पार्टी' कहा करते थे और मुस्लिम लीग को 'मुसलमानों की एकमात्र पार्टी' बताकर मुसलमानों को वरगलाने का काम करते आये थे।

कांग्रेस ने मुस्लिम लीग के अध्यक्ष जिन्ना की यह माँग अस्वीकार कर दी। फलतः शिमला सम्मेलन असफल हो गया। वैवल के अंग्रेज़ मातहतों ने उन्हें कानों में सलाह दी कि मिस्टर जिन्ना के बिना कोई समझौता स्वीकार नहीं किया जाना चाहिए। अतः 14 जुलाई, 1945 को वायसराय लॉर्ड वैवल ने शिमला सम्मेलन वार्त्ता को भंग करने की घोषणा कर दी।

सारे भारतीय और पाकिस्तान के आकांक्षी नेता शिमला के पहाड़ से नीचे उतर चले। सरदार पटेल महात्मा गाँधी के साथ स्पेशल ट्रेन द्वारा दिनांक 17 जुलाई, 1945 को वापस रवाना हुए। वे अपने साथियों सहित दिल्ली के निज़ामुद्दीन स्टेशन पर उतरे। गाँधी जी वहाँ से वर्धा चले गये। सरदार पटेल अगले दिन मणिबेन सहित बम्बई रवाना हो गये।

जिन्ना साहब की अड़ंगाबाज़ी से शिमला वार्त्ता भले ही नाकामयाब रही हो, मगर उनकी खुद की साख़ मुसलमानों में इससे भी बढ़ी। जिन्ना अपनी अलगाव-पसन्द मुस्लिम बिरादरी में और भी मक़बूल हो गये। इस तरह कि ''लीजिए साहब। हमारे जिन्ना साहब के बिना अंग्रेज़ों का काम हरगिज़ नहीं चल सकता। कांग्रेस के सारे नेता एक तरफ़ और हमारे अकेले जिन्ना हुजूर एक तरफ़।'' ''अब तो लड़ के या हँस के लेंगे पाकिस्तान. ..''अपना मुल्क अपना निशान... पाकिस्तान पाकिस्तान'' ''जिन्ना साहब जिन्दाबाद।''- जिन्ना की हठधर्मी एक बार फिर रंग लायी और मुसलमानों में उनका सिक्का पूरी तरह जम गया।

भारत के मुसलमानों को यह भरोसा हो गया कि यदि गाँधी जी समझौते के लिए जिन्ना के दरवाज़े पर दस्तक दे सकते हैं और ब्रिटिश बेबस हो वायसराय तक जिन्ना के सामने झुक सकते हैं, तो जिन्ना में कुछ विशेषता तो अवश्य है। उन्हें अपना भविष्य जिन्ना के हाथों में सुरक्षित दिखायी देने लगा। उन्हें लगा कि यही आदमी आगे चलकर

हमारे अरमानों की नैया पार लगाएगा। कांग्रेस के मौलाना आज़ाद सरीखे मुसलमान रहनुमा इस हिन्दू-बहुल भारत में भला हमारा क्या भला कर पायेंगे? ये तो अपनी खुद की कुर्सी बचाके रख सकें यही काफ़ी है।

शिमला सम्मेलन की असफलता पर वल्लभभाई ने अपना रोष इन शब्दों में व्यक्त किया - "आख़िर हमें इतनी दूर शिमला किसलिए बुलाया गया? केवल यह बताने के लिए कि जिन्ना के सहयोग के बिना कुछ भी हासिल नहीं किया जा सकता है? उन्हें पहले से इसकी पक्की जानकारी थी कि आगे कुछ होना-वोना नहीं है।" दूसरे शब्दों में पटेल के अनुसार शिमला सम्मेलन अंग्रेज़ों का एक तमाशा भर था।

इसे एक विडम्बना कहा जाये अथवा अमरीका की एक घोर अमानवीय सनक कि जब पूर्व एशिया में जापानी थल सेनाओं ने मित्र राष्ट्रों की सेना के समक्ष घुटने टेक दिये थे और महायुद्ध 8 मई, 1945 को ही समाप्त हो गया था उसके ठीक दो महीने बाद जापान के बहाने सम्पूर्ण विश्वभर को सबक सिखाने के लिए 6 अगस्त, 1945 को अमरीका ने जापान के हीरोशिमा शहर पर आकाश से दुनिया का पहला एटम बम गिराया जिससे क़रीब एक लाख 46 हज़ार व्यक्ति मारे गये।

9 अगस्त, 1945 को जब अहमदाबाद में सरदार पटेल के नेतृत्व में देशवासी 'भारत छोड़ो आन्दोलन की तीसरी वर्षगाँठ मनाने के लिए इकट्ठा हुए तो उस अवसर पर सरकार पटेल ने सभा में उपस्थित लोगों के सामने पश्चिमी सभ्यता की निर्दयता की भर्त्सना करते हुए क्रोधावेश में कहा कि-"सारा शहर,बच्चे, बूढ़े, जानवर और सब... सभी कुछ मिट गये। यह पश्चिमी सभ्यता की सीमारहित क्रूरता का कैसा प्रदर्शन है?... ब्रिटिश लोग हमसे हिन्दू-मुस्लिम झगड़ों की बात करते हैं, मगर यह बोझ आख़िर किसने दोनों के ऊपर डाला? यदि अंग्रेज़ न्यायपूर्ण हों तो उन्हें अपनी सत्ता कांग्रेस अथवा मुस्लिम लीग को सौंपकर चले जाना चाहिए। अन्यथा अन्तरराष्ट्रीय मध्यस्थता को स्वीकार कर लेना चाहिए। मुझे ब्रिटेन का शासन महज एक हफ्ते के लिए दे दिया जाये। मै ऐसी असहमतियाँ वहाँ उत्पन्न कर दूँगा कि इंग्लैण्ड, वेल्स और स्कॉटलैण्ड हमेशा के लिए एक-दूसरे से लड़ते रहेंगे।"

गाँधी जी ने सरदार पटेल का जब यह भाषण अख़बार में पढ़ा तो उन्होंने किंचित् आपत्ति व्यक्त करते हुए सरदार को लिखा-"मुझे आपकी स्पीच कुछ ज़्यादा ही गर्म लगी। लेकिन उससे कोई फ़र्क़ नहीं पड़ता। आप भीतर से जो महसूस करते हैं, उसे व्यक्त करने से स्वंय को रोक नहीं सकते।"

सरदार पटेल का आक्रोश, जिसमें "अमरीका और ब्रिटेन जैसे मित्र राष्ट्रों की हठधर्मी की उन्होंने तीखी आलोचना की थी, भले ही महात्मा गांधी को नागवार गुज़रा हो, एक दम समसामयिक, सटीक एंव अनिवार्यतः स्वाभाविक था। क्योंकि 9 अगस्त को जब सरदारश्री हीरोशिमा पर परमाणु हमले की भर्त्सना कर रहे थे तब वे खुद भी क्या, संसार का कोई भी व्यक्ति नहीं जानता होगा कि, अमरीका अभी और भी नीचे गिरकर एक और

बड़ा परमाणु बम कुछ ही घण्टों के अन्तराल में उसी दिन 9 अगस्त, 1945 को जापान के एक-दूसरे अभागे शहर नागासाकी के नागरिकों पर अपने बमवर्षक हवाई जहाज़ के जरिये गिराकर वहाँ महाविनाश का दूसरा वीभत्स और क्रूरतम परिदृश्य उपस्थित कर देगा। संयुक्त राज्य अमरीका ने वही किया। इस दूसरे परमाणु बम ने जापान के 1 लाख 29 हज़ार से अधिक निरीह स्त्री, पुरुष, बच्चे, बूढ़े मारे गये। एक पूरी-पूरी आबादी का नामोनिशान ही धरती से मिट गया। जो रेडियो विकरण विस्फोट के बाद आसपास के शहरों और देहातों में फैला उससे भी हज़ारों-लाखों मनुष्य घायल और अपंग हो गये। परमाणु बमों ने न केवल मानव जाति का संहार किया, जहाँ-जहाँ रेडियोधर्मी तरंगें गयीं वहाँ की समस्त पशु-पक्षी-जलचरों की प्रजातियाँ विनष्ट हो गईं। वनस्पति जलकर राख हो गयी। ऐसी तबाही ऐसा विनाश जो अभूतपूर्व था। हज़ारों वर्ष पूर्व महाभारत के युद्ध में भी निर्दोष नागरिकों का ऐसा संहार और सृष्टि का ऐसा महाविनाश नहीं हुआ होगा जैसा द्वितीय विश्वयुद्ध के समापन के इस अवसर पर दुनिया ने देखा।

1945 के जुलाई महीने में इंग्लैण्ड के राजनीतिक भाग्य ने पल्टा खाया। साम्राज्यवाद के महान् भक्त विंसटन चर्चिल की सरकार और कंज़र्वेटिव पार्टी को चुनाव में बुरी हार का सामना करना पड़ा। वहाँ इस बार लेबर पार्टी की विजय हुई। इस परिवर्तन के साथ ही ब्रिटेन की भारत सम्बन्धी नीति में भी आमूल चूल परिवर्तन हो गया। मज़दूर दल की इस विजय के बाद क्लीमेण्ट एटली अब इंग्लैड के प्रधानमन्त्री बने। चर्चिल मात्र विरोधी दल के नेता बनकर रह गये। भारत में तैनात वायसराय लॉर्ड वैवल अब ब्रिटेन के नये नेतृत्व से सलाह-मशवरा करने दिल्ली से लन्दन गये।

इसी वर्ष के अन्त में देश में एक और घटना ऐसी घटित हुई जिसका देश के वातावरण पर बहुत गहरा प्रभाव पड़ा। वह था आज़ाद हिन्द फ़ौज के बन्दी अफ़सरों पर दिल्ली के लाल क़िले में अंग्रेज़ सरकार द्वारा चलाया जाने वाला ऐतिहासिक मुक़दमा, जिसने पूरे भारतवासियों का अपनी ओर ध्यान आकर्षित किया।

आज़ाद हिन्द फ़ौज की अपनी शौर्यगाथा थी जिसके पीछे नेताजी सुभाषचन्द्र बोस का सबसे निराला व्यक्तित्व जुड़ा हुआ था। वह इस तरह कि दक्षिण-पूर्वी एशिया में भारत के महान् क्रान्तिकारी रासबिहारी बोस ने 'आज़ाद हिन्द फ़ौज' के गठन की पहल की थी। उनके आमन्त्रण पर कोलकाता में अपने घर में ही नज़रबन्दी में रह रहे बहादुर सुभाषचन्द्र बोस अचानक भेष बदलकर गोपनीय ढंग से भारत से निकलकर काबुल -बर्लिन और न जाने दुनिया का कहाँ-कहाँ चक्कर काटते-काटते कैसे न कैसे जून, 1943 में जापान जा पहुँचे। नेताजी सुभाष ने जापान में जापानी प्रधानमन्त्री तोजो तथा जापान के सैन्य अधिकारियों से बात की। नेताजी सुभाषचन्द्र बोस ने एक पत्रकार-सम्मेलन में स्पष्ट

किया कि वे भारत के स्वतन्त्रता-संग्राम में धुरी शक्तियों अर्थात् जर्मनी, जापान आदि की सहायता अवश्य लेंगे। लेकिन भारतीय लोग अपनी स्वतन्त्रता ख़ुद अपना ख़ून बहा कर प्राप्त करेंगे। सुभाष बोस का मशहूर नारा था - ''तुम मुझे ख़ून दो मैं तुम्हें आज़ादी दूँगा।''

नेताजी सुभाष ने टोकियो-रेडियो से प्रतिदिन देशवासियों के नाम राष्ट्रभक्ति के संदेश भेजने शुरू कर दिये। इन भाषणों में सुभाष बोस ने भारत की आज़ादी के लिए सशस्त्र संघर्ष की अनिवार्यता पर बल दिया। कांग्रेस से निकले क्रान्तिकारी विचारों के समर्थक नेताजी सुभाष यद्यपि महात्मा गाँधी का बड़ा सम्मान करते थे और भारतीय राजनीति में निभायी गयी उनकी महत्त्वपूर्ण भूमिका को स्वीकार करते थे, लेकिन उनका कहना था कि - ''गाँधी जी की अहिंसक और समझौतापरक नीति के चलते भारत अपनी स्वतन्त्रता को शीघ्रता से प्राप्त कर सकने में असफल रहा है।''

टोकियो से नेताजी सुभाषचन्द्र बोस जापानी फ़ौजों के कब्ज़े में आ चुके सिंगापुर गये। वहाँ 4 जुलाई, 1943 को रासबिहारी बोस ने दक्षिण-पूर्वी एशिया में चल रहे स्वतन्त्रता-संग्राम की बागडोर नेताजी सुभाष चन्द्र बोस को सौंप दी। नेताजी सुभाष अब आज़ाद हिन्द फ़ौज के सुप्रीम कमाण्डर बन गये। नेताजी ने विदेशी धरती पर ही सही, स्वतन्त्र भारत की अस्थायी प्रतीकात्मक सरकार का गठन किया और आज़ाद हिन्द फ़ौज के जाँबाज सैनिकों को, जो कि ब्रिटिश आर्मी के ही कभी हिन्दुस्तानी सैनिक रह चुके थे, 'दिल्ली चलो' का जोशीला नारा दिया। उन्होंने आज़ाद हिन्द फ़ौज में स्त्रियों की भी एक रेजीमेण्ट बनायी। प्रारम्भ में आज़ाद हिन्द फ़ौज के सिपाहियों की संख्या 12,000 थी। लेकिन धीरे-धीरे वह 40,000 हो गयी। नेताजी सुभाष का विचार था कि जैसे ही उनके नेतृत्व में आज़ाद हिन्द फ़ौज भारत की धरती पर क़दम रखेगी, भारत की जनता ब्रिटिश सरकार के विरुद्ध विद्रोह कर देगी। तब तो हिन्दुस्तान को आज़ादी मिलकर ही रहेगी। अपने एक भाषण में नेताजी ने अपने आज़ाद हिन्द सैनिकों से जोशीले शब्दों में कहा था - ''हमारे रास्ते में आयेगी भूख, प्यास, तकलीफ़ें, मुसीबतें। कोई नहीं कह सकता है कि जो लोग जंग में शरीक होंगे उनमें से कितने लोग निकलेंगे जिन्दा होकर। कोई बात नहीं है। हम जिंदा रहेंगे या तो मरेंगे कोई बात नहीं है। सही बात यह है आमबात यह है कि आख़िर में हमारी कामयाबी होगी। हिन्दुस्तान आज़ाद होगा।''

अपने अभूतपूर्व शौर्य के बल पर आज़ाद हिन्द फ़ौज की एक टुकड़ी ने जापानी सेना के साथ मिलकर भारत स्थित मेडक चौकी पर और दूसरी फ़ौजी टुकडी ने कोहिमा पर अधिकार भी कर लिया। इस तरह ये संयुक्त सैन्य बल भारत की सीमा के इतने क़रीब पहुँच गये। ब्रिटिश फ़ौज ने 1944 के जाड़ों में जापानी सेना के विरुद्ध प्रति-आक्रमण की शुरूआत की। उन्होंने मई, 1945 में रंगून पर अधिकार कर लिया और जापान तथा आज़ाद हिन्द फ़ौज के हज़ारों सिपाहियों को निः शस्त्र कर बन्दी बना लिया। दुर्भाग्यवश नेताजी सुभाषचन्द्र बोस बैंकाक से उड़कर रूस जाने के प्रयास में 18 अगस्त, 1945 को एक विमान-दुर्घटना के शिकार हो गये। उनकी दुःखद मृत्यु की ख़बर भारत आयी जो कि वर्षो एक रहस्य ही बनी रही।

पकड़ी गयी आज़ाद हिन्द फ़ौज के तीन प्रमुख अफ़सरों कैप्टन शाहनवाज़, कैप्टन पी. के. सहगल और लेफ्टिनेण्ट गुरुबख्श सिंह ढिल्लन पर, अंग्रेज़ों ने अपनी सनक में, राजद्रोह का मुक़दमा चलाया। अभियोग भी कहाँ चलाया? दिल्ली के ऐतिहासिक लाल क़िले में। यह लाल क़िले में अपने ढंग का दूसरा अभियोग था। पहला अभियोग सन् 1857 के प्रथम स्वतन्त्रता संग्राम के अन्त में अंग्रेज़ों ने बादशाह बहादुरशाह 'ज़फ़र' के विरुद्ध चलाकर उन्हें देश निकाला देकर दिल्ली से रंगून भेज दिया था, जहाँ उस अन्तिम वयोवृद्ध कवि हृदय मुगल सम्राट ने-"लगता नहीं है जी मेरा उजड़े दयार में ...इतना है बदनसीब ज़फ़र दफ़्न के लिए... दो गज ज़मीन भी न मिली कूए यार में..." गाते-गाते अपने वतन को याद करते-करते अन्तिम साँस ली थी। उसी रंगून में पकड़े गये आज़ाद हिन्द फ़ौज के युद्धबंदियों पर इस बार राजद्रोह के अभियोग का दूसरा नाटक अंग्रेज़ों ने दिल्ली के लाल क़िले की फ़ौजी अदालत में रच डाला। ब्रिटिश हुकूमत ने कोर्ट-मार्शल की सुनियोजित व्यवस्था करके पूरे प्रचार के साथ आज़ाद हिन्द फ़ौज के तीनों प्रमुख अफ़सरों पर यह अभियोग 9 नवम्बर 1945 के दिन प्रारम्भ किया।

ब्रिटिश राज के इन विद्रोही सैन्य अफ़सरों के बचाव में देश के नये पुराने अनेक बड़े वकील उठ खड़े हुए। उनमें सर तेजबहादुर सप्रू, डॉ. कैलाशनाथ काटजू, भूलाभाई देसाई, आसिफ़ अली, पी. एन. सेन, रायबहादुर दीवान बद्रीदास आदि अनेक नामीगिरामी वकील तो थे ही, पण्डित जवाहरलाल नेहरू भी अपना वर्षो पुराना उतारा हुआ वकालत का काला चोंगा पहनकर शाहनवाज़, सहगल और ढिल्लन के पक्ष में वकीलों की कतार में जा खड़े हुए।'

लगभग दो महीने तक लाल क़िले में यह सनसनीखेज़ मुक़दमा चला। देश की आम जनता जो आज़ाद हिन्द फ़ौज की वीरगाथाओं से अभी पूरी तरह परिचित न थी, जिसने केवल आकाशवाणी अथवा अफ़वाहों में ही उनकी हल्की-फुल्की चर्चा सुनी थी, इस बड़े मुक़दमे में दिये गये साक्षियों के बयानों और नामी वकीलों द्वारा की गयी बहसों के प्रकाशित होनेवाले समाचारों से भलीभाँति अवगत हो गयी और जनता के मन में 'आज़ाद हिन्द फ़ौज' के इन बन्दी अफ़सरों के प्रति अपार सहानुभूति उमड़ पड़ी। देशवासियों के रक्त में नेता जी सुभाषचन्द्र बोस और उनके बलिदानी सैनिकों के अनेक वीरता के किस्सों ने एक नये जोश का संचार किया। इतना ही नहीं आज़ाद हिन्द फ़ौज के अभियान के विवरणों ने ब्रिटिश अधिपत्य में कार्यरत हिन्दुस्तानी जल-थल और नभ सैनिकों में भी देशभक्ति की भावना और कहीं-न-कहीं अंग्रेज़ों के प्रति विद्रोही मानसिकता का संचार किया।

अनेक बड़े-बड़े वकीलों में सर्वाधिक ज़ोरदार भूमिका रही भूलाभाई देसाई की। केन्द्रीय कौन्सिल में विरोधी दल के नेता के रूप में भूलाभाई देसाई ने अपने अकाट्य तर्को द्वारा जो यश कमाया था, आज़ाद हिन्द फ़ौजियों के इस ऐतिहासिक मुक़दमें में उनकी दलीलों और बहस ने उस पर चार चाँद लगा दिये। दो महीने चले इस मुक़दमें का फ़ैसला 3 जनवरी, 1946 को प्रकाशित हुआ।

भारतीय जन-भावनाओं के दबाव में अंग्रेजों को बीच का रास्ता निकालना पड़ा। अपनी इज़्ज़त बचाने के लिए फ़ौजी अदालत में अभियुक्तों के विरुद्ध कड़ा फ़ैसला सुनाने और उस पर उच्च स्तर से पलटने का हास्यास्पद रवैया अंग्रेज़ हुकूमत ने अपनाया।

कोर्ट-मार्शल जनरल ने जो फ़ैसला सुनाया वह संक्षेप में इस प्रकार रहा- ''कैप्टन शाहनवाज, कैप्टन सहगल और लेफ्टिनेण्ट ढिल्लन पर ब्रिटिश सम्राट के विरुद्ध युद्ध करने का जो आरोप लगाया गया था, वह सिद्ध पाया गया। कैप्टन शाहनवाज पर यह आरोप भी सिद्ध हो गया कि उसने हत्या की प्रेरणा दी थी। अतः इन अपराधों के सिद्धदोष तीनों युद्धबन्दियों को आजन्म निर्वासन का दण्ड दिया जाता है तथा उनकी वेतनादि की अवशेष धनराशियाँ जब्त की जाती हैं।''

कोर्ट मार्शल का कोई निर्णय नियमतः फ़ौज के कमाण्डर-इन-चीफ के अनुमोदन के बिना कार्यरूप में परिणत नहीं हो सकता है। अतः ब्रिटिश आर्मी के प्रधान सेनापति सब बातों पर विचार करके इस निश्चय पर पहुँचे कि तीनों अभियुक्तों का आमरण निर्वासन का दण्ड क्षमा कर दिया जाये। उन्हें केवल यह दण्ड मिले कि उनके वेतन आदि की शेष राशियों और भत्तों को जब्त कर लिया जाये।

इस प्रकार जनवरी, 1946 में अंग्रेज़ों की हिरासत से मुक्त होकर आज़ाद हिन्द फ़ौज के तीनों सैन्य अधिकारी जब बाहर आये तो देश भर में अनेक जगह उनका ऐसा शानदार स्वागत और अभिनन्दन हुआ मानो जनता अपने परमवीर नेताजी सुभाषचन्द्र बोस का ही अभिनन्दन कर रही हो।

15

कैबिनेट मिशन का मायालोक

16 फरवरी 1946 को इंग्लैण्ड की मज़दूर दल की सरकार के प्रधानमन्त्री एटली ने इंग्लैण्ड की पार्लियामेण्ट में घोषणा, की कि उनकी कैबिनेट के तीन सदस्य इस उद्देश्य से भारत जायेगे कि भारतीय लोकमत के नेताओं से मिलकर भारत की राजनीतिक स्वाधीनता की योजना बनायें।

कैबिनेट मिशन नामक इस उच्चस्तरीय शिष्ट मण्डल के तीन सदस्य थे-लॉर्ड पैथिक लारेन्स (भारत सचिव),सर स्टेफर्ड क्रिप्स (व्यापार बोर्ड के अध्यक्ष) तथा ए. वी. अलेक्जेण्डर (एडमिरेलिटी के प्रथम लॉर्ड या नौसेना मन्त्री)। इस मिशन को विशिष्ट अधिकार दिये गये थे। इसका कार्य भारत को शान्तिपूर्ण सत्ता हस्तान्तरण के लिए, उपायों और सम्भावनाओं को तलाशना था।

कैबिनेट मिशन के सदस्यों ने 23 मार्च, 1946 को पानी के जहाज़ से आकर बम्बई के बन्दरगाह की धरती पर क़दम रखे। वहाँ के ब्रिटिश गवर्नर और अंग्रेज़ अफ़सरों ने

गाजे-बाजे के साथ उसका स्वागत किया। मिशन को 'गार्ड ऑफ ऑनर' दिया गया। कैबिनेट मिशन के तीनों सदस्य पैथिक लॉरेंस, स्टैफर्ड क्रिप्स तथा अलेक्जेण्डर इसके बाद अपने अधीनस्थ देश भारत की फ़िज़ा और लोगों को भाँपते हुए 2 अप्रैल, 1946 को देश की राजधानी दिल्ली पहुँचे। दिल्ली में वायसराय लॉर्ड वैवल से मिले और उनकी मेहमान नवाज़ी कबूल की। अगले दिन से भारतीय नेताओं से उनकी मुलाक़ातें शुरू हो जानी थीं।

भीषण गर्मी के दिन थे। ऐसी गर्मी जिसकी मिशन के अंग्रेज़ सदस्यों को आदत नहीं थी। यद्यपि स्टैफर्ड क्रिप्स इनमें सबसे अनुभवी थे, जहाँ तक भारतीय जलवायु और लोगों का सवाल था। क्योंकि वे पहले भी दो बार भारत आ चुके थे। अलेक्जेण्डर थोड़े रिजर्व स्वभाव के थे। क्योंकि वे मूलतः साम्राज्यवादी विचारधारा के ही व्यक्ति थे, चर्चिल के हमख्याल जैसे। लेकिन अब भारत में दूसरी भूमिका के निर्वाह के लिए भेजे गये थे। मजबूरी थी उनकी। सर पैथिक लॉरेन्स लन्दन स्थित ब्रिटिश सरकार के भारत सचिव थे। अतः उनकी भूमिका मुख्य थी। वे ही वर्तमान ब्रिटिश प्रधानमन्त्री क्लीमेण्ट एटली की आँख और कान भी थे। उनके कन्धों पर पूरे कैबिनेट मिशन का उत्तरदायित्व था।

काम आसान नहीं था। भारत के विभिन्न विचारधाराओं के नेताओं, राजनीतिक दलों और राजे-रजवाड़ों सभी से वार्त्तालाप कर निष्कर्ष प्राप्त करने थे और उसके बाद किसी योजना को आकार देना था। इससे पूर्व क्रिप्स मिशन नाकामयाब होकर भारत से वापस जा चुका था। जिन्ना एक अलग टेढ़ी खीर थे। इस बार खाली हाथ वापस जाना ब्रिटिशर्स के लिए भी परेशानी का सबब बनता। अतः कैबिनेट मिशन को बड़े धैर्य से काम लेना था।

मिशन के सदस्यों के मन में परस्पर विरोधी विचारों की आवाजाही अवश्य होती होगी। इसका अनुमान किया जा सकता है। चर्चिल का बस चलता तो कभी ब्रिटिश साम्राज्य को वह टूटने ही न देता... भारत को कभी स्वतन्त्र न होने देता... स्वतन्त्रता देने की मजबूरी विश्वयुद्ध के उत्तरार्द्ध में जैसे-जैसे बढ़ती गयी चर्चिल ने कभी कहा भी था कि-"हिन्दुस्तान को आज़ादी देने की सूरत में उसके तीन टुकड़े होने चाहिए-हिन्दुस्तान, पाकिस्तान और प्रिन्सिस्तान..." एक आज़ाद सिक्खिस्तान भी कहीं-न-कहीं परिकल्पना में अवश्य रहा होगा क्योंकि ब्रिटिश राज जायेगा तो पंजाब में "राज करेगा खालसा" की हल्की अनुगूँज ही सही अंग्रेज़ों तक पहुँची ज़रूर होगी... जो भी हो, भारत का विभाजन और अविभाजित भारत की दो अलग-अलग अवधारणाएँ तो उस वक़्त तक प्रचलित तो हो ही चुकी थीं।

इसके विपरीत वास्तविकता यह थी कि अब ब्रिटेन के प्रधानमन्त्री चर्चिल नहीं एटली थे। भले ही चलते समय क्रिप्स से विरोधी दल के नेता हो चले चर्चिल ने कान में यह फुसफुसाया हो कि - भारत के टुकड़े होने चाहिए, कैबिनेट मिशन को अब प्रधानमन्त्री एटली के निर्देशों का पालन करना था। एटली ने 15 मार्च, 1946 को कैबिनेट मिशन को भारत भेजने से पहले अपने मन्सूबे स्पष्ट करते हुए कहा था कि-

"मेरे सहयोगी इस उद्देश्य से भारत जा रहे हैं कि वे अपने समस्त प्रयासों के साथ, जितनी जल्दी सम्भव हो सके, भारत को स्वतन्त्रता प्राप्त करने में सहयोग दें। वर्तमान सरकार के स्थान पर किस तरह की सरकार आयेगी यह अभी तय होना है। पर हमारी इच्छा है कि इस निर्णय को पूरा करने के लिए ज़रूरी ढाँचा बनाने में हम भरसक सहयोग करें... हमें अल्प संख्यकों के अधिकारों का पूरा ध्यान है कि अल्पसंख्यक किसी भी भय से मुक्त हो कर जी सकें। दूसरी तरफ़ हम अल्पसंख्यकों को यह अनुमति भी नहीं देंगे कि वे बहुसंख्यकों के आगे बढ़ने को अपने विशेषाधिकार से रोकें..."

इसका मतलब साफ़ था कि एटली भारत के विभाजन के पक्ष में नहीं थे। वे भारत संघ के अन्तर्गत ही अल्पसंख्यकों के अधिकारों को सुरक्षित रखते हुए भारत के लिए एक संविधान-सभा का गठन कराकर तदनुसार भारत को स्वतन्त्रता सौंपे जाने के अभिमत के थे। यह ऐसा अभिमत था जिससे कम-से-कम जिन्ना का सहमत होना सम्भव न था जो 'पाकिस्तान' से कम कुछ भी स्वीकारने के लिए तैयार न थे। उनका मानना था कि ब्रिटिश राज के चले जाने का अर्थ था कांग्रेस के नेतृत्व में हिन्दू राज की पुनः वापसी। ऐसे में 'मुसलमानों' के भविष्य का क्या होगा ?

औपचारिक रूप से कैबिनेट मिशन के निर्धारित तीन प्रमुख उद्देश्य थे -

1. ब्रिटिश भारत के निर्वाचित प्रतिनिधियों और देशी रियासतों के साथ प्रारम्भिक वार्त्ता करना जिससे कि संविधान बनाने के तरीक़े पर अधिकाधिक सहमति प्राप्त हो सके।

2. भारत का संविधान निर्मित करनेवाली सभा का गठन करना।

3. एक स्वायत्त सरकार का गठन प्रस्तावित करना जिसमें भारत के प्रमुख राजनीतिक दलों का प्रतिनिधित्व हो और उस सरकार को उन दलों का समर्थन प्राप्त हो।

कैबिनेट मिशन ने तय किया कि वह इसके लिए विभिन्न राजनीतिक दलों और समुदायों से क्रमशः मुलाक़ात करेगा। उनके नेताओं के विचार जानेगा।

भारत में राजनीतिक दृष्टिकोण से दो शीर्ष पुरुष थे। गाँधी और जिन्ना। गाँधी कांग्रेस के औपचारिक सदस्य न होते हुए भी उसके केन्द्रीय व्यक्तित्व थे। वे यदि मिशन से मिले तो अपनी व्यक्तिगत हैसियत से मिलेंगे, परन्तु उनसे मिले बिना कांग्रेस पक्ष से वार्त्ता निरर्थक ही होगी। गांधी का सहमत अथवा सन्तुष्ट होना आवश्यक था। दूसरी ओर जिन्ना मुस्लिम लीग के सर्वेसर्वा थे। उनकी हाँ या ना मुस्लिम लीग की ही हाँ या ना थी। अतः उनसे मिलना तो अनिवार्य था।

उनके अलावा कांग्रेस-अध्यक्ष मौलाना आज़ाद, नेहरू और पटेल आदि कांग्रेस कार्यकारिणी के अन्य सदस्य थे। हिन्दू महासभा के सावरकर तथा अन्य सदस्य थे। दलित वर्ग से डॉ. भीमराव अम्बेडकर तथा एम.सी. राजा, उदारवादी दल से सर तेजबहादुर सप्रू और जयकर से भेंट होनी थी।

कैबिनेट मिशन को सिख, भारतीय ईसाई, ऐंग्लोइण्डियन समुदाय आदि से भी वार्त्ता करनी थी। देशी रियासतों के प्रतिनिधियों में 'चैम्बर ऑफ प्रिन्सेस' के प्रमुख जामसाहब नवानगर, महाराजा बीकानेर, महाराजा पटियाला और हैदराबाद रियासत के निज़ाम के प्रधानमन्त्री से भेंट का कार्यक्रम भी तय हुआ। तदनुसार दिल्ली पधारने के अगले दिन से ही मिशन के सदस्यों के साथ भारत के विभिन्न राजनीतिक दलों के नेताओं के साथ बैठकों का दौर प्रारम्भ हो गया।

3 अप्रैल, 1946 का दिन। कैबिनेट मिशन के सदस्यों ने भारत के सबसे बड़े दल कांग्रेस के तत्कालीन अध्यक्ष से सबसे पहले मुलाक़ात की। इस सिलसिले में मौलाना आज़ाद से उनकी वार्त्ता हुई। कांग्रेस का पक्ष मौलाना अबुल कलाम आज़ाद ने रखा।

लॉर्ड पेथिक लॉरेन्स ने पूछा-"भारत के लिए भविष्य के संविधान के बारे में कांग्रेस का क्या अभिमत है ?"

आज़ाद ने कहा-"यही कि एक संघीय सरकार बने जिसके पास सीमित अधिकार क्षेत्र रहें जैसे-सुरक्षा विभाग, विदेश मामले और संचार विभाग।"

"और ?"

"प्रान्तों को शेष विषयों पर अधिकार दिये जा सकते हैं। शासन संचालन के लिए।"

सर स्टैफर्ड क्रिप्स ने पूछा कि-"क्या आप इस बात पर विचार करने के लिए सहमत होंगे कि जिन प्रान्तों में मुस्लिम आबादी ज़्यादा हैं वहाँ के लिए एक अलग से अधिकारों की सूची तैयार की जाये ?"

मौलाना आज़ाद ने कहा -"नहीं, बिल्कुल नहीं...ऐसा करना एक संघीय सरकार की अवधारणा के विरुद्ध होगा।"

क्रिप्स ने कांग्रेस-अध्यक्ष की दुखती रग पर हाथ रखते हुए कहा -"मुस्लिम लीग मुसलमानों के लिए एक अलग राष्ट्र की माँग कर रही है। वह विभाजन चाहती है।"

आज़ाद ने कहा -"हरगिज़ नहीं...कांग्रेस भारत विभाजन के लिए कभी सहमत नहीं होगी।

"मगर ज़्यादातर मुसलमान तो पाकिस्तान की माँग कर रहे हैं?"

मौलाना आज़ाद ने तैश में आकर कहा-"गुमराह हैं वे मुसलमान...लीग उन्हें गुमराह कर रही है... पाकिस्तान-पाकिस्तान...अरे सर! बहुतों को तो समझ ही नहीं आ रहा कि वह है क्या ? वे नहीं जानते कि उससे उनका कुछ भी भला नहीं होनेवाला।"

अब लॉर्ड ए.वी. अलेक्जेण्डर की बारी थी -"मगर जिन्ना तो कहते हैं कि उन्हें हर हाल में पाकिस्तान चाहिए ?"

"उनको कहने दीजिए। इस मुल्क में पाकिस्तान की चाहत करनेवाले गुमराह मुसलमान एक तरफ़ हैं तो दूसरी तरफ़ इस मुल्क की मिट्टी से मोहब्बत करनेवाले राष्ट्रवादी मुसलमान भी कोई कम नहीं। बँटवारा हमें किसी कीमत पर बर्दाश्त न होगा।"

कांग्रेस-अध्यक्ष के साथ मिशन की यह बैठक समाप्त हुई।

मौलाना आज़ाद चले गये। उनके जाने के बाद महात्मा गाँधी कैबिनेट मिशन के बुलावे पर पधारे। मिशन के तीनों सदस्यों ने खड़े होकर गाँधी जी का स्वागत किया। गाँधी जी ने तीनों अंग्रेज़ों से हाथ मिलाये। सर स्टैफर्ड क्रिप्स जब आगे बढ़े तो गाँधी जी उन्हें देखकर थोड़ा मुस्कराये। उनसे हाथ मिलाकर चौड़े सोफे पर उन्हीं के साथ बैठ गये। शेष दो सदस्य अपने-अपने सोफों पर सामने बैठे।

गाँधी जी काफ़ी देर तक मिशन के सदस्यों से दिल्ली के मौसम पर, दक्षिण अफ्रीका के कुछ निजी अनुभवों पर इधर-उधर की बातें क़रते रहे। उनकी शख़्सियत का प्रभाव तो अनोखा होता ही था। तीनों सदस्यों ने उन्हें बीच में ज़्यादा टोकना उचित न समझा। गाँधी जी कैबिनेट मिशन के सदस्यों को प्राकृतिक चिकित्सा की उपयोगिता समझाने लगे। गाँधी जी से पैथिक लॉरेन्स ने प्रश्न किया कि-"मिस्टर गाँधी।... मिशन भारत की वर्तमान स्थिति के बारे में आपके विचार जानना चाहता है।...विशेषकर मुस्लिम लीग के सन्दर्भ में आपके क्या विचार हैं ?"

गाँधी जी ने मुस्कराकर कहा-"देखिये मैं यहाँ कांग्रेस के प्रतिनिधि के रूप में तो आया नहीं हूँ। व्यक्तिगत हैसियत से आया हूँ। आपको इस विषय में कांग्रेस पार्टी के अधिकृत व्यक्ति से प्रश्न पूछना चाहिए था।"

पैथिक लॉरेंस ने कहा-"उनसे तो हमने बात की ही है। हम आपके विचार भी जानना चाहते हैं। व्यक्तिगत स्तर पर ही सही..."

गाँधी जी इस पर गम्भीर हो गये। एक क्षण सोचते रहे। फिर बोले--"मैंने जिन्ना के साथ 18 दिन बातचीत में व्यतीत किये हैं। क्या कहूँ ? वे स्वयं को मुसलमानों का हितैषी समझते हैं। परन्तु जहाँ तक मेरा सवाल है, मैं जिन्ना द्वारा माँगे गये पाकिस्तान की सार्थकता को समझने में असमर्थ हूँ।"

सर स्टैफर्ड क्रिप्स ने कहा -"जिन्ना आख़िर चाहते क्या हैं?"

"वह तो जिन्ना जानें।"

"मगर कुछ तो अर्थ होगा उनका? 'टू-नेशन-थ्योरी' की वे बात करते हैं। आप क्या कहते हैं?"

गाँधी जी ने एक लम्बी साँस ली। बोले-

"जहाँ तक मैं समझा पाया हूँ पाकिस्तान का अर्थ मुस्लिमों के लिए सांस्कृतिक स्वाधीनता और उनकी महत्त्वाकांक्षाओं की समुचित प्रतिपूर्ति है।"

अलेक्जेण्डर ने अपनी जगह पर पहलू बदलते हुए गाँधी जी की तरफ़ सवाल उछाला-

"और दो-राष्ट्रों का सिद्धान्त ?"

गाँधी जी ने कहा-"देखिये यह द्विराष्ट्र सिद्धान्त अति भयावह है। मजहब के नाम पर यह देशवासियों को तोड़ने का काम है। हमें भाईचारे की बात करनी चाहिए। हिन्दू और मुसलमान दो अलग क़ौमें हैं, यह बिल्कुल गलत बात है। मैं जिन्ना से इस विषय में बिल्कुल इत्तेफाक नहीं करता हूँ।

"क्यों?" -अलेक्जेण्डर ने पुनः कहा।

महात्मा गाँधी ने अपने गोल चश्मे से अलेक्जेण्डर को घूरते हुए आगे कहा-"आपको पता है कि असलियत क्या है ? मुसलमानों के बहुत छोटे-से हिस्से को अगर छोड़ दिया जाये तो अधिकांश मुसलमान इस देश के धर्मान्तरित निवासी ही हैं। वे भारत में ही जन्मे अपने हिन्दू पूर्वजों के वंशज हैं। इसलिए मैं दो राष्ट्रों के सिद्धान्त को आधारहीन मानता हूँ। इसका विरोधी हूँ।" वयोवृद्ध भारत-सचिव पैथिक लारेन्स ने कहा-"मगर हमें तो इन्हीं विरोधाभासों के बीच से रास्ता निकालना है।"

गाँधी जी ने कहा-"मैं समझता हूँ। वास्तव में कैबिनेट मिशन का कार्य अब तक भारत आये किसी भी दल से कठिन है।..."

इसके बाद गाँधी जी ने बातों का रुख चतुराई से बदल दिया। वह कहने लगे-"यदि आप सचमुच कुछ करना चाहते हैं तो मेरा आपको एक सुझाव है।"

"जी बताइये कृपया।"

"आप लोग ऐसा कार्य करें जो यहाँ के निवासियों में परस्पर हार्दिक मित्रता को बढ़ाये। कई क़दम इस सिलसिले में उठाए जा सकते हैं। लोगों में सौहार्द तब तक उत्पन्न होना सम्भव नहीं जब तक जेलों में बन्द राजनीतिक कैदियों को रिहा नहीं किया जाता है। इसी तरह नमक पर लगा टैक्स भी हट जाना चाहिए। बल्कि मैं तो कहूँगा कि ग़रीबों को नमक मुफ़्त मिलना चाहिए..."

मिशन के तीनों सदस्य ए.सी. की ठण्ड में भी अब अपने माथे के पसीने को रुमाल से पोछने लगे। तीनों सदस्य एक साथ उठे। लॉर्ड पैथिक लॉरेन्स ने गाँधी जी से हाथ मिलाते हुए कहा-"हम आपके बेहद शुक्रगुजार हैं मिस्टर गाँधी। आपसे यह भेंट अत्यन्त मूल्यवान् रही।"

सर स्टैफर्ड क्रिप्स महात्मा जी को बैठक कक्ष से बाहर तक छोड़ने गये। अलेक्जेण्डर ने अपने कन्धे उचकाकर एक बार पैंथिक लॉरेंस की ओर देखा और एक बार क्रिप्स के कन्धों पर हाथ धरे बाहर जाते गाँधी की पीठ की तरफ़।

कैबिनेट मिशन ने अगले दिन 4 अप्रैल, 1946 को मुस्लिम लीग के अध्यक्ष जिन्ना से मुलाक़ात की। भारत-सचिव पैथिक लॉरेंस ने उनसे हालचाल पूछा। जिन्ना तने हुए सोफे पर बैठे रहे अपनी विदेशी पोशाक में सजे-धजे। सूटेड-बूटेड।

मोहम्मद अली जिन्ना, जिनके हड्डियों के ढाँचे जैसे जिस्म पर मानो त्वचा के अलावा मांस ही नहीं था। ऊँचे लम्बे 6 फीट से ज़्यादा कद के जिन्ना का वज़न था सिर्फ़ 140 पौण्ड। मगर फ़ैशनेबल कपड़े पहनना और क़ीमती सिगार पीना उन्हें मानो अंग्रेज़ों से समकक्षता प्रदान करता था। जिन्ना लन्दन के बड़े फ़ैशन डिज़ाइनर 'सैविल रो' के सिले ख़ूबसूरत और महँगे सूट पहनते थे। जूतों में भी लाल और सफेद रंग की डिजाइन के 'कारेस्पोण्डेण्ट शूज' जिन्ना की पहली पसन्द थे। जिन्ना कभी पाँच मिनट के लिए भी जेल नहीं गये थे।

जिन्ना जितने सूटेड-बूटेड इन्सान थे उनके प्रतिद्विन्द्वी नं. 1 गाँधी उतने ही सादे-साधुसम परिधानवाले व्यक्ति थे। गाँधी को बातचीत के दौरान मुस्कुराने-हँसने से कोई परहेज़ न था, जबकि हरदम सतर्क जिन्ना बड़ी मुश्किल से मुस्कुराते थे। उनके प्रतिद्वन्द्वी गाँधी ने छोटे-बड़े अनेक कारावास काटे थे।

इस समय जिन्ना और कैबिनेट मिशन आमने-सामने थे। अनौपचारिक बातों का जवाब बहुत मुख़्तसर सी हाँ-हूँ में ही देते। लॉर्ड पैथिक लॉरेंस ने उनसे पूछा कि-

''कृपया हमें बताइये कि भारत के भविष्य के लिए अलग-पाकिस्तान क़ायम किया जाना कैसे हितकर है?''

जिन्ना ने उत्तर दिया-''आप भारत का पुराना इतिहास देखें। चन्द्रगुप्त के समय से लेकर पूरे इतिहास में भारत सरकार कभी एक सार्वभौम सरकार के रूप में नहीं रही है।. ..ब्रिटिशर्स के आने के बाद भारत के अधिकांश भाग में एक सरकार बनायी गयी, लेकिन सारा देश एक इकाई की तरह नहीं रहा। रियासतें अलग रहीं और वे ख़ुदमुख़्तार याने कि सार्वभौम थीं।... कहने को यह कहा जाता है कि भारत एक इकाई राज्य है, परन्तु वास्तव में ऐसा कभी नहीं था। भारत कई भागों में बँटा था और ब्रिटिशर्स ने ही उसको एक इकाई रखा।''

क्रिप्स ने कहा-''मिस्टर जिन्ना। आइये हम आज की हक़ीक़त पर आयें। ब्रिटेन अब भारत को पूर्ण स्वाधीनता दिये जाने का पक्षधर है।''

जिन्ना तड़पकर बोले-''जी बिल्कुल सही कहा आपने। ब्रिटिश सरकार कह रही है कि वह भारत को सम्पूर्ण स्वाधीनता देगी। मगर मुझे बताइये कि जहाँ आधारभूत मतभेद है वहाँ वह किसे सत्ता हस्तान्तरित करेगी?''

पैथिक लॉरेन्स ने कहा -''मतभेद कहाँ नहीं हैं? यूरोपीय देशों में भी आन्तरिक कई मतभेद हैं।''

जिन्ना बोले-''भारत के मतभेद यूरोपीय देशों के मुकाबले ज़्यादा गहरे और बुनियादी हैं।... यहाँ मुसलमानों की जीवन दृष्टि हिन्दुओं से बिल्कुल अलग है। वे अपने जिन नायकों के गुणों की सराहना करते हैं वे अरबी और फारसी परम्पराओं पर आधारित सभ्यता से ताल्लुक रखते है। न कि हिन्दुओं की संस्कृतमूलक सभ्यता से। मुसलमानों की बिल्कुल अलग अपनी सामाजिक परम्पराएँ हैं। जबकि हिन्दुओं की समाजिक मान्यताएँ और दर्शन दुनिया में बिल्कुल अलग क़िस्म का है।''

इस पर अलेक्जेण्डर ने चुटकी ली-''मगर मिस्टर गाँधी तो कहते हैं कि हिन्दुओं और मुसलमानों में कोई भेद नहीं। वे हज़ारों सालों से एक साथ रह रहे हैं। अधिकांश मुसलमानों के पूर्वज हिन्दू ही थे।''

क्रिप्स ने नहले पर दहला लगाया- ''हाँ...और यह कहा कि भारत के ज़्यादातर मुसलमान धर्मान्तरित हिन्दू ही हैं।

जिन्ना की दुखती रग पर जैसे किसी ने हाथ रख दिया हो। जिन्ना के दादा स्वयं हिन्दू थे। मजे की बात यह कि उनकी पृष्ठभूमि भी वही थी जो गाँधी जी की थी। दोनों का परिवार काठियावाड़ का गुज़राती परिवार था। जिन्ना के दादा भी गाँधी जी के पूर्वजों की तरह वैश्य वर्ण के हिन्दू थे। मगर जिन्ना के माता-पिता के जीवन में कोई बात ऐसी घटी कि उन्होंने इस्लाम धर्म क़बूल कर लिया और वे कराची चले गये। कराची में ही क्रिसमस के दिन सन् 1876 में जिन्ना का जन्म हुआ। उन्हें मुसलमानों की तरह यद्यपि पाला-पोसा गया। मगर कालान्तर में बैरिस्ट्री की पढ़ाई पढ़ने जब जिन्ना विलायत गये, तो गये मुसलमान बनकर मगर लौटे तो सारे संस्कार पाश्चात्य लेकर। गाँधी का नाम आते ही जिन्ना इन दिनों वैसे भी चिढ़ जाते थे।

कैबिनेट मिशन के सामने हिन्दू-मुस्लिम वास्तविकताओं का प्रश्न आते ही जिन्ना मानो फट पड़े। अपने पक्ष को रखने के लिए वे धाराप्रवाह बोलने लगे-

"हज़ारों नहीं मगर सैकड़ों सालों से मुसलमान और हिन्दू साथ-साथ रहते आये ज़रूर हैं लेकिन... सर क्रिप्स! आपने तो कम-से-कम देखा ही होगा...अगर कोई भी व्यक्ति भारत के किसी भी शहर में जाये उसे हिन्दुओं और मुसलमानों के अलग-अलग रिहाइशी इलाक़े स्पष्ट दिखायी दे जायेगे...मेरा फिर कहना है कि किसी भी राष्ट्र का एक होना सम्भव नहीं है यदि उसमें बुनियादी एकता न हो। ऐसे में ब्रिटिश सरकार कैसे दस करोड़ मुसलमानों को उन पच्चीस करोड़ हिन्दुओं के साथ रख सकती है जिनकी जीवन पद्धति बिल्कुल अलग है ?...यहाँ एक बात ग़ौरतलब है कि कोई भी सरकार तब तक नहीं चल सकती है जब तक उसके पास उस राज्य को नियन्त्रित करनेवाला फौलादी ढाँचा न हो। भारत को यह ढांचा ब्रिटिश सरकार ने दिया था, जिसके पास हमेशा से पुलिस, सेना और सिविल अफ़सरों के महत्त्वपूर्ण पद रहे हैं। भारत के लिए भी इसी क़िस्म का फौलादी ढाँचा ज़रूरी है और..."

यह कहते-कहते जिन्ना की साँस उखड़ने-सी लगी और उन्हें जोर की खाँसी आ गयी। किसी तरह अपने दुबले-पतले-काँपते शरीर को सम्भाला उन्होंने और सामने रखा पानी का गिलास होंठों से लगाया। जिन्ना फिर "सॉरी जेण्टिलमेन..." बोलकर आगे कहने लगे-

"इसीलिए इतने वर्षों के बाद मैं इस नतीजे पर पहुँचा हूँ कि भारत का बँटवारा हो जाना चाहिए। भारत में दो अलग-अलग समानान्तर सभ्यताएँ हैं... पूरी तरह...वह भी जड़ों की गहराई तक। इसलिए ज़रूरी है कि प्रशासन के दो अलग-अलग फ़ौलादी ढाँचे बनाये जायें। एक- हिन्दुस्तान दूसरा-पाकिस्तान।"

भरत-सचिव लॉर्ड पेथिक लॉरेन्स ने पूछा-

"और रेलवेज-कस्टम-आदि के बारे में आपका क्या ख़याल है ?"

जिन्ना ने एक पल सोचकर कहा -"रेलवे, कस्टम और दूसरे विषय दोनों नव-सृजित देशों में एक हो सकते हैं। मगर सवाल फिर वही होगा कि इनका नियन्त्रण

कौन करेगा ?... फ़िलहाल इन पर बात करना अभी निरर्थक है। मुस्लिम लीग ऐसी बातों पर आगे बात करने के लिए तैयार है। ये मसले अपने-आप आसानी से तय हो जायेगे, बशर्ते 'पाकिस्तान' पर सहमति बन जाती है।''

जिन्ना को समझा सकना अथवा समझ सकना कठिन ही नहीं असम्भव था। क्या विडम्बना थी ? जिस व्यक्ति के प्रारम्भिक राजनीतिक जीवन का प्रमुख उद्देश्य कभी हिन्दू-मुस्लिम एकता हुआ करता था, अन्तिम वर्षों में वह विभाजन, विभाजन और सिर्फ़ विभाजन की माँग करनेवाला बनकर रह गया।

भारत के दो सबसे बड़े राजनीतिक दलों- कांग्रेस और मुस्लिम लीग के नेताओं के विचारों को सुनने के बाद कैबिनेट मिशन ने देश के छोटे-छोटे समुदायों और दलों के प्रमुख व्यक्तियों की भी राय, इच्छा, आकांक्षा और विचारों को जानने का उपक्रम किया। आख़िर यह भारत को स्वतन्त्रता देने और उसके लिए उनकी अपनी शासन-व्यवस्था के लिए एक संविधान निर्मित कराने का महत्त्वपूर्ण प्रश्न जो था। अतः सबकी राय जाने बिना उस दिशा में गाड़ी आगे कैसे बढ़ती?

सिख समुदाय का पक्ष जानने के लिए कैबिनेट मिशन ने मास्टर तारा सिंह, ज्ञानी करतार सिंह और हरनाम सिंह को एक साथ आमन्त्रित किया। फिर सरदार बलदेव सिंह को अलग से बुलवाकर सुना।

जब तीन सरदार कैबिनेट मिशन के तीनों सदस्यों के सामने बैठे तो क्रिप्स ने उनसे पूछा - ''आप क्या चाहेंगे कि हम सत्ता एक इकाई को सौंपें अथवा दो इकाइयों को ?''

ज्ञानी करतार सिंह और हरनाम सिंह दोनों मास्टर तारा सिंह का मुँह देखने लगे।

मास्टर तारा सिंह ने अपने साथी सिख नेताओं से कहा-

''इनका मतलब है कि सत्ता की बागडोर किसे थमायी जाये? कांग्रेस को? मुस्लिम लीग को? या फिर दोनों को?''

क्रिप्स ने कहा - ''जी हाँ... और हम यह भी जानना चाहेंगे कि अगर सत्ता दो को सौंपी जाती है तो सिख समुदाय किसके साथ रहना पसन्द करेगा?''

ज्ञानी करतार सिंह ने कहा कि - ''सिख समुदाय संयुक्त भारत या पाकिस्तान दोनों ही जगह असुरक्षित रहेगा... इसलिए उसके लिए एक स्वाधीन राज्य बनाना ही एकमात्र रास्ता है। हमें हमारा 'खालिस्तान' दिया जाये, जहाँ उसका सम्पूर्ण अथवा ब्रिटिश उपनिवेश के अन्तर्गत अपना खुद का घरेलू शासन हो।''

हरनाम सिंह से पूछा गया तो उनका जवाब भी प्रायः वही था। उन्होंने कहा -''भारत का विभाजन अगर होता है तो यह सिख समुदाय की इच्छा के विरुद्ध होगा। विभाजित भारत विराधी ताक़तों के आक्रमण का शिकार बन जायेगा। ऐसे में सिखों को अपनी आत्मरक्षा स्वयं करनी होगी और उनको यह सुरक्षा स्वतन्त्र सिख राज्य के अलावा दूजा कोई नहीं दे सकेगा।''

यह सुनकर पैथिक लॉरेन्स थोड़े निराश हुए लेकिन अल्बर्ट एलेक्जेण्डर की आँखों की चमक बढ़ गयी। क्रिप्स ने अब तीसरे सिख नेता की ओर रुख किया-

''मिस्टर तारा सिंह आप बताइये। आपका क्या कहना है ?''

मास्टर तारा सिंह ने स्पष्ट शब्दों में कहा-

''मैं तो एक संयुक्त और मज़बूत भारत के पक्ष में हूँ। ऐसा भारत जिसमें सब धार्मिक सम्प्रदायों द्वारा मिलकर सरकार बनाने का प्रावधान हो। और हाँ जी। हम मुसलमानों के अण्डर में क़तई नहीं रहनेवाले।''

कैबिनेट मिशन ने सरदार बलदेव सिंह से, जो उस समय पंजाब सरकार में मन्त्री थे, अलग से मुलाक़ात की। सर स्टैफर्ड क्रिप्स ने बलदेव सिंह से साफ़ तौर पर पूछा-''अभी हमारे सामने 'ख़ालिस्तान' की भी बात आयी है। आप उसके स्वरूप के बारे में क्या कहेंगे?''

सरदार बलदेव सिंह ने कहा कि - ''अगर आपका तात्पर्य सिखों के लिए एक अलग प्रान्त को लेकर है तो उसमें वर्तमान के मुल्तान और रावलपिण्डी सम्भाग को छोड़कर शेष पंजाब का हिस्सा भौगोलिक रूप से रहेगा, जिसकी सीमारेखा लगभग चिनाब नदी रहेगी। उसमें कम-से-कम जालन्धर अम्बाला और लाहौर सम्भाग तो अवश्य ही होंगे।''

''वह सब तो देखा जायेगा। विभाजन के बारे में आपकी क्या राय है ?'' - जब यह पूछा गया तो सरदार बलदेव सिंह ने कहा-''हरगिज़ नहीं। सिख समुदाय विभाजन के क़तई विरुद्ध है। क्योंकि विभाजन के बाद भारत का सीमान्त प्रदेश हमेशा बाहरी ताक़तों की मेहरबानी पर रहेगा और भारत के लिए ख़तरा बना रहेगा।''

कैबिनेट मिशन के सामने 'अनुसूचित जाति संघ' की ओर से डॉ. अम्बेडकर आये। उनका भी साक्षात्कार हुआ। अम्बेडकर से पूछा गया- ''संविधान-सभा में अनुसूचित जाति के प्रतिनिधित्व के बारे में आपकी क्या राय है?'' अम्बेडकर ने कहा-''मैं तो संविधान-सभा बनाने के ही पक्ष में नहीं हूँ। ऐसी संविधान-सभा का क्या औचित्य होगा जिसमें सवर्ण हिन्दू बाहुल्य होगा और अनुसूचित जातियों की उपेक्षा रहेगी।''

भारत सचिव पैथिक लॉरेन्स ने डॉ. अम्बेडकर को लक्ष्य कर कहा-''तब आप हमसे क्या अपेक्षा करते हैं ?''

अम्बेडकर बोले-''सत्ता छोड़ने से पहले अंग्रेज़ों को चाहिए कि वे संविधान में अनुसूचित जातियों के लिए जीवन सुरक्षा, स्वतन्त्रता और मौलिक सुविधाएँ प्राप्त करने के अधिकार सुरक्षित कर दें।''

''और कुछ ?''

''उसी के साथ पृथक् निर्वाचन पद्धति को बहाल करें तथा अनुसूचित जाति के लोगों की अन्य माँगी हुई सुविधाओं को भी प्रदान करें।''

इसके बाद मिशन ने 'अखिल भारतीय दलित वर्ग लीग' के प्रतिनिधियों जगजीवन राम, राधानाथ दास तथा पृथ्वी सिंह आज़ाद को भेंट का अवसर प्रदान किया। बाबू

जगजीवन राम ने कहा-"हमारी दलित वर्ग लीग ऐसे किसी भी प्रस्ताव की विरोधी है जिससे देश की अखण्डता प्रभावित होती हो। यह जान लीजिए कि भारत और पाकिस्तान के तथाकथित विभाजन से अल्पसंख्यकों की समस्या का कोई समाधान नहीं होगा बल्कि इससे समस्याएँ और बढ़ेंगी ही।"

वयोवृद्ध मिशन सदस्य पैथिक लॉरेन्स ने कहा-"मिस्टर जगजीवन राम।...यही नाम है न आपका यदि मैं ग़लती पर नहीं हूँ।"

श्याम वर्ण के मोटे गालोंवाले जगजीवन राम मुस्कुराये-"जी!"

"अभी अम्बेडकर आये थे। वे भी दलितों के प्रतिनिधि हैं और आप लोग भी। उनमें और आपमें फ़र्क़ क्या है ?"

बाबू जगजीवन राम ने कहा -

"डॉ. भीमराव अम्बेडकर द्वारा संचालित 'अनुसूचित जाति संघ' और हमारी 'दलित वर्ग लीग' में मूलभूत अन्तर है। उनके संघ का कहना है कि-अनुसूचित जाति हिन्दू न होकर एक अलग अल्पसंख्यक जाति की है। जबकि हमारी लीग का मानना है कि - अनुसूचित जाति अथवा दलित समाज के लोग स्वयं को हिन्दू ही मानते हैं। ऐसे हिन्दू जिन्होंने हिन्दू धर्म के लिए बहुत बलिदान दिये हैं। हमारी माँग है कि विधानसभाओं तथा नौकरियों में हमारे लोगों को अलग से भागीदारी मिले ताकि वे देश की अन्य जातियों के बराबर उठ सकें।"

सवाल-जवाब चलते रहे। कैबिनेट मिशन के स्टेनोग्राफर्स लोगों के विचारों को दर्ज करते रहे। एक परतन्त्र देश की स्वतन्त्रता का धुँधला ख़ाक़ा धीरे-धीरे आकार ग्रहण करता गया। टुकड़े-टुकड़ों में। दिल्ली की गर्मी बढ़ती जा रही थी। वातावरण और राजनीतिक बेचैनियों का तापमान भी निरन्तर बढ़ रहा था। वार्त्ताओं का दौर जारी था।

हिन्दू महासभा की ओर से विनायक दामोदर सावरकर तो नहीं पधारे। किन्तु श्यामाप्रसाद मुखर्जी तथा एल.के. भोपतकर ने उसका प्रतिनिधित्व किया। दोनों नेताओं ने मिशन को एक आवेदन-पत्र दिया जिसमें कहा गया था कि - अंग्रेज़ सरकार भारत को तुरन्त स्वतन्त्र और स्वाधीन घोषित करे। देश की अखण्डता को सुनिश्चित किया जाये। भारत विभाजन ग़लत, भयावह राजनीतिक भूल तथा आत्मघाती होगा। हिन्दू महासभा ऐसे किसी प्रस्ताव को नहीं मानेगी जिसमें केन्द्र सरकार में बराबरी के आधार पर हिन्दुओं और मुसलमानों की भागीदारी हो। हिन्दुस्तान हिन्दुओं का देश है। इसे हिन्दू-राष्ट्र ही रहने दिया जाये।"

स्टैफर्ड क्रिप्स ने कहा-"मगर यहाँ मुसलमान भी रहते हैं। और वे अपने लिए पाकिस्तान नाम से अलग राष्ट्र चाहते हैं।" श्यामाप्रसाद मुखर्जी ने कहा - "प्रश्न ही नहीं उठता।"

अलेक्जेण्डर बोले-"कोई समझौता या..."

श्यामाप्रसाद मुखर्जी ने दृढ़ता से कहा-

"निश्चित जान लीजिये। हिन्दू महासभा पाकिस्तान की माँग पर कदापि समझौता नहीं चाहेगी।"

उदारवादी नेता सर तेजबहादुर सप्रू से भी कैबिनेट मिशन की भेंट हुई। उन्होंने मिशन से तुरन्त कार्यकारी अन्तरिम सरकार बनाने का आग्रह किया और कहा कि-

"मेरा हमेशा से मानना है कि मुसलमानों को सत्ता में सन्तोषजनक भागीदारी मिलनी चाहिए। परन्तु विभाजन के बारे में मुझे गहरे संशय हैं। क्योंकि स्वतन्त्र भारत के लिए एक शक्तिशाली केन्द्र का होना बहुत आवश्यक है। ऐसे में ब्रिटिशर्स को चाहिए कि वे मुस्लिम लीग की अनदेखी न करें और मुसलमानों को, विभाजन छोड़कर, अधिकाधिक उदार सुविधाएँ देने पर विचार करें।"

उदारवादी नेता एम.आर. जयकर भी सर तेज के साथ मिशन से मिलने आये थे। वे भी सर तेजबहादुर की तरह एक विद्वान् विधि विशारद थे। मिशन ने दोनों विद्वानों से अलग-अलग कालावधियों में भेंटकर उनके बहुमूल्य विचार जानना उचित समझा। इसलिए जब सर तेज के बाद जयकर को अलग से बुलवाया गया तो कैबिनेट मिशन के सदस्यों ने उनसे भी विस्तार से चर्चा की।

एम.आर. जयकर ने चर्चा के दौरान अपने सुझावों में जो प्रमुख बातें कहीं उनमें तीन इस प्रकार थीं-

पहला-"एक अन्तरिम कार्यकारी सरकार शीघ्र बनायी जाये जिस पर देश की प्रत्येक राजनीतिक पार्टी का विश्वास हो।"

दूसरा- "ऐसी व्यवस्था सुनिश्चित की जाये जिसके द्वारा आगे संविधान निर्माण के कार्य की प्रगति हो सके।"

तीसरा - "पाकिस्तान का आधार केवल नारेबाज़ी है, जिसमें कोई वास्तविकता नहीं है।

- मिशन की ओर से इन सुझावों को नोट किया गया।

दरअसल, वर्ष 1946 में हिन्दुस्तान ने बहुत उतार-चढ़ाव देखे। कभी ख़ुशी कभी गम। कभी आँसू कभी मुस्कान। कभी आनन्द तो कभी भयंकर पीड़ा। वस्तुतः यह देश का भाग्य बदलने का साल था। और जब भाग्य बदलता है तो घटनाक्रम नित नूतनता लिए होता है...

वर्ष 1946 की जनवरी में केन्द्रीय सभा और विभिन्न प्रान्तीय विधानसभाओं के चुनाव परिणाम घोषित हुए। इसी महीने में यदि आज़ाद हिन्द फ़ौज के बन्दी अफ़सरों को राहत और रिहाई मिली। तो फरवरी का महीना रॉयल इण्डियन नेवी की हड़ताल और विप्लव के गरमागरम अनुभवों से गुज़रा।

मार्च के महीने में ब्रिटेन की नयी सरकार का भेजा कैबिनेट मिशन भारत आया भावी स्वाधीनता और सत्ता हस्तान्तरण की रूपरेखा तय करने के लिए। अप्रैल, मई, जून के महीने कांग्रेस और मुस्लिम लीग के मध्य रस्साकशी में बीते।

जुलाई, 1946 का महीना कांग्रेस-अध्यक्ष पद के बहाने देश के भावी प्रधानमन्त्री की सम्भावनाओं में सरदार पटेल और पण्डित नेहरू को लेकर उनका भाग्य तय करनेवाला साबित हुआ, जिसके प्रमुख सूत्रधार थे महात्मा मोहनदास करमचन्द गाँधी।...

अगस्त का महीना, अंग्रेज़ों द्वारा कांग्रेस की अपेक्षा मुस्लिम लीग को उपेक्षित किया जाना मानकर मुस्लिम लीग और पगलाये हुए जिन्ना की 'सीधी कार्रवाई दिवस' की घोषणा के फलस्वरूप कलकत्ता भीषण साम्प्रदायिक दंगों के दौर से गुज़रा जिसमें हज़ारों हिन्दू-मुसलमान मारे गये।...

सितम्बर में कांग्रेस ने पण्डित नेहरू के प्रधानमन्त्रित्व में कांग्रेस की अन्तरिम सरकार का गठन किया।...

अक्टूबर, 1946 में बंगाल के नोआखाली में कलकत्ता दंगों की आँच में भयंकर दंगे हुए। पाशविकता का नंगा नाच हुआ। गाँधी जी को कलकत्ता और उसके बाद नोआखाली जाकर शान्ति स्थापित करने के लिए स्वयं को झोंकना पड़ा।... अक्टूबर में ही मुस्लिम लीग ने भी अन्तरिम सरकार में प्रवेश कर कांग्रेस के साथ सत्ता में असहयोगपूर्ण-साझेदारी शुरू की।...

नोआखाली के बाद हिन्दू-मुस्लिम दंगों का सिलसिला बिहार में प्रतिक्रियास्वरूप चल पड़ा। फलतः देर-सबेर महात्मा गाँधी को अपने शान्ति-सैनिक सम अनुयायियों के साथ नवम्बर के महीने में बिहार की यात्रा करनी पड़ी।

दिसम्बर माह में भारत की संविधान-निर्मात्री सभा पारस्परिक विचार-विमर्श हेतु पहली बार बैठी। रोते-गाते सन् 1946 का घटनाबहुल वर्ष इस तरह बीता।

आगे बढ़ने से पहले हम 1946 के आम चुनावों तत्पश्चात् रॉयल इण्डियन नेवी की हड़ताल, और उसके बाद बम्बई में शुरू हुए उपद्रव की चर्चा करते हैं।

भारत की राजनीति में एक अत्यन्त महत्त्वपूर्ण मोड़ तब आया जब वर्ष 1946 की जनवरी में केन्द्रीय सभा के चुनाव परिणाम और विभिन्न प्रान्तों की विधानसभाओं के चुनाव परिणाम घोषित हुए।

इससे पूर्व केन्द्रीय सभा का अन्तिम चुनाव 1934 और प्रान्तीय विधानसभाओं का चुनाव 1937 में हुआ था। इसके बाद वायसराय के विशेष अधिकारों के तहत चुनाव स्थगित होते रहे। ये केन्द्रीय सभा और विधान सभाएँ द्वितीय विश्वयुद्ध के जारी रहते अपनी कार्य अवधि के आगे भी चलती रहीं, सिवाय उन प्रान्तों के जहाँ लोकप्रिय सरकारों तथा मन्त्रिमण्डलों की समाप्ति या त्यागपत्र के बाद गवर्नर शासन लागू न हो गया हो। सरदार पटेल इन चुनाव के दिनों में दुःसाध्य पेट दर्द से पीड़ित थे। फिर भी उन्होंने कांग्रेस संगठन का कार्य, उम्मीदवार चयन और चुनाव फण्ड एकत्र करने का कार्य अत्यन्त श्रम

एवं कुशलता से पूरा किया। ये आम चुनाव मुस्लिम लीग द्वारा 'पाकिस्तान' के नाम पर और 'इस्लाम ख़तरे में है' के नारे पर लड़े गये थे। अतः इस बार वर्ष 1937 के चुनावों की अपेक्षा 1946 के ये चुनाव परिणाम मुस्लिम लीग के लिए विशेष लाभकारी और कांग्रेस के लिए चौंकानेवाले सिद्ध हुए।

उत्तर-पश्चिमी सीमाप्रान्त को छोड़कर मुस्लिम लीग ने सभी जगह मुस्लिम-बहुल इलाक़ों में ऐतिहासिक विजय प्राप्त की। यह अलग बात है कि ग़ैर-मुस्लिम स्थानों पर कांग्रेस को बढ़त मिली थी, किन्तु प्रान्तों में 494 मुस्लिम सीटों में से 439 सीटें मुस्लिम लीग के हाथ लगीं। उल्लेखनीय है कि बम्बई, मद्रास, संयुक्त प्रान्त, बिहार, उड़ीसा और मध्य प्रान्त में कांग्रेस को स्पष्ट बहुमत मिला और उसने इन प्रदेशों में अपनी सरकारें बनायीं। इनमें बम्बई, मद्रास और उड़ीसा में मुस्लिम लीग ने प्रत्येक मुस्लिम सीटें जीतीं, कांग्रेस के खाते में एक भी नहीं जाने दी। शेष तीन प्रान्तों-संयुक्त प्रान्त, बिहार और मध्य प्रान्त में भी मुस्लिम सीटों में शत-प्रतिशत न सही, किन्तु अधिकांश सीटें मुस्लिम लीग ने जीत लीं।

उत्तर-पश्चिमी सीमाप्रान्त में कांग्रेस ने अब्दुल ग़फ़्फ़ार ख़ान और उनके भाई डॉ. ख़ान के गाँधीवादी संगठन 'खुदाई ख़िदमतगार' की मदद से 30 सीटें जीतीं, जिनमें 19 मुस्लिम सीटें भी शामिल थीं। वहाँ मुस्लिम लीग को 17 सीटों से ही सन्तोष करना पड़ा। उत्तर-पश्चिमी सीमाप्रान्त में डॉ. ख़ान ने सरकार का नेतृत्व किया।

पंजाब में मुस्लिम लीग को 75 और कांग्रेस को 51 सीटें ही मिलीं। मगर कांग्रेस ने कांग्रेस और सिखों के समर्थन से पंजाब में यूनियनिस्ट पार्टी के ख़िज्र हयात ख़ान की लँगड़ी सरकार बनवा दी।

उत्तर पूर्वी भारत में असम में कांग्रेस ने सभी सामान्य सीटें और मुस्लिम लीग ने सभी मुस्लिम सीटें जीत लीं। असम में कांग्रेस ने मन्त्रिमण्डल बनाया। सिन्ध और बंगाल में मुस्लिम लीग विधानसभाओं में बहुमत हासिल न कर सकी पर जोड़-तोड़ करके उसने वहाँ अपने मन्त्रिमण्डल क़ायम किये।

इसी तरह केन्द्रीय सभा के चुनाव परिणाम भी मुस्लिम लीग के लिए अत्यन्त उत्साहवर्द्धक रहे। 1937 के चुनावों की निराशाजनक स्थिति से एक़दम उलट। मुस्लिम लीग ने इस बार सभी मुस्लिम सीटें जीत लीं। कांग्रेस को राष्ट्रवादी मुसलमानों के नाम पर जीतने को एक भी मुस्लिम सीट नसीब न हुई। यह ज़ाहिर करता है कि इस बार 1945-46 के चुनाव 'पाकिस्तान' के समर्थन में अधिकांश मुसलमानों का स्पष्ट जनादेश था। इसने कायदे-आज़म जिन्ना का क़द मुस्लिम जगत् में बेहद ऊँचा कर दिया। अब अधिकांश भारतीय मुसलमानों को जिन्ना, ख़ासकर पाक-समर्थक मुसलमानों, को अपने एकमात्र तारणहार या मसीहा नज़र आने लगे।

केन्द्रीय सभा की कुल 102 सीटों पर चुनाव हुआ था। इनमें 57 पर कांग्रेस को और 30 पर मुस्लिम लीग को विजयश्री प्राप्त हुई। शेष में निर्दलीय को 5, अकाली सिख को 2 और यूरोपीय 8 को सफलता मिली।

इस भारी जनादेश को मूर्तरूप देने के लिए मुस्लिम लीग ने अपने समस्त विधायकों और समर्थकों का एक विशाल सम्मेलन दिल्ली में बुलाया। यह उनकी अभूतपूर्व जीत का विजय-पर्व था। एक ऐसा भव्य शक्ति-प्रदर्शन जिसने देशभर के मुसलमानों को 'पाकिस्तान' के समर्थन में पूरी तरह एकजुट किया।

विशाल पण्डाल हरे झण्डों से सजा था। 24 फुट गुणा 24 फुट के हरे रंग के कपड़े पर सफेद रंग से जिन्ना के भाषण के वे अंश अंकित थे जिनमें जिन्ना मुसलमानों को एक अलग राष्ट्र बताते थे। उनमें से एक कुछ इस प्रकार था -

"हम दस करोड़ का एक राष्ट्र हैं इससे भी अधिक हमारा अपनी अलग तहज़ीब, ज़ुबान, मज़हब, रीति-रिवाजों, अक़ीदे...आदि की वजह से अलग नजरिया है..."

मुस्लिम लीग के नेताओं के भाषण के लिए जो मंच बनाया गया था, उसके दोनों तरफ़ दो पताकाएँ फहरा रही थीं। एक पर लिखा था कि - 'आज़ादी का रास्ता पाकिस्तान से होकर जाता है।'

दूसरे पर लिखा था कि -'ब्रिटिश और कांग्रेस के बावजूद भी हम अपने हक के लिए आख़िरी दम तक लड़ने को तैयार हैं।'

9 अप्रैल, 1946 को आयोजित इस लीगी सम्मेलन में मुसलमानों के एकमात्र-लक्ष्य 'पाकिस्तान' को लेकर एक बार फिर संकल्प लिया गया और प्रस्ताव पारित किया गया।

दरअसल रॉयल इण्डियन एयर फोर्स में जनवरी, 1946 में पहले ही वेतन भत्तों और अन्य भेदभावपूर्ण व्यवहार को लेकर भूख-हड़ताल हो चुकी थी, जिस पर किसी तरह काबू पाया गया था। अंग्रेज़ पायलेट्स और ग्राउण्ड-स्टाफ तथा हिन्दुस्तानी-स्टाफ़ में भेदभाव बरता जाता था। रॉयल इण्डियन नेवी के हिन्दुस्तानी नाविकों में भी इसी तरह के भेदभाव से असन्तोष की सुगबुगाहट थी। उधर आज़ाद हिन्द फ़ौज के तीन बन्दी अफ़सरों का जिस तरह अंग्रेज़ मिलिट्री-ट्रायल चला रहे थे, उसकी ख़बरें भी एयरफोर्स और नेवी में असन्तोष को और गहरा कर रही थीं। बहुत से नेवी के नाविक सादे कपड़ों में देश के बड़े राजनेताओं यथा-गाँधी जी, नेहरू और पटेल आदि के भाषण सुनने भी बम्बई की सभाओं में वर्षों से, अवसर मिलने पर, गुपचुप ढंग से जाते रहे थे। भले ही वे अंग्रेज़ों की सैन्य सेवा में थे और सैन्य अनुशासन से बँधे थे, पर उनके दिल तो हिन्दुस्तानी ही थे और वे भी अपने देश की स्वतन्त्रता की आस में धड़कते थे।

अब जबकि ब्रिटिश सरकार भारतीय नौ-सैनिकों तथा अंग्रेज़ नौ-सैनिकों के बीच भेदभाव बरत रही थी, ऐसे में 18 फरवरी, 1946 के दिन अचानक बम्बई में भारतीय नौ-सैनिकों में विद्रोह हो गया।

उस दिन 'एन.एस. तलवार' नामक जहाज़ पर प्रशिक्षण पानेवाले नेवी के जवानों ने अफ़सरों के समक्ष शिकायत की। इस पर किसी घमण्डी ब्रिटिश अफ़सर का जवाब था - "भिखारियों को चुनने की छूट नहीं हो सकती।" तब भारतीय नौ-सैनिकों ने इस विभेदात्मक और अपमानजनक टिप्पणी पर हड़ताल कर दी। विरोध करनेवाले कर्मचारियों ने जहाज़ पर से यूनियन जैक के झण्डे को उतारकर वहाँ पर कांग्रेस और मुस्लिम लीग के झण्डे लहरा दिये। भारतीय नाविकों की एक माँग यह भी हुई कि नाविक बी.सी. दत्त, जिसे जहाज़ की दीवारों पर 'भारत छोड़ो' नारे लिखने के कारण कुछ दिन पूर्व गिरफ़्तार कर लिया गया था, को अविलम्ब रिहा किया जाये।

पूर्व में रॉयल इण्डियन एयर फोर्स की भूख-हड़ताल की अपेक्षा रॉयल इण्डियन नेवी की बम्बई में हुई यह हड़ताल इस बार ज़्यादा गम्भीर थी। बम्बई तट पर स्थित सिग्नल-स्कूल पर हड़ताली कर्मचारियों ने क़ब्ज़ा कर लिया। एक 'नौ-सैनिक केन्द्रीय हड़ताल समिति' का एम.एस. ख़ान के नेतृत्व में आनन-फानन में गठन हुआ। इसके बाद समुद्र तट से जहाज़ 'एन.एस. तलवार' तक और फिर ' एन.एस. तलवार' जहाज़ से नेवी के अन्य जहाज़ों तक हड़ताल का सन्देश विद्रोही-कर्मचारियों ने सिग्नल कर दिया। अंग्रेज़ अफ़सरों को उनके कमरों और बाथरूमों में बन्द कर दिया गया और विप्लवी नाविकों ने हथियार-गोला-बारूद अपने कब्जे में ले लिए। हड़ताल देखते-ही-देखते बम्बई से कराची, मद्रास, कलकत्ता आदि में खड़े रॉयल इण्डियन नेवी के अन्य जहाज़ों और बन्दरगाहों में फैल गयी। इस हड़ताल में अधीनस्थ नवल-कर्मचारी ही संलग्न थे। वरिष्ठ अफ़सर शामिल न थे। कर्मचारियों का सेवा सम्बन्धी असन्तोष देशभक्ति की भावना से संयुक्त होकर द्विगुणित हो चला था। उन्हें आशा थी कि उनकी मदद को कांग्रेस और मुस्लिम लीग समेत दूसरे तमाम राजनीतिक नेता उठ खड़े होंगे। परन्तु शीघ्र ही उन्हें निराशा होना पड़ा।

जब हड़ताली कार्मिकों को पता चला कि 1942 के 'भारत-छोड़ो आन्दोलन' की एक वामपन्थी विचारधारा की ख्यातिलब्ध भूमिगत रही तेज तर्रार कांग्रेसी नेत्री अरुणा आसफ़ अली बम्बई में ही निवास कर रही हैं, उन्होंने उनसे सम्पर्क किया। इस पर अरुणा आसफ़ अली ने उन्हें शान्ति बनाये रखने की सलाह मात्र दी और कहा कि अपनी सेवा सम्बन्धी माँगें नेवी के उच्चाधिकारियों के समक्ष रखें। अरुणा ने विद्रोही नाविक नेताओं से यह भी कहा कि वे कांग्रेस के नेता वल्लभभाई पटेल और मुस्लिम लीग के नेताओं से जाकर मिलें। पटेल उन दिनों कांग्रेस के किसी कार्य से बम्बई में ही थे। इसलिए अरुणा ने अपनी बला फिलहाल उनकी ओर टाल दी। वैसे भी अरुणा आसफ़ अली पण्डित जवाहरलाल नेहरू की ज़्यादा नजदीकी थीं और सरदार पटेल को परेशान करने का कोई अवसर नहीं गँवाती थीं। नेहरू जी को भी ख़बर मिली। उन्होंने शुरू से स्वयं को इस झंझट से अलग ही रखा।

अरुणा से टका-सा जवाब पा लने के बाद हड़ताली नाविकों ने वार्त्ता हेतु अपने कुछ प्रतिनिधि 20 फरवरी, 1946 को रॉयल इण्डियन नेवी के फ्लैग ऑफ़िसर कमाण्डिंग

वाइस-एडमिरल जे.एच. गोडफ्रे के पास भेजे। गोडफ़े ने उन्हें आदेश दिया कि सभी हड़ताली कर्मचारी तत्काल जहाज़ों और अपने कार्यक्षेत्रों में वापस लौटें। उसने वार्त्ताकारों को बातों-बातों में सख़्त कार्यवाही की भी धमकी दे डाली। यहाँ तक कहा कि अगर हड़ताल जारी रही तो विद्रोह के केन्द्रवर्त्ती नेवी के जहाज़ 'एन.एस. तलवार' को वह बमबारी द्वारा ध्वस्त करा देगा। हड़ताली नाविकों को वाइस-एडमिरल की ये बातें नागवार गुज़रीं। वे हड़ताल समाप्त करने को तैयार नहीं हुए।

बम्बई के तटवर्ती सिग्नल स्कूल को अंग्रेज़ों ने अपने स्वामिभक्त थल सेना के सैन्य दलों से पहले ही घिरवा दिया था। जब अगले दिन 21 फरवरी को कुछ हड़ताली नौसैनिकों ने घेरा तोड़कर बाहर शहर में जाने की कोशिश की तो उन्हें सैन्य दलों ने जाने देने से मना कर दिया। इस पर नाविकों और सेना के जवानों में कहा-सुनी हो गयी। हताश और अपमानित नाविक भागकर अपनी बैरक़ों में गये और अपने अन्य साथियों को अपने साथ हुए दुर्व्यवहार के बारे में बताया।

इस पर सारे हड़ताली नाविक उत्तेजित हो गये और वे नारेबाज़ी करने लगे। सुरक्षा घेरेवाले सिपाहियों ने उन पर फायरिंग कर दी। नेवी के लूटे गये हथियार तो नाविकों के भी पास थे ही। जवाब में उन्होंने भी गोलीबारी शुरू कर दी। इस तरह नेवी की अब तक की शान्तिपूर्ण-हड़ताल अब बाकायदा सशस्त्र-विद्रोह में बदल गयी। जिन रॉयल इण्डियन नेवी के नाविकों ने अब तक अपना मानसिक सन्तुलन नहीं खोया था, अब वे सीधे-सीधे विप्लव पर उतर आये थे। घण्टों दोनों ओर से फ़ायरिंग चली। कोई भी पक्ष हार मानने को तैयार न था। अंग्रेज़ों की प्रतिबद्ध फ़ौज हर कीमत पर विद्रोही नेवी-कर्मचारियों को उनकी बैरकों तक सीमित रखने के लिए जी-तोड़ कोशिशों में जुटी थी। नौसैनिकों का उग्र रूप देखकर अंग्रेज़ काफ़ी भयभीत हो गये थे। उन्हें एक भय यह भी हुआ कि बम्बई के गेट-वे ऑफ इण्डिया के निकट स्थित पंचसितारा ताजमहल होटल, जहाँ अधिकतर विदेशी नागरिक आकर ठहरा करते थे, कहीं उस पर विद्राही नौसैनिक हमला न कर दें। उत्तेजित विद्रोही नाविक इधर ईंट का जवाब पत्थर से देने पर आमादा थे। लेकिन चारों तरफ़ से अंग्रेज़ों के लगाए सशस्त्र सैनिकों से घिरे होने के कारण वे लड़ाई के मोर्चे पर 'एडवाण्टेज' की स्थिति में नहीं थे। इसलिए 'क्रॉस-फ़ायर' में बहुत-से युद्धरत प्रशिक्षणाधीन नाविक मारे गये।

उधर अरुणा आसफ़ अली अब हरकत में आयीं। उन्होंने अच्युत पटवर्धन और अन्य कई कम्युनिस्ट नेताओं के सहयोग से बम्बई में मज़दूरों और विद्यार्थियों की, संघर्षरत नाविकों की सहानुभूति में हड़ताल का, आह्वान किया।

सरदार पटेल को जब यह पता चला तो उन्होंने अरुणा और अच्युत पटवर्धन की हड़ताल की कोशिशों का सख्त विरोध किया। पटेल के विरोध का काफ़ी असर हुआ। किन्तु इसके बावजूद 22 फरवरी के दिन अनेक मिल मज़दूर और छात्र बम्बई की सड़कों पर प्रदर्शन हेतु उतर पड़े। पुलिस की ओर से जब उन पर बल-प्रयोग किया गया तो

प्रदर्शनकारियों में अफ़रा-तफ़री मच गयी। ऐसे में असामाजिक तत्त्वों की भी बन आयी और बम्बई की सडकों और बाज़ारों में दंगा-फ़साद शुरू हो गया। ''कई दुकानों में तोड़फोड़ हो गयी। दूकानें लूट ली गयीं। राहगीर चाकू की नोक पर लूटे गये। कई सरकारी इमारतों को आग लगा दी गयी। रेलवे स्टेशनों को आग के हवाले कर दिया गया, आग बुझानेवाली दमकल गाड़ियाँ में भी आग लगायी गयी। जगह-जगह अंग्रेज़ लोगों और अंग्रेज़ी परिधान पहने व्यक्तियों को भी उन्मादी भीड़ की हिंसा का शिकार होना पड़ा।'' सरदार पटेल ने गाँधी जी को एक पत्र में बम्बई दंगों का हाल लिखकर भेजा।

उधर नेवी के बागी नाविकों के हौंसले पस्त हो चले थे। हताशाजनक मनःस्थिति में विद्रोहियों के नेता सरदार पटेल से मिलने गये। अरुणा आसफ़ अली और उनका एक साथी सरदार पटेल के निवास के बाहर कार में ही बैठे रहे और उनके द्वारा निर्देशित विप्लवी नाविकों की यूनियन के नेता एम.एस. ख़ान 22 फरवरी को सरदार पटेल से मिलने भवन के भीतर गये।

सरदार को हड़ताल यूनियन नेता ने अपना परिचय 'नौसैनिक केंद्रीय हड़ताल समिति' के अध्यक्ष के रूप में दिया। पटेल ने मिस्टर ख़ान को बैठने को कहा। पूछा-

''क्या आप अपनी माँगों के सन्दर्भ में अपने अफ़सरों से मिले थे ?''

ख़ान ने कहा-''जी वाइस-एडमिरल जे.एच. गोडफ्रे से हमने दो दिन पूर्व ही मिलकर बात की थी।''

''क्या कहा उन्होंने ?''

''उन्होंने कहा माँग-वाँग बाद में देखेंगे। सबसे पहले काम पर सब वापस जायँ।''

सरदार वल्लभभाई पटेल ने कहा -''ठीक ही कहा उन्होंने। मैं आपके वाइस-एडमिरल की बात से एक़दम सहमत हूँ। आर्मी, एयरफ़ोर्स और नेवी में हर हाल में अनुशासन होना चाहिए।... मिस्टर ख़ान! आप एक ज़िम्मेदार व्यक्ति हैं। अनुशासन का मतलब समझते होंगे। मैं आपको सलाह दूँगा कि आप तत्काल अपने साथियों से आत्मसमर्पण करने को कहें। ऐसा करने पर मैं आपके हितों की रक्षा की ज़िम्मेदारी लेने को तैयार हूँ। कांग्रेस की ओर से मैं ब्रिटिश एथॉर्टी से बात करूँगा।''

''सर! आप अगर कह रहे हैं तो हम पीछे हटने को तैयार है। मगर ब्रिटिशर्स के कहने से तो सरेण्डर करने से रहे।''

सरदार ने कहा-''यही सही। मगर हिंसा छोड़े बिना और अनुशासन के दायरे में वापस आये बिना कोई बात बननी सम्भव नहीं।''

''ठीक है सर!...मगर इसमें एक समस्या है। आज हमारे विरोध को प्रारम्भ हुए चार दिन होने को आये। हमें अफ़सोस है कि हमारे समर्थन में सिविल इलाक़ों में भी दंगे-फ़साद हो गये हैं। कई लोग मारे गये और काफ़ी 'पब्लिक प्रापर्टी' का नुक़सान हुआ है।''

''आप मुझसे क्या चाहते हैं ?''- वल्लभभाई ने पूछा।

"यही कि आपने जो सरेण्डर करने और न्याय दिलाने का आश्वासन हमें दिया है उसे आप क्या लिखित में हमें दे सकेंगे?"

सरदार ने पूछा कि - "क्या आपको अपने साथी नाविकों को समझाने में कोई दिक्कत है?"

खान साहब ने कहा - "सर! आपका दो-लाइन का सन्देश अगर हमारे पास होगा तो सभी आन्दोलित नाविकों को समझा पाना मेरे लिए आसान हो जायेगा।"

इस पर सरदार पटेल ने यूनियन नेता ख़ान को लिखकर भी अपना सन्देश तथा आश्वासन दे दिया। सरदार पटेल के निवास से लौटकर थके-टूटे हड़ताल-यूनियन के नेता ख़ान ने पटेल का आत्मसमर्पण करने का सन्देश सजल नेत्रों से 22 फरवरी की शाम को ही अपने साथियों को सुनाया। उन्होंने अपने बाग़ी साथियों से भर्राये शब्दों में कहा कि-

"इन दुर्भाग्यपूर्ण हालातों में हमें कांग्रेस की सलाह यह है कि हम हथियार डाल दें और आत्मसमर्पण की औपचारिकताओं का निर्वाह करें।...कांग्रेस इस बात को सुनिश्चित करेगी कि हमारे साथ उच्चस्तर से दुर्भावनापूर्ण कार्यवाही न की जाये और नाविकों की जायज़ माँगों को यथाशीघ्र स्वीकार किया जाये। इसलिए राष्ट्रीय नेताओं के मार्गदर्शन को स्वीकारते हुए आत्मसमर्पण करने की बात का हमें पालन करना चाहिए। साथियों, हम ब्रिटिश सरकार के समक्ष समर्पण नहीं कर रहे हैं। बल्कि हम अपने ही लोगों के सामने समर्पण कर रहे हैं।"

नेवी के कुछ मुस्लिम नाविक जानना चाहते थे कि इस सम्बन्ध में जिन्ना साहब की क्या सलाह है ? उनकी सलाह भी मध्यरात्रि के बाद तार द्वारा आ गयी। जिन्ना ने भी पटेल की भाँति नौसैनिकों को हथयार डाल देने की सलाह दी थी। रातों-रात मुंबई की केन्द्रीय हड़ताल समिति से सभी नेवी के जहाज़ों और बन्दरगाहों को हड़ताल वापसी और आत्मसमर्पण करने के सिगनल प्रसारित किये गये। उन सभी सन्देशों में सरदार पटेल की सलाह और आश्वासन का हवाला भी साथ में दिया गया था।

नेवी की यह ऐतिहासिक हड़ताल 23 फरवरी, 1946 को समाप्त हो गयी। बम्बई से दिल्ली और दिल्ली से लन्दन तक ब्रिटिश हुक्मरानों ने चैन की सांस ली। बम्बई, कराची, मद्रास, कलकत्ता आदि सभी बन्दरगाहों और जहाज़ों में अराजकता की स्थिति समाप्त हो पुनः शान्ति बहाल हुई।

इस नौ-सैनिक विद्रोह और उससे जुड़े दंगों और क़ानून एवं व्यवस्था को स्थापित करनेवाली अनेक हिंसक-झड़पों में हुईं। पुलिस कार्यवाही में बम्बई शहर में 236 लोगों की जानें गयीं और 1156 लोग घायल हो गये। दंगों की विभीषिका पूरे भारत में फैल सकती थी, जिसे सरदार पटेल ने बम्बई में मौजूद रहते हुए, नाविकों को अपनी सलाह से नियन्त्रित कर, उस महानगर तक ही परिसीमित कर दिया। बम्बई की सरकार ने नयी दिल्ली को सूचित किया कि - "सरदार पटेल ने बम्बई की व्यापक हड़ताल रोकने में अपनी पूरी शक्ति लगा दी, जिसका कि रॉयल इण्डियन नेवी के नाविकों की सहानुभूति

में आह्वान किया गया था। इतना ही नहीं सरदार ने इसे लेकर हो रही शर्मनाक गुंडागर्दी की भी निरन्तर निन्दा की।"

दरअसल सरदार पटेल जानते थे कि स्वतन्त्रता की राह पर देश इस समय जिस प्रकार शान्तिपूर्वक चल रहा था उसमें अराजकता की स्थितियाँ लक्ष्य प्राप्ति की दिशा में अनेक समस्याएँ खड़ी करेंगी जो कि अंग्रेजों और भारतीय राजनेताओं के बीच बन रहे सन्तुलन को एकाएक छिन्न भिन्न कर सकती हैं। इसके अलावा सरदार पटेल एक सुदृढ़ प्रशासक थे जो कि जनसेवकों, पुलिस और सैन्य बलों में अनुशासन के सिद्धान्त को सर्वोपरि मानते थे।

सरदार अपनी मान्यताओं में एकदम स्पष्ट और दृढ़ थे। उन्हें इस बात की जरा भी परवाह नहीं थी कि उनके कठोर रुख़ कीजनसामान्य में क्या प्रतिक्रिया होगी? ब्रिटिश राज और वह दोनों ही चाहते थे कि नौसैनिकों का विद्रोह समाप्त हो। उन्होंने उसके लिए वह सब किया जो वह कर सकते थे और उसमें वह कामयाब रहे। मगर उनका रास्ता रोकनेवाले उनको बदनाम करनेवाले कम्युनिस्ट विचारधारा के नेता और अरुणा आसफ़ अली जैसे-क्षणिक उत्तेजना वाले नेहरू जी के-शुभचिन्तक नेता सरदार के ख़िलाफ़ बराबर चेष्टारत रहते थे। 28 साल से जिस राजनीतिक मार्ग को गाँधीवादियों ने बहुत धैर्य और सूझ-बूझ से तैयार किया था, जो अब अपनी सफलता की मंजिल के निकट पहुँच रहा था, उसे नौसेना के विद्रोह के इस अत्यन्त संवेदनशील मौके पर जनता को सड़कों पर अविवेकपूर्ण ढंग से घसीटकर पुनः दुर्गम बनाने का काम अरुणा जैसे अदूरदर्शी लोगों ने किया था। इन लोगों ने मिल-मज़दूरों और छात्रों को इसके लिए बाक़ायदा भड़काया था। सरदार इस बात से काफ़ी विक्षुब्ध थे।

जब 23 फरवरी, 1946 को नौसेना-विप्लव समाप्त हो गया तो सरदारश्री ने गाँधी जी को 24 फरवरी को अपने एक पत्र में लिखा कि -"अगर हम आज इस तरह खड़े न होते तो हम तो समझिये गये थे, निबट ही जाते।" बम्बई के इन पाँच दिवसों में सरदार पटेल ने यदि नौसैनिक विद्रोह के प्रति आलोचनात्मक रुख अपनाया तो महात्मा गाँधी ने भी उसकी आलोचना ही की और उसे 'अशोभनीय' की संज्ञा दी थी। यह भी कहा था कि हिंसा के मार्ग पर इस तरह हिन्दू-मुस्लिमों का एक साथ चलना एक 'अपवित्र' काम है।

सरदार पटेल ने पण्डित जवाहरलाल नेहरू को भी 22 फरवरी को-नौसैनिकों के आत्मसमर्पण से एक दिन पहले-लिखकर भेजा था-"कम्युनिस्ट और समाजवादी लोगों ने अच्युत और अरुणा के नेतृत्व में हड़ताल का आह्वान किया है- हमारी सलाह के विपरीत। हमें इस बढ़ती हिंसा की समस्या को थामना होगा, नहीं तो हमारा खेल ख़त्म होने को है।" सरदार पटेल के विरोधी रुख़ से नाखुश अरुणा ने तब जवाहरलाल जी से हस्तक्षेप करने का आग्रह किया और नेहरू मान गये।

अरुणा ने उक्त क्रम में नेहरू जी को तार द्वारा बम्बई आने को कहा। अरुणा एक अख़बार भी निकालती थीं जिसका नाम था - 'फ्री प्रेस जूर्नल'। इस अख़बार में अरुणा

ने यह छापा कि सिर्फ़ जवाहरलाल नेहरू ही वह नेता हैं जो इन परिस्थितियों को सम्भाल सकते हैं। इस पर नेहरू जी ने सरदार पटेल को एक तार भेजा जिसमें उन्होंने लिखा था कि - ''यदि आवश्यक हो तो मैं कुछ महत्त्वपूर्ण कार्यों को छोड़कर आ सकता हूँ।'' पटेल ने अपनी दृढ़ता एवं आत्मविश्वास का परिचय देते हुए तार का जवाब तार से दिया कि-''आपके आने की आवश्यकता नहीं है।'' इसके बावजूद, नेहरू जी अरुणा आसफ़ अली के बुलावे पर बम्बई जा पहुँचे। तब तक विद्रोह समाप्त हो गया था और महानगर में हिंसा पर क़ाबू पाया जा चुका था। नेहरू जी का भावुक दो-चित्तापन इससे साफ़ झलकता है। पटेल और नेहरू में यही मौलिक-विभेद था।

अंग्रेज़ों के अधीन भारत का 3/5 हिस्सा था जिसे ईस्ट इण्डिया कम्पनी ने अपने कार्यकाल में धीरे-धीरे हथियारों के बल पर जीता था अथवा कूटनीतिक छल द्वारा विभिन्न नवाबों और राजाओं से हड़पा था। इसे ब्रिटिश-भारत कहा जाता था। देश का शेष 2/5 हिस्सा 565 देशी राजाओं, नवाबों आदि के अधीन ही था। अंग्रेज़ इन देशी नरेशों के राजकाज में प्रायः हस्तक्षेप नहीं करते थे, पर इन्हें दूसरे तरीक़ों से कुछ सन्धियों माध्यम से नियन्त्रित करते थे। देशी राजा ब्रिटिश सम्प्रभुता को मानते थे, परन्तु वे विदेशी मामलों के अलावा स्वयं को हर तरह से स्वतन्त्र और प्रभुतासम्पन्न समझते थे। सबके पास अपना एक शासन-तन्त्र, अपने न्यायालय और सुरक्षा बल थे। उनके पास अपनी रेल, डाक सेवा और मुद्रा भी थी। कुछ राजा महाराजा और नवाब तो इतने रईस थे कि उनके पास ख़ुद के वायुयान तक थे। देशी राजा अंग्रेज़ों की ओर से उनके राज्य के आकार और हैसियत के मुताबिक़ अलग-अलग मिलनेवाली 'तोपों की सलामी' से ही बड़े ख़ुश थे और गर्व का अनुभव करते थे। उनकी प्रजा भी उनके अधीन थी, ब्रिटिश राज के अधीन नहीं।

भारत को आज़ादी देने का अर्थ था भारत के हिन्दुओं-मुसलमानों और अन्य लोगों के बारे में संवैधानिक व्यवस्था के बारे में विचार करने के साथ-साथ इन 565 बड़ी मझोली और छोटी रियासतों के विषय में भी विचार करना कि अंग्रेज़ों के शासन के बाद इनका क्या होगा? कैबिनेट मिशन ने इन नरेशों के भी विचार जानने चाहे जो अनिवार्य थे। देशी रियासतों का अपना एक संगठन 'चैम्बर ऑफ प्रिन्सेज' के नाम से जाना जाता था। नवाब भोपाल इस समय 'चैम्बर ऑफ प्रिन्सेज' के चान्सलर थे। वे 2 अप्रैल, 1946 को कैबिनेट मिशन के सदस्यों और वायसराय से दिल्ली आकर मिले।

नवाब भोपाल भारतीय रियासतों के भविष्य के प्रति काफ़ी चिन्तित थे। अंग्रेज़ों के चले जाने के बाद वे देशी रियासतों की सम्प्रभुता को अधिकतम मात्रा में बरक़रार रखने के पक्षधर थे। उन्होंने उसी दिशा में कैबिनेट मिशन के समक्ष अपनी बातें रखीं। नवाब

भोपाल ने कहा कि- ''ब्रिटिश भारत और रियासतों की एक प्रिवी काउन्सिल बनायी जाये। जैसा कि साइमन कमीशन की रिपोर्ट में सुझाया गया था। हमारा यह कहना है कि अगर भारत में हिन्दू-बहुल और मुस्लिम-बहुल दो राज्य बन सकते हैं तो हमारी रियासतों को मिलाकर तीन राज्य क्यों नहीं बन सकते?''

लॉर्ड पैथिक लॉरेंस ने नवाब साहब से पूछा कि - ''केन्द्र में आज ब्रिटिशर्स द्वारा संचालित सरकार है। कल को अगर भारत सरकार रहती है तो उसके साथ रहने में देशी राज्यों को क्या परेशानी है?''

नवाब भोपाल ने इस पर मिशन से काफ़ी लम्बी चर्चा की। भारतीय नेताओं, ब्रिटिश राज की अर्द्धप्रजातान्त्रिक व्यवस्था जो, भविष्य में स्वतन्त्रता मिलने पर, पूर्ण गणतन्त्र में बदल जानी सम्भावित थी, उसे लेकर अपनी प्रजा के वर्तमान स्वरूप, राजाओं-नवाबों के अपने दुखड़ों का बयान करते हुए नवाब साहब ने अपनी अनेक आशंकाएँ जतायीं। इनकी बातों का निष्कर्ष यह था कि वे केन्द्र में एक लचीला-संघ चाहते थे। उन्होंने कहा कि-''आप देख लीजिये कि हमारा हित किसी तरह भविष्य के भारत में बाधित न हो।.. जैसी ब्रिटिश-पैरामाउण्टसी अर्थात् सर्वोच्च-प्रभुता आज तक रियासतों के मामले मे आप ब्रिटिशर्स को प्राप्त है, वैसे अधिकार भारत सरकार को नहीं दिये जाने चाहिए। कृपया इसे ज़रूर सुनिश्चित किया जाये।''

उसी दिन दोपहर में 'चैम्बर ऑफ प्रिन्सेज' की स्थायी-समिति के सदस्य-पटियाला, ग्वालियर, बीकानेर और नवानगर के महाराजा और नवाब भी कैबिनेट मिशन से भेंट करने हेतु उपस्थित हुए। पैथिक लॉरेन्स ने उन्हें साफ़-साफ़ बताया कि-''यदि 'ब्रिटिश भारत' को स्वाधीनता मिलती है तो ब्रिटेन की महा-सम्प्रभुता स्वतः समाप्त हो जायेगी। उस हाल में आन्तरिक अनुशासन बनाये रखने हेतु भारत में ब्रिटिश फ़ौज को रखने का कोई इरादा ब्रिटिश सरकार का नहीं है। ऐसे में ब्रिटेन के सम्राट्-रियासतों के साथ चली आ रही सन्धियों को लेकर-अपना उत्तरदायित्व निर्वाह नहीं कर सकेंगे। सन्धियों के प्रभावशून्य हो जाने के फलस्वरूप भारत की रियासतें भी ब्रिटिश सम्राट् के प्रति अपनी शपथ से मुक्त हो जायेगी।''

नवानगर के राजा ने तब प्रश्न किया कि-''तब हमारी रियासतों के ब्रिटेन के साथ सम्बन्ध किस प्रकार के रहेंगे?''

इसका जवाब स्टैफर्ड क्रिप्स ने दिया - ''उस सूरत में तो बहुत-कुछ नवीन परिस्थितियों पर निर्भर करेगा। विभिन्न रियासतों की भारत में खुद की क्या स्थितियाँ होंगी? उस पर निर्भर करेगा।''

''कृपया इसे स्पष्ट करें...''

'मसलन वे यदि सार्वभौम रहीं तो सीधे ब्रिटिश कामनवेल्थ का हिस्सा बन सकती हैं। अन्यथा यदि रियासतें अपनी सम्प्रभुता का कुछ हिस्सा भारतीय संघ को दे देती हैं तो ब्रिटेन उनसे भारतीय संघ के माध्यम से ही सम्बन्ध रख सकेगा।''

इसके बाद छोटी रियासतों की हैसियत से राजा डूँगरपुर और राजा बिलासपुर 4 अप्रैल, 1946 को कैबिनेट मिशन से अलग-अलग आकर मिले।

राजा डूँगरपुर ने कहा कि - "लगभग आधा दर्जन रियासतें ही भारत में इतनी बड़ी हैं जितने कि ब्रिटिश भारत के विभिन्न प्रान्त। छोटी रियासतों की अपने आकार-प्रकार और संसाधनों को लेकर स्थिति बड़ी रियासतों से नितान्त भिन्न है। इसलिए छोटी रियासतों को अपनी सम्प्रभुता त्यागकर भी भौगोलिक आधार पर अथवा भाषा के आधार पर परस्पर मिलना होगा। वरना बड़ी रियासतें अपने में उनका विलय कर लेंगी।"

राजा बिलासपुर का मत इसके विपरीत था। उन्होंने मिशन से अनुरोध किया कि - "हर रियासत को अपना भाग्य तय करने के लिए स्वाधीन छोड़ देना चाहिए। क्योंकि रियासतों को भी स्वाधीनता का उतना ही अधिकार है जितना ब्रिटिश भारत को। अगर ज़रूरी हुआ तो रियासतें अपनी रक्षा के लिए युद्ध भी कर सकती हैं।"

सर सी.पी. रामास्वामी अय्यर, त्रावणकोर राज्य के दीवान ने कैबिनेट मिशन से 9 अप्रैल को दिल्ली आकर भेंट की। उनका कहना था कि - "सारी देशी रियासतों का कोई भविष्य सार्थक न होगा जब तक वे सभी मिलकर एक समूह नहीं बन जातीं। ख़ासकर छोटी रियासतों को आपकी ओर से यह साफ़ बता दिया जाये कि अगर वे एकजुट नहीं होंगी तो उन्हें उनके भाग्य पर छोड़ दिया जायेगा। इस पर वे स्वयं एक समूह में शामिल होने के लिए बाध्य हो जायेगी।"

इसी क्रम में हैदराबाद जैसी बड़ी रियासत के निज़ाम ने अपने प्रतिनिधि के तौर पर नवाब छतारी को कैबिनेट मिशन से भेंट करने को भेजा। नवाब छतारी ने मिशन से यह माँग रखी कि - "बरार प्रान्त को वापस लौटाया जाये और हैदराबाद रियासत को समुद्र तक पहुँचने का मार्ग हैदराबाद की सीमा से गोवा बन्दरगाह तक दिया जाये ताकि वहाँ से अपना आयातित माल हैदराबाद लाया जा सके।" इसके लिए रेलवे लाइन बिछाने की भी फ़रमाइश कैबिनेट मिशन के आगे की गयी।

नवाब छतारी कुछ और मुँह खोलते कि क्रिप्स ने अपना सिर खुजाते हुए उन्हें यह कहकर चुप कराया कि-"इस मामले में आपको ब्रिटिश भारत से बाद में वार्त्ता करनी होगी।"

नवाब छतारी ने कहा - "जी हुज़ूर। मै कुछ समझा नहीं। किससे बात करनी होगी ?"

क्रिप्स बोले-"वायसराय लॉर्ड वैवल हैं न उसके लिए।"

नवाब छतारी के जाने के बाद तीनों अंग्रेज़ों ने एक-दूसरे को हैरत की निगाहों से देखा। फिर वे सब-के-सब एक साथ हँस दिये।

देखा जाये तो कैबिनेट मिशन के तीनों अंग्रेज़ सदस्यों का काम आसान नहीं था। सत्ता हस्तान्तरण के सवाल पर ब्रिटेन की लेबर सरकार ने उन्हे दो तरह के गतिरोधों को दूर करने के लिए भेजा था। वे गतिरोध जो ब्रिटेन और भारत के बीच स्थित थे। और वे गतिरोध जो कांग्रेस और मुस्लिम लीग के बीच विद्यमान थे। यह वह कठिन समय था

जब इतिहास की घड़ी का पेण्डुलम 'भारत की एकता' और 'भारत के विभाजन' के प्रश्नों के मध्य निरन्तर दायें-बायें झूल रहा था।

ब्रिटिश प्रधानमन्त्री एटली ने वायसराय वैवल को 'कैबिनेट मिशन' के सन्दर्भ में एक निजी तार भी भेजा था। उसमें उन्होंने कहा था कि- लेबर सरकार वायसराय को नज़र-अन्दाज़ करना नहीं चाहती है, लेकिन यह महसूस करती है कि ऐसा दल जो वहीं फ़ैसला कर सके, समझौते की बातचीत को काफ़ी सहारा देगा और हिन्दुस्तानियों के अविश्वास को दूर करके यह साबित कर देगा कि इस बार हम लोग इसे कर गुज़रना चाहते हैं।

अब से चार साल पहले 1942 में चर्चिल की सरकार ने जो एक-सदस्यी 'क्रिप्स मिशन' भेजा था उसे स्वतन्त्र निर्णय के अधिकार प्राप्त नहीं थे। उसे वायसराय की काफ़ी सहायता और सलाह लेनी पड़ती थी। जबकि 'कैबिनेट मिशन' के तीनों सदस्य खुलकर काम करते थे। बैठकें, साक्षात्कार करते थे और अपना एजेण्डा सेट करते थे। वायसराय लॉर्ड वैवल मिशन की बैठकों में प्रायः उपस्थित नहीं रहते थे। जब कभी कैबिनेट मिशन ने इच्छा ज़ाहिर की, वे उपस्थित होते और मिशन के सदस्यों को उचित सहयोग अथवा अपनी राय देते। तीनों अंग्रेज़ सदस्य अलग-अलग स्वभाव और क्षमतावाले थे। भारतीय नेताओं में उनकी छवि भी अलग प्रकार की बनी।

सर स्टैफर्ड क्रिप्स पहले भी अपना मिशन लेकर 1942 में भारत आकर जा चुके थे। भले ही वे नाकामयाब रहे, परन्तु भारत के बारे में वे दल में सबसे अनुभवी और जानकार व्यक्ति थे। क्रिप्स राजनैतिक सिद्धान्तों के ज्ञाता थे और तीक्ष्ण बुद्धि के व्यक्ति थे। वे ऐसे ब्रिटिशर थे जिसने भारत की समस्याओं का व्यापक अध्ययन किया था, परन्तु जिसके अध्ययन के भीतर भावनात्मक गहराई न थी। वह भारतवासियों की आन्तरिक भावनाओं से भली-भाँति अवगत न थे। वे योजना बनाने में निपुण थे। योजना बनाते समय भारत के राजनीतिक, क्षेत्रीय, धार्मिक दृष्टिकोण और जातीय मान्यताओं को तो समावेशित कर सकते थे, परन्तु उनमें अन्तर्निहित मानवीय पहलू पर उनकी कोई पकड़ नहीं थी। यही कारण था कि वे 1942 में क्रिप्स अपने मिशन में असफल होकर इंग्लैड लौटे थे। इस बार भी काग़ज़ी योजनाएँ कितनी कामयाब होंगी? क्रिप्स दावे के साथ नहीं कह सकते थे।

लेकिन इस बार कैबिनेट मिशन में एक ऐसा बुज़ुर्ग और सज्जन इन्सान भी आया था जिसके व्यवहार से हिन्दू-मुसलमान और सभी भेंटकर्त्ताओं ने उसे बेहद पसन्द किया। वे थे लॉर्ड पैथिक लॉरेन्स जो ब्रिटिश कैबिनेट में भारत सचिव भी थे। बुज़ुर्ग पैथिक लॉरेंस का व्यक्तित्व और उनका व्यवहार बहुत प्यारा था। क्योंकि उनका हृदय बहुत उदार था और वह भारत के प्रति कोई पूर्वाग्रह नहीं रखते थे। अपने नेता एटली की भाँति वे भी भारत की स्वाधीनता वाक़ई चाहते थे और उसके लिए गम्भीरता से चेष्टारत थे।

ठण्डी जलवायु के अंग्रेज़ों के लिए भारत में मार्च के अन्त से शुरू होनेवाली गर्मी, जो अप्रैल से उत्तरोत्तर प्रचण्ड होती जाती है, को सहन कर पाना अत्यन्त कष्टकर था।

अब वायसराय की तरह केन्द्रीय वातानुकूलित महल हर किसी को तो तब उपलब्ध नहीं था। पंखे कूलर आदि का ही सहारा था। बाहर निकलते और यात्रा करते समय गर्म-हवा से चमड़ी झुलसने और पसीने की धाराओं से तन से कपड़ों के चिपक जाने के विचित्र-अनुभव अंग्रेज़ों के लिए काफ़ी कष्टकारी थे। हिन्दुस्तानी तो बहुत हद तक उसके आदी थे, वह कष्ट वे अपेक्षाकृत आसानी से सहन कर लिया करते थे।

बूढ़े पैथिक लॉरेन्स ने मौसम की असुविधाओं की कभी शिकायत नहीं की। भीषण तापमान के दिनों में वह पसीने से नहाते रहे किन्तु काम निरन्तर करते रहे। एक बार एक महत्त्वपूर्ण बैठक में वह गर्मी के मारे बेहोश हो गये। उन्हें विश्राम हेतु ले जाया गया। कुछ देर बाद स्वस्थ चित्त होते ही वह बैठक में पुनः लौट आये और उपस्थित लोगों से - 'सॉरी जेण्टलमेन' कहकर माफ़ी भी माँगी।

तीसरे सदस्य ए. के. अलेक्जेण्डर मिशन में प्रायः एक ख़ामोश तबीयत के सदस्य थे। उनका इतना ही योगदान दल में था कि वे अपने मन के संशयों को दूर करने के लिए यदाकदा एक-आध सवाल कर लिया करते थे। मूलतः उनका दृष्टिकोण, विरोधी दल के घिसे हुए नेता चर्चिल की तरह, साम्राज्यवादी था। दुर्भाग्य से उन्हें अपने अंग्रेज़ साथियों को स्वतन्त्रचेता भारतीय नेताओं से उनकी आज़ादी और शासन व्यवस्थाओं पर बात करते देखना पड़ रहा था। अलेक्जेण्डर के लिए यह सब-कुछ एक बुरे सपने जैसा था। मिशन के सदस्यों को कांग्रेस, दलित-सिख-रियासतों, अन्य सभी प्रकार के नेताओं से बातचीत अथवा विचार-विमर्श में अधिक कठिनाई नहीं हुई। परन्तु मुस्लिम लीग के प्रमुख मोहम्मद अली जिन्ना उनके लिए भी एक 'लोहे का चना' साबित हुए।

जिन्ना की एकमात्र ज़िद थी-पाकिस्तान। एकमात्र राग था- पाकिस्तान। उससे कम कुछ नहीं। मिशन के सदस्यों से जब-जब जिन्ना का सामना हुआ, वे निराशा से भर गये। जिन्ना हमेशा बढ़िया सिले हुए थ्री-पीस के सूट में टिप-टाप हालत में इन अंग्रेज़ प्रतिनिधियों के सम्मुख आते। हमेशा सीधे चलते और तनकर सामने बैठते। उनकी चमकीली साफ़ आँखें उनके मन के भावों को शीघ्र प्रकट न होने देतीं।

जब दिन की गर्मी में सभी पसीने से तर होते, जिन्ना की सूखी चमड़ी पर तब भी पसीना न झलकता। अलेक्जेण्डर ने एक बार हँसी में अलग से अपने दोनों साथियों से जिन्ना के बारे मे कहा था--"जहाँ तक मै समझता हूँ इण्डिया में वह अकेला आदमी है जो अपना कूलर साथ लिए फिरता है।"

मिशन के सदस्यों ने चाहे जिन्ना से जितना सहज और निकट होना चाहा हो, जिन्ना का गाम्भीर्य वे तोड़ न सके। न ही उन्हें इंच भर भी अपनी लीगी-अवधारणा से विचलित कर पाये। इसके विपरीत मुसलमानों के नेता मौलाना अबुल कलाम आज़ाद से बात करते समय मिशन को सर्वाधिक सन्तोष का अनुभव हुआ। मौलाना आज़ाद कांग्रेसी थे। उदार मुस्लिम थे। वे वास्तविक अर्थों में एक राष्ट्रवादी मुसलमान थे। उन्हें भी भारत के नौ करोड़ मुस्लिमों का नुक़सान न हो, उनके साथ ग़ैर-बराबरी का बर्ताव न होने पाये, मुल्क में

धर्मनिरपेक्ष वातावरण ही रहे, भारत हिन्दू-राष्ट्र न बन जाये- इन सब बातों की फ़िक्र थी। एक पढ़े-लिखे मुस्लिम बुद्धिजीवी की भाँति मौलाना आज़ाद, मन में चाहे बहुत-कुछ सोचते हों, मगर बोलते समय वाणी पर संयम रखते थे। इस्लाम धर्म में गहरी आस्था रखते हुए भी उनकी सोच कट्टरवादी नहीं थी। साम्प्रदायिक तो हरगिज नहीं। उन्हें इस देश की मिट्टी से उतना ही प्यार था, जितना किसी हिन्दू को। मौलाना आज़ाद की आम देशवासी और कांग्रेस दोनों में बड़ी इज़्ज़त थी। मुसलमानों का एक वर्ग जो उदार था, उन्हें चाहता था। मगर जिन्ना का पिछलग्गू-वर्ग मौलाना से पूरी तरह फिरण्ट था। यह फिरण्ट वर्ग आकार में अब निरन्तर बढ़ता जा रहा था।

इसके बावजूद मौलाना आज़ाद का मानना था कि जिन्ना का कथित 'पाकिस्तान' मुसलमानों की समस्या का वास्तविक हल नहीं था। मौलाना आज़ाद जो विगत अनेक वर्षों से कांग्रेस-अध्यक्ष भी थे, अपनी पार्टी के हिन्दू नेताओं से विचार-विमर्श कर इस नतीजे पर पहुँचे थे कि हिन्दुस्तान से साम्प्रदायिकता ख़त्म करने और हिन्दू-मुस्लिम भाईचारा क़ायम करने के अनेक उपाय और अवसर हैं। इस सम्बन्ध में उन्होंने कई बार कैबिनेट मिशन से बातचीत की और 15 अप्रैल, 1946 को एक महत्त्वपूर्ण एवं ऐतिहासिक वक्तव्य प्रकाशित किया।

मौलाना आज़ाद ने वक्तव्य में कहा था-"मुस्लिम लीग की पाकिस्तानवाली योजना पर हर पहलू से मैंने सोचा विचारा है। एक हिन्दुस्तानी की हैसियत से देश की पूरी इकाई पर भविष्य में क्या असर पड़ेगा? इस पर गौर किया है। एक मुसलमान की हैसियत से, हिन्दुस्तान और मुसलमानों की क़िस्मत पर इसका क्या असर पड़ सकता है? इसका अन्दाज़ा लगाया है। इस योजना के सभी पहलुओं पर ग़ौर करने पर मैं इस नतीजे पर पहुँचा हूँ कि यह न सिर्फ पूरे हिन्दुस्तान के लिए हानिकारक है, बल्कि मुसलमानों के लिए ख़ासतौर पर नुक़सानदेह है। दरअसल इससे जो मसले सुलझते हैं उनसे कहीं ज़्यादा पैदा होते है।"

मौलाना आज़ाद ने यहाँ तक कहा कि -"पाकिस्तान नाम ही मेरी तबीयत के ख़िलाफ़ है। इसका आशय है कि दुनिया का कुछ हिस्सा पाक है और बाक़ी नापाक। इस तरह दुनिया को पाक और नापाक हिस्सों में बाँटना ग़ैर-इस्लामी है। इस्लाम की रूह को ग़लत साबित करना है। इस्लाम में ऐसे बँटवारे की कोई गुंजाइश नहीं। क्योंकि हज़रत मुहम्मद ने कहा है- ख़ुदा ने मेरे लिए सारी दुनिया ही मस्जिद बनायी है।"

उन्होंने आगे कहा कि-"इसके अलावा पाकिस्तान की योजना मुझे पराजय की प्रतीक मालूम होती है जो कि यहूदियों की माँग के नमूने पर तैयार की गयी है। यह तो यह मान लेना है कि पूरे हिन्दुस्तान की इकाई में मुसलमान अपने पैरों पर टिक नहीं सकेंगे, इसलिए एक सुरक्षित कोनें में सिमटकर उन्हें तसल्ली मिल जायेगी। यहूदियों की एक राष्ट्रीय आवास की माँग के साथ सहानुभूति रखी जा सकती है, क्योंकि वे सारी दुनिया में बिखरे पड़े हैं और कहीं के भी अनुशासन में वे अहम् पार्ट अदा नहीं कर सकते। लेकिन

हिन्दुस्तान के मुसलमानों की हालत तो बिल्कुल दूसरी है। उनकी जनसंख्या लगभग नौ करोड़ है और हिन्दुस्तान की ज़िन्दगी में उनकी तादाद उनकी ख़ूबियाँ इतनी अहम् हैं कि अनुशासन और नीति के सभी सवालों पर बख़ूबी और पुरअसर तरीक़े से प्रभाव डाल सकते हैं। कुदरत ने कुछ इलाक़ों में उनको केन्द्रित कर उनकी मदद भी की है।

"ऐसी हालत में पाकिस्तान की माँग में कोई ताक़त नहीं रह जाती। एक मुसलमान की हैसियत से कम-से-कम मैं तो पूरे मुल्क को अपना समझने का, इसकी सियासी और माली ज़िन्दगी के फ़ैसले में हिस्सा लेने का हक नहीं छोड़ सकता। मुझे तो जो हमारा बपौती हक़ है उसे छोड़ना और उसके एक टुकड़े से तसल्ली करना कायरता का पक्का सबूत मालूम होता है।"

वस्तुतः मौलाना आज़ाद ने मुसलमानों की समस्या को लेकर एक फ़ार्मूला तैयार किया था जिसे कांग्रेस की वर्किंग कमेटी से मनवा भी लिया था। इसमें 'पाकिस्तान' की योजना की सारी अच्छी बातें तो थीं लेकिन उसकी ख़राबियाँ नहीं थीं। इसमें हिन्दू-मुस्लिम आबादी की अदला-बदली को ख़ासकर बचाया गया था। सरदार पटेल, बाबू राजेन्द्रप्रसाद, राजर्षि पुरुषोत्तमदास टण्डन आदि यहाँ तक कि मौलाना आज़ाद के नज़दीकी पण्डित नेहरू जैसे हिन्दू साथियों ने यह कभी महसूस नहीं किया था कि मुसलमानों का एक बड़ा डर यह था कि अगर पूरे हिन्दुस्तान को आज़ादी मिली तो केन्द्र की हिन्दू प्रधान सरकार अल्पसंख्यक मुसलमानों पर दबाव डालेगी, उनके धार्मिक और सांस्कृतिक मामलों में दख़ल देगी, उन्हें बात-बात पर बन्दर-घुड़की देगी, उन्हें आर्थिक दृष्टि से सतायेगी और राजनैतिक तौर पर कुचल देगी। दूसरे शब्दों में कहें तो मुसलमानों को एक हिन्दू देश में 'दोयम दर्जे का नागरिक' बनकर रहना पड़ेगा। मौलाना आज़ाद ने भारतीय मुसलमानों के इस भय को अवश्य महसूस किया था। इसीलिए इन शंकाओं के निवारण हेतु मौलाना की यह योजना थी कि दोनों पक्ष ऐसा हल स्वीकार कर लें जिसमें मुस्लिम-बहुल प्रदेश अपने आन्तरिक मामलों अपने विकास के लिए स्वतन्त्र हों, लेकिन साथ ही जिन मामलों में पूरे मुल्क का सवाल उठता हो, वहाँ के मुस्लिम हितों के लिए वे केन्द्र पर अपना प्रभाव डाल सकें।

भीषण गर्मी के मौसम में दिल्ली में कैबिनेट मिशन अपना काम करता रहा। वार्त्ताओं और बैठकों के दौर चलते रहे। ख़ासकर कांग्रेस और मुस्लिम लीग के बीच विभाजन के पेच पर विचार-विनियम का सिलसिला चलता रहा। देश की एक सर्वमान्य संविधान की रूपरेखा निश्चित हो पाना इसी पेच पर निर्भर करता था। जब दिल्ली में गतिरोध दूर न हो सका तो कैबिनेट मिशन के तीनों सदस्य उबलते मौसम की मार और राजनीतिक वातावरण की भी गरमी से बचने के लिए शिमला के शीतल पहाड़ पर चले गये।

पेथिक लॉरेन्स, क्रिप्स और अलेक्जेण्डर की त्रिमूर्ति ने तब कांग्रेस और मुस्लिम लीग के चार-चार प्रतिनिधियों को शिमला निमन्त्रित किया। जो माथापच्ची का काम महात्मा गाँधी

कभी कर चुके थे अब वह नेहरू जी के हिस्से में आया। वह शिमला की ठण्डक में जिन्ना से अनेक दौर की वार्त्ताओं में समझौते का कोई मार्ग निकालने के लिए हर सम्भव प्रयत्न करते रहे। परन्तु पण्डित नेहरू के भी सब प्रयत्न व्यर्थ गये। मिस्टर जिन्ना एक आज़ाद-सार्वभौम-पाकिस्तान के अतिरिक्त कुछ भी सुनने-समझने- स्वीकारने को तैयार न थे। शिमला की इन भेंटवार्त्ताओं में कैबिनेट मिशन की भूमिका दो पहलवानों के बीच एक रेफरी से अधिक कुछ हो भी नहीं सकती थी। हताश पैथिक लॉरेन्स ऐसे में उस विदेशी कहावत के बारे में ज़रूर सोच रहे होंगे कि- 'आप दो घोड़ों को जल की नाँद तक ला तो सकते हैं, लेकिन उन्हें जल पीने हेतु बाध्य नहीं कर सकते'।

पं. नेहरू मिस्टर जिन्ना से शिमला में आमने-सामने की बैठकों में वन-टू-वन वार्त्ता करते रहे। किन्तु अनेक बैठकों में उनकी वार्त्ताएँ सफलता का कोई पायदान छू न सकीं।

शिमला में कैबिनेट मिशन ने कांग्रेस और मुस्लिम लीग के चार-चार नेताओं को बुलवाया था। कांग्रेस ने इस हेतु प्रतिनिधिमण्डल तय करने का अधिकार कांग्रेस-अध्यक्ष मौलाना आज़ाद पर छोड़ दिया था। मौलाना आज़ाद ने अपने अलावा जवाहरलाल नेहरू तथा सरदार पटेल को नामांकित किया। सरकार ने दोनों दलों के ठहरने का प्रबन्ध कर दिया था। महात्मा गाँधी औपचारिक रूप से बातचीत करनेवाले कांग्रेसी प्रतिनिधि मण्डल के सदस्य नहीं थे, परन्तु मिशन ने उनसे कहा कि वे शिमला आ जाये, ताकि समय पड़ने पर उनसे विचार-विमर्श किया जा सके। गाँधी जी आये और अलग ठहरे। कांग्रेस कार्यसमिति की अनौपचारिक बैठकें वहीं सम्पन्न की गयी, ताकि गाँधी जी उपलब्ध हो सकें।

2 मई को शिमला में विचार-विमर्श का शुरू हुआ सिलसिला 12 मई, 1946 तक चलता रहा। औपचारिक और अनौपचारिक कई बैठकें हुईं। मौलाना आज़ाद 'रिट्रीट' होटल में ठहरे थे। मिशन के सदस्य उनसे मिलने वहाँ भी गये और साथ में कॉफी पी।

लगभग दो सप्ताह की वैचारिक मशक्कत के बाद आज़ाद, नेहरू,पटेल गाँधी जी और उधर जिन्ना और उनके लीगी सदस्य दिल्ली वापस आ गये। कैबिनेट मिशन के तीनों सदस्य भी शिमला के ठण्डे मौसम से दिल्ली की गर्म भट्टी में नीचे उतर आये। गर्मी तो सभी नेताओं को लगती थी। मौलाना अबुल कलाम आज़ाद को कुछ ज़्यादा ही। अंग्रेज़ों को और भी ज़्यादा।

मन्त्रिमण्डलीय मिशन के सदस्यों -पैथिक लॉरेंस, क्रिप्स और अलेक्जेण्डर ने आपस में विचार-विनियम कर अपने सुझावों की रिपोर्ट टाइप कराकर इंग्लैण्ड भेजी। प्रधानमन्त्री एटली ने 16 मई, 1946 को इसे प्रकाशित करते हुए 'हाउस ऑफ़ कामन्स' में इसकी घोषणा की। कैबिनेट मिशन की योजना प्रस्तुत करते हुए एक श्वेतपत्र भी जारी किया गया जिसमें कहा गया कि-"हिन्दुस्तान के लिए शीघ्र-से-शीघ्र एक नया संविधान लागू करने के विचार से ब्रिटिश मन्त्रिमण्डलीय मिशन इसे सबसे अच्छा हल समझता है।"

इससे पहले 12 मई को ही शिमला में यह स्पष्ट हो गया था कि कांग्रेस और मुस्लिम लीग में समझौते का कोई भी प्रयास व्यर्थ है। न ही सभी मुद्दों पर पूरी तरह आम-सहमति पर पहुँचा जा सकता है। इसलिए कैबिनेट मिशन के लिए यह ज़रूरी हो गया कि वह दोनों पक्षों की पसन्द-नापसन्द को समझकर यथासम्भव अपनी ख़ुद की ऐसी योजना प्रस्तुत करे जो दोनों दलों को अधिकाधिक स्वीकार्य हो सके।

'कैबिनेट मिशन योजना' जो 16 मई, 1946 को इंग्लैड की लेबर पार्टी की सरकार के प्रधानमन्त्री क्लीमेण्ट एटली द्वारा प्रकाशित की गयी संक्षेप में इस प्रकार थी-

भारत का स्वतन्त्र राज्य एक संघ के ढंग का होगा, जिसमें देशी रियासतें भी सम्मिलित होंगी। संघ सरकार विदेशी मामले, सुरक्षा और संचार व्यवस्था के साधनों को सम्भालेगी। अन्य विभाग प्रान्तीय सरकारों के हाथ में रहेंगे।

भारत का संघ तीन उपसंघों में बाँटा जायेगा, जिनमें स्वायत्तशासी प्रान्त होगें। पहले उपसंघ में पंजाब, पश्चिमोत्तर सीमाप्रान्त, सिन्ध और बलोचिस्तान होगें। दूसरे उपसंघ में बंगाल और असम प्रान्तों का समावेश होगा। भारत के शेष प्रान्त तीसरे उपसंघ में सम्मिलित रहेंगे।

संघ का संविधान बनाने के लिए एक संविधान-निर्मात्री सभा बनायी जायेगी, जिसके सदस्य प्रान्तीय विधानसभाओं द्वारा साम्प्रदायिक आधार पर निर्वाचित किये जायेगे यह इस तरह कि-

1. प्रत्येक प्रान्त को उसकी जनसंख्या के आधार पर सीटें दी जाये जो लगभग दस लाख पर 1 सीट के अनुपात में हों।

2. इन सीटों को उस प्रान्त के तीन मुख्य सम्प्रदायों-हिन्दू, मुस्लिम और सिख- की जनसंख्या के अनुपात में बाँटा जाये।

3. प्रत्येक सम्प्रदाय के प्रतिनिधि का चुनाव विधानसभा में उसी सम्प्रदाय के सदस्यों के द्वारा ही किया जाये।

कैबिनेट मिशन की इस योजना में यह प्रावधान था कि संघ की संविधान-सभा में कुल 385 सदस्य होंगे। इनमें 292 ब्रिटिश भारत के और 93 देशी रियासतों के सदस्य होने थे। ब्रिटिश भारत के हिस्से से आनेवाले 292 ब्रिटिश सदस्यों में 210 हिन्दू, 78 मुसलमान और 4 सिख होते। जनसंख्या में हिन्दू, मुस्लिम, सिख सम्प्रदाय के लोगों के अनुपात को ध्यान में रखकर यह व्यवस्था सोची गयी थी।

उक्त योजना में यह प्रावधानित था कि इस तरह चुने हुए संघीय संविधान-निर्मात्री सभा के सदस्य दिल्ली में एक जगह एक सभा की तरह जुटेंगे। इनके साथ रियासतों के प्रतिनिधि भी शामिल होंगे। फिर वे अपनी सभा का एक अध्यक्ष चुनेंगे। यही अध्यक्ष संविधान-सभा का भी अध्यक्ष होगा।

आगे यह प्रावधान था कि संघ की संविधान-सभा, के सभी सदस्य अपने-अपने प्रान्तोंवाले समूहों, अर्थात उप संघों में, बँट जायेगे। उसके बाद वे अपने समूह का संविधान

तय करेंगे। समूह का संविधान और प्रान्तों के विषय तय हो जाने के बाद, पुनः ये प्रतिनिधि व रियासतों के प्रतिनिधि इकट्ठा बैठकर भारत संघ का संविधान बनायेंगे। इस प्रकार संविधान-सभा का गठन एक जटिल प्रक्रिया थी।

भारत संघ में केन्द्र को बहुत अधिक शक्तियाँ न देकर मात्र तीन विभाग-विदेश, सुरक्षा एवं संचार ही सौंपे गये थे।

सबसे बड़ी बात यह कि कैबिनेट मिशन ने 'पाकिस्तान' नामक अलग मुल्क की अवधारणा को सिरे से नकार दिया था परन्तु दो अलग उपसंघों में पूर्वी और पश्चिमी भारत के प्रायः मुस्लिम-बहुल प्रान्तों को दो समूहों में बाँधकर उन्हें सत्ता के अधिकांश विषयों में पर्याप्त स्वायत्तता और निज के संविधान से अधिशासित होने की छूट देकर मुसलमानों के आँसू भी अपनी तरफ़ से पोंछ दिये थे।

कैबिनेट मिशन का अन्तिम परामर्श था कि नया संविधान बनने और लागू होने तक वायसराय अपनी कैबिनेट का ऐसी रीति से निर्माण करें कि उसमें देश के विभिन्न दलों के प्रतिनिधि हों ताकि वह देश की अन्तरिम सरकार समझी जा सके।

'भारत के विभाजन' का अस्वीकार कैबिनेट मिशन की इस घोषित योजना का सर्वाधिक महत्त्वपूर्ण बिन्दु था, भारत के जनसामान्य के हित और कांग्रेस के दृष्टिकोण को देखते हुए। मिशन के 16 मई को प्रकाशित वक्तव्य में इस बिन्दु पर साफ़ कहा गया था - ''पाकिस्तान के अलग सम्प्रभु देश बनाये जाने के प्रस्ताव की संस्तुति करने में मिशन असमर्थ है। क्योंकि वह अल्पसंख्यकों की साम्प्रदायिक समस्या को सुलझायेगी नहीं। इसमें इस बात को कोई औचित्यपूर्ण तर्क नहीं है, कि बड़े क्षेत्र, जो ग़ैर-मुस्लिम हैं, इस कथित पाकिस्तान के हिस्से में जाये।'' ऐसा कहते हुए मिशन ने विभाजन की स्थिति में असम, बंगाल और पंजाब की जनता और उनकी इच्छा और हितों की चिन्ता भी व्यक्त करते हुए निष्कर्ष रूप में यहाँ तक कहा कि-''इसके अलावा अनेक प्रशासनिक, आर्थिक और रक्षा सम्बन्धी समस्याएँ अलग पाकिस्तान बनने से पैदा होंगी। इसलिए यह मिशन ब्रिटिश सरकार को यह सुझाव देने में असमर्थ है कि भारत में सत्ता हस्तान्तरण दो अलग-अलग सम्प्रभु देशों को किया जाये। परन्तु यह निर्णय उन्हें मुसलमानों की उन आशंकाओं की तरफ़ से आँख बन्द नहीं करने देगा कि उनका सांस्कृतिक, राजनीतिक और सामाजिक जीवन अविभाजित भारत के हिन्दुओं के नियन्त्रण और वर्चस्व में आ जायेगा।''

भारत-पाक बँटवारे को टालने का इससे बेहतर समाधान और क्या हो सकता था? जिसे कैबिनेट मिशन ने बहुत सूझ-बूझ से प्रस्तावित किया था। संघ और तीन स्वायत्तशासी उपसंघों में बँटे भारत की परिकल्पना में जो भी ख़ामियाँ या खूबियाँ रही हों, कम-से-कम देश के बँटवारे को सिरे से ख़ारिज तो कर ही दिया गया था और भविष्य की संवैधानिक व्यवस्था का एक लचीला खाका तैयार किया गया था।

कैबिनेट मिशन प्लान में देशी रियासतों के बारे में कहा गया था कि -''देशी रियासतों के सम्बन्ध में ब्रिटिश सम्प्रभुता न तो ब्रिटिश राजशाही के पास रह सकती है, न नयी सरकार को हस्तान्तरित की जा सकती है। दूसरे शब्दों में, देशी रियासतों के वे सारे अधिकार, जो उन्होंने विभिन्न सन्धियों के माध्यम से ब्रिटिश सम्प्रभुता को समर्पित किये थे, उन्हें वापस कर दिये जाये। रियासत के प्रतिनिधियों ने मिशन को आश्वस्त किया है कि रियासतें भारत में होनेवाले परिवर्तन से सहयोग करने को तत्पर व इच्छुक हैं। इसका निश्चित व सम्पूर्ण स्वरूप बातचीत से तय होगा।''

जब कैबिनेट मिशन ने अपनी योजना का खुलासा कर दिया तो 'पाकिस्तान' देश के बदले दो 'मुस्लिम बहुल उपसंघों' से सन्तुष्ट होने- अथवा-न होने पर मुस्लिम लीग में ऊहापोह मची और माथापच्ची होने लगी। कांग्रेस के लिए यों तो यह सन्तोष की बात थी कि देश का बँटवारा टल रहा है, परन्तु तीन उपसंघोंवाले एक कमज़ोर केन्द्रीय संघ का स्वरूप उसके गले नहीं उतर पा रहा था। प्रारम्भ में दोनों के लिए यह योजना ऐसी नहीं थी कि जिसे यथावत् स्वीकार लिया जाये, साथ ही ऐसी बुरी भी नहीं थी जिसे एकबारगी रद्द कर दिया जाये।

'कैबिनेट मिशन प्लान' की घोषणा से पूर्व मिशन के दो सदस्यों क्रिप्स और पैथिक लॉरेन्स ने एक अज्ञात स्थान पर सरदार पटेल से भेंटकर उन्हें योजना का प्रारूप दिखा दिया था। प्रारूप में सम्भावित परिणाम पर गम्भीरता से विचार करने के बाद पटेल उससे सहमत हो गये थे। कुछ मुद्दों पर उन्हें कठिनाई अवश्य थी। परन्तु उन्हें यह महसूस हुआ कि राष्ट्र की एकता को बचाये रखने के लिए कैबिनेट मिशन योजना एक सही विकल्प है। ऐसा विकल्प कि जिससे मुस्लिम हितों का राग अलापनेवाले जिन्ना का भी बचकर निकल पाना शायद ही सम्भव हो।

सबसे बड़ी बात कि इसमें भारत संघ सुरक्षित था। सरदार पटेल से अपने एक निकटतम सहयोगी मित्र के.एम. मुंशी को कैबिनेट मिशन प्लान की घोषणा के अगले दिन दिनांक 17 मई, 1946 को एक पत्र में लिखा कि - ''भगवान् का शुक्र है देश केलिए खतरा पैदा करनेवाली एक महान् विपत्ति से बचने में हम सफल हो गये।'' सरदार पटेल को इस बात का सन्तोष था कि पहली बार स्पष्ट शब्दों में किसी भी रूप में पाकिस्तान की सम्भावना को नकारनेवाली आधिकारिक घोषणा हुई है। सरदार आश्वस्त थे कि अब भारतवासियों के जीवन का उद्देश्य पूरा होने जा रहा है।

इधर कैबिनेट मिशन की 16 मई, 1946 को घोषित योजना दिल्ली में दो बड़े राजनीतिक दलों कांग्रेस और मुस्लिम लीग के मध्य सिरदर्द बनी हुई थी कि उन्हीं दिनों

कश्मीर की कुछ घटनाओं से यह सिरदर्द कांग्रेस के लिए और बढ़ गया। पण्डित नेहरू के शेख़ अब्दुल्ला से पुरानी मित्रता और ताल्लुकात थे। शेख़ अब्दुल्ला के नेतृत्व में नेशनल कॉफ्रेन्स कश्मीर की जनता के लिए राजनीतिक अधिकार की लड़ाई लड़ रही थी। वह वहाँ राजशाही को उखाड़कर लोकतन्त्र लाना चाहती थी। शेख़ अब्दुल्ला ने 'कश्मीर छोंड़ो' का नारा महाराजा हरिसिंह की राजशाही के विरुद्ध बुलन्द किया और अपनी माँगों के सिलसिले में वे कैबिनेट मिशन से मिले। उनकी नेशनल कान्फ्रेन्स पार्टी की प्रमुख माँग थी कि कश्मीर में राजशाही का अन्त किया जाये और लोगों को स्वशासन का अधिकार दिया जाये।

महाराजा हरिसिंह की सरकार ने इस उद्दण्डता के बदले में शेख़ अब्दुल्ला और उनके अनेक साथियों को गिरफ़्तार कर जेल में डाल दिया। यद्यपि कुछ समय पहले नेशनल कांन्फ्रेस के एक प्रतिनिधि को महाराजा कश्मीर ने अपनी सरकार में शामिल कर लिया था और समझौता हो जाना संभावित था, परन्तु शेख़ अब्दुल्ला और नेशनल कॉन्फ्रेन्स के अनेक कार्यकर्त्ताओं की गिरफ़्तारी से कश्मीर घाटी की राजनीति का रूख पलट गया।

जवाहरलाल नेहरू कश्मीरी पण्डित होने के नाते कश्मीर मामलों में शुरू से गहरी रुचि रखते आये थे और वहाँ के नेताओं से ख़ासकर शेख़ अब्दुल्ला से उनका सम्पर्क बना रहता था। शेख़ अब्दुल्ला से नेहरू की गहरी दोस्ती थी। जब शेख़ अब्दुल्ला गिरफ़्तार हो गये तो नेहरू जी ने सोचा कि उन्हें इन परिस्थितियों से शेख़ अब्दुल्ला की मदद करने कश्मीर जाना चाहिए।

पण्डित नेहरू ने इस सम्बन्ध में कांग्रेस-अध्यक्ष मौलाना आज़ाद से बात की। आज़ाद भी अक्सर हवा-पानी बदलने कश्मीर जाया करते थे। विचार-विमर्श में यह ज़रूरी समझा गया कि शेख़ अब्दुल्ला और उनके साथी नेताओं, समर्थकों, जो जेल जा चुके थे, के क़ानूनी बचाव के लिए कुछ-न-कुछ किया जाना चाहिए। उन्होंने नेहरू को इस समय कश्मीर जाने से मना किया।

साथ ही, मौलाना आज़ाद ने इस मामले में मुक़दमा लड़ने के उत्तरदायित्व को निभाने की ज़िम्मेदारी कांग्रेस नेता एडवोकेट आसफ़ अली को सौंपी। इस पर पण्डित नेहरू ने ज़िद की कि - "मै भी आसफ़ अली के साथ जाऊँगा।

उक्त क्रम में पण्डित नेहरू ने महाराजा कश्मीर हरिसिंह को 16 जून, 1946 को एक पत्र लिखकर 19 जून के दिन अपने कश्मीर पहुँचने की सूचना दे दी। सूचना ही नहीं दी, नेहरू जी और आसफ़ अली दोनों कश्मीर के लिए रवाना हो गये। इनके इस निर्णय से महाराजा की सरकार चिढ़ गयी और उन्होंने नेहरू के कश्मीर प्रवेश पर प्रतिबन्ध लगा दिया।

पण्डित नेहरू और आसफ़ अली जब रावलपिण्डी से प्रस्थान कर 20 जून को कश्मीर की सीमा पर पहुँचे तो उन्हें ज़िला प्रशासन ने उरी में रोक लिया और उनके कश्मीर-प्रवेश को प्रतिबन्धित बताया। नेहरू अपनी बात पर अड़ गये और उन्होंने कथित प्रतिबन्ध को

मानने से इन्कार कर दिया। अपनी कार से उतरकर नेहरू पैदल ही कश्मीर की दिशा में बढ़ने लगे। आसफ़ अली पीछे-पीछे। कश्मीर के प्रशासनिक अधिकारियों और पुलिस के लिए समस्या खड़ी हो गयी। इस पर उन्हें गिरफ़्तार करके एक डाक बँगले में ले जाया गया और वहाँ भारी सुरक्षा बलों की निगरानी में नज़रबन्द कर दिया गया। जब नेहरू की कश्मीर में गिरफ़्तारी की ख़बर समाचार-पत्रों में छपी तो भारत में सनसनी फैल गयी।

मौलाना आज़ाद ने देश के वर्तमान हालात को देखते हुए पण्डित नेहरू अथवा कांग्रेस का कश्मीर समस्या में उलझना उस समय उचित नहीं समझा। मौलाना ने वायसराय लॉर्ड वैवल से बात की और कहा कि -"हिन्दुस्तान की सरकार यह प्रबन्ध कर दे कि मैं टेलीफ़ोन पर जवाहरलाल से बात कर सकूँ।"

पण्डित नेहरू को गिरफ़्तार करके कश्मीर के स्थानीय प्रशासन द्वारा आसफ़ अली के साथ जिस सरकारी बँगले में रखा गया था वहाँ से टेलीफ़ोन मिलवाने में कुछ समय लग गया। मौलाना आज़ाद ने जवाहरलाल नेहरू से टेलीफ़ोन पर बात की और उनसे कहा कि-"मेरी राय है कि तुम यथासम्भव जल्द-से-जल्द दिल्ली लौट आओ। इस समय तुम्हारे लिए कश्मीर में प्रवेश करने की ज़िद करना ठीक नहीं।"

जवाहरलाल ने उधर से कहा - "आप तो सब जानते हैं। कैसी बातें कर रहे हैं? यहाँ तक आने के बाद हम शेख़ अब्दुल्ला को मुसीबत में छोड़कर आधे-रास्ते लौट जाये?"

मौलाना आज़ाद बोले- "जवाहर समझा करो... इस समय हिन्दुस्तान का मसला कश्मीर से ज़्यादा अहम है। जहाँ तक कश्मीर का सवाल है, कांग्रेस-अध्यक्ष के नाते इस मसले को मैं अपने हाथ में ले लूँगा। शेख़ अब्दुल्ला और उनके लोगों को भी छुड़ाने के प्रयत्न करूँगा। तुम्हे बस वहाँ से फौरन लौट आना चाहिए।"

कुछ देर पण्डित नेहरू मौलाना आज़ाद से बहस में उलझे रहे। जिद पर अड़े रहे। अन्ततः बहुत समझाने-बुझाने पर वे माने। तब आज़ाद ने लॉर्ड वैवल से फिर अनुरोध किया कि-वे कृपया जवाहरलाल और आसफ़ अली को वापस लाने के लिए एक हवाई जहाज़ का प्रबन्ध कर दें। मौलाना ने जब यह अनुरोध किया उस समय शाम के सात बजे थे। वायसराय ने उसी रात एक हवाई जहाज़ कश्मीर भिजवाया। दिल्ली से यह हवाई जहाज़ रात को दस बजे श्रीनगर पहुँचा। पण्डित नेहरू और उनके हमराह को सड़क मार्ग द्वारा रातों-रात श्रीनगर लाया गया और दो बजे रात को ही पं. नेहरू और आसफ़ अली को, जिन्हें कश्मीर सरकार ने रिहा कर दिया था, वायसराय का भेजा वह जहाज़ भोर होने से पहले वापस दिल्ली लेकर लैण्ड कर गया।

प्रारम्भ में कैबिनेट मिशन योजना के प्रस्तावों पर माथा-पच्ची करने के बाद प्रायः समस्त राजनीतिक दलों ने इसका विरोध किया। गाँधी जी ने इसके 'ढाँचे की कमजोरियों' के

कारण इसे अस्वीकार कर दिया। मोहम्मद अली जिन्ना ने इसे ''पोलेपन में ढँका हुआ'' बताते हुए कहा कि-''हमारी अलग पाकिस्तान की माँग को नामंजूर करके कैबिनेट मिशन ने एकमात्र संवैधानिक हल को पीछे ढकेल दिया है।''

सिखों को इसमे सबसे ज़्यादा आपत्ति थी। उनका नुक़सान सबसे ज़्यादा था। उनके पंजाब को जिस उत्तर-पश्चिमी समूह में डाला गया था उसमें मुसलमानों का बहुमत होना था। अर्थात् मुसलमानों की गुलामी। उन मुसलमानों के आधिपत्य को पुनः स्वीकार करना जिनसे उनके अनेक सिख गुरु जीवनपर्यंत संघर्ष करते रहे थे और बलिदान देते रहे थे।

यही स्थिति असम की थी जिसे बंगाल के साथ उस पूर्वी समूह से जोड़ा जा रहा था जो कि मुस्लिम-बहुल था, जबकि असम की अधिकांश जनता हिन्दू थी।

खान अब्दुल ग़फ़्फ़ार जैसे घनघोर गाँधीवादी का अपना अलग दर्द था। यद्यपि वे मुसलमान थे और उनके ख़ुदाई-ख़िदमतगार आन्दोलनकारी साथी भी मुसलमान थे, परन्तु जीवन भर वे राष्ट्रवादी मुसलमान रहे और कांग्रेस का अभिन्न हिस्सा बनकर आज़ादी की लड़ाई लड़ते आये थे। वे सीमान्त गाँधी कहलाते थे। उनके भाई डॉ. ख़ान उत्तरी-पश्चिमी सीमाप्रान्त के मुख्यमन्त्री थे। अब उन्हें पाकिस्तानवाले समूह में ढकेला जा रहा था।

कैबिनेट मिशन योजना में देशी राजाओं का अस्तित्व अलबत्ता पूरी तरह सुरक्षित प्रतीत होता था। अतः वे चुपचाप भारत में चल रहे इस राजनीतिक-दंगल का नज़ारा ले रहे थे। आपस मे भले ही वे अपने भविष्य की सम्भावनाओं पर मंथन करते रहते हों।

उल्लेखनीय है कि - 6 जून, 1946 को मुस्लिम लीग ने कुछ आपत्तियों और विरोधों के साथ मिशन की योजना के दोनों हिस्सों-अर्थात् संविधान-सभा का निर्माण और अन्तरिम सरकार का गठन-को स्वीकार कर लिया। इसे आश्चर्यजनक ढंग से जिन्ना ने सबसे पहले स्वीकारा। कांग्रेस के नेताओं से भी पहले। और फिर जिन्ना ने अपनी मुस्लिम लीग परिषद् में भी उसे मनवाया। यद्यपि लीग के मुसलमान 'पाकिस्तान' का सब्ज़बाग़ अब तक देखते आये थे। मगर जिन्ना को लगा कि भारत यूनियन के अन्तर्गत उन्हें अलग देश न सही, दो भागों या समूहों में मुस्लिमों की स्वायत्तता में दो सशक्त प्रदेश मिल रहे हैं, जिनमें वे केन्द्र में स्थित भारत-संघ के साथ कभी भी सौदेबाजी की स्थिति में हमेशा बने रहेंगे। अतः इससे बेहतर पेशकश मुसलमानों के लिए कोई हो ही नहीं सकती। इसलिए उन्होंने कैबिनेट मिशन प्लान को मंज़ूरी दे दी। अपने लोगों को समझाया। वकील तो वे थे ही, उनके निर्विवाद नेता भी थे। मुस्लिम लीग मान गयी। परिणामतः 'कैबिनेट मिशन प्लान' उसने बहुमत से पास कर दिया।

यह भी उल्लेखनीय है कि - कांग्रेस ने 6 जून तक योजना को स्वीकार नहीं किया था। प्रान्तों की समूह रचना और संविधान-सभा के गठन के अलावा अन्तरिम सरकार को लेकर भी उसके भीतर मतभेद थे। वायसराय लॉर्ड वैवल ने कैबिनेट मिशन योजना के तहत बननेवाली अन्तरिम सरकार के बारह सदस्यों में कांग्रेस और मुस्लिम लीग दोनो को ही बराबर के स्थान-5 कांग्रेस और 5 मुस्लिम लीग को-देने निर्धारित किये थे। दो

स्थानों में एक सिख तथा एक भारतीय ईसाई या ऐंग्लो इण्डियन के लिए सुरक्षित किया गया था। कांग्रेस को इसमें आपत्ति थी। इस अनुपात के अलावा भी अन्य कुछ बिन्दुओं पर नेहरू, जिन्ना और वायसराय में वार्त्ताएँ हुई। प्रस्तावित अन्तरिम सरकार में हिन्दू-मुसलमान की समान संख्या, अनुसूचित जाति को हिन्दू से अलग रखना और ग़ैर-लीगी मुसलमान को कांग्रेस से अलग रखने की जिन्ना की बात नेहरू ने स्वीकार नहीं की। तब वायसराय वैवल ने 5:5:2 के बजाय अब 6:5:2 के अनुपात -का फार्मूला दिया जो क्रमशः कांग्रेस, लीग और अन्य अल्पसंख्यकों के लिए था। अनुसूचित जाति के एक व्यक्ति को कांग्रेस कोटे से आना था। जिन्ना ने कहा कि इसे वे अपनी मुस्लिम लीग परिषद् में रखने को तैयार हैं बशर्ते कांग्रेस इस पर सहमत हो। परन्तु कांग्रेस ने इसे भी अस्वीकार कर दिया।

अन्तरिम सरकार के गठन में मुसलमान सदस्यों का नाम देने के प्रश्न पर भी कांग्रेस और लीग के बीच रस्साकशी थी। कांग्रेस की तरफ़ से एक राष्ट्रवादी मुसलमान को शामिल करने की गाँधी जी की इच्छा पर बल दिया जा रहा था। जबकि जिन्ना इस पर सहमत नही थे कि कांग्रेस किसी भी मुस्लिम प्रतिनिधि का नाम दे। वे सिर्फ़ मुस्लिम लीग को ही इसका अधिकारी समझते और कहते थे। उनका पूरा राजनीतिक आधार ही यह था और वे बात-बात में कहते भी थे कि - ''कांग्रेस हिन्दू पार्टी है और हिन्दुओं का प्रतिनिधित्व करती है। मुसलमानों की एकमात्र पार्टी अगर कोई है तो वह है मुस्लिम लीग।'' दोनों दलों और वायसराय के बीच बात टूटने की कगार पर पहुँच गयी।

इसी रस्साकशी के दौरान कांग्रेस अध्यक्ष मौलाना आज़ाद ने बिना कांग्रेस के परामर्श के एक व्यक्तिगत पत्र वायसराय लॉर्ड वैवल को लिखकर दे दिया कि-''कांग्रेस किसी मुसलमान का नाम नहीं देगी।'' पत्र को उन्होंने गोपनीय रखा। मगर गाँधी जी ने क्रिप्स के पास आज़ाद का वह निजी पत्र किसी समय देख लिया अथवा उन्हें बताया गया। इससे उन्हें धक्का लगा। जब बातों-बातों में गाँधी जी ने आज़ाद से इस बात को टटोला तो मौलाना आज़ाद इस तथ्य से साफ़ मुकर गये। गाँधी जी को यह बात अच्छी नहीं लगी।

बात उलझती देखकर आख़िर 16 जून, 1946 को कैबिनेट मिशन और वायसराय लॉर्ड वैवल ने एक वक्तव्य देकर कार्यकारी परिषद का गठन करने के लिए 14 सदस्यों के नामों की घोषणा अपनी ओर से कर दी और कहा कि वे इन्हें अन्तरिम सरकार के सदस्यों के रूप में कार्य करने के लिए निमन्त्रण भेज रहे हैं -

(पाँच) कांग्रेसी-नेहरू, पटेल, राजगोपालाचारी, राजेन्द्रप्रसाद और हरेकृष्ण मेहताब।

(पाँच) मुस्लिम लीगी-जिन्ना, लियाक़त अली ख़ाँ, ख़्वाजा सर नजीमुद्दीन, नवाब मुहम्मद इस्माइल ख़ाँ और अब्दुर्रब निश्तर।

(चार) अल्पसंख्यक-सरदार बलदेव सिंह (सिख), सर एन.पी. इंजीनियर (पारसी), जॉन मथाई (ईसाई), जगजीवन राम (अनुसूचित जाति)।

वायसराय के प्रश्नगत वक्तव्य में यह भी था कि अगर कोई दल इस कार्यकारी परिषद् में शामिल होने को इच्छुक नहीं होता तो 16 मई, 1946 की कैबिनेट मिशन योजना को माननेवाले इच्छुक दल के सदस्यों से वायसराय अन्तरिम सरकार बना लेंगे।

कांग्रेस अभी भी ऊहापोह में थी। उधर जिन्ना पत्राचार के माध्यम से इस वक्तव्य के कुछ बिन्दुओं का खुलासा करा रहे थे। इसी बीच बहुत तेज़ अफवाह उड़ी कि कांग्रेस के असहमत होने की दशा में वायसराय मुस्लिम लीग के मुसलमान सदस्यों की सहायता से अन्तरिम सरकार के गठन करने पर विचार कर रहे हैं। इस पर कांग्रेसी हलकों में बैचैनी और तनाव का माहौल उत्पन्न हो गया। अन्ततः सरदार पटेल ने ही कांग्रेस के भीतर उत्पन्न गतिरोध को सुलझाया।

हुआ यों कि दिल्ली में उन दिनों कांग्रेस के बड़े नेताओं और ब्रिटिश प्रतिनिधियों के बीच गाँधी जी के एक अनुयायी सुधीर घोष गाँधी जी के दूत की हैसियत से दौड़भाग किया करते थे। सुधीर घोष ने तत्कालीन उलझी हुई परिस्थितियों में कैबिनेट मिशन के स्टेफर्ड क्रिप्स और पैथिक लारेन्स को सलाह दी कि - अगर इस दलदल से कोई आदमी उन्हें बाहर निकाल सकता है तो वह सरदार पटेल हैं। वह सारे कांग्रेसियों में व्यावहारिक नेता हैं और भावनाओं में भी नहीं बहते।

तब 23 जून रविवार के दिन सरदार पटेल की तलाश शुरू हुई। चर्च की प्रार्थना-सभा के बाद राज्य सचिव पैथिक लॉरेन्स ने सुधीर घोष को कार में बैठने को कहा। ये लोग कार द्वारा अल्बुकर्क रोड स्थित बिड़ला- भवन पहुँचे, जहाँ उन दिनों सरदार पटेल गेस्ट-हाउस में ठहरे हुए थे।

वहाँ पहुँचने पर इन्हें बताया गया कि सरदार पटेल रीडिंग रोड स्थित भंगी-कॉलोनी में गाँधी जी से मिलने गये हैं। तब इनकी कार रीडिंग रोड की तरफ़ चली। इरविन रोड पर सुधीर घोष ने दूसरी तरफ़ से सरदार पटेल और उनकी पुत्री मणिबेन को उनकी मोटरकार में आते देखा। सुधीर घोष ने खिड़की के बाहर हाथ निकालकर हिलाया तो सरदारश्री की गाड़ी रुक गयी। सुधीर उतरकर सरदार पटेल के पास गये। उनसे कहा कि -"भारत सचिव मिस्टर पैथिक लॉरेन्स आपसे कुछ बात करना चाहते हैं। क्या आप गाड़ी में हमारे साथ आयेंगे ?"

सरदार पटेल ने कहा-"आप-विलिंग्टन क्रीसेण्ट चलिये, जहाँ कैबिनेट मिशन के मेम्बरान ठहरे हैं। हम वहीं आते हैं।"

पटेल उसके बाद पैथिक लॉरेंस, क्रिप्स और अलेक्जेण्डर से मिलने 2-विलिंग्टन क्रीसेण्ट बँगले पर गये। वहाँ आधे घण्टे मिशन से उनकी बातचीत हुई। उस आधे घण्टे में ही सरदार ने निर्णय ले लिया कि उन्हें क्या करना है - क्या नहीं।

उन्होंने कैबिनेट मिशन के दो प्रस्तावों पर स्वयं को केन्द्रित कर पैथिक लॉरेंस आदि को बताया कि - "मैं सोचता हूँ कि मै कांग्रेस कार्यसमिति से कहूँ कि वह संविधान-सभा

की लम्बी योजना को मान ले। जहाँ तक अन्तरिम सरकार के गठन की बात है, उस पर नये सिरे से विचार कर तय कर लिया जायेगा।''

क्रिप्स ने कहा - ''आप ठीक कहते हैं। कांग्रेस की तरफ़ से कम-से-कम शुरुआत तो हो।''

पटेल ने तीनों अंग्रेज़ सदस्यों से हाथ मिलाए। अलेक्जेण्डर की आँखें बुझी हुई थी। परन्तु पैथिक लॉरेंस के बूढ़े चेहरे पर एक विशेष चमक नज़र आयी। क्रिप्स भी काफ़ी सन्तुष्ट थे।

बाद में वही हुआ। सरदार पटेल कांग्रेस कार्यसमिति को समझाने में सफल रहे। अपने 25 जून, 1946 के प्रस्ताव में कांग्रेस कार्यसमिति ने योजना के पहले हिस्से अर्थात् संविधान-सभा के गठन में शामिल होने को स्वीकार कर लिया। परन्तु किसी मुसलमान के कांग्रेस की तरफ़ से नहीं रखे जाने की मुस्लिम लीग की शर्त के कारण वायसराय के अधीन अन्तरिम सरकार बनाये जानेवाले दूसरे हिस्से को स्वीकार नहीं किया।

कांग्रेस कार्यसमिति में कहा गया कि वह - ''कांग्रेस के राष्ट्रीय चरित्र को नष्ट नहीं होने देगी और न ही नक़ली और अन्यायपूर्ण समानता को स्वीकार करेगी, न ही एक साम्प्रदायिक समूह द्वारा वीटो किये जाने पर सहमत होगी।'' गाँधी जी भले ही कांग्रेस की औपचारिक सदस्यता से भी ख़ुद ही निकल चुके हों, पर अभी भी इनके अभिमत का कांग्रेस में काफ़ी सम्मान था और एक प्रकार से उनका नैतिक दबाव रहता था। गांधी जी की सलाह कैबिनेट मिशन योजना के पक्ष में नहीं थी। उसके बावजूद 25 जून, 1946 को कांग्रेस कार्यसमिति ने कैबिनेट मिशन योजना के बड़े अंश-'संविधान-सभा के गठन' को स्वीकार कर लिया। इसके पीछे सरदार पटेल का मार्गदर्शी व्यक्तित्व और उनका अपना प्रभाव निश्चित रूप से काम कर रहा था। उनकी भूमिका इस सम्बन्ध में सर्वाधिक महत्त्वपूर्ण थी।

वायसराय लॉर्ड वैवल जो प्रारम्भ से सरदार पटेल के प्रति पहले पूर्वाग्रह से युक्त रहा करते थे, आख़िर उन्हें भी वल्लभभाई पटेल का लोहा मानना पड़ा। वायसराय वैवल ने 8 जुलाई, 1946 को सम्राट जार्ज षष्ठ को लिखे अपने एक पत्र में सरदार पटेल की महत्ता को स्वीकार किया। उन्होंने लिखा कि-''सरदार वल्लभभाई पटेल कांग्रेस कार्यसमिति के एक जाने-माने दृढ़ व्यक्ति हैं और सभी सदस्यों में सर्वाधिक शक्तिशाली व्यक्तित्व हैं। वे शायद अकेले व्यक्ति हैं, जो गाँधी के सामने भी खड़ा हो सकने की क्षमता रखते हैं।''

अब जबकि कांग्रेस ने अन्तरिम सरकार में शामिल होना अस्वीकार कर दिया। जिन्ना के सामने मार्ग खुला था कि वे मुस्लिम लीग और अन्य दलों के साथ अन्तरिम सरकार, कांग्रेस के बिना बना, सकते थे। क्योंकि लीग तो पहले ही 'कैबिनेट मिशन प्लान' को स्वीकार कर चुकी थी और वायसराय ने 16 जून के वक्तव्य में इस बात की गुंजाइश छोड़ी थी कि जो दल कैबिनेट मिशन योजना को मानेंगे अन्तरिम सरकार वायसराय उनमें से बना सकेगें। जिन्ना ने तद्नुसार लीग के प्रतिनिधित्व की इच्छा

वायसराय से मिलकर जतायी। परन्तु वायसराय कुछ सोचकर राज़ी नहीं हुए। इस पर जिन्ना निराश हुए और उन्होंने वायसराय से कहा कि - "आप तो दस दिन के भीतर अपनी कही बात से पीछे हट गये। राजनीतिज्ञों को इस तरह अपने शब्द वापस नहीं लेने चाहिए।"

वायसराय वैवल अपने मत पर फिर भी क़ायम रहे। उन्होंने नवीन परिस्थितियों में-न कांग्रेस, न मुस्लिम लीग, न कोई अन्य-अपने ही अधिकारियों की एक 'कामचलाऊ सरकार' बना ली, जिसे भविष्य में कोई समुचित राजनीतिक व्यवस्था होने तक काम करते रहना था।

29 जून, 1946 को कैबिनेट मिशन स्वदेश वापस लौट गया। मिशन तीन महीने भारत में रहा। कुछ दिन कश्मीर भी ब्रेक लेने और घूमने-फिरने को गया। लगभग दो सप्ताह शिमला-कान्फ्रेन्स के बहाने भी थोड़े ठण्डे दिन बिताये, लेकिन अधिकांशतः उसने सड़ी-गर्मी में हिन्दुस्तान में रहकर दिन-रात काम किया था। दिल्ली में रहकर वायसराय के नजदीक रहकर और उनसे अलहदा भी रहकर अपने तरीक़े से काम कर मिशन जाते-जाते भले ही पूर्णतः सफल न रहा हो, परन्तु उसने भारत के राजनीतिक भविष्य के क्षितिज पर मँडराते हुए कोहरे को काफ़ी हद तक साफ़ कर एक कच्चा-पक्का संवैधानिक मार्ग तो तैयार कर ही दिया था, जिस पर चलना या न चलना अब भारतवासियों के सोचने का काम था।

अगर कोई राह होती है तो आप उस पर चलते हैं। उसे अपने हिसाब से बनाते-सँवारते हैं। पुनः चलते हैं। राह ही न हो तो निविड़-अरण्य में प्रस्थान करना-अपनी मंजिल को और अधिक अनिश्चित रखने-जैसा होता है।

16

जब देश जल रहा था

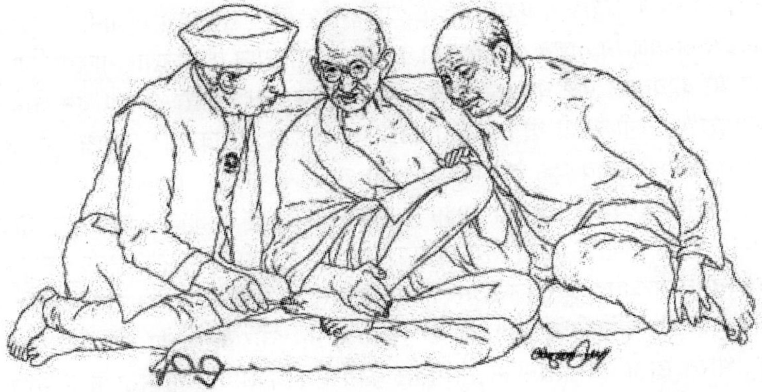

पण्डित जवाहरलाल नेहरू महात्मा गाँधी के अन्ध-समर्थन से, सरदार पटेल को मिले भारी बहुमत को दरकिनार कर, जुलाई, 1946 के आरम्भ में चौथी-बार कांग्रेस के अध्यक्ष क्या निर्वाचित हुए कि अति-उत्साह में उनका एक प्रकार से सिर ही घूम गया। उसके बाद उनके अनेक अविवेकपूर्ण-कृत्यों ने भारतीय स्वाधीनता-आन्दोलन के इतिहास की जैसे दिशा ही पलट दी। जिस 'कैबिनेट मिशन प्लान' को जिन्ना ने बमुश्किल-तमाम स्वीकार कर भारत के विभाजन के प्रश्न को क़रीब-क़रीब दफ़ना देना स्वीकार कर लिया था, तत्क्रम में पण्डित नेहरू ने पहले तो अपने अध्यक्षीय-भाषण से फिर उसके बाद की प्रेस-वार्त्ता में बहककर ऐसे उद्‌गार व्यक्त किये कि जिन्ना ने फिर उन्हीं के आधार पर 'कैबिनेट मिशन प्लान' को लात मार दी।

कांग्रेस के प्रति शंकाओं के जो बीज मुस्लिम लीग के नेताओं ने मुसलमानों के मन में वर्षों से बोये थे और जो अब तक एक पौधे का ही आकार ले पाए थे, नेहरू जी के गुड़-गोबर करनेवाले उक्त विवादित बयान से, वह सन्देह का विषैला पौधा अचानक एक

वटवृक्ष में तब्दील हो गया। इतना ही नहीं विभाजन का सोया हुआ भूत फिर से अपने ताबूत से बाहर आ गया।

मौलाना अबुल कलाम आज़ाद तो नेहरू के परम मित्र थे, संयोग से कांग्रेस-अध्यक्ष के पद पर सर्वाधिक लम्बी 7 वर्ष की अनवरत-अवधि की पारी खेल चुके थे। अतः वर्ष 1946 में कांग्रेस-अध्यक्ष के पद का निर्वाचन होने पर उनका हटना निश्चित था। परन्तु प्रत्यक्षतः अध्यक्ष पद के लिए अपनी अनिच्छा जताते हुए मौलाना भीतर-ही-भीतर अभी भी पुनः अध्यक्ष निर्वाचित होने की ख़्वाहिश रखते थे। इसलिए उनके कुछ शुभचिन्तक-अख़बारों में - मौलाना के समर्थन में - बयान दिया करते थे। यह शुभचिन्तक मौलाना से अपील किया करते थे कि उन्हें फिर से कांग्रेस-अध्यक्ष के पद को सुशोभित करना चाहिए।

मौलाना आज़ाद का चयन इस प्रकार हुआ था कि 1939 में गाँधी जी ने लीगी नेता जिन्ना के जवाब में कांग्रेस में राष्ट्रवादी मुस्लिमों में सर्वमान्य मौलाना आज़ाद को कांग्रेस-अध्यक्ष निर्वाचित कराया था। कांग्रेस के संविधान के अनुसार मौलाना आज़ाद का भी कार्यकाल एक वर्ष का ही था। प्रत्येक वर्ष नया कांग्रेस-अध्यक्ष चुने जाने की परम्परा भी चली आयी थी। भले ही कोई नेता एक से अधिक बार अध्यक्ष चुना जाये, परन्तु उसका चुनाव एक वर्ष हेतु ही होता था।

अगले अध्यक्ष का चुनाव 1939 में मौलाना आज़ाद के अध्यक्ष चुने जाने के बाद 1940 में किया जाता। इसी बीच द्वितीय महायुद्ध शुरू हो गया और उसके तुरन्त बाद व्यक्तिगत-सत्याग्रह आन्दोलन शुरू हुआ। कांग्रेस के सामान्य कार्यकलाप स्थगित कर दिये गये और कांग्रेसी सत्याग्रहियों को 1940 में गिरफ़्तार कर लिया गया। फिर 1942 के 'भारत छोड़ो आन्दोलन' में गिरफ़्तार कांग्रेस कार्य समिति के नेताओं में मौलाना आज़ाद भी प्रायः तीन वर्ष गिरफ़्तार पड़े रहे। उन दिनों कांग्रेस को एक अवैध-संगठन अंग्रेज़ों द्वारा घोषित कर दिया गया था।

इस तरह इन तमाम-आपाधापी के वर्षों में नया कांग्रेस-अध्यक्ष चुने जाने का अवसर ही नहीं आने पाया और सात वर्ष की लम्बी अवधि में विशेष-परिस्थितियोंवश, या कहें कि भाग्यवश, मौलाना अबुल कलाम आज़ाद ही कांग्रेस-अध्यक्ष पद पर पदासीन रहे।

अब जबकि कांग्रेस की राजनीतिक मान्यता बहाल हो चुकी थी और देश की राजनीतिक हलचलों में वह बढ़-चढ़कर भाग ले रही थी, ऐसे में स्वाभाविक रूप से यह ज़रूरत महसूस की गयी कि कांग्रेस में इस बार किसी नये अध्यक्ष का निर्वाचन सुनिश्चित किया जाये, जो कि सुदीर्घ-काल से लम्बित चल रहा था।

इस वक्त सरदार पटेल कांग्रेस संगठन के सर्वाधिक शक्तिशाली नेता थे। कांग्रेस के अधिकांश प्रदेश अध्यक्ष उन्हें ही कांग्रेस-अध्यक्ष बनाना चाहते थे और उनके निर्वाचन के लिए 15 में से 12 प्रदेश कांग्रेस समितियों ने सरदार पटेल के नाम भेजे

थे। केवल तीन प्रान्तीय समितियों ने आचार्य कृपलानी के नाम की संस्तुति की थी। जवाहरलाल नेहरू का नाम एक भी जगह से नहीं आया था। मौलाना आज़ाद भीतर से पुनः अध्यक्ष पद प्राप्त करने की महत्त्वाकांक्षा रखते थे। जवाहरलाल नेहरू की कांग्रेस संगठन में तो कोई विशेष साख न थी, जनता में वे किन्तु काफ़ी लोकप्रिय थे अपने आकर्षक व्यक्तित्व और भावुक वक्तृता के कारण। महात्मा गाँधी का भी झुकाव, अपने पट्ट-शिष्य सरदार पटेल की जगह, अपेक्षाकृत युवा पण्डित नेहरू की ओर अधिक था। उन्हें पटेल की अपेक्षा नेहरू की मुसलमानों में बेहतर पैंठ, विदेश यात्राओं के व्यापक अनुभव, युवाओं में उनकी लोकप्रियता आदि नेहरू की नेतृत्व क्षमता के प्रति अधिक आश्वस्त करती थी। सबसे ऊपर नेहरू का अधिकांश अवसरों पर गाँधी जी के समक्ष विनम्र व्यवहार गाँधी को राहत-तलब लगता था। जबकि दृढ़ स्वभाव के स्पष्ट वक्ता पटेल, प्रायः गाँधी जी से अपनों की भांति भिड़ भी जाया करते थे, कहीं-न-कहीं गाँधी को भीतर से यह बात आहत करती होगी। दूसरे, सरदार पटेल का गुज़राती होना भी गाँधी जी के समक्ष, उनके ख़ुद गुज़राती होने के नाते एक संकोच का विषय रहा होगा।

मौलाना आज़ाद ने जब देखा कि सरदार पटेल नये अध्यक्ष पद के लिए तैयार हैं और उनके समर्थक चाहते हैं कि वे ही इस बार अध्यक्ष चुने जाये तो वे इस निष्कर्ष पर पहुँचे कि चूँकि वे 1939 से 1946 तक के सात वर्षों में कांग्रेस-अध्यक्ष रह चुके थे अतः अब उन्हें रिटायर हो जाना चाहिए। इसलिए उन्होंने निर्णय लिया कि वे किसी को अपना नाम सुझाने नहीं देंगे। हालाँकि मौलाना आज़ाद के इस निर्णय के पीछे गाँधी जी का दबाव भी काम कर रहा था जिन्होंने उन्हें चुनाव में नहीं खड़े होने की सलाह दी थी।

मौलाना आज़ाद को यह चिन्ता भी थी कि आगे कौन अगला अध्यक्ष बने? वे चाहते थे कि कोई ऐसा व्यक्ति उनका उत्तराधिकारी हो जो उनकी नीतियों को आगे बढ़ाये, अपनी न चलाये। उन्होंने सब आगा-पीछा देख-समझकर यह उचित पाया कि सरदार पटेल को कांग्रेस-अध्यक्ष बनाना वांछनीय न होगा। उन्हें अगले अध्यक्ष के रूप में अपने हम-ख़याल परम मित्र पण्डित नेहरू ही सर्वाधिक उपयुक्त-व्यक्ति लगे। तद्नुसार मौलाना ने 26 अप्रैल, 1946 को ही अध्यक्षता के लिए नेहरू जी का नाम प्रस्तावित करते हुए प्रेस में एक वक्तव्य जारी कर कांग्रेसी-जन से अपील की कि उन्हें सर्वसम्मति से जवाहरलाल नेहरू को अध्यक्ष निर्वाचित करना चाहिए। हालाँकि मौलाना आगे अपने जीवन के अन्तिम वर्षों में अपने इस निर्णय से बहुत पछताये और उसे उन्होंने अपनी किताब 'आज़ादी की कहानी' में लिखा भी।

उस वर्ष 1946 में वही मौलाना आज़ाद जो सरदार पटेल के काफ़ी बड़े आलोचक थे, नहीं जानते रहे होंगे कि उन्हें आगे चलकर यह लिखना पड़ेगा कि -

"मेरी दूसरी भूल वह थी जब मैंने यह निर्णय किया कि मैं स्वयं अध्यक्ष पद के लिए खड़ा न रहूँ तो मैंने सरदार पटेल का समर्थन नहीं किया। हम दोनों कई मसलों पर मतभेद

रखते रहे, परन्तु मुझे विश्वास है कि यदि मेरे बाद वे कांग्रेस-अध्यक्ष बन जाते तो वे सफलतापूर्वक मन्त्रिमण्डलीय मिशन की योजना को कार्यान्वित करा लेते। वे ऐसी भूल कभी न करते जो जवाहरलाल ने की और जवाहरलाल ने इस योजना को ध्वंस करने के लिए श्री जिन्ना को एक अवसर दे दिया। मैं अपने आपको कभी भी क्षमा नहीं कर पाता जब मैं सोचता हूँ कि यदि मैंने ऐसी भूलें न की होतीं तो शायद गत दस वर्षों का इतिहास कुछ और ही होता।''

कांग्रेस-अध्यक्ष पद के चुनाव के समय दो नाम आये थे- सरदार पटेल और आचार्य कृपलानी। परन्तु अन्त में कार्यसमिति की उस अति महत्त्वपूर्ण बैठक में गाँधी जी के इशारे पर कृपलानी ने अपना नाम वापस लेकर नेहरू जी के नाम की एक सिफारिशी-चिट्ठी नाटकीय ढंग से गाँधी जी को पकड़ायी। गाँधी जी ने उसे सरदार पटेल की ओर बढ़ाया। एक आज्ञाकारी-बालक की भाँति सरदार ने उस चिट्ठी को पढ़कर समझ लिया कि बापू उन्हें अध्यक्ष बनना नहीं देखना चाहते, उनकी पहली पसन्द जवाहरलाल हैं। पटेल ने, बिना एक क्षण का प्रतिवाद किये, उस भाग्यपलट-लिखित-प्रस्ताव पर कृपलानी के हस्ताक्षर के नीचे अपने भी हस्ताक्षर बना दिये और इतिहास रो पड़ा। पण्डित नेहरू-सरदार पटेल की जगह कांग्रेस के अध्यक्ष और इस तरह देश के भावी-प्रधानमन्त्री पद के भी हक़दार बन गये।

आचार्य कृपलानी भी, जिन्होंने पण्डित नेहरू का अध्यक्ष पद हेतु नाम प्रस्तावित किया था, बाद में बड़े पछताये और उक्त ऐतिहासिक गलती के लिए उन्होंने आगे चलकर लिखा कि-

''मुझे आश्चर्य होता है कि महासचिव होने के कारण जवाहर का नाम प्रस्तावित करके मैं गाँधी जी की इच्छाओं को पूरा करने का यन्त्र बना। मैंने इसे अधिक महत्त्व का विषय नहीं समझा। कांग्रेस-अध्यक्ष कार्यसमिति का चेयरमैन होता है। वह सब समान व्यक्तियों में प्रथम होता है। कोई भी महत्त्वपूर्ण विषय कार्यसमिति के अलावा तय नहीं हो सकता। मैं यह भी नहीं सोचता था कि आज़ादी चाहे जिस रूप में आये, अब नजदीक है। मैं सोचता था कि हमें अभी और संघर्ष करना है। लेकिन भविष्य कौन जानता है ? ऐसी ही मामूली दिखनेवाली दुर्घटनाओं पर मनुष्य का और कभी राष्ट्रों का भविष्य निर्भर हो जाता है। आस्ट्रिया के राजकुमार की हत्या से प्रथम विश्वयुद्ध की प्रचण्ड आग भड़की थी।''

नेहरू जी के 1946 में कांग्रेस-अध्यक्ष चुने जाने की घटना को मौलाना आज़ाद को अन्ततः अपनी 'अक्षम्य भूल' स्वीकारना पड़ा, इसी घटना को आचार्य कृपलानी ने 'दुर्घटना' की संज्ञा दी। दुर्घटना तो वह थी ही क्योंकि नेहरू जी ने कुछ ही समय बाद कांग्रेस-अध्यक्ष की हैसियत से पत्रकारों के सवाल-जवाब में ऐसे बड़बोले शब्द कहे, जिन्होंने जिन्ना के मन के सूख चले घावों को फिर से हरा कर दिया और एक प्रकार से देश के विभाजन अर्थात् खण्डित-स्वतन्त्रता की बुनियाद रच दी।

पटेल को उपेक्षित कर नेहरू को अपना आशीर्वाद देनेवाले गाँधी के रुख़ से अनेक कांग्रेसियों और देशवासियों के मन आहत हुए। डॉ. राजेन्द्रप्रसाद, जो आगे चलकर भारत की संविधान-सभा के अध्यक्ष और देश के प्रथम राष्ट्रपति हुए, पक्के गाँधीवादी और सरदार पटेल के निकट मित्र थे। उन्हें भी इस सारे प्रकरण पर बड़ा दुःख हुआ। डॉ. राजेन्द्रप्रसाद ने तब कहा था - ''गाँधी जी ने एक बार फिर अपने विश्वस्त सहयोगी को आकर्षक व्यक्तित्व के धनी नेहरू के लिए बलिदान कर दिया।''

नेहरू जी ने कांग्रेस-अध्यक्ष बनने के बाद बम्बई में आयोजित अखिल भारतीय कांग्रेस समिति के सामने 7 जुलाई, 1946 को जो विवादित भाषण दिया और उसके बाद 10 जुलाई, की एक प्रेस कॉन्फ्रेन्स में अपने जो विचार रखे, वे ही जिन्ना और उनकी मुस्लिम लीग को ज़बर्दस्त ढंग से छेड़ने के लिए उकसानेवाले साबित हुए। नेहरू के सार्वजनिक बयान के प्रत्युत्तर में जिन्ना ने कैबिनेट मिशन की पूर्व स्वीकृत योजना को लीग की तरफ़ से रद्द करके 'सीधी कार्यवाही' की घोषणा की। जिसके फलस्वरूप कलकत्ता, नोआखाली, बिहार, गढ़ मुक्तेश्वर आदि अनेक जगह वे भयानक हिन्दू-मुस्लिम दंगे हुए जिन्होंने महात्मा गाँधी द्वारा प्रतिपादित अहिंसा और भारत-राष्ट्र की जड़ें हिला दीं।

नवनिर्वाचित कांग्रेस अध्यक्ष जवाहरलाल नेहरू ने अपने उक्त भाषण में कहा कि - जहाँ तक वह देख सकते हैं यह प्रश्न कांग्रेस द्वारा मिशन की किसी भी छोटी या बड़ी योजना को स्वीकार करने का नहीं था। यह सिर्फ संविधान-सभा में शामिल होने की उसकी सहमति का था, इससे अधिक कुछ नहीं। वह उस सभा में तब तक रहेंगे जब तक वह समझते हैं कि यह भारत के हित में है और वह इससे तब बाहर हो जायेगे जब समझेंगे कि यह उनके उद्देश्यों के लिए घातक है। उनका कहना था कि -''हम किसी भी चीज से बँधे नहीं हैं सिवाय इसके कि हमने संविधान-सभा में जाना तय कर लिया है।''

पण्डित नेहरू कांग्रेस समिति के समक्ष उस जलसे में दिये इस भाषण तक ही सीमित रह जाते तो भी गनीमत थी। दुर्भाग्यपूर्ण यह हुआ कि वे 10 जुलाई, 1946 को ही कांग्रेस अधिवेशन समापन के बाद एक प्रेस कांफ्रेंस में और भी उत्तेजक-बयान दे बैठे।

कुछ प्रेसवालों ने नेहरू जी से पूछा कि क्या अखिल भारतीय कांग्रेस समिति में प्रस्ताव पारित करके कांग्रेस ने कैबिनेट मिशन की 16 मई 1946 की योजना को सम्पूर्ण रूप में स्वीकार कर लिया है जिसमें अन्तरिम सरकार का गठन भी शामिल है?

जवाब में नेहरू जी ने कहा - ''कांग्रेस संविधान-सभा में, समझौतों के प्रति और जो स्थिति उत्पन्न होगी, उसके अनुरूप बन्धन-मुक्त होकर काम करने के लिए भाग लेगी।''

प्रेस संवाददाता ने आगे पूछा कि - इसका मतलब है कि कैबिनेट मिशन की योजना को बदला जा सकता है ?

इस पर जवाहरलाल नेहरू दृढ़तापूर्वक यह बोल पड़े कि - ''कांग्रेस केवल संविधान-सभा में शामिल होने के लिए सहमत हुई है और इस बात के लिए स्वतन्त्र है कि कैबिनेट

मिशन योजना को बदला या संशोधित किया जा सकता है, अगर इसे अच्छा समझा गया।'' प्रेस कान्फ्रेन्स में नेहरू ने यह भी कहा कि - ''इस बात की पूरी सम्भावना है कि मुसलमान-बहुल दो समूह बाद में समूहीकरण के विरुद्ध निर्णय करें।'' इसे स्पष्ट करते हुए नेहरू बोले ''स्पष्ट शब्दों में कहें तो यह सम्भव है कि उत्तर-पश्चिम में पश्चिमोत्तर सीमाप्रान्त और उत्तर-पूर्व में असम, समूहीकरण के विरुद्ध निर्णय करें।'' नेहरू के यह प्रेस वक्तव्य अत्यन्त अधपके और एकांगी थे, वक़्त की नज़ाकत को देखते हुए। यह सब जोशो-ख़रोश में बोलते वक्त वे शायद होश खो बैठे थे और-ये भूल चुके थे कि भारत की एकता और अखण्डता की राह में जिन्ना नाम एक अड़ियल शख़्स भी है और उसकी भी अपनी कोई राजनीतिक हस्ती है।

दरअसल मुस्लिम लीग ने कैबिनेट मिशन योजना को अनिच्छापूर्वक ही स्वीकार किया था। स्वाभाविक रूप से जिन्ना अपने किये से प्रसन्न न थे। उन्होंने लीग परिषद् में दिये अपने भाषण में स्पष्ट कहा था कि-''मैंने इस योजना को स्वीकार करने की सिफारिश इसलिए की है कि हमें इससे बेहतर प्रस्ताव प्राप्त नहीं हो सकता।'' इसके कुछ ही समय बाद जिन्ना के राजनीतिक विरोधियों ने उनकी आलोचना प्रारम्भ कर दी थी। यह कहना शुरू कर दिया था कि जिन्ना मुसलमानों को आवश्यक उपलब्धियाँ दिलाने में नाकामयाब रहे हैं। उन्होंने जिन्ना पर यह आरोप लगाया कि वे एक 'स्वतन्त्र इस्लामी राज्य' का विचार त्याग चुके हैं। कठमुल्लों ने जिन्ना की लानत-मलामत शुरू कर दी थी। जिन्ना के आलोचक यहाँ तक कहने लगे कि - अगर मुस्लिम लीग कैबिनेट मिशन की योजना स्वीकार करने की ख़्वाहिशमन्द थी तो क़ायदे-आज़म एक आज़ाद इस्लामी मुल्क के बारे में इतनी बातचीत क्यों करते रहे? उस सूरत में तो और जबकि मिशन ने मुसलमानों के उस हक को नकार दिया था जिसके तहत वे अपना एक अलग मुस्लिम-राज्य बना लेते।

कटाक्षों, आक्षेपों और आलोचनाओं से मर्माहत जिन्ना, जो मुस्लिम लीग के सर्वेसर्वा कहे जाते थे, जिनकी हस्ती का क़िला इतना बुलन्द हो चला था कि जिन्ना ही वस्तुतः मुस्लिम लीग थे और मुस्लिम लीग का मतलब मानो जिन्ना ही हो चुका था, उन्हीं जिन्ना को कहीं-न-कहीं अपना वह किला ढहता-सा नज़र आया। ऐसे में जवाहरलाल नेहरू के वक्तव्य ने उनके लिए जले पर कटे का काम किया। पर जिन्ना अपनी कमज़ोरी को मज़बूती में बदलने का हुनर जानते थे। जिन्ना ने तत्काल पलटवार करने को कमर कस ली। जवाहरलाल नेहरू ने जो वैचारिक-ग्रिनेड हवा में उछाला था, जिन्ना ने उसी को लपक लिया और कांग्रेस की दिशा में उछलकर वापस फेंक दिया।

पण्डित जवाहरलाल नेहरू के बयान के बाद मोहम्मद अली जिन्ना ने एक बयान दिया कि ''कांग्रेस-अध्यक्ष की यह घोषणा समस्त स्थितियों के पुनर्मूल्यांकन की माँग करती है।''

इसी क्रम में जिन्ना ने लियाक़त अली ख़ाँ से मुस्लिम लीग काउन्सिल की मीटिंग बुलाने को कहा और यह वक्तव्य दिया कि-"मुस्लिम लीग काउन्सिल ने कैबिनेट मिशन योजना को इसलिए स्वीकृत दी थी क्योंकि कांग्रेस ने भी योजना को स्वीकार कर लिया था।..."

हालाँकि जिन्ना की यह बात अर्द्धसत्य थी। मुस्लिम लीग ने योजना को पहले स्वीकार किया था। कांग्रेस ने कुछ विलम्ब से। जैसा कि हमने देखा।

जिन्ना ने अपने यू-टर्न लेने के इस मोड़ पर आते-आते आगे कहा - "...और यह योजना भविष्य में भारत के संविधान का आधार थी। अब कांग्रेस ने घोषित किया है कि संविधान-सभा में बहुमत आने पर वह योजना को बदल सकती है। इसका अर्थ यह है कि अल्पसंख्यक, बहुसंख्यकों की दया पर छोड़ दिये जायेंगे।"

जिन्ना का कहने का मतलब था कि जब अंग्रेज़ अभी भारत से गये नहीं हैं तो कांग्रेस का यह हाल है कि वह कैबिनेट मिशन योजना, जो कि पारस्परिक समझौते पर आधारित है, से पलटने की बातें कर रही है, वह अंग्रेज़ों के जाने के बाद अपना बहुमत होने के बाद मुसलमानों से वायदा-ख़िलाफ़ी नहीं करेगी, इसकी क्या गारण्टी है? जिन्ना ने यह भी कहा कि - "मेरा मानना है कि जवाहरलाल की इस घोषणा का मतलब है- कांग्रेस ने कैबिनेट मिशन की योजना को अस्वीकार कर दिया है।"

कांग्रेस के नेताओं के सामने नेहरू के उक्त अप्रत्याशित एवं आश्चर्यजनक कृत्य और जिन्ना की कड़ी प्रतिक्रिया के कारण एक विचित्र और विषम परिस्थिति उत्पन्न हो गयी। मौलाना आज़ाद ने नेहरू जी को समझाने की कोशिश की कि कार्यसमिति की बैठक बुलाकर डैमेज-कण्ट्रोल के लिए उसमें यह प्रस्ताव पारित करा दिया जाये कि नेहरू जी ने बतौर कांग्रेस अध्यक्ष जो वक्तव्य दिया है वह उनकी निजी राय है और उसका कांग्रेस के निर्णय से कोई तालमेल नहीं बैठता। परन्तु नेहरू इसके लिए तैयार न थे। उन्हें लगा कि ऐसा करना उनके लिए किंकर्त्तव्यविमूढ़ होने जैसी स्थिति होगी। आगे कांग्रेस कार्यसमिति ने बहुत बाद में बयान दिया भी, मगर नेहरू को बचाकर लीपापोतीवाला।

उधर अंग्रेज़ों के मस्तक पर भी चिन्ता की लकीरें खिंच गयी कुछ भी हो अंग्रेज़ भारत में सिविल वार से डरते थे। कम-से-कम इस चलन-चलन्ती-की वेला में। अतः 18 जुलाई को सेक्रेटरी ऑफ स्टेट लॉर्ड पैथिक लारेन्स ने भी लन्दन में 'हाउस ऑफ लॉर्ड्स' में सफ़ाई दी-जिसमें भारत से हाल में मिल रहे समाचारों का हवाला देकर भारत के राजनीतिक दलों के भ्रम निवारण हेतु कहा कि-उनको यह पूरा अधिकार है कि भविष्य के संविधान के बारे में वे अपने विचार प्रकट करें आदि..."परन्तु 16 मई की घोषणा से सहमति के बाद वे योजना के प्रावधानों से बाहर नहीं जा सकते हैं। ऐसा करना, दूसरे दल, जिसने मंजूरी दी है, के प्रति ईमानदारी नहीं होगी। इसी विचारधारा के चलते ब्रिटिश सरकार ने कहा था कि संविधान-सभा के निर्णय मान्य होंगे।"

उसी दिन, 18 जुलाई, 1946 को सर स्टैफर्ड क्रिप्स ने 'हाउस ऑफ कॉमन्स' में योजना के विवाद को स्पष्ट करते हुए यह कहा कि- ''योजना का यह आधारभूत हिस्सा है। और स्पष्ट है कि प्रान्त अपने समूहों में शामिल होने के बाद ही संविधान-सभा में जायेगे। बाद में वे चाहें तो उस समूह से बाहर हो सकते हैं। लेकिन यह नये संविधान के अन्तर्गत पहले चुनाव के बाद ही होगा।''

क्रिप्स के इस बयान ने 'कोढ़ में खाज' का काम किया। क्रिप्स के बयान से जिन्ना और बिलबिला गये। उन्हें लगा कि कैबिनेट मिशन ने जो भारत यूनियन का ढाँचा दिया उसे तीन बड़े समूहों में केन्द्र से बाँधकर रखने का, वह तो 'मेंढक तौलने' के समान है। उन्हें भविष्य में अपने पूर्वी और पश्चिमी समूहों से असम और उत्तर-पश्चिमी सीमाप्रान्त जैसे प्रान्तों के छिटक जाने का अन्देशा सताने लगा। जिन्ना ने क्रिप्स की भी आलोचना की और उनको 'शब्दों का जादूगर' बताया।

जो नुक़सान होना था वह तो हो चुका था। ऐसा नुक़सान जो कोई मामूली नुक़सान न था। वास्तव में मौलाना आज़ाद के अध्यक्ष रहते जो कुछ कांग्रेस ने देश के विभाजन को बचाने के लिए कैबिनेट मिशन से मुश्किल से हासिल किया था, पण्डित नेहरू ने आते ही उस समस्त अर्जित पुण्य को एक झटके में नष्ट कर दिया।

27 जुलाई को बम्बई में मुस्लिम लीग परिषद् की बैठक हुई। श्रीमान जिन्ना ने अपने प्रारम्भिक भाषण में पाकिस्तान की माँग को फिर दोहराया और कहा कि मुस्लिम लीग के सामने अब यही एक रास्ता रह गया है। तीन दिन के विचार-विमर्श के बाद मुस्लिम लीग काउन्सिल ने एक प्रस्ताव पारित किया और उसके द्वारा कैबिनेट मिशन की योजना को रद्द कर दिया गया। परिषद् ने यह भी तय किया कि पाकिस्तान बनाने के लिए 'सीधी कार्रवाई' करनी चाहिए। जिन्ना ने कहा - ''डाइरेक्ट एक्शन!''

याद रहे कि एक 'सीधी-कार्रवाई' का बिगुल गाँधी जी ने 1942 में बम्बई की धरती से ही बजाया था जिसमें अंग्रेज़ों के ख़िलाफ़ सम्पूर्ण असहयोग-आन्दोलन यद्यपि अहिंसक ढंग से करने का आह्वान किया गया था, वही आन्दोलन कांग्रेस नेताओं को एक साथ गिरफ़्तार कर लिए जाने के बाद देश भर में समुचित शीर्ष-नेतृत्व के अभाव में भटककर हिंसक-आन्दोलन में बदल गया था। 'भारत छोड़ो' आन्दोलन की तर्ज़ पर उसी से प्रेरित होकर 1946 में जिन्ना और उनकी मुस्लिम लीग ने अब अपनी सीधी-कार्रवाई घोषित की जिसके तौर-तरीक़े बहुत स्पष्ट नहीं थे। यह अहिंसक होगा अथवा हिंसक? यह तो क़तई नहीं। इस तरह जब मुस्लिम लीग की उस सभा में 'कैबिनेट मिशन योजना' की नामंजूरी का प्रस्ताव आया तो उसका एक भी सदस्य विरोधी नहीं था। वैसे भी जिन्ना के आगे लीग में किसकी कुछ बोलने की हिम्मत?

क्या नहीं कहा गया मुस्लिम लीग की उस सभा में। कांग्रेस, ब्रिटिशर्स, उनके नेताओं सभी के लिए। अन्ततः यह कि सब देखकर-''कोई सन्देह नहीं रह जाता कि संविधान बनाने की प्रक्रिया में भागीदारी करना मुसलमानों के लिए ख़तरे से खाली नहीं है। इसलिए

यह काउन्सिल मुस्लिम लीग अध्यक्ष द्वारा भारत के राज्य सचिव को 6 जून, 1946 को दी हुई कैबिनेट मिशन योजना की स्वीकृति वापस ले रही है।''

लीग की सभा में एक और प्रस्ताव पास किया गया जिसमें कहा गया- ''अब समय आ गया कि मुसलमान क़ौम 'पाकिस्तान' बनाने के लिए और अंग्रेज़ों की वर्तमान ग़ुलामी व सवर्ण हिन्दुओं की भविष्य में ग़ुलामी से बचने के लिए सीधी-कार्रवाई यानी कि डाइरेक्ट-ऐक्शन करें... आप लोग सीधी कार्रवाई का कार्यक्रम बनायें... और मुसलमानों को उचित-समय पर उसको पूरा करने के लिए तैयार करें।''

इस 29 जुलाई के तवारीख़ी दिन जिन्ना ने मुस्लिम लीग काउन्सिल की उस सभा में अपने उग्र भाषण में यहाँ तक कहा कि-

''आज जो कुछ हमने किया वह हमारे इतिहास का सबसे ऐतिहासिक क़दम है। लीग ने अपने समूचे इतिहास में अभी तक संवैधानिक तरीक़ों से संवैधानिक क़दम उठाने के अतिरिक्त और कुछ भी नहीं किया है, लेकिन आज कांग्रेस और ब्रिटेन के एक क़दम के कारण हम इस स्थिति में पहुँच जाने के लिए विवश किये गये हैं कि हमें संवैधानिक तरीक़ों को त्यागना पड़ रहा है। हम पर दो मोर्चों से आक्रमण होता रहा। अंग्रेज़ी मोर्चा और हिन्दू मोर्चा। आज हमने संविधान और संवैधानिक तरीक़ों को अलविदा कह दिया है। मोहम्मद अली जिन्ना ने उत्तेजना में यह भी कहा - ''कैबिनेट मिशन से पीड़ादायक बातचीत के दौरान निरन्तर अन्य दोनों दल-अर्थात् ब्रिटिश सरकार और भारतीय राष्ट्रीय कांग्रेस-हमारे सर पर पिस्तौल ताने हुए थे। एक के पास अधिकार और शस्त्र की पिस्तौल थी तो दूसरे के पास जन-आन्दोलन तथा असहयोग की पिस्तौल थी। इस स्थिति का मुकाबला होना चाहिए। आज हमने भी एक पिस्तौल उठा ली है।'' मतलब साफ़ था जिन्ना का घुमा-फिरा के कि - 'यलग़ार हो!'

इधर 29 जुलाई, 1946 को अपने भाषण में जिन्ना मुसलमानों को भड़का रहे थे उधर ठीक उसी दिन सरदार वल्लभभाई पटेल-नेहरू जी को लेकर-अपने मित्र डी.पी. मिश्र को एक ज़रूरी पत्र लिख रहे थे। पत्र में उनके दिल का दर्द साफ़ झलकता था। सरदारश्री पण्डित नेहरू के अध्यक्ष पद पर चुनाव और उनकी हाल की महानू-भूल पर टिप्पणी करते हुए लिख रहे थे-

''यद्यपि अध्यक्ष चौथी बार चुने गये हैं, वह अक्सर बच्चों जैसी अबोधता के साथ कार्य करते जाते हैं, जो कि हम लोगों को अप्रत्याशित रूप से बड़ी कठिनाई में डाल देता है।...

''उन्होंने अभी हाल में अनेक ऐसे कार्य किये हैं। जिनसे हम सभी के लिए काफ़ी उलझनें पैदा हो गयी हैं। कश्मीर में उनकी कार्रवाई, संविधान सभा में सिखों के चुनाव में हस्तक्षेप, अखिल भारतीय कांग्रेस कमेटी की बैठक के तुरन्त बाद उनकी प्रेस वार्त्ता आदि सभी सांवेगिक पागलपन की क्रियाएँ हैं और इससे मामलों को सुव्यवस्थित करने में हम लोगों को काफ़ी श्रम करना पड़ता है। किन्तु अपने भोलेपन में किये गये सभी

अविचारित कृत्यों के बावजूद उनमें स्वाधीनता के लिए अद्वितीय उमंग व उत्कट जोश है, जो उन्हें बेचैन कर देता है और अधीरता की उस सीमा तक पहुँचा देता है, जहाँ वे अपने आपको भूल जाते हैं। उनकी सारी क्रियाएँ अपने प्रिय लक्ष्य तक बिजली की गति से पहुँचने के सर्वोत्कृष्ट विचार से निर्देशित होती हैं। अत्यधिक कार्य और तनाव से उनका मस्तिष्क थक जाता है। वह अकेलापन महसूस करते हैं और आवेगपूर्ण तरीक़े से कार्य करते हैं। इन परिस्थितियों में हम लोगों को उनके साथ सहन करना है।''

देखा जाये तो सरदार पटेल का पण्डित नेहरू के बारे में यह कथन उनके मनोजगत का सर्वकालिक मनोविश्लेषण है। एक-एक शब्द उनके नेहरू जैसे सहयोगी एवं साथी के व्यक्तित्व की मानो व एक गुप्त-कुंजी है जो नेहरू की कार्य प्रणाली के भीतर झाँकने में सहायता देती है। गाँधी जी इस मामले में सरदार से सहमत थे। उन दिनों वे महाराष्ट्र में पंचगनी में विश्राम कर रहे थे। जयप्रकाश नारायण जब वहाँ उनसे मिलने गये तो गाँधी जी ने कहा कि- ''नेहरू के जल्दबाज़ी में दिये गये बयान ने अविभाजित-भारत के आधार पर समझौते की सारी आशाओं को समाप्त कर दिया है।''

जो भी हो, अब इतना तो तय हो चुका था कि भारत को जो स्वतन्त्रता मिलनी थी वह अविभाजित-भारत के नहीं, 'खण्डित-भारत' के हिस्से में ही आनी थी।... 'पाकिस्तान' की परिकल्पना कल तक जो जिन्ना और लीगी मुसलमानों के लिए एक सपना थी अब हक़ीक़त में बदलने को उमड़ चली थी।... इधर जिस 'अखण्ड-भारत' का स्वप्न महात्मा गाँधी, सरदार पटेल, सुभाषचन्द्र बोस, मौलाना आज़ाद, डॉ. राजेन्द्रप्रसाद, आचार्य कृपलानी, नेहरू स्वयं और चन्द्रशेखर आज़ाद, सरदार भगतसिंह, अशफ़ाकुल्लाह ख़ान आदि हज़ारों-लाखों स्वतन्त्रता सेनानी और क्रान्तिकारी देखते आये थे वह एक-व्यक्ति के अविवेक और अधीरता की भेंट चढ़ चुका था। कांग्रेस जीतते-जीतते हार चुकी थी और मुस्लिम लीग हारते-हारते जीत की ओर अग्रसर हो चली थी...। ख़मियाजा पूरे देश के करोड़ों देशवासियों को भुगतना था।

पूरब से उठा आशाओं का सूरज आज पश्चिम में आहत हृदय से डूब रहा था।...

देश संक्रमण-काल से गुज़र रहा था और अत्यन्त गर्म वातावरण में भी एक अन्तरिम-सरकार जन्म ले रही थी जिसके खेवैया इस बार पूरी तरह भारतीय रहने थे, अंग्रेज़ वायसराय की सरपरस्ती में।

6 अगस्त, 1946 को वायसराय लॉर्ड वैवल ने कांग्रेस को अन्तरिम सरकार बनाने का निमन्त्रण दिया। मुस्लिम लीग इसमें शामिल नहीं हुई। कांग्रेस कार्यसमिति ने 8 अगस्त, 1946 को वर्धा में अपनी बैठक की। गांधी जी की कृपा-छाया सेवाग्राम, वर्धा में

सुलभ थी ही। सरदार पटेल के आग्रह के कारण कांग्रेस कार्यसमिति ने वायसराय द्वारा भेजे गये अन्तरिम सरकार बनाने के आमन्त्रण को स्वीकार किया।

2 सितम्बर, 1946 को अन्तरिम सरकार के मन्त्रियों ने शपथ ली। पण्डित जवाहरलाल नेहरू अन्तरिम सरकार के प्रधानमन्त्री बने। सरदार पटेल को गृहमन्त्री एवं सूचना-प्रसारण मन्त्री बनाया गया। अन्य मन्त्रियों में डॉ. राजेन्द्रप्रसाद, चक्रवर्ती राजगोपालाचारी, शरतचन्द्र बोस, आसफ़ अली और जगजीवन राम थे। मन्त्रियों में दो ग़ैर-कांग्रेसी मुसलमान भी थे- अली ज़हीर और शफ़ात अहमद ख़ाँ। तीन अल्पसंख्यकों के प्रतिनिधि थे- सरदार बलदेव सिंह (सिख), जॉन माथाई (ईसाई) और सी. एच. भाभा (पारसी)। पण्डित नेहरू ने प्रधानमन्त्री के दायित्व के साथ विदेश मन्त्रालय भी अपने पास रखा।

मन्त्रिमण्डल के सदस्यों को नेहरू जी और सरदार पटेल ने पारस्परिक सलाह से चुना। इसमें उन्होंने गांधी जी से कोई सलाह नहीं ली, उन्हें सूचना मात्र दी गयी।

पण्डित नेहरू ने जिन्ना से आग्रह किया था कि मुस्लिम लीग भी मन्त्रिमण्डल में शामिल हो। जिन्ना के इनकार करने पर मुस्लिम प्रतिनिधित्व का ख़याल करके ही, तीन मुसलमान-नेताओं को नेहरू जी ने अपने मन्त्रिमण्डल में जगह दी। यह सोचकर भी कि यदि भविष्य में लीग अन्तरिम सरकार में शामिल होती है तो उनमें से कुछ से वे इस्तीफे लेकर लीग के लिए जगह बना देंगे।

16 अगस्त, 1946 को मुस्लिम लीग ने पूर्व घोषित 'सीधी कार्रवाई दिवस' मनाया। इस समय बंगाल में मुस्लिम लीग का मिला-जुला मन्त्रिमण्डल था। एच.एस. सुहरावर्दी, बंगाल प्रान्त के प्रधानमन्त्री थे। उन दिनों राज्यों के मुख्यमन्त्री को प्रधानमन्त्री ही कहा जाता था। कलकत्ते में लीगी मुख्यमन्त्री हुसैन शहीद सुहरावर्दी की सरपरस्ती में पहले ही दिन मुसलमानों का कलकत्ते की सड़कों पर पहले तो जलूस निकला। फिर उग्र प्रदर्शन कर दुकानों, टैक्सियों, गाड़ियों में आग लगायी गई और अचानक हिन्दुओं का कत्लेआम शुरू कर दिया गया। पुलिस और दमकल गाड़ियों पर पत्थरबाज़ी की गयी। हिन्दुओं ने जान-माल का भारी नुक़सान उठाया। वे सकते में आ गये। पुलिस-प्रशासन सड़कों-बाज़ारों में मुस्लिम-हिंसा का नंगा-नाच अधिकतर जगहों पर मूक-दर्शक बनकर खड़ा-खड़ा देखता रहा।

उसके बाद हिन्दू संगठित हुए और अगले दिन वे भी मुसलमानों की दुकानों, घरों, मोहल्लों में बदले की आग लेकर टूट पड़े। अब दोनों ओर से ख़ूनख़राबा होने लगा। कलकत्ता महानगर में तीन दिन बेक़ाबू साम्प्रदायिक उपद्रव हुए। उस दौरान कलकत्ता महानगर एक जीते-जाते नर्क में तब्दील हो गया। लाशें सड़कों पर नाले-नालियों में, गटर के मेनहोल्स तक में पड़ी सड़ती रहीं। उन्हें उठानेवाला कोई न था। प्रारम्भिक हत्याकाण्डों में जितने हिन्दू हताहत हुए उससे कई गुना ज़्यादा मुसलमान कलकत्ता के उन भीषण दंगों में अगले कुछ दिनों में मारे गये। आगजनी, स्त्रियों से बलात्कार की अनगिनत

शर्मनाक घटनाएँ घटीं। मुस्लिम लीग और कांग्रेस की प्रतिद्वन्द्विता और जिन्ना की सनक के चलते कलकत्ता शहर में करोड़ों रुपयों की सरकारी-ग़ैरसरकारी सम्पत्ति जलकर खाक हो गयी। नष्ट कर दी गयी। जब 'कलकत्ता' जल रहा था तो कहा जा सकता है कि सुहरावर्दी 'बाँसुरी' बजा रहा था।'

उधर दिल्ली में कांग्रेस कार्यसमिति ने 9 अगस्त, 1946 को एक संसदीय उपसमिति नियुक्त की थी जिसके सदस्य थे- सरदार वल्लभभाई पटेल, डॉ. राजेन्द्रप्रसाद और मौलाना अबुल कलाम आज़ाद। इस उपसमिति ने 13 अगस्त को एक बैठक की थी जिसमें अन्तरिम सरकार बनाने से पूर्व वायसराय लॉर्ड वैवल के सामने रखे जानेवाले सुझावों पर विचार-विमर्श हुआ था। इसके बाद कांग्रेस-अध्यक्ष जवाहरलाल नेहरू ने 17 अगस्त को कांग्रेस कार्यसमिति की आवश्यक बैठक बुला रखी थी। अतः मौलाना आज़ाद अपने होम टाउन कलकत्ता से 16 अगस्त को उस मनहूस दिन दिल्ली के लिए रवाना हुए।

कलकत्ता-दंगों का पहला दिन था वह। कलकत्ता उस दिन ख़ून की होली खेल रहा था। बम धमाकों से गूँज रहा था। ऐसे में सुभाषचन्द्र बोस के भाई शरतचन्द्र बोस, जो कलकत्ता के एक प्रमुख कांग्रेसी नेता थे, अंग्रेज़ गवर्नर के पास गये। उन्होंने उनसे साम्प्रदायिक हिंसा पर नियन्त्रण करने के लिए प्रभावी क़दम उठाने की माँग की। उन्होंने गवर्नर को यह भी सूचना दी कि वे और मौलाना आज़ाद दोनों कार्यसमिति की बैठक में भाग लेने दिल्ली जा रहे हैं। इस पर गवर्नर ने उनसे कहा कि - "मैं आप लोगों को हवाई अड्डे तक फ़ौजी पहरे में पहुँचवाने का प्रबन्ध किये देता हूँ। शहर में हालात वाक़ई बहुत ख़राब है।"

शरतचन्द्र बोस ने टेलीफ़ोन द्वारा इस बात की इत्तला मौलाना आज़ाद को दी। मौलाना ने कुछ देर सुरक्षा-एस्कार्ट की प्रतीक्षा की। हवाई जहाज़ के प्रस्थान का समय निकट आ रहा था। जब गवर्नर-हाउस या कहीं से कोई व्यक्ति सहायतार्थ नहीं आया तो मौलाना आज़ाद हवाई अड्डे के लिए अपनी कार पर स्वयं ही चल दिये। रास्ते में उन्होंने देखा कि सड़कें वीरान पड़ी थीं और शहर ऐसा लग रहा था मानो चारों ओर मौत मँडरा रही हो।

जब मौलाना आज़ाद की कार स्ट्रैण्ड रोड से गुज़र रही थी तब उन्होंने देखा कि आगे कई गाड़ीवान और दरबान हाथों में लाठी-डण्डे लिए खड़े हैं। दरअसल दंगाइयों ने जो तमाम टैक्सियाँ और दूकानें चकनाचूर की थीं और उनमें कहीं-कहीं आगज़नी भी की थी, ये सब-के- सब विक्षुब्ध-गाड़ीवान और दरबान प्रतिहिंसा के लिए लामबन्द होकर उस चौराहे पर खड़े थे।

उन्होंने मौलाना की तेज़ी से गुज़रती कार को रोकने और उस पर हमला करने का प्रयत्न किया। मौलाना आज़ाद का ड्राइवर चिल्लाया कि अरे यह कांग्रेस-अध्यक्ष जी की कार है।" परन्तु उन लोगों की आँखों में ख़ून सवार था। उन्होंने कार पर लाठियों से प्रहार का प्रयास किया। ड्राइवर किसी तरह बचाकर मौलाना की कार वहाँ से भगा ले गया।

कांग्रेस-अध्यक्ष तो ख़ैर अब पण्डित नेहरू बन चुके थे। मौलाना भूतपूर्व हो चले थे। परन्तु बेचारा ड्राइवर उन्मादी भीड़ पर रूआब डालने को कहता तो क्या कहता? किसी तरह मौलाना को वह हिंसा की चपेट में आने से बचाकर निकाल लाया।

जैसे-तैसे हवाई जहाज़ रवाना होने से कुछ समय पूर्व मौलाना दमदम हवाई अड्डे पहुँच गये। वहाँ उन्होंने देखा कि ट्रकों में एक बहुत बड़ा फ़ौजी दस्ता वहाँ खड़ा प्रतीक्षा कर रहा है। जब आज़ाद ने उन लोगों से पूछा कि वे लॉ-एण्ड-ऑर्डर में सहायता क्यों नहीं दे रहे ? तो उन्हें उनसे उत्तर मिला कि हमें आदेश है कि हम तैयार तो रहें परन्तु कुछ करें नहीं। यह विडम्बना ही थी कि पूरे कलकत्ते में फ़ौज और पुलिस तैयारी हालत में मौजूद थी, फिर भी निर्दोष नर-नारी मारे जा रहे थे।

कलकत्ता शहर ने वैसा भयानक साम्प्रदायिक हिंसा का दौर इससे पहले शायद ही कभी देखा होगा जो अगले तीन दिन तक तो निर्बाध चला। इसमें लगभग 5000 हिन्दू-मुसलमान मारे गये। मारे गये मुसलमानों की संख्या काटे गये हिन्दुओं की अपेक्षा तीन गुना रही होगी। लगभग 15000 लोग घायल हुए। मृतकों की लाशें उसके बाद कई दिन तक कलकत्ता शहर की कई गलियों में सड़ती रहीं जिन्हें गिद्ध नोचते रहे। ऐसा अकल्पनीय अमानुषिक दौर था वह जो कि वर्णनातीत है।

ऐसा नहीं है कि इस 'डाइरेक्ट ऐक्शन डे' को रोकने के लिए कोई प्रयत्न न हुए हों। वैसे तो कांग्रेस समझ रही थी कि मुस्लिम लीग इस विषय में एक-आध बैठक और करेगी और आन्दोलन का स्वरूप अपने लोगों को समझायेगी। पर ऐसा कुछ नहीं हुआ। जिस दिन यह 'सीधी कार्रवाई' का निर्णय हुआ था, जिन्ना ने कुछ पत्रकारों के सवाल करने पर कहा था - ''हम यहाँ नैतिकता पर प्रवचन करने नहीं आये हैं।''

''इस 'सीधी कार्रवाई दिवस' के घोषणा-पत्र का अन्तिम पैराग्राफ़ इस प्रकार था- ''रमज़ान में ही कुरान प्रकट हुई थी। रमज़ान में ही अल्लाह ने जेहाद की अनुमति दी थी। रमज़ान में ही बद्र की लड़ाई में, जो कि मुसलमानों और ग़ैर-मुस्लिमों के मध्य पहला युद्ध हुआ था, जिसमें सिर्फ़ 313 मुसलमानों ने जीत हासिल की थी (सन् 634 में 9000 लोगों के विरुद्ध) और रमज़ान में ही हज़रत पैग़म्बर के नेतृत्व में 10,000 मुसलमानों ने मक्का पर (सन् 630 ई. में) फ़तह की थी और जन्नत की सल्तनत स्थापित कर अरब में इस्लाम का सामूहिक राज स्थापित किया था। मुस्लिम लीग नसीबवाली है कि यह अपना अभियान इस पवित्र महीने में शुरू कर रही है।''

देखा जाये तो लीग का सन्देश साफ़ था। उसका यह राजनीतिक आन्दोलन धर्म की उत्तेजक संचेतना से संयुक्त एवं लक्षित था। यह जो कुछ भी था गाँधी जी की अहिंसा, भ्रातृप्रेम और शान्ति के अनोखे पथ से सर्वथा पृथक् हिंसक ध्वनि देता था। कुछ एक राष्ट्रवादी-मुस्लिम कांग्रेसियों ने लॉर्ड वैवल, वायसराय से अनुरोध किया कि वे जिन्ना को समझाएँ कि वे रमज़ान के पवित्र महीने में अपना यह आन्दोलन न करें। परन्तु वायसराय ने स्वयं इस पचड़े में पड़ना ठीक न समझा, अलबत्ता यह अपील अवश्य की कि ''कांग्रेस

और मुस्लिम लीग के बीच जो खाई है उसे पाटने की कोशिश अवश्य की जानी चाहिए।'' आख़िर 'कैबिनेट मिशन योजना' के अनुसार एक अन्तरिम-सरकार शीघ्र ही बनने जा रही थी और मन्त्रिमण्डल में मुस्लिम लीग के लिए पाँच सीटें निश्चित की गयी थीं। वायसराय को वीटो का अधिकार था, पर नयी सरकार में पण्डित नेहरू उसके नेता होनेवाले थे। अतः लीग को मनाने-समझाने का नैतिक दायित्व भी नेहरू पर था।

16 अगस्त, 1946 की सुबह पण्डित नेहरू मालाबार हिल्स, बम्बई में जिन्ना की आलीशान-कोठी में उनसे मिलने गये। उस सुबह नेहरू जी का काम था कि जिन्ना को 'डायरेक्ट ऐक्शन' रोकने के लिए राजी करें और लीग को अन्तरिम सरकार बनाने में सहायता देने के लिए अनुरोध करें।

नेहरू-जिन्ना भेंट कोई अस्सी मिनट चली। एकान्त वार्त्तालाप हुआ। परन्तु परिणाम शून्य निकला। दोनों नेता एक-दूसरे से नफ़रत की हद तक अविश्वास में रंगे थे। एक उत्तरी ध्रुव तो दूसरा दक्षिणी ध्रुव। स्वभाव से कविता, लेखन, साहित्य-कला प्रेमी नेहरू के लिए जिन्ना एक शुष्क, संकीर्ण दिमाग़वाले साम्प्रदायिक इन्सान थे। एक बार नेहरू ने जिन्ना के लिए कहा था-''उसकी असली शिक्षा नहीं हुई थी, आप उसे शिक्षित नहीं कह सकते। क़ानूनी किताबें पढ़ी थीं और कभी-कभी हल्के-फुल्के उपन्यास-कहानी, लेकिन असली किताबें कभी नहीं।''

नेहरू जी से 36 का आँकड़ा रखनेवाले जिन्ना साहब भी भला कहाँ चूकनेवाले थे ? अपने लोगों में उन्होंने नेहरू जी के बारे में कभी यह कहा था कि- ''उद्दण्ड ब्राह्मण जो अपनी चालबाज़ी को पश्चिमी शिक्षा के आवरण से ढँककर रखता है। जब वह वायदा करता है, कोई-न-कोई रास्ता छोड़ देता है और जब कोई रास्ता नहीं मिलता तो सफ़ेद झूठ बोलता है।''

ऐसे दो एक-दूसरे के 'घोर-शुभचिन्तक' नेता भला किसी समझौते की डगर पर एक साथ कहाँ चल सकते थे ? अतः भारत के भविष्य की उलझी हुई डोर भी सुलझा पाना अकेले दोनों के बस की बात न थी। जिन्ना अपने बँगले में आये अतिथि-नेहरू के प्रति प्रातःकालीन चाय-नाश्ते के दौरान विनम्र तो रहे परन्तु अपने इरादे से टस से मस नहीं हुए। उनके इरादे के पिस्तौल की गोली तो निकल चुकी थी और आज उसके निशाने पर प्रमुख रूप से था-कलकत्ता महानगर। हताश और खीझे हुए नेहरू जिन्ना के सामने से वापस दिल्ली जाने के लिए उठे। वे कांग्रेस-अध्यक्ष भी थे। जिन्ना अपनी उस मालाबार हिल्सवाली कोठी के बाहर तक अतिथि को छोड़ने आये।

वहाँ से रवाना होते समय नेहरू ने मातम का एक काला-झण्डा देखा जो मुस्लिम लीग-अध्यक्ष की उस कोठी पर लहराता 'डायरेक्ट-ऐक्शन' अर्थात् 'सीधी कार्रवाई' की सीधी-सीधी घोषणा कर रहा था। रास्ते में भी वही काला झण्डा उन्हें बम्बई में कई मुस्लिमों के घरों और उनकी बन्द दुकानों पर लगा दिखा। नेहरू जी की गाड़ी सांताक्रूज हवाई अड्डे की ओर दौड़ रही थी। लेकिन ग़नीमत यह थी कि बम्बई में हिन्दुओं का बहुमत था। सड़कें शान्त थीं, कहीं कोई गड़बड़ न थी।

मुसलमानों के दो सबसे बड़े गढ़ सिन्ध और पंजाब भी 16 अगस्त 1946 को क़ानून एवं व्यवस्था के दृष्टिकोण से नियन्त्रण में ही रहे। कराची शहर इसलिए शान्त रहा कि सिन्ध सरकार के चीफ सेक्रेटरी ने 16 अगस्त को सरकारी छुट्टी घोषित नहीं की। पंजाब का अंग्रेज़ गवर्नर सर इवान का प्रदेश पर अच्छा नियन्त्रण था और वहाँ एक स्थिर-सरकार थी।

लेकिन अविभाजित-बंगाल इस मामले में भाग्यशाली नहीं था। वह एक मुस्लिम बहुल आबादीवाला प्रान्त था, जिसमें 1946 में 54 प्रतिशत मुसलमान और 46 प्रतिशत ग़ैर-मुस्लिम आबादी थी। अकेले कलकत्ता महानगर की जनसंख्या 25 लाख की थी, जो कि भारत का सबसे बड़ा और पुराना शहर था।

बंगाल का गवर्नर सर फ्रेडरिक बरोज एक पुराना ब्रिटिश रेलवे से रिटायर अधिकारी था जो कि 1946 में ही नया-नया इण्डिया आया था। वह एक कमज़ोर, त्वरित निर्णय लेने में ढीला-ढाला व्यक्ति था। गवर्नर बरोज मुस्लिम लीग की मिली-जुली सरकार के मुख्यमन्त्री के कामकाज में ज़्यादा हस्तक्षेप भी नहीं करता था। गवर्नर बरोज बंगाली हिन्दू और बंगाली मुसलमान नेताओं, सभी से, हँस-बोलकर बतियाता था, पर किसी का कोई ख़ास मददगार न था।

इसके विपरीत बंगाल का मुख्यमन्त्री शहीद सुहरावर्दी एक आकर्षक व्यक्तित्व का धनी, बड़ा ही चुस्त और चालाक लीगी नेता था। वह मुस्लिम लीग की कार्यकारिणी का भी सदस्य था। बड़ा ही महत्त्वाकांक्षी और बड़बोला। प्रत्यक्ष निष्ठा-प्रदर्शन जिन्ना और पाकिस्तान के ख़्वाब के प्रति जबकि आतंरिक महत्त्वाकांक्षा-एक अलग स्वतन्त्र बंगाली मुल्क का प्रधानमन्त्री बनने की। सुहरावर्दी में सभी गुण थे-धनबल, गुण्डाबल, सुरा-सुन्दरी का शौक, कलकत्ता महानगर के नाइट क्लबों में नाचना, पैसा पानी की तरह बहाना। चुनाव में बूथ कैप्चरिंग के सभी हथकण्डे। और सत्ता पर कब्ज़ा। सुहरावर्दी को कलकत्ता से बड़ा लगाव था। कलकत्ता की रईसी कलकत्ता की गन्दगी और मुफलिसी, कलकत्ता का सब-कुछ उसकी ज़िन्दगी और राजनीति में पैबस्त था। हावड़ा की गुलज़ार गलियों से उसने कुछ छँटे हुए गुण्डे चुन रखे थे जो उसके निजी अंगरक्षकों की हैसियत से हमेशा उसके साथ रहते थे।

16 अगस्त, 1946 को सूर्योदय के समय अनेक मुस्लिम गुण्डे हुगली नदी पर हावड़ा से कलकत्ता आये-लाठी, छूरे, एसिड बोतल, पेट्रोल, लोहे के टुकड़ों और राडों से लैस। ये लोग जानते थे कि आज सभी मुस्लिम दूकानें विरोधस्वरूप बन्द रहेंगी। क़ाफ़िर हिन्दुओं से भी दूकानें बन्द रखने को कहा गया है। पर बहुतेरे कम्बख़्त मानेंगे नहीं। अतः ये गुण्डे गलियों और दरवाज़ों के आसपास छिपकर बाज़ार की दूकानें खुलने का इन्तज़ार करने लगे। फिर ज्यों ही हिन्दुओं ने अपनी दुकानें खोलीं इन भेड़ियों ने अपनीवाली 'सीधी कार्रवाई' शुरू कर दी और वे उन दूकानों पर सामूहिक रूप से टूट पड़े। निहत्थे दुकानदारों को इन गुण्डों ने जमकर मारा-काटा और उनकी दुकानें लूट लीं। मुक़ाबला करनेवालों की दूकानों में आग भी लगा दी गयी।

पुलिस बड़ी देर में मौक़ाए-वारदात पर आयी। क्यों कि सुहरावर्दी की मातहत सरकार ने अधिकतर पुलिसवालों की उस दिन छुट्टी कर दी थी। दमकल और भी देर में आयी। इस बीच जान-माल का भारी नुक़सान करके लीगी-गुण्डे फ़रार भी हो गये। वे दूसरे इलाक़ों में तबाही मचाने निकल गये। इस तरह शहर के कुछ हिस्से प्रारम्भ में उपद्रव ग्रस्त हुए। उधर मुख्य महानगर में मुस्लिम लीग के कार्यकर्त्ताओं ने ट्रकों और अन्य वाहनों पर भारी जलूस निकाला। ''हँस के लिया था हिन्दुस्तान... लड़कर लेंगे पाकिस्तान'' ''क़ायदे आज़म जिन्दाबाद... ''...सुहरावर्दी जिन्दाबाद'' ''पाकिस्तान का मतलब क्या? ...ला इलाहा इल्ललललाह।'' के जनूनी नारों से कलकत्ता का आकाश जगह-जगह गूँजने लगा। जलूस के ट्रकों में भी लाठी, डण्डे, तलवारें और हथियारों को इकट्ठा करके ले जाया गया। आख़िर आज मुस्लिम लीग की तथाकथित 'सीधी कार्रवाई' की रैली जो होनी थी।

हुसैन शहीद सुहरावर्दी और लीग के दूसरे नेताओं ने कलकत्ता के एक विशाल मैदान में तीसरे पहर मुस्लिम लीग की ओर से 'सीधी कार्रवाई दिवस' मनाते हुए एक लाख लोगों की भीड़ के समक्ष भड़काऊ भाषण दिये। उस समय वहाँ एकत्र भीड़ का उत्साह और सुहरावर्दी के चमकते चेहरे की ख़ुशी देखते ही बनती थी।

पाकिस्तान को हासिल करने के संकल्प को दोहराते और उसके लिए हर कुरबानी देने के लिए सभी मुसलमानों का ज़ोरदार आह्वान करते हुए जिस वक्त शहीद सुहरावर्दी साहब का भाषण ज़ारी था, उस समय भी दो गली पार निरीह हिन्दू स्त्री-पुरुष-बूढ़े-बच्चों का क़त्ल हो रहा था।

उस मैदान से दूर के कई इलाक़ों में लगी आग का धुआँ आकाश में उठता शाम 4. 00 बजे के लगभग साफ़ दिखायी दे रहा था। अब तक मुस्लिम दंगाइयों ने कलकत्ता शहर के पेट्रोल पम्पों पर कब्ज़ा कर लिया था और पेट्रोल छिड़ककर हिन्दुओं की दुकानों में आग लगायी जा रही थी। टैक्सियों-कारों को क्षतिग्रस्त किया जा रहा था। कहीं-कहीं तो शहर के मध्य चलनेवाली ट्रामों और बसों को भी दंगाइयों ने आग के हवाले कर दिया था।

मुस्लिम-दंगाइयों का यह पहला दिन था। अगले दो दिन प्रधानतः हिन्दू और सिख दंगाइयों के थे। जिनकी क्रूरता और अमानुषिक हिंसा के लक्ष्य थे बेगुनाह मुस्लिम स्त्री-पुरुष-बालक वृन्द। मनुष्यता जब पशुता में परिवर्तित हो जाती है तब वह केवल घृणा, प्रतिशोध, नृशंसता की ही भाषा बोलती है। विवेक के तोते और शान्ति के कबूतर उसके मानस से तब न जाने कहाँ किस दिशा में उड़ जाते हैं?

दंगों में हिंसा, तोड़फोड़, आगज़नी और लूट की सामूहिक और छुटपुट वारदातों में सर्वाधिक दुःखद और कुत्सित पहलू होता है स्त्रियों का शील-हरण। मार-काट और अंगभंग की ऐसी ही अनेक घटनाओं ने कलकत्ता के सभ्य-समाज को शर्मसार कर दिया। गुरुदेव रवीन्द्रनाथ टैगोर, बंकिमचन्द्र चटर्जी काज़ी नज़रुल इस्लाम और अनेक दिव्य विभूतियों की पावन बंग-भूमि साम्प्रदायिकता के उस नग्न-नृत्य को देखकर कराह उठी।

'स्टेट्समैन', 'अमृत बाज़ार पत्रिका' आदि अनेक अख़बारों ने कलकत्ता रायट्स की हृदय विदारक रिपोर्टिंग की। 'स्टेट्समैन' ने लिखा-''यह दंगा नहीं है। इसके लिए सामन्तशाही युग का शब्द 'प्रबल-उत्पात' (फ्यूरी) उचित होगा। लेकिन प्रबल-उत्पात में एक तरह की तत्क्षणता होती है। किन्तु इस उत्पात का आगाज़ करने के लिए कुछ सोच-विचार, कुछ तैयारी भी की गयी थी। जो भीड़ लोगों का सिर तोड़ती और क़त्ल करती घूम रही थी, उसे हथियार सड़कों पर मिल गये थे या उनकी जेबों से निकल आये थे, यह विश्वास नहीं किया जा सकता। हम लोगों ने पहले ही इस ओर ध्यान खींचा है कि कुछ लोगों को पेट्रोल और गाड़ियाँ आसानी से मिल गयी थीं, जबकि आम लोगों के लिए ये दुश्वार थीं। यह कल्पना मात्र नहीं है कि कलकत्ता में बाहर से लोग बुलाये गये थे।...''

'अमृत बाज़ार पत्रिका' में छपा-''हमारे आधुनिक शहर में वहशियाना जंगलीपन का ऐसा प्रदर्शन हुआ है कि हिन्दू और मुसलमान सभी का सिर शर्म से झुक जाना चाहिए। हममें से जो सबसे बड़े हैं वे भी बाहरी दुनिया की नज़रों में कितने छोटे दिखायी पड़ते होंगे।''

शहीद सुहरावर्दी तो ख़ामोश रहा परन्तु जिन्ना ने निन्दा की औपचारिकता मुस्लिम लीग की ओर से निभायी। इधर नेहरू, पटेल, आज़ाद सभी ने कांग्रेस की ओर से इन दंगों की तीव्र निन्दा की। सुहरावर्दी को अनुमान न रहा होगा कि मुस्लिम लीग के इशारे पर शुरू की गयी हिंसा का इतना बड़ा प्रतिकार हिन्दू समाज करेगा। जब बदले की कार्यवाही में मुसलमानों के भारी क़त्लेआम और आर्थिक क्षति से सुहरावर्दी घबरा गया और उसने शान्तिदूत महात्मा गाँधी से कलकत्ता आने का अनुरोध किया। तो गाँधी जी अक्टूबर, 1946 के अन्त में कलकत्ता गये और अनेक दिन कलकत्ता में रुके। उन्होंने हिन्दुओं और मुसलमानों से भाईचारे की बहाली के लिए अपीलें कीं। एक अवसर पर कहा कि - ''भाई-भाई की यह लड़ाई डराने-धमकाने या हिंसा से काम लेने से ख़त्म न होगी। यह तो आपसी समझौते, दोस्ती के साथ बातचीत और पंचायती फैसले से ख़त्म हो सकती है। इस बात के दुरुस्त होने को समझने के लिए अहिंसावादी होने की ज़रूरत नहीं। दूसरे को चोट पहुँचाना निश्चित हिंसा है। दूसरे को चोट से बचाने की इच्छा रखते हुए भी डर की वजह से अपना बचाव या अपने पड़ौसी का बचाव करने से हिचकिचाना भी हिंसा है। शायद पहलेवाली हिंसा से अधिक भयानक।...''

गाँधी जी ने आगे कहा कि - ''तब हमारे नेता क्या करें ? उन्हें तो हमेशा साम्प्रदायिक एकता के लिए कोशिश करनी ही होगी, लेकिन डरा धमकाकर नहीं। मैं हर एक मुसलमान को या ग़ैर-हिन्दू को अपना भाई समझता हूँ। मैं ऐसा इसलिए नहीं कहता हूँ कि मैं उसे ख़ुश करना चाहता हूँ बल्कि इसलिए कि वह भी भारत माँ का बेटा है, जिसका मैं बेटा हूँ।'' गाँधी जी के प्रभावशाली प्रयासों और उससे भी अधिक उनके एक महात्मा-सरीखे व्यक्तित्व के प्रभाव के फलस्वरूप कलकत्ता में फिर से शान्ति स्थापित होने में बड़ी सहायता मिली।

उससे पूर्व वायसराय लॉर्ड वैवल भी हवाई जहाज़ से कलकत्ता की इस साम्प्रदायिक स्थिति का आकलन करने के लिए आये और अपनी आँखों से महाविनाश के दृश्य देखकर और कानों से अनेक लोमहर्षक किस्से सुनकर लौट गये। कोई सकारात्मक प्रभाव वैवल पर पड़ा हो या न हो, इस अनुभव से वे जिन्ना और उनकी मुस्लिम लीग के आगे अपेक्षाकृत अधिक भयभीत होकर काफ़ी दब-से गये और मुस्लिम लीग को अन्तरिम सरकार में यथाशीघ्र शामिल करने के लिए पहले से अधिक बेचैन और प्रयत्नशील हो गये। कलकत्ता दंगों ने प्रत्यक्ष रूप से हिन्दू-मुस्लिम रिश्तों का बचा-खुचा ताना-बाना बुरी तरह छिन्न-भिन्न कर दिया। किन्तु जिन्ना का प्रभाव इसके बाद अंग्रेज़ों के मन में और बढ़ गया।

इस घोर अन्धकारमय समय में भी इन्सानियत के कुछ क्षीण-प्रकाशबिन्दु दृष्टिगत हुए थे। कुछ ऐसी घटनाएँ भी शहर के अनेक कोनों से प्रकाश में आयीं जब किसी मुसलमान को बचाने में हिन्दू ने अपनी जान दे दी अथवा हिन्दू को बचाने में किसी मुसलमान ने अपनी जान का ख़तरा उठाया था। ऐसे भी अवसर आये जब किसी कॉलोनी में हिन्दू और मुसलमान नौजवानों ने मिलकर लीग और कांग्रेस के राजनीतिक झण्डों को बाँधकर किसी उन्मादी भीड़ को तितर-बितर किया और सड़कों पर जुलूस निकाल कर 'हिन्दू-मुस्लिम एकता' के नारे लगाये। गुण्डों को दौड़ाया।

यह उम्मीद स्वाभाविक थी कि कांग्रेस पार्टी और मुस्लिम लीग के शीर्ष-नेता नेहरू और जिन्ना कलकत्ता आकर शान्ति के लिए संयुक्त प्रयास करेंगे ताकि राजनीतिक लक्ष्य की प्राप्ति के लिए इस तरह के रक्तपात की सार्वजनिक-भर्त्सना हो सके। लेकिन दोनों ही नेताओं को इस बात की फुर्सत नहीं थी। मिस्टर जिन्ना लीग की वर्किंग कमेटी की बैठक में कांग्रेस के ख़िलाफ़ मोर्चेबन्दी के अगले पैंतरे तलाश रहे थे और पण्डित नेहरू अन्तरिम सरकार की अपनी कैबिनेट के चयन में व्यस्त थे, जिसने अन्ततः 2 सितम्बर, 1946 को शपथ ग्रहण की। मुस्लिम लीग की भागीदारी के बग़ैर।

कांग्रेस की अन्तरिम सरकार के 2 सितम्बर, 1946 के शपथवाले दिन कांग्रेसी मन्त्रिमण्डल में शामिल होने जा रहे मन्त्रियों में से तीन लोग-वल्लभभाई पटेल, राजेन्द्रप्रसाद और जगजीवन राम-महात्मा गाँधी से मिलने दिल्ली स्थित उनकी अस्थायी-निवास बनी हुई भंगी-कॉलोनी गये। वहाँ उन्हें अपने आदर्श-पुरुष का आशीर्वाद प्राप्त करना था। उस समय सुबह के 10.30 बजे थे। महात्मा गाँधी ने तीनों नेताओं के मस्तक पर सर्वप्रथम कुमकुम का टीका लगाया। गाँधी जी की कुटिया में मौजूद राजकुमारी ने सूत के धागों की बनी माला इन्हें पहनायी। सुशीला नैयर ने गांधी जी की तरफ़ से तीनों का मिठाई खिलायी। फिर तीनों नेता-पटेल, राजेन्द्र बाबू और जगजीवन राम ने गांधी जी को दण्ड-प्रणाम किया।

महात्मा गाँधी ने उनको अपनी आशीष दी और अन्तरिम सरकार से अपनी अपेक्षाएँ बतायीं। कहा कि - नमक कर हटना चाहिए, डाण्डी मार्च में लोगों की कुर्बानियों को याद रखना चाहिए, अस्पृश्यता-निवारण और खादी को राष्ट्रीय-परिधान बनाने पर ध्यान दिया जाये।

गाँधी जी के सम्बोधन के समय तक वहाँ शरतचन्द्र बोस भी आ गये। उन्हें भी आज बतौर मन्त्री शपथ लेनी थी। वे भी बापू का आशीर्वाद लेने आये थे। अन्त में माधुरी बेन खरे ने बापू जी के संकेत पर एक भक्तिगीत गाया। इसके बाद ये सभी चार नेता वायसराय के समक्ष शपथ ग्रहण हेतु उपस्थित होने चले गये। मणिबेन पटेल अपने पिता समेत सभी अन्य महानुभावों को उनकी कार तक छोड़ने गाँधी-आश्रम में बाहर आयीं। आज वे बहुत खुश थीं। थोड़ी चिन्तित भी, आख़िर उनके पिता सरकारी कामकाज में बहुत व्यस्त जो होने जा रहे थें। अब उन्हें उनके स्वास्थ्य और दिनचर्या का और अच्छे से ख़याल रखना होगा।

यद्यपि मुस्लिम लीग सरकार में शामिल नहीं हो रही थी, तथापि मौलाना आज़ाद कांग्रेस की ओर से अति-उत्साह में छह मुसलमानों को मन्त्रिमंण्डल में शामिल कराना चाहते थे। सरदार पटेल इससे सहमत नहीं हुए। उनका मानना था कि ऐसा करना कैबिनेट-मिशन द्वारा निर्धारित व्यवस्था का उल्लंघन होगा। पटेल के विरोध को देखते हुए नेहरू ने तीन ही मुस्लिम नेताओं को मन्त्री पद दिये। इनमें एक कांग्रेसी और दो ग़ैर-कांग्रेसी मुस्लिम थे।

मन्त्रीमण्डल के सदस्य थे-पं. जवाहरलाल नेहरू, सरदार पटेल, राजेन्द्रप्रसाद, सी. राजगोपालाचारी, शरत चन्द्र बोस, आसफ़ अली, अली जहीर, सर शफ़ात अहमद ख़ाँ और जगजीवन राम। अल्पसंख्यक सदस्यों प्रतिनिधियों में शामिल थे-सरदार बलदेव सिंह, जान मथाई और सी0एच0 भाभा।

चयनित मन्त्रियों के नाम तो पहले ही घोषित हो चुके थे। आसफ़ अली पुराने कांग्रेसी नेता थे। मौलाना आज़ाद के ख़ास मित्र। उन्होंने अहमदनगर क़िले में नेहरू, पटेल, मौलाना आदि के साथ तीन बरस की जेल काटी थी। उनकी पत्नी अरुणा आसफ़ अली वामपन्थी विचारधारा की तेज-तर्रार नेत्री थीं।

अली ज़हीर और शफ़ात अहमद ख़ाँ ग़ैर-कांग्रेसी मुस्लिम थे। इनमें से सर शफ़ात मुस्लिम लीग से टूटकर कांग्रेस में हाल ही में आये थे। शपथ ग्रहण 2 सितम्बर को होना था। उससे पूर्व 24 अगस्त को सर शफ़ात अहमद ख़ाँ पर शिमला में एक जानलेवा-हमला हुआ। लीगी-गुण्डों का उन्होंने बहादुरी से मुकाबला किया। परन्तु इस हमले में उन्हें सिर-गले-और छाती पर सात-घाव आये और अस्पताल में भर्ती होना पड़ा। बहरहाल, शपथ ग्रहणवाले दिना सर शफ़ात ने भी वायसराय लॉर्ड वैवल के सन्मुख पद और गोपनीयता की शपथ सभी मन्त्रियों के साथ ग्रहण कर ली।

देश के हालात इन दिनों इतने खराब थे कि लीग और कांग्रेस के बीच चलती अंदरूनी दुश्मनी का ख़ामियाजा निर्दोष जनता को भुगतना पड़ता था। कभी-भी कहीं भी क़ौमी-दंगे फूट पड़ते थे। कलकत्ता में 16 अगस्त को भारी दंगो का दौर शुरू हो ही चुका था। वहाँ साम्प्रदायिक दंगो का ज़ोर चौथे-दिन से घटना शुरू हुआ। परन्तु पूरी तरह अभी भी नहीं थमा था। छुटपुट वारदातें महानगर के विभिन्न दूर-दराज के इलाक़ों में जारी थीं। कर्फ़्यूग्रस्त क्षेत्रों में भी चूहा-बिल्ली का हिंसक-खेल दोनों सम्प्रदायों में मौक़ा-बेमौक़ा चलता रहता। दिन में कलकत्ता शहर की सड़कों पर गोरी पल्टन मार्च करती। बीच बाज़ारों से आर्मी टैंक और बख़्तरबन्द गाड़ियाँ संगीन ताने सैनिकों को लिए गुज़रतीं। रात के अँधेरे में दंगाई अपना काम करते। जो कोई सड़क-गली में अकेला गुज़रता पाया जाता उसे चाकुओं से गोद दिया जाता-अथवा-तलवार के घाट उतार दिया जाता।

नयी दिल्ली में अन्तरिम सरकार के मन्त्रिमण्डल के नामों की घोषणा हुई, उसी रात पुरानी दिल्ली में दंगा हुआ। दो दलों में हिंसक मुठभेड़ हुई। एक व्यक्ति मारा गया और तीस आदमी घायल हो गये। पुलिस और प्रशासन ने उस इलाक़े में छह घण्टों का कर्फ़्यू लगा दिया। अगली सुबह छुरेबाज़ी की कुछ और घटनाएँ हुईं, पर कुल मिलाकर दिल्ली शान्त रही।

24 अगस्त को दिल्ली रेडियो पर वायसराय ने एक ब्रॉडकास्ट में मुस्लिम लीग से पण्डित नेहरू की अन्तरिम सरकार में शामिल नहीं होने के उसके फैसलें पर पुनर्विचार करने का आग्रह किया। वायसराय ने कहा कि- पण्डित नेहरू और उनके सहयोगी सदस्य चाहते हैं कि दोनों मुख्य राजनीतिक दलों का सरकार में प्रतिनिधित्व हो। यह भी कहा कि नयी सरकार का रक्षा सदस्य एक भारतीय होगा। परन्तु इससे सम्राट् और ब्रिटिश पार्लियामेण्ट के प्रति जवाबदेह सुरक्षाबलों के संविधान में कोई अन्तर नहीं आनेवाला है... इसके बाद ही अगले दिन 25 अगस्त को कलकत्ता दंगों से उत्पन्न स्थितियों का जायजा लेने के लिए लॉर्ड वैवल ने दिल्ली से कलकत्ता की उड़ान भरी थी।

वैवल मुस्लिम लीग को भी अन्तरिम सरकार में लाना चाहते थे। सरदार पटेल इसके विरुद्ध थे। वे जवाहरलाल नेहरू को समझाते थे कि अगर लीग सरकार में शामिल हो गयी तो वह हमारे कामों में अड़ंगें ही लगायेगी। नेहरू यही बात वैवल से कहते। वैवल कहते कि फ़िकर न करें। मैं अन्तरिम सरकार को लीग और कांग्रेस के बीच का राजनीतिक अखाड़ा नहीं बनने दूँगा। आख़िरकार वैवल के प्रयत्नों से जिन्ना मान गये और मुस्लिम लीग 15 अक्टूबर, 1946 को सरकार में शामिल हो गयी। शरतचन्द्र बोस, अली जहीर और शफ़ात अहमद ख़ाँ से कांग्रेस ने इस्तीफे ले लिए ताकि लीग के पाँच सदस्यों को सरकार में शामिल किया जा सके। 14 सदस्यीय मन्त्रिमण्डल में दो पद पहले से रिक्त थे ही।

जिन्ना स्वयं भला नेहरू के मातहत मन्त्री कैसे रह सकते थे ? इसलिए वे स्वयं मन्त्रिमण्डल में शामिल न हुए। मगर एक काम उन्होंने किया, मुस्लिम लीग से पाँच नाम

जो उन्होंने दिये उनमें चार तो मुसलमान थे पाँचवा नाम दलित हिन्दू जोगेन्द्रनाथ मण्डल का था। यह एक तरह से जिन्ना ने अपनी खुन्नस कांग्रेस पर निकाली थी जिसने एक राष्ट्रवादी मुसलमान के नाम पर आसफ़ अली को अभी भी उनकी इच्छा के विरुद्ध कांग्रेसी मन्त्रिमण्डल में बनाये रखा था।

मुस्लिम लीग के पाँच मन्त्रियों-लियाक़त अली ख़ाँ, आई.आई. चुन्द्रीगर, अब्दुर्रब निश्तर, गजनफर अली खाँ और जोगेन्द्रनाथ मण्डल से इस तरह वायसराय लॉर्ड वैवल की अधूरी कैबिनेट आख़िरकार पूरी हो गयी। परन्तु एक म्यान में दो तलवारें भला कहाँ चैन से रह सकती हैं। शासन के निर्बाध संचालन में, जैसी कि सरदार पटेल को आशंका थी, आये दिन गतिरोध उत्पन्न होने लगे। मुस्लिम लीग तो नेहरू सरकार में घुसी ही तोड़फोड़ के इरादे से थी। देश में साम्प्रदायिकता का ज़हर फैलाना और सरकार की रेलगाड़ी की चेन खींचकर उसकी चाल में व्यवधान उपस्थित करना उसका असली मक़सद था। लीग के मन्त्री पद को सुशोभित करनेवाले एक सदस्य गजनफर अली ने लाहौर की एक विद्यार्थियों की सभा में अपनी पार्टी की मंशा शपथ-ग्रहण से कुछ दिन बाद ही यह कहकर स्पष्ट कर दी कि लीग अन्तरिम सरकार में भी 'पाकिस्तान' की लड़ाई हेतु आधार स्थान प्राप्त करने को गयी है।

वस्तुतः लीग के मन्त्री गजनफर अली का यह भाषण मुस्लिम लीग के वास्तविक इरादों को पूरी तरह से बेनकाब कर देता है, जिसे हिजाब में छिपाकर लीग सरकार में शामिल हुई थी। दिनांक 15 अक्टूबर, 1946 को दिल्ली में पद और गोपनीयता की शपथ ग्रहण करनेवाले ये मन्त्री महोदय 19 अक्टूबर, 1946 को लाहौर के इस्लामिया कॉलेज के विद्यार्थियों के सामने सीना ठोंक के कह रहे थे-

''हम अन्तरिम सरकार में इसलिए जा रहे हैं कि हमें अपने प्रिय लक्ष्य पाकिस्तान के लिए लड़ने का एक आधार-स्थान मिल जाये। और मैं आपको विश्वास दिलाता हूँ कि हम पाकिस्तान लेकर ही रहेंगे। केन्द्र में शुद्ध कांग्रेसी सरकार की स्थापना के बाद देश के अनेक हिस्सों में जो उपद्रव और क़ौमी दंगे हुए हैं, उन्होंने बिना किसी शंका के इस बात को सिद्ध कर दिया है कि भारत के 10 करोड़ मुसलमान ऐसी किसी सरकार के सामने नहीं झुकेंगे, जिसमें उनके सच्चे प्रतिनिधि नहीं हैं। कोई भी हुकूमत मुस्लिम-राष्ट्र की आज़ादी की लहर को दबा नहीं सकती- इस बात को कांग्रेस जितनी जल्दी समझ ले उतना ही अच्छा है। हम पाकिस्तान के अपने आख़िरी लक्ष्य पर अटल खड़े हैं और मैं आपको यक़ीन दिलाता हूँ कि क़ायदे-आज़म जिन्ना की रहनुमाई में हम अपना यह लक्ष्य ज़रूर सिद्ध करेंगे। अन्तरिम सरकार में हमारी सारी प्रवृत्तियाँ इन दो विचारों से प्रेरित रहेंगी -(1) कांग्रेस को यह विश्वास कराना कि भारत की कोई भी सरकार मुस्लिम लीग के सहयोग के बिना शान्ति से काम नहीं कर सकती और (2) मुस्लिम लीग ही भारतीय मुसलमानों की एकमात्र प्रतिनिधि संस्था है। केन्द्र की अन्तरिम सरकार, हमारी 'सीधी कार्रवाई' के आन्दोलन का एक मोर्चा है और हम बड़ी-से-बड़ी वफ़ादारी और सावधानी

से, किसी भी मोर्चे पर जिन्ना साहब के आदेशों का पालन करेंगे।''

सरदार पटेल ने इस आपत्तिजनक भाषण के विरोध में अगले ही दिन 20 अक्टूबर, 1946 को वायसराय वैवल को एक गम्भीर पत्र लिखा-

''राजा गजनफर अली खान का भाषण (जिसकी प्रति संलग्न है) व्याकुल और अशान्त कर देनेवाला है और अशुभ भविष्य का सूचक है। यह बात उल्लेखनीय है कि यह भाषण 19 अक्टूबर को सरलता से प्रभावित हो जानेवाले विद्यार्थियों के सामने दिया गया था। क्या अन्तरिम सरकार दलगत राजनीति और षड्यंत्रों का तथा विभाजन का पच्चर ठोंकने का अखाड़ा बननेवाली है? ... अन्तरिम सरकार का काम है अन्तरिम काल में शुद्ध राष्ट्रीय तथा लोकतान्त्रिक पद्धति से शासन तन्त्र को सरलता और शान्ति से चलाना। भ्रष्टाचार का उन्मूलन, संचार व्यवस्था, अन्न-वस्त्र की तंगी, करोड़ों नागरिकों की स्वास्थ्य रक्षा, उनकी शिक्षा, चिरकालीन ग़रीबी का अन्त, सामाजिक सुधार - जिनमें अस्पृश्यता निवारण भी शामिल है- ये सब देश के सामने पड़े हुए आवश्यक कार्य हैं, जो तुरन्त किये जाने चाहिए। यदि विभाजन का वाग्युद्ध और कठिनाई बढ़ाने की नीति प्रशासन के तत्कालीन कार्य का स्थान लेनेवाले हों, तो कांग्रेस ने आपके निमन्त्रण को स्वीकार करके शासन का जो भार अपने कंधों पर उठाया है, उसके बारे में अपने रवैये पर पुनर्विचार करने का प्रश्न उसके सामने खड़ा होगा।''

ऐसे में, स्थितियाँ तो बिगड़नी ही थीं, जब इरादे नेक न हों। वैवल मुस्लिम लीग को गृहमन्त्रालय जैसा महत्त्वपूर्ण पद देना चाहते थे। सरदार पटेल ने इसका विरोध किया। देश की बिगड़ती हुई परिस्थितियों में क़ानून और व्यवस्था से जुड़ा यह पद लीग को सौंप देना देश को और बर्बाद कर देना था। पटेल अड़ गये कि वे गृह-विभाग किसी भी हालत में लीग की ख़ातिर छोड़ने को तैयार नहीं, भले ही उन्हे अपने मन्त्रीपद से इस्तीफ़ा देना पड़े। जवाहर और मौलाना ने उन्हें यह कहकर मनाने की कोशिश भी की कि, क़ानून व्यवस्था की वैसे भी प्रमुखतः प्रान्तीय सरकारों की ज़िम्मेदारी होती है। परन्तु दूरदर्शी सरदार गृह मन्त्रालय का महत्त्व जानते थे और देशहित उनकी दृष्टि में सर्वोपरि था। अतः लीग को गृहमन्त्रालय तो नहीं मिल सका उन्हें एक दूसरा महत्त्वपूर्ण विभाग वित्त ऑफर किया गया।

जिन्ना, लियाक़त अली आदि पहले तो वित्त-विभाग लेने से कतराते रहे। यह विभाग जिन्ना के सबसे प्रमुख सहयोगी लियाक़त अली ख़ाँ को सम्भालना था, जो उसके लिए इच्छुक न थे, न ही उन्हें वित्त सम्बन्धी मामलों के विभाग का कोई अनुभव ही था। जब यह बात वित्त-विभाग के कुछ मुसलमान अफ़सरों को पता चली तो उन्होंने लियाक़त अली से तुरत-फुरत सम्पर्क किया और कहा कि - ''ये आफर तो मुस्लिम लीग के लिए आँधी में टपके आम जैसा है। तुरन्त इसे ले लें। फिकर न करें सर। हम तो आपके साथ ही हैं। आपको कभी भी कोई दुश्वारी न होने देंगे। दुश्वारी क्या होती है? ये तो अब कांग्रेस देखेगी।''

लियाक़त अली ने वित्त का पोर्टफोलियों ले लिया। उसके बाद उन्होंने सरदार पटेल और दूसरे कांग्रेसी नेताओं की नाक में दम करके रख दिया। किसी विभाग का काम वित्त विभाग की सहमति के बिना चल नहीं सकता। चाहे कुछ ख़र्च करने की योजना हो चाहे कोई नियुक्ति। वित्त विभाग की स्वीकृति के बिना एक चपरासी की भी भर्ती कर पाना सम्भव नहीं होता। वित्त को 'वीटो' की निषेध-शक्ति का विशेषाधिकार होता है। आख़िर बजट तो वित्त के ही अधीन होता है। उसके कारण वित्त मन्त्रालय शेष मन्त्रालयों को हर समय परेशान करने की स्थिति में रहता है। वित्त मन्त्री लियाक़त अली ख़ाँ ने सर्वाधिक परेशान गृह मन्त्री सरदार पटेल को ही किया। इस कारण सरदार पटेल का साझा-सरकार के प्रति मोहभंग और तेजी से होने लगा। उनकी यह अवधारणा बलवती होने लगी कि देश के हित में भविष्य में मुस्लिम लीग जैसी असहयोगी एवं शत्रुतापूर्ण पार्टी के साथ शासन संचालन असम्भवप्रायः होगा।

इधर मुस्लिम लीग के मन्त्री सरकार में रहकर कांग्रेस के साथ रस्साकशी कर रहे थे उधर बंगाल में उसके अनुयायी ख़ूनी-खेल पर उतर आये थे। लीगी नेताओं ने जब यह महसूस किया कि 'सीधी-कार्रवाई' के फलस्वरूप कलकत्ता के महादंगों में मुसलमानों को अन्ततः कई गुना जानमाल की क्षति हिन्दुओं के हाथों उठानी पड़ी तो पूर्वी-बंगाल के देहाती इलाक़ों में जहाँ मुसलमानों की जनसंख्या 80 प्रतिशत थी और हिन्दू अल्पसंख्यक थे उन्हें बदले की भावना से मुसलमान अपना निशाना बनाने लगे।

प्रमुखतः नोआखाली ज़िला लीगी-कठमुल्लों के उकसावे पर हिन्दुओं पर अमानुषिक अत्याचारों का केन्द्र बन गया। अक्टूबर, 1946 में नोआखाली में भयंकर साम्प्रदायिक दंगे हुए। उनमें हज़ारों हिन्दू मारे गये, हज़ारों अपने गाँव छोड़कर अन्य सुरक्षित स्थानों के लिए पलायन कर गये, बहुतों को जबरन मुसलमान बनाया गया। हिन्दुओं के हाथों गायें कटवाकर उनका मांस उन्हीं के मुँह में ठूँसा गया। मन्दिरों को ध्वस्त किया गया और सैकड़ों हिन्दू अबलाओं के साथ बलात्कार किया गया। हिन्दू परिवारों की झोंपड़ी में आग लगाकर सब-कुछ बर्बाद कर देना तो मामूली बात थी। नोआखाली के विभिन्न ग्रामों की हिन्दू आबादी इस सारी त्रासदी के लिए अभिशप्त थी और हर-पल हर घड़ी मुसलमानों की दया के अधीन थी।

नोआखाली की ख़बरें जब दिल्ली पहुँचीं तो सरदार पटेल ने वायसराय वैवल से पेशकश की कि उपद्रवग्रस्त भागों को केन्द्रीय सरकार के नियन्त्रण में ले लिया जाये। परन्तु वायसराय नहीं माने। महात्मा गाँधी नोआखाली के साम्प्रदायिक दंगों की ख़बर से मर्माहत हो उठे और उन्होंने शान्ति स्थापना हेतु अपने अहिंसा के अस्त्र के साथ नोआखाली जाने का फ़ैसला कर लिया। वयोवृद्ध गाँधी जी के स्वास्थ्य को देखते हुए अनेक कांग्रेसी नेताओं ने उन्हें साम्प्रदायिकता के उस अग्निकुण्ड में कूदने से मना किया। परन्तु अपनी अन्तर्रात्मा की आवाज पर चलनेवाला यह असाधारण अहिंसक-सिपाही कोई निर्णय लेने के उपरान्त रुकनेवाला जीव न था। गुरुदेव रवीन्द्रनाथ टैगोर का वह प्रिय गीत गाँधी

जी का भी परमप्रिय एवं प्रेरक गीत था कि अगर तुम्हारी कोई पुकार न सुने, साथ न दे, तो तुम अकेले ही चल पड़ो रे -

"यदि तोर डाक सुने केऊ ना आशे
तबे एकला चालो रे
एकला चालो, एकला चालो, एकला चालो,
एकला चालो रे"

महात्मा गाँधी मनुष्य के भीतर की मूलभूत सज्जनता में विश्वास करते थे। साम्प्रदायिक हिंसा उनके जीवन भर की शिक्षा, जो सत्य अहिंसा और प्रेम पर आधारित थी, को तेज़ी से निगल रही थी। देशवासियों को जितने धैर्य, परिश्रम और अपने स्वयं के उदाहरण से जिस तरह गाँधी जी ने वर्षो से नहीं कई दशकों से तैयार किया था उन्हें मानवता के प्रति इस तरह मूल्यविहीन होता देखना गाँधी जी अपनी स्वयं की हार के रूप में देख रहे थे। उनकी आशाओं का वह उपवन बर्बाद हो रहा था जिसे उन्होंने अपने ख़ून-पसीने से सींचा था। सत्य का प्रयोग करनेवाले गाँधी इसके लिए जनसाधारण से अधिक स्वयं को दोषी मानते थे। इसलिए दिल्ली से कलकत्ता और उसके आगे नोआखाली की उनकी यह शान्ति-यात्रा दरअसल उनकी स्वयं की प्रायश्चित्त-यात्रा थी।

अक्टूबर के अन्तिम दिवसों में एक दिन एक स्पेशल ट्रेन महात्मा गांधी और उनके अहिंसावादी स्वयंसेवकों को देश की राजधानी दिल्ली से कलकत्ता ले जाने के लिए दिल्ली के प्लेटफॉर्म पर खड़ी थी। गाँधी जी ने लोगों से कहा था कि स्टेशन पर उन्हें विदा करने न आयें। परन्तु गाँधी जी का किसी अभियान पर निकलना कोई साधारण यात्रा न होकर, कोई- न-कोई नया इतिहास, बनना होता था। अतः जिसे भी पता चलता, स्वयं भी उस बनते हुए इतिहास का एक प्रत्यक्षदर्शी बनने का लोभ संवरण आसानी से न कर पाता था। दिल्ली रेलवे स्टेशन पर गाँधी जी के दर्शन और उन्हें विदा करने के लिए भारी भीड़ पहुँच गयी। एक 77 वर्ष का बूढ़ा आदमी खादी की सफ़ेद चादर बदन पर लपेटे उस ट्रेन में बमुश्किल सवार हुआ। उसके आगे उसके साथ तमाम युवा-अनुयायियों ने ट्रेन में चढ़कर अपने मसीहा के लिए रास्ता बनाया। एक स्वंयसेवक ने गाँधी जी को कम्पार्टमेण्ट में चढ़ाने के लिए उनके हाथ से लाठी ऊपर से झुककर ले ली। मनु एक ओर हटी, जिसके कन्धे पर गाँधी एक हाथ टिकाये थे। फिर वे दोनों हाथ से ट्रेन के द्वार पर साइड की रॉड्स पकड़कर ऊपर चढ़ गये। एक मिनट को पलटे भीड़ की ओर। गम्भीर मुखमुद्रा के साथ दाहिना हाथ हिलाया।

"महात्मा गाँधी की जय!!..."

यह नारा दर्शक समूह की ओर से अनेक बार गूँजा। फिर गाँधी जी पलटे और अपनी लाठी टेकते भीतर कम्पार्टमेण्ट में चले गये। पीछे मनु, डॉ. सुशीला नैयर, प्यारेलाल और कई अन्य गाँधी जी के साथी उस डिब्बे में एक के बाद एक चढ़ गये।

गाँधी जी डिब्बे की एक खिड़की पर आकर बैठ गये। कुछ लोगों ने भीड़ में से उन्हें , फूलमालाएँ देनी चाहीं। एक-दो फूलमालाएँ उन्होंने सौजन्यवश पकड़ लीं। फिर दोनों हाथ जोड़कर बाकी सबसे इन्कार कर दिया। गाड़ी ने सीटी दी। स्पेशल ट्रेन के गार्ड ने बाहर झुककर हरी झण्डी दिखायी।

गाँधी जी ने थोड़ा ऊँची आवाज़ में कहा "यह फूलमाला का समय नहीं है। आत्मालोचन का समय है। देश का भाईचारा ख़त्म हो रहा है। राष्ट्र रसातल में जा रहा है। हम सबके लिए यह बड़े दुःख और चिन्तन की घड़ी है।" एक महिला निकट खड़ी थी। ट्रेन के सरकते ही वह बोली-"बापू हमारे लिए क्या आदेश है? बापू ने कहा-"देश को बचाएँ... घर के सभी सदस्यों से कहें उन्हें चौकीदार बनना है।"

ट्रेन द्रुत गति से चल रही थी। छोटे स्टेशनों पर नहीं रुकती थी। रास्ते के हर बड़े स्टेशन पर विशाल जन-समुदायों ने गाड़ी को घेर लिया। स्पेशल ट्रेन को गाँधी जी के भलीभाँति दर्शन के बिना आगे बढ़ने नहीं दिया। कई जगह तो कुछ लोग ट्रेन के इंजन के आगे पटरियों के मध्य खड़े हो गये। रेलवे पुलिस को उन्हें डण्डे फटकार कर वहाँ से भगाना पड़ा। महात्मा गाँधी शोर शराबे में पूरी यात्रा के दौरान ठीक से सो नहीं पाए। आख़िर उनकी ट्रेन पाँच घण्टा लेट कलकत्ता पहुँची।

मुस्लिम लीग ने जो साम्प्रदायिक विष देश की शराफ़त की नसों में बोया था अब वह जब-तब हिंसक क्रिया और प्रतिक्रिया के रूप में हिन्दू और मुस्लिम समुदायों के बीच यत्र-तत्र फूट पड़ता था। जिस दिन महात्मा गाँधी कलकत्ता की ट्रेन में सवार हुए उस दिन भी कलकत्ता महानगर में साम्प्रदायिक दंगों में 32 आदमी मारे गये। इसी गर्म वातावरण में गाँधी जी और उनका छोटा-सा दल कलकत्ता पहुँचा।

अगले दिन गाँधी बंगाल के गवर्नर सर फ्रेडरिक बरोज़ से मिले और उनसे कलकत्ता और बंगाल के दूसरे हिस्सों में व्याप्त हिंसा और उसके नियन्त्रण के उपायों पर जानकारी ली। गर्वनर बरोज़ और लेफ्टिनेण्ट गवर्नर बुचर महात्मा गाँधी के साथ अत्यन्त सम्मान से मिले। जिनके इतने किस्से सुन रखे थे उन अनोखे व्यक्तित्व के गाँधी जी को सामने से देखकर ये अंग्रेज़ उच्च्व पदाधिकारी भी लगभग अभिभूत थे। गाँधी उनसे टहलते हुए इतने सहज भाव से बात करते रहे मानो वे राजभवन में नहीं अपने खुद के लॉन में टहल रहे हों। दोनों अंग्रेज गवर्नर-हाउस के बाहर बीच सदन में खड़ी उस काले रंग की बेबी ऑस्टिन कार तक अपने ख़ास-मेहमान को छोड़ने आये। गाँधी जी ने गवर्नर बरोज़ से हाथ मिलाया। गाँधी जी को लेफ्टिनेण्ट गवर्नर बुचर ने बाकायदा फ़ौजी सेल्यूट देकर विशेष सम्मान दिया। एक गुलाम देश के सबसे प्रमुख व्यक्ति गाँधी क्या उस समय किसी सम्राट से कम थे? करोड़ों आम भारतवासियों के दिलों पर राज करनेवाले एक बेताज़-बादशाह।

गाँधी को ले जानेवाली वह कार कलकत्ता की सड़कों से गुज़र रही थी। गाँधी आर्मी की बख़्तरबन्द गाड़ियों को और कुछ टैंकों को शहर की सड़कों पर गश्त करते देखते रहे। कुछ एक स्थानों पर उन्हें फटेहाल हाथगाड़ी खींचनेवाले रिक्शावान सवारियों की प्रतीक्षा करते देखे। बाज़ार के दोनों सिरों पर कुछ घबराए और ख़ामोश खड़े मूर्ति सरीखे अनेक आदमियों को और आते-जाते भारतीय पुलिस और गोरों की सैन्य-पलटन को मार्च करते देखा।

ड्राइवर ने महात्मा जी को सुनाते हुए कहा-"ये सारा तमाशा दिन भर का ही है।"

गाँधी जी ने पूछा-'क्या मतलब ?"

ड्राईवर बोला-"कुछ नहीं सर..."

गाँधी जी के साथ चल रहे कांग्रेस के स्थानीय नेता ने कहा-"रात्रि में सारी फ़ौज-फाँटा अपनी बैरकों में घुस जाती है। लोगों को अपने भाग्य पर छोड़कर उसके बाद दोनों ओर के गुण्डे ही तब रात-भर कलकत्ता की गली-मुहल्लों में एक-दूसरे को सन्तुलित करते है।"

गाँधी जी ने अपने उस गाइड से कहा-"मुझे शहीद सुहरावर्दी के घर ले चलो।"

मुख्यमन्त्री सुहरावर्दी पहले ही दिन गाँधी जी से उनके ठहरने के स्थान पर मिलने आ चुके थे। आज गांधी जी 'शहीद साहब' से मिलने जा रहे थे। उन्होंने अपने साथ के लोगों को भी वहीं बुला लिया था। गाँधी जी सुहरावर्दी के घर काफ़ी देर ठहरे। अनेक मुसलमान आदमी-औरत-बच्चे वहाँ गाँधी जी को देखने आये।

अगले दिन 31 अक्टूबर, 1946 को गाँधी जी ने सुहरावर्दी के साथ दंगा-पीड़ित क्षेत्रों का दौरा किया। वे गाड़ियों के क़ाफ़िले से उतरकर कई तंग ग़लियों में भी ले जाये गये। वहाँ उन्होंने अनेक जले हुए घर, टूटे-फूटे-उजड़े हुए कोठरीनुमा आवासों को देखकर कुछ दिन या हफ्तों पूर्व हुए वहाँ मौत के ताण्डव का सहज अनुमान लगाया।

गाँधी जी की सायंकालीन सभाओं में आम हिन्दू और मुसलमान, कलकत्ता के अनेक सम्भ्रान्त नागरिक सभी आने लगे। गाँधी जी लोगों से हिन्दू-मुस्लिम एकता और भाईचारे की बात करते। दोनों सम्प्रदायों को संयुक्त रूप से सार्वजनिक जुलूस निकलने को प्रेरित करते। अपने दिल का दर्द बयान करते। ईश्वर से बार-बार क्षमा प्रार्थना करते।

एक प्रार्थना-सभा में गाँधी जी ने नोआख़ाली के नरसंहार और स्त्रियों के शीलहरण का जिक्र करते हुए कहा-"यह त्रस्त नारीत्व की पुकार है जो मुझे नोआख़ाली से आती हुई सुनायी दे रही है। मुझे वहाँ जाना है। बंगाल की यातना मुझसे देखी नहीं जाती... यहाँ जब तक झगड़े की अन्तिम चिनगारी बुझ नहीं जाती, मै बंगाल छोड़कर कहीं नहीं जाऊँगा। अगर ज़रूरत पड़ी तो मैं यही प्राण दे दूँगा, परन्तु पराजय स्वीकार नहीं करूँगा।"

यह कहकर गाँधी जी भाव-विह्वल हो गये। प्रार्थना सभा में उपस्थित अनेक नर-नारी भी गाँधी जी के अवसाद-ग्रस्त स्वरूप को देखकर रो दिये। अभी महात्मा जी कलकत्ता में ही थे और शीघ्र ही नोआखाली जाने का मंसूबा बना रहे थे कि बिहार से ख़बर आयी कि नोआखाली में मुसलमानों पर हुए अकथनीय अत्याचारों से विक्षुब्ध हो नोआखली का बदला

बिहार के ग्रामीण क्षेत्रों में बिखरे अल्पसंख्यक मुसलमानों से वहाँ की बहुसंख्यक हिन्दू जनता ने लेना शुरू कर दिया है।

बिहार में रहनेवाले अनेक हिन्दू कलकत्ता और उसके आगे नोआखली और टिपरा आदि पूर्वी बंगाल के शहरों में नौकरी और मज़दूरी करने हेतु प्रवास करते थे। जब बंगाल में साम्प्रदायिक दंगे हुए तो अनेक क्षेत्रों से बिहारी हिन्दू जान बचाकर अपने प्रान्त-नगर और ग्रामों में भाग-भागकर आये। यह लोग मुस्लिम कट्टरपन्थियों के अनगिनत अत्याचारों- हत्या-बलात्कार-लूटपाट-मारपीट के रोंगटे खड़े कर देनेवाले किस्से भी अपने साथ बिहार लाए। इनकी आपबीती सुन-सुनकर बिहार गर्म हो गया। नोआखाली की भयानक-मारकाट बलात्कारों और धर्मपरिवर्तन के दर्दनाक किस्सों ने तो आग में घी का काम किया। तब 25 अक्टूबर 1946 को हिन्दू कट्टरपंथियों ने बिहार में 'नोआखाली दिवस' मनाने का ऐलान किया।

अब जो बिहार में साम्प्रदायिक हिंसा हिन्दू-प्रतिक्रिया के फलस्वरूप मुसलमानों पर टूटी, ख़ासकर ग्रामीण क्षेत्रों में निरीह मुस्लिम अल्पसंख्यकों के ऊपर, उसने क्रूरता के सारे रिकार्ड तोड़ दिये। हत्या, मारकाट, आगज़नी, बलात्कार, विध्वन्स। हिंसक पशुता का शायद ही कोई आयाम अमल में लाए जाने से शेष बचा होगा। बिहार में साम्प्रदायिक हिंसा में पाँच से दस हज़ार आदमी मारे गये। ज़ाहिर-सी बात है कि नोआखाली में हिन्दू ही ज़्यादातर मरे तो बिहार में मरनेवाले लोग अधिकतर मुसलमान थे।

बिहार की अभूतपूर्व हिंसा की ख़बरें कलकत्ता में गाँधी जी तक पहुंचीं। उनका हृदय हाहाकार कर उठा। उन्होंने अपने चम्पारण आन्दोलन का समय याद किया और कहा कि तब वही जनता थी बिहार की जिसने देश का मान बढ़ाया था आज उसी को क्या हो गया है? गाँधी जी ने अपने संक्षिप्त कलकत्ता-प्रवास से बिहारियों के नाम अपना मार्मिक संदेश भेजा-"मेरे सपनों के बिहार ने मुझे झूठा कर दिया है। ऐसे में मुझे चम्पारण याद आता है। कहीं ऐसा न हो जिस बिहार ने कांग्रेस की प्रतिष्ठा बढ़ाने में इतना काम किया है, वही सबसे पहले उसकी कब्र खोदनेवाला बन जाये।"

गाँधी जी ने बिहार त्रासदी के प्रायश्चित के लिए यह घोषणा की कि अब से वे कम-से-कम आहार ग्रहण करेंगे और अगर मार्ग से भटके बिहारी लोग शान्ति और अहिंसा की ओर नहीं लौटे तो उनका यह उपवास "आमरण उपवास" में बदल जायेगा।

बिहार की विभीषिकाओं के फलस्वरूप कहीं बंगाल में पुनः प्रतिशोध की ज्वाला न भड़क जाये, इससे आशंकित पण्डित नेहरू, सरदार पटेल, लियाक़त अली ख़ाँ और अब्दुर्रब निश्तर ये चारों मन्त्रिगण हवाई जहाज़ से दिल्ली से कलकत्ता पहुँच गये। लॉर्ड वैवल भी आ गये। सबको डर था कि सन्निकट ईद के त्योहार पर कहीं मुस्लिमों का मजहबी जोश न भड़क उठे। गाँधी की उपस्थिति में कलकत्ता शान्त रहा। यह सभी नेता गाँधी जी से मिले। देश की परिस्थितियों की उनसे मोटी-मोटी चर्चा की। फिर कलकत्ता से चारों मन्त्री बिहार गये। वहाँ जो दंगा पीड़ित क्षेत्रों का दौरा कर और मुस्लिम शरणार्थियों से बात कर

नेहरू जी ने साम्प्रदायिकता की विकरालता का आकलन किया और अभी भी अनेक स्थलों पर जारी हिंसा के जो समाचार सुने उनसे वे अपार क्रोधित हुए। नेहरू ने क्रोध के वशीभूत हो अपने बयान में यह खुली धमकी दी कि- अगर हिन्दुओं ने मारकाट तत्काल बन्द न की तो वह बिहार पर हवाई जहाज़ों से बम गिरवा देंगे।

नेहरू का यह उत्तेजक बयान अख़बारों के माध्यम से गाँधी जी तक कलकत्ता पहुँचा। यह महात्मा गाँधी जी को पसन्द नहीं आया। उन्होंने नेहरू के बयान की आलोचना करते हुए कहा - ''यह बात ठीक नहीं...यह अंग्रेज़ों का तरीक़ा है। फ़ौज की सहायता से दंगों को दबाकर आप लोग भारत की आज़ादी को दबा देंगे।''

बहुत-कुछ कहते थे व्यथित गाँधी उन दिनों। एक बार वे यहाँ तक कह गये-''मान लो मुझे कोई मार डालता है तो बदले में किसी दूसरे को मारकर तुम्हें कुछ नहीं मिलेगा और अगर तुम इस बारे में सोचो तो पता चलेगा कि गाँधी को सिवाय गाँधी के कौन मार सकता है? आत्मा को कोई भी नष्ट नहीं कर सकता।''

वास्तव में यह गाँधी ही थे जो धर्म, जाति, सम्प्रदाय से ऊपर उठकर हर हत्याकाण्ड में हो रही हर मौत के साथ तिल-तिलकर स्वयं जीते जी मर रहे थे।

गाँधी जी 6 नवम्बर को कलकत्ता से नोआखाली के लिए चल दिये। नोआखाली अविभाजित-भारत के पूर्वी बंगाल का सबसे दुर्गम भूभाग था। यह गंगा और ब्रह्मपुत्र नदियों के जल से घिरे मुहाने की भूमि पर स्थित है। नोआखाली पहुँचने का यातायात कठिनाइयों भरा है और वहाँ का जनजीवन और भी विपदाग्रस्त। नोआखाली एक ऐसा छोटी-छोटी नदियों नालों और जलप्लावन से घिरा इलाक़ा है कि उसमें कई गाँवों में तो नावों से ही पहुँचा जा सकता है। कहीं बैलगाड़ी चलती थी कहीं नहीं। मीलों पैदल ही चला जा सकता था। पैदल कच्चे-मार्गो पर अनेक जगह लट्ठे के चरमराते पुलों को पार करना पड़ता था जो नालों और कहीं-कहीं दलदलों पर आरपार जाने को बने थे।

जब गाँधी जी नोआखाली की दुर्गम-यात्रा पर अपने मुट्ठी भर अनुयायियों के साथ अपनी जान-जोखम में डालकर वहाँ गये उस समय 40 मील के उस भूभाग में 25 लाख की हिन्दू-मुस्लिम जनसंख्या हुआ करती थी। इसमें 80 प्रतिशत मुस्लिम और शेष अल्पसंख्यक हिन्दू आबादी थी। हिन्दू अपने मुस्लिम पड़ोसियों के साथ वहाँ के ग्रामों में सदियों से रहते आये थे। एक-दूसरे के दुःख-सुख में शरीक। मगर कलकत्ता से 'डाइरेक्ट ऐक्शन' की जो आँधी चली जिसमें हज़ारों हिन्दू-मुस्लिम कत्ल और बरबाद हुए। उसने बंगाल के अनेक इलाक़ों को गर्म कर दिया। नोआखाली ज़िला सर्वाधिक प्रभावित हुआ। वहाँ के कट्टर मुसलमानों ने कलकत्ता में बड़े पैमाने पर अपने मुस्लिम बिरादरों की कटाई का बदला अपने यहाँ विभिन्न गाँवों मे निवास कर रहे हिन्दू नर-नारियों को मारकर काटकर, बलात्कार कर एवं जबरन उनका धर्म परिवर्तित कराके उनकों जड़ों से उखाड़ने और पलायन के लिए मज़बूर करने की नृशंस कार्रवाइयों के रूप में लिया।

नोआखाली गृहयुद्ध से आक्रान्त था। धार्मिक विद्वेष से वह पूरी तरह भ्रष्ट हो चला था। जब गाँधी ट्रेन, मोटर, मोटरबोट से होते हुए अपने अनुयायियों के साथ नोआखाली के ग्रामीण इलाक़ों में दाखिल हुए तो पूरा इलाक़ा दर्द से कराह रहा था। आँसू सूख चुके थे जो छेड़ने पर फिर से रस्ता ढूँढ़ने लगते थे। आँखों में ख़ौफ़ और एक अबूझ-नैराश्य का पथराया-सा भाव था। सान्त्वना के लिए शब्द अपर्याप्त थे। घावों के लिए ऐसा मरहम चाहिए था जो किसी स्थानीय व्यक्ति के पास नहीं था।

ऐसे में 77 साल का एक वृद्ध आदमी एक हाथ अपनी पौत्री के कन्धों पर धरे, दूसरे हाथ में एक लम्बी-सी लाठी जमीन पर टेकता, नोआखाली के दुर्गम ग्रामों में पैदल विचरने लगा। घुटनों तक सफ़ेद धोती पहने, कन्धों पर सफ़ेद चादर में लिपटा, कमर में झूलती एक इंगरसोल की घड़ी, पैरों में मामूली चप्पल, कभी-कभी तो प्रायश्चित्त की तीव्रता में नंगे पैर ही, आँखों पर स्टील फ्रेम का गोल-ग्लासों का चश्मा धारण किये एक अनोखा सन्तनुमा आदमी। एक छोटे से शिष्य-समुदाय के साथ तेजी से ग्रामों के रास्तों, पगडण्डियों, पुलों पर चलता हुआ वह आदमी बहुत रहस्यमय किन्तु राहत का दृश्य उपस्थित करता-सा उन ग्रामीण-जन को जान पड़ता था।

गाँधी नोआखाली की पदयात्रा पर थे। वे दिन भर एक ग्राम से दूसरे ग्राम जाते। दोपहर में थक जाते तो किसी कुटिया में आसरा माँगते। घर चाहे हिन्दू का हो या मुसलमान का। दुत्कारे जाते तो आगे बढ़ जाते। कोई दूसरा आसरा दे देता तो घण्टे-दो घण्टे उसी गाँववाले ग़रीब इन्सान के मेहमान बन जाते। धरती पर शयन करते, किसी छप्पर तले, किसी झोपड़े में। मिट्टी की गीली पोटली अपने नंगे पेट और सिर पर रखकर अपना प्राकृतिक उपचार करते। जो रूखा-सूखा, तरकारी-फल गाँववाला दे देता, उसे खा लेते। बकरी का दूध मिला तो पी लेते। नहीं मिलता तो बिना दूध के ही सही। दोपहर बाद पुनः पदयात्रा शुरू। सायंकाल किसी अन्य ग्राम में। प्रार्थना सभा रोज की तरह किसी गाँव की पंचायत या पेड़ के नीचे। गाँधी ग्रामवासियों से घिरे भजन करते-कराते, लोगों में शान्ति, भाईचारे, इंसानियत का उपदेश देते। रात्रि विश्राम उसी ग्राम में। एक या दो दिन से अधिक शायद ही किसी ग्राम में रूकते हो महात्मा जी।

जब नोआखाली आ रहे थे तो रास्ते में आगन्तुकों की भीड़ के समक्ष महात्मा जी ने कहा था-''हम तो दुःखी इन्सानों के आँसू पोछने और दंगों में बरबाद हुए लोगों को थोड़ी तसल्ली देने के वास्ते वहाँ जा रहे हैं...मैं तो सभी से कहूँगा कि बदले की भावना छोड़ दीजिए...इससे कुछ हासिल नहीं होना है...अगर लोग इसी तरह लड़ते रहे तो हिन्दू धर्म और इस्लाम धर्म दोनों ख़त्म हो जायेगे...मैं आप सबके बीच दुःखी होकर आया हूँ...भारत माता ने ऐसा कौन सा पाप किया है कि उसके बच्चे...ये हिन्दू-मुसलमान इस तरह आपसे में लड़ रहे है?''

नोआखाली में प्रवास के दौरान भी गाँधी जी की नियमित दिनचर्या में काई विशेष अन्तर नहीं आया था। वे जहाँ भी ठहरे होते रात्रि जल्दी सो जाते। रोज अल्ल-सुबह

तीन-चार बजे उठकर नित्यक्रिया से निवृत्त होते। स्नान करते और गीतापाठ करते। सुबह की प्रार्थना कर भोर का उजाला फैलने तक लालटेन अथवा ढिबरी की रोशनी में बैठकर आये हुए पत्रों के उत्तर लिखते। वे पत्रोत्तर लिखने में पेंसिल का इस्तेमाल करते। पेंसिल को छील-छीलकर तब तक प्रयोग करते जब तक कि वह इतनी छोटी न हो जाती कि उंगलियों में ठीक से पकड़ी न जा सके। गाँधी बाबा मितव्ययता पर बड़ा ध्यान देते थे।

गाँधी जी नोआखाली में जिस गाँव में जाते लोगों से घुल-मिलकर बात करते। उन्होंने एक नया प्रयोग किया। हर गाँव में एक मुअज्जिज मुसलमान और समझदार हिन्दू व्यक्ति ऐसे ढूँढ़कर निकालते जो गाँधी जी की बातों से प्रभावित हुए हों और उन्हें भाईचारे की मिसाल बनकर एक साथ उठने-बैठने को राजी करते। वे दोनों लोग गाँव में शान्ति बनाये रखने का गाँधी जी को वचन देते। उसके बाद ही गाँधी जी अगले ग्राम के लिए चल पड़ते।

गाँधी अपने प्रवचनों में ग्रामीणों को निरन्तर आत्मबोध कराते और अपने जीवन को सुधारने की प्रेरणा देते। चन्द्रीगाँव में एक शाम की प्रार्थना सभा में गाँधी जी ने कहा-''मै नोआखाली में यहाँ रहनेवाले मुसलमान भाइयों और हिन्दू भाइयों में दोस्ती बढ़ाने के लिए आया हूँ। एक-दूसरे पर विजय पाने के लिए जुटाने नहीं आया हूँ। आप सभी ग्रामवासी अपनी ज़िन्दगी को फिर से एकजुट करने का भला काम अपने हाथ में लें। ग्रामीण उद्योग-धन्धों के जरिये अपनी ज़िन्दगी सुधारें। अगर आपने यह सीधी राह अपनाई तो सारे-के-सारे भाई एक काम में जुट जायेगें और आपस का मेल बढ़ जायेगा।

गाँधी की प्रार्थना सभाओं में पूरा लोकतन्त्र था। वहाँ उपस्थित कोई भी व्यक्ति बापू से कोई भी सवाल पूछ सकता था। एक दिन नारायणपुर गाँव का एक देहाती मुसलमान गाँधी जी से पूछ बैठा कि-''आप जो अपना इतना वक्त नोआखाली में रहकर बरबाद कर रहे हैं तो इसके बजाये काहे नहीं दिल्ली चले जाते, जाकर जिन्ना साहब और मुस्लिम लीग से बात कर मसला सुलझाइये।''

गाँधी जी ने बड़ी शान्ति से मुस्कुराकर उस व्यक्ति को जवाब दिया-''नेता को उसके अनुयायी बनाते हैं। पहले लोगों को आपसी शान्ति स्थापित करनी चाहिए और तब पड़ोसियों के प्रति उनकी शान्ति-भावना का अक्स उनके नेताओं पर पड़ेगा।... आप ही बतायें कि अगर आपका पड़ोसी बीमार पड़ जाये तो क्या आप कांग्रेस या लीग से पूछने के लिए दौड़ेंगे कि क्या करना है ?''

गाँधी जी की शान्ति-टोली इस गाँव से उस गाँव के लिए-लाठिया टेकते, किन्तु तेज़ चाल से चलते, महात्मा गाँधी-के पीछे-पीछे छायादार वृक्षों और बांस के झुरमुटों अथवा खुले आकाश के नीचे से गुज़रती। इन लोगों की आहट पाकर गाँव के कुत्ते भौंकने लगते और कई बत्तखें और मुर्ग़ियाँ आदि रास्ते से इधर-उधर पंख फड़फड़ाती भाग-छितरतीं।

गाँधी जी के अथक प्रयासों से धीरे-धीरे नेआखाली के अशान्त क्षेत्रों का जनजीवन सामान्य होने लगा। मुसलमानों की सोच में भी परिवर्तन दिखने लगा। हिन्दुओं में भय

की मात्रा में गिरावट आयी। कई पलायित हिन्दू-परिवार अपने ग्रामों में वापस भी लौटने लगे। प्रारम्भ में जो मुस्लिम कट्टरपन्थी गाँधी जी को परोक्ष रूप से धमकाने और उनके मार्ग में काँच और काँटे बिखेरने, मल-मूत्र डालने जैसे व्यवधानपरक कामों में लगे थे, वे भी धीरे-धीरे अपनी मूर्खताओं और हठधर्मियों से बाज़ आये।

बंगाल आते समय गाँधी जी ने लोगों से चौकीदार बनने की सलाह दी थी। वे स्वयं लगभग चार-माह तक हिन्दुओं की रक्षार्थ मुसलमानों की अन्तर-आत्मा पर नोआखाली में चौकीदारी करते रहे।

महात्मा गाँधी 6 नवम्बर, 1946 को कलकत्ता से चलकर वहाँ आये थे। एमदम निहत्थे, बिना किसी सुरक्षा के, पूरी तरह अपने आत्मबल पर, अपने कुछ गाँधीवादी अनुयायियों के साथ। बिहार की घटनाओं ने गाँधी को इस बीच काफ़ी विचलित किया। परन्तु बिहार की देखभाल काफ़ी समय तक नेहरू ने की और उनके कड़े निर्देशों पर शासन-प्रशासन ने की। अब डॉ. राजेन्द्रप्रसाद जैसे नेता ही वहाँ थे। सीमान्तगाँधी ख़ान अब्दुल ग़फ़्फ़ार ख़ाँ भी वहाँ पहुँच गये थे। अतः गाँधी जी ने पहले नोआखाली में साम्प्रदायिकता के पागलपन को दूर करने में स्वयं को पूरी तरह झोंका। उसके बाद 2 मार्च, 1947 को गाँधी जी ने नोआखाली से बिहार के लिए प्रस्थान किया।

पण्डित नेहरू और सरदार पटेल दोनों चाहते थे कि मौलाना आज़ाद अन्तरिम सरकार में शामिल हो जाये। लेकिन आज़ाद अभी भी कांग्रेस अध्यक्ष बनने की ख़्वाहिश मन में संजोए हुए थे। उन्होंने सरकार में शामिल होने से साफ़ इन्कार किया। पण्डित नेहरू प्रधानमन्त्री और विदेश मन्त्री का पद सम्भाल रहे थे। उन पर काम का बोझ अत्यधिक था, इसलिए उन्होंने कांग्रेस-अध्यक्ष पद से इस्तीफ़ा दे दिया। सरदार पटेल और मौलाना में आन्तरिक मतभेद थे। पटेल मौलाना को दोबारा कांग्रेस-अध्यक्ष पद पर देखना नहीं चाहते थे। उनका मानना था कि अध्यक्ष बनकर मौलाना सरकार के कामकाज में भी हस्तक्षेप करेंगे।

एक दो कांग्रेस की प्रान्तीय समितियों ने सरदार पटेल का नाम कांग्रेस-अध्यक्ष पद के लिए प्रस्तावित किया। परन्तु पटेल अब सरकार के महत्त्वपूर्ण पदों पर रहने के कारण स्वयं भी कांग्रेस-अध्यक्ष बनना नहीं चाहते थे। अतः उन्होंने आचार्य कृपलानी के नाम का समर्थन किया और कृपलानी कांग्रेस के नये अध्यक्ष चुन लिए गये। जनवरी, 1947 में आसफ़ अली को अमरीका में भारत का राजदूत बनाकर भेजा गया। तब उनके रिक्त स्थान पर मौलाना आज़ाद अन्ततः अन्तरिम सरकार में शामिल हो गये।

पटेल के अन्तरिम सरकार में प्रवेश करने के बाद महात्मा गाँधी और उनके बीच अक्सर मतभेद रहने लगे। सरदार पटेल स्पष्टवादी थे। 6 नवम्बर, 1946 में मुस्लिम लीग

की धमकियों के जवाब में उन्होंने पाकिस्तान-समर्थकों को चुनौती दी। सरदारश्री ने मेरठ कांग्रेस में यह कह दिया कि-"तुम जो करो शान्ति और प्रेम के तरीक़े से करो। तुम सफल हो सकते हो। लेकिन तलवार का जवाब तलवार से दिया जायेगा।" गाँधी जी उस समय नोआखाली में थे। उनको सरदार पटेल की यह भाषा बहुत नागवार गुज़री, जब उन तक यह बात पहुँची। गाँधी जी ने इस पर 30 दिसम्बर, 1946 को नोआखाली के एक गाँव श्रीरामपुर से ही सरदार वल्लभभाई पटेल को उनकी उग्र-भाषा पर आपत्ति उठाते हुए एक पत्र भेजा, जिसमें कुछ अन्य कामकाज सम्बन्धी बातें भी रहीं। सरदार लोगों के बहकावे में आकर लिखे गये गाँधी जी के इस पत्र से तिलमिला गये। उन्होंने गाँधी जी को नयी दिल्ली से 7 जनवरी 1947 के अपने पत्रोत्तर में लिखा-

"श्रद्धेय बापू,

मुझे आपका पत्र प्राप्त हुआ। मुझे इससे सचमुच बहुत गहरी पीड़ा हुई है। लेकिन आपने मुझे उन शिकायतों और रिपोर्टों के आधार पर लिखा है, जो मेरे ख़िलाफ़ आपके पास की गयी थीं। उनमें शामिल शिकायतें न केवल ग़लत हैं, बल्कि उनमें से कुछ शिकायतें मेरी कल्पना के बाहर हैं।

यह आरोप कि मुझे पद का प्रलोभन है, पूर्णतः निराधार है। जवाहर कभी-कभी पद छोड़ने की धमकी देते हैं और मैंने इस पर आपत्ति की है, क्योंकि इससे कांग्रेस की प्रतिष्ठा कम होती है और सेवाओं पर हानिकारक प्रभाव पड़ता है। हमें पहले अन्तिम रूप से फ़ैसला करना चाहिए कि हमें सत्ता त्याग करना है। लेकिन खोखली धमकियाँ देकर हमने वायसराय की नज़र में अपनी प्रतिष्ठा गँवा दी है और अब ऐसी धमकियाँ उन पर कोई प्रभाव नहीं डालतीं।

लेकिन मेरी ओर से ऐसा कोई झाँसा नहीं था कि जब उन्होंने मुझसे अपना (गृह) विभाग छोड़ने को कहा, तो मैंने तत्काल त्यागपत्र देने का फ़ैसला कर लिया और उससे प्रयोजन सिद्ध हो गया। सत्ता से चिपके रहने में मेरी क्या भलाई है? मैं एक बीमार शय्याग्रस्त व्यक्ति हूँ और यदि अपने-आपको इससे छुड़ा सकूँगा तो मुझे सचमुच प्रसन्नता होगी। इसलिए मेरी समझ में नहीं आता कि आप इस पर विश्वास क्यों करते हैं?

मैं लीग के बारे में अपमानजनक ढंग से बोलता हूँ, यह एक ऐसा आरोप है, जो आज तक लीग के किसी नेता ने भी मेरे ऊपर नहीं लगाया है।

यह बात कि मैं अपना भाषण लोगों को खुश करने और उनकी भावनाओं को सन्तुष्ट करने के लिए देता हूँ, मेरे लिए एक समाचार है। इसके विपरीत, लोगों को स्पष्ट रूप से कड़वे सत्य बताना मेरी आदत है। रॉयल इण्डियन नेवी विद्रोह के दिनों में, मैंने लोगों के सामने अत्यन्त अरुचिकर और कटु शब्दों में बात की थी और बहुत से लोगों को इससे दुःख पहुँचा था।

मेरे इस कथन को कि "तलवार का जवाब तलवार से दिया जायेगा।" मेरे एक लम्बे वाक्य से निकाला गया है और इसलिए आपको शिकायत की गयी है।

ये सभी आरोप आपके कान में अवश्य मृदुला (साराभाई) द्वारा डाले गये होंगे, क्योंकि उन्होंने मेरे ऊपर अपशब्दों की बौछार करने को अपना मन-बहलाव बना लिया है। वे यह जी मतलानेवाला प्रचार कर रही हैं कि मैं जवाहर से छुटकारा पाना चाहता हूँ और एक नयी पार्टी बनाना चाहता हूँ। उन्होंने बहुत सी जगहों पर इस ढंग से बातें की हैं। वे ऐसे किसी विचार को मानने के लिए बिल्कुल तैयार नहीं हैं, जो जवाहरलाल के विचार से भिन्न हों।...

मुझे आशा है आप सकुशल होंगे।

वल्लभभाई पटेल''

कांग्रेस और मुस्लिम लीग के उन सियासी रस्साकशी के दिनों में मेरठ में 23 और 24 नवम्बर, 1946 को अखिल भारतीय राष्ट्रीय कांग्रेस का अधिवेशन हुआ। कांग्रेसजन किस मानसिक तनाव के दौर से गुज़र रहे थे? उसकी अभिव्यक्ति नेहरू जी और सरदार पटेल के भाषणों से स्पष्ट हुई। कांग्रेस ने मेरठ अधिवेशन में माँग की कि लीग या तो कैबिनेट मिशन की योजना को पूरी तरह स्वीकार करके संविधान-सभा में शामिल हो अन्यथा अन्तरिम सरकार को छोड़ दे।

संत्रस्त नेहरू जी ने वायसराय की आलोचना करते हुए कहा कि - ''जिस भावना से सरकार शुरू हुई थी उसे बनाये रखने में वैवल असफल रहे हैं।'' इतना ही नहीं नेहरू ने आगे कहा कि -''वे धीरे-धीरे गाड़ी के पहिये निकाल रहे हैं और यह एक गम्भीर और ख़तरनाक स्थिति की ओर बढ़ रही है।''

नेहरू की बतौर अन्तरिम सरकार के प्रधानमन्त्री असहाय-अवस्था उनके भाषण के दौरान साफ़ झलकी। उन्होंने लीग और अंग्रेज़ों के मध्य सांठ-गांठ का आरोप लगाते हुए कहा कि -

''लीग जब से अन्तरिम सरकार में शामिल हुई है, ब्रिटिश समर्थन पा रही है। वस्तुतः वह सरकार में 'सम्राट् के दल' की तरह है। ब्रिटिश सरकार अपने उद्देश्यों की पूर्ति के लिए वर्तमान स्थिति का पूरा फ़ायदा उठा रही है। लीग और वरिष्ठ प्रशासनिक अधिकारियों के बीच एक 'मानसिक समझौता' है। वातावरण इतना तनावपूर्ण हो चुका है कि कांग्रेसी सदस्य दो बार इस्तीफे की पेशकश कर चुके हैं। हमारा धैर्य अपनी सीमाओं पर पहुँच गया है। यदि यही सब चलता रहा तो बड़े स्तर का संघर्ष अपरिहार्य है।''

अंग्रेज़ और लीग की आये दिन की हरकतों से नेहरू की भाँति पटेल भी विक्षुब्ध थे। यही वह अवसर था जब पटेल ने ''तलवार का जवाब तलवार से'' वाली बात कही थी, जिसे उनके विरोधी ले उड़े थे और उन्होंने गाँधी जी से चुगली करी थी, किन्तु गाँधी जी को यह नहीं बताया था कि पटेल ने 'तलवार' से पूर्व 'शान्ति और प्रेम' की भी बात की थी-''तुम जो करो शान्ति और प्रेम के तरीक़े से करो...''

जो भी हो, पटेल ने मेरठ कांग्रेस के अपने भाषण में अपने साफ़गोई वाले अन्दाज़ में यह ऐलान किया था-''लीग कांग्रेस के विरुद्ध स्नायुतन्त्र का युद्ध छेड़ने की कोशिश

कर रही है। लेकिन हम अन्तरिम सरकार को छोड़कर आसानी से जानेवाले नहीं हैं। तब तक नहीं जब तक हम पूरी तरह आश्वस्त न हो जाये कि इंग्लैण्ड की सरकार अपने आश्वासन से हट गयी है और हमें धोखा दिया गया है।''

मुस्लिम लीग के सदर जिन्ना साहब ने जब यह सब सुना तो वे भी भला क्यों ख़ामोश रहते? चपपट उनका स्टेटमेण्ट जारी हुआ-

''हमने कभी वायसराय से एक क्षण के लिए भी न कुछ कहा न आश्वासन दिया है, सिवाय इसके कि लम्बी-योजना लीग की काउन्सिल तय करेगी। अन्तरिम सरकार और कुछ नहीं 1919 के क़ानून के अन्तर्गत सिर्फ वायसराय की कार्यकारिणी सभा है। इसे मन्त्रिमण्डल कहना पूरी तरह गलत है। आप गधे को हाथी कहके उसे हाथी नहीं बना सकते। संविधान उपाध्यक्ष को वायसराय की अनुपस्थिति में सिर्फ़ मीटिंग की अध्यक्षता करने का अधिकार देता है, और कुछ नहीं।''

अन्तरिम सरकार के प्रधानमन्त्री होने के नाते नेहरू ही वायसराय की कार्यकारिणी परिषद् के उपाध्यक्ष थे। अतः जिन्ना का जवाब नेहरू को ही देना था। नेहरू ने दिया भी और कहा कि --

''लीग जो कुछ कर रही है बहुत ग़लत कर रही है। अन्तरिम सरकार की शक्ति और महत्त्व को कम करना वस्तुतः वायसराय की शक्ति को बढ़ाना है। लियाक़त अली अन्तरिम सरकार की स्वतन्त्रता बढ़ाने के बजाये उसमें अवरोध उत्पन्न करते हैं। इस तरह वह ब्रिटिश सरकार के प्रतिनिधियों के साथ पूरी तरह मिले हुए हैं।''

कांग्रेस और लीग के इस चरम वाक्युद्ध और उसमें स्वयं को घिरता देखकर वायसराय ने लन्दन की ब्रिटिश सरकार का 'पैनिक-बटन' दबा दिया। फलतः 26 नवम्बर, 1946 को इंग्लैण्ड सरकार ने वायसराय से दोनों दलों के प्रमुख नेताओं को लन्दन भेजने का निर्देश दिया। लन्दन सम्मेलन में दोनों दलों को बुलाने का एक उद्देश्य दोनों विरोधी पक्षों में सुलह कराना तो था ही, इसमें गतिरोध दूर करने का एक प्रमुख कारण यह था कि लीग भारत की संविधान-सभा में शामिल हो जाये, जिसके बहिष्कार की वह बार-बार घोषणा कर रही थी। तत्क्रम में लॉर्ड वैवल ने पण्डित नेहरू, सरदार पटेल, बलदेव सिंह और जिन्ना एवं लियाक़त अली को लन्दन आने का ब्रिटिश सरकार की ओर से निमन्त्रण दिया।

सरदार पटेल ने जाने से इन्कार कर दिया। जाना तो नेहरू जी भी नहीं चाहते थे, परन्तु ब्रिटेन के राज्य सचिव ने उन्हें टेलीफोन किया कि ब्रिटिश प्रधानमन्त्री एटली ने पण्डित नेहरू को आने के लिए व्यक्तिगत अनुरोध किया है। अतः नेहरू जी को अनिच्छापूर्वक यह अनुरोध स्वीकार करना पड़ा।

1 दिसम्बर, 1946 को वैवल, नेहरू, जिन्ना, लियाक़त अली ख़ाँ और सरदार बलदेव सिंह लन्दन गये। वहाँ राउण्ड टेबल कान्फ्रेन्स में ब्रिटिशर्स की मौजूदगी में 4 दिन चले लम्बे वाद-विवाद के बीच दोनों दलों में कोई समझौता हो न सका। पण्डित नेहरू और

बलदेव सिंह हिन्दुस्तान लौट आये और 'पाकिस्तान' के हिमायती जिन्ना और लियाक़त इंग्लैण्ड में ही रुक गये। या कहिए कि रोक लिए गये। हिन्दुस्तान की संविधान-सभा का अधिवेशन 9 दिसम्बर को नयी दिल्ली में होने जा रहा था। लीगी नेताओं को वैसे भी उससे कोई सरोकार न था। बहिष्कार की घोषणा पूर्ववत् थी।

सत्ताधारी दल के नेताओं से ब्रिटेन में जिन्ना और लियाक़त अली की जो भी बात हुई हो या न हुई हो, सर्वाधिक महत्त्वपूर्ण बात यह हुई कि 'भारत की स्वतन्त्रता के पुराने शत्रु' और 'गाँधी के परम आलोचक' विंस्टन चर्चिल महोदय से लन्दन में 11 दिसम्बर, 1946 को जिन्ना साहब की एक गोपनीय मुलाक़ात हुई।

चर्चिल के साथ जाम से जाम टकराकर जिन्ना बेहद ख़ुश हुए। चर्चिल, टोरी दल के नेता, ने जिन्ना से वायदा किया कि- ''हम मुसलमानों को हिन्दू-राज के अधीन नहीं रहने देंगे।''

इस विशेष भेंट में लॉर्ड साइमन व अन्य टोरी नेता भी वहाँ समुपस्थित थे। लॉर्ड साइमन ने मोहम्मद अली जिन्ना से कहा कि-

''हम आपको आश्वस्त करते हैं इस बात के लिए कि आप हमारे समर्थन पर निर्भर रह सकते हैं।

इसके बाद विदाई से पूर्व चर्चिल जिन्ना को एक तरफ़ एकान्त में ले गये और बोले-

''मिस्टर जिन्ना!...मैं इस बातचीत को व्यक्तिगत तौर पर बहुत महत्त्वपूर्ण मानता हूँ।''

दोनों नेता एक-दूसरे का बड़े खुलूस से दोनों हाथ देर तक थामे थे। जिन्ना ने गद्‌गद भाव से कहा-''मैं इसे समझ सकता हूँ योर एक्सीलेन्सी।''

चर्चिल ने जिन्ना को अपनी दोस्ती का वास्ता दिया और उनसे सम्पर्क में बने रहने को कहा। इतना ही नहीं चर्चिल ने जिन्ना को अपने नाम का एक गुप्त कोड और पत्र भी दिया। कहा कि वह हमेशा 'गिलिएट' के नाम से दस्तखत करेंगे। यह चर्चिल के एक निजी सचिव का नाम था। उन्होंने जिन्ना से भी उनका गुप्त-नाम और पता पूछा, जिससे कि दोनों नेता बेखटके एक-दूसरे को तार दे सकें और परस्पर गोपनीय सम्पर्क रख सकें।

उधर जैसा कि तय था भारत की संविधान-सभा का प्रथम अधिवेशन 9 दिसम्बर, 1946 को काउन्सिल-चेम्बर के पुस्तकालय में हुआ। मुस्लिम लीग के 73 सदस्यों ने उसमें भाग नहीं लिया। कुल 205 सदस्य उपस्थित थे। वे प्रान्तवार अपनी-अपनी बैठने की निर्धारित जगह बैठे थे। देशी रियासतों का कोई प्रतिनिधि उपस्थित नहीं था। डॉ. राजेन्द्रप्रसाद संविधान सभा के सर्वसम्मति से अध्यक्ष चुने गये। नेहरू जी ने 'उद्‌देश्य प्रस्ताव' प्रस्तुत किया। इसमें कहा गया था कि-

''भारत संयुक्त राज्य एक 'स्वाधीन सम्प्रभु गणतन्त्र' होगा। इसमें स्वायत्त प्रान्तीय इकाइयाँ होंगी, जिनके पास विदेश, रक्षा और संचार के अलावा-शेष अधिकार होंगे। हर

वर्ग के व्यक्तियों को सामाजिक, राजनीतिक तथा आर्थिक लोकतन्त्र के अधिकार मिलेंगे और अल्पसंख्यकों एवं पिछड़े वर्ग के लोगों तथा क्षेत्रों को उचित सुरक्षा दी जायेगी।''

इस 'उद्देश्य प्रस्ताव' को बाद में विचार विमर्श हेतु अगले अधिवेशन तक स्थगित कर दिया गया, ताकि उसमें कांग्रेस के अलावा मुस्लिम लीग और देशी रियासतों के प्रतिनिधि भी आगे प्रतिभाग कर सकें। संविधान-सभा की बैठक 19 जनवरी, 1947 तक स्थगित कर दी गयी। इसके बाद यह बैठक 20 जनवरी, 1947 को आरम्भ हुई और छह दिन तक चली। पण्डित नेहरू का 'उद्देश्य प्रस्ताव' पास कर दिया गया। लीग फिर भी नदारद रही।

लीग और कांग्रेस दोनों पार्टियों के आपसी आरोप-प्रत्यारोप चलते रहे। एक पार्टी संविधान-सभा का बहिष्कार करती रही, किन्तु अन्तरिम सरकार में ढिठाई से जमी रहकर दूसरी पार्टी के विभागीय कामकाज में रोड़े अटकाकर अन्तरिम सरकार की जड़ें खोदकर मट्ठा डालती रही। दूसरी पार्टी कुढ़ती रही।

28 फरवरी, 1947 के दिन वित्तमन्त्री लियाक़त अली ने अन्तरिम सरकार का ऐसा टेढ़ा-बजट पेश किया, जिसमें 'नमक' पर से तो 'कर' हटा लिया, लेकिन आयकर और कैपिटल गेन पर भारी-भरकम टैक्स लगा दिये। कांग्रेस के मन्त्री जिन विभागों को सम्भाल रहे थे, उनमें सरदार पटेल पर तो विशेष 'कृपा दृष्टि' करते हुए, उन सभी विभागों के बजट में भारी कटौतियाँ करके उन्हें लूला-लँगड़ा करने की हरसम्भव चेष्टा की। लीग के चहेते समीक्षकों ने लियाक़त अली के बजट को ''समाजवादी बजट'' की संज्ञा दी और सरदार पटेल द्वारा बजट प्रावधानों पर आपत्ति उठाने पर उल्टे उन्हीं की आलोचना करते हुए सरदार पर आरोप लगाया कि वे भारतीय पूंजीपतियों के हितैषी हैं'' और उनकी ''मुस्लिम-विरोधी मानसिकता'' और उनके भीतर बैठे ''कट्टर-हिन्दू'' को ही इस बजट से सर्वाधिक तकलीफ हो रही है।

'अन्तरिम सरकार' के इस प्रथम बजट ने यह सिद्ध कर दिया कि लीग और कांग्रेस की मिली-जुली सरकार आगे ज़्यादा समय साथ चलनेवाली नहीं क्योंकि काठ की हांडी बार-बार नहीं चढ़ती, न ही दो तलवारें एक ही म्यान में एक साथ रह सकती हैं।

जब महात्मा गाँधी बंगाल के नोआखाली में दंगों की रोकथाम और पीड़ित अल्पसंख्यक हिन्दू समुदाय की रक्षा प्रयासों हेतु मुसलमानों को प्रबोधन देने जा रहे थे तब नवम्बर के शुरू में बिहार में भी साम्प्रदायिक हत्याकाण्ड शुरू होने की ख़बर आयी। हिन्दू अन्ध-साम्प्रदायिक तत्त्वों ने बिहार के अल्पसंख्यक मुसलमानों के साथ अब दरिंदगी का वही ख़ूनी खेल खेलना शुरू किया, जो नोआखाली के धर्मान्ध-मुसलमान तहाँ के हिन्दुओं के साथ खेल रहे थे। नोआखाली की बर्बरता का बदला लेने का पागलपन बिहारियों के दिमाग़ में घुस गया। जल्द ही छपरा, पटना, सारन, मुंगेर और गया ज़िलों में हत्याओं, बलात्कारों और अग्निकाण्डों का ताँता लग गया। हज़ारों बेगुनाह मुस्लिम मर्द, औरतें और बच्चे तलवार के घाट उतारे गये। बिहार की साम्प्रदायिक मौतों और अमानुषिक अत्याचारों

ने बंगाल को भी मात कर दिया। मरनेवालों से ज़्यादा बुरी हालत उनकी थी जो मरने से बच गये थे।

बिहार की घटनाओं को सुनकर गाँधी जी को और भी दुःख पहुँचा। 'ख़ून का बदला ख़ून' ऐसा बर्बरतापूर्ण नारा था जो गाँधी जी की कल्पना से परे था। उन्होंने नोआखाली से ही बिहारवासियों के नाम एक मार्मिक अपील जारी की-

''बिहारियो! मेरे सपने के बिहार ने मेरे सपने को झूठा कर दिया है। मैं ऐसा उन रिपोर्टों के आधार पर नहीं कर रहा हूँ जो एकतरफ़ा हों या बढ़ा-चढ़ाकर कही गयी हों। केन्द्रीय प्रधानमन्त्री और उनके साथियों का बिहार में लगातार बने रहना साबित कर रहा है कि वहाँ हालत कैसी है ?...

...यह कहने से काम नहीं चलेगा कि बंगाल में जो कुछ हुआ उसी का यह नतीजा है। किसी एक दल के बुरे काम से दूसरे दल को भी बुरा काम करने का अधिकार नहीं मिल जाता।... क्या जिस साम्प्रदायिकता के लिए कांग्रेस-जन लीग को इल्जाम देते थे, उनका उत्तर जवाबी-फिरकापरस्ती ही है? बिहार के 14 फीसदी मुसलमानों को बे-रहमी से मार डालना कहाँ की राष्ट्रीयता है ?...

''मुझे डर है कि अगर बिहार की हालत ऐसी ही रही तो दुनिया सारे हिन्दुस्तान के हिन्दुओं को ही बुरा-भला कहेगी। बिहार के हिन्दुओं की यह करनी कायदे-आज़म जिन्ना की इस बात को सही साबित कर देगी कि कांग्रेस सिर्फ हिन्दुओं की पार्टी है, चाहे कांग्रेस कितना भी कहती रहे कि उसमें हिन्दू-मुस्लिम-सिख-ईसाई-पारसी वग़ैरा सब शामिल हैं। इसलिए बिहारी हिन्दुओं को कम-गिनत मुसलमानों की, अपने सगे भाईयों की तरह, उनकी भी रक्षा करनी होगी।...''

पूर्वी बंगाल की हालत सुधरने पर महात्मा गाँधी 5 मार्च, 1947 को अपने अहिंसक अनुयायियों के उस छोटे से दल के साथ पटना पहुँच गये। गांधी जी बिहार के हालात से बेहद चिन्तित थे। उन्होंने एक दिन भी विश्राम किये बिना आते ही बिहार प्रान्त का दौरा शुरू कर दिया। स्थानीय कांग्रेसी नेताओं ने गाँधी जी के लिए वाहन आदि की व्यवस्था कर रखी थी और वे उनके साथ हो लिए।

गाँधी जी के हमख्याल साथी बादशाह ख़ान अब्दुल ग़फ़्फ़ार ख़ान भी गांधी जी के साथ आ मिले। वे पहले से बिहार में शान्ति-स्थापना के प्रयत्नों में सहयोग कर रहे थे। वह गाँधी जी के साथ प्रायः सभी दंगाग्रस्त क्षेत्रों में गये और लोगों को हिंसा से विरत रहने के लिए समझाया।

दौरा कर शाम को पटना लौटकर गाँधी जी ने अपनी प्रार्थना-सभा में कहा-''आज हमारे बिहार ने बहुत बुरा काम किया है। यहाँ के मुट्ठी भर मुसलमानों के साथ जो कुछ किया गया, मुसलमान तो कहते हैं कि इतिहास के पन्नों में वैसा कहीं नहीं मिलता।.. 'नोआखाली का बदला बिहार में लेंगे'- ऐसा नारा लगानेवाले नहीं जानते कि बदला कैसे लिया जाता है। हैवानियत का मुकाबला हैवानियत से करना क्या यह इन्सानियत

है? हमें तो हैवानियत के मुकाबले में भी मुहब्बत दिखानी चाहिए। अगर हिन्दू यह समझें कि वह मुसलमानों को मिटा देंगे या मुसलमान यह समझते हों कि वे हिन्दुओं को मिटा देंगे तो मैं यह पूछता हूँ कि एक-दूसरे को मिटाकर वह करेंगे क्या? मुसलमान हिन्दुओं को मिटाकर इस्लाम की कोई ख़िदमत नहीं करेंगे। और अगर हिन्दू ऐसा समझते हों कि ये इस्लाम को मिटा देंगे तो इसका मतलब यह है कि वे हिन्दू धर्म को मिटा देंगे..''

महात्मा गाँधी ने जनसाधारण को सम्बोधित करते हुए कहा कि - ''बिहार के हिन्दुओं ने मुसलमानों को मारा, इससे हमको ख़ुश नहीं होना चाहिए, हिन्दुस्तान के लिए इससे बुरी और शर्म की बात दूसरी नहीं हो सकती। बिहार के हिन्दुओं ने बहुत बड़ा पाप किया है। पर अब वे सच्चे दिल से इसका प्रायश्चित्त करेंगे तो बिहार को बहुत ऊँचा उठा देंगे। अंग्रेज़ी में एक कहावत है कि 'जो जितना बड़ा पापी होता है, उतना ही बड़ा सन्त भी बनता है।' मैंने नोआखाली में सोचा था कि -'करूँगा या मरूँगा' - यहाँ भी मैं यही सोचकर आया हूँ।''

इस प्रकार लोगों ने देखा कि गाँधी जी ने जो नारा उन्हें 'भारत छोड़ो आन्दोलन' के समय अंग्रेज़ों के विरुद्ध उठ खड़े होने के लिए दिया था, वही नारा उन्होंने अब ख़ुद के लिए देश में उठ खड़ी हुई सबसे बड़ी समस्या-साम्प्रदायिकता-से निबटने के लिए चुन लिया है। गाँधी जी के जीवन का अब मानो एकमात्र ध्येय यही था हिन्दू-मुस्लिम के मध्य व्याप्त साम्प्रदायिक घृणा को समाप्त करना। दोनों समुदायों में फिर से भाईचारा और अमन बहाल करना।

गाँधी जी बिहार के ग्रामों के भ्रमण के दौरान जहाँ कहीं भी गये वहाँ उन्होंने हिन्दुओं को प्रायश्चित्त और क्षतिपूर्ति का उपदेश दिया। कहा कि तमाम भगायी गयी मुसलमान औरतें लौटा दी जाये। लूटी हुई या नष्ट हुई सम्पत्ति का हर्जाना दिया जाये।

किसी जगह बोलने से पहले गाँधी जी वहाँ उन मुसलमानों के घर जाते जो बर्बाद हो गये थे या जिसके घर का कोई सदस्य मारा गया था या जो दंगों में घायल हुए थे। वे तदुपरान्त उपस्थित गाँववालों से बार-बार यही कुछ कहते कि हिन्दू लोग भागे हुए अपने मुसलमान भाइयों को वापस बुलायें। उनकी झोपड़ियाँ दुबारा बनायें। उन्हें फिर से उनके काम-धन्धे से लगायें।...

गाँधी अक्सर अपने सार्वजनिक भाषणों में यह भी कहते कि-जिन हिन्दुओं ने अत्याचार किया है और जो क़ानून से भागे हुए हैं उन्हें प्रायश्चित्त स्वरूप आत्मसमर्पण कर देना चाहिए। जिस दिन गाँधी जी मसूड़ी कस्बे में पहुँचे, दंगों के पचास भागे हुए अभियुक्तों ने पुलिस के सामने आत्म-समर्पण कर दिया।

महात्मा गाँधी 5 मार्च से 29 मार्च, 1947 तक पूरे तीन-हफ्तों से अधिक समयावधि के लिए बिहार की अपनी शान्ति-यात्रा में अथक परिश्रम और प्रयास करते रहे। उनके इन सद्भावना अभियानों का ऐसा चमत्कारिक असर हुआ जो असर पण्डित नेहरू की बिहार पर 'बम गिराने' की धमकी से भी नहीं हुआ था।

बिहार के कद्दावर नेता डॉ. राजेन्द्रप्रसाद, जो इन दिनों संविधान-सभा के अध्यक्ष थे, ने उन्हीं दिनों हाल ही में अपनी 'आत्मकथा' पूर्ण की थी। उसमें 8 जनवरी, 1947 के परिशिष्ट में उन्होंने लिखा कि-

''दिल्ली में इन दुर्घटनाओं की ख़बर मिली। पण्डित जवाहरलाल और सरदार वल्लभभाई जो बंगाल की हालत देखने कलकत्ता गये थे-पटना में वापसी के समय रुक गये। उनके साथ मिस्टर लियाक़त अली और सरदार निश्तर भी गये थे। वे लोग भी रुक गये। सरदार वल्लभभाई और मिस्टर लियाक़त अली तो दिल्ली के काम से वापस आ गये, पर पण्डित जवाहरलाल और सरदार निश्तर बिहार में ठहर गये। मैं भी हवाई जहाज़ से वहाँ पहुँचा। हमारे मन्त्रिमण्डल के लोग बहुत ज़ोरों से दौड़-धूप कर रहे थे और पुलिस से जहाँ तक हो सकता था, बलवा रोकने का प्रयत्न कर रहे थे। फ़ौज की मदद भी माँगी थी जो कुछ देर के बाद पहुँची। पण्डित जवाहरलाल और मैं दोनों दौड़-धूप करने लगे। उधर जब गाँधी जी को ख़बर मिली तो उन्होंने घोषणा की कि यदि बिहार में बलवा न रुका तो वह आमरण अनशन करेंगे। इस समय गाँधी जी नोआखाली में हिन्दुओं और मुसलमानों के बीच पुनः सद्भाव स्थापित करने के लिए गये हुए थे। वहीं से उन्होंने यह घोषणा की। नतीजा यह हुआ कि बिहार में बलवा एक बारगी बन्द हो गया। पर जितना हो चुका था वह बहुत भयंकर था।... इन बलवों के कारण हज़ारों की तादाद में मुसलमान भागकर शहरों और ऐसे स्थानों में, जहाँ वे अपने को सुरक्षित समझते हैं, आ गये हैं।''

बिहार के दंगों में कितने व्यक्ति मारे गये इसकी कोई सही संख्या ज्ञात नहीं। जिन्ना के अनुसार मारे गये लोगों की संख्या 30,000 थी तो गांधी जी का मानना था कि कम-से-कम 10,000 लोग तो अवश्य इन दंगों में मारे गये। दंगे दोनों समुदायों में हिंसा-प्रतिहिंसा और प्रतिशोध-दर-प्रतिशोध का प्रतिफलन थे। ये मानो तत्कालीन भारत की नियति बन चुके थे। अविभाजित-भारत को विभाजित करने के लक्ष्य के पूरक चरणचिन्ह सरीखे। डॉ. राजेन्द्रप्रसाद ने लिखा है कि-

''इसी तरह की भयंकर घटना मेरठ ज़िला के गढ़मुक्तेश्वर के मेले के समय हो गयी। वहाँ भी बहुतेरे मुसलमान मारे गये और पीछे मुसलमानों ने हिन्दुओं से उसका कुछ बदला चुकाया। इस समय ख़बर है कि सीमाप्रान्त में भी, हज़ारा जिले में, कुछ क़बीलों का लश्कर हिन्दुओं पर हमले कर रहा है। बहुतेरे शहरों में छुरेबाजी तो कम-बेश जारी है ही। एक भयंकर स्थिति है।''

इन्हीं भयंकर स्थितियों से जूझने का नाम महात्मा गाँधी था। कुछ लोग जब व्यंग्य में यह कहते हैं कि -'मजबूरी का नाम महात्मा गाँधी'-तो वे वास्तविक गाँधी को शायद ही जानते या समझते होंगे। अपनी इस बिहार की सद्भावना यात्रा में एक प्रार्थना-सभा में गाँधी जी ने जो कुछ कहा, उससे शायद थोड़ा-बहुत हम उन्हें समझ सकें।-

''मेरे पास एक हिन्दू भाई का तार आया है कि 'बिहार में तुम्हारी चलती है, कहीं ऐसा न हो कि लोग तुम्हारी बात मान जायें और बदला न लें।' भला मुझे सिखाते हैं।

नाम हिन्दू का है, काम हिन्दू का नहीं। मेरा दावा है कि मैं सनातनी हिन्दू हूँ। इसलिए जितने अच्छे मजहब हैं, जो खुदा-भगवान् की तरफ़ से हैं वे सब मुझमें हैं। आप में भी होने चाहिए, अगर आप सच्चे हैं। हमने काम गन्दा कर लिया है और मैं यहाँ गन्दगी निकालने और हिन्दू धर्म को रोशन करने के लिए आया हूँ। इस पर कोई मुझे गाली दे, मारे, तो मुझ पर कोई असर थोड़े ही पड़ेगा। सच्ची बात कहना मेरा धर्म है।..."

17

खण्डित स्वतन्त्रता आहत मन

सन् 1947 के प्रारम्भ के पहले दिन की ठिठुरन भरी ठण्ड में सुबह-सुबह लन्दन की खाली सड़कों पर इक्का-दुक्का मोटरगाड़ियों के बीच एक काले रंग की आस्टिन प्रिंसेस मोटरकार एक चिंताग्रस्त व्यक्ति को लेकर 10-डाउनिंग स्ट्रीट के अति-विशिष्ट आवास की ओर चली जा रही थी।

कार सवार का नाम था- लुई माण्उटबेटन, जिनका सम्बन्ध ब्रिटिश राजघराने से भी था-भारत के प्रथम स्वतन्त्रता-संग्राम के समय ब्रिटेन की महारानी रहीं क्वीन विक्टोरिया उनकी परनानी लगती थीं-वे हाल ही में, 17 महीने पूर्व समाप्त हुए द्वितीय विश्वयुद्ध के दौरान दक्षिण-पूर्व एशिया में ब्रिटिश रॉयल नेवी के रियर ऐडमिरल होने के साथ-साथ, मित्र राष्ट्रों की सेनाओं के सर्वोच्च सेनापति भी रह चुके थे, जहाँ उन्होंने अन्ततः सफलता के झण्डे गाड़कर ब्रिटेन और अपने लिए ख़ूब नाम कमाया था। छह फुट से अधिक लम्बे, मज़बूत काठी तथा सन्तुलित बदन के, सुन्दर-क्लीन शेव्ड मुखड़ेवाले 46 वर्षीय माउण्टबेटन

इस समय ब्रिटेन के नये प्रधानमन्त्री क्लीमेण्ट एटली से मिलने उनके बुलावे पर सुबह-सुबह प्रधानमन्त्री निवास-10, डाउनिंग स्ट्रीट जा रहे थे।

वह ब्रिटेन-जिसका साम्राज्य पृथ्वी के ग्लोब पर प्रायः हर तरफ़ इस तरह बिखरा-फैला हुआ था जिसमें, कहा जाता था, कि - "कभी सूर्यास्त नहीं होता।" क्योंकि सूरज ग्लोब के जिस हिस्से पर भी चमकता होता वहाँ ब्रिटिश साम्राज्य का कोई-न-कोई देश ब्रिटिश-उपनिवेश के रूप में अवश्य विद्यमान होता। भारत उनमें से एक अत्यन्त विशाल और महत्त्वपूर्ण ब्रिटिश-उपनिवेश था। द्वितीय विश्वयुद्ध में विजयी रहने के बावजूद ब्रिटेन अब आर्थिक रूप से अपंग हो चला था। लेबर सरकार के प्रधानमन्त्री एटली ने भारत को स्वतन्त्र कर देने और वहाँ ब्रिटिश साम्राज्य के ख़ात्मे की इच्छा की घोषणा सार्वजनिक रूप से कर दी थी। अब आगे औपचारिकताओं का निर्वाह किया जाना था। उन औपचारिकताओं के त्रासदायक निर्वाह के लिए भारत के नये वायसराय के रूप में लॉर्ड लुई माउण्टेबेटन का नाम चुना गया था, जिन्हें भारत में विगत छह बरस से ब्रिटेन की ओर से राज कर रहे मौजूदा वायसराय फ़ील्ड-मार्शल लॉर्ड अर्चिबाल्ड वैवल की जगह भारत भेजा जाना था।

लुई माउण्टबेटन 1 जनवरी, 1947 की उस जाड़े की ठिठुरती सुबह ब्रिटिश प्रधानमन्त्री क्लीमेण्ट एटली से मिले। एटली ने उन्हें बताया कि-भारत में परिस्थितियाँ निरन्तर बिगड़ती जा रही हैं। दो प्रमुख प्रतिद्विन्द्वी दलों इण्डियन नेशनल कांग्रेस और मुस्लिम लीग के परस्पर वैमनस्य के चलते वहाँ जगह-जगह साम्प्रदायिक विस्फोट होते रहते हैं और भारतीय उपनिवेश में, यदि वहाँ समुचित समाधान नहीं किया गया तो निकट भविष्य में, सिविल-वार की स्थितियाँ उत्पन्न हो सकती है। इस सम्बन्ध में ब्रिटेन को अब तत्काल कोई-न-कोई निर्णय लेना होगा और वहाँ से यथाशीघ्र बाहर निकलना होगा।

माउण्टबेटन ने दक्षिण-पूर्व एशिया में अपने सैन्य-अभियानों के दौरान एशिया के राष्ट्रवादी आन्दोलनों की भी अच्छी-ख़ासी जानकारी हासिल कर ली थी। इण्डो-चाइना में हो ची मिन्ह के समर्थकों, इण्डोनेशिया में सुकार्णो, बर्मा में आंगसान, मलाया में चीनी कम्युनिस्टों और सिंगापुर में उपद्रवी ट्रेड यूनियनिस्टों सबकी उन्हें ख़बर थी। दक्षिण-पूर्व एशिया के सर्वोच्च सेनापति की हैसियत से अक्सर उनका दिल्ली आना-जाना भी होता। तब वे वायसराय लॉर्ड वैवल से भी मिलते, जिन्हें वे बहुत पसन्द करते थे। भारत के स्वाधीनता-आन्दोलन और उसकी आन्तरिक-राजनीति और क़ानून एवं व्यवस्था की भी काफ़ी जानकारियाँ उन्हें अपने कुछ दोस्तों और वैवल से मिलती रहती थीं। एटली और माउण्टबेटन के मध्य 10-डाउनिंग स्ट्रीट के उस भवन में मार्निंग-ब्रेकफास्ट के दौरान भारत और उसके वर्तमान भविष्य को लेकर पर्याप्त चर्चा हुई। दोनों के बीच वैचारिक आदान-प्रदान हुआ।

समस्या का मूल थी भारत के 30 करोड़ हिन्दुओं और 10 करोड़ मुसलमानों के मध्य की सदियों पुरानी शत्रुता। धार्मिक विद्वेष। उनमें समय-समय पर होनेवाले संघर्ष। जिनका

अंग्रेज़ों ने अपनी 'फूट डालो और राज करो' की कूटनीति के जरिए अब तक बड़ी चालाकी से फ़ायदा उठाया था। हिन्दू-मुस्लिम विभेद और वैमनस्य को बढ़ावा दिया था। अंग्रेज़ों की यही खलनीति अब हिन्दुस्तान में अराजकता और नागरिक-युद्ध की सम्भावनाओं को चरम पर ले जाकर खड़ा कर चुकी थी। भारत से अपना लगभग दो-सौ वर्षों का राज समेटकर निकलने की आकांक्षा और तैयारी रखनेवाले अंग्रेज़ों के लिए ये सम्भावनाएँ गले में साँप -छछूंदर की तरह अटकी हुई थीं।

जिन्ना के नेतृत्व में मुस्लिम नेता अब इस माँग पर अड़े थे कि ब्रिटेन भारत की एकता को विभाजन द्वारा समाप्त कर उन्हें 'पाकिस्तान' नामक एक अलग इस्लामी राज सौंपकर ही भारत से जाये। कांग्रेस पार्टी के नेता मुस्लिम लीग की इस माँग के धुर-विरोधी थे। वे किसी भी क़ीमत पर देश की एकता और अखण्डता को बनाये रखना चाहते थे। ख़ासकर कांग्रेसियों के आदर्श महात्मा गाँधी जिन्होंने हाल के साम्प्रदायिक दंगों में शान्ति और भाईचारे के लिए अपने प्राण और अपनी समस्त जीवन-ऊर्जा जन-जन के बीच घूम-घूमकर दाँव पर लगा रखी थी।

एटली और माउण्टबेटन भारत की इन दो परस्पर विरोधी विचारधाराओं के संकट के बीच फँसे इंग्लैड को कैसे उबारा जाये, उसे लेकर चिन्तित और चर्चारत रहे। चर्चा के दौरान छुरी-काँटे ब्रेकफ़ास्ट की टेबिल पर अपना काम अलग करते रहे और दिमाग के तारों से उपजी बातचीत अपना अलग।

लॉर्ड माउण्टबेटन ने प्रधानमन्त्री एटली के सामने अपने कार्य की सुविधा के लिए बहुत-सी शर्तें रखीं, जिनमें बिना हस्तक्षेप के ब्रिटिश सरकार के द्वारा निर्धारित समय सीमा के भीतर लक्ष्यपूर्ति हेतु रोजमर्रा के निर्णयों के लिए कार्य की आज़ादी की माँग भी शामिल थी। एटली ने माउण्टबेटन की सब माँगें मान लीं।

पहली जनवरी, 1947 को जब इंग्लैड में भारत के भाग्य-निर्णय की यह उच्च-स्तरीय वार्त्ता वहाँ के प्रधानमन्त्री निवास पर हो रही थी, वहाँ से 6000 मील दूर बंगाल की खाड़ी से ऊपर गंगा के मुहाने पर स्थित नोआखाली के गाँवों में, भारत की आज़ादी और एकता के लिए मरने-जीने वाले, महात्मा गाँधी अपने मुट्ठी भर अनुयायियों के साथ साम्प्रदायिकता के कहर से कराहते लोगों के बीच शान्ति स्थापना हेतु पदयात्रा कर रहे थे। और उधर भारत की राजधानी दिल्ली में लुटियन द्वारा बनाये भव्य-प्रासादों में वायसराय वैवल की कार्यकारिणी परिषद के सदस्य, अर्थात् कामकाजी दिल्ली की सरकार के कांग्रेसी और लीगी मन्त्रीगण, परस्पर खींचतान करते हुए सरकार चला रहे थे। कांग्रेस के प्रधानमन्त्री नेहरू जिसे 'मन्त्रिमण्डल' मानते थे मुस्लिम लीग के सर्वेसर्वा जिन्ना का कहना था कि-"गधे को हाथी कह देने से वह हाथी नहीं हो जाता।" जिन्ना उसे सिर्फ वायसराय की कार्यकारिणी ही मानते थे।

22 मार्च, 1947 को दो ब्रिटिश हवाई जहाज़ इंग्लैड से आकर दोपहर साढ़े-बारह बजे दिल्ली के पालम हवाई अड्डे पर उतरे। उनमें से एक अधेड़ उम्र का ख़ूबसूरत जोड़ा लॉर्ड

माउण्टबेटन और उनकी पत्नी एडविना अपने दल-बल के साथ उतरे। माउण्टबेटन अच्छी तरह यह जानते हुए भारत की धरती पर क़दम रख रहे थे कि आनेवाले दिनों में उन्हें ब्रिटिश साम्राज्य के अन्तिम वायसराय की भूमिका निभानी है। साथ ही मन-ही-मन यह संकल्प लेकर आये थे कि ब्रिटेन ने भले ही भारत की आज़ादी की अन्तिम समय सीमा 30 जून, 1948 तय की हो, उन्हे अपना काम उससे बहुत पहले ही जल्द से जल्द पूर्ण करके भारतीय उपमहाद्वीप से चल देना है। वे यह भी महसूस करते थे कि उन्हें, रोगोपचार की भाषा में कहें तो, अपनी इस नयी ज़िम्मेदारी को एक लंबा उपचार करनेवाले चिकित्सक की भाँति नहीं, बल्कि एक शल्यक की भाँति पूर्ण करना है।

नयी दिल्ली स्थित वायसराय हाउस में लॉर्ड वैवल ने माउण्टबेटन दम्पति का स्वागत किया और उन्हें वहाँ के ख़ूबसूरत मुग़ल गार्डन के टैरेस पर दोपहर का भोज दिया। वायसराय की हैसियत से यह वैवल का अन्तिम दोपहर-भोज था।

उसी दिन वैवल ने अपने मन्त्रिमंण्डल की अन्तिम बैठक की अध्यक्षता की। यह एक प्रकार से उनकी फेयरवेल मीटिंग थी। इसमें लॉर्ड वैवल ने अपने संक्षिप्त वक्तव्य में कहा-"मैं बहुत कठिन और नाजुक मौके पर वायसराय बना था। मैंने अपनी योग्यता के अनुसार सारी जिम्मेदारियों को निभाने के प्रयत्न किये। अब ऐसी स्थिति बन गयी है जिसमें मुझे इस पद को छोड़ने के लिए विवश होना पड़ा। इतिहास ही तय करेगा कि इस स्थिति में इस्तीफ़ा देकर मैंने ठीक किया। आपसे मेरा यही निवेदन है कि आप जल्दबाजी में कोई निर्णय न लें। मुझे आप सबसे जो सहयोग मिला उसके लिए मैं आपका आभारी हूँ।"

इस वक्तव्य के तुरन्त बाद वैवल ने अपने काग़ज़-पत्तर समेटे और बग़ैर किसी सदस्य की ओर देखे, बग़ैर किसी को अपने बारे में कुछ भी कहने का मौक़ा दिये, चुपचाप वहाँ से चले गये। अगले दिन 23 मार्च, 1947 को वैवल ने भारत छोड़ दिया।

एक तो अंग्रेज़ वैसे ही परतन्त्र भारतीयों के स्वाभाविक शत्रु थे। लॉर्ड वैवल के कार्यकाल में जिन्ना की 'सीधी कार्यवाही' के बाद बिगड़ी साम्प्रदायिक स्थितियों में शंकालु लॉर्ड वैवल का लीग के नेताओं के प्रति झुकाव जवाहरलाल नेहरू और सरदार पटेल आदि अनेक नेताओं को उत्तरोत्तर वैवल के विरुद्ध करता चला गया था।

महात्मा गाँधी ने कलकत्ता की कथित 'सीधी कार्यवाही' से उत्पन्न भीषण दंगों के बाद 27 अगस्त, 1946 को जब वैवल से मुलाक़ात की थी तो उन्हें अगले दिन एक बड़ी तीखी भाषा में पत्र लिखा था। एक तरह से यह किसी व्यक्ति का गिरहवान पकड़ने जैसा पत्र था, जिसमें गाँधी जी ने लिखा था - "पिछली शाम हमारी बातचीत के दौरान आपने दोहराया कि आप एक सीधे-सरल व्यक्ति हैं और सिपाही हैं और क़ानून के बारे में कुछ नहीं जानते। राजा के प्रतिनिधि होने के नाते, न तो सिर्फ़ एक सैनिक होने से आपका काम चलेगा और न यह कहने से कि मै क़ानून नहीं जानता, जिसे आपने ही बनाया है। आपको एक ऐसे क़ानूनी व्यक्ति की सलाह मिलनी चाहिए जिस पर आपका विश्वास

हो। आपने धमकी दी कि जो प्रस्ताव आपने पण्डित नेहरू और मेरे सामने रखा, उस पर कांग्रेस यदि अमल नहीं करेगी तो संविधान-सभा नहीं बुलायी जायेगी। यदि सचमुच यही बात थी, तो आपने 12 अगस्त को जो घोषणा की थी, वह आपको नहीं करनी चाहिए थी।''

लॉर्ड वैवल ने उस घोषणा में कांग्रेस अध्यक्ष को तुरन्त अन्तरिम सरकार बनाने का प्रस्ताव देने का निमन्त्रण दिया था। गाँधी जी उसी का यहाँ जिक्र कर रहे थे। उन्होंने पत्र में आगे लिखा कि - ''अब जब आप यह घोषणा कर चुके हैं तो आपको पिछला क़दम वापस लेना चाहिए और अपने पूर्ण विश्वासवाला दूसरा मन्त्रिमण्डल बनाना चाहिए। हमारा उद्देश्य है कि हम ऐसे तरीक़े ढूँढ़ें जिनसे कलकत्ता की ताजी, भयानक घटनाओं की पुनरावृत्ति न हो। हमारे सामने यही प्रश्न है कि हम इसे सबसे अच्छे तरीक़े से कैसे करें।''

गाँधी जी यहीं नहीं रुके। उन्होंने एक ओर तो वायसराय वैवल को इस्तीफ़ा देने की सलाह दी दूसरी ओर उन्होंने ब्रिटिश सरकार को इंग्लैड एक तार भेजा कि - उनकी राय में वर्तमान वायसराय 'बंगाल की त्रासदी' की ज़िम्मेदारी लेने में असमर्थ हैं और ब्रिटिश सरकार उन्हें एक 'अधिक योग्य और क़ानूनी मस्तिष्क' सहायता के रूप में उपलब्ध कराये, अन्यथा बंगाल-विभीषिका की पुनरावृत्ति सुनिश्चित है।

सम्भव है वैवल के हटने और माउण्टबेटन के आने का एक कारण गाँधी जी का यह तार भी रहा हो। क्योंकि ब्रिटिश सरकार गाँधी की नाराजगी से घबराती थी। गाँधी के असन्तुष्ट होने पर उनकी सक्रियता का अर्थ होता था एक नया आन्दोलन और एटली की नयी लेबर सरकार यह कतई नहीं चाहती थी।

बहरहाल कांग्रेसी नेताओं में एक नेता मौलाना आज़ाद ऐसे व्यक्ति थे जो अंग्रेजों के विरोधी होने के और भारत राष्ट्र के प्रति उत्कट देशभक्ति रखने के बावजूद अंग्रेज़ों की अच्छाइयों के प्रति भी सकारात्मक दृष्टिकोण रखते थे। निवर्तमान वायसराय लॉर्ड वैवल के योगदान को लेकर मौलाना आज़ाद ने अपने कांग्रेसी साथियों के रुख़ की परवाह किये बग़ैर एक वक्तव्य बहुत ईमानदारी से प्रकाशित किया, जिसमें आज़ाद ने कहा कि-

''हिन्दुस्तान के बारे में श्री एटली के वक्तव्य से मेरे मन पर मिली-जुली प्रतिक्रिया हुई है। एक ओर मुझे इस बात का सन्तोष है कि जून, 1945 में मैंने स्थिति को जिस रूप में आंका था, वह घटनाओं से सही सिद्ध हो गयी है। दूसरी ओर मुझे इस बात का भी दुःख है कि लॉर्ड वैवल हमसे विदा ले रहे हैं, जबकि उन्होंने ही ब्रिटेन और हिन्दुस्तान के सम्बन्धों के इतिहास में एक नया अध्याय प्रारम्भ किया था।

''जब शिमला सम्मेलन आयोजित किया गया। उस समय अंग्रेज़ों के इरादों के बारे में सब ओर शंका और अविश्वास की भावना फैली हुई थी। मैं स्वीकार करता हूँ कि मैं भी पूर्वाग्रहों से ग्रस्त था और गत तीन वर्ष में जो घटनाचक्र रहा, उसने मेरे मन में विषाद भरी कटुता पैदा कर दी थी। मन की ऐसी ही दशा में मैं प्रस्तावित शिमला-सम्मेलन में

भाग लेने के लिए गया था, परन्तु जब मै लॉर्ड वैवल से मिला तो मेरे मन में यकायक एक परिवर्तन-सा आया। मैंने देखा कि वे रूखे मिज़ाज के हैं और खरे सैनिक हैं, जो कोरी बातों में नहीं उलझते तथा उनके सोचने और बात करने दोनों के ढंग में कोई दुराव-छिपाव नहीं होता। वे राजनीतिज्ञ के समान दोहरी बात नहीं करते थे, परन्तु सीधे अपनी बात पर आ जाते थे और दूसरे के मन पर अपनी बेहद ईमानदारी की छाप छोड़ जाते थे। इन सभी बातों ने मेरे मन को प्रभावित किया।...

"मैं नहीं जानता कि पिछले दो-तीन सप्ताह में लॉर्ड वैवल और ब्रिटिश सरकार के बीच क्या बातें हुई। स्पष्ट है कि कुछ-न-कुछ मतभेद रहे होंगे जिस कारण से उन्होंने त्यागपत्र दे दिया। उन्होंने जिस प्रकार स्थिति के बारे में अनुमान लगाया, उससे मेरा मतभेद हो सकता है। परन्तु हम उनकी ईमानदारी या सत्यनिष्ठा पर सन्देह नहीं कर सकते। मैं यह भी नहीं भूल सकता कि आज ब्रिटेन और हिन्दुस्तान के सम्बन्धों में जो बदला हुआ वातावरण हम पाते हैं, उसका श्रीगणेश उस क़दम से हुआ, जो उन्होंने बड़े साहस के साथ जून, 1945 में उठाया था।

"क्रिप्स-मिशन के असफल होने के बाद चर्चिल-सरकार ने निर्णय लिया था कि जब तक युद्ध होता रहे, हिन्दुस्तान का प्रश्न ही न उठाया जाये। हिन्दुस्तान की जनता भी कोई अन्य मार्ग नहीं खोज पा रही थी तथा 1942 के बाद की घटनाओं से कटुता और भी बढ़ गयी थी। लॉर्ड वैवल को उस बात का श्रेय है कि उन्होंने फिर से बन्द द्वार खोल दिया। मिली-जुली ब्रिटिश सरकार की ओर से प्रारम्भ में विरोध हुआ परन्तु उन्होंने उसे मान लिया कि वे हिन्दुस्तान के सामने एक नया सुझाव रखें। इसी के फलस्वरूप शिमला सम्मेलन आयोजित किया गया। वह सफल नहीं हुआ। परन्तु तब से अब तक जो कुछ भी हुआ है, वह उसी साहसपूर्ण क़दम की तर्कसंगत परिणति है, जो उन्होंने उस समय उठाया था।

"मुझे विश्वास है कि हिन्दुस्तान लॉर्ड वैवल की इस सेवा को कभी नहीं भूल सकेगा और जब स्वतन्त्र हिन्दुस्तान का इतिहासकार इंग्लैण्ड और हिन्दुस्तान के सम्बन्धों का मूल्यांकन करने बैठेगा तो वह लॉर्ड वैवल को इस सम्बन्धों के इतिहास में एक नया अध्याय प्रारम्भ करने का श्रेय अवश्य देगा।"

मौलाना आज़ाद के इन शब्दों ने निवर्तमान वायसराय वैवल के मर्म को स्पर्श किया था और उन्होंने अपने एक मित्र से कहा था-"मुझे प्रसन्नता है कि हिन्दुस्तान में कम-से-कम एक आदमी तो ऐसा है जिसने मेरा रवैया समझने का प्रयत्न किया है।"

लॉर्ड माउण्टबेटन को अपना उत्तराधिकारी पाकर दिल्ली में निवर्तमान वायसराय वैवल उन्हें अपने साथ वायसराय भवन के अध्ययन कक्ष में ले गये। वैवल माउण्टबेटन से उम्र में

सत्रह साल बड़े थे और ब्रिटिश सेना में भी पद के लिहाज़ से उनसे तीन-स्तर ऊँचे। वैवल ने नवागत वायसराय माउण्टबैटेन से कहा-

"मुझे तुम्हारे लिए दुःख होता है कि तुम्हें एक असम्भव काम सौंपा गया है। मैंने हर सम्भव प्रयत्न किया कि भारत को इसके देशवासियों को सौंपने की समस्या सुलझा सकूँ लेकिन मुझे रोशनी की कोई किरण दिखायी नहीं देती। मेरे पास केवल एक समाधान है और वह है- 'ऑपरेशन मैड हाउस'..."

यह कहते हुए वैवल ने उठकर अपनी 'अलमिरा' की 'सेफ' चाभी घुमाकर खोली। उसमें से उन्होंने दो चीज़ें निकालीं अपने उत्तराधिकारी को देने के लिए। एक 'सीक्रेट-फाइल' और उस पर रखा लकड़ी का एक 'छोटा-सा बॉक्स।'

वापस अपनी कुर्सी पर बैठकर उन्होंने वह छोटा-बॉक्स माउण्टबेटन की ओर बढ़ाया। कहा-"पहले इसे सम्भालो। अब यह तुम्हारी अमानत है।"

लॉर्ड माउण्टबेटन ने वह लकड़ी का मिनी-बाक्स हथेली पर रखकर खोला। उसमें 'ग्रैण्ड मास्टर ऑफ द ऑर्डर ऑफ स्टार ऑफ इण्डिया' का एक हीरों-जड़ा चमचमाता बैज था, जो उनके वायसराय के नये-पद का प्रतीक-चिन्ह था, जिसे उन्हें आगामी वायसराय-पद-प्रतिष्ठापन- समारोह के अवसर पर गले में लटकाकर धारण करना था।

उसके बाद माउण्टबेटन ने उस सीक्रेट-फाइल को देखा। उनके मुख से निकला - "क्या है यह?" वैवल ने कहा-"इस योजना को मैंने 'पागलखाने के अभियान' की संज्ञा दी है क्योंकि वह उसी लायक है।... वर्तमान परिस्थितियों में अंग्रेज़ों की इण्डिया से क्रमिक-निकासी का प्लान है इसमें।"

माउण्टबेटन ने पूछा- "वह किस तरह ?" लॉर्ड वैवल ने कहा - "निकट भविष्य में इण्डिया में सिविल-वार की परिस्थितियाँ घुमड़ रही हैं। ऑपरेशन मैडहाउस-हमारे लिये उसका एक सुविचारित समाधान है। इसे तुम स्टडी कर लेना... इसमें बाम्बे, मद्रास और कलकत्ता के बन्दरगाहों पर जहाज़ों को तैयारी की हालत में रखने और भारत में रह रहे ब्रिटिशर्स को क्रमशः उनके ज़रिये स्वदेश रवाना करने की योजना का उल्लेख है कि . .. हमारे लोग एक-एक प्रान्त करके भारत छोड़कर चले जाये... पहले औरतें और बच्चे. .. फिर ग़ैर-फ़ौजी कर्मचारी... फिर सिपाही... ब्रिटिश अफ़सरान सबसे अन्त में हवाई मार्ग से ब्रिटेन रवाना...'

"ओह..." माउण्टबेटन के मुँह से निकला। वे "माई गॉड" शब्द अपने सीनियर लॉर्ड वैवल के लिहाज में बोलने से रुक गये।

वैवल ने कहा-"आई एम सॉरी डियर।... मैं तुम्हें इसके सिवा और कुछ नहीं दे सकता।"

दोनों में उसके बाद थोड़ी-बहुत और कुछ बातें हुईं। उस बीच त्वरित निर्णय लेनेवाले भावी-वायसराय ने मन-ही-मन 'आपरेशन मैड हाउस' को रद्द कर दिया और यह निश्चय किया कि वे हिन्दुस्तान की समस्या का समाधान नये सिरे से करेंगे और समाधान किये

बिना किसी भी मातहत-अंग्रेज़ों को भी इंग्लैड पलायन करने की इजाज़त नहीं देंगे।

नये वायसराय लॉर्ड माउण्टबेटन की 24 मार्च, 1947 के पूर्वाहन में चमक-दमकपूर्ण गद्दी नशीनी हुई। यह आख़िरी वायसराय की गद्दी नशीनी थी इसलिए वायसराय हाउस के कर्मचारियों ने लॉर्ड माउण्टबेटन के पद-ग्रहण समारोह में शानो-शौकत और चमक-दमक में ज़रा भी कोर-कसर नहीं छोड़ी। माउण्टबेटन ने इस भव्य-समारोह की फ़ोटोग्राफ़ी की भी इजाजत दी। कांग्रेस के मन्त्रीगण पण्डित नेहरू और उनके साथी सफेद लकदक खादी की पोशाकों में, मुस्लिम लीग के लियाक़त अली और अन्य मेम्बरान शेरवानी-अचकन में सजे-धजे इस समारोह में मौजूद थे। हीरे जवाहरातों से लदे भारतीय रियासतों के राजा-महाराजा भी नये वायसराय के स्वागत के लिए दरबार हॉल में पधारे हुए थे। अनेक आई.सी.एस. अफ़सर, हाईकोर्ट के जज, कुछ बड़े उद्योगपति आदि उस झाडफानूसों और तेज प्रकाश वाले विशाल सभागार की शोभा बढ़ा रहे थे। आगे-पीछे एक छोटे अनुशासनबद्ध जुलूस के मध्य जैसे ही लॉर्ड माउण्टबेटन और लेडी-एडविना माउण्टबेटन इस दरबार हॉल मे धीरे-धीरे प्रविष्ट हुए तो विशाल गुम्बद के निकट ऊपर ताकों में छिपे चार शहनाई वादकों ने मंगल-धुन छेड़ दी। बड़े सलीके से अपनी रॉयल नेवी की शानदार सफ़ेद पोशाक में सीने पर दर्जनों तमगे लगाकर सजीले माउण्टबेटन राजसी ड्रेस पहने अपनी ख़ूबसूरत पत्नी एडविना माउण्टबेटन के साथ फ़र्श पर बिछे बेशक़ीमती कालीन पर क़दम-दर-क़दम चलते उन सिंहासनों की ओर बढ़े जो उनकी प्रतीक्षा में रिक्त थे।

माण्उटबेटन-दम्पत्ति सिंहासनों के निकट पहुँचकर समस्त अतिथि समुदाय की ओर मुड़कर उनसे मुख़ातिब हो गये। इस अवसर पर भारत के चीफ़ जस्टिस ने लॉर्ड माउण्टबेटन को सत्यनिष्ठा की शपथ दिलायी और उसी क्षण वे भारत के अन्तिम वायसराय के रूप में स्थापित हो गये। लॉर्ड माउण्टबेटन के शपथ लेते ही बाहर रॉयल हार्स आर्टिलरी की तोपें गरजकर उन्हें सलामी देने लगीं। जब तोपें शान्त हुईं, नये वायसराय आगे बढ़कर माइक्रोफ़ोन के पास आये। आमतौर पर वायसरायों द्वारा शपथ ग्रहण के समय भाषण देने की परम्परा नहीं थी। परन्तु माउण्टबेटन जानते थे कि यह विशेष अवसर है। अतः उन्होंने उपस्थित अतिथिगण के सन्मुख तथा देश-विदेश के रेडियो प्रसारण हेतु एक संक्षिप्त-सा भाषण दिया।

उन्होंने कहा कि- ''मैं अच्छी तरह से जानता हूँ कि मुझे जो काम सौंपा गया है वह बहुत कठिन है। इसके लिए मुझे अधिक-से-अधिक लोगों की अधिक-से-अधिक सद्भावना की ज़रूरत पड़ेगी, और आज मैं भारत से वही सद्भावना माँग रहा हूँ।''

जैसे ही वायसराय माउण्टबेटन का वह प्रथम सम्बोधन समाप्त हुआ द्वारपालों ने दरबार हॉल के सामने के शीशम के भारी दरवाज़े खोल दिये। लॉर्ड माउण्टबेटन और सिर पर छोटा-सा रत्नजड़ित मुकुट धारण किये लेडी एडविना की नज़रों के सामने बाहर एक ऐसा सुन्दर दृश्य खुला जिसे वे चकित-से देखते रह गये। सामने किंग्ज-वे की चौड़ी सड़क नयी दिल्ली के खुले-खुले हरे-भरे-क्षेत्र में दूर तक चली गयी थी। ऊपर गोल गुम्बद के

निकट-से फिर से मुबारक देनेवाली शहनाई के स्वर फूटे। माउण्टबेटन दम्पत्ति सभी सम्भ्रान्त अतिथियों के बीच से, बड़ी शान से एक-दूसरे के आजू-बाजू चलते हुए, लोगों का अभिवादन स्वीकारते, वापस चल पड़े। एक ब्रिटिश नेवी-कमाण्डर को उस समय अहसास हुआ कि राजसी-ठाठबाट क्या होता है।

जितनी देर माउण्टबेटन दरबार हॉल में रहे उनका चेहरा आत्मविश्वास से दमकता रहा। उन्होंने किसी को भी यह अहसास न होने दिया कि वे ब्रिटिश साम्राज्य के सान्ध्य-काल में वहाँ आये कोई अन्तिम राजप्रतिनिधि हैं। उनकी आवाज की स्पष्टता और उसमें निहित ठहराव ने सभी नेताओं और राजे-रजवाड़ों के दिलों की धड़कनें बढ़ा दीं। उन्हें ऐसा लगा कि यह व्यक्ति एक आकर्षक-सौदागर है जो कि हताशा-निराशा की अनुभूति से कोसों दूर है।

इसके विपरीत लॉर्ड इस्मे के चेहरे पर एक ध्वस्त होते साम्राज्य का विषाद अवश्य पढ़ा जा सकता था। लॉर्ड इस्मे चीफ़ ऑफ स्टाफ़ की हैसियत से लॉर्ड माउण्टबेटन के साथ भारत आने के लिए राज़ी हुआ था। उसने जवानी के दिन भारत में एक ब्रिटिश-सोल्जर की तरह बिताये थे जिसके लिए हिन्दुस्तान का राज ब्रिटिश-क्राउन का एक जगमगाता हीरा था। लॉर्ड इस्मे जानता था कि शीघ्र ही यह देश आज़ाद हो जायेगा और ब्रिटिशर्स को यहाँ से अपना साम्राज्य समेटकर वापस जाना होगा और यह सारी चमक-दमक अब कुछ ही दिनों की मेहमान है।

जो भी हो, वायसराय माउण्टबेटन बहुत विश्वसनीय और सुयोग्य अंग्रेज़-सहायक अपने साथ इंग्लैण्ड से लेकर आये थे। लॉर्ड इस्मे के बाद अगला महत्त्वपूर्ण अधिकारी सर एरिक मेवील था। वह भी पहले हिन्दुस्तान में रह चुका था। लॉर्ड विलिंग्टन का प्राइवेट सेक्रेटरी बना। उस कार्य को छोड़कर अब वह लॉर्ड माउण्टबेटन का उप-प्रमुख सहायक बनकर वायसराय भवन में आया था।

इसके अलावा माउण्टबेटन के चार पुराने नौ-सेना के सहायक बहुत नजदीकी थे, जिन्होंने बर्मा और युद्ध के दिनों में उनके साथ काम किया था। ये सभी वफ़ादार स्टाफ़-मेम्बर अपने बॉस की सफलता और उनके आभा-मण्डल को बढ़ाने के लिए एकजुटता से काम करते थे। कैप्टेन रोनेल्ड ब्रोकमेन, कमाण्डर जार्ज निकाल्स, कर्नल वर्नोन आर्सकाइनक्रम और एलेन कैम्पबेल जानसन नाम थे इन साथियों के। एलेन कैम्पबेल जानसन का काम इन सबमें सर्वाधिक अलग एवं महत्त्वपूर्ण था। वह माण्उटबेटन का प्रेस-सहायक था।

इसके अलावा लॉर्ड माउण्टबेटन ने पूर्व-वायसराय के स्टाफ़ से भी कुछ पुराने लोगों को रखा था। इनमें दो सर्वाधिक महत्त्वपूर्ण थे-एक अंग्रेज़ अधिकारी जार्ज एबेल, जो एक विद्वान व्यक्ति था और हिन्दुस्तान तथा हिन्दुस्तानी मामलों का अच्छा ज्ञाता था।

दूसरा एक हिन्दुस्तानी अफ़सर वी.पी. मेनन, जो कि मालाबार मे सन 1889 में एक अत्यन्त साधारण मध्यमवर्गीय जैन-परिवार में जन्मा था, जिसने अपनी किशोरावस्था में

पिता की मृत्यु के बाद ग़रीबी के दिनों में कड़ा संघर्ष किया, ठेकेदारी की, फिर उसे एक अंग्रेज़ की कृपा से सरकारी नौकरी मिला और अपनी योग्यता और लगन के बल पर क्लर्क की मामूली पदवी से तरक्की करता-करता अब रिफार्म्स कमिश्नर के पद तक आ पहुँचा था। वह ब्रिटिशकालीन भारत में एक उच्चकोटि के क़ानूनी सलाहकार की हैसियत रखता था। वी.पी. मेनन का प्रशासन में बड़ा नाम था।

मेनन ने 1941 में भारत के देशी रजवाड़ों के एक फेडरेशन की योजना बनायी जिसमें वे लोग ब्रिटिश-हिन्दुस्तान का हिस्सा बन जाते, जबकि भीतरी शासन रजवाड़ों के हाथों में ही रहता और विदेश विभाग, सुरक्षा और यातायात केन्द्रीय सरकार के हाथों में। वी. पी. मेनन की बनायी इस योजना से एक केन्द्रीय हिन्दुस्तान की नींव पड़ सकती थी। लेकिन तत्कालीन वायसराय लॉर्ड लिनलिथगो कोई 'सिरदर्द' लेना नहीं चाहते थे। अतः उन्होंने मेनन की इस योजना को कूड़ेदान के हवाले कर दिया। यही नहीं, उन्होंने मेनन को अपना मुँह बन्द रखने की हिदायत दी और भविष्य में उन्हें रिफार्म्स कमिश्नर बनने का प्रलोभन भी दिया। मेनन चुपचाप निष्ठापूर्वक गृह विभाग में अपना कामकाज़ करता रहा। अन्ततः लिनलिथगो ने ही तुरन्त तो नहीं, हडसन को रिफार्म्स कमिश्नर नियुक्त करने के बाद और कुछ समय बाद उसके इंग्लैण्ड चले जाने पर मेनन को रिफार्म्स कमिश्नर बना दिया। मेनन ने यहाँ भी अपनी योग्यता साबित की।

वी.पी. मेनन को छोड़कर वायसराय के सभी अंग्रेज़ सहयोगी माउण्टबेटन के साथ एक लम्बी टेबल पर मॉर्निंग ब्रेकफ़ास्ट करते थे। तब राजकाज के दाँव-पेचों और ज़रूरी कार्यों पर उनमें हल्के-फुल्के अन्दाज़ में बातें होतीं, जिसके लिए उन्हें पूर्ण स्वतन्त्रता प्राप्त थी। माउण्टबेटन शान्ति के साथ नाश्ता करते और एक मुखिया की भाँति सभी पारिवारिक सदस्यों के सदृश अपने अधीनस्थ सहयोगियों की बातचीत चुपचाप सुनते रहते। जल्दी कोई प्रतिक्रिया नहीं देते। अंग्रेज़ों की इस प्रातःकालीन आन्तरिक बैठक में वाकई आन्तरिक लोकतन्त्र था।

पहले-पहल वी.पी. मेनन को इन प्रातःकालीन बैठकों में नहीं बुलाया जाता था। जार्ज एबेल मुसलमानों का हिमायती था और हिन्दुओं से घृणा करता था। उसने माउण्टबेटन को सलाह दी थी कि वी.पी. मेनन का इस तरह आना मुसलमानों के दिमाग में यह बैठा देगा कि हम लोग कांग्रेस का पक्ष ले रहे हैं। किसी मित्र ने इस पर मेनन से पूछा कि "आप वहाँ मॉर्निंग में नहीं बुलाये जाते?" इस पर मेनन ने जवाब दिया कि - "यह सब एबेल की मेहरबानी है।"

"क्या मतलब?"

"उसी ने वायसराय को समझाया है।"

"मगर आपके जाने से क्या फ़र्क़ पड़ जायेगा ?"

"जो कोई भी एबेल का दिमाग़ जानता है वह यह भी जानता है कि मुस्लिम लीग का पक्ष लेनेवाला उस जैसा एक तो अन्दर बैठा ही है।"

इस पर मित्र ने कहा-''फिर एक हिन्दू बुला लिया जायेगा तो बात बराबर की भी तो हो जायेगी।''

इस पर वी. पी. मेनन को हँसी आ गयी।

कुछ ही दिनों बाद मेनन की आवश्यकता होने पर कभी-कभार उन्हें भी माउण्टबेटन मार्निंग में बुलाने लगे। उनके आते ही अंग्रेज़ सहयोगियों का चहकना बन्द हो जाता। सारी गोरी-चिड़ियाँ शान्त हो जातीं। वैसे भी ये सहयोगीगण ब्रिटिश प्रशासनतन्त्र में 'डिकी बर्ड्स' के नाम से जाने-समझे जाने लगे थे। 'डिकी' माउण्टबेटन का निक-नेम था और ये सब उनके नजदीकी जो थे। इसीलिए 'डिकी बर्ड्स' कहलाए।

वायसराय पद सम्भालने के साथ ही माउण्टबेटन ने महात्मा गाँधी और कायदे-आजम जिन्ना को बातचीत का न्योता भेज दिया था। लेकिन उनसे सर्वप्रथम भेंट करनेवाले व्यक्ति थे- पण्डित नेहरू। माउण्टबेटन और नेहरू की एक बार पहले भी मुलाक़ात हो चुकी थी। द्वितीय विश्वयुद्ध समाप्त होने के कुछ अर्सा पूर्व मलाया में हुई उनकी वह प्रथम भेंट थी। पण्डित नेहरू वहाँ युद्धरत भारतीय सिपाहियों को देखने के लिए गये थे।

मलाया में वाइस ऐडमिरल माउण्टबेटन से जवाहरलाल नेहरू की भेंट हुई। दोनों 'एरिस्ट्रोकेट' तबीयत के शौकीन व्यक्ति थे। दोनों ही आकर्षक व्यक्तित्व के भी स्वामी थे। दोनों गर्मजोशी से एक-दूसरे से मिले और उनमें मैत्री का अंकुरण हुआ।

भारत में कांग्रेस नेता और अन्तरिम सरकार के प्रधानमन्त्री के रूप में नेहरू को पाकर माउण्टबेटन को काफ़ी सहजता का अनुभव हुआ। माउण्टबेटन ने यह भी महसूस किया कि आत्मीयता जताने पर पण्डित नेहरू बहुत जल्दी खुल जाते थे। बढ़ावा मिलने पर वे अपने साथियों और सहकर्मियों की भी प्रशंसा और आलोचना बग़ैर किसी दुराव-छिपाव के कर देते थे। माउण्टबेटन ने सरल-हृदय नेहरू से प्राप्त जानकारी का भी अपनी योजना बनाते समय ख़ासा उपयोग किया। कांग्रेस और लीग दोनों के ही मामलों में। इस मामले में माउण्टबेटन का मस्तिष्क बहुत शार्प और कारोबारी था। जब वार्त्तालाप के दौरान माउण्टबेटन ने नेहरू जी से जिन्ना का ज़िक्र किया तो वे उनसे सिगरेट की कश लेकर अपनी उसी साफ़गोई वाले अन्दाज़ में वायसराय से बोले-''मामूली वकील है जिसे 'पाकिस्तान' नाम की बीमारी है।''

गोया जैसे नेहरू अपने किसी अभिन्न-मित्र को यह विश्वास दिला रहे हों कि कहाँ आप और हम और कहाँ वह? हम लोगों जैसा ऊँचा नहीं है वह शख़्स। नेहरू का यही अति-आत्मविश्वास और वाचालता उनकी सबसे बड़ी दुश्मन थी। उसके अलावा उनका खुशामद-पसन्द होना भी उनकी एक बड़ी कमज़ोरी थी जिसका उनके वामपन्थी मित्र और अनेक नज़दीकी महिला-पुरुष मित्र अक्सर लाभ उठाते थे। अब लॉर्ड माउण्टबेटन और उनकी ख़ूबसूरत पत्नी एडविना भी पण्डित जी के गुण-ग्राहक जल्द ही बन बैठे।

तीन घण्टे की लम्बी वार्त्ता के बाद जब नेहरू जी जाने लगे तो उन पर नये वायसराय की आत्मीयता का पूरा रंग चढ़ चुका था और भारत में उस पहली औपचारिक मुलाक़ात

में बेतकल्लुफ़ होते नेहरू जी को माउण्टबेटन ने भी अच्छी तरह देख-समझ लिया था कि इस आदमी को थोड़े प्रयास से ही राजी कर लेना कोई कठिन कार्य नहीं है।

माउण्टबेटन ने नेहरू को विदा करते हुए उनसे हाथ मिलाया। टाई-कोट-पैंट में सजे हुए गौरवर्ण माउण्टबेटन। और कुर्ता-चूड़ीदार पैजामा और ऊपर से एक वास्केट पहने गोरे-चिट्टे पण्डित नेहरू, जिनकी वास्केट के ऊपरी बटन में एक ताज़ा गुलाब का फूल टँका हुआ था। लॉर्ड माउण्टबेटन ने कहा-

''मिस्टर नेहरू! मैं चाहता हूँ कि आप मुझे ब्रिटिश राज का अन्त करनेवाला आख़िरी वायसराय न समझें, बल्कि नये हिन्दुस्तान का रास्ता बताने वाला वायसराय मानें।''

नेहरू पर इस बात का अच्छा प्रभाव पड़ा। वे मुस्कुराये और माउण्टबेटन का हाथ और मज़बूती से थामकर बोले-

''अब मेरी समझ में आ रहा है कि लोग आपके सम्मोहन को ख़तरनाक क्यों कहते हैं?''

- और इसके साथ ही दोनों दिग्गज ठठाकर हँस पड़े।

उस दिन तो एडविना माउण्टबेटन की औपचारिक मुलाक़ात ही नेहरू जी से हो पाई। परन्तु भविष्य में दोनों जल्द ही बेतकल्लुफ हो गये। एडविना की मोहिनी नेहरू के लिए उनके वायसराय हजबेंड से कहीं अधिक प्रभावी थी। एडविना का स्वभाव बहुत मधुर और दोस्ताना था। वे बहुत बुद्धिमान और सलीक़ेदार स्त्री थी। अपने पति की पूरक। जो बातें माउण्टबेटन सोचते-कहते और लोगों से अपेक्षा करते मगर ठीक से समझा न पाते थे, एडविना उनके महत्त्व को समझती थीं और वे नेहरू व अन्य नेताओं को समझाने और उन बातों को व्याख्यायित करने का प्रयास करती थीं।

शाम को वायसराय भवन के मुग़ल गार्डेन में यदाकदा दिये जानेवाले भोजों अथवा पार्टीज में वे क़ीमती ड्रेसेज में सजी-धजी अपने कटे-संवरे बालों पर एक मुकुटनुमा हेयर-बैंड रखे ख़ुशमिज़ाज़ मेजबान की भूमिका अदा करतीं, किन्तु जब कभी ग़रीब-बस्तियों में समाजसेवा के लिए निकलतीं तो लम्बे-फ्रॉक में एक़दम साधारण ढंग से बिना मेकअप तब अपनी सेवा और सहानुभूति से देश के आम लोगों को भी वे बेहद प्रभावित करतीं। विधुर नेहरू लेडी एडविना के उस सादगी भरे तेजस्वी रूप से और भी आकर्षित होते। दोनों के बीच आगे चलकर एक ऐसा मैत्री-सम्बन्ध क़ायम हुआ जिसमें प्रेमाकर्षण तो था, साथ ही अपनी मर्यादा भी। इस सम्बन्ध को शब्दों में व्यक्त नहीं किया जा सकता।

जब गाँधी जी को लॉर्ड माउण्टबेटन का प्रथम निमन्त्रण मिला, वे बिहार के दंगाग्रस्त क्षेत्रों में थे। उत्तर में गाँधी जी ने लिखा-''बिहार से बाहर निकलने की मेरी दिक़्क़त का अपने ठीक ही अन्दाज़ा लगाया है। लेकिन आपके निमन्त्रण की मैं उपेक्षा नहीं कर सकता।

अभी तो मैं बिहार के एक परेशान इलाक़े में जा रहा हूँ। इसलिए अगर दिल्ली पहुँचने की तारीख़ मैं न लिख सकूँ तो मुझे माफ़ करेंगे। बिहार के इस तीसरे दौरे से मै 28 तारीख़ को लौटूँगा। इसलिए 28 के बाद जितनी जल्दी हो सका मैं रवाना हो जाऊँगा।''

31 मार्च, 1947 को जब महात्मा गाँधी पटना से दिल्ली पहुँचे तो रेलवे स्टेशन पर उनके स्वागत में भारी भीड़ जमा थी। गाँधी जब अपने ठहरने के स्थल पर जाकर एकान्त में हुए तो मौलाना आज़ाद सर्वप्रथम उनसे मिले। आज़ाद ने गाँधी जी को बताया कि-''सुना है कि-माउण्टबेटन ने पटेल और नेहरू को देश-विभाजन के लिए तैयार कर लिया है। यदि आप विभाजन का विरोध करेंगे तभी हम इस स्थिति से बच सकेंगे।''

गाँधी जी ने इस पर उत्तेजित होकर छूटते ही कहा कि - ''यदि कांग्रेस विभाजन को स्वीकार करेगी तो उसे मेरी लाश पर से गुज़रना होगा। जब तक मै जीवित हूँ तब तक मैं भारत के विभाजन पर कदापि सहमत नहीं हो सकता।''

महात्मा गाँधी सोच में पड़ गये कि वे इस बारे में लॉर्ड माउण्टबेटन से क्या बात करें? प्रथम भेंट है आज...उसमें न सही... सोच-समझकर कल या परसों में इस सम्बन्ध में वायसराय से बात तो करनी होगी... ऐसी बात जिसमें साँप भी मरे और लाठी न टूटे।

31 मार्च, 1947 के दिन दोपहर 3.00 बजे गाँधी - माउण्टबेटन की प्रथम भेंट हुई। मुगल गार्डन में फोटोग्राफर जमा थे। गाँधी जी ने माउण्टबेटन-दम्पति के साथ हँसी-मजाक करते हुए अपने प्रफुल्लचित्त अन्दाज़ में फोटो खिंचवाये। माउण्टबेटन ने अपने पर्सनल-स्टाफ, विशेषकर 'डिकी बर्ड्स' जमात से महात्मा गाँधी का परिचय कराया। सब भारत के इस अजूबे नेता को विस्मित अन्दाज़ में देख रहे थे सिवाय लॉर्ड इस्मे, चीफ ऑफ तथा जार्ज एबेल के। दोनों के मुखड़े गम्भीर थे। एबेल तो इतना ठण्डा था कि जैसे गाँधी उसके लिए कोई विशेष मायने न रखते हों। वैसे भी वह भीतर से जिन्ना-भक्त था।

वायसराय हाउस के अन्दर जाते समय वयोवृद्ध गाँधी लेडी माउण्टबेटन के कन्धे पर हाथ रखकर अन्दर गये। पहली ही मुलाक़ात में माउण्टबेटन- दम्पति से अपनत्व जताने का गाँधी जी का यह अपना निराला अन्दाज़ था। एडविना इससे चकित भी हुईं और अभिभूत भी। लॉर्ड माउण्टबेटन भारत के इस शीर्ष नेता के प्रति और भी विनम्र हुए।

गाँधी जी के साथ वायसराय माउण्टबेटन की बातचीत ढाई घण्टे तक चली। यह एक शिष्टाचार भेंट जैसी थी। इसमें कुछ भी औपचारिक या गम्भीर नहीं था। माउण्टबेटन ज़्यादा वक्त महात्मा गाँधी को ही धैर्यपूर्वक सुनते रहें। एक परिचयात्मक आत्मीय-भेंट जैसी थी यह। गाँधी जी ने अपने इंग्लैड और दक्षिण अफ्रीका के क़िस्से लॉर्ड माउण्टबेटन को सुनाए। इस दिन देश की राजनीति पर कोई चर्चा नहीं हुई।

दिनांक 1 अप्रैल, 1947 को गाँधी जी प्रातःकाल 3.00 बजे जागे। वे नित्यक्रिया के पश्चात् अपनी प्रार्थना और फिर पत्र-लेखन कार्यक्रम में व्यस्त हुए। सुबह-सुबह सबसे पहले मौलाना आज़ाद गाँधी जी से मिलने आये। वे उनसे बिहार के हालात की जानकारी लेते रहे। फिर नेहरू जी भी आ गये। उन्होंने कुशलक्षेम के बाद बापू से वायसराय से

भेंट की बातें पूछी। गाँधी जी ने कहा-"दोनों पति-पत्नी काफ़ी भले प्रतीत होते हैं। कोई ख़ास बात नहीं हुई। व्यक्तिगत परिचय मात्र..."

गाँधी जी उस समय मालिश करा रहे थे। आज़ाद और नेहरू से बातें भी करते जाते थे। जब नहाने के लिए गाँधी जी बाथटब में बैठे तब तक सी. राजगोपालाचारी आ गये। टब में पसरे हुए गाँधी जी ने राजा जी से भी बातें कीं। मनु गाँधी उनकी शेव बनाती रही। लगभग 9.00 बजे गाँधी जी को लिवाने के लिए गृहमन्त्री सरदार पटेल अपनी गाड़ी से आ गये। गाँधी जी को आज लॉर्ड माउण्टबेटन से दूसरी मुलाक़ात के लिए जाना था। गाँधी जी सरदार के साथ वायसराय निवास चले गये।

माउण्टबेटन के साथ इस दूसरी भेंट में गाँधी जी ने सबको चौंकाने वाला एक प्रस्ताव माउण्टबेटन को दिया कि जिन्ना और मुस्लिम लीग को केन्द्र में सरकार बनाने दी जाये। उन्होंने कहा-

"मैं तो कहता हूँ कि समस्या का सबसे बेहतर हल यह होगा कि जिन्ना देश के प्रधानमन्त्री बनें और जैसे चाहें देश चलायें।"

माउण्टबेटन ने पूछा- "जिन्ना क्या कहेंगे?" गाँधी हँसे। अपनी पूरी ऊबड़-खाबड़ दन्त पंक्ति दिखाकर बोले- "जिन्ना कहेगें...आह। फिर वही कपटी गाँधी।"

वार्त्ता के उस गम्भीर हिस्से में माउण्टबेटन भी मुस्कराये बिना न रह सके। उन्होंने कहा-"ऐसा कहते क्या वे सही होंगे ?"

गाँधी गम्भीर हो गये। बोले-"नहीं मैं वाक़ई गम्भीर हूँ।"

यह कहकर गाँधी जी लॉर्ड माण्उटबेटन से आगे कहने लगे- "आपको इसके लिए दृढ़ होना पड़ेगा। आपके पूर्ववर्ती वायसराय के कुकर्मों और ब्रिटिश सरकार की 'डिवाइड एण्ड रूल' की पॉलिसी ने देश में ऐसी परिस्थितियाँ पैदा कर दी हैं कि अब मुझे यही विकल्प दिखता है... इस वक्त तो क़ानून-व्यवस्था बनाये रखने के लिए ब्रिटिश-रूल ज़रूरी है अन्यथा देश रक्त में डूब जायेगा।"

गांधी अक्सर द्विअर्थी बातें करते थे। सामनेवाले को उन्हें समझ पाना मुश्किल पड़ जाता था। माउण्टबेटन अभी कुछ और समझ पाते कि गांधी जी पलट पड़े। कहने लगे-"हमें रक्तपात का मुकाबला करना होगा इसे स्वीकार करना होगा। हमें भाग्य के भरोसे छोड़कर अंग्रेज़ यहाँ से चले जाये। जिस साम्प्रदायिक त्रिकोण को बनाने में अंग्रेज़ों ने स्वयं मदद की है अब उसमें शान्ति स्थापित करने की भूमिका निभाने का काम अंग्रेज़ों का नहीं है।..."

माउण्टबेटन ने कहा - "मिस्टर गाँधी ! कृपया अपनी बात साफ़-साफ़ कहें।"

गाँधी जी बोले - "जिन्ना को देश सौंप दिया जाये। उन्हें मन्त्रिमण्डल बनाने का अवसर दिया जाये। मन्त्रिमण्डल का चुनाव भी जिन्ना के हाथों पूरी तरह छोड़ दिया जाये। उसके सारे सदस्य मुसलमान हों चाहे ग़ैर-मुस्लिम या फिर वे भारतीय जनता के सभी धर्मों और वर्गों के प्रतिनिधि हों, यह जिन्ना ही तय करें।"

माउण्टबेटन ने जानना चाहा कि क्या जिन्ना इस प्रस्ताव को मान लेंगे? गाँधी ने कहा-"यदि जिन्ना इस प्रस्ताव को मान लें तो भारतीय राष्ट्रीय कांग्रेस उदारता और सच्चाई के साथ तब तक सहयोग करने का आश्वासन देगी जब तक जिन्ना के मन्त्रिमण्डल के कार्य समग्र भारतीय जनता के हित में होंगे।"

गाँधी जी अति-उत्साह में यह सब कह रहे थे, मानों वे कांग्रेस की पूर्व स्वीकृति लेकर इसके लिए आये हों अथवा यह कि उन्हें विश्वास था कि कांग्रेस कार्य समिति उनके इस असाधारण प्रस्ताव को मान ही लेगी। इस बैठक के दौरान सरदार पटेल भी वहाँ उपस्थित थे। वे चुपचाप गांधी जी को सुनते रहे। कुछ बोले नहीं। अपने गुरू एवं वरिष्ठ नेता की बात वे काटना नहीं चाहते थे। यह वैसे भी गाँधी-माउण्टबेटन वार्त्ता थी। सरदार अपनी मर्यादा को समझते थे। किन्तु उन्हें जिन्ना को सर्वाधिकार सम्पन्न प्रधानमन्त्री बना देने का महात्मा गाँधी का यह प्रस्ताव रुचिकर नहीं लगा। पटेल ने सोफे पर बैठे-बैठे एक बार पहलू बदला, किन्तु ख़ामोश रहे।

अब लॉर्ड माउण्टबेटन ने गाँधी जी से मानो सरदार पटेल के मन की ही बात पूछ ली - "क्या ऐसा करना भारत के व्यापक हित में होगा? जिन्ना मनमानी करने लगे तो..."

गाँधी बोले - "आपकी वीटो-पावर। वह तो रहेगी ना? कौन सी बात भारत के हित में है अथवा नहीं है, इसके एकमात्र निर्णायक आप अपनी निजी-हैसियत में रहेंगे ही। ...जिन्ना को लीग की ओर से या अपने बनाये मन्त्रिमण्डल में जिन दलों का प्रतिनिधित्व होगा उनकी ओर से विश्वास दिलाना होगा कि वे सभी के साथ न्याय करेंगे... जिन्ना यह विश्वास दिलाएंगे कि जहाँ तक उनका सम्बन्ध है वे सम्पूर्ण भारत में शान्ति स्थापित करने का पूरा प्रयत्न करेंगे।"

माउण्टबेटन हतप्रभ थे। एक तरफ़ तो यह बूढ़ा व्यक्ति हमसे भारत से चले जाने को कह रहा है और दूसरी तरफ़ जिन्ना को देश की बागडोर थमा देने को कह रहा है। ऊपर से मुझसे वायसराय की वीटो-पावर के इस्तेमाल की बात कर रहा है। आख़िर ये चाहता क्या है? माउण्टबेटन धैर्यपूर्वक गाँधी जी को सुनते रहे। गाँधी जी उन्हें अपनी योजना समझाते रहे-

"नेशनल गार्ड्स या लीग की किसी क़िस्म की प्राइवेट सेना नहीं होगी। इस योजना के फ्रेमवर्क के भीतर मिस्टर जिन्ना भारत की ओर से सत्ता-हस्तान्तरण कराने के लिए भी पूर्ण-स्वतन्त्र रहेंगे, बशर्ते वे अपने अनुयायियों की बुद्धि को अपने अनुकूल बनाने में सफल हों, न कि वे शस्त्रबल का प्रयोग करें।..."

लॉर्ड माउण्टबेटन ने कहा-"यदि जिन्ना इस प्रस्ताव को नामंजूर कर देते हैं तो ?"

इस पर गाँधी जी ने कहा-"तो यही प्रस्ताव उचित परिवर्तनों के साथ कांग्रेस के सामने रखा जाये।"

वायसराय ने महात्मा गाँधी को इस प्रस्ताव पर तुरन्त कोई जवाब नहीं दिया। मगर कहा कि - "योजना बड़ी आकर्षक है। मैं इस पर सहानुभूतिपूर्वक विचार करूँगा, अगर कांग्रेस भी इस पर सहमत हो।"

इसके बाद माउण्टबेटन ने गाँधी जी और लेडी माउण्टबेटन के साथ फोटोज खिंचवायी। उन्होंने अपनी पुत्री पामेला को भी बुलवाया और महात्मा गाँधी से उसका परिचय कराया। कहा कि - "इसे मै कल आपकी प्रार्थना-सभा में भी भेजूँगा।"

वायसराय भवन से निकलते हुए गाँधी जी बहुत खुश थे। उन पर नये वायसराय की सच्चाई, सज्जनता और ईमानदारी से बातचीत के अन्दाज़ का गहरा असर पड़ा था। लेकिन यह असर कुछ ही अरसे बाद जाता भी रहा। गाँधी जी के इस अभूतपूर्व प्रस्ताव से न सिर्फ़ कांग्रेसियों में ही खलबली मची, ब्रिटिश नौकरशाही भी एक़दम चकरा गयी।

गाँधी जी के वहाँ से जाते ही माउण्टबेटन के समक्ष उनके अंग्रेज़ अफ़सरों ने गाँधी की इस योजना की हत्या प्रारम्भ कर दी। उन्होंने अपने नवागत प्रिय वायसराय को समझाया कि वे गाँधी के साथ किसी भी रूप में व्यक्तिगत समझौते में पड़ने की गलती न करें! लेकिन उन्हें सीधे-सीधे अपने ख़िलाफ़ भी न करें। गाँधी की बात सम्मानपूर्वक सुन लें, मगर कोई भी फ़ैसला कांग्रेस की ओर से औपचारिक रूप से आये प्रस्ताव पर ही हो। माउण्टबेटन ने फिर अन्त तक वही किया। भविष्य में किसी भी महत्त्वपूर्ण निर्णय में गांधी जी को सीधे-सीधे शामिल नहीं करने का निर्णय लिया।

सरदार पटेल को गाँधी जी का जिन्ना को प्रधानमन्त्री बनाये जाने का वह निजी विचार बुरा लगा था। जब पण्डित नेहरू ने इसे सुना तो उन्हें और भी बुरा लगा। कांग्रेस वर्किंग कमेटी में इस पर गम्भीर विचार-विमर्श हुआ। पटेल और नेहरू दोनों ने इसका विरोध किया। गाँधी जी अपनी बात मनवा न सके। कांग्रेसियों ने बहुमत से गाँधी जी के विचार को ख़ारिज कर दिया। गाँधी जी को अब पूरी तरह यह अहसास हो गया कि कांग्रेस में उनकी आवाज अत्यन्त क्षीण पड़ चुकी है। पार्टी से उनका मार्ग तो पहले ही अलग हो चुका था। परन्तु वे कांग्रेस के मुख्य सलाहकार बने हुए थे। अब उनकी हैसियत महज़ एक संरक्षक बुज़ुर्ग की-सी होकर रह गयी थी।

उदास मन से गाँधी जी बिहार के दौरे पर पुनः रवाना हो गये। देश की राजनीति में कांग्रेस पार्टी को गाँधी की अब कोई विशेष ज़रूरत नहीं थी, पर कराहते हुए देश को अभी भी एक महात्मा की दरकार थी।

विडंबना यह थी कि देश का विभाजन रोकने की यह गाँधी जी की अपनी तरह से अन्तिम कोशिश थी, जिसे उनके ही महत्त्वाकांक्षी अनुयायियों ने असफल कर दिया।

लॉर्ड माउण्टबेटन को अब दूसरे पक्ष को भी जानना-सुनना था। इसके लिए उन्होंने मोहम्मद अली जिन्ना को आमन्त्रित कर रखा था। जिन्ना शुरू से बड़े होशियार थे। वे चाहते थे कि पहले कांग्रेस अपने पत्ते खोले और वे ब्लाइंड-चाल चलते रहें। अपनी बाज़ी को आख़िर में शो करें।

गाँधी माउण्टबेटन से मिलकर लौट आये थे। जिन्ना के सूत्रों ने उन्हें गाँधी के प्रस्ताव और वायसराय के स्टाफ में उस प्रस्ताव की फजीहत आदि की ख़बर दे ही दी थी। उसके बाद ही जिन्ना ने वायसराय से मिलने की इच्छा जतायी।

माउण्टबेटन ने 5 अप्रैल, 1947 को जिन्ना से पहली मुलाक़ात की। जिन्ना तब 10 औरंगजेब रोड, दिल्ली में रहते थे। जिन्ना के बँगले के मेटल पीस पर ओक की लकड़ी के स्टैण्ड पर चाँदी से बना भारत का एक नक्शा रखा रहता था। उसमें पाकिस्तान को हरे रंग में रंगा हुआ दिखाया गया था।

वायसराय हाउस में जब जिन्ना पहुँचे तो वहाँ उनके लिए कैमरे लिए उतने फ़ोटोग्राफ़र्स मौजूद नहीं थे, जितने गाँधी के लिए आये थे।

जिन्ना पूरे गम्भीर थे। एक़दम ठण्डे चेहरे पर कोई मुस्कराहट नहीं। उन्होंने भेंट में बड़ी औपचारिकता दिखायी और नये वायसराय से दूरी बनाये रखी।

माउण्टबेटन इससे पहले कुछ कहते जिन्ना बोल पड़े-"मैं केवल एक शर्त पर बात शुरू करूँगा..."

माउण्टबेटन के दिमाग़ में तत्क्षण नेहरू का चेहरा घूमा और उनका वह कथन। वे समझ गये कि यह शख़्स 'पाकिस्तान' का ही राग अलापेगा। माउण्टबेटन ने अतएव बीच में ही जिन्ना को टोक दिया। कहा कि-

"मिस्टर जिन्ना!...मैं यहाँ बातचीत की शर्तें तय करने के लिए तैयार नहीं हूँ, न ही आज के हालात पर बात करने के लिए हूँ... जब तक कि मैं आपको न जान लूँ और आपके बारे में न जान लूँ।"

जिन्ना माउण्टबेटन के इस अप्रत्याशित कड़क व्यवहार से थोड़ा सहम गये। कुछ देर उनसे आगे कुछ बोलते न बना। उन्हें लगा कि अक्खड़ अन्दाज़ तो मेरा है। ये मेरा भी सवा-सेर कहाँ से आ गया? ... लेकिन फिर धीरे-धीरे वह सहज होते चले गये।

दरअसल लन्दन से मिले निर्देश के अनुसार माउण्टबेटन को सर्वप्रथम तो कैबिनेट मिशन की योजना के अनुरूप एक संयुक्त हिन्दुस्तान के लिए सर्वसम्मत हल खोजना था। विभाजन तो बाद की बात थी। इतना स्पष्ट था कि विभाजन कांग्रेस को नितान्त अप्रिय था, जबकि जिन्ना के लिए वही जीवन-मरण का प्रश्न था। इसलिए माउण्टबेटन मुस्लिम लीग से दूसरे विकल्प से ही बात की शुरुआत नहीं चाहते थे। वह वार्त्ता को सहज बनाना चाहते थे। उन्होंने जिन्ना से इस प्रथम भेंट में गाँधी की तरह उनसे भी व्यक्तिगत रूप से परिचय प्राप्त करने की कोशिश की, ताकि परस्पर बातचीत में एक दोस्ताना माहौल बन सके।

मगर जिन्ना तो जिन्ना थे। वे पाकिस्तान के प्रश्न पर वर्षों से जद्दोजहद कर रहे थे। उनके दिल के भी अपने फफोले थे। कांग्रेस और उसके नेताओं से शिकवे-शिकायतें थीं। अतः इस पहली मुलाक़ात में ही जिन्ना ने गाँधी और कांग्रेस के बारे में जो राय क़ायम कर रखी थी उसकी बानगी लॉर्ड माउण्टबेटन के सामने रख दी।

जब माउण्टबेटन ने हाल की गाँधी से हुई बात का जिक्र छेड़ा और कहा कि -"वे आप द्वारा नये सिरे से अन्तरिम सरकार के गठन का विचार दे रहे थे जिसकी चर्चा कांग्रेस के स्तर पर निराशाजनक रही।"

इस पर सूटेड-बूटेड जिन्ना ने अपने कन्धे उचकाये और मुँह बिचकाकर बोले-

"वह तो होना ही था। मुझे मालूम है। गाँधी शगूफा छोड़ने में माहिर हैं।... मगर योर एक्सीलेन्सी! एक बात जान लीजिए...मुसलमानों की तरफ़ से आपको इस मुल्क में सिर्फ़ एक इन्सान से ही बात कर लेना काफ़ी है..."

माउण्टबेटन ने मासूमियत से पूछा-"किससे?" "मुझसे...मोहम्मद अली जिन्ना से।" कहकर जिन्ना पहली बार हल्का सा मुस्कराये। आगे कहने लगे- "क्योंकि अगर मैं कोई फ़ैसला लेता हूँ तो उसे पूरी मुस्लिम लीग मानेगी। खुदा न ख़ास्ता अगर न माने और उस पर मैं इस्तीफ़ा दे देता हूँ तो समझ लीजिए कि लीग ख़त्म हो जायेगी। मगर कांग्रेस के साथ ऐसा नहीं है।"

"ऐसा क्यों?" - माउण्टबेटन ने पूछा। "आप ही देख लीजिए। गाँधी ने ख़ुद ही कहा है कि वे किसी का प्रतिनिधित्व नहीं करते, बस सिर्फ असर डाल सकते हैं।...दरअसल गाँधी के पास ताक़त तो ख़ूब है, पर जवाबदेही कोई नहीं।"

माउण्टबेटन बोले- "शायद आप ठीक कहते हैं। कांग्रेस में पण्डित नेहरू और सरदार पटेल के विचार ज़्यादा मायने रखते हैं।"

"सरदार पटेल और नेहरू का जहाँ तक सवाल है उनमें भी मतभेद हैं। ये दोनों कांग्रेस के भीतर दो भिन्न विचाराधाराओं के प्रतीक हैं। इतना जान लीजिए कि इनमें से कोई अकेला समूची कांग्रेस की तरफ़ से बात नहीं कर सकता।"

"अगर गाँधी ज़िम्मेदारी ले लें तो?" माउण्टबेटन ने एक बार पुनः जिन्ना को टटोला। जिन्ना आमतौर पर नज़र मिलाकर बात नहीं करते थे। माउण्टबेटन ने ऐसा कहकर मानो उनकी कोई दुखती रग छू दी। जिन्ना माउण्टबेटन की आँख में आँख डालकर पूरे आत्मविश्वास से किन्तु थोड़ी तल्खी के साथ बोले -

"गाँधी?...गाँधी आज अगर किसी बात पर अपने हस्ताक्षर से लिखकर भी दे दें तो बेकार है, उनके मौखिक कथन का तो ख़ैर कहना ही क्या?"

अगले दिन 6 अप्रैल, 1947 को जिन्ना और उनकी बहन फ़ातिमा जिन्ना वायसराय माउण्टबेटन और उनकी पत्नी के साथ रात्रि भोज पर आमन्त्रित थे। वायसराय निवास के डाइनिंग हॉल की भोजन की शाही टेबल पर अनेक प्रकार के मांसाहारी और लज़ीज़ क़िस्म के पकवान मेहमानों को परोसे गये। एडविना ने बहुत प्रसन्नवदन ढंग से बैरों की मदद से मेज़बान की भूमिका निभाई। वह राजसी रात्रिभोज उस ख़ुशनुमा माहौल में काफ़ी आराम से देर तक चला। इस बीच माउण्टबेटन और जिन्ना में हल्की-फुल्की बातें ही हुईं।

क्योंकि गम्भीर बातें शुरूआती दौर में आधे घण्टे पहले ड्राइंगरूम में चल चुकी थीं। जब भोजन के बाद वाइन की चुस्की लेकर जिन्ना वापस ड्राइंगरूम में माउण्टबेटन के साथ

बैठे और एडविना, पामेला दोनों माँ-बेटी फातिमा जिन्ना को टेरेस गार्डेन दिखाने ले गयीं तो दोनों महानुभाव फिर से एकान्त वार्त्ता करने लगे।

क्योंकि जिन्ना बतौर मेहमान वायसराय के यहाँ डिनर पर आये थे इसलिए यह मुलाक़ात अनौपचारिक थी। अनौपचारिक मुलाक़ातों में बड़े नेता-अफ़सर बिना किसी सहायक के परस्पर वार्त्तालाप करते हैं, जिसका कोई रिकार्ड नहीं होता। परन्तु महत्त्वपूर्ण व्यक्ति इस दुर्लभ अवसर पर अनेक औपचारिक मुद्दों को बड़ी गोपनीयता से आपस में समझ-सहेज लेते हैं।

इस अवसर पर माउण्टबेटन से मोहम्मद अली जिन्ना ने कहा -

''अब जो हालात हैं उनमें मेजर सर्जरीवाले आपरेशन की ज़रूरत है।''

माउण्टबेटन ने कहा-''आपरेशन से पहले बेहोशी देना ज़रूरी होता है।''

जिन्ना ने लड़खड़ाती जुबान से कहा- ''उसकी फिकर यहाँ किसे है? मगर गाँधी का कोई भरोसा नहीं। मेरे पीछे भी पड़ा रहा। घण्टों बाते करता है। क्या बोलता है थोड़ी देर में सब सर के ऊपर से गुज़रने लगता है... गाँधी वास्तव में दुष्ट है।''

''ये आप क्या कहते हैं ?''

''बिल्कुल ठीक कहता हूँ मैं। वह बनता है महात्मा पर बात सिर्फ हिन्दुओं की पार्टी की करता है...क्या कहते हैं वह...कांग्रेस।''

''मगर कांग्रेस तो सभी को अपना कहती है। मौलाना आज़ाद और कई मुस्लिम...''

''बकवास हैं सब। नुमाइशी हैं। मुसलमानों के नाम पर बदनुमा दाग हैं सब-के-सब। मुस्लिम लीग ही मुसलमानों की अकेली और असली पार्टी है। सब गड़बड़ इन्हीं आपके तथाकथित महात्मा की करी-धरी है।''

''यू मीन गाँधी ?''

''येस...इन्हीं गाँधी की वजह से 1942 का क्रिप्स मिशन फेल हुआ और उसी साल इनका 'क्विट इण्डिया मूवमेण्ट' तो इनकी 'हिमालयन ब्लंडर' हैं।... कांग्रेस किसी के लिए कुछ छोड़ना नहीं चाहती। उसे सब चाहिए।''

लॉर्ड माउण्टबेटन के मन के भीतर जिन्ना के साथ हुए इस रात्रि भोज के बाद काफ़ी आत्मविश्वास उत्पन्न हो गया। विगत दिवस उन्होंने जिन्ना की ऊपरी कठोरता देखी थी। आज उनकी भीतरी कमज़ोरी भी भाँपी। माउण्टबेटन समझ गये कि जिन्ना 'पाकिस्तान' के नाम पर भले ही कितनी सौदेबाजी कर लें, परन्तु होगा वही जो अन्ततः स्वयं वे चाहेंगे। आख़िर कांग्रेस और लीग की रस्साकशी के रेफरी तो माउण्टबेटन स्वयं ही थे।

विभाजन की अनिवार्यता को यदि चक्रवर्ती राजोपालाचारी के बाद किसी भारतीय नेता ने सर्वप्रथम समझा तो वह थे-सरदार पटेल। सरदार गाँधी की कोरी आदर्शवादिता और नेहरू की दुविधाजनक भावुकता से परे एक़दम व्यावहारिक व्यक्ति थे, जो राष्ट्रहित में हृदयपक्ष की अपेक्षा बुद्धिपक्ष पर अधिक विश्वास रखते थे।

सरदार पटेल के पास अन्तरिम सरकार में गृह विभाग था। रिलीफ कमिश्नर रहे वी. पी. मेनन सरदारश्री के सुयोग्य गृह सचिव भी थे। इस समय तो वे भारत के वरिष्ठतम अधिकारियों में से थे। वे 1917 से ही ब्रिटिश सरकार की संवैधानिक प्रक्रियाओं से, एक क्लर्क से लेकर अफ़सर के रूप में, किसी-न-किसी रूप से जुड़े रहे थे। मेनन ने ही सर्वप्रथम दिसम्बर, 1946 के अन्त अथवा जनवरी, 1947 के शुरू के दिनों में किसी दिन सरदार पटेल से एक लम्बी बातचीत की और देश के विभाजन की वकालत की। वी. पी. मेनन ने सरदार पटेल को सुझाव दिया कि- ''कैबिनेट मिशन का फ़ार्मूला बेहद स्थूल और अव्याहारिक है। इसमें देश का कोई भविष्य नहीं दिखता। जिन्ना ने भी मुसलमानों के लिए अलग राज्य की बात में पीछे हटने का कोई संकेत नहीं दिया है।''

सरदार ने कहा - ''हम्म...सो तो है। उनका पाकिस्तान! पाकिस्तान! का प्रलाप जारी है।''

''जी सर!-'' मेनन ने आगे कहा-''यह भी गौर करनेवाली बात है कि अंग्रेज़ों का एक बड़ा तबका अगर लीग की इस माँग के समर्थन में नहीं तो कम-से-कम उससे सहानुभूति तो रखता ही है और...यह बात हमारे लिए काफ़ी इम्पोरटेण्ट है... क्योंकि हमारे ऐडमिनिस्ट्रेशन में ज़्यादातर अंग्रेज़ हैं।''

यह कहकर वी. पी. मेनन कुछ पल को ख़ामोश हो गये।

''मेनन!... साफ़-साफ़ कहो। कहना क्या चाहते हो?'' सरदार पटेल ने स्थिर चित्त होकर कहा।

मेनन बोले-'' सर!... मेरी अपनी राय है कि बेहतर होगा देश का बँटवारा स्वीकार कर लिया जाये बजाय इसके कि हम दिन-ब-दिन गृहयुद्ध की ओर बढ़ें।''

मेनन इसके बाद नहीं रुके। वे लगातार कहते गये-'' अगर हम विभाजन पर सहमत हो जाते हैं तो जिन्ना फिर बंगाल, पंजाब और असाम के उन क्षेत्रों की माँग नहीं कर सकेंगे जो ग़ैर-मुस्लिम हैं।... असली समस्या यह है कि सत्ता का हस्तान्तरण किस प्रकार हो ?... एक विकसित भारत के हित में सबसे अच्छी बात यही हो सकती है कि दो केन्द्रीय सरकारों के आधार पर विभाजन हो।''...

वी. पी. मेनन ने देश की स्वतन्त्रता की राह में वर्तमान स्थितियों में भारत का संविधान बनने तक, जिसके लिए 9 दिसम्बर, 1946 से संविधान-सभा ने प्रक्रिया की शुरूआत कर दी थी, कांग्रेस को भारत के लिए फिलहाल डोमीनियन स्टेटस स्वीकार कर लेने का भी सुझाव दिया। इस पर बल देते हुए मेनन ने गृहमन्त्री पटेल से कहा कि -

''डोमीनियन स्टेटस स्वीकार करने के बाद कांग्रेस को तीन बड़े लाभ होंगे। पहला, सत्ता का शान्तिपूर्ण हस्तान्तरण। दूसरा, इसकी स्वीकृति का ब्रिटेन में गर्मजोशी से स्वागत होगा। क्योंकि कांग्रेस केवल डोमीनियन स्वीकारने मात्र से ही ब्रिटिश सद्भावना और सहानुभूति हासिल कर लेगी और तीसरा लाभ देश के भविष्य के प्रशासन से जुड़ा है?''

सरदार पटेल ने कहा - ''वह कैसे?''

मेनन का कहना था कि - "आज सिविल ऐडमिनिस्ट्रेशन के उच्च पदों पर अधिकतर अंग्रेज़ अधिकारी बैठे हुए है। अगर भारत ने सिर्फ आज़ादी-आज़ादी की ज़िद की...ब्रिटेन का डोमिनियन अर्थात् स्वतन्त्र उपनिवेश बनना स्वीकार नहीं किया... तो यह अंग्रेज़ों की शक्ति में होगा कि वे सत्ता हस्तान्तरण के समय बहुत खुड़पेंच करें।"

सरदार पटेल ने कहा - "आई.सी.एस. के नीचे हमारे भारतीय अफ़सर अैर कर्मचारी भी तो हैं। क्या हमारे लोग प्रशासन को नहीं सम्भाल पायेंगे?"

इस पर मेनन का जवाब था - "सम्भव है किसी तरह हम नागरिक प्रशासन सम्भाल भी लें, पर निश्चित रूप से सत्ता-हस्तान्तरण भारत की सेनाओं की मदद के बग़ैर सफल नहीं हो सकेगा। भारतीय सेना अधिकतर अंग्रेज़ अधिकारियों की कमान में है वर्तमान में। उल्लेखनीय है कि नौसेना और वायुसेना तो उच्च पदों पर हमें दुबारा ज़मीनी-स्तर से खड़ी करनी पड़ेगी।

वल्लभभाई पटेल अपने विश्वसनीय और परम अनुभवी मातहत गृहसचिव वी. पी. मेनन की बातें ग़ौर से सुन रहे थे।

"सर! आप ही बताइये... हमारी सम्प्रभुता की कसौटी यही तो है कि हमारे पास अपना संविधान बदलने की शक्ति हो, जो हमारे द्वारा डोमीनियन स्टेटस स्वीकार करने पर भी अप्रभावित रहेगी। भारत जब कभी चाहे, ब्रिटिश राष्ट्रमण्डल से अलग हो ही सकता है।"

सरदार पटेल को लगा कि मेनन बात तो ठीक ही कह रहा है। संविधान सभा अपना काम कर रही है। जब भविष्य में भारत का नया संविधान बनकर तैयार हो जायेगा तब वह एक सम्पूर्ण स्वतन्त्र गणतन्त्र बन जायेगा। ब्रिटिश राजमुकुट की छाया तब उस पर से हट ही जायेगी और हमारे स्वतन्त्र राष्ट्र का कोई एक भारतीय व्यक्ति ही राष्ट्राध्यक्ष बन जायेगा। ऐसे में भारत का डोनिमियन दर्जा समाप्त हो जायेगा। भारत तब राष्ट्रमण्डल में रहे या न रहे यह भी भारत ही तय करेगा।

मेनन ने सरदार पटेल को यह भी समझाया कि-

"फ़िलहाल डोमीनियन स्टेटस स्वीकार करने का एक बड़ा लाभ यह भी है कि देशी रियासतों के राजा, जो कि अंग्रेज़ी राज सिंहासन से लम्बे समय से जुड़े हैं, इससे आश्वस्त हो जायेगे और हमसे संवाद करने को इच्छुक होंगे।"

सरदार पटेल देश में व्याप्त साम्प्रदायिक परिस्थितियों से विगत कुछ महीनों से गृहमन्त्री का विभाग सम्भालने के नाते जितने निकट से परिचित थे, उतना देश का शायद ही अन्य कोई नेता रहा होगा। सरदार यह भी जानते थे हिन्दुस्तान के आज़ाद हो जाने के बाद सर्वाधिक बड़ी समस्या राष्ट्र के एकीकरण की होगी। उन्हें 500 से भी अधिक देश भर में बिखरी छोटी-बड़ी रियासतों को केन्द्रीय संघ में शामिल करने में जूझना होगा। ऐसे में अगर साम्प्रदायिक मोर्चे पर भी आये-दिन उलझना पड़ा तो राष्ट्र की एकता और अखण्डता को कैसे स्थापित किया जा सकेगा? वे मेनन की बातों को सावधानीपूर्वक सुन रहे थे। मेनन ने सरदार पटेल को ध्यान दिलाया कि -

"यदि सत्ता हस्तान्तरण डोमीनियन स्टेटस के आधार पर दोनों देशों के मध्य होता है तो कांग्रेस को एकसाथ एक ही समय में मज़बूत सरकार मिल जायेगी और छिटककर बाहर जाती हुई ताक़तों के बीच हम एक प्रजातान्त्रिक संविधान बना लेंगे जो किसी भी तरह की साम्प्रदायिकता से अप्रभावित होगा।"

सरदार पटेल ने उस विचार-विमर्श में वी. पी. मेनन के विचारों से सहमति व्यक्त की और कहा कि - "अगर डोमिनियन स्टेटस के आधार पर तत्काल सत्ता हस्तान्तरण हो सकता है तो मैं कोशिश करुंगा कि कांग्रेस इस विचार को स्वीकार कर ले।"

मेनन ने सरदार की उपस्थिति में ही विभाजन और डोमीनियन स्टेटस की एक योजना की रूपरेखा बनायी। उसमें सरदार की स्वीकृति का उल्लेख किये बग़ैर उसे एक विशेष सन्देशवाहक द्वारा लन्दन में भारत सचिव के पास भेज दिया। यह अवश्य सूचित किया कि उनके पास इस बात पर विश्वास करने के आधार हैं कि कांग्रेस डोमीनियन स्टेटस स्वीकार कर लेगी।

कदाचित् वी. पी. मेनन की यह योजना ब्रिटिश सरकार को विश्वसनीय प्रतीत नहीं हुई या जो भी कारण रहा हो, उसे ब्रिटेन में तब ठण्डे बस्ते में डाल दिया गया। पर भारत रवाना होने से पहले माउण्टबेटन ने अन्य काग़ज़ात के साथ उसे भी उपेक्षित हालत में ऊँघते देखा था।

इतना तो तय है कि गृह-विभाग को मुस्लिम लीग कब्ज़े में जाने से बचाने के चक्कर में सरदार पटेल ने बदले में वित्त विभाग लीग के हाथों जाने देकर जो जोखिम उठायी थी उसका खामियाजा आख़िरकार उन्हें तथा कांग्रेस के अन्य मन्त्रियों को अपने विभाग के कामकाज में वित्त विभाग के आये दिन की अड़ंगेबाजियों से भुगतना पड़ रहा था। सर्वाधिक परेशानी का समय तब आया जब 28 फरवरी, 1947 को लीग के वित्त मन्त्री लियाक़त अली खां ने अन्तरिम सरकार का वार्षिक-बजट पेश किया और कांग्रेसी मन्त्रियों के प्रस्तावों की उसमें हवा निकाल दी।

सरदार पटेल अखिल भारतीय कांग्रेस पार्टी के प्रमुख संगठनकर्त्ता थे। उसके संचालन के लिए तथा चुनाव आदि के व्यवस्था में चन्दा जुटाने का काम भी वे ही करते थे। सरदार समझ गये कि आज़ाद हिन्दुस्तान में विरोधी दल के रूप में मुस्लिम लीग का मतलब होगा मुसीबत, कांग्रेस की योजनाओं पर कुठाराघात, क़ानूनों में हस्तक्षेप। लियाक़त अली ख़ाँ ने ऐसा बजट बनाया जिसमें एक तरफ़ तो कांग्रेस पार्टी के समर्थकों का उद्योगपतियों एवं अन्य पूंजीपति वर्ग का जो पार्टी फंड में चन्दा देते थे भारी-टैक्सेशन के कारण बुरा हाल हो गया था और दूसरी तरफ़ समाजवाद का कांग्रेसी दावा भी धूल में मिल गया था। लीग के इस उपनेता का मक़सद कांग्रेस को कमज़ोर करना, कांग्रेसी मन्त्रीगण के विभागों को निष्प्रभावी करना और उन्हें पब्लिक की निगाहों में नकारा साबित करना था।

सरदार पटेल ने जवाहरलाल नेहरू से विचार-विमर्श कर न सिर्फ इस दोषपूर्ण बजट में संशोधन कराने की जी-तोड़ कोशिश की, वायसराय की मदद से वे उसमें काफ़ी हद

तक कामयाब भी हुए। इसी के साथ पटेल ने यह मन-ही-मन फ़ैसला किया कि अब भविष्य में इन लीगियों के जाल में देश को फँसने न देंगे और इनसे जितने शीघ्र मुक्ति पायी जा सके बेहतर होगा। 'विभाजन' का विचार अब सरदार पटेल को एक आवश्यक समाधान प्रतीत होने लगा। देश के विभिन्न भागों में जब-तब फूट पड़नेवाले हिन्दू-सिख तथा मुसलमानों के बीच के दंगे उन्हें अक्सर विचलित करते ही रहते थे।

सरदार और पण्डित नेहरू में यद्यपि कुछ नीतिगत मतभेद रहते थे, परन्तु शासन संचालन और पार्टी हित में दोनों एक थे और कई मायनों में एक-दूसरे के पूरक भी।

पिछले कुछ महीनों में देश में घटी हिंसक घटनाओं और लीग के सरकार के भीतर शत्रुतापूर्ण रुख़ को देखते हुए, ऊपर से मेनन की सलाह पर गौर करने पर सरदार पटेल को लगा कि अब मुस्लिम लीग की माँग स्वीकार कर और देश का विभाजन करके ही इस देश को बचाया जा सकता है। 1941 में जब राजाजी ने सर्वप्रथम यही बात कही थी तो पूरी कांग्रेस उनके विरुद्ध उठ खड़ी हुई थी। सरदार पटेल तो इतना बिगड़े थे कि गाँधी जी से कहलवाकर उन्होंने राजा जी से इस्तीफा लेकर उन्हें कांग्रेस से निष्कासित ही करा दिया था। तब से आज तक पाँच वर्ष हो रहे थे। गंगा-यमुना कृष्णा-कावेरी में न जाने कितना पानी बह गया था। धर्म के नाम पर दंगे-फसादों में हज़ारों बेकसूर लोग मारे जा चुके थे। लाखों के घर उजड़ चुके थे।

यह सब सोचने के बाद सरदार को पूरा भरोसा हो गया था कि अब जितना अधिक विलम्ब होगा उतनी अधिक जान-माल की हानि होगी और भारत की स्वतन्त्रता उतनी ही विलम्बित होती चली जायेगी। सरदार पटेल ने सोचा कि इस विषय में सबसे पहले जवाहरलाल नेहरू के साथ खुलकर बात कर लेना ही उचित होगा।

सरदार पटेल जानते थे कि महात्मा गाँधी और मौलाना आज़ाद देश के विभाजन की माँग के कट्टर विरुद्ध हैं। इन दोनों को मनाने से पहले पण्डित नेहरू की सहमति आवश्यक है। जवाहरलाल नेहरू देश के प्रधानमन्त्री थे। अतः कोई भी बड़ा निर्णय लेने में उनका रुख सकारात्मक होना अनिवार्य था। पार्टी पर पटेल का वर्चस्व था तो जनता में स्वीकार्यता नेहरू के व्यक्तित्व की अधिक थी। कांग्रेस कार्यकारिणी में भी विभाजन का प्रस्ताव नेहरू की हाँ के बिना स्वीकार होना सम्भव नहीं था। पटेल ने नेहरू से इस पर बात करने का फ़ैसला लिया।

रविवार के दिन सरकारी कार्यालय बन्द थे। दिल्ली के राजमार्गों पर चहल-पहल कम थी। सायंकाल सरदार पटेल ने पण्डित नेहरू से उनके यॉर्क रोड स्थित निवास पर जाकर भेंट की। सरदार कभी-कभी यूँ ही अचानक जवाहरलाल जी से मिलने उनके घर चले जाते थे। इसमें कोई दिक़्क़त की बात नहीं थी। सरदार पटेल के 1-औरगंजेब रोड स्थित निवास से यॉर्क रोड स्थित पण्डित जी का घर ज़्यादा दूर नहीं था। वहाँ टहल कर भी आया-जाया जा सकता था। कई बार तो सरदार को विदा करते समय नेहरू जी उनके घर के गेट तक बात करते-करते उन्हें छोड़ आते। कभी-कभी सरदार पटेल भी बातचीत में व्यस्त रहते

घर पधारे पण्डित जी को उनके राजकीय निवास के गेट तक छोड़ आते। दोनों नेता चौड़ी सड़क के किनारे फुटपाथ पर जब टहलते हुए इस प्रकार चलते तो उनके मुट्ठी भर सुरक्षाकर्मी, जो उन दिनों थोड़े-बहुत ही हुआ करते थे, सादे कपड़ों में थोड़ी दूरी पर रहकर, दोनों नेताओं पर और आसपास सतर्क नज़रें रखते, उनके पीछे-पीछे ख़ामोशी से चला करते। उस शाम सरदार पटेल पैदल ही पण्डित नेहरू के बँगले पर गये।

सरदार को शाम के वक्त घर आया देखकर पण्डित नेहरू उन्हें ड्राइंगरूम के बजाय अपने स्टडीरूम में ही लिवा ले गये। दोनों नेता वहाँ एक़दम एकान्त में आमने-सामने बैठे। नेहरू जी ने अपनी कुर्सी पर बैठने से पहले सरदार से बैठने का अनुरोध किया, फिर स्वयं बैठे। नेहरू ने कोहनियाँ टेबल पर टिका दीं और दोनों पंजों की उँगलियाँ परस्पर फँसा लीं। वे जिज्ञासु भाव से सरदार वल्लभभाई पटेल को अपने सामने देखने लगे।

वल्लभभाई ने बिना किसी भूमिका के पण्डित जी से कहा-"जवाहर! मैं आज आपसे बहुत ज़रूरी बात करने आया हूँ।"

"हाँ-हाँ कहिये" नेहरू बोले।

"वैवल जानेवाले हैं और माउण्टबेटन आनेवाले हैं।..."

"बिल्कुल"

"और हम वहीं-के-वहीं हैं जहाँ कैबिनेट मिशन हमको छोड़कर गया था।"

"येस!...और मुस्लिम लीग दुश्मने-जान ऊपर से हमारे सिर पर सवार है।" कहकर नेहरू धीरे से हँसे और उन्होंने मेज की दराज़ से एक क़ीमती सिगरेट निकालकर होंठों से लगायी। लाइटर से सुलगाकर एक हल्का कश लिया।

तब तक एक सेवक एक ट्रे में दो गिलास पानी लेकर आया। धीरे से मेज़ पर दोनों को देकर चुपचाप चला गया। नेहरू जी ने उससे कहा- "थोड़ी देर बाद दो कॉफी दे जाना।"

सरदार पटेल ने पानी का गिलास होंठों से लगाकर मेज पर रखा। कहने लगे-

"बजट में आप इन लोगों की हरकतें देख ही चुके हैं। आप तो योग के भी एक्सपर्ट हैं पण्डित जी। आपके साथ मुझे भी 'शीर्ष-आसन' लगवा दिया इस लियाक़त ने।"

"यू आर राइट। समझ में नहीं आता कि क्या किया जाये इन लोगों का? न तो खुद कुछ करेंगे न किसी को करने देंगे।" नेहरू ने कहा।

सरदार ने कहा - "ज़हर जब शरीर के किसी अंग में फैल जाये तो जीवन रक्षा के लिए सर्जरी ही उसका उपाय है।"

"मतलब?" - पण्डित जी ने पूछा।

सरदार कहने लगे - "सामान्य परिस्थितियों में और आपात्कालीन परिस्थितियों में हमें भिन्न निर्णय लेने होते हैं। मेरे विद्यार्थी जीवन में एक अध्यापक ने इस तरह कहा था कि जब सर्वनाश हो रहा हो तो जितना कुछ बचा सको बचा लेना चाहिए। लगता है अब वह समय आ गया है?"

"तो क्या हम इस्तीफा दे दें?"

"इस्तीफे से क्या होगा? सवाल सरकार बचाने का नहीं देश बचाने का है। मेरे हिसाब से अब उसका एक ही रास्ता है और वह यह कि - जिन्ना और इनके सिरफिरों को दे दिया जाये-इनका पाकिस्तान और फुर्सत पा ली जाये।"

"क्या कह रहे हैं सरदार?" - पण्डित नेहरू की आँखें हैरत से फैल गयीं। उन्होंने हाथ की सुलगती सिगरेट ऐश-ट्रे में मसलकर बुझा दी।

सरदार ने निर्विकार भाव से नेहरू जी से कहा- "लीग के मन्त्री पूरी तरह विध्वंसक है और संयुक्त-भारत के ख़िलाफ़ हैं। ये लोग मुसलमानों को निरन्तर भड़काकर देश में आग लगवायेंगे। माननेवाले नहीं हैं। इनके साथ किसी भी हालत में अपना गुज़ारा सम्भव नहीं है। माउण्टबेटन के आते ही जिन्ना की पाकिस्तान की रट फिर से शुरू हो जायेगी। आपको नहीं लगता क्या?..."

"हाँ... इसमें तो कोई शक नहीं-" यह कहते-कहते नेहरू गहरे अवसाद में डूब गये। उन्हें जैसे एक झटका-सा लगा था यह सोच कर कि जिस विभाजन की कल्पना से ही इतनी तकलीफ़ होती थी आज उसी को मान लेने की मजबूरी पर वे चर्चा कर रहे थे।

अध्ययन कक्ष में कुछ देर को पण्डित नेहरू अपनी कुर्सी पर जड़ से होकर रह गये। सरदार भी एक़दम ख़ामोश। दर्द उनकी भी आँखों में भी था, पर वे उसे जवाहर पर ज़ाहिर नहीं होने देना चाहते थे।

इस बीच सेवक दो कप कॉफी और एक प्लेट में कुछ बिस्किट्स रख कर चला गया। उसके जाने के बाद नेहरू बोले-

"तो क्या दूसरी कोई सूरत नहीं है?"

"आप बताइये जवाहर! क्या कहते हैं?"

"नहीं आप ही बताइये सरदार।"

इस पर सरदार पटेल ने दृढ़तापूर्वक कहा - "मेरे विचार से अब विभाजन टालने का कोई औचित्य नहीं है। विभाजन को स्वीकार कर उससे ज़्यादा शेष वृहदत्तर भारत को बचाने और सहेजने की ज़रूरत है।... हाँ विभाजन की स्थिति में हमें पंजाब, बंगाल और असम के सिख समुदाय और हिन्दू जनसंख्या का भी ख्याल रखना होगा। ज़रूरत पड़ने पर इन प्रान्तों का बँटवारा भी..."

"मैं समझ गया। मगर यह काम आसान नहीं।" नेहरू ने घोर निराशा भरे स्वरों में कहा। सरदार समझ गये कि जवाहर ने 'ना' नहीं की है। इसलिए वह उनके विचार से असहमत भी नहीं हैं।

सरदार पटेल उठे। सिर पकड़े बैठे नेहरू जी को देखकर उन्हें तरस आया। एक बड़े भाई की तरह वे उठकर नेहरू के पास गये। उनके कन्धे पर उन्होंने अपना हाथ रखा। पण्डित नेहरू रो पड़े।

दोनों नेता जिन्होंने 1942 से 1945 के मध्य एक लम्बा अरसा अहमदनगर जेल में साथ-साथ बिताया था, आज इतिहास के उस मोड़ पर खड़े थे जिस पर उन्हें एक अत्यन्त दुःखद और दारुण निर्णय लेना था और उस निर्णय को अपने सीने में दफ्न भी रखना था। जब तक कि सही अवसर न आये।

सरदार कठोर थे। आज के इस गोपनीय-सम्भाषण को किसी तरह पचा गये। प्रयत्न नेहरू ने भी किया किन्तु इस राज को वे अपने परम मित्र मौलाना अबुल कलाम आज़ाद से छिपा न सके। मौलाना अगली ही सुबह-सुबह आ धमके थे। उन्हें नेहरू जी से बात करनी थी कि माउण्टबेटन आनेवाले हैं चन्द रोज में। उनसे किन मुद्दों पर बातें की जाये?

मौलाना ने सुबह की रोशनी में महसूस किया कि पण्डित नेहरू की आँखों के नीचे कुछ कालापन है और वे स्वस्थ नज़र नहीं आ रहे हैं। उनका चेहरा उतरा हुआ है। लिहाज़ा दरियाफ़्त किया-

''पण्डित जी क्या बात है? सब ख़ैरियत?''

पण्डित नेहरू ने कहा-''बिल्कुल ठीक हूँ मौलाना। आप कैसे हैं?''

''सब दुआ है।... मगर मुझे बताइये कोई ख़ास बात?''

पण्डित नेहरू ने कहा-''कल शाम सरदार आये थे। कह रहे थे कि लीग का रवैया दिन-ब-दिन नाक़ाबिले बरदाश्त होता जा रहा है।''

इस पर मौलाना बोले-''सही फ़र्मा रहे थे। मगर इसके लिए ज़िम्मेदार कौन है? वे ख़ुद न। किसने कहा था कि फ़ाइनेन्स लीग को थमा दो?...''

''वह सब तो ठीक है मगर...''

''अगर-मगर कुछ नहीं...पण्डित जी ज़रा सोचिये। अगर उस वक्त होम-डिपार्टमेण्ट वे लियाक़त अली को सौंप देते तो कौन सा पहाड़ गिर जाता? मगर नहीं। सरदार तो ऐसे ज़िद पर अड़े कि पूछिये मत।''

''यहाँ मैं आपसे इत्तेफ़ाक नहीं करता...'डाइरेक्ट ऐक्शन' के फ़र्माने के बाद मुल्क में जो कुछ हुआ क्या जिन्ना के आदमियों को उसके बाद होम-पोर्टफ़ोलियो देना ख़तरे से ख़ाली होता...?

मौलाना आज़ाद इस पर चुप लगा गये। पण्डित नेहरू मौलाना की चुप्पी पर और भी उत्तेजित होकर बोलने लगे-''आख़िर क्या गलत कहते हैं पटेल? इन लोगों को कब तक बर्दाश्त किया जा सकता है? जिन्ना तो अपनी माँग से एक-इंच हिलने को तैयार नहीं हैं भले ही पूरे हिन्दुतान में आग लग जाये?''

''पण्डित जी! शान्त हो जाइये। लीजिये पानी पीजिये। मुझे लगता है आप रात भर सोए भी नहीं हैं।'' कहकर पानी का गिलास उन्होंने पण्डित नेहरू की ओर बढ़ाया। नेहरू जी को याद आया कि थोड़ी देर पहले ही उन्होंने हल्का नाश्ता किया है। मगर ब्लडप्रेशर की दवा अभी नहीं खायी है। वे उठकर गये। अपना दवाई का डिब्बा लेकर आये और एक सफेद छोटी गोली पानी के साथ उन्होंने ली।

मौलाना अभी तक की बातों में कोई सारतत्त्व नहीं पा सके थे। बोले - "और क्या कहा सरदार ने?"

नेहरू ने कहा - "कोई ख़ास नहीं। अच्छा यह बताइये कि 'पाकिस्तान' जिन्ना को दे देने में क्या हर्ज़ है ?"

"लाहौल विला कुव्वत... क्या कह रहे हैं पण्डित जी ?

...और यह आप कह रहे हैं?"

नेहरू ने कहा-"नहीं। मैं तो बस आपसे पूछ रहा हूँ।"

मौलाना आज़ाद का चेहरा तमतमा गया। बोले -"आप सब जानते हैं कि बँटवारे के बारे में मेरे क्या ख़यालात हैं? यह हरगिज़ मुमकिन नहीं है और हिन्दुस्तान के अवाम के मुस्तकबिल के लिहाज़ से भी ऐसा कोई ख़याल ज़ेब नहीं देता है।... कहे देता हूँ। आइन्दा इस पर मुझसे पूछियेगा भी नहीं। खुदा हाफ़िज़।"

- ऐसा कहकर मौलाना आज़ाद उठे और तेज़ क़दमों से नेहरू जी के ड्राइंगरूम से बाहर निकल गये। अपने हिसाब से वे पण्डित जवाहरलाल नेहरू को 'पाकिस्तान' के सवाल पर एक झटका दे आये थे। मगर यह सोचकर गहरी चिन्ता में पड़ गये कि कहीं सरदार पटेल पण्डित नेहरू को बँटवारे की घुट्टी तो नहीं पिला गये हैं?... कहीं इन दोनों में 'पाकिस्तान की माँग' को लेकर कोई कही-अनकही सहमति तो नहीं बन गयी?... लॉर्ड माउण्टबेटन नाम का वह जो नया वायसराय आ रहा है वह लन्दन से प्राइम मिनिस्टर एटली का कौन सा निर्देश लेकर आ रहा है?... कैबिनेट प्लान का क्या होगा? उससे बेहतर उपाय आख़िर और हो ही क्या सकता है?... पटेल तो जिद्दी हैं। और ये नेहरू भी...इनका कोई भरोसा नहीं...कब क्या कर बैठें ? उधर बापू अलग बिहार में भिड़े पड़े हैं। वे आयें तो शायद वे ही कुछ रास्ता निकाल सकें...

शिक्षा मन्त्री मौलाना आज़ाद उन चन्द राष्ट्रवादी मुसलमान नेताओं में से सर्वप्रमुख थे जो मुसलमानों के वर्तमान के साथ-साथ उनके भविष्य के प्रति भी चिन्तित रहते थे। परन्तु देशहित जिनके मन में सर्वोपरि था। वे लीगी-मुसलमानों की तरह सिर्फ मुसलामानों के बारे में सोचनेवाले एक मुसलमान मात्र नहीं थे। अखण्ड भारत उनका भी सपना था महात्मा गांधी की तरह। मौलाना अपने सिर की तुर्की टोपी सम्भालते हुए अपनी कार में बैठे और प्रधानमन्त्री निवास से रवाना हो गये।

वायसराय लॉर्ड माउण्टबेटन ने मार्च, 1947 के अन्त में जब से वे भारत आये महात्मा गाँधी, नेहरू, पटेल, मौलाना आज़ाद, अम्बेडकर, सरदार वल्देव सिंह से लेकर मोहम्मद अली जिन्ना, लियाक़त अली ख़ाँ आदि लगभग सभी महत्त्वपूर्ण दलों के नेताओं, देशी रियासतों के राजाओं से बात की। अनेक मीटिंगें और साक्षात्कार किये। माउण्टबेटन ने यह नियम बनाया था कि जैसे ही वे किसी भारतीय नेता से बात समाप्त करते, तत्काल उस वार्त्तालाप का पूर्ण विवरण, अपनी राय, उस नेता की प्रतिक्रियाएँ, सब नोट करवाते थे। लगभग समस्त नेताओं,

राजाओं, नवाबों और उनके प्रतिनिधियों से बातचीत का लेखा-जोखा माउण्टबेटन के अभिलेखागार में एकत्र होता जाता ताकि वक्त ज़रूरत काम आये।

भारत आने के समय लॉर्ड माउण्टबेटन को ब्रिटिश सरकार के मुखिया एटली से यह निर्देश मिला था कि वह पहले कैबिनेट मिशन की योजना को ही आगे बढ़ायें। तमाम भारतीय नेताओं से वार्त्ता करके वायसराय माउण्टबेटन ने सर्वप्रथम इसी विकल्प को जाँचा-परखा।

कांग्रेस और मुस्लिम लीग के नेताओं से बातचीत के बाद माउण्टबेटन इस निष्कर्ष पर पहुँचे कि 'कैबिनेट मिशन योजना' के आधार पर अब कोई कार्यवाही सम्भव नहीं। जिन्ना विभाजन और पाकिस्तान की ज़िद पर अड़े थे। साथ ही उन्हें पाकिस्तान के भीतर पंजाब और बंगाल के प्रान्त भी अविभाजित चाहिए थे। कांग्रेस विभाजन नहीं चाहती थी। यदि विभाजन अपरिहार्य हो तो पंजाब और बंगाल के हिन्दू-सिख बाहुल्य क्षेत्रों के विभाजन के पश्चात् ही कांग्रेस सहमत हो सकती थी। माउण्टबेटन इसे समझ चुके थे।

इसलिए माउण्टबेटन ने अब अपनी योजना बनाने का काम शुरू किया। उन्होंने 15 अप्रैल, 1947 को समस्त प्रान्तों के गवर्नरों की एक बैठक दिल्ली में बुलायी और अपनी योजना की एक रूपरेखा बनाकर अपने अंग्रेज़ गवर्नरों के विचार जानने चाहे।

'माउण्टबेटन प्लान' के मुख्य सिद्धान्त इस प्रकार थे कि- (1) विभाजन की समस्त ज़िम्मेदारी, अगर विभाजन होता है, भारतीयों की अपनी होगी। (2) समस्त प्रान्तों को अपना भविष्य तय करने का अधिकार स्वयं होगा।

(3) बंगाल और पंजाब विधानसभा के सदस्य अलग-अलग हिस्सों में मिल-बैठें। एक हिस्सा मुस्लिम बहुल क्षेत्रों का होगा, दूसरा ग़ैर-मुस्लिम क्षेत्रों के सदस्यों का होगा। यदि इन क्षेत्रों के दोनों हिस्से विभाजन पर सहमत हों तो बंगाल और पंजाब का विभाजन कर दिया जाये।

(4) बंगाल के विभाजन की स्थिति में हिन्दू-बहुल आसाम के मुस्लिम-बहुल सिलहट ज़िले को यह सुविधा रहेगी कि वह मुस्लिम-प्रान्त से जुड़ जाये। (5) उत्तर-पश्चिमी सीमान्त प्रदेश, जो कि पठान नेता सरहदी गाँधी खान अब्दुल ग़फ़्फ़ार ख़ान का इलाक़ा था, वहाँ के निवासियों की भावनाएं जानने के लिए पुनर्मतदान कराया जाये।

इस महत्त्वपूर्ण बैठक में ब्रिटिश भारत के अधीन 11 प्रान्तों के अंग्रेज़ गवर्नरों ने प्रतिभाग किया। उनके साथ वायसराय माउण्टबेटन का खुलकर विचार-विमर्श हुआ।

पंजाब के गवर्नर ईवान जेकिन्स ने पंजाब प्रान्त के विभाजन का विरोध किया। उन्हें विभाजन के फलस्वरूप पंजाब में हिंसा की गहरी आशंका थी। उनका कहना था कि पंजाब में हिन्दू-सिख और मुसलमान जनसंख्या के आँकड़ों की वास्तविकता पर उन्हें विश्वास नहीं था। प्रत्येक ज़िला, उसके गाँव और उनसे जुड़े साथ के आसपास के क्षेत्रों में हिन्दू-सिख-मुस्लिम इतने घुले-मिले थे कि अधिकांश स्थलों पर अल्पसंख्यकों की कोई सुरक्षा न थी। दंगों की स्थिति में जो जहाँ अल्पसंख्यक था, चाहे हिन्दू चाहे मुसलमान,

उसे तात्कालिक सुरक्षा दे पाना अत्यन्त दुष्कर था। गवर्नर ईवान जेकिन्स का कहना था कि विभाजित प्रान्त में भी जो अल्पसंख्यक जहाँ था उसे वहाँ अल्पसंख्यक ही रहना था।

इस प्रकार अंग्रेज़ गवर्नर उस समय विभाजन की स्थिति में कदचित बड़े पैमाने पर हिन्दू-सिख और मुसलमानों की आबादी के तबादले अथवा पलायन की कल्पना भी नहीं कर पा रहे थे, जो कि वास्तव में और भी भयानक स्थिति होनेवाली थी।

माउण्टबेटन के भारत आने से कुछ ही दिन पहले मुस्लिम-बाहुल्य वाले शहर रावलपिण्डी में अल्पसंख्यक सिखों का कत्लेआम हुआ था और लाहौर जो कि हिन्दू वर्चस्व का शहर था वहाँ बदले में मुसलमानों की जमकर कटाई हुई थी। साफ़ ज़ाहिर है कि विभाजन की स्थिति में हर जगह की अल्पसंख्यक क़ौम की जनहानि होती और उसे अपने सुरक्षित क्षेत्रों की दिशा में घर-द्वार-कारोबार-खेत-खलिहान आदि छोड़कर जैसे-तैसे प्राण रक्षा हेतु पलायन करना पड़ता।

बंगाल के गवर्नर सर फ्रैडरिक बरोज बीमार थे। अतः माउण्टबेटन की इस दिल्ली बैठक में नहीं आये थे। उनके प्रतिनिधि ने भी बंगाल के विभाजन पर असहमति जतायी और बँटवारे की स्थिति में बड़े पैमाने पर साम्प्रदायिक हिंसा की आशंका भी जतायी। इसके अलावा बंगाल के साथ एक समस्या और भी थी कि विभाजन की दशा में पूर्वी बंगाल जो पाकिस्तान में जाता ग़रीबी की गहरी खाई में गिर जाता। क्योंकि ज़्यादातर उद्योग-धधे कलकत्ता और पश्चिम बंगाल के हिस्से में थे, जिनमें जूट मिलें भी शामिल थीं। जबकि जूट अथवा पटसन की पैदावार अधिकतर पूर्वी बंगाल में होती थी, जो कि प्रायः खेतिहर इलाक़ा था।

इन परिस्थितियों में विभाजन और सत्ता हस्तान्तरण का कार्य आसान नहीं था। पण्डित नेहरू ने 20 अप्रैल, 1947 के एक भाषण में कहा - ''मुस्लिम लीग पाकिस्तान ले सकती है अगर वह इसे लेना चाहे, पर इस शर्त पर कि वह अपने साथ भारत का वह हिस्सा नहीं ले जायेगी जो पाकिस्तान में नहीं जाना चाहता।

जिन्ना ने कहा - ''बंगाल और पंजाब किसी भी सूरत में बँटने नहीं चाहिए। अगर बँटते हैं तो हिन्दुस्तान के फिर सारे अन्य प्रान्त भी उसी तरह बाँट दिये जाये। इससे बहुत-सी समस्याएँ ज़रूर पैदा होंगी...पर आगे-पीछे आबादी का तबादला होना ही हे, इसलिए यह दोनों देशों की सरकारों की ज़िम्मेदारी होगी कि 'ट्रान्सफर ऑफ पोपूलेशन' शान्तिपूर्वक ढंग से हो जाये।...एक बात और कि फ़ौज भी दोनों मुल्कों के बीच तक़सीम की जाये।''

इसका उत्तर डॉ. राजेन्द्रप्रसाद ने इन शब्दों में दिया- ''सन् 1940 के लाहौर अधिवेशन में लीग ने सिर्फ बंगाल और पंजाब के विभाजन की बात की थी। इसलिए उन प्रान्तों के विभाजन का कोई औचित्य नहीं है जहाँ मुस्लिम-बहुल जनसंख्या नहीं है। अगर विभाजन होना ही है तो बंगाल, पंजाब और सेनाओं का हो, जो पूरी तरह शान्तिपूर्ण ढंग से हो, और शीघ्रता से हो।''

इसी सब कौआ-गुहार में सिखों ने जब यह महसूस किया कि उनके अनेक धार्मिक तीर्थस्थल और सिंचाई की नहरें तथा खेती के समृद्ध इलाक़े जो कि उनके पुरखों ने सदियों से अपने ख़ून-पसीने से सींचकर समृद्ध कर रखे हैं, पंजाब के बँटवारे की स्थिति में, पाकिस्तान में चले जायेगे तो वे अत्यधिक व्यग्र और अधीर हो उठे। सिखों के एक समूह ने मास्टर तारा सिंह के नेतृत्व में अलग से 'ख़ालिस्तान' नामक एक स्वतन्त्र-देश की माँग कर डाली। उधर उत्तर-पश्चिम भारत में पठानों के एक समूह ने अलग एक 'पठानिस्तान' की माँग कर डाली। अनेक देशी रियासतें, जिनमें हैदराबाद, जूनागढ़, भोपाल, कश्मीर आदि प्रमुख थीं, इनके नवाब और राजा भी अपने-अपने स्वतन्त्र-सार्वभौम राज्यों का स्वप्न देखने लगे। देश में साम्प्रदायिक एवं पृथकूतावादी तनाव तेजी से बढ़ने लगा।

माउण्टबेटन ने समझ लिया कि यदि इस पूरे प्रकरण को तेज़ी से नहीं निबटाया गया और सत्ता-हस्तान्तरण की प्रक्रिया को तेज़ नहीं किया गया तो जून, 1948 तो दूर की बात है, 1947 का कलेण्डर-इयर ही ब्रिटिश सत्ता के लिए बहुत भारी पड़ जायेगा। इस देश में ऐसी अराजकता फैलेगी जिसकी कल्पना नहीं की जा सकती। ऐसे में राष्ट्रव्यापी-गृहयुद्ध छिड़ जाना भी असम्भव नहीं। ऐसा न हो कि अंग्रेज़ों को यहां से निकलने से पूर्व ही लेने-के-देने पड़ जाये। ब्रिटिश सरकार इंग्लैण्ड में और उनके वायसराय भारत में ऐसी भयानक स्थिति को थामने के लिए न तो अब सक्षम थे, न ही उसके लिए तैयार।

गवर्नरों से बातचीत के आधार पर माउण्टबेटन ने अपनी योजना को अन्तिम रूप दिया और 2 मई को अपने सीनियर स्टाफ़ मेम्बर्स - लॉर्ड इस्मे और जार्ज एबल के हाथों इस योजना को लन्दन रवाना किया। वायसराय लॉर्ड माउण्टबेटन ने ब्रिटिश सरकार से अनुरोध किया कि वह 10 मई तक योजना पर अपना निर्णय दे दे। इस बीच जब तक ब्रिटिश सरकार का निर्णय आता, छह हफ्तों की त्वरित गति से बना अपना यह 'माउण्टबेटन प्लान' लन्दन भेजकर, वायसराय कुछ दिन को अपनी पत्नी एडविना माउण्टबेटन के साथ आराम करने शिमला के ठण्डे पहाड़ी शहर में चले गये। अपने साथ वे अत्यन्त सुयोग्य एवं अब तक परम विश्वसनीय हो चुके भारतीय अफ़सर वी. पी. मेनन को भी अन्य अंग्रेज़ साथियों के साथ शिमला ले गये।

मेनन गृहमन्त्री सरदार पटेल के बहुत क़रीबी स्टाफ तो थे ही, माउण्टबेटन के भी बहुत भरोसे के हो चले थे। माउण्टबेटन सरदार पटेल की दृढ़ता, त्वरित निर्णय क्षमता से तो प्रभावित थे ही, कांग्रेस पार्टी पर सरदार के जबरदस्त प्रभाव के भी कायल थे। माउण्टबेटन जानते थे कि किसी भी मामले में पटेल की 'हाँ' का मतलब कांग्रेस पार्टी की सहमति की गारण्टी होता था। वी. पी. मेनन पटेल के गृह सचिव थे। वे कुशल योजनाकार और भारतीय मामलों के जानकार थे। मेनन वस्तुतः सरदार पटेल और लॉर्ड माउण्टबेटन के मध्य सम्पर्क सेतु का भी कार्य करते थे।

माउण्टबेटन जब शिमला में थे तो पण्डित नेहरू भी 8 मई को कृष्णा मेनन के साथ शिमला पहुँच गये। वह वायसराय लाज के गेस्ट-हाउस में ठहरे।

10 मई को माउण्टबेटन की भेजी हुई योजना इग्लैंड से स्वीकृत होकर वापस आ गयी। उसमें कई संशोधन इग्लैंड से करके भेजे गये थे जिन पर भारत की राजनीतिक दलों के साथ कोई विचार-विमर्श नहीं हुआ था। इन संशोधनों ने माउण्टबेटन की मूल योजना का स्वरूप काफ़ी कुछ परिवर्तित कर दिया था।

इधर 10 मई की सुबह-सुबह माउण्टबेटन और नेहरू के सामने वी. पी. मेनन ने अपनी डोमिनियन स्टेटसवाली वह पुरानी योजना भी पेश की। योजना की रूपरेखा इस प्रकार थी- ''मुस्लिम-बहुत क्षेत्र भारत से अलग हो जाये और सत्ता हस्तान्तरण दो केन्द्रीय सरकारों को हो - 'भारत' और 'पाकिस्तान'। उनका आधार डोमिनियन स्टेटस हो, जिनके अपने गवर्नर जनरल हों। जब तक दोनों राज्यों के अपने संविधान नहीं बनते, तब तक अन्तरिम-संविधान के रूप में दोनों डोमिनियन के संविधान का आधार गवर्नमेण्ट ऑफ इण्डिया ऐक्ट 1935 होगा, जिसे इस उद्देश्य के अनुरूप स्वीकार किया जायेगा।''

यह वही योजना थी जिसकी जानकारी मेनन पहले ही सरदार पटेल को दे चुके थे। उन्हें इसकी जानकारी थी, परन्तु मेनन के अलावा न देश में न अंग्रेज़ों को यह जानकारी थी कि-पटेल इसे जानते हैं और इससे सिद्धान्ततः सहमत भी हैं। नेहरू को भी यह दूसरी योजना पसन्द आयी और माउण्टबेटन को भी। माउण्टबेटन को लगा कि लन्दन से लौटी पैबन्द लगी उनकी योजना से तो कहीं अच्छी वी. पी. मेनन की योजना है।

माउण्टबेटन को लगा कि मेनन की योजना तो नेहरू देख चुके हैं। अगले दिन वे दिल्ली जा रहे हैं। क्यों न पण्डित नेहरू लन्दन से संशोधित और अनुमोदित होकर लौटी उनकी वह योजना भी जाते-जाते देख लें। उनके 'डिकी बर्ड्स' ग्रूप के सहयोगियों ने उन्हें ऐसा करने से मना किया। यह कहा कि योजना एक साथ सभी दलों के नेताओं को दिखायी जाये। अकेले नेहरू को पहले से दिखाना आपत्तिजनक हो सकता। मगर वायसराय की मर्ज़ी। उन्होंने वह लन्दन से संशोधनयुक्त स्वीकृत 'माउण्टबेटन प्लान' नेहरू को थमा दिया और रात्रि में उसे देख लेने का आग्रह किया।

नेहरू ने रात्रि में कई घण्टे जागकर उस योजना का अध्ययन किया। उसे पढ़कर नेहरू अत्यन्त आहत और उत्तेजित हो गये। योजना क्या थी? भारत के सिर्फ दो या तीन टुकड़े हो जाने की इसमें बात न थी, पूरे भारत राष्ट्र को खण्ड-खण्ड में बाँट देने की मानो अंग्रेज़ों की एक पूरी साजिश थी। मूल योजना में यह व्यवस्था थी कि भारत, बंगाल और पंजाब का विभाजन होगा, पाकिस्तान के निर्माण हेतु। सत्ता प्रान्तों और देशी रजवाड़ों को हस्तान्तरित की जायेगी। प्रान्त और देशी रजवाड़े यह तय करेंगे कि वे भारत संघ में शामिल होना चाहते हैं अथवा नहीं। संशोधन के उपरान्त यह योजना और भी विरूपित हो चुकी थी। तद्नुसार असहमति की दशा में सभी रियासतों को स्वतन्त्र डोमिनियन का दर्जा हासिल करने की छूट दी गयी थी, जिन्हें बाद में सन्धियों के अनुरूप अपने समूह बनाने का भी अधिकार दे दिया गया था।

नेहरू ने इस विनाशकारी-योजना के विरोध में रातोंरात शिमला के अपने शयनकक्ष में एक अत्यन्त आवेश-भरा लम्बा पत्र लॉर्ड माउण्टबेटन के नाम लिखा।

सुबह वह पत्र नेहरू जी ने दुःखी मन से, खोयी हुई मुस्कानवाले चेहरे के साथ, लॉर्ड माउण्टबेटन को थमा दिया। इस पत्र में नेहरू ने बिना किसी लाग-लपेट के ब्रिटिश सरकार के इरादों और वायदों पर प्रश्नचिह्न लगाते हुए उसकी सदाशयता की धज्जियाँ उड़ा दीं। उन्होंने उक्त योजना को अपने पत्र में बुरी तरह ख़ारिज कर दिया। उन्होंने अन्त में स्पष्ट शब्दों में कहा कि कांग्रेस इसे कदापि स्वीकार नहीं करेगी। नेहरू का यह पत्र माउण्टबेटन पर सुबह-सुबह किसी बम की तरह गिरा। उनके खेमे में खलबली मच गयी। नेहरू पत्र देकर चले गये।

माउण्टबेटन ने कुछ देर बाद नेहरू से पुनः मुलाक़ात की। सत्ता हस्तान्तरण के समस्त बिन्दुओं पर फिर से बात हुई। माउण्टबेटन ने पूछा कि क्या इस बातचीत के बाद तैयार की गयी दूसरी योजना कांग्रेस स्वीकार करेगी? नेहरू जी ने कहा कि- इसका उत्तर वह उस योजना के देखने के बाद ही दे सकेंगे। वस्तुतः माउण्टबेटन का तात्पर्य मेनन की बनायी उसी योजना से था जिस पर नेहरू कल सहमति व्यक्त कर चुके थे। अब वही योजना कतिपय संशोधनों के साथ पुनः तत्काल ड्राफ्ट करने का जिम्मा माउण्टबेटन ने मेनन को ही सौंपा। उनसे अपेक्षा की कि मेनन उसे आज ही यथाशीघ्र टाइप कर माउण्टबेटन को पेश करें ताकि माउण्टबेटन नेहरू जी को उनके शिमला-दिल्ली प्रस्थान से पूर्व उसे दिखा सकें। मेनन पूरी मेहनत से योजना को स्वयं ही टाइप करने में जुट गये। मेनन के पास दो-तीन घण्टे का ही समय था। अपने होटल में बैठकर मेनन ने भारत विभाजन की वह दूसरी योजना तैयार की। माउण्टबेटन ने उसे नेहरू को दिखाया। नेहरू सहमत हुए। नेहरू की सहमति के बाद माउण्टबेटन के बुझे हुए चेहरे पर प्रसन्नता की चमक दोबारा लौट आयी। वायसराय ने इसका पूरा श्रेय वी. पी. मेनन को देते हुए उनकी बाद में बहुत सराहना की।

माउण्टबेटन ने इंग्लैण्ड में भारत सचिव को अब तक की समस्त प्रगति से अवगत कराया। मेनन निरन्तर सरदार पटेल के सम्पर्क में रहते ही थे। उन्होंने उक्त घटनाक्रम के विषय में सरदार को भी सूचित किया। सरदार तो पहले से ही मेनन की योजना से सहमत थे। लॉर्ड माउण्टबेटन 14 मई को शिमला से वापस दिल्ली लौट आये। उन्हें 15 मई को लन्दन आने के लिए प्रधानमन्त्री एटली का निमन्त्रण मिला। इंग्लैण्ड जाने से पहले माउण्टबेटन ने कांग्रेस की तरफ़ से नेहरू और पटेल से, लीग की तरफ़ से जिन्ना और लियाक़त अली से, सिखों की तरफ़ से बलदेव सिंह से इस 'दूसरी योजना' पर बात की।

इस योजना से सम्बन्धित आठ शीर्ष मुद्दों पर सहमति देने हेतु एक प्रारूप सभी नेताओं को दिया गया था, जिसे मेनन ने ही 16 मई, 1947 को तैयार किया था। इस पर जिन्ना और लियाक़त को छोड़कर सभी नेताओं ने अपनी लिखित स्वीकृति दे दी। लीग के नेताओं ने इसे सिद्धान्त रूप पर स्वीकार किया मगर लिखकर कुछ नहीं दिया। जबकि नेहरू ने कांग्रेस की ओर से लिखित सहमति दी। इस प्रारूप के आठों प्रमुख बिन्दु इस प्रकार थे-

1. नेता उस प्रक्रिया से सहमत हैं जो लोगों की इन भावनाओं को आँकने के लिए योजना में तय की गयी है कि भारत का विभाजन होना चाहिये अथवा नहीं।

2. यदि यह निर्णय होता है कि भारत में केवल एक केन्द्रीय सत्ता होनी चाहिए, तब सत्ता वर्तमान संविधान-सभा को डोमिनियन के रूप में सौंप दी जायेगी।

3. यदि यह निर्णय होता है कि भारत में दो सम्प्रभु राज्य होने चाहिए, तब प्रत्येक राज्य की केन्द्रीय सरकार सत्ता ग्रहण करेगी जो अपनी-अपनी संविधान-सभा के प्रति उत्तरदायी होगी और यह पुनः डोमिनियन दर्जे के आधार पर होगा।

4. प्रत्येक स्थिति में सत्ता हस्तान्तरण 1935 के गवर्नमेण्ट ऑफ इण्डिया एक्ट के आधार पर होगा, जिसे डोमिनियन स्टेटस के अनुरूप प्रावधानों को सुनिश्चित करते हुए सुधार दिया जायेगा।

5. दोनों डोमिनियन का एक ही गवर्नर जनरल होगा और वर्तमान वायसराय (अर्थात् लॉर्ड माउण्टबेटन) की उस पर पुनर्नियुक्ति होगी।

6. यदि विभाजन के समर्थन में निर्णय आता है तो एक आयोग का गठन होगा जो दोनों डोमिनियनों की सीमाओं को चिन्हित करेगा।

7. प्रान्तों के गवर्नर केन्द्रीय सरकार की संस्तुति पर नियुक्त होंगे।

8. दो डोमिनियन बनने की स्थिति में उनके बीच भारत की सशस्त्र सेनाओं का बँटवारा होगा।

18 मई, 1947 को अपनी इस दूसरी योजना के साथ माउण्टबेटन लन्दन गये। इस बार उनके साथ सहयोग के लिए मेनन भी थे। माउण्टबेटन और ब्रिटेन की लेबर सरकार के मध्य आपसी समझ तो भरपूर थी ही। विरोधी दल टोरियों का भी इसे समर्थन मिलना ज़रूरी था। माउण्टबेटन इसमें भी सफल रहे। वे ब्रिटेन की सम्पूर्ण स्वीकृति के साथ 31 मई को भारत लौट आये। इस दौरान माउण्टबेटन को विरोधी नेता विंस्टन चर्चिल से भेंट का क़िस्सा भी बहुत दिलचस्प है।

चर्चिल अव्वल तो इस बात से अप्रसन्न थे कि माउण्टबेटन ने लेबर सरकार के अधीन भारत का वायसराय बनना स्वीकार कर लिया था। चर्चिल ने ही अपने समय में रियर-एडमिरल माउण्टबेटन को पूर्वोत्तर एशिया में मित्र राष्ट्रों की सेनाओं का सुप्रीम-कमाण्डर नियुक्त किया था। चर्चिल का मानना था कि उन्होंने उन्हें पुराने ब्रिटिश साम्राज्य की सेवा और उसे बनाये रखने के लिए तैयार किया था, न कि उसे तोड़ने के लिए। चर्चिल को माउण्टबेटन से ऐसी कदापि आशा नहीं थी।

लॉर्ड माउण्टबेटन चर्चिल से उनके निवास पर जाकर 21 मई को मिले। चर्चिल इस भेंट के समय जुकाम से अत्यधिक पीड़ित होने के कारण बिस्तर पर थे। अतः माउण्टबेटन को सीधे चर्चिल के शयनकक्ष में ले जाया गया। दरवाज़े से जैसे ही चर्चिल ने लुई माउण्टबेटन को आते हुए देखा, उन्होंने करवट लेकर अपना मुँह दूसरी ओर फेर लिया।

माउण्टबेटन कुर्सी खींचकर बिना एक शब्द भी बोले चर्चिल के निकट बैठ गये। कमरे में कुछ देर सन्नाटा छाया रहा। फिर उस चुप्पी को चर्चिल ने ही अपनी गुर्राहट भरी आवाज में तोड़ा। बोले-

"मैं जानता हूँ तुम मुझसे मिलने क्यों आये हो?"

माउण्टबेटन ने चर्चिल से पूछा- "आपका स्वास्थ्य कैसा है?"

उसके बाद फिर कुछ देर को वहाँ चुप्पी छा गयी। चर्चिल एक बार फिर गुर्राए-

"कम-से-कम उन्हें डोमिनियन तो बनाओ और कामनवेल्थ में शामिल करो।"

माउण्टबेटन ने कहा- "मैं यही करने में सफल हुआ हूँ।"

बीमार चर्चिल पर इस वाक्य का जैसे किसी दवा का-सा असर हुआ। वे पलटे। उनका जुकाम गायब हो गया। वे बिस्तर पर उठ बैठे और माउण्टबेटन को ध्यानपूर्वक सुनने लगे।

माउण्टबेटन चर्चिल को बताते रहे कि कैसे वे पाकिस्तान को हिन्दुस्तान से अलग करने और फिर दोनों को स्वतन्त्र उपनिवेश बनाकर ब्रिटिश कामनवेल्थ में शामिल करने की योजना में सफल हुए हैं। अब उन्हें चर्चिल और उनके दल का आशीर्वाद चाहिए।

चर्चिल भावुक हो उठे। उन्होंने नम आँखों से माउण्टबेटन को धन्यवाद दिया और वादा किया कि वह हाउस ऑफ कामन्स में 'भारतीय स्वतन्त्रता बिल' का समर्थन करेंगे बशर्ते यह ठीक वैसा ही हो जैसा माउण्टबेटन उन्हें सूचित कर रहे हैं।

लॉर्ड माउण्टबेटन ने प्रधानमन्त्री एटली को चर्चिल की प्रतिक्रिया से अवगत कराया। फिर 22 मई को माउण्टबेटन एटली के निर्देश पर चर्चिल से दोबारा मिले। इस बार उनके आग्रह पर चर्चिल ने उनकी योजना पर सहमति पत्र दे दिया।

इस अवसर पर माउण्टबेटन ने चर्चिल को यह भी बताया कि दिल्ली से प्रस्थान के पूर्व उन्होंने इस योजना पर कांग्रेस पार्टी की लिखित सहमति हासिल कर ली थी परन्तु अब तक जिन्ना की लिखित सहमति नहीं मिल पायी है। परन्तु उन्हें कोई शक नहीं कि जिन्ना भी इस पर राज़ी हो जायेगें।

इस पर चर्चिल ने जोर देकर माउण्टबेटन से अति उत्साह में इस पर कहा था-"उसके लिए तो यह जन्म-मरण का प्रश्न है कि वह 'पाकिस्तान' की ख़ातिर इसे दोनों हाथों से स्वीकार करे। ईश्वर जानता है कि जिन्ना हमारे ऊपर कितना निर्भर है। वह आदमी ब्रिटेन की मदद के बिना कुछ नहीं कर सकता। जाकर उसे मेरी ओर से सलाह देना कि मान जाये। इसी में उसका भला है।"

31 मई, 1947 को वायसराय लॉर्ड माउण्टबेटन लन्दन से दिल्ली लौट आये। उसके बाद भारत का घटनाक्रम बहुत तेज़ी से आगे बढ़ा।

2 जून, 1947 को लॉर्ड माउण्टबेटन ने तीन पक्षों के सात नेताओं को बातचीत के लिए आमन्त्रित किया। ये सात नेता थे- कांग्रेस के जवाहरलाल नेहरू, सरदार पटेल,

आचार्य कृपलानी (तत्कालीन कांग्रेस-अध्यक्ष), मुस्लिम लीग के मोहम्मद अली जिन्ना, लियाक़त अली ख़ाँ, अब्दुर्रब निश्तर और सिखों की तरफ़ से सरदार बलदेव सिंह।

2 जून को वायसराय हाउस में प्रातः 10:00 बजे सब जमा हुए। लॉर्ड माउण्टबेटन के इर्दगिर्द एक ही गोल टेबल के चारों ओर बैठे इन सात नेताओं ने वायसराय माउण्टबेटन को ग़ौर से सुना। इस बैठक में माउण्टबेटन के सहयोगियों में से दो बड़े सदस्य लॉर्ड इस्मे और सर एरिक मेवील भी पीछे की पंक्ति में मौजूद थे। बैठक में मुख्य रूप से माउण्टबेटन ही बोले, जिन्होंने एक प्रभावशाली भाषण दिया।

वायसराय ने अपने कथन में विगत घटनाओं पर प्रकाश डालते हुए वर्तमान परिस्थितियों का जिक्र किया। उन्होंने इस बात पर ज़ोर दिया कि ब्रिटिश हुकूमत चाहती है कि सत्ता का हस्तान्तरण शीघ्र-से-शीघ्र हो जाये। यह भी कहा कि प्रस्तुत योजना राजनीतिक दलों की प्रत्येक माँग को तो पूरा नहीं करती है, परन्तु अधिकतम सामूहिक माँगों को पूरा करती है। और यह कि दोनों सरकारों को पहले डोमिनियन के रूप में ही सत्ता हस्तान्तरित की जायेगी, बाद में वे चाहें तो ब्रिटिश राष्ट्रमण्डल अर्थात् कॉमनवेल्थ से अलग हो सकते हैं।

भारत के विभाजन और स्वतन्त्रता की इस अन्तिम योजना की एक-एक प्रतिलिपि समस्त उपस्थित नेताओं को 2 जून की इस बैठक में माउण्टबेटन की ओर से वितरित की गयी।

अपने वक्तव्य के अन्त में वायसराय ने यह घोषणा की कि ब्रिटिश सरकार पूर्व निर्धारित जून, 1948 या उससे पहले सत्ता हस्तान्तरण कर देगी। उन्होंने सभी नेताओं से अनुरोध किया कि आज रात तक वे उन्हें अपनी राय से अवगत करा दें। क्योंकि वे चाहते हैं कि सबकी सहमति और स्वीकृति आ जाने पर कल 3 जून को माउण्टबेटन नेहरू, जिन्ना और बलदेव सिंह के साथ 'योजना' की स्वीकृति की घोषणा कर सकें।

इसी के बाद देश ने स्वतन्त्रता की दिशा में क़दम बढ़ाये।... यह 'खण्डित स्वतन्त्रता' की राह थी। भारत और पाकिस्तान दो-राष्ट्रों को लेकर देश का बँटवारा इसमें निहित था। यह भारत के लाखों-करोड़ों राष्ट्रवादियों के मन को बेहद आहत कर देनेवाली ऐतिहासिक स्वाधीनता आन्दोलन यात्रा की चरम परिणति थी, जबकि चन्द करोड़ लीगी मुसलमानों के लिए यह झूठे-आह्लाद का विषय बननेवाली एक बहुप्रतीक्षित स्वप्नपूर्ति थी।...

भारत के विभाजन की अन्तिम योजना जो शिमला में बनी, दिल्ली में जिस पर भारत एवं पाकपरस्त नेताओं की मोहर लगी, और जो लन्दन से अनुमोदित होकर आयी इस प्रकार थी- भारत और पाकिस्तान के दो पृथक् डोमिनियनों की स्थापना की जायेगी।

- बंगाल और पंजाब का भी विभाजन होना।

- बंगाल और पंजाब की विधानसभाओं में मुस्लिम और ग़ैर मुस्लिम ज़िलों के प्रतिनिधि भारत अथवा पाकिस्तान में शामिल होने के प्रश्न पर अलग-अलग मतदान

करेंगे। पश्चिमोत्तर सीमाप्रान्त और सिलहट ज़िला जो आसाम का मुस्लिम-बहुल क्षेत्र है, वयस्क मताधिकार पर आश्रित जनमत संग्रह के द्वारा अपने भविष्य का फ़ैसला करेंगे कि उन्हें भारत में शामिल रहना है अथवा पाकिस्तान में।

- सिन्ध में विधानसभा समग्र रूप से इस प्रश्न पर मतदान करेगी।

- बलूचिस्तान अपनी प्रतिनिधिक संस्थाओं की एक संयुक्त बैठक करके अपने भविष्य का निर्णय करेगी।

- भारतीय रियासतों के सन्दर्भ में कैबिनेट मिशन के 12 मई, 1946 के ज्ञापन की नीति लागू होगी। अर्थात् हिज़्मैजेस्टी की सरकार अपनी सम्प्रभुता रियासतों पर से समाप्त कर देगी और अपने वे समस्त अधिकार, जो रियासतों ने उसे अब तक समर्पित कर रखे थे, रियासतों को वापस सौंप दिये जायेगे। रियासतों के लिए यह विकल्प खुला रहेगा कि वे भारत अथवा पाकिस्तान जिसके साथ चाहें अपने राजनीतिक सम्बन्धों को तय करें।

पण्डित नेहरू और सरदार पटेल तो पहले ही विभाजन की यह योजना स्वीकार कर चुके थे। अब महज़ औपचारिकताएँ ही शेष थीं। इस बीच 28, 29 और 30 मई, 1947 को लगातार तीन दिन सरदार पटेल महात्मा गाँधी से मिलते रहे। सरदार ने महात्मा को बड़ी मुश्किल से उनकी इच्छा के विरुद्ध 'विभाजन' के लिए तैयार किया। उधर 31 मई और 1 जून को कांग्रेस कार्यसमिति में भी इस बिन्दु पर विचार-विमर्श चलता रहा। 2 जून, 1947 को तो कार्यसमिति के समक्ष अपराह्न 3:00 बजे प्रश्नगत 'योजना' बाकायदा पेश की गयी जिस पर उसे निर्णय लेना था। कांग्रेस कार्यसमिति में भारी मन से देश-विभाजन के साथ स्वतन्त्रता प्राप्ति की इस योजना को अपनी स्वीकृति प्रदान की। कार्यसमिति की इस 2 जून की बैठक में गाँधी जी ने कहा कि वे यद्यपि विभाजन के विरुद्ध हैं लेकिन कांग्रेस कार्यसमिति के रास्ते में बाधा नहीं बनेंगे।

उधर पाकिस्तान का ख्वाब पूरे होने के इतने नजदीक आने के बाद भी जिन्ना की ड्रामेबाजी जारी रही। दिनांक 2 जून की रात में कांग्रेस और सिख प्रतिनिधियों के सहमति पत्र लॉर्ड माउण्टबेटन को मिल गये। परन्तु जिन्ना ने अपनी शान बनाये रखने के लिए माउण्टबेटन से सुबह ही कहा था कि वह तो जनता के सेवक हैं और पहले उन्हें अपने लोगों से बात करनी होगी। वे एकदम से वादा कैसे कर सकते हैं जब तक कि इस बारे में मुस्लिम लीग की वर्किंग कमेटी और लीग काउन्सिल से सलाह न कर लें? यह भी कहा था कि शाम को लीग की वर्किंग कमेटी का फ़ैसला वह वायसराय को बता देंगे। रात में 11 बजे जिन्ना माउण्टबेटन से फिर मिले किन्तु लिखकर उन्होंने इस बार भी कुछ नहीं दिया। माउण्टबेटन को इससे बहुत झल्लाहट हुई। उन्होंने कड़े शब्दों में जिन्ना मियां से कहा कि अगर उनका यही रवैया रहा तो उन्हें भय है कि कहीं कांग्रेसी नेता भी पीछे न हट जाये। उस सूरत में उनका और उनकी लीग का 'पाकिस्तान का ख़्वाब' धरा-का-धरा रह जायेगा। जिन्ना इस पर भी अपने होंठ भींचे रहे, यद्यपि मन ही मन वे समझ रहे थे कि वायसराय को मालूम है कि यह सिर्फ उनकी एक तमाशेबाजी है ताकि दुनिया को

यह मालूम हो सके कि जिन्ना बड़ी मुश्किल से इस ‘‘आधे-अधूरे कटे-फटे’’ पाकिस्तान के लिए राजी हुए।

जिन्ना पर माउण्टबेटन ने अन्तिम दबाव डालते हुए कहा कि ठीक है कि कल सुबह 3 जून को जब हम लोग यहाँ मिलें तो मैं दूसरे नेताओं के समक्ष आपकी ओर देखकर कहूँगा कि मिस्टर जिन्ना भी इस योजना पर रजामंद हैं और उन्होंने मुझे लीग की स्वीकृति का आश्वासन दिया है। उस वक्त आपको अपना सिर सहमति की मुद्रा में एक बार झुकाना होगा। जिन्ना की आँखों में ख़ुशी की एक चमक कौंधी और उन्होंने 'हाँ' में चुपचाप अपना सिर हिलाया। अगली सुबह नेताओं की संक्षिप्त बैठक 10:00 बजे पुनः वायसराय भवन में हुई। माउण्टबेटन के कहे अनुसार जिन्ना ने सबके सामने तब अपना सिर वाक़ई धीमे से हिलाया। इस बार ख़ुशी की वह चमक उनकी आँखों से निकलकर कुछ-कुछ उनके चेहरे पर भी आयी।

इस तरह 46 बरस के एक शानदार वायसराय ने 71 बरस के एक बूढ़े नेता से, जिसके फेफड़े टी.बी. से गल चुके थे और जिसकी वह बीमारी उसके विरोधी कांग्रेसी-नेताओं से परम गोपनीय रखी गयी थी, जो विगत पचास वर्षों की लम्बी राजनीति में भारत की स्वाधीनता की लड़ाई में पहले एक कांग्रेसी नेता की हैसियत से कालान्तर में कांग्रेस-विरोधी मुस्लिम लीग के सर्वोच्च नेता की हैसियत से, एक योद्धा की भांति शामिल था, उसको लगभग धमकाते हुए माउण्टबेटन द्वारा देश की 'विभाजन-योजना' पर आख़िरकार उसकी मौन किन्तु नख़रीली और नाटकीय स्वीकृति प्राप्त की गयी।

इसी प्रातःकालीन मीटिंग के तत्काल बाद वायसराय माउण्टबेटन ने इंग्लैण्ड में भारत मामलों के सचिव को नेहरू, जिन्ना, बलदेव सिंह की स्वीकृति के बारे में सूचित किया। एटली ने 'हाउस आफ कॉमन्स' में उक्त योजना की घोषणा कर दी। भारत विभाजन की यह योजना '3 जून की योजना' के नाम से जानी जाती है।

चार बजे माउण्टबेटन ने रियासतों के प्रतिनिधियों से बात की और उन्हें योजना के बारे में बताया। शाम को आल इण्डिया रेडियो, दिल्ली से लॉर्ड माउण्टबेटन ने भाषण दिया। उन्होंने कहा -‘‘एक सौ साल से भी ज़्यादा हुआ, आप लाखों-करोड़ों की संख्या में साथ-साथ रहे और उस देश का एक इकाई की तरह शासन हुआ।...समझौता असम्भव रहा...किसी भी योजना पर जिससे देश की इकाई क़ायम रहे। लेकिन देश के एक हिस्से में जिसका बहुमत हो उसे देश के दूसरे हिस्से में औरों की बहुमतवाली सरकार के अधीन जबरदस्ती रखने का सवाल ही नहीं उठता। इस जबरदस्ती के बाद दूसरा रास्ता है-बँटवारा।...मुझे भारत के भविष्य पर विश्वास है। मुझे गर्व है कि मैं इस महत्त्वपूर्ण समय में आपके बीच हूँ। आपका निर्णय बुद्धिमत्तापूर्ण तरीक़े से निर्देशित हो और मित्रतापूर्ण व शान्तिपूर्ण तरीक़े से आगे बढ़े, जैसा कि गाँधी और जिन्ना की अपील की दोस्ताना भावना थी।’’

इसी क्रम में रेडियो से ब्रिटिश सरकार का भाषण प्रसारित हुआ। इसके पश्चात पण्डित नेहरू बोले। जैसा कि प्रायः होता रहा था, भावनात्मक आवेश में नेहरू बहुत अच्छा

बोलते थे। इस बार भी उन्होंने कहा-"हम तुच्छ लोग एक महान उद्देश्य के लिए काम कर रहे हैं। क्योंकि उद्देश्य महान है इसलिए उसकी महानता कुछ हमें भी मिल जाती है। इस अवसर पर मेरा दिल ख़ुशी से भरा हुआ नहीं है कि हमने यह योजना स्वीकार की। परन्तु मुझे विश्वास है कि इस समय यही सबसे अच्छा रास्ता है।"

इतना ही नहीं, नेहरूजी ने देश में फैली हिंसा को शर्मनाक बताते हुए वायसराय माउण्टबेटन की प्रशंसा की। महात्मा गाँधी के प्रति कृतज्ञता प्रकट की जो देश को अंधेरे से निकालकर आज़ादी की दहलीज तक लाये थे। नेहरू ने अपने भाषण के अन्त में "जय हिन्द" कहा।

जिन्ना का भाषण बहुत ही कटा-छंटा, सूखा और ठण्डा था। यद्यपि यह उनके लिए एक महान अवसर था परन्तु वे शायद अपने ज़रूरी शब्दों को इस रेडियो-भाषण में गँवाना नहीं चाहते होंगे। उन्होंने इतना ही कहा "यह हम लोगों के लिए सोचने की बात है कि ये जो योजना बर्तानिया सरकार हमारे सामने रख रही हैं उसे हम लोग आख़िरी-सौदे के रूप में स्वीकार करें उससे समझौता करें।...मैं हर सम्प्रदाय से शान्ति-व्यवस्था बनाये रखने की अपील करता हूँ, विशेष रूप से 'मुस्लिम भारत' से। ...इस सिलसिले में वायसराय माउण्टबेटन की जितनी तारीफ़ की जाये कम होगी।"

भाषण के अन्त में जिन्ना के मुख से सूखी मरी आवाज में निकला एक नारा लोगों को सुनायी दिया-"पाकिस्तान ज़िन्दाबाद।'

सबसे आख़िर में बोले- सरदार बलदेव सिंह। बँटवारे का दर्द उनके स्वर में साफ़ झलक रहा था। क्योंकि पंजाब की भावनाएँ देश-विभाजन से सर्वाधिक आहत होनी थीं। जान-माल-इज़्ज़त-आबरू सबकुछ दाँव पर लगी थी। पंजाब के सामने एक अनहोनी खड़ी थी, जो कि दुर्निवार थी। बलदेव सिंह ने कठिनाई के साथ इतना कहा - "यह योजना हर किसी को ख़ुश नहीं करती। सिखों को तो किसी भी तरह नहीं। लेकिन फिर भी यह गुज़ारे लायक है। हम लोगों को इसे मान लेना चाहिए।"

मुस्लिम लीग काउन्सिल की बैठक 9 जून, 1947 को इम्पीरियल होटल, दिल्ली में आयोजित हुई। लीग काउन्सिल के सभी सदस्यों की बाँछे खिली हुई थीं। सबने एक-दूसरे को मुबारकबाद दी। जब मोहम्मद अली जिन्ना मीटिंग हॉल में तशरीफ़ लाये तो "पाकिस्तान जिन्दाबाद" के नारों से तमाम सदस्यों ने उनका इस्तेकबाल किया। आज जिन्ना अंग्रेज़ी तड़क-भड़क के सूट में न होकर शेरवानी और कश्मीरी टोपी लगाए पूरे मुस्लिम-लिबास में थे। दो-एक बार "नाराए तदबीर- अल्लाहो अकबर" के नारे भी बुलंद हुए। उस समय मुस्लिम लीग काउन्सिल के सदस्यों का जोश देखते ही बनता था। जिन्ना ने सबको शान्त कराया और अपनी कुर्सी पर बैठते हुए हँसकर बोले-

"ज़्यादा जोश में होश खोने की ज़रूरत नहीं है।..."

"किसी ने कहा - "अभी हाथी गुज़रा है पूंछ बाक़ी है..."

इस पर सबने क़हक़हा लगाया।

लियाक़त अली ने कहा - "वह भी निकल जायेगी धीमे-धीमे।"

जिन्ना साहब ने चुटकी ली - "क्यों तेज़ी से क्यों नहीं?"

और लोग दोबारा हँस पड़े। बैठक औपचारिक रूप से शुरू हुई। अब्दुर्रब निश्तर ने 3 जून की योजना को पढ़कर सुनाया। उसके बाद उसे स्वीकार कर सर्वसम्मति से यह प्रस्ताव पारित हुआ -

"काउन्सिल, ऑल इण्डिया मुस्लिम लीग के अध्यक्ष क़ायदे-आज़म जिन्ना को सम्पूर्ण रूप से अधिकार देती है कि वह योजना के बुनियादी सिद्धान्तों को समझौते के रूप में स्वीकार करें। काउन्सिल यह उन पर छोड़ती है कि समस्त अधिकारों के साथ, ब्रिटिश सरकार की योजना में कहे गये विषयों पर-जिनमें रक्षा, वित्त और संचार भी शामिल है, योजना में बताये गये बुनियादी सिद्धान्तों के आधार पर, उचित रूप में हिन्दुस्तान के बँटवारे को आगे बढ़ायें।"

अखिल भारतीय कांग्रेस महासमिति की बैठक 14 और 15 जून को हुई। महासमिति में योजना का प्रस्ताव गोविन्द वल्लभ पन्त ने रखा। पन्त जी ने कहा - "आज हमें यही चुनाव करना है कि हम 3 जून की योजना स्वीकार करें या आत्महत्या को। वैसे मेरा यह मानना है कि यह योजना कैबिनेट मिशन की योजना से अच्छी है।"

प्रस्ताव का अनुमोदन मौलाना आज़ाद ने किया, यद्यपि आज़ाद पन्त जी की इस बात से सहमत नहीं थे कि मुल्क का बँटवारा 16 मई, 46 को कैबिनेट मिशन योजना से बेहतर समाधान है। उनका कहना था कि- "जहाँ तक प्रान्तों के बँटवारे का सवाल है यह नक्शे पर किया जाने वाला बँटवारा है, दिलों का नहीं। इसकी उम्र कम होगी।"

देश-विभाजन के इस प्रस्ताव का विरोध सुप्रसिद्ध हिन्दी प्रेमी और हिन्दू समुदाय के पक्षधर पुरुषोत्तमदास टण्डन ने, मौलाना हिफ़ज़ुर रहमान और डा0 सैफुद्दीन किचलू जैसे राष्ट्रवादी मुस्लिम सदस्यों ने और सिन्ध के सर छोटूराम गिडवानी ने किया। टण्डन जी ने कहा - "कांग्रेस कार्य समिति का 2 जून को लिया गया निर्णय एक कमज़ोरी और हताशा में लिया गया फ़ैसला है। मित्रो! यह जान लीजिये कि इस तरह विभाजन को स्वीकार करने से न तो हिन्दुओं का भला होगा न मुसलमानों का। पाकिस्तान में हिन्दू भय में जियेंगे और भारत में मुसलमान।" उन्होंने और भी बहुत-कुछ कहा। दरअसल राजर्षि पुरुषोत्तमदास टण्डन विभाजन के विचार से इतने आहत थे कि वे माउण्टबेटन प्लान पर जब कांग्रेस महासमिति के सदस्य बैठक में आ रहे थे तो उससे पूर्व चरम-उत्तेजना की स्थिति में वे बाहर सड़क पर एक ताँगे पर खड़े होकर हर आनेवाले सदस्य से हाथ जोड़कर लगभग रिरियाते हुए अन्दाज़ में चिल्ला-चिल्लाकर कह रहे थे कि - "ए भाई साहब! ए बाबू ऐ पण्डित जी! विभाजन को...देश के बँटवारे को कृपया कतई मंजूरी न दें।" यह कहते हुए टण्डन जी की आँखों से झर-झर आँसू बह रहे थे।

परन्तु सबसे बड़े नेता का निर्णय तो हो ही चुका था। कहने को दलों में लोकतान्त्रिक व्यवस्था होती है किन्तु असली लोकतन्त्र होता कहाँ है? ऊपर से मिले आला-कमान के

संकेत को मानना ही होता है। जो नहीं मानते हैं, उन्हें किसी-न-किसी रूप में ख़मियाज़ा भुगतना पड़ता है। पर कांग्रेस पार्टी में फिर भी तब तक काफ़ी हद तक लोकतन्त्र था। प्रश्नगत योजना के प्रस्ताव के पक्ष में 157 मत पड़े, विपक्ष में 27 मत पड़े, 32 सदस्य प्रस्ताव पर तटस्थ रहे। फलतः कांग्रेस ने देश के विभाजन पर बहुमत से मोहर लगा दी।

इस अवसर पर कांग्रेस के शीर्ष नेताओं ने मार्मिक भाषण दिये। नेहरू जी ने कहा - "इस बात का कोई प्रश्न ही पैदा नहीं होता कि कांग्रेस ने लीग के आगे समर्पण कर दिया है, बल्कि इन परिस्थितियों में वही एकमात्र विकल्प था।... हमारे सामने तात्कालिक समस्या अराजकता और अव्यवस्था की ओर ले जानेवाली तेज धार को रोकने की थी। हमें लगा कि निर्दोष-नागरिकों की आये-दिन हत्या की अपेक्षा मुल्क का बँटवारा हो जाना ज़्यादा बेहतर है।"

सरदार पटेल पण्डित नेहरू के बाद बोले। उन्होंने बहुत साफ़-साफ़ शब्दों में अपना अभिमत रखा। उन्होंने नेहरू जी की बात का समर्थन किया और कहा कि - "हमें विभाजन स्वीकार करना पड़ा क्योंकि हमारे सामने प्रशासन के भीतर अंग्रेज़ों और मुस्लिम लीग के गुट की अड़ंगेबाजी से छुटकारा पाने का कोई और रास्ता नहीं रह गया था। यह गुट देश को तोड़फोड़ की धमकी दे रहा था।"

सरदार पटेल ने आगे कहा कि-मै अपने सिन्धी भाइयों के डर को पूरी तरह समझता हूँ। भारत का विभाजन किसी को पसन्द नहीं है और मुझे उसके लिए गहरा दुःख है। परन्तु हमारे सामने स्पष्ट वास्तविकताएं थीं जिन पर हमें ध्यान देना पड़ा। हमें यह चुनाव करना था कि भारत का एक ही विभाजन हो या अनेक हों। कांग्रेस के लिए तथ्यों का सामना करना ज़रूरी था। वह भावुकता में नहीं बह सकती थी। उसे पक्ष और विपक्ष की बातों का हिसाब लगाकर ठण्डे दिमाग़ से किसी निर्णय पर पहुँचना था।"

सरदार वल्लभभाई पटेल ने यह कहते हुए एक उड़ती हुई-सी दृष्टि समस्त श्रोता-सदस्यों पर डाली और कहा कि-"कैबिनेट मिशन की 16 मई, 1946 की योजना बेशक हमें संयुक्त-भारत देती थी, परन्तु उसमें एक कठिनाई थी। यदि कोई पक्ष सहयोग न देता, तो उस योजना पर अमल नहीं किया जा सकता था। इस प्रकार इस योजना का स्वरूप ऊपर से लादे हुए किसी निर्णय जैसा था। अगर हम उस योजना को मान लेते तो सारे भारत को 'पाकिस्तान' के मार्ग पर जाना पड़ता।"

यह कहकर सरदार कुछ क्षण को रुके और बोले - "आप समझ रहे हैं कि मै क्या कहना चाह रहा हूँ? राष्ट्र की एकता और अखण्डता का प्रश्न सर्वोपरि है। इसमें कोई समझौता अथवा जोखम नहीं ली जा सकती।... हमारे भाई पुरुषोत्तमदास टण्डन जी ने कहा कि कांग्रेस कार्यसमिति ने डर के कारण इस योजना को स्वीकार किया है। तो साथियो! हमें इस बात से कतई इनकार है। डर तो हमने कभी जाना ही नहीं है। पर मुझे एक बात का डर अवश्य है कि कहीं हमारा इतने वर्षो का परिश्रम और कार्य व्यर्थ न हो जाये या असफल सिद्ध न हो। हमने स्वाधीनता के लिए काम किया और हमे देखना

चाहिए कि देश का अधिक-से-अधिक बड़ा भाग स्वतन्त्र और बलवान् बने। अन्यथा न तो अखण्ड हिन्दुस्तान होगा और न पाकिस्तान।"

सरदार पटेल ने महासमिति के सामने दृढ़ विश्वास और अपने लोहे के इरादे प्रकट करते हुए यह भी कहा कि - "आप लोगों से मैं कहता हूँ कि देश को सर्वनाश से बचाने का एक ही उपाय है कि विभाजन स्वीकार किया जाये। क्योंकि इसके बाद जो 75 से 80 प्रतिशत तक देश हमारे पास बचा रहेगा उसका हम अपने ढंग से पुनर्गठन कर सकते हैं।"

वल्लभभाई पटेल ने आगे अपने कांग्रेस के साथी-सदस्यों को बताया कि-"नौ महीने मन्त्री के पद पर काम करने से 16 मई, 1946 की कैबिनेट मिशन की योजना की कल्पित अच्छाइयों के बारे में भ्रम बिल्कुल दूर हो गया है। मैंने यह देख लिया कि कुछ प्रतिष्ठित कर्मचारियों को छोड़कर बाकी सब मुसलमान-कर्मचारी ऊपर से नीचे तक मुस्लिम लीग का काम कर रहे हैं। इस मामले में कोई गलती नहीं होनी चाहिए। आज तो परस्पर निन्दा और आरोपों का बोलबाला है। उस योजना के मातहत सारा भारत एक असह्य स्थिति का शिकार हो जाता। लीग को जो निषेधाधिकार दिया गया है, वह हर मंजिल पर भारत की प्रगति को रोकता। सारा प्रशासन अस्त-व्यस्त हो जाता और बहुमत को लाचार होकर खड़े-खड़े तमाशा देखते रहना पड़ता।"...

जब सरदार पटेल यह कह रहे थे उस समय मौलाना अबुल कलाम आज़ाद पण्डित नेहरू से आँखों-ही-आँखों में कुछ कह रहे थे। डॉ राजेन्द्रप्रसाद की इन दोनों पर दृष्टि पड़ी। राजा जी राजेन्द्र बाबू के बगल में ही बैठे थे। राजेन्द्रप्रसाद जी ने तब राजाजी के कान में कुछ कहा।

सरदार पटेल इस-सबसे-बेख़बर अपनी बात समाप्त करते हुए कह रहे थे-"कांग्रेस पाकिस्तान के विरुद्ध है, फिर भी सदन के सामने जो प्रस्ताव है वह विभाजन को स्वीकार करता है। महासमिति उसे पसन्द करे या न करे, अमल में तो पंजाब और बंगाल दोनों में पहले से ही पाकिस्तान मौजूद है। ऐसी परिस्थिति में मैं वास्तविक पाकिस्तान को अधिक पसन्द करूँगा, क्योंकि तब उन लोगों को ज़िम्मेदारी का कुछ तो खयाल रहेगा।"

कांग्रेस महासमिति में महात्मा गाँधी ने अपना 40 मिनट का उल्लेखनीय भाषण दिया उसमें उन्होंने विभाजन के प्रस्ताव का समर्थन किया। वे गाँधी जो विगत दो महीनों से अपनी हर प्रार्थना-सभा में हर मंच पर देश के विभाजन के विचार के विरुद्ध बोल रहे थे आज परिस्थितियों ने ऐसा 'यू-टर्न' लिया था कि उन्हें भी अपनी अन्तर्रात्मा के विरुद्ध जाकर उसी सामान्य धारा में बहना पड़ रहा था जिसमें कांग्रेस के बड़े-से-बड़े नेता उनकी आँखों के सामने बहे जा रहे थे। महात्मा गाँधी के भाषण के अंश उनके शब्द-इस प्रकार थे -

"इतना तो आप मानेंगे... कहेंगे कि देश के टुकड़े होने का जितना दर्द मुझे हो सकता है उतना और किसी को नहीं होगा। मै नहीं मानता हूँ कि इसके लिए कोई मुझसे ज़्यादा दुःखी है। लेकिन जो हो गया मैं उसके बारे में क्या कहूँ ? कांग्रेस को बनाने में मेरा कितना हाथ रहा, आप जानते हैं।...

"कार्यसमिति ने यह जो किया है किसी वजह से सोच-समझकर किया है और कांग्रेस, मुस्लिम लीग और ब्रिटिश सरकार तीनों की राय से हुआ है। योजना पूरी-की-पूरी कार्यसमिति को पसन्द नहीं है। मगर फिर भी उसने इसे कबूल कर लिया है।...

"आप इतना कर सकते हैं कि इस प्रस्ताव को फेंक सकते है, लेकिन यह भी नहीं भूलना चाहिए कि इस समय देश में शान्ति बनाये रखने की सबसे ज़्यादा ज़रूरत है। यदि आपको विश्वास है- कि इसे अस्वीकार करने से देश में अशान्ति और गड़बड़ी नहीं मचेगी, तभी आप इसे फेंक सकते हैं। आप जो कुछ करना चाहते हैं, उसे अच्छी तरह समझकर करें।...

"कांग्रेस पाकिस्तान के विरुद्ध थी और मैं स्वयं उनमें से हूँ जिन्होंने शुरू से हिन्दुस्तान के बँटवारे का विरोध किया है। फिर भी, मैं ही अब आपके बीच आकर इस प्रस्ताव को स्वीकार करने के लिए कह रहा हूँ। अक्सर कई फैसले चाहे जितने अरुचिकर क्यों न हों, मान लेने पड़ते हैं। लेकिन सदस्यों को यह बात भूलनी नहीं चाहिए कि देश में इस वक्त शान्ति बनाये रखना ज़रूरी है।...

"वे लोग जो शीघ्र ही क्रान्ति लाने अथवा देश में उथल-पुथल मचाने की भाषा में बात करते हैं, वे इस प्रस्ताव को नामंजूर करके वैसा ध्येय तो सिद्ध कर लेंगे, पर मुझे इसमें सन्देह है कि उनमें इतनी शक्ति है कि वे कांग्रेस और हुकूमत की बागडोर अपने हाथ में ले सकें। समझ लीजिए मेरे अन्दर आज वह शक्ति नहीं है, वरना मैं अकेला ही बगावत का ऐलान कर देता।...

"आलोचना तो मैं कर लेता हूँ पर इससे आगे क्या? क्या मैं इनका भार उठा लूँ? क्या मैं नेहरू बनूँ सरदार बनूँ? क्या राजेन्द्र बाबू बनूँ? मुझे भी अगर आप उस काम में लगा दें तो मैं नहीं कह सकता कि मैं क्या कर पाऊँगा। लेकिन मैं उन लोगों की वकालत करने नहीं आया हूँ। मेरी वकालत आज कौन सुनेगा?..."

आहत और व्यथित गाँधी इस दिन धाराप्रवाह बोल रहे थे। बहुत कुछ कह रहे थे। विभाजन के बारे में महात्मा गाँधी का कहना था कि - "यह जो चीज बन गयी है इसमें दोनों धर्मों की परीक्षा है। दुनिया देख रही है कि कौन क्या है? हमारे हाथ में भी जो तीन-चौथाई हिस्सा आया उसमें हिन्दुओं की कसौटी होनेवाली है। अगर आप सच्चे हिन्दू धर्म की उदारता दिखायेंगे तो दुनिया की निगाह में उत्तीर्ण हो जायेंगे।

"यदि नहीं तो अपनी ओर से आप जिन्ना साहब की बात मंजूर करेंगे कि मुसलमान और हिन्दू अलग-अलग राष्ट्र हैं और हिन्दू हिन्दू ही रहेंगे और मुसलमान मुसलमान ही रहेंगे। और दोनों कभी मिल नहीं सकते। दोनों का ईश्वर भी अलग-अलग है। इसलिए जो हिन्दू इस सभा में हैं उनका अगर यह दावा है कि हिन्दुस्तान हमारा है और उसमें हिन्दू को सबसे ऊँचा मानेंगे तो उसका मतलब यही है कि कांग्रेस ने भूल नहीं की है। कांग्रेस कार्यसमिति ने ठीक ही, आपके मन मुताबिक किया है।

"लेकिन आपको धर्म बचाना है तो आपको सच्चा हिन्दू बनना है। फिर आपके यहाँ एक लाख पारसी है, आपके पूर्वजों ने उन्हें जगह दी है और ऐसा उदाहरण क़ायम किया है जो दुनिया के इतिहास में नहीं मिलता है। क्या आप उन्हें मारेंगे? और उनसे भी जो कम यहूदी हैं, उनका क्या करेंगे? आपको ऐसा करना है कि वे यहाँ अपनी पूरी आज़ादी अनुभव करें। फिर अछूतों का क्या करेंगे? ऐसा कहा जाता है जो इस्लाम पैदा हुआ है। वह अछूतपन को मिटाने के लिए पैदा हुआ है। अगर आप अब यह कहें कि अछूतपन कोई चीज़ नहीं, वनवासी जाति किसी काम की नहीं, तो आप भी टिक सकनेवाले नहीं हैं... अगर आप सवर्ण, अवर्ण का भेद मूल रूप से ख़त्म नहीं करेंगे...शूद्र, अछूत, वनवासी आदि सभी को अपने बराबर नहीं मानेंगे।"

सभी कांग्रेसी श्रोतागण गाँधी जी के वक्तव्य को ध्यानपूर्वक सुन रहे थे। पीछे बैठे कुछ सदस्य गाँधी जी की धर्म निर्पेक्षतावादी कतिपय बातों पर मुँह भी बिचका रहे थे। बँटवारे की हालत में हिन्दुस्तान में हिन्दू स्वयं को सबसे ऊँचा न मानें- यह क्या बात हुई ?... महात्मा गाँधी ने अपने भाषण में देशी-रियासतों के राजाओं के बारे में भी अपने विचार व्यक्त किये। उन्होंने कहा कि-

"मैं सभी रियासतों के दीवानों से अदब से कहूँगा, अगर वे विधानसभा में आने के लिए राजाओं को नहीं समझाते, तो वे राजा के प्रति बेवफाई करते हैं। हम राजाओं के दुश्मन नहीं बनना चाहते। वे आज़ाद रहना चाहें तो रह सकते हैं। उन्हें हम क़ैद नहीं करेंगे। अगर यहाँ रहना चाहें तो समझें कि उनकी प्रजा हमारे साथ है, अलग रहना चाहें तो भले पेरिस में या और कहीं चले जाये। पर यहाँ रहें तो अपनी प्रजा के नौकर बनकर रहें। पंचायती राज को समझें, यह मानकर कि सब मनुष्य बराबर हैं। अपने लिए यह न कहें कि मैं अकेला ही ऊँचा हूँ, तब वे 'यावच्चन्द्र दिवाकरौ' बने रह सकते हैं। वे उसी तरह प्रजा की सर्वसत्ता मानें जिस तरह अंग्रेजों की सर्वसत्ता मानते थे। तब वे अपने राज्य को आज़ादी से भोग सकते हैं। पर इस तरह नहीं, जैसे अंग्रेज़ों के राज्य में मनमाना प्रजा का पैसा लूटते थे। प्रजा की सेवा में अपने को लगा दें और उसके सच्चे मित्र बनें।"

इस प्रकार महात्मा गाँधी ने विभाजन को स्वीकार कर लिया और कांग्रेसजन को भी उसे देश की व्यापक शान्ति-व्यवस्था के हित में स्वीकार करने के लिए स्पष्ट रूप से कहा। गाँधी जी ने उनसे धर्मनिरपेक्षता, समानता के उदात्त मूल्यों की अपेक्षा की। देशी राज्यों के राजाओं और नवाबों के लिए गाँधी का संदेश अत्यन्त कड़ा था कि उनकी निरंकुशता के दिन अब लद गये, उन्हें भी अब प्रजातान्त्रिक-मूल्यों का पालन करना अनिवार्य होगा अन्यथा अपनी गद्दी छोड़कर जाना होगा।

आचार्य कृपलानी, कांग्रेस-अध्यक्ष सबसे अन्त में बोले। उनके भाषण में गाँधी जी के प्रति आदर तो था परन्तु उनमें डिगती हुई कांग्रेस जन की आस्था की भी प्रतिध्वनि सुनायी देती थी। विडम्बना यह थी कि महात्मा गाँधी जो अपने राजनीतिक जीवन के पूर्वार्द्ध में कांग्रेस के 'प्रमुख मार्गदर्शक' थे, आज कांग्रेस की निगाह में एक 'भटके हुए

मुसाफ़िर' जैसे थे, जिनका नेतृत्व अब इस महत्त्वाकांक्षी -संस्था के लिए लगभग अव्यावहारिक एवं अमान्य हो चला था। यह गाँधी के घटते प्रभाव और कांग्रेस संगठन में दूसरे कांग्रेसी नेताओं के बढ़ते कद का परिचायक था।

कांग्रेस-अध्यक्ष कृपलानी ने कांग्रेस महासमिति में बड़ी दबंगयी से गाँधी जी के बारे में अपने विचार रखे। उन्होंने कहा-

"मैं पिछले 30 वर्ष से गाँधी जी के साथ रहा हूँ। उनके प्रति मेरी निष्ठा कभी कम नहीं हुई। यह निष्ठा व्यक्तिगत नहीं, राजनीतिक है। जब मेरा गाँधी जी से मतभेद हुआ तब भी मैंने उनकी राजनीतिक अन्तः प्रेरणा को अपने अत्यन्त तर्कपूर्ण रवैये से अधिक सही माना है। आज भी मुझे लगता है कि वे और उनकी परम निर्भयता सच्ची है और मेरा रवैया दोषपूर्ण है।

"तब भी मैं गाँधी जी के साथ क्यों नहीं हूँ ? क्योंकि मुझे लगता है कि सामुदायिक आधार पर समस्या को हल करने का उन्हें भी कोई उपाय नहीं मिला है। जब उन्होंने हमें अहिंसक-असहयोग सिखाया था तब उन्होंने हमें एक निश्चित पद्धति दिखायी थी और उसका हमने कम-से-कम यांत्रिक रूप से अनुसरण किया था। आज वे स्वयं अपना मार्ग खोज रहे हैं। वे नोआखाली में रहे। उनके प्रयत्न से स्थिति में सुधार हुआ। अब वे बिहार में हैं। वहाँ की स्थिति भी सुधरी है। परन्तु इससे पंजाब की आग नहीं बुझ रही है।

"वे कहते हैं कि मैं बिहार में सारे भारत के लिए हिन्दू-मुस्लिम एकता की समस्या हल कर रहा हूँ। सम्भव है, ऐसा हो। परन्तु यह समझना कठिन है कि उसे हल कैसे किया जा रहा है? अहिंसक-असहयोग की तरह इसके लिए ऐसे निश्चित क़दम दिखायी नहीं दे रहे हैं जो वांछित ध्येय तक हमें पहुँचा सकें। और फिर हमारे दुर्भाग्य से आज गाँधी जी नीतियाँ तो निर्धारित कर सकते हैं, परन्तु वे कार्यान्वित मुख्यतः दूसरों के द्वारा की जाती हैं, और ये लोग गाँधी जी की विचारधारा को माननेवाले नहीं हैं। इस दुःखद परिस्थिति में ही मैंने भारत के विभाजन का समर्थन किया है।"

भारत उप महाद्वीप में अंग्रेज़ों की तरफ़ से बँटवारे की घण्टी बज चुकी थी। पाकिस्तान और भारत के बीच परिसम्पत्तियों के बँटवारे के लिए जून, 1947 के अन्त में एक विभाजन-परिषद की स्थापना हुई। इस परिषद में भारत की ओर से सरदार पटेल, राजेन्द्रप्रसाद और सी. राजगोपालाचारी प्रतिनिधि थे और पाकिस्तान की ओर से जिन्ना, लियाक़त अली और निश्तार।

राजकीय सम्पत्तियों की इस बन्दरबाट में विभिन्न कार्यालयों की कुर्सी, मेज़, कलमदान, टाइपराइटर, किताबों, सरकारी वाहनों, घोड़ों तक अनेक चल-सम्पत्तियों का हिसाब हुआ, जिन्हें भारत और पाक के बीच प्रायः 80 और 20 के अनुपात में बाँटा गया-

उसी तरह जिस तरह दो-भाइयों में घर का बँटवारा होने पर रुपये-पैसे-जेवर के अतिरिक्त चूल्हे-चौके का सामान-थाली,लोटा, कढ़ाई, करछुल, चम्मच तक का बँटवारा होता है। इस तरह के बँटवारे में अनेक अप्रिय और अनेक हास्यास्पद स्थितियाँ भी आयी, जिनसे निबटने में सरदार पटेल की सूझ-बूझ और साफ़-दृष्टि बहुत काम आयी। इस कार्य में भारत की ओर से सरकारी अफ़सर एच.एम. पटेल को तैनात किया गया था और पाकिस्तान की ओर से उनके अफ़सर चौधरी मुहम्मद अली यह कार्य देख रहे थे।

विभाजन की सारी समस्याएँ इस परिषद् ने और इसकी विभिन्न समितियों ने हल कीं। एच.एम. पटेल ने सरदार वल्लभभाई पटेल की भूमिका की कालान्तर में मुक्तकण्ठ से सराहना की। उन्होंने कहा कि-

'यह सरदार पटेल ही थे जिन्होंने भारत की ओर से निर्णय लिए। ऐसा कहना उनके सहकारियों डॉ. राजेन्द्रप्रसाद और श्री राजगोपालाचारी के साथ कोई अन्याय न होगा। सरदार पटेल का सोच हमेशा बहुत स्पष्ट और त्रुटिविहीन होती थी। और यह कहा जा सकता है कि हम गलत वहीं साबित हुए जहाँ हम उनके दृष्टिकोण से उनको विचलित करने में सफल हुए।''

इस अवसर पर फ़ौज का भी बँटवारा होना था, जो टेढ़ा कार्य था। हिन्दुस्तानी फ़ौज का प्रधान अर्थात् कमाण्डर-इन-चीफ फील्ड मार्शल सर क्लाड आचिनलेक के सामने 1947 में फ़ौज के बँटवारे की कठिन समस्या मुंह बाए खड़ी थी। अंग्रेज़ों ने युद्ध के समस्त साधन जो इतनी मेहनत और मुश्किलों के साथ जुटाये थे उन्हें भी भारत और पाकिस्तान के बीच बाँटा जाना था। फ़ौज के प्रधान की हैसियत से यह कठिन ज़िम्मेदारी आचिनलेक के कन्धों पर थी। जहाँ तक सिविल सेवाओं का सवाल था, ब्रिटिश राज के उत्तरोत्तर समय में हिन्दुस्तानियों की भरती सरकारी नौकरी में इतनी ज़्यादा होने लगी थी कि 1947 तक सिर्फ 300 अंग्रेज़ सिविल-सर्वेन्ट रह गये थे। लेकिन फ़ौज में स्थिति दूसरी थी। यद्यपि द्वितीय विश्वयुद्ध के ज़माने में अपनी बहादुरी की बदौलत कुछ हिन्दुस्तानी फ़ौजी अफ़सर ब्रिगेडियर के पद तक पहुँच सके थे, तथापि अधिकतर वरिष्ठ अफ़सर और जनरल स्टाफ अंग्रेज़ ही थे।

सेनाओं के विभाजन के विषय में माउण्टबेटन ने दोनों प्रमुख दलों के नेताओं के बीच आचिनलेक की उपस्थिति में एक आवश्यक बैठक की। इस बैठक में यह प्रश्न उठा कि सेना का विभाजन साम्प्रदायिक आधार पर किया जाये अथवा क्षेत्रीय आधार पर? कांग्रेस-अध्यक्ष कृपलानी ने इस बात की ओर ध्यानाकर्षण किया कि सेना का मामला आन्तरिक रूप से राष्ट्रीयता से जुड़ा हुआ है। जिन्ना भी इस बात पर सहमत हुए और बोले कि उनका ध्येय यह रहेगा कि पाकिस्तान में किसी तरह का कोई साम्प्रदायिक भेदभाव न हो। सभी नागरिकों को, चाहे वे किसी मज़हब को माननेवाले हों, समान अधिकार प्राप्त होंगे। यह वैसा ही था जैसे किसी जंगल का शेर कहे कि उसके राज में

सभी हिरन और खरगोश सुरक्षित रहेंगे। बहरहाल, इस बैठक मे यह तय हुआ कि सेना का विभाजन क्षेत्रीय नागरिकता के आधार पर किया जाये। परन्तु वास्तविक रूप में देखा जाये तो सेना का विभाजन अन्ततः साम्प्रदायिक आधार पर ही हुआ।

जब सैनिकों और अफ़सरों से विकल्प लिए गये तो अधिकतर मुसलमानों ने पाकिस्तान को चुना और अधिकतर हिन्दू फ़ौजियों ने हिन्दुस्तान में ही रहना पसन्द किया। सशस्त्र सैनिकों के इस साम्प्रदायिक विभाजन का स्वाभाविक दुष्परिणाम बँटवारे के बाद देखा गया। जब पाकिस्तान के मुसलमान फ़ौजियों ने वहाँ मारे जा रहे हिन्दुओं की रक्षा नहीं की और इधर के हिन्दू फ़ौजियों ने दंगो के समय हमलों का शिकार हो रही मुस्लिम जनता की मदद में निष्क्रियता बरती।

30 जून से 18 जुलाई, 1947 के मध्य विभिन्न बैठकों, मतदानों और प्रक्रियाओं के द्वारा बंगाल और पंजाब की विधानसभाओं द्वारा यह तय कर लिया गया कि इन दोनों प्रान्तों का नये बननेवाले मुल्क पाकिस्तान और हिन्दुस्तान के बीच विभाजन होगा। पूर्वी बंगाल, पश्चिमी पंजाब, सिन्ध, बलूचिस्तान, उत्तर-पश्चिमी सीमाप्रान्त और असम का सिलहट ज़िला पाकिस्तान में शामिल होंगे और उसकी संविधानसभा का हिस्सा होंगे। शेष भारत के हिस्से हिन्दुस्तान में रहेंगे।

इस बँटवारे में सबसे बड़ी हार्दिक पीड़ा यदि 'महात्मा गाँधी' को हुई थी तो उससे कम पीड़ी ख़ान अब्दुल ग़फ़्फ़ार ख़ाँ उर्फ़ 'सरहदी गाँधी' को नहीं हुई थी, जो कि पूरे स्वाधीनता-आन्दोलन के दौरान महात्मा गाँधी के सत्य और अहिंसा के मार्ग में अटूट विश्वास रखते थे। जिन्होंने सारी ज़िन्दगी हिन्दू-मुस्लिम एकता की भरपूर हिमायत की और जहाँ-जहाँ साम्प्रदायिकता की आग लगी वे भी गाँधी जी की तरह शान्ति स्थापना के लिए उन इलाक़ों में दौड़-दौड़कर जी-तोड़ प्रयासों में सक्रिय हुए।

सरहदी गाँधी बादशाह ख़ान राजनीतिक लड़ाई में अपने ही उत्तरी- पश्चिमी सीमाप्रान्त के पठान इलाक़े को भारत का हिस्सा बने रहने की लड़ाई अन्ततः हार गये। स्थितियाँ मुस्लिम लीग ने वहाँ इतनी बिगाड़ दीं थीं कि वर्ष 1946 में जब नेहरू वहाँ कांग्रेस की सरकार की मज़बूती को निरखने और वहाँ के पठान अवाम का मूड परखने एक बार अति-उत्साह में पश्चिमोत्तर सीमाप्रान्त दौरे पर गये थे तो उनका जगह-जगह काले-झण्डों और कही-कहीं तो पत्थरबाजी और उग्र प्रदर्शनों से स्वागत हुआ। मुख्यमन्त्री खान साहब बादशाह खान के भाई को एक जगह अपने रिवाल्वर से हवाई फायर करके पण्डित नेहरू की प्राणरक्षा करनी पड़ी थी। एक जगह पत्थरबाज़ी में एक पत्थर की चोट से नेहरू के माथे से ख़ून भी बह निकला था।

उसी उत्तर-पश्चिमी सीमाप्रान्त में जुलाई, 1947 में जनमत संग्रह हुआ। ख़ान-बन्धुओं और उनके ख़ुदाई-ख़िदमतगारों एवं समर्थकों ने जनमत संग्रह में भाग नहीं लिया। कुल 2,89,244 मत पाकिस्तान के पक्ष में पड़े, 2874 मत भारत के पक्ष में आये। 2,80,000 लोगों ने इस जनमत संग्रह में भाग नहीं लिया। पाकिस्तान की सरकार जब बनी तो वह

बादशाह ख़ान से डरती रही, उनके भारत प्रेम से संशंकित रहती रही। बादशाह ख़ान के जीवन के अधिकांश वर्ष पाकिस्तानी-जेलों में बीते और उनका दिल भारत वर्ष के लिए धड़कता रहा।

भारत स्वतन्त्रता बिल 1947 में वी. पी. मेनन की देख-रेख में तैयार हुआ। वस्तुतः गवर्नमेण्ट ऑफ इण्डिया एक्ट 1935 को ही संशोधित करके उसकी ही आधारभूत सामग्री इसमें अंगीकार कर ली गयी। इस बिल को पारित होने के लिए लन्दन भेजने से पहले लॉर्ड माउण्टबेटन ने ब्रिटिश सरकार की अनुमति लेकर कांग्रेस और मुस्लिम लीग के नेताओं को इसे दिखाकर इस पर उनकी स्वीकृति प्राप्त कर ली थी। बिल में संशोधन के लिए दोनों दलों के नेताओं और उनके क़ानूनी सलाहकारों के परामर्श ले उसे अन्तिम सर्वस्वीकृत रूप प्रदान किया गया। सभी नेताओं की अपने-अपने स्वतन्त्र देश और अपनी-अपनी स्वतन्त्र सत्ता की लालसा अब तक प्रबल हो चली थी। सब्र का पैमाना लबरेज़ था। धैर्य धारण करने की शक्ति अब किसमें थी? एक महात्मा गाँधी ही थे जिन्हें शासन-सत्ता से रंचमात्र का मोह नहीं था। वैराग्य का मार्ग उन्होंने स्वयं चुना था। जब संघर्ष में थे तब भी और अब जब सबसे अलग थे तो वे परम वीतरागी थे। परन्तु जनता के बीच शान्ति और भाईचारे के लिए उनका दिल आज भी बल्लियों उछलता था।

इस प्रकार बिना अधिक हो-हल्ले के भारत स्वतन्त्रता बिल 1947 भारत और भावी-पाक के शीर्ष नेताओं द्वारा स्वीकार किया गया। यह बिल 4 जुलाई को इंग्लैड में 'हाउस ऑफ कॉमन्स' में प्रधानमन्त्री एटली द्वारा रखा गया। इसे 15 जुलाई को वहाँ से पारित किया गया। फिर 16 जुलाई को इसे 'हाउस ऑफ लॉर्ड्स' द्वारा भी पास कर दिया गया। तत्पश्चात् 18 जुलाई को इस पर ब्रिटिश क्राउन की मोहर लग गयी और यह अधिनियम बन गया। इस प्रकार खण्डित-भारत की स्वतन्त्रता का मार्ग खुल गया।

विभाजन और स्वतन्त्रता की तिथि 15 अगस्त, 1947 होगी, यह संकेत 4 जून, 1947 को ही लॉर्ड माउण्टबेटन देशवासियों को दे चुके थे। उसी क्रम में सारी संवैधानिक और राजनीतिक एवं प्रशासनिक तैयारियाँ उसी दिशा में विद्युत-गति से दौड़ रही थीं।

लॉर्ड माउण्टबेटन ने 15 अगस्त की वह तारीख़ ही क्यों चुनी? क्योंकि इसी तारीख़ पर 1945 में दो वर्ष पहले उन्होंने जापानी फ़ौजों के विरुद्ध पूर्वी मोर्चे पर मित्र राष्ट्रों के कमाण्डर-इन-चीफ के रूप में निर्णायक विजय हासिल की थी। जापान को द्वितीय विश्वयुद्ध में आत्म समर्पण करना पड़ा था। भारत-विभाजन ब्रिटिश-अहं की और माउण्टबेटन की व्यक्तिगत जीत थी। इसलिए एक ही तारीख़ में दो-दो उपलब्धियों के सुनहरे-पंख वे अपनी टोपी में सजाना चाहते थे। लॉर्ड माउण्टबेटन के लिए एक गौरव की बात और होती जब 15 अगस्त को दो राष्ट्रों-भारत और पाकिस्तान की स्वाधीनता के अवसर पर उनका वायसराय पद समाप्त होता और वे दो नवोदित देशों के संयुक्त गवर्नर-जनरल बन जाते। डोमिनियन-स्टेट्स रहने तक ब्रिटिश क्राउन की सरपरस्ती समाप्त नहीं होनी थी।

परन्तु मोहम्मद अली जिन्ना ने लॉर्ड लुई माउण्टबेटन का यह गौरव फीका कर दिया। जिन्ना कोई वीतरागी-गाँधी नहीं थे। उन्हें सत्ता का सर्वोच्च-पद भावी-पाकिस्तान में चाहिए था। गवर्नर-जनरल का पद। इसके लिए वे 2 जुलाई, 1947 को माउण्टबेटन से मिले और प्रकारान्तर से अपनी ख़्वाहिश जाहिर की। बोले कि- वे ख़ुद तो नहीं चाहते मगर कुछ दोस्तों की राय है कि उन्हें ही पाकिस्तान के गवर्नर-जनरल का पद-भार सम्भालना चाहिए। माउण्टबेटन को मन-ही-मन एक हल्का-झटका तो लगा। उन्होंने कायदे-आजम को समझाने की कोशिश की कि वे प्रधानमन्त्री का पद ले लें जो कि शक्ति एवं अधिकार के लिहाज़ से देश का सर्वोच्च-पद है। इसके विपरीत अगर जिन्ना साहब गवर्नर-जनरल बनेंगे तो संवैधानिक रूप से उनके अधिकार सीमित रहेंगे। जिन्ना ने कहा - ''उसकी आप फ़िक्र न कीजिये। मेरी पोज़ीशन दूसरी है। पाकिस्तान के बारे में जो सलाह मैं दूँगा वजीरे-आज़म उसी के मुताबिक मुल्क चलायेंगे। ''इसके दो दिन बाद खिन्न-मन से पाकिस्तान का गवर्नर-जनरल मोहम्मद अली जिन्ना को बनाये जाने के अनुरोध का तार माउण्टबेटन को लन्दन भिजवाना पड़ा। माउण्टबेटन चाहते तो भारत के गवर्नर-जनरल पद को भी अस्वीकार कर इंग्लैण्ड लौट सकते थे। मगर नेहरू जी के इसरार और उस पर गाँधी जी के भी अनुरोध पर उन्होंने जून, 1948 तक भारत के गवर्नर-जनरल के शानदार, किन्तु काँटों के ताजवाले, पद पर बना रहना स्वीकार कर लिया। माउण्टबेटन के लिए जिन्ना के ठीक विपरीत महात्मा गाँधी का रवैया बड़े ही विस्मय का विषय था। जिस उदारता के साथ इस वयोवृद्ध महात्मा ने वायसराय भवन आकर उनको धन्यवाद दिया, उन्हें अपनी दुआयें दीं कि वे न सिर्फ़ स्वतन्त्र भारत के पहले गवर्नर-जनरल का पदभार सम्भालें बल्कि वे अपनी जिम्मेदारियों में कामयाब हों, इस सबसे लॉर्ड माउण्टबेटन के मन में महात्मा गाँधी के प्रति आदर-भाव पहले से कई गुना बढ़ गया।

जिस क्षण एक आराम कुर्सी में निढाल होकर धँसे हुए महात्मा गाँधी अपनी कृशकाय देह से हाथ उठाकर माउण्टबेटन को यह आशीर्वाद दे रहे थे, माउण्टबेटन उनकी उस छवि से अभिभूत थे...सोच रहे थे कि इस इतने महान् व्यक्तित्व को हम अंग्रेज़ों ने कितनी बार जेलों में रखा, अपमानित किया फिर भी यह हमसे नफ़रत नहीं करता...। कितनी सदाशयता और सज्जनता से परिपूर्ण है यह वृद्ध व्यक्ति।

भावुकता में सजल हो आये अपने नेत्र लॉर्ड लुई माउण्टबेटन ने, जिन्हें उनके अपने लोग प्यार से 'डिकी' बुलाते थे, दूसरी ओर फेर लिए।

बँटवारा तो होना था। अवश्यंभावी था। जब दिल बँट गये मजहब और धर्म के नाम पर तो कौन कब तक किसे अलग होने से रोक सकता था? दिलों का बँटवारा अब धरती

के नक्शे पर उतरना था। भारत का नक़्शा, जो सिर्फ एक काग़ज़ का टुकड़ा होते हुए भी काग़ज़ नहीं था। वह तो ऐसा माध्यम था जिसमें हज़ारों-सैकड़ों सालों से भारतवासियों का सांस्कृतिक प्रवाह, मनुष्यता का जीवन-संघर्ष, कोटि-कोटि बलिदान, असंख्य हास्य-रुदन, नृत्य-गान और अट्टहास-कराहों का अतीत और वर्तमान समाया हुआ था। उसमें हल जोतते किसान थे। चूल्हे पर रोटियाँ सेंकती स्त्रियाँ थीं। भेड़-बकरियाँ-गउएँ चराते बालक-वृन्द थे। स्कूल जाते अध्यापक, गोद में दुधमुँहे बच्चे खिलाती दादी-नानियाँ थीं, दुकान पर माल-तोलता बनिया था, काले कोट पहने अदालतों में बहस करते वकील थे, ठेला खींचते मज़दूर थे, नोट गिनते लाला जी थे, नब्ज़ देखते हकीम साहब थे, मौलवी थे, पण्डित थे, चमड़ा और लकड़ी के कारीगर थे, एक-दूसरे से छिप-छिपकर मिलते प्रेमी-युगल थे... एक पूरा हँसता-खेलता अपने जीवन-मरण में डूबा एक-भरा पूरा कलरव करता संसार था...जिसे अब हिन्दू-मुसलमान-सिख के नाम पर एक दूसरे से अलग किया जा रहा था। उसके लिए भारत के पूर्वी और पश्चिमी भागों में दो 'बाउण्ड्री' अर्थात् दो निर्मम विभाजन-रेखाएं खींची जानी अनिवार्य थीं। ब्रिटेन ने इस अप्रिय-कार्य के लिए अपने एक बड़े-अनुभवी-वकील सर सिरिल रेडक्लिफ को 'बाउण्ड्री-कमीशन' का चेयरमैन नियुक्त कर अपने यहाँ से भारत भेजा।

सर सिरिल रेडक्लिफ़ 8 जुलाई, 1947 को दिल्ली पहुँचे। 15 अगस्त के निर्धारित स्वाधीनता दिवस से मात्र पाँच-सप्ताह पूर्व। उन्हें 35 करोड़ की आबादी में से लगभग 9 करोड़ लोगों के भाग्य और भविष्य का आनन-फानन में फ़ैसला करना था।

पंजाब और बंगाल के बँटवारे के लिए दो अलग-अलग विभाजन समितियाँ बनीं, प्रत्येक कमेटी में दो हाईकोर्ट जज भारत की ओर से, दो जज पाकिस्तान की ओर से, साम्प्रदायिकता के आधार पर नियुक्त हुए। रेडक्लिफ़ की देखरेख में इस तरह सी. वी. बिस्वास, बी. के. मुखर्जी (कांग्रेस की ओर से) तथा सालेह मोहम्मद अकरम, एस. ए. रहमान (मुस्लिम लीग की ओर से) बंगाल के विभाजन के लिए लगाये गये।

इसी तरह मेहस्चन्द महाजन, तेजा सिंह (कांग्रेस की ओर से) तथा दीन मोहम्मद, मोहम्मद मुनीर (मुस्लिम लीग) की ओर से पंजाब के बँटवारे के लिए बैठाये गये।

इन सभी जजों की भी अपनी-अपनी शंकाएँ और मनोभावनाएँ थीं। वे अतः ज़्यादा पचड़े में नहीं पड़ना चाहते थे। थोड़ी बहुत सलाह-जानकारी रेडक्लिफ़ को देने भर को तैयार थे। "हमसे कोई मतलब नहीं है" वाला हिन्दू-सिख और मुस्लिम जजों का बेरुख़ी का रवैया था। सिख जज तेजा सिंह तो मुश्किल से कार्यालय के उस कक्ष में बैठ पाता जहाँ मुस्लिम जज होते। बैठता भी तो कैसे? क्रोध से उसका चेहरा प्रायः लाल होता। कारण कि कुछ ही सप्ताह पूर्व उस जस्टिस सरदार तेजा सिंह की बीवी और दो बच्चों को रावलपिण्डी में मुसलमानों ने कत्ल कर दिया था।

रेडक्लिफ़ ने अपना मुख्यालय दिल्ली में बनाया और बंग-भंग के लिए कलकत्ता तथा पंजाब-विभाजन हेतु लाहौर में भी उसके दफ़्तर थे।

इन कार्यालयों में अक्सर सिख, मुस्लिम, बंगाली छुटभइये-नेतागण से भी विभाजन-आयोग के सदस्यों और स्टाफ को माथाफोड़ी करनी पड़ती। लोग अपना-अपना नक्शा, प्रार्थनापत्र, तर्क और आहें लेकर आते। कभी-कभी तो गाली-गलौज पर भी आमादा हो जाते। वे रेडक्लिफ़ को घूस की पेशकश करते। कभी उसके मातहतों को देख-लेने की धमकी देते। जो भी हो इन लोगों को कम समय में पहाड़ जैसे काम को चन्द दिनों में निबटाना था। तो उसमें गल्तियाँ तो होनी थीं। नदी, सड़क, मकान, जंगल, खेत जहाँ-जहाँ से विभाजन की रेखा गुज़रनी थी, वहाँ रक्तपात तो होना ही था, घर उजड़ने ही थे, स्त्रियों की आबरू लुटनी ही थी, बच्चे लावारिस छूटने ही थे।

तू यह जगह खाली कर-अपने मुल्क भाग। इस जगह के अब हम मालिक हैं। मारो-काटो-लूटो-जलाओ की भूमिका भारत भूमि के पूर्वी और पश्चिमी भागों में गढ़ी जा रही थी। क्या विडम्बना थी, कल तक जहाँ सब-कुछ अपना था, आम आदमी वहाँ यह नहीं जानता था चन्द दिन बाद वह सब अपना रहेगा अथवा नहीं? क्या करेंगे कहाँ जायेंगे? आगे की ज़िन्दगी अगर बची तो गुज़र-बसर कैसे होगी? एक अन्दरूनी हाहाकार चारों ओर व्याप्त था जो कभी सिसकियों में भिंचता तो कभी चीख़ बनकर अरण्य रोदन की भाँति आकाश को गुँजा देता था।

सर रेडक्लिफ़ ने दिन-रात एक करके अपना काम समाप्त किया और 9 अगस्त, 1947 को बंगाल के विभाजन की रिपोर्ट और नक्शा तैयार कर लिया। पंजाब का विभाजन प्लान दो दिन बाद 11 अगस्त को तैयार हुआ। इनको गोपनीय दस्तावेज़ों की भाँति उन्होंने लॉर्ड माउण्टबेटन की खिदमत में तत्काल पेश किया और हत्यारी रेखा खींचने वाला वह ब्रिटिश वकील ठीक आज़ादीवाले दिन 15 अगस्त, 1947 को स्वदेश रवाना हो गया। लॉर्ड माउण्टबेटन को कदाचित् फ़िक्र थी कि 'विभाजन का प्लान' यदि स्वतन्त्रता दिवस से पूर्व उसने ज़ाहिर कर दिया तो आज़ादी का जश्न कहीं फीका न पड़ जाये। जो रक्तपात सम्भावित था कहीं समय से पूर्व विस्फोट का रूप धारण न कर ले। वे कुछ किंकर्त्तव्यविमूढ़-से थे। अतः वे उन विभाजन-दस्तावेज़ों को अपने पास ही कई दिन दबाये रहे।

माउण्टबेटन का यह क़दम दुर्भावनाग्रस्त भले ही न रहा हो, मगर उनकी सोच निहायत ग़लत थी। यदि बार्डर के इस पार-उस पार के रहने वाले नागरिकों और ग्रामीणों को विभाजन रेखा का आज़ादी की तिथि से कुछ दिन पूर्व सही-सही पता चल जाता कि उनका-निवास, उनकी-आबादी, उनकी-बस्ती आदि इलाक़े पाकिस्तान का हिस्सा बननेवाले हैं तो मुस्लिम परिवार उसमें बसे रहते, हिन्दू नागरिक बाल-बच्चों सहित बॉर्डर-पार पलायन कर जाते। ऐसा ही भारत में कट जानेवाले भूभागों के बॉर्डर के इधर के मुस्लिम निवासियों को भी पहले से मानसिक रूप से तैयार होने का मौका मिल जाता। वायसराय के उस एक विलम्बित गलत फैसले ने जननेताओं को भी 15 अगस्त, 1947 तक अनभिज्ञ रखा और जिन्हें क़त्लो-ग़ारत के दिन देखने थे उन हज़ारों-लाखों निर्दोष

स्त्री-पुरुष-बूढ़े-बच्चों ने विभाजन घोषित होते ही वायसराय की उस एक-गलती की भारी-क़ीमतें चुकायीं।

माउण्टबेटन ने भारत की आज़ादी के समय वायसराय और उसके बाद भारत के गवर्नर-जनरल के रूप में कई अच्छे काम किये मगर जो विभाजन के फलस्वरूप हिन्दू-सिख ओर मुसलमानों के भारी नरसंहार हुए उसमें मरनेवालों के रक्त के दाग उनकी वर्दी पर भी पड़े, जो कि किसी तरह मिटाये नहीं जा सकते। काश! रेडक्लिफ़ की रिपोर्ट माउण्टबेटन ने नेतागण को, चाहे वे नेहरू-पटेल रहे हों, चाहें जिन्ना-लियाक़त, समय से दिखा दी होती और फील्ड मार्शल आचिनलेक की सुप्रीम कमाण्ड में लगी बॉर्डर फोर्स को सीमावर्ती क्षेत्रों में सेना की समय से कायदे से तैनाती कराकर, पलायन कर रहे हिन्दू-मुस्लिम जत्थों को शीघ्रता से वहाँ से निकालने की माउण्टबेटन ने व्यवस्था कर दी होती, तो लाखों जानें उस तरह न जातीं जिस तरह क्रूरतापूर्वक ले ली गयीं, हज़ारों युवतियों का शीलभंग होने से बच जाता। असंख्य घायलों की संख्या में भी भारी कमी आती। आबादियों का तबादला तब थोड़ा बेहतर ढंग से होता। पंजाब उस तरह साम्प्रदायिक आग में न जलता, जिस तरह आनेवाले दिनों में जला।

पंजाब के हालात तो कई माह पूर्व से बिगड़ने शुरू हो गये थे। यह सारा तूफ़ान अचानक नहीं आया था। यह खेल कुछ लोगों ने बहुत सोच-समझकर खेला था। पंजाब के अंग्रेज़ गवर्नर मुडी और सीमान्त प्रान्त के गवर्नर कनिंघम और ऐसे ही दर्जनों सिविल एवं मिलिट्री अंग्रेज़ अफ़सरों ने और बाउण्ड्री फ़ौज के अंग्रेज़ों ने प्रत्यक्ष-अप्रत्यक्ष रूप से साम्प्रदायिकता की आग को सुलगाया और अनेक जगह उसे बुझने से रोका।

इस बीच महात्मा गाँधी एक बार 6 अगस्त, 1947 को लाहौर की यात्रा पर भी गये और उन्होंने वहाँ शान्ति स्थापित करने के लिए लोगों से बातचीत की। गाँधी जी ने कहा -

"अगर हिन्दू, मुसलमान, सिखों की यह मौजूदा लड़ाई इसी तरह चलती रही तो यह किसी भी विदेशी के हिन्दुस्तान पर हमला करने के लिए निमन्त्रण होगा। मेरी सबसे प्रार्थना है कि इस लड़ाई और मारकाट को फ़ौरन बन्द कर दें।... मैं अपनी ज़िन्दगी का बाक़ी हिस्सा पाकिस्तान में बिताऊँगा, या तो पूर्वी बंगाल में रहूँगा या पश्चिमी पंजाब और सीमा प्रान्त में।"

गाँधी जी ने उस कठिन अवसर पर अख़बारों को उनका फर्ज याद दिलाते हुए कहा-"इस वक्त जबकि हम बारूदख़ाने पर बैठे हुए हैं, चौथी-स्टेट प्रेस को बहुत ज़्यादा समझदार और मौन होने की ज़रूरत है। इस वक्त नासमझी चिनगारी का काम करेंगी। मुझे उम्मीद है कि हर एडीटर और संवाददाता पूरी तरह अपने फ़र्ज़ को समझेगा।"

इसके बाद महात्मा गाँधी बंगाल की ओर चले गये जबकि पंजाब को उनकी ज़्यादा ज़रूरत थी। एक चना कहाँ-कहाँ भाड़ झोंकता? इसकी अपनी अलग कहानी है।

गवर्नर-जनरल लॉर्ड माउण्टबेटन महात्मा गाँधी के कलकत्ता, नोआखाली और बिहार में कुछ माह पूर्व किये गये शान्ति-अभियान के बारे में भली-भाँति अवगत हो चुके थे। उन्होंने गाँधी जी से अनुरोध किया कि वे कृपया कलकत्ता चले जाये क्योंकि उन्हें विश्वास है कि बंगाल के विभाजन से जो जनाक्रोश वहाँ उभरेगा वह महात्मा जी की उपस्थिति मात्र से अनियन्त्रित होने से बच जायेगा। दंगे कदाचित् नहीं होने पायेंगे। गाँधी जी मान गये। वे वैसे भी खण्डित-भारत के स्वतन्त्रता-दिवस पर दिल्ली में उपस्थित नहीं रहना चाहते थे। गाँधी जी 9 अगस्त को कलकत्ता पहुँच गये।

सुहरावर्दी को ख़बर लगी, वह कराची गया हुआ था। वह भागा-भागा कलकत्ता वापस आया। कराची वह अपनी राजनैतिक सम्भावनाएँ तलाशने के लिए गया था। जिन्ना के रहते उसे अपनी कोई महत्त्वाकांक्षा पूर्ण होती नज़र न आयी। पूर्वी बंगाल के नेतृत्व के लिए भी जिन्ना ने सुहरावर्दी के प्रतिद्वन्द्वी नाज़िमुद्दीन को नामजद कर दिया था। कलकत्ता पूर्वी बंगाल में निकल जाने के कारण वहाँ का मुख्यमन्त्री पद भी अब उसके पैरों के नीचे से चला ही जाना था। बहरहाल सुहरावर्दी के लिए उसकी पसन्द और ऐयाशियों का प्यारा-शहर कलकत्ता तो अभी भी अपनी जगह था।

कलकत्ता आकर सुहरावर्दी महात्मा गाँधी से मिला और फिर उसने महात्मा गाँधी के दिव्य व्यक्तित्व से जुड़कर कलकत्ता में हिन्दू-मुस्लिम एकता के लिए उन दिनों वाक़ई गम्भीरता एवं आश्चर्यजनक ढंग से काम किया। गाँधी जी ने कलकत्ता में कहा कि वे नोआखाली जाना चाहते हैं। कलकत्ता के अनेक मुसलमानों ने तब अपने ऊपर मँडराते साम्प्रदायिक ख़तरों के दबाव में गाँधी जी से प्रार्थना की कि वे कुछ अरसा कलकत्ता छोड़कर कहीं न जाये। गाँधी जी ने इस पर अपनी शर्त रखी कि अगर मुस्लिम-समुदाय नोआखाली क्षेत्र के अल्पसंख्यक-हिन्दुओं की सुरक्षा की ज़िम्मेदारी लें तो वे नोआखाली नहीं जायेंगे। गाँधी जी की इस रणनीति का व्यापक असर हुआ। कलकत्ता के असरदार मुसलमानों ने नोआखाली के अपने बिरादरों को सन्देश और सन्देशवाहक भेजे और वास्तव में कलकत्ता और पूर्वी बंगाल की हिन्दू-मुस्लिम जनता के सम्मिलित प्रयासों से सर्वत्र भाईचारा बना रहा। कलकत्ता की सड़कों पर हिन्दू-मुस्लिम एकता के नारे लगते। लोग शान्ति मार्च करते रहते।

एक बार कलकत्ता में हल्के से उपद्रवों की शुरूआत के प्रयत्न भी हुए परन्तु गाँधी जी के 73 घण्टे के उपवास ने वहाँ के हिन्दू-मुस्लिम समुदायों को पुनः मनुष्यता के रंग में रँग दिया। हुआ यों कि गाँधी जी को कलकत्ता में शान्ति बनाये रखने में 15 दिन लगातार सफलता मिलती रही किन्तु अराजक तत्त्वों को भला हे कहाँ बर्दाश्त? दो ग़रीब आदमी अचानक एक सड़क पर उपद्रवियों द्वारा नृशंसतापूर्वक मार डाले गये। बदले में दो मुसलमान युवकों को उग्र हिन्दुओं की उत्तेजित भीड़ सड़क से पकड़कर ले गयी। वे युवक डरकर स्वयं को हिन्दू बताते रहे। तब उनके पायजामे खुलवाकर आततायियों ने देखे। वे सुन्नत के कारण मुस्लिम साबित हुए। मारते-पीटते हुए लोगों की भीड़ उन्हें हुगली नदी के किनारे ले गयी और फिर क़त्ल करके नदी में ढकेल दिया। कुछ ग़रीब

बस्तियों में दंगाइयों ने झोपड़ियों में आग लगा दी और धारदार हथियारों से अनेक लोगों को बुरी तरह ज़ख़्मी कर दिया। बलवाइयों पर पुलिस ने गोली चला दी। कुछ लोग मारे गये। महात्मा गाँधी ने शहीद सुहरावर्दी के हैदरी हाउस से निकलकर सड़क पर पड़ी उन दो ग़रीब आदमियों की रक्तरंजित लाशों को और उपद्रव के फलस्वरूप कलकत्ता शहर के कुछ इलाक़ों में उठते हुए काले धुएँ को स्वयं देखा। दूर कहीं गोलियों की धाँय-धाँय सुनी। फलस्वरूप दुःखी हो, उन्होंने अपने अन्तिम अस्त्र 'आमरण अनशन' की घोषणा की और कलकत्ता में शान्ति बहाली ही नहीं हिन्दू-मुस्लिम समुदायों में हृदय-परिवर्तन होने तक अनशन जारी रखने की शर्त के साथ 'हैदरी हाउस' के एक कोने में चटाई पकड़ ली और लेट गये।

गाँधी के आमरण उपवास शुरू करने की ख़बर फैलते ही पूरे कलकत्ते में सनसनी फैल गयी। कलकत्ते के अनेक बुद्धिजीवी और संवेदनशील लोग हिल गये। जो लोग गाँधी जी से मिलने आते, गाँधी उनसे शान्ति के अतिरिक्त हृदय-परिवर्तन का भी प्रमाण माँगते। महात्मा गाँधी के साथ के लोग आये हुए लोगों के भीतर यह बात गहराने में कामयाब रहे कि अगर बापू को कुछ हो गया तो जो वचन उन्होंने कलकत्ता में मुसलमानों से लिया है नोआखाली क्षेत्र के हिन्दुओं की प्राणरक्षा का, वह भी भंग हो जायेगा तब कोई नहीं बचेगा। हिन्दू और मुसलमान दोनों तबाह हो जायेंगे।

देखते-ही-देखते कलकत्ता में "हिन्दू-मुस्लिम भाई-भाई" का नारा लगाते हुए जनता के मार्च निकलने लगे। पुलिस-प्रशासन ने दंगाइयों की धर-पकड़ तेज़ कर दी। फलतः अनेक गुण्डे-हिन्दू और मुसलमान दोनों तबकों के-अनशनरत गाँधी जी के सामने उपस्थित हुए और उन्होंने उनके सामने अपने हथियार धरती पर गिराकर फिर कभी हिंसा नहीं करने की क़समें खायी। हज़ारों हिन्दू-मुसलमानों ने शान्ति सभा की। उनके प्रतिनिधि और नेता गाँधी जी से मिले और हृदय परिवर्तन का आश्वासन दिया। तब महात्मा गाँधी ने अपना अनशन तोड़ा। तीन दिन में इस तरह कलकत्ता महानगर में शान्ति बहाल हो गयी।

जब 15 अगस्त से पूर्व व पश्चात् विभाजित पंजाब धू-धू करके जल रहा था, महात्मा गाँधी के कलकत्ता प्रवास, दिन-रात नगर भ्रमण, प्रवचन, प्रार्थना-सभा और अन्त में उपवास की बदौलत विभाजित-बंगाल आश्चर्यजनक रूप से शान्ति और अहिंसा की दुनिया में एक अभूतपूर्व मिसाल बना हुआ था। कलकत्ता और समूचे बंगाल में गाँधी जी की शानदार सफलता को देखकर माउण्टबेटन ने गाँधी को 'वन मैन आर्मी' की संज्ञा दी। वास्तव में पंजाब में हुए भयंकर दंगों' को 50,000 सशस्त्र सिपाही भी रोक न पाए। जबकि बंगाल में अकेले गाँधी जी का महान् व्यक्तित्व वह असम्भव कार्य बिना किसी हथियार कर गया।

6 अगस्त, 1947 को दिल्ली के लाल क़िले में एक पार्टी का आयोजन हुआ। भारत की बँट चुकी सेना के अफ़सरों ने सर्वोच्च परम्पराओं का पालन करते हुए पाकिस्तान जानेवाले

मुस्लिम फ़ौजी अफ़सरों को एक फ़ेयरवेल पार्टी दी। इस विदाई समारोह में भारत की अन्तरिम सरकार के प्रधानमन्त्री पण्डित नेहरू, रक्षामन्त्री सरदार बलदेव सिंह और नये भारतीय कमाण्डर-इन-चीफ जनरल करिअप्पा उपस्थित थे।

एक अत्यन्त भावुक अवसर। वर्षों साथ रहे लोग अब अलग-अलग मुल्कों की सेना में जा रहे थे। अंग्रेज अफ़सर जबरन मुस्कुरा रहे थे। दो मुल्कों में फ़ौज का बंटवारा भी एक अभूतपूर्व और अनोखी घटना थी। अंग्रेज़ फ़ौजी अफ़सरों को कुछ ही महीनों के भीतर भारत छोड़ देना था। मुसलमान अफ़सर नयी बन रही सरहद के उस पार जानेवाले थे। शेष ग़ैर-मुसलमान अफ़सर हिन्दू-सिख आदि को नये उदित होते भारत राष्ट्र की सरहदों की रक्षा का जिम्मा उठाना था।

इस अवसर पर जनरल करिअप्पा ने अपने स्वर में यथाशक्ति दृढ़ता और आशावादिता का बल भरते हुए कहा-"हम फिर मिलेंगे। अब तक हम लोग एक साथ काम करते रहे हैं। बाहरी हमलावरों से दोनों देशों की रक्षा में उसी तरह हम लोग काम करते रहेंगे। अब हम भले ही दो सेनाओं में काम कर रहे हों, लेकिन कोई कुछ भी कहे हमें उम्मीद है कि हमारी दोस्ती पर कोई आँच नहीं आने पायेगी।..."

"आमीन!" मुसलमान अफ़सरों की ओर से ब्रिगेडियर रज़ा ने कहा। सबने एक-दूसरे से हाथ मिलाया। कुछ की आँखें नम हुई। सभी ने एक-दूसरे की सेहत के लिए जाम उठाकर होंठो से लगाया। फिर सबने मिलकर एक कोई जोशीला-सा गीत गाया।

तीन दिन बाद जब गाँधी जी ट्रेन द्वारा अपने शान्ति-मिशन पर कलकत्ता जा रहे थे, इस लाल क़िले में शामिल होनेवाले तीन पाक फ़ौजी अफ़सरों को सिखों ने लाहौर जानेवाली एक ट्रेन में मार डाला। उसी ट्रेन में पाकिस्तान के डेढ़ सौ अन्य अफ़सर अपने बीवी-बच्चों के साथ मारे गये। जब फ़ौजियों का यह हाल हुआ तो सामान्य नागरिकों के साथ क्या गुज़रना शुरू हो चुका था? उसकी तो कल्पना भी असह्य थी।

लाहौर और अमृतसर के बीच मुसाफिरों से ठसाठस भरी रेलगाड़ियाँ चलतीं। छतों तक पर हज़ारों स्त्री-पुरुष चढ़े होते। मार्ग में कहीं भी चेन खींचकर रेलगाड़ियाँ रोक ली जातीं और फिर उन पर सशस्त्र बलवाइयों का हमला होता। कहीं मुसलमान बलवाई तो कहीं सिख बलवाई। ढूँढ़-ढूँढ़कर विधर्मी स्त्री-पुरुष और बच्चों तक का धारदार हथियारों से कत्ल होता। स्त्रियों की छातियाँ काट ली जातीं। उनके गहने-ज़ेवर लूट लिए जाते। कम उम्र लड़कियों को हमलावर घसीटकर अपने साथ लूट के माल की भाँति उड़ा ले जाते। ट्रेन-कम्पार्टमेण्टस में चीख़-पुकार के बीच बहते रक्त और लाशों और घायलों को लिए-दिये ट्रेनें फिर आगे बढ़तीं। हिन्दुस्तान अथवा पाकिस्तान की सरहद की ओर।

ऐसी ही न जाने कितनी अभागी ट्रेनें दोनों बँटते हुए मुल्कों के बीच चलीं और विभाजन के बीच भी स्थिति नियन्त्रण होने तक हफ़्तों चलती रहीं।

अधिकांश पलायन करते हुए लोग अपना सबकुछ पीछे छोड़, थोड़ा-बहुत सामान गठरी-गुदड़ी में बाँध-बूँधकर सर पर धरे सड़क मार्ग से ही लम्बे काफ़िलों में जाते-आते रहे। बैलगाड़ियों में और पैदल मीलों का कष्टकर सफ़र तय करते। भूखे प्यासे मार्ग में अनेक जगह बर्बर हमलों को झेलते हुए।

कोई-कोई स्त्री-पुरुष तो थककर इतने चूर हो जाते कि गोद के बच्चे को भी मार्ग में ही लावारिस छोड़ देते। आगे उस बेचारे की क़िस्मत। कोई जीप वग़ैरा गुज़रती तो कोई बूढ़ा कोई औरत जिसके परिजन मर-कट गये थे अपने एकमात्र गोद के बच्चे को लेकर उस ओर झपटते हुए दौड़ते। वाहन के पीछे-पीछे दौड़ते हुए गुहार लगाते-''इसे भी लेते जाओ...शायद बेचारा तुम्हारी कृपा से बच जाये।'' वाहन से अनेक हाथ इनकार में उन्हें बरजते हुए बाहर आते। भीतर जगह कहाँ है? धूल और धुएँ का गुबार छोड़ती वह गाड़ी आगे निकल जाती।... मनुष्यता मर रही थी... घिसट रही थी...फिर भी अभी अधमरी-जी रही थी... क्योंकि अटकी हुई साँसें शरीर से विलग नहीं हो सकी थीं... 'बदले' और 'ख़ून के बदले ख़ून' का राक्षसी भाव पीछे से पलायन करते लोगों का जैसे निरन्तर पीछा कर रहा था। ईश्वर ने कहीं मुँह छिपा लिया था।

7 अगस्त, 1947 की जिन्ना एक डकोटा वायुयान में सवार होकर कराची चले गये। जाते समय वायसराय माउण्टबेटन उन्हें ख़ुद छोड़ने दिल्ली के हवाई अड्डे तक गये। जाते समय 'पाकिस्तान के जनक' को उन्होंने एक रोल्स-रॉय कार तथा एक मुसलमान नवजवान ए.डी.सी. लेफ्टीनेण्ट अहसन उपहार में दिया। जिन्ना साहब ने जाते समय हिन्दुओं और मुसलमानों को बीती बातें भुला देने की 'नेक सलाह' दी और भारत की उन्नति की आशा जतायी।

भारतभूमि से पूर्वी पाकिस्तान और पश्चिमी पाकिस्तान का 'केक' काटनेवाले जिन्ना अभी भी बहुत-कुछ चाहते थे। अभी भी उनकी निगाहें जूनागढ़, हैदराबाद और कश्मीर जैसी रियासतों पर लगी थीं। भोपाल के नवाब का दिल जिन्ना के समर्थन में धड़कता था। सबसे विचित्र बात यह थी कि जिन्ना पाकिस्तान के दोनों हिस्सों को सड़क और रेलमार्ग से जोड़ने के लिए भारत के सीने पर से एक ज़मीनी-गलियारा भी निकलवाना

चाहते थे। उनकी इस वाहियात माँग को पटेल और नेहरू ने सिरे से ठुकरा दिया।

जिन्ना के प्रस्थान के अगले दिन सरदार पटेल ने कहा-"भारत के शरीर से ज़हर अलग कर दिया गया। हम लोग अब एक हैं और हमें कोई अलग नहीं कर सकता। नदी या समुद्र के पानी के टुकड़े नहीं हो सकते। जहाँ तक मुसलमानों का सवाल है, उनकी जड़ें उनके धार्मिक स्थान और केन्द्र यहाँ हैं। मुझे पता नहीं कि वे पाकिस्तान में क्या करेंगे ? बहुत जल्द वे हमारे पास लौट आयेंगे।"

सरदार पटेल बँटवारे के निर्णय के बावजूद यदि आशा की एक किरण पाले हुए थे, जिसका वे दिल्ली, बम्बई और दूसरी जगहों पर अक्सर जिक्र किया करते थे, वहीं मौलाना आज़ाद पूरी तरह से इस सम्बन्ध में हताश हो चले थे। सारी ज़िन्दगी उन्होंने 'हिन्दू-मुस्लिम एकता' और 'भारत की अखण्डता' की दुहाई दी, बदले में उन्हें ज़्यादातर हिन्दुओं का सम्मान और ज़्यादातर मुसलमानों की ओर से अपमान मिला। बँटवारे से महीनों पहले एक यात्रा के दौरान जब मौलाना आज़ाद की ट्रेन अलीगढ़ रेलवे स्टेशन पर रुकी तो अलीगढ़ मुस्लिम यूनिवर्सिटी के कुछ छात्रों ने उनके मुँह पर थूक दिया था। बँटवारे से कुछ हफ्तों पहले ही मौलाना आज़ाद ने लाहौर के एक नेता शोरिश कश्मीरी से एक इण्टरव्यू में कहा था-

"नफ़रत से पैदा हुई कोई चीज़ तभी तक क़ायम रहती है जब तक वह नफ़रत क़ायम रहती है। यह नफ़रत भारत और पाकिस्तान के रिश्तों पर हमेशा हावी रहेगी। ऐसे हालात में यह कभी मुमकिन नहीं होगा कि भारत और पाकिस्तान में दोस्ती हो जाये और वे शान्ति से साथ-साथ रह सकें, बशर्ते कि कोई क़यामत न आ जाये। पाकिस्तान के लिए यह मुमकिन नहीं होगा कि वह भारत के सभी मुसलमानों को अपना सके। हिन्दुओं के लिए ख़ासकर पश्चिमी पाकिस्तान में रहना नामुमकिन हो जायेगा।"

14-15 अगस्त, 1947 की मध्य रात्रि के ठीक बाद भारत स्वतन्त्र हुआ। कराची में पाकिस्तान ने अपनी आज़ादी का जश्न एक दिन पूर्व 14 अगस्त, 1947 को दिन में जिन्ना की ज़ेरे-क़यादत में मनाया, जिसमें ब्रिटिश प्रतिनिधि की हैसियत से लॉर्ड माउण्टबेटन भी सपत्नीक जाकर शामिल हुए। शाम को माउण्टबेटन दिल्ली वापस लौट आये और 15 अगस्त, 1947 के दिन वे लहलहाते भारतीय जनसैलाब के बीच भारतीय स्वतन्त्रता समारोह में भारतीय नेताओं के साथ शामिल हुए। एडविना माउण्टबेटन इस समारोह में भी जन-समूह को हाथ हिलाती मौजूद रहीं। उससे विगत रात्रि...

14 अगस्त, 1947 की रात ठीक 11 बजे संविधान-सभा के अध्यक्ष डॉ. राजेन्द्रप्रसाद संसद-भवन आये। सभा की कार्यवाही श्रीमती सुचेता कृपलानी द्वारा गाए गये 'वंदे मातरम्' से प्रारम्भ हुई। उसके बाद डॉ. राजेन्द्रप्रसाद ने अपने भाषण में देश के शहीदों को श्रद्धांजलि दी।

तत्पश्चात् हुआ प्रधानमन्त्री पण्डित जवाहरलाल नेहरू का वह ऐतिहासिक भाषण-

"वर्षों पहले हमने नियति के साथ प्रतिज्ञा की थी, अपना लक्ष्य निर्धारित किया था

और अब वह समय आ गया है कि हम अपनी प्रतिज्ञाओं को पूरा करें, जो संपूर्ण रूप से तो नहीं, लेकिन बहुत हद तक पूरी हो रही हैं। आधी रात के बारह बजे हैं। इस शुभ घड़ी में जब संसार सो रहा है, भारत जागकर जीवन और स्वतन्त्रता प्राप्त करेगा।...''

पण्डित नेहरू के यह शब्द भी थे-''भारत की सेवा का अर्थ करोड़ों पीड़ितों की सेवा है। इसका अर्थ दरिद्रता और अज्ञान और अवसर की विषमता का अन्त करना है। हमारी पीढ़ी के सबसे बड़े आदमी की यह आकांक्षा रही है कि प्रत्येक आँख के प्रत्येक आँसू को पोंछ दिया जाये। ऐसा करना हमारी शक्ति के बाहर हो सकता है, लेकिन जब तक आँसू हैं और पीड़ा है, तब तक हमारा काम पूरा नहीं होगा।...''

- और उस पीढ़ी का सबसे बड़ा आदमी देश की आज़ादी की तड़क-भड़क से कोसों दूर 15 अगस्त, 1947 के दिन कलकत्ता में अकेला एक विदीर्ण-हृदय लिए, चुपचाप बैठा चरखा कात रहा था। मोहनदास करमचन्द गाँधी नामक उस बूढ़े आदमी के आस-पास न तो कोई भारत का तिरंगा ध्वज था न ही पाकिस्तान का हरा झण्डा। खण्डित स्वतन्त्रता और देश के पश्चिमी भाग में धधकती अमानुषिक हिंसा ने उसके अहिंसा और बंधुत्व के आदर्श सपनों को चकनाचूर कर दिया था। देशवासियों के लिए स्वतन्त्रता का यह दिन यदि चिर-प्रतीक्षित परम-आह्लाद का विषय था तो यह महात्मा गाँधी के लिए एक अनचाहे महाशोक से अधिक और कुछ भी नहीं था।

18

'लौह पुरुष' का राष्ट्र-अभियान

स्वतन्त्रता का सूर्योदय 15 अगस्त, 1947 को 190 वर्ष की लम्बी प्रतीक्षा के बाद हुआ। देखा जाये तो लगभग 750 वर्षों की विदेशी सत्ताओं की गुलामी से उस दिन यह देश आज़ाद हुआ।

करोड़ों देशवासियों की भाँति सरदार पटेल भी विगत मध्यरात्रि के बाद से अति-प्रसन्न थे। उन्होंने संविधान सभा के सभी सदस्यों के साथ मातृभूमि की सेवा की शपथ ली। यह उनके अथवा किसी भी स्वाधीनता संग्राम सेनानी के जीवन का चरम क्षण था। स्वतन्त्रता का वरण यदि एक ओर देशभक्त भारतवासियों के लिए एक बहुत बड़ी विजय थी तो देश का विभाजन एक बहुत बड़ी त्रासदी भी।

स्वतन्त्रता प्राप्ति की इस प्रभात वेला में इस स्वतन्त्रता को अक्षुण्ण रखने, राष्ट्र निर्माण और समूचे राष्ट्र का एकीकरण करने का गुरुतर दायित्व दो व्यक्तियों के कंधों पर प्रमुख रूप से आया। प्रधानमन्त्री एवं विदेशमन्त्री पण्डित जवाहरलाल नेहरू पर, जो महात्मा गाँधी की पहली पसन्द थे और उप प्रधानमन्त्री, गृहमन्त्री एवं सूचना-प्रसारण मन्त्री सरदार वल्लभभाई पटेल पर, जो गाँधी जी के परम अनुयायी थे। राह बहुत कठिन थी। कई मायनों में अनजानी भी। दोनों शीर्ष-नेताओं में एक अपेक्षाकृत युवा था और उत्साह से भरा हुआ, दूसरा बूढ़ा हो चला मगर राष्ट्र निर्माण के लिए अपना सब-कुछ झोंक देने

के लिए दृढ़-संकल्पित था। सरदार पटेल 72 वर्ष के होने को आये किन्तु वे अपने जर्जर होते शरीर के बावजूद जीवन की अन्तिम श्वास तक कठोर परिश्रम करने के मज़बूत इरादे को लेकर मैदान में उतरे थे।

अंग्रेज़ जिस हड़बड़ी में हिन्दुस्तान छोड़ना चाहते थे, ख़ासकर लॉर्ड माउण्टबेटन और उधर मुस्लिम लीग के सर्वोच्च नेता मोहम्मद अली जिन्ना जिस तरह 'पाकिस्तान' की ख़ातिर मरने-कटने का माहौल देश में बना चुके थे, उसके परिणामस्वरूप भारत को स्वतन्त्रता तो मिली, मगर विभाजन का दंश सहने के बाद।

भारत की पूर्वी सीमाओं पर 'पूर्वी पाकिस्तान' का और पश्चिमी सीमान्त पर 'पश्चिमी पाकिस्तान' का आज़ाद हिन्दुस्तान के साथ ही जन्म हुआ। यह वह सौभाग्यपूर्ण और दुर्भाग्यपूर्ण समय था जिसके लिए देश अभी कदाचित् पूरी तरह तैयार नहीं था। वह तैयार नहीं था इस तरह की आज़ादी के लिए। वह तैयार नहीं था ऐसे कष्टकारी विभाजन के लिए। विभाजन के फलस्वरूप हिन्दुस्तान और पाकिस्तान के बीच लाखों की संख्या में आबादी का स्थानान्तरण भी अवश्यम्भावी हो गया। बॉर्डर के आरपार लाखों मुसलमान हिन्दुस्तान से पाकिस्तान की ओर गये। उसी तरह लाखों हिन्दू एवं सिख पाकिस्तान से हिन्दुस्तान की ओर पलायन के लिए मजबूर हुए। भयंकर साम्प्रदायिक मार-काट, धन-जन और आबरू की हानि हुई। उसका कोई हिसाब नहीं।

इस सम्बन्ध में लगाये गये एक अनुमान के मुताबिक़ 1 करोड़ 45 लाख हिन्दुओं और मुसलमानों ने विभाजित भारत के बॉर्डर्स के दोनों तरफ़ क्रॉस किया। मारकाट से बचकर जो मुसलमान अपने सपनों के 'पाकिस्तान' में दाख़िल हो सके उनकी संख्या 72 लाख 26 हज़ार के लगभग थी। इसी तरह जिन अभागे हिन्दुओं को नव-निर्मित पाकिस्तान छोड़कर 'हिन्दुस्तान' में शरणार्थी बनना पड़ा उनकी संख्या 72 लाख 95 हज़ार के लगभग थी। देश के बँटवारे की इस अभूतपूर्व त्रासदी में लगभग 20 लाख निर्दोष स्त्री-पुरुष बालक और वृद्ध मारे गये। अब इनमें हिन्दुओं और मुसलमानों की लाशों का हिसाब देना घोर अमानुषिक होगा। विस्थापन का दर्द एक विस्थापित ही जानता है। किसी दूसरे द्वारा उसका शतांश भी बयान कर पाना सम्भव नहीं। सैकड़ों सालों से साथ-साथ रहे लोग-धर्म और मज़हब के नाम पर-अचानक एक-दूसरे के जानी-दुश्मन हो गये। इस तरह लाखों की तादाद में बच्चों-बूढ़ों-स्त्रियों को मौत के घाट उतार दिया गया। हज़ारों स्त्रियों का शीलभंग हुआ। सैकड़ों हिन्दू और मुसलमान युवतियों को विधर्मी आततायी अपहरण करके उठा ले गये। मानवता शर्मसार हुई। ईश्वर और अल्लाह न जाने कहाँ मुख मोड़कर चले गये? संसार से अथवा लोगों के दिलों से।

'गृहमन्त्री होने के नाते साम्प्रदायिक उन्माद को शांत करने और शरणार्थियों की सुरक्षा का प्रधान दायित्व सरदार पटेल के समक्ष उपस्थित हुआ। उन्होंने दिन-रात एक कर इसके लिए हर-सम्भव प्रयत्न किये। सरदार पटेल 30 अगस्त, 1947 को जालन्धर गये, क्योंकि बार्डर के दोनों ओर का पंजाब सुलग रहा था।

इस समय देश की उपद्रवग्रस्त और अस्तव्यस्त स्थिति का अनुमान सरदार पटेल के एक पत्र से मिलता है जो उन्होंने गाँधी जी को अपने पंजाब दौरे से छह दिन पूर्व लिखा था-

नयी दिल्ली

24 अगस्त, 1947

श्रद्धेय बापू,

पंजाब की स्थिति अत्यन्त गम्भीर है। लोग सारी मानवीय भावना खो बैठे हैं और गाँवों तथा क़स्बों को जला रहे हैं और निर्दोष व्यक्तियों की हत्या इस प्रकार कर रहे है, जैसे कि वे लकड़ी के टुकड़े कर रहे हों। इन अपराधों को करने में सेना ओर पुलिस ने भी उनसे हाथ मिला लिए हैं। हज़ारों की संख्या में लोग अपने घरों को छोड़कर भाग गये हैं और वे जहाँ भी जाते हैं, वहाँ के वातावरण में घबराहट पैदा कर देते हैं।

लगभग 85 प्रतिशत पुलिसकर्मी मुसलमान हैं, वे दंगाइयों के साथ मिल गये हैं। कोई नहीं जानता कि पाकिस्तानी पंजाब में क्या हो रहा है? लोग लाखों की संख्या में अपने घरों से भाग रहे हैं।

आज जवाहर ने जालंधर और अमृतसर के लिए पंजाब में शान्ति बहाल करने के लिए भारत और पाकिस्तान के मन्त्रियों के संयुक्त सम्मेलन में भाग लेने हेतु प्रस्थान किया है। लीग के मन्त्री भी वहाँ पहुँचेंगे। लेकिन स्थिति पहले ही नियन्त्रण से बाहर हो गयी है। सुशीला (डॉ. सुशीला नैयर, जिन्हें गाँधी जी ने शरणार्थियों की सेवा एवं उपचार के लिए पंजाब में छोड़ दिया था) के पत्र के प्राप्त होने पर मैंने आज दो तार भेजे-एक लियाक़त अली खान (पाकिस्तान के प्रधानमन्त्री) को और दूसरा त्रिवेदी (चन्दू लाल त्रिवेदी, पूर्वी पंजाब के गर्वनर) को। जो तार कराची भेजा गया है, वह वहाँ पहुँच जायेगा, लेकिन पंजाब में इसके त्रिवेदी तक पहुँचने की संभावना नहीं है।

रेल संचार भी गड़बड़ा गया है। जब जवाहरलाल यहाँ वापस आयेंगे, तब मैं आपको अद्यतन स्थिति से अवगत कराऊँगा। इसका देश के अन्य भागों पर भी प्रभाव पड़ने की सम्भावना है। उस स्थिति में हालात पर काबू पाना बहुत मुश्किल हो सकता है। लोगों की निरन्तर धारा हर रोज पंजाब से दिल्ली पहुँच रही है। वे हमें दिन से रात तक चैन नहीं लेने देते। वे शोक और भय से लदे हुए हैं और उनके घावों पर मरहम लगाना एक अत्यन्त कठिन कार्य है।...

(ऐसा लिखते हुए सरदार पटेल की स्मृति में एक दुबली-पतली सलवार-कुर्ता पहने सिर पर पट्टी बाँधे उस पंजाबी स्त्री का शिकायत और ख़ौफ़ से भरा चेहरा उभरा जो अपने दस वर्षीय मासूम-से पुत्र की कलाई थामे बिलखती हुई उनसे कह रही थी-''यह क्या कर दिया आप लोगों ने? लाहौर में उन दरिन्दों ने मेरे आदमी को मार डाला और मेरी जवान बेटी को उठा ले गये। हमारा सब-कुछ लूट गये। अब आप ही बताओ हम किधर जाये? इधर दिल्ली में तो हमारा कोई भी नहीं... सरदार का दिल डूबने लगा था।

उन्होंने अपनी गाडी से उस स्त्री को एक शरणार्थी-शिविर तक पहुँचवाया था। ऐसे न जाने कितने उदाहरण थे। पर उस स्त्री का चेहरा जैसे उनके ज़हन में स्थायी हो चुका था। "ये की कर दित्ता तुसी?..." उसके इस प्रश्न का जवाब उनके या किसी के पास न था)-

...खाद्य-स्थिति भी बहुत बिगड़ गयी है। जिन प्रान्तों के पास अतिरिक्त अनाज है, वे अपना अतिरिक्त कोटा दूसरों को देने के लिए राज़ी नहीं हैं। आन्ध्र में प्रकाशम (टी. प्रकाशम, आन्ध्र के अनुभवी कांग्रेसी नेता, आन्ध्र और मद्रास के मुख्यमन्त्री) और रंगा (आन्ध्र की प्रदेश कांग्रेस कमेटी के अध्यक्ष -एन.जी. रंगा) लोगों को गुमराह कर रहे हैं कि वे कोई अनाज न दें। कांग्रेस के कार्यकर्त्ता लोगों की सेवा करने के अपने उत्साह को गंवा बैठे हैं और सत्ता में हिस्सा पाने के लिए आपस में लड़ रहे हैं।

भारतीय रियासतों में, हैदराबाद के अलावा, मामले सही दिशा में आगे बढ़ रहे हैं। हैदराबाद अभी भी रास्ते पर नहीं आया और हमारे लिए बहुत कठिनाइयाँ पैदा कर सकता है। कश्मीर के बारे में कोई प्रगति नहीं हुई है। इस समय, जब पंजाब ऐसी भीषण स्थिति से गुज़र रहा है, कश्मीर मुद्दे को फिर से खोलने का कोई लाभ नहीं होगा।

आप कलकत्ता में कब तक ठहरेंगे?

प्रणाम सहित
वल्लभभाई

महात्मा गाँधी
कलकत्ता।

प्रधानमन्त्री पण्डित नेहरू पंजाब में जालन्धर और अमृतसर के भारत-पाक संयुक्त सम्मेलन के बाद लाहौर चले गये। वहाँ से उन्होंने दंगा से प्रभावित का दौरा करने के पश्चात् 31 अगस्त, 1947 को सरदार पटेल से अत्यधिक आग्रह करते हुए अपने तार में लिखा-"मै अत्यन्त गम्भीरतापूर्वक यह सुझाव देता हूँ कि आप एक दिन के लिए लाहौर आयें। आप हवाई जहाज़ से सुबह आ सकते हैं और उसी शाम को वापस जा सकते हैं। शायद मैं भी आपके साथ ही वापस चला जाऊँगा। यह निमन्त्रण आपको लियाक़त अली खान की ओर से भी दिया गया है।"

सरदार पटेल पाकिस्तान जाना नहीं चाहते थे। परन्तु पण्डित नेहरू के आग्रह को वे टाल न सके और उन्होंने 03 सितम्बर, 1947 को लाहौर में अन्तर-औपनिवेशिक राज्यों के सम्मेलन में भाग लिया।

03 सितम्बर के इस सम्मेलन से लाहौर से शाम को दिल्ली वापस आते ही सरदार पटेल ने भारत के सभी सरकारी कर्मचारियों के नाम एक अपील जारी की जिसमें कहा गया था कि उन्हें इस असाधारण स्थिति की गम्भीरता को समझना चाहिए, जिसने पंजाब के दूसरी ओर लाखों नागरिकों के जीवन को संकट में कर दिया है।

'इन टयून विद द मिलियन्स' तथा अन्य अख़बारों में प्रकाशित सरदार पटेल के अपने इस संदेश में मार्गदर्शन स्वरूप कहा उन्होंने कि - ''मैं अभी-अभी लाहौर से लौटा हूँ, जहाँ मैं था, जिसे पंजाब में अविलम्ब शान्ति स्थापित करने तथा पूर्वी और पश्चिमी पंजाब में विभिन्न जगहों पर सैकड़ों व हज़ारों की संख्या में एकत्रित शरणार्थियों को शीघ्र निकालकर ले आने की व्यवस्था के तौर-तरीक़ों पर सोच-विचार करने के लिए आयोजित किया गया था। मैं तुरन्त यह करना चाहता हूँ कि जो योजनाएँ बनायी गयी हैं और जो निर्णय लिए गये हैं, वे ठोस हैं परन्तु उनके परिणाम तभी मिलेंगे जब सही भावना के साथ, एकचित्त होकर, दृढ़ निश्चय के साथ दोनों ओर की प्रशासनिक व्यवस्था की पूरी शक्ति के साथ उन्हें कार्यान्वित किया जायेगा।

''इन निर्णयों का तात्कालिक उद्देश्य लाखों पुरुषों-स्त्रियों और बच्चों को उनके संकटकारक निवासों से हटाकर उन्हें सुरक्षित और शान्तिपूर्ण जीवन के वास-स्थान पर शीघ्र पहुँचाना है।

''कार्य की असाधारण विशालता को देखते हुए इसे पूरा करने के लिए सम्पूर्ण प्रशासनिक व्यवस्था को बड़ी ईमानदारी और पूर्ण कार्य-कुशलता के साथ इसमें लगना होगा। प्रधानमन्त्री अपने स्वास्थ्य की परवाह न करते हुए अपनी सम्पूर्ण ऊर्जा इसमें लगा रहे हैं। मैं सभी सरकारी कर्मचारियों से अपील करता हूँ कि वे पंजाब के अपने बदनसीब भाई-बहनों के साथ इस अत्यधिक संकट और निराश्रयता की घड़ी में अपने पवित्र कर्तव्यों का पालन करने में कोई ढिलाई न करें। इस वृहत् कार्य में सफलता के लिए जनता का सहयोग अनिवार्य है। रेलवे, सड़क-यातायात और खाद्यान्नों की आपूर्ति में लगे कर्मचारियों पर विशेष ज़िम्मेदारी है, जिसे मुझे विश्वास है कि वे पूरे जोश, साहस और लगन के साथ पूरा करेंगे।''

सरदार पटेल ने अपनी इस अपील में शरणार्थियों के प्रति संवेदनाएँ प्रकट करते हुए उनसे भी शान्ति बनाये रखने और बदले की भावना से बचने की अपेक्षा की। उन्हें सचेत भी किया। स्पष्ट था कि सरदार का यह दिशा-बोध सरकारी मशीनरी और आम-जन दोनों के लिए ही था। उन्होंने कहा कि-

''परन्तु सामान्य जनता और विशेष रूप से उन शरणार्थियों पर, जो सौभाग्य से हमारे साथ हैं, भारी ज़िम्मेदारी है। मैं भलीभाँति महसूस करता हूँ कि उनमें से बहुत से लोगों ने अनेक आंतकपूर्ण दुःख और अकथनीय पाशविकतापूर्ण यातनाएँ सही हैं। वे और उनके सम्बन्धियों तथा मित्रों को वास्तविक नरक से गुज़रना पड़ा है, जिसमें लोग जंगली जानवरों से भी नीचे के स्तर पर उतर गये थे। किन्तु उन्हें याद रखना चाहिए कि प्रतिरोध या प्रतिशोध के किसी भी प्रयास से हमारी ऊर्जा सीमा-पार के हमारे मित्रों के लिए पूरे मनोयोग से किये जानेवाले इस राहत और सहायता के कार्य से हट जायेगी और हम शान्ति बनाये रखने के अपने दायित्व को पूरा नहीं कर पाएंगे, जिसके बिना राहत सम्बन्धी कोई भी कार्य-कुशल संगठन असम्भव है।

“इसलिए मै इन मित्रों से आग्रह करूँगा कि वे सभी सम्भव नियन्त्रण बनाये रखें और जिन कड़वे अनुभवों से वे गुज़रे हैं उसका इस्तेमाल जो लोग पीछे रह गये है, उनके कष्टों और ख़तरों को बढ़ाने में न करें, बल्कि ऐसा वातावरण उत्पन्न करने के लिए करें, जिसमें शरणार्थियों को निकाल ले आने और उन्हें राहत पहुँचाने का भारी कार्य पूरे जोश और दृढ़ निश्चय के साथ किया जा सके। आइये, हम लोग सबसे पहले इस अत्यावश्यक कार्य में पूरी तन्मयता से लग जाये।

“यदि सभी संबन्धित लोग एकमत होकर दृढ़ निश्चय के साथ इस तात्कालिक कर्त्तव्य को पूरा नहीं करते हैं तो संक्रामक रोगों के फैलने का ख़तरा है, जिससे विवेकहीन रूप से की गयी हत्याओं की अपेक्षा कहीं अधिक जनहानि होने की आशंका है। एक बार इस कार्य को पूरा कर लेने के बाद ही हम उन घावों को भरने की ओर मुड़ सकते हैं, जो हमको दिये गये हैं तथा उन गलतियों का निवारण करने में लग सकते है, जो की जा चुकी हैं।”

माउण्टबेटन तो मार्च, 1947 के अन्त में हिन्दुस्तान आये थे। उनसे पहले 1946 में ही हिन्दुस्तान वैवल के कार्यकाल में अपनी धरती को साम्प्रदायिक उन्माद से रक्तरंजित होता देख चुका था। सरदार पटेल खरी-खरी कहने के आदी थे। उन्हें बात को घुमा-फिराकर कहना पसन्द नहीं था। इसका उनके विरोधी फ़ायदा उठाते थे और प्रधानमन्त्री पण्डित नेहरू का कान भरते थे और कुछ लोग मौक़ा पड़ने पर गाँधी जी को भी पटेल के ख़िलाफ़ सोचने के लिए एक-दो बातें जड़ दिया करते थे।

बहरहाल, सरदार पटेल उन हिन्दू शरणार्थियों के प्रति सहानुभूति रखते थे जिन्हें पश्चिमी और पूर्वी पाकिस्तान के भूभागों से जबरन घर छोड़ने के लिए विवश कर दिया गया था। ब्रिटिश अधिकारियों में से बहुतेरे ऐसे थे जो मुस्लिम लीग से निकट सम्पर्क और सहयोग करते थे। इसी के चलते हिन्दुओं की ऐसी दुर्दशा हुई और हज़ारों लोग उस ज़माने में भी विभाजन से पूर्व ही उन भूभागों से पलायन करने को मजबूर हुए। सरदार पटेल ने लॉर्ड वैवल का ध्यान इस ओर बेबाकी से आकर्षित किया। उनके समक्ष अपनी आपत्ति दर्ज कराई।

सरदार पटेल ने साफ़-साफ़ मुस्लिम लीग के नेताओं, विशेष रूप से गजनफर अली के भाषणों का हवाला दिया, जिसमें इस मुस्लिम नेता ने अनेक बार मोहम्मद बिन कासिम तथा महमूद ग़ज़नवी जैसे मुस्लिम आक्रमणकारियों का ज़िक्र अपने सार्वजनिक भाषणों में किया था और भारत पर उन आक्राताओं की तथाकथित जीत का हवाला देते हुए आगे यह कहा था कि - “ख़ुदा ने चाहा तो कुछ लाख मुस्लिम करोड़ों हिन्दुओं को जीत लेंगे।”

सरदार पटेल ने इस पर टिप्पणी दी कि-"दो स्थितियों के बीच दर्शायी गयी यह समानता ख़ासतौर पर ग़ज़नवी के आक्रमण से सम्बन्धित है, जिसने भारत पर बार-बार हमले किये और इन हमलों में हज़ारों हिन्दू मारे गये तथा मन्दिर ध्वस्त किये गये थे।"

सरदार पटेल ने लॉर्ड माउण्टबेटन से भी पंजाब के गवर्नर को यह आदेश जारी करने के लिए अनुरोध किया था कि लाहौर के अंग्रेज़ उपायुक्त ब्रांडेन का तबादला कर दिया जाये क्योंकि वह वहाँ पूरे माहौल को ख़राब कर रहा है। इस जिले के हिन्दू समुदाय का उस पर से विश्वास उठ चुका है। क्योंकि उसका आचरण दोषपूर्ण है और वह निर्दोष हिन्दुओं और प्रमुख हिन्दुओं की अन्यायपूर्ण गिरफ़्तारी करा रहा है।

29 अगस्त, 1947 के एक पत्र में सरदार पटेल ने पं. नेहरू को पश्चिमी पाकिस्तान और वहाँ के सीमाप्रान्त में हिन्दू अल्पसंख्यकों की निर्मम हत्याओं एवं आगज़नी की जानकारी दी। सरदार का यह विचार था कि वहाँ से अपनी ग़ैर-मुस्लिम सेना की वापसी से पूर्व, उन सैनिकों की टुकड़ियाँ तैनात कर अपने अल्पसंख्यकों को सुरक्षा प्रदान की जाये।

पंजाब में स्थितियाँ बद से बदतर होती चली गयीं। चाहे वह बँटवारे के बाद का पाक अधिपत्य का पश्चिमी पंजाब हो अथवा भारत के हिस्से का पूर्वी पंजाब। अनेक क़स्बों और ग्रामीण इलाक़ों में आगजनी और मारकाट मची हुई थी। ऐसे हिंसक और पाशविक वातावरण में हिन्दू-मुस्लिम समुदायों के मध्य साम्प्रदायिक सौहार्द की स्थापना दोनों सरकारों के लिए असम्भव प्राय हो चला था। इस सम्बन्ध में 1 सितम्बर 1947 के एक पत्र में सरदार पटेल ने प्रधानमन्त्री नेहरू को यह भी लिखा कि - "इन सभी घटनाओं के लिए ब्रिटिश जनरल रीस भी ज़िम्मेदार था, क्योंकि उसने उन मुस्लिम सैनिकों के विरुद्ध कार्रवाई करने से मना कर दिया था जिन्होंने शरणार्थियों पर अन्धाधुन्ध गोलियाँ चलायीं और जिन्हें गश्त करनेवाले सैनिकों द्वारा गिरफ़्तार किया गया था।"

जब नेहरू और पटेल प्रचंड-हिंसा से ग्रस्त पंजाब क्षेत्र में शान्ति बहाली के लिए जूझ रहे थे तब गांधी जी कलकत्ता में साम्प्रदायिकता की एक हल्की-लहर को शांत करने में लगे हुए थे। महात्मा गाँधी ने 2 सितम्बर, 1947 से 5 सितम्बर तक उपवास भी किया। तीन दिन में उन्होंने कलकत्ता में साम्प्रदायिक उन्माद पर अपने तेज़ी से गिरते स्वास्थ्य के बावजूद विजय पाई और थोड़ा सन्तरे का रस पीकर अपना आमरण अनशन समाप्त कर दिया।

जिस दिन गाँधी जी ने कलकत्ता में अपना उपवास तोड़ा उसी दिन दिल्ली में साम्प्रदायिक दंगे शुरू हो गये। दिल्ली में देखते-ही-देखते क़ानून व्यवस्था की स्थिति इस क़दर बिगड़ गयी कि सरदार पटेल को आदेश देने पड़े कि उपद्रवकारियों को देखते ही गोली मार दी जाय। इन दिनों प्रायः प्रतिदिन सुबह-सुबह पंजाब से आये हिन्दू शरणार्थियों का सैलाब गृहमन्त्री सरदार पटेल के बँगले पर उमड़ पड़ता। मुसीबतज़दा स्त्री-पुरुष उनके बँगले के अहाते में भर जाते। रोते-बिलखते अपनी समस्याएँ सरदार को बताते। सरदार

उन्हें सुनते और अपने मातहतों के जरिए उनका यथासाध्य समाधान कराते। इसी बीच गाँधी जी 9 सितम्बर, 1947 को दिल्ली वापस आ गये।

प्रातः काल 6.30 बजे सरदार पटेल, उक्त तिथि पर, महात्मा गाँधी को ट्रेन पर रिसीव करने शहादरा स्टेशन गये। डी. एस. पी. मेहरा और आवश्यक पुलिस बल भी उनके साथ था। दिल्ली अशान्त थी। न भी होती तो सरदार पटेल इस समय उप प्रधानमन्त्री होने के साथ गृहमन्त्री का दायित्व निर्वाह कर रहे थे, अतः पुलिस एसकोर्ट साथ होता ही। गाँधी जी को रेलवे स्टेशन से सरदार पटेल सीधे बिड़ला हाउस ले गये। अब यही गांधी जी के ठहरने का सबसे सुरक्षित स्थान समझा गया था। गाँधी जी को उनकी इच्छानुसार अब भंगी कॉलोनी में ठहराया जाना खतरे से खाली नहीं था। नेहरू और पटेल के आग्रह को गाँधी जी मान गये। वे स्वतन्त्र भारत के इन शीर्ष नेतागण को अपनी वजह से और ज़्यादा चिन्ताग्रस्त नहीं करना चाहते थे। क्योंकि यह लोग पहले ही अत्यन्त व्यस्त, त्रस्त और चिन्तित थे। भीषण तनावपूर्ण मनः स्थितियों से गुज़र रहे थे। गाँधी इस बात को भलीभाँति समझते थे। उनसे अधिक देश-काल की उन परिस्थितियों को आख़िर और कौन समझता ?

प्रारम्भ में दिल्ली में हिंसा की समस्या न थी। पश्चिम पंजाब अर्थात् पाकिस्तान के हिन्दू शरणार्थियों के आने का ताँता लगा था। यह लुटे-पिटे लोग, हिंसा का सैलाब पीछे छोड़ आये शरणार्थी-अपने साथ अनेक ख़ौफ़नाक सच्ची कहानियाँ और बहुत सारा दर्द साथ लेकर आये थे। उनकी हालत और दास्तानें दिल्ली और पूर्वी पंजाब के दूसरे हिस्सों में तनाव अवश्य बढ़ा रही थीं, जिन्होंने अपने घर-द्वार-खेत-खलिहान-फलते-फूलते व्यापार आदि को हिन्दू होने के नाते लाहौर-कराची और पाक अधिकृत दूसरे शहरों- गाँवों-कस्बों में खोया था, ऊपर से जिन्होने अपने परिवार के किसी सदस्य बाप-भाई-बेटी को अमानुषिक हिंसा में खो दिया था वे सब बदले की भावना मन में पाले हुए थे। एक ऐसी गहरी घुटन, जो चीख अथवा प्रतिहिंसा से ही शांत हो सकती थी। उसके लिए रुदन-क्रन्दन और अपना सिर पीटना ही पर्याप्त नहीं था।

देश के नेतागण, नौकरशाह सभी शरणार्थी लोगों को समझाने-बुझाने में लगे थे। जो भी राहत शिविर, राहत सामग्री थी अपर्याप्त थी, पर लोगों को उपलब्ध करायी जा रही थी। नया-नया आज़ाद हुआ देश था। आघातों और घावों से कराहता हुआ। दर्द का ऐसा पारावार था, जिसे पूरी तरह थामा नहीं जा सकता था। ऐसे में हिंसा का विस्फोट तो कभी-न -कभी होना ही था। पाकिस्तान में हिन्दू काटे जा रहे थे तो हिन्दुस्तान में मुसलमान चैन की साँस कैसे ले सकते थे?...जो कट्टरपन्थी हिन्दुओं की सोच के मुताबिक़ देश के विभाजन के गुनाहगार थे, पाकिस्तान के जन्म के हिमायती थे, अब भी वे हिन्दुस्तान में क्यों रह रहे थे?...आख़िर किस हक से?... ख़ून का बदला ख़ून।... बर्बादी का बदला सर्वनाश।... और क्या?

कट्टरपन्थी हिन्दू गाँधी जी को उनकी मानवतावादी सोच के कारण हिन्दुओं की मुसीबत की जड़ और मुसलमानों का रखवाला मानते थे। दिल्ली का वातावरण उन निरीह

अल्पसंख्यक मुसलमानों की वजह से भी बिगड़ रहा था जो दिल्ली के आस-पास के देहात-क्षेत्रों से भयवश आकर दिल्ली की सड़कों के किनारे शरणार्थियों की भाँति आ-पसरे थे। हिन्दू कट्टरपंथियों और पंजाब से आये हिन्दू शरणार्थियों को ये मुस्लिम शरणार्थी सहानुभूति के पात्र न दिखकर, विधर्मी शत्रु-सम लगते थे।

दिल्ली में साम्प्रदायिक हिंसा की शुरूआत दिल्ली रेलवे स्टेशन पर कुछ मुसलमान कुलियों के मारे जाने से हुई। भीड़ ने पीट-पीटकर लगभग एक दर्जन दाढ़ीवाले कुलियों को मार डाला। उसके बाद नयी दिल्ली के बाज़ार कनाट प्लेस में उग्र हिन्दुओं की भीड़ ने कई मुसलमानों की दुकानें लूट ली। जिन्होंने विरोध किया उन्हें कत्ल कर दिया गया। ज़्यादातर मुस्लिम दुकानदार जान-बचाकर भागे। कुछ संगठित होकर हिन्दुओं से भिड़ भी गये। पण्डित नेहरू को ख़बर मिली तो वे क्रोध में तमतमाये अपनी गाड़ी पर कनाट प्लेस भागकर स्वयं आयें।

एक जगह लोगों को परस्पर भिड़ता देखकर प्रधानमन्त्री नेहरू सिर पर गाँधी टोपी लगाए अपनी सफेद पोशाक में भीड़ की ओर बेख़ौफ़ झपटे और एक आदमी के हाथ से लाठी छीनकर वे झगड़ते लोगों पर स्वयं ही लाठी भांजने लगे। पुलिसवालों ने आकर नेहरू जी को कवर दिया। दंगाई पण्डित नेहरू का यह दुस्साहसिक रूप देखकर वहाँ से भाग गये। मुश्किल से पुलिस बल ने वहाँ स्थिति को नियन्त्रित किया।

दिल्ली किन्तु महानगर था। अचानक चारों ओर फैलती हिंसा को इतनी तेज़ी से भला कैसे एकाएक रोका जा एकता। पण्डित नेहरू सरदार पटेल, मौलाना आज़ाद आदि नेता दिल्ली की अनियन्त्रित स्थिति को देखकर कई बार सड़कों पर निकलने के लिए बाध्य हुए।

जिस तरह हिंसा का ताण्डव दिल्ली के रेलवे स्टेशन ओर कनाट प्लेस में शुरू हुआ-ऐसा लगता था कि जैसे वह कोई पूर्व नियोजित साज़िश हो- दिल्ली की शान्ति-व्यवस्था को अस्थिर करने की। सिर पर सफ़ेद रुमाल बाँधे-हिन्दुओं और नीली पगड़ी बाँधे सिखों के हिंसक-जत्थे राजधानी के अनेक हिस्सों में मुसलमानों पर टूट पड़े। जो जहाँ मिला मारा गया, लूटा गया, जलाया गया। घर, दुकानें, फुटपाथ कोई भी जगह तोड़फोड़ और रक्तरंजित होने से न बची।

हमले इतने आकस्मिक और तेज थे कि कइयों को तो सँभलने का मौका ही न मिला। पुरानी दिल्ली की सब्ज़ी मण्डी। सैकड़ों दुकानें, जहाँ मुसलमान, सब्जी और फल बेचते थे, आग के हवाले कर दी गयी।

नयी दिल्ली में हुमायूँ के मक़बरे और उसके क़रीब अब्दुर्रहीम ख़ानखाना के मकबरों के पास लोदी कॉलोनी का इलाक़ा। वहाँ पगलाये हुए सिखों के एक गिरोह ने उस कॉलोनी में रहनेवाले मुसलमान अफ़सरों के सरकारी आवासों पर हमला बोल दिया। घरों के भीतर जो सामने पड़ा तलवारों से काट डाला गया। हमलों का शिकार होनेवालों की दर्जनों लाशें, दोपहर उन घरों के भीतर से बाहर तक आसपास खुले भागों में ख़ून से लथपथ पड़ी हुई थीं, जिन्हें उठानेवाला कोई न था।

सिख और हिन्दू हमलावरों के सिर पर ख़ून सवार था। वे नंगी तलवारें और लाठी-डण्डे लिए पुरानी दिल्ली के मुस्लिम बहुल इलाक़ों की सड़कों और गलियों में समूहबद्ध होकर रात्रि में भी घूम रहे थे। मुसलमान अपने दरवाज़े खिड़कियों को बन्द कर घरों के भीतर दुबके हुए थे। कई छोटे-मोटे-कोठरीनुमा अथवा झोंपड़ियों के वासियों ने बड़े मुसलमान आदमियों के हातों में अस्थायी शरण ले ली थी। भूखे भेड़ियों की तरह घूमते दंगाइयों ने एक-दो जगह एक अनोखी तरक़ीब निकाली। वे ''हर-हर महादेव'' अथवा ''जो बोले सो निहाल...'' की जगह ''अल्लाहो-अकबर'' के नारे लगाने लगते। आसपास के घरों के कुछ मुसलमान अपने घरों से यह सोचकर निकल पड़ते कि शायद उनके बिरादरों की मदद आ गयी है। यह ग़लती उन पर बहुत भारी पड़ती। दंगाई उन्हें पकड़ कर घसीटकर वहीं मार डालते।

प्रधानमन्त्री नेहरू जी की बहादुरी की क़ीमत भी किसी-न-किसी को तो चुकानी थी। दंगाइयों के एक जत्थे ने एक बुर्क़ानशीन स्त्री को पकड़ लिया और यार्क रोड पर नेहरू जी की कोठी के सामने ही उस पर तेल छिड़क कर आग लगा दी। उस बदनसीब औरत के साथ कुछ मुस्लिम औरतें और भी थीं जो कहीं जा रही थीं। हमलावरों की भीड़ को आती देख वे भागकर आसपास की कोठियों में छिप गयीं। जब दंगाई भाग खड़े हुए और पुलिस की गाड़ियाँ मौक़े पर पहुँचीं तो वे बदहवास औरतें अपने ठिकानों से बाहर निकलीं और उन्हें प्रधानमन्त्री की कोठी के बगीचे में, पुलिस सुरक्षा में अस्थायी-शरण दी गयी।

सिखों के हथियारबन्द जत्थे दिल्ली की पॉश कॉलोनियों में भी यह ऐलान करते हुए लारियों में गुज़रे कि जिस घर में किसी मुसलमान को पनाह दी जायेगी वह घर फूँक दिया जायेगा। अनेक हिन्दू, सिख, पारसी और ईसाई लोगों के परिवारों में अनेक ग़रीब मुसलमान नौकर सेवा करते थे। लोगों ने दहशत में अपने उन तमाम पुराने वफ़ादार-नौकरों को घरों से निकालकर अपने घरों से बाहर खड़ा कर दिया। उनमें से कई बेचारे साम्प्रदायिक हिंसा के शिकार हुए। कई अन्य किसी तरह शरणार्थी-शिविरों में जान-बचाकर शरण हेतु पहुँच सके।

अजीब दौर था वह। पारसी रहीस रूस्तम जी से उनका वर्षों पुराना मुस्लिम ख़ानसामा रोकर गिड़गिड़ाकर कह रहा था-''हजूर ! इतने बरस आपका नमक खाया। आपकी खिदमत की। अब इस उम्र में हम कहाँ जाये? अल्लाह के वास्ते हमें घर से न निकालें। यही हाल पड़ोस के जैकब साहब की मेड सर्वेण्ट हमीदा बानो का था। रो-रोकर उसका बुरा हाल था। अपनी एक टुटही सन्दूकची और गठरी लिए वह गेट के बाहर सड़क पर बेआस, बेमदद, सिर थामे खड़ी बिसूर रही थी।

हिन्दू-सिखों में व्याप्त साम्प्रदायिक पागलपन के ख़ौफ़ से इन ग़ैर-मुस्लिम मालिकों ने अपने मुसलमान सेवकों को सड़क पर खड़ा करके मजबूरी और बेरहमी से अपने-अपने फाटक बन्द कर लिए थे।

हिन्दुस्तान में जो हाल मुसलमानों का था उससे कोई कम बुरा हाल पाकिस्तान में गये हिन्दुओं का नहीं था। हर तरफ़ मारकाट मची थी। दोनों मुल्कों की सरकारें लगभग पंगु हो चली थीं। सड़कों पर कोई आम आदमी सुरक्षित नहीं था। बन्द घरों के ऊपर भी मौत मँडरा रही थी। अल्पसंख्यकों का अगला ठिकाना अब शरणार्थी-शिविर ही थे।

मध्ययुगीन राजतन्त्र में अल्पसंख्यक शासक हुआ करते थे, और बहुसंख्यक शोषित प्रजा। वर्तमान प्रजातन्त्र में अब बहुसंख्यकों का राज था और अल्पसंख्यक विपरीत स्थिति में आ चुके थे। नया-नया प्रजातन्त्र हिन्दुस्तान और पाकिस्तान दोनों जगह प्रकट हुआ था। आम जन को अभी उसके अनेक रंग देखने थे।

सरदार पटेल दिल्ली के पुलिस-प्रशासन के उच्च अधिकारियों के सीधे सम्पर्क में थे और वे अपने गृह मन्त्रालय की देखभाल के अलावा दिल्ली क्षेत्र का भ्रमण भी कर रहे थे। क़ानून-व्यवस्था, शरणार्थी-शिविरों का निरीक्षण और भ्रमण वे बिना-थके निरन्तर करने में संलग्न थे। विश्राम का एक पल भी हराम था। रात्रि में दो-घण्टा भी वे ठीक से सो न पाते। अपने बूढ़े शरीर और स्वास्थ्य की उन्हें कोई परवाह न थी। मणिबहन बड़ी मुश्किल से चलते-फिरते घर आने पर उन्हें कुछ खिला पातीं। टेलीफोन की घण्टी अहर्निश बजती रहती। वी. शंकर, सरदार के सचिव कहाँ-तक देख पाते? बहुत-सी फोन-कॉल्स उन दिनों मणिबहन स्वंय अटेण्ड करतीं। संदेशों को नोट करतीं और उन्हें सम्बन्धित को पास-ऑन करतीं। ज़रूरी सूचनाएँ सरदार तक भी पहुँचवातीं। सरदार पटेल का 1-औरंगजेब रोड वाला सरकारी भवन मानो अपने आप में एक दिन-रात का अखाड़ा बना हुआ था। मणिबहन का रात्रि के समय डायरी-लेखन भी जारी रहता जिसमें दिन भर की प्रमुख गतिविधियाँ और लोगों के अवागमन की संक्षिप्त सूचनाएँ ही प्रायः दर्ज होतीं।

एक दिन वी. शंकर को सूचना मिली कि दक्षिण दिल्ली स्थित निज़ामुद्दीन औलिया की सुप्रसिद्ध दरगाह पर ख़तरा मण्डरा रहा है। उस पर कभी भी हिन्दू-दंगाई हमला कर सकते हैं। जैसे ही सरदार पटेल के संज्ञान में यह बात लायी गयी कि इस दरगाह की सुरक्षा ख़तरे में है, वहाँ लोगों को धमकियाँ मिल रही हैं, सरदार पटेल तुरन्त वहाँ चल पड़े। दिल्ली शहर के कई मुस्लिम इलाक़ों से साम्प्रदायिक तत्त्वों के द्वारा तोड़फोड़ मारकाट से भयभीत होकर सैकड़ों मुस्लिम परिवार अपना घर-द्वार छोड़कर दिल्ली के पुराने क़िले और कुछ सुरक्षित इमारतों-मस्जिदों आदि में शरण लेने चले गये थे। यह शरण स्थल सरकार की निगरानी में थे। हज़रत निज़ामुद्दीन की दरगाह भी उनमें से एक थी।

निज़ामुद्दीन दरगाह पहुँचकर सरदार वहाँ एकत्रित सैकड़ों स्त्री-पुरुष-बच्चों से मिले, जो भयभीत थे। सरदार गले में एक शॉल जल्दी में लपेटकर दरगाह पहुँचे थे-यह कहते

हुए कि-''सन्त की नाराजगी मोल लेने से पहले हमें उनकी दरगाह पर पहुँच जाना चाहिए।''

हजरत निज़ामुद्दीन औलिया की दरगाह पर सरदार उसके अहाते में पैंतालीस मिनट ठहरे। वे श्रद्धापूर्वक दरगाह के चारों ओर घूमे और वहाँ लोगों से उनके हालचाल पूछे। वहाँ तैनात पुलिस बल के अधिकारी से सरदार पटेल ने सख़्ती से कहा कि-''ध्यान रखना। कोई गड़बड़ी नहीं होनी चाहिए। यदि यहाँ कुछ भी गलत घटित होता है तो इसके ज़िम्मेदार आप होंगे।''

दरगाह और उसमें एकत्र मुस्लिम शरणार्थियों की सुरक्षा का समुचित प्रबन्ध सुनिश्चित कराकर ही सरदार वहाँ से लौटे।

सरदार पटेल का रवैया सख़्त था। दंगाइयों से सख्ती से निपटने के उनके निर्देश थे। उनके विरोधी उन पर क़ानून-व्यवस्था से निपटने में भेदभाव बरतने का मिथ्या आरोप लगाते थे। सरदार को इससे दुःख तो पहुँचता था। पर वे उसकी ज़्यादा परवाह नहीं करते थे। वे आपे से कभी बाहर नहीं होते थे।

दिनांक 13 सितम्बर, 1947 को दिल्ली शहर के दौरे के समय फैज बाज़ार पुलिस स्टेशन के बाहर सरदार पटेल आकर रुके। उस समय मुसलमानों की एक इमारत से चली गोलियाँ उनके बिल्कुल पास से होकर निकलीं। उपस्थित पुलिस अधिकारी ने उन्हें बताया कि - ''इस इमारत को उड़ाये बिना घात लगाकर बैठे इन लोगों को नियन्त्रित करना असम्भव है।''

सरदार ने इस पर मात्र यही कहा -- ''इसे छोड़ दो।'' इन दिनों दिल्ली में हिंसा का ताण्डव कई दिन जारी रहा। कट्टर हिन्दू बलवाइयों में बड़ी संख्या में सिख भी शामिल थे। ये लोग गिरोहों की शक्ल में मुस्लिम घरों और दुकानों पर हमले करते। बहुत-से खाली मुस्लिम घरों पर पंजाब से आये हिन्दू शरणार्थियों ने इस दौरान क़ब्ज़ा कर लिया अथवा वे उनमें इन अराजक तत्त्वों द्वारा बसा दिये गये। दिल्ली में मौजूद पुलिस बल में अनेक पुलिस के सिपाही हिन्दू-मानसिकता से ग्रस्त थे। फलतः मुसलमान आम-नागरिकों पर होनेवाले हमलों पर वे निष्पक्ष नहीं रह पाते थे। अतः सरदार पटेल ने दक्षिण भारत से अतिरिक्त सुरक्षा बल बुलवाये। उन्हें पहुँचने में कुछ दिन लगे। परन्तु उनके आने पर स्थितियाँ तेज़ी से नियन्त्रण में आने लगीं। क्योंकि दक्षिण भारत से आये ये सुरक्षा बल उस प्रकार की साम्प्रदायिक भावना से प्रभावित नहीं थे, जैसा कि स्थानीय पुलिस बल था।

सरदार पटेल ने दिल्ली में शान्ति बनाये रखने के लिए 'दिल्ली आपात समिति' का गठन किया। सी.एच. भाभा इस समिति के अध्यक्ष थे और एच.एम. पटेल उपाध्यक्ष। एल. के. झा और के.बी. लाल इस समिति के सचिव थे।

सरदार पटेल ने अकाली नेता मास्टर तारासिंह और रक्षा मन्त्री सरदार बलदेव सिंह से भी बराबर तालमेल बनाये रखा। क्योंकि पाकिस्तान के बनने में सिखों की भावनाएँ बहुत ज़्यादा आहत हुई थीं। विभाजन के फलस्वरूप सिखों की ज़मीनें जायदादें ही,

पाकिस्तान में कट गये पंजाब में नहीं रह गयी थीं, सिखों के अनेक तीर्थस्थल भी वहाँ छूट गये थे। इनमें गुरूनानक देव जी का जन्म स्थान ननकाना साहब भी था। पाकिस्तान में रह गया लाहौर तो हिन्दू-सिख पंजाबियों का मानो हृदय ही था, "जिसने लाहौर नहीं देखा उसने जीवन में कुछ नहीं देखा" कहावत मशहूर थी। लाहौर की इमारतें, लाहौर का घण्टाघर, लाहौर के लज़ीज़ पकवान, वहाँ का मनोरंजन, लाहौर के सोने-चाँदी के ज़ेवरात और बेशकीमती कारीगरी, लाहौर की तहज़ीब। इतना ही नहीं लाहौर की कई अर्थो में कलकत्ता और दिल्ली को भी मात देती हुई भव्यता।

अपना वतन छोड़ने की कसक। अपने परिजनों को खोने की टीस। धार्मिक पागलपन में अपना धन-वैभव आबरू सब-कुछ लुट जाने का हाहाकारी दर्द। सबने मिलकर सिखों के ख़ून में ऐसा उबाल पैदा किया था जिसे मास्टर तारासिंह जैसे उग्र सिख नेता और भी खौलाने का काम करने से बाज नहीं आते थे। मौलाना आज़ाद और पण्डित नेहरू मास्टर तारासिंह की गिरफ़्तारी चाहते थे। किन्तु सरदार पटेल मास्टर तारासिंह की गिरफ़्तारी का मतलब जानते थे। सिख समुदाय का और भी ख़ूँख़ार हो जाना। अतः उन्होंने मास्टर तारासिंह के गिरफ़्तार करने के बजाय उसे समझाने-बुझाने ओर तदनुसार नियन्त्रित करना ही बेहतर समझा। सरदार के अनुसार लोगों को, उनके भड़के हुए जज़्बातों को शान्त कर, रास्ते पर लाना अनिवार्य था।

सरदार बलदेव सिंह देश के रक्षामन्त्री थे। ज़िम्मेदार पद पर बैठे एक संजीदा सिख थे। पंजाब में शान्ति बहाली और पूरे भारत की सीमाओं की सुरक्षा का दायित्व उन पर था। अतः उनसे तालमेल भी उतना ही आवश्यक था। सरदार पटेल बहुत सन्तुलन के साथ सिख नेताओं से काम लेते थे। वे सिखों की आहत भावनाओं पर मरहम भी लगाते थे और उन्हें बदले की हिंसक राह से शान्ति और अहिंसा की ओर मोड़ने हेतु मनोवैज्ञानिक प्रबोधन भी देते थे।

30 सितम्बर, 1947 को अमृतसर की क्रोध से बिफरी हुई जनता के सामने बोलते हुए सरदार पटेल ने कहा कि - "निरपराध तथा निराश्रित पुरुषों, महिलाओं और बच्चों को कसाई की तरह मारना-काटना वीर पुरुषों को शोभा नहीं देता। यह जंगल की लड़ाई है। बर्बरता और हैवानियत की द्योतक है। ऐसे मौके आयेंगे, जब आपको न्याय का साथ देना होगा। मुझे विश्वास है कि भारत का हित इसी में है कि हम सीमापार से आये लोगों को अपनायें तथा पूर्वी पंजाब से सभी मुसलमानों को सुरक्षित उधर भेजें।"

सरदार पटेल ने पटियाला में सिखों को शांत करने के प्रयास करते हुए 22 अक्टूबर, 1947 में उनसे कहा था-

"मैं पूरी तरह से आपकी मनोदशा को समझता हूँ, महसूस करता हूँ, जो नियति के क्रूर प्रहारों से अस्त-व्यस्त है। मुझे आपके हृदय में उफन रहे क्रोध का भी अहसास है। लेकिन आप लोग बहादुर हैं। आपको इस स्थिति का वीर पुरुषों की तरह सामना करना है। बेक़सूर लोगों का रक्त बहाकर देश और समुदाय की इज़्ज़त, मान-सम्मान को बट्टा

लगाना वीर पुरुषों को शोभा नहीं देता। प्रतिशोध या बदले की भावना से लोगों को पहुँचे सदमें की भरपाई नहीं हो सकती। केवल म्यान से तलवार निकालकर चलाना ही काफ़ी नहीं है। हमें यह मालूम भी होना चाहिए कि इसका इस्तेमाल कैसे किया जाय।''

यदि अमृतसर में सरदार पटेल इस प्रकार लोगों को शान्त न करते तो आगे भी हिन्दू-मुस्लिम आबादियों के तबादले को लेकर अमृतसर और लाहौर के बीच और भी भयानक मारकाट मचती, जिसकी कल्पना भी दुष्कर है।

पंजाब में स्थितियों के नियन्त्रण में आने का अर्थ दिल्ली में शान्ति बहाली की प्रक्रिया को प्रभावी बनाना ही था। राजधानी दिल्ली को जल्द से जल्द शान्त करने का मतलब शेष-भारत को हिंसा की बड़ी चपेट से बचाना था।

सरदार पटेल बार्डर पार से आये हिन्दू शरणार्थियों के प्रति चिन्तित थे। वे उनके कल्याण के लिए सतत प्रयत्नशील रहते थे। उनसे भी अधिक उनके मन में उन हिन्दू-अल्पसंख्यकों की चिन्ता थी, जो पाकिस्तान में रह ही गये थे। उनका क्या होगा? सरदार स्वयं के विरोधियों द्वारा की जा रही टिप्पणियों को झटक देते थे। सरदार ने उन्हीं दिनों कहा था कि-''जो लोग पश्चिमी पाकिस्तान से रोज तन पर मात्र दो-कपड़ों में जान बचाकर भागकर आये शरणार्थियों को देख रहे हैं, उन पर इस प्रचार का असर नहीं होगा। जो लोग पाकिस्तान में रह गये हैं, वे रोज डर-डरकर जी रहे हैं तथा उन्हें नहीं पता कि कल क्या होगा?''

सरदार पटेल ने आलोचक लोगों को आईना दिखाते हुए यह भी कहा कि-''दूसरी ओर भारत में देश के तीन-चौथाई मुसलमान सामान्य रूप से कारोबार कर रहे है। देश छोड़ने की उनकी कोई मंशा नहीं है। वे लोग अपने बाप-दादा के घरों में या जमीन पर चैन से रह रहे हैं तथा सरकार द्वारा उनकी जान व माल पूर्णतः सुरक्षित है।''

सरदार पटेल निष्कपट और स्पष्टवादी थे। वे कांग्रेस के अन्य कुछ नेताओं की भाँति दोहरी मानसिकता और दोग़लेपन के विरुद्ध थे। वे मुस्लिम विरोधी नहीं थे, किन्तु मुस्लिम-तुष्टीकरण के विरुद्ध अवश्य थे। देश के विभाजन के बाद राष्ट्र के बहुसंख्यक हिन्दुओं की भलाई राष्ट्र-निर्माण के प्रति उनकी दृष्टि पण्डित नेहरू, मौलाना आज़ाद आदि नेताओं से भिन्न इन व्यापक अर्थों में थी कि वे हिन्दू-हितों की अनदेखी के लिए तैयार नही थे। वे धर्मनिरपेक्षता में विश्वास रखते थे, परन्तु छद्म-धर्म-निरपेक्षता से उनका कोई वास्ता अथवा सरोकार न था।

वस्तुतः सरदार पटेल से मतभेद रखनेवाले उनके राजनीतिक विरोधियों ने निहित स्वार्थवश उनकी ऐसी छवि गढ़नी शुरू की कि वे मुस्लिम-विरोधी हैं और मुसलमानों के प्रति भेदभाव बरतते हैं। अनेक नीतिगत मुद्दों पर पण्डित नेहरू और सरदार पटेल के मध्य मतभेद रहते थे। पटेल-विरोधी नेता इस स्थिति का लाभ उठाकर भी नेहरू जी के जब-तब कान भरा करते थे। अनेक राष्ट्रवादी मुस्लिम नेता पण्डित नेहरू के समर्थक थे

तथा कई मुस्लिम नेता उनके हम-प्याला और हम-निवाला भी थे। मौलाना अबुल कलाम आज़ाद, रफ़ी अहमद क़िदवई, शेख़ अब्दुल्ला, डॉ. सईद महमूद, आसफ़ अली आदि। जबकि इन मुस्लिम नेताओं के शाकाहारी सरदार वल्लभभाई के साथ महज़ औपचारिक सम्बन्ध ही थे।

मौलाना आज़ाद तो अपने जीवनकाल में सरदार पटेल के इतने निकट रहते हुए भी, कभी भी उनके आत्मीय हो ही नहीं पाये। वे मात्र सरदार पटेल का छिद्रान्वेषण और उनकी आलोचना में ही अपना समय व्यर्थ करते रहे। यद्यपि पटेल की मृत्यु के बाद वे भी पछताये। पर जब आँख खुली तो बहुत देर हो चुकी थी। मौलाना की आँखों पर चढ़ा शंका का काला-चश्मा उनको सरदार के निकट आने से रोकता ही रहा। यह मौलाना आज़ाद जैसे एक प्रखर राष्ट्रवादी मुसलमान और सरदार पटेल जैसे उत्कट देशभक्त हिन्दू-दोनों का दुर्भाग्य था।

सरदार पटेल मुसलमानों को भी भारत का ज़िम्मेदार नागरिक मानते थे। न हिन्दुओं से कम न ज़्यादा। परन्तु भारत-पाक बँटवारे में भारत के मुसलमानों की जो भूमिका थी उसकी कटु स्मृतियाँ उन्होंने अन्य नेताओं की तरह बुहार देने का पाखण्ड कभी नहीं क़िया। सरदार पटेल चाहते थे कि भारत से पाकिस्तान नहीं गये मुसलमान राष्ट्र की मुख्य धारा से जुड़ें और कम-से-कम मानसिक तौर पर वे अब दो-नावों की सवारी नहीं करें। सरदार पटेल 6 जनवरी, 1948 को लखनऊ गये थे। वहाँ उन्होंने एक जनसभा में इस बारे में विस्तार से बातें कहीं और अपने हृदय को ख़ासतौर पर मुस्लिमों के समक्ष खोलकर रख दिया। उन्होंने कहा कि --

''आपका यह लखनऊ शहर हमारे मुल्क का एक बहुत पुराना शहर है, और यह हिन्दू और मुसलमान दोनों की मिश्रित कल्चर (संस्कृति) का एक केन्द्र स्थान है। इस शहर की पुरानी बातें हम सदा सुनते रहते हैं। लखनऊ की पुरानी निशानियों को देखकर हम मगरूर भी होते हैं। पिछली आज़ादी की लड़ाई में इस शहर का जो हिस्सा है, जो इतिहास है, वह देखकर भी हम मग़रूर होते हैं। साथ ही आज तक हम इस बात को याद करते हैं कि इसी शहर में से यह बात निकली थी कि हम हिन्दू और मुसलमान एक क़ौम नहीं हैं, एक नेशन (राष्ट्र) नहीं हैं, एक प्रजा नहीं हैं- हमें अलग-अलग हिस्सा करना चाहिए। यही कहा गया था कि हमारी जबान अलग है, हमारी संस्कृति अलग है, हमारा सब प्रकार का काम अलग-अलग हैं, इसलिए हमें अलग होना चाहिए। हिन्दुस्तान के सारे मुसलमानों के ऊपर ज़्यादातर लखनऊ के मुसलमानों का ही असर पड़ा और पड़ता रहा। दूसरी ओर हमारे जो नेशनलिस्ट (राष्ट्रीय) मुसलमान थे, वे भी इसी प्रान्त के थे। उन लोगों ने काफ़ी विरोध किया और काफ़ी मुसीबतें उठायीं। हिन्दुओं और नेशनलिस्ट मुसलमानों में बहुत मुहब्बत थी और आज भी है। वे चन्द लोग हैं और परेशान हैं। उनकी तक़लीफ़ और उनकी परेशानी हम उनके चेहरों पर देखते हैं और तब हमको दर्द होता है।

''लेकिन हमारे जो भाई मुस्लिम लीग के लीडर थे, उन लोगों ने यह बात सोची कि हमें तो अलग ही होना है और इसी में मुसलमानों का कल्याण है, मुसलमानों की रक्षा है। और वे कहते रहे कि हमें 'सेपरेट इलेक्शन' (पृथक् निर्वाचन) से कोई फ़ायदा नहीं, उससे हमारी कोई रक्षा नहीं होती। यदि हमको कोई वेटेज (अधिक सीटें) दिया, तो उससे भी हमारा कोई काम नहीं होता। इसी तरह से, हमको और छोटी-मोटी चीजें दी जायँ, तो उनसे भी हमें कोई फ़ायदा नहीं होता। हमको तो हमारा अलग हिस्सा चाहिए। हिन्दुस्तान के लीगी मुसलमान यही बात कहकर घूमने लगे और उनका काफ़ी प्रचार हुआ। जो नौजवान मुसलमान कॉलेजों में पढ़ते थे, उन पर भी इन बातों का प्रभाव हुआ और उन लोगों ने मान लिया कि यही बात सही है। हमें कबूल करना चाहिए कि बहुत से मुसलमानों के दिल में यह ख़्वाहिश पैदा हुई कि अगर हमारा राज्य अलग हो जायेगा, तो हम स्वर्ग में चले जायँगे। हम उनकी ख़्वाहिश को रोक नहीं सके, दबा नहीं सके और हमारे बीच एक बहुत बड़ी दीवार उठ खड़ी हुई।

''कांग्रेस का यह सिद्धान्त था कि हम इतनी सदियों से एक साथ रहे, चाहे किसी तरह भी रहे। आख़िर बहुत-से मुसलमान, अस्सी फ़ीसदी बल्कि नब्बे फीसदी मुसलमान, असल में तो हमारे में से ही गये थे और उन्होंने धर्मान्तर कर लिया था। धर्मान्तर करने से कल्चर कैसे बदल गयी? तो नेशन्स कैसे बन गयी? यदि गाँधी जी का लड़का मुसलमान हो गया तो वह दूसरी नेशन का कैसे हो गया? और चन्द दिनों के बाद वह फिर हिन्दू बन गया, तो क्या उसने नेशन बदल ली? नेशन बार-बार थोड़े ही बदली जाती है? इस तरह से क्या जाति ही बदल जाती है? तो हमने समझाने की बहुत कोशिश की। मगर किसी ने नहीं सुना और जब हम समझे कि मुल्क बरबाद हो रहा है। उसके बाद 16 अगस्त, 1946 को कलकत्ता में एक 'डायरेक्ट ऐक्शन डे' रखा गया और कहा गया कि हम तो सीधी चोट लगायेंगे और कोई काम नहीं करेंगे, जब तक हिन्दुस्तान के टुकड़े न हो जायँ। उस दिन कलकत्ता में बहुत सी ख़ून-ख़राबी हुई, बरबादी हुई। तब हमने सोचा कि इस तरह से सारे मुल्क का हाल हो जाये, उससे तो अच्छा है कि अलग कर दो। वह अपना घर सम्भालें और हम अपना सम्भाल लें। हमने सोच लिया कि अगर यही हाल रहा तो जो परदेसी हुकूमत हमारे बीच में पड़ी है, वह हटनेवाली नहीं है। हमारा जिंदगी का काम ही यही था कि जिस किसी तरह से परदेसियों की हुकूमत को इधर से हटा दें, पीछे देखेंगे कि क्या होता है। तो हमने कबूल कर लिया कि ठीक है भाई, आप अलग अपना हिस्सा ले लो।

''उसका यह मतलब नहीं कि हम दिल से राज़ी थे। लेकिन हम समझ गये कि हिस्सा-बाँट चाहे कितनी भी बुरी हो, लेकिन जब उनको समझाना मुश्किल है, तो उनको लेने दो। सो हमने दे दिया। जब दे दिया, तो हम यह समझे थे कि अब मुल्क में पूरी शान्ति होगी और हम अपना काम करेंगे। हमारे दिल में भी यही ख़्वाहिश थी, और आज भी है कि वह जो अपना घर अलग बनाकर बैठे हैं; वे तगड़े हो जायें, अच्छे हो जायें और

अपना कार्य करें। वे अपने मुल्क को उठायें और जैसी उनके दिल में ख़्वाहिश थी, वैसा ही स्वर्ग वे अपने पाकिस्तान को बना दें। इसी से हमको ख़ुशी होगी। क्योंकि आख़िर तो वह हमारा भाई है। गलत समझ से उसने जो काम किया है, उससे भी वह तगड़ा हो जाये, सुखी हो जाये, तो आख़िर वह हमारा पड़ोसी है, हमारा भाई है। वह सुखी होगा, तो अच्छा है। लेकिन हमने यह कभी नहीं सोचा था और हमें कभी ऐसी उम्मीद भी नहीं थी कि अलग होने के बाद भी वह हमें चैन से नहीं बैठने देंगे। अब वे बार-बार कहते हैं कि आप लोग हमको चैन से बैठने नहीं देते हैं; और पाकिस्तान को तबाह करने के लिए, उसको बरबाद करने के लिए, हिन्दुस्तान में शरकत (कौन्सिपरेसी) हो रही है। तो मैं उन लोगों को बार-बार कहता हूँ कि पाकिस्तान का अगर कोई दुश्मन है, तो वह पाकिस्तान के भीतर है, बाहर कोई नहीं। आप अपने को सम्भाल लो, हमारे यहाँ पाकिस्तान का कोई बुरा नहीं चाहता। हम तो आपका भला ही चाहते हैं।

"कभी-कभी कोई कहता है कि पाकिस्तान और हिन्दुस्तान आख़िर एक हो जायेंगे। मैं यह नहीं कहता हूँ। मैं कहता हूँ कि अब अलग ही रहो। आपको बहुत नमस्कार है। आप वहीं बैठे रहो। हमें आना नहीं है। क्योंकि हमने बहुत अनुभव कर लिया है। आप अपनी जगह बैठकर देख लीजियक। आप अच्छे हो जायेंगे, तो हम ख़ुश रहेंगे। लेकिन मेहरबानी करके हमको अपना काम करने दीजिये। वह तो नहीं होता है और पाकिस्तान कभी सिक्खों पर कसूर का बोझ डालता है, कभी हमारे पर कसूर का बोझ डालता है, और कभी गवर्नमेण्ट पर। लेकिन अपनी ग़लती अभी महसूस नहीं करता है। जो आदमी अपनी ग़लती महसूस नहीं करता, उसका भला कभी नहीं हो सकता। पाकिस्तान गिरेगा, तो वह अपने पाप से ही गिरनेवाला है, हमारे गिराने से कोई नहीं गिरेगा।

"तो अब आप देखें कि जब हमने फ़ैसला किया कि अलग-अलग दो हिस्से कर दिये जायें, तो उसके बाद क्या हुआ? उसके बाद जो कार्रवाई हुई, उसमें हमारा दोष नहीं है; ऐसा मैं नहीं कहता। हमारा भी पूरा दोष है। लेकिन जो दोष उनका है, वैसा हमारा दोष नहीं है। और आज भी हमारी ख़्वाहिश है कि दंगा-फ़साद न हो। क्योंकि हमारे यहाँ चार साढ़े-चार करोड़ मुसलमान पड़े हैं और उनके लिए हिन्दुस्तान के सिवा कोई दूसरी जगह नहीं है। उनमें से बहुत-से मुसलमानों के साथ हमारी ज़िन्दगी भर की मोहब्बत है। उनके साथ हम दग़ाबाज़ी नहीं करना चाहते। क्योंकि जो कोई छोटी-मोटी चीज़ के लिए अपने मित्रों के साथ दग़ाबाज़ी करता है, वह कभी कोई बड़ा काम नहीं कर सकता। उधर पाकिस्तान के मुसलमानों के अख़बार आप देखें। 'डॉन' रोज़-रोज़ जो पढ़ते हैं वे ज़रा देखें, वहाँ के अख़बार देखें। अब वे कहते हैं कि मुसलमानों का सबसे बड़ा दुश्मन मैं ही हूँ। मेरा ही नाम वे लेते हैं।

"एक समय ऐसा भी था जब कि ये सब कहते थे, ख़ुद क़ायदे-आज़म भी कहते थे, बाकी सब लोग भी कहते थे कि गाँधी मुसलमानों का एनिमी नं. 1 (पहले नम्बर का शत्रु) है। वह अब मुसलमानों का सबसे बड़ा दोस्त हो गया है। मुसलमानों का अगर कोई

परम मित्र और रक्षक है तो गांधी जी हैं। अब मेरा नम्बर वहाँ रख दिया। क्यों रक्खा? क्योंकि मैं साफ़ बात कहता हूँ। मैं छिपाता नहीं हूँ। उधर अगर कोई बुरी चीज़ करेगा तो उसका बुरा असर इधर भी पड़ेगा। मैं कहता हूँ कि भाई यदि आप लोग हमको चैन से काम करने देंगे तो इधर मुसलमानों को तक़लीफ़ नहीं होगी। यों भी इधर पूरी शान्ति रखने की कोशिश हम करेंगे, क्योंकि कोशिश करना हमारा फ़र्ज़ है, धर्म है। अगर हम अपने फ़र्ज़ को पूरा न करें तो हम ईश्वर के गुनहगार बनते हैं। सो कोशिश तो हम करेंगे। लेकिन अपनी कोशिश में हम पूरे कामयाब नहीं होंगे, जब तक आपका कर्म ठीक नहीं होगा। तो आपको अब किस ढंग से चलना चाहिए? क्योंकि आप तो कहते थे कि अगर आपको पाकिस्तान मिल जाये तो आपको पूरा प्रोटेक्शन (सुरक्षा) मिल जायेगा। अब जिन लीग वाले मुसलमानों ने इधर से यह काम शुरू किया था, यही लखनऊ सारे हिन्दुस्तान के मुसलमानों के कल्चर का केन्द्र था, उन्हीं लीडरों से मैं पूछता हूँ कि अब क्या प्रोटेक्शन देते हैं? इधर हिन्दुस्तान में जो मुसलमान हैं, उनकी हालत देखें, आप उनका दिल देखें, उनका चेहरा देखें। हमको तो दर्द होता है। आपको नहीं होता है, उससे मुझे ताज़्जुब होता है कि आपको क्या हुआ है। आप तो वहाँ जाकर बैठ गये। लेकिन इन लोगों का कुछ सोचा है कि उनकी क्या हालत है? उन्हें आपने हम पर छोड़ दिया। ठीक है, छोड़ दिया। हम तो कोशिश करेंगे। लेकिन वहाँ बैठकर भी आप हमको कुछ चैन लेने देंगे, कि वहाँ से भी तक़लीफ़ करते ही रहेंगे?

"यह तो ठीक है कि ख़ूब मार-पीट हुई। परन्तु चाहिए तो यह कि जो कुछ हो गया है, उसे हम भूल जायँ। उन्होंने भी बहुत बुरी तरह काम किया और हमने भी बहुत बुरा काम किया। दुनिया में हमारी बदनामी हुई। जगत् के सामने हमें सिर झुकाना पड़ा। जब हिन्दुस्तान आज़ाद हुआ था, तब दुनिया में हमारी इज़्ज़त बहुत बढ़ गयी थी। लेकिन आज हम बहुत गिर गये हैं। तो यह जो नुक़सान हुआ, उसे तो हमें पी जाना चाहिए। ठीक है, जो कुछ हुआ सो हुआ। लेकिन तुमको यह क्या ज़रूरत थी कि बाक़ी हिन्दुस्तान में घुसने की कोशिश करो। आप क्यों जूनागढ़ के दरवाज़े पर आ बैठे? क्या ज़रूरत थी आपको? यहाँ तक कहाँ से आया पाकिस्तान? आपके कहने से ही तो हिन्दुस्तान के इस तरह दो टुकड़े बनाये गये। उसके बाद और भी टुकड़े करने हों, तो मैदान में खुली बातें करो। इस तरह से क्यों करते हो?

"जूनागढ़ के बारे में नवाब साहब को सलाह दी गयी कि आप पाकिस्तान में शरीक हो जाओ, तो आपको स्वर्ग मिल जायेगा। वह वहाँ मिल गया। अब बेचारा कराची जाकर क़ैदी बना बैठा है। अब उसके दिल की हालत पूछो। खुदा को याद करता होगा। उससे पूछो कि जूनागढ़ में, हिन्दुस्तान में, जेल में रहना अच्छा है, या पाकिस्तान के स्वर्ग में? हमने बहुत कहा कि यह पाकिस्तान का काम अच्छा नहीं है। हमको चैन से बैठने दो। आप अब अपना काम करो। आपके पाकिस्तान के एरिया (क्षेत्र) में जितनी रियासतें हैं, बहावलपुर है, कलात है, और हैं, उनमें चाहे जो कुछ करो। हम उसमें नहीं पड़ेंगे। पर

उस समय हमारा कहना नहीं माना। अच्छी बात है। हम समझे कि जूनागढ़ में गड़बड़ कर वे समझ जायेंगे। लेकिन फिर उन्होंने काश्मीर पर अड्डा लगाया। तब फिर हमने पूछा कि भाई आप काश्मीर में क्यों जा रहे हैं? तो कहने लगे कि हम तो वहाँ कुछ करते नहीं। काश्मीर में तो एक आज़ाद गवर्नमेण्ट बनी है, जिसे काश्मीर के मुसलमान चला रहे हैं लेकिन वह बात ज़्यादा दिन नहीं चली। असली सब बात खुलने लगी। वहाँ फ्रण्टियर (सरहद) के मुसलमान गये और उन्हें पाकिस्तान की तरफ़ से हथियार, कपड़ा, खाना-पीना और सब सामान दिया गया। उनको मोटर लारी और लड़ाई की सब चीजऋें भी दी गयीं उनको लड़ाई की तालीम देने के लिए पाकिस्तान के अफ़सर भी भेजे गये। तब हमने पूछा कि यह क्या कर रहे हो? खुली लड़ाई क्यों नहीं करते? तो कहने लगे? हम कुछ नहीं करते हैं।

''इतना होते हुए भी हमने कोई झगड़ा नहीं किया। हमारी तरफ़ से, हिन्दुस्तान की सरकार की तरफ़ से, सारी दुनिया की बड़ी-बड़ी सल्तनतों की जमायत को, जिसे यूनाइटेड नेशन्स कहते हैं, लिखा गया कि भाई, पाकिस्तान और हिन्दुस्तान दोनों देशों की सरकारें आपके यहाँ शरीक हैं, आपकी संस्थाओं पर हैं, आपके संगठन में शामिल हैं, इससे आपके क़ानून से हम सीधी लड़ाई नहीं कर सकते। तो आप उसका फ़ैसला कीजिये कि इस लड़ाई में पाकिस्तान का कितना हिस्सा है। जब हमने यूनाइटेड नेशन्स को इस तरह से लिखा, तब उनकी तरफ़ से जफरुल्ला साहब कहते हैं कि वहाँ क्यों गये? बाहर जाने की क्या ज़रूरत है? अपना मैल और मैला कपड़ा बाहर धोने की क्या ज़रूरत है? वह धोना हो तो अपने घर में धोओ। अभी चार महीनों तक हम पंजाब में अपना मैला कपड़ा धोते रहे तो पूरा नहीं हुआ, अभी कहते हैं कि घर में अच्छी तरह धोओ। अच्छी बात है। अब अपनी गवर्नमेण्ट को मैं सलाह दूँ कि अजी जफरुल्ला साहब कहते हैं कि आप वहाँ क्यों गये? हिन्दुस्तान की सरकार को वहाँ जाने की क्या ज़रूरत थी? वहाँ नहीं जाना चाहिए था। आपको अपनी अरजी वापस ले लेनी चाहिए। फिर आपस में लड़ लेना इससे अच्छा है। ठीक है। यदि वह चाहते हैं तो हम अपनी अरजी वापस ले लेंगे। मगर हमें बताइये कि दूसरा क्या रास्ता होगा? फिर तो हमें स्यालकोट और लाहौर होकर जाना पड़ेगा। यदि वह पसन्द हो, तो फ़ैसला करना अच्छा है। लेकिन इस तरह से कहना और बार-बार सरासर झूठ बोलना मेरी समझ में नहीं आता। यह किस तरह का पाकिस्तान चलेगा? तो मैं कहता हूँ कि पाकिस्तान गिरेगा तो, इसी तरह से गिरेगा।

''आपको गिराने की हमारी ख़्वाहिश नहीं है। लेकिन बार-बार आपकी तरफ़ से जो बातें कही जाती हैं, वे मेरी समझ में नहीं आतीं। जब हम आपस में बैठकर बात करते हैं, तो कहते हैं कि हाँ भाई, रेडर्स (आक्रमणकारी) लोग काश्मीर में गये हैं, वे फ्रण्टियर से गये हैं। उनको हम समझाने की कोशिश करते हैं, लेकिन वे मानते नहीं हैं। आज तो हम कितना भी उन्हें कहें, लेकिन वे लोग नहीं मानेंगे। उधर बाहर दुनिया से कहते हैं कि हम कुछ नहीं जानते। हमारा इसमें कुछ भी हिस्सा नहीं है। हमने कहा कि तुम्हारे

घर में से होकर वे उधर चले जाते हैं। तुमने वहाँ से उन्हें रास्ता करके क्यों दिया? आप सब सामान उन्हें क्यों देते हो? यह क्या बात है? तो वह कहते हैं कि तुम हमको कुछ दो, तो हम उनको समझा दें। अब इस तरह से जो हालत बन गयी है, उसके लिए मैं हिन्दुस्तान के मुसलमानों से एक सवाल पूछना चाहता हूँ। आप लखनऊ में जमा हुए। आपने बहुत बड़ा जलसा किया। 56 हज़ार मुसलमान यहाँ जमा हुए। आप सब लोगों की अगर यह राय है कि पाकिस्तान काश्मीर में जो कुछ कर रहा है, वह गलत है, तो क्यों आपकी ज़बान खुलती नहीं है? आप क्यों बोले नहीं हो कि यह गलत रास्ता है? जब तक मुसलमान हिन्दुस्तान में इस तरह से नहीं बोलेंगे, तब तक हमारा काम बिलकुल मुश्किल हो जाता रहेगा। जितने वहाँ बुरे काम होते हैं, उनके बारे में यदि हिन्दुस्तान के मुसलमान नहीं बोलेंगे, खुले दिल से उसे बुरा नहीं करेंगे, तो फिर उन्हें यह शिकायत नहीं करनी चाहिए कि उनकी वफ़ादारी की तरफ़ किसी को अन्देशा है। तब हमसे पूछने की कोई ज़रूरत नहीं है।

"तो मैं आपसे बड़ी अदब से कहना चाहता हूँ कि मैं मुसलमानों का दोस्त हूँ और दोस्त का काम है कि सच्ची बात कह दे और धोखाबाज़ी न करे। तो मैं कभी मुसलमानों के साथ ग़लत बात नहीं करूँगा। मैं साफ़-साफ़ कहना चाहता हूँ कि अब हिन्दुस्तान के मुसलमानों की वफ़ादारी का वक्त आया है। उनमें से प्रत्येक के दिल में हिन्दुस्तान के लिए पूरी-पूरी मुहब्बत हो और वह समझे उसे हिन्दुस्तान में ही रहना है। उन्हें समझ लेना चाहिए कि पाकिस्तान में उनका कल्याण नहीं होनेवाला है। पाकिस्तान उनकी रक्षा नहीं कर सकता। तब उनका कर्त्तव्य हो जाता है कि जिस नाव में वे बैठे हैं, उसी नाव का हित सोचें, क्योंकि उन्हें भी उसी नाव से चलना पड़ेगा। नाव चलाने में उन्हें साथ भी देना पड़ेगा। तो जिस तरह से पाकिस्तान के लोग कर रहे हैं, उसमें उन्हें ठीक-ठीक, सीधी बात कहनी पड़ेगी कि यह रास्ता ग़लत है। उस रास्ते से जाने में कोई फ़ायदा नहीं है। अब यह कहा जाता है कि पाकिस्तान और हिन्दुस्तान में यदि लड़ाई होगी, तब उसमें भी साथ देंगे। अरे भाई! वहाँ तक तो न जाओ, तो खुली बात तो करो। पीछे हम देखेंगे कि क्या बात होती है। लड़ाई होगी, तब देखा जायेगा कि कौन किसका भरोसा करता है।

"सच्ची बात तो यह है कि दो घोड़ों पर सवारी नहीं हो सकती, एक घोड़े पर ही सवारी होगी। अपना घोड़ा पसन्द कर लो। लखनऊ ही के कई लोगों ने अपना घोड़ा पसन्द कर लिया और समझ लिया, दो घोड़ों की सवारी नहीं चलेगी। काल्स्टीटुएएट असेम्बली में जब हमारा काल्स्टीट्यूशन बन रहा था, तब वहाँ लखनऊ मुस्लिम लीग के एक लीडर थे, उनसे मैंने साफ़-साफ़ कहा था कि आप इधर सेपरेट इलेक्ट्रेट (पृथक् निर्वाचन) और रिजर्वेशन (सुरक्षित स्थानों) की बातें करते हैं। यही बातें करके आपने हिन्दुस्तान के टुकड़े कराये। अब जो बाकी हिन्दुस्तान बचा है, उसका भी आपको टुकड़ा कराना है क्या? यही इरादा हो, तो अब मेहरबानी करके आप पाकिस्तान में चले जाइये। आपके इधर रहने से कोई फ़ायदा नहीं है। तब वह पाकिस्तान चले गये। यह ठीक हुआ। अच्छी बात है। अब कौन

कहता है कि तुम पीछे लौट आओ। भाई, हम भी यह नहीं चाहते हैं कि पाकिस्तान और हिन्दुस्तान अभी जल्दी-जल्दी मिल जायें। यह तो तब कह सकते हैं, जबकि पाकिस्तान का स्वाद खाते-खाते दाँत खट्टा होकर गिर जायें, तब आगे की बातें करेंगे। अभी तो आप वहाँ ही बैठो। लेकिन हमको हमारा काम करने दो।

''अगर हम इस तरह से ग़ाफ़िल रहेंगे तो हम भी मार खायेंगे। हम कहते हैं कि हमारे यहाँ जो चार करोड़ मुसलमान पड़े हैं, उसके हम ट्रस्टी हैं। तो मैं हिन्दू भाइयों से, जो हमारे आर.एस.एस. वाले नौजवान भाई हैं, उनसे भी कहना चाहता हूँ कि आप लोग कुछ दिमाग़ से काम लीजिये, अक़्ल से काम लीजिये और समझ से काम लीजिये, जिससे हमारा भी काम हो जाये और दुनिया में हमारी बदनामी भी न हो, इस तरह से हमें काम करना चाहिए। यदि आपको लड़ाई की ख़्वाहिश हो और आपको लड़ना ही हो तो उसके लिए लड़ाई का मैदान पसन्द करना चाहिए, लड़ाई का मौक़ा पसन्द करना चाहिए और लड़ाई का सामान पूरा करना चाहिए। बेमौके से जो काम करता है, जो बेवकूफी से काम करता है, वह अपना सारा काम गँवा देता है। तो मैं यह कहना चाहता हूँ कि जो चार करोड़ मुसलमान इधर पड़े हैं, उनके साथ छेड़खानी कभी न करो। जितनी छेड़खानी आप करेंगे, उतना ही हमारे ऊपर बोझ पड़ता जायेगा, क्योंकि एक तो उसके लिए हमें ज़्यादा पुलिस रखनी पड़ती है। हमारे सम्भालने की चीज़ तो वहाँ पडी है, इधर क्यों सम्भालते हो? इनको इधर आराम से रहने दो। जिनके दिल में पूरी वफादारी नहीं होगी, वे आप ही चले जायेंगे, वे इधर रह ही नहीं सकते। लेकिन अगर आप उनको इस तरह से बार-बार और बुरी तरह से परेशान करते रहोगे, तो जो हमारे साथ हैं, वे भी चले जायेंगे। वह हमारे लिए कभी अच्छा नहीं होगा।

''यदि एक भी ऐसे मुसलमान को, जो हिन्दुस्तान के प्रति वफादार है और जिसने हमारी आज़ादी की लड़ाई में साथ दिया और हमारे साथ मुहब्बत से रहा है, यहाँ से जाना पड़ेगा, तो उससे बड़ी शर्म की और बात कोई नहीं होगी। यह बहुत ही बुरी बात है। यह चीज हमें समझनी चाहिए। लेकिन जितने मुसलमान इधर दो घोड़ों पर सवारी करनेवाले हैं, उनमें से एक-एक को यहाँ से जाना पड़ेगा, उनमें से कोई इधर रह नहीं सकेगा। तो हमें इस तरह से काम करना है कि हिन्दुस्तान में रहनेवाले मुसलमानों से साफ़-साफ़ कह देना है कि आप कहते हैं कि हम वफ़ादार हैं, तो जबान से कहने भर से काम नहीं चलेगा। लीगवाले बार-बार कहते हैं, पाकिस्तान गवर्नमेण्ट बार-बार कहती है कि इधर जो माइनोरिटी (अल्पमत) है, हम उसकी रक्षा करने के लिए पूरा इन्तज़ाम करेंगे। लेकिन जो लोग वहाँ रहते हैं, उनसे आप पूछिये कि वे कैसा इन्तज़ाम करते हैं?

''आज सिन्ध में रहनेवाले हिन्दू हमारे पास चिट्ठी लिखते हैं कि वे बहुत दुःखी हैं। दो महीना हो गया, मैंने बम्बई से कुछ जहाज़ भेजने का बन्दोबस्त भी किया था और कहा था कि इधर चले आओ। उस समय पर उन लोगों में आपस में कुछ फूट हुई, कुछ हमारे अपने लोग भी कहने लगे कि नहीं, सिन्ध में कोई दिक़्क़त नहीं है, वहाँ ही रहो। सिन्धी

मुसलमान भी यही चाहते हैं। ठीक बात है। लेकिन सिन्धी मुसलमान की ख़ुद वहाँ चलती ही कहाँ है? वहाँ तो लखनऊ के मुसलमान की या तो पंजाब के मुसलमान की चलेगी, वहाँ सिन्धी मुसलमान की क्या बात चलेगी? तो पाकिस्तान तो इस प्रकार बना है कि उसमें क़ानून से काम नहीं चलेगा, जिसमें किसी एक सत्ता से काम नहीं चलेगा, वहाँ तो हर आदमी नवाब हो जायेगा और अपनी-अपनी मर्जी से, जैसा दिल में आयेगा, वैसा काम चलायेगा। कोई उसे कब्जे में नहीं रख सकता है। आज ऐसी हालत वहाँ शुरू हो गयी है। तो वहाँ से अब हिन्दू लोग लिखते हैं कि उनके लिए वहाँ रहना एक मुसीबत हो गयी है। वे वहाँ से निकलना चाहते हैं। वहाँ रह नहीं सकते। तो आठ-दस लाख हिन्दुओं को हमें वहाँ से निकालना है। इधर कई लोग कहते हैं कि इतने ही मुसलमान इधर से निकालो। यह ठीक बात नहीं है। इस रास्ते से हमारा काम नहीं होगा। यदि हमें पाकिस्तान के साथ हिसाब करना है, तो वह इधर के मुसलमानों के साथ नहीं किया जा सकता। यदि हमारे आदमी वहाँ न रह सकें और वहाँ उन्होंने एक कम्युनल (साम्प्रदायिक) राज बना दिया है, तो उन्हें बनाने दो। हम वैसा क्यों करें? उनको लड़ने की ख़्वाहिश हो तो हम तीस करोड़ पड़े हैं। हमारा मुल्क बहुत बड़ा है। हमारी धरती में इतना धन पड़ा है, हमारे पास इतने साधन हैं। लेकिन अगर हम पागल हो जायँ तो कोई काम की बात नहीं कर सकेंगे। लेकिन अगर हम ठीक रास्ते पर चलें और अपने दिमाग़ पर क़ाबू रक्खें तो हमारे पास इतना सामान है कि पाकिस्तान की लड़ने की ख़्वाहिश भी हो तो भी वह हमारा कुछ न बिगाड़ सकेगा। वह तो अभी बच्चा है। कल ही तो उसका जन्म हुआ है। वह क्या करेगा?

"मैं देखता हूँ कि कई नौजवानों में लश्करी (लड़ाई) की तालीम लेने की ख्वाहिश है। यह बहुत अच्छी बात है। लश्करी तालीम लेना, वह आज की हालत में, मैं ज़रूरत की चीज़ भी समझता हूँ। यदि हिन्दुस्तान गाँधी जी के रास्ते पर चला होता, (जैसा कि हमें उम्मीद थी और हमारी ख़्वाहिश भी थी कि हम उस रास्ते पर चलें) तो दूसरी बात थी। लेकिन हम उस रास्ते पर चल नहीं सके। अब अगर उनके रास्ते पर भी न चलें और दुनिया के रास्ते पर भी न चलें, तो हम खड्ड में गिर जायेंगे। इसलिए हमें एक रास्ता पकड़ लेना है। तो आज हिन्दुस्तान की और दुनिया की ऐसी हालत है कि हमें पुलिस और मिलीटरी के ऊपर भरोसा करना पड़ता है। इस हालत में हमारी पुलिस और हमारी मिलीटरी पक्की होनी चाहिए और हमारे नौजवानों को उसकी तालीम मिलनी चाहिए। उसके लिए हम सोच रहे हैं कि हमें क्या करना है। उसमें आपको भी पूरा मौका मिलेगा। लेकिन यह चाकू या लाठी की लड़ाई छोड़ दो और किसी की पीठ में खंजर मारना भी छोड़ दो। उससे कोई फ़ायदा नहीं है। उससे न हमारा चरित्र बढ़ता है, और न हमारी इज़्ज़त बढ़ती है। बल्कि उससे हम गिर जाते हैं। लेकिन अगर हमें लड़ना ही पड़े, तो उसके लिए हमें लड़ाई का मौक़ा देखना होगा और लड़ाई का तरीक़ा ठीक तरह से पसन्द करके लड़ाई की सामग्री बनानी होगी।

"आज के हालात में मैंने यह सोचा कि जब पाकिस्तान का ढंग इस प्रकार का चल रहा है, तो हमें क्या करना है। मैं अपने नौजवानों को बड़े अदब से कहना चाहता हूँ कि अब जितना हिन्दुस्तान हमारे पास है, उसे सौ फीसदी एक बनाओ। पहले भी हमने परदेसियों के पास हिन्दुस्तान को क्यों गुमाया था? हमारे मुल्क पर और लोगों का राज्य क्यों हुआ था? हमारी बेवकूफ़ी से हुआ था। ऐसी बेवकूफ़ी अब फिर न हो, वह हमें देखना है। तो हमारे नौजवान आज जो काम कर रहे हैं, उसमें मैं कई बेवकूफियाँ देखता हूँ। जो हिन्दुस्तान बाक़ी बच रहा है, इसको हमें अगर एक गठरी में बाँधना हो, पूरी तरह संगठित करना हो, तो हमें उसमें अलग-अलग गिरह-गाँठें नहीं बनानी चाहिए। हमें सबको एक करना है। अब यहाँ अलग-अलग सम्प्रदाय का काम नहीं है। देश में जितनी रियासतें हैं, उनको भी एक कर देना चाहिए। तो मेरी कोशिश तो सदा यही रही। पाकिस्तान बननेवाला था, सो बन गया; उसे अगर हमने नहीं बनाया तो कम-से-कम बनने तो दिया। तो उसमें हमें झगड़ा नहीं करना चाहिए। जो हिन्दुस्तान अब है, वह हमें ठीक करना चाहिए।

"पाकिस्तान के अलावा एक अन्य टुकड़ा भी होनेवाला था, जो उससे भी बुरा था, और वह था राजस्थान। तो राजस्थान में बहुत लोग गड़बड़ चला रहे थे। लेकिन मुझे आप लोगों के सामने यह कहने में बहुत ख़ुशी होती है कि हमारे देश में जो राजा थे, उन लोगों में बहुत-से समझदार लोग थे। उनमें से बहुतों में अपने देश के लिए बड़ा प्रेम है। आप यह न समझें कि राजा लोग बड़े स्वार्थी और घमएडी लोग हैं। आप यह भी न समझें कि उनके पास धन का और सत्ता का मद है और कोई स्वदेशप्रेम नहीं है। मैंने बहुत-से राजाओं के साथ बातें की और हमारे और उनके बीच में जो पर्दा था, वह टूट गया।

"आपने देखा कि एक हफ़्ता पहले मैं उड़ीसा में गया था। वहाँ मध्य प्रान्त की 40 रियासतें थी। उन सब रियासतों के 40 राजाओं ने दस्तख़त दे दिया है कि आप हमारा राज ले लीजिए और आप ही सारा प्रबन्ध कीजिये। पहले किसी को ख़्याल भी नहीं था कि ऐसा हो सकता है। लेकिन हो गया। अब कई राजा परेशानी में पड़े हैं कि क्या हमारा भी यही हाल होगा। मैं विश्वास दिलाता हूँ कि हमारी नीयत ऐसी नहीं है कि हम किसी को ख़त्म कर दें। लेकिन जहाँ राजा और प्रजा एक विचार के हो गये और मान गये कि हमारे बीच में यह अच्छी चीज़ है, हम सबकी सलामती इसी में है, तो हमें मानना पड़ता है। तो 40 रियासतों ने मेरी बात मान ली। राजा और रैयत दोनों ने मिलकर यह सब-कुछ किया। जिन राजाओं के दिल में शक है, मैं विश्वास दिलाता हूँ कि आपको हमारे ऊपर अन्देशा करने की ज़रूरत नहीं है। यदि अब भी इसमें से कोई राजा हटना चाहता है, तो मैं उसे छोड़ने के लिए तैयार हूँ। लेकिन तब उन पर जो ख़तरा आ सकता है, उसकी ज़िम्मेदारी उनको ख़ुद लेनी होगी। उनको समझना चाहिए कि आज तो उन्हें अपनी रैयत को अपने साथ रखना होगा। जो राजा रैयत के साथ नहीं रहेगा, उसकी हस्ती जोखिम में रहेगी। रैयत को अपने साथ रखने की कोशिश

करनी चाहिए। राजा लोग इसे समझते हैं। किसी के दिल में अगर कोई शंका है, तो उसे निकाल देना चाहिए।

"तो अब हमारा जो इतना बड़ा संगठन बना है, उसका हमें क्या करना चाहिए? हमने 15 अगस्त को सत्ता अपने हाथ में ली। अभी ज़्यादा दिन नहीं हुए हैं, सिर्फ़ 4 महीने हुए हैं। 4 महीने में हमने क्या किया? जो कुछ हमने किया, उसकी फेहरिस्त बताऊँ, तो आप ताज़्जुब में पड़ जायेंगे, कि इस टूटी हुई सरकार ने क्या कुछ किया। बहुत-से लोग इसे नहीं समझते हैं और कहते हैं कि अभी तक सभी कुछ पुराने ढंग से चलता है। अभी तक वही पुराना राज है, कोई फ़र्क़ नहीं पड़ा। लेकिन वे देखते नहीं हैं कि आज़ादी के साथ मुल्क का दो टुकड़ा हुआ। यह छोटी बात नहीं है, बहुत बड़ी बात है। दो बड़े प्रान्त थे बंगाल और पंजाब, उनका भी टुकड़ा किया गया। यह भी बड़ी बात है। फिर सरहद को ठीक करना भी ख़तरे की बात थी। भली-बुरी वह भी हमने कर ली।

"हमारी हुकूमत चलाने के लिए लोहे का एक चौखटा था, जिसको स्टील-फ्रेम कहते हैं। उसमें 1200 से लेकर 1350 तक आदमी थे। वे ही सदियों से हमारे हिन्दुस्तान का तन्त्र चलाते थे। उनमें अधिक परदेसी लोग थे। उसका भी हिस्सा किया। लेकिन यह हिस्सा दो तरह से हुआ। उसमें जितने अंग्रेज़ थे, वे चले गये। 50 फ़ीसदी के क़रीब उनमें अंग्रेज़ थे, उनमें चन्द ही रह गये, बाक़ी चले गये। बाक़ी जो रहे, उनमें से 50 फीसदी पाकिस्तान में चले गये। बाक़ी में से भी कई लोग हमारे धनिकों, इण्डस्ट्रियलिस्टों (उद्योगपतियों) के पास चले गये। नतीजा यह हुआ कि हमारे पास चौथाई हिस्से की सर्विस बच रही। उसी से हम काम चलाते हैं। बहुत से लोग समझते थे, ख़ास तौर से अंग्रेज़ आफ़िसर सोचते थे कि इनका काम नहीं चलेगा। जो सर्विस चलती थी, वह टूट गयी, तो इनका काम कैसे चलेगा? लेकिन हमारा काम चलता है।

"उसके बाद हमारी जो मिल्कियत थी, उसका भी हिस्सा किया। एक कुटुम्ब की मिल्कियत का हिस्सा करने में कितना समय लग जाता है? यह काम चन्द रोज़ में नहीं होता। लेकिन हमने सारे मुल्क के हिन्दुस्तान और पाकिस्तान के रूप में, दो हिस्से किये। उसके लिए हम किसी अदालत में नहीं गये। आपस में बैठकर यह सब कर लिया। पाकिस्तान चाहे कुछ भी कहे, लेकिन मैं कहता हूँ कि अगर हमें पाकिस्तान को ख़त्म करना होता, तो हम यह सब कभी न करते। हमने इस सबमें उदारता दिखायी। हमने इस सब में वैसा ही बरताव किया, जैसा छोटे भाई के साथ करना चाहिए। कोई भी स्वतन्त्र आदमी हमारे पक्ष में फ़ैसला देगा। इस तरह से हमने सारी मिल्कियत का फ़ैसला कर लिया। जो क़र्ज़ देना था और जो रुपया दूसरे मुल्कों से लेना था, उस सबका भी फ़ैसला किया।

"इस सबके साथ-ही-साथ 40 लाख लोगों को इधर से वहाँ भेज दिया, और 50 लाख लोगों को उधर से इस तरफ़ ले आये। वे सब किस तरह से आये और गये? पैदल चलनेवालों की 60-60 मील लम्बी क़तारें थीं, दस दस लाख आदमी एक क़ाफ़िले में थे।

दोनों तरफ़ से कतारें चलती थीं और वे दो महीनों तक चलती रहीं। ऊपर से पानी पड़ता था और नीचे भी पानी-ही-पानी था। रोग फैल गया, कॉलरा फैल गया, खाने-पीने की बड़ी मुसीबत थी। इस तरह से इन मुसीबतों में लोगों का अदला-बदला हुआ। राह में अमृतसर जैसा सिक्खों का बड़ा शहर पड़ता था। सिक्खों ने हठ पकड़ ली कि हम इधर से मुसलमानों को नहीं जाने देंगे। तब मैंने अमृतसर जाकर उन्हें समझाया कि ऐसी बेवकूफ़ी न करो। उसमें राष्ट्रीय स्वयं सेवक संघवाले भी थे, तो मैंने उनसे भी कहा कि तुम यह क्यों नहीं देखते हो कि हमारे दस लाख आदमी भी उधर पड़े हैं। लड़ना है, तो लड़ने का ढंग भी सीखना चाहिए। तब उन लोगों ने मेरी बात मान ली और सबको अमृतसर के बीच में से जाने दिया। हमारे लोग भी इधर चले आये।

"इस सब हेरा-फेरी में हमने कान्स्टीट्यूएण्ट असेम्बली का जलसा भी किया। अपना कान्स्टीट्यूशन (संविधान) बनाने की कोशिश न सिर्फ़ हमने जारी रक्खी, बल्कि क़रीब-क़रीब उसे पूरा कर लिया। इतने लोग मारे गये, लाखों की मिल्कियत नहीं रही, लाखों के पास खाना-पीना नहीं रहा, हज़ारों रोते-कलपते आदमी हमारे पास फ़रियाद करने आये। उनको भी हमने जहाँ तक बन पड़ा, आश्वासन दिया और साथ ही इतना काम भी किया। इसके साथ देशी रियासतों का भी काम कर लिया। तो चार महीने में हमने इतनी कार्रवाई की। इतना काम कोई भी सरकार करती, इतना बोझ किसी भी सरकार पर आता, तो चाहे वह कितनी भी मज़बूत सरकार क्यों न होती, उसके टूट जाने की सम्भावना थी। लेकिन ईश्वर की कृपा से हमारी गवर्नमेण्ट जहाँ तक बन पड़ा, अपना काम निबाहती रही। और इस सबमें हमारी इज़्ज़त काफ़ी बढ़ी है। हमने जूनागढ़ में जो कुछ किया, काश्मीर में जो कुछ किया, उससे लोगों को कुछ विश्वास आया कि यह लोग भी कुछ ताक़तवर हैं।

"तो इस हालत में हमें अब आगे क्या करना है? चार महीना तो हमने डटकर काम किया; अब हमें क्या करना है? अब मैं आपसे कहना चाहता हूँ कि हमें हिन्दुस्तान को उठाना है। हिन्दुस्तान दो सौ साल से गिरा पड़ा रहा। उसके पहले भी वह गिरा था। अपने इस हिन्दुस्तान को हमें उठाना है। तो इस काम में हमें समझ से काम लेना पड़ेगा।... " सरदार पटेल उस दिन लखनऊ में ख़ूब बोले। और भी बहुत कुछ बोले। उन्होंने जनता जनार्दन के समक्ष अतीत और वर्तमान के यथार्थ का लेखा-जोखा रखा और भारत को भविष्य में मज़बूत से मज़बूत बनाने के लिए तमाम मंसूबों और वक्त की ज़रूरतों का ज़िक्र किया। देश में शान्ति व्यवस्था की बेहद ज़रूरत बतायी।

सरदारश्री ने अपने भाषण के अन्त में कहा कि - "मैंने आपका कुछ समय तो लिया, लेकिन मेरे दिल में जो बात थी, वह मैंने आपके सामने रख दी है। मैं कोई चीज़ छिपाना नहीं चाहता हूँ और साफ़-साफ़ बात कहता हूँ। चाहे हिन्दू हो, चाहे मुसलमान हो, चाहे सिक्ख हो, सबके सामने मैं साफ़ बात कहनेवाला आदमी हूँ। नौजवानों को बुरा लगे, आर. एस.एस. वालों को बुरा लगे, लेकिन मेरे दिल में सबके लिए मुहब्बत है। मैं सबको यह समझाने की कोशिश करता हूँ कि ऐसा मौक़ा फिर नहीं आयेगा। अगर इस वक्त हम

साथ मिलकर कुछ काम कर सकेंगे तो उससे हिन्दुस्तान का भला होगा, हमारा भला होगा। मैं उम्मीद करता हूँ कि यह सब जिस भाव से मैंने कहा है, उसी भाव से आप उसे स्वीकार करेंगे। जिस प्रेम से आप लोगों ने मेरा स्वागत किया है और जिस शान्ति से मेरी बात सुनी है, उसके लिए मैं आपको धन्यवाद देता हूँ। जय हिन्द!"

देखा जाय तो भारतीय राजनीति में सरदार वल्लभभाई पटेल काफ़ी अकेले थे। उनके निकट मित्र बहुत कम थे। अपने सादे स्वभाव के कारण सरदार ने बहुत कम ही महत्त्वपूर्ण लोगों से सम्बन्ध बनाये, या यों कहें कि कम ही लोगों से उनकी मित्रता हो सकी। इनमें डॉ. राजेन्द्रप्रसाद, गोविन्द वल्लभ पन्त, पुरुषोत्तमदास टण्डन, मोरा जी देसाई, मावलंकर, जमनालाल बजाज और शेष उनके कुछ गुज़राती मित्र जिनमें क़ानूनगो-दम्पति का नाम सर्वप्रमुख है।

पण्डित जवाहरलाल नेहरू और सरदार पटेल के मध्य सौहार्द के पुल को ध्वस्त करने के प्रयास में कुछ निचली श्रेणी के तत्कालीन वामपन्थी नेतागण व अन्य लोग विशेषकर सचेष्ट रहते थे। इनमें-के.डी. मालवीय, अशरफ, अरुणा आसफ़ अली, मृदुला साराभाई, पद्मजा नायडू जैसे नेहरू जी के विश्वासपात्र एवं क़रीबी लोग थे। यह लोग नेहरू जी को पटेल के बारे में उनके मुसलमानों के प्रति रवैये के बारे में मनगढ़ंत कहानियाँ सुनाने में भी संकोच नहीं करते थे।

सरदार पटेल 'लौह पुरुष' थे। वे किसी की धौंस या दबाव में कार्य नहीं करते थे। इसलिए जब जिन्ना ने उग्र होने की धमकी दी थी तो सरदार ने स्पष्ट रूप से कह दिया था कि जिन्ना को किसी बहकावे में नहीं रहना चाहिए तथा चेतावनी दी थी कि - "तलवार का जवाब तलवार से दिया जायेगा।" उन्होंने किसी पूर्वाग्रह के कारण ऐसा नहीं कहा था। सरदार पटेल ने अपने सम्पूर्ण कार्यकाल में, अल्प ही सही, भारत के सभी लोगों को सुरक्षा प्रदान की, चाहे वे हिन्दू थे या मुसलमान या ईसाई या सिख।

सुरक्षा बलों के साथ मौलाना आज़ाद ने भी दिल्ली के संकट के दिनों में दिल्ली के उन स्थानों का दौरा किया जो लूट-पाट, मार-काट, दंगों और आगज़नी में दहले हुए थे। मौलाना ने देखा कि मुसलमान अपनी हिम्मत हार चुके थे और वे असहायता की भावना से ग्रस्त थे। बहुतों ने मौलाना आज़ाद के सरकारी बँगले में पनाह माँगी। शहर के कई जाने-माने और धनी मुस्लिम परिवारों के लोग भी मौलाना के पास आये। वे एक़दम अनाथ से थे और उनके पास कुछ भी नहीं बचा था बल्कि उनके पास वे ही कपड़े बच रहे थे जो उन्होंने पहन रखे थे। कुछ लोग दिन-दोपहर में आने का साहस न कर पायें तो उन्हें फ़ौज के पहरे में आधी रात को या रात के पिछले पहर में मौलाना के सरकारी आवास पर लाया गया। दिल्ली में मौलाना आज़ाद का घर देखते-ही-देखते इन मुसीबतज़दा एवं आतंकित मुसलमानों के बीबी-बाल-बच्चों का पनाहगार बन गया। जब उनकी तादाद बढ़ी तो मौलाना ने अपनी कोठी के अहाते में उन मुस्लिम शरणार्थियों के लिए तम्बू तनवा दिये।

पुराने क़िले, दरगाहों, मस्जिदों में हज़ारों मुसलमानों ने उन दिनों परिवार सहित भागकर शरण ली और आगे आनेवाला ठिठुरनभरा जाड़ा क़िले की फ़सीलों, खण्डहरनुमा इमारतों और पेड़ों के नीचे किसी तरह दिल्ली में शान्ति-बहाली तक काटा। शरणार्थियों कों सरकारी राहत सामग्री पहुँचाना, खाद्यान्न, जलावनी लकड़ी, वस्त्र, कम्बल आदि का भारी प्रबन्ध प्रशासन को करना पड़ा। शरणार्थियों के पुर्नवास का और बड़ा काम आगे होना था। सरदार पटेल और उनका गृह मन्त्रालय तथा दूसरे तमाम विभाग इस कार्य में दिनरात जुटे रहे।

विभाजन के फलस्वरूप देश में शरणार्थियों के आवागमन, उनके पुनर्वास और उनके साथ और उनके द्वारा घटित दंगों और अनेक समस्याओं के निराकरण हेतु उच्चस्तरीय योजना बनाने और योजनाओं के कार्यान्वयन की दैनिक समीक्षा की आवश्यकता भी अनुभव की गयी। पण्डित नेहरू और सरदार पटेल ने गवर्नर जनरल माउण्टबेटन की अध्यक्षता में एक 'केद्रीय आपात् समिति' की स्थापना की। इस समिति ने शरणार्थियों की समस्या सुलझाने में प्रभावशाली योगदान दिया।

मौलाना आज़ाद सरदार पटेल से जितना दूर थे, पण्डित नेहरू से उतने ही निकट। अन्तरिम सरकार का प्रधानमन्त्री बनवााने में नेहरू जी को उनका समर्थन पहले से ही था। क्योंकि 1946 में कांग्रेस अध्यक्ष चुने जाने में सरदार पटेल की जगह उन्होंने जवाहरलाल जी को खुलकर तरजीह दी थी। इसमें महात्मा गाँधी का आशीर्वाद भी नेहरू जी को प्राप्त था। मौलाना आज़ाद और नेहरू मुसलमानों के हितों के प्रति काफ़ी संवेदनशील थे।

मौलाना का झुकाव अपने समुदाय के प्रति होना भी स्वाभाविक था। परन्तु सरदार पटेल का हिन्दू-हितों के प्रति संवेदनशीलता होना मौलाना को स्वाभाविक नहीं लगता था। वे सरदार के प्रति शंकालु और पूर्वाग्रहयुक्त रहते थे। मौलाना आज़ाद नेहरू जी और गाँधी जी दोनों के समक्ष इस सम्बन्ध में अपना कुछ-न-कुछ असन्तोष व्यक्त कर ही दिया करते थे। महात्मा गाँधी और सरदार पटेल परस्पर बहुत स्नेह-सम्मान रखते थे। भीतर से अत्यन्त आत्मीय भी थे। पर वक्त बीतने के साथ-साथ लोगों ने गाँधी जी के मन में भी सरदार पटेल के विरुद्ध असन्तोष के बीज बोने के उपक्रम किये। एक समय ऐसा भी आया जब लगा मानों कृष्ण रथ से उतर गये हों और अर्जुन को अपना रथ स्वयं हाँकना पड़ रहा हो।

मौलाना आज़ाद एक दिन जनवरी, 1948 के शुरूआती दिनों में पण्डित नेहरू के पास बैठे एकान्त वार्त्ता कर रहे थे। मौलाना कह रहे थे-"पण्डित जी! ... इधर आपने कुछ महसूस किया?"

नेहरू जी काफ़ी थके हुए थे। उन्होंने मात्र इतना कहा - "क्या?"

"गाँधी जी की व्यथा दिन-ब-दिन बढ़ती जा रही है..."

पण्डित नेहरू पलकें झपकाते मौलाना को देखते रहे और मौलाना कहते रहे -

"एक जमाना था जब महात्मा जी एक छोटी-सी ख़्वाहिश करते तो सारा देश उठा खड़ा होता। अब तो लगता है जैसे उनकी ज़ोरदार-से ज़ोरदार अपील का भी लोगों पर प्रभाव नहीं पड़ता।... सब-कुछ बर्दाश्त से बाहर हो जाने पर आख़िर कल शाम बापू ने मुझे बुलाया। कहने लगे कि जब तक दिल्ली में पूरी तरह शान्ति स्थापित नहीं हो जाती तब तक अनशन के अलावा मेरे पास अब कोई दूसरा उपाय नहीं है।"

यह सुनकर नेहरू जी जैसे अचानक नींद से जगे। बोले - "ओह!... तो आपने उनसे क्या कहा?"

मौलाना बोले - "मैंने कहा कि बापू! आप ऐसा मत सोचिये। आपकी अब जैसी सेहत है और जो उम्र है उसमें आपका लम्बा-अनशन करना मुनासिब नहीं होगा। सब-कुछ दो-दिन में तो ठीक होने से रहा।"

"फिर?" - नेहरू जी ने चिन्तातुर अन्दाज़ में पूछा। "फिर क्या? कहने लगे होगा क्या? ज़्यादा-से-ज़्यादा मर ही तो जाऊँगा। देख रहे हो जो हालात हैं... भाई आज भाई के ख़ून का प्यासा है... मनुष्यता मर रही है... मुझसे और देखा नहीं जाता। मौलाना!.. .. मेरा यक़ीन करो... मैं अब जीना नहीं चाहता... और यह कहते हुए गाँधी जी गर्म-गर्म साँसें छोड़ने लगे। मुझे एकबारगी कुछ सूझा नहीं कि उनसे क्या कहूँ?" - नेहरू जी अधीर हो गये। मौलाना आज़ाद से बोले - "अरे आपको उसी वक्त कहना चाहिए था कि बापू! आप... नाहक परेशान मत हों। हमें थोड़ा वक्त दें। हम सब मिलकर सम्भाल लेंगे।"

"कहा था यह भी। पर बापू अपनी बात पर अडिग रहे। बोले सरदार पटेल का रवैया ठीक नहीं। वह अब मेरी भी नही सुनता। मुझे आमरण-अनशन पर जाना ही होगा।"

नेहरू खामोश हो गये। मौलाना उनसे कहते रहे-"गाँधी जी के मन पर भारी बोझ है- सरदार को लेकर। वे तो उनके इतने क़रीबी और अपने रहे है। फिर भी आज वे बापू के दुःख का कारण हैं। जरा सोचिये... सरदार पटेल के सारे पोलिटिकल-कैरियर का श्रेय गाँधी जी को ही तो है।"

"आप ठीक कहते हैं मौलाना!-" नेहरू जी ने कहा-"कम-से-कम कांग्रेस के दो नेता तो गाँधी जी की देन हैं- सरदार पटेल और राजेन्द्रप्रसाद।"

कुछ देर कमरे में ख़ामोशी छायी रही। कुछ देर बाद नेहरू जी ने मौलाना आज़ाद से पूछा-"और क्या कहा गाँधी जी ने ?"

"गाँधी जी ने कहा कि मैंने दिल्ली के मुसलमानों को अपनी आँखों के सामने मारे जाते देखा है।... जवाहर ! सोचिये ज़रा...यह इस समय हो रहा है जब उनके ही प्रिय वल्लभभाई हिन्दुस्तान सरकार के गृहमन्त्री हैं और वे ही राजधानी में क़ानून तथा व्यवस्था बनाये रखने के लिए ज़िम्मेदार हैं। आप तो जानते ही होगें कि पटेल न सिर्फ मुसलमानों को सुरक्षा दिलाने में नाकामयाब रहे हैं, बल्कि वक़्त-बेवक़्त जो शिकायतें इस बारे में की जाती हैं उन्हें वे किस ख़ूबसूरती से टाल दिया करते हैं?..."

13 जनवरी, 1948 को महात्मा गाँधी ने बिड़ला हाउस नयी दिल्ली में अपने अनशन का श्रीगणेश कर दिया। यह उनके जीवन का अन्तिम उपवास था। अख़बारों के लिए इसकी घोषणा पिछली शाम गाँधी जी ने कर दी थी जो आज सुबह छप चुकी थी, ताकि सारा देश जान जाये कि गाँधी जी देश में व्याप्त हिंसा और अनेक कारणों से उपवास शुरू करने जा रहे हैं। यह उपवास एक तरह से साम्प्रदायिक प्रतिहिंसा में डूबे देशवासियों के पागलपन के विरुद्ध प्रायश्चित्त है। महात्मा जी स्वयं को सज़ा देने जा रहे हैं ताकि एक विक्षिप्तप्रायः राष्ट्र की सोयी चेतना जग सके। किन्तु सरदार पटेल यह जानते थे कि इस अवसर पर गाँधी जी द्वारा शुरू किया गया उनका अनशन उनके विरुद्ध भी है और यह हिन्दू-सिखों के ख़िलाफ़ तो है ही। नेतागण के भरसक प्रयासों के बावजूद गांधी जी नहीं माने और अनशन की राह पर चल पड़े।

प्रथम दिवस अर्थात 13 जनवरी को गाँधी जी के अनशन की सुबह के समय सरदार पटेल गाँधी जी से मिलने प्रातः 8.30 बजे बिड़ला हाउस गये। मणिबेन निवास पर ठहरी रहीं। प्रधानमन्त्री जवाहरलाल नेहरू जी ने एक गोपनीय टिप्पणी गृहमन्त्री सरदार पटेल को भेजी थी। मणिबेन को तत्काल उसकी हाथ से कॉपी करके अपने पिता को देनी थी। इन दिनों फ़ोटोस्टेट मशीन, स्कैनर, मोबाइल इत्यादि कुछ भी नहीं हुआ करता था। मणिबेन 10.15 बजे वह हस्तलिखित सूचना स्वयं लेकर बिड़ला हाउस पहुँचीं। सरदार पटेल गाँधी जी के निकट उदास मुद्रा में बैठे थे। कुछ अन्य लोग भी थे। मणिबेन ने वह काग़ज़ चुपचाप सरदार को दे दिया। उन्होंने उसे देखा और अपने कुर्ते की जेब में रख लिया डॉ. सुशीला नैय्यर भी वहाँ मौजूद थीं। मणिबेन उनके पास जाकर चटाई पर बैठ गयीं। उसके थोड़ी देर बाद सरदार पटेल वहाँ से माउण्टबेटन से मिलने चले गये।

14 जनवरी, 1947 की सुबह। हैदराबाद रियासत के एजेण्ट जनरल सरदार पटेल से मिलने सुबह के समय उनके निवास पर आये। अभी तक हैदराबाद की रियासत, निज़ाम की भारत में विलय की अनिच्छा के कारण, एक समस्या बनी हुई थी। इन लोगों से गृहमन्त्री के विचार-विमर्श होते रहते थे। नोक-झोंक चलती रहती थी। आज गाँधी जी के अनशन का दूसरा दिन था। सरदार पटेल 10.00 बजे पुनः बिड़ला हाउस रवाना हुए। मणिबेन आज उनके साथ ही गयीं। वहाँ उन्होंने गाँधी जी को अपने बिस्तर पर लेटे देखा। गाँधी जी पण्डित नेहरू, षणमुखम, मथाई आदि लोगों से घिरे हुए थे। जगे थे, छत की ओर ताक़ते। किसी से कुछ बोल नहीं रहे थे। सरदार पटेल पण्डित नेहरू के निकट जाकर बैठ गये। वे वहाँ 12.30 बजे दोपहर तक बैठे रहे। लोग आते रहे जाते रहे। अनशनरत गाँधी जी को प्रणाम करते रहे। उनका दर्शन करते रहे। चिन्ता से भरकर लौटते रहे। सरदार पटेल दुःखी मन से दोपहर बाद घर लौट आये।

शाम को कैबिनेट मीटिंग थी। सरदार शाम 4.00 बजे कैबिनेट मीटिंग के लिए रवाना हुए। वे शाम 7.00 बजे उस दिन एक बार फिर गांधी जी को देखने बिड़ला हाउस गये। जवाहरलाल और मौलाना भी एक साथ गाँधी जी का हालचाल जानने के लिए

कैबिनेट मीटिंग के बाद आये। यह तीनों बड़े नेता लगभग एक घण्टा गांधी जी के साथ रहे। चारों में इस बार खुलकर वार्त्तालाप हुआ। क्योंकि वार्त्तालाप के दौरान वहाँ कोई पाँचवाँ नहीं था। जो एक-दो लोग थे भी उन्हें गाँधी जी ने कक्ष से बाहर जाने का संकेत दे दिया था। यही वे ऐतिहासिक क्षण थे जो बेहद बोझिल थे जिनका जिक्र आगे चलकर मौलाना अबुल कलाम आज़ाद ने अपनी चर्चित पुस्तक 'आज़ादी की कहानी' में भी किया।

शाम का समय था। जवाहरलाल, सरदार पटेल और मौलाना आज़ाद गाँधी जी के पास बैठे थे। सरदार पटेल अगले दो दिनों में राजकोट और बम्बई की यात्रा पर जानेवाले थे। सरदार ने बुझे मन से महात्मा गाँधी से बातचीत की और कहा कि -"बापू! आप अकारण ही अनशन कर रहे हैं... मान जाइये। देखिये इस वक्त अनशन करने के लिए कोई वास्तविक कारण भी नहीं है। हिंसा रूकी हुई है और पहले से बेहतर इन्तज़ाम हो चुके हैं।..."

गाँधी जी ने बिना सरदार पटेल की ओर देखे अपने सीने पर हाथ धरे-धरे मात्र इतना कहा- "तो?"

सरदार बोले - "आप समझ नहीं रहे हैं। इस वक्त आपके इस अनशन से सीधे-सीधे मेरे विरुद्ध आरोप लगेंगे। आप तो यह कुछ ऐसा कर रहे हैं मानो मैं ही मुसलमानों की हत्या के लिए उत्तरदायी हूँ।"

इस पर गाँधी जी ने करवट लेकर सरदार पटेल को घूरा। वे ऊपर से शांत रहे। मगर फिर नज़रें घुमाकर कहने लगे-

"मै अब चीन में नहीं हूँ बल्कि दिल्ली में हूँ। और न ही मैंने अपने कान और आँखें ही खोई हैं। वल्लभभाई, अगर तुम चाहते हो मैं अपने कानों सुनी और आँखों देखी बात न मानूँ या यह कहते हो कि मुसलमानों के शिकायत करने का कोई कारण नहीं है तो मैं तुमसे अपनी बात नहीं मनवा सकता।... और ना ही तुम मुझसे अपनी बात मनवा सकते हो। ...हिन्दू और सिख मेरे भाई हैं। उनमें वही ख़ून है जो मेरी नसों में है और यदि वे इस समय क्रोध में अंधे हो रहे हैं तो मैं उन्हें दोष नहीं दूँगा। परन्तु मुझे जो कुछ कहना है मैं अपनी व्यथा के माध्यम से कहूँगा। मुझे आशा है कि मेरे अनशन से उनकी आँखें खुल जायेंगी और वे असलियत जान जायेंगे।"

वल्लभभाई पटेल गाँधी जी के इस उत्तर से बहुत आहत हुए। वे समझ गये कि गाँधी जी के मन में भी उनके तथाकथित शुभचिन्तकों ने ग़लत-फ़हमियाँ इस कदर पैदा कर दी हैं कि बापू आज ऐसी मर्मभेदी भाषा का प्रयोग स्वयं उनके लिए कर रहे हैं।

उत्तेजित स्वर में वल्लभभाई ने भी गाँधी जी से गुज़राती में कुछ शब्द कहे जिनका अर्थ कदाचित यह रहा होगा कि- आपकी बुद्धि भ्रष्ट हो गयी है। आप अब जो करना चाहें करें।"

यह सुनकर गाँधी जी की आँखों में आँसू आ गये। सरदार वल्लभभाई भी उन क्षणों में भावुक हो गये और उन्होंने अपना मुँह दीवार की ओर फेर लिया। जवाहरलाल जी और

मौलाना आज़ाद को भी इस कटु-वार्त्तालाप से सदमा पहुँचा। मौलाना ने स्थिति को सम्भालने के लिहाज से कहा-"सरदार आप यह महसूस करें न करें हम संजीदगी से महसूस करते हैं कि आपका ये व्यवहार जायज़ नहीं है। बिरादर... आप गाँधी जी को दुःखी कर रहे हैं।"

इस पर सरदार पटेल एक शब्द भी बोले बिना उठ खड़े हुए और कक्ष से बाहर जाने लगे। मौलाना आज़ाद ने बढ़कर उन्हें रोकना चाहा। उनके कन्धे पर पीछे से हाथ रखकर धीरे से कहा - "सुनिये सरदार... जरा ठण्डे दिमाग से सोचिए। ये जो हालात हैं आपको अपना बाहर का दौरा रद्द कर देना चाहिए और दिल्ली में ही रुकना चाहिए। पता नही घटनाचक्र किधर घूम जाये? जब गाँधी जी अनशन पर..."

इस पर सरदार पटेल ने झल्लाकर कहा-"मेरे यहाँ रहने का क्या फ़ायदा? जब बापू कुछ सुनने को ही तैयार नहीं? ये तो आमादा हैं कि संसार के सामने हिन्दुओं के मुँह पर कालिख पोत दी जाये।"

नेहरू ख़ामोश थे और महात्मा गाँधी भी एकदम मौन। गाँधी अपना चश्मा या कुछ खोजने का बहाना-सा कर रहे थे। मौलाना ने सरदार को एक बार और समझाने की चेष्टा की। उन्होंने जाते-जाते इतना ही कहा- "मैं अपना बाहर का कार्यक्रम नहीं बदल सकता। आप लोग हैं ना। सम्भालिये।"

- और यह कहकर सरदार पटेल बिड़ला हाउस से भारी मन लिए चले आये। उस रात उनको सिरदर्द हुआ और ब्लड प्रेशर भी बढ़ गया। मणिबेन ने फ़ोन पर बात करके डॉ. सुशीला से परामर्श किया और पिता को दवा दी। उनके सिर पर बाम लगाकर किसी तरह उन्हें सुलाया।

अगले दिन 15 जनवरी, 1948 को सरदार पटेल ने घर पर ही विश्राम किया। शंकर को किसी को भी अप्वाइमेण्ट देने से मनाकर दिया। सुबह- सुबह वे अपने बँगले के लॉन में शरणार्थियों और आम-आन्गतुकों से थोड़ी देर अवश्य मिले। यह दिन सरदारश्री के लिए घोर अवसाद का दिन था। मणिबहन के बहुत आग्रह पर दिन में थोड़ी-सी खिचड़ी और रात में थोड़ा दलिया ही उन्होंने लिया और शाम जल्दी सो गये।

16 जनवरी, 1948 के दिन ब्रह्म मुहूर्त में चार बजे ही सरदार की आँख खुल गयी। उनके चलने-फिरने की खटपट से मणिबहन की आँख खुल गयी। देखा तो अपनी राइटिंग-टेबल पर झुके टेबल-लैम्प की रोशनी में वे कुछ लिख रहे थे। वास्तव में एक बहुत मार्मिक पत्र उस समय सरदार पटेल ने महात्मा गाँधी के नाम लिखा था। पत्र में उन्होंने गाँधी जी से प्रार्थना की थी कि उन्हें उनकी सरकारी जिम्मेदारियों से मुक्त कर दिया जाये। लिखा कि -

"जवाहरलाल मेरे से अधिक बोझ उठा रहा है और वह अपनी व्यथा अपने अन्दर जमा कर रहा है। हो सकता है कि अपनी बड़ी आयु के कारण मैं उसके लिए अधिक

उपयोगी नहीं रह गया हूँ। यह बात मुझे उसका बोझ हलका करने में अशक्त बना देती है, भले ही मैं उसके साथ बना रहूँ। मौलाना भी मुझसे असन्तुष्ट हैं और आपको समय-समय पर मेरा बचाव करना पड़ता है। मेरे लिए यह एक असहनीय स्थिति है।

"ऐसी परिस्थितियों में यदि आप मुझे मेरी जिम्मेदारियों से मुक्त कर देंगे तो यह बात देश के लिए और मेरे लिए अर्थात् दोनों के लिए सहायक सिद्ध होगी। मै जिस तरीक़े से आज काम कर रहा हूँ, उससे भिन्न तरीक़े से कार्य नहीं कर सकता। यदि मैं अपने जीवन भर के सहकर्मियों के लिए बोझ और आपके लिए चिन्ता का कारण सिद्ध होता हूँ और फिर भी अपने पद पर बना रहता हूँ, तो फिर मैं अपने बारे में केवल यह सोचूँगा कि मैं केवल सत्ता की लालसा के लिए वहाँ पर हूँ। कृपया मुझे इस घृणित स्थिति से मुक्त करायें।"

- इस प्रकार बात उतनी-सी ही नहीं थी जो गाँधी जी के कक्ष में विगत 14 जनवरी, 1948 की शाम गाँधी, नेहरू, मौलाना और सरदार पटेल बीच घटित हुई थी। इसके राजनीतिक पेंच दूर तक थे। गुटबन्दी की राजनीति उसके आधार थी, जिसके कारण सरदारश्री विशेष रूप से खिन्न थे। विगत कुछ दिनों से विश्वस्त सूत्रों से वह ख़बर भी मिल चुकी थी, जिसे नेहरू जी के समाजवादी मित्रों ने विशेषकर फैलाया था कि -बहुत शीघ्र जयप्रकाश नारायण को गृहमन्त्री बनाया जा सकता है, क्योंकि नेहरू सरदार पटेल को अब और अधिक इस पद पर देखना नहीं चाहते। मौलाना आज़ाद और नेहरू जी से गाँधी जी जब कभी पूछते दिल्ली शहर के हालात के बारे में, शरणार्थियों के बारे में, तो उनकी रिपोर्टें प्रायः सरदार के अभिकथनों से भिन्न होतीं। गाँधी जी की हैरानी और हताशा इससे और बढ़ जाती।

16 जनवरी, 1948 को गाँधी जी को पत्र लिखने के पश्चात् सरदार पटेल ने स्नान किया। थोड़ा ध्यान किया। पुत्री मणिबेन का दिया नाश्ता लिया। सचिव शंकर के आने पर उससे बात की। उसके बाद वे पुत्री सहित प्रातः 7.15 बजे पालम एयरपोर्ट के लिए प्रस्थान कर गये। आगे राजकोट और बम्बई की यात्राएँ होनी थीं, जो पूर्व निर्धारित थीं। पद से इस्तीफ़े की पेशकश सरदार ने अवश्य की थी, परन्तु जब तक वे पद पर थे अपनी ज़िम्मेदारियों से मुँह मोड़नेवाले व्यक्ति नहीं थे।

भीतर-खाने जो भी चलता रहा हो, 13 जनवरी, 1948 को महात्मा गांधी ने जब अपना अन्तिम-आमरण उपवास प्रारम्भ किया इसने देशवासियों की चेतना को व्यापक रूप से झकझोरा। सिवा उन थोड़े-से लोगों के जो कट्टर-हिन्दू सोच के समर्थक थे, जिन्हें गाँधी की मुसलमानों के प्रति सहानुभूति खटकती थी और उन्हें उनका उपवास एक ढोग से ज़्यादा-कुछ नज़र नहीं आता था। जो विभाजन और विस्थापन से बुरी तरह आहत अथवा

पीड़ित थे। बृहदत्तर भारत के लिए गाँधी भले ही किसी मसीहा सरीखे हों, कट्टर विचारधारा के हिन्दुओं के लिए वे हिन्दुत्व और हिन्दू राष्ट्र दोनों के लिए सबसे बडा ख़तरा थे।

पर देशवासियों में गाँधी जी का उपवास सदा से चर्चा का ही नहीं एक चिन्ता का विषय रहा था। क्योंकि अपने असाधारण-व्यक्तित्व और कर्त्तव्य के कारण गाँधी जी ने सम्पूर्ण भारत में शहरों-देहातों के कोने-कोने में जो दीर्घकालीन श्रद्धा अर्जित की थी, कोई भी नागरिक अपने प्रिय महात्मा को खोना नहीं चाहता था। जो गाँधी जी से मतभेद रखते थे वे भी उनका अहित नहीं चाहते थे। उनके उपदेशों की अनदेखी भले ही करें। जो थोड़ी-बहुत छुटपुट मारकाट दिल्ली में अभी भी हुआ करती थी वह उनके उपवास के दो दिन के भीतर ही बन्द हो गयी। देश की राजधानी में महात्मा गाँधी की उपस्थिति अब इतने महीनों बाद फिर से महसूस की जाने लगी।

लोगों को लगा कि बहुत हुआ। हम तो भूल ही गये थे कि दिल्ली में एक कोई 'साबरमती का सन्त' भी रहता है। गाँधी अब कलकत्ता में नहीं हैं, नाआखाली में नहीं हैं, बिहार में नहीं हैं। वह तो दिल्ली लौट आये हैं और जाने कितने अरसे से दिल्ली में चल रहा यह पाशविकता का नंगा नाच देख रहे हैं। अब आख़िर में बापू ने हमारी ख़ातिर अपने प्राण त्यागने की ठान ली है। गाँधी जी को, बापू को, महात्मा जी को वाक़ई कुछ हो गया तो हमारे, हम सबके लिए उससे बड़ा पाप और कुछ न होगा। हम सबके लिए यह कितने शर्म की बात है?

दिल्ली शान्त हो गयी। नफ़रत और हिंसा का दौर आश्चर्यजनक ढ़ंग से थम गया। परन्तु महात्मा गाँधी के हृदय की तीव्र वेदना अभी थमी न थी। उन्होंने उपवास के दौरान यह कहा कि - "मेरे लिए यह असहनीय है कि डॉ. जाकिर हुसैन जैसे व्यक्ति या शहीद सुहरावर्दी दिल्ली में मेरी तरह आज़ादी और हिफ़ाज़त के साथ घूम-फिर नहीं सकते। ऐसी निराशा का अनुभव मुझे जीवन में कभी नहीं हुआ।"

गाँधी जी ने इस सबके चलते नेहरू, पटेल या अपने डॉक्टरों में से किसी से परामर्श किये बग़ैर यह आमरण-अनशन शुरू किया था।

उपवास के प्रथम दिवस पर ही गाँधी जी हमेशा की तरह सायंकाल प्रार्थना-स्थल पर गये और एकत्रित जनसमुदाय से उन्होंने प्रार्थना कराई। लोग बापू से प्रश्न पूछा ही करते थे। प्रार्थना के बाद किसी ने उनसे पूछा कि - "आपके इस उपवास का दोषी कौन है?"

बापू ने उत्तर दिया - "कोई नहीं... परन्तु यदि हिन्दू और सिख मुसलमानों को दिल्ली से निकालने पर आमादा हैं तो वे भारत तथा अपने धर्मों के साथ विश्वासघात करेंग और इससे मुझे चोट लगती है। कुछ लोग ताना देते हैं कि मैं मुसलमानों की ख़ातिर उपवास कर रहा हूँ। वे ठीक कहते हैं। अपने जीवन भर मैंने अल्पसंख्यकों की और ज़रूरतमन्दों की हिमायत की है।"

किसी व्यक्ति ने गाँधी जी से इसके बाद पूछा कि - "बापू! आख़िर आप अपना उपवास कब तोड़ेंगे?" उसे उन्होंने उत्तर दिया - "जब दिल्ली वास्तविक अर्थो मे शान्त हो जायेगी।"

कोई व्यक्ति बोला - "वह तो हो चुकी है?... गाँधी जी ने कहा - "अभी मुझे भरोसा नहीं है। जब तक लोगों के दिल नहीं मिल जाते तब तक सच्ची शान्ति और अहिंसा क़ायम न होगी।"

उपवास के दूसरे दिन डॉक्टरों ने गाँधी जी के स्वास्थ्य का परीक्षण किया और उन्हें प्रार्थना-सभा में जाने से मना किया। गाँधी जी ने इसलिए प्रार्थना-सभा में अपने किसी अनुयायी से पढ़वाने के लिए जनता के नाम अपना एक लिखित सन्देश तैयार किया।

परन्तु बाद में गाँधी जी का दिल नहीं माना। वे प्रार्थना-सभा में गये। बिड़ला हाउस के उस मिलन-स्थल पर लोग पहले से एकत्रित थे। आज आगन्तुकों की भीड़ और बढ़ गयी थी। गाँधी जी मनु और आभा के कन्धों का सहारा लेकर सभास्थल पर आये। अपनी चौकी पर बैठे। कमज़ोरी बढ़ गयी थी।

कुछ देर सुस्ताने के बाद बापू लोगों को सम्बोधित कर कहने लगे। माइक पर उनकी आवाज क्षीण होने के बावजूद वहाँ एकत्रित स्त्री-पुरुषों को स्पष्ट सुनायी दी-

"भाइयों-बहनों! मेरे पास आनेवाले सन्देशों का ताँता बँध गया है। सबसे अधिक ख़ुशी देनेवाला संदेश मेरे पास लाहौर से मृदुला साराभाई का आया है। मृदुला ने तार में लिखा है कि मेरे कुछ मुसलमान शुभचिन्तक जिनमें पाकिस्तान के मन्त्री और मुस्लिम लीग के कुछ मेम्बर शामिल हैं मेरे जीवन के लिए चिन्तित हैं और पूछ रहे थे कि वे क्या कर सकते है।"

गाँधी जी की यह बात सुनकर उनकी प्रार्थना-सभा में बैठे एक शरणार्थी नवयुवक से न रहा गया। वह लाहौर से लुट-पिटकर आया था। उसके वस्त्र मैले-कुचैले थे। दाढ़ी बढ़ी हुई थी। कई हफ्ते अमृतसर, जालन्धर और अम्बाला आदि जगहों पर भटककर अपने बिछड़े परिजनों को ढूँढ़ता अभी तीन दिन पूर्व ही दिल्ली पहुँचा था और एक शरणार्थी शिविर में उसने आश्रय लिया था। उस मोना-पंजाबी हिन्दू युवक ने गाँधी जी के उपवास की ख़बर आज ही अपने शिविर में सुनी थी। वह गाँधी जी को देखने के लिए सायंकाल बिड़ला हाउस चला आया था।

गाँधी जी ने जब कहा कि मृदुला ने सन्देशा भेजा है लाहौर से कि मुस्लिम लीग के कुछ मेंबरों ने जानना चाहा है कि वे गाँधी जी के लिए क्या कर सकते हैं - तो वह शरणार्थी युवक उत्तेजित होकर खड़ा हो गया- और थोड़ा धृष्टता से गाँधी जी से बोला - "उन दुष्ट पाकिस्तानियों को आपने फिर क्या जवाब दिया? और हाँ क्या वे किसी जवाब के लायक भी हैं?

आस-पास बैठे लोगों ने उस खड़े हुए युवक को इस तरह खड़े होकर ऊँची आवाज में बोलता देखकर चारों ओर से कहा - "बैठ जाओ...बैठ जाओ..." वह युवक बैठ गया। इस बीच-

गाँधी जी ने हाथ उठाकर सभी लोगों से कहा-"शान्त हो जाइये आप लोग।" फिर आगे कहने लगे-"हाँ मैंने उन्हें अपना उत्तर भेज दिया है। इस तरह कि मेरा उपवास आत्म-शुद्धि की प्रक्रिया है और इसका अभिप्राय उन सबको आत्म-शुद्धि की इस प्रक्रिया में भाग लेने को आमन्त्रित करता है जिनकी इस उपवास के उद्देश्य से सहानुभूति हो। ...फ़र्ज़ कीजिए कि भारत के दोनों भागों में आत्म-शुद्धि की लहर दौड़ जाती है, तब पाकिस्तान 'पाक' बन जायेगा। ऐसा पाकिस्तान कभी नहीं मर सकता। तभी और उसी समय, मुझे पछतावा होगा कि मैंने विभाजन को पाप बताया। आज तो मैं इसे पाप ही समझता हूँ।"

पीछे बैठा वह नवयुवक अपने बराबर के आदमी से धीरे से बोला-"अरे भाई ये कैसी दोमुँही बातें करते हैं? विभाजन को पाप भी बताते हैं और उसे सही भी मानने को तैयार हैं, आप ही इन्हें झेलिये।" यह कहकर वह शरणार्थी युवक उठा और पीछे मुड़कर प्रार्थना सभा और महात्मा गाँधी को पीठ दिखाकर चला गया।

गाँधी जी की चिकित्सकीय जाँच से विदित हुआ कि उनके पेशाब में थोड़ा एसीटोन आने लगा है। गाँधी जी के ख़ाली पेट पानी पीने से उनका जी मतलाने लगता। अतः वे पानी भी ठीक से पी नहीं पा रहे थे। मतली न आये इसके लिए उन्हें पानी में थोड़ा-सा नींबू अथवा शहद मिलाकर लेने की सलाह दी गयी। गाँधी जी ने इसकी अनुमति नहीं दी। उनके गुर्दे ठीक से काम नहीं कर रहे थे। वजन तेजी से घटने लगा था। वे काफ़ी कमज़ोर हो गये थे।

तीसरे दिन गाँधी जी एनिमा लेने पर राज़ी हो गये। मुँह अंधेरे उनकी आँख खुल गयी और उन्होंने गर्म पानी से नहाने की इच्छा व्यक्त की। टब में बैठे-बैठे उन्होंने प्यारेलाल को एक वक्तव्य लिखाया जिसमें उन्होंने भारत सरकार से पाकिस्तान को बक़ाया 55 करोड़ रूपये की रकम जल्द-से-जल्द चुकता कर देने का आग्रह किया। दरअसल पाकिस्तान द्वारा कबायलियों की आड़ में कश्मीर पर हमला करने के बाद से नाराज सरदार पटेल ने पण्डित नेहरू की सहमति से भारत सरकार की ओर से परिसम्पत्तियों के बँटवारे में पाकिस्तान को अदा की जानेवाली 55 करोड़ की धनराशि को फिलहाल रुकवा दिया था। क्योंकि उन्हें शंका थी कि पाकिस्तान इस रकम का उपयोग भारत विरोधी युद्ध में करेगा। गाँधी जी चाहते थे कि नैतिकता के आधार पर यह रकम तत्काल पाकिस्तान को अदा की जाये। अपने अनशन के दौरान उन्होंने इस तरह पुनः सरकार पर त्वरित-भुगतान का दबाव डाला।

गाँधी-विरोधी कट्टरपन्थी-तत्त्वों को गाँधी जी की यह 55 करोड़ रूपये पाकिस्तान को तुरन्त देने की जिद और भी ज़्यादा असह्य लगी। यहीं से उनके जीवन के विरुद्ध

षड्यन्त्रों का सिलसिला तेज हो गया। ऐसे कुछ मुट्ठीभर षड्यन्त्रकारी गाँधी जी के यथाशीघ्र मरण की कामना करने लगे। यदि गाँधी आमरण-अनशन से बच जाते हैं तो उनकी योजना गाँधी जी की किसी-न-किसी तरह हत्या कर देने तक की लगभग बन चुकी थी।

अनशन के तीसरे दिन अर्थात् 15 जनवरी, 1948 को बिड़ला हाउस में एक अलग ही दृश्य था। गाँधी जी बिड़ला हाउस की एक बन्द बरसाती में एक चारपाई पर अपने बिस्तर पर लेटे हुए थे। आँखें मूँदे। उनसे लगभग दस-फुट की दूरी पर दर्शनार्थियों की कभी न ख़त्म होनेवाली एक लम्बी क़तार वहाँ से गुज़र रही थी। लोग लगभग अर्ध-मूर्च्छित से महात्मा गाँधी को कुछ पल को चुपचाप ठिठक कर देखते और आगे बढ़ते जाते। लोग उन्हें बापू तो कहते ही थे। अब कोई-कोई उन्हें राष्ट्रपिता भी करने लगे थे। कुछ लोग तो गाँधी जी को उस दिशा में देखकर फफककर रो भी पड़ते। प्रणाम करते जाते और वापस जाने को आगे बढ़ते जाते। उस दिन सायंकाल 5.00 बजे प्रार्थना-सभा से पहले गाँधी जी जागृत अवस्था में थे। परन्तु अतिशय कमज़ोरी के कारण प्रार्थना के स्थान पर चलकर जाने की स्थिति में नहीं थे। इसलिए उनके बिस्तर के पास एक माइक्रोफ़ोन लगा दिया गया। लाउडस्पीकर को लम्बे तार से जोड़कर प्रार्थना-सभा में जुटे श्रोताओं के लिए रख दिया गया। निर्धारित समय पर रामधुन और अन्य प्रार्थनाओं के बाद गाँधी जी का प्रवचन प्रसारित होने लगा। यह प्रवचन आकाशवाणी भी रिकार्ड कर रही थी, जिससे कि उसे देशवासी अपने रेडियोज पर सुन सकें।

गाँधी जी अत्यन्त क्षीण आवाज में बोल रहे थे-"दूसरे लोग क्या कर रहे हैं हमें इससे विकल नहीं होना चाहिए- हममें से हर इन्सान को अपने भीतर रोशनी डालनी चाहिए- जितना अधिक-से-अधिक हो सके... अपने हृदय को शुद्ध करना चाहिए... तन की पवित्रता से अधिक मन की निर्मलता होती है... मृत्यु से क्या कभी कोई बचा है ? फिर उससे डरना क्या ?... मृत्यु तो वास्तव मे मनुष्य की मित्र है.. सांसारिक यातना से मुक्ति दिलाती है..."

चौथे दिन महात्मा गाँधी की स्थिति और बिगड़ी। हेल्थ-बुलेटिन से पता चला कि उनकी नब्ज़ की चाल धीमी पड़ती जा रही है। जनता में बेचैनी बढ़ती गयी। देशवासी गाँधी के जीवन के लिए प्रार्थनाएँ करने लगे। अनेक लोग भारत सरकार को पत्र लिखने लगे। गाँधी जी की क्या माँगे हैं? शीघ्र मान ली जाये।

पाँचवें दिन। गाँधी जी का वजन 107 पौण्ड हो चला था। उन्हें ख़ाली पेट मतलियाँ आती थीं। बेचैनी जब बहुत बढ़ जाती तो मुश्किल से दो-चार चम्मच पानी ले लेते। गाँधी जी की बैसाखी सरीखी आभा और मनु अन्य स्त्रियों के साथ मुँह-छिपाकर रोतीं। गाँधी उसी दशा में घण्टों चुपचाप बिना हिले-डुले पड़े रहते। कभी-कभी तो साथ के लोग उन्हें ग़ौर से देखते। साँस चल रही है कि नहीं? पण्डित नेहरू आये। आज उनसे बापू की हालत देखी न गयी। वे रोनेलगे। गाँधी जी ने प्यारेलाल से कहा - "तुम जाओ देखकर

आओ दिल्ली शहर में क्या बिना ख़तरे के मुसलमान भाई चल-फिर रहे हैं या नहीं?" मौलाना आज़ाद ने कहा - "सब ठीक है बापू! अब सब ठीक है।"

गाँधी जी ने कहा-"नहीं प्यारेलाल को गाड़ी से भेजकर दिखवा लें..."

गाँधी जी की दृष्टि रूमाल से मुँह पोछते नेहरू जी पर पड़ी। बोले - "जवाहर खड़े क्यों हो? बैठो। परेशान न हो। मैं बिल्कुल ठीक हूँ।..."जवाहर मौलाना के नज़दीक ही बैठ गये। गाँधी जी शय्या पर निश्चल। दोनों नेतागण सामने दो कुर्सियों पर। मौलाना गाँधी जी के कान के पास झुककर कहने लगे-

"आपसे कल जो डिसकस हुआ था। वे प्वाइण्ट मैंने तैयार कर लिए हैं। हम इनके मुताबिक़ काम कर सकते हैं।"

गाँधी जी धीरे से बोले - "सुनाओ।"

- और मौलाना आज़ाद एक काग़ज़ पढ़कर उन्हें सुनाने लगे। उसमें गाँधी जी ने कुछ शर्तों पर अपना अनशन तोड़ने की सहमति जताई थी।

1. हिन्दू और सिख मुसलमानों पर अपने हमले तुरन्त बन्द करें और मुसलमानों को विश्वास दिलायें कि वे भाइयों की तरह उनके साथ रहेंगे।

2. हिन्दू और सिख इस बात का भरसक प्रयास करें कि जान-माल के ख़तरे के कारण एक भी मुसलमान हिन्दुस्तान छोड़कर न जाये।

3. चलती हुई गाड़ियों में मुसलमानों पर जो हमले होते है वे तुरन्त बन्द हों और इन हमलों में जो हिन्दू और सिख हिस्सा ले रहे हैं उन्हें ऐसा करने से रोका जाये।

4. निज़ामुद्दीन औलिया, ख़्वाजा कुतुबुद्दीन बख़्तियार काकी और नसीरूद्दीन चिराग देहलवी आदि की दरगाहों और मस्जिदों के पास जो मुसलमान रहते थे, जो दुःखी होकर अपने घर छोड़कर चले गये हैं, उन्हें अपनी-अपनी जगहों पर वापस लाकर बसाया जाये।

5. दरगाह कुतुबुद्दीन बख़्तियार काकी को लोगों ने क्षति पहुँचायी है। सरकार इस दरगाह की मरम्मत कराये और मुसलमानों को सौंपे।

गाँधी जी मौलाना को बीच में रोककर बोले - "मैं चाहूँगा कि प्रायश्चित रूप में हिन्दू और सिख इस दरगाह के पुनःर्निर्माण का काम अपने हाथों से करें।"

मौलाना बोले - "जी-जी" और उन्होंने अपनी शेरवानी की ऊपरी जेब से कलम निकालकर तदनुसार इस शर्त को दुरुस्त किया। इसके बाद उन्होंने गाँधी जी की ओर से अन्तिम शर्त पढ़ी -

6. सबसे महत्त्व की बात यह कि लोगों का हृदय-परिवर्तन हो। हिन्दू और सिख समुदाय के नेता गाँधी जी को हृदय-परिवर्तन के बारे में विश्वास दिलायें ताकि उन्हें फिर कभी इस मसले पर अनशन न करना पड़े।

गाँधी जी ने एक लम्बी साँस छोड़ी और कहा-"हाँ...और यह मेरा अन्तिम अनशन हो।"

मौलाना आज़ाद और दूसरे कुछ नेता उन शर्तो को लेकर दोपहर में आयोजित दिल्ली की एक जनसभा में गये। मौलाना ने अपने भाषण में कहा कि "भाइयो और बहनो! कोरे आश्वासनों को गाँधी जी इसबार स्वीकार नहीं करेंगे। जनता को गाँधी जी से वायदा करना

होगा कि वे उनकी बतायी शर्तों का पालन करेंगे।" फिर मौलाना ने वे शर्ते पढ़कर उपस्थित जन समुदाय को सुनायी। इस जनसभा में लगभग 20,000 व्यक्ति उपस्थित थे। उनमें बड़ी तादाद में महिलाएँ भी थीं। लोगों ने ऊँची आवाजों मे पुकार-पुकारकर कहा - "महात्मा गाँधी जिन्दाबाद" "हम गाँधी जी की हर बात मानेंगे।" "हम अपनी जान की बाजी लगा देंगे परन्तु गाँधी जी को निराश न होने देंगे।"

कुछ लोगों ने मौलाना की बोली हुई शर्तों को चटपट काग़ज़ों पर लिख लिया और उन पर उपस्थित श्रोताओं के दस्तखत करवाने लगे। लोगों में हस्ताक्षर करने-कराने की होड़ सी लग गयी। देखते-ही-देखते असंख्य लोगों ने उन काग़ज़ों पर हस्ताक्षर कर डाले। इसके बाद उन्होंने वे काग़ज़ मौलाना को सौंप दिये।

18 जनवरी, 1947 को महात्मा गाँधी के उपवास का छठा दिन था। गाँधी जी की तबीयत आज कुछ ठीक थी। उन्होंने अपने बदन की हल्के-हल्के मालिश करवायी। उधर विगत कई दिनों से विभिन्न समुदायों, सामाजिक संगठनों और शरणार्थी समूहों के प्रतिनिधियों की बैठकें डॉ राजेन्द्रप्रसाद के घर पर चल रही थीं। गाँधी जी के विरुद्ध अनेक असन्तुष्ट-हिन्दुओं की नारेबाजी भी कुछ-एक स्थलों पर होती रहती थी।

डॉ.. राजेन्द्रप्रसाद सबकी सलाह से गाँधी जी के सामने जन सामान्य द्वारा पढ़ा जाने वाला एक प्रतिज्ञा-पत्र तैयार कर रहे थे, जिसका मसविदा 18 जनवरी की सुबह अन्तिम रूप से तैयार हो गया। सरदार पटेल अभी दिल्ली से बाहर ही थे। राजेन्द्र बाबू उन्हें टेलीफ़ोन द्वारा गाँधी जी के बारे में जानकारी देते रहते थे।

प्रतिज्ञा-पत्र का अभिलेख लेकर विभिन्न समुदायों के लगभग 100 प्रतिनिधि राजेन्द्र बाबू के मकान से उस दिन बिड़ला हाउस पहुँचे। हिन्दू-मुस्लिम-सिख-ईसाई-पारसी सभी उन प्रतिनिधियों में शामिल थे। नेहरू जी और मौलाना आज़ाद पहले से गाँधी जी के निकट मौजूद थे। हिन्दू महासभा और राष्ट्रीय स्वयंसेवक संघ के प्रतिनिधि भी वहाँ मौजूद थे। उन सबने भी प्रतिज्ञा-पत्र के तमाम हस्ताक्षरों के नीचे अपने हस्ताक्षर किये।

दिल्ली पुलिस के मुख्य अधिकारीगण के अलावा पाकिस्तान के उच्च आयुक्त जाहिद हुसैन भी गाँधी जी के अनशन को समाप्त कराने के अनुरोध सहित वहाँ उपस्थित थे। राजेन्द्रप्रसाद जी गाँधी जी से प्रतिज्ञा पत्र के बारे में बताकर कहने लगे - "बापू! आज सारे देशवासी आपके सामने वचनबद्ध हो रहे हैं। वे कह रहे हैं कि मुसलमान भाइयों के जान-माल और ईमान की वे रक्षा करेंगे और दिल्ली में जो घटनाएँ हुई हैं वे आइन्दा नहीं होंगी।"

गाँधी जी आँखें मूँदे राजेन्द्रप्रसाद जी की बातें सुनते जाते और सम्मति मे सिर हिलाते जाते।

"...मुसलमानों की छोड़ी हुई मस्जिदें, जिन पर हिन्दुओं और सिक्खों ने क़ब्ज़ा कर लिया है, उन्हें वापस लौटा दी जायेगी, अपना कारोबार छोड़कर भागे हुए मुसलमान वापस आ सकते हैं और उसे फिर से चला सकते हैं। यह सब हम अपने व्यक्तिगत प्रयत्नों से करेंगे, पुलिस या सेना की मदद से नहीं... इसलिए बापू! हम सबकी आपसे करबद्ध प्रार्थना है कि आप अब अपना उपवास समाप्त कर दें।"

सब लोग ख़ामोशी से अब महात्मा गाँधी को देखने लगे। कमरे में इतनी शान्ति व्याप्त थी कि अगर एक सुई भी गिर जाती तो उसकी आवाज सुनी जा सकती थी। गाँधी जी ने धीरे-धीरे आँखें पुनः खोलीं। उन्होंने स्वयं को शय्या से उठाने का संकेत किया। मनु और डॉ. सुशीला नैय्यर ने सहारा देकर उन्हें कन्धे से उठाकर सीधा किया। आभा ने एक मोटा गाव-तकिया गांधी जी पीठ के पीछे रख दिया। नेहरू जी ने भी झुककर उन्हें थोड़ा सहारा दिया।

फिर गाँधी जी ने कक्ष में उपस्थित लोगों से अत्यन्त क्षीण स्वर में कहना शुरू किया-"आपकी भावनाओं ने मुझे प्रभावित किया है... लेकिन अगर ये आश्वासन केवल दिल्ली की जनता की ओर से हैं तो इसका कोई मूल्य नहीं... अगर इतने पर मैं अपना उपवास तोड़ दूँ तो शायद मेरी ये महान भूल होगी... आप भी एक दिन पछतायेंगे.. हिन्दू महासभा और आर.एस.एस. के लोग भी इस कमरे में मुझे दिख रहे हैं... अगर ये लोग भी अपने वचनों को निभाते हैं तो दिल्ली ही नहीं दूसरे स्थानों पर भी प्रकट होनेवाले पागलपन से ये उदासीन नहीं रह सकते, दिल्ली तो भारत का हृदय है। आप सभी दिल्ली के ज़िम्मेदार लोग हैं। यदि आप सारे हिन्दुस्तान को यह महसूस नहीं करा सके कि हिन्दू-सिख और मुस्लिम सब भाई-भाई हैं तो भारत और पाकिस्तान दोनों का भविष्य अन्धकारमय हो जायेगा।"

यह कहते-कहते भावुक होकर गाँधी जी रो पड़े। उनकी हिचकियाँ बँध गयीं। पूरा विश्राम कक्ष मानो शोक के सागर में डूब गया। लगभग हर व्यक्ति जो गाँधी जी के कक्ष में मौजूद था उनके साथ रो पड़ा। स्त्रियों ने ख़ासकर अपने मुँह को आँचल से दबा दिया। गाँधी जी के गालों पर अश्रुओं की धारा थी और उन्हें देखनेवालों को भी बार-बार अपना मुख और नेत्र दोनों हाथों से साफ़ करने पड़ रहे थे।

जब गाँधी जी फिर से कुछ कहने लगे उनकी आवाज सुनायी ही नहीं देती थी। डॉ. सुशीला पास बैठी थीं। उन्होंने अपना कान बापू के निकट किया। सुनकर बोलीं-

"बापू कह रहे हैं आप लोग मुझे धोखा तो नहीं दे रहे...कहीं ये सिर्फ मेरी जान बचाने की कोशिश तो नहीं है?"

यह सुनते ही वहाँ उपस्थित लोग एक साथ बोल पड़े- "नहीं-नहीं हरगिज नहीं।"

मौलाना आज़ाद बोले - "यह देखिये बापू! हज़ारों लोगों ने शान्ति-बहाली और आपकी सारी बातें मानने का वचन दिया है।"

हिन्दू महासभा और राष्ट्रीय स्वयंसेवक संघ की ओर से गणेश दत्त गोस्वामी आगे आये। उन्होंने गाँधी जी को पूरे राष्ट्र में शान्ति स्थापना का आश्वासन दिया और कहा कि वे अपना उपवास कृपया समाप्त कर दें।

गाँधी जी ने चारपाई से पैर लटका दिये। कुछ देर चुपचाप बैठे रहे। मन-ही-मन कुछ गम्भीर विचार करते-से। सभी की साँसें अटकी हुई थीं कि बापू हाँ कहते हैं कि न?

आख़िर उन्होंने घोषणा की और हाथ से संकेत किया मौलाना आज़ाद की ओर कि वे उन्हें पीने को कुछ दें। चटपट एक गिलास में नारंगी का रस लाया गया। डॉ. सुशीला ने उसे लेकर मौलाना आज़ाद को थमाया। मौलाना ने वह गिलास गाँधी जी के होंठों से लगा

दिया। महात्मा गाँधी धीरे-धीरे वह जीवन रस एक बार पुनः पीने लगे।

लोगों के चेहरे सन्तोष और प्रसन्नता से खिल उठे। किसी ने रामधुन छेड़ दी-

"रघुपति राघव राजा राम। पतित पावन सीता राम।।"

सब उस धुन के साथ-साथ अपना स्वर मिलाने लगे-

"ईश्वर अल्लाह तेरो नाम। सबको सन्मति दे भगवान।।..."

भारत की आज़ादी के अवसर पर और उसके उपरान्त अपने सवा तीन वर्ष के जीवनकाल में सम्पूर्ण कार्यकाल के दौरान सरदार पटेल ने 565 देशी रियासतों के भारत संघ में विलय और राष्ट्रीय एकीकरण के कठिन कार्य में महती-भूमिका निभायी। कश्मीर, हैदराबाद और जूनागढ़ के देशी राज्य उनके लिए विशेष चुनौती बने किन्तु सरदार पटेल की अदम्य इच्छा-शक्ति के फलस्वरूप ही पहले जूनागढ़ रियासत का भारत में विलय सुनिश्चित हुआ और अन्ततः हैदराबाद को भारतीय सैन्य-अभियान के आगे घुटने टेकने पड़े। देश के गृहमन्त्री और राज्य मामलों के विभाग के भी मुखिया होने के नाते सरदार पटेल ने इन दोनों रियासतों की पेचीदगियाँ बहुत कार्यकुशलता एवं दृढ़ता के साथ हल की। जूनागढ़ और हैदराबाद के सम्बन्ध में उन्होंने नेहरू और माउण्टबेटन की भी एक सीमा के आगे नहीं सुनी।

परन्तु कश्मीर मामले में सरदार पटेल की एक न चली। पण्डित नेहरू जो स्वयं एक कश्मीरी ब्राह्मण थे इस नाते उनकी कश्मीर रियासत के प्रति विशेष दिलचस्पी एवं मोहग्रस्तता थी। नेहरू जी के मित्र शेख़ अब्दुल्ला, जो नेशनल कॉन्फ्रेन्स पार्टी के अध्यक्ष थे, उनकी अपनी प्रबल महत्त्वाकांक्षाएँ थीं। वह कश्मीर के महाराजा हरिसिंह के प्रबल विरोधी थे। शेख़ अब्दुल्ला ने कश्मीर में लोकतन्त्र की बहाली और अपने लिए राजनीतिक सत्ता प्राप्त करने के उद्देश्य से कश्मीर के उन डोगरा हिन्दू राजा की सत्ता को उखाड़ फेंकने हेतु कश्मीर घाटी में ठीक उसी तरह का जन-आन्दोलन चलाया जैसा भारत में 1942 में "अंग्रेज़ो! भारत छोड़ो" का नारा देकर महात्मा गाँधी ने चलाया था।

शेख़ अब्दुल्ला की नेशनल कॉन्फ्रेन्स ने श्रीनगर और दूसरे कश्मीरी ज़िलों में महाराजा हरिसिंह को अंग्रेज़ों की तरह कश्मीर छोड़ने के लिए ललकारा और अपने आन्दोलन से उनकी नाक में दम कर दिया। फलतः महाराजा हरिसिंह ने शेख़ अब्दुल्ला और उनके राजनीतिक साथियों और अनेक विश्वस्त कार्यकर्त्ताओं को पकड़कर जेलों में ठूँस दिया।

ऐसे में पण्डित नेहरू अपने परममित्र शेख़ अब्दुल्ला की मदद के लिए आगे आये। हालाँकि यही शेख़ अब्दुल्ला आगे चलकर कश्मीर मामले में नेहरू जी के लिए सिरदर्द का कारण बननेवाले थे, जिसे नेहरू उस समय भाँप नहीं पाये और कश्मीर के बारे में उन्होंने पहली ग़लती की।

प्रधानमन्त्री जवाहरलाल नेहरू कश्मीर राज्य के विषय में इतने मोहग्रस्त थे कि एक समय ऐसा आया जब उन्होंने सरदार पटेल के अधीन राज्य मामलों के विभाग के कार्यक्षेत्र

से कश्मीर को अलग करके सीधे अपने हाथ में ले लिया। उन्होंने अपने एक विश्वासपात्र गोपालस्वामी आयंगर को मिनिस्टर विदाउट पोर्टफ़ोलियो नियुक्त कर उन्हें काश्मीर मामलों की देखरेख का दायित्व सौंप दिया।

कश्मीर मामला नेहरू और आयंगर के हाथों में चले जाने के कारण उस पर सरदार पटेल का सीधा हस्तक्षेप समाप्त हो गया। उसके बाद से पटेल कश्मीर की समस्याओं के निवारण में प्रधानमन्त्री के निर्देशों का पालन करने के निमित्त-मात्र थे। एक 'पर कतरे हुए पंछी' की भाँति। कश्मीर विषय पर सरदार अब केवल जवाहर को सलाह भर दे सकते थे, उनके पत्रों का उत्तर दे सकते थे और प्रधानमन्त्री के चुनिन्दा निर्देशों का क्रियान्वयन भर कर सकते थे। अतएव पण्डित जवाहरलाल ने आगे कश्मीर को लेकर आगे ग़ल्तियों पर गल्तियाँ कीं और सरदार पटेल विवशता में हाथ मलते रह गये।

इस सम्बन्ध में एक बार सरदार पटेल ने एच.वी. कामत से कहा था कि - ''यदि जवाहरलाल नेहरू और गोपालस्वामी आयंगर कश्मीर मुद्दे पर हस्तक्षेप न करते और उसे गृह मन्त्रालय से अलग न करते तो मैं हैदराबाद की तरह ही इस मुद्दे को भी आसानी से देश हित में सुलझा देता।'' परन्तु होनी को तो कुछ और ही मंजूर था।

विभाजन और आज़ाद राष्ट्र के रूप में नये बने पाकिस्तान के सिरमौर मोहम्मद अली जिन्ना और वहाँ की मुस्लिम लीग के नेताओं के मन में 'कश्मीर की जन्नत' को हड़पने का मंसूबा पहले ही दिन से था और यह नवोदित राष्ट्र उसके लिए भारत जैसे विशाल राष्ट्र से सीधी टक्कर लेने की स्थिति में न होते हुए भी अपने मुल्क के विभिन्न भागों में ही रहनेवाले पठान कबायलियों को सैन्य प्रशिक्षण देकर तैयार कर रहा था। इसकी गुप्तचर सूचनाएँ भारत सरकार को मिल रही थीं। आतंकी प्रशिक्षण का काम पाकिस्तान अपनी आज़ादी के एक माह बाद से ही आरम्भ कर चुका था।

जम्मू और कश्मीर रियासत के भारत में सभी अन्य रियासतों के साथ ही समय से विलय न होने के पीछे कश्मीर के महाराजा हरिसिंह की ढुलमुल सोच प्रमुख रूप से ज़िम्मेदार थी। महाराजा बहुसंख्यक मुस्लिम प्रजा पर राज करनेवाले हिन्दू राजा थे जिनकी अपनी महत्त्वाकांक्षा कश्मीर को भारत या पाकिस्तान में विलय न कर एक स्वतन्त्र राज्य के रूप में रखकर उस पर पीढ़ी-दर-पीढ़ी राज करने की थी। राजतन्त्र को क़ायम रखने की थी। महाराजा हरिसिंह उस मानसिक ट्रॉमा से गुज़र रहे थे जिसमें वह यह मानने को तैयार नहीं थे कि ब्रिटिशर्स का शासन लद गया और उनके सामने भारत या पाकिस्तान में से किसी एक का दामन थाम लेने के अलावा कोई विकल्प नहीं है। तीसरा विकल्प आज़ाद कश्मीर का होते हुए भी उनकी इतनी शक्तिशाली हैसियत भी न थी कि वे पाक भेड़ियों से उसे बचाकर अपने राज्य की स्वतन्त्रता क़ायम रख पाते। भारत सरकार ने महाराजा हरिसिंह से भारत में विलय की अपेक्षा की थी। अनेक लोगों ने महाराजा को इस बारे में समझाने की चेष्टा की, इनमें राष्ट्रीय स्वयंसेवक संघ के गुरु गोलवलकर भी एक थे। परन्तु महाराजा नहीं माने। महाराजा हरिसिंह के समक्ष कश्मीर के पाकिस्तान में विलय का तो प्रश्न ही नहीं था,

भारत में विलय भी उनके लिए एक मजबूरी का सौदा था, जिससे वे अधिक-से-अधिक समय लेकर बचे रहना चाहते थे। मगर पाकिस्तान ने इसके लिए महाराजा हरिसिंह को ज़्यादा समय नहीं दिया।

आगे की कहानी पण्डित नेहरू और सरदार पटेल तथा अन्य के मध्य हुए पत्राचार से ही स्पष्ट है। अतः हम क्यों न इस समय के महत्त्वपूर्ण पत्रों का थोड़ा सहारा लें? कुछ चुनिन्दा पत्र...

कश्मीर में पाकिस्तानी घुसपैठ की आशंकाओं और कश्मीर के भारत में विलय की तात्कालिक आवश्यकता, शेख़ अब्दुल्ला व उनके अन्य साथी-बरातियों की रिहाई के सम्बन्ध में दिनांक 27 सितम्बर, 1947 को पण्डित जवाहरलाल नेहरू द्वारा सरदार वल्लभभाई पटेल को लिखा गया एक पत्र जो कश्मीर राज्य की तत्कालीन आपात् स्थितियों का एक अत्यन्त महत्त्वपूर्ण दस्तावेज़ है -

नयी दिल्ली
27 सितम्बर, 1947

प्रिय वल्लभभाई,

मैं कश्मीर के विषय में आपको लिख रहा हूँ। महाजन के वहाँ जाने से पूर्व मैंने उनसे बात की थी। मुझे लगा कि उनका प्रयास पूरी तरह सफल नहीं होगा।

2- अनेक रिपोर्टों के आधार पर स्पष्ट है कि वहाँ की स्थिति बहुत ही ख़तरनाक एवं बिगड़ी हुई है। मुस्लिम लीग के नेता पंजाब और उत्तर-पश्चिम सीमाप्रान्त से कश्मीर में काफ़ी संख्या में घुसपैठ की तैयारी कर रहे हैं। शीतकाल आने पर कश्मीर का देश के शेष भाग से सम्पर्क टूट जाता है। तब केवल एकमात्र मार्ग झेलम घाटी से होकर रह जाता है। जम्मू मार्ग भी शीतकाल में कठिनाई से ही उपयोग में लाया जा सकता है। हवाई सेवा भी स्थगित हो जाती है। अतः अत्यन्त महत्त्वपूर्ण है कि शीतकाल आरम्भ होने से पूर्व कुछ-न-कुछ इस दिशा में किया जाना चाहिए। इसका आशय यह हुआ कि अक्टूबर के अन्त तक या अधिक-से-अधिक विलम्ब होने पर नवम्बर के आरम्भ तक। हवाई सेवा तो इससे पूर्व ही कठिन हो जायेगी।

3- पता चला है कि पाकिस्तान की चाल कश्मीर में अभी से घुसपैठ करके जब शीतकाल में कश्मीर शेष भारत से लगभग अलग-थलग पड़ जाता है, उस समय कोई बड़ी कार्रवाई करने की है।

4- उसकी यह चाल सफल होती है या नहीं, यह उसका विरोध करनेवाली सेना पर निर्भर है। मुझे सन्देह है कि महाराजा की सेना इस स्थिति को अपने बलबूते पर, बिना जन सहायता के, अपने नियन्त्रण में कर पायेगी। वे शेष भारत से कट जायेंगे और ऐसे में यदि उनकी जनता उनके विरुद्ध हो जायेगी तो स्थिति सम्भालना काफ़ी कठिन होगा। वास्तव में उनकी यदि कोई सहायता कर सकता है तो वह है शेख़ अब्दुल्ला के नेतृत्ववाली नेशनल कॉन्फ्रेन्स। यदि किसी कारणवश वह विद्रोह कर दे या इसमें शामिल न हो तो महाराजा की सरकार बिल्कुल अकेली पड़ जायेगी और पाकिस्तानी लोग मैदान मार लेंगे।

5- अतः यह अत्यन्त महत्त्वपूर्ण है कि महाराजा नेशनल कॉन्फ्रेन्स से मित्रता कर लें, ताकि उन्हें पाकिस्तान के विरुद्ध जन-सहयोग मिल सके। वस्तुतः: मुझे नहीं लगता कि महाराजा के पास इसके अतिरिक्त कोई रास्ता बचा है कि शेख़ अब्दुल्ला व नेशनल कॉन्फ्रेन्स के अन्य नेताओं को जेल से रिहा कर दिया जाये। उनकी सहायता लेकर उन्हें विश्वास में लिया जाये कि यह सब उनकी भलाई के लिए किया जा रहा है, जिससे भारत में विलय की घोषणा की जा सके। एक बार कश्मीर का भारत में विलय हो जाता है तो पाकिस्तान के लिए उस पर आक्रमण करना कठिन हो जायेगा, क्योंकि तब वह भारत से संघर्ष की स्थिति में आ जायेगा। यदि इस प्रक्रिया में विलम्ब होता है तो पाकिस्तान बिना किसी भय के शीतकाल में कश्मीर के अलग-थलग पड़ने पर आगे बढ़ जायेगा।

6- मुझे अब तात्कालिक आवश्यकता लगती है कि कश्मीर का भारत में विलय शीघ्र हो जाना चाहिए। यह भी स्पष्ट दिखायी देता है कि ऐसा तभी सम्भव होगा जब महाराजा और नेशनल कॉन्फ्रेन्स के बीच शान्ति-वार्त्ता हो और दोनों मिलकर स्थिति को समझने एवं सम्भालने का कार्य करें। यह आसान कार्य नहीं है, किन्तु यह किया जा सकता है, क्योंकि अबदुल्ला पाकिस्तान से अलग रहने के लिए उत्सुक हैं और इसमें परामर्श के लिए वह हम पर विश्वास करते हैं। इसके लिए अपने साथियों का सहयोग उन्हें तभी मिलेगा जब उनके पास उन्हें समझाने के लिए कोई ठोस योजना हो। ऐसा कैसे होगा, इसके बारे में अभी मैं कुछ नहीं कह सकता। मुख्य बात यह है कि महाराजा को चाहिए कि अब्दुल्ला का विश्वास और सहयोग प्राप्त करें। कश्मीर के अन्य अल्पसंख्यक समुदायों के पास भी इसके अतिरिक्त अन्य कोई विकल्प नहीं है। मैं नहीं समझता कि महाराजा अधिकांश जनसमूह के बिना अधिक दिनों तक टिक सकेंगे। बहुत ही दुःखद होगा, यदि नेशनल कॉन्फ्रेन्स निराशा और अवसर के अभाव में निष्क्रिय बनी रहे।

7- ऐसी विषम परिस्थिति में क्या होगा, कुछ नहीं कहा जा सकता। जो मार्ग मैंने सुझाया है, वही मेरी समझ से सर्वाधिक उपयुक्त है और निश्चयपूर्वक फलदायी होगा। किन्तु यह भी महत्त्वपूर्ण है कि इसमें विलम्ब नहीं होना चाहिए। समय का ध्यान अवश्य रखना होगा और किसी प्रकार की देरी शीतकाल आते-आते कश्मीर से हमें बिल्कुल अलग-थलग कर देगी।

8- मैंने महाराजा को यही बात समझाने का प्रयास किया हैं, किन्तु मुझे लगता है कि उन्होंने भी आंशिक रूप से ही इसकी सराहना की है। मुझे नहीं मालूम कि आपने उनसे क्या कहा। निश्चय ही आपकी सलाह महाजन तथा महाराजा के लिए अधिक प्रभावकारी होगी।

9- जब तक शेख़ अब्दुल्ला और उसके साथी कारागार में है, यह भविष्य के लिए हानिकर है। दुर्भाग्य है कि महाराजा आसानी से निर्णय नहीं ले पाते हैं।

10- आशा है, आप इस समस्या पर कुछ विचार कर सही दिशा में प्रगति करेंगे। हमारे पास नेशनल कॉन्फ्रेन्स एक अच्छा अवसर है, बशर्ते हम इसका सही उपयोग कर सकें। इस अवसर को खोना बहुत दुःखद होगा। शेख़ अब्दुल्ला ने बार-बार आश्वासन दिया है कि वह हमारा सहयोग करेंगे एवं पाकिस्तान का विरोध; और हमारे परामर्श के अनुसार ही वह चलेंगे।

11- मैं फिर कहूँगा कि समय बड़ा बलवान् है, अतः उचित होगा कि शेख़ अब्दुल्ला के सहयोग से कश्मीर का भारतीय संघ में यथाशीघ्र विलय हो जाये।

भवदीय

जवाहरलाल

माननीय सरदार वल्लभभाई पटेल
नयी दिल्ली

इस प्रकार पण्डित नेहरू ने इस पत्र में कश्मीर पर पाकिस्तान की ओर से मँडराते हुए ख़तरे को देखते हुए तैयारी करने और इस राज्य के भारत में विलय की तत्काल आवश्यकता की बात तो कही ही, उससे भी कहीं ज़्यादा ज़ोर उनका महाराजा हरिसिंह को समझाकर अपने परममित्र शेख़ अब्दुल्ला को छुड़ाने पर टिका हुआ था। शेख़ अब्दुल्ला से जितने प्रगाढ़ मैत्री सम्बन्ध नेहरू के थे, महाराजा कश्मीर से उनके समीकरण उतने ही बिगड़े हुए थे। क्योंकि पूर्वकाल में नेहरू एक बार शेख़ अब्दुल्ला की खातिर कश्मीर में प्रवेश की जिद पर गिरफ़्तारी देकर इन्हीं महाराजा हरिसिंह को नाराज़ कर चुके थे। महाराजा और शेख़ अब्दुल्ला में 36 का आंकड़ा था। इसलिए शेख़ साहब के नजदीकी होने के कारण महाराजा हरिसिंह प्रधानमन्त्री नेहरू पर भरोसा नहीं करते थे। बल्कि वे उपप्रधानमन्त्री और गृह एवं राज्य मामलों के मन्त्री सरदार पटेल का काफ़ी सम्मान करते थे और उनकी सलाह पर विश्वास रखते थे। कश्मीर-मामले में यद्यपि जब कोई बात पण्डित नेहरू को महाराजा से मनवानी होती तो वे सरदार पटेल के माध्यम से उसे कहलवाते। नेहरू जी ने यहाँ सरदार पटेल की सहायता प्राप्त करने के लिए ही यह पत्र उन्हें लिखा था। अपने इस 11 बिन्दुओं के पत्र में 13 बार उन्होंने शेख़ अब्दुल्ला और उनकी नेशनल कॉन्फ्रेन्स का नाम लिया। सरदार ने उनके निर्देशों का अनुपालन किया और महाराजा हरिसिंह को शेख़ अब्दुल्ला की रिहाई के लिए समझाया-बुझाया भी।

महाराजा जम्मू एवं कश्मीर ने सरदार पटेल की बात मानी और शेख़ अब्दुल्ला और उनके साथ के राजनीतिक बंदियों को छोड़ने की घोषणा की। इस पर सरदार पटेल ने महाराजा हरिसिंह को धन्यवाद का एक पत्र 2 अक्टूबर, 1947 को लिखा। इसमें सरदार ने यह भी लिखा कि-

"मैं आपको आश्वस्त करता हूँ कि हम जो कुछ भी करेंगे, उसमें आपके राज्य का हित सर्वोपरि होगा। शेख़ अब्दुल्ला शीघ्र ही दिल्ली आयेंगे और हमारा प्रयास होगा कि जो कुछ भी कठिनाइयाँ उनकी ओर से अब तक रही होंगी उनका संतोषजनक समाधान हो सकेगा। तभी मैं आपको परामर्श दूँगा कि हम किस प्रकार आगे बढ़ेंगे।

"फ़िलहाल, मैं जम्मू व कश्मीर राज्य को भारतीय संघ से टेलीग्राफ़, टेलीफ़ोन, वायरलेस तथा सड़क परिवहन से शीघ्रता से जोड़ने का प्रयास करूँगा। हम सहायता भेजने की तत्काल आवश्यकता को समझते हुए आपको विश्वास दिलाते हैं कि जो कुछ भी भला हो सकेगा, हम अवश्य करेंगे।"

प्रधानमन्त्री नेहरू को एक विश्वस्त सूत्र दीवान शिवसरन लाल से कुछ महत्त्वपूर्ण जानकारियाँ पाक की नापाक-हरकतों के बारे में मिलीं जिसे उन्होंने अपने 5 अक्टूबर, 1947 के एक पत्र में सरदार पटेल से साझा किया।

"1- एक पखवाड़ा पहले से पाकिस्तान द्वारा कबाइलियों को पाकिस्तान-कश्मीर सीमा पर मलाकंद से सियालकोट भेजने की योजना शुरू की गयी है। लगभग 5 लाख कबायली जा चुके हैं तथा काफ़ी संख्या में और भी भेजे जा रहे हैं। उन्हें सिविल व मिलिट्री ट्रकों में पाकिस्तान सरकार द्वारा भेजा जा रहा है। इस इलाक़े के ग़ैर-मुस्लिम लोगों से छीने गये हथियार इन कबायलियों को दिये जा रहे हैं। सीमाप्रान्त स्थित फैक्ट्रियाँ हथियार और गोला बारूद बना रही हैं।

2- डीर, स्वात तथा चितराल राज्य भी उत्तर-पश्चिम की ओर से कश्मीर पर हमला करने की तैयारी कर रहे हैं। स्वात के वली को कश्मीर देने का वायदा किया गया है।

3- सीमान्त इलाक़ों में ज़ोर- शोर से प्रचार किया जा रहा है।

4- श्री शिवसरन लाल का मानना है कबायलियों में फूट डाली जा सकती है, जिससे कबायलियों को आपस में भिड़ाकर रखा जा सके और उनका ध्यान पाकिस्तान सरकार की योजना से हटाया जा सके।"

सरदार पटेल ने 7 अक्टूबर, 1947 को भारत के रक्षामन्त्री सरदार बलदेव सिंह को कश्मीर राज्य को तत्काल गोला-बारूद भेजने के लिए एक पत्र भेजा। सरदार पटेल ने इसमें लिखा कि-

"मुझे आशा है कि कश्मीर राज्य को हथियार और गोला-बारूद ट्रेनों से भेजने का प्रबन्ध हो गया होगा। यदि आवश्यकता हो तो उन्हें हवाई मार्ग से भेजने का भी उपाय किया जा सकता है।

"मैं सोचता हूँ कि रक्षा परिषद् का ध्यान आपातकाल में तुरन्त सैनिक सहायता की ओर होना चाहिए। यदि पाकिस्तान सरकार द्वारा किये जा रहे सैनिक हस्तक्षेप के जो समाचार सुनने में आये हैं सही हैं, तो हमें भी समय नहीं गँवाना चाहिए। लगता है कि यह हस्तक्षेप नाजी पद्धति से होनेवाला है।"

जैसे-जैसे समय बीत रहा था कश्मीर राज्य में कुछ गद्दार भी पैदा हो रहे थे। महाराजा हरिसिंह के प्रधानमन्त्री मेहरचन्द महाजन ने श्रीनगर से 23 अक्टूबर, 1947 को एक पत्र भारत सरकार को भेजा जिसमें उन्होंने सूचित किया कि-

"समय का हर पल प्रतिदिन सीमा पर बिगड़ती स्थिति में लग जाता है। व्यावहारिक रूप से मुस्लिम सैनिकों और पुलिस कर्मचारियों ने अपने कर्त्तव्यों को त्याग दिया है या ठीक ढंग से कार्य नहीं कर रहे हैं। जिस सहायता का आपने आश्वासन दिया था, अभी तक प्राप्त नहीं हुई है।"

उल्लेखनीय है कि अभी तक महाराजा कश्मीर ने भारत से विलय के स्वीकारोक्ति पत्र पर हस्ताक्षर नहीं किये थे। अतः वहाँ भारत से सैन्य सहायता भेजे जाने का फिलहाल प्रश्न ही नहीं उठता था। महाराजा हरिसिंह अपनी स्वतन्त्र सत्ता के मोह में, सिर पर मँडराते संकट के बादलों को देखते हुए भी, अनिर्णय की स्थिति में थे।

कश्मीर पर क़ब्ज़े की बदनीयत से पाकिस्तान ने सर्वप्रथम कश्मीर बार्डर पर पाँच लाख तो नहीं, पर 50,000 से अधिक बर्बर कबायलियों को हथियार और गोला-बारूद के साथ तैनात कर दिया फिर पाकिस्तान के इशारे पर इन कबायलियों ने कश्मीर पर 20 अक्टूबर, 1947 को अचानक हमला बोल दिया। कश्मीर के महाराजा की फ़ौज इस बाह्य आक्रमण के लिए अपर्याप्त भी थी और अप्रिशिक्षित भी ।अतः अब महाराजा हरिसिंह को सैन्य सहायता के लिए भारत का मुख देखना पड़ा।

लॉर्ड माउण्टबेटन भारत के गवर्नर जनरल के पद पर अभी भी आसीन थे जिन्हें कुछ ही महीनों में इंग्लैण्ड लौट जाना है। भारतीय संविधान बनाये जाने की प्रक्रिया में था। उसमें राष्ट्राध्यक्ष की व्यवस्था होने तक अभी भी अंग्रेज़ों का दिया हुआ गवर्नर जनरल का पद क़ायम था। पाकिस्तान में कायदे आजम जिन्ना उक्त पद पर आसीन थे। परन्तु भारतीय नेताओं ने आज़ाद भारत के प्रथम गवर्नर जनरल के पद पर लॉर्ड माउण्टबेटन से ही आसीन होने का अनुरोध किया था, जिसे उन्होंने अपने प्रस्थान काल तक के लिए सहर्ष स्वीकार कर रखा था।

महाराजा हरिसिंह ने ख़तरे की चरम स्थिति में, पानी नाक तक आ जाने की दशा में, अन्ततोगत्वा भारत से सहायता की गुहार लगायी और 26 अक्टूबर, 1947 को उन्होंने लॉर्ड माउण्टबेटन के नाम अपना वह ऐतिहासिक पत्र लिखा, जो इस प्रकार था -

26 अक्टूबर, 1947

माननीय माउण्टबेटन,

मैं आपको सूचित कर रहा हूँ कि मेरी रियासत में आपातकाल जैसी स्थिति उत्पन्न हो गयी है। हमारा आपकी सरकार से तुरन्त सहायता के लिए निवेदन है। जैसा कि महामहिम को पता है, जम्मू व कश्मीर राज्य न भारत में मिला है, न पाकिस्तान में।

भौगोलिक रूप से मेरी रियासत की सीमाएँ सोवियत समाजवादी गणतन्त्र तथा चीन से मिलती हैं। विदेशी सम्बन्धों में भारत व पाकिस्तान इस तथ्य की अनदेखी नहीं कर सकते हैं। मुझे यह निर्णय लेने के लिए कुछ समय चाहिए कि किस देश के साथ अपनी रियासत का विलय करूँ या क्या यह उन दोनों देशों तथा मेरी रियासत के हित में नहीं रहेगा कि यह राज्य स्वतन्त्र रहे ?

निश्चित रूप से दोनों देशों के साथ मित्रता व मधुर सम्बन्ध बनाकर इसी भावना से इस प्रकार स्थायी समझौते के लिए वार्त्ता की गयी। पाकिस्तान सरकार ने इस प्रस्ताव को स्वीकार किया है। भारत सरकार की इच्छा मेरी सरकार के प्रतिनिधियों से इस सम्बन्ध में आगे वार्त्ता करने के पक्ष में है। इस प्रगति को ध्यान में रखते हुए मैं इसे स्वीकार नहीं कर सका। वास्तव में पाकिस्तान सरकार अस्थायी समझौते के अन्तर्गत इस राज्य में डाक व तार व्यवस्था संचालित कर रही है। यद्यपि इस सम्बन्ध में किसी प्रकार की स्थायी व्यवस्था नहीं की गयी है। उस सरकार ने खाद्यान्न, नमक व पेट्रोल आदि के संभरण में बढ़-चढ़कर कार्य करना शुरू कर दिया है।

अफरीदी सैनिकों को सादे वेश में आधुनिक शस्त्रों के साथ आतंकवाद फैलाने के उद्देश्य से जम्मू व कश्मीर राज्य में घुसपैठ के लिए अनुमति दी गयी है। पहले पुंछ इलाक़े

से, फिर सियालकोट से और अन्त में बड़ी संख्या में हज़ारा ज़िले से लगे क्षेत्र तथा रामकोट की तरफ़ से। इसका परिणाम यह हुआ है कि राज्य में उपलब्ध सीमित सेना को छितराना पड़ा और उसे अनेक स्थलों पर एक साथ शत्रुओं से मुकाबला करना पड़ा। इससे जान-माल की रक्षा करने में भारी कठिनाई आ रही है।

महुरा बिजलीघर, जो पूरे श्रीनगर को बिजली सप्लाई करता है, पूरी तरह जला दिया गया है। असंख्य महिलाओं का अपहरण एवं बलात्कार हुआ है, जिससे मेरी आत्मा को बहुत दुःख हो रहा है। राज्य में इस प्रकार से जंगली फ़ौज को खुला छोड़कर मेरे राज्य की ग्रीष्मकालीन राजधानी श्रीनगर पर अधिकार ज़माने की कोशिश हो रही है। दूर-दूर के स्थानों, जैसे-उत्तरी-पश्चिमी सीमाप्रान्त से निरन्तर मोटरगाड़ियों में भरकर मानेसर-मुज़फ़्फ़राबाद रोड से हथियारबन्द कबायलियों की बहुत बड़ी संख्या में घुसपैठ करायी जा रही है।

यह सब उत्तरी-पश्चिमी सीमाप्रान्त से लगी पाकिस्तानी सरकार की शह के बिना सम्भव नहीं है। मेरी सरकार द्वारा बार-बार अपील करने पर भी इन्हें रोकने की कोई कोशिश नहीं की जा रही है। सच तो यह है कि पाकिस्तान के रेडियो एवं प्रेस में इन सब घटनाओं को घोषित किया जा रहा है। पाकिस्तानी रेडियो ने तो एक कहानी भी गढ़ ली है कि कश्मीर में प्रान्तीय सरकार गठित की गयी है। मेरी रियासत के लोगों-मुसलमान व ग़ैर-मुसलमान-ने इस सब में किसी प्रकार से भाग नहीं लिया है।

इस प्रकार मेरी रियासत में आपात्काल जैसी स्थिति पैदा हो गयी है। मेरे पास भारत सरकार से सहायता माँगने के अतिरिक्त कोई विकल्प नहीं रह गया है। स्वाभाविक है कि वे मेरी माँग पर कुछ भी नहीं भेज सकते हैं, जब तक कि मेरी रियासत का भारत-संघ में विलय नहीं हो जाता। इसलिए मैं विलय स्वीकार के घोषणा-पत्र की एक प्रति आपको प्रेषित कर रहा हूँ।

इसका एक ही विकल्प है कि मैं रियासत और प्रजा को लुटेरों के हवाले छोड़कर कहीं बाहर चला जाऊँ। ऐसी दशा में कोई भी सभ्य सरकार नहीं रह सकती और न चलायी जा सकती है। इस विकल्प को मैं कभी स्वीकार नहीं करूँगा, जब तक कि मैं रियासत का शासक हूँ। जीवित रहने तक मैं अपने देश की रक्षा करूँगा।

मैं आपकी सरकार को सूचित कर रहा हूँ कि मेरी इच्छा तुरन्त एक आन्तरिक सरकार गठित करने की है और शेख़ अब्दुल्ला इस आपात्काल में मेरे प्रधानमन्त्री के साथ यह उत्तरदायित्व ग्रहण करें।

यदि मेरी रियासत को बचाना है तो श्रीनगर को तुरन्त सहायता भेजी जानी चाहिए। श्री वी. पी. मेनन इस गम्भीर स्थिति से अवगत हैं और यदि किसी प्रकार की व्यवस्था की आवश्यकता हो तो वे स्वयं आपको अवगत करायेगे।

आपका कृपाकांक्षी

हरिसिंह

महामहिम लॉर्ड माउण्टबेटन

महाराजा हरिसिंह के अनिर्णय की स्थिति नें उन्हें मुसीबत में डाल दिया और साथ ही 'धरती के स्वर्ग' कश्मीर को भी। पाकिस्तान ने 20 अक्टूबर 1947 को अपने यहाँ के 51,000 कबायलियों को भेजकर कश्मीर पर, परदे के पीछे रहकर, हमला बोल दिया। महाराजा की कश्मीरी फ़ौज के कमाण्डर लेफ्टिनेण्ट कर्नल नारायण सिंह को उनके ही मुसलमान सैनिकों ने गोली मार दी और वे पार्क समर्थित कबायली हमलावरों के साथ मिल गये।

कश्मीरी फ़ौज के प्रधान सेनापति ब्रिगेडियर राजेन्द्रसिंह ने अपने 150 जवानों के साथ हमलावरों का मुकाबला किया और उन्हें दो दिनों तक उरी सेक्टर में अटकाये रखा। इस मुक़ाबले में ब्रिगडियर तथा उनके सारे सैनिक मारे गये। महाराजा हरिसिंह के प्रधानमन्त्री मेहरचन्द महाजन ने सरदार पटेल को सूचना दी कि कश्मीरी फ़ौज और पुलिस के सारे मुसलमान या तो हमलावरों से मिल गये है या युद्ध में सहयोग नहीं कर रहे हैं।

24 अक्टूबर, 1947 को कबायली हमलावरों ने महुरा बिजलीघर पर क़ब्ज़ा कर उसे नष्ट कर दिया और फलतः श्रीनगर की बिजली गुल हो गयी। पाक समर्थित हमलावर कश्मीर की राजधानी श्रीनगर से अब मात्र 40 मील दूर रह गये थे।

25 अक्टूबर, 1947 को भारतीय मन्त्रिमण्डल की रक्षा समिति की बैठक हुई। इस समिति के अध्यक्ष लॉर्ड माउण्टबेटन थे। माउण्टबेटन ने कहा कि कश्मीर अभी भारत संघ में शामिल नहीं हुआ है। अतः भारत अपनी सेना वहाँ नहीं भेज सकता। सरदार पटेल ने कहा कि भले ही कश्मीर ने भारत संघ में प्रवेश न किया हो। उसने हमसे सहायता माँगी है। अतः भारत उसकी रक्षा के लिए अपनी सेना भेज सकता है। रक्षा समिति अथवा रक्षा परिषद् ने उसी दिन वी. पी. मेनन को श्रीनगर भेजने का फ़ैसला किया।

श्रीनगर का एयरपोर्ट तब आज जैसा लम्बा-चौड़ा और पक्की हवाई पट्टीवाला न था। वह एक समतल मैदान था। दिन भर में एक फ़्लाइट आती जाती थी। कच्ची मिट्टी का मैदान होने के कारण फ़्लाइट के समय धरातल पर पानी का छिड़काव करना पड़ता था धूल को सेटल-डाउन करने के लिए।

श्रीनगर पहुँचने के लिए आज जैसा पठानकोट अथवा जम्मू की तरफ़ से कोई पक्का व्यवस्थित राजमार्ग भी नहीं था। जो भी रास्ते थे कोई कायदे के और दुरुस्त क़िस्म के न थे। पक्के और बढ़िया रास्ते तो पाकिस्तान की तरफ़ से होकर ही कश्मीर-घाटी को जाते थे सियालकोट, बारामूला आदि होकर। अतः विभाजन के बाद पाकिस्तान के लिए कश्मीर तक अपने भूमार्गों से पहुँचना आसान था। परन्तु भारत की ओर से कश्मीर घाटी के लिए ज़मीनी यात्रा बहुत दुष्कर थी।

उस आपात् स्थिति में एक वायु मार्ग का ही सहारा था। वी. पी. मेनन 25 अक्टूबर को ही वायुयान से तीसरे पहर श्रीनगर पहुँचे। वहाँ की स्थिति निराशाजनक थी। कश्मीर राज्य की पुलिस कहीं दिखायी नहीं पड़ रही थी। महाराजा हरिसिंह राजधानी में बिल्कुल

अकेले पड़ गये थे। उनके प्रधानमन्त्री महाजन अपना मानसिक सन्तुलन खो चुके-से दिखायी दे रहे थे। इसके बाद मेनन की सलाह से महाराजा अपने परिवार और खजाने सहित जम्मू चले गये। महाराजा और उनका परिवार एक स्टेशन वैगन पर एक टूटे-फूटे सड़क मार्ग से 25/26 अक्टूबर की मध्यरात्रि से कुछ समय पहले श्रीनगर से जम्मू के अपने शरद्‌कालीन महल के लिए रवाना हुआ। पीछे-पीछे ट्रकों और मोटरो का क़ाफ़िला उनके माल-असबाब और अंगरक्षकों से घिरा उनकी स्टेशन वैगन के पीछे चल रहा था। सत्रह घण्टे की थकान भरी यात्रा के बाद महराजा हरिसिंह जम्मू पहुँचे और सीधे अपने शयनकक्ष में सोने चले गये।

26 अक्टूबर को प्रातः हवाई जहाज़ से मेनन दिल्ली लौट आये। उनके साथ महाजन भी थे। शेख़ अब्दुल्ला पहले से ही दिल्ली में मौजूद थे। उसी दिन अपराह्न 3:00 बजे नेहरू जी के आवास पर एक आपातकालीन बैठक हुई जिसमें पण्डित नेहरू, सरदार पटेल, बलदेव सिंह, शेख़ अब्दुल्ला, महाजन और मेनन आदि ने भाग लिया। कश्मीर की समस्या और कठिन परिस्थितियों पर विचार विमर्श करके मेनन से कहा गया कि वे तुरन्त जम्मू के लिए रवाना हों और महाराजा से कहें कि भारतीय सेना कश्मीर भेजी जा रही है।

जवाहरलाल नेहरू और वल्लभभाई पटेल ने लॉर्ड माउण्टबेटन का यह सुझाव मान लिया था कि सेना को कश्मीर रवाना करने से पहले महाराजा हरिसिंह विलय-पत्र पर हस्ताक्षर कर दें। यह भी तय हुआ कि कश्मीर में शान्ति स्थापित होते ही जनमत-संग्रह कराया जायेगा।

इस सिलसिले में 26 अक्टूबर की शाम वी. पी. मेनन पुनः हवाई जहाज़ से जम्मू पहुँचे। उन्होंने महाराजा हरि सिंह को सोते से जगाकर उनसे भारत में कश्मीर के विलय के घोषणा-पत्र पर हस्ताक्षर प्राप्त किये जो उन्होंने अपने उस समदिनांकित ऐतिहासिक पत्र के साथ, लॉर्ड माउण्टबेटन को सम्बोधित कर, मेनन को सौंपा था।

मेनन ने रात्रि का भोजन उस रात महाराजा हरि सिंह के साथ किया और उसी रात्रि वे जम्मू की हवाई पट्‌टी से अपने स्पेशल हवाई जहाज़ के द्वारा दिल्ली के लिए उड़ गये। कश्मीर अब वैधानिक रूप से भारत का अभिन्न अंग बन चुका था।

इधर दिल्ली में लॉर्ड माउण्टबेटन के निर्देश और पण्डित नेहरू और सरदार पटेल और सरदार बलदेव सिंह की योजना के अनुसार जितने भी नागरिक और वायुसेना के वायुयान उपलब्ध थे सबको दिल्ली और पटियाला के हवाई अड्डों पर बुला लिया गया। सभी नागरिक उड़ानें रद्द कर दी गयीं। भारतीय फ़ौजों को हवाई अड्डों पर एकत्रित किया जाने लगा।

26 अक्टूबर की रात को वायुमार्ग से सेना को रवाना करने की सारी तैयारियाँ हुईं और 27 अक्टूबर, 1947 की सुबह लेफ्टिनेण्ट कर्नल रंजीत राय के नेतृत्व में पहली सिख-रेजीमेण्ट के 329 सिपाही और आठ टन फ़ौजी साजो सामान नौ डकोटा विमानों द्वारा सर्वप्रथम श्रीनगर की उस हवाई पट्‌टी पर उतारा गया, जिस पर पानी का छिड़काव करके धूल दबायी जाती थी। इसके बाद क़रीब 100 विमानों से भारतीय फ़ौज की अगली टुकड़ियों के कश्मीर घाटी में उतरने का सिलसिला शुरू हो गया। शुरूआती फ्लाइट्स में चौथी कुमायूँ-रेजीमेण्ट के बहादुर जवान श्रीनगर के एयरपोर्ट पर उतरे जिनका नेतृत्व परमवीर मेजर सोमनाथ शर्मा कर

रहे थे, जो अपने एक फ्रैक्चर्ड बाजू के साथ ज़िद करके पाकिस्तानी गीदड़ों से लड़ने आये थे, जो इस युद्ध में अपने जवानों के साथ उन पाक-समर्थित कबायली-पठानों से बड़ी बहादुरी के साथ लड़ते हुए 3 नवम्बर, 1947 को शहीद हुए। हुतात्मा मेजर सोमनाथ शर्मा भविष्य में मरणोपरान्त स्वतन्त्र भारत के प्रथम 'परमवीर चक्र' से-सम्मानित हुए।

जिन कबायली हमलावरों को जिन्ना और लियाक़त अली की सरकार ने भूखे-भेड़िये समान कश्मीर विजय के लिए भेजा था वे इस कदर लूटपाट और हवस के शौकीन थे कि उन्होंने अपने लक्ष्य श्रीनगर तक पहुँचने में देर पर देर की। इसलिए वे अपनी योजना से 48 घण्टे पिछड़ गये। मार्ग में जो बाज़ार और बस्तियाँ उन्हें मिलीं उन्हें उन वहशियों ने जम कर लूटा, स्त्रियों से बलात्कार किया, जिन नागरिकों ने ज़रा भी चूँ-चपड़ की उनकी गोली मारकर हत्या कर दी और इसी सबमें वे आगे बढ़ने में देर करते गये। इसी का फ़ायदा भारतीय फ़ौजों को श्रीनगर एयरपोर्ट और दूसरी जगहों पर कश्मीर में मोर्चाबन्दी जमाने में मिल गया।

भारतीय सेनाओं ने जमकर पाकिस्तानी हमलावरों का मुकाबला किया। उन्हें रोक दिया। फिर भारतीय सेनाएँ उन्हें वापस खदेड़ते हुए आगे बढ़ीं और उन्होंने पाकिस्तान कबाईलियों के पाँव उखाड़ दिये।

अक्टूबर के अन्त तक भारतीय सेना की तीन और बटालियनें पहुँच चुकी थीं। हमलावरों को पीछे ढकेला जा चुका था। दिनांक 4 नवम्बर, 1947 को सरदार पटेल श्रीनगर गये। वहाँ उन्होंने भारतीय सैनिकों का हौसला बढ़ाया और स्थिति का जायज़ा लिया। उन्होंने उसी दिन विमान द्वारा दिल्ली लौटकर अतिरिक्त सेना कश्मीर भेजवाना सुनिश्चत किया। मेजर जनरल कुलवन्त सिंह ने बारामूला पर हमला कर 8 नवम्बर, 1947 को उसे हमलावरों से मुक्त करा लिया।

इस बीच, माउण्टबेटन ने भारत-पाकिस्तान के मध्य किसी समझौते की सम्भावना को तलाशने के लिए लाहौर की एक गुप्त यात्रा की। उन्होंने पाकिस्तानी नेताओं से मुलाक़ात की। बाद में, 1 नवम्बर, 1947 को वे जिन्ना से अकेले में मिले।

इस एकान्त वार्त्ता में माउण्टबेटन ने जिन्ना को एक फ़ार्मूला दिया, जिसे उन्होंने भारत सरकार के साथ परामर्श किये बिना स्वयं ही तैयार किया था। वह यह कि -

"भारत और पाकिस्तान की सरकारें ये स्वीकार करें कि जिस रियासत में राजा अथवा नवाब बहुसंख्यक समुदाय का न हो और उसका अभी दोनों देशों में से किसी में भी विलय न हुआ हो, ऐसी स्थिति में वहाँ निष्पक्ष जनमत-संग्रह कराने के बाद ही निर्णय लिया जायेगा कि किस देश में उस रियासत का विलय होगा।"

जिन्ना ने बहुत सोच-समझकर माउण्टबेटन के इस फार्मूले को मानने से इनकार कर दिया। क्योंकि समस्या यदि केवल कश्मीर की होती तो वे शायद इसे मान भी लेते। पर अब कश्मीर में घुसपैठ कराकर और आक्रमण के बाद वहाँ लोगों का रुझान, कबायलियों की फैलायी दहशतगर्दी को देखते हुए, जनमत-संग्रह का भावी परिणाम भी सन्दिग्ध हो चला था। महाराजा हरिसिंह अब तक कश्मीर के विलय का निर्णय भारत के पक्ष में विधिवत् कर चुके

थे। हैदराबाद और जूनागढ़ रियासतों के नवाब मुस्लिम थे और बहुसंख्यक जनता हिन्दू। अतः जनमत-संगह से पाकिस्तान की दाल वहाँ तो बिल्कुल ही नहीं गलनी थी। जिन्ना चाहते थे कि कम-से-कम हैदराबाद जैसा बड़ा राज्य स्वतन्त्र बना रहे और भारत के लिए मुश्किलें खड़ा कर पाकिस्तान को फ़ायदा पहुँचाता रहे।

कश्मीर के घटनाक्रम के सम्बन्ध में लॉर्ड माउण्टबेटन ने जिन्ना को इस अवसर पर आईना भी दिखाया और कहा कि - "पहला आक्रमण आपके कबायलियों ने करके मुज़फ़्फ़राबाद पर कब्जा कर लिया। उसके बाद ही भारतीय थलसेना और वायुसेना प्रमुखों को कार्रवाई का आदेश दिया गया है।"

जिन्ना साहब ने इस पर कन्धे झटके और कहा कि "इस हमले से हमारा क्या ताल्लुक?"

तब माउण्टबेटन ने कहा-"मिस्टर जिन्ना! 25 अक्टूबर की दोपहर तक इस बात का खुलासा हो चुका था कि पाकिस्तान से प्राप्त सैन्य सहायता के बल पर ही कबायली कश्मीर पर हमला कर रहे हैं। यह भी जान लीजिए कि जब महाराजा ने विलय समझौते पर हस्ताक्षर किये तभी इन्फेण्ट्री ब्रिगेड को भारत की ओर से भेजने की तैयारी शुरू हुई।"

जिन्ना बेरुखी से बोले-"मगर मुझे आपसे शिकायत है कि इन मुश्किल हालात की कोई सूचना हमें नहीं दी गयी। भारत से विलय का प्रस्ताव धोखे से और हिंसा से लाया गया।"

माउण्टबेटन ने कहा-"सही कहा आपने कि यह प्रस्ताव हिंसा के बाद ही लाया गया। मगर उस हिंसा के लिए पाकिस्तान सरकार उत्तरदायी है।" इस प्रकार यह गोपनीय बैठक बिना किसी ठोस नतीजे के समाप्त हो गयी।

सरदार पटेल को आशंका थी कि कश्मीर की लड़ाई आगे भी ज़्यादा दिन चलेगी। उन्होंने 65 मील लम्बी पठानकोट-जम्मू सड़क को 10,000 मज़दूर लगवाकर आठ महीनों में परिवहन योग्य बनवा दिया।

सरदार पटेल चाहते थे कि कश्मीर का अन्तरिम शासन शेख़ अब्दुल्ला, महाराजा हरिसिंह और महाजन के मेलजोल से चले, वे 2 दिसम्बर, 1947 को इस काम के लिए जम्मू गये भी लेकिन सफल नहीं हुए। शेख़ अब्दुल्ला महत्त्वाकांक्षी थे और प्रशासन की सारी शक्तियाँ अपने हाथों में केंद्रित करना चाहते थे। महाराजा हरिसिंह जम्मू के महल में शरणार्थी बने बैठे थे और श्रीनगर में अब शेख़ अब्दुल्ला का एकच्छत्र राज्य चल रहा था। शेख़ अब्दुल्ला मनमानी पर उतारू थे। महाराजा और महाजन से कोई सलाह किये बिना अपनी मर्जी से मनमाने तबादले करना, अपने विरोधियो को जेल भेजवाना, यहाँ तक कि अब्दुल्ला कश्मीर के न्यायाधीशों के कार्यों में भी हस्तक्षेप करने में अपने पद का हरसम्भव दुरूपयोग कर रहे थे। शेख़ अबदुल्ला को पण्डित नेहरू का पूरा समर्थन प्राप्त था। भेड़ को भेड़िया बनने देने की यह पण्डित नेहरू की एक और भूल थी।

अभी तक कश्मीर का नियन्त्रण राज्य मामलों के विभाग के अन्तर्गत सरदार पटेल के अधीन था, 2 दिसम्बर, 1947 के बाद नेहरू जी ने कश्मीर को सीधे अपने नियन्त्रण में ले लिया। उन्होंने कश्मीर के एक भूतपूर्व दीवान, रिटायर्ड आई.सी.एस. गोपालस्वामी आयंगर

को 'मिनिस्टर विदाउट पोर्टफेलियो' का दर्जा देकर अपने मन्त्रिमण्डल में शामिल कर लिया और कश्मीर मामले में गोपालस्वामी आयंगर से सलाह लेना शुरू कर दिया। तब से पण्डित नेहरू सरदार पटेल की अवहेलना करने लगे और गोपालस्वामी आयंगर का बचाव करने में सरदार पटेल से कभी-कभी तो कटु भाषा का प्रयोग करने लगे।

इस बात को लेकर सरदार पटेल और पण्डित नेहरू के बीच मतभेद काफ़ी बढ़ गये और 23 दिसम्बर, 1947 को सरदार पटेल ने मन्त्रिमण्डल से त्याग पत्र देने का पत्र लिखा। उसे उनके निजी सचिव विद्या शंकर ने आग्रहपूर्वक प्रधानमन्त्री नेहरू को भेजने से रोका। यह एक और अप्रिय स्थिति थी। ऐसा इसलिए हुआ कि 23 दिसम्बर को शाम 7:30 बजे उनके राज्य मामलों के सचिव वी.पी. मेनन मिलने आये और सरदार पटेल को उन्होंने बताया कि "सुबह गोपालस्वामी आयंगर का फोन उन्हें आया था जिसमें उन्होंने उनसे कहा कि वे कश्मीर मामलों में अपनी नाक न घुसेड़ें। इसी आशय का जवाहरलाल जी का भी एक पत्र आया है।" इस पर सरदार पटेल ने अपनी आपत्ति दर्शाता पत्र लिखा। इसका उत्तर जवाहरलाल जी ने रात ही में सरदार पटेल को भिजवाया जिसमें उन्होंने गोपालस्वामी आयंगर का बचाव किया। इससे आहत होकर सरदार ने अपना वह त्याग पत्र लिखा था जो अप्रेषित रहा।

24 दिसम्बर, 1947 को नेहरू और पटेल ने महात्मा गाँधी से भेंट की। दोनों ने अपने दृष्टिकोण गाँधी जी के सामने रखें। उन्हें अपना मध्यस्थ बनाया। स्पष्ट था कि नेहरू और पटेल दोनों सरकार में साथ-साथ चलने की स्थिति में नहीं थे। उनमें से एक को त्याग पत्र देना था। गाँधी जी को माउण्टबेटन द्वारा पहले ही समझाया जा चुका था कि सरदार की दृढ़ कार्यप्रणाली को देखते हुए देशी राज्यों के एकीकरण की दिशा में उनकी कितनी महती आवश्यकता थी। माउण्टबेटन जानते थे कि राष्ट्र-निर्माण की प्रक्रिया अकेले नेहरू के बस की बात नहीं थी। महात्मा गाँधी ने नेहरू और पटेल दोनों को समझाया और उनके झगड़े को फिलहाल टाला, यह कहके कि इस पर आगे विचार किया जायेगा।

जब माउण्टबेटन जिन्ना आदि से मिलने पाकिस्तान गये थे तो जिन्ना का व्यवहार काफ़ी रूखा था। एक तरह से माउण्टबेटन के प्रति अपमानजनक भी। फिर भी माउण्टबेटन कश्मीर समस्या को हल करने के लिए इतने लालायित थे कि उन्होंने उसके बावजूद नेहरू, बलदेव सिंह और गोपालस्वामी आयंगर के साथ पुनः 8 दिसम्बर, 1947 को लाहौर जाने का कार्यक्रम बना लिया। वहाँ उन्होंने लियाक़त अली ख़ाँ तथा पाक मन्त्रिमण्डल के सदस्य गुलाम मोहम्मद के साथ कश्मीर पर वार्त्ता की। चालाक जिन्ना ने इस अवसर पर भारतीय प्रतिनिधिमण्डल से मिलने की भी ज़रूरत नहीं समझी। इनकी उपेक्षा कर अपने कनिष्ठों पर पड़ोसी देश के प्रमुखों से बात करने की ज़िम्मेदारी सौंप दी। पिछली वार्त्ता में जिन्ना ने संकेत दिया था कि पाकिस्तानी क़ब्ज़े वाले कश्मीर-भूभाग से आक्रमणकारियों को वापस बुलाया जा सकता है। परन्तु इस बार की वार्त्ता में लियाक़त अली और गुलाम मोहम्मद दोनों का कहना था कि-आक्रमणकारियों को रोकना उनके बस की बात नहीं है। इसलिए यह तथाकथित शिखर वार्त्ता भी असफल रही।

नेहरू जी ने माउण्टबेटन की सलाह और आयंगर से विचार-विमर्श कर कश्मीर मामले में ग़ल्तियों पर गल्तियाँ कीं। वे सरदार पटेल की इच्छा न रहते हुए, माउण्टबेटन के कहने से मामले को राष्ट्रसंघ ले जाने और जनमत संग्रह का वायदा करने को भी तैयार हो गये। इस आशय की घोषणा के लिए जब पण्डित नेहरू आकाशवाणी जा रहे थे, तब उसी समय सरदार पटेल को इसकी सूचना मिली। सरदार ने अपने निजी सचिव शंकर को अपनी गाड़ी देकर आकाशवाणी दौड़ाया कि वह उनका सन्देश देकर ऐसा विवादास्पद सार्वजनिक बयान रेडियो पर देने से नेहरू जी को रोके। पर तब तक तीर छूट चुका था। नेहरू रेडियो पर जनमत संग्रह कराने की घोषणा कर चुके थे, बिना कैबिनेट की सलाह लिए। सरदार पटेल की सलाह तो खैर उन दिनों उनके लिए कोई ख़ास अर्थ नहीं रखती थी। ख़ासकर कश्मीर मामले में। जो गुड़ गोबर होना था, हो चुका था। सरदार पटेल विवश थे। उस रेडियो प्रसारण के बाद सरदार ने आह भरकर मात्र इतना कहा - "जवाहर पछतायेगा।" कश्मीर का मसला पण्डित नेहरू की अदूरदर्शिता के चलते भारत के लिए दशकों तक के लिए नासूर बन गया।

जब सन् 1948 में आगे भी पाकिस्तान ने कश्मीर पर आक्रमण किया तो जनरल थिमैया की कमाण्ड में भारतीय फ़ौजों ने डटकर मुकाबला किया। जो कश्मीर का इलाक़ा पाक फ़ौज ने हथिया लिया था, जिसे हम आज 'पाक-अधिकृत कश्मीर' कहते हैं, उसे मुक्त कराने के लिए भारतीय फ़ौजें आगे बढ़ रही थीं। जनरल थिमैया बस कुछ ही दिनों की मोहलत चाहते थे। प्रधानमन्त्री नेहरू यह मोहलत उन्हें न दे सके और अन्तरराष्ट्रीय दबाव के आगे झुक गये। क्योंकि कश्मीर को संयुक्त राष्ट्र संघ में ले जाने की माउण्टबेटन की सलाह की कड़वी गोली वे अपने एकतरफ़ा फैसले के तौर पर 1 जनवरी, 1948 को ही गटक चुके थे। अब उनका एक दूसरा आत्मघाती निर्णय कश्मीर के मामले में हुआ। वह यह कि कश्मीर के पाक-अधिकृत हिस्से को भारतीय फ़ौजों से पूरी तरह मुक्त कराए बिना युद्ध विराम की घोषणा। फलतः भारतीय फौज़ को युद्ध अचानक 31 दिसम्बर, 1948 की मध्यरात्रि में रोक देना पड़ा। तब युद्ध विराम की सीमा ही 'लाइन ऑफ कण्ट्रोल' बन गयी। कश्मीर भी तभी से विभाजित अवस्था में भारत के नक़्शे पर टंगा रह गया।

बिड़ला हाउस में महात्मा गाँधी निवास कर रहे थे। दिल्ली का माहौल यद्यपि शान्त हो चला था। गाँधी जी का अनशन भी समाप्त हो चुका था। दो दिन बीत चुके थे। परन्तु 78 वर्ष की अवस्था में बूढ़े गाँधी काफ़ी कमज़ोर हो चले थे। विशेषकर हाल ही में छह दिन के अपने कड़े अनशन के कारण। दिल्ली में कुछ ऐसे तत्व भी सक्रिय हो चले थे जिनका इरादा महात्मा गाँधी के जीवन का अन्त कर देने का था। उन्हें गाँधी की मुसलमानों के प्रति सहानुभूति खटकती थी। उन्होंने हिन्दू-मुस्लिम एकता के लिए अपना जीवन अनेक बार दाँव पर लगाया था। इन कट्टरपन्थी हिन्दूवादी तत्वों को यह घोर आपत्तिजनक लगता था कि जिन लोगों ने धर्म के नाम पर देश के टुकड़े करा दिये उनसे मेल मिलाप की नसीहत क्यों? वे देश के विभाजन के लिए गाँधी जी की नीतियों को ज़िम्मेदार मानते थे और विभाजन में हुए

हिन्दुओं के भारी संहार से बुरी तरह विक्षुब्ध थे। पाकिस्तान को बक़ाया 55 करोड़ की रकम तत्काल अदा किये जाने की गाँधी जी की जिद ने तो जैसे आग में घी का काम कर दिया था। यह सोच कट्टरपन्थियों की दृढ़ हो चली थी कि जब तक गाँधी ज़िन्दा रहेंगे तब तक भारत सरकार उनके इशारों पर नाचती रहेगी। इस व्यक्ति के रहते उनका 'हिन्दू राष्ट्र का स्वप्न' कभी पूर्ण नहीं हो सकता था।

थोड़े-से मुट्ठी भर लोगों का एक गुट भीतर-ही-भीतर तैयार हो चला था जो गाँधी जी को मार्ग के काँटे की तरह हटा देने के लिए संकल्पबद्ध था। गुप्तचर एजेन्सियों को कुछ 'इनपुट्स' मिले भी थे कि गाँधी जी को सर्वोच्य जीवन भय है। उनकी सुरक्षा बिड़ला हाउस के आसपास बढ़ा दी गयी थी। परन्तु गाँधी जी की दैनिक सायंकालीन सभा में दर्शनार्थियों का आवागमन किसी भाँति प्रतिबन्धित नहीं हो सकता था। क्योंकि स्वयं गाँधी जी की सख्त हिदायत और जिद थी कि उनसे मिलने आनेवाले और प्रार्थना सभा में भाग लेनेवाले किसी भी नागरिक की, स्त्री-पुरुष की, तलाशी नहीं ली जायेगी। पुलिस विभाग, प्रशासनिक अमले से लेकर गृह मन्त्रालय सभी के लिए यह सतत चिन्ता का विषय था।

गाँधी जी रोज सायंकाल बिड़ला हाउस में अपने विश्राम-कक्ष से निकलकर प्रार्थना स्थल के लिए निर्धारित लॉन में आते थे जो कि छोटी चारदीवारी से तीन ओर से घिरा था। परन्तु जिसमें आने-जाने के लिए जनता के लिए पर्याप्त सुविधा थी। इस स्थान की सुरक्षा अपने आप में ही एक चुनौती थी। आज की तरह मेटल डिटेक्टर, तलाशी के संसाधन प्रचलन में तब नहीं थे। तलाशी अपने आप में ही बापू जैसे लोगों की नज़र में एक अनैतिक विषय था। अतः यह तब तक प्रचलन में नहीं आ सकता था, जब तक कि कोई वारदात करता पकड़ा अथवा मारा न जाये।

20 जनवरी, 1948 को गाँधी जी की प्रार्थना-सभा में एक बम विस्फोट हुआ। सायंकालीन इस नियमित सभा के स्थल से कुछ दूर वह बम फटा जिसके आस-पास के क्षेत्र में धुआँ फैल गया। सभा में एकत्रित लोगों का एक समूह उठकर भागने को हुआ। गाँधी जी ने हाथ उठाकर उन लोगों से कहा-"बैठ जाओ...बैठ जाओ...कुछ नहीं हुआ है।" गाँधी स्वयं अपनी चौकी पर अविचलित बैठे रहे। आस-पास तैनात पुलिसवालों, जिनमें से कई सादे कपड़ों में भी थे, ने बिड़ला हाउस के आउट-हाउस में एक कोठरी में छिपे एक नवयुवक को धर दबोचा। बम उसी ने चलाया था। इस युवक का नाम मदनलाल था जो एक पंजाबी शरणार्थी था। उसके और साथी इस बीच बचकर निकल लिए थे। इस तरह षड्यन्त्रकारियों का गाँधी जी की हत्या का यह प्रथम प्रयास असफल हो गया था। वे बाल-बाल बच गये थे। किसी अन्य व्यक्ति को भी इस बम विस्फोट में चोट नहीं आने पायी थी।

23 जनवरी, 1948 को सरदार पटेल काठियावाड़ का दौरा करके लौट आये। इस बीच दिल्ली और बम्बई पुलिस के द्वारा जाँच पड़ताल के बाद एकत्रित जानकारी से विदित हुआ कि देश में गाँधी जी की हत्या की एक साज़िश रची जा रही हे। पाकिस्तान से आये हुए हिन्दू शरणार्थियों और कुछ कट्टरपन्थी हिन्दुओं के मन में रोष था। वे पाकिस्तान की स्थापना और देश में अपने कष्टों के लिए गाँधी जी और उनकी नीतियों को ज़िम्मेदार ठहराते थे।

सरदार पटेल ने बिड़ला हाउस पर सुरक्षा के प्रबन्ध और कड़े कर दिये। वर्दी और सादे कपड़ों में पुलिस और खुफिया विभाग के लोग भारी तादाद में चौबीसों घण्टे महात्मा गाँधी के इस अस्थायी-आवास स्थल की निगरानी में तैनात थे। परन्तु समस्या एक ही थी। गाँधी जी की ही सख़्त हिदायत। प्रार्थना-सभा में आनेवाली जनता से कोई छेड़छाड़ न की जाये। उनकी तलाशी वग़ैरा न ली जाये। ऐसे में भेड़ की खाल ओढ़े किसी भी भेड़िये को पहचान पाना अत्यन्त टेढ़ी खीर थी। सरदार पटेल चाहते थे कि बापू की प्रार्थना-सभा में आने-जानेवाले प्रत्येक व्यक्ति की तलाशी ली जाये। उन्होंने अपना यह सुझाव एवं आग्रह बापू के सामने रखा भी था। लेकिन बापू ने इसे स्वीकार नहीं किया। इसके बाद 25 जनवरी, 1948 को सरदार पटेल आगरा और पटना के दौरे पर चले गये। गाँधी जी की प्रार्थना-सभाएँ पूर्ववत् प्रत्येक सन्ध्याकाल में चलती रहीं।

30 जनवरी, 1948 को शुक्रवार का दिन था। सरदार पटेल ने शाम 4.00 बजे बिड़ला हाउस में गाँधी जी से मुलाक़ात की। उनके साथ उनकी पुत्री मणिबेन भी थीं। गाँधी जी ने कुछ फल और सब्ज़ियाँ खाते हुए सरदार से बात की। उनसे कहा कि मन्त्रिमण्डल में उन्हें और नेहरू दोनों को ही रहना है। दोनों में से किसी के मन्त्रिमण्डल छोड़ने का प्रश्न नहीं उठता। इस पर सरदार पटेल ने महात्मा गाँधी से कुछ कहना चाहा। महात्मा जी ने कहा कि हम इस बारे में बाद में बात करेंगे। मनु और आभा उनको प्रार्थना-सभा ले जाने को तत्पर थीं। गाँधी जी को याद दिलाया गया कि सभा में जाने में विलम्ब हो गया है। वस्तुतः गाँधी जी और सरदार की बातचीत 5 बजकर 10 मिनट तक चलती रही थी। सरदार पटेल गाँधी जी से आज्ञा लेकर अपने निवास को चले गये।

इसके बाद महात्मा गाँधी मनु और आभा के कंधों का सहारा लेकर हमेशा की तरह प्रार्थनासभा स्थल की ओर चले। चलते समय उनका इन लड़कियों से विनोदपूर्वक कुछ वार्त्तालाप भी हुआ। गाँधी जी ने विलम्ब हो जाने पर चलते-चलते खेद भी जताया।

प्रार्थना-सभा में बापू को आता देख वहाँ उपस्थित स्त्री-पुरुष श्रद्धावश उठ खड़े हुए। गाँधी जी हाथ जोड़े उपस्थित व्यक्तियों को जवाब देते नमस्ते-नमस्ते करते आगे बढ़े। तभी एक खाकी लिबास में मज़बूत काठी का व्यक्ति भीड़ में से आगे आया उसने आगे बढ़ते हुए बापू से पूछा- "नमस्ते गाँधी जी! आज देर कर दी?" यह कहकर वह व्यक्ति गाँधी जी के चरणों की तरफ़ झुका प्रणाम की मुद्रा मे। मनु बहन ने कहा- "भइया! हट जाइये बापू को जाने दीजिए... पहले ही देर हो चुकी है।" वह व्यक्ति अचानक सीधा हुआ। एक हाथ से उसने मनु को धक्का दिया। फिर अपने हाथ में दबी एक अत्यन्त छोटे साइज की पिस्टल से उस व्यक्ति ने गाँधी जी पर एकाएक तीन गोलियाँ दाग दीं, प्वाइण्ट-ब्लैंक रेंज से। गाँधी तत्काल लड़खड़ाकर गिर गये। आभा और मनु ने उन्हें सम्भाला। गाँधी जी मूर्च्छित हो गये। उनके अन्तिम शब्द थे- "हे राम"।

उस हत्यारे का नाम था-नाथूराम गोडसे। वह गाँधी जी की हत्या के बाद अपने स्थान पर ही खड़ा रहा। उसने भागने की कोई कोशिश नहीं की। लगता था वह जिस इरादे से आया

था उस कार्य की सिद्धि के बाद स्वयं उसके जीवन का कोई अन्य लक्ष्य शेष नहीं रहा। उसे सुरक्षा बलों ने मौक़े पर ही गिरफ़्तार कर लिया।

हक्के-बक्के हो चुके जनसमुदाय के बीच गाँधी जी को उठाकर उनके कक्ष में वापस ले जाया गया। कुछ ही क्षणों में लोगों ने पाया कि अब केवल महात्मा गाँधी का पार्थिव शरीर ही शेष बचा था और वे अनन्त की यात्रा पर निकल पड़े थे।

एक अनहोनी। एक ऐसा दुर्भाग्यपूर्ण हादसा जिसकी शायद ही किसी देशवासी ने कभी कल्पना की होगी। एक महामानव जो सारा जीवन लोगों को अहिंसा का महान् पाठ पढ़ाता रहा और उसका उदाहरण सर्वप्रथम अपने आचरण से निरन्तर देता रहा, उसके ख़ुद के जीवन का अन्त इस तरह हृदयहीन हिंसा से होगा, कौन सोच सकता था? पर अब यह एक घोर दुःखद वास्तविकता थी। भारत की स्वाधीनता-संग्राम के सबसे बड़े सेनानी मोहनदास करमचन्द गाँधी 30 जनवरी, 1948 की उस काली सन्ध्या में राष्ट्र की बलिवेदी पर शहीद हो चुके थे।

उस शाम जैसे ही सरदारश्री को यह हृदयविदारक सूचना मिली, कुछ ही देर पूर्व 1-औरंगजेब रोड लौटे सरदार पटेल और मणिबेन तत्काल बिड़ला हाउस की ओर पुनः निकल पड़े। वहाँ पहुँचकर उन्होंने महात्मा गाँधी को चिरनिद्रा में सोये हुए पाया। स्तब्ध पटेल जाकर एक खाली चौकी पर बैठ गये बापू को अपलक निहारते। ठगे से। अपने कलेजे पर पत्थर रखते हुए।...

उन्होंने मनु, आभा, सारा, प्रियंवदा और कई अन्य स्त्रियों को वहाँ भगवद्गीता का पाठ करते हुए देखा। गाँधी जी के सुपुत्र देवदास भाई को गाँधी जी की मृत्यु का समाचार दिया जा चुका था। सरदार पटेल ने इस बारे में किसी से पूछा। पण्डित नेहरू कुछ ही देर बाद आये। वह बापू के शरीर के निकट बच्चों की तरह फूट-फूटकर रोये। गाँधी जी के बेटे देवदास गांधी भागते हुए आये। वह अपने पिता के शव के सिरहाने बैठकर उनसे कान में कहने लगे-"बापू जी, कुछ बोलिए..." और यह कहते-कहते बुरी तरह रोने लगे। इसके बाद सरदार पटेल उठे और वे धैर्यपूर्वक देवदास और अन्य आगन्तुकों को सान्त्वना देने लगे।

सभी मन्त्री, कमाण्डर इन चीफ रॉय बुचर, सर्वोच्च न्यायालय के मुख्य न्यायाधीश, गवर्नर जनरल लॉर्ड माउण्टबेटन एक-एक करके बिड़ला हाउस आते गये। जैसे-जैसे जिसने भी सुना वह गाँधी जी को देखने भागकर आया। बिड़ला भवन के बाहर भीड़ जमा थी। लॉर्ड माउण्टबेटन ने किसी को कहते सुना - "किसी मुसलमान ने गाँधी जी को गोली मार दी।" यह सुनकर माउण्टबेटन सन्न रह गये। एक ऐसी अफवाह जिससे देश में कैसा भूचाल आता, कल्पना भी नहीं की जा सकती थी। लॉर्ड माउण्टबेटन फौरन भीड़ की ओर पलटे और चीख़े -

"कौन बोला?.. .ईडियेट! वह एक हिन्दू था।..." और वे यह अन्दाज़े-से कहते हुए बिड़ला हाउस के भीतर चले गये।

उसी शाम 6:00 बजे ऑल इण्डिया रेडियो से बहुत सोच-समझकर तैयार की गयी ख़बर देश दुनिया में पहली बार गूँजी- "आज शाम को पाँच बजकर तीस मिनट पर नयी दिल्ली में महात्मा गाँधी की हत्या कर दी गयी। उनका हत्यारा हिन्दू था।" उसके बाद शाम 8:00 बजे प्रधानमन्त्री नेहरू जी ने अंग्रेज़ी भाषा में 'ऑल इण्डिया रेडियो' पर राष्ट्र के नाम अपना दुःखद सन्देश दुःखद स्वर में दिया। उनके ठीक बाद रेडियो पर गृहमन्त्री सरदार पटेल ने हिन्दी में राष्ट्र को बहुत गम्भीरता से सम्बोधित करते हुए कहा -

"आपने मेरे प्यारे भाई पं. जवाहरलाल नेहरू का पैगाम सुना। मेरा दिल दर्द से भरा हुआ है। क्या कहूँ क्या न कहूँ? ज़ुबान चलती नहीं है। आज का अवसर भारतवर्ष के लिए सबसे बड़े दुःख, शोक और शर्म का अवसर है। आज चार बजे मैं गाँधी जी के पास गया था और एक घण्टे तक मैंने उनसे बात की थी। वह घड़ी निकालकर मुझसे कहने लगे कि मेरा प्रार्थना का समय हो गया है, अब मुझे जाने दीजिये। तो वह भगवान के मन्दिर की तरफ़ अपने हमेशा के समय पर चलने के लिए निकल पड़े। तब मैं वहाँ से अपने मकान की तरफ़ चला। मैं मकान पर अभी पहुँचा भी नहीं था कि उतने में रास्ते में एक भाई मेरे पास आया। उसने कहा कि एक नौजवान हिन्दू ने गाँधी जी के प्रार्थना की जगह पर जाते ही अपनी पिस्तौल से उन पर तीन गोलियाँ चलायीं, वह वहीं गिर पड़े और उनको वहाँ से उठाकर घर में ले जाया गया है। मैं उसी वक़्त वहाँ पहुँच गया। मैंने उनका चेहरा देखा। वही चेहरा था। वैसा ही शान्त चेहरा था, जैसा हमेशा रहता था। ठीक वही चेहरा था। और उनके दिल में दया और माफी के भाव अब भी उनके चेहरे से प्रकट होते हैं। आस-पास बहुत लोग जमा हो गये। लेकिन वह तो अपना जो काम उन्हें करना था, उसे पूरा करके चले गये।

"पिछले चन्द दिनों से उनका दिल खट्टा हो गया था और आप जानते हैं कि आख़िर उन्होंने उपवास भी किया। उपवास में चले गये होते, तो अच्छा होता। लेकिन उनको और भी काम देना था सो रह गये। पिछले हफ्ते में एक दफा और, एक हिन्दू नौजवान ने उनके ऊपर बम फेंकने की कोशिश की थी। उसमें भी वह बच गये थे। इस समय पर ही उनको *जाना था। आज वह भगवान् के मन्दिर में पहुँच गये। यह बड़े दुःख का, बड़े दर्द का* समय है। लेकिन यह गुस्से का समय नहीं है। क्योंकि अगर हम इस वक्त गुस्सा करें, तो जो सबक उन्होंने हमको ज़िन्दगी भर सिखाया, उसे हम भूल जायेंगे। और कहा जायेगा कि उनके जीवन में तो हमने उनकी बात नहीं मानी, उनकी मृत्यु के बाद भी हमने नहीं माना। हम पर यह धब्बा लगेगा।

"तो...मेरी प्रार्थना है कि कितना भी दर्द हो, कितना भी दुःख हो, कितना भी गुस्सा आये, लेकिन गुस्सा रोककर अपने पर काबू रखिये। अपने जीवन में उन्होंने हमें जो कुछ सिखाया, आज उसी की परीक्षा का समय है। बहुत शान्ति से, बहुत अदब से, बहुत विनय से एक-दूसरे के साथ मिलकर हमें मज़बूती से पैर जमीन पर रखकर खड़ा रहना है। आप जानते हैं कि हमारे ऊपर जो बोझ पड़ रहा है, वह इतना भारी है कि क़रीब-क़रीब हमारी कमर टूट जायेगी। उनका एक सहारा था और हिन्दुस्तान को वह बहुत बड़ा सहारा था। हमको तो जीवन भर उन्हीं का सहारा था। आज वह सहारा चला गया। वह चला तो गया, लेकिन हर रोज, हर मिनट वह हमारी आँखों के सामने रहेगा। हमारे हृदय के सामने रहेगा। क्योंकि जो चीज वह हमको दे गया है, वह तो कभी हमारे पास से जायेगी नहीं।

"कल चार बजे उनकी मिट्टी तो भस्म हो जायेगी, लेकिन उनकी आत्मा तो अब भी हमारे बीच में है। अभी भी वह हमें देख रही है कि हम लोग क्या कर रहे हैं? वह तो अमर है। जो नौजवान पागल हो गया था, उसने व्यर्थ सोचा कि वह उनको मार सकता है। जो चीज उनके जीवन में पूरी न हुई, शायद ईश्वर की ऐसी मर्जी हो कि उनके द्वारा इस तरह से पूरी हो। क्योंकि इस प्रकार की मृत्यु से हिन्दुस्तान के नौजवानों का 'कॉन्शंस' है, जो हृदय है, वह जागृत होगा। मैं ऐसी आशा करता हूँ।

"मैं उम्मीद करता हूँ और हम सब ईश्वर से यह प्रार्थना करेंगे कि जो काम वह हमारे ऊपर बाकी छोड़ गये हैं, उसे पूरा करने में हम कामयाब हों। मैं यह भी उम्मीद करता हूँ कि इस कठिन समय में भी हम पस्त नहीं हो जायेंगे हम ना-हिम्मत भी नहीं हो जायेंगे। सबको दृढ़ता से और हिम्मत से एक साथ खड़ा होकर इस बहुत बड़ी मुसीबत का मुकाबला करना है और जो बाकी काम उन्होंने हमारे ऊपर छोड़ा है, उसे पूरा करना है। ईश्वर से प्रार्थना कर, आज हम निश्चय कर लें कि हम उनके बाकी काम को पूरा करेंगे।"

जब माउण्टबेटन दिवंगत गाँधी जी के प्रथम-दर्शन को आये तो उन्होंने कुछ पल मौन रहकर उनके पार्थिव शरीर को श्रद्धांजलि दी। उसके बाद वह नेहरू और पटेल के पास गये। उनसे धीरे से कहा कि - "महात्मा जी आप दोनों को साथ कार्य करते देखना चाहते थे।"

यह सुनकर पण्डित नेहरू और सरदार दोनों एक-दूसरे से गले मिलकर रो पड़े।

उस शाम ऑल इण्डिया रेडियो के दिल्ली केन्द्र से राष्ट्र के नाम संबोधन के पश्चात सरदार पटेल नेहरू जी के साथ उनके निवास पर गये। वहाँ पर भारतीय सेना के तत्कालीन सेनाध्यक्ष रॉय बुचर बुला लिए गये थे। वह महात्मा गाँधी की कल होनेवाले अन्तिम-यात्रा के लिए नक्शे पर मार्ग निर्धारित कर अपना प्रस्ताव देने लगे। वहाँ उपस्थित एक सज्जन ने सुझाव दिया कि गाँधी जी की शवयात्रा को पूरे दिल्ली शहर से गुजार कर ले जाया जाये। इस पर जवाहरलाल जी ने उन्हें झिड़का कि हमें कोई तमाशा नहीं बनाना है और यमुना किनारे के घाट को जाने के लिए खुले रास्ते ही तय किये गये। सरदार पटेल उस रात अपने घर ठीक से सो नहीं सके। सारी रात बेचैनी में करवटें बदलते रहे।

अगले दिन 31 जनवरी 1948 को दोपहर के समय दिल्ली में महात्मा गाँधी की शवयात्रा लाखों की भीड़ के मध्य निकली। एक फूलों से सजे मिलिट्री ट्रक पर चिर-निद्रा में निमग्न राष्ट्रपिता की नश्वर देह फूलों से ढकी विश्राम मुद्रा में थी। केवल उनका तेजोमय मुखमण्डल अनावृत था, जनता को अन्तिम झलक देने को। उस गाड़ी पर पण्डित नेहरू सरदार पटेल और कुछ अन्य उदास मुद्रा में सिर झुकाए बैठे थे। ''महात्मा गाँधी अमर रहें''...के जय घोषों के बीच। अश्रु बहाते लोगों के बीच। उसी शाम 4:00 बजे राजघाट पर बापू का अन्तिम संस्कार हुआ।

विश्व के कोने-कोने से शोक सन्देश आये। महात्मा गाँधी को श्रद्धांजलि देते। उनका गुणगान करते। भारत से तो आने ही थे। क्योंकि वह उनका घर ही था। उन सबमें यदि सबसे उत्तम कोई एक सन्देश चुनना हो तो यह सबसे दुष्कर कार्य होगा। फिर भी, एक सबसे उल्लेखनीय और निराला सन्देश सुप्रसिद्ध जर्मन वैज्ञानिक आइन्सटीन का था जिन्होंने कहा कि -

''आनेवाली पीढ़ियाँ सम्भवतः यह विश्वास नहीं करेंगी कि गाँधी जैसा हाड़-मांस का कोई इंसान कभी इस धरती पर विचरा होगा।''

सुप्रसिद्ध गाँधीवादी अश्वेत अमरीकी चिन्तक एवं नेता मार्टिन लूथर किंग के विचार भी छोड़ने का लोभ संवरण हम नहीं कर सकते, जिन्होंने कहा था कि-

''गाँधी इतिहास के सम्भवतः पहले व्यक्ति हैं जिन्होंने ईसा की प्रेम धारणा को व्यक्तियों के पारस्परिक सम्बन्धों से उठाकर बड़े पैमाने पर एक प्रभावशाली सामाजिक शक्ति बना दिया। उनके लिए प्रेम समाज और समूह के परिवर्तन का सक्षम अस्त्र था। प्रेम और अहिंसा की उनकी अवधारणा में मुझे समाज-सुधार का वह उपाय दिखायी दे गया जिसको मैं वर्षों से तलाश कर रहा था। बेन्थम और मिल, मार्क्स और लेनिन और हॉब्स, रूसो तथा नीत्शे से मुझे जो सन्तोष प्राप्त नहीं हुआ, वह गाँधी से प्राप्त हुआ।''

महात्मा गाँधी की हत्या की योजना में शामिल सभी व्यक्ति शीघ्र ही पकड़ लिए गये। शरणार्थी मदनलाल पाहवा 20 जनवरी के बमकाण्ड के समय पहले ही पकड़ा जा चुका था। 30 जनवरी के गोलीकाण्ड के अभियुक्त एवं गाँधी जी के हत्यारे नाथूराम गोडसे ने स्वयं ही मौके पर आत्मसमर्पण कर दिया था। गाँधी हत्याकाण्ड के शेष अभियुक्त पूछताछ और खुफिया एजेंसियों की खोज-ख़बर से कुछ ही दिन में गिरफ़्तार कर लिए गये। उन

पर मुक़दमा चला और तेजी से ट्रायल के बाद हत्याभियुक्त तथा उसके साथियों को सजाये हुईं।

नाथूराम विनायक गोडसे (उम्र 39 वर्ष) ने गाँधी जी पर गोली चलाई थी और अपने इकबालिया बयान में अपने कृत्य को न्यायोचित ठहराते हुए एक लम्बे बयान में अपना जुर्म कबूल कर लिया था। उक्त अभियुक्त को फाँसी की सजा सुनायी गयी।

नारायण आप्टे (34), जो गाँधी जी की प्रार्थनासभा में नाथूराम गोडसे की सक्रिय सहायता हेतु उपस्थित था, उसे भी फाँसी की सजा हुई।

विष्णु करकरे (34) एक छोटे से ढाबे का मुस्लिम विरोधी मालिक था और हत्या की साजिश में सहायक माना गया, उम्रक़ैद की सजा हुई।

गोपाल गोडसे (29), हत्यारे का भाई। उम्रक़ैद की सजा हुई।

मदनलाल पाहवा (20) एक पंजाबी शरणार्थी जिसने विभाजन के दौरान चोटों से घायल अपने पिता का बदला लेने की कसम खाई थी और बमकाण्ड किया, उसे भी गाँधी हत्या का सह-अभियुक्त माना गया और उम्र क़ैद की सजा सुनायी गयी।

दिगम्बर बड़गे (37), ग़ैर-क़ानूनी हथियारों का व्यापारी जिसने एक साधु का स्वांग रच रखा था। अन्ततः यह सरकारी गवाह बन गया और न्यायालय द्वारा रिहा कर दिया गया।

शंकर किस्तैया, बड़गे का नौकर। इसे भी सजा मिली थी परन्तु उच्च न्यायालय से अपील पर छूट गया।

हिन्दू महासभा के अध्यक्ष वीर सावरकर को भी गाँधी जी की हत्या की साज़िश में सह-अभियुक्त ठहराकर गिरफ़्तार कर लिया गया था। उन पर आरोप था कि गाँधी जी की हत्या के लिए उन्होंने ही नाथूराम गोडसे और उसके साथियों को प्रेरित किया था और यह कि गाँधी हत्या की साज़िश उन्हीं के दादर, बम्बई स्थित घर में रची गयी थी। घर का नाम था-'सावरकर सदन'। गोडसे हिन्दू महासभा का कभी सदस्य रह चुका था जिसे उसने छोड़ दिया था और बाद में अपना स्वयं का अलग से 'हिन्दू राष्ट्र कार्यालय' पूना में खोल लिया था। मुक़दमे में वीर सावरकर के विरुद्ध गाँधी हत्याकाण्ड को लेकर कोई सबूत सिद्ध न हो सका। अतः उन्हें रिहा कर दिया गया। बाद में भारत ने वीर सावरकर के स्वतन्त्रता-सेनानी सम्मान में एक डाक टिकट भी जारी किया। श्यामाप्रसाद मुखर्जी हिन्दू महासभा के एक अन्य बड़े नेता तथा नेहरू मन्त्रिमण्डल में मन्त्री थे। गाँधी जी की हत्या के बाद उन्होंने हिन्दू महासभा की सदस्यता और केन्द्रीय मन्त्रिमण्डल दोनों से ही त्यागपत्र दे दिया।

छानबीन के दौरान राष्ट्रीय स्वयं सेवक संघ को भी गाँधी हत्या के षड्यन्त्र का दोषी बताया गया। कांग्रेसी नेताओं ने राजनीतिक द्वेषवश राष्ट्रीय स्वयंसेवक संघ के भी तार उक्त षड्यन्त्र में जुड़े होने के मिथ्या आरोप लगाए। पण्डित नेहरू आर.एस.एस. को प्रतिबन्धित कर उसके विरुद्ध कठोर कार्यवाही चाहते थे। सरदार पटेल का मत दूसरा था। वे आर.एस.एस. के स्वयंसेवकों को 'भटके हुए देशभक्त' मानते थे।

भारी राजनीतिक दबाव में आर.एस.एस. को बैन कर दिया गया। गुरु गोलवलकर और आर.एस.एस. के अनेक स्वयंसेवकों को गिरफ़्तार कर देश भर की विभिन्न जेलों में बन्द

कर दिया गया। इसमें कोई सन्देह नहीं कि आर.एस.एस. के गुरु गोलवलकर के विचार 'हिन्दुत्व' को लेकर वीर सावरकर के विचारों की अपेक्षा और भी कठोर थे। माधवराव सदाशिव गोलवलकर ने अपनी 1939 में प्रकाशित किताब 'वी ऑर अवर नेशनहुड डिफाइन्ड' में एक जगह लिखा था कि "हिन्दुस्तान के अन्दर विदेशी जातियाँ या तो हिन्दू संस्कृति व भाषा अपना लें, हिन्दू धर्म का सम्मान करें, इस पर श्रद्धा रखें तथा हिन्दू जाति व संस्कृति की महिमागान के अलावा और कोई भावना न रखें, या फिर देश में रहें परन्तु हिन्दू राष्ट्र की सम्पूर्ण आधीनता में, बिना किसी अधिकार की अपेक्षा किये हुए तथा बिना किसी विशेषाधिकार के, कम-से-कम वरीयता के व्यवहार पर तो नहीं ही, और बिना किसी नागरिक अधिकार के रहें।"

परन्तु कालान्तर में गहन जाँच-पड़ताल के बाद आर.एस.एस. का कोई हाथ गाँधी-हत्या में नहीं पाया गया और आर.एस.एस. पर से प्रतिबंध भारत सरकार को उठाना पड़ा तथा सभी स्वयंसेवकों को मुक्त करना पड़ा। इस प्रकार हिन्दुत्व, राष्ट्रवाद और प्रखर हिन्दूवादी विचारधारा के पोषक दो संगठन 'हिन्दू महासभा' और 'राष्ट्रीय स्वयंसेवक संघ' उन दिनों संदिग्ध करार दिये गये। क़ानूनी कार्यवाहियों में मुसीबत में आये। इनके कार्यालयों पर ताले पड़े। अनेक कार्यकर्त्ता जनता के गुस्से के शिकार भी हुए और मारे-पीटे भी गये। परन्तु अन्ततः हुआ वही जो नाथूराम गोडसे का बयान था कि - गांधी जी के अन्त में किसी भी व्यक्ति या संगठन का दोष नहीं है और उसके लिए वह और केवल वह ही उत्तरदायी था। सभी हिन्दुत्ववादी कार्यकर्त्ता जेलों से रिहा हुए।

15 नवम्बर 1949 के दिन अम्बाला जेल में जहाँ नाथूराम विनायक गोडसे को क़ैद करके रखा गया था, फाँसी दे दी गयी। नाथूराम गोडसे जो एक चित्तपावन ब्राह्मण था, ने अपनी वसीयत में यह लिखा कि उसके पास अपने परिवार वालों को देने के लिए सिर्फ एक चीज थी-उसकी राख। उसने हिन्दू प्रथानुसार अपनी अन्त्येष्टि के बाद गंगा अथवा समुद्र में मिलनेवाली किसी नदी में बहा दिये जाने के बजाय उस राख को पीढ़ी-दर-पीढ़ी उस समय तक बचाकर रखने की इच्छा व्यक्त की थी जब तक कि उसे हिन्दू-शासन के अधीन भारतीय उपमहाद्वीप के फिर से एक हो जाने पर सिन्धु नदी में विसर्जित न किया जा सके। इस प्रकार अखण्ड भारत और हिन्दू राष्ट्र का एक अधूरा-स्वप्न गोडसे की इस वसीयत के मूल में सन्निहित था।

गाँधी जी की हत्या के बाद स्वाभाविक रूप से पुलिस बन्दोबस्त, सुरक्षा व्यवस्था आदि को लेकर अनेक सवाल उठे। आलोचना-प्रत्यालोचनाओं का दौर चला। गृहमन्त्री होने के नाते सरदार पटेल को केन्द्र में रखकर उनके राजनीतिक विरोधियों ने उनकी भी सार्वजनिक रूप से बहुत किरकिरी की। उनसे इस्तीफे की माँग तक की। केन्द्रीय असेम्बली में बयान

देने के अतिरिक्त सरदार पटेल अपने विरोधियों से किसी बहस में नहीं उलझे। बहुत से लोगों के वाक्प्रहार झेलते रहे। क्योंकि स्वयं भी महात्मा गाँधी के इस आकस्मिक महाप्रयाण से स्तब्ध एवं आहत थे वे भीतर ही भीतर घुटते रहे। फलतः वे टूटने लगे।

गाँधी जी के स्वर्गवास के पाँच सप्ताह बाद 5 मार्च 1948 को सरदार पटेल को दिल का दौरा पड़ा। मणिबहन, विद्याशंकर और डॉ. सुशीला नैयर ने उन्हें तुरन्त सम्भाला। दिल के दौरे के बाद सरदार पटेल चार महीने बहुत बीमार रहे। इस दौरान वे घर से ही देश का कामकाज अधिकतर अपने विश्राम के साथ-साथ देखते रहे। असेम्बली या कैबिनेट की बहुत ज़रूरी बैठकों में ही घर से बाहर निकलते। दिल्ली से बाहर जाने का तो कोई प्रश्न ही नहीं था। सुबह की लम्बी सैर भी बन्द हो गयी। थोड़ा बहुत बँगले में ही चहल क़दमी कर लेते। इस बीच नेहरू जी, मन्त्रिमण्डल के सहयोगियों से उनका सम्पर्क बना रहा।

राज्यों के पदाधिकारी, राजा, नवाब आदि और यहां तक कि माउण्टबेटन दंपति सब उनसे गृहमन्त्री निवास पर ही आकर मिलते-जुलते रहे। देशी रियासतों को भारत संघ में जोड़ने, उनके विलय और राष्ट्र के एकीकरण का बहुत बड़ा लक्ष्य और कार्य उनके सामने था जिसकी सिद्धि में वे दिन-रात लगे हुए थे। यह एक ऐसी प्रक्रिया थी जो स्वतन्त्रता प्राप्ति से कुछ ही सप्ताह पहले प्रारम्भ हुई थी और इसमें अभी बहुत काम बाकी था।

जैसे कोई बहुत विशाल पानी का जहाज़, महापोत, महासागर के अनेक संकटों को, उत्ताल तरंगों को, तूफानों को चीरता हुआ, सागर के तल से उसके गर्भ तक विचरते छोटे-बड़े जलचरों को निहारता और उनसे अविचलित किसी महाअभियान पर दक्षिणी ध्रुव की ओर निरन्तर बढ़ता जाये, सरदार पटेल राष्ट्र-निर्माण के अपने उस महान और अत्यन्त दुष्कर लक्ष्य की ओर अहर्निश एक-एक क़दम जमाते बढ़ते चले जा रहे थे। तमाम राजनीतिक एवं साम्प्रदायिक झंझावातों के बावजूद। तमाम अड़चनों और बाधाओं के बावजूद। और सबसे ऊपर, अपनी निरन्तर गिरती हुई सेहत के बावजूद। जैसे कोई जियाला अपनी धुन में हर बार प्राणों की अन्तिम बाज़ी लगाए...बच जाये तो फिर लगाए. ..फिर-फिर लगाए...।

अंग्रेज़ों द्वारा शासित भारतीय भूभाग में उनके सीधे आधिपत्य के राज्यों के अतिरिक्त स्वतन्त्रता से पूर्व 565 देशी राज्य अथवा रियासतें थीं। इनमें राज करनेवाले राजा-महाराजा और नवाब ब्रिटिश क्राउन के अधीन विभिन्न सन्धियों से उससे जुड़े परन्तु स्वशासन सम्पन्न थे। अपनी प्रजा पर निरंकुश राज करते हुए।

ये देशी रियासतें देश के 40 प्रतिशत क्षेत्रफल में यत्र-तत्र बिखरी हुई थीं और इनमें देश की कुल जनसंख्या के कुल 26 प्रतिशत लोग निवास करते थे। परन्तु विस्तार, जनसंख्या-घनत्व और शक्तियों की दृष्टि से इन सभी देशी रजवाड़ों और रियासतों में पर्याप्त अन्तर था।

इस प्रकार स्वतन्त्रता-पूर्व अंग्रेज़ों के शासन में दो क़िस्म के हिन्दुस्तान थे- एक, विभिन्न प्रान्तों का हिन्दुस्तान, जिसका शासन दिल्ली की केन्द्रीय सरकार चलाती थी और

दूसरा, देशी रजवाड़ों-रियासतों का एक बिल्कुल अलग भारत। इन रजवाड़ों-रियासतों को भारतीय संघ में शामिल कर एक वृहत्तर-भारत के निर्माण का अत्यन्त चुनौती भरा कार्य स्वतन्त्रता की पूर्व सन्ध्या में 'लौह पुरुष' सरदार वल्लभभाई पटेल के हिस्से में आया था।

देशी राज्यों की उत्पत्ति विभिन्न तरीक़ों से हुई थी। कुछ राज्य बहुत पुराने थे, जेसे-कूचबिहार, त्रावणकोर, कोचीन, मैसूर, जोधपुर और उदयपुर। कुछ राज्य मुगलों की सत्ता समाप्त होने के बाद स्वतन्त्र हुए थे। जिन व्यक्तियों ने अंग्रेज़ों को भारत में अपनी सत्ता ज़माने में मदद दी थी, अंग्रेज़ों ने ख़ुश होकर उन्हें कई जागीरें दीं, इस तरह से भी बहुत से छोटे-छोटे राज्यों का जन्म हुआ था।

देशी राज्य सामंतवाद और भोग-विलासिता के गढ़ थे। बड़े-बड़े महल अथवा भवन, ख़ुदकाश्त के सैकड़ों एकड़ के खेत-खलिहान, शिकार गाह, ऊँचे-ऊँचे प्रासादों में लटकते बेशकीमती झाड़-फानूस और लैंप, दीवारों पर टंगे जानवरों के सिर, फर्श पर बिछी शेर-चीतों-हिरणों की मुलायम खालें, सोने-चांदी के भोजन परोसने के बर्तन, कीमती शराब, हीरे-जवाहरात, दर्जनों मोटर गाड़ियाँ, सैकड़ों घोड़ों के अस्तबल, पले हुए अनेक हाथी, धन-धान्य और सैंकड़ों नौकर-चाकर-माली-सईस, हुस्नो-शबाब और अनेक प्रकार के मनोरंजन, देशी-विदेशी सामान इन रियासतों-रजवाड़ों के स्वामियों अर्थात् राजा-महाराजा और नवाबों के जीवन का अहम हिस्सा थे। अनेक देशी राज्यों में जन साधारण के लिए शिक्षा और स्वास्थ्य का समुचित प्रबन्ध न था। किसानों की दशा दयनीय थी। वे लगान और कर्ज के बोझ तले दबे हाड़-तोड़ मेहनत करते और अभावों का जीवन जीते थे।

ब्रिटिश शासन काल के दौरान देशी राज्य पूर्णरूपेण प्रभुत्व सम्पन्न फिर भी नहीं थे। वे ब्रिटिश सरकार की सर्वोच्च सत्ता के अधीन थे। इस सत्ता का प्रयोग ब्रिटिश राजमुकुट के प्रतिनिधि के रूप में भारत में नियुक्त वायसराय करता था। देशी राज्य का कोई भी शासक ब्रिटिश सरकार से बराबरी के अधार पर बातचीत नहीं कर सकता था। किन्तु अपने राज्य के आकार, हैसियत आदि के मुताबिक इनके राजाओं और नवाबों को अंग्रेज़ों ने विभिन्न दर्जों की तोपों की सलामी तय कर रखी थी, जो इनके दिल्ली पधारने पर उन्हें रेलवे स्टेशन पर दी जाती थी। यह राजा-महाराजा इसी में बड़े ख़ुश थे और अपने सम्मान में दगनेवाली तोपों की आवाज़ें सुनकर काफ़ी पुलकित होते थे। कई राजे और नवाब तो तोपों की सलामी ले लेने के उपरान्त ही स्पेशल ट्रेन से अपने क़दम-मुबारक बाहर निकालते थे।

विदेशी मामलों में इन राज्यों की अपनी कोई हैसियत नहीं थी। ब्रिटिश सरकार इनके घरेलू मामलों में भी हस्तक्षेप कर सकती थी। परन्तु सामान्यतः करती नहीं थी। ऐसे भी अवसर आये जब ब्रिटिश हुकूमत ने कतिपय राजाओं को सजा दी अथवा उन्हें पदच्युत किया। उदाहरण के लिए सन् 1891 में अंग्रेज़ों द्वारा मणिपुर के शासक को प्राणदण्ड दे दिया गया था। सन् 1928 में नाभा रियासत के शासक को पदच्युत कर दिया गया था। सन् 1936 में अलवर के शासक को गद्दी से उतारकर 24 घण्टे के भीतर राज्य से बाहर

चले जाने का आदेश दिया गया था। इसी तरह महाराजा बड़ौदा को भी अपने अंग्रेज़ रेजीडेण्ट को जहर देने के प्रयास के आरोप में गद्दी से बेदखल और निर्वासित किया गया था। राज्य के उत्तराधिकार को निश्चित करने के लिए निःसन्तान राजा अथवा नवाब के लिए दत्तक-पुत्र ग्रहण करने के सम्बन्ध में भी ब्रिटिश सरकार की स्वीकृति अनिवार्य थी। यह नियम और यह परम्परा लॉर्ड डलहौली के समय से ही राजाओं और नवाबों पर लागू थी।

वैसे तो ब्रिटिश शासनकाल के दौरान भारत शासन अधिनियम 1935 में पहली बार देशी राज्यों को अन्य ब्रिटिश शासित प्रान्तों के साथ एक 'अखिल भारतीय संघ' के अन्तर्गत लाने का प्रस्ताव किया गया था, परन्तु इसकी शर्तें ऐसी थीं कि अधिकांश देशी रियासतों की सहमति के बिना उनका प्रवेश उक्त संघ में सम्भव नहीं था। ऊपर से राज्यों का संघ में प्रवेश ऐच्छिक था और इसका अन्तिम निर्णय उनके शासकों के ऊपर छोड़ दिया गया था। अतः अधिनियम 1935 के अधीन भारतीय संघ की स्थापना न हो सकी। अधिकतर राजा-रजवाड़े उसमें सम्मिलित होने के लिए तैयार न हुए। क्योंकि ब्रिटिश साम्राज्य का हिस्सा बने रहने में उनकी निरंकुशता और अंदरूनी सत्ता यथावत क़ायम रहती आयी थी। प्रजा घुटनों के नीचे दबी रहती थी। किसी अखिल भारतीय संघ में शामिल होने का मतलब था प्रजातन्त्र का अनचाहा स्वाद चखने को भी मजबूर होना।

वस्तुतः 1927 में 'अखिल भारतीय राज्य प्रजामण्डल' की स्थापना के साथ ही सरदार पटेल की देशी रियासतों में रुचि उत्पन्न हो गयी थी। प्रजामण्डल का उद्देश्य देशी सियासतों अथवा रजवाड़ों में लोकतन्त्र की स्थापना हेतु प्रतिनिधिक संस्थाओं का गठन करना था। सरदार पटेल देशी रजवाड़ों का अन्त नहीं चाहते थे। केवल यह चाहते थे कि देशी रजवाड़े देश की मुख्य राजनीतिक धारा में सम्मिलित हों और अपनी प्रजा के कल्याण के लिए कार्य करें। सरदार पटेल यह मानते थे कि देशी राजाओं की स्थिति ब्रिटिश शासनतन्त्र के अधीन कोई बहुत अच्छी नहीं थी। अंग्रेज़ों का शिकंजा उनपर भी था। ब्रिटिश सरकार द्वारा उनके राज्यों में नियुक्त किया गया अंग्रेज़-रेजीडेण्ट उनके ऊपर चौकीदारी करता था। अतः राजा लोग ब्रिटिश सरकार के साथ मित्रता और बराबरी का दावा नहीं कर सकते थे। सरदार पटेल की मान्यता के अनुसार राजाओं की असली मैत्री तो अपनी प्रजा ही से हो सकती थी। प्रजा से अनुकूल रुख होने पर ही उनके राज्य की जड़ें मज़बूत हो सकती थीं।

देशी रियासतों के सम्बन्ध में सरदारश्री का यह दृष्टिकोण अन्त तक बना रहा। उन्होंने 1929 में ही देशी नरेशों को यह विश्वास दिला दिया था कि आज़ाद भारत में उन्हें डरने की ज़रूरत नहीं होगी। वे उनसे संघर्ष करने के विरुद्ध थे। इसके तीन कारण थे-

1- देशी राज्यों की जनता राजतन्त्र के अधीन रहते-रहते इतनी दबी हुई थी कि वह एकाएक संघर्ष के लिए तैयार नहीं थी।

2- कांग्रेस अंग्रेजों के विरुद्ध आन्दोलन करती आयी थी, वह देशी राजाओं के विरुद्ध भी मोर्चा खोलने की स्थिति में नहीं थी। कयोंकि इतनी साधन संपन्न नहीं थी।

3- देशी नरेशों के विरुद्ध लड़ाई एक तरह से भारतीयों की भारतीयों के साथ ही लड़ाई होती।

इन बातों के अलावा सरदार पटेल का मानना था कि आज़ादी की लड़ाई सारे भारत के लिए है। यदि भारत को स्वतन्त्रता मिलेगी तो वह देशी राज्यों के भी हिस्से में आनी चाहिए। राजनीतिक, सामाजिक, आर्थिक, धर्मिक हर प्रकार की स्वाधीनता।

सरदार पटेल ने वर्षो पहले मैसूर और राजकोट में राजशाही की अन्यायपूर्ण नीतियों के विरुद्ध जन आन्दोलन में भाग लिया था और इससे उन्हें देशी रजवाड़ों के आन्तरिक प्रशासन और उनकी मनः स्थितियों का अच्छा ज्ञान हो गया था। स्वतन्त्रता मिलने के अवसर पर और उसके तुरन्त बाद जब सरदार को देशी रियासतों की समस्या से जूझना पड़ा तब उनके पुराने अनुभव बहुत काम आये।

भारत की आज़ादी राष्ट्र के एकीकरण की चुनौती भी अपने साथ लेकर आयी। यह मामूली कार्य नहीं था। अत्यन्त पेचीदा और दुष्कर कार्य था। एक ऐसा महाअभियान, जो अत्यन्त धैर्य, सूझबूझ, दृढ़ता, दूरदर्शिता और परिश्रम माँगता था। देश के गृहमन्त्री होने के नाते यह समस्त भार भी सीधे वल्लभभाई पटेल के कंधों पर आया।

भारतीय स्वतन्त्रता अधिनियम 1947 ने किन्तु एक विषम स्थिति उत्पन्न कर दी थी। अधिनियम में व्यवस्था दी गयी थी कि देशी राज्यों के ऊपर आरोपित ब्रिटेन की सार्वभौम सत्ता भारत को स्वतन्त्रता मिलने के साथ ही तत्काल प्रभाव से समाप्त हो जायेगी। ऐसे में देशी राज्यों को यह छूट होगी कि वे भारत या पाकिस्तान दोनों डोमीनियन में से किसी एक में शामिल हो जाये-अथवा-अपनी स्वतन्त्रता की घोषणा कर दें।

यदि विभिन्न राज्य अपनी स्वतन्त्रता की घोषणा करने लगते तो भारत सैकड़ों टुकड़ों में बंट जाता। अभी तो उसके दो-देशों के रूप में विभाजन ही हुआ था। पूर्वी और पश्चिमी पाकिस्तान के हिसाब से तीन ही टुकड़े हुए थे, देशी राज्यों का यदि पुनर्गठन और भारतीय संघ में प्रवेश एवं विलय न होता तो भारतवर्ष की क्या तस्वीर बनती? उसकी कल्पना भी असहज है। सरदार पटेल ने अखण्ड भारत के निर्माण के लिए देश के विभाजन की धधकती ज्वालाओं के बीच कमर कसी।

वायसराय लॉर्ड माउण्टबेटन ने स्वतन्त्रता से केवल तीन सप्ताह पूर्व राजा-महाराजा और नवाबों की बैठक दिनांक 25 जुलाई, 1947 को बुलाकर उन्हें सलाह दे दी थी कि उन्हें स्वतन्त्रता दिवस के आगमन से पूर्व ही भारत अथवा पाकिस्तान में से किसी एक में प्रवेश ले लेना हितकर होगा। इस अवसर पर माउण्टबेटन ने राजाओं से अपने प्रभावशाली भाषण में कहा था कि - "565 रियासतों में ज़्यादातर भौगोलिक रूप से भारत से जुड़ी हैं। पाकिस्तान के मामले में रियासतें अधिक नहीं हैं। मिस्टर जिन्ना प्रत्येक रियासत के बारे में अलग-अलग बात करने को तैयार हैं। लेकिन भारत के मामले में वहाँ रियासतों की बहुत बड़ी संख्या जुड़ी है, प्रत्येक रियासत से अलग-अलग बातचीत सम्भव नहीं है। अपने भाषण के अन्त में माउण्टबेटन ने यह भी कहा कि- "मैं किसी रियासत

से यह नहीं कह रहा कि अपनी आज़ादी का कोई असहनीय बलिदान करें। मेरी योजना यही है कि आप वास्तविक रूप से व्यावहारिक अर्थों में स्वतन्त्र हों और उन विषयों से मुक्त हों जिन्हें आप स्वयं सम्भाल नहीं सकते। साथ ही, आप उस डोमीनियन सरकार से भाग नहीं सकते जो आपकी पड़ोसी है और न अपने अधीन उस जनता से भाग सकते हैं जिसका कल्याण आपकी ज़िम्मेदारी हो।''

ब्रिटिश शासनकाल में भारत सरकार का पोलिटिकल डिपार्टमेण्ट देशी रियासतों पर नियन्त्रण रखता था। यह विभाग सीधे वायसराय के अधीन था। इस विभाग का सचिव सर कानरैड कोरफील्ड एक बहुत दुष्ट अंग्रेज था। वह भोपाल और हैदराबाद के नवाबों को और कुछ अन्य राजाओं को उकसा रहा था कि वे न तो हिन्दुस्तान में जाये न ही पाकिस्तान में, बल्कि स्वतन्त्र होने की कोशिश करें।

सरदार पटेल ने जब सितम्बर 1946 में अन्तरिम सरकार में गृह-मन्त्री का पद सम्भाला, तब उन्हें इस अंग्रेज़ उच्चाधिकारी कोरफील्ड के द्वारा रचे जा रहे षड्यंत्र की भनक मिल गयी। उन्होंने महाराजाओं और नवाबों से सम्पर्क का सिलसिला तेज कर दिया। पटियाला और बीकानेर के महाराजाओं ने राज्यों के एकीकरण के विषय में सरदार वल्लभभाई पटेल को पूरा सहयोग दिया।

15 अप्रैल, 1947 को सरदार पटेल ने देशी नरेशों से अनुरोध किया था कि वे समय की गति को पहचानें और देश तथा अपने राज्य की खातिर भारत संघ में शामिल होने का फ़ैसला करें। सरदार पटेल के प्रयासों एवं प्रेरणा से 28 अप्रैल 1947 को बड़ौदा, बीकानेर, कोचीन, जयपुर, पटियाला और रीवां के प्रतिनिधियों ने संविधान-सभा में अपने स्थान ग्रहण कर लिए थे।

5 जुलाई, 1947 को भारत सरकार में गृहमन्त्री सरदार पटेल की आधीनता में स्टेट्स डिपार्टमेण्ट 'अर्थात राज्य मामलों के विभाग' की स्थापना हुई। सरदार पटेल ने इस विभाग की ज़िम्मेदारी सम्भालते समय देशी राजा-महाराजा और नवाबों की एक बैठक बुलाई। उसमें उन्होंने एक नीति वक्तत्व दिया। देशी शासकों की ओर मैत्री का हाथ बढ़ाया और उन्हें तत्कालीन परिस्थितियों में दिशाबोध भी कराया। सरदारश्री ने कहा - ''थोड़े दिन पहले घोषणा की गयी थी कि भारत सरकार ने देशी रियासतों के लिए अलग विभाग खोलने का निश्चय किया है। यह विभाग दोनों पक्षों के सामान्य प्रश्नों से सम्बन्ध रखने वाला कामकाज करेगा। यह विभाग आज से खोला जा रहा है और राजाओं को इसकी सूचना दे दी गयी है। इस महत्त्वपूर्ण अवसर पर मैं देशी राजाओं को संबोधन करके दो शब्द कहना चाहता हूँ। मुझे यह कहते हुए आनन्द होता है कि राजाओं में बहुत से तो मेरे निजी मित्र हैं।

''इतिहास ने हमें यह पाठ सिखाया है कि जब हमारा देश अनेक छोटे-छोटे राज्यों में बंट गया और हम एक होकर बाहर के हमलों का सामना न कर सके, तब हिन्दुस्तान में विदेशी सत्ता जम गयी। हमारे आपसी झगड़ों, ईर्ष्या, द्वेष और वैरभाव के कारण ही जो

कोई विदेशी आये, उनके सामने हम हार गये। हम दुबारा यह भूल न करें और ऐसे जाल में न फँसें। हम स्वतन्त्रता के द्वार पर खड़े हैं। यह बात सही है कि हम देश की एकता को पूरी तरह क़ायम न रख सके। मुस्लिम लीग ने हिन्दुस्तान से अलग होकर अपना अलग राज्य क़ायम करना तय किया है। इससे हमें बहुत निराशा हुई है और बड़ा दुःख हुआ है। परन्तु इस तरह बंटवारा हो जाने पर भी यह बात निश्चित है कि हमारे देश में कितने ही वर्षों से चली आ रही संस्कृति और हितों की एकता की भावना क़ायम रहेगी। यह बात अधिकांश देशी राज्यों पर और अधिक लागू होती है। बाकी के हिन्दुस्तान के साथ उनकी भौगोलिक एकता होने के कारण और व्यापार-धंधे, संस्कृति और राजनैतिक मामलों के अटूट सम्बन्धों के कारण हिन्दुस्तान के साथ मित्रता और सहयोग रखने के सिवाय उनके लिए दूसरा कोई चारा नहीं है। इन राज्यों की और साथ ही हिन्दुस्तान की सलामती और रक्षा का तकाजा है कि हम देश के अलग-अलग भागों में एकता बनाये रखें और एक-दूसरे के साथ मित्रता रखें।

''जब अंग्रेज़ लोगों ने इस देश में आपनी सत्ता क़ायम की, तब उन्होंने सार्वभौमिकता का एक सिद्धान्त निकाला। उसका अर्थ इतना ही था कि अंग्रेज़ लोगों के स्वार्थों को सर्वोपरि माना जाये। अभी तक इस सार्वभौमिकता के सिद्धान्त की निश्चित व्याख्या नहीं हुई। परन्तु उसके परिणामस्वरूप व्यवहार में देशी राज्यों को सहयोग देने के बनिस्बत अंग्रेज़ सरकार की ताबेदारी ही ज़्यादा करनी पड़ती थी। इस सार्वभौमिकता के क्षेत्र के बाहर कितनी ही बातें ऐसी हैं, जिनके बारे में ब्रिटिश भारत और देशी राज्यों के बीच, दोनों के लिए, लाभदायक सबंध रखे जा सकते हैं।

''अब अंग्रेज़ तो जा रहे हैं। ऐसे समय यह कहा जा रहा है कि देशी राज्यों को उनकी स्वतन्त्रता वापस मिलनी चाहिए। सार्वभौमिकता के सिद्धान्त के कारण देशी राज्यों को विदेशी हुकूमत की जो ताबेदारी भोगनी पड़ती थी, उससे स्वतन्त्र होने की इस माँग के साथ मेरी सहानुभूति है। परन्तु मैं यह नहीं मानता कि उस ताबेदारी से छूट जाने का देशी राज्य इस तरह उपयोग करना चाहेंगे कि हिन्दुस्तान के साथ उनके जो सामान्य हित-सम्बन्ध हैं, उन्हें नुक़सान पहुँचे; या इस बात का वे विरोध करें कि अन्त में तो प्रजा का हित और कल्याण ही सर्वोपरि है; या पिछली सदी में ब्रिटिश भारत और देशी राज्यों के बीच दोनों पक्षों के लिए जो लाभदायक सम्बन्ध क़ायम हुए हैं, उन्हें वे तोड़ दें।

''इस हक़ीक़त से यह चीज साबित हो जाती है कि अधिकांश देशी राज्य तो विधानसभा में शामिल भी हो गये हैं। जो अभी तक शरीक नहीं हुए हैं, उनसे मैं अपील करता हूँ कि वे जल्दी शरीक हो जायँ। देशी राज्यों ने इस मौलिक सिद्धान्त को तो मान लिया है कि वे रक्षा, विदेशी मामले और डाक-तार तथा यातायात के विषय में भारतीय संघ में शामिल हो जायँगे। संघ में शामिल होने के लिए इससे अधिक की हम उनसे माँग नहीं करते। ये तीन विषय ऐसे हैं, जिनमें देश का सामान्य हित समाया हुआ है। दूसरे मामलों में वे अपनी स्वतन्त्रता रखना चाहेंगे, तो हम उसका बराबर आदर करेंगे।

"हमारे देश की प्राचीन परम्पराओं का हमें जो उत्तराधिकार मिला है, वह हमारे लिए गर्व की बात है। यह तो एक संयोग की बात है कि कुछ लोग रियासतों में रहते हैं और कुछ लोग ब्रिटिश भारत में। हमारे देश की उच्च परम्पराओं और संस्कृति के हम सब बराबरी के हिस्सेदार हैं। हम सबके हित सम्बन्ध अलग-अलग नहीं हैं; इतना ही नहीं, हम सब एक ही ख़ून और एक ही भावना के बंधन में बंधे हुए हैं। कोई हमें अलग-अलग टुकड़ों में बाँट नहीं सकता। कोई हमारे बीच ऐसी रुकावटें पैदा नहीं कर सकता, जिन्हें दूर नहीं किया जा सके। इसलिए मैं कहता हूँ कि हम एक-दूसरे से अलग हो जायँ, इस ढंग से सन्धियाँ करने के बजाय एक सभा में मित्रों की तरह बैठकर अपना विधान तैयार करें, इसमें हमारी शोभा है। मैं अपने मित्र राजाओं और उनकी प्रजाओं को निमन्त्रण देता हूँ कि मैत्री और सहयोग की भावना से विधानसभा में आइए। हम मिल-जुलकर सबके कल्याण के लिए मातृभूमि के चरणों में बैठकर वफादारी के साथ अपना विधान तैयार करने की कोशिश करें।

"ऐसा मालूम होता है कि देशी राज्यों के प्रति कांग्रेस के रुख के बारे में बहुत गलतफहमी फैली हुई है। मैं बिलकुल स्पष्ट कर देना चाहता हूँ कि कांग्रेस की यह जरा भी इच्छा नहीं है कि रियासतों के अंदरूनी मामलों में दखल दिया जाये। कांग्रेस राजाओं की दुश्मन नहीं है, बल्कि वह यह चाहती है कि उसकी छत्रछाया में राजाओं को और साथ ही उनकी प्रजा को पूरी ख़ुशहाली, संतोष और सुख मिले। और इस नये विभाग को इस ढंग से चलाने की मेरी नीति नहीं होगी कि राजाओं के साथ के हमारे सम्बन्ध में श्रेष्ठता की गंध आये। अगर कुछ भी श्रेष्ठता का भाव होगा, तो वह परस्पर कल्याण और परस्पर प्रगति के लिए होगा। हमें कोई स्वार्थ नहीं साधना है और न हमारे मन में कोई दूसरा उद्‌देश्य है। हमारा प्रयत्न हमेशा यह रहेगा कि हम एक-दूसरे का दृष्टिकोण समझें और ऐसा निर्णय करें, जो देश के कल्याण के लिए सबको स्वीकार हो जाये। इस बात को ध्यान में रखकर मैं यह विचार कर रहा हूँ कि क्या इस नये विभाग के प्रबन्ध के लिए एक ऐसी स्थायी समिति की रचना की जा सकती है, जिसमें देशी राज्य और ब्रिटिश भारत के प्रतिनिधि हों?

"हमारे देश के इतिहास में यह अमूल्य अवसर है। हम मिलकर काम करेंगे, तो देश को महत्ता के शिखर तक पहुँचा देंगे; और अगर मेल नहीं रख सकेंगे तो नयी-नयी आफतों को निमन्त्रण देंगे। मुझे आशा है कि देशी राज्य इतना ध्यान में रखेंगे कि अगर हम अपने समान हित के लिए सहयोग नहीं करेंगे, तो दूसरा विकल्प अव्यवस्था और अराजकता का ही रह जाता है। अपनी सामान्य भलाई के लिए हम मिलकर काम नहीं करेंगे तो छोटे और बड़े सभी राज्य विनाश के मार्ग पर अग्रसर हो जायँगे।

"भावी संतानें हमें यह शाप न दें कि इन लोगों को मौका तो मिला था, परन्तु इन लोगों ने उसका इस तरह उपयोग नहीं किया, जिससे सबका भला होता। इसके बजाय मैं तो यही चाहता हूँ कि भावी संतानों के लिए हमारे अच्छे सम्बन्धों का उत्तम उत्तराधिकार छोड़ जाने का सौभाग्य हमें मिले, ताकि हमारी यह पवित्र भूमि दुनिया के देशों में अपना उचित सम्मानपूर्ण स्थान ले सके और शान्ति तथा समृद्धि का निवास-स्थान बने।"

इस प्रकार सरदार पटेल ने इस 'राज्य मामलों के विभाग' की अपनी पहली ही बैठक में देशी रियासतों के शासकों को यह स्पष्ट कर दिया कि भारत सरकार का कोई इरादा उनके आन्तरिक मामलों में दखल देने का कतई नहीं है और भारत सरकार केवल इन राज्यों के रक्षा, विदेशी मामले, डाक-तार और यातायात के विभागों को ही अपने हाथ में रखेगी। प्रजा की खुशहाली का ध्यान किन्तु अवश्य रखना पड़ेगा। देशी राज्यों के नरेश, बड़े से लेकर छोटे से छोटे तक सरदार पटेल के इस आश्वासन परक संबोधन से काफ़ी संतुष्ट हुए क्योंकि सरदार जो कहते थे, सदा वही करते थे। राजा और राजकुमार पहले से भी सरदार पटेल द्वारा दिये जानेवाले सम्मानजनक व्यवहार और उनकी ईमानदारी से बेहद प्रभावित थे। इसलिए कुछ ऊँचे-उड़ने वाले महाराजाओं और नवाबों को छोड़कर अधिकांश नरेश-समुदाय उनकी बात से काफ़ी प्रभावित हुआ और उसे अपना हित भारत-संघ से जोड़ना हितकर प्रतीत हुआ।

ऊँचे मिजाजे वाले, स्वतन्त्र-देश का सपना देखनेवाले, तीन राज्य थे-कश्मीर और हैदराबाद और त्रावणकोर। पाकिस्तान में शामिल होने को बेकरार दो सियासतें थीं- भोपाल और जूनागढ़। इनके अलावा एक राज्य था जोधपुर जिसका अपरिपक्व राजकुमार शुरू में भोपाल के नवाब के बहकावे में पाकिस्तान की गोद में बैठने चल दिया था, परन्तु जब उसे होश आया तो भारत से उसका सच्चा और अटूट नाता स्थापित हो गया। सरदार पटेल ने सभी बिगड़ैल शासकों को सही मार्ग पर लाने के लिए अलग-अलग युक्तियों और अत्यन्त सूझबूझ से काम किया। जिस तरह कभी उनके पिता झवेरभाई पटेल शतरंज के खेल में माहिर बताए जाते थे, राष्ट्र-एकीकरण अभियान की बिसात पर उनके सुयोग्य सुपुत्र वल्लभभाई पटेल उनसे भी अधिक कुशल और बड़े खिलाड़ी साबित हुए।

देशी राज्यों की समस्या को हल करने के लिए सरदार ने चरणबद्ध ढंग से कार्य किया। उनका सबसे पहला क़दम देशी राज्यों को भारत संघ में प्रवेश करवाना था। इसके लिए उनके सुयोग्य सहायक वी. पी. मेनन की सलाह उनके लिए बहुत वजनदार साबित हुई। सरदारश्री ने मेनन को 'राडय मामलों' के इस नवीन विभाग का सचिव नियुक्त किया। सरदार प्रशासनिक अधिकारियों और अपने मातहतों का पूरा ख्याल रखते थे। उनको यथोचित सम्मान देते थे। उन्होंने भारतीय सिविल सेवा में अनेक ब्रिटिश अधिकारियों को भी बनाये रखा। उनकी सेवाएँ लीं और उनके वेतन-भत्तों में कटौती नहीं की, जिन्होंने स्वेच्छा से स्वदेश वापस लौट नहीं जाना चाहा।

सरदार पटेल ने देशी राज्यों के भारत में शामिल होने की दिशा में पहला काम यह किया कि राज्यों के शासकों को समझा-बुझाकर उन्हें भारत संघ में प्रवेश कराया। इसके लिए उनके राज्यों से यथास्थिति समझौते किये तथा उनसे एक निर्धारित प्रवेश-पत्र (इन्स्ट्रूमेण्ट ऑफ एक्सेशन) पर हस्ताक्षर करवाए। 15 अगस्त, 1947 को देश स्वतन्त्र हुआ। उससे पूर्व कश्मीर, जूनागढ़, हैदराबाद और भोपाल को छोड़कर प्रायः सभी राज्य जो भारत के विभिन्न भौगोलिक भूभागों में शामिल थे, तद्नुसार इन भारत-संघ में शामिल होने के करारनामे पर अर्थात प्रवेश पत्र पर हस्ताक्षर कर चुके थे। पाकिस्तान के हिस्से की देशी रियासतों के मामलों में यह स्थिति काफ़ी बाद में आई।

गृहमन्त्री सरदार पटेल ने भारत में विलय के अनिच्छुक राज्यों से अलग-अलग निपटने का कार्य भी किया। जो राज्य भारत के साथ स्वयं को जोड़ चुके थे उन्हें परस्पर विलय करके भारत के विभिन्न राज्यों को मज़बूत करने और राष्ट्र के एकीकरण का सर्वाधिक महत्त्वपूर्ण अभियान भी उन्होंने अलग से जारी रखा।

राज्यों के एकीकरण की दिशा में सरदार पटेल ने चरणबद्ध प्रक्रिया अपनाई। 'पहले चरण मे' उन्होंने छोटे-छोटे देशी राज्यों को पड़ौसी प्रान्तों में मिला देने का काम किया। यह प्रक्रिया 1 जनवरी 1948 को प्रारम्भ हुई। उस दिन उन्होंने उड़ीसा के 27 देशी राज्य उड़ीसा में और छत्तीसगढ़ के 14 देशी राज्यों को मध्यप्रान्त में सम्मिलित करा दिया।

इस अवसर पर सरदार पटेल ने देशी राज्यों के शासकों को प्रीवी पर्स देने की भी व्यवस्था की। प्रीवी पर्स आयकर मुक्त थे। इसके अनुसार शासक अपनी व्यक्तिगत सम्पत्ति, महल, जेवर आदि अपने पास रख सकते थे। प्रीवी पर्स की व्यवस्था रखने के अधिकारी थे- राजा, उनकी पत्नी, उनकी माता, युवराज और युवराजी। प्रीवी पर्स शासक की भावी पीढ़ियों के लिए भी सुरक्षित रखी गयी थी। देशी राजाओं और नवाबों के प्रति सरदार पटेल का व्यवहार अत्यन्त शालीन था।

राज्यों के एकीकरण के 'दूसरे चरण' की प्रक्रिया के अन्तर्गत कई बड़े-बड़े देशी राज्यों को संघों के रूप में संगठित किया गया। सबसे पहले काठियावाड और सौराष्ट्र के राज्यों का एक संघ बनाया गया।

'तीसरे चरण' में कुछ राज्यों अथवा राज्य समूहों को चीफ कमिश्नरों के प्रान्त में मिला दिया गया। इन क्षेत्रों का शासन-प्रबन्ध सीधे केन्द्रीय सरकार के अधीन रखा गया।

15 फरवरी 1948 को सरदार पटेल ने काठियावाड के 222 राज्यों को मिलाकर संयुक्त काठियावाड़ का उद्घाटन किया। इस राज्य की राजधानी जामनगर बनायी गयी और जाम साहब को राजप्रमुख बनाया गया। यू0एन0 ढेबर काठियावाड़ राज्य के मुख्यमन्त्री निर्वाचित हुए। फरवरी 1948 में ही दक्षिण के कुछ राज्य बम्बई में ही और कुछ राज्य मद्रास में विलीन कर दिये गये। इसके बाद हिमाचल प्रदेश, राजस्थान, मध्य भारत, विंध्य प्रदेश, मत्स्य और पेप्सू राज्यों का निर्माण हुआ।

इस तरह एक वृहद्तर भारत के नवीन मानचित्र का उदय हुआ। सरदार पटेल ने राज्यों का भारत संघ में विलय ही नहीं किया, वहां लोकतन्त्रात्मक शासन की स्थापना भी सुनिश्चित की। वस्तुतः यह एक रक्तहीन क्रान्ति थी।

राज्यों के एकीकरण की दिशा में सरदार ने जो कार्य किया उसे लेकर उनकी तुलना पाश्चात्य सभ्यता के प्रेमी-जन जर्मनी के प्रधानमन्त्री बिस्मार्क (1815-1890) से करते हैं। बिस्मार्क ने अनेक छोटे-छोटे राज्यों में विभक्त जर्मनी को एकता के सूत्र में बांधकर उसे शक्तिशाली बनाने का ऐतिहासिक कार्य निश्चय ही किया था। परन्तु सरदार पटेल का कृतित्व यदि भारतवर्ष के सन्दर्भ में देखा जाये तो वह बिस्मार्क से कहीं बढ़कर था। जर्मनी भौगोलिक विस्तार की दृष्टि से भारत से बहुत छोटा देश है। बिस्मार्क के समय में जर्मनी के स्वतन्त्र राज्यों की संख्या भारत के देशी राज्यों की अपेक्षा बहुत कम थी।

इसके अतिरिक्त बिस्मार्क को जर्मनी की एकता स्थापित करने के लिए जितना समय मिला था, सरदार पटेल को उसकी अपेक्षा बहुत ही कम समय मिला।

इतना ही नहीं बिस्मार्क की नीति और सरदार की नीति में जमीन-आसमान का अन्तर था। जर्मनी के एकीकरण में बिस्मार्क ने छल कपट की नीति और तलवार सभी युक्तियों का सहारा लिया। जबकि सरदार ने हैदराबाद रियासत को छोड़कर, कहीं भी बल का प्रयोग नहीं किया। छल का सहारा तो किसी मामले में लिया ही नहीं। जो भी किया साफ़-साफ़ किया। समझा-बुझाकर किया। दोनों पक्षों के बीच सम्मान को बनाये रखते हुए किया। खुलेआम किया। देशी नरेशों ने भी सरदार पटेल को सदैव अपना मित्र और हितैषी माना और कई ने तो पितृ-तुल्य भी। उनकी सलाह का आदरपूर्वक पालन किया।

कश्मीर में जो हुआ हमने देखा और आज जो हो रहा है उसे भी हम देख रहे हैं। कश्मीर भारत का अभिन्न अंग स्वतन्त्रता के 02 माह बाद पाकिस्तान द्वारा छेड़े गये छद्म-युद्ध के उपरान्त बन गया। महाराजा हरिसिंह के अनिर्णय के चलते और जिन्ना की अधीरता के फलस्वरूप भारत-संघ में शामिल हुआ कश्मीर आज तक पाकिस्तान के लिए छाती-पीटने का कारण बना हुआ है। कश्मीर से कश्मीर के मूल निवासी कश्मीरी पण्डितों का पलायन और निष्कासन विभिन्न सदियों में अनेक बार हुआ। होता रहा। कश्मीर घाटी में मुसलमानों की एक बड़ी तादाद पाकिस्तान परस्त बनी रही और उनमें से अनेक 'आज़ाद कश्मीर' का ख्वाब देखते रहे हैं और पाकिस्तानी अथवा पाक प्रशिक्षित स्थानीय दहशतगर्दों को बढ़ावा देते रहे हैं।

अन्य एकीकरण विरोधी देशी राज्यों के किस्से भी कोई कम दिलचस्प नहीं हैं। सरदार पटेल की दूरदर्शिता और दृढ़ता से सबसे पहले दक्षिण भारत के त्रावणकोर का राज्य भारत की झोली में आकर गिरा। त्रावणकोर के दीवान सी0पी0 रामास्वामी अय्यर ने 9 मई 1947 को घोषणा की कि भारत में ब्रिटेन के सार्वभौम सत्ता के समाप्त हो जाने के पश्चात त्रावणकोर एक स्वतन्त्र राज्य बनना चाहेगा। सरदार पटेल ने उक्त दीवान रामास्वामी अय्यर को उसकी दिल्ली यात्रा के दौरान अपने यहाँ भोजन पर आमन्त्रित किया। परन्तु उक्त दंभी दीवान रामास्वामी अय्यर ने यह आमन्त्रण ठुकरा दिया। पुनः 10 जून 1947 को रामास्वामी अय्यर ने घोषणा की कि 15 अगस्त 1947 को त्रावणकोर स्वतन्त्र राज्य बन जायेगा। इस पर सरदार पटेल ने त्रावणकोर के महाराजा को बुलाकर उनसे सीधे सख़्ती से बात की। बातचीत के फलस्वरूप महाराजा राज़ी हो गये और 1 जुलाई, 1947 को त्रावणकोर राज्य भारत संघ में शामिल हो गया।

भोपाल के नवाब हमीदुल्ला का रवैया सरदार पटेल के प्रति प्रारम्भ से शत्रुतापूर्ण और असहयोग का था। नवाब साहब भोपाल को पोलिटिकल डिपार्टमेण्ट के सचिव कोरफील्ड की पूरी शह प्राप्त थी। नवाब भोपाल जिन्ना के इशारे पर काम कर रहा था। उनका गहरा हमदर्द था। इतना ही नहीं वह अन्य रजवाड़ों को भी बहका रहा था कि वे भारत संघ में सम्मिलित न हों।

दरअसल नवाब भोपाल देशी नरेशों को एक तीसरी शक्ति के रूप में संगठित करना चाहता था ताकि समय आने पर राज्यों के उस संगठन का वह पाकिस्तान में विलय करा सके। नवाब भोपाल 'चैम्बर ऑफ प्रिन्सेज' का अध्यक्ष था। परन्तु सरदार पटेल इस फितरती नवाब के मंसूबों को विफल करने में पटियाला और बीकानेर के महाराजाओं के सहयोग से कामयाब रहे। सरदार पटेल को इस कार्य में उनकी सदाशयता के कारण मैसूर के दीवान मिर्जा इस्माइल, उदयपुर के दीवान वी0टी0 कृष्णमाचारी और बड़ौदा के दीवान बी0एल0 मित्तर का भी सहयोग प्राप्त होता रहा।

3 जून 1947 को माउण्टबेटन ने जब भारत की स्वतन्त्रता की योजना की घोषणा की, उसी के साथ नवाब भोपाल ने 'चैम्बर ऑफ प्रिन्सेज' के अध्यक्ष पद से त्यागपत्र दे दिया और कहा कि 15 अगस्त 1947 के बाद उनका राज्य भोपाल एक स्वतन्त्र राज्य हो जायेगा। 'चैम्बर ऑफ प्रिन्सेज' की अध्यक्षता अब महाराजा पटियाला सरदार यादविन्द्र सिंह ने ग्रहण की।

वायसराय लॉर्ड माउण्टबेटन ने 25 जून 1947 को देशी नरेशों और उनके प्रतिनिधियों की दिल्ली में जो एक बैठक बुंलाई थी, नवाब भोपाल हमीदुल्ला उसमें अनुपस्थित रहा। इस सबके बावज़ूद नवाब भोपाल पर सरदार पटेल दबाव निरन्तर बढ़ता गया। भोपाल से इतनी दूर कराची में बैठे उसके मुस्लिम आका जिन्ना उसकी कोई विशेष-मदद करने की स्थिति में नहीं थे।

अतएव हताशा की स्थिति में नवाब भोपाल ने 11 अगस्त 1947 को अपने संवैधानिक सलाहकार ज़फ़रूल्ला को माउण्टबेटन से बातचीत करने के लिए दिल्ली भेजा। नवाब भोपाल अब बस इतना ही चाहता था कि भारत संघ में भोपाल रियासत का प्रवेश वह आज़ादी के दस दिन बाद, अर्थात् 25 अगस्त 1947 को घोषित करे। माउण्टबेटन के कहने पर सरदार पटेल ने नवाब की वह प्रार्थना स्वीकार कर ली और भोपाल-माउण्टबेटन के कथनानुसार भारत की 'सेबों की टोकरी' में एक सेब की भाँति-25 अगस्त के दिन आ गिरा।

इस ना-ना हाँ-हाँ के खेल में सबसे दिलचस्प कहानी जोधपुर राज्य के भारत में शामिल होने की है। वैसे तो जोधपुर के महाराजा उमेद सिंह भारत में सम्मिलित होने के पक्षपाती थे और उनके प्रतिनिधि ने अप्रैल 1947 से संविधान-सभा में अपना स्थान भी ग्रहण कर लिया था। परन्तु जून 1947 में महाराजा उमेद सिंह की मृत्यु हो गयी और उनके बाद उनके युवराज हनवंत सिंह जोधपुर की गद्दी पर बैठे। यह एक बिगड़े मिजाज के राजकुमार तथा अपरिपक्व बुद्धि के नवयुवक थे। 21 जून 1947 को हनवंत सिंह का जोधपुर में राजतिलक हुआ। इस अवसर पर भोपाल का जिन्ना-भक्त नवाब सर हमीदुल्ला खान भी उनके यहाँ तशरीफ लाया। उसने जोधपुर के नये नरेश को पाकिस्तान में शामिल होने का लालच दिया। नवाब भोपाल ने नौजवान महाराजा जोधपुर को समझाया कि - "हिन्दुस्तान आपको क्या देगा? इससे कई गुना सहूलियतें तो आप पाकिस्तान से हासिल करेंगे। हम कराची, भोपाल और जोधपुर को मिलाकर एक ऐसा त्रिभुज बनायेंगे जिसमें हमारा एकछत्र राज होगा।"

महाराजा हनवंत सिंह की कच्ची बुद्धि में यह बात बैठ गयी। उनके कई बहुत मँहगे शौक थे। जैसे- हवाई जहाज़ उड़ाना, शराब और लजीज पकवान, जादूगरी के तमाशे, नृत्य-गान आदि। हनवंत सिंह ने दिल्ली में जिन्ना से गुपचुप भेंट की और उनसे कहा कि अगर वे स्वयं और अपनी कुछ दोस्त-हिन्दू रियासतों के साथ पाकिस्तान से आ मिलें तो आप हमें क्या सुविधाएं दे सकते हैं? जिन्ना तो नवाब भोपाल के इशारे पर पहले ही तैयार बैठे थे। उन्होंने बड़ी संजीदगी से एक सादा काग़ज़ अपनी मेज की दराज में से निकाला और महराजा जोधपुर की ओर बढ़ाते हुए कहा कि- "आपकी जो भी शर्तें हों इस पर लिखकर दे दीजिए, मैं उस पर दस्तखत कर दूँगा।"

चलते-चलते जिन्ना ने महाराजा जोधपुर को सब्ज़बाग दिखाए जिसमें कराची बन्दरगाह तक महाराजा की मुक्त पहुँच, हथियार की फैक्ट्री की सुविधा और जोधपुर रियासत में अकाल पड़ने की स्थिति में उन्हें खाद्यान्न की सहायता पाकिस्तान की ओर से देने जैसी अनेक बातें शामिल थीं।

भरमाये और चकराये हुए महाराजा जोधपुर ने राजस्थान के अपने कुछ मित्र राजा-महाराजाओं को भी पाकिस्तान से हाथ मिलाने की अमूल्य सलाह दे डाली। इनमें बीकानेर और जैसलमेर के महाराजा तो शायद मान भी जाते। परन्तु महाराजा उदयपुर ने साफ़ इन्कार कर दिया। परमवीर महाराणा प्रताप के इन वंशज के लिए राजपूती आन-बान-शान सर्वोच्च थी। वे अपने गौरवमय अतीत और मेवाड़ की स्वतन्त्रता एवं स्वाभिमान के लिए किये गये अपने पूर्वजों के संघर्षों को भूले नहीं थे। भारत वर्ष की स्वतन्त्रता की पूर्व सन्ध्या पर तो पाकिस्तान जैसे मुल्क से रिश्ता जोड़ने का कोई प्रश्न ही नहीं उठता था।

इस समय जोधपुर के मुख्यमन्त्री सी0एस0 वेंकटाचारी थे। उन्हें नये महाराजा जोधपुर द्वारा गुपचुप पकाई जा रही इस जली खिचड़ी की दुर्गंध मिल गयी। वेंकटाचारी ने अपने हाथ से लिखा हुआ एक गोपनीय-नोट भारत सरकार के गृह-सचिव के पास अपने विशेष-दूत के हाथों भिजवाया और अन्दरखाने चल रहे महाराजा जोधपुर के कारनामे की सूचना दी।

सरदार पटेल और मेनन तुरन्त हरकत में आ गये। मेनन ने महाराजा से उनके दिल्ली प्रवास में, उनके होटल में, भेंट की और उनसे कहा कि लॉर्ड माउण्टबेटन उनसे बात करना चाहते हैं।

महाराजा जोधपुर लॉर्ड माउण्टबेटन से मिले। माउण्टबेटन ने नौजवान महाराजा हनवंत सिंह से कहा कि-"अगर आज आपके पिता जीवित होते तो आपकी इस हरकत से उन्हें कितनी तकलीफ होती।...इस तरह तो केवल अपने स्वार्थ की खातिर अपनी हिन्दू-बाहुल्यवाली रियासत की प्रजा को पाकिस्तान में ले जाने की कोशिश करना सरासर मूर्खता होगी।...मैं फिलहाल अपको ये भरोसा दे सकता हूँ कि मेनन और मैं मिलकर सरदार पटेल को यह समझाने की पूरी कोशिश करेंगे कि वे आपकी हरसम्भव सुविधाओं का ध्यान रखें।"

उसके बाद महाराजा हनवंत सिंह की भेंट वी. पी. मेनन ने सरदार पटेल से कराई। सरदार ने उनके पिता के स्वर्गवास पर दुःख जताया और उन्हें अपना निकट का मित्र बताया। उस नवयुवक महाराजा से कहा कि- "आप नाहक परेशान हैं। राजपूताना और मारवाड़ के ग़ैरवशाली इतिहास को याद करिये। भारत आपका है और आप भारत के हैं। हम आपको वह सब सहायता देंगे जो आपकी जनता को चाहिए होगी।...आख़िर हम भी आपके पिता-जैसे ही तो हैं।"

इतने आत्मीय व्यवहार की आशा युवा महाराजा जोधपुर ने सरदार पटेल से शायद ही सोची होगी। उन्हें उनके धीर-गम्भीर, किन्तु सौम्य व्यक्तित्व में वाकई एक पिता-जैसी छवि नज़र आयी। जोधपुर नरेश ने उसी दिन भारत के पक्ष में प्रवेश-पत्र पर हस्ताक्षर कर दिये। वह तारीख़ थी 11 अगस्त 1947 अर्थात् भारत की स्वतन्त्रता से चार दिन पूर्व का कोई समय। इसके बाद तो हनवंत सिंह जी ऐसे भारत के हुए कि उन्होंने स्वयं कई देशी नरेशों के पास जा-जाकर उन्हें भारत-संघ में प्रवेश के लिए तैयार किया। सरदार पटेल का भी सदैव उनपर पुत्रवत स्नेह बना रहा।

सन् 1952 में महाराजा हनवंत सिंह की एक विमान-दुर्घटना में, आगे चलकर, मृत्यु हो गयी थी। विमान उड़ाने के अलावा वह पोलो के जबरदस्त खिलाड़ी थे और विश्व पोलो चैम्पियन भी रहे। युवा महाराजा जोधपुर हनवंत सिंह ने भारत की स्वतन्त्रता के बाद और भारत में राजस्थान राज्य की स्थापना हो जाने पर एक नयी राजनीतिक पार्टी का गठन किया और उसे नाम दिया था - 'अखिल भारतीय रामराज्य परिषद'। फरवरी 1952 में भारत की संसद के तथा राज्य विधानसभा दोनों के ही चुनाव होने थे। इनमें हनवंत सिंह की भारी मतों से विजय निश्चित थी। मगर दुर्भाग्य द्वार पर अपनी दस्तक दे रहा था। पिछली रात्रि मात्र चार घण्टे की नींद लेने के बाद 26 जनवरी 1952 की सुबह उठने पर उन्होंने अपनी पत्नी ज़ुबैदा को एक छोटे हवाईजहाज़ में आकाश की सैर कराने हेतु उस एयरक्राफ्ट पर अपने साथ में बिठाया। विमान उड़ा। आकाश में जाकर कुछ ही मिनट बाद लहराया और धरती पर गिरकर क्रैश हो गया। हनवंत सिंह जी 28 वर्ष की अल्पआयु में अपनी ख़ूबसूरत पत्नी ज़ुबैदा सहित उस विमान-दुर्घटना में मारे गये।

जूनागढ़ और हैदराबाद के मुस्लिम शासकों की सहानुभूति पाकिस्तान के प्रति अधिक थी। भारत उनके लिए पराया मुल्क था। पाकिस्तान बनाने के आन्दोलन में भी जिन्ना और उनके अनुयायियों को जूनागढ़ और हैदराबाद के नवाबों का पूरा सहयोग मिला था। ये लोग किसी भी कीमत पर स्वतन्त्र भारत के साथ जाने को राजी नहीं थे।

जूनागढ़ काठियावाड़ का समुद्र तटवर्ती राज्य था। उसकी कुल आबादी 7 लाख स्त्री-पुरुषों की थी। उनमें हिन्दुओं की जनसंख्या 80 प्रतिशत थी। जूनागढ़ में ही सोमनाथ का वह सुप्रसिद्ध शिव मन्दिर था, जिसे महमूद गजनवी नामक आक्रमणकारी धर्मांध-लुटेरे ने सन् 1026 में लूटा और ध्वस्त किया था।

जूनागढ़ का नवाब महाबत खाँ एक बहुत ऐयाश तबीयत का शासक था। उसे तरह-तरह के कुत्ते पालने का बेढब शौक था। सनक की हद तक क़ायम शौक। पालतू कुत्तों के जो घर बने थे वे बड़े ख़ूबसूरत थे। उनमें बिजली-पानी की सुविधा तो थी ही, टेलीफोन तक की सुविधा थी ताकि कुत्तों की देखभाल करनेवाले सेवकों से नवाब साहब और उनके सहायक जब चाहें तब बात कर सकें और उन विभिन्न-नसलों के देशी-विदेशी कुत्तों के हालचाल पूछ सकें उन्हें ज़रूरी हिदायतें दे सकें। कहते हैं कि नवाब साहब जूनागढ़ के कुत्तों के ठाठ देखकर कुछ लोग व्यंग्य में यहाँ तक कह देते थे कि "बेकार ही हम इंसान की योनि में पैदा हुए। इससे तो अच्छा हम कुत्ते ही होते।"

15 अगस्त 1947 को जूनागढ़ के नवाब ने पाकिस्तान में अपनी रियासत के विलय की घोषणा कर दी। पाकिस्तान ने इस विलय का स्वागत किया और उसे 15 सितम्बर 1947 को स्वीकार भी कर लिया। लेकिन यह भारत सरकार के लिए प्रतिष्ठा का प्रश्न था। क्योंकि जूनागढ़ रियासत काठियावाड़ हिस्से में थी और चारों ओर से दूसरे भारतीय राज्यों से घिरी थी। सरदार पटेल ने आपत्ति की।

17 सितम्बर 1947 को सरदार पटेल ने वी. पी. मेनन को जूनागढ़ भेजा। लेकिन नवाब महाबत खां तथा उनके दीवान सर शाहनवाज खां भुट्टो ने उनसे ठीक से बात तक नहीं की। सरदार पटेल ने तब जूनागढ़ के मामले में 'चाणक्य नीति' से काम लिया। उनके आदेश पर 24 सितम्बर 1947 को भारतीय सेना की एक टुकड़ी जूनागढ़ की सीमा पर तैनात कर दी गयी।

25 सितम्बर 1947 को जूनागढ़ और काठियावाड़ के रहने वाले कुछ लोगों ने बम्बई में एकत्र होकर एक जनसभा की और जूनागढ़ के लिए अन्तरिम सरकार के गठन की इसमें घोषणा कर दी। महात्मा गाँधी के एक रिश्तेदार सामलदास गाँधी इस अन्तरिम सरकार के अध्यक्ष बने और सरकार का प्रधान कार्यालय राजकोट में निर्धारित किया गया।

जूनागढ़ की जनता में उत्तेजना और बेचैनी फैल गयी और नवाब और उनके दीवान जनता का दबाव महसूस करने लगे। सीमा पर तैनात भारतीय फ़ौज की उपस्थिति से भी उन्हें घबराहट होने लगी कि कहीं भारत जूनागढ़ पर कोई हमले की कार्रवाई न कर दे। यद्यपि सरदार पटेल अथवा उनके मन्त्रालय की ओर से कोई प्रत्यक्ष धमकी नवाब जूनागढ़ को नहीं दी गयी थी। फिर भी उन पर दबाव इतना बढ़ा कि जब इस समानान्तर अन्तरिम नागरिक सरकार के स्वयंसेवकों ने अक्टूबर 1947 के अन्तिम सप्ताह में जूनागढ़ की सीमा में प्रवेश किया तो नवाब अपनी बेगमों, संतानों, जेवर-नकदी और 72 कुत्तों के साथ अपने प्राइवेट हवाई जहाज़ पर चढ़कर कराची, पाकिस्तान भाग गया, अपने आका मोहम्मद अली जिन्ना की शरण में।

2 नवम्बर 1947 को अन्तरिम सरकार ने नवागढ़ नामक शहर पर अधिकार कर लिया। तब 7 नवम्बर 1947 को जूनागढ़ के दीवान भुट्टो साहब ने भी अपना माल-असबाब समेटकर भारत सरकार से प्रार्थना की वह जूनागढ़ का शासन सम्भाल ले। इसके बाद 9 नवम्बर 1947 को भारत सरकार के दो अधिकारियों एन0एम0 बुच और ब्रिगेडियर गुरुदयाल सिंह ने जूनागढ़ का शासन अपने हाथ में ले लिया।

इसके बाद भुट्टो साहब भी सपरिवार जूनागढ़ से कराची को चले गये। ये वही शाहनवाज भुट्टो साहब थे, जिनके बेटे जुल्फिकार अली भुट्टो कालान्तर में पाकिस्तान के प्रधानमन्त्री बने और जिन्हें, 1971 में पूर्वी पाकिस्तान के स्वतन्त्र होकर बांगलादेश बन जाने के बाद, पाकिस्तान के तत्कालीन फ़ौजी तानाशाह और राष्ट्रपति जनरल जियाउलहक ने एक कत्ल के मुक़दमें में जबरन दोषी करार देकर 1979 में फाँसी के तख़्ते पर लटका दिया। कालांतर में जिनकी बेटी बेनज़ीर भुट्टो भी पाकिस्तान की वज़ीरे-आज़म बनीं और उन्होंने भी जनरल ज़िया के शासन में अपनी माँ सहित, पाकिस्तान में जेल काटी और जिन्हें एक अन्य फौजी तानाशाह जनरल परवेज मुशर्रफ के तानाशाही शासन में एक चुनावी जुलूस में गोली मार दी गयी। दरअसल हक़ीक़त में जिन्ना का इजाद किया गया मुल्क पाकिस्तान आगे चलकर 'लोकतन्त्र का मजाक' और 'तख़्त-पलट हुकूमतों का अखाड़ा' बन गया।

12 नवम्बर, 1947 को पटेल जूनागढ़ गये। उन्होंने वहां एक विशाल जनसभा को सम्बोधित किया। उन्होंने वहाँ उपस्थित जन-समूह से पूछा कि क्या वे भारत में मिलने के लिए सहमत हैं? इस पर हज़ारों हाथ भारत के पक्ष में उठे। इसके बाद जूनागढ़ में 20 फरवरी 1948 को विधिवत जनमत-संग्रह भी कराया गया। कुल पंजीकृत मतदाता 2,01,457 थे। उनमें से 1,90,870 मतदाताओं में केवल 91 ने पाकिस्तान के पक्ष में वोट

डाले, शेष ने भारत के पक्ष में मतदान किया। इस तरह जूनागढ़ रियासत भी भारत-संघ में शामिल हो गयी। देखा जाये तो एक भी गोली चलाये बग़ैर जूनागढ़ पर पहले जनता के लोगों ने अधिकार किया, फिर फ़ौज ने शान्ति के साथ नवाब और दीवान जूनागढ़ के क्रमशः पाकिस्तान पलायन के पश्चात् जूनागढ़ में विजय मार्च किया।

जूनागढ़ रियासत के प्रभास-क्षेत्र में सोमनाथ का सुप्रसिद्ध मन्दिर पड़ता है। वही प्रभास क्षेत्र जिसके बारे में महाभारत में वर्णित है कि वहाँ के एक जंगल में द्वापर में द्वारकाधीश श्रीकृष्ण ने श्रापवश एक बहेलिए के तीर से आहत होकर प्राण तजे थे। और वही सोमनाथ का मन्दिर जिसे अनेक मुस्लिम धर्मांध-आक्रांताओं ने अनेक बार तोड़ा था और जिसे आस्थावान हिन्दुओं ने अनेक बार पुनः बनवाया था।

सोमनाथ मन्दिर को केवल महमूद गजनवी ने ही तोड़ा हो, ऐसा नहीं है। इतिहास बताता है कि इसका विध्वंस अनेक विधर्मी शासकों ने भारत के मध्यकाल में बर्बरतापूर्वक किया और ख़ून का आँसू रोने वाले मजबूर हिन्दू समुदाय ने अनेक बार जिसके जीर्णोद्धार के प्रयत्न जारी रखे, क्योंकि यह हिन्दू मान्यतानुसार द्वादश ज्योर्तिलिंगों में सर्वप्रमुख शिवमन्दिर हुआ करता था। यह सन् 1026, 1297, 1314, 1318, 1394, 1520 और 1706 में जिहाद के नाम पर तोड़ा गया और क्रमशः 1026, 1196, 1325 में इसके पुनर्निर्माण के प्रयत्न हुए। अन्तिम बार 1765 में रानी अहिल्याबाई होलकर ने इसका वैकल्पिक निर्माण करवाया था। वस्तुतः यह मूल मन्दिर के विशाल ध्वंसावशेषों के सामने कुछ दूरी पर रानी अहिल्याबाई द्वारा श्रद्धा स्वरूप खड़ा किया गया एक छोटा सा नया मन्दिर था, जिसे उन्होंने सोमनाथ मन्दिर का नाम दिया, इस उद्देश्य से कि हिन्दू-जन वहाँ जाकर शिवलिंग पर जल चढ़ाकर भगवान सोमनाथ की वैकल्पिक रूप से पूजा अर्चना कर सकें। सरदार पटेल ने स्वतन्त्र भारत में प्राचीन सोमनाथ मन्दिर के जीर्णोद्धार का काम 12 नवम्बर 1947 से जूनागढ़ में अपने हाथ में लिया।

वस्तुतः 20 फरवरी 1948 को जूनागढ़ के जनमत-संग्रह द्वारा भारतीय संघ में विलय से पूर्व 12 नवम्बर 1947 को जब सरदार पटेल जूनागढ़ गये थे वे वहाँ जनसभा को सम्बोधित करने के बाद उसी दिन प्रभास पाटन के सोमनाथ मन्दिर भी गये थे।

जो मन्दिर कभी भारत का वैभव रहा था, उसकी दुर्दशा, उपेक्षा और अनाथरूप देखकर वल्लभभाई पटेल द्रवित हो गये। वहीं पर, उसी समय मन्दिर के पुनर्निर्माण का प्रस्ताव रखा गया, जिससे कि वह अपनी अतीतकालीन भव्यता एवं दिव्यता को पुनः प्राप्त कर सके। इस हेतु जामसाहब ने एक-लाख रुपये दान दिये और अन्तरिम सरकार की तरफ़ से गाँधी जी के भतीजे सामलदास गाँधी द्वारा पचास-हज़ार रुपये का दान सोमनाथ मन्दिर के जीर्णोद्धार हेतु दिया गया।

सरदार पटेल द्वारा सोमनाथ मन्दिर के जीर्णोद्धार की घोषणा को महात्मा गाँधी ने अपना आशीर्वाद दिया परन्तु उक्त के क्रम में सामलदास गाँधी द्वारा पचास हज़ार दिये जाने का महात्मा गाँधी ने कड़ा विरोध किया और सरदार पटेल से 'सेक्यूलरिज्म' का तर्क देते हुए मन्दिर निर्माण के लिए सरकारी खजाने से धनराशि देने की बात पर आपत्ति प्रकट की।

सरदार पटेल ने इस स्थिति से साफ़ इन्कार किया और गाँधी जी को आश्वस्त किया कि सोमनाथ मन्दिर का पुनः निर्माण जनता के चन्दे से कराया जायेगा, सरकारी पैसे से नहीं। उस समय केन्द्रीय सरकार में निर्माण मन्त्री एन0वी0 गाडगिल और आपूर्ति मन्त्री के0एम मुंशी ने इस कार्य में सरदार पटेल का सहयोग किया।

मन्दिर के निर्माण का काम अक्टूबर 1950 से उसका पुराना ढांचा गिराकर शुरू हुआ। उप प्रधानमन्त्री सरदार पटेल तब जीवित थे। भारत के प्रथम राष्ट्रपति डॉ. राजेन्द्रप्रसाद ने सोमनाथ मन्दिर के नये निर्माण कार्य का शिलान्यास जब इसके पूर्व 1950 में किया तो प्रधानमन्त्री पंण्डित जवाहरलाल नेहरू जी ने उसका कड़ा विरोध किया था। उनकी आपत्ति थी कि एक 'धर्मनिरपेक्ष राष्ट्र' के प्रमुख का इस तरह 'धार्मिक पुनर्जागरण' कार्यक्रम में भाग लेना उचित नहीं है। डॉ. राजेन्द्रप्रसाद ने प्रधानमन्त्री नेहरू की बात नहीं मानी और कहा कि- ''सोमनाथ एक आक्रमणकारी के विरुद्ध भारतीय प्रतिरोध का प्रतीक है।... मैं अपने धर्म में विश्वास रखता हूँ... और मैं स्वयं को इससे काट नहीं सकता।'' नेहरू जी इससे इस हद तक नाराज हुए कि उन्होंने सूचना मन्त्रालय को निर्देश दिये कि - ''डॉ. राजेन्द्रप्रसाद के वहाँ दिये गये भाषण को सरकारी रूप में जारी न किया जाये।'' 11 मई 1951 को सोमनाथ के मन्दिर में मूर्ति की पुनर्स्थापना तथा महाशिवलिंग की प्राण प्रतिष्ठा हुई। इस अवसर पर वहाँ राष्ट्रपति डॉ. राजेन्द्रप्रसाद पुनः उपस्थित हुए। नेहरू जी के खास लोगों और वामपंथियों ने तब भी बड़ा हो-हल्ला मचाया। उस समय तक सरदार पटेल इस दुनिया में नहीं थे, परन्तु उनकी महती प्रेरणा भारतीय धर्म एवं संस्कृति के उस प्राचीन गौरव के प्रतीक सोमनाथ का पुनरुद्धार करवा चुकी थी।

सरदार पटेल के जीवनकाल में हिन्दुत्व के उभार की एक और घटना घटित हुई। अयोध्या में रामजन्मभूमि पर बनी बाबरी मस्जिद में 22/23 नवम्बर, 1949 की रात्रि में नाटकीय ढंग से 'रामलला' की एक मूर्ति के प्रकटीकरण की। इस घटना के उपरान्त श्रीरामजन्मभूमि-बाबरी मस्जिद विवादित स्थल पर क़ानून एवं व्यवस्था की गम्भीर स्थिति उत्पन्न हो गयी, जिसने आस्था के एक मुद्दे का, आगे चलकर, राजनीतिकरण कर दिया।

सरदार पटेल ने गृहमन्त्री की हैसियत से उत्तर प्रदेश के तत्कालीन मुख्यमन्त्री गोविन्दवल्लभ पन्त को इस सन्दर्भ में 9 जनवरी 1950 को एक पत्र लिखा था -

''प्रधानमन्त्री अयोध्या की घटनाओं पर चिन्ता जताते हुए आपको पहले ही एक टेलीग्राम भेज चुके हैं। इस बारे में मैंने आपसे लखनऊ में बात की थी। मुझे लगता है कि विवाद कतई गलत मौके पर पैदा किया गया है, पूरे देश को दृष्टि में रखते हुए और ख़ासतौर पर आपके प्रान्त को। बड़े साम्प्रदायिक मसले अभी कुछ ही समय पहले विभिन्न समुदायों की आपसी सहमति से सुलझाए गये हैं। जहाँ तक मुसलमानों का सवाल है वे नयी निष्ठाओं के प्रति स्वयं को तैयार कर रहे हैं। हम पक्के तौर पर कह सकते हैं कि बँटवारे का पहला धक्का और उससे पैदा हुई समस्याएं अभी सुलझने के शुरुआती दौर

में हैं और ऐसा नहीं लगता कि निष्ठाओं का बड़े पैमाने पर कोई स्थानांतरण होनेवाला है। आपके अपने प्रान्त में साम्प्रदायिक समस्या हमेशा से जटिल रही है। मैं समझता हूँ कि यह आपके प्रशासन की बहुत बड़ी उपलब्धियों में से एक है कि कई परेशानी पैदा करनेवाले मुद्दों के बावजूद, साम्प्रदायिक रिश्ते सन् 46 से लेकर अब तक काफ़ी सुधर गये हैं। संगठन और प्रशासन दोनों को लेकर हमारी अपनी दिक्कतें उ0प्र0 में हैं, जो कि गुटबंदियों का नतीजा हैं। यह सबसे बड़ा दुर्भाग्य होगा यदि हम किसी भी गुट को इसका फ़ायदा उठाने का मौका देंगे। इसलिए, इन सारे मसलों पर, मैं समझता हूँ कि मुद्दा एक ही है, जिसे दोस्ताना ढंग से, आपसी सहमति से, दोनों समुदायों के बीच सुलझा लिया जाना चाहिए। मैं महसूस करता हूँ कि अभी हुई घटना से बहुत गहरी भावनाएँ जुड़ी हुई हैं। साथ ही ऐसे मुद्दे सिर्फ अमन क़ायम रखते हुए मुस्लिम समाज की सहमति से ही सुलझाने चाहिए। ऐसे झगड़ों को ताक़त से सुलझाने का कोई प्रश्न नहीं हो सकता। उन हालात में क़ानून और व्यवस्था की ताक़तों को हर कीमत पर अमन-चैन बनाये रखना होगा।...''

यद्यपि एक सनातनी हिन्दू होने के नाते श्रीराम सरदार पटेल के आराध्य थे और रामायण उनकी प्रिय धार्मिक पुस्तक थी जिसका वह प्रायः पाठ करते थे, परन्तु आगामी 26 जनवरी 1950 को जिस भारत के संविधान को वे अंगीकृत और आत्मार्पित करने जा रहे थे वह धर्मनिर्पेक्षता, लोकतन्त्र और समानता के आदर्शों से अनुप्राणित था, अतः वल्लभभाई पटेल का गोविन्दवल्लभ पन्त को लिखा गया यह पत्र उन्हीं संवैधानिक आदर्शों को ध्यान में रखकर लिखा गया था। यहाँ समस्त समुदायों को उनकी धार्मिक आस्थाओं के प्रति समान अधिकार देने का आशय था। इसमें मुसलमानों के प्रति कोई भी आक्रामक, विरोध अथवा पूर्वाग्रहयुक्त भावना न थी और न ही हिन्दुओं के प्रति कोई पक्षधरता।

इस प्रकार सोमनाथ और राम मन्दिर दो अलग-अलग आस्था केन्द्रों में देशकाल एवं परिस्थितियों के अनुसार सरदार पटेल ने अत्यन्त परिपक्वता के साथ उचित निर्णय लिए। सोमनाथ मन्दिर का जीर्णोद्धार हिन्दू समाज और स्थान विशेष का आन्तरिक मामला था, जिसमें कोई विवाद नहीं था। किसी को कोई आपत्ति भी नहीं थी, इसलिए पटेल बहुसंख्यकों की भावनाओं के अनुरूप एकतरफ़ा निर्णय ले सके। परन्तु रामजन्मभूमि पर बाबर के काल से एक मस्जिद तामीर हो जाने के कारण, वह एक विवादित मुद्दा हो चला था, इसलिए सरदार पटेल ने उसमें पूर्ण तटस्थता के साथ अपनी भूमिका निभाई।

जहाँ तक देशी रियासतों के भारत और पाकिस्तान के संघों में विलय का प्रश्न था, दोनों देशों में अलग-अलग प्रक्रियाएं जारी थीं। पाकिस्तान के पश्चिमी खण्ड में 10 मुस्लिम

बहुल रियासतें थीं। भारत के मुकाबले 15 अगस्त 1947 तक पाकिस्तान में कोई रियासत नहीं जुड़ी। बाद में 03 अक्टूबर 1947 को बहावलपुर रियासत पाकिस्तान में शामिल हुई। उसके बाद में खैरपुर रियासत जुड़ी। चितराल, स्वात, डीर और अम्ब सीमाप्रान्त से जुड़ीं। मार्च 1948 में बलूचिस्तान की कलात रियासत पाकिस्तान से जुड़ी। तीन रियासतें खरान, मकरान और लासबेला शेष रह गयी थीं, जिनका विलय 1952 में पाकिस्तान में सम्भव हो सका।

भारत के संघ में तदनुसार 565 में से 555 रियासतों को विलीन होना था। इनमें से भोपाल, त्रावणकोर, जोधपुर, हैदराबाद, जूनागढ़ और कश्मीर को छोड़कर सभी रियसतों ने अगस्त 1947 के प्रथम सप्ताह तक विलय-पत्र पर हस्ताक्षर करके भारत में शामिल होना स्वीकार कर लिया। कुछ रियासतें थोड़ा ना-नुकुर करके बाद में शामिल हुईं। इनमें त्रावणकोर, जोधपुर, भोपाल, कश्मीर और जूनागढ़ का विलय भारतसंघ में कुछ ही महीनो के भीतर क्रमशः सम्पन्न हुआ। अन्त में एक ही दुखता दाँत बचा- हैदराबाद की रियासत।

हैदराबाद भारत का सबसे बड़ा राज्य था। उसका क्षेत्र 82,000 वर्ग मील था। आबादी 1 करोड़ 60 लाख थी। हैदराबाद हिन्दू बहुल राज्य था। वहाँ हिन्दू कुल जनसंख्या के 85 प्रतिशत थे। हैदराबाद का शासक निज़ाम मीर उस्मान अली खां था। निज़ाम हैदराबाद इस समय संसार के सबसे धनी व्यक्तियों में गिना जाता था। हीरे-जवाहरात के भण्डार, सोने के ईंटों के पहाड़, बेशकीमती कारों की ही नहीं उसके पास अपने खुद के वायुयानों की भी कोई कमी न थी। अंग्रेज़ों से उसके निकट के सम्बन्ध थे। ब्रिटिश वायसराय से मुलाक़ात होती तो उसे 21 तोपों की सलामी दी जाती।

इस सबके बावजूद मझोले कद का दुबला-पतला निज़ाम हैदराबाद बहुत साधारण-सा दिखने वाला व्यक्ति था। उसका पहनावा-ओढ़ावा और खानपान सब बहुत मामूली था। उसका खास कारण कि वह बेहद कंजूस था। जब अंग्रेज़ रेजीडेण्ट उससे मिलने आता, खातिर-तवाज़ो में निज़ाम का एक सेवक एक ट्रे में एक प्याली चाय, एक बिस्कुट और एक सिग्रेट मात्र ही लाकर पेश करता था। निज़ाम साहब की सख्त हिदायत के मुताबिक। अगर कभी मजबूरन कोई दावत करनी पड़ती तो शैम्पेन की बोतल दो-चार खास लोगों के बीच ही सीमित रहती। सभी दूसरे मेहमानों के लिए सुलभ न हो पाती। अक्सर निज़ाम चटाई पर बैठ जाता। एक मैला सा पायजामा नवाबी कुर्ते के नीचे कई-कई दिन पहने रहता। उसकी मैलखोर तुर्की टोपी भी तीस साल पुरानी थी। वह पैसे को दांत से पकड़ता था।

फिर भी निज़ाम था तो हैदराबाद जैसी हिन्दुस्तान की सबसे बड़ी रियासत का नवाब। मुगल साम्राज्य के ध्वस्त हो जाने के बाद से उसके वंशजों का हैदराबाद पर निर्बाध राज चल रहा था। जब लार्ड माउण्टबेटन ने जून, 1947 में घोषणा की कि 15 अगस्त, 1947 को भारत से ब्रिटिश हुकूमत हट जायेगी और हिन्दुस्तान और पाकिस्तान दो मुल्क आज़ाद

हो जायेगे और इसी के साथ देशी रियासतों से भी ब्रिटिश सम्राट का नाता समाप्त हो जायेगा तो हैदराबाद के ये निज़ाम साहब उछल पड़े यह सोचकर कि फिर तो उनकी रियासत भी आज़ाद हो जायेगी। ज़्यादा से ज़्यादा ग्रेट ब्रिटेन की छाया में एक डोमीनियन स्टेटस वाला स्वतन्त्र राज्य।

परन्तु जब निज़ाम को यह पता चला कि रियासतों को भारत और पाकिस्तान में से किसी एक को चुनना होगा। ब्रिटेन के अधीन डोमीनियन स्टेट्स पाने की कोई सँभावना नहीं। स्वतन्त्र रहना भी एक विकल्प था, परन्तु उसमें भी हज़ार दुश्वारियाँ थीं। लिहाजा हैदराबाद में अपनी भावी सत्ता के ख़ात्मे के ख़्याल से निज़ाम घोर निराश हुए। उन्होंने जितना हो सके अपनी बची-खुची आज़ादी को देर तक महफ़ूज़ रखने की योजना बनायी जो 15 अगस्त, 1947 के दिन से उनकी रियासत को स्वयमेव मिलनेवाली थी।

निज़ाम हैदराबाद एक ऐसे राज्य के नवाब थे जो चारों ओर से जमीन से घिरा हुआ क्षेत्र था। इसकी कोई सीमा समुद्र से नहीं लगती थी। कोई बन्दरगाह उसके पास नहीं था जिससे वह अन्तरराष्ट्रीय स्तर पर समुद्र के रास्ते व्यापार कर सके। अतः निज़ाम ने पुर्तगाल से उसके कब्जे में उस समय तक चल रहे गोआ को खरीदना चाहा। लेकिन ब्रिटिश सरकार ने निज़ाम को इसकी अनुमति नहीं दी।

निज़ाम हैदराबाद के शासन और सेना में मुसलमानों का वर्चस्व एवं नियन्त्रण था। बहुसंख्यक हिन्दू प्रजा पर अक्सर अत्याचार होता था। इस कारण से अधिकांश प्रजा निज़ाम और उनके मातहतों से घृणा करती थी। निज़ाम के प्रधानमन्त्री जनाब इस्माइल, नवाब-छतारी थे। और वैधानिक सलाहकार थे-सर वॉल्टर मोंकटोन। यह दोनों सरदार पटेल के सम्पर्क में रहते थे। इन्होंने निज़ाम को भारत सरकार से समझौता करने की नेक सलाह दी थी। मगर निज़ाम पर 'मजलिसे इत्तहादुल मुसलमीन' नामक मुस्लिम राजनीतिक संस्था के प्रधान कासिम रिज़वी का प्रभाव था। उसने 20,000 रजाकारों की एक ग़ैर सरकारी फ़ौज एकत्रित कर रखी थी। कासिम रिज़वी की कुमन्त्रणा के चलते निज़ाम हैदराबाद अपने प्रधानमन्त्री नवाब-छतारी और सलाहकार-मोंकटोन की सलाह को टालता रहा।

28 अक्टूबर, 1947 को कासिम रिजवी ने निज़ाम से कहा कि भारत सरकार अपनी अनेक समस्याओं में उलझी हुई है। वह हमारा कुछ नहीं बिगाड़ सकती। हैदराबाद को भारत में शामिल करने की कोई ज़रूरत नहीं है। रजाकारों की फ़ौज का वह सरगना निज़ाम के विरोधियों जो कि तेलंगाना राज्य के हिमायती थे अथवा जो कांग्रेस से सहानुभूति रखते थे को जेल में बन्द करने, मारने-सताने और हत्याएँ तक करने के लिए अपने रजाकारों का इस्तेमाल करने लगा। इसके अलावा उसकी सलाह पर निज़ाम ने प्रधानमन्त्री पद से नवाब-छतारी को हटाकर हैदराबाद के एक प्रमुख व्यापारी मीर लायक अली को अपना प्रधानमन्त्री नियुक्त कर दिया।

हैदराबाद की समस्या को माउण्टबेटन स्वयं हल करना चाहते थे। वह निज़ाम हैदराबाद से सहानुभूति रखते थे। निज़ाम लॉर्ड माउण्टबेटन को यह समझाने में कामयाब

हो गये थे कि अगर हैदराबाद का अभी तत्काल विलय हुआ तो वहाँ काफ़ी ख़ून-खराबा हो सकता है। अतः उन्हें तीन महीने की मोहलत दिला दी जाये। निज़ाम को पाकिस्तान के जिन्ना की भी शह प्राप्त थी। नेहरू जी भी सरदार पटेल को हैदराबाद के विरुद्ध कोई कड़ी कार्यवाही नहीं करने पर जोर देते रहते थे। गाँधीजी तो वैसे भी अहिंसा के पुजारी थे। वह कब चाहते कि निज़ाम हैदराबाद के विरुद्ध कोई हिंसापूर्ण कार्यवाही हो ?

इसलिए सरदार चाहकर भी स्वतन्त्रता के उस प्रारम्भिक दौर में हैदराबाद रियासत के विरुद्ध कोई कठोर क़दम उठाने की स्थिति में नहीं थे। उनको देश की तत्कालीन विषम परिस्थितियाँ, विशेषकर पंजाब और दिल्ली में पाकिस्तान शरणार्थियों का आना, साम्प्रदायिक-मारकाट और पाकिस्तान द्वारा अपने हज़ारों कबायलियों द्वारा कश्मीर पर हमला करा देने से, वाकई जटिल हो जाने के फलस्वरूप हैदराबाद की समस्या से प्रभावी ढंग से निबटने का अवकाश तब नहीं मिल सका था। उन परिस्थितियों में लॉर्ड माउण्टबेटन ने अगस्त, 1947 में सरदार पटेल से जब आग्रह किया कि निज़ाम हैदराबाद को भारत-संघ में विलय के सन्दर्भ में तीन महीने की मोहलत दे दी जाये, सरदार मान गये।

नवम्बर, 1947 में रजाकारों का मुखिया दुष्ट कासिम रिजवी निज़ाम हैदराबाद की ओर से स्वयं दिल्ली आया और उसने सरदार पटेल तथा वी. पी. मेनन से भेंट की। कासिम रिजवी ने लगभग धमकी भरे अन्दाज़ में कहा कि-"हैदराबाद किसी सूरत में हिन्दुस्तान का हिस्सा नहीं बनेगा। आप हमारा कुछ नहीं बिगाड़ सकते। हम आख़िरी दम तक लड़ेंगे।"

सरदार ने स्वयं को संयत रखकर तब अपने भारी स्वर में उससे मात्र इतना ही कहा-"जाओ भई...अगर तुम स्वयं आत्महत्या के लिए आमादा हो तो हम तुम्हें कैसे रोक सकते हैं?"

और कुछ न हुआ हो, सरदार पटेल की हल्की धुड़की का इतना असर तो ज़रूर हुआ कि उसके बाद 29 नवम्बर, 1947 को निज़ाम हैदराबाद ने भारत सरकार के साथ 'यथास्थिति बनाये रखने' का समझौता कर लिया। अर्थात् अब उसकी ओर से पाकिस्तान के साथ विलय किये जाने की यत्किंचित संभावना भी पूरी तरह समाप्त हो गयी। और भारत के साथ जाने का रास्ता खुला रहा।

दरअसल भारत सरकार का निज़ाम से निरन्तर यह कहना था कि-या तो भारत संघ में प्रवेश करो या राज्य में लोकतन्त्र की बहाली करो। यथास्थिति समझौते के बारे में भी मेनन द्वारा संशोधित प्रारूप सहित भारत से एक डेलीगेशन हैदराबाद भेजा गया कि रक्षा और विदेश मामले भारत सरकार के हवाले किये जाये। क्योंकि उनके बिना यथास्थिति-समझौता क़ायम रखने का कोई अर्थ नहीं था। उस भारतीय डेलीगेशन को भी कासिम रिजवी के रजाकार गुण्डों ने घेर लिया और वापस दिल्ली जाने से बलपूर्वक रोकने का प्रयत्न किया।

अराजकता की स्थितियों को सरदार पटेल धैर्यपूर्वक बरदाश्त करते रहे। वे भी सही समय की तलाश में थे।

जनवरी 1948 में हैदराबाद के नये प्रधानमन्त्री मीर लायक अली दिल्ली आये और गृहमन्त्री सरदार पटेल से मिले। सरदार पटेल ने मीर लायक अली से कहा-"हम हैदराबाद के भारत में प्रवेश के लिए इतने लालायित नहीं हैं जितने इस बात के लिए कि हैदराबाद की आन्तरिक स्थिति में सुधार हो जाये। राज्य के हिन्दू असुरक्षित हैं। प्रजामण्डल के बहुत से कार्यकर्त्ता जेलों में हैं निज़ाम को चाहिए कि वह हिन्दुओं को भी शासन में स्थान दें।"

इसके बाद निज़ाम हैदराबाद भारत सरकार से लुकाछिपी का खेल-खेलने लगा। जब कभी हैदराबाद के प्रधानमन्त्री मीर लायक अली को फोन लगाया जाता और मेनन अथवा विद्याशंकर सरदार की ओर से कुछ कहना चाहते तो कहा जाता कि निज़ाम साहब से बात कर ली जाये। निज़ाम साहब कभी गुसलखाने में होते कभी सो रहे होते। अगर कभी गल्ती से उन्होंने स्वयं फोन उठा लिया तो कहते-"हेलो-हेलो आवाज नहीं आ रही है।... ऐसा करिये आप जो साहब भी बोल रहे हों मीर लायक अली से बात करने की तकलीफ़ फ़र्माएं।"

सरदार पटेल को निज़ाम की इन हरकतों पर हँसी भी आती और गुस्सा भी। उधर हैदराबाद रियासत में कासिम रिज़वी और उसके रज़ाकारों का हिन्दू प्रजा पर कहर जारी था। निज़ाम का शासन-प्रशासन पर कोई प्रभावी नियन्त्रण नहीं था। वह मुख़्तसर सा खाना खाते, सिगरेट के बचे हुए ठुर्रों को बार-बार सुलगा कर कंजूसी से पीते और रात में एक प्याली में अफीम का रस रखकर अंटागा़फ़िल हो जाते। निज़ाम के अंग्रेज़ क़ानूनी सलाहकार वाल्टर मोंकटोन की भी इन दिनों नहीं चलती थी। एक दिन मोंकटोन सरदार पटेल से मिलने आये। सरदार ने हैदराबाद को लेकर अपनी सारी भड़ास उनपर निकाली। सरदार की पुत्री मणिबेन ने अपनी डायरी में 15 अप्रैल 1948 को दोपहर 12.15 बजे की वह घटना इस तरह दर्ज की है-

"वाल्टर मोंकटोन मिलने आये। बापू (अर्थात सरदार पटेल) ने उनसे साफ़-साफ़ कहा कि या तो रिजवी हैदराबाद पर हुकूमत कर रहा है या फिर निज़ाम। अगर यह निज़ाम की राजधानी है तो रिजवी को गिरफ़्तार करो। यदि नहीं तो निज़ाम को गद्‌दी से उठाकर फेंक दो। आख़िर किससे बात की जाये? यह जाने बिना कि असल में सत्ता किसके हाथ में है? तभी मेनन भीतर आ गये। मेनन ने बताया कि महामहिम (अर्थात् माउण्टबेटन) ने मुझसे जवाहरलाल जी की उपस्थिति में आज कहा कि -हैदराबाद में कोई हस्तक्षेप न किया जाये। कोई दूसरा भी ऐसा न करे।"

- डायरी का यह अंश जाहिर करता है कि माउण्टबेटन और नेहरू का सरदार पटेल और उनके मातहतों को लेकर उस समय तक कितना दबाव था। इस 15 अप्रैल 1948 के डायरी में आगे उसी दिन शाम 8.30 बजे का यह विवरण भी दर्ज है -

"मेनन और आयंगर आकर बापू से मिले। उन्होंने मीर लायक अली से हुई बात के बारे में रिपोर्ट दी कि लायक अली ने कहा है कि हैदराबाद से हुए 'यथास्थिति समझौते' को देखते हुए-हैदराबाद के विलय, कासिम रिजवी की गिरफ़्तारी- ऐसा कुछ भी नहीं किया जाना चाहिए। हैदराबाद को भारत सरकार से जो भी सुविधाएं प्राप्त हो रही हैं वे सब पूर्ववत् मिलती रहनी चाहिए।"

इस तरह निज़ाम हैदराबाद माउण्टबेटन के कन्धे पर बन्दूक रखकर सरदार पटेल की ओर हवाई फायर कर रहे थे और हैदराबाद के भारत में विलय के प्रश्न पर निरन्तर टालामटोली कर रहे थे। हालाँकी उनकी नींद अफीम के नशे के बावजूद उखड़-उखड़ जाती थी कि कही सरदार पटेल जैसा दृढ-निश्चयी व्यक्ति अचानक हैदराबाद के विरुद्ध कुछ ऐसा-वैसा वाकई कर ही न बैठे।

13 जून 1948 को माउण्टबेटन ने गवर्नर जनरल का पद छोड़ने से कुछ दिन पहले हैदराबाद के प्रधानमन्त्री मीर लायक अली और राज्य मामलों के मन्त्री सरदार पटेल के बीच एक विशेष समझौते पर हस्ताक्षर करवा दिये, जिसमें कहा गया था कि निज़ाम रक्षा, विदेश मामलों तथा संचार साधनों के बारे में भारत सरकार के क़ानूनों के समान क़ानून बनायेगा। हैदराबाद की सेना में अधिक से अधिक 20,000 नियमित और 8,000 अनियमित सैनिक रहेंगे, रजाकारों को धीरे-धीरे सेना से निकाल दिया जायेगा और हैदराबाद के विदेश सम्बन्ध भारत सरकार संचालित करेगी। निज़ाम ने एक संविधान और अन्तरिम सरकार के गठन का भी वचन दिया, मगर निज़ाम ने इस समझौते का कभी पालन नहीं किया।

21 जून, 1948 को लॉर्ड लुई माउण्टबेटन भारत के गवर्नर जनरल के पदभार से मुक्त होकर स्वदेश इंग्लैण्ड के लिए प्रस्थान कर गये। उनके बाद चक्रवर्ती राजगोपालाचारी भारत का संविधान बनने और राष्ट्र प्रमुख तय होने तक भारत के अगले गवर्नर जनरल चुने गये। के0एम0 मुंशी को हैदराबाद रियासत से यथास्थिति समझौते के पालनार्थ और हैदराबाद की निगरानी के लिए भारत सरकार की ओर से एजेंट चुना जा चुका था। उन्होंने हैदराबाद के विलय-अभियान में सरदार पटेल को बहुत सहयोग दिया। वे वस्तुतः हैदराबाद में उनकी आँख और कान बनकर रहे।

निज़ाम हैदराबाद की ख़ुदमुख़्तारी के दिन अब तेजी से पूरे होने लगे। महात्मा गाँधी 1948 वर्ष के प्रारम्भ में संसार से विदा हो चुके थे। वर्ष के मध्य में माउण्टबेटन ने भारत को बाय-बाय कर दी। जैसे इतना ही काफ़ी नहीं था निज़ाम हैदराबाद के खास हमदर्द मोहम्मद अली जिन्ना भी अपनी गोपनीय बीमारी से 11 सितम्बर, 1948 कराची, पाकिस्तान में चल बसे। अंततः सरदार पटेल ने हैदराबाद रियासत को भारत में विलय कराने के लिए भारतीय सेना को हरी झण्डी दे दी।

13 सितम्बर, 1948 को भारतीय सेना ने हैदराबाद के विशाल देशी राज्य की सीमाओं को घेरकर पाँच ओर से उसके भीतर प्रवेश किया। भारतीय सेना ने इस कार्यवाही को नाम दिया- 'ऑपरेशन पोलो'। लेफ्टिनेण्ट जनरल राजेन्द्र सिंह ने इस अभियान का मार्गदर्शन किया। जनरल जे0एन0 चौधरी ने इसके कुशल सेनापति की भूमिका निभाई।

पाँच दिन की इस सैनिक कार्यवाही में भारतीय सेना के 42 जवान मारे गये, 97 घायल हुए और 24 लापता रहे। इस लड़ाई में निज़ाम हैदराबाद की सेना के 490 जवान मारे गये और 122 घायल हुए। कासिम रिजवी के रजाकारों में 2727 को जान से हाथ

धोना पड़ा, 102 घायल हुए और 3364 बन्दी बनाये गये। अन्ततः 17 सितम्बर, 1948 को हैदराबाद की सेना ने भारतीय सेना के समक्ष आत्मसमर्पण कर दिया। हैदराबाद से 'ऑपरेशन पोलो' की सफलता की सूचना मिलते ही सरदार पटेल को देश के कोने-कोने से बधाइयाँ मिलने का सिलसिला शुरू हो गया।

उल्लेखनीय है कि प्रधानमन्त्री जवाहरलाल नेहरू हैदराबाद के इस सैन्य अभियान के विरुद्ध थे। सी0 राजगोपालाचारी, गवर्नर जनरल ने भी सरदार पटेल के भेजे उक्त ड्राफ्ट के अनुमोदन में विलम्ब किया। सरदार पटेल 13 सितम्बर को दोपहर में जब राजा जी से मिले तो उन्होंने उनसे इस बात की शिकायत करते हुए कहा कि "हमारा दृष्टिकोण भिन्न है। मैं नहीं चाहता कि भावी पीढ़ी मुझे इसलिए कोसे कि जब इनके पास अवसर था इन्होंने वह कार्य नहीं किया और इस फोड़े को भारत के हृदय में यूँ ही छोड़ दिया। एक ओर पश्चिमी पाकिस्तान दूसरी ओर पूर्वी पाकिस्तान उनका पैन-इस्लामिक ब्लॉक का वह विचार और फिर एक दिन दिल्ली आकर एक बार पुनः मुगल साम्राज्य की स्थापना बस एक बार हम हैदराबाद में घुसे नहीं कि फिर ये अन्तरराष्ट्रीय मामला ही नहीं रह जायेगा। यह राज्य मन्त्रालय का काम है। आप और पण्डित जी आख़िर तक मेरे मन्त्रालय को दरकिनार कर चलते रहेंगे।"

अगले दिन 14 सितम्बर, 1948 को कैबिनेट मीटिंग में नेहरू जी हैदराबाद में मिलिट्री एक्शन से बड़े तमतमाए हुए मीटिंग बीच में ही छोड़कर चले गये। बाकी का एजेंडा उप प्रधानमन्त्री सरदार पटेल द्वारा पूर्ण कराने के लिए। सरदार पटेल ने पण्डित जवाहरलाल नेहरू के विरोध की परवाह न करते हुए हैदराबाद में सैन्य अभियान जारी रखा और अन्त में 17 सितम्बर, 1948 को सफलता हासिल की।

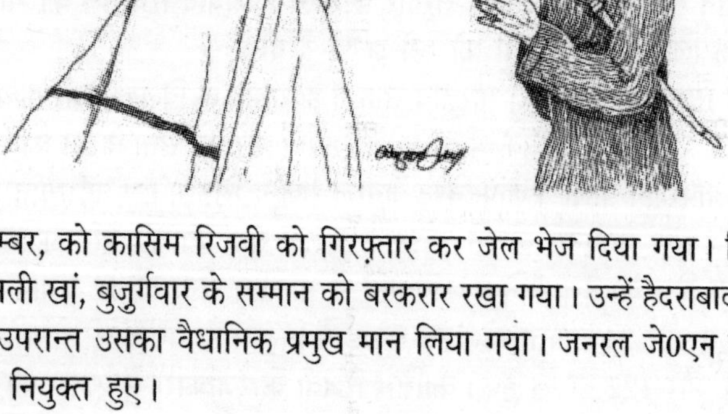

19 सितम्बर, को कासिम रिजवी को गिरफ़्तार कर जेल भेज दिया गया। निज़ाम मीर उस्मान अली खां, बुजुर्गवार के सम्मान को बरकरार रखा गया। उन्हें हैदराबाद राज्य के विलय के उपरान्त उसका वैधानिक प्रमुख मान लिया गया। जनरल जे0एन चौधरी सैनिक-गवर्नर नियुक्त हुए।

फरवरी, 1949 में सरदार पटेल हैदराबाद गये। निज़ाम ने हवाई अड्डे पर हाथ जोड़कर उनका स्वागत किया और भूतकालीन गल्तियों से माफ़ी की गुज़ारिश की। वस्तुतः देशी राज्यों की समस्या निपटाते समय सरदार पटेल का लक्ष्य अधिकतम सद्भाव की रक्षा करते हुए भारत राष्ट्र के हितों की रक्षा करना ही रहा। हैदराबाद रियासत के इस प्रकार सैन्य अभियान के बाद भारत संघ में प्रवेश के साथ भारत के हिस्से के समस्त 555 देशी राज्यों का भारत में विलय का महाअभियान सरदार पटेल ने अगस्त 1947 से सितम्बर 1948 के मध्य केवल 14 महीनों के भीतर योजनाबद्ध ढंग से पूर्ण कर दिया। उन्होंने उसके लिए दिन-रात भेंटवार्त्ताओं, बैठकों, देशव्यापी दौरों और मन्त्रणाओं द्वारा हैदराबाद रियासत को छोड़कर-अन्य कहीं भी रक्त की एक बूंद गिराए बिना, कलम की स्याही द्वारा और अपनी दृढ़ इच्छा-शक्ति के प्रताप से राष्ट्र-निर्माण का यह महानतम कार्य इस तरह अभूतपूर्व सफलता के साथ सम्पन्न किया। सरदार पटेल ने इसीलिए 'लौह पुरुष' कहलाने का नैसर्गिक अधिकार अर्जित किया। सरदार वल्लभभाई पटेल उन महापुरुषों में थे जो इतिहास का हिस्सा नहीं होते, बल्कि स्वयं इतिहास बनाते हैं।

देशी रियासतों में जो छोटे-छोटे राज्य थे उन्हें पड़ोस में भारत के किन्हीं बड़े राज्यों में विलीन कर उनको विकास और आधुनिक संसाधनों की सुविधाओं का लाभ देने का कार्य सरदार पटेल और भारत सरकार ने किया। उड़ीसा, मध्य प्रदेश, गुज़रात आदि में ये नन्हीं-मुन्नी रियासतें और रजवाड़े उसी तरह समा गये जैसे किसी महानदी में छोटी-छोटी नदियाँ।

भारत राष्ट्र के वृहद्तर स्वरूप का निर्माण इस तरह विभिन्न चरणों में होता गया। प्रक्रिया बहुत जटिल थी और इसके पीछे कितना श्रम, समय और बुद्धि-विवेक लगा होगा, केवल अनुमान ही लगाया जा सकता है। एक हिमालयी अभियान था जिसे सरदार पटेल और उनके विलक्षण कार्यकुशल सहयोगियों ने अपने अथक प्रयासों ने बहुत कम अवधि में सफलतापूर्वक पूर्ण कया। इसमें राज्य मन्त्रालय के सचिव वी. पी. मेनन की कार्यकुशलता और कर्त्तव्यनिष्ठा की जितनी सराहना की जाये कम होगी।

भारत राष्ट्र के विभिन्न कोनों में क्रमशः सम्पन्न हुए इस बहुकोणीय अभियान की सिद्धि किस प्रकार हुई उसे केवल हम आधुनिक राजस्थान राज्य के गठन के एक उदाहरण से जानने का प्रयत्न कर सकते हैं-

सरदार पटेल ने 30 मार्च 1949 को 'वृहत्तर राजस्थान संघ' का उद्घाटन किया। इस संघ में 14 बड़े राज्य थे जिनकी कुल आबादी में डेढ़ करोड़ स्त्री-पुरुष निवास करते थे। इसका क्षेत्रफल 1,28,000 वर्गमील था जो इटली देश के बराबर था। सरदार वल्लभभाई पटेल ने वृहत्तर राजस्थान संघ का उद्घाटन करते समय कहा था कि - "हमने राजस्थान के वृहत्तर संघ का निर्माण कर महाराणा प्रताप के स्वप्न को पूरा किया है।"

राजस्थान के सभी राज्यों ने 15 अगस्त 1947 तक भारत संघ में प्रवेश कर लिया था और 30 मार्च 1949 को वृहत्तर राजस्थान संघ का उद्घाटन हुआ। इन उन्नीस महीनों

में राजस्थान में अनेक राजनीतिक परिवर्तन हुए। सरदार पटेल को 'राष्ट्रीय एकीकरण' के अभियान के अतिरिक्त देश में सांम्प्रदायिकता, शरणार्थी समस्या, पाकिस्तानी आक्रमण और विशेष रूप से गाँधी जी की हत्या के बाद विरोधी नेताओं की आलोचनाओं से तथा अपनी गम्भीर अस्वस्थता आदि अनेक मोर्चों पर विकट संघर्ष करते हुए जूझना पड़ा। इन सबके मध्य राष्ट्र-निर्माण के महाअभियान के अनेक अध्यायों में एक अध्याय राजस्थान के विभिन्न राज्यों का एकीकरण भी था। एक असाधारण कार्य। मत्स्य राज्य संघ की स्थापना का कार्य और उसके बाद राजस्थान संघ की स्थापना।

मत्स्य राज्य संघ में चार राज्य सम्मिलित हुए थे- अलवर, भरतपुर, धौलपुर और करौली। इस दिशा में दूसरा क़दम राजस्थान संघ का निर्माण था जिसमें राजस्थान के छोटे राज्यों को सम्मिलित किया गया। ये राज्य थे- कोटा, बाँसवाड़ा, बूँदी, डूँगरपुर, झालावाड़, प्रतापगढ़, शाहपुर, टोंक और किशनगढ़। राजस्थान संघ में महाराजा उदयपुर भी शामिल हो गये। उन्हें संघ का राजप्रमुख नियुक्त किया गया। आख़िर वे महाराणा सांगा और महाराणा प्रताप जैसे महान राजपूत वीरों के वंशज जो थे। इन्हीं के कुल की एक विलक्षण कुलवधू संत मीराँबाई थीं, जिनके भक्ति-भावमय भजनों ने, अस्त्र-शस्त्रों की झनकार को तथा देश-काल की सीमाओं को भी पार कर मानव-समाज पर अपना अमिट प्रभाव छोड़ा था।

मार्च 1949 में जब वृहत्तर राजस्थान संघ की स्थापना हुई तब महाराजा उदयपुर को 'महाराज प्रमुख' और जयपुर नरेश को 'राजप्रमुख' बनाया गया। अपने उद्घाटन भाषण में सरदार पटेल ने अपने बारे में सराहना सुनकर अपनी सफलता का श्रेय राजस्थान के शासकों को दिया।

सरदार पटेल 29 मार्च 1949 दिन भर के तमाम कामकाज निबटाकर शाम 4.15 बजे पालम एयरपोर्ट से हवाई जहाज़ से दिल्ली से जयपुर के लिए उड़े। उनके साथ उनकी पुत्री मणिबेन भी थीं। वे अपने वृद्ध और अस्वस्थ पिता की देखभाल के लिए यात्राओं पर हमेशा उनके साथ चलती थीं। जोधपुर नरेश भी इस उड़ान में उनके साथ थे।

जैसे ही उस वायुयान ने उड़ान भरी उसमें खराबी देखी गयी। उसे तत्काल जमीन पर उतारने अर्थात् इमरजेंसी लैंडिंग का उपक्रम शुरू हो गया। आकाश में पहुँचने पर जिस ओर मणिबेन बैठी थीं उस ओर के विंग में लगा पंखा चलते-चलते बन्द हो गया। इसे खिड़की से सबसे पहले जोधपुर नरेश ने देखा और उस ओर इशारा किया। सभी सहयात्रियों के दिल की धड़कनें तेज हो गयीं। सबके सामने मौत नाचने लगी। पाइलेट की आवाज गूंजी-आप सभी अपनी सीटबेल्ट कसकर बांध लें।

इसके बाद उस वायुयान ने क्रैशलैंडिंग की। विमान तेज झटके से धरातल पर उतरा। किसी को कोई नुक़सान नहीं हुआ। पाइलेट ने सभी से जहाज़ से तुरन्त उतरने को कहा। सभी तत्काल भागकर बाहर निकले। सौभाग्य से जहाज़ में आग नहीं लगी। पाइलेट की कुशलता से सरदार पटेल, मणिबेन, जोधपुर नरेश सहित अन्य सभी की जानें बच गयीं।

सरदार पटेल ने जयपुर की यात्रा को स्थगित न करने का निर्णय लिया। क्योंकि अगले दिन संयुक्त राजस्थान राज्य के शुभारंभ का भव्य समारोह पूर्व निर्धारित था। सारी तैयारियाँ हो चुकी थीं। सरदार पटेल को ही उस समारोह का उद्‌घाटन करना था। उस शाम यह सभी लोग फिर विलम्ब से जयपुर रवाना हुए और काफ़ी कठिनाई से वहाँ रात में पहुँचें इस बीच साथ गये वी. शंकर ने दिल्ली और बम्बई में पण्डित नेहरू तथा महत्त्वपूर्ण लोगों को टेलीफोन बुक करके खैरियत की ख़बर की। जब सरदार पटेल और उनके दल के लोग जयपुर पहुँचे तो वहाँ महाराजा जयपुर, जामसाहब, वेलोडी, जनरल बुच आदि सभी हतप्रभ हालत में उनसे मिले। उन सबको सुरक्षित पाकर सबने राहत की सांस ली।

अगले दिन 30 मार्च 1949 को जयपुर में समारोह स्थल पर विशिष्ट व्यक्तियों के आगमन का ताँता लग गया। वी. पी. मेनन दिल्ली से आये। गाडगिल, गोकुलभाई, श्री एवं श्रीमती हीरालाल शास्त्री, वी0टी0 कृष्णमाचारी, इत्यादि सभी आये। मणिबेन और शंकर पहले ही समारोह स्थल पर पहुँच चुके थे। सुबह 10:30 बजे अलवर, भरतपुर, ढोलपुर और कोटा के शासकगण पधारे। इनके बाद 11.00 बजे महाराजा जयपुर के साथ सरदार पटेल एक नियन्त्रित-जुलूस में धीमी चाल में समारोह समारोह-स्थल पर पधारे।

सरदार पटेल ने मंच से राजप्रमुख के पद एवं गोपनीयता की शपथ महाराजा जयपुर को दिलाई। महाराजा उदयपुर अस्वस्थ होने के कारण महाराज प्रमुख की शपथ लेने इस अवसर पर उपस्थित नहीं हो सके थे। इसके बाद जयपुर नरेश ने उप राजप्रमुख पद के लिए कोटा नरेश को शपथ दिलाई। फिर संयुक्त राजस्थान राज्य के प्रधानमन्त्री के रूप में हीरालाल शास्त्री को शपथ दिलाई गयी। समारोह में जयपुर महाराजा ने अपना भाषण हिन्दी में दिया। उसके बाद सरदार पटेल ने भाषण दिया। सरदार पटेल ने समस्त नरेशों, गणमान्य अतिथियों एवं जनप्रतिनिधियों को संबोधित करते हुए अपने धीरे-गम्भीर सुपरिचित संभाषण में कहा -

''आज एक महान् ऐतिहासिक प्रसंग के समय आप सब यहाँ जमा हुए हैं। संयुक्त राजस्थान के उद्‌घाटन का मान मुझको दिया गया है, इसके लिए मैं ईश्वर का और आप सबका ऋणी हूँ। मैं जानता हूँ कि यह कितने बड़े महत्त्व का अवसर है और हमारे सिर पर इस समय कितनी बड़ी जवाबदारी आ पड़ी है।...

''जिन सब महाराजाओं ने इस काम में साथ दिया और समय को पहचान कर जो त्याग किया, उसके लिए मैं उनको भी धन्यवाद देना चाहता हूँ। मैंने जो यह रियासतों के सम्बन्ध में कुछ कार्य किया है, उसके लिए मेरी तारीफ की जाती है। मगर असल में तो इसके लिए हिन्दुस्तान के राजा-महाराजाओं की तारीफ की जानी चाहिए। यदि सच्चे दिल से उन लोगों ने साथ न दिया होता, तो आज हिन्दुस्तान का इतिहास जिस तरह बदल रहा है, वह इस तरह बदल नहीं सका होता। बेसमझ लोग उसकी कदर न करें, तो इसमें किसी का कुछ आता-जाता नहीं। मैं तो उसकी पूरी कदर करता

हूँ और सारे हिन्दुस्तान में इस बात की कदर करवाने की कोशिश करता हूँ। क्योंकि ऐसा करना मैं अपन फर्ज समझता हूँ। दुनिया जिस रास्ते पर चल रही है, उस रास्ते पर हमें नज़र रखनी है और सोचना है कि हमें कहाँ जाना है। दुनिया में हमारी जगह कहाँ रहनी चाहिए, हमारा पुराना इतिहास क्या है, पुरानी संस्कृति क्या है, भारत का भविष्य क्या होना चाहिए, इन सब चीजों के बारे में राजा-महाराजाओं के साथ बैठकर मैंने एक दो दफे नहीं बल्कि अनेक दफा विचार किया है। हमने समझ लिया कि हिन्दुस्तान के लिए आज जो सबसे अच्छा रास्ता है, वहीं हमें पकड़ना है, और वही हमने पकड़ा भी। इसीलिए आज हिन्दुस्तान का गौरव और हिन्दुस्तान की प्रतिष्ठा दुनिया में बढ़ रही है। और जिस रास्ते पर, जिस तेजी से हम चल रहे हैं, उसी रास्ते पर, उसी तेजी से हम चलते जायेंगे, तो हमारा भविष्य उज्जवल है। उसमें जिन लोगों ने त्याग किया है, उनको उसका पूरा बदला मिल जायेगा। दुनिया में आख़िर सबसे बड़ी चीज क्या है ? धन कोई बड़ी चीज नहीं है, न सत्ता ही कोई बड़ी चीज है। दुनिया में सबसे बड़ी चीज इज़्ज़त या कीर्ति है। आख़िर महात्मा गाँधी के पास और क्या चीज थी? उनके पास न कोई राजगद्दी थी, न उनके पास शमशीर थी, न उनके पास धन था। लेकिन उनके त्याग और उनके चरित्र की जो प्रतिष्ठा थी, वह और किसी के पास नहीं है। यही हमारे हिन्दुस्तान की संस्कृति है।

''अब मैं आप लोगों को इस बात का स्मरण कराना चाहता हूँ कि हमारे हिन्दुस्तान में जो गुलामी आयी, वह किस तरह से आयी और वह इतनी सदियों तक घर करके क्यों बैठ गयी? वह सब आज हमें याद करना है और निश्चय कर लेना है कि जिस कारण से गुलामी आयी, उस कारण को हमें फिर आगे नहीं आने देना है। हम गुलाम इसलिए बने थे कि हम आपस में एक-दूसरे के साथ लड़े, खतरे के समय हम लोगों ने एक-दूसरे का साथ नहीं दिया था। हम छोटे-छोटे टुकड़े बनाकर बैठ गये और अपने-अपने संकुचित क्षेत्रों में, अपने स्वार्थों में पड़ गये। अपने संकुचित क्षेत्र में भले ही हमने कुछ सेवा भी की हो, लेकिन उससे हमको नुक़सान ही हुआ और जब समय आया तो हम एक साथ खड़े न रह सके। आज यह पहला मौका है, जब हिन्दुस्तान एकत्र हुआ है। अब वह इतना बड़ा हुआ है, जितना इतिहास में पहले कभी नहीं था। तो जो एकता आज हुई है, उसको हम मज़बूत बनायें, जिससे भविष्य में हमारी स्वतन्त्रता को कभी कोई हिला न सके। इस कार्य में आप सब लोग राजपूताना के सब नरेश गण और प्रजाजन साथ दें। आपके राजपूताना का एक-एक पत्थर वीरता के इतिहास से भरा हुआ है, बलिदान के सुनहले कारनामों से भरा हुआ है। आपके राजपूताना की पुरानी कीर्ति आज भी हमारे दिल को अभिमान, हर्ष और उत्साह से भर देती है। आज से उसी राजस्थान को नयी दुनिया के योग्य नया इतिहास बनाने का अवसर प्राप्त होता है, यह कितने सौभाग्य की बात है!

''इस अवसर पर हमें समझ लेना चाहिए कि हमारा क्या कर्त्तव्य और क्या धर्म है? पहले तो हमने कितनी ही बडी-बड़ी रियासतों को मिलाया है। जब हम मिलते हैं,

तो हमारे दिल में कोई संकुचित ख्याल नहीं रहना चाहिए कि हम जयपुर के हैं, हम उदयपुर के हैं, हम जोधपुर के हैं, हम बीकानेर के हैं, या किसी और छोटी-मोटी जगह के हैं,। ऐसा ख्याल हमारे दिल में बाकी नहीं रहना चाहिए। हम राजपूताना के हैं भी, तो सबसे पहले हम हिन्दुस्तानी हैं, उसके बाद हम राजपूताना के हैं। इस प्रकार के ख्याल से हमें यह कार्य करना है। हाँ, यह ठीक है कि हर जयपुरवासी को जयपुर का गर्व होना चाहिए; उदयपुर के रहने वाले को अपने दिल में उदयपुर का गर्व रहना चाहिए। वैसे ही सब रियासतों में होना चाहिए। जिस जगह पर हमारा जन्म हुआ, जिस जगह की मिट्टी में से हम पैदा हुए, जिस मिट्टी में से हम अपनी शक्ति बढ़ाते रहे और बढ़ा रहे हैं, जिस मिट्टी में आख़िर हमको मिलना है, उसको हम कैसे भूल सकते हैं? लेकिन एक छोटे से कुएँ में जो मेंढक रहता है, उसका दिमाग फैलता नहीं है, उसकी शक्ति भी बढ़ती नहीं है। परन्तु महासागर में जो मगरमच्छ रहते हैं, वह जो खेल कर सकते हैं, वह कुएँ के मेंढक नहीं कर सकते। तो असल में हम सब हिन्दुस्तान के हैं और हमारा दिल हिन्दुस्तान से भरना चाहिए। हिन्दुस्तान के लिए हमारी वफादारी चाहिए।

"आज हमने एक बड़ा राजस्थान बनाया है, उसका मतलब क्या है? राजाओं ने अपनी राज-सत्ता छोड़ दी,उसका मतलब क्या है ? यह काम हम क्यों करते हैं? आपको समझना है कि आज दुनिया जिस तेजी से आगे चल रही है, उस तेजी से हम आगे न चलें, तो एक तो हम पहले ही पीछे थे, अगर आज भी मन्द गति से चलें तो और भी अधिक पिछड़ जानेवाले हैं। सारे एशिया का हाल देखिए, आज कहाँ क्या चल रहा है? दुनिया के और मुल्कों में क्या कुछ चल रहा है? हम अपनी छोटी-सी रियासत में या छोटे-से क़िले में बैठकर बाहर की ओर नज़र न करें, तो हमारी रक्षा नहीं हो सकती। आज तलवार का जमाना नहीं है, एटम बम का जमाना है। आज हमें यह समझ लेना है कि तलवार का अधिकार किसी एक गिरोह का अधिकार नहीं है। आज आप जानते हैं कि आज मद्रास के लोगों को भी काश्मीर के पहाड़ों में हिन्दुस्तान के लिए लड़ाई लड़ने का मौका मिलता है, और हमारे कमाण्डर-इन-चीफ साहब इसी रेजीमेंट की तारीफ भी करते हैं कि वे बड़ी बहादुरी से काम कर रहे हैं। तो मैं आप राजपूतों से, जिन्होंने हिन्दुस्तान का इतिहास बनाया है, सच्चे दिल से अपील करूँगा कि हमें आज का जमाना पहचान लेना चाहिए। और ज़माने को पहचानकर उसी रास्ते पर हमें चलना चाहिए। आज के ज़माने में हमें ऊँच-नीच का भेद निकाल देना है, ग़रीब और अमीर का भेद निकालना है, राव और रंक का भेद निकालना है। हम सब ईश्वर के बालक हैं, यह सचाई में महसूस करनी है। इस रास्ते पर चलने की सच्चे दिल से कोशिश करना हमारा कर्त्तव्य है। मैं जानता हूँ कि जब हम सदियों तक एक ही रास्ते पर चलते रहे हैं, तो दूसरे रास्ते पर चलने की बात दिल जल्दी कबूल नहीं करता है। यह कठिनाई हम सब महसूस करते हैं। लेकिन जो समय को नहीं पहचानता, उसको पछताना पड़ता है।

"मैं अपने जागीरदार लोगों को भी मोहब्बत से और प्रेम से समझाने की कोशिश करता हूँ और मेरी उम्मीद है कि मैं उन लोगों को भी उसी तरह समझा सकूँगा, जिस तरह मैंने राजा-महाराजाओं को समझाया। क्योंकि मैं मानता हूँ कि उनका ख़ुद का हित उसी चीज में है। सारा हिन्दुस्तान आज़ाद होने के बाद हमारे लिए पूरा मैदान खुला है और बहुत सी जगहें हमारे पास हैं, जहाँ हम मानपूर्वक अच्छी तरह से काम कर सकते हैं। यह सम्भव बना सकते हैं कि आज तक जो हमारा स्थान रहा है, उससे भी आगे हम जायँ। लेकिन, अगर हम यही समझ लें कि हमारे पूर्वज, या पूर्वजों के बाप-दादा को जो जगह मिली थी, उसी जगह पर हम भी बैठे रहेंगे और उतने ही संकुचित क्षेत्र में हम खेलते रहेंगे, तो हम गिरे जायँगे। उसमें हमको लाभ नहीं होगा। उससे हमारी उन्नति नहीं होगी, हमारी प्रगति नहीं होगी। तो जो चीज आख़िर हमको जबरदस्ती करनी पड़े लाचारी से करनी पड़े उसे स्वेच्छा से करना और समय देखकर समझपूर्वक करना, उसी में हमारी इज़्ज़त है, उसी में हमारी सभ्यता है। तो भारत की संस्कृति और राजपूताना की संस्कृति की आज यह माँग है कि हम समय को पहचान लें और अपने चारों तरफ़ देखें। आप देखें कि चाइना में क्या हो रहा है? हमारा अपना मुल्क भी बहुत बड़ा है, चीन उस से भी बड़ा है। हमारी जितनी आबादी है, उससे उसकी आबादी ज़्यादा है। वह गुलाम मुल्क भी नहीं है। हम तो ग़ुलामी में बहुत साल सड़े हैं, हमारी आज़ादी तो अभी केवल एक-डेढ़ साल की ही है। स्वतन्त्र भारत तो अभी डेढ़ साल का बच्चा है। लेकिन उधर चाइना में जो लोग बड़े-बड़े जागीरदार थे, और जिन लोगों के पास बहुत धन था, उन्होंने समय को नहीं पहचाना। उसका जो परिणाम हुआ, वह सामने है। आजकल की दुनिया में क्या भला है, क्या बुरा है, उसका भी ख्याल हम न करें। लेकिन हमारा अपना भी तो पुराना इतिहास है, हमारी अपनी भी पुरानी संस्कृति है। हम धर्मपरायण, धर्मप्राण लोग परदेसी संस्कृति में जबरदस्ती घसीटे जायँ और मजबूरन कोई रास्ता हमें लेना पड़े, वह हमारे लिए ठीक नहीं।

"राजस्थान के जितने जागीरदार लोग यहाँ आये हैं और जो बाहर पड़े हैं, उन सबसे इस समय मैं सच्चे हृदय से प्रार्थना करना चाहता हूँ, और आप लोगों के सच्चे सेवक की हैसियत से मैं कहना चाहता हूँ कि आपको समय की माँग को समझना चाहिए। आज हमारे मुल्क में जो पिछड़े हुए लोग हैं, उनको हम नहीं उठाएँगे, तो वे हमारी चाँद पर बैठने वाले हैं। ऐसा समय नहीं आने देना चाहिए। हमें उनका हाथ पकड़कर उठाना है। जो ग़रीब लोग आज हमारे सामने झुक जाते हैं, उनको सिखाना है कि इंसान को इंसान के सामने नहीं झुकना, ख़ुदा के सामने, सिर्फ ईश्वर के सामने झुकना है। हमें उनको अपना भाई, अपना सहोदर बनाना है। तो हमारे मुल्क में जो 33 कोटि देवता माने जाते हैं, वह सब असल में हमारे देशवासी ही हैं, उनको हमें देवता बनाना है। इस काम के लिए उनमें जो मनुष्यत्व है, उस पर का मैल और उस पर की अज्ञानता को निकालकर साफ़ कर देना है। यह हम कैसे कर सकते हैं? जब तक हमारी ख़ुद की अज्ञानता न चली जाये, तब तक हम क्या कर सकते हैं? तो मैं आप लोगों से

प्रार्थना करना चाहता हूँ कि आप लोग अपनी जगह समझ लें और साथ ही आज के समय को भी पहचान लें।

"आज यदि हिन्दुस्तान स्वतन्त्र हुआ है, तो हमारी कुर्बानी से हुआ है, ऐसा कोई गर्व न करे। हममें से बहुत से लोग ऐसे हैं जो समझते हैं कि हमने बहुत कुर्बानी की। की होगी, ठीक है। लेकिन जो नयी कुर्बानी करनी चाहिए, वह कुर्बानी न करो, तो पिछली की गयी कुर्बानी भी व्यर्थ हो जाती है। जेल जाने से कुर्बानी नहीं होती। या हमारी कोई मिलिकियत छिन गयी, उससे कुर्बानी नहीं होती। कुर्बानी होती है, कड़ुआ घूँट पीने से। हम मान-अपमान भी सहन कर जायँ और सच्चे दिल से ग़रीबों की सेवा करते जायँ, तो कुर्बानी उसी में है। उसी रास्ते पर चलने से हमारी असली इज़्ज़त होगी। आज किसी-किसी जगह पर मैं देखता हूँ तो मुझे दर्द होता है कि हममें जो नम्रता होनी चाहिए, उसका अभाव है। जब मैं यह देखता हूँ, तब मुझे कष्ट होता है।..."

21 नवम्बर, 1950 के बाद से सरदार पटेल की तबीयत खराब रहने लगी थी। वे 75 वर्ष के हो गये थे। उनकी परिचर्या में दो नर्सें रखी गयीं- एक दिन की ड्यूटी पर और दूसरी रात की ड्यूटी पर। 5 दिसम्बर, 1950 को सरदार पटेल को लगने लगा था कि उनका अन्तकाल आ पहुँचा है। उस रात मणिबेन ने सरदार को शायर नज़ीर का यह गीत गुनगुनाते हुए सुना- 'ज़िंदगी का यह तमाशा चन्द रोज़'। इसके अलावा 'मारी नार तमारे हाथे', 'मन लागो मेरो यार फ़कीरी में' और 'मंगल मन्दिर खोलो दयामय' आदि अपने प्रिय गीतों को वे अक्सर गुनगुनाते रहते थे।

12 दिसम्बर, 1950 को डाक्टरों की राय पर सरदार पटेल को बम्बई ले जाया गया। राजेन्द्रप्रसाद, नेहरू, राजगोपालाचारी, गाडगिल, घनश्यामदास बिरला और वी. पी. मेनन ने उन्हें हवाई अड्डे पर विदाई दी। पटेल ने विमान के द्वार के निकट कुर्सी पर बैठे-बैठे सब उपस्थित महानुभावों को हाथ जोड़कर अन्तिम नमस्कार किया। बम्बई के दो डाक्टर, डॉ. गिल्डर और डॉ. नाथूभाई पटेल उनके साथ ही बम्बई गये। सुपुत्री मणिबेन पटेल साथ में थीं ही।

सरदार पटेल का विमान साढ़े चार घण्टों में बम्बई पहुँच गया। दिल्ली से बम्बई की उड़ान ने उन्हें थका डाला। बम्बई में उन्हें बिड़ला हाउस में ठहराया गया। बम्बई में सरदार पटेल की हालत बिगड़ती गयी। शुक्रवार, 15 दिसम्बर, 1950 को प्रातः 3.00 बजे उन्हें दिल का दूसरा दौरा पड़ा। वे बेहोश हो गये। चार घण्टे बाद उन्हें कुछ होश आया। मणिबेन ने उन्हें गंगाजल में शहद मिलाकर दिया। उसी दिन प्रातः 9 बजकर 37 मिनट पर सरदार पटेल ने अन्तिम सांस ली। आसपास का समस्त वातावरण शोक में डूब गया।

सरदार पटेल की चिता पर प्रणाम करनेवाले असंख्य लोग थे। राजेन्द्रप्रसाद, नेहरू, राजगोपालाचारी और दूसरे तमाम लोगों ने उन्हें भीगी आँखों से विदाई दी। सरदार पटेल का दाह-संस्कार बम्बई में होना था। प्रधानमन्त्री पण्डित नेहरू ने डॉ. राजेन्द्रप्रसाद को वहाँ जाने से रोकने की कोशिश की, यह कहकर कि यह एक गलत परम्परा होगी कि देश का राष्ट्रपति एक मन्त्री के दाह-संस्कार में जाये। डॉ. राजेन्द्रप्रसाद ने इस तर्क को सिरे से ख़ारिज कर दिया। नेहरू और राजेन्द्रप्रसाद फिर एक ही जहाज़ से बम्बई गये। चिता जलने पर सुबकते हुए पण्डित नेहरू ने रोते हुए डॉ. राजेन्द्रप्रसाद का सिर अपने कन्धे पर रख लिया। सिद्धान्तवादी नेतागण हुआ करते थे उन दिनों। मतभेदों के बावजूद वे एक-दूसरे का सम्मान करना जानते थे।

सरदार पटेल दूरदर्शी थे। वे वर्तमान पर पैनी दृष्टि रखकर भविष्य के विषय में वस्तुनिष्ठ ढंग से सोचते थे। अपनी मृत्यु से पाँच हफ़्ता पूर्व पटेल ने नेहरू को कम्युनिस्ट चीन की ओर से सम्भावित खतरे से बाकायदा एक पत्र लिखकर सावधान किया था। नेहरू जी ने सरदारश्री के इस पत्र को नज़रअन्दाज़ किया और भविष्य में 1962 में चीन की ओर से मैत्री की जगह विश्वासघात सहा। चीनी आक्रमण में देश ने हजारों जवानों की जान गँवाई और उत्तरी सीमा पर हमारा काफी भूभाग दुश्मन के कब्ज़े में चला गया।

सरदारश्री की अंत्येष्टि के उस अवसर पर चक्रवर्ती राजगोपालचारी ने वहाँ कहा- "हमारी आँखों के सामने वह वायु, जल और मिट्टी में विलीन हो रहे हैं। हम उनकी राख से शान्ति व आत्मविश्वास पाते रहेंगे। लेकिन उनके जैसा दूसरा हम नहीं देख सकेंगे।"

जलती चिता के साथ धीरे-धीरे पटेल अपने परमप्रिय बापू के पास जाने के लिए अनंत में विलीन हो गये। इस तरह अपने युग का वह इकलौता 'लौह पुरुष' परलोक प्रस्थान कर गया, धरती पर मुड़कर पीछे नहीं देखने के लिए। परन्तु अपने पीछे वह छोड़ गया एक ऐसा विशाल भारत, जितना कि इतिहास में कोई निर्मित न कर सका था।

सरदार पटेल ने अपनी मृत्यु के समय जिस भारत को छोड़ा वह इतिहास में सबसे शक्तिशाली और एकीकृत भारत था। चन्द्रगुप्त मौर्य, सम्राट अशोक, समुद्रगुप्त, अलाउद्दीन खिलजी, जलालुद्दीन मुहम्मद अकबर और ब्रिटिश ईस्ट इण्डिया कम्पनी ने अपने-अपने ढंग से भारत की एकता के निर्माण का प्रयास साम्राज्यवादी तौर-तरीक़ों से किया था। लेकिन सरदार वल्लभभाई पटेल द्वारा संगठित भारत राष्ट्र पाकिस्तान के भूभागों को छोड़कर, प्रशासन-लोकतन्त्र -जनभावना-जनसंख्या और भौगोलिक आकार की दृष्टि से भारतीय इतिहास के व्यतीत कालों की तुलना में सबसे विशाल था। सच में सरदार पटेल का यह योगदान भारत ही नहीं विश्व के इतिहास में अतुलनीय है।

अस्ताचल में एक सूर्य डूब रहा था, प्राची में पुनः नवरूप में उदित होने के लिए।

●●●